文学賞受賞作品総覧 海外篇

日外アソシエーツ

Catalog of Prize Works

Overseas Literature

Edited by
Nichigai Associates, Inc.

©2019 by Nichigai Associates, Inc.
Printed in Japan

本書はディジタルデータでご利用いただくことができます。詳細はお問い合わせください。

●編集担当● 児山 政彦／新西 陽菜

刊行にあたって

　文学賞は、いつの時代もその世相を反映しながら話題となり大きな関心が寄せられるものであるが、長く継続している賞もあれば短期間で終了してしまう賞などその移り変わりも激しい。受賞情報や受賞作家の作品一覧などは、これまでも小社が「賞の事典」シリーズなどを刊行してきたが、分野ごとに通覧できるツールはなかった。

　本書は、「文学賞受賞作品総覧　小説篇」(2016年2月刊)、「同　ノンフィクション・随筆・詩歌篇」(2016年8月刊)、「同　児童文学・絵本篇」(2017年12月刊)の姉妹編にあたり、20世紀初頭から現在まで、海外で実施された主要な文学賞52賞の受賞作品6,407点を収録、受賞者ごとに受賞作品を一覧できる作品目録である。フランスの五大文学賞の一つ「ゴンクール賞」(1903年創設)、イギリスでもっとも権威ある文学賞の一つ「ブッカー賞」(1969年創設)、「アメリカ探偵作家クラブ賞（エドガー賞）」(1946年創設)、世界的なSF文学賞として知られる「ヒューゴー賞」(1953年創設)、「ネビュラ賞」(1965年創設)、「国際アンデルセン賞」(1956年創設)など、小説、ミステリー、SF、ファンタジーから児童書・絵本まで様々な分野の賞を対象としている。受賞作品が掲載された比較的入手しやすい図書の書誌データを示し、巻末に作家名原綴索引、作品名索引を付すことで利用の便を図っている。

　本書が、読者のためのガイドとして、また作家研究のためのツールとして活用されることを期待する。

2019年3月

　　　　　　　　　　　　　　　　　　　　　　　日外アソシエーツ

目　次

凡　例 …………………………………………………… (6)

文学賞受賞作品総覧　海外篇 ………………………… 1

作家名原綴索引 ………………………………………… 475

作品名索引 ……………………………………………… 527

凡　例

1. 本書の内容

　　本書は、20世紀初頭から現在まで、海外で実施された主要な文学賞52賞の受賞作品の目録である。

2. 収録対象

　　海外の主要な文学賞から、翻訳紹介されることの多い賞、日本人の受賞者やノミネートで話題となることの多い賞を収録した。ノーベル文学賞など、著名なものに限り受賞作品のない賞も収録している。

3. 記載事項・排列など

（1）受賞者名
- いずれの作品もまず受賞者名で排列した。見出しとした受賞者名は4,755件である。
- 受賞者名は姓と名で分け、姓の読み・名の読みの五十音順とした。アルファベットで始まるものはABC順とし五十音の後に置いた。
- 漢字名の受賞者名にはひらがなで読みを付したが、民族読みの場合はカタカナで表記した。
- 排列にあたっては、濁音・半濁音は清音扱いとし、ヂ→シ、ヅ→スとみなした。また拗促音は直音扱いとし、長音（音引き）は無視した。

（2）作品番号・作品名
- 同一受賞者の作品は作品名の読み順に排列した。作品名の冒頭には索引用の番号を付した。収録した作品数は6,407点である。

（3）受賞データ（回次／受賞年／部門／席次）
- 受賞データは受賞年順に記載した。受賞作品があるものには、先頭に◇を、ないものには◎を付し末尾に置いて区別した。

（4）図書データ
- 作品を収録した図書が刊行されている場合には、その書名、巻次、

著者、出版者、出版年月、ページ数、大きさ、叢書名、定価（刊行時）、ISBN などを記載した。アンソロジーや短編集で作品の個別訳が分かるものは〔　〕に入れ補記した。図書が無い場合など、翻訳作品の掲載誌を一部収録している。

・図書データの記載は刊行年月順とした。原則として 2018 年 12 月までに刊行された 4,292 点を収録した。

4. 作家名原綴索引

作家名原綴をそのアルファベット順に排列した。本文における所在はカタカナ表記と掲載ページで示した。

5. 作品名索引

受賞作品名をその五十音順に排列し、作者名を（　）で補記した。アルファベットで始まるものは ABC 順とし五十音の後に置いた。本文における所在は作品番号で示した。

6. 参考資料

記載データは主に次の資料に依っている。

「海外文学賞事典」日外アソシエーツ

「bookplus」

「JAPAN/MARC」

7. 収録賞名一覧

- アガサ賞
- アーサー・C・クラーク賞
- アストリッド・リンドグレーン記念文学賞
- アポロ賞
- アメリカ探偵作家クラブ賞(エドガー賞)
- アンソニー賞
- アンテラリエ賞
- イマジネール大賞
- 英国SF協会賞
- 英国幻想文学賞
- 英国推理作家協会賞
- ガーディアン児童文学賞
- カーネギー賞
- ケイト・グリーナウェイ賞
- 国際アンデルセン賞
- コスタ賞
- コルデコット賞
- ゴンクール賞
- シェイマス賞
- ジェイムズ・テイト・ブラック記念賞
- ジョン・W・キャンベル記念賞
- スコシアバンク・ギラー賞
- スコット・オデール賞
- ストレーガ賞
- 世界幻想文学大賞
- セルバンテス賞
- 全米書評家協会賞
- 全米図書賞
- ドイツ児童文学賞
- ニルス・ホルゲション賞
- ニューベリー賞
- ネスレ子どもの本賞
- ネビュラ賞
- ノイシュタット国際文学賞
- ノーベル文学賞
- バリー賞
- ヒューゴー賞
- ビューヒナー賞
- ピュリッツアー賞
- フェニックス賞
- フェミナ賞
- ブッカー賞
- ブラム・ストーカー賞
- フランク・オコナー国際短編賞
- フランツ・カフカ賞
- ベイリーズ賞
- ペン・フォークナー賞
- ボストングローブ・ホーンブック賞
- マカヴィティ賞
- メディシス賞
- ルノドー賞
- ローカス賞

文学賞受賞作品総覧

海外篇

【ア】

アイ　Ai
- 0001　"Vice: New & Selected Poems"
  ◇全米図書賞（1999年／詩）

アイアンサイド, エリザベス　Ironside, Elizabeth
- 0002　「とても私的な犯罪」"A Very Private Enterprise"
  ◇英国推理作家協会賞（1984年／ジョン・クリーシー記念賞）
  「とても私的な犯罪」エリザベス・アイアンサイド著, 小泉喜美子訳　早川書房　1986.9　362p　16cm（ハヤカワ・ミステリ文庫）460円　①4-15-076101-9

アイザック, ライス・L.　Isaac, Rhys L.
- 0003　"The Transformation of Virginia, 1740-1790"
  ◇ピュリッツアー賞（1983年／歴史）

アイスラー, バリー　Eisler, Barry
- 0004　「雨の罠」"Rain Storm"
  ◇バリー賞（2005年／スリラー）
  「雨の罠」バリー・アイスラー著, 池田真紀子訳　ソニー・マガジンズ　2006.6　487p　15cm（ヴィレッジブックス）950円　①4-7897-2902-8

アイゼンバーグ, デボラ　Eisenberg, Deborah
- 0005　"The Collected Stories of Deborah Eisenberg"
  ◇ペン・フォークナー賞（2011年）

アイヒ, ギュンター　Eich, Günter
- ◎ビューヒナー賞（1959年）

アイリッシュ, ウィリアム　Irish, William
- ◎アメリカ探偵作家クラブ賞（1949年／短編賞）

アイル, カリロス　Eire, Carlos
- 0006　"Waiting for Snow in Havana: Confessions of a Cuban Boy"
  ◇全米図書賞（2003年／ノンフィクション）

アイルズ, グレッグ　Iles, Greg
- 0007　"Natchez Burning"
  ◇バリー賞（2015年／長編）

アーヴァイン, アレックス　Irvine, Alex
- 0008　"A Scattering of Jades"
  ◇ローカス賞（2003年／処女長編）

アヴィ　Avi
- 0009　「クリスピン」"Crispin: The Cross of Lead"
  ◇ニューベリー賞（2003年）
  「クリスピン」アヴィ著, 金原瑞人訳　求龍堂　2003.11　309p　20cm　1200円　①4-7630-0330-5
- 0010　「シャーロット・ドイルの告白」"The True Confessions of Charlotte Doyle"
  ◇ボストングローブ・ホーンブック賞（1991年／フィクション）
  「シャーロット・ドイルの告白」アヴィ作, 茅野美ど里訳　偕成社　1999.5　382p　20cm　1600円　①4-03-018060-4
  「シャーロット・ドイルの告白」アヴィ作, 茅野美ど里訳　あすなろ書房　2010.7　319p　20cm　1600円　①978-4-7515-2215-8
- 0011　「ポピー」"Poppy"
  ◇ボストングローブ・ホーンブック賞（1996年／フィクション）
  「ポピー ミミズクの森をぬけて」アヴィ作, B・フロッカ絵, 金原瑞人訳　あかね書房　1998.5　219p　21cm　1300円　①4-251-06173-X
- 0012　"The Fighting Ground"
  ◇スコット・オデール賞（1985年）

アーヴィン, ジョン　Ervine, John Greer, St.
- 0013　"George Bernard Shaw"
  ◇ジェイムズ・テイト・ブラック記念賞（1956年／伝記）

アーヴィング, ジョン　Irving, John
- 0014　「ガープの世界」"The World According to Garp"
  ◇全米図書賞（1980年／小説／ペーパーバック）
  「ガープの世界」ジョン・アーヴィング著, 筒井正明訳　サンリオ　1983.3　2冊　20cm　各1600円
  「ガープの世界」ジョン・アーヴィング著, 筒井正明訳　サンリオ　1985.5～

1986.4　2冊　15cm（サンリオ文庫）620円, 640円　①4-387-85038-8
「ガープの世界」　ジョン・アーヴィング著, 筒井正明訳　新潮社　1988.10　2冊　15cm（新潮文庫）560円, 600円　①4-10-227301-8

アガード, ジョン　Agard, John

0015 "We Animals Would Like a Word With You"
◇ネスレ子どもの本賞（1997年/6～8歳部門/銅賞）

赤羽 末吉　あかば・すえきち

◎国際アンデルセン賞（1980年/画家賞）

アクステル, デヴィッド　Axtell, David

0016 "Fruits"
◇ネスレ子どもの本賞（1997年/5歳以下部門/銅賞）

アクター, アヤド　Akhtar, Ayad

0017 "Disgraced"
◇ピュリッツアー賞（2013年/戯曲）

アグノン, シュムエル・ヨセフ　Agnon, Shmuel Yoset

◎ノーベル文学賞（1966年）

アクロイド, ピーター　Ackroyd, Peter

0018「T.S.エリオット」"T.S.Eliot"
◇コスタ賞（1984年/伝記）
「T.S.エリオット」　ピーター・アクロイド著, 武谷紀久雄訳　みすず書房　1988.6　427, 35p 図版16枚　22cm　6800円　①4-622-01500-5
0019「魔の聖堂」"Hawksmoor"
◇コスタ賞（1985年/長編）
「魔の聖堂」　ピーター・アクロイド〔著〕, 矢野浩三郎訳　新潮社　1997.3　347p　20cm　2472円　①4-10-534801-9
0020 "The Life of Thomas More"
◇ジェイムズ・テイト・ブラック記念賞（1998年/伝記）

アグロウ, ジェニー　Uglow, Jenny

0021 "The Lunar Men: The Friends Who Made the Future 1730-1810"
◇ジェイムズ・テイト・ブラック記念賞（2002年/伝記）

アサロ, キャサリン　Asaro, Catherine

0022 "The Quantum Rose"
◇ネビュラ賞（2001年/長編）
0023 "The Spacetime Pool"
◇ネビュラ賞（2008年/中長編）

アシモフ, アイザック　Asimov, Isaac

0024「神々自身」"The Gods Themselves"
◇ネビュラ賞（1972年/長編）
◇ヒューゴー賞（1973年/長編）
◇ローカス賞（1973年/長編）
「神々自身」　アイザック・アシモフ著, 小尾芙佐訳　早川書房　1980.3　293p　20cm（海外SFノヴェルズ）1300円
「神々自身」　アイザック・アシモフ著, 小尾芙佐訳　早川書房　1986.5　432p　16cm（ハヤカワ文庫―SF）540円　①4-15-010665-7
0025「ゴールド―黄金」"Gold"
◇ヒューゴー賞（1992年/中編）
「ゴールド―黄金」　アイザック・アシモフ著, 嶋田洋一他訳　早川書房　1996.10　428p　20cm（海外SFノヴェルズ）2200円　①4-15-208038-8
「ゴールド―黄金」　アイザック・アシモフ著, 嶋田洋一他訳　早川書房　2001.2　548p　16cm（ハヤカワ文庫 SF）920円　①4-15-011343-2
0026「ザ・ミュール」(ファウンデーション対帝国　第2部）"The Mule"(Foundation and Empire 第2部）
◇ヒューゴー賞（1946年〈レトロ・ヒューゴー賞 1996年授与〉/長編）
「銀河帝国の興亡 2」　アイザック・アシモフ著, 厚木淳訳　東京創元新社　1969　373p 図版　15cm（創元推理文庫）190円
「ファウンデーション対帝国―銀河帝国興亡史2」　アイザック・アシモフ著, 岡部宏之訳　早川書房　1984.8　367p　16cm（ハヤカワ文庫―SF）440円
0027「二百年を迎えた人間」〔別題「二百周年を迎えた男」「バイセンテニアル・マン」〕"The Bicentennial Man"
◇ネビュラ賞（1976年/中編）
◇ヒューゴー賞（1977年/中編）
◇ローカス賞（1977年/中編）
「SFマガジン　19(4)」〔「二百周年を迎えた男」冬川亘訳〕　早川書房　1978.4　p17～53
「聖者の行進」　アイザック・アシモフ著, 池央耿訳〔「バイセンテニアル・マン」

東京創元社　1979.3　379p　15cm（創元推理文庫）400円
「コンプリート・ロボット」　アイザック・アシモフ著, 小尾芙佐訳　〔「二百周年を迎えた男」〕　ソニー・マガジンズ　2004.8　572p　22cm　3600円　①4-7897-2343-7

0028　「ファウンデーション」　"Foundation"
◇ヒューゴー賞（1943年〈レトロ・ヒューゴー賞 2018年授与〉/中編）

「銀河帝国の興亡　1」　アイザック・アシモフ著, 厚木淳訳　東京創元新社　1968　351p 図版　15cm（創元推理文庫）190円
「銀河帝国衰亡史—ファウンデーション創設」　アイザック・アシモフ著, 中上守訳　早川書房　1968　278p　19cm（ハヤカワ・SF・シリーズ）330円
「滅びゆく銀河帝国」　アシモフ作, 野田昌宏訳, 南村喬之絵　集英社　1970　213p　20cm（ジュニア版世界のSF 12）
「ファウンデーション—銀河帝国興亡史1」　アイザック・アシモフ著, 岡部宏之訳　早川書房　1984.4　355p　16cm（ハヤカワ文庫—SF）420円

0029　「ファウンデーション」シリーズ〔3部作〕　"Foundation" series
◇ヒューゴー賞（1966年/オールタイム・シリーズ）

「銀河帝国の興亡　1」　アイザック・アシモフ著, 厚木淳訳　東京創元新社　1968　351p 図版　15cm（創元推理文庫）190円
「銀河帝国の興亡　2」　アイザック・アシモフ著, 厚木淳訳　東京創元新社　1969　373p 図版　15cm（創元推理文庫）190円
「銀河帝国の興亡　3」　アイザック・アシモフ著, 厚木淳訳　東京創元新社　1970　368p 図版　15cm（創元推理文庫）190円
「ファウンデーション—銀河帝国興亡史1」　アイザック・アシモフ著, 岡部宏之訳　早川書房　1984.4　355p　16cm（ハヤカワ文庫—SF）420円
「ファウンデーション対帝国—銀河帝国興亡史2」　アイザック・アシモフ著, 岡部宏之訳　早川書房　1984.8　367p　16cm（ハヤカワ文庫—SF）440円
「第二ファウンデーション—銀河帝国興亡史3」　アイザック・アシモフ著, 岡部宏之訳　早川書房　1984.12　366p　16cm（ハヤカワ文庫—SF）420円　①4-15-010592-8

0030　「ファウンデーションの彼方へ」　"Foundation's Edge"
◇ヒューゴー賞（1983年/長編）
◇ローカス賞（1983年/SF長編）

「ファウンデーションの彼方へ—銀河帝国興亡史4」　アイザック・アシモフ著, 岡部宏之訳　早川書房　1984.3　443p　20cm（海外SFノヴェルズ）1800円
「ファウンデーションの彼方へ　上」　アイザック・アシモフ著, 岡部宏之訳　早川書房　1996.7　337p　16cm（ハヤカワ文庫 SF—銀河帝国興亡史 4）621円　①4-15-011150-2
「ファウンデーションの彼方へ　下」　アイザック・アシモフ著, 岡部宏之訳　早川書房　1996.7　356p　16cm（ハヤカワ文庫 SF—銀河帝国興亡史 4）621円　①4-15-011151-0

0031　「夢みるロボット」　"Robot Dreams"
◇ローカス賞（1987年/短編）

「SFマガジン　29(1)」〔小尾芙佐訳〕早川書房　1988.1　p178〜184

0032　「喜びは今も胸に—アシモフ自伝 1954〜1978」　"In Joy Still Felt：The Autobiography of Isaac Asimov, 1954-1978"
◇ローカス賞（1981年/関連ノンフィクション）

「アシモフ自伝　2　喜びは今も胸に—1954-1978」　山高昭訳　早川書房　1985.5　2冊　20cm　各2700円　①4-15-203285-5

0033　「ロビイ」〔別題「ロビー」〕　"Robbie"
◇ヒューゴー賞（1941年〈レトロ・ヒューゴー賞 2016年授与〉/短編）

「わたしはロボット」　アイザック・アシモフ著, 伊藤哲訳　〔「ロビー」〕　東京創元社　1976　361p　15cm（創元推理文庫）320円　①Y82-3631
「われはロボット—決定版」　アイザック・アシモフ著, 小尾芙佐訳　早川書房　2004.8　431p　16cm（ハヤカワ文庫SF）724円　①4-15-011485-4
「コンプリート・ロボット」　アイザック・アシモフ著, 小尾芙佐訳　〔「ロビイ」〕　ソニー・マガジンズ　2004.8　572p　22cm　3600円　①4-7897-2343-7

0034　"adding science to Science Fiction"〔エッセイ〕
◇ヒューゴー賞（1963年/特別賞）

0035　"Before the Golden Age"
◇ローカス賞（1975年/リプリントアンソロジー）

アシヤル　　　　　　　　　　　　　　　　　　　　　　　　　　　0036〜0050

0036 "I.Asimov: A Memoir"
◇ヒューゴー賞（1995年／ノンフィクション）
◇ローカス賞（1995年／ノンフィクション）
◎ネビュラ賞（1986年／グランド・マスター）

アジャール, エミール　Ajar, Emile ⇒ガリー, ロマン

アシュビー, M.K.　Ashby, M.K.
0037 "Joseph Ashby Of Tysoe"
◇ジェイムズ・テイト・ブラック記念賞（1961年／伝記）

アシュリー, マイク
Ashley, Mike (Michael)
0038 "Mammoth Encyclopedia of Modern Crime Fiction"
◇アメリカ探偵作家クラブ賞（2003年／批評・評伝賞）
0039 "The Supernatural Index"
◇ブラム・ストーカー賞（1995年／ノンフィクション）

アシュワース, マリー・ウェールズ
Ashworth, Mary Wells
0040 "George Washington, Volume Ⅶ"
◇ピュリッツアー賞（1958年／伝記・自伝）

アースキン, キャスリン
Erskine, Kathryn
0041 「モッキンバード」 "Mockingbird"
◇全米図書賞（2010年／児童文学）
「モッキンバード」 キャスリン・アースキン著, ニキリンコ訳　明石書店　2013.1　270p　20cm　1300円　①978-4-7503-3750-0

アストゥリアス, ミゲル・アンヘル
Asturias, Miguel Ángel
◎ノーベル文学賞（1967年）

アスプデン, ケスター　Aspden, Kester
0042 "Nationality: Wog-The Hounding of David Oluwale"
◇英国推理作家協会賞（2008年／ゴールド・ダガー〈ノンフィクション〉）

アゼアリアン, メアリー　Azarian, Mary
0043 「雪の写真家ベントレー」 "Snowflake Bentley"
◇コルデコット賞（1999年）
「雪の写真家ベントレー」 ジャクリーン・ブリッグズ・マーティン作, メアリー・アゼアリアン絵, 千葉茂樹訳　BL出版　1999.12　1冊　23×24cm　1400円　①4-89238-752-5

アーダー, フィリップ　Ardagh, Philip
0044 「あわれなエディの大災難」 "Awful end"（独語題：Schlimmes Ende）
◇ドイツ児童文学賞（2003年／児童書）
「あわれなエディの大災難」 フィリップ・アーダー作, デイヴィッド・ロバーツ絵, こだまともこ訳　あすなろ書房　2003.10　199p　20cm　1200円　①4-7515-1894-1

アダムス, ジェイムズ・トラスロウ
Adams, James Truslow
0045 "The Founding of New England"
◇ピュリッツアー賞（1922年／歴史）

アダムス, チャールズ　Addams, Charles
0046 "The World of Charles Addams"
◇ヒューゴー賞（1992年／ノンフィクション）

アダムス, デボラ　Adams, Deborah
0047 "Cast Your Fate to the Wind"
◇マカヴィティ賞（1995年／短編）

アダムス, ハロルド　Adams, Harold
0048 "The Man Who was Taller Than God"
◇シェイマス賞（1993年／長編）

アダムス, ヘンリー　Adams, Henry
0049 「ヘンリー・アダムズの教育」 "The Education of Henry Adams"
◇ピュリッツアー賞（1919年／伝記・自伝）
「ヘンリー・アダムズの教育」 ヘンリー・アダムズ著, 刈田元司訳　教育書林　1955　596p　22cm
「ヘンリー・アダムズの教育」 ヘンリー・アダムズ〔著〕, 刈田元司訳　八潮出版社　1971　537p　18cm（アメリカの文学）980円

アダムス, リチャード　Adams, Richard
0050 「ウォーターシップ・ダウンのうさぎ

6　　　　　　　　　　　　　　　　　　　　　　　　　　　　　文学賞受賞作品総覧　海外篇

たち」 "Watership Down"
◇カーネギー賞（1972年）
◇ガーディアン児童文学賞（1973年）
「ウォーターシップ・ダウンのうさぎたち 上」 リチャード・アダムズ〔著〕, 神宮輝夫訳 評論社 1975 405p 19cm 800円
「ウォーターシップ・ダウンのうさぎたち 下」 リチャード・アダムズ〔著〕, 神宮輝夫訳 評論社 1975 342p 19cm 800円
「ウォーターシップ・ダウンのうさぎたち」 リチャード・アダムズ著, 神宮輝夫訳 評論社 1980.6 2冊 15cm（評論社文庫）各480円
「ウォーターシップ・ダウンのうさぎたち 上」 リチャード・アダムズ〔著〕, 神宮輝夫訳 評論社 1989.9 405p 20cm 1300円 ①4-566-02088-6
「ウォーターシップ・ダウンのうさぎたち 下」 リチャード・アダムズ著, 神宮輝夫訳 評論社 1989.9 342p 20cm 1300円 ①4-566-02089-4
「ウォーターシップ・ダウンのウサギたち 上」 リチャード・アダムズ著, 神宮輝夫訳 評論社 2006.9 442p 20cm（ファンタジー・クラシックス） 1800円 ①4-566-01500-9
※1975年刊の新版
「ウォーターシップ・ダウンのウサギたち 下」 リチャード・アダムズ著, 神宮輝夫訳 評論社 2006.9 382p 20cm（ファンタジー・クラシックス） 1800円 ①4-566-01501-7
※1975年刊の新版

アチェベ, チヌア Achebe, Chinua
◎ブッカー賞（2007年/国際ブッカー賞）

アチソン, ディーン Acheson, Dean
0051 「アチソン回顧録」 "Present At The Creation: My Years In The State Department"
◇ピュリッツアー賞（1970年/歴史）
「アチソン回顧録」 ディーン・アチソン著, 吉沢清次郎訳 恒文社 1979.6 2冊 21cm 全6800円

アッシュベリー, ジョン Ashbery, John
0052 "Self-Portrait in a Convex Mirror"
◇全米書評家協会賞（1975年/詩）
◇全米図書賞（1976年/詩）
◇ピュリッツアー賞（1976年/詩）

アッスル, クララ Asscher-Pinkhof, Clara
0053 「星の子」 "Sterrekinderen"〔独語題：Sternkinder〕
◇ドイツ児童文学賞（1962年/ヤングアダルト）
「星の子」 アッスル作, 熊倉美康訳, 市川禎男画 学習研究社 1970 437p 19cm（少年少女学研文庫）

アットヒル, ダイアナ Athill, Diana
0054 "Somewhere Towards the End"
◇コスタ賞（2008年/伝記）
◇全米書評家協会賞（2009年/自伝）

アップダイク, ジョン Updike, John
0055 「アップダイクの世界文学案内」 "Hugging the Shore: Essays and Criticism"
◇全米書評家協会賞（1983年/批評）
「アップダイクの世界文学案内―ジョン・アップダイク集」 ジョン・アップダイク著, 中尾秀博訳 東京書籍 1994.9 238p 19cm（アメリカ・コラムニスト全集 16）2300円 ①4-487-76133-6
0056 「金持になったウサギ」 "Rabbit is Rich"
◇全米書評家協会賞（1981年/小説）
◇全米図書賞（1982年/小説/ハードカバー）
◇ピュリッツアー賞（1982年/フィクション）
「金持になったウサギ 1」 J.アップダイク〔著〕, 井上謙治訳 新潮社 1992.12 290p 20cm（新潮・現代世界の文学）2000円 ①4-10-500112-4
「金持になったウサギ 2」 J.アップダイク〔著〕, 井上謙治訳 新潮社 1992.12 358p 20cm（新潮・現代世界の文学）2000円 ①4-10-500113-2
「ラビット・アングストローム 2」 ジョン・アップダイク〔著〕, 井上謙治訳 新潮社 1999.7 946p 22cm ①4-10-500117-5
0057 「ケンタウロス」 "The Centaur"
◇全米図書賞（1964年/小説）
「新しい世界の文学 51 ケンタウロス」 ジョン・アプダイク著, 寺門泰彦, 古宮照雄訳 白水社 1968 298p 図版 20cm 680円
「ケンタウロス」 ジョン・アップダイク著, 寺門泰彦ほか訳 白水社 1979.2 297p（白水社世界の文学）1300円
「ケンタウロス」 ジョン・アップダイク

〔著〕，寺門泰彦，古宮照雄訳　新装復刊　白水社　2001.9　297p　20cm　2800円　①4-560-04737-5

0058　「さようならウサギ」　"Rabbit at Rest"
◇全米書評家協会賞（1990年／小説）
◇ピュリッツァー賞（1991年／フィクション）
「さようならウサギ　1」　J.アップダイク〔著〕，井上謙治訳　新潮社　1997.9　358p　20cm（新潮・現代世界の文学）2300円　①4-10-500114-0
「さようならウサギ　2」　J.アップダイク〔著〕，井上謙治訳　新潮社　1997.9　349p　20cm（新潮・現代世界の文学）2300円　①4-10-500115-9
「ラビット・アングストローム　2」　ジョン・アップダイク〔著〕，井上謙治訳　新潮社　1999.7　946p　22cm　①4-10-500117-5

0059　"The Early Stories 1953-1975"
◇ペン・フォークナー賞（2004年）

アップデール，エレナー　Updale, Eleanor

0060　「怪盗紳士モンモランシー」　"Montmorency"
◇ネスレ子どもの本賞（2003年／9～11歳部門／銀賞）
「怪盗紳士モンモランシー」　エレナー・アップデール著，杉田七重訳　東京創元社　2016.8　248p　15cm（創元推理文庫）840円　①978-4-488-21704-4

アップルゲイト，キャサリン　Applegate, Katherine

0061　「世界一幸せなゴリラ、イバン」　"The One and Only Ivan"
◇ニューベリー賞（2013年）
「世界一幸せなゴリラ、イバン」　Katherine Applegate著，岡田好恵訳，くまあやこ絵　講談社　2014.7　267p　20cm（講談社文学の扉）1400円　①978-4-06-219040-4

アップルゲイト，デビー　Applegate, Debby

0062　"The Most Famous Man in America: The Biography of Henry Ward Beecher"
◇ピュリッツァー賞（2007年／伝記・自伝）

アッペルフェルド，アハロン　Appelfeld, Aharon

0063　"Sippur hayim"〔仏語題：Histoire d'une vie／英題：The Story of a Life: A Memoir〕
◇メディシス賞（2004年／外国小説）

アーディ，チャールズ　Ardai, Charles

0064　「銃後の守り」　"The Home Front"
◇アメリカ探偵作家クラブ賞（2007年／短編賞）
「殺しが二人を別つまで」　ハーラン・コーベン編，山本やよい他訳　〔羽地和世訳〕　早川書房　2007.10　550p　16cm（ハヤカワ・ミステリ文庫）1000円　①978-4-15-177351-8
「エドガー賞全集―1990～2007」　ローレンス・ブロック他〔著〕，田口俊樹，木村二郎他訳　〔羽地和世訳〕　早川書房　2008.9　655p　16cm（ハヤカワ・ミステリ文庫）1000円　①978-4-15-177951-0

0065　"Songs of Innocence"
◇シェイマス賞（2008年／ペーパーバック）〈受賞時〉エイリアス，リチャード（Aleas, Richard）

アディガ，アラヴィンド　Adiga, Aravind

0066　「グローバリズム出づる処の殺人者より」　"The White Tiger"
◇ブッカー賞（2008年）
「グローバリズム出づる処の殺人者より」　アラヴィンド・アディガ著，鈴木恵訳　文藝春秋　2009.2　319p　19cm　1800円　①978-4-16-327560-4

アディソン，リンダ　Addison, Linda

0067　"Being Full of Light, Insubstantial"
◇ブラム・ストーカー賞（2007年／詩集）

0068　"Consumed, Reduced to Beautiful Grey Ashes"
◇ブラム・ストーカー賞（2001年／詩集）

0069　"Four Elements"
◇ブラム・ストーカー賞（2013年／詩集）

0070　"How to Recognize a Demon Has Become Your Friend"
◇ブラム・ストーカー賞（2011年／詩集）

アーディゾーニ, エドワード
Ardizzone, Edward

0071　「チムひとりぼっち」 "Tim All Alone"
◇ケイト・グリーナウェイ賞（1956年）
「チムひとりぼっち」　エドワード・アーディゾーニ作・絵, 神宮輝夫訳　偕成社　1968　69p　24cm（世界のカラーどうわ 5）
「チムひとりぼっち」　エドワード＝アーディゾーニさく・え, じんぐうてるおやく　改訂版　偕成社　1984.9　49p　26cm　980円　Ⓘ4-03-327270-4
「チムひとりぼっち」　エドワード・アーディゾーニさく, なかがわちひろやく　福音館書店　2001.7　47p　27cm（世界傑作絵本シリーズ―イギリスの絵本 チムシリーズ 6）1300円　Ⓘ4-8340-1716-8

アディーチェ, チママンダ・ンゴズィ
Adichie, Chimamanda Ngozi

0072　「アメリカーナ」 "Americanah"
◇全米書評家協会賞（2013年/小説）
「アメリカーナ」　チママンダ・ンゴズィ・アディーチェ著, くぼたのぞみ訳　河出書房新社　2016.10　538p　20cm　4600円　Ⓘ978-4-309-20718-6

0073　「半分のぼった黄色い太陽」〔長編〕 "Half of a Yellow Sun"
◇ベイリーズ賞（2007年）
「半分のぼった黄色い太陽」　チママンダ・ンゴズィ・アディーチェ著, くぼたのぞみ訳　河出書房新社　2010.8　506p　20cm　2600円　Ⓘ978-4-309-20551-9

アトウッド, マーガレット
Atwood, Margaret

0074　「昏き目の暗殺者」 "The Blind Assassin"
◇ブッカー賞（2000年）
「昏き目の暗殺者」　マーガレット・アトウッド著, 鴻巣友季子訳　早川書房　2002.11　678p　20cm　3400円　Ⓘ4-15-208387-5

0075　「侍女の物語」 "The Handmaid's Tale"
◇アーサー・C・クラーク賞（1987年）
「侍女の物語」　マーガレット・アトウッド〔著〕, 斎藤英治訳　新潮社　1990.3　338p　20cm　1800円　Ⓘ4-10-522501-4
「侍女の物語」　マーガレット・アトウッド著, 斎藤英治訳　早川書房　2001.10　573p　16cm（ハヤカワepi文庫）1100円　Ⓘ4-15-120011-8

0076　「またの名をグレイス」 "Alias Grace"
◇スコシアバンク・ギラー賞（1996年）
「またの名をグレイス　上」　マーガレット・アトウッド著, 佐藤アヤ子訳　岩波書店　2008.3　323p　20cm　2800円　Ⓘ978-4-00-024805-1
「またの名をグレイス　下」　マーガレット・アトウッド著, 佐藤アヤ子訳　岩波書店　2008.5　355p　20cm　2800円　Ⓘ978-4-00-024806-8
「またの名をグレイス　上」　マーガレット・アトウッド〔著〕, 佐藤アヤ子訳　岩波書店　2018.9　363p　15cm（岩波現代文庫―文芸 301）1160円　Ⓘ978-4-00-602301-0
「またの名をグレイス　下」　マーガレット・アトウッド〔著〕, 佐藤アヤ子訳　岩波書店　2018.9　394p　15cm（岩波現代文庫―文芸 302）1160円　Ⓘ978-4-00-602302-7
◎フランツ・カフカ賞（2017年）

アトキンソン, ケイト　Atkinson, Kate

0077　「博物館の裏庭で」 "Behind the Scenes at the Museum"
◇コスタ賞（1995年/年間大賞・処女長編）
「博物館の裏庭で」　ケイト・アトキンソン著, 小野寺健訳　新潮社　2008.8　484p　20cm（Crest books）2500円　Ⓘ978-4-10-590069-4

0078　"A God in Ruins"
◇コスタ賞（2015年/長編）

0079　"Life After Life"
◇コスタ賞（2013年/長編）

アトキンソン, リック　Atkinson, Rick

0080　"An Army at Dawn: The War in North Africa, 1942-1943"
◇ピュリッツァー賞（2003年/歴史）

アドコック, トマス　Adcock, Thomas

0081　「死を告げる絵」 "Dark Maze"
◇アメリカ探偵作家クラブ賞（1992年/ペーパーバック賞）
「死を告げる絵」　トマス・アドコック著, 大谷豪見訳　The Mysterious Press　1996.5　472p　16cm（ハヤカワ文庫―ミステリアス・プレス文庫）720円　Ⓘ4-15-100100-X

アードマン, ポール・E.
Erdman, Paul E.

0082　「十億ドルの賭け」 "The Billion

Dollar Sure Thing"
◇アメリカ探偵作家クラブ賞（1974年/処女長編賞）
「十億ドルの賭け」ポール・アードマン著，渡辺栄一郎訳　TBS出版会　1975　315p　20cm（ワールド・スーパーノヴェルズ）1200円

アートリー，アレグザンドラ　Artley, Alexandra

0083　「復讐の家」　"Murder in the Heart"
◇英国推理作家協会賞（1993年/ゴールド・ダガー〈ノンフィクション〉）
「復讐の家」アレグザンドラ・アートリー著，阿尾正子訳　原書房　1997.7　335p　20cm　1900円　Ⓘ4-562-02940-4

アードリック，ルイーズ　Erdrich, Louise

0084　「ラブ・メディシン」　"Love Medicine"
◇全米書評家協会賞（1984年/小説）
「ラブ・メディシン」ルイーズ・アードリック著，望月佳重子訳　筑摩書房　1990.7　416p　20cm　2680円　Ⓘ4-480-83104-5

0085　"Chickadee"
◇スコット・オデール賞（2013年）

0086　"The Antelope Wife"
◇世界幻想文学大賞（1999年/長編）

0087　"The Game of Silence"
◇スコット・オデール賞（2006年）

0088　"The Round House"
◇全米図書賞（2012年/小説）

アーナスン，エリナー　Arnason, Eleanor

0089　"A Woman of the Iron People"
◇ジョン・W・キャンベル記念賞（1992年/第3位）

アーナット，マリアン　Arnott, Marion

0090　「プロイセンのスノー・ドロップ」　"Prussian Snowdrops"
◇英国推理作家協会賞（2001年/短編ダガー）
「ミステリマガジン　47(9)」〔上條ひろみ訳〕早川書房　2002.9　p204〜230

アナン，ノエル・G.　Annan, Noel G.

0091　"Leslie Stephen"
◇ジェイムズ・テイト・ブラック記念賞（1951年/伝記）

アーノット，ジェイク　Arnott, Jake

◎英国推理作家協会賞（2005年/図書館賞）

アーノルド，テッド　Arnold, Tedd

0092　"Rat Life"
◇アメリカ探偵作家クラブ賞（2008年/ヤングアダルト賞）

アバニ，クリス　Abani, Chris

0093　"The Secret History of Las Vegas"
◇アメリカ探偵作家クラブ賞（2015年/ペーパーバック賞）

アハメド，ライアカット　Ahamed, Liaquat

0094　「世界恐慌―経済を破綻させた4人の中央銀行総裁」　"Lords of Finance: The Bankers Who Broke the World"
◇ピュリッツァー賞（2010年/歴史）
「世界恐慌―経済を破綻させた4人の中央銀行総裁　上」ライアカット・アハメド著，吉田利子訳　筑摩書房　2013.9　331p　19cm（筑摩選書）1600円　Ⓘ978-4-480-01579-2
「世界恐慌―経済を破綻させた4人の中央銀行総裁　下」ライアカット・アハメド著，吉田利子訳　筑摩書房　2013.9　334p　19cm（筑摩選書）1600円　Ⓘ978-4-480-01580-8

アビッシュ，ウォルター　Abish, Walter

0095　「すべての夢を終える夢」　"How German Is It？"
◇ペン・フォークナー賞（1981年）
「すべての夢を終える夢」ウォルター・アビッシュ著，新田玲子訳　青土社　2001.12　432p　20cm　3600円　Ⓘ4-7917-5928-1

アービン，ニュートン　Arvin, Newton

0096　"Herman Melville"
◇全米図書賞（1951年/ノンフィクション）

アブネット，キャサリン　Abnett, Kathryn

0097　"The Dagenham Murder"
◇英国推理作家協会賞（2006年/ゴールド・ダガー〈ノンフィクション〉）

アブラハム, パール　Abraham, Pearl
0098 "Hasidic Noir"
◇シェイマス賞（2005年／短編）

アプルボーム, アン　Applebaum, Anne
0099 「グラーグーソ連集中収容所の歴史」 "Gulag: A History"
◇ピュリッツアー賞（2004年／ノンフィクション）
「グラーグーソ連集中収容所の歴史」 アン・アプルボーム〔著〕，川上洸訳　白水社　2006.7　651, 25p　22cm　5200円　Ⓘ4-560-02619-X

アペリ, ヤン　Apperry, Yann
0100 "Diabolus in musica"
◇メディシス賞（2000年）

アボット, ジェフ　Abbott, Jeff
0101 「図書館の死体」 "Do Unto Others"
◇アガサ賞（1994年／処女長編）
◇マカヴィティ賞（1995年／処女長編）
「図書館の死体」 ジェフ・アボット著，佐藤耕士訳　The Mysterious Press　1997.3　398p　16cm（ハヤカワ文庫―ミステリアス・プレス文庫）700円　Ⓘ4-15-100110-7
「図書館の死体」 ジェフ・アボット著，佐藤耕士訳　早川書房　2005.3　446p　16cm（ハヤカワ・ミステリ文庫）840円　Ⓘ4-15-174554-8

アボット, ジョージ　Abbott, George
0102 「フィオレロ！」 "Fiorello！"
◇ピュリッツアー賞（1960年／戯曲）

アボット, トニー　Abbott, Tony
0103 "The Postcard"
◇アメリカ探偵作家クラブ賞（2009年／ジュヴナイル賞）

アボット, ミーガン　Abbott, Megan
0104 「暗黒街の女」 "Queenpin"
◇アメリカ探偵作家クラブ賞（2008年／ペーパーバック賞）
◇バリー賞（2008年／ペーパーバック）
「暗黒街の女」 ミーガン・アボット著，漆原敦子訳　早川書房　2008.11　191p　19cm（ハヤカワ・ミステリ）1200円　Ⓘ978-4-15-001818-4

アーマー, ローラ・アダムズ　Armer, Laura Adams
0105 「夜明けの少年」 "Waterless Mountain"
◇ニューベリー賞（1932年）
「夜明けの少年」 ローラ・アダムズ・アーマー著，和田穹男，アキコ・フリッド訳　めるくまーる　1998.11　300p　20cm　1800円　Ⓘ4-8397-0097-4

アーマントラウト, レイ　Armantrout, Rae
0106 "Versed"
◇全米書評家協会賞（2009年／詩）
◇ピュリッツアー賞（2010年／詩）

アームストロング, ウィリアム・H.　Armstrong, William H.
0107 「父さんの犬サウンダー」〔別題「ほえろサウンダー」〕 "Sounder"
◇ニューベリー賞（1970年）
「ほえろサウンダー」 アームストロング作，飯島和子訳，島崎樹夫画　学習研究社　1971　187p　19cm（少年少女学研文庫 29）
「父さんの犬サウンダー」 W.H.アームストロング作，曽田和子訳　岩波書店　1998.2　177p　18cm（岩波少年文庫）600円　Ⓘ4-00-112149-2

アームストロング, ケン　Armstrong, Ken
0108 "Scoreboard, Baby: A Story of College Football, Crime and Complicity"
◇アメリカ探偵作家クラブ賞（2011年／犯罪実話賞）

アームストロング, シャーロット　Armstrong, Charlotte
0109 「毒薬の小壜」 "A Dram of Poison"
◇アメリカ探偵作家クラブ賞（1957年／長編賞）
「毒薬の小壜」 シャーロット・アームストロング著，小笠原豊樹訳　早川書房　1958　221p　19cm
「毒薬の小壜」 シャーロット・アームストロング著，小笠原豊樹訳　早川書房　1977.10　301p　16cm（ハヤカワ・ミステリ文庫）340円

アームストロング, リチャード　Armstrong, Richard
0110 「海に育つ」 "Sea Change"

◇カーネギー賞（1948年）
「海に育つ—キャム・レントンの航海記録」 R.アームストロング作，林克己訳，M.レスツィンスキー絵　岩波書店　1957　323p 図版　18cm（岩波少年文庫）

アームストロング, ロリ　Armstrong, Lori

0111 "No Mercy"
◇シェイマス賞（2011年／長編）

0112 "Snow Blind"
◇シェイマス賞（2009年／ペーパーバック）

アメット, ジャック＝ピエール　Amette, Jacques-Pierre

0113 「ブレヒトの愛人」"La maîtresse de Brecht"
◇ゴンクール賞（2003年）
「ブレヒトの愛人」 ジャック＝ピエール・アメット著，中原毅志訳　小学館　2004.10　265p　16cm（小学館文庫）600円　①4-09-405464-2

アモンズ, マーク　Ammons, Mark

0114 "The Catch"
◇アメリカ探偵作家クラブ賞（2008年／ロバート・L・フィッシュ賞）

アモンズ, A.R.　Ammons, A.R.

0115 "A Coast of Trees"
◇全米書評家協会賞（1981年／詩）

0116 "Collected Poems, 1951-1971"
◇全米図書賞（1973年／詩）

0117 "Garbage"
◇全米図書賞（1993年／詩）

アーモンド, デイヴィッド　Almond, David

0118 「肩胛骨は翼のなごり」 "Skellig"
◇カーネギー賞（1998年）
◇コスタ賞（1998年／児童書）
「肩胛骨は翼のなごり」 デイヴィッド・アーモンド著，山田順子訳　東京創元社　2000.9　180p　19cm　1450円　①4-488-01399-6
「肩胛骨は翼のなごり」 デイヴィッド・アーモンド著，山田順子訳　東京創元社　2009.1　241p　15cm（創元推理文庫）700円　①978-4-488-54302-0

0119 「火を喰う者たち」"The Fire-Eaters"
◇コスタ賞（2003年／児童書）
◇ネスレ子どもの本賞（2003年／9〜11歳部門／金賞）
◇ボストングローブ・ホーンブック賞（2004年／フィクション・詩）
「火を喰う者たち」 デイヴィッド・アーモンド著，金原瑞人訳　河出書房新社　2005.1　245p　20cm　1500円　①4-309-20427-9

0120 「闇の底のシルキー」"Kit's Wilderness"
◇ネスレ子どもの本賞（1999年／9〜11歳部門／銀賞）
「闇の底のシルキー」 デイヴィッド・アーモンド著，山田順子訳　東京創元社　2001.10　251p　19cm　1900円　①4-488-01316-3

0121 "A Song for Ella Grey"
◇ガーディアン児童文学賞（2015年）
◎国際アンデルセン賞（2010年／作家賞）

アヤラ, フランシスコ　Ayala, Francisco

◎セルバンテス賞（1991年）

荒井　良二　あらい・りょうじ

◎アストリッド・リンドグレーン記念文学賞（2005年）

アラゴン, ルイ　Aragon, Louis

0122 「お屋敷町」"Les Beaux Quartiers"
◇ルノドー賞（1936年）
「お屋敷町　上」 ルイ・アラゴン著，関義訳　新潮社　1954　293p　20cm（現代フランス文学叢書）
「お屋敷町　下」 ルイ・アラゴン著，関義訳　新潮社　1954　253p　20cm（現代フランス文学叢書）
「世界文学全集—20世紀の文学　11　アラゴン」 伊藤整等編〔橋本一明訳〕 集英社　1967　463p 図版　20cm　520円

アラード, ネリー　Alard, Nelly

0123 "Moment d'un couple"
◇アンテラリエ賞（2013年）

アーリー, ジェラルド　Early, Gerald

0124 "The Culture of Bruising: Essays on Prizefighting Literature and Modern American Culture"
◇全米書評家協会賞（1994年／批評）

アーリー, ジャック　Early, Jack

0125 「芸術的な死体」"A Creative

Kind of Killer"
◇シェイマス賞（1985年／処女長編）
「芸術的な死体」 ジャック・アーリー著,大久保寛訳 サンケイ出版 1987.1 361p 16cm（サンケイ文庫―海外ノベルス・シリーズ） 500円 ①4-383-02572-2
「芸術的な死体」 ジャック・アーリー著,大久保寛訳 扶桑社 1990.5 361p 16cm（扶桑社ミステリー） 540円 ①4-594-00581-0

アリ, ミリアム　Harry, Myriam

0126 "La Conquête de Jérusalem"
◇フェミナ賞（1904年）

アーリイ, ピート　Earley, Pete

0127 「おまえが殺ったと誰もが言う」 "Circumstantial Evidence"
◇アメリカ探偵作家クラブ賞（1996年／犯罪実話賞）
「おまえが殺ったと誰もが言う―南部女子学生惨殺事件の真相 上」 ピート・アーリイ著,田中昌太郎訳 早川書房 1997.12 358p 16cm（ハヤカワ文庫NF） 760円 ①4-15-050213-7
「おまえが殺ったと誰もが言う―南部女子学生惨殺事件の真相 下」 ピート・アーリイ著,田中昌太郎訳 早川書房 1997.12 335p 16cm（ハヤカワ文庫NF） 760円 ①4-15-050214-5

アリエティ, シルヴァーノ　Arieti, Silvano

0128 「精神分裂病の解釈」 "Interpretation of Schizophrenia"
◇全米図書賞（1975年／科学）
「精神分裂病の解釈 1」 シルヴァーノ・アリエティ［著］, 殿村忠彦, 笠原嘉監訳 みすず書房 1995.9 542p 22cm 12360円 ①4-622-04098-0
※訳：阪田恩ほか
「精神分裂病の解釈 2」 シルヴァーノ・アリエティ［著］, 殿村忠彦, 笠原嘉監訳 みすず書房 1995.9 p545～996, 57p 22cm 12360円 ①4-622-04099-9
※訳：猪子香代ほか

アリグザンダー, ロイド　Alexander, Lloyd

0129 「王国の独裁者」 "Westmark"
◇全米図書賞（1982年／児童小説／ハードカバー）
「王国の独裁者」 ロイド・アリグザンダー作, 宮下嶺夫訳 評論社 2008.11 266p 20cm（ウェストマーク戦記 1） 1600円 ①978-4-566-02406-9

0130 「セバスチァンの大失敗」 "The Marvelous Misadventures of Sebastian"
◇全米図書賞（1971年／児童文学）
「セバスチァンの大失敗」 ロイド・アリグザンダー著, 神宮輝夫訳 評論社 1977.10 293p 18cm（児童図書館・文学の部屋―ロイド・アリグザンダーユーモア作品集） 980円

0131 「タラン・新しき王者」 "The High King"
◇ニューベリー賞（1969年）
「タラン・新しき王者」 L.アリグザンダー著, 神宮輝夫訳 評論社 1977.2 354p 21cm（児童図書館・文学の部屋―プリデイン物語 5） 1500円

0132 "The Fortune Tellers"
◇ボストングローブ・ホーンブック賞（1993年／絵本）

◎世界幻想文学大賞（2003年／生涯功労賞）

アリン, ダグ　Allyn, Doug

0133 「最後の儀式」 "Final Rites"
◇アメリカ探偵作家クラブ賞（1986年／ロバート・L・フィッシュ賞）
「ミステリマガジン 32（12）」〔長野きよみ訳〕 早川書房 1987.12 p216～231

0134 「ダンシング・ベア」 "The Dancing Bear"
◇アメリカ探偵作家クラブ賞（1995年／短編賞）
「ある詩人の死」 ダグ・アリン著, 田口俊樹ほか訳 〔田口俊樹訳〕 光文社 2000.1 359p 16cm（光文社文庫―英米短編ミステリー名人選集 6） 590円 ①4-334-76114-3
「エドガー賞全集―1990～2007」 ローレンス・ブロック他〔著〕, 田口俊樹, 木村二郎他訳 〔田口俊樹訳〕 早川書房 2008.9 655p 16cm（ハヤカワ・ミステリ文庫） 1000円 ①978-4-15-177951-0

0135 「二度死んだ男」 "Deja Vu"
◇マカヴィティ賞（1989年／短編）
「ミステリマガジン 35（3）」〔坂本憲一訳〕 早川書房 1990.3 p182～194, 203～206

0136 「ライラックの香り」 "The Scent of Lilacs"

◇アメリカ探偵作家クラブ賞（2011年／短編賞）
「ミステリアス・ショーケース」デイヴィッド・ゴードン他著,早川書房編集部編〔富永和子訳〕　早川書房　2012.3　253p　19cm（Hayakawa pocket mystery books）1300円　①978-4-15-001857-3

アールストローム, S.E.　Ahlstrom, S.E.

0137　「アメリカ神学思想史入門」"A Religious History of the American People"
◇全米図書賞（1973年／哲学・宗教）
「アメリカ神学思想史入門」S.E.オールストローム著,児玉佳与子訳　教文館　1990.3　217p　19cm　2000円　①4-7642-6263-0

アルドゥーアン, マリア・ル　Hardouin, Maria Le

0138　「ハートの女王」"La Dame de cœur"
◇フェミナ賞（1949年）
「ハートの女王」マリア・ル・アルドゥーアン著,小島輝正訳　ダヴィッド社　1951　234p　19cm

アルトマン, H.C.　Artmann, H.C.
◎ビューヒナー賞（1997年）

アルノー, ジョルジュ＝ジャン　Arnaud, G.-J.

0139　"La compagnie des glaces"
◇イマジネール大賞（1982年／特別賞）
◇アポロ賞（1988年）

アルノッティ, クリスティーヌ　Arnothy, Christine

0140　"Toutes les chances plus une"
◇アンテラリエ賞（1980年）

アルバーグ, ジャネット　Ahlberg, Janet

0141　「もものき なしのき プラムのき」"Each Peach Pear Plum"
◇ケイト・グリーナウェイ賞（1978年）
「もものきなしのきプラムのき」ジャネット・アールバーグ,アラン・アールバーグさく,佐藤涼子やく　評論社　1981.2　1冊　20×25cm　（評論社の児童図書館・絵本の部屋）980円

0142　「ゆかいなゆうびんやさんのクリスマス」"The Jolly Christmas Postman"
◇ケイト・グリーナウェイ賞（1991年）
「ゆかいなゆうびんやさんのクリスマス」ジャネット＆アラン・アルバーグ作,佐野洋子訳　文化出版局　1992.10　1冊　19×22cm　1800円　①4-579-40312-6
「ゆかいなゆうびんやさんのクリスマス」ジャネット＆アラン・アルバーグ作,佐野洋子訳　大判　文化出版局　2006.10　1冊（ページ付なし）　21×24cm　1800円　①4-579-40431-9

アルバート, ワルター　Albert, Walter

0143　"Detective and Mystery Fiction: An International Bibliography of Secondary Sources"
◇アメリカ探偵作家クラブ賞（1986年／スペシャルエドガー）

アルバロ, コラード　Alvaro, Corrado

0144　"Quasi una vita"
◇ストレーガ賞（1951年）

アルピーノ, ジョヴァンニ　Arpino, Giovanni

0145　"L'ombra delle colline"
◇ストレーガ賞（1964年）

アルフィン, エレイン・マリ　Alphin, Elaine Marie

0146　"Counterfeit Son"
◇アメリカ探偵作家クラブ賞（2001年／ヤングアダルト賞）

アルフォナ, エイドリアン　Alphona, Adrian

0147　「Ms.マーベル—もうフツーじゃないの」"Ms.Marvel Volume1: No Normal"
◇ヒューゴー賞（2015年／グラフィックストーリー）
「Ms.マーベル—もうフツーじゃないの」G・ウィロー・ウィルソンライター,エイドリアン・アルフォナアーティスト,秋友克也訳　ヴィレッジブックス　2017.9　115p　26cm　2200円　①978-4-86491-348-5

アルフライ, カテリーネ　Allfrey, Katherine

0148　「イルカの夏」"Delphinensommer"
◇ドイツ児童文学賞（1964年／児童書）
「イルカの夏」カテリーネ・アルフライ作,矢川澄子訳,イングリット・シュナイダー絵　岩波書店　1969　279p

21cm

アルベルティ, ラファエル
Alberti, Rafael

◎セルバンテス賞（1983年）

アルラン, マルセル Arland, Marcel

0149「秩序」"L'ordre"
◇ゴンクール賞（1929年）
「秩序　1」マルセル・アルラン著, 佐藤文樹訳　弘文堂書房　1940　218p　18cm（世界文庫）
「秩序　2」マルセル・アルラン著, 佐藤文樹訳　弘文堂書房　1940　235p　18cm（世界文庫）
「秩序　3」マルセル・アルラン著, 佐藤文樹訳　弘文堂書房　1942　246p　15cm（世界文庫）
「秩序　上」マルセル・アルラン著, 佐野一男訳　新潮社　1952　265p　19cm
「秩序　下」マルセル・アルラン著, 佐野一男訳　新潮社　1952　264p　19cm

アレイクサンドレ, ビセンテ
Aleixandre, Vicente

◎ノーベル文学賞（1977年）

アレグザンダー, ウィリアム
Alexander, William

0150「仮面の街」"Goblin Secrets"
◇全米図書賞（2012年/児童文学）
「仮面の街」ウィリアム・アレグザンダー著, 斎藤倫子訳　東京創元社　2015.4　268p　20cm　1900円　①978-4-488-01043-0

アレクサンダー, クワメ
Alexander, Kwame

0151 "The Crossover"
◇ニューベリー賞（2015年）

アレクサンダー, シャナ
Alexander, Shana

0152 "Very Much A Lady"
◇アメリカ探偵作家クラブ賞（1984年/犯罪実話賞）

アレクサンダー, パトリック
Alexander, Patrick

0153「大統領暗殺指令」"Death of a Thin Skinned Animal"
◇英国推理作家協会賞（1976年/ジョン・クリーシー記念賞）
「大統領暗殺指令」パトリック・アレクサンダー著, 菊池光訳　徳間書店　1978.4　259p　18cm（Tokuma novels）650円

アレクサンダー, マリア
Alexander, Maria

0154 "Mr.Wicker"
◇ブラム・ストーカー賞（2014年/処女長編）

アレクシー, シャーマン
Alexie, Sherman

0155「はみだしインディアンのホントにホントの物語」"The Absolutely True Diary of a Part-Time Indian"
◇全米図書賞（2007年/児童文学）
◇ボストングローブ・ホーンブック賞（2008年/フィクション・詩）
「はみだしインディアンのホントにホントの物語」シャーマン・アレクシー著, エレン・フォーニー絵, さくまゆみこ訳　小学館　2010.2　349p　19cm（Super！YA）1500円　①978-4-09-290514-6

0156 "War Dances"
◇ペン・フォークナー賞（2010年）

アレクシエーヴィッチ, スヴェトラーナ
Alexievich, Svetlana

0157「セカンドハンドの時代」"Время секонд хэнд"〔仏語題：La fin de l'homme rouge/英題：Secondhand Time：The Last of the Soviets〕
◇メディシス賞（2013年/エッセイ）
「セカンドハンドの時代―「赤い国」を生きた人びと」スヴェトラーナ・アレクシエーヴィチ〔著〕, 松本妙子訳　岩波書店　2016.9　606, 15p　20cm　2700円　①978-4-00-061151-0

0158「チェルノブイリの祈り」"Чернобыльская молитва"〔アメリカ版英題：Voices From Chernobyl：The Oral History of Nuclear Disaster/イギリス版英題：Chernobyl Prayer： A Chronicle of the Future〕
◇全米書評家協会賞（2005年/ノンフィクション）
「チェルノブイリの祈り―未来の物語」スベトラーナ・アレクシエービッチ〔著〕, 松本妙子訳　岩波書店　1998.12　246p　20cm　2000円　①4-00-001388-2
「チェルノブイリの祈り―未来の物語」

スベトラーナ・アレクシエービッチ〔著〕, 松本妙子訳　岩波書店　2011.6　311p　15cm（岩波現代文庫）1040円　⓵978-4-00-603225-8

◎ノーベル文学賞（2015年）

アレクシス, アンドレ　Alexis, André

0159　"Fifteen Dogs"
◇スコシアバンク・ギラー賞（2015年）

アレグリア, クラリベル　Alegría, Claribel

◎ノイシュタット国際文学賞（2006年）

アレグレット, マイクル　Allegretto, Michael

0160　「岩場の死」"Death on the Rocks"
◇シェイマス賞（1988年/処女長編）

「岩場の死」マイクル・アレグレット著, 黒原敏行訳　早川書房　1989.10　256p　19cm（ハヤカワ・ミステリー私立探偵ジェイコブ・ロマックス）850円　⓵4-15-001539-2

アレン, アグネス　Allen, Agnes

0161　"The Story of Your Home"
◇カーネギー賞（1949年）

アレン, ジュディ　Allen, Judy

0162　「木を切らないで」"Awaiting Developments"
◇コスタ賞（1988年/児童書）

「木を切らないで」ジュディ・アレン作, 小峰和子訳　福武書店　1992.4　261p　19cm（ベスト・チョイス）1500円　⓵4-8288-4999-8

アレンスバーグ, アン　Arensberg, Ann

0163　"Sister Wolf"
◇全米図書賞（1981年/処女小説）

アロンソ, ダマソ　Alonso, Dámaso

◎セルバンテス賞（1978年）

アロンソン, スティーヴン・M.L.　Aronson, Stephen M.L.

0164　"Savage Grace"
◇アメリカ探偵作家クラブ賞（1986年/犯罪実話賞）

アンガー, アーウィン　Unger, Irwin

0165　"The Greenback Era"
◇ピュリッツアー賞（1965年/歴史）

アンジェリ, マルグリット・デ　Angeli, Marguerite de

0166　"The Door in the Wall"
◇ニューベリー賞（1950年）

アンジョレッティ, G.B.　Angioletti, G.B.

0167　"La memoria"
◇ストレーガ賞（1949年）

アンズワース, バリー　Unsworth, Barry

0168　"Sacred Hunger"
◇ブッカー賞（1992年）

アンソニイ, ピアズ　Antony, Piers

0169　「カメレオンの呪文」"A Spell for Chameleon"
◇英国幻想文学賞（1978年/長編〈オーガスト・ダーレス賞〉）

「カメレオンの呪文―魔法の国ザンス1」ピアズ・アンソニイ著, 山田順子訳　早川書房　1981.5　458p　16cm（ハヤカワ文庫―FT）540円

アンダース, チャーリー・ジェーン　Anders, Charlie Jane

0170　"All the Birds in the Sky"
◇ネビュラ賞（2016年/長編）

0171　"Six Months, Three Days"
◇ヒューゴー賞（2012年/中編）

アンダースン, ポール　Anderson, Poul

0172　「王に対して休戦なし」"No Truce with Kings"
◇ヒューゴー賞（1964年/短編）

「世界SF大賞傑作選（ヒューゴー・ウィナーズ）1」アイザック・アシモフ編〔矢野徹訳〕　講談社　1978.12　265p　15cm（講談社文庫）320円

0173　「空気と闇の女王」"The Queen of Air and Darkness"
◇ネビュラ賞（1971年/中編）
◇ヒューゴー賞（1972年/中長編）
◇ローカス賞（1972年/短編）

「世界SF大賞傑作選（ヒューゴー・ウィナーズ）6」アイザック・アシモフ編〔矢野徹訳〕　講談社　1978.6　288p　15cm（講談社文庫）340円

0174　「トラジェディ」"Goat Song"
◇ネビュラ賞（1972年/中編）
◇ヒューゴー賞（1973年/中編）

「世界SF大賞傑作選（ヒューゴー・ウィナーズ）6」アイザック・アシモフ編

〔深町真理子訳〕 講談社 1978.6 288p 15cm（講談社文庫）340円

0175 「長い旅路」 "The Longest Voyage"
◇ヒューゴー賞（1961年/短編）
「ヒューゴー賞傑作集 No.2」 アイザック・アシモフ編, 志摩隆等訳〔稲葉明雄訳〕 早川書房 1967 2版 19cm（ハヤカワ・SF・シリーズ）270-280円

0176 「肉の分かち合い」 "The Sharing of Flesh"
◇ヒューゴー賞（1969年/中編）
「世界SF大賞傑作選（ヒューゴー・ウィナーズ）4」 アイザック・アシモフ編〔酒匂真理子訳〕 講談社 1979.8 266p 15cm（講談社文庫）320円

0177 "Genesis"
◇ジョン・W・キャンベル記念賞（2001年/第1位）

0178 "Hrolf Kraki's Saga"
◇英国幻想文学賞（1974年/長編〈オーガスト・ダーレス賞〉）

0179 "Hunter's Moon"
◇ヒューゴー賞（1979年/中編）

0180 "Starfarers"
◇ジョン・W・キャンベル記念賞（1999年/第2位）

0181 "The Saturn Game"
◇ネビュラ賞（1981年/中長編）
◇ヒューゴー賞（1982年/中長編）
◎ヒューゴー賞（1978年/ガンダルフ賞〈グランドマスター〉）
◎ネビュラ賞（1997年/グランド・マスター）

アンダーソン, マクスウェル Anderson, Maxwell

0182 "Both Your Houses"
◇ピュリッツァー賞（1933年/戯曲）

アンダーソン, レイチェル Anderson, Rachel

0183 "Paper Faces"
◇ガーディアン児童文学賞（1992年）

アンダーソン, ローリー・ハルツ Anderson, Laurie Halse

0184 "Chains"
◇スコット・オデール賞（2009年）

アンダーソン, M.T. Anderson, M.T.

0185 "The Astonishing Life of Octavian Nothing, Traitor to the Nation, Volume Ⅰ: The Pox Party"
◇全米図書賞（2006年/児童文学）
◇ボストングローブ・ホーンブック賞（2007年/フィクション・詩）

アンドリッチ, イヴォ Andrić, Ivo
◎ノーベル文学賞（1961年）

アンドリュース, チャールズ・マクリーン Andrews, Charles McLean

0186 "The Colonial Period of American History"
◇ピュリッツァー賞（1935年/歴史）

アンドリューズ, ドナ Andrews, Donna

0187 「恋するA・I探偵」 "You've Got Murder"
◇アガサ賞（2002年/長編）
「恋するA・I探偵」 ドナ・アンドリューズ著, 島村浩子訳 早川書房 2005.8 413p 16cm（ハヤカワ・ミステリ文庫）840円 ①4-15-172455-9

0188 「庭に孔雀、裏には死体」 "Murder, With Peacocks"
◇アガサ賞（1999年/処女長編）
◇アンソニー賞（2000年/処女長編）
◇バリー賞（2000年/処女長編）
「庭に孔雀、裏には死体」 ドナ・アンドリューズ著, 島村浩子訳 早川書房 2001.4 516p 16cm（ハヤカワ・ミステリ文庫）900円 ①4-15-172451-6

0189 「鼠の話」 "A Rat's Tale"
◇アガサ賞（2007年/短編）
「ハヤカワミステリマガジン 53(9)」〔島村浩子訳〕 早川書房 2008.9 p82～86

アンドルヴォン, ジャン＝ピエール Andrevon, Jean-Pierre

0190 "La Fée et le géomètre"
◇イマジネール大賞（1982年/青少年向け長編〈フランス語〉）

0191 "Sukran"
◇イマジネール大賞（1990年/長編〈フランス語〉）

アンドルエット, マリア・テレサ Andruetto, Maria Teresa
◎国際アンデルセン賞（2012年/作家賞）

安野 光雅　あんの・みつまさ

0192　「**ABCの本**」　"Anno's Alphabet"
◇ボストングローブ・ホーンブック賞（1975年/絵本）
「ABCの本――へそまがりのアルファベット」　安野光雅〔画〕　福音館書店　1974　1冊（頁付なし）　26cm　1500円

0193　「**旅の絵本**」　"Anno's Journey"
◇ボストングローブ・ホーンブック賞（1978年/絵本）
「旅の絵本」　安野光雅著　福音館書店　1977.4　1冊　26cm（日本傑作絵本シリーズ）950円
「旅の絵本　2」　安野光雅著　福音館書店　1978.10　1冊　26cm（日本傑作絵本シリーズ）950円
「旅の絵本　3」　安野光雅著　福音館書店　1981.11　1冊　26cm（日本傑作絵本シリーズ）1000円
「旅の絵本　4」　安野光雅〔著〕　福音館書店　1983.9　1冊　26cm（日本傑作絵本シリーズ）1000円
「旅の絵本　5」　安野光雅〔著〕　福音館書店　2003.9　1冊（ページ付なし）　26cm　1300円　①4-8340-0630-1
「旅の絵本　6」　安野光雅〔著〕　福音館書店　2004.10　55p　26cm　1300円　①4-8340-2014-2
「旅の絵本　7」　安野光雅〔作〕　福音館書店　2009.9　1冊（ページ付なし）　26cm　1400円　①978-4-8340-2463-0
「旅の絵本　8」　安野光雅〔著〕　福音館書店　2013.5　〔56p〕　26cm　1400円　①978-4-8340-8003-2
「旅の絵本　9」　安野光雅〔著〕　福音館書店　2018.6　〔56p〕　26cm　1400円　①978-4-8340-8407-8

◎国際アンデルセン賞（1984年/画家賞）

アンビエレ, フランシス　Ambrière, Francis

0194　"Les grandes vacances"
◇ゴンクール賞（1940年）

アンブラー, エリック　Ambler, Eric

0195　「**グリーン・サークル事件**」　"The Levanter"
◇英国推理作家協会賞（1972年/ゴールド・ダガー）
「グリーン・サークル事件」　エリック・アンブラー著, 藤倉秀彦訳　東京創元社　2008.9　408p　15cm（創元推理文庫）1080円　①978-4-488-13703-8

0196　「**ダーティ・ストーリー**」　"Dirty Story"
◇英国推理作家協会賞（1967年/英国作品）
「ダーティ・ストーリー」　エリック・アンブラー著, 宇野利泰訳　早川書房　1979.2　334p　16cm（ハヤカワ・ミステリ文庫）380円

0197　「**武器の道**」　"Passage of Arms"
◇英国推理作家協会賞（1959年/クロスド・レッド・ヘリング賞）
「武器の道」　エリック・アンブラー著, 宇野利泰訳　早川書房　1960　345p　19cm（世界ミステリシリーズ）
「武器の道」　エリック・アンブラー著, 宇野利泰訳　早川書房　1977.4　425p　16cm（ハヤカワ・ミステリ文庫）460円

0198　「**真昼の翳**」　"The Light of Day"
◇アメリカ探偵作家クラブ賞（1964年/長編賞）
「真昼の翳」　エリック・アンブラー著, 宇野利泰訳　早川書房　1963　289p　19cm（世界ミステリシリーズ）
「真昼の翳」　エリック・アンブラー著, 宇野利泰訳　早川書房　1976　357p　16cm（ハヤカワ・ミステリ文庫）370円

0199　"Here Lies: An Autobiography"
◇アメリカ探偵作家クラブ賞（1987年/批評・評伝賞）

◎アメリカ探偵作家クラブ賞（1975年/巨匠賞）

◎英国推理作家協会賞（1986年/ダイヤモンド・ダガー）

アンブラス, ヴィクター　Ambrus, Victor G.

0200　「**バイオリンひきのミーシカ**」　"Mishka"
◇ケイト・グリーナウェイ賞（1975年）
「バイオリンひきのミーシカ」　ヴィクター・アンブラスさく・え, かたおかひかるやく　らくだ出版　1983.11　1冊　29cm　1100円

0201　"Horses in Battle"
◇ケイト・グリーナウェイ賞（1975年）

0202　"Three Poor Tailors"
◇ケイト・グリーナウェイ賞（1965年）

アンホールト, キャサリン
Anholt, Catherine

0203 「いたずらふたごチンプとジィー」 "Chimp and Zee"
◇ネスレ子どもの本賞（2001年/5歳以下部門/金賞）
「いたずらふたごチンプとジィー」 キャサリンとローレンス・アンホールト作, 角野栄子訳　小学館　2002.5　1冊　31cm　1400円　①4-09-727353-1

アンホールト, ローレンス
Anholt, Laurence

0204 「いたずらふたごチンプとジィー」 "Chimp and Zee"
◇ネスレ子どもの本賞（2001年/5歳以下部門/金賞）
「いたずらふたごチンプとジィー」 キャサリンとローレンス・アンホールト作, 角野栄子訳　小学館　2002.5　1冊　31cm　1400円　①4-09-727353-1

0205 "Snow White and the Seven Aliens"
◇ネスレ子どもの本賞（1999年/キッズ・クラブ・ネットワーク特別賞・6～8歳部門/金賞）

アンマニーティ, ニコロ
Ammaniti, Niccolò

0206 "Come Dio comanda"
◇ストレーガ賞（2007年）

アンリ, ミシェル　Henry, Michel

0207 "L'Amour les yeux fermés"
◇ルノドー賞（1976年）

アンワル, アメール　Anwar, Amer

0208 "Western Fringes"
◇英国推理作家協会賞（2008年/デビュー・ダガー）

【イ】

イヴァノヴィッチ, ジャネット
Evanovich, Janet

0209 「あたしにしかできない職業」 "Two For The Dough"
◇英国推理作家協会賞（1996年/ラスト・ラフ・ダガー）
「あたしにしかできない職業」 ジャネット・イヴァノヴィッチ著, 細美遙子訳　扶桑社　1997.10　436p　16cm（扶桑社ミステリー）629円　①4-594-02361-4

0210 「モーおじさんの失踪」 "Three to get Deadly"
◇英国推理作家協会賞（1997年/シルバー・ダガー）
「モーおじさんの失踪」 ジャネット・イヴァノヴィッチ著, 細美遙子訳　扶桑社　1998.2　464p　16cm（扶桑社ミステリー）724円　①4-594-02437-8

0211 「私が愛したリボルバー」 "One for the Money"
◇英国推理作家協会賞（1995年/ジョン・クリーシー記念賞）
「私が愛したリボルバー」 ジャネット・イヴァノヴィッチ著, 細美遙子訳　扶桑社　1996.4　362p　16cm（扶桑社ミステリー）580円　①4-594-01952-8

イヴェール, コレット　Yver, Colette

0212 "Princesses de science"
◇フェミナ賞（1907年）

イェイツ, ウィリアム・バトラー
Yeats, William Butler

◎ノーベル文学賞（1923年）

イェーツ, エリザベス　Yates, Elizabeth

0213 "Amos Fortune, Free Man"
◇ニューベリー賞（1951年）

イェップ, ローレンス　Yep, Laurence

0214 「ドラゴン複葉機よ、飛べ」 "Dragonwings"
◇フェニックス賞（1995年）
「ドラゴン複葉機よ、飛べ」 ローレンス・ヤップ著, 中山容訳　晶文社　1981.7　291p　19cm（ダウンタウン・ブックス）1600円

0215 "Child of the Owl"
◇ボストングローブ・ホーンブック賞（1977年/フィクション）

イエッロ, ホセ　Hierro, José

◎セルバンテス賞（1998年）

イェホシュア, アブラハム
Yehoshua, Avraham

0216 "Rétrospective"（仏語題）〔英題: The Retrospective〕
◇メディシス賞（2012年/外国小説）

イェリネク, エルフリーデ　Jelinek, Elfriede

◎ビューヒナー賞（1998年）

◎フランツ・カフカ賞（2004年）

◎ノーベル文学賞（2004年）

イェンセン, ヴァージニア・A.　Jensen, Virginia Allen

0217　「これ、なあに？」　"What's that？"〔独語題：Was ist das？〕

◇ドイツ児童文学賞（1979年／ノンフィクション）

「これ、なあに？」　バージニア＝A＝イェンセン、ドーカス＝W＝ハラー作、くまがいいくえ訳　偕成社　1979　23p　20×21cm　1400円

「これ、なあに？―さわる絵本　目の見えない子も見える子もみんなで楽しめる絵本」　バージニア・アレン・イェンセン、ドーカス・ウッドバリー・ハラー作、きくしまいくえ訳　新装版　偕成社　2007.10　23p　20×21cm　2800円　①978-4-03-226110-3

イェンセン, ヨハネス・ヴィルヘルム　Jensen, Johannes Vilhelm

◎ノーベル文学賞（1944年）

イーガン, グレッグ　Egan, Greg

0218　「祈りの海」〔中編〕　"Oceanic"

◇ヒューゴー賞（1999年／中長編）

◇ローカス賞（1999年／中長編）

「祈りの海」　グレッグ・イーガン著、山岸真編・訳　早川書房　2000.12　464p　16cm（ハヤカワ文庫SF）840円　①4-15-011337-8

0219　「祈りの海」〔短編集〕　"Oceanic"〔仏語題：Océanique〕

◇イマジネール大賞（2010年〈対象：2009年7月～12月〉／中編〈外国〉）

「祈りの海」　グレッグ・イーガン著、山岸真編・訳　早川書房　2000.12　464p　16cm（ハヤカワ文庫SF）840円　①4-15-011337-8

0220　「順列都市」　"Permutation City"

◇ジョン・W・キャンベル記念賞（1995年／第1位）

「順列都市　上」　グレッグ・イーガン著、山岸真訳　早川書房　1999.10　282p　16cm（ハヤカワ文庫SF）620円　①4-15-011289-4

「順列都市　下」　グレッグ・イーガン著、山岸真訳　早川書房　1999.10　285p　16cm（ハヤカワ文庫SF）620円　①4-15-011290-8

0221　「プランク・ダイヴ」　"The Planck Dive"

◇ローカス賞（1999年／中編）

「プランク・ダイヴ」　グレッグ・イーガン著、山岸真編・訳　早川書房　2011.9　415p　16cm（ハヤカワ文庫SF）900円　①978-4-15-011826-6

0222　「ボーダー・ガード」　"Border Guards"

◇ローカス賞（2000年／中編）

「しあわせの理由」　グレッグ・イーガン著、山岸真編・訳　早川書房　2003.7　447p　16cm（ハヤカワ文庫SF）820円　①4-15-011451-X

イーガン, ジェニファー　Egan, Jennifer

0223　「ならずものがやってくる」　"A Visit from the Goon Squad"

◇全米書評家協会賞（2010年／小説）

◇ピュリッツァー賞（2011年／フィクション）

「ならずものがやってくる」　ジェニファー・イーガン著、谷崎由依訳　早川書房　2012.9　440p　20cm　2400円　①978-4-15-209323-3

「ならずものがやってくる」　ジェニファー・イーガン著、谷崎由依訳　早川書房　2015.4　493p　16cm（ハヤカワepi文庫）1200円　①978-4-15-120082-3

イーガン, ティモシー　Egan, Timothy

0224　"The Worst Hard Time: The Untold Story of Those Who Survived the Great American Dust Bowl"

◇全米図書賞（2006年／ノンフィクション）

イコール, ロジェ　Ikor, Roger

0225　"Les eaux mêlées"

◇ゴンクール賞（1955年）

イシグロ, カズオ　Ishiguro, Kazuo

0226　「浮世の画家」　"An Artist of the Floating World"

◇コスタ賞（1986年／年間大賞・長編）

「浮世の画家」　カズオ・イシグロ著、飛田茂雄訳　中央公論社　1988.2　286p　20cm　1450円　①4-12-001647-1

「浮世の画家」　カズオ・イシグロ著、飛田茂雄訳　中央公論社　1992.4　319p　16cm（中公文庫）560円　①4-12-

201896-X
「浮世の画家」 カズオ・イシグロ著, 飛田茂雄訳　早川書房　2006.11　319p　16cm（ハヤカワepi文庫）720円　⑪4-15-120039-8

0227 「日の名残り」 "The Remains of the Day"

◇ブッカー賞（1989年）

「日の名残り」 カズオ・イシグロ著, 土屋政雄訳　中央公論社　1990.7　301p　20cm　1500円　⑪4-12-001947-0

「日の名残り」 カズオ・イシグロ著, 土屋政雄訳　中央公論社　1994.1　366p　16cm（中公文庫）680円　⑪4-12-202063-8

「日の名残り」 カズオ・イシグロ著, 土屋政雄訳　早川書房　2001.5　365p　16cm（ハヤカワepi文庫）720円　⑪4-15-120003-7

「日の名残り」 カズオ・イシグロ著, 土屋政雄訳　ノーベル賞記念版　早川書房　2018.4　322p　20cm　2700円　⑪978-4-15-209758-3

◎ノーベル文学賞（2017年）

イースター, ジョージ　Easter, George

0228 "Deadly Pleasures Magazine"

◇アンソニー賞（1999年/評論・ノンフィクション）

イーストウッド, ジョン　Eastwood, John

0229 "All Because of Jackson"

◇ネスレ子どもの本賞（1996年/6～8歳部門/銅賞）

イソール　Isol

◎アストリッド・リンドグレーン記念文学賞（2013年）

イバトーリーン, バグラム　Ibatoulline, Bagram

0230 「愛をみつけたうさぎ―エドワード・テュレインの奇跡の旅」 "The Miraculous Journey of Edward Tulane"

◇ボストングローブ・ホーンブック賞（2006年/フィクション・詩）

「愛をみつけたうさぎ―エドワード・テュレインの奇跡の旅」 ケイト・ディカミロ作, バグラム・イバトーリーン絵, 子安亜弥訳　ポプラ社　2006.10　205p　22cm　1400円　⑪4-591-09458-8

「愛をみつけたうさぎ―エドワード・テュレインの奇跡の旅」 ケイト・ディカミロ作, バグラム・イバトーリーン絵, 子安亜弥訳　新装版　ポプラ社　2016.9　197p　18cm（ポプラ文学ポケット）980円　⑪978-4-591-15130-3

イフェロス, オスカー　Hijuelos, Oscar

0231 「マンボ・キングス、愛のうたを歌う」 "The Mambo Kings Play Songs of Love"

◇ピュリッツアー賞（1990年/フィクション）

「マンボ・キングス、愛のうたを歌う　上」 オスカー・イフェロス著, 古賀林幸訳　中央公論社　1992.8　315p　20cm　1600円　⑪4-12-002139-4

「マンボ・キングス、愛のうたを歌う　下」 オスカー・イフェロス著, 古賀林幸訳　中央公論社　1992.8　235p　20cm　1400円　⑪4-12-002140-8

イボットソン, エヴァ　Ibbotson, Eva

0232 「夢の彼方への旅」 "Journey to the River Sea"

◇ネスレ子どもの本賞（2001年/9～11歳部門/金賞）

「夢の彼方への旅」 エヴァ・イボットソン著, 三辺律子訳　偕成社　2008.6　381p　20cm　1600円　⑪978-4-03-744670-3

0233 "The Star of Kazan"

◇ネスレ子どもの本賞（2004年/9～11歳部門/銀賞）

イーリイ, デイヴィッド　Ely, David

0234 「ヨットクラブ」 "The Sailing Club"

◇アメリカ探偵作家クラブ賞（1963年/短編賞）

「世界ミステリ全集　18　37の短篇―傑作短篇集」〔「ヨット・クラブ」高橋泰邦訳〕　石川喬司編　早川書房　1973　776p　20cm　1500円

「エドガー賞全集　上」 ビル・プロンジーニ編, 小鷹信光他訳〔「ヨット・クラブ」高橋泰邦訳〕　早川書房　1983.3　16cm（ハヤカワ・ミステリ文庫）各560円

「ヨットクラブ」 デイヴィッド・イーリイ著, 白須清美訳　晶文社　2003.10　326p　20cm（晶文社ミステリ）2600円　⑪4-7949-2738-X

「タイムアウト」 D.イーリイ著, 白須清美訳〔「ヨットクラブ」〕　河出書房新社　2010.1　397p　15cm（河出文庫）950円　⑪978-4-309-46329-2

※『ヨットクラブ』（晶文社2003年刊）の改題

インクペン, ミック　Inkpen, Mick
　　0235 "Kipper's A to Z"
　　◇ネスレ子どもの本賞（2001年／5歳以下部門／銀賞）
　　0236 "Wibbly Pig's Silly Big Bear"
　　◇ネスレ子どもの本賞（2006年／5歳以下部門／銅賞）

イングペン, ロバート　Ingpen, Robert
　　◎国際アンデルセン賞（1986年／画家賞）

イングラム, デヴィッド　Ingram, David
　　0237 "A Good Man of Business"
　　◇アメリカ探偵作家クラブ賞（2012年／ロバート・L・フィッシュ賞）

イングランダー, ネイサン　Englander, Nathan
　　0238「アンネ・フランクについて語るときに僕たちの語ること」"What We Talk About When We Talk About Anne Frank"
　　◇フランク・オコナー国際短篇賞（2012年）
　　「アンネ・フランクについて語るときに僕たちの語ること」　ネイサン・イングランダー著, 小竹由美子訳　新潮社　2013.3　271p　20cm（CREST BOOKS）1900円　①978-4-10-590101-1

インジ, ウィリアム　Inge, William
　　0239「ピクニック」"Picnic"
　　◇ピュリッツアー賞（1953年／戯曲）
　　「ピクニック―夏の日のロマンス　戯曲」ウィリアム・インジ著, 田島博, 山下修訳　河出書房　1955　174p　図版　18cm（河出新書）

インドリダソン, アーナルデュル　Indriđason, Arnaldur
　　0240「緑衣の女」"Grafarpögn"【英題： Silence of the Grave】
　　◇英国推理作家協会賞（2005年／ゴールド・ダガー）
　　「緑衣の女」　アーナルデュル・インドリダソン著, 柳沢由実子訳　東京創元社　2013.7　360p　19cm　1800円　①978-4-488-01001-0
　　「緑衣の女」　アーナルデュル・インドリダソン著, 柳沢由実子訳　東京創元社　2016.7　413p　15cm（創元推理文庫）1100円　①978-4-488-26604-2
　　0241 "The Draining Lake"
　　◇バリー賞（2009年／長編）

イノチェンティ, ロベルト　Innocenti, Roberto
　　◎国際アンデルセン賞（2008年／画家賞）

インファンテ, ギジェルモ・カブレラ　Infante, Guillermo Cabrera
　　◎セルバンテス賞（1997年）

【ウ】

ヴァイス, ペーター　Weiss, Peter
　　◎ビューヒナー賞（1982年）

ヴァイポント, エルフリーダ　Vipont, Elfrida
　　0242「ヒバリは空に」"The Lark on the Wing"
　　◇カーネギー賞（1950年）
　　「ヒバリは空に」　ビポン作, 三井嫩子訳, 鈴木義治絵　講談社　1964　294p　18cm（世界少女名作全集 5）
　　「ヒバリは空に」　エルフリダ・ビボン作, 三井ふたばこ訳, 鈴木義治絵　講談社　1967　298p　図版　18cm（講談社マスコット文庫）

ヴァイン, バーバラ　Vine, Barbara
　　0243「運命の倒置法」"A Fatal Inversion"
　　◇英国推理作家協会賞（1987年／ゴールド・ダガー）
　　「運命の倒置法」　バーバラ・ヴァイン〔著〕, 大村美根子訳　角川書店　1991.5　450p　15cm（角川文庫）680円　①4-04-254153-4
　　0244「死との抱擁」"A Dark-Adapted Eye"
　　◇アメリカ探偵作家クラブ賞（1987年／長編賞）
　　「死との抱擁」　バーバラ・ヴァイン著, 大村美根子訳　角川書店　1988.8　431p　15cm（角川文庫）620円　①4-04-254151-8
　　0245「ソロモン王の絨毯」"King Soloman's Carpet"
　　◇英国推理作家協会賞（1991年／ゴールド・ダガー）
　　「ソロモン王の絨毯」　バーバラ・ヴァイ

ン〔著〕, 羽田詩津子訳　角川書店　2001.10　457p　15cm（角川文庫）838円　①4-04-254155-0

ヴァスケス, イアン　Vasquez, Ian

0246　"In the Heat"
◇シェイマス賞（2009年/処女長編）

ヴァッサリ, セバスティアーノ　Vassalli, Sebastiano

0247　"La Chimera"
◇ストレーガ賞（1990年）

ヴァッサンジ, M.G.　Vassanji, M.G.

0248　「ヴィクラム・ラルの狭間の世界」 "The In-Between World of Vikram Lall"
◇スコシアバンク・ギラー賞（2003年）
「ヴィクラム・ラルの狭間の世界」　M.G. ヴァッサンジ〔著〕, 小沢自然訳　岩波書店　2014.1　494p　19cm 3200円　①978-4-00-022226-6

0249　"The Book of Secrets"
◇スコシアバンク・ギラー賞（1994年）

ヴァノーケン, シェルダン　Vanauken, Sheldon

0250　"A Severe Mercy"
◇全米図書賞（1980年/宗教/ペーパーバック）

ヴァーノン, アーシュラ　Vernon, Ursula

0251　"Digger"
◇ヒューゴー賞（2012年/グラフィックストーリー）

0252　"Jackalope Wives"
◇ネビュラ賞（2014年/短編）

0253　"The Tomato Thief"
◇ヒューゴー賞（2017年/中編）

ヴァーリイ, ジョン　Varley, John

0254　「残像」〔中編〕　"The Persistence of Vision"
◇ネビュラ賞（1978年/中長編）
◇ヒューゴー賞（1979年/中長編）
◇ローカス賞（1979年/中長編）
「残像」　ジョン・ヴァーリイ著, 冬川亘, 大野万紀訳〔冬川亘訳〕　早川書房　1980.2　499p　16cm（ハヤカワ文庫―SF）560円
「残像」　ジョン・ヴァーリイ著, 冬川亘, 大野万紀訳〔冬川亘訳〕　早川書房　1995.9　499p　16cm（ハヤカワ文庫―SF）700円　①4-15-010379-8
「逆行の夏―ジョン・ヴァーリイ傑作選」　ジョン・ヴァーリイ著, 浅倉久志他訳〔内田昌之訳〕　早川書房　2015.7　510p　16cm（ハヤカワ文庫 SF）1300円　①978-4-15-012019-1

0255　「残像」〔短編集〕　"The Persistence of Vision"〔仏語題：Persistance de la vision〕
◇ローカス賞（1979年/著作集）
◇アポロ賞（1980年）
「残像」　ジョン・ヴァーリイ著, 冬川亘, 大野万紀訳　早川書房　1980.2　499p　16cm（ハヤカワ文庫―SF）560円
「残像」　ジョン・ヴァーリイ著, 冬川亘, 大野万紀訳　早川書房　1995.9　499p　16cm（ハヤカワ文庫―SF）700円　①4-15-010379-8
※3刷（1刷：1980年）

0256　「ティターン」　"Titan"
◇ローカス賞（1980年/SF長編）
「ティターン」　ジョン・ヴァーリイ著, 深町真理子訳　東京創元社　1982.7　494p　15cm（創元推理文庫）550円

0257　「バービーはなぜ殺される」〔中編〕　"The Barbie Murders"
◇ローカス賞（1979年/中編）
「バービーはなぜ殺される」　ジョン・ヴァーリイ著, 浅倉久志他訳〔宮脇孝雄訳〕　東京創元社　1987.12　478p　15cm（創元推理文庫）600円
「わたし」　松尾由美他著, 赤木かん子編〔宮脇孝雄訳〕　ポプラ社　2003.4　221p　20cm（Little selections あなたのための小さな物語 21）1300円　①4-591-07572-9, 4-591-99492-9
「逆行の夏―ジョン・ヴァーリイ傑作選」　ジョン・ヴァーリイ著, 浅倉久志他訳〔宮脇孝雄訳〕　早川書房　2015.7　510p　16cm（ハヤカワ文庫 SF）1300円　①978-4-15-012019-1

0258　「バービーはなぜ殺される」〔短編集〕　"The Barbie Murders"
◇ローカス賞（1981年/著作集）
「バービーはなぜ殺される」　ジョン・ヴァーリイ著, 浅倉久志他訳　東京創元社　1987.12　478p　15cm（創元推理文庫）600円

0259　「プッシャー」　"The Pusher"
◇ヒューゴー賞（1982年/短編）
◇ローカス賞（1982年/短編）
「ブルー・シャンペン」　ジョン・ヴァーリイ著, 浅倉久志他訳〔浅倉久志訳〕　早川書房　1994.8　527p　16cm（ハヤカワ文庫―SF）700円　①4-15-011071-9

0260 「ブルー・シャンペン」〔中編〕
"Blue Champagne"
◇ローカス賞（1982年/中長編）
「スターシップ―宇宙SFコレクション2」レイ・ブラッドベリ他〔著〕，伊藤典夫，浅倉久志編〔浅倉久志訳〕　新潮社　1985.12　479p　15cm（新潮文庫）560円　ⓇⒹ4-10-221103-9
「ブルー・シャンペン」　ジョン・ヴァーリイ著，浅倉久志他訳〔浅倉久志訳〕　早川書房　1994.8　527p　16cm（ハヤカワ文庫―SF）700円　ⓇⒹ4-15-011071-9
「逆行の夏―ジョン・ヴァーリイ傑作選」ジョン・ヴァーリイ著，浅倉久志他訳〔浅倉久志訳〕　早川書房　2015.7　510p　16cm（ハヤカワ文庫SF）1300円　ⓇⒹ978-4-15-012019-1

0261 「ブルー・シャンペン」〔短編集〕
"Blue Champagne"
◇ローカス賞（1987年/短編集）
「ブルー・シャンペン」　ジョン・ヴァーリイ著，浅倉久志他訳　早川書房　1994.8　527p　16cm（ハヤカワ文庫―SF）700円　ⓇⒹ4-15-011071-9

0262 「**PRESS ENTER ■**」 "Press Enter ■"
◇ネビュラ賞（1984年/中長編）
◇ヒューゴー賞（1985年/中長編）
◇ローカス賞（1985年/中長編）
「ブルー・シャンペン」　ジョン・ヴァーリイ著，浅倉久志他訳〔風見潤訳〕　早川書房　1994.8　527p　16cm（ハヤカワ文庫―SF）700円　ⓇⒹ4-15-011071-9
「逆行の夏―ジョン・ヴァーリイ傑作選」ジョン・ヴァーリイ著，浅倉久志他訳〔中原尚哉訳〕　早川書房　2015.7　510p　16cm（ハヤカワ文庫―SF）1300円　ⓇⒹ978-4-15-012019-1

0263 "The John Varley Reader"
◇ローカス賞（2005年/短編集）

ヴァール，エドマンド・ドゥ　Waal, Edmund de

0264 「琥珀の眼の兎」 "The Hare with Amber Eyes"
◇コスタ賞（2010年/伝記）
「琥珀の眼の兎」　エドマンド・ドゥ・ヴァール著，佐々田雅子訳　早川書房　2011.11　382p　20cm　2300円　ⓇⒹ978-4-15-209252-6

ヴァール，キット・デ　Waal, Kit de

0265 "The Old Man and the Suit"
◇コスタ賞（2013年/コスタ短編賞/第2位）

ヴァールー，ペール　Wahloo, Per

0266 「笑う警官」 "The Laughing Policeman"
◇アメリカ探偵作家クラブ賞（1971年/長編賞）
「笑う警官」　マイ・シューヴァル，ペール・ヴァール著，高見浩訳　角川書店　1972　433p　15cm（角川文庫）
「笑う警官―刑事マルティン・ベック」マイ・シューヴァル，ペール・ヴァールー〔著〕，柳沢由実子訳　角川書店　2013.9　397p　15cm（角川文庫）819円　ⓇⒹ978-4-04-101017-4

ヴァルガス，フレッド　Vargas, Fred

0267 「青チョークの男」 "L'homme aux cercles bleus"〔英題：The Chalk Circle Man〕
◇英国推理作家協会賞（2009年/インターナショナル・ダガー）
「青チョークの男」　フレッド・ヴァルガス著，田中千春訳　東京創元社　2006.3　269p　15cm（創元推理文庫）700円　ⓇⒹ4-488-23603-0

0268 「死者を起こせ」 "Debout les morts"〔英題：The Three Evangelists〕
◇英国推理作家協会賞（2006年/インターナショナル・ダガー）
「死者を起こせ」　フレッド・ヴァルガス著，藤田真利子訳　東京創元社　2002.6　326p　15cm（創元推理文庫）760円　ⓇⒹ4-488-23602-2

0269 "L'armée furieuse"〔英題：Ghost Riders of Ordebec〕
◇英国推理作家協会賞（2013年/インターナショナル・ダガー）

0270 "Sous les vents de Neptune"〔英題：Wash this Blood Clean from my Hand〕
◇英国推理作家協会賞（2007年/インターナショナル・ダガー）

ヴァレンタイン，ジェニー　Valentine, Jenny

0271 「ヴァイオレットがぼくに残してくれたもの」 "Finding Violet Park"
◇ガーディアン児童文学賞（2007年）
「ヴァイオレットがぼくに残してくれたもの」　ジェニー・ヴァレンタイン著，冨永星訳　小学館　2009.6　253p　19cm（Super！YA）1400円　ⓇⒹ978-

4-09-290508-5

ヴァレンテ, キャサリン・M.
Valente, Catherynne M.

0272 「宝石の筏で妖精国を旅した少女」
"The Girl Who Circumnavigated Fairyland in a Ship of Her Own Making"
◇アンドレ・ノートン賞（2009年）
◇ローカス賞（2012年/ヤングアダルト図書）

「宝石の筏で妖精国を旅した少女」 キャサリン・M・ヴァレンテ著, 水越真麻訳　早川書房　2013.8　399p　16cm（ハヤカワ文庫 FT）820円　①978-4-15-020556-0

0273 "Silently and Very Fast"
◇ローカス賞（2012年/中長編）

0274 "Six-Gun Snow White"
◇ローカス賞（2014年/中長編）

0275 "The Girl Who Soared Over Fairyland and Cut the Moon in Two"
◇ローカス賞（2014年/ヤングアダルト図書）

0276 "White Lines on a Green Field"
◇ローカス賞（2012年/中編）

ヴァン, デイヴィッド　Vann, David

0277 "Sukkwan Island"
◇メディシス賞（2010年/外国小説）

ヴァン・ヴォークト, A.E.
Van Vogt, A.E.

0278 「スラン」〔別題「新しい人類スラン」〕
"Slan"
◇ヒューゴー賞（1941年〈レトロ・ヒューゴー賞 2016年授与〉/長編）

「新しい人類スラン」 ヴァン・ヴォークト著, 尾浜惣一訳　元々社　1956　207p　図版　19cm（最新科学小説全集 12）
「スラン」 A.E.ヴァン・ヴォークト著, 浅倉久志訳　早川書房　1977.4　278p　16cm（ハヤカワ文庫―SF）320円

◎ネビュラ賞（1995年/グランド・マスター）

ヴァンサン, レイモンド
Vincent, Raymonde

0279 "Campagne"
◇フェミナ賞（1937年）

ヴァンス, ジャック　Vance, Jack

0280 「最後の城」 "The Last Castle"
◇ネビュラ賞（1966年/中長編）
◇ヒューゴー賞（1967年/中編）

「世界SF大賞傑作選（ヒューゴー・ウィナーズ）2」 アイザック・アシモフ編〔浅倉久志訳〕　講談社　1979.5　255p　15cm（講談社文庫）　320円
「奇跡なす者たち」 ジャック・ヴァンス著, 浅倉久志編, 酒井昭伸訳〔浅倉久志訳〕　国書刊行会　2011.9　442p　20cm　2500円　①978-4-336-05319-0

0281 「竜を駆る種族」 "The Dragon Masters"
◇ヒューゴー賞（1963年/短編）

「竜を駆る種族」 ジャック・ヴァンス著, 浅倉久志訳　早川書房　1976　215p　図　15cm（ハヤカワ文庫 SF）250円
「竜を駆る種族」 ジャック・ヴァンス著, 浅倉久志訳　早川書房　2006.11　239p　16cm（ハヤカワ文庫 SF）660円　①4-15-011590-7
※1976年刊の新装版

0282 "Lyonesse: Madouc"
◇世界幻想文学大賞（1990年/長編）

0283 "This Is Me, Jack Vance！"
◇ヒューゴー賞（2010年/関連作品）

◎世界幻想文学大賞（1984年/生涯功労賞）

◎ネビュラ賞（1996年/グランド・マスター）

ヴァンス, ジョン・ホルブリック
Vance, John Holbrooke

0284 「檻の中の人間」 "The Man in the Cage"
◇アメリカ探偵作家クラブ賞（1961年/処女長編賞）

「檻の中の人間」 ジョン・H.ヴァンス著, 丸本聡明訳　早川書房　1962　252p　19cm（世界ミステリシリーズ）

ヴァン・タイン, クロード・H.
Van Tyne, Claude H.

0285 "The War of Independence"
◇ピュリッツァー賞（1930年/歴史）

ヴァンダープール, クレア
Vanderpool, Clare

0286 "Moon over Manifest"
◇ニューベリー賞（2011年）

ヴァンダミア, ジェフ　VanderMeer, Jeff
- *0287*「全滅領域」"Annihilation"
  - ◇ネビュラ賞（2014年/長編）
    「全滅領域」ジェフ・ヴァンダミア著, 酒井昭伸訳　早川書房　2014.10　313p　16cm（ハヤカワ文庫 NV―サザーン・リーチ 1）820円　①978-4-15-041320-0
- *0288*"The Transformation of Martin Lake"
  - ◇世界幻想文学大賞（2000年/中編）
- *0289*"Wonderbook: The Illustrated Guide to Creating Imaginative Fiction"
  - ◇英国SF協会賞（2013年/ノンフィクション）
  - ◇ローカス賞（2014年/ノンフィクション）

ヴァンデヴェルデ, ヴィヴィアン　Vande Velde, Vivian
- *0290*"Never Trust a Dead Man"
  - ◇アメリカ探偵作家クラブ賞（2000年/ヤングアダルト賞）

ヴァン・デル・メルシュ, マグザンス　Van der Meersch, Maxence
- *0291*"L'empreinte de Dieu"
  - ◇ゴンクール賞（1936年）

ヴァン・ローン, H.W.　van Loon, Hendrik Willem
- *0292*「人間の歴史の物語」〔別題「世界文明史物語」〕"The Story of Mankind"
  - ◇ニューベリー賞（1922年）
    「世界文明史物語」ヘンドリック・ヴァン・ルーン著, 前田晁訳　早稲田大學出版部　1925.11　670p　23cm
    「世界文明史物語」ヘンドリック・ヴァン・ルーン著, 前田晁訳　改訂　早稲田大学出版部　1933　606p　19cm
    「人間の歴史の物語　上」ヴァン・ルーン著, 日高六郎, 日高八郎訳　岩波書店　1952　320p 図版　18cm（岩波少年文庫）
    「人間の歴史の物語　下」ヴァン・ルーン著, 日高六郎, 日高八郎訳　岩波書店　1952　370p 図版　18cm（岩波少年文庫）
    「世界文明史物語　上」ヴァン・ルーン著, 前田晁訳　角川書店　1957　226p　15cm（角川文庫）
    「世界文明史物語　下」ヴァン・ルーン著, 前田晁訳　角川書店　1958　296p　15cm（角川文庫）
    「人間の歴史の物語　上, 下」ヴァン・ローン作, 日高六郎等訳　岩波書店　1974-75　2冊　18cm（岩波少年文庫）

ウィアター, スタンリー　Wiater, Stanley
- *0293*"Dark Dreamers"
  - ◇ブラム・ストーカー賞（1990年/ノンフィクション）
- *0294*"Dark Dreamers: Facing the Masters of Fear"
  - ◇ブラム・ストーカー賞（2001年/オルタナティブ形式）
- *0295*"Dark Thoughts: on Writing"
  - ◇ブラム・ストーカー賞（1997年/ノンフィクション）

ヴィアラール, ポール　Vialar, Paul
- *0296*「海の薔薇」"La Rose de la mer"
  - ◇フェミナ賞（1939年）
    「海の薔薇」ポール・ヴィアラール著, 柿本良平訳　時代社　1940　276p　19cm

ヴィエッツ, エレイン　Viets, Elaine
- *0297*「ウェディング・ナイフ」"Wedding Knife"
  - ◇アガサ賞（2004年/短編）
  - ◇アンソニー賞（2005年/短編）
    「ミステリーズ！ 16」〔中村有希訳〕東京創元社　2006.4　p264～272

ヴィガン, デルフィーヌ・ドゥ　Vigan, Delphine de
- *0298*"D'après une histoire vraie"
  - ◇ルノドー賞（2015年）

ウィークス, ウィリアム・ロール　Weeks, William Rawle
- *0299*"Knock and Wait a While"
  - ◇アメリカ探偵作家クラブ賞（1958年/処女長編賞）

ヴィザージュ, ベルトラン　Visage, Bertrand
- *0300*"Tous les soleils"
  - ◇フェミナ賞（1984年）

ウィーズナー, ディヴィット　Wiesner, David
- *0301*「かようびのよる」"Tuesday"
  - ◇コルデコット賞（1992年）
    「かようびのよる」デヴィッド・ウィーズナー著, 当麻ゆか訳　福武書店

1992.1　1冊　24×27cm　1400円　Ⓣ4-8288-4983-1
「かようびのよる」　デヴィッド・ウィーズナー作・絵, 当麻ゆか訳　徳間書店　2000.5　1冊　24×27cm　1400円　Ⓣ4-19-861191-2

0302 「3びきのぶたたち」　"The Three Pigs"
◇コルデコット賞（2002年）
「3びきのぶたたち」　デイヴィッド・ウィーズナー作, 江國香織訳　BL出版　2002.10　1冊（ページ付なし）　24×29cm　1600円　Ⓣ4-89238-548-4

0303 「漂流物」　"Flotsam"
◇コルデコット賞（2007年）
「漂流物」　デイヴィッド・ウィーズナー作　BL出版　2007.5　1冊（ページ付なし）　24×29cm　1800円　Ⓣ978-4-7764-0238-1

0304 「ミスターワッフル！」　"Mr. Wuffles！"〔独語題：Herr Schnuffels〕
◇ドイツ児童文学賞（2015年/絵本）
「ミスターワッフル！」　デイヴィッド・ウィーズナー作　BL出版　2014.4　〔32p〕　24×29cm　1600円　Ⓣ978-4-7764-0629-7

ウィスニーウスキー, デイヴィッド　Wisniewski, David

0305 「土でできた大男ゴーレム」　"Golem"
◇コルデコット賞（1997年）
「土でできた大男ゴーレム―チェコの民話」　デイビッド・ウィスニーウスキー文と絵, まつなみふみこ訳　新風舎　2000.1　1冊　29cm　2000円　Ⓣ4-7974-1141-4

ヴィーゼル, エリ　Wiesel, Elie

0306 「エルサレムの乞食」　"Le Mendiant de Jérusalem"
◇メディシス賞（1968年）
「エルサレムの乞食」　エリー・ヴィーゼル著, 岡谷公二訳　新潮社　1974　231p　20cm　1200円

ウィタカー, クリス　Whitaker, Chris

0307 「消えた子供―トールオークスの秘密」　"Tall Oaks"
◇英国推理作家協会賞（2017年/ジョン・クリーシー・ダガー〈ニュー・ブラッド・ダガー〉）
「消えた子供―トールオークスの秘密」　クリス・ウィタカー著, 峯村利哉訳　集英社　2018.10　487p　16cm（集英社文庫）　1100円　Ⓣ978-4-08-760755-0

ヴィダル, ゴア　Vidal, Gore

0308 "The Second American Revolution and Other Essays"
◇全米書評家協会賞（1982年/批評）

0309 "United States: Essays 1952-1992"
◇全米図書賞（1993年/ノンフィクション）

ウィッカー, トム　Wicker, Tom

0310 "A Time To Die"
◇アメリカ探偵作家クラブ賞（1976年/犯罪実話賞）

ウィック, ウォルター　Wick, Walter

0311 「ひとしずくの水」　"A Drop of Water: A Book of Science and Wonder"
◇ボストングローブ・ホーンブック賞（1997年/ノンフィクション）
「ひとしずくの水」　ウォルター・ウィック作, 林田康一訳　あすなろ書房　1998.6　35p　30cm　2000円　Ⓣ4-7515-1565-9

ウィット, エルダー　Witt, Elder

0312 "The Complete Directory"
◇全米図書賞（1980年/一般参考図書/ハードカバー）

ウィットブレッド, クリステン　Whitbread, Kristen

0313 "Amelia Peabody's Egypt: A Compendium"
◇アガサ賞（2003年/ノンフィクション）

ウィティッグ, モニック　Wittig, Monique

0314 「子供の領分」　"L'Opoponax"
◇メディシス賞（1964年）
「新しい世界の文学　43　子供の領分」　モニック・ウィティッグ著, 小佐井伸二訳　白水社　1966　279p　図版　20cm　500円
「子供の領分」　モニック・ウィティッグ〔著〕, 小佐井伸二訳　新装復刊　白水社　2004.9　281p　20cm　2700円　Ⓣ4-560-04792-8

ウィート, キャロリン Wheat, Carolyn

0315 「運が悪いことは起こるもの」 "Accidents Will Happen"
◇アガサ賞（1996年/短編）
◇アンソニー賞（1997年/短編）
「ミステリマガジン 43(4)」〔堀内静子訳〕 早川書房 1998.4 p19〜30

0316 「重すぎる判決」 "Cruel & Unusual"
◇マカヴィティ賞（1997年/短編）
「ミステリマガジン 42(9)」〔常田景子訳〕 早川書房 1997.9 p38〜58

0317 「黄色い髪ゆえにあたしを愛して」 "Love Me For My Yellow Hair Alone"
◇シェイマス賞（1998年/短編）
「ミステリマガジン 44(2)」〔堀内静子訳〕 早川書房 1999.2 p44〜61

ウィドマー, マーガレット Widdemer, Margaret

0318 "Old Road to Paradise"
◇ピュリッツアー賞（1919年/詩）

ウィートル, アレックス Wheatle, Alex

0319 "Crongton Knights"
◇ガーディアン児童文学賞（2016年）

ウィーナー, ノーバート Wiener, Norbert

0320 「科学と神―サイバネティックスと宗教」 "God and Golem, Inc: A Comment on Certain Points where Cybernetics Impinges on Religion"
◇全米図書賞（1965年/科学・哲学・宗教）
「科学と神―サイバネティックスと宗教」 ノーバート・ウィーナー著, 鎮目恭夫訳 みすず書房 1965 149p 19cm

ヴィノック, ミシェル Winock, Michel

0321 「知識人の時代―バレス/ジッド/サルトル」 "Le Siècle des intellectuels"
◇メディシス賞（1997年/エッセイ）
「知識人の時代―バレス/ジッド/サルトル」 ミシェル・ヴィノック著, 塚原史, 立花英裕, 築山和也, 久保昭博訳 紀伊國屋書店 2007.2 834p 図版12枚 22cm 6600円 ①978-4-314-01008-5

ウィプル, フレッド・L. Wipple, Fred L.

0322 "Conquest of the Moon"
◇ヒューゴー賞（1954年〈レトロ・ヒューゴー賞 2004年授与〉/関連書籍）

ウィラード, ナンシー Willard, Nancy

0323 "A Visit to William Blake's Inn: Poems for Innocent and Experienced Travelers"
◇ニューベリー賞（1982年）
◇ボストングローブ・ホーンブック賞（1982年/絵本）

ウィラード, バーバラ Willard, Barbara

0324 "The Iron Lily"
◇ガーディアン児童文学賞（1974年）

0325 "The Queen of the Pharisees' Children"
◇コスタ賞（1984年/児童書）

ウィーラン, グロリア Whelan, Gloria

0326 「家なき鳥」 "Homeless Bird"
◇全米図書賞（2000年/児童文学）
「家なき鳥」 グロリア・ウィーラン〔著〕, 代田亜香子訳 白水社 2001.12 176p 20cm 1500円 ①4-560-04740-5
「家なき鳥」 グロリア・ウィーラン〔著〕, 代田亜香子訳 白水社 2007.4 177p 18cm（白水Uブックス―海外小説の誘惑） 850円 ①978-4-560-07160-1

ウィーラン, マイケル Whelan, Michael

0327 "Michael Whelan's Works of Wonder"
◇ヒューゴー賞（1988年/ノンフィクション）

0328 "The Art of Michael Whelan: Scenes/Visions"
◇ローカス賞（1994年/アートブック）

ウィリアムズ, ウィリアム・カーロス Williams, William Carlos

0329 「パターソン」 "Paterson: Book Ⅲ and Selected Poems"
◇全米図書賞（1950年/詩）
「パターソン―W・C・ウィリアムズ詩集」 ウィリアム・カーロス・ウィリアムズ〔著〕, 田島伸悟訳 沖積舎 1985.7 440p 22cm
「パターソン―W・C・ウィリアムズ詩集」 ウィリアム・カーロス・ウィリアムズ〔著〕, 田島伸悟訳 沖積舎 1988.2

440p　22cm　4800円　①4-8060-0517-7
「パターソン」　ウィリアム・カーロス・ウィリアムズ著, 沢崎順之助訳　思潮社　1994.10　429p　23cm　5800円　①4-7837-2841-0
0330　"Pictures from Brueghel"
◇ピュリッツァー賞（1963年/詩）

ウィリアムズ, ウォルター・ジョン　Williams, Walter Jon

0331　「パパの楽園」　"Daddy's World"
◇ネビュラ賞（2000年/中編）
「SFマガジン　55（11）」〔酒井昭伸訳〕早川書房　2014.11　p10〜35
0332　"The Green Leopard Plague"
◇ネビュラ賞（2004年/中長編）

ウィリアムズ, コンラッド　Williams, Conrad

0333　"One"
◇英国幻想文学賞（2010年/長編〈オーガスト・ダーレス賞〉）
0334　"The Scalding Rooms"
◇英国幻想文学賞（2008年/中長編）

ウィリアムズ, ジェシ・リンチ　Williams, Jesse Lynch

0335　"Why Marry？"
◇ピュリッツァー賞（1918年/戯曲）

ウィリアムズ, ジョン　Williams, John

0336　"Augustus"
◇全米図書賞（1973年/小説）

ウィリアムズ, テネシー　Williams, Tennessee

0337　「やけたトタン屋根の猫」〔別題「やけたトタン屋根の上の猫」〕　"Cat on A Hot Tin Roof"
◇ピュリッツァー賞（1955年/戯曲）
「やけたトタン屋根の上の猫」　テネシー・ウイリアムズ著, 田島博訳　新潮社　1957　337p　20cm
「やけたトタン屋根の上の猫」　テネシー・ウイリアムズ著, 田島博訳　新潮社　1959　304p　16cm（新潮文庫）
「やけたトタン屋根の猫」　テネシー・ウィリアムズ〔著〕, 小田島雄志訳　新潮社　1999.3　297p　15cm（新潮文庫）438円　①4-10-210908-0
0338　「欲望という名の電車」　"A Streetcar Named Desire"
◇ピュリッツァー賞（1948年/戯曲）

「欲望という名の電車」　テネシー・ウイリアムズ著, 田島博, 山下修共訳　創元社　1952　320p　19cm
「欲望という名の電車」　テネシー・ウイリアムズ著, 田島博, 山下修訳　改版　新潮社　1956　204p　16cm（新潮文庫）
「現代世界演劇　13　リアリズム劇　2」〔鳴海四郎訳〕　白水社　1971　363p 図　20cm　1200円
「テネシー・ウィリアムズ戯曲選集　1」　テネシー・ウィリアムズ著, 鳴海四郎訳　早川書房　1977.12　387p 図 肖像　20cm　2500円
「欲望という名の電車」　T.ウィリアムズ著, 小田島雄志訳　新潮社　1988.3　221p　15cm（新潮文庫）320円　①4-10-210906-4
「欲望という名の電車―新訳」　テネシー・ウィリアムズ著, 小田島恒志訳　慧文社　2005.8　224p　19cm　1700円　①4-905849-30-6

ウィリアムズ, トマス　Williams, Thomas

0339　"The Hair of Harold Roux"
◇全米図書賞（1975年/小説）

ウィリアムズ, ベラ　Williams, Vera

0340　「かあさんのいす」　"A Chair for My Mother"
◇ボストングローブ・ホーンブック賞（1983年/絵本）
「かあさんのいす」　ベラ・B.ウィリアムズ作・絵, 佐野洋子訳　あかね書房　1984.7　1冊　21×26cm（あかねせかいの本）1200円　①4-251-00508-2
0341　「スクーターでジャンプ！」　"Scooter"
◇ボストングローブ・ホーンブック賞（1994年/フィクション）
「スクーターでジャンプ！」　ベラ・B.ウィリアムズ作・絵, 斎藤倫子訳　あかね書房　1996.1　223p　21cm（ジョイ・ストリート）1300円　①4-251-06167-5

ウィリアムズ, C.K.　Williams, C.K.

0342　"Flesh and Blood"
◇全米書評家協会賞（1987年/詩）
0343　"Repair"
◇ピュリッツァー賞（2000年/詩）
0344　"The Singing"
◇全米図書賞（2003年/詩）

ウィリアムズ, J.H., 3世
Williams, J.H., 3

0345 "The Sandman: Overture written"
◇ヒューゴー賞（2016年/グラフィックストーリー）

ウィリアムズ, T.ハリー
Williams, T.Harry

0346 "Huey Long"
◇全米図書賞（1970年/歴史・伝記）
◇ピュリッツァー賞（1970年/伝記・自伝）

ウィリアムズ＝ガルシア, リタ
Williams Garcia, Rita

0347 「クレイジー・サマー」 "One Crazy Summer"
◇スコット・オデール賞（2011年）
「クレイジー・サマー」 リタ・ウィリアムズ＝ガルシア作, 代田亜香子訳　鈴木出版　2013.1　285p　20cm（鈴木出版の海外児童文学 この地球を生きる子どもたち）1600円　①978-4-7902-3261-2

ウィリアムソン, オードリー
Williamson, Audrey

0348 "The Mystery of the Princes"
◇英国推理作家協会賞（1978年/ゴールド・ダガー〈ノンフィクション〉）

ウィリアムソン, ジャック
Williamson, Jack

0349 "Terraforming Earth"
◇ジョン・W・キャンベル記念賞（2002年/第1位）

0350 "The Ultimate Earth"
◇ネビュラ賞（2001年/中長編）
◇ヒューゴー賞（2001年/中長編）

0351 "Wonder's Child: My Life in Science Fiction"
◇ヒューゴー賞（1985年/ノンフィクション）
◎ネビュラ賞（1975年/グランド・マスター）
◎世界幻想文学大賞（1994年/生涯功労賞）
◎ブラム・ストーカー賞（1997年/生涯業績）

ウィリアムソン, マイケル
Williamson, Michael

0352 "And Their Children After Them"
◇ピュリッツァー賞（1990年/ノンフィクション）

ウィリアムソン, J.N.　Williamson, J.N.
◎ブラム・ストーカー賞（2002年/生涯業績）

ウィリス, エレン　Willis, Ellen
0353 "The Essential Ellen Willis"
◇全米書評家協会賞（2014年/批評）

ウィリス, コニー　Willis, Connie
0354 「犬は勘定に入れません」 "To Say Nothing of the Dog"
◇ヒューゴー賞（1999年/長編）
◇ローカス賞（1999年/SF長編）
「犬は勘定に入れません—あるいは、消えたヴィクトリア朝花瓶の謎」 コニー・ウィリス著, 大森望訳　早川書房　2004.4　542p　20cm（海外SFノヴェルズ）2800円　①4-15-208553-3
「犬は勘定に入れません—あるいは、消えたヴィクトリア朝花瓶の謎　上」 コニー・ウィリス著, 大森望訳　早川書房　2009.4　463p　16cm（ハヤカワ文庫SF）860円　①978-4-15-011707-8
「犬は勘定に入れません—あるいは、消えたヴィクトリア朝花瓶の謎　下」 コニー・ウィリス著, 大森望訳　早川書房　2009.4　493p　16cm（ハヤカワ文庫SF）860円　①978-4-15-011708-5

0355 「インサイダー疑惑」 "Inside Job"
◇ヒューゴー賞（2006年/中長編）
「混沌（カオス）ホテル—ザ・ベスト・オブ・コニー・ウィリス」 コニー・ウィリス著, 大森望訳　早川書房　2014.1　413p　16cm（ハヤカワ文庫SF）900円　①978-4-15-011938-6
「マーブル・アーチの風」 コニー・ウィリス著, 大森望編訳　早川書房　2008.9　364p　19cm（プラチナ・ファンタジィ）2000円　①978-4-15-208958-8

0356 「オール・クリア」 "All Clear"
◇ネビュラ賞（2010年/長編）
◇ヒューゴー賞（2011年/長編）
◇ローカス賞（2011年/SF長編）
「オール・クリア　1」 コニー・ウィリス著, 大森望訳　早川書房　2013.4　493p　19cm（新☆ハヤカワ・SF・シリーズ）2000円　①978-4-15-335009-0

「オール・クリア 2」 コニー・ウィリス著, 大森望訳 早川書房 2013.6 509p 19cm（新☆ハヤカワ・SF・シリーズ） 2000円 ⓘ978-4-15-335010-6

「オール・クリア 上」 コニー・ウィリス著, 大森望訳 早川書房 2015.11 607p 16cm（ハヤカワ文庫 SF） 1280円 ⓘ978-4-15-012038-2

「オール・クリア 下」 コニー・ウィリス著, 大森望訳 早川書房 2015.11 622p 16cm（ハヤカワ文庫 SF） 1280円 ⓘ978-4-15-012039-9

0357 「クリアリー家からの手紙」 "A Letter from the Clearys"

◇ネビュラ賞（1982年/短編）

「わが愛しき娘たちよ」 コニー・ウィリス著, 大森望他訳〔大森望訳〕 早川書房 1992.7 503p 16cm（ハヤカワ文庫―SF） 680円 ⓘ4-15-010977-X

「空襲警報」 コニー・ウィリス著, 大森望訳 早川書房 2014.2 431p 16cm（ハヤカワ文庫 SF―ザ・ベスト・オブ・コニー・ウィリス） 900円 ⓘ978-4-15-011944-7

0358 「航路」 "Passage"

◇ローカス賞（2002年/SF長編）

「航路 上」 コニー・ウィリス著, 大森望訳 ソニー・マガジンズ 2002.10 413p 20cm 1800円 ⓘ4-7897-1933-2

「航路 下」 コニー・ウィリス著, 大森望訳 ソニー・マガジンズ 2002.10 434p 20cm 1800円 ⓘ4-7897-1934-0

「航路 上」 コニー・ウィリス著, 大森望訳 ソニー・マガジンズ 2004.12 647p 15cm（ヴィレッジブックス） 950円 ⓘ4-7897-2438-7

「航路 下」 コニー・ウィリス著, 大森望訳 ソニー・マガジンズ 2004.12 663p 15cm（ヴィレッジブックス） 950円 ⓘ4-7897-2439-5

「航路 上」 コニー・ウィリス著, 大森望訳 早川書房 2013.8 654p 16cm（ハヤカワ文庫 SF） 1180円 ⓘ978-4-15-011914-0
※ヴィレッジブックス 2004年刊の再刊

「航路 下」 コニー・ウィリス著, 大森望訳 早川書房 2013.8 670p 16cm（ハヤカワ文庫 SF） 1180円 ⓘ978-4-15-011915-7
※ヴィレッジブックス 2004年刊の再刊

0359 「最後のウィネベーゴ」 "The Last of the Winnebagos"

◇ネビュラ賞（1988年/中長編）

◇ヒューゴー賞（1989年/中長編）

「最後のウィネベーゴ」 コニー・ウィリス著, 大森望訳 河出書房新社 2006.12 380p 20cm（奇想コレクション） 1900円 ⓘ4-309-62197-X

「最後のウィネベーゴ」 コニー・ウィリス著, 大森望編訳 河出書房新社 2013.2 417p 15cm（河出文庫） 950円 ⓘ978-4-309-46383-4
※2006年刊に「からさわぎ」を収録して再編集

「空襲警報」 コニー・ウィリス著, 大森望訳 早川書房 2014.2 431p 16cm（ハヤカワ文庫 SF―ザ・ベスト・オブ・コニー・ウィリス） 900円 ⓘ978-4-15-011944-7

0360 「ザ・ベスト・オブ・コニー・ウィリス」 "The Best of Connie Willis"

◇ローカス賞（2014年/短編集）

「混沌（カオス）ホテル―ザ・ベスト・オブ・コニー・ウィリス」 コニー・ウィリス著, 大森望訳 早川書房 2014.1 413p 16cm（ハヤカワ文庫 SF） 900円 ⓘ978-4-15-011938-6

「空襲警報」 コニー・ウィリス著, 大森望訳 早川書房 2014.2 431p 16cm（ハヤカワ文庫 SF―ザ・ベスト・オブ・コニー・ウィリス） 900円 ⓘ978-4-15-011944-7

0361 「女王様でも」 "Even the Queen"

◇ネビュラ賞（1992年/短編）

◇ヒューゴー賞（1993年/短編）

◇ローカス賞（1993年/短編）

「最後のウィネベーゴ」 コニー・ウィリス著, 大森望編訳 河出書房新社 2006.12 380p 20cm（奇想コレクション） 1900円 ⓘ4-309-62197-X

「最後のウィネベーゴ」 コニー・ウィリス著, 大森望編訳 河出書房新社 2013.2 417p 15cm（河出文庫） 950円 ⓘ978-4-309-46383-4
※2006年刊に「からさわぎ」を収録して再編集

「混沌（カオス）ホテル―ザ・ベスト・オブ・コニー・ウィリス」 コニー・ウィリス著, 大森望訳 早川書房 2014.1 413p 16cm（ハヤカワ文庫 SF） 900円 ⓘ978-4-15-011938-6

0362 「接近遭遇」 "Close Encounter"

◇ローカス賞（1994年/短編）

「SFマガジン 44(4)」〔大森望訳〕 早川書房 2003.4 p32～44

0363 「魂はみずからの社会を選ぶ」 "The Soul Selects Her Own Society.."

◇ヒューゴー賞（1997年/短編）

「90年代SF傑作選 上」 山岸真編〔大

森望訳〕 早川書房 2002.3 518p 16cm（ハヤカワ文庫 SF）940円 ①4-15-011394-7
「混沌（カオス）ホテル―ザ・ベスト・オブ・コニー・ウィリス」 コニー・ウィリス著, 大森望訳 早川書房 2014.1 413p 16cm（ハヤカワ文庫 SF）900円 ①978-4-15-011938-6

0364 「ドゥームズデイ・ブック」 "Doomsday Book"
◇ネビュラ賞（1992年/長編）
◇ヒューゴー賞（1993年/長編）
◇ローカス賞（1993年/SF長編）
「ドゥームズデイ・ブック」 コニー・ウィリス著, 大森望訳 早川書房 1995.10 619p 20cm（夢の文学館 4）3600円 ①4-15-207966-5
「ドゥームズデイ・ブック 上」 コニー・ウィリス著, 大森望訳 早川書房 2003.3 591p 16cm（ハヤカワ文庫 SF）940円 ①4-15-011437-4
「ドゥームズデイ・ブック 下」 コニー・ウィリス著, 大森望訳 早川書房 2003.3 574p 16cm（ハヤカワ文庫 SF）940円 ①4-15-011438-2

0365 「ナイルに死す」 "Death on the Nile"
◇ヒューゴー賞（1994年/短編）
「空襲警報」 コニー・ウィリス著, 大森望訳 早川書房 2014.2 431p 16cm（ハヤカワ文庫 SF―ザ・ベスト・オブ・コニー・ウィリス）900円 ①978-4-15-011944-7

0366 「ニュースレター」 "Newsletter"
◇ローカス賞（1998年/中編）
「マーブル・アーチの風」 コニー・ウィリス著, 大森望編訳 早川書房 2008.9 364p 19cm（プラチナ・ファンタジィ）2000円 ①978-4-15-208958-8

0367 「ブラックアウト」 "Blackout"
◇ネビュラ賞（2010年/長編）
◇ヒューゴー賞（2011年/長編）
◇ローカス賞（2011年/SF長編）
「ブラックアウト」 コニー・ウィリス著, 大森望訳 早川書房 2012.8 766p 19cm（新☆ハヤカワ・SF・シリーズ）2400円 ①978-4-15-335005-2
「ブラックアウト 上」 コニー・ウィリス著, 大森望訳 早川書房 2015.7 463p 16cm（ハヤカワ文庫 SF）960円 ①978-4-15-012020-7
※2012年刊の上下2分冊
「ブラックアウト 下」 コニー・ウィリス著, 大森望訳 早川書房 2015.7 478p 16cm（ハヤカワ文庫 SF）960円 ①978-4-15-012021-4
※2012年刊の上下2分冊

0368 「マーブル・アーチの風」〔中編〕 "The Winds of Marble Arch"
◇ヒューゴー賞（2000年/中長編）
「空襲警報」 コニー・ウィリス著, 大森望訳 早川書房 2014.2 431p 16cm（ハヤカワ文庫 SF―ザ・ベスト・オブ・コニー・ウィリス）900円 ①978-4-15-011944-7
「マーブル・アーチの風」 コニー・ウィリス著, 大森望編訳 早川書房 2008.9 364p 19cm（プラチナ・ファンタジィ）2000円 ①978-4-15-208958-8

0369 「マーブル・アーチの風」〔短編集〕 "The Winds of Marble Arch and Other Stories"
◇ローカス賞（2008年/短編集）
「マーブル・アーチの風」 コニー・ウィリス著, 大森望編訳 早川書房 2008.9 364p 19cm（プラチナ・ファンタジィ）2000円 ①978-4-15-208958-8

0370 「まれびとこぞりて」〔別題「もろびと大地に坐して」〕 "All Seated on the Ground"
◇ヒューゴー賞（2008年/中長編）
「混沌（カオス）ホテル―ザ・ベスト・オブ・コニー・ウィリス」 コニー・ウィリス著, 大森望訳 早川書房 2014.1 413p 16cm（ハヤカワ文庫 SF）900円 ①978-4-15-011938-6

0371 「見張り」 "Fire Watch"
◇ネビュラ賞（1982年/中編）
◇ヒューゴー賞（1983年/中編）
「わが愛しき娘たちよ」 コニー・ウィリス著, 大森望他訳〔高林慧子訳〕 早川書房 1992.7 503p 16cm（ハヤカワ文庫―SF）680円 ①4-15-010977-X

0372 「リアルト・ホテルで」〔別題「混沌（カオス）ホテル」〕 "At the Rialto"
◇ネビュラ賞（1989年/中編）
「20世紀SF 5（1980年代） 冬のマーケット」 カード, ギブスン他著, 中村融, 山岸真編〔「リアルト・ホテルで」安野玲訳〕 河出書房新社 2001.7 489p 15cm（河出文庫）950円 ①4-309-46206-5
「混沌（カオス）ホテル―ザ・ベスト・オブ・コニー・ウィリス」 コニー・ウィリス著, 大森望訳〔「混沌（カオス）ホテル」〕 早川書房 2014.1 413p 16cm（ハヤカワ文庫 SF）900円 ①978-4-15-011938-6

0373 「リメイク」 "Remake"

◇ローカス賞（1996年/中長編）
「リメイク」 コニー・ウィリス著、大森望訳　早川書房　1999.6　271p　16cm（ハヤカワ文庫 SF）　580円　Ⓓ4-15-011275-4

0374　「リンカーンの夢」 "Lincoln's Dreams"
◇ジョン・W・キャンベル記念賞（1988年/第1位）
「リンカーンの夢」 コニー・ウィリス著、友枝康子訳　早川書房　1992.8　378p　16cm（ハヤカワ文庫—SF）　580円　Ⓓ4-15-010979-6

0375　"Bellwether"
◇ローカス賞（1997年/中長編）

0376　"Impossible Things"
◇ローカス賞（1994年/短編集）

◎ネビュラ賞（2011年/グランド・マスター）

ウィリス, ジーン　Willis, Jeanne

0377　"Tadpole's Promise"
◇ネスレ子どもの本賞（2003年/5歳以下部門/銀賞）

ウィルカーソン, イザベル　Wilkerson, Isabel

0378　"The Warmth of Other Suns: The Epic Story of America's Great Migration"
◇全米書評家協会賞（2010年/ノンフィクション）

ウィルス, イザボー・S.　Wilce, Ysabeau S.

0379　「ほんとうのフローラ——万一千の部屋を持つ屋敷と魔法の執事」 "Flora's Dare: How a Girl of Spirit Gambles All to Expand Her Vocabulary, Confront a Bouncing Boy Terror, and Try to Save Califa from a Shaky Doom (Despite Being Confined to Her Room)"
◇アンドレ・ノートン賞（2008年）
「ほんとうのフローラ——万一千の部屋を持つ屋敷と魔法の執事　上」 イザボー・S.ウィルス著、杉田七重訳　東京創元社　2012.1　311p　20cm　2100円　Ⓓ978-4-488-01341-7
「ほんとうのフローラ——万一千の部屋を持つ屋敷と魔法の執事　下」 イザボー・S.ウィルス著、杉田七重訳　東京創元社　2012.1　311p　20cm　2100円　Ⓓ978-4-488-01342-4

ウィルズ, ゲリー　Wills, Garry

0380　「リンカーンの三分間—ゲティスバーグ演説の謎」 "Lincoln at Gettysburg: The Words That Remade America"
◇全米書評家協会賞（1992年/批評）
◇ピュリッツァー賞（1993年/ノンフィクション）
「リンカーンの三分間—ゲティスバーグ演説の謎」 ゲリー・ウィルズ著、北沢栄訳　共同通信社　1995.2　376, 5p　20cm　2500円　Ⓓ4-7641-0335-4

0381　"Inventing America: Jefferson's Declaration of Independence"
◇全米書評家協会賞（1978年/ノンフィクション）

ウィルスン, ジョン・モーガン　Wilson, John Morgan

0382　「夜の片隅で」 "Simple Justice"
◇アメリカ探偵作家クラブ賞（1997年/処女長編賞）
「夜の片隅で」 ジョン・モーガン・ウィルスン著、岩瀬孝雄訳　早川書房　1997.12　287p　19cm（ハヤカワ・ミステリ）　1100円　Ⓓ4-15-001657-7
「夜の片隅で」 ジョン・モーガン・ウィルスン著、岩瀬孝雄訳　早川書房　2002.2　447p　16cm（ハヤカワ・ミステリ文庫*）　800円　Ⓓ4-15-173151-2

ウィルスン, リチャード　Wilson, Richard

0383　「世界の母」 "Mother to the World"
◇ネビュラ賞（1968年/中編）
「ザ・ベスト・フロム・オービット　上」 デーモン・ナイト編、浅倉久志他訳〔森下母子訳〕　NW-SF社　1984.8　294p　20cm（NW-SFシリーズ 5）　1900円　Ⓓ4-900244-04-X

ウィルスン, ロバート・チャールズ　Wilson, Robert Charles

0384　「クロノリス—時の碑」 "The Chronoliths"
◇ジョン・W・キャンベル記念賞（2002年/第1位）
「クロノリス—時の碑」 ロバート・チャールズ・ウィルスン著、茂木健訳　東京創元社　2011.5　483p　15cm（創元SF文庫）　1100円　Ⓓ978-4-488-

70607-4

0385 「時間封鎖」 "Spin"
◇ジョン・W・キャンベル記念賞（2006年／第2位）
◇ヒューゴー賞（2006年／長編）
◇イマジネール大賞（2008年／長編〈外国〉）
「時間封鎖　上」 ロバート・チャールズ・ウィルソン著, 茂木健訳　東京創元社　2008.10　382p　15cm（創元SF文庫）940円　①978-4-488-70603-6
「時間封鎖　下」 ロバート・チャールズ・ウィルソン著, 茂木健訳　東京創元社　2008.10　364p　15cm（創元SF文庫）940円　①978-4-488-70604-3

0386 "Julian Comstock: A Story of 22nd-Century America"
◇ジョン・W・キャンベル記念賞（2010年／第2位）

ウィルスン, F.ポール　Wilson, F.Paul

0387 "Aftershock"
◇ブラム・ストーカー賞（1999年／短編）
◎ブラム・ストーカー賞（2008年／生涯業績）

ウィルソン, アーサー・M.　Wilson, Arthur M.

0388 "Diderot"
◇全米図書賞（1973年／学芸）

ウィルソン, アンガス　Wilson, Angus

0389 "The Middle Age Of Mrs. Eliot"
◇ジェイムズ・テイト・ブラック記念賞（1958年／フィクション）

ウィルソン, アンドリュー　Wilson, Andrew

0390 "Beautiful Shadow: A Life of Patricia Highsmith"
◇アメリカ探偵作家クラブ賞（2004年／批評・評伝賞）

ウィルソン, ウィリアム　Wilson, William

0391 "The House Of Airlie"
◇ジェイムズ・テイト・ブラック記念賞（1924年／伝記）

ウィルソン, エドワード・O.　Wilson, Edward O.

0392 「人間の本性について」 "On Human Nature"
◇ピュリッツァー賞（1979年／ノンフィクション）
「人間の本性について」 E.O.ウィルソン〔著〕, 岸由二訳　思索社　1980.8　366p　20cm　2400円
「人間の本性について」 エドワード・O.ウィルソン〔著〕, 岸由二訳　思索社　1990.9　369p　20cm　2600円　①4-7835-1157-8
※新装版
「人間の本性について」 エドワード・O.ウィルソン著, 岸由二訳　筑摩書房　1997.5　410p　15cm（ちくま学芸文庫）1500円　①4-480-08335-9

0393 "The Ants"
◇ピュリッツァー賞（1991年／ノンフィクション）

ウィルソン, オーガスト　Wilson, August

0394 「ピアノ・レッスン」 "The Piano Lesson"
◇ピュリッツァー賞（1990年／戯曲）
「ピアノ・レッスン」 オーガスト・ウィルソン著, 桑原文子訳　而立書房　2000.10　157p　20cm　1500円　①4-88059-272-2

0395 「フェンス」 "Fences"
◇ピュリッツァー賞（1987年／戯曲）
「フェンス」 オーガスト・ウィルソン著, 桑原文子訳　而立書房　1997.4　150p　20cm　1500円＋税　①4-88059-232-3

ウィルソン, ジャクリーン　Wilson, Jacqueline

0396 「タトゥーママ」 "The Illustrated Mum"
◇ガーディアン児童文学賞（2000年）
「タトゥーママ」 ジャクリーン・ウィルソン作, 小竹由美子訳, ニック・シャラット絵　偕成社　2004.8　342p　20cm　1600円　①4-03-726710-1

0397 「ふたごのルビーとガーネット」 "Double Act"
◇ネスレ子どもの本賞（1995年／グランプリ・9～11歳部門）
「ふたごのルビーとガーネット」 ジャクリーン・ウィルソン作, 小竹由美子訳, ニック・シャラット, スー・ヒープ絵　偕成社　2001.10　222p　22cm（チア・ブックス 12）1200円　①4-03-631220-0

0398 「リジーとひみつのティーパーティ」 "Lizzie Zipmouth"
◇ネスレ子どもの本賞（2000年／キッズ・クラブ・ネットワーク特別賞・

6〜8歳部門/金賞）
「リジーとひみつのティーパーティ」ジャクリーン・ウィルソン作, ニック・シャラット画, 尾高薫訳　理論社　2008.1　105p　18cm（フォア文庫）560円　①978-4-652-07484-8

ウィルソン, ジョン　Wilson, John

0399　"CB: A Life of Sir Henry Campbell-Bannerman"
◇コスタ賞（1973年/伝記）

ウィルソン, デイヴィッド・ニール　Wilson, David Niall

0400　"The Gentle Brush of Wings"
◇ブラム・ストーカー賞（2007年/短編）
0401　"The Gossamer Eye"
◇ブラム・ストーカー賞（2002年/詩集）

ウィルソン, フォレスト　Wilson, Forrest

0402　"Crusader in Crinoline"
◇ピュリッツアー賞（1942年/伝記・自伝）

ウイルソン, マーガレット　Wilson, Margaret

0403　"The Able Mc Laughlins"
◇ピュリッツアー賞（1924年/小説）

ウィルソン, ランフォード　Wilson, Lanford

0404　「タリー家のボート小屋」"Talley's Folly"
◇ピュリッツアー賞（1980年/戯曲）

ウィルソン, ロバート　Wilson, Robert

0405　「リスボンの小さな死」"A Small Death in Lisbon"
◇英国推理作家協会賞（1999年/ゴールド・ダガー）
「リスボンの小さな死　上」ロバート・ウィルスン著, 田村義進訳　早川書房　2000.9　391p　16cm（ハヤカワ・ミステリ文庫）740円　④4-15-172001-4
「リスボンの小さな死　下」ロバート・ウィルスン著, 田村義進訳　早川書房　2000.9　391p　16cm（ハヤカワ・ミステリ文庫）740円　④4-15-172002-2

ウィルソン, ローラ　Wilson, Laura

0406　"Stratton's War"
◇英国推理作家協会賞（2008年/エリス・ピーターズ・ヒストリカル・ダガー）

ウィルソン, A.N.　Wilson, A.N.

0407　"Tolstoy"
◇コスタ賞（1988年/伝記）

ウィルソン, G.ウィロー　Wilson, G.Willow

0408　「無限の書」"Alif the Unseen"
◇ジョン・W・キャンベル記念賞（2013年/第3位）
◇世界幻想文学大賞（2013年/長編）
「無限の書」G・ウィロー・ウィルソン〔著〕, 鍛治靖子訳　東京創元社　2017.2　398p　20cm（創元海外SF叢書）2800円　①978-4-488-01461-2
0409　「Ms.マーベル―もうフツーじゃないの」"Ms.Marvel Volume1: No Normal"
◇ヒューゴー賞（2015年/グラフィックストーリー）
「Ms.マーベル―もうフツーじゃないの」G・ウィロー・ウィルソンライター, エイドリアン・アルフォナアーティスト, 秋友克也訳　ヴィレッジブックス　2017.9　115p　26cm　2200円　①978-4-86491-348-5

ヴィルトナー, マルティナ　Wildner, Martina

0410　「飛び込み台の女王」"Königin des Sprungturms"
◇ドイツ児童文学賞（2014年/児童書）
「飛び込み台の女王」マルティナ・ヴィルトナー作, 森川弘子訳　岩波書店　2016.9　241p　19cm（STAMP BOOKS）1700円　①978-4-00-116412-1

ウィルバー, リチャード　Wilbur, Richard

0411　"New and Collected Poems"
◇ピュリッツアー賞（1989年/詩）
0412　"Things of This World"
◇全米図書賞（1957年/詩）
◇ピュリッツアー賞（1957年/詩）

ウィルヘルム, ケイト　Wilhelm, Kate

0413　「アンナへの手紙」"Forever Yours, Anna"
◇ネビュラ賞（1987年/短編）
「Omni 日本版　7(7)」〔厚木淳訳〕旺文社　1988.11　p122〜130

0414 「計画する人」 "The Planners"
◇ネビュラ賞（1968年／短編）
「ザ・ベスト・フロム・オービット　上」デーモン・ナイト編，浅倉久志他訳〔山形叶子訳〕　NW-SF社　1984.8　294p　20cm（NW-SFシリーズ）1900円　①4-900244-04-X

0415 「杜松の時」"Juniper Time"〔仏語題：Le Temps des genévriers〕
◇アポロ賞（1981年）
「杜松の時」ケイト・ウイルヘルム著，友枝康子訳　サンリオ　1981.4　420p　15cm（サンリオSF文庫）480円

0416 「鳥の歌いまは絶え」"Where Late the Sweet Birds Sang"
◇ジョン・W・キャンベル記念賞（1977年／第3位）
◇ヒューゴー賞（1977年／長編）
◇ローカス賞（1977年／長編）
「鳥の歌いまは絶え」ケイト・ウイルヘルム著，酒匂真理子訳　サンリオ　1982.7　386p　15cm（サンリオSF文庫）580円

0417 "Storyteller: Writing Lessons and More from 27 Years of the Clarion Writers' Workshop"
◇ヒューゴー賞（2006年／関連書籍）
◇ローカス賞（2006年／ノンフィクション）

0418 "The Girl Who Fell into the Sky"
◇ネビュラ賞（1986年／中編）

ウィレンツ，エイミー　Wilentz, Amy

0419 "Farewell, Fred Voodoo: A Letter From Haiti"
◇全米書評家協会賞（2013年／自伝）

ウィン，デリス　Winn, Dilys

0420 「ミステリー雑学読本」"Murder Ink"
◇アメリカ探偵作家クラブ賞（1978年／スペシャルエドガー）
「ミステリー雑学読本」デリス・ウィン編，常盤新平監訳　集英社　1982.4　253p　20cm　1400円

ウィンクス，ロビン・W.　Winks, Robin W.

0421 "Mystery and Suspense Writers"
◇アメリカ探偵作家クラブ賞（1999年／批評・評伝賞）

ウィンクラー，ヨゼフ　Winkler, Josef

◎ビューヒナー賞（2008年）

ウィングローブ，デイヴィッド　Wingrove, David

0422 「一兆年の宴」"Trillion Year Spree"
◇ヒューゴー賞（1987年／ノンフィクション）
◇ローカス賞（1987年／ノンフィクション）
「一兆年の宴」ブライアン・W.オールディス，デイヴィッド・ウィングローヴ著，浅倉久志訳　東京創元社　1992.7　336, 28p　20cm（Key library）3000円　①4-488-01512-3

ウィンザー，パトリシア　Windsor, Patricia

0423 "The Sandman's Eyes"
◇アメリカ探偵作家クラブ賞（1986年／ジュヴナイル賞）

ウィンザー，ロイ　Winsor, Roy

0424 「死体が歩いた」"The Corpse That Walked"
◇アメリカ探偵作家クラブ賞（1975年／ペーパーバック賞）
「死体が歩いた」ロイ・ウィンザー著，平尾圭吾訳　早川書房　1977.9　228p　19cm（世界ミステリシリーズ）640円

ヴィンジ，ヴァーナー　Vinge, Vernor

0425 「クッキー・モンスター」"The Cookie Monster"
◇ヒューゴー賞（2004年／中長編）
◇ローカス賞（2004年／中長編）
「SFマガジン　46(3)」〔中原尚哉訳〕早川書房　2005.3　p9〜53

0426 「最果ての銀河船団」"A Deepness in the Sky"
◇ジョン・W・キャンベル記念賞（2000年／第1位）
◇ヒューゴー賞（2000年／長編）
「最果ての銀河船団　上」ヴァーナー・ヴィンジ著，中原尚哉訳　東京創元社　2002.6　637p　15cm（創元SF文庫）1260円　①4-488-70503-0
「最果ての銀河船団　下」ヴァーナー・ヴィンジ著，中原尚哉訳　東京創元社　2002.6　638p　15cm（創元SF文庫）1260円　①4-488-70504-9

0427 「遠き神々の炎」"A Fire Upon

the Deep"
◇ジョン・W・キャンベル記念賞
（1993年/第3位）
◇ヒューゴー賞（1993年/長編）
「遠き神々の炎　上」ヴァーナー・ヴィンジ著, 中原尚哉訳　東京創元社　1995.11　460p　15cm（創元SF文庫）780円　①4-488-70501-4
「遠き神々の炎　下」ヴァーナー・ヴィンジ著, 中原尚哉訳　東京創元社　1995.11　466p　15cm（創元SF文庫）780円　①4-488-70502-2

0428　「レインボーズ・エンド」 "Rainbows End"
◇ヒューゴー賞（2007年/長編）
◇ローカス賞（2007年/SF長編）
「レインボーズ・エンド　上」ヴァーナー・ヴィンジ著, 赤尾秀子訳　東京創元社　2009.4　363p　15cm（創元SF文庫）940円　①978-4-488-70505-3
「レインボーズ・エンド　下」ヴァーナー・ヴィンジ著, 赤尾秀子訳　東京創元社　2009.4　334p　15cm（創元SF文庫）940円　①978-4-488-70506-0

0429 "Fast Times at Fairmont High"
◇ヒューゴー賞（2002年/中長編）

ヴィンジ, ジョーン・D.　Vinge, Joan D.

0430　「琥珀のひとみ」 "Eyes of Amber"
◇ヒューゴー賞（1978年/中編）
「琥珀のひとみ」ジョーン・D.ヴィンジ著, 浅羽莢子, 岡部宏之訳　東京創元社　1983.9　399p　15cm（創元推理文庫）480円

0431　「雪の女王」 "The Snow Queen"
◇ヒューゴー賞（1981年/長編）
◇ローカス賞（1981年/SF長編）
「雪の女王」ジョーン・D.ヴィンジ著, 岡部宏之訳　早川書房　1982.9　584p　20cm（海外SFノヴェルズ）2300円
「雪の女王」ジョーン・D.ヴィンジ著, 岡部宏之訳　早川書房　1987.9　2冊　16cm（ハヤカワ文庫—SF）各540円　①4-15-010736-X

ウィン＝ジョーンズ, ティム　Wynne-Jones, Tim

0432　「火星を見たことありますか」 "Some of the Kinder Planets"
◇ボストングローブ・ホーンブック賞（1995年/フィクション）
「火星を見たことありますか」ティム・ウィン＝ジョーンズ作, 山田順子訳　岩波書店　1999.6　204p　22cm　2000円

①4-00-115556-7

0433 "Blink & Caution"
◇ボストングローブ・ホーンブック賞（2011年/フィクション）

0434 "The Boy in the Burning House"
◇アメリカ探偵作家クラブ賞（2002年/ヤングアダルト賞）

ウィンスピア, ジャクリーン　Winspear, Jacqueline

0435　「夜明けのメイジー」 "Maisie Dobbs"
◇アガサ賞（2003年/処女長編）
◇マカヴィティ賞（2004年/処女長編）
「夜明けのメイジー」ジャクリーン・ウィンスピア著, 長野きよみ訳　早川書房　2005.3　479p　16cm（ハヤカワ・ミステリ文庫）840円　①4-15-175351-6

0436 "Birds of a Feather"
◇アガサ賞（2004年/長編）

0437 "Pardonable Lies"
◇マカヴィティ賞（2006年/スー・フェダー歴史ミステリ賞）

ウィンスロー, オラ・エリザベス　Winslow, Ola Elizabeth

0438 "Jonathan Edward"
◇ピュリッツアー賞（1941年/伝記・自伝）

ウィンズロウ, ドン　Winslow, Don

0439　「カリフォルニアの炎」 "California Fire And Life"
◇シェイマス賞（2000年/長編）
「カリフォルニアの炎」ドン・ウィンズロウ〔著〕, 東江一紀訳　角川書店　2001.9　564p　15cm（角川文庫）952円　①4-04-282303-3

0440　「ザ・カルテル」 "The Cartel"
◇英国推理作家協会賞（2016年/イアン・フレミング・スティール・ダガー）
「ザ・カルテル　上」ドン・ウィンズロウ〔著〕, 峯村利哉訳　KADOKAWA　2016.4　632p　15cm（角川文庫）1200円　①978-4-04-101966-5
「ザ・カルテル　下」ドン・ウィンズロウ〔著〕, 峯村利哉訳　KADOKAWA　2016.4　591p　15cm（角川文庫）1200円　①978-4-04-101967-2

ヴィンセック, ヘンリー　Wiencek, Henry

0441 "The Hairstons: An American

Family in Black and White"
◇全米書評家協会賞（1999年/伝記・自伝）

ウィンター, ダグラス・E. Winter, Douglas E.
◎ブラム・ストーカー賞（2003年/シルバーハンマー賞）

ウィンター, ローレル Winter, Laurel
0442 "Sky Eyes"
◇世界幻想文学大賞（2000年/中編）

ウィンターズ, ベン・H. Winters, Ben H.
0443 「地上最後の刑事」 "The Last Policeman: A Novel"
◇アメリカ探偵作家クラブ賞（2013年/ペーパーバック賞）
「地上最後の刑事」 ベン・H・ウィンタース著, 上野元美訳　早川書房　2013.12　311p　19cm （HAYAKAWA POCKET MYSTERY BOOKS）　1600円　①978-4-15-001878-8
「地上最後の刑事」 ベン・H・ウィンタース著, 上野元美訳　早川書房　2016.6　382p　16cm （ハヤカワ・ミステリ文庫）　880円　①978-4-15-181951-3

ウィンターソン, ジャネット Winterson, Jeanette
0444 「オレンジだけが果物じゃない」 "Oranges are not the only Fruit"
◇コスタ賞（1985年/処女長編）
「オレンジだけが果物じゃない」 ジャネット・ウィンターソン著, 岸本佐知子訳　国書刊行会　2002.6　285p　20cm　2400円　①4-336-03962-3
「オレンジだけが果物じゃない」 ジャネット・ウィンターソン著, 岸本佐知子訳　白水社　2011.9　295p　18cm （白水Uブックス―海外小説の誘惑）　1400円　①978-4-560-07176-2

ウィンダム, フランシス Wyndham, Francis
0445 "The Other Garden"
◇コスタ賞（1987年/処女長編）

ウェア, レオン Ware, Leon
0446 「恐怖の第22次航海」 "The Mystery of 22 East"
◇アメリカ探偵作家クラブ賞（1966年/ジュヴナイル賞）
「恐怖の第22次航海」 L.ウェア〔著〕, 高橋泰邦訳, 山野辺進え　学習研究社　c1972　294p　19cm （少年少女サスペンス推理 5）

ヴェイエルガンス, フランソワ Weyergans, François
0447 「母の家で過ごした三日間」 "Trois jours chez ma mère"
◇ゴンクール賞（2005年）
「母の家で過ごした三日間」 フランソワ・ヴェイエルガンス〔著〕, 渋谷豊訳　白水社　2008.3　234p　19cm　2300円　①978-4-560-09207-1
0448 "La Démence du boxeur"
◇ルノドー賞（1992年）

ウェイド, スーザン Wade, Susan
0449 "Walking Rain"
◇バリー賞（1997年/ペーパーバック）

ウェイド・ミラー Wade Miller
◎シェイマス賞（1988年/ジ・アイ賞〈生涯功績賞〉）

ウェイリー, アーサー Whaley, Arthur
0450 「西遊記」〔呉承恩作〕 "Monkey" 〔Wu Cheng'en作〕
◇ジェイムズ・テイト・ブラック記念賞（1942年/フィクション）

ヴェイリン, ジョナサン Valin, Jonathan
0451 "Extenuating Circumstances"
◇シェイマス賞（1990年/長編）

ウェイン, エリザベス Wein, Elizabeth
0452 「コードネーム・ヴェリティ」 "Code Name Verity"
◇アメリカ探偵作家クラブ賞（2013年/ヤングアダルト賞）
「コードネーム・ヴェリティ」 エリザベス・ウェイン著, 吉澤康子訳　東京創元社　2017.3　475p　15cm （創元推理文庫）　1200円　①978-4-488-25204-5

ウェイン, ジョン Wain, John
0453 "Samuel Johnson"
◇ジェイムズ・テイト・ブラック記念賞（1974年/伝記）
0454 "Young Shoulders"
◇コスタ賞（1982年/長編）

ウェシュラー, ローレンス
Weschler, Lawrence
0455 "Everything That Rises: A Book of Convergences"
◇全米書評家協会賞（2006年/批評）

ヴェス, チャールズ　Vess, Charles
0456 「真夏の夜の夢」"A Midsummer Night's Dream"
◇世界幻想文学大賞（1991年/短編）
「サンドマン 5」ニール・ゲイマン原作, 海法紀光翻訳　インターブックス　1999.6　1冊　26cm　1860円　①4-924914-30-4

ウエスターフェルド, スコット
Westerfeld, Scott
0457 「アグリーズ」"Uglies"
◇イマジネール大賞（2008年/青少年向け長編）
「アグリーズ　1（あたしがキレイになる日）」スコット・ウエスターフェルド著, 谷崎ケイ訳　ヴィレッジブックス　2006.12　267p　19cm　1100円　①4-7897-2947-8
「アグリーズ　2（みにくい自分にサヨナラ）」スコット・ウエスターフェルド著, 谷崎ケイ訳　ヴィレッジブックス　2007.1　327p　19cm　1100円　①978-4-7897-3044-0
0458 「リヴァイアサン―クジラと蒸気機関」"Leviathan"
◇ローカス賞（2010年/ヤングアダルト小説）
「リヴァイアサン―クジラと蒸気機関」スコット・ウエスターフェルド著, 小林美幸訳　早川書房　2011.12　410p　19cm（新☆ハヤカワ・SF・シリーズ）1600円　①978-4-15-335001-4
「リヴァイアサン―クジラと蒸気機関」スコット・ウエスターフェルド著, 小林美幸訳　早川書房　2013.12　494p　16cm（ハヤカワ文庫 SF）900円　①978-4-15-011933-1

ウエスト, エドワード・サックビル
West, Edward Sackville
0459 "A Flame In Sunlight: The Life And Work Of Thomas de Quincey"
◇ジェイムズ・テイト・ブラック記念賞（1936年/伝記）

ウエスト, モリス　West, Morris
0460 "The Devil's Advocate"
◇ジェイムズ・テイト・ブラック記念賞（1959年/フィクション）

ウエストール, ロバート　Westall, Robert
0461 「海辺の王国」"The Kingdom by the Sea"
◇ガーディアン児童文学賞（1991年）
「海辺の王国」ロバート・ウェストール作, 坂崎麻子訳　徳間書店　1995.4　262p　19cm　1400円　①4-19-860124-0
0462 「かかし」"The Scarecrows"
◇カーネギー賞（1981年）
「かかし 今一、やつらがやってくる」ロバート・ウェストール作, 金原瑞人訳　福武書店　1987.5　310p　19cm（ベスト・チョイス）1300円　①4-8288-1289-X
「かかし」ロバート・ウェストール作, 金原瑞人訳　徳間書店　2003.1　297p　19cm　1600円　①4-19-861638-8
※福武書店1987年刊の改訂
0463 「"機関銃要塞"の少年たち」"The Machine-Gunners"
◇カーネギー賞（1975年）
「"機関銃要塞"の少年たち」ロバート・ウェストール作, 越智道雄訳　評論社　1980.12　302p　21cm（児童図書館―文学の部屋）1300円
0464 「猫の帰還」"Blitzcat"
◇ネスレ子どもの本賞（1989年/9～11歳部門）
「猫の帰還」ロバート・ウェストール作, 坂崎麻子訳　徳間書店　1998.9　260p　19cm　1600円　①4-19-860911-X

ウエストレイク, ドナルド・E.
Westlake, Donald E.
0465 「悪党どもが多すぎる」"Too Many Crooks"
◇アメリカ探偵作家クラブ賞（1990年/短編賞）
「巨匠の選択」ローレンス・ブロック編, 田口俊樹他訳〔木村仁良訳〕早川書房　2001.9　389p　19cm（ハヤカワ・ミステリ）1400円　①4-15-001706-9
「エドガー賞全集―1990～2007」ローレンス・ブロック他〔著〕, 田口俊樹, 木村二郎他訳〔木村二郎訳〕早川書房　2008.9　655p　16cm（ハヤカワ・ミステリ文庫）1000円　①978-4-15-177951-0
「泥棒が1ダース」ドナルド・E.ウェスト

レイク著, 木村二郎訳　早川書房　2009.8　367p　16cm（ハヤカワ・ミステリ文庫―現代短篇の名手たち 3）　800円　Ⓘ978-4-15-178253-4

0466　「我輩はカモである」 "God Save the Mark"
◇アメリカ探偵作家クラブ賞（1968年/長編賞）
> 「我輩はカモである」　ドナルド・E.ウェストレイク著, 池央耿訳　角川書店　1977.12　278p　20cm（海外ベストセラー・シリーズ）1100円
> 「我輩はカモである」　ドナルド・E.ウェストレイク著, 池央耿訳　The Mysterious Press　1995.4　324p　16cm（ハヤカワ文庫―ミステリアス・プレス文庫）580円　Ⓘ4-15-100086-0
> 「我輩はカモである」　ドナルド・E.ウェストレイク著, 池央耿訳　早川書房　2005.2　358p　16cm（ハヤカワ・ミステリ文庫）780円　Ⓘ4-15-071359-6

◎アメリカ探偵作家クラブ賞（1993年/巨匠賞）

◎シェイマス賞（2004年/ジ・アイ賞〈生涯功績賞〉）

ウェッジウッド, C.ヴェロニカ　Wedgwood, C.Veronica

0467　「オラニエ公ウィレム―オランダ独立の父」 "William The Silent"
◇ジェイムズ・テイト・ブラック記念賞（1944年/伝記）
> 「オラニエ公ウィレム―オランダ独立の父」　C.ヴェロニカ・ウェッジウッド著, 瀬原義生訳　文理閣　2008.3　391p　22cm　4500円　Ⓘ978-4-89259-561-5

ウェッセルマン, DV　Wesselmann, DV

0468　"Imprint of the Raj"
◇英国推理作家協会賞（2006年/デビュー・ダガー）

上橋　菜穂子　うえはし・なほこ

◎国際アンデルセン賞（2014年/作家賞）

ヴェヒター, フリードリヒ・カール　Waechter, Friedrich Karl

0469　「赤いおおかみ」 "Der rote Wolf"
◇ドイツ児童文学賞（1999年/絵本）
> 「赤いおおかみ」　フリードリッヒ・カール ヴェヒター作, 小澤俊夫訳　古今社　2001.12　58p　28cm　2300円　Ⓘ4-907689-19-5

0470　「いっしょがいちばん」 "Wir können noch viel zusammen machen"
◇ドイツ児童文学賞（1975年/絵本）
> 「いっしょがいちばん」　フリードリヒ・カール・ヴェヒター作・絵, 吉原高志訳　徳間書店　2001.6　1冊　28cm　1500円　Ⓘ4-19-861373-7

ウェラー, トム　Weller, Tom

0471　"Science Made Stupid"
◇ヒューゴー賞（1986年/ノンフィクション）

ヴェラルディ, ガブリエル　Veraldi, Gabriel

0472　"La Machine humaine"
◇フェミナ賞（1954年）

ヴェルク, カリン・フォン　Welck, Karin Von

0473　"Bisonjaeger und Mäusefreunde"
◇ドイツ児童文学賞（1986年/ノンフィクション）

ヴェールサン, ピエール　Versins, Pierre

0474　"L'Encyclopedie de l'Utopie et de la science fiction"
◇ヒューゴー賞（1973年/特別賞）

ウェルシュ, ルイーズ　Welsh, Louise

0475　「カッティング・ルーム」 "The Cutting Room"
◇英国推理作家協会賞（2002年/ジョン・クリーシー記念賞）
> 「カッティング・ルーム」　ルイーズ・ウェルシュ著, 大槻寿美枝訳　早川書房　2003.7　294p　19cm（ハヤカワ・ミステリ）1200円　Ⓘ4-15-001734-4

ヴェルシュ, レナーテ　Welsh, Renate

0476　"Johanna"
◇ドイツ児童文学賞（1980年/ヤングアダルト）

ウェルズ, マーサ　Wells, Martha

0477　"All Systems Red"
◇ネビュラ賞（2017年/中長編）
◇ヒューゴー賞（2018年/中長編）

ウェルズ, ローズマリー
Wells, Rosemary
0478 "Shy Charles"
◇ボストングローブ・ホーンブック賞（1989年／絵本）

ヴェルセル, ロジェ　Vercel, Roger
0479 "Capitaine Conan"
◇ゴンクール賞（1934年）

ウェルチ, ロナルド　Welch, Ronald
0480 "Knight Crusader"
◇カーネギー賞（1954年）

ウェルティ, ユードラ　Welty, Eudora
0481「マッケルヴァ家の娘」"The Optimists Daughter"
◇ピュリッツアー賞（1973年／フィクション）
「マッケルヴァ家の娘」ユードラ・ウェルティ〔著〕, 須山静夫訳　新潮社　1974　226p　20cm　1000円
0482 "Collected Stories of Eudora Welty"
◇全米図書賞（1983年／小説／ペーパーバック）

ヴェルニッシュ, イヴァン
Wernisch, Ivan
◎フランツ・カフカ賞（2018年）

ウェルフェル, ウルズラ　Wölfel, Ursula
0483「火のくつと風のサンダル」"Feuerschuh und Windsandale"
◇ドイツ児童文学賞（1962年／児童書）
「火のくつと風のサンダル」ウルズラ・ウェルフェル作, 関楠生訳, 久米宏一画　学習研究社　1966.8（第34刷：1992.2）162p　23cm（新しい世界の童話）893円　①4-05-104653-2
「火のくつと風のサンダル」ウルズラ・ウェルフェル作, 関楠生訳, 久米宏一絵　学習研究社　1967　162p　図版　23cm（新しい世界の童話シリーズ 15）
「火のくつと風のサンダル」ウルズラ・ウェルフェル作, 関楠生訳, 久米宏一絵　童話館出版　1997.7　162p　23cm（子どもの文学—青い海シリーズ 8）1267円　①4-924938-75-0
◎ドイツ児童文学賞（1991年／特別賞）

ウエルベック, ミシェル
Houellebecq, Michel
0484「ある島の可能性」"La possibilité d'une île"
◇アンテラリエ賞（2005年）
「ある島の可能性」ミシェル・ウエルベック著, 中村佳子訳　角川書店　2007.2　430p　20cm　2400円　①978-4-04-791543-5
「ある島の可能性」ミシェル・ウエルベック著, 中村佳子訳　河出書房新社　2016.1　537p　15cm（河出文庫）1400円　①978-4-309-46417-6
※角川書店 2007年刊の再刊
0485「地図と領土」"La Carte et le Territoire"
◇ゴンクール賞（2010年）
「地図と領土」ミシェル・ウエルベック著, 野崎歓訳　筑摩書房　2013.11　402p　20cm　2700円　①978-4-480-83206-1
「地図と領土」ミシェル・ウエルベック著, 野崎歓訳　筑摩書房　2015.10　462p　15cm（ちくま文庫）1400円　①978-4-480-43308-4

ウェルマン, マンリー・ウェイド
Wellman, Manly Wade
0486 "Dead and Gone"
◇アメリカ探偵作家クラブ賞（1956年／犯罪実話賞）
0487 "Worse Things Waiting"
◇世界幻想文学大賞（1975年／アンソロジー・短編集）

◎世界幻想文学大賞（1980年／生涯功労賞）

ヴェロネージ, サンドロ
Veronesi, Sandro
0488「静かなカオス」"Caos calmo"
◇ストレーガ賞（2006年）
「静かなカオス」サンドロ・ヴェロネージ著, 大谷敏子訳　シーライトパブリッシング　2011.5　526p　19cm　1800円　①978-4-903439-11-2

ウェン, ヴィエト・タン
Nguyen, Viet Thanh
0489「シンパサイザー」"The Sympathizer"
◇アメリカ探偵作家クラブ賞（2016年／処女長編賞）
◇ピュリッツアー賞（2016年／フィク

ション）」　「シンパサイザー」　ヴィエト・タン・ウェン著, 上岡伸雄訳　早川書房　2017.8　494p　20cm　2600円　①978-4-15-209702-6
「シンパサイザー　上」　ヴィエト・タン・ウェン著, 上岡伸雄訳　早川書房　2017.8　298p　16cm（ハヤカワ・ミステリ文庫）720円　①978-4-15-182851-5
「シンパサイザー　下」　ヴィエト・タン・ウェン著, 上岡伸雄訳　早川書房　2017.8　297p　16cm（ハヤカワ・ミステリ文庫）720円　①978-4-15-182852-2

ヴェンドラー, ヘレン　Vendler, Helen

0490 "Part of Nature: Modern American Poets"
◇全米書評家協会賞（1980年/批評）

ウォー, イーヴリン　Waugh, Evelyn

0491 "Men At Arms"
◇ジェイムズ・テイト・ブラック記念賞（1952年/フィクション）

ウォー, シルヴィア　Waugh, Sylvia

0492 「ブロックルハースト・グローブの謎の屋敷—メニム一家の物語」 "The Mennyms"
◇ガーディアン児童文学賞（1994年）
「ブロックルハースト・グローブの謎の屋敷—メニム一家の物語」　シルヴィア・ウォー作, こだまともこ訳, 佐竹美保絵　講談社　1995.10　343p　20cm　1600円　①4-06-265401-6

ウォー, ヒラリー　Waugh, Hillary

◎アメリカ探偵作家クラブ賞（1989年/巨匠賞）

ヴォイト, シンシア　Voigt, Cynthia

0493 「ダイシーズソング」 "Dicey's Song"
◇ニューベリー賞（1983年）
「ダイシーズソング」　シンシア・ヴォイト作, 島式子, 林豊美訳　楡出版　1993.2　438p　22cm（ティラマン家の人々の物語 2）2300円　①4-931266-12-6
0494 "The Callender Papers"
◇アメリカ探偵作家クラブ賞（1984年/ジュヴナイル賞）
0495 "The Runner"〔独語題：Samuel Tillerman, der Läufer〕
◇ドイツ児童文学賞（1989年/ノンフィクション）

ウォーカー, アラン　Walker, Alan

0496 "Franz Liszt: The Virtuoso Years"
◇ジェイムズ・テイト・ブラック記念賞（1983年/伝記）

ウォーカー, アリス　Walker, Alice

0497 「カラーパープル」〔旧題「紫のふるえ」〕 "The Color Purple"
◇全米図書賞（1983年/小説/ハードカバー）
◇ピュリッツァー賞（1983年/フィクション）
「紫のふるえ」　アリス・ウォーカー著, 柳沢由実子訳　集英社　1985.2　322p　20cm　1400円　①4-08-773064-6
「カラーパープル」　A.ウォーカー著, 柳沢由実子訳　集英社　1986.4　362p　16cm（集英社文庫）480円　①4-08-760117-X
※『紫のふるえ』（昭和60年刊）の改題

ウォーカー, ケント　Walker, Kent

0498 「狂気の詐欺師一家」 "Son of a Grifter"
◇アメリカ探偵作家クラブ賞（2002年/犯罪実話賞）
「狂気の詐欺師一家—その愛憎と破滅の物語」　ケント・ウォーカー, マーク・ショーン著, 青山陽子訳　早川書房　2002.10　482p　20cm　3500円　①4-15-208453-7

ウォーカー, セイジ　Walker, Sage

0499 "Whiteout"
◇ローカス賞（1997年/処女長編）

ウォーカー, メアリー・W.　Walker, Mary Willis

0500 「神の名のもとに」 "Under the Beetle's Cellar"
◇アンソニー賞（1996年/長編）
◇マカヴィティ賞（1996年/長編）
「神の名のもとに」　M.W.ウォーカー〔著〕, 矢沢聖子訳　講談社　1995.7　573p　15cm（講談社文庫）860円　①4-06-263006-0
0501 「凍りつく骨」 "Zero at the Bone"
◇アガサ賞（1991年/処女長編）
◇マカヴィティ賞（1992年/処女長編）
「凍りつく骨」　M.W.ウォーカー〔著〕, 矢沢聖子訳　講談社　1993.4　449p　15cm（講談社文庫）680円　①4-06-185343-0

0502 「処刑前夜」 "The Red Scream"
◇アメリカ探偵作家クラブ賞（1995年/長編賞）
「処刑前夜」 M.W.ウォーカー〔著〕, 矢沢聖子訳　講談社　1994.7　608p　15cm（講談社文庫）880円　①4-06-185712-6

ヴォーク, シャーロット　Voake, Charlotte

0503 「ねこのジンジャー」 "Ginger"
◇ネスレ子どもの本賞（1997年/5歳以下部門/金賞）
「ねこのジンジャー」 シャーロット・ヴォーク作, 小島希里訳　偕成社　1997　33p　25×28cm　1400円　①4-03-202560-6

0504 "Pizza Kittens"
◇ネスレ子どもの本賞（2002年/5歳以下部門/銀賞）

ヴォーク, スティーヴン　Volk, Stephen

0505 "Monsters in the Heart"
◇英国幻想文学賞（2014年/短編集）

0506 "Newspaper Heart"
◇英国幻想文学賞（2015年/中長編）

ウォーク, ハーマン　Wouk, Herman

0507 「ケイン号の叛乱」 "The Caine Mutiny"
◇ピュリッツアー賞（1952年/フィクション）
「ケイン号の叛乱　上　愛人メイ・ワイン」 ハーマン・ウオーク著, 新庄哲夫訳　光文社　1953　353p　19cm
「ケイン号の叛乱　下　軍法会議」 ハーマン・ウオーク著, 新庄哲夫訳　光文社　1953　266p　19cm
「ケイン号の叛乱」 ハーマン・ウォーク著, 新庄哲夫訳　フジ出版社　1970　614p　20cm　1300円
「ケイン号の叛乱」 ハーマン・ウォーク著, 新庄哲夫訳　早川書房　1975　3冊　16cm（ハヤカワ文庫）350円
「ケイン号の叛乱」 ハーマン・ウォーク著, 新庄哲夫訳　フジ出版社　1984.8　621p　20cm　3300円　①4-89226-014-2
※新装版

ヴォーゲル, ポーラ　Vogel, Paula

0508 "How I Learned to Drive"
◇ピュリッツアー賞（1998年/戯曲）

ウォーターズ, サラ　Waters, Sarah

0509 「荊の城」 "Fingersmith"
◇英国推理作家協会賞（2002年/エリス・ピーターズ・ヒストリカル・ダガー）
「荊の城　上」 サラ・ウォーターズ著, 中村有希訳　東京創元社　2004.4　434p　15cm（創元推理文庫）940円　①4-488-25403-9
「荊の城　下」 サラ・ウォーターズ著, 中村有希訳　東京創元社　2004.4　420p　15cm（創元推理文庫）940円　①4-488-25404-7

ウォッシュバーン, リヴィア・J.　Washburn, L.J.

0510 "Wild Night"
◇シェイマス賞（1988年/ペーパーバック）

ウォード, アイリーン　Ward, Aileen

0511 "John Keats: The Making of a Poet"
◇全米図書賞（1964年/学芸）

ヴォート, スーザン　Vaught, Susan

0512 "Footer Davis Probably is Crazy"
◇アメリカ探偵作家クラブ賞（2016年/ジュヴナイル賞）

ヴォートラン, ジャン　Vautrin, Jean

0513 "Un grand pas vers le Bon Dieu"
◇ゴンクール賞（1989年）

ウォートン, イーディス　Wharton, Edith

0514 「エイジ・オブ・イノセンス―汚れなき情事」〔別題「無垢の時代」〕 "The Age of Innocence"
◇ピュリッツアー賞（1921年/小説）
「エイジ・オブ・イノセンス―汚れなき情事」 イーディス・ウォートン〔著〕, 大社淑子訳　新潮社　1993.9　481p　15cm（新潮文庫）560円　①4-10-241301-4
「無垢の時代」 イーディス・ウォートン著, 佐藤宏子訳　荒地出版社　1995.10　284p　20cm　2200円　①4-7521-0091-6

ウォートン, ウィリアム　Wharton, William

0515 "Birdy"
◇全米図書賞（1980年/処女小説）

ウォーナー, アラン　Warner, Alan
0516 "The Deadman's Pedal"
◇ジェイムズ・テイト・ブラック記念賞（2012年／フィクション）

ウォーナー, マリーナ　Warner, Marina
0517 "Stranger Magic: Charmed States and the Arabian Nights"
◇全米書評家協会賞（2012年／批評）
◎世界幻想文学大賞（2017年／生涯功労賞）

ウォーナー, レックス　Warner, Rex
0518 "Imperial Caesar"
◇ジェイムズ・テイト・ブラック記念賞（1960年／フィクション）

ヴォナーバーグ, エリザベス　Vonarburg, Elisabeth
0519 "Le Silence de la cité"
◇イマジネール大賞（1982年／長編〈フランス語〉）

ヴォネガット, カート　Vonnegut, Kurt
0520 「ガラパゴスの箱舟」 "Galapagos"
◇ジョン・W・キャンベル記念賞（1986年／第2位）
「ガラパゴスの箱舟」 カート・ヴォネガット著, 浅倉久志訳　早川書房　1995.10　386p　16cm（ハヤカワ文庫―SF）620円　①4-15-011118-9

ウォマック, スティーヴン　Womack, Steven
0521 「殴られてもブルース」 "Dead Folks' Blues"
◇アメリカ探偵作家クラブ賞（1994年／ペーパーバック賞）
「殴られてもブルース」 スティーヴン・ウォマック著, 大谷豪見訳　早川書房　1995.3　422p　16cm（ハヤカワ・ミステリ文庫）640円　①4-15-079901-6
0522 "Murder Manual"
◇シェイマス賞（1999年／ペーパーバック）

ウォーメル, クリス　Wormell, Chris
0523 "Two Frogs"
◇ネスレ子どもの本賞（2003年／5歳以下部門／銅賞）

ウォリック, ジョビー　Warrick, Joby
0524 「ブラック・フラッグス―『イスラム国』台頭の軌跡」 "Black Flags: The Rise of ISIS"
◇ピュリッツアー賞（2016年／ノンフィクション）
「ブラック・フラッグス―「イスラム国」台頭の軌跡　上」 ジョビー・ウォリック著, 伊藤真訳　白水社　2017.8　255, 5p　20cm　2300円　①978-4-560-09561-4
「ブラック・フラッグス―「イスラム国」台頭の軌跡　下」 ジョビー・ウォリック著, 伊藤真訳　白水社　2017.8　264, 6p　20cm　2300円　①978-4-560-09562-1

ヴォール, マッツ　Wahl, Mats
0525 「冬の入江」 "Vinterviken"〔独語題: Winterbucht〕
◇ドイツ児童文学賞（1996年／ヤングアダルト）
「冬の入江」 マッツ・ヴォール作, 菱木晃子訳　徳間書店　1999.12　390p　19cm　1800円　①4-19-861121-1
0526 「マイがいた夏」 "Maj Darlin"
◇ニルス・ホルゲション賞（1989年）
「マイがいた夏」 マッツ・ヴォール作, 菱木晃子訳　徳間書店　2004.5　396p　19cm　1800円　①4-19-861864-X

ウォール, ロバート　Wohl, Robert
0527 "The Generation of 1914"
◇全米図書賞（1982年／歴史／ペーパーバック）

ウォルコット, デレック　Walcott, Derek
◎ノーベル文学賞（1992年）

ウォルシュ, ジョン・エバンジェリスト　Walsh, John Evangelist
0528 「名探偵ポオ氏」 "Poe the Detective"
◇アメリカ探偵作家クラブ賞（1969年／犯罪実話賞）
「名探偵ポオ氏―『マリー・ロジェの秘密』をめぐって」 ジョン・ウォルシュ著, 海保真夫訳　草思社　1980.5　190p　20cm　1400円

ウォルシュ, ジル・ペイトン　Walsh, Jill Paton
0529 「海鳴りの丘」 "Unleaving"
◇ボストングローブ・ホーンブック賞

（1976年/フィクション）

「海鳴りの丘」 ジル・ペイトン・ウォルシュ作, 百々佑利子訳　岩波書店　1981.4　218p　19cm（あたらしい文学）1100円

「海鳴りの丘」 ジル・ペイトン・ウォルシュ作, 百々佑利子訳　岩波書店　1991.9　218p　20cm　1400円　Ⓓ4-00-115607-5
※新装版

0530 「不思議な黒い石」 "Gaffer Samson's Luck"
◇ネスレ子どもの本賞（1985年/グランプリ・8〜11歳部門）

「不思議な黒い石」 ジル・ペイトン・ウォルシュ著, 遠藤育枝訳, ささめやゆき絵　原生林　1990.9　177p　18cm　1200円

0531 "A Chance Child"
◇フェニックス賞（1998年）

0532 "The Emperor's Winding Sheet"
◇コスタ賞（1974年/児童書）

0533 "Thomas and the Tinners"
◇ネスレ子どもの本賞（1995年/6〜8歳部門）

ウォルシュ, トマス　Walsh, Thomas

0534 「最後のチャンス」 "Chance After Chance"
◇アメリカ探偵作家クラブ賞（1978年/短編賞）

「最後のチャンス」 エドワード・D.ホウク編, 真野明裕訳　東京創元社　1982.5　389p　15cm（創元推理文庫—年刊ミステリ傑作選 1978）450円

「エドガー賞全集　下」 ビル・プロンジーニ編, 小鷹信光他訳〔宮脇孝雄訳〕早川書房　1983.3　16cm（ハヤカワ・ミステリ文庫）各560円

0535 「マンハッタンの悪夢」 "Nightmare in Manhattan"
◇アメリカ探偵作家クラブ賞（1951年/処女長編賞）

「マンハッタンの悪夢」 トマス・ウォルシュ著, 村上啓夫訳　東京創元社　1959　177p　18cm（世界推理小説全集 61）

ウォルター, ジェス　Walter, Jess

0536 「市民ヴィンス」 "Citizen Vince"
◇アメリカ探偵作家クラブ賞（2006年/長編賞）

「市民ヴィンス」 ジェス・ウォルター著, 田村義進訳　早川書房　2006.12　470p　16cm（ハヤカワ・ミステリ文庫）840円　Ⓓ4-15-176651-0

ウォルダー, フランシス　Walder, Francis

0537 "Saint-Germain ou la négociation"
◇ゴンクール賞（1958年）

ウォルターズ, ミネット　Walters, Minette

0538 「女彫刻家」 "The Sculptress"
◇アメリカ探偵作家クラブ賞（1994年/長編賞）
◇マカヴィティ賞（1994年/長編）

「女彫刻家」 ミネット・ウォルターズ著, 成川裕子訳　東京創元社　1995.7　411p　20cm　2600円　Ⓓ4-488-01368-6

0539 「氷の家」 "The Ice House"
◇英国推理作家協会賞（1992年/ジョン・クリーシー記念賞）

「氷の家」 ミネット・ウォルターズ著, 成川裕子訳　東京創元社　1995.2　389p　20cm　2400円　Ⓓ4-488-01364-3

「氷の家」 ミネット・ウォルターズ著, 成川裕子訳　東京創元社　1999.5　464p　15cm（創元推理文庫）760円　Ⓓ4-488-18701-3

0540 「鉄の柩」 "The Scold's Bridle"
◇英国推理作家協会賞（1994年/ゴールド・ダガー）

「鉄の柩」 ミネット・ウォルターズ著, 成川裕子訳　東京創元社　1996.11　345p　20cm　2472円　Ⓓ4-488-01370-8

「鉄の柩」 ミネット・ウォルターズ著, 成川裕子訳　東京創元社　2002.12　535p　15cm（創元推理文庫）1100円　Ⓓ4-488-18703-X

0541 「病める狐」 "Fox Evil"
◇英国推理作家協会賞（2003年/ゴールド・ダガー）

「病める狐　上」 ミネット・ウォルターズ著, 成川裕子訳　東京創元社　2007.7　325p　15cm（創元推理文庫）860円　Ⓓ978-4-488-18707-1

「病める狐　下」 ミネット・ウォルターズ著, 成川裕子訳　東京創元社　2007.7　313p　15cm（創元推理文庫）860円　Ⓓ978-4-488-18708-8

ウォールドロップ, キース　Waldrop, Keith

0542 "Transcendental Studies: A Trilogy"
◇全米図書賞（2009年/詩）

ウォルドロップ, ハワード
Waldrop, Howard
- *0543* 「みっともないニワトリ」 "The Ugly Chickens"
  - ◇ネビュラ賞（1980年/中編）
  - ◇世界幻想文学大賞（1981年/短編）
    「80年代SF傑作選 上」 小川隆, 山岸真編〔黒丸尚訳〕 早川書房 1992.10 523p 16cm（ハヤカワ文庫―SF） 700円 ④4-15-010988-5
- *0544* "Night of the Cooters: More Neat Stories"
  - ◇ローカス賞（1992年/短編集）

ウォルトン, ジョー　Walton, Jo
- *0545* 「英雄たちの朝」（ファージング 1） "Farthing"
  - ◇ジョン・W・キャンベル記念賞（2007年/第3位）
    「英雄たちの朝―ファージング 1」ジョー・ウォルトン著, 茂木健訳　東京創元社　2010.6　460p　15cm（創元推理文庫） 1160円　④978-4-488-27905-9
- *0546* 「図書室の魔法」 "Among Others"
  - ◇ネビュラ賞（2011年/長編）
  - ◇英国幻想文学賞（2012年/ファンタジー長編〈ロバート・ホールドストック賞〉）
  - ◇ヒューゴー賞（2012年/長編）
    「図書室の魔法 上」 ジョー・ウォルトン著, 茂木健訳　東京創元社　2014.4　301p　15cm（創元SF文庫） 860円　④978-4-488-74901-9
    「図書室の魔法 下」 ジョー・ウォルトン著, 茂木健訳　東京創元社　2014.4　286p　15cm（創元SF文庫） 860円　④978-4-488-74902-6
- *0547* 「ドラゴンがいっぱい！」 "Tooth and Claw"
  - ◇世界幻想文学大賞（2004年/長編）
    「アゴールニンズ」 ジョー・ウォルトン著, 和爾桃子訳　早川書房　2005.6　382p　22cm　1900円　④4-15-208642-4
    「ドラゴンがいっぱい！―アゴールニン家の遺産相続奮闘記」 ジョー・ウォルトン著, 和爾桃子訳　早川書房　2008.3　462p　16cm（ハヤカワ文庫） 800円　④978-4-15-020464-8
    ※「アゴールニンズ」（2005年刊）の改題
- *0548* "What Makes This Book So Great"
  - ◇ローカス賞（2015年/ノンフィクション）

ヴォルフ, クリスタ　Wolf, Christa
- ◎ビューヒナー賞（1980年）

ウォルフ, リニー・マーシュ　Wolfe, Linnie Marsh
- *0549* "Son of the Wilderness"
  - ◇ピュリッツアー賞（1946年/伝記・自伝）

ヴォルポーニ, パオロ　Volponi, Paolo
- *0550* 「アンテオの世界」 "La macchina mondiale"
  - ◇ストレーガ賞（1965年）
    「現代イタリア文学 11　アンテオの世界　イグアナ」 パオロ・ヴォルポーニ著, 千種堅訳　アンナ・マリア・オルテーゼ著, 千種堅訳　早川書房　1969　364p　20cm　880円
- *0551* "La strada per Roma"
  - ◇ストレーガ賞（1991年）

ウォルポール, ヒュー　Walpole, Hugh
- *0552* "The Secret City"
  - ◇ジェイムズ・テイト・ブラック記念賞（1919年/フィクション）

ヴォルマン, ウィリアム・T.　Vollmann, William T.
- *0553* "Europe Central"
  - ◇全米図書賞（2005年/小説）

ウォルワース, アーサー　Walworth, Arthur
- *0554* "Woodrow Wilson, American Prophet"
  - ◇ピュリッツアー賞（1959年/伝記・自伝）

ウォレス, バーバラ・ブルックス　Wallace, Barbara Brooks
- *0555* "Sparrows in the Scullery"
  - ◇アメリカ探偵作家クラブ賞（1998年/ジュヴナイル賞）
- *0556* "The Twin in the Tavern"
  - ◇アメリカ探偵作家クラブ賞（1994年/ジュヴナイル賞）

ウォーレス, マイク　Wallace, Mike
- *0557* "Gotham: A History of New York City to 1898"
  - ◇ピュリッツアー賞（1999年/歴史）

ウォレス, マリリン Wallace, Marilyn

0558 "A Case of Loyalties"
◇マカヴィティ賞（1987年/処女長編）

ウォーレン, アンドレア Warren, Andrea

0559 "Orphan Train Rider: One Boy's True Story"
◇ボストングローブ・ホーンブック賞（1996年/ノンフィクション）

ウォーレン, チャールズ Warren, Charles

0560 "The Supreme Court in United States History"
◇ピュリッツアー賞（1923年/歴史）

ウォレン, ロバート・ペン Warren, Robert Penn

0561 「すべて王の臣」 "All the King's Men"
◇ピュリッツアー賞（1947年/小説）
「新しい世界の文学 42 すべて王の臣」ロバート・ペン・ウォーレン著, 鈴木重吉訳 白水社 1966 542p 図版 20cm 780円
「すべて王の臣」ロバート・ペン・ウォーレン〔著〕, 鈴木重吉訳 新装版 白水社 2007.3 542p 20cm 2800円 ①978-4-560-02762-2

0562 "Now and Then"
◇ピュリッツアー賞（1979年/詩）

0563 "Promises: Poems, 1954-1956"
◇全米図書賞（1958年/詩）
◇ピュリッツアー賞（1958年/詩）

ウオロゲム, ヤンボ Ouologuem, Yambo

0564 「暴力の義務」 "Le Devoir de violence"
◇ルノドー賞（1968年）
「暴力の義務」 ヤンボ・ウオロゲム著, 岡谷公二訳 新潮社 1970 238p 20cm 700円

ヴォロディーヌ, アントワーヌ Volodine, Antoine

0565 "Rituel du mépris, variante Moldscher"
◇イマジネール大賞（1987年/長編〈フランス語〉）

0566 "Terminus radieux"
◇メディシス賞（2014年）

ウォン, アリッサ Wong, Alyssa

0567 "Hungry Daughters of Starving Mothers"
◇ネビュラ賞（2015年/短編）
◇世界幻想文学大賞（2016年/短編）

ヴォーン, デヴィッド Vaughn, David

0568 "Prosecutor of DuPrey"
◇アメリカ探偵作家クラブ賞（1997年/ロバート・L・フィッシュ賞）

ヴォーン, ブライアン・K. Vaughan, Brian K.

0569 「サーガ」 "Saga"
◇英国幻想文学賞（2013年/コミック・グラフィックノベル）
「サーガ 1」 ブライアン・K・ヴォーン作, フィオナ・ステイプルズ画, 椎名ゆかり訳 小学館集英社プロダクション 2015.5 167p 26cm（ShoPro Books）1800円 ①978-4-7968-7535-6
「サーガ 2」 ブライアン・K・ヴォーン作, フィオナ・ステイプルズ画, 椎名ゆかり訳 小学館集英社プロダクション 2015.7 145p 26cm（ShoPro Books）1800円 ①978-4-7968-7536-3
「サーガ 3」 ブライアン・K・ヴォーン作, フィオナ・ステイプルズ画, 椎名ゆかり訳 小学館集英社プロダクション 2015.9 145p 26cm（ShoPro Books）1800円 ①978-4-7968-7537-0

0570 「サーガ 1」 "Saga" Vol.1
◇ヒューゴー賞（2013年/グラフィックストーリー）
「サーガ 1」 ブライアン・K・ヴォーン作, フィオナ・ステイプルズ画, 椎名ゆかり訳 小学館集英社プロダクション 2015.5 167p 26cm（ShoPro Books）1800円 ①978-4-7968-7535-6

ウォンボー, ジョゼフ Wambaugh, Joseph

0571 「オニオン・フィールドの殺人」〔別題「オニオン・フィールド」〕 "The Onion Field"
◇アメリカ探偵作家クラブ賞（1974年/スペシャルエドガー）
「オニオン・フィールド―ある警官殺害事件」 ジョセフ・ウォンボー著, 村上博基訳 早川書房 1975 432p 20cm（Hayakawa nonfiction）1700円
「オニオン・フィールドの殺人」 ジョセフ・ウォンボー著, 村上博基訳 早川書房 1983.2 611p 16cm（ハヤカワ文庫―NF）680円

0572 "Fire Lover"
◇アメリカ探偵作家クラブ賞（2003年/

犯罪実話賞）
◎アメリカ探偵作家クラブ賞（2004年/巨匠賞）

ウグレシィチ, ドゥブラヴカ Ugrešić, Dubravka
◎ノイシュタット国際文学賞（2016年）

ウサン, ジョエル Houssin, Joël
0573 "Argentine"
◇アポロ賞（1990年）
0574 "Les vautours"
◇イマジネール大賞（1986年/長編〈フランス語〉）
0575 "Le Temps du twist"
◇イマジネール大賞（1992年/長編〈フランス語〉）

ウージンガー, フリッツ Usinger, Fritz
◎ビューヒナー賞（1946年）

ウッズ, スチュアート Woods, Stuart
0576 「警察署長」 "Chiefs"
◇アメリカ探偵作家クラブ賞（1982年/処女長編賞）
「警察署長」 スチュアート・ウッズ著, 真野明裕訳　早川書房　1984.2　431p　20cm（Hayakawa novels）1800円
「警察署長」 スチュアート・ウッズ著, 真野明裕訳　早川書房　1987.3　2冊　16cm（ハヤカワ文庫—NV）460円, 480円　①4-15-040437-2

ウッズ, ポーラ・L. Woods, Paula L.
0577 「エンジェル・シティ・ブルース」 "Inner City Blues"
◇マカヴィティ賞（2000年/処女長編）
「エンジェル・シティ・ブルース」 ポーラ・L.ウッズ著, 猪俣美江子訳　早川書房　2003.6　478p　15cm（ハヤカワ・ミステリ文庫）940円　①4-15-174101-1

ウッダム＝スミス, セシル Woodham-Smith, Cecil
0578 「フロレンス・ナイチンゲールの生涯」 "Florence Nightingale"
◇ジェイムズ・テイト・ブラック記念賞（1950年/伝記）
「フロレンス・ナイチンゲールの生涯」 セシル・ウーダム・スミス著, 武山満智子, 小南吉彦訳　現代社　1981.5　2冊　22cm　全5600円

ウッディング, クリス Wooding, Chris
0579 「魔物を狩る少年」 "The Haunting of Alaizabel Cray"
◇ネスレ子どもの本賞（2001年/9〜11歳部門/銀賞）
「魔物を狩る少年」 クリス・ウッディング著, 渡辺庸子訳　東京創元社　2005.8　446p　15cm（創元推理文庫）1100円　①4-488-56701-0

ウッド, ゴードン・S. Wood, Gordon S.
0580 "The Radicalism of the American Revolution"
◇ピュリッツアー賞（1993年/歴史）

ウッド, サイモン Wood, Simon
0581 「父さんの秘密」 "My Father's Secret"
◇アンソニー賞（2007年/短編）
「ハヤカワミステリマガジン 53(9)」〔操上恭子訳〕　早川書房　2008.9　p90〜101

ウッド, ロッキー Wood, Rocky
0582 "Stephen King: A Literary Companion"
◇ブラム・ストーカー賞（2011年/ノンフィクション）
0583 "Witch Hunts: A Graphic History of the Burning Times"
◇ブラム・ストーカー賞（2012年/グラフィックノベル）

ウッドソン, ジャクリーン Woodson, Jacqueline
0584 "Brown Girl Dreaming"
◇全米図書賞（2014年/児童文学）
◎アストリッド・リンドグレーン記念文学賞（2018年）

ウッドワース, デボラ Woodworth, Deborah
0585 "Killing Gifts"
◇バリー賞（2002年/ペーパーバック）

ウッドワード, C.ヴァン Woodward, C.Vann
0586 "Mary Chesnut's Civil War"
◇ピュリッツアー賞（1982年/歴史）

ヴュイヤール, エリク Vuillard, Éric
0587 "L'Ordre du jour"

◇ゴンクール賞（2017年）

浦沢 直樹　うらさわ・なおき
0588 「BILLY BAT」 "Billy Bat"（1〜5巻）
◇イマジネール大賞（2013年/マンガ）
「BILLY BAT　1」浦沢直樹著, 長崎尚志ストーリー共同制作　講談社　2009.6　189p　19cm（モーニングKC）600円　①978-4-06-372812-5
「BILLY BAT　2」浦沢直樹著, 長崎尚志ストーリー共同制作　講談社　2009.11　211p　19cm（モーニングKC）590円　①978-4-06-372853-8
「BILLY BAT　3」浦沢直樹著, 長崎尚志ストーリー共同制作　講談社　2010.3　221p　19cm（モーニングKC）590円　①978-4-06-372888-0
「BILLY BAT　4」浦沢直樹著, 長崎尚志ストーリー共同制作　講談社　2010.7　236p　19cm（モーニングKC）600円　①978-4-06-372922-1
「BILLY BAT　5」浦沢直樹著, 長崎尚志ストーリー共同制作　講談社　2010.11　187p　19cm（モーニングKC）590円　①978-4-06-372955-9

ウーリー, アルフレッド　Uhry, Alfred
0589 "Driving Miss Daisy"
◇ピュリッツアー賞（1988年/戯曲）

ウリツカヤ, リュドミラ　Oulitskaïa, Ludmila
0590 「ソーネチカ」 "Сонечка"（仏語題：Sonietchka）
◇メディシス賞（1996年/外国小説）
「ソーネチカ」リュドミラ・ウリツカヤ著, 沼野恭子訳　新潮社　2002.12　142p　20cm（Crest books）1600円　①4-10-590033-1

ヴルデマン, オードリー　Wurdemann, Audrey
0591 "Bright Ambush"
◇ピュリッツアー賞（1935年/詩）

ウルフ, アンドレア　Wulf, Andrea
0592 「フンボルトの冒険—自然という〈生命の網〉の発明」 "The Invention of Nature: The Adventures of Alexander Von Humboldt, The Lost Hero of Science"
◇コスタ賞（2015年/伝記）
「フンボルトの冒険—自然という〈生命の網〉の発明」アンドレア・ウルフ著, 鍛原多惠子訳　NHK出版　2017.1　493,6p　20cm　2900円　①978-4-14-081712-4

ウルフ, ヴァージニア・ユウワー　Wolff, Virginia Euwer
0593 「トゥルー・ビリーヴァー」 "True Believer"
◇全米図書賞（2001年/児童文学）
「トゥルー・ビリーヴァー」ヴァージニア・ユウワー・ウルフ著, こだまともこ訳　小学館　2009.6　399p　19cm（Super！YA）1500円　①978-4-09-290502-3
0594 "The Mozart Season"
◇フェニックス賞（2011年）

ウルフ, ゲイリー・K.　Wolfe, Gary K.
0595 "Evaporating Genres: Essays on Fantastic Literature"
◇ローカス賞（2012年/ノンフィクション）
0596 "Soundings: Reviews 1992-1996"
◇英国SF協会賞（2005年/ノンフィクション）

ウルフ, ジーン　Wolfe, Gene
0597 「アイランド博士の死」 "The Death of Doctor Island"
◇ネビュラ賞（1973年/中長編）
◇ローカス賞（1974年/中編）
「デス博士の島その他の物語」ジーン・ウルフ著, 浅倉久志, 伊藤典夫, 柳下毅一郎訳　国書刊行会　2006.2　413p　20cm（未来の文学）2400円　①4-336-04736-7
0598 「警士の剣」 "The Sword of the Lictor"
◇英国幻想文学賞（1983年/長編〈オーガスト・ダーレス賞〉）
◇ローカス賞（1983年/ファンタジー長編）
「警士の剣—新しい太陽の書3」ジーン・ウルフ著, 岡部宏之訳　早川書房　1987.7　392p　16cm（ハヤカワ文庫—SF）520円　①4-15-010724-6
「警士の剣」ジーン・ウルフ著, 岡部宏之訳　早川書房　2008.6　436p　16cm（ハヤカワ文庫 SF—新しい太陽の書 3）840円　①978-4-15-011667-5
※1987年刊の新装版
0599 「拷問者の影」 "The Shadow of the Torturer"
◇英国SF協会賞（1981年/長編）

◇ジョン・W・キャンベル記念賞（1981年／第3位）
◇世界幻想文学大賞（1981年／長編）
「拷問者の影―新しい太陽の書1」 ジーン・ウルフ著, 岡部宏之訳　早川書房　1986.10　430p　16cm（ハヤカワ文庫―SF）540円　①4-15-010689-4
「拷問者の影―新しい太陽の書　1」 ジーン・ウルフ著, 岡部宏之訳　早川書房　2008.4　478p　15cm（ハヤカワ文庫SF）840円　①978-4-15-011660-6

0600 「調停者の鉤爪」 "The Claw of the Conciliator"
◇ネビュラ賞（1981年／長編）
◇ローカス賞（1982年／ファンタジー長編）
「調停者の鉤爪―新しい太陽の書2」 ジーン・ウルフ著, 岡部宏之訳　早川書房　1987.2　412p　16cm（ハヤカワ文庫―SF）520円　①4-15-010703-3
「調停者の鉤爪」 ジーン・ウルフ著, 岡部宏之訳　早川書房　2008.5　460p　16cm（ハヤカワ文庫 SF―新しい太陽の書 2）840円　①978-4-15-011664-4
※1987年刊の新装版

0601 「独裁者の城塞」 "The Citadel of the Autarch"（仏語題：La Citadelle de l'autarque）
◇ジョン・W・キャンベル記念賞（1984年／第1位）
◇アポロ賞（1985年）
「独裁者の城塞―新しい太陽の書4」 ジーン・ウルフ著, 岡部宏之訳　早川書房　1988.3　447p　16cm（ハヤカワ文庫―SF）560円　①4-15-010763-7
「独裁者の城塞」 ジーン・ウルフ著, 岡部宏之訳　早川書房　2008.7　475p　16cm（ハヤカワ文庫 SF―新しい太陽の書 4）840円　①978-4-15-011672-9
※1988年刊の新装版

0602 "Golden City Far"
◇ローカス賞（2005年／中長編）

0603 "Soldier of Sidon"
◇世界幻想文学大賞（2007年／長編）

0604 "Soldier of the Mist"
◇ローカス賞（1987年／ファンタジー長編）

0605 "Storeys from the Old Hotel"
◇世界幻想文学大賞（1989年／短編集）

0606 "The Very Best of Gene Wolfe"〔別題：The Best of Gene Wolfe〕
◇世界幻想文学大賞（2010年／短編集）
◇ローカス賞（2010年／短編集）

◎世界幻想文学大賞（1996年／生涯功労賞）
◎ネビュラ賞（2012年／グランド・マスター）

ウルフ, スーザン　Wolfe, Susan

0607 「相棒は女刑事」 "The Last Billable Hour"
◇アメリカ探偵作家クラブ賞（1990年／処女長編賞）
「相棒は女刑事」 スーザン・ウルフ著, 幾野宏訳　早川書房　1992.3　376p　16cm（ハヤカワ・ミステリ文庫）580円　①4-15-078651-8

ウルフ, トバイアス　Wolff, Tobias

0608 「兵舎泥棒」 "The Barracks Thief"
◇ペン・フォークナー賞（1985年）
「兵舎泥棒」 トバイアス・ウルフ著, 迫光訳　彩流社　1990.11　139p　20cm（現代アメリカ文学叢書 3）1500円　①4-88202-183-8

ウルフ, トム　Wolfe, Tom

0609 「ザ・ライト・スタッフ」 "The Right Stuff"
◇全米図書賞（1980年／一般ノンフィクション／ハードカバー）
「ザ・ライト・スタッフ」 トム・ウルフ著, 中野圭二, 加藤弘和共訳　中央公論社　1981.8　373p　20cm　1650円
「ザ・ライト・スタッフ―七人の宇宙飛行士」 トム・ウルフ〔著〕, 中野圭二, 加藤弘和訳　中央公論社　1983.11　535p　16cm（中公文庫）580円　①4-12-201071-3

ウルフ, フレッド・アラン　Wolf, Fred Alan

0610 「量子の謎をとく―アインシュタインも悩んだ…」 "Taking the Quantum Leap: The New Physics for Nonscientists"
◇全米図書賞（1982年／科学／ペーパーバック）
「量子の謎をとく―アインシュタインも悩んだ…」 F.A.ウルフ著, 中村誠太郎訳　講談社　1990.10　378, 3p　18cm（ブルーバックス）840円　①4-06-132841-7

ウールリッチ, ローレル・サッチャー　Ulrich, Laurel Thatcher

0611 "A Midwife's Tale"

◇ピュリッツアー賞（1991年/歴史）

ウレア, ルイス・アルベルト
Urrea, Luis Alberto
0612 "Amapola"
◇アメリカ探偵作家クラブ賞（2010年/短編賞）

ウンガレッティ, ジュゼッペ
Ungaretti, Giuseppe
◎ノイシュタット国際文学賞（1970年）

ウンゲラー, トミー Ungerer, Tomi
◎国際アンデルセン賞（1998年/画家賞）

ウンセット, シグリ Undset, Sigrid
◎ノーベル文学賞（1928年）

ヴンダーリヒ, ハインケ
Wunderlich, Heinke
0613 "Die Frauen von der Plaza de Mayo"
◇ドイツ児童文学賞（1985年/ノンフィクション）

ウンネルスタッド, エディス
Unnerstad, Edith
0614 「ペッレ君のゆかいな冒険」 "Farmorsresan"
◇ニルス・ホルゲション賞（1957年）
「ペッレ君のゆかいな冒険」 エディト・ウンネルスタード作，下村隆一訳，浜野彰親絵　講談社　1971　301p　22cm（世界の児童文学名作シリーズ）

ウンブラル, フランシスコ
Umbral, Francisco
◎セルバンテス賞（2000年）

【エ】

エアード, キャサリン Aird, Catherine
◎英国推理作家協会賞（2015年/ダイヤモンド・ダガー）

エァルブルッフ, ヴォルフ
Erlbruch, Wolf
0615 「クマがふしぎにおもってたこと」 "Das Bärenwunder"
◇ドイツ児童文学賞（1993年/絵本）
「クマがふしぎにおもってたこと」 ヴォルフ・エァルブルッフ作，上野陽子，今江祥智訳　ブックローン出版　1993.10　1冊　22×31cm　1400円　①4-89238-872-6

◎ドイツ児童文学賞（2003年/特別賞）
◎国際アンデルセン賞（2006年/画家賞）
◎アストリッド・リンドグレーン記念文学賞（2017年）

エイガー, ハーバート Agar, Herbert
0616 "The People's Choice"
◇ピュリッツアー賞（1934年/歴史）

エイキン, コンラッド Aiken, Conrad
0617 "Collected Poems"
◇全米図書賞（1954年/詩）
0618 "Selected Poems"
◇ピュリッツアー賞（1930年/詩）

エイキンズ, ゾーイ Akins, Zoë
0619 "The Old Maid"
◇ピュリッツアー賞（1935年/戯曲）

エイクマン, ロバート Aickman, Robert
0620 "Pages From a Young Girl's Journal"
◇世界幻想文学大賞（1975年/短編）
0621 "The Stains"
◇英国幻想文学賞（1981年/短編）

エイケン, ジョーン Aiken, Joan
0622 「暗闇にうかぶ顔」 "Nightfall"
◇アメリカ探偵作家クラブ賞（1972年/ジュヴナイル賞）
「暗闇にうかぶ顔」 J.エイケン作，藤沢忠枝訳，小林与志画　あかね書房　1981.4　214p　21cm（あかね世界の児童文学）980円
0623 「ささやき山の秘密」 "The Whispering Mountain"
◇ガーディアン児童文学賞（1969年）
「ささやき山の秘密」 ジョーン・エイケン作，越智道雄訳　富山房　1978.2　347p　22cm　1600円

エイジー, ジェイムズ Agee, James
0624 「家族のなかの死」 "A Death In The Family"
◇ピュリッツアー賞（1958年/フィク

ション　金関寿夫訳）
「世界文学全集　81　サリンジャー.エイジー」　集英社　1978.10　486p　20cm　980円

エイジ, リリアン　Eige, Lillian
0625 "Dangling"
◇アメリカ探偵作家クラブ賞（2002年/ジュヴナイル賞）

エイト, ラッセル　Ayto, Russell
0626 "The Witch's Children and the Queen"
◇ネスレ子どもの本賞（2003年/5歳以下部門/金賞）

エイブラハムズ, ピーター　Abrahams, Peter
0627 「不思議の穴に落ちて―イングリッドの謎解き大冒険」 "Down the Rabbit Hole"
◇アガサ賞（2005年/児童書・ヤングアダルト小説）
「不思議の穴に落ちて―イングリッドの謎解き大冒険」ピーター・エイブラハムズ著, 奥村章子訳　ソフトバンククリエイティブ　2006.4　390p　22cm　1900円　①4-7973-3327-8
0628 "Reality Check"
◇アメリカ探偵作家クラブ賞（2010年/ヤングアダルト賞）

エイブリ, ジリアン　Avery, Gillian
0629 「がんばれウィリー」 "A Likely Lad"
◇ガーディアン児童文学賞（1972年）
「がんばれウィリー」ジリアン・エイブリ作, 松野正子訳　岩波書店　1977.7　357p　22cm（岩波少年少女の本）1700円

エイミス, キングズリー　Amis, Kingsley
0630 「去勢」 "The Alteration"
◇ジョン・W・キャンベル記念賞（1977年/第1位）
「去勢」キングズリイ・エイミス著, 橋本宏訳　サンリオ　1983.3　350p　15cm（サンリオSF文庫）540円
0631 "The Old Devils"
◇ブッカー賞（1986年）

エイミス, マーティン　Amis, Martin
0632 "Experience"
◇ジェイムズ・テイト・ブラック記念賞（2000年/伝記）
0633 "The War Against Cliché: Essays and Reviews 1971-2000"
◇全米書評家協会賞（2001年/批評）

エイムズ, エイヴリー　Aames, Avery
0634 「名探偵のキッシュをひとつ」 "The Long Quiche Goodbye"
◇アガサ賞（2010年/処女長編）
「名探偵のキッシュをひとつ」エイヴリー・エイムズ著, 赤尾秀子訳　原書房　2012.4　449p　15cm（コージーブックス―[チーズ専門店][1]）895円　①978-4-562-06000-9

エイラト, ロイス　Ehlert, Lois
0635 "Leaf Man"
◇ボストングローブ・ホーンブック賞（2006年/絵本）

エイリアス, リチャード　Aleas, Richard
⇒アーディ, チャールズ

エヴァーウィン, クラス・エワート　Everwyn, Klas Ewert
0636 "Für fremde Kaiser und kein Vaterland"
◇ドイツ児童文学賞（1986年/ノンフィクション）

エヴァソン, ジョン　Everson, John
0637 "Covenant"
◇ブラム・ストーカー賞（2004年/処女長編）

エヴァンス, カースティ　Evans, Kirsty
0638 "The Cuckoo"
◇英国推理作家協会賞（2003年/デビュー・ダガー）

エヴァンス, クリストファー　Evans, Christopher
0639 "Aztec Century"
◇英国SF協会賞（1993年/長編）

エヴァンス, ルース・ダッドリー　Evans, Ruth Dudley
0640 "Aftermath: The Omagh Bombing and the Families' Pursuit of Justice"
◇英国推理作家協会賞（2010年/ゴールド・ダガー〈ノンフィクション〉）

エガーズ, デイヴ　Eggers, Dave
0641 "What Is the What: The Autobiography of Valentino Achak Deng"〔仏語題: Le Grand Quoi〕
◇メディシス賞（2009年/外国小説）

エギエルスキー, リチャード　Egielski, Richard
0642 "Hey, Al"
◇コルデコット賞（1987年）

エクランド, ゴードン　Eklund, Gordon
0643 「もし星が神ならば」 "If the Stars Are Gods"
◇ネビュラ賞（1974年/中編）
「もし星が神ならば」　G.ベンフォード, G.エクランド著, 宮脇孝雄訳　早川書房　1981.12　234p　20cm（海外SFノヴェルズ）1200円
「もし星が神ならば」　G.ベンフォード, G.エクランド著, 宮脇孝雄訳　早川書房　1988.12　365p　16cm（ハヤカワ文庫―SF）480円　④4-15-010802-1

エグルトン, ボブ　Eggleton, Bob
0644 "Greetings from Earth: The Art of Bob Eggleston"
◇ヒューゴー賞（2001年/関連書籍）

エーコ, ウンベルト　Eco, Umberto
0645 「薔薇の名前」 "Il nome della rosa"〔仏語題: Le Nom de la rose〕
◇ストレーガ賞（1981年）
◇メディシス賞（1982年/外国小説）
「薔薇の名前　上」　ウンベルト・エーコ著, 河島英昭訳　東京創元社　1990.1　413p　20cm　2000円　④4-488-01351-1
「薔薇の名前　下」　ウンベルト・エーコ著, 河島英昭訳　東京創元社　1990.1　426p　20cm　2000円

エシュノーズ, ジャン　Echenoz, Jean
0646 「チェロキー」 "Cherokee"
◇メディシス賞（1983年）
「チェロキー」　ジャン・エシュノーズ〔著〕, 谷昌親訳　白水社　1994.11　252p　20cm（新しいフランスの小説）2300円　④4-560-04328-0
0647 「ぼくは行くよ」 "Je m'en vais"
◇ゴンクール賞（1999年）
「ぼくは行くよ」　ジャン・エシュノーズ著, 青木真紀子訳　集英社　2002.3　204p　20cm　1700円　④4-08-773356-4

エシュバッハ, アンドレアス　Eschbach, Andreas
0648 "Die Haarteppichknüpfer"〔仏語題: Des milliards de tapis de cheveux〕
◇イマジネール大賞（2001年/長編〈外国〉）

エスカルピ, ロベール　Escarpit, Robert
0649 "L'Enfant qui venait de l'espace"
◇イマジネール大賞（1985年/青少年向け長編〈フランス語〉）

エスコリエ, レイモン　Escholier, Raymond
0650 "Cantegril"
◇フェミナ賞（1921年）

エステス, エルナー　Estes, Eleanor
0651 「すてきな子犬ジンジャー」 "Ginger Pye"
◇ニューベリー賞（1952年）
「すてきな子犬ジンジャー」　エステス作, 那須辰造訳, 桜井誠絵　講談社　1964　270p　18cm（世界少女名作全集 7）

エストニエ, エドワール　Estaunié, Édouard
0652 "La Vie secrète"
◇フェミナ賞（1908年）

エーズラ=オールスン, ユッシ　Adler-Olsen, Jussi
0653 「特捜部Q―檻の中の女」 "Kvinden i buret"〔英題: The Keeper of Lost Causes〕
◇バリー賞（2012年/長編）
「特捜部Q―檻の中の女」　ユッシ・エーズラ・オールスン著, 吉田奈保子訳　早川書房　2011.6　461p　19cm（Hayakawa pocket mystery books）1900円　④978-4-15-001848-1
「特捜部Q―檻の中の女」　ユッシ・エーズラ・オールスン著, 吉田奈保子訳　早川書房　2012.10　578p　16cm（ハヤカワ・ミステリ文庫）1000円　④978-4-15-179451-3

エスリッジ, ベンジャミン・ケーン
Ethridge, Benjamin Kane
0654 "Black and Orange"
◇ブラム・ストーカー賞（2010年／処女長編）

エスルマン, ローレン・D.
Estleman, Loren D.
0655 「シュガータウン」 "Sugartown"
◇シェイマス賞（1985年／長編）
「シュガータウン」 ローレン・D.エスルマン著, 浜野サトル訳　早川書房　1986.8　243p　19cm　（世界ミステリシリーズ）　780円　①4-15-001475-2
0656 「8マイル・ロードの銃声」 "Eight Mile and Dequindre"
◇シェイマス賞（1986年／短編）
「ミステリマガジン　32(2)」〔泉川紘雄訳〕　早川書房　1987.2　p19～37
0657 "Lady on Ice"
◇シェイマス賞（2004年／短編）
0658 "The Crooked Way"
◇シェイマス賞（1989年／短編）
0659 "The List"
◇バリー賞（2011年／短編）

◎シェイマス賞（2013年／ジ・アイ賞）

エチェガライ, ホセ
Eizaguirré, José Echegaray y
◎ノーベル文学賞（1904年）

エチェレリ, クレール　Etcherelli, Claire
0660 「エリーズまたは真の人生」 "Élise ou la Vraie Vie"
◇フェミナ賞（1967年）
「新しい世界の文学　70　エリーズまたは真の人生」 クレール・エチェレリ〔著〕, 佐藤実枝訳　白水社　1975　340p　肖像　20cm　1300円

エチスン, デニス　Etchison, Dennis
0661 "The Dark Country"
◇英国幻想文学賞（1982年／短編）
◇世界幻想文学大賞（1982年／短編）
0662 "The Dog Park"
◇英国幻想文学賞（1994年／短編）
0663 "The Olympic Runner"
◇英国幻想文学賞（1987年／短編）

エチメンディ, ナンシー
Etchemendy, Nancy
0664 「時間をまきもどせ！」 "The Power of Un"
◇ブラム・ストーカー賞（2000年／若い読者向け）
「時間をまきもどせ！」 ナンシー・エチメンディ作, 吉上恭太訳, 杉田比呂美絵　徳間書店　2008.10　219p　19cm　1400円　①978-4-19-862627-3
0665 "Bigger than Death"
◇ブラム・ストーカー賞（1998年／若い読者向け）
0666 "Nimitseahpah"
◇ブラム・ストーカー賞（2004年／短編）

◎ブラム・ストーカー賞（2001年／シルバーハンマー賞）

エッカーマン, ペレ　Eckerman, Pelle
0667 "Linsen, Lupen und magische Skope"
◇ドイツ児童文学賞（1992年／ノンフィクション）

エッツ, マリー・ホール　Ets, Marie Hall
0668 「クリスマスまであと九日―セシのポサダの日」 "Nine Days to Christmas"
◇コルデコット賞（1960年）
「クリスマスまであと九日―セシのポサダの日」 マリー・ホール・エッツ, アウロラ・ラバスティダ作, マリー・ホール・エッツ画, たなべいすず訳　冨山房　1974.12（第9刷：1999.10）　46p　29cm　1400円　①4-572-00204-5

エディー, メートランド・A.
Edey, Maitland A.
0669 「ルーシー―謎の女性と人類の進化」 "Lucy: The Beginnings of Humankind"
◇全米図書賞（1982年／科学／ハードカバー）
「ルーシー―謎の女性と人類の進化」 ドナルド・C.ジョハンソン, マイトランド・A.エディ著, 渡辺毅訳　どうぶつ社　1986.8　462p　20cm　（自然誌選書）　3800円　①4-88622-228-5
「畑正憲が選ぶ動物と虫と命の話集」 畑正憲選〔渡辺毅訳〕　学習研究社　2007.2　191p　21cm　（中学生のためのショート・ストーリーズ 6）　1300円

Ⓢ978-4-05-202631-7

エティエンヌ, フィリップ
Etienne, Philip

0670 "The Infiltrators"
◇英国推理作家協会賞（2001年／ゴールド・ダガー〈ノンフィクション〉）

エデル, リオン　Edel, Leon

0671 "Henry James: A Life"
◇全米書評家協会賞（1985年／伝記・自伝）

0672 "Henry James"（Vol.2 The Conquest of London, Vol.3 The Middle Years）
◇全米図書賞（1963年／ノンフィクション）
◇ピュリッツアー賞（1963年／伝記・自伝）

エーデルフェルド, インゲル
Edelfeldt, Inger

0673 "Breven till nattens drottning"〔独語題：Briefe an die Königin der Nacht〕
◇ドイツ児童文学賞（1987年／ヤングアダルト）

0674 "Gravitation"
◇ニルス・ホルゲション賞（1995年）

エデン, パトリック　Eden, Patrick

0675 "A Place of Dying"
◇英国推理作家協会賞（2010年／デビュー・ダガー）

エドゥジアン, エシ　Edugyan, Esi

0676 "Half-Blood Blues"
◇スコシアバンク・ギラー賞（2011年）

エートシュミット, カージミル
Edschmid, Kasimir
◎ビューヒナー賞（1927年）

エドソン, マーガレット
Edson, Margaret

0677 「ウィット」 "Wit"
◇ピュリッツアー賞（1999年／戯曲）
「ウィット」　マーガレット・エドソン〔著〕, 鈴木小百合訳　白水社　2001.6　113p　20cm　1600円　Ⓘ4-560-03535-0

エドモンズ, ウォルター
Edmonds, Walter D.

0678 「大きな火なわじゅう」〔別題「火なわ銃の少年」〕 "The Matchlock Gun"
◇ニューベリー賞（1942年）
「アメリカ童話集」 白木茂訳, 遠藤てるよ等絵〔「火なわじゅうのしょうねん」〕講談社　1965　242p　図版　23cm（世界の童話 5）
「世界の名作図書館 31 海をおそれる少年 ジム・デービスの冒険 火なわ銃の少年」 スペリー作, 飯島淳秀訳 メースフィールド作, 内田庶訳 エドモンズ作, 渡辺茂男訳　講談社　1969　292p　24cm
「大きな火なわじゅう」 ウォルター・エドモンズ作, 白木茂訳, 中山正美絵　金の星社　1977.2　93p　22cm（世界こどもの文学）780円

0679 「大平原にかける夢―少年トムの1500日」 "Bert Breen's Barn"
◇全米図書賞（1976年／児童文学）
「大平原にかける夢―少年トムの1500日」 ウォルター・D.エドモンズ作, 斉藤健一訳　福武書店　1989.2　368p　19cm（Best choice）1400円　Ⓘ4-8288-1348-9

エドリック, ロバート　Edric, Robert

0680 "Winter Garden"
◇ジェイムズ・テイト・ブラック記念賞（1985年／フィクション）

エドワーズ, ジョナサン
Edwards, Jonathan

0681 "My Family and Other Superheroes"
◇コスタ賞（2014年／詩）

エドワーズ, ホルヘ　Edwards, Jorge
◎セルバンテス賞（1999年）

エドワーズ, マーティン
Edwards, Martin

0682 「探偵小説の黄金時代―現代探偵小説を生んだ作家たちの秘密」 "The Golden Age of Murder"
◇アメリカ探偵作家クラブ賞（2016年／批評・評伝賞）
「探偵小説の黄金時代―現代探偵小説を生んだ作家たちの秘密」 マーティン・エドワーズ著, 森英俊, 白須清美訳　国書刊行会　2018.10　425, 7, 25p　22cm　4600円　Ⓘ978-4-336-06300-7

0683 "The Bookbinder's Apprentice"
◇英国推理作家協会賞（2008年／短編ダガー）
◎英国推理作家協会賞（2018年／図書館賞）

エドワーズ, マルコム　Edwards, Malcolm

0684 "After-Images"
◇英国SF協会賞（1983年／短編）

エドワーズ, ルース・ダドリー　Edwards, Ruth Dudley

0685 "Victor Gollancz: A Biography"
◇ジェイムズ・テイト・ブラック記念賞（1987年／伝記）

エドワーズ, O.C.　Edwards, Reverend O.C.

0686 "The Gospel According to 007"
◇アメリカ探偵作家クラブ賞（1966年／スペシャルエドガー）

エナール, マティアス　Énard, Mathias

0687 "Boussole"
◇ゴンクール賞（2015年）

エネル, ヤニック　Haenel, Yannick

0688 「ユダヤ人大虐殺の証人ヤン・カルスキ」"Jan Karski"
◇アンテラリエ賞（2009年）
「ユダヤ人大虐殺の証人ヤン・カルスキ」ヤニック・エネル著, 飛幡祐規訳　河出書房新社　2011.3　225p　20cm　2200円　①978-4-309-22539-5

エバハート, ミニオン・G.　Eberhart, Mignon G.

◎アメリカ探偵作家クラブ賞（1971年／巨匠賞）

エバハート, リチャード　Eberhart, Richard

0689 "Collected Poems, 1930-1976"
◇全米図書賞（1977年／詩）
0690 "Selected Poems"
◇ピュリッツアー賞（1966年／詩）

エフィンジャー, ジョージ・アレック　Effinger, George Alec

0691 「シュレーディンガーの子猫」"Schrödinger's Kitten"
◇ネビュラ賞（1988年／中編）
◇ヒューゴー賞（1989年／中編）
「80年代SF傑作選　上」小川隆, 山岸真編〔浅倉久志訳〕早川書房　1992.10　523p　16cm（ハヤカワ文庫―SF）700円　①4-15-010988-5

エベール, アンヌ　Hébert, Anne

0692 "Les Fous de Bassan"
◇フェミナ賞（1982年）

エマースン, アール・W.　Emerson, Earl

0693 「不幸な相続人」"Poverty Bay"
◇シェイマス賞（1986年／ペーパーバック）
「不幸な相続人」アール・W.エマースン著, 北代晋一訳　扶桑社　1990.5　437p　16cm（扶桑社ミステリー――私立探偵トーマス・ブラック・シリーズ）600円　①4-594-00580-2

エマーソン, キャシー・リン　Emerson, Kathy Lynn

0694 "How to Write Killer Historical Mysteries"
◇アガサ賞（2008年／ノンフィクション）

エマーソン, クラウディア　Emerson, Claudia

0695 "Late Wife"
◇ピュリッツアー賞（2006年／詩）

エマソン, グロリア　Emerson, Gloria

0696 "Winners & Losers"
◇全米図書賞（1978年／現代思想）

エムシュウィラー, キャロル　Emshwiller, Carol

0697 「すべての終わりの始まり」"The Start of the End of It All and Other Stories"
◇世界幻想文学大賞（1991年／短編集）
「すべての終わりの始まり」キャロル・エムシュウィラー著, 畔柳和代訳　国書刊行会　2007.5　353p　20cm（短篇小説の快楽）2300円　①978-4-336-04840-0

0698 「ロージー」"Creature"
◇ネビュラ賞（2002年／短編）
「SFマガジン　45(3)」〔幹遙子訳〕早川書房　2004.3　p54～72

0699 「私はあなたと暮らしているけれど、あなたはそれを知らない」"I Live

With You"
◇ネビュラ賞（2005年／短編）
「すべての終わりの始まり」　キャロル・エムシュウィラー著，畔柳和代訳　国書刊行会　2007.5　353p　20cm（短篇小説の快楽）2300円　①978-4-336-04840-0

◎世界幻想文学大賞（2005年／生涯功労賞）

エームズ，モリス・U.　Ames, Maurice U.
0700 "So fliegst du heute und morgen"〔ノンフィクション〕
◇ドイツ児童文学賞（1959年／特別賞）

エーメ，マルセル　Aymé, Marcel
0701 "La Table aux crevés"
◇ルノドー賞（1929年）

エリア，フィリップ　Hériat, Philippe
0702 "Les enfants gâtés"
◇ゴンクール賞（1939年）
0703 "L'Innocent"
◇ルノドー賞（1931年）

エリオット，モード・ハウ　Elliott, Maude Howe
0704 "Julia Ward Howe"
◇ピュリッツァー賞（1917年／伝記・自伝）

エリオット，ローレンス　Elliott, Lawrence
0705 "Der Mann, der überlebte"
◇ドイツ児童文学賞（1970年／ノンフィクション）

エリオット，T.S.　Eliot, Thomas Stearns
◎ノーベル文学賞（1948年）

エリクスン，エリク・H.　Erikson, Erik H.
0706 「ガンディーの真理─戦闘的非暴力の起原」　"Gandhi's Truth: On the Origins of Militant Nonviolence"
◇全米図書賞（1970年／哲学・宗教）
◇ピュリッツァー賞（1970年／ノンフィクション）
「ガンディーの真理─戦闘的非暴力の起原　1」　エリク・H.エリクソン〔著〕，星野美賀子訳　みすず書房　1973　327，7p　20cm　1500円
「ガンディーの真理─戦闘的非暴力の起原　2」　エリク・H.エリクソン〔著〕，星野美賀子訳　みすず書房　1974　328，24p　20cm　2000円
「ガンディーの真理─戦闘的非暴力の起原　1」　E.H.エリクソン〔著〕，星野美賀子訳　新装版　みすず書房　2002.11　327，7p　20cm　3600円　①4-622-07021-9
「ガンディーの真理─戦闘的非暴力の起原　2」　エリク・H.エリクソン〔著〕，星野美賀子訳　新装版　みすず書房　2002.11　328，24p　20cm　3600円　①4-622-07022-7

エリクソン，ヘレン　Ericson, Helen
0707 "Harriet Spies Again"
◇アメリカ探偵作家クラブ賞（2003年／ジュヴナイル賞）

エリス，ジョゼフ・J.　Ellis, Joseph J.
0708 "American Sphinx: The Character of Thomas Jefferson"
◇全米図書賞（1997年／ノンフィクション）
0709 "Founding Brothers: The Revolutionary Generation"
◇ピュリッツァー賞（2001年／歴史）

エリス，デイヴィッド　Ellis, David
0710 「覗く。」　"Line of Vision"
◇アメリカ探偵作家クラブ賞（2002年／処女長編賞）
「覗く。　上」　デイヴィッド・エリス〔著〕，中津悠訳　講談社　2003.3　372p　15cm（講談社文庫）714円　①4-06-273700-0
「覗く。　下」　デイヴィッド・エリス〔著〕，中津悠訳　講談社　2003.3　397p　15cm（講談社文庫）714円　①4-06-273701-9

エリスン，ハーラン　Ellison, Harlan
0711 「ヴァージル・オッダムとともに東極に立つ」　"With Virgil Oddum at the East Pole"
◇ローカス賞（1986年／短編）
「ヒトラーの描いた薔薇」　ハーラン・エリスン著，伊藤典夫他訳〔伊藤典夫訳〕　早川書房　2017.4　381p　16cm（ハヤカワ文庫 SF）1000円　①978-4-15-012122-8
0712 「失われた時間の守護者」　"Paladin of the Lost Hour"
◇ヒューゴー賞（1986年／中編）

エリスン

◇ローカス賞（1986年／中編）
「SFマガジン 59(6)」〔山形浩生訳〕早川書房 2018.12 p16〜36

0713 「おれには口がない、それでもおれは叫ぶ」〔別題「声なき絶叫」〕 "I Have No Mouth, and I Must Scream"
◇ヒューゴー賞（1968年／短編）
「世界SF大賞傑作選（ヒューゴー・ウィナーズ）2」 アイザック・アシモフ編〔伊藤典夫訳〕 講談社 1979.5 255p 15cm（講談社文庫）320円
「ホークスビル収容所」 D.A.ウォルハイム、テリー・カー編、浅倉久志他訳〔伊藤典夫訳〕 早川書房 1980.1 551p 16cm（ハヤカワ文庫―SF）620円
「死の鳥」 ハーラン・エリスン著、伊藤典夫訳 早川書房 2016.8 412p 16cm（ハヤカワ文庫 SF）1200円 ①978-4-15-012085-6

0714 「危険なヴィジョン」〔アンソロジー〕 "Dangerous Visions"
◇ヒューゴー賞（1968年／特別賞）
「危険なヴィジョン 1」 ハーラン・エリスン編、伊藤典夫他訳 早川書房 1983.12 357p 16cm（ハヤカワ文庫―SF）420円

0715 「『悔い改めよ、ハーレクィン！』とチクタクマンはいった」 "'Repent, Harlequin！' Said the Ticktockman"
◇ネビュラ賞（1965年／短編）
◇ヒューゴー賞（1966年／短編）
「忘却の惑星」 ドナルド・A.ウォルハイム、テリー・カー編、浅倉久志他訳〔伊藤典夫訳〕 早川書房 1978.4 444p 16cm（ハヤカワ文庫―SF）460円
「世界SF大賞傑作選（ヒューゴー・ウィナーズ）2」 アイザック・アシモフ編〔伊藤典夫訳〕 講談社 1979.5 255p 15cm（講談社文庫）320円
「20世紀SF 3(1960年代) 砂の檻」 クラーク他著、中村融、山岸真編訳 河出書房新社 2001.2 501p 15cm（河出文庫）950円 ①4-309-46204-9
「死の鳥」 ハーラン・エリスン著、伊藤典夫訳 早川書房 2016.8 412p 16cm（ハヤカワ文庫 SF）1200円 ①978-4-15-012085-6

0716 「クロウトウン」 "Croatoan"
◇ローカス賞（1976年／短編）
「ヒトラーの描いた薔薇」 ハーラン・エリスン著、伊藤典夫他訳〔伊藤典夫訳〕 早川書房 2017.4 381p 16cm（ハヤカワ文庫 SF）1000円 ①978-4-15-012122-8

0717 「ジェフティは五つ」 "Jeffty Is Five"
◇ネビュラ賞（1977年／短編）
◇ヒューゴー賞（1978年／短編）
◇ローカス賞（1978年／短編）
◇英国幻想文学賞（1979年／短編）
「死の鳥」 ハーラン・エリスン著、伊藤典夫訳 早川書房 2016.8 412p 16cm（ハヤカワ文庫 SF）1200円 ①978-4-15-012085-6

0718 「死の鳥」 "The Deathbird"
◇ヒューゴー賞（1974年／中編）
◇ローカス賞（1974年／短編）
「世界SF大賞傑作選（ヒューゴー・ウィナーズ）7」 アイザック・アシモフ編〔伊藤典夫訳〕 講談社 1979.3 247p 15cm（講談社文庫）320円
「死の鳥」 ハーラン・エリスン著、伊藤典夫訳 早川書房 2016.8 412p 16cm（ハヤカワ文庫 SF）1200円 ①978-4-15-012085-6

0719 「少年と犬」 "A Boy and His Dog"
◇ネビュラ賞（1969年／中長編）
「幻想の犬たち」 ジャック・ダン、ガードナー・ドゾワ編、福島正実ほか訳〔伊藤典夫訳〕 扶桑社 1999.11 516p 16cm（扶桑社ミステリー）781円 ①4-594-02815-2
「感じて。息づかいを。―恋愛小説アンソロジー」 川上弘美選、日本ペンクラブ編〔伊藤典夫訳〕 光文社 2005.1 271p 16cm（光文社文庫）495円 ①4-334-73811-7

0720 「睡眠時の夢の効用」 "The Function of Dream Sleep"
◇ローカス賞（1989年／中編）
「ヒトラーの描いた薔薇」 ハーラン・エリスン著、伊藤典夫他訳〔小尾美佐訳〕 早川書房 2017.4 381p 16cm（ハヤカワ文庫 SF）1000円 ①978-4-15-012122-8

0721 「世界の中心で愛を叫んだけもの」 "The Beast That Shouted Love at the Heart of the World"
◇ヒューゴー賞（1969年／短編）
「世界の中心で愛を叫んだけもの」 ハーラン・エリスン著,浅倉久志、伊藤典夫訳〔浅倉久志訳〕 早川書房 1973 357p 19cm（ハヤカワ・SF・シリーズ）560円
「世界の中心で愛を叫んだけもの」 ハーラン・エリスン著,浅倉久志、伊藤典夫

訳〔浅倉久志訳〕 早川書房 1979.1 428p 16cm（ハヤカワ文庫―SF）460円
「世界SF大賞傑作選（ヒューゴー・ウィナーズ） 4」 アイザック・アシモフ編〔浅倉久志訳〕 講談社 1979.8 266p 15cm（講談社文庫）320円

0722 「ソフト・モンキー」 "Soft Monkey"

◇アメリカ探偵作家クラブ賞（1988年/短編賞）

「新エドガー賞全集」 マーティン・H.グリーンバーグ編, 田口俊樹他訳〔伊藤典夫訳〕 早川書房 1992.6 303p 16cm（ハヤカワ・ミステリ文庫）480円 ①4-15-074166-2
「ニュー・ミステリージャンルを越えた世界の作家42人」 ジェローム・チャーリン編, 小林宏明他訳〔伊藤典夫訳〕 早川書房 1995.10 469p 20cm（Hayakawa novels）3000円 ①4-15-207961-4
「死の鳥」 ハーラン・エリスン著, 伊藤典夫訳 早川書房 2016.8 412p 16cm（ハヤカワ文庫 SF）1200円 ①978-4-15-012085-6

0723 「ちょっといいね、小さな人間」 "How Interesting: A Tiny Man"

◇ネビュラ賞（2010年/短編）

「SFマガジン 58（2）」〔宮脇孝雄訳〕 早川書房 2017.4 p28〜34

0724 「バシリスク」 "Basilisk"

◇ローカス賞（1973年/短編）

「SF戦争10のスタイル」 ホールドマン編, 岡部宏之他訳〔深町眞理子訳〕 講談社 1979.8 477p 15cm（講談社文庫）540円
「ヒトラーの描いた薔薇」 ハーラン・エリスン著, 伊藤典夫他訳〔深町眞理子訳〕 早川書房 2017.4 381p 16cm（ハヤカワ文庫 SF）1000円 ①978-4-15-012122-8

0725 「北緯38度54分、西経77度0分13秒 ランゲルハンス島沖を漂流中」〔別題「我が魂はランゲルハンス島沖―北緯38度54分、西経77度00分、13秒にあり」〕 "Adrift Just Off the Islets of Langerhans: Latitude 38° 54' N, Longitude 77° 00' 13" W"

◇ヒューゴー賞（1975年/中編）
◇ローカス賞（1975年/中編）

「世界SF大賞傑作選（ヒューゴー・ウィナーズ） 8」 アイザック・アシモフ編〔北緯38度54分、西経77度0分13秒 ランゲルハンス島沖を漂流中」 伊藤典夫訳〕 講談社 1978.8 294p 15cm（講談社文庫）340円
「妖魔の宴―スーパー・ホラー・シアター 狼男編1」 ハーラン・エリスン他著, 石田享訳〔我が魂はランゲルハンス島沖―北緯38度54分、西経77度00分、13秒にあり」〕 竹書房 1992.10 318p 15cm（竹書房文庫）580円 ①4-88475-156-6
「死の鳥」 ハーラン・エリスン著, 伊藤典夫訳〔北緯38度54分、西経77度0分13秒 ランゲルハンス島沖を漂流中〕 早川書房 2016.8 412p 16cm（ハヤカワ文庫 SF）1200円 ①978-4-15-012085-6

0726 「鞭打たれた犬たちのうめき」 "The Whimper of Whipped Dogs"

◇アメリカ探偵作家クラブ賞（1974年/短編賞）

「エドガー賞全集 下」 ビル・プロンジーニ編, 小鷹信光他訳〔伊藤典夫訳〕 早川書房 1983.3 16cm（ハヤカワ・ミステリ文庫）各560円
「死の鳥」 ハーラン・エリスン著, 伊藤典夫訳 早川書房 2016.8 412p 16cm（ハヤカワ文庫 SF）1200円 ①978-4-15-012085-6

0727 "Again, Dangerous Visions"〔アンソロジー〕

◇ヒューゴー賞（1972年/特別賞）
◇ローカス賞（1973年/オリジナルアンソロジー）

0728 "Angry Candy"

◇世界幻想文学大賞（1989年/短編集）
◇ローカス賞（1989年/短編集）

0729 "Chatting with Anubis"

◇ブラム・ストーカー賞（1995年/短編）

0730 "Count the Clock that Tells the Time"

◇ローカス賞（1979年/短編）

0731 "Deathbird Stories"

◇英国SF協会賞（1978年/短編集）

0732 "Djinn, No Chaser"

◇ローカス賞（1983年/中編）

0733 "Eidolons"

◇ローカス賞（1989年/短編）

0734 "Harlan Ellison's Watching"

◇ブラム・ストーカー賞（1989年/ノンフィクション）

0735 "Medea: Harlan's World"

◇ローカス賞（1986年/アンソロジー）

0736 "Mefisto in Onyx"

◇ブラム・ストーカー賞（1993年/中長編）

◇ローカス賞（1994年/中長編）

0737 "Sleepless Nights in the Procrustean Bed"

◇ローカス賞（1985年/ノンフィクション・参考図書）

0738 "Slippage"

◇ローカス賞（1998年/短編集）

0739 "The Essential Ellison"

◇ブラム・ストーカー賞（1987年/短編集）

0740 "The Region Between"

◇ローカス賞（1971年/短編）

◎世界幻想文学大賞（1993年/生涯功労賞）

◎ブラム・ストーカー賞（1995年/生涯業績）

◎ネビュラ賞（2005年/グランド・マスター）

エリスン, ラルフ　Ellison, Ralph

0741 「見えない人間」 "Invisible Man"

◇全米図書賞（1953年/小説）

「見えない人間」 ラーフ・エリソン著, 橋本福夫訳　パトリア　1958　262p　20cm

「見えない人間　1」 ラルフ・エリスン著, 橋本福夫訳　早川書房　1974　416p　16cm（ハヤカワ文庫）390円

「見えない人間　2」 ラルフ・エリスン著, 橋本福夫訳　早川書房　1974　407p　16cm（ハヤカワ文庫）390円

「見えない人間　1」 ラルフ・エリスン著, 松本昇訳　南雲堂フェニックス　2004.10　409p　20cm　3800円　Ⓘ4-88896-335-5

「見えない人間　2」 ラルフ・エリスン著, 松本昇訳　南雲堂フェニックス　2004.10　430p　20cm　3800円　Ⓘ4-88896-336-3

エリティス, オディッセアス　Elytis, Odysseas

◎ノーベル文学賞（1979年）

エリン, スタンリイ　Ellin, Stanley

0742 「第八の地獄」 "The Eighth Circle"

◇アメリカ探偵作家クラブ賞（1959年/長編賞）

「第八の地獄」 スタンリイ・エリン著, 小笠原豊樹訳　早川書房　1959　329p　19cm（世界ミステリシリーズ）

「第八の地獄」 スタンリイ・エリン著, 小笠原豊樹訳　早川書房　1976　403p　16cm（ハヤカワ・ミステリ文庫）420円

0743 「パーティーの夜」 "The House Party"

◇アメリカ探偵作家クラブ賞（1955年/短編賞）

「異色作家短篇集　2　特別料理」 エリン著, 田中融二訳　早川書房　1961　284p　19cm

「異色作家短篇集　2　特別料理」 スタンリイ・エリン著, 田中融二訳　改訂版　早川書房　1974　284p　19cm　980円

「エドガー賞全集　上」 ビル・プロンジーニ編, 小鷹信光他訳〔田中融二訳〕早川書房　1983.3　16cm（ハヤカワ・ミステリ文庫）各560円

「特別料理」 スタンリイ・エリン著, 田中融二訳　早川書房　2006.7　293p　19cm（異色作家短篇集 11）2000円　Ⓘ4-15-208741-2

「特別料理」 スタンリイ・エリン著, 田中融二訳　早川書房　2015.5　391p　16cm（ハヤカワ・ミステリ文庫）1200円　Ⓘ978-4-15-071956-2

0744 「ブレッシントン計画」〔別題「ブレッシントン法」〕 "The Blessington Method"

◇アメリカ探偵作家クラブ賞（1957年/短編賞）

「アメリカ探偵作家クラブ傑作選　1」〔「ブレッシントン法」 井上勇訳〕東京創元社　1961　315p　19cm

「エドガー賞全集　上」 ビル・プロンジーニ編, 小鷹信光他訳〔「ブレッシントン計画」 津川敬子訳〕早川書房　1983.3　16cm（ハヤカワ・ミステリ文庫）各560円

「九時から五時までの男」 スタンリイ・エリン著, 小笠原豊樹他訳〔「ブレッシントン計画」 津川敬子訳〕早川書房　2003.12　309p　16cm（ハヤカワ・ミステリ文庫）660円　Ⓘ4-15-071955-1

◎アメリカ探偵作家クラブ賞（1981年/巨匠賞）

エリング, ティモシー・バジル　Ering, Timothy Basil

0745 「ねずみの騎士デスペローの物語」 "The Tale of Despereaux: Being the Story of a Mouse, a Princess, Some Soup, and a

Spool of Thread"
◇ニューベリー賞（2004年）
「ねずみの騎士デスペローの物語」 ケイト・ディカミロ作, ティモシー・バジル・エリング絵, 子安亜弥訳 ポプラ社 2004.10 283p 22cm 1400円 ①4-591-08293-8
「ねずみの騎士デスペローの物語」 ケイト・ディカミロ作, ティモシー・バジル・エリング絵, 子安亜弥訳 ポプラ社 2016.3 318p 18cm（ポプラ文学ポケット 1） 980円 ①978-4-591-14927-0
※2004年刊の新装版

エリング, ラース　Elling, Lars
0746 "Rot, Blau und ein bißchen Gelb"
◇ドイツ児童文学賞（1996年/ノンフィクション）

エルキン, スタンリー　Elkin, Stanley
0747 "George Mills"
◇全米書評家協会賞（1982年/小説）
0748 "Mrs.Ted Bliss"
◇全米書評家協会賞（1995年/小説）

エルキンズ, アーロン　Elkins, Aaron
0749 「かわいいゴリラ」 "Nice Gorilla"
◇アガサ賞（1992年/短編）
「ミステリマガジン 37（6）」〔山本やよい訳〕 早川書房 1992.6 p19〜41
0750 「古い骨」 "Old Bones"
◇アメリカ探偵作家クラブ賞（1988年/長編賞）
「古い骨」 アーロン・エルキンズ著, 青木久恵訳 The Mysterious Press 1989.1 334p 16cm（ハヤカワ文庫―ミステリアス・プレス文庫 1） 500円 ①4-15-100001-1
「古い骨」 アーロン・エルキンズ著, 青木久恵訳 早川書房 2005.1 382p 16cm（ハヤカワ・ミステリ文庫） 780円 ①4-15-175101-7

エルキンズ, キャロライン　Elkins, Caroline
0751 "Imperial Reckoning: The Untold Story of Britain's Gulag in Kenya"
◇ピュリッツアー賞（2006年/ノンフィクション）

エルキンズ, シャーロット　Elkins, Charlotte
0752 「かわいいゴリラ」 "Nice Gorilla"
◇アガサ賞（1992年/短編）
「ミステリマガジン 37（6）」〔山本やよい訳〕 早川書房 1992.6 p19〜41

エルダー, マルク　Elder, Marc
0753 "Le peuple de la mer"
◇ゴンクール賞（1913年）

エルトン, ベン　Elton, Ben
0754 「ポップコーン」 "Popcorn"
◇英国推理作家協会賞（1996年/ゴールド・ダガー）
「ポップコーン」 ベン・エルトン著, 上田公子訳 早川書房 1997.9 294p 20cm（Hayakawa novels） 1800円 ①4-15-208103-1
「ポップコーン」 ベン・エルトン著, 上田公子訳 The Mysterious Press 1999.9 367p 16cm（ハヤカワ文庫―ミステリアス・プレス文庫） 720円 ①4-15-100140-9

エルノー, アニー　Ernaux, Annie
0755 「場所」 "La Place"
◇ルノドー賞（1984年）
「場所」 アニー・エルノー〔著〕, 堀茂樹訳 早川書房 1993.4 158p 20cm（Hayakawa novels） 1200円 ①4-15-203557-9

エールマン, ハーバート・B.　Ehrmann, Herbert B.
0756 "The Case That Will Not Die"
◇アメリカ探偵作家クラブ賞（1970年/犯罪実話賞）

エルマン, リチャード　Ellmann, Richard
0757 「ジェイムズ・ジョイス伝」 "James Joyce"
◇全米図書賞（1960年/ノンフィクション）
◇ジェイムズ・テイト・ブラック記念賞（1982年/伝記）
「ジェイムズ・ジョイス伝 1」 リチャード・エルマン〔著〕, 宮田恭子訳 みすず書房 1996.5 485p 図版11枚 22cm 8446円 ①4-622-04701-2
「ジェイムズ・ジョイス伝 2」 リチャード・エルマン〔著〕, 宮田恭子訳 みすず書房 1996.5 p491〜966, 95p 図版16枚 22cm 9270円 ①4-622-04702-0

0758 "Oscar Wilde"
◇全米書評家協会賞（1988年/伝記・自伝）
◇ピュリッツアー賞（1989年/伝記・自伝）

エル＝モータル, アマル　El-Mohtar, Amal
0759 "Seasons of Glass and Iron"
◇ネビュラ賞（2016年/短編）
◇ヒューゴー賞（2017年/短編）
0760 "The Truth About Owls"
◇ローカス賞（2015年/短編）

エルロイ, ジェイムズ　Ellroy, James
◎アメリカ探偵作家クラブ賞（2015年/巨匠賞）

閻 連科　えん・れんか
◎フランツ・カフカ賞（2014年）

エングダール, シルヴィア・ルイーズ　Engdahl, Sylvia Louise
0761「異星から来た妖精」"Enchantress from the Stars"
◇フェニックス賞（1990年）
「異星から来た妖精」シルヴィア・L.エングダール著, 渡辺南都子訳　早川書房　1981.2　383p　16cm（ハヤカワ文庫―FT）460円

エングルマン, ポール　Engelman, Paul
0762「死球（デッドボール）」"Dead in Centerfield"
◇シェイマス賞（1984年/ペーパーバック）
「死球」ポール・エングルマン著, 大貫昇訳　サンケイ出版　1986.7　338p　16cm（サンケイ文庫―海外ノベルス・シリーズ）460円　①4-383-02512-9

エンジカット, クラウス　Ensikat, Klaus
0763 "Das Rätsel der Varusschlacht"
◇ドイツ児童文学賞（2009年/ノンフィクション）
◎ドイツ児童文学賞（1995年/特別賞）
◎国際アンデルセン賞（1996年/画家賞）

エンツェンスベルガー, ハンス・マグヌス　Enzensberger, Hans Magnus
◎ビューヒナー賞（1963年）

エンデ, ミヒャエル　Ende, Michael
0764「ジム・ボタンの機関車大旅行」"Jim Knopf und Lukas der Lokomotivführer"
◇ドイツ児童文学賞（1961年/児童書）
「ジム・ボタンの機関車大旅行―ジム・ボタンの冒険1」ミヒャエル・エンデ作, 上田真而子訳　岩波書店　1986.6　348p　22cm　1600円　①4-00-110998-0
「ジム・ボタンの機関車大旅行」ミヒャエル・エンデ作, 上田真而子訳　岩波書店　1994.6　417p　20cm（岩波世界児童文学集 23）1700円　①4-00-115723-3
「ジム・ボタンの機関車大旅行」Michael Ende〔著〕, 上田真而子訳　岩波書店　1997.2　359p　20cm（エンデ全集 1）2678円　①4-00-092041-3
「ジム・ボタンの機関車大旅行」ミヒャエル・エンデ作, 上田真而子訳　新装版　岩波書店　2003.5　417p　20cm（岩波世界児童文学集）①4-00-115723-3, 4-00-204175-1
「ジム・ボタンの機関車大旅行」ミヒャエル・エンデ作, 上田真而子訳　岩波書店　2011.8　386p　18cm（岩波少年文庫）880円　①978-4-00-114207-5
0765「モモ」"Momo"
◇ドイツ児童文学賞（1974年/ヤングアダルト）
「モモ―時間どろぼうと, ぬすまれた時間を人間にとりかえしてくれた女の子のふしぎな物語」ミヒャエル・エンデ作, 絵, 大島かおり訳　岩波書店　1976.9　360p　22cm（岩波少年少女の本 37）1600円
「モモ―時間どろぼうとぬすまれた時間を人間にとりかえしてくれた女の子のふしぎな物語」ミヒャエル・エンデ〔著〕, 大島かおり訳　岩波書店　1996.9　418p　20cm（エンデ全集 3）2884円　①4-00-092043-X
「モモ―時間どろぼうとぬすまれた時間を人間にとりかえしてくれた女の子のふしぎな物語 愛蔵版」ミヒャエル・エンデ〔著〕, 大島かおり訳　岩波書店　2001.11　377p　18cm　2800円　①4-00-115567-2
「モモ」ミヒャエル・エンデ作, 大島かおり訳　岩波書店　2005.6　409p　18cm（岩波少年文庫）800円　①4-00-114127-2

エンバリー, エド　Emberley, Ed
0766 "Drummer Hoff"
◇コルデコット賞（1968年）

エンライト, アン　Enright, Anne
0767 "The Gathering"
◇ブッカー賞（2007年）

エンライト, エリザベス
Enright, Elizabeth
0768 「指ぬきの夏」 "Thimble Summer"
◇ニューベリー賞（1939年）
「ゆびぬきの夏」 エリザベス・エンライト作・絵, 堀口香代子訳　福武書店　1990.2　234p　19cm（Best choice）1200円　④4-8288-1388-8
「指ぬきの夏」 エリザベス・エンライト作, 谷口由美子訳　岩波書店　2009.6　260p　18cm（岩波少年文庫）680円　①978-4-00-114160-3

【オ】

オイエン, ヴェンケ　Øyen, Wenche
0769 「さよなら, ルーネ」 "Abschied von Rune"
◇ドイツ児童文学賞（1988年/絵本）
「さよなら, ルーネ」 ヴェンケ・オイエン絵, マーリット・カルハール文, 山内清子訳　福武書店　1989.1　1冊　21×27cm　1200円　④4-8288-1344-6

オイケン, ルドルフ　Eucken, Rudlf
◎ノーベル文学賞（1908年）

オーウェル, ジョージ　Orwell, George
0770 「動物農場」〔別題「アニマル・ファーム」〕 "Animal Farm"
◇ヒューゴー賞（1946年〈レトロ・ヒューゴー賞 1996年授与〉/中長編）
「アニマル・ファーム」 ジョーヂ・オーウェル著, 永島啓輔訳　大阪教育図書　1949　150p　19cm
「動物農場」 G.オーウェル著, 牧野力訳　国際文化研究所　1957　158p　18cm（エンゼル・ブックス）
「動物農場」 ジョージ・オーウェル著, 高畠文夫訳　角川書店　1972　270p　肖像　15cm（角川文庫）
「動物農場—おとぎばなし」 ジョージ・オーウェル作, 川端康雄訳　岩波書店　2009.7　254p　15cm（岩波文庫）560円　①978-4-00-322624-7
「動物農場」 ジョージ・オーウェル著, 開高健訳　筑摩書房　2013.9　276p　15cm（ちくま文庫）780円　①978-4-480-43103-5
※「今日は昨日の明日」（1984年刊）の再編集
「動物農場—新訳版」 ジョージ・オーウェル著, 山形浩生訳　早川書房　2017.1　206p　16cm（ハヤカワepi文庫）700円　①978-4-15-120087-8

オウエンズ, バーバラ　Owens, Barbara
0771 「軒の下の雲」 "The Cloud Beneath The Eaves"
◇アメリカ探偵作家クラブ賞（1979年/短編賞）
「エドガー賞全集　下」 ビル・プロンジーニ編, 小鷹信光他訳〔小尾芙佐訳〕早川書房　1983.3　16cm（ハヤカワ・ミステリ文庫）各560円
「クイーンズ・コレクション　2」 エラリイ・クイーン編, 佐宗鈴夫他訳〔小尾芙佐訳〕早川書房　1984.2　565p　16cm（ハヤカワ・ミステリ文庫）640円

大江 健三郎　おおえ・けんざぶろう
◎ノーベル文学賞（1994年）

オオツカ, ジュリー　Otsuka, Julie
0772 「屋根裏の仏さま」 "The Buddha in the Attic"
◇ペン・フォークナー賞（2012年）
「屋根裏の仏さま」 ジュリー・オオツカ著, 岩本正恵, 小竹由美子訳　新潮社　2016.3　171p　20cm（CREST BOOKS）1700円　①978-4-10-590125-7

オーガード, スティーブ　Augarde, Steve
0773 「小さき人々」 "The Various"
◇ネスレ子どもの本賞（2003年/9〜11歳部門/銅賞）
「言語文化研究　22」 東京女子大学言語文化研究会〔編〕〔梅原巴奈訳〕東京女子大学言語文化研究会　2014.3　p80〜90

オキーフ, キャサリン　O'Keefe, Catherine
0774 "The Pathologist"
◇英国推理作家協会賞（2009年/デビュー・ダガー）

オキャラハン, マクシン
O'Callaghan, Maxine

0775「ディライラ・ウェスト」シリーズ
"Delilah West"series
◇シェイマス賞（1999年/ジ・アイ賞〈生涯功績賞〉）
「永遠に別れを」マクシン・オキャラハン著, 成川裕子訳　東京創元社　1991.3　258p　15cm（創元推理文庫）430円　Ⓘ4-488-27101-4
「ヒット＆ラン」マクシン・オキャラハン著, 成川裕子訳　東京創元社　1993.2　287p　15cm（創元推理文庫）550円　Ⓘ4-488-27102-2

オクセンバリー, ヘレン
Oxenbury, Helen

0776「いっぱいいっぱい」 "So Much"
◇ネスレ子どもの本賞（1994年/5歳以下部門）
「いっぱいいっぱい」トリシュ・クック作, ヘレン・オクセンバリー絵, 木島始訳　ほるぷ出版　1995.4　1冊　31cm　1600円　Ⓘ4-593-50317-5

0777「うちのペットはドラゴン」 "The Dragon of an Ordinary Family"
◇ケイト・グリーナウェイ賞（1969年）
「うちのペットはドラゴン」マーガレット・マーヒー文, ヘレン・オクセンバリー絵, こやまなおこ訳　徳間書店　2000.6　1冊（ページ付なし）　22×28cm　1600円　Ⓘ4-19-861203-X

0778「カングル・ワングルのぼうし」 "The Quangle-Wangle's Hat"
◇ケイト・グリーナウェイ賞（1969年）
「カングル・ワングルのぼうし」エドワード・リアぶん, ヘレン・オクセンバリーえ, にいくらとしかずやく　ほるぷ出版　1976.2　1冊　28cm　980円

0779「きょうはみんなでクマがりだ」 "We're Going on a Bear Hunt"
◇ネスレ子どもの本賞（1989年/グランプリ・5歳以下部門）
「きょうはみんなでクマがりだ」マイケル・ローゼン再話, ヘレン・オクセンバリー絵, 山口文生訳　評論社　1991.1　1冊　27×29cm（児童図書館・絵本の部屋）1300円　Ⓘ4-566-00287-X
「きょうはみんなでクマがりだ」マイケル・ローゼン再話, ヘレン・オクセンバリー絵, 山口文生訳　評論社　1997.10　1冊　13×15cm（評論社の児童図書館・絵本の部屋―ちっちゃなえほん）800円　Ⓘ4-566-00594-1
「きょうはみんなでクマがりだ」マイケル・ローゼン再話, ヘレン・オクセンバリー絵, 山口文生訳　大日本絵画　2006　1冊（ページ付なし）　27cm（大型しかけえほん）3200円　Ⓘ4-499-28143-1

0780「はたらきもののあひるどん」 "Farmer Duck"
◇ネスレ子どもの本賞（1991年/グランプリ・5歳以下部門）
「はたらきもののあひるどん」マーティン・ワッデルさく, ヘレン・オクセンバリーえ, せなあいこやく　評論社　1993.11　1冊　26cm（児童図書館・絵本の部屋）1300円　Ⓘ4-566-00310-8

0781「ふしぎの国のアリス」 "Alice's Adventures in Wonderland"
◇ケイト・グリーナウェイ賞（1999年）
「ふしぎの国のアリス」ルイス・キャロル作, ヘレン・オクセンバリー絵, 中村妙子訳　評論社　2000.3　207p　25cm（評論社の児童図書館・文学の部屋）5000円　Ⓘ4-566-01107-0

0782 "Big Momma Makes the World"
◇ボストングローブ・ホーンブック賞（2003年/絵本）

オークリー, グレアム　Oakley, Graham

0783 "Graham Oakley's Magical Changes"
◇ボストングローブ・ホーンブック賞（1980年/特別賞）

オクリ, ベン　Okri, Ben

0784「満たされぬ道」 "The Famished Road"
◇ブッカー賞（1991年）
「満たされぬ道　上」ベン・オクリ著, 金原瑞人訳　平凡社　1997.8　441p　20cm（新しい＜世界文学＞シリーズ）2800円　Ⓘ4-582-30227-0
「満たされぬ道　下」ベン・オクリ著, 金原瑞人訳　平凡社　1997.8　397p　20cm（新しい＜世界文学＞シリーズ）2800円　Ⓘ4-582-30228-9

オーコナー, エドウィン
O'Connor, Edwin

0785 "The Edge of Sadness"
◇ピュリッツァー賞（1962年/フィクション）

オコナー, フラナリー
O'Connor, Flannery

0786「オコナー短編集」 "The Complete Stories of Flannery O'Connor"

◇全米図書賞（1972年/小説）
「オコナー短編集」須山静夫訳　新潮社　1974　281p　16cm（新潮文庫）220円
「フラナリー・オコナー全短篇　上」フラナリー・オコナー著，横山貞子訳　筑摩書房　2003.5　378p　20cm　3600円　Ⓘ4-480-83191-6
「フラナリー・オコナー全短篇　下」フラナリー・オコナー著，横山貞子訳　筑摩書房　2003.5　381p　20cm　3600円　Ⓘ4-480-83192-4
「フラナリー・オコナー全短篇　上」フラナリー・オコナー著，横山貞子訳　筑摩書房　2009.3　442p　15cm（ちくま文庫）1400円　Ⓘ978-4-480-42591-1
「フラナリー・オコナー全短篇　下」フラナリー・オコナー著，横山貞子訳　筑摩書房　2009.4　441p　15cm（ちくま文庫）1400円　Ⓘ978-4-480-42592-8

オコネル，ジャック　O'Connell, Jack

0787　"The Resurrectionist"〔仏語題：Dans les limbes〕
◇イマジネール大賞（2010年〈対象：2009年7月～12月〉/長編〈外国〉）

オコルフォア，ナディ　Okorafor, Nnedi

0788　"Akata Warrior"
◇WSFS賞〈ヤングアダルト〉（2018年）

0789　"Binti"
◇ネビュラ賞（2015年/中長編）
◇ヒューゴー賞（2016年/中長編）

0790　"Who Fears Death"
◇世界幻想文学大賞（2011年/長編）

オジック，シンシア　Ozick, Cynthia

0791　"Quarrel & Quandary"
◇全米書評家協会賞（2000年/批評）

オシンスキー，デイヴィッド・M.　Oshinsky, David M.

0792　"Polio: An American Story"
◇ピュリッツアー賞（2006年/歴史）

オズ，アモス　Oz, Amos

◎フランツ・カフカ賞（2013年）

オースター，ポール　Auster, Paul

0793　「リヴァイアサン」"Leviathan"〔仏語題：Léviathan〕
◇メディシス賞（1993年/外国小説）
「リヴァイアサン」ポール・オースター〔著〕，柴田元幸訳　新潮社　1999.12　345p　20cm　2400円　Ⓘ4-10-521705-4
「リヴァイアサン」ポール・オースター〔著〕，柴田元幸訳　新潮社　2002.12　413p　16cm（新潮文庫）667円　Ⓘ4-10-245107-2

オステール，クリスチャン　Oster, Christian

0794　"Mon grand appartement"
◇メディシス賞（1999年）

オスト，ミシェル　Host, Michel

0795　"Valet de nuit"
◇ゴンクール賞（1986年）

オスノス，エヴァン　Osnos, Evan

0796　「ネオ・チャイナ―富、真実、心のよりどころを求める13億人の野望」"Age of Ambition: Chasing Fortune, Truth, and Faith in the New China"
◇全米図書賞（2014年/ノンフィクション）
「ネオ・チャイナ―富、真実、心のよりどころを求める13億人の野望」エヴァン・オズノス著，笠井亮平訳　白水社　2015.8　435, 14p　20cm　2600円　Ⓘ978-4-560-08451-9

オズマンド，エドワード　Osmond, Edward

0797　"A Valley Grows Up"
◇カーネギー賞（1953年）

オチ，シーラ　Och, Sheila

0798　"Karel, Jarda und das wahre Leben"
◇ドイツ児童文学賞（1997年/児童書）

オーツ，ジョイス・キャロル　Oates, Joyce Carol

0799　「生ける屍」"Zombie"
◇ブラム・ストーカー賞（1995年/長編）
「生ける屍」ジョイス・キャロル・オーツ著，井伊順彦訳　扶桑社　2004.7　274p　16cm（扶桑社ミステリー）752円　Ⓘ4-594-04756-4

0800　「化石の兄弟」"Fossil-Figures"
◇世界幻想文学大賞（2011年/短編）
「とうもろこしの乙女、あるいは七つの悪夢―ジョイス・キャロル・オーツ傑作選」ジョイス・キャロル・オーツ著，栩木玲子訳　河出書房新社　2013.2　368p　20cm　2600円　Ⓘ978-4-309-20615-8

「とうもろこしの乙女、あるいは七つの悪夢」 ジョイス・キャロル・オーツ著, 栩木玲子訳　河出書房新社　2018.1　466p　15cm（河出文庫）1300円　①978-4-309-46459-6

0801 「かれら」 "Them"
◇全米図書賞（1970年／小説）
「かれら」 ジョイス・キャロル・オーツ著, 大橋吉之輔, 真野明裕訳　角川書店　1973　2冊　20cm（海外純文学シリーズ 7-8）各1400円

0802 「とうもろこしの乙女、あるいは七つの悪夢―ジョイス・キャロル・オーツ傑作選」 "The Corn Maiden and Other Nightmares"
◇ブラム・ストーカー賞（2011年／短編集）
「とうもろこしの乙女、あるいは七つの悪夢―ジョイス・キャロル・オーツ傑作選」 ジョイス・キャロル・オーツ著, 栩木玲子訳　河出書房新社　2013.2　368p　20cm　2600円　①978-4-309-20615-8
「とうもろこしの乙女、あるいは七つの悪夢」 ジョイス・キャロル・オーツ著, 栩木玲子訳　河出書房新社　2018.1　466p　15cm（河出文庫）1300円　①978-4-309-46459-6

0803 "Black Dahlia and White Rose: Stories"
◇ブラム・ストーカー賞（2012年／短編集）
◎ブラム・ストーカー賞（1993年／生涯業績）

オッカー, J.W.　Ocker, J.W.

0804 "Poe-Land: The Hallowed Haunts of Edgar Allan Poe"
◇アメリカ探偵作家クラブ賞（2015年／批評・評伝賞）

オットー, スベン　Otto S., Svend

◎国際アンデルセン賞（1978年／画家賞）

オッペン, ジョージ　Oppen, George

0805 "Of Being Numerous"
◇ピュリッツァー賞（1969年／詩）

オデール, スコット　O'Dell, Scott

0806 「青いイルカの島」 "Island of the Blue Dolphins"（独語題：Insel der blauen Delphine）
◇ニューベリー賞（1961年）
◇ドイツ児童文学賞（1963年／ヤングアダルト）
「青いイルカの島」 スコット・オデル作, 藤原英司訳, 藪内正幸絵　理論社　1966　227p　23cm（Junior Library）
「青いイルカの島」 スコット・オデル作, 藤原英司訳, 小泉澄夫絵　理論社　2004.7　306p　19cm　1600円　①4-652-00524-5

0807 「小川は川へ、川は海へ」 "Streams to the River, River to the Sea"
◇スコット・オデール賞（1987年）
「小川は川へ、川は海へ」 スコット・オデール作, 柳井薫訳　小峰書店　1997.10　279p　20cm（Y.A.books）1450円　①4-338-14401-7

◎国際アンデルセン賞（1972年／作家賞）

オーデル, ロビン　Odell, Robin

0808 「殺人紳士録」 "The Murderers' Who's Who"
◇アメリカ探偵作家クラブ賞（1980年／スペシャルエドガー）
「殺人紳士録」 J.H.H.ゴーテ, ロビン・オーデル著, 河合修治訳　河合総合研究所　1986.6　276p　22cm　2800円
「殺人紳士録」 J.H.H.ゴート, ロビン・オーデル著, 河合修治訳　新版　中央アート出版社　1995.6　330p　22cm　3800円　①4-88639-714-X

オーテルダール, シャンナ　Oterdahl, Jeanna

◎ニルス・ホルゲション賞（1959年）

オーデン, W.H.　Auden, W.H.

0809 「アキレスの盾」 "The Shield of Achilles"
◇全米図書賞（1956年／詩）

0810 「不安の時代」 "The Age of Anxiety"
◇ピュリッツァー賞（1948年／詩）
「不安の時代―バロック風田園詩」 W.H.オーデン著, 大橋勇〔ほか〕訳　国文社　1993.10　262p　20cm　2678円　①4-7720-0389-7

オードゥー, マルグリット　Audoux, Marguerite

0811 「孤児マリー」〔別題「少女マリー」〕 "Marie-Claire"
◇フェミナ賞（1910年）

「孤児マリイ」 オードゥー著, 堀口大学訳 新潮社 1953 195p 16cm（新潮文庫）

「少女マリー」 オードゥー著, 河合亨訳 三笠書房 1956 151p 19cm（若草文庫 ポケットサイズ）

「孤児マリイ」 オードー著, 岡上鈴江編著, 山中冬児絵 偕成社 1973 210p 22cm（少女名作シリーズ 20）

「孤児マリー——光ほのか」 オードー作, 畔柳二美訳, 石田武雄絵 偕成社 1973 306p 19cm（少女世界文学選 15）

オドノヒュー, バーナード　O'Donoghue, Bernard

0812 "Gunpowder"
◇コスタ賞（1995年／詩）

オニオンズ, オリヴァー　Onions, G.Oliver

0813 "Poor Man's Tapestry"
◇ジェイムズ・テイト・ブラック記念賞（1946年／フィクション）

オニール, ジェラード　O'Neill, Gerard

0814 「ブラック・スキャンダル」〔旧題「密告者のゲーム——FBIとマフィア、禁断の密約」〕 "Black Mass: The Irish Mob, The FBI, & A Devil's Deal"
◇アメリカ探偵作家クラブ賞（2001年／犯罪実話賞）

「密告者のゲーム——FBIとマフィア、禁断の密約」 ディック・レイア, ジェラード・オニール著, 古賀弥生訳 角川書店 2001.6 350p 20cm 1900円 ①4-04-791367-7

「ブラック・スキャンダル」 ディック・レイア, ジェラード・オニール〔著〕, 古賀弥生訳 KADOKAWA 2015.12 584p 15cm（角川文庫）1120円 ①978-4-04-103193-3
※「密告者のゲーム」（角川書店 2001年刊）の改題、加筆・修正

オニール, ジビー　O'Neal, Zibby

0815 "A Formal Feeling"
◇フェニックス賞（2002年）

0816 "In Summer Light"
◇ボストングローブ・ホーンブック賞（1986年／フィクション）

オニール, ジョセフ　O'Neill, Joseph

0817 「ネザーランド」 "Netherland"
◇ペン・フォークナー賞（2009年）

「ネザーランド」 ジョセフ・オニール著, 古屋美登里訳 早川書房 2011.8 344p 20cm 2300円 ①978-4-15-209235-9

オニール, ジーン　O'Neill, Gene

0818 "A Taste of Tenderloin"
◇ブラム・ストーカー賞（2009年／短編集）

0819 "The Blue Heron"
◇ブラム・ストーカー賞（2012年／中編）

オニール, ユージン　O'Neill, Eugene

0820 「アナ・クリスティ」〔別題「アンナ・クリスティ」〕 "Anna Christie"
◇ピュリッツァー賞（1922年／戯曲）

「女は歩む――戯曲「アンナクリスティ」及び「藁」」 ユージン・オニル作, 岩堂全智訳 高踏社 1927 338p 19cm

「世界戯曲全集 10（亜米利加篇）亜米利加現代劇集」〔「アンナ・クリスティ」 北村喜八訳〕 世界戯曲全集刊行会 1928 640p 肖像 19cm

「アンナ・クリスティ」 オニール著, 石田英二訳 岩波書店 1951 161p 15cm（岩波文庫）

「オニール名作集」 喜志哲雄〔等〕訳〔「アナ・クリスティ」 喜志哲雄訳〕 白水社 1975 395p（図・肖像共）20cm 2500円

0821 「奇妙な幕間狂言」 "Strange Interlude"
◇ピュリッツァー賞（1928年／戯曲）

「奇妙な幕間狂言」 オニール著, 井上宗次, 石田英二訳 岩波書店 1939 334p 16cm（岩波文庫）

「奇妙な幕間狂言」 オニール著, 井上宗次, 石田英二共訳 3版 岩波書店 1949 334p 15cm（岩波文庫）
※初版：昭和10年

0822 「地平の彼方」〔別題「地平線の彼方」〕 "Beyond the Horizon"
◇ピュリッツァー賞（1920年／戯曲）

「世界戯曲全集 10（亜米利加篇）亜米利加現代劇集」〔「地平線の彼方」 北村喜八訳〕 世界戯曲全集刊行会 1928 640p 肖像 19cm

「地平の彼方」 オニール著, 清野暢一郎訳 岩波書店 1935（岩波文庫）

「地平の彼方」 E・オニール著, 竹之内明子訳 日本教育研究センター 1997.3 154p 19cm 2000円 ①978-4-89026-099-7

0823 「夜への長い旅路」 "Long Day's Journey Into Night"

◇ピュリッツアー賞（1957年/戯曲）
「夜への長い旅路」 ユージン・オニール作,清野暢一郎訳 白水社 1956 184p 図版 19cm（現代海外戯曲）
「世界文学大系 90 近代劇集」〔沼沢洽治訳〕 筑摩書房 1965 398p 図版 23cm
「筑摩世界文学大系 84 近代劇集」〔沼沢洽治訳〕 筑摩書房 1974 462p 肖像 23cm 2000円
「オニール名作集」 喜志哲雄〔等〕訳〔沼沢洽治訳〕 白水社 1975 395p （図・肖像共） 20cm 2500円

◎ノーベル文学賞（1936年）

オネッティ, フアン・カルロス
Onetti, Juan Carlos

◎セルバンテス賞（1980年）

オノ＝ディビオ, クリストフ
Ono-dit-Biot, Christophe

0824 "Birmane"
◇アンテラリエ賞（2007年）

オハラ, ジョン O'Hara, John
0825 "Ten North Frederick"
◇全米図書賞（1956年/小説）

オハラ, フランク O'Hara, Frank
0826 "The Collected Works of Frank O'Hara"
◇全米図書賞（1972年/詩）

オーバーン, デヴィッド Auburn, David
0827 「プルーフ・オブ・マイライフ」 "Proof"
◇ピュリッツアー賞（2001年/戯曲）

オファレル, ウイリアム
O'Farrell, William
0828 「その向こうは一闇」〔別題「そのさきは一闇」〕 "Over There, Darkness"
◇アメリカ探偵作家クラブ賞（1959年/短編賞）
「戦後推理小説・ベスト15」 ディヴィド・C.クック編,宇野利泰他訳〔「そのさきは一闇」宇野利泰訳〕 荒地出版社 1960 286p 20cm
「年刊推理小説・ベスト10 1960年版」 ディヴィド・クック編,宇野利泰等訳〔「そのさきは一闇」宇野利泰訳〕 荒地出版社 1960 276p 20cm
「エドガー賞全集 上」 ビル・プロンジーニ編,小鷹信光他訳〔「その向こうは一闇」 島田三蔵訳〕 早川書房 1983.3 16cm（ハヤカワ・ミステリ文庫）各560円

オファーレル, マギー O'Farrell, Maggie
0829 "The Hand that First Held Mine"
◇コスタ賞（2010年/長編）

オフェン, ヒルダ Offen, Hilda
0830 "Nice Work, Little Wolf"
◇ネスレ子どもの本賞（1992年/5歳以下部門）

オブライエン, エドナ O'Brien, Edna
0831 "Saints and Sinners"
◇フランク・オコナー国際短編賞（2011年）

オブライエン, ケイト O'Brien, Kate
0832 "Without My Cloak"
◇ジェイムズ・テイト・ブラック記念賞（1931年/フィクション）

オブライエン, ジェイムズ
O'Brien, James
0833 "The Scientific Sherlock Holmes: Cracking the Case with Science and Forensics"
◇アメリカ探偵作家クラブ賞（2013年/批評・評伝賞）

オブライエン, ダーシイ O'Brien, Darcy
0834 "Power To Hurt"
◇アメリカ探偵作家クラブ賞（1997年/犯罪実話賞）

オブライエン, ティム O'Brien, Tim
0835 「カチアートを追跡して」 "Going After Cacciato"
◇全米図書賞（1979年/小説）
「カチアートを追跡して 1」 ティム・オブライエン著,生井英考訳 国書刊行会 1992.3 282p 20cm（Contemporary writers—文学の冒険）1800円 ①4-336-03061-8
「カチアートを追跡して 2」 ティム・オブライエン著,生井英考訳 国書刊行会 1992.3 262p 20cm（Contemporary writers—文学の冒険）1800円 ①4-336-03337-4
「カチアートを追跡して」 ティム・オブライエン〔著〕,生井英考訳 新潮社 1997.2 549p 15cm（新潮文庫）720

オブライエン, ロバート・C. O'Brien, Robert C.

0836 「死の影の谷間」 "Z for Zachariah"
◇アメリカ探偵作家クラブ賞（1976年/ジュヴナイル賞）
「死のかげの谷間」 ロバート・C.オブライエン〔著〕, 越智道雄訳　評論社　1985.7　318p　20cm（児童図書館・文学の部屋—SOSシリーズ）1200円　①4-566-01254-9
「死のかげの谷間」 ロバート・C.オブライエン作, 越智道雄訳　評論社　2010.2　325p　19cm（海外ミステリーbox）1600円　①978-4-566-02423-6
※『死のかげの谷間』（1985年刊）の改訳新版

0837 「フリスビーおばさんとニムの家ねずみ」 "Mrs.Fris and the Rats of NIMH"
◇ニューベリー賞（1972年）
「フリスビーおばさんとニムの家ねずみ」 ロバート・C.オブライエン作, 越智道雄訳, ゼナ・バーンスタインさし絵　富山房　1974　320p　22cm
「フリスビーおばさんとニムの家ねずみ」 ロバート・C.オブライアン作, 越智道雄訳, ゼナ・バーンスタイン絵　童話館出版　2010.7　321p　22cm（子どもの文学—青い海シリーズ 16）1800円　①978-4-88750-111-9

オフリン, キャサリン O'Flynn, Catherine

0838 "What Was Lost"
◇コスタ賞（2007年/処女長編）

オフレアティ, リアム O'Flaherty, Liam

0839 「密告者」 "The Informer"
◇ジェイムズ・テイト・ブラック記念賞（1925年/フィクション）
「密告者」 ライアム・オフラアテイー著, 岡本成蹊訳　春陽堂　1934　17cm（世界名作文庫）
「密告者」 ライアム・オフラアテイー著, 岡本成蹊訳　ゆまに書房　2008.2　344p　19cm（昭和初期世界名作翻訳全集 195）4600円　①978-4-8433-2743-2
※春陽堂昭和9年刊の複製

オブレヒト, テア Obreht, Téa

0840 「タイガーズ・ワイフ」 "The Tiger's Wife"
◇ベイリーズ賞（2011年）
「タイガーズ・ワイフ」 テア・オブレヒト著, 藤井光訳　新潮社　2012.8　382p　20cm（CREST BOOKS）2200円　①978-4-10-590096-0

オベイ, アンドレ Obey, André

0841 "Le Joueur de triangle"
◇ルノドー賞（1928年）

オヘイガン, アンドリュー O'Hagan, Andrew

0842 "Personality"
◇ジェイムズ・テイト・ブラック記念賞（2003年/フィクション）

オーマン, カローラ Oman, Carola

0843 "Sir John Moore"
◇ジェイムズ・テイト・ブラック記念賞（1953年/伝記）

オーモン, マリー＝ルイーズ Haumont, Marie-Louise

0844 「通勤路」 "Le Trajet"
◇フェミナ賞（1976年）
「通勤路」 マリー＝ルイーズ・オーモン著, 岩崎力訳　早川書房　1979.12　264p　20cm（ハヤカワ・リテラチャー 23）1500円

オリヴァー, メアリー Oliver, Mary

0845 "American Primitive"
◇ピュリッツアー賞（1984年/詩）
0846 "New & Selected Poems"
◇全米図書賞（1992年/詩）

オリヴァー, ローレン Oliver, Lauren

0847 「デリリウム17」 "Delirium"
◇イマジネール大賞（2012年/青少年向け長編〈外国〉）
「デリリウム17」 ローレン・オリヴァー〔著〕, 三辺律子訳　新潮社　2014.2　587p　16cm（新潮文庫）890円　①978-4-10-218511-7
0848 "Before I Fall"〔仏語題：Le Dernier jour de ma vie〕
◇イマジネール大賞（2012年/青少年向け長編〈外国〉）

オリエ, クロード Ollier, Claude

0849 "La Mise en scène"
◇メディシス賞（1958年）

オルグレン, ネルソン　Algren, Nelson

0850　「黄金の腕」　"The Man With The Golden Arm"
◇全米図書賞（1950年／小説）
「黄金の腕」　ネルソン・アルグレン著, 高橋豊訳　早川書房　1956　355p　20cm
「黄金の腕」　ネルソン・オルグレン著, 高橋豊訳　早川書房　1974　593p　15cm（ハヤカワ文庫）550円

オルション, ジェリイ　Oltion, Jerry

0851　"Abandon in Place"
◇ネビュラ賞（1997年／中長編）

オールズ, シャロン　Olds, Sharon

0852　"Stag's Leap"
◇ピュリッツアー賞（2013年／詩）
0853　"The Dead and the Living"
◇全米書評家協会賞（1984年／詩）

オールズバーグ, クリス・ヴァン　Allsburg, Chris Van

0854　「急行『北極号』」　"The Polar Express"
◇コルデコット賞（1986年）
「急行『北極号』」　クリス・ヴァン・オールズバーグ絵と文, 村上春樹訳　河出書房新社　1987.12　1冊（頁付なし）24×30cm　1500円　①4-309-26089-6
「急行『北極号』」　クリス・ヴァン・オールズバーグ絵・文　あすなろ書房　2003.11　1冊（ページ付なし）24×30cm　1500円　①4-7515-1999-9
0855　「ジュマンジ」　"Jumanji"
◇コルデコット賞（1982年）
「ジュマンジ」　クリス・バン・オールスバーグさく, へんみまさなおやく　ほるぷ出版　1984.7　1冊　26×28cm　1300円
0856　「ハリス・バーディックの謎」　"The Mysteries of Harris Burdick"
◇世界幻想文学大賞（1985年／特別賞〈プロ〉）
「ハリス・バーディックの謎」　クリス・ヴァン・オールズバーグ絵と文, 村上春樹訳　河出書房新社　1990.11　1冊（頁付なし）28cm　1550円　①4-309-26135-3
「ハリス・バーディックの謎」　クリス・ヴァン・オールズバーグ絵と文, 村上春樹訳　新装版　河出書房新社　2015.7　1冊（ページ付なし）28cm　1600円　①978-4-309-27620-5
0857　「魔術師アブドゥル・ガサツィの庭園」〔別題「魔術師ガザージ氏の庭で」〕　"The Garden of Abdul Gasazi"
◇ボストングローブ・ホーンブック賞（1980年／絵本）
「魔術師ガザージ氏の庭で」　クリス・バン・オールスバーグさく, へんみまさなおやく　ほるぷ出版　1981.2　1冊　25×30cm　1200円
「魔術師アブドゥル・ガサツィの庭園」　クリス・ヴァン・オールズバーグ作, 村上春樹訳　あすなろ書房　2005.9　31p　25×31cm　1500円　①4-7515-2280-9

オルセナ, エリック　Orsenna, Erik

0858　"L'exposition coloniale"
◇ゴンクール賞（1988年）

オルセン, イブ・スパング　Olsen, Ib Spang

◎国際アンデルセン賞（1972年／画家賞）

オルセン, ジャック　Olsen, Jack

0859　"Doc: The Rape of the Town of Lovell"
◇アメリカ探偵作家クラブ賞（1990年／犯罪実話賞）

オルソン, トビー　Olson, Toby

0860　"Seaview"
◇ペン・フォークナー賞（1983年）

オルダーマン, ミッチ　Alderman, Mitch

0861　"Family Values"
◇シェイマス賞（2009年／短編）

オールディス, ブライアン　Aldiss, Brian

0862　「一兆年の宴」　"Trillion Year Spree"
◇ヒューゴー賞（1987年／ノンフィクション）
◇ローカス賞（1987年／ノンフィクション）
「一兆年の宴」　ブライアン・W.オールディス, デイヴィッド・ウィングローヴ著, 浅倉久志訳　東京創元社　1992.7　336, 28p　20cm（Key library）3000円　①4-488-01512-3
0863　「十億年の宴 SF—その起源と発達」　"Billion Year Spree"
◇英国SF協会賞（1973年／特別賞）
「十億年の宴—SF－その起源と発達」　ブライアン・W.オールディス著, 浅倉久志〔ほか〕共訳　東京創元社　1980.10

377, 45p　20cm　（Key library）　2500円

0864　「蝕の時」　"The Moment of Eclipse"
◇英国SF協会賞（1971年/短編集）
「季刊NW-SF　17」〔宮城博訳〕
NW-SF社　1981.8　p170～187

0865　「地球の長い午後」　"The Hothouse Series"〔出版時タイトル：The Long Afternoon of Earth〕
◇ヒューゴー賞（1962年/短編）
「地球の長い午後」　ブライアン・W.オールディス著，伊藤典夫訳　早川書房　1967　280p　19cm　（ハヤカワ・SF・シリーズ）　350円
「地球の長い午後」　ブライアン・W.オールディス著，伊藤典夫訳　早川書房　1977.1　335p　16cm　（ハヤカワ文庫—SF）　370円

0866　「唾の樹」　"The Saliva Tree"
◇ネビュラ賞（1965年/中長編）
「影が行く―ホラーSF傑作選」　P.K.ディック，D.R.クーンツ他著，中村融編訳　東京創元社　2000.8　521p　15cm　（創元SF文庫）　920円　①4-488-71501-X

0867　"Helliconia Spring"
◇英国SF協会賞（1982年/長編）
◇ジョン・W・キャンベル記念賞（1983年/第1位）

0868　"Helliconia Winter"
◇英国SF協会賞（1985年/長編）

◎ネビュラ賞（1999年/グランド・マスター）

オルディ・フーヴェルト，トマス　Olde Heuvelt, Thomas

0869　「天地がひっくり返った日」　"The Day the World Turned Upside Down"
◇ヒューゴー賞（2015年/中編）
「SFマガジン　57（3）」〔鈴木潤訳〕早川書房　2016.6　p318～338

オールディントン，リチャード　Aldington, Richard

0870　"Wellington"
◇ジェイムズ・テイト・ブラック記念賞（1946年/伝記）

オルテーゼ，アンナ・マリア　Ortese, Anna Maria

0871　"Poveri e semplici"

◇ストレーガ賞（1967年）

オルデンブール，ゾエ　Oldenbourg, Zoé

0872　"La Pierre angulaire"
◇フェミナ賞（1953年）

オールト，サンディ　Ault, Sandi

0873　"Wild Indigo"
◇アメリカ探偵作家クラブ賞（2008年/メアリ・ヒギンズ・クラーク賞）

オルドリッジ，アラン　Aldridge, Alan

0874　"The Butterfly Ball & The Grasshopper's Feast"
◇コスタ賞（1973年/児童書）

オールドリッジ，ジェイムズ　Aldridge, James

0875　"The True Story of Spit MacPhee"
◇ガーディアン児童文学賞（1987年）

オールビー，エドワード　Albee, Edward

0876　「海の風景」　"Seascape"
◇ピュリッツアー賞（1975年/戯曲）
「エドワード・オールビー全集　3　ご臨終.海の風景」　鳴海四郎訳　早川書房　1980.11　197p　20cm　1600円

0877　「三人の背の高い女」　"Three Tall Women"
◇ピュリッツアー賞（1994年/戯曲）
「悲劇喜劇　49（2）」〔鳴原眞一訳〕早川書房　1996.2　p109～158

0878　「デリケート・バランス」　"A Delicate Balance"
◇ピュリッツアー賞（1967年/戯曲）
「エドワード・オールビー全集　1　ヴァージニア・ウルフなんかこわくない，デリケート・バランス」　鳴海四郎訳　早川書房　1969　342p　図版　20cm　1200円

オルレブ，ウーリー　Orlev, Uri
◎国際アンデルセン賞（1996年/作家賞）

オレイニコフ，イーゴリ　Oleynikov, Igor
◎国際アンデルセン賞（2018年/画家賞）

オンダーチェ，マイケル　Ondaatje, Michael

0879　「アニルの亡霊」　"Anil's Ghost"

〔仏語題：Le Fantôme d'Anil〕
◇スコシアバンク・ギラー賞（2000年）
◇メディシス賞（2000年／外国小説）
「アニルの亡霊」マイケル・オンダーチェ著, 小川高義訳　新潮社　2001.10　348p　20cm　2100円　Ⓓ4-10-532803-4

0880 「イギリス人の患者」 "The English Patient"
◇ブッカー賞（1992年）
「イギリス人の患者」マイケル・オンダーチェ著, 土屋政雄訳　新潮社　1996.5　294p　20cm（新潮・現代世界の文学）1800円　Ⓓ4-10-532801-8
「イギリス人の患者」マイケル・オンダーチェ〔著〕, 土屋政雄訳　新潮社　1999.4　392p　16cm（新潮文庫）667円　Ⓓ4-10-219111-9

オンフレ, ミシェル　Onfray, Michel
0881 "La Sculpture de soi"
◇メディシス賞（1993年／エッセイ）

【カ】

カー, キャサリン　Karr, Kathleen
0882 "The 7th Knot"
◇アガサ賞（2003年／児童書・ヤングアダルト小説）

カー, ケイレブ　Carr, Caleb
0883 「エイリアニスト—精神科医」 "The Alienist"
◇アンソニー賞（1995年／処女長編）
「エイリアニスト—精神科医 上」ケイレブ・カー著, 中村保男訳　早川書房　1995.6　364p　20cm（Hayakawa novels）1900円　Ⓓ4-15-207925-8
「エイリアニスト—精神科医 下」ケイレブ・カー著, 中村保男訳　早川書房　1995.6　360p　20cm（Hayakawa novels）1900円　Ⓓ4-15-207926-6
「エイリアニスト—精神科医 上」ケイレブ・カー著, 中村保男訳　早川書房　1999.9　463p　16cm（ハヤカワ文庫NV）820円　Ⓓ4-15-040925-0
「エイリアニスト—精神科医 下」ケイレブ・カー著, 中村保男訳　早川書房　1999.9　462p　16cm（ハヤカワ文庫NV）820円　Ⓓ4-15-040926-9

カー, ジュディス　Kerr, Judith
0884 「ヒトラーにぬすまれたももいろうさぎ」 "When Hitler Stole Pink Rabbit"〔独語題：Als Hitler das rosa Kaninchen stahl〕
◇ドイツ児童文学賞（1974年／児童書）
「ヒトラーにぬすまれたももいろうさぎ」ジュディス・カー作・絵, 松本亨子訳　評論社　1980.3　303p　21cm（児童図書館・文学の部屋）1300円

カー, ジョン・ディクスン　Carr, John Dickson
0885 「コナン・ドイル」 "The Life of Sir Arthur Conan Doyle"
◇アメリカ探偵作家クラブ賞（1950年／スペシャルエドガー）
「コナン・ドイル」ジョン・ディクスン・カー著, 大久保康雄訳　早川書房　1962　568p　図版10枚　20cm
「コナン・ドイル」ジョン・ディクスン・カー著, 大久保康雄訳　早川書房　1980.3　568p　20cm　2300円
「コナン・ドイル」ジョン・ディクスン・カー著, 大久保康雄訳　早川書房　1993.8　494p　19cm（ハヤカワ・ミステリ）2400円　Ⓓ4-15-000460-9

◎アメリカ探偵作家クラブ賞（1963年／巨匠賞）

カー, フィリップ　Kerr, Philip
0886 「死者は語らずとも」 "If The Dead Rise Not"
◇英国推理作家協会賞（2009年／エリス・ピーターズ・ヒストリカル・ダガー）
◇バリー賞（2010年／英国小説）
「死者は語らずとも」フィリップ・カー著, 柳沢伸洋訳　PHP研究所　2016.9　701p　15cm（PHP文芸文庫）1400円　Ⓓ978-4-569-76557-0

カー, A.H.Z.　Carr, A.H.Z.
0887 「妖術師の島」 "Finding Maubee"
◇アメリカ探偵作家クラブ賞（1972年／処女長編賞）
「妖術師の島」A.H.Z.カー著, 大庭忠男訳　早川書房　1973　232p　19cm（世界ミステリシリーズ）460円

カイザー, キャロリン　Kizer, Carolyn
0888 "Yin"
◇ピュリッツァー賞（1985年／詩）

カイザー, ラインハルト　Kaiser, Reinhard

0889 「インゲへの手紙」 "Königskinder. Eine wahre Liebe"
◇ドイツ児童文学賞（1997年/ノンフィクション）
「インゲへの手紙―ある真実の愛の記録」ラインハルト・カイザー編著, 鈴木仁子訳　白水社　1998.9　151p　20cm　1600円　①4-560-04657-3

カイル, デイヴィッド　Kyle, David

0890 "A Pictorial History of Science Fiction"
◇英国SF協会賞（1976年/特別賞）

カイン, エロール・ル　Cain, Errol Le

0891 「ハイワサのちいさかったころ」 "Hiawatha's Childhood"
◇ケイト・グリーナウェイ賞（1984年）
「ハイワサのちいさかったころ」ヘンリー・ワズワース・ロングフェローぶん, エロール・ル・カインえ, しらいしかずこやく　ほるぷ出版　1989.7　1冊　26cm　1200円　①4-593-50223-3

カーヴァー, キャロライン　Carver, Caroline

0892 "Blood Junction"
◇英国推理作家協会賞（1999年/デビュー・ダガー）

カヴァナ, フランソワ　Cavanna, François

0893 "Les Russkoffs"
◇アンテラリエ賞（1979年）

ガヴィン, ジャミラ　Gavin, Jamila

0894 「その歌声は天にあふれる」 "Coram Boy"
◇コスタ賞（2000年/児童書）
「その歌声は天にあふれる」ジャミラ・ガヴィン作, 野の水生訳　徳間書店　2005.12　427p　19cm　1800円　①4-19-862113-6

カウドリー, アルバート・E.　Cowdrey, Albert E.

0895 "Queen for a Day"
◇世界幻想文学大賞（2002年/短編）

カウフマン, ヘルベルト　Kaufmann, Herbert

0896 「赤い月と暑い時」 "Roter Mond und Heiße Zeit"
◇ドイツ児童文学賞（1958年/ヤングアダルト）
「赤い月と暑い時　1」ヘルベルト・カウフマン著, 大塚勇三訳　みすず書房　1959　225p　図版　19cm
「赤い月と暑い時　2」ヘルベルト・カウフマン著, 大塚勇三訳　みすず書房　1959　213p　図版　19cm

カウフマン, レイン　Kauffman, Lane

0897 「完全主義者」 "The Perfectionist"
◇アメリカ探偵作家クラブ賞（1956年/処女長編賞）
「完全主義者」レイン・カウフマン著, 宇野輝雄訳　早川書房　1959　236p　19cm（世界ミステリーシリーズ）

カウリー, ウィニフレッド　Cawley, Winifred

0898 "Gran at Coalgate"
◇ガーディアン児童文学賞（1975年）

カウリー, ジョイ　Cowley, Joy

0899 「アカメアマガエル」 "Red-Eyed Tree Frog"
◇ボストングローブ・ホーンブック賞（1999年/絵本）
「アカメアマガエル」ジョイ・カウリー文, ニック・ビショップ写真, 大澤晶訳, 富田京一監修　ほるぷ出版　2005.10　1冊（ページ付なし）　22×26cm（いきもの写真絵本館）1200円　①4-593-58301-2

カウリー, マルカム　Cowley, Malcolm

0900 "And I Worked at the Writer's Trade: Chapters of Literary History 1918-1978"
◇全米図書賞（1980年/自伝/ペーパーバック）

高　行健　ガオ・シンジェン
◎ノーベル文学賞（2000年）

郝　景芳　かく・けいほう

0901 「折りたたみ北京」 "北京折畳"〔英題：Folding Beijing〕
◇ヒューゴー賞（2016年/中編）
「折りたたみ北京―現代中国SFアンソロジー」ケン・リュウ編, 中原尚哉他訳〔大谷真弓訳〕　早川書房　2018.2　412p　19cm（新☆ハヤカワ・SF・シリーズ）1900円　①978-4-15-335036-6

カーク, ラッセル Kirk, Russell

0902 "There's a Long, Long Trail A-Winding"
◇世界幻想文学大賞（1977年／短編）

カークウッド, ジェイムズ Kirkwood, James

0903 「コーラスライン」 "A Chorus Line"
◇ピュリッツァー賞（1976年／戯曲）

カシシュケ, ローラ Kasischke, Laura

0904 "Space, in Chains"
◇全米書評家協会賞（2011年／詩）

カーシュ, ジェラルド Kersh, Gerald

0905 「壜の中の手記」〔別題「壜の中の謎の手記」「びんの中の遺書」〕 "The Secret of the Bottle"〔別題：The Oxoxoco Bottle〕
◇アメリカ探偵作家クラブ賞（1958年／短編賞）

「エドガー賞全集 上」 ビル・プロンジーニ編, 小鷹信光他訳〔「壜の中の謎の手記」 吉野美恵子訳〕 早川書房 1983.3 16cm（ハヤカワ・ミステリ文庫） 各560円

「冷凍の美少女―イギリス異色作家奇談集」 ジェラルド・カーシュ著, 小川隆ほか訳〔「びんの中の遺書」 斎藤ひろみ訳〕 朝日ソノラマ 1985.6 239p 15cm（ソノラマ文庫―海外シリーズ） 520円 ①4-257-62016-1

「壜の中の手記」 ジェラルド・カーシュ著, 西崎憲ほか訳 晶文社 2002.7 332p 20cm（晶文社ミステリ） 2000円 ①4-7949-2732-0

「壜の中の手記」 ジェラルド・カーシュ〔著〕, 西崎憲, 駒月雅子, 吉村満美子, 若島正訳〔「壜の中の手記」 西崎憲訳〕 角川書店 2006.11 342p 15cm（角川文庫） 552円 ①4-04-296101-0
※晶文社2002年刊の増訂

ガーシュウィン, アイラ Gershwin, Ira

0906 「オブ・ジー・アイ・シング」 "Of Thee I Sing"
◇ピュリッツァー賞（1932年／戯曲）

カシュナー, エレン Kushner, Ellen

0907 「吟遊詩人トーマス」 "Thomas the Rhymer"
◇世界幻想文学大賞（1991年／長編）

「吟遊詩人トーマス」 エレン・カシュナー著, 井辻朱美訳 早川書房 1992.7 381p 16cm（ハヤカワ文庫―FT） 580円 ①4-15-020166-8

0908 「剣の名誉」 "The Privilege of the Sword"
◇ローカス賞（2007年／ファンタジー長編）

「剣の名誉」 エレン・カシュナー著, 井辻朱美訳 早川書房 2008.8 605p 16cm（ハヤカワ文庫） 1000円 ①978-4-15-020474-7

カシュニッツ, マリー・ルイーゼ Kaschnitz, Marie Luise

◎ビューヒナー賞（1955年）

カスカート, ブライアン Cathcart, Brian

0909 "The Case of Stephen Lawrence"
◇英国推理作家協会賞（1999年／ゴールド・ダガー〈ノンフィクション〉）

ガスカール, ピエール Gascar, Pierre

0910 「けものたち・死者の時」 "Les Bêtes Le temps des morts"
◇ゴンクール賞（1953年）

「けものたち・死者の時」 ガスカール作, 渡辺一夫, 佐藤朔, 二宮敬訳 岩波書店 1955 299p 19cm（現代の文学）

「けものたち 死者の時」 ピエール・ガスカール作, 渡辺一夫, 佐藤朔, 二宮敬訳 ピエール・ガスカール作, 渡辺一夫, 佐藤朔, 二宮敬訳 岩波書店 2007.9 402p 15cm（岩波文庫） 860円 ①978-4-00-375071-1

カスク, レイチェル Cusk, Rachel

0911 "Saving Agnes"
◇コスタ賞（1993年／処女長編）

カスティユー, アンリ Castillou, Henry

0912 "Cortiz s'est révolté"
◇アンテラリエ賞（1948年）

カスティーヨ, ミシェル・デル Castillo, Michel Del

0913 "La Nuit du décret"
◇ルノドー賞（1981年）

ガースティン, モーディカイ Gerstein, Mordicai

0914 「綱渡りの男」 "The Man Who Walked Between the Towers"
◇コルデコット賞（2004年）

◇ボストングローブ・ホーンブック賞
（2004年／絵本）
「綱渡りの男」 モーディカイ・ガースティン作, 川本三郎訳　小峰書店
2005.8　1冊（ページ付なし）　29cm
（For you絵本コレクション「Y.A.」）
1600円　①4-338-20204-1

ガースラー, エイミー　Gerstler, Amy
0915 "Bitter Angel"
◇全米書評家協会賞（1990年／詩）

ガスリー, A.B., Jr.　Guthrie, A.B., Jr.
0916 "The Way West"
◇ピュリッツァー賞（1950年／フィクション）

カーズワイル, アレン　Kurzweil, Allen
0917 "Whipping Boy : The Forty-Year Search for My Twelve-Year-Old Bully"
◇アメリカ探偵作家クラブ賞（2016年／犯罪実話賞）

カズンズ, ルーシー　Cousins, Lucy
0918 「ベイビー・ジャジーのかくれんぼジャングル」 "Jazzy in the Jungle"
◇ネスレ子どもの本賞（2002年／5歳以下部門／金賞）
「ベイビー・ジャジーのかくれんぼジャングル」 ルーシー・カズンズ作, なぎ・ともこ訳　偕成社　2002　1冊　34cm　1800円　①4-03-224290-9

カセック, P.D.　Cacek, P.D.
0919 「メタリカ」 "Metalica"
◇ブラム・ストーカー賞（1996年／短編）
「SFマガジン　40(9)」〔田中一江訳〕 早川書房　1999.9　p226～240
0920 "Dust Motes"
◇世界幻想文学大賞（1998年／短編）

カーソン, レイチェル　Carson, Rachel
0921 「われらをめぐる海」 "The Sea Around Us"
◇全米図書賞（1952年／ノンフィクション）
「われらをめぐる海」 レイチェル・L.カースン著, 日下実男訳　早川書房　1965　258p（図版共）　19cm（ハヤカワ・ライブラリ）
「われらをめぐる海」 レイチェル・カースン著, 日下実男訳　早川書房　1977.6　284p　16cm（ハヤカワ文庫—NF）330円

カーター, アンジェラ　Carter, Angela
0922 「夜ごとのサーカス」 "Nights At The Circus"
◇ジェイムズ・テイト・ブラック記念賞（1984年／フィクション）
「夜ごとのサーカス」 アンジェラ・カーター著, 加藤光也訳　国書刊行会　2000.9　502p　20cm（Contemporary writers）3200円　①4-336-03584-9

カーター, ピーター　Carter, Peter
0923 「反どれい船」 "The Sentinels"
◇ガーディアン児童文学賞（1981年）
「反どれい船」 ピーター・カーター作, 犬飼和雄訳　ぬぷん児童図書出版　1983.9　445p　22cm（心の児童文学館シリーズ）1800円　①4-88975-125-4

ガーダム, ジェーン　Gardam, Jane
0924 "A Long Way from Verona"
◇フェニックス賞（1991年）
0925 "The Hollow Land"
◇コスタ賞（1981年／児童書）
0926 "The Queen of the Tambourine"
◇コスタ賞（1991年／長編）

カダレ, イスマイル　Kadare, Ismail
◎ブッカー賞（2005年／国際ブッカー賞）

カーチ, マール　Curti, Merle
0927 「アメリカ社会文化史」 "The Growth of American Thought"
◇ピュリッツァー賞（1944年／歴史）
「アメリカ社会文化史　上」 M.カーチ著, 竜口直太郎, 鶴見和子, 鵜飼信成共訳　法政大学出版局　1954　535p　図版　19cm
「アメリカ社会文化史　中」 M.カーチ著, 竜口直太郎, 鶴見和子, 鵜飼信成共訳　法政大学出版局　1956　447p　図版　19cm
「アメリカ社会文化史　下」 M.カーチ著, 竜口直太郎, 鶴見和子, 鵜飼信成共訳　法政大学出版局　1958　493p　図版　19cm

カーツァー, デヴィッド・I.　Kertzer, David I.
0928 "The Pope and Mussolini : The Secret History of Pius XI and

the Rise of Fascism in Europe"
◇ピュリッツアー賞（2015年/伝記・自伝）

カッソーラ, カルロ　Cassola, Carlo

0929　「ブーベの恋人」　"La ragazza di Bube"
◇ストレーガ賞（1960年）

「ブーベの恋人」　カルロ・カッソーラ著, 岸田修訳　弘文堂　1964　243p 図版　19cm

「ブーベの恋人」　カルロ・カッソーラ著, 大久保昭男訳　角川書店　1972　380p　15cm（角川文庫）

「ブーベの恋人」　カルロ・カッソーラ著, 菅谷誠訳　柏艪舎　2004.12　377p　19cm　1900円　①4-434-05293-4

カットナー, ヘンリー　Kuttner, Henry

0930　「トオンキイ」　"The Twonky"
◇ヒューゴー賞（1943年〈レトロ・ヒューゴー賞 2018年授与〉/短編）

「SFマガジン　3(2)」〔大山優訳〕　早川書房　1962.2　p33〜51

カットン, エレノア　Catton, Eleanor

0931　"The Luminaries"
◇ブッカー賞（2013年）

カーティス, クリストファー・ポール　Curtis, Christopher Paul

0932　「バドの扉がひらくとき」　"Bud, Not Buddy"
◇ニューベリー賞（2000年）

「バドの扉がひらくとき」　クリストファー・ポール・カーティス作, 前沢明枝訳　徳間書店　2003.3　270p　19cm　1600円　①4-19-861664-7

0933　"Elijah of Buxton"
◇スコット・オデール賞（2008年）

ガーディナー, メグ　Gardiner, Meg

0934　「チャイナ・レイク」　"China Lake"
◇アメリカ探偵作家クラブ賞（2009年/ペーパーバック賞）

「チャイナ・レイク」　メグ・ガーディナー著, 山西美都紀訳　早川書房　2009.11　650p　16cm（ハヤカワ・ミステリ文庫）　1000円　①978-4-15-178501-6

カード, オースン・スコット　Card, Orson Scott

0935　「赤い予言者」　"Red Prophet"
◇ローカス賞（1989年/ファンタジー長編）

「赤い予言者」　オースン・スコット・カード〔著〕, 小西敦子訳　角川書店　1999.11　402p　15cm（角川文庫）　838円　①4-04-278702-9

0936　「アルヴィン・メイカー」シリーズ　"The Alvin Maker Saga"〔仏語題：Les Chroniques d'Alvin le faiseur〕
◇イマジネール大賞（2000年/長編〈外国〉）

「SFマガジン　29(11)」〔「ハットラック川の奇跡」友枝康子訳〕　早川書房　1988.11　p182〜207

「奇跡の少年」　オースン・スコット・カード〔著〕, 小西敦子訳　角川書店　1998.11　340p　15cm（角川文庫）　720円　①4-04-278701-0

「赤い予言者」　オースン・スコット・カード〔著〕, 小西敦子訳　角川書店　1999.11　402p　15cm（角川文庫）　838円　①4-04-278702-9

「伝説は永遠に—ファンタジィの殿堂　1」　ロバート・シルヴァーバーグ編, 風間賢二他訳〔「笑う男」友枝康子訳〕　早川書房　2000.10　389p　16cm（ハヤカワ文庫FT）　740円　①4-15-020279-6

0937　「エンダーのゲーム」〔長編〕　"Ender's Game"
◇ネビュラ賞（1985年/長編）
◇ヒューゴー賞（1986年/長編）

「エンダーのゲーム」　オースン・スコット・カード著, 野口幸夫訳　早川書房　1987.11　540p　16cm（ハヤカワ文庫―SF）　660円　①4-15-010746-7

「エンダーのゲーム　上」　オースン・スコット・カード著, 田中一江訳　新訳版　早川書房　2013.11　301p　16cm（ハヤカワ文庫SF）　760円　①978-4-15-011927-0

「エンダーのゲーム　下」　オースン・スコット・カード著, 田中一江訳　新訳版　早川書房　2013.11　329p　16cm（ハヤカワ文庫SF）　760円　①978-4-15-011928-7

0938　「消えた少年たち」　"Lost Boys"
◇ローカス賞（1990年/短編）

「消えた少年たち」　オースン・スコット・カード著, 小尾芙佐訳　早川書房　1997.11　497p　20cm（Hayakawa novels）　2600円　①4-15-208121-X

「消えた少年たち　上」　オースン・スコット・カード著, 小尾芙佐訳　早川書房　2003.8　412p　16cm（ハヤカワ文庫SF）　780円　①4-15-011453-6

「消えた少年たち　下」　オースン・ス

コット・カード著, 小尾美佐訳　早川書房　2003.8　485p　16cm（ハヤカワ文庫 SF）820円　Ⓘ4-15-011454-4

0939　「奇跡の少年」　"Seventh Son"
◇ローカス賞（1988年/ファンタジー長編）

「奇跡の少年」　オースン・スコット・カード〔著〕, 小西敦子訳　角川書店　1998.11　340p　15cm（角川文庫）720円　Ⓘ4-04-278701-0

0940　「死者の代弁者」　"Speaker for the Dead"
◇ネビュラ賞（1986年/長編）
◇ジョン・W・キャンベル記念賞（1987年/第3位）
◇ヒューゴー賞（1987年/長編）
◇ローカス賞（1987年/SF長編）

「死者の代弁者　上」　オースン・スコット・カード著, 塚本淳二訳　早川書房　1990.8　333p　16cm（ハヤカワ文庫—SF）480円　Ⓘ4-15-010884-6

「死者の代弁者　下」　オースン・スコット・カード著, 塚本淳二訳　早川書房　1990.8　323p　16cm（ハヤカワ文庫—SF）480円　Ⓘ4-15-010885-4

「死者の代弁者　上」　オースン・スコット・カード著, 中原尚哉訳　新訳版　早川書房　2015.4　366p　16cm（ハヤカワ文庫 SF）900円　Ⓘ978-4-15-012003-0

「死者の代弁者　下」　オースン・スコット・カード著, 中原尚哉訳　新訳版　早川書房　2015.4　344p　16cm（ハヤカワ文庫 SF）900円　Ⓘ978-4-15-012004-7

0941　「ドッグウォーカー」　"Dogwalker"
◇ローカス賞（1990年/中編）

「SFマガジン　31(13)」〔公手成幸訳〕早川書房　1990.10　p658～685

0942　「ハットラック川の奇跡」　"Hatrack River"
◇世界幻想文学大賞（1987年/中編）

「SFマガジン　29(11)」〔友枝康子訳〕早川書房　1988.11　p182～207

0943　「目には目を」　"Eye for Eye"
◇ヒューゴー賞（1988年/中長編）

「SFマガジン　29(11)」〔深町眞理子訳〕早川書房　1988.11　p218～278

0944　"Alvin Journeyman"
◇ローカス賞（1996年/ファンタジー長編）

0945　"How to Write Science Fiction and Fantasy"

◇ヒューゴー賞（1991年/ノンフィクション）

0946　"Maps in a Mirror: The Short Fiction of Orson Scott Card"
◇ローカス賞（1991年/短編集）

0947　"Prentice Alvin"
◇ローカス賞（1990年/ファンタジー長編）

ガードナー, アール・スタンリー
Gardner, Erle Stanley

0948　「最後の法廷」　"Court of Last Resort"
◇アメリカ探偵作家クラブ賞（1953年/犯罪実話賞）

「最後の法廷」　E.S.ガードナー著, 新庄哲夫訳　早川書房　1959　252p　19cm

「最後の法廷　続」　E.S.ガードナー著, 新庄哲夫訳　早川書房　1959　266p　19cm

◎アメリカ探偵作家クラブ賞（1962年/巨匠賞）

ガードナー, サリー　Gardner, Sally

0949　「気むずかしやの伯爵夫人」　"The Countess's Calamity"
◇ネスレ子どもの本賞（2003年/キッズ・クラブ・ネットワーク特別賞・6～8歳部門/銅賞）

「気むずかしやの伯爵夫人」　サリー・ガードナー作絵, 村上利佳訳　偕成社　2007.5　170p　22cm（公園の小さななかまたち）1200円　Ⓘ978-4-03-521510-3

0950　「コリアンダーと妖精の国」　"I, Coriander"
◇ネスレ子どもの本賞（2005年/9～11歳部門/金賞）

「コリアンダーと妖精の国」　サリー・ガードナー著, 斎藤倫子訳　主婦の友社　2008.11　415p　20cm　1900円　Ⓘ978-4-07-249290-1

0951　「マザーランドの月」　"Maggot Moon"〔仏語題：Une Planète dans la tête〕
◇コスタ賞（2012年/児童書）
◇カーネギー賞（2013年）
◇イマジネール大賞（2014年/青少年向け長編〈外国〉）

「マザーランドの月」　サリー・ガードナー著, 三辺律子訳　小学館　2015.5　271p　19cm（SUPER！YA）1500円　Ⓘ978-4-09-290576-4

ガードナー, ジョン　Gardner, John

0952「オクトーバー・ライト」 "October Light"
◇全米書評家協会賞（1976年/小説）
「オクトーバー・ライト」 ジョン・ガードナー著, 宮本陽一郎訳　集英社　1987.7　439p　20cm （現代の世界文学）　2800円　Ⓘ4-08-773083-2

角野 栄子　かどの・えいこ
◎国際アンデルセン賞（2018年/作家賞）

カドハタ, シンシア　Kadohata, Cynthia

0953「きらきら」 "Kira-Kira"
◇ニューベリー賞（2005年）
「きらきら」 シンシア・カドハタ著, 代田亜香子訳　白水社　2004.10　207p　20cm　1500円　Ⓘ4-560-04795-2

0954「サマーと幸運の小麦畑」 "The Thing About Luck"
◇全米図書賞（2013年/児童文学）
「サマーと幸運の小麦畑」 シンシア・カドハタ著, 代田亜香子訳　作品社　2014.8　241p　20cm　1800円　Ⓘ978-4-86182-492-0

ガーナー, アラン　Garner, Alan

0955「ふくろう模様の皿」 "The Owl Service"
◇カーネギー賞（1967年）
◇ガーディアン児童文学賞（1968年）
「ふくろう模様の皿」 アラン・ガーナー作, 神宮輝夫訳　評論社　1972　288p　21cm （児童図書館・文学の部屋）

0956 "The Stone Book"
◇フェニックス賞（1996年）

◎世界幻想文学大賞（2012年/生涯功労賞）

ガーニー, ジェームズ　Gurney, James

0957「ダイノトピア 恐竜国漂流記」 "Dinotopia"
◇ヒューゴー賞（1993年/アートワーク）
◇ローカス賞（1993年/ノンフィクション）
「ダイノトピア―恐竜国漂流記」 ジェームズ・ガーニー作, 沢近十九一訳　フレーベル館　1992.11　159p　26×28cm　3000円　Ⓘ4-577-00124-1

0958「ダイノトピア 地下世界への冒険」 "Dinotopia: The World Beneath"
◇ヒューゴー賞（1996年/アートワーク）
「ダイノトピア 地下世界への冒険」 ジェームズ・ガーニー著, 星野敦子訳　翔泳社　1996.9　158p　26×28cm　2500円　Ⓘ4-88135-380-2

カニグズバーグ, E.L.　Konigsburg, E.L.

0959「影」 "Throwing Shadows"
◇フェニックス賞（1999年）
「Tバック戦争 影―小さな5つの話」 カニグズバーグ〔著〕, 小島希里訳　岩波書店　2002.5　402p　20cm （カニグズバーグ作品集 7）　2800円　Ⓘ4-00-115597-4

0960「クローディアの秘密」 "From the Mixed-Up Files of Mrs.Basil E. Frankweiler"
◇ニューベリー賞（1968年）
「クローディアの秘密」 E.L.カニグズバーグ文と絵, 松永ふみ子訳　岩波書店　1969　204p　22cm
「クローディアの秘密」 E.L.カニグズバーグ作・絵, 松永ふみ子訳　岩波書店　1975　208p　18cm （岩波少年文庫）
「クローディアの秘密」 E.L.カニグズバーグ作, 松永ふみ子訳　新版　岩波書店　2000.6　242p　18cm （岩波少年文庫）　680円　Ⓘ4-00-114050-0
「クローディアの秘密 ほんとうはひとつの話」 カニグズバーグ〔著〕, 松永ふみ子訳　岩波書店　2001.12　311p　20cm （カニグズバーグ作品集 1）　2500円　Ⓘ4-00-115591-5

0961「ティーパーティーの謎」 "The View from Saturday"
◇ニューベリー賞（1997年）
「ティーパーティーの謎」 E.L.カニグズバーグ作, 小島希里訳　岩波書店　2000.6　281p　18cm （岩波少年文庫）　680円　Ⓘ4-00-114051-9
「ティーパーティーの謎」 カニグズバーグ〔著〕, 小島希里訳　岩波書店　2002.6　261p　20cm （カニグズバーグ作品集 8）　2500円　Ⓘ4-00-115598-2
「ティーパーティーの謎」 E.L.カニグズバーグ作, 金原瑞人, 小島希里訳　改版　岩波書店　2005.8　277p　18cm （岩波少年文庫）　680円　Ⓘ4-00-114051-9

カニンガム, マイケル　Cunningham, Michael

0962「めぐりあう時間たち―三人のダロウェイ夫人」 "The Hours"
◇ピュリッツアー賞（1999年/フィク

カニング，ヴィクター　Canning, Victor

0963 「階段」 "The Rainbird Pattern"
◇英国推理作家協会賞（1972年／シルバー・ダガー）

「階段」　ヴィクター・カニング著，山本光伸訳　立風書房　1974　274p　19cm　850円

カネコ　アツシ

0964 「SOIL」 "Soil"（1～6巻）
◇イマジネール大賞（2012年／マンガ）

「Soil 1」　カネコアツシ著　エンターブレイン　2004.2　228p　19cm（Beam comix）740円　④4-7577-1713-X

「Soil 2」　カネコアツシ著　エンターブレイン　2004.9　240p　19cm（Beam comix）740円　④4-7577-1980-9

「Soil 3」　カネコアツシ著　エンターブレイン　2005.10　210p　19cm（Beam comix）740円　④4-7577-2451-9

「Soil 4」　カネコアツシ著　エンターブレイン　2006.5　217p　19cm（Beam comix）740円　④4-7577-2729-1

「Soil 5」　カネコアツシ著　エンターブレイン　2006.12　220p　19cm（Beam comix）740円　④4-7577-3030-6

「Soil 6」　カネコアツシ著　エンターブレイン　2007.9　223p　19cm（Beam comix）740円　①978-4-7577-3690-0

カネッティ，エリアス　Canetti, Elias

◎ビューヒナー賞（1972年）

◎ノーベル文学賞（1981年）

ガーネット，イーヴ　Garnett, Eve

0965 「ふくろ小路一番地」 "The Family from One End Street"
◇カーネギー賞（1937年）

「ふくろ小路一番地」　イーヴ・ガーネット作・絵，石井桃子訳　岩波書店　1957　308p　図版　18cm（岩波少年文庫）

「ふくろ小路一番地」　イーヴ・ガーネット作，石井桃子訳　岩波書店　1989.2　308p　18cm（岩波少年文庫）550円　①4-00-112053-4

「ふくろ小路一番地」　イーヴ・ガーネット作，石井桃子訳　新版　岩波書店　2009.5　333p　18cm（岩波少年文庫）720円　①978-4-00-114159-7

ガーネット，デイヴィッド　Garnett, David

0966 「狐になった奥様」〔別題「狐になった夫人」「狐になった人妻」〕 "Lady Into Fox"
◇ジェイムズ・テイト・ブラック記念賞（1922年／フィクション）

「狐になった夫人」　ガーネット著，井上宗次訳　新潮社　1955　109p　16cm（新潮文庫）

「世界文学大系　92　近代小説集　第2」〔狐になった奥様〕　斎藤光訳　筑摩書房　1964　450p　図版　23cm

「狐になった夫人」　ディビッド・ガーネット著，井上安孝訳　原書房　1969　256p　19cm　450円

「世界文学全集　69　世界名作集　第2」〔狐になった奥様〕　上田勤訳　筑摩書房　1969　444p　図版　20cm

「筑摩世界文学大系　86　名作集　1」〔狐になった奥様〕　上田勤訳　筑摩書房　1975　453p　肖像　23cm　2000円

「謎のギャラリー特別室　2」　北村薫編　マガジンハウス　1998.11　243p　20cm　1400円　④4-8387-1085-2

「謎のギャラリー――愛の部屋」　北村薫編　新潮社　2002.3　482p　16cm（新潮文庫）667円　④4-10-137326-4

「ガーネット傑作集　1　狐になった人妻　動物園に入った男」　デイヴィッド・ガーネット著，池央耿訳　河出書房新社　2004.5　201p　20cm　2000円　④4-309-62191-0

「狐になった奥様」　ガーネット作，安藤貞雄訳　岩波書店　2007.6　162p　15cm（岩波文庫）460円　①978-4-00-322971-2

カーノウ，スタンレー　Karnow, Stanley

0967 "In Our Image: America's Empire in the Philippines"
◇ピュリッツアー賞（1990年／歴史）

カバジェロ・ボナルド，ホセ・マヌエル　Caballero Bonald, José Manuel

◎セルバンテス賞（2012年）

カバニス，ジョゼ　Cabanis, José

0968 "La Bataille de Toulouse"
◇ルノドー賞（1966年）

カービー，マシュー　Kirby, Matthew J.

0969 "Icefall"

◇アメリカ探偵作家クラブ賞（2012年／ジュヴナイル賞）

ガーフィールド, ブライアン
Garfield, Brian

0970 「ホップスコッチ」 "Hopscotch"
◇アメリカ探偵作家クラブ賞（1976年／長編賞）
「ホップスコッチ」 ブライアン・ガーフィールド著, 佐和誠訳　早川書房　1977.7　270p　20cm（Hayakawa novels）1200円
「ホップスコッチ」 ブライアン・ガーフィールド著, 佐和誠訳　早川書房　1981.10　369p　16cm（ハヤカワ文庫―NV）440円

ガーフィールド, レオン　Garfield, Leon

0971 「ギリシア神話物語」 "The God Beneath the Sea"
◇カーネギー賞（1970年）
「ギリシア神話物語」 リアン・ガーフィールド等作, 小野章訳, 岩崎鐸絵　講談社　1975　254p　22cm（世界の児童文学名作シリーズ）

0972 「霧の中の悪魔」 "Devil-in-the-Fog"
◇ガーディアン児童文学賞（1967年）
「霧の中の悪魔」 リアン・ガーフィールド作, 飯島淳秀訳, 桑名起代至絵　講談社　1971　285p　22cm（世界の児童文学名作シリーズ）

0973 「ジョン・ダイアモンド」 "John Diamond"
◇コスタ賞（1980年／児童書）
「ジョン・ダイアモンド」 レオン・ガーフィールド作, 沢登君恵訳　ぬぷん児童図書出版　1985.12　303p　22cm（心の児童文学館シリーズ）1200円　①4-88975-133-5

0974 「ねらわれたスミス」 "Smith"
◇フェニックス賞（1987年）
「ねらわれたスミス」 リアン・ガーフィールド作, 亀山竜樹訳, 小林与志画　岩崎書店　1974　307p　19cm（ジュニア・ベスト・ノベルズ 15）

ガフマン, バーブ　Goffman, Barb

0975 "The Lord Is My Shamus"
◇マカヴィティ賞（2013年／短編）

カブラル・デ・メロ・ネト, ジョアン
Cabral de Melo Neto, João

◎ノイシュタット国際文学賞（1992年）

カプラン, ジャスティン　Kaplan, Justin

0976 "Mr.Clemens and Mark Twain: A Biography"
◇全米図書賞（1967年／学芸）
◇ピュリッツァー賞（1967年／伝記・自伝）

0977 "Walt Whitman"
◇全米図書賞（1981年／自伝・伝記／ハードカバー）

カプリア, ラファエレ・ラ
Capria, Raffaele La

0978 "Ferito a morte"
◇ストレーガ賞（1961年）

カポーティ, トルーマン
Capote, Truman

0979 「冷血」 "In Cold Blood"
◇アメリカ探偵作家クラブ賞（1966年／犯罪実話賞）
「冷血」 トルーマン・カポーティー著, 竜口直太郎訳　新潮社　1967　386p　図版　20cm　660円
「冷血」 カポーティ著, 龍口直太郎訳　新潮社　1978.9　559p　15cm（新潮文庫）480円
「冷血」 トルーマン・カポーティ著, 佐々田雅子訳　新潮社　2005.9　346p　20cm　2600円　①4-10-501406-4
「冷血」 カポーティ〔著〕, 佐々田雅子訳　新潮社　2006.7　623p　16cm（新潮文庫）895円　①4-10-209506-3

カポビアンコ, マイケル
Capobianco, Michael

◎ネビュラ賞（2003年／SFWA賞）

カミッレーリ, アンドレア
Camilleri, Andrea

0980 "Il campo del vasaio"〔英題：The Potter's Field〕
◇英国推理作家協会賞（2012年／インターナショナル・ダガー）

カミュ, アルベール　Camus, Albert

◎ノーベル文学賞（1957年）

カミング, チャールズ
Cumming, Charles

0981 「甦ったスパイ」 "A Foreign Country"
◇英国推理作家協会賞（2012年／イアン・フレミング・スティール・ダ

ガー)
「甦ったスパイ」 チャールズ・カミング著, 横山啓明訳 早川書房 2013.8 515p 16cm (ハヤカワ文庫 NV) 1000円 ①978-4-15-041287-6

カミングス, パット Cummings, Pat
0982 "Talking with Artists"
◇ボストングローブ・ホーンブック賞 (1992年/ノンフィクション)

カミンスキー, スチュワート・M. Kaminsky, Stuart M.
0983 「ツンドラの殺意」 "A Cold Red Sunrise"
◇アメリカ探偵作家クラブ賞 (1989年/長編賞)
「ツンドラの殺意」 スチュアート・M.カミンスキー〔著〕, 田村義進訳 新潮社 1990.1 283p 15cm (新潮文庫—ロストニコフ捜査官シリーズ) 440円 ①4-10-231001-0
◎アメリカ探偵作家クラブ賞 (2006年/巨匠賞)
◎シェイマス賞 (2007年/ジ・アイ賞)

カメロン, エレノア Cameron, Eleanor
0984 "A Room Made of Windows"
◇ボストングローブ・ホーンブック賞 (1971年/フィクション)
0985 "The Court of the Stone Children"
◇全米図書賞 (1974年/児童文学)

ガモネダ, アントニオ Gamoneda, Antonio
◎セルバンテス賞 (2006年)

カモン, フェルディナンド Camon, Ferdinando
0986 "Un altare per la madre"
◇ストレーガ賞 (1978年)

カーライ, ドゥシャン Kállay, Dušan
◎国際アンデルセン賞 (1988年/画家賞)

カラーシニコフ, ニコラス Kalashnikoff, Nicholas
0987 「極北の犬トヨン」 "Toyon: a dog of the north and his people"〔独語題: Faß zu, Toyon〕

◇ドイツ児童文学賞 (1957年/ヤングアダルト)
「極北の犬トヨン」 ニコライ・カラーシニコフ作, 高杉一郎訳, 辻まこと絵 学習研究社 1968 334p 21cm (少年少女・新しい世界の文学 4)
「極北の犬トヨン」 ニコライ・カラーシニコフ作, アーサー・マロクヴィア絵, 高杉一郎訳 徳間書店 1997.6 315p 19cm 1600円 ①4-19-860725-7

カラン, ジョン Curran, John
0988 「アガサ・クリスティーの秘密ノート」 "Agatha Christie's Secret Notebooks: Fifty Years of Mysteries in the Making"
◇アガサ賞 (2010年/ノンフィクション)
◇アンソニー賞 (2011年/評論・ノンフィクション)
◇マカヴィティ賞 (2011年/ノンフィクション)
「アガサ・クリスティーの秘密ノート 上」 アガサ・クリスティー, ジョン・カラン著, 山本やよい, 羽田詩津子訳 早川書房 2010.4 391p 16cm (ハヤカワ文庫—クリスティー文庫 101) 840円 ①978-4-15-130101-8
「アガサ・クリスティーの秘密ノート 下」 アガサ・クリスティー, ジョン・カラン著, 山本やよい, 羽田詩津子訳 早川書房 2010.4 382p 16cm (ハヤカワ文庫—クリスティー文庫 102) 840円 ①978-4-15-130102-5

ガーランド, ハムリン Garland, Hamlin
0989 "A Daughter of the Middle Border"
◇ピュリッツアー賞 (1922年/伝記・自伝)

ガリー, ロマン Gary, Romain
0990 「これからの一生」 "La vie devant soi"
◇ゴンクール賞 (1975年) 〈受賞時〉アジャール, エミール (Ajar, Emile)
「これからの一生」 エミール・アジャール著, 荒木亨訳 早川書房 1977.10 254p 20cm (ハヤカワ・リテラチャー 7) 1500円
0991 「天国の根」 "Les racines du Ciel"
◇ゴンクール賞 (1956年)
「自由の大地—天国の根 上」 ロオマ

ン・ギャリイ著, 岡田真吉, 渋沢竜彦訳　人文書院　1959　249p 図版　19cm

「自由の大地—天国の根　下」　ロオマン・ギャリイ著, 岡田真吉, 渋沢竜彦訳　人文書院　1959　233p 図版　19cm

カリエール, ジャン　Carrière, Jean

0992　「森の中のアシガン」　"L'Epervier de Maheux"

◇ゴンクール賞（1972年）

「森の中のアシガン」　ジャン・カリエール著, 山田浩之訳　青山出版社　1996.4　227p　20cm（Roman psycho）1600円　①4-900845-11-6

カリジェ, アロワ　Carigiet, Alois

◎国際アンデルセン賞（1966年／画家賞）

カリン, デイヴ　Cullen, Dave

0993　「コロンバイン銃乱射事件の真実」　"Columbine"

◇アメリカ探偵作家クラブ賞（2010年／犯罪実話賞）

「コロンバイン銃乱射事件の真実」　デイヴ・カリン著, 堀江里美訳　河出書房新社　2010.7　517, 16p　20cm　2600円　①978-4-309-20545-8

カルヴィーノ, イタロ　Calvino, Italo

◎世界幻想文学大賞（1982年／生涯功労賞）

ガルサン, ジェローム　Garcin, Jérôme

0994　"Pour Jean Prévost"

◇メディシス賞（1994年／エッセイ）

ガルシア＝アギレーラ, C.　Garcia-Aguilera, Carolina

0995　"Havana Heat"

◇シェイマス賞（2001年／長編）

ガルシア＝マルケス, ガブリエル　García Márquez, Gabriel

◎ノイシュタット国際文学賞（1972年）

◎ノーベル文学賞（1982年）

カルース, ヘイデン　Carruth, Hayden

0996　"Collected Shorter Poems 1946-1991"

◇全米書評家協会賞（1992年／詩）

0997　"Scrambled Eggs & Whiskey"

◇全米図書賞（1996年／詩）

カールソン, リリー　Carlson, Lilly

0998　"Locked Doors"

◇アメリカ探偵作家クラブ賞（1984年／ロバート・L・フィッシュ賞）

カルダレッリ, ヴィンチェンツォ　Cardarelli, Vincenzo

0999　"Villa Tarantola"

◇ストレーガ賞（1948年）

カルドゥッチ, ジョズエ　Carducci, Giosué

◎ノーベル文学賞（1906年）

カルバード, イアン　Culbard, Ian

1000　「狂気の山脈にて」　"At the Mountains of Madness: a Graphic Novel"

◇英国幻想文学賞（2011年／コミック・グラフィックノベル）

カールフェルト, エリク・アクセル　Karlfeldt, Erik Axel

◎ノーベル文学賞（1931年）

カルペンティエル, アレホ　Carpentier, Alejo

1001　「ハープと影」　"El arpa y la sombra"〔仏語題：La Harpe et l'Ombre〕

◇メディシス賞（1979年／外国小説）

「ハープと影」　アレッホ・カルペンティエール著, 牛島信明訳　新潮社　1984.11　250p　20cm（新潮・現代世界の文学）1500円　①4-10-517501-7

◎セルバンテス賞（1977年）

カルホール, マーリット　Kaldhol, Marit

1002　「さよなら、ルーネ」　"Farvel, Rune"〔独語題：Abschied von Rune〕

◇ドイツ児童文学賞（1988年／絵本）

「さよなら、ルーネ」　ヴェンケ・オイエン絵, マーリット・カルホール文, 山内清子訳　福武書店　1989.1　1冊　21×27cm　1200円　①4-8288-1344-6

カルマン, マイラ　Kalman, Maira

1003　「しょうぼうていハーヴィ ニューヨークをまもる」　"Fireboat: The Heroic Adventures of the John J. Harvey"

◇ボストングローブ・ホーンブック賞

（2003年／ノンフィクション）
「しょうぼうていハーヴィニューヨークをまもる」 マイラ・カルマン作，矢野顕子訳　新版　リトル・ドッグ・プレス　2004.12　1冊（ページ付なし）　26×26cm　1800円　①4-901846-00-0

カレ，ジョン・ル　Carré, John le

1004　「寒い国から帰ってきたスパイ」　"The Spy Who Came in from the Cold"
◇英国推理作家協会賞（1963年／ゴールド・ダガー）
◇アメリカ探偵作家クラブ賞（1965年／長編賞）
「寒い国から帰ってきたスパイ」 ジョン・ル・カレ著，宇野利泰訳　早川書房　1964　2版　324p　19cm（ハヤカワ・ノヴェルズ）
「世界ミステリ全集　16　レン・デイトン，ジョン・ル・カレ，デイヴィッド・マクダニエル」〔宇野利泰訳〕　早川書房　1972　742p　20cm　1500円
「寒い国から帰ってきたスパイ」 ジョン・ル・カレ著，宇野利泰訳　早川書房　1978.5　334p　15cm（ハヤカワ文庫―NV）　360円

1005　「スクールボーイ閣下」　"The Honourable Schoolboy"
◇英国推理作家協会賞（1977年／ゴールド・ダガー）
◇ジェイムズ・テイト・ブラック記念賞（1977年／フィクション）
「スクールボーイ閣下」 ジョン・ル・カレ著，村上博基訳　早川書房　1979.7　534p　20cm（Hayakawa novels）　1800円
「スクールボーイ閣下」 ジョン・ル・カレ著，村上博基訳　早川書房　1987.1　2冊　16cm（ハヤカワ文庫―NV）　540円，520円　①4-15-040431-3
◎アメリカ探偵作家クラブ賞（1984年／巨匠賞）
◎英国推理作家協会賞（1988年／ダイヤモンド・ダガー）

ガレタ，アンヌ　Garréta, Anne F.

1006　"Pas un jour"
◇メディシス賞（2002年）

カレール，エマニュエル　Carrère, Emmanuel

1007　「冬の少年」　"La Classe de neige"
◇フェミナ賞（1995年）
「冬の少年」 エマニュエル・カレール著，田中千春訳　河出書房新社　1999.10　184p　20cm　1700円　①4-309-20327-2

1008　「リモノフ」　"Limonov"
◇ルノドー賞（2011年）
「リモノフ」 エマニュエル・キャレール著，土屋良二訳　中央公論新社　2016.4　421p　20cm　3000円　①978-4-12-004732-9

1009　"Le détroit de Behring"
◇イマジネール大賞（1987年／特別賞）

カロ，ロバート　Caro, Robert

1010　"Master of the Senate: The Years of Lyndon Johnson"
◇全米図書賞（2002年／ノンフィクション）
◇ピュリッツアー賞（2003年／伝記・自伝）

1011　"Means of Ascent: The Years of Lyndon Johnson, Vol. II"
◇全米書評家協会賞（1990年／伝記・自伝）

1012　"The Passage of Power: The Years of Lyndon Johnson"
◇全米書評家協会賞（2012年／伝記）

1013　"The Path of Power: The Years of Lyndon Johnson"
◇全米書評家協会賞（1982年／ノンフィクション）

1014　"The Power Broker: Robert Moses and the Fall of New York"
◇ピュリッツアー賞（1975年／伝記・自伝）

ガロウ，デヴィッド・J.　Garrow, David J.

1015　"Bearing the Cross: Martin Luther King Jr. and the Southern Christian Leadership Conference"
◇ピュリッツアー賞（1987年／伝記・自伝）

川端　康成　かわばた・やすなり

◎ノーベル文学賞（1968年）

ガン，アイリーン　Gunn, Eileen

1016　「遺す言葉」　"Coming to Terms"
◇ネビュラ賞（2004年／短編）

「遺す言葉、その他の短篇」 アイリーン・ガン著, 幹遙子訳　早川書房　2006.9　334p　20cm（海外SFノヴェルズ）　1800円　Ⓓ4-15-208760-9

カン, カーチャ　Kamm, Katja

1017 "Unsichtbar"
◇ドイツ児童文学賞（2003年/絵本）

ガン, ジェイムズ・E.　Gunn, James E.

1018 「宇宙生命接近計画」 "The Listeners"
◇ジョン・W・キャンベル記念賞（1973年/第2位）
「宇宙生命接近計画—SF」 J.ガン著, 桜井邦朋訳　ダイヤモンド社　1980.3　230p　19cm（サイエンスブックス）　1200円

1019 "Alternate Worlds: The Illustrated History of Science Fiction"
◇ヒューゴー賞（1976年/特別賞）
◇ローカス賞（1976年/関連作品）

1020 "Isaac Asimov: The Foundations of Science Fiction"
◇ヒューゴー賞（1983年/ノンフィクション）
◎ネビュラ賞（2006年/グランド・マスター）

ガン, ニール・M.　Gunn, Neil M.

1021 "Highland River"
◇ジェイムズ・テイト・ブラック記念賞（1937年/フィクション）

カンター, デヴィッド　Canter, David

1022 「心理捜査官ロンドン殺人ファイル」 "Criminal Shadows: Inside the Mind of the Serial Killer"
◇英国推理作家協会賞（1994年/ゴールド・ダガー〈ノンフィクション〉）
◇アンソニー賞（1995年/犯罪実話）
「心理捜査官ロンドン殺人ファイル」 デヴィッド・カンター著, 吉田利子訳　草思社　1996.6　302p　20cm　1900円　Ⓓ4-7942-0705-0

カンター, マッキンレイ　Kantor, MacKinlay

1023 "Andersonville"
◇ピュリッツアー賞（1956年/フィクション）

ガントス, ジャック　Gantos, Jack

1024 "Dead End in Norvelt"
◇スコット・オデール賞（2012年）
◇ニューベリー賞（2012年）

カントナー, ロブ　Kantner, Rob

1025 「狂った果実」 "Hell's Only Half Full"
◇シェイマス賞（1990年/ペーパーバック）
「狂った果実」 ロブ・カントナー著, 大西央士訳　扶桑社　1994.11　465p　16cm（扶桑社ミステリー）660円　Ⓓ4-594-01599-9

1026 「囁きの代償」 "Dirty Work"
◇シェイマス賞（1989年/ペーパーバック）
「囁きの代償」 ロブ・カントナー著, 村山汎訳　扶桑社　1994.6　414p　16cm（扶桑社ミステリー）600円　Ⓓ4-594-01457-7

1027 「探偵ベン・パーキンズ」 "The Back Door Man"
◇シェイマス賞（1987年/ペーパーバック）
「探偵ベン・パーキンズ」 ロブ・カントナー著, 大井良純訳　扶桑社　1993.11　468p　16cm（扶桑社ミステリー）660円　Ⓓ4-594-01292-2

1028 「二人のモーリーン」 "Fly Away Home"
◇シェイマス賞（1987年/短編）
「卑しい街を行く」 ロバート・J.ランディージ編, 木村二郎他訳〔木村二郎訳〕　早川書房　1989.2　367p　16cm（ハヤカワ・ミステリ文庫）480円　Ⓓ4-15-076203-1

【キ】

ギアーツ, クリフォード　Geertz, Clifford

1029 「文化の読み方/書き方」 "Works and Lives: The Anthropologist as Author"
◇全米書評家協会賞（1988年/批評）
「文化の読み方/書き方」 クリフォード・ギアーツ〔著〕, 森泉弘次訳　岩波書店　1996.9　277p　19cm　2800円　Ⓓ4-00-002860-X
「文化の読み方/書き方」 クリフォード・ギアーツ〔著〕, 森泉弘次訳　岩波書店　2012.10　284p　19cm（岩波人文書セ

キアナン, ケイトリン・R.　Kiernan, Caitlín R.

1030　「縫い針の道」 "The Road of Needles"
◇ローカス賞（2014年／短編）
「SFマガジン 56(5)」〔鈴木潤訳〕 早川書房　2015.8　p234〜246

1031　"Alabaster: Wolves"
◇ブラム・ストーカー賞（2013年／グラフィックノベル）

1032　"The Ape's Wife and Other Stories"
◇世界幻想文学大賞（2014年／短編集）

1033　"The Drowning Girl"
◇ブラム・ストーカー賞（2012年／長編）

1034　"The Prayer of Ninety Cats"
◇世界幻想文学大賞（2014年／短編）

キイス, ダニエル　Keyes, Daniel

1035　「アルジャーノンに花束を」〔中編〕 "Flowers for Algernon"
◇ヒューゴー賞（1960年／短編）
「世界SF全集 32 世界のSF（短篇集）現代篇」〔稲葉明雄訳〕 福島正実, 伊藤典夫編　早川書房　1969　696p　20cm　950円
「心の鏡―ダニエル・キイス傑作集」 ダニエル・キイス著, 稲葉明雄, 小尾芙佐訳　早川書房　1993.12　246p　20cm　1400円　①4-15-207826-X
「心の鏡」 ダニエル・キイス著, 稲葉明雄, 小尾芙佐訳　早川書房　1999.11　343p　16cm（ダニエル・キイス文庫 8）640円　①4-15-110108-X

1036　「アルジャーノンに花束を」〔長編〕 "Flowers for Algernon"
◇ネビュラ賞（1966年／長編）
「アルジャーノンに花束を」 ダニエル・キイス著, 小尾芙佐訳　早川書房　1978.7　241p　20cm（海外SFノヴェルズ）980円
「アルジャーノンに花束を」 ダニエル・キイス著, 小尾芙佐訳　早川書房　1988.12　241p　20cm（海外SFノヴェルズ）1200円　①4-15-202007-5
※32版（初版：1978年）
「アルジャーノンに花束を」 ダニエル・キイス著, 小尾芙佐訳　改訂版　早川書房　1989.4　325p　20cm　1500円　①4-15-203393-2
「アルジャーノンに花束を」 ダニエル・キイス著, 小尾芙佐訳　早川書房　1999.10　485p　16cm（ダニエル・キイス文庫 1）760円　①4-15-110101-2
「アルジャーノンに花束を」 ダニエル・キイス著, 小尾芙佐訳　新版　早川書房　2015.3　462p　16cm（ハヤカワ文庫 NV）860円　①978-4-15-041333-0
「アルジャーノンに花束を」 ダニエル・キイス著, 小尾芙佐訳　愛蔵版　早川書房　2015.4　360p　22cm　3900円　①978-4-15-209533-6
◎ネビュラ賞（1999年／名誉賞）

キイズ, J.グレゴリイ　Keyes, J.Gregory

1037　「錬金術師の魔砲」 "Newton's Cannon"〔仏語題：Les Démons du Roi-Soleil〕
◇イマジネール大賞（2002年／長編〈外国〉）
「錬金術師の魔砲 上」 J.グレゴリイ・キイズ著, 金子司訳　早川書房　2002.11　351p　16cm（ハヤカワ文庫 FT）720円　①4-15-020325-3
「錬金術師の魔砲 下」 J.グレゴリイ・キイズ著, 金子司訳　早川書房　2002.11　367p　16cm（ハヤカワ文庫 FT）720円　①4-15-020326-1

キエフスキー, カレン　Kijewski, Karen

1038　「キャット・ウォーク―女性探偵に気をつけろ！」 "Katwalk"
◇シェイマス賞（1988年／私立探偵小説コンテスト）
◇アンソニー賞（1990年／処女長編）
◇シェイマス賞（1990年／処女長編）
「キャット・ウォーク―女性探偵に気をつけろ！」 カレン・キエフスキー著, 柿沼瑛子訳　ベネッセコーポレーション　1996.7　398p　15cm（福武文庫）800円　①4-8288-5778-8

ギェレルプ, カール　Gjellerup, Karl
◎ノーベル文学賞（1917年）

ギジス, ステファン・アドリー　Guirgis, Stephen Adly

1039　"Between Riverside and Crazy"
◇ピュリッツアー賞（2015年／戯曲）

ギース, キナ　Gieth, Kinna

1040　"Jag saknar dig, jag saknar dig！"〔独語題：Du fehlst mir, du fehlst mir！〕

◇ドイツ児童文学賞（1995年／ヤングアダルト）

キース, ハロルド　Keith, Harold

1041 "Rifles for Watie"
◇ニューベリー賞（1958年）

キダー, トレイシー　Kidder, Tracy

1042 「超マシン誕生」 "The Soul of a New Machine"
◇全米図書賞（1982年／一般ノンフィクション／ハードカバー）
◇ピュリッツァー賞（1982年／ノンフィクション）

「超マシン誕生―コンピュータ野郎たちの540日」　トレイシー・キダー著, 風間禎三郎訳　ダイヤモンド社　1982.10　391p　20cm　1800円

「超マシン誕生」　トレイシー・キダー著, 糸川洋訳　日経BP社　2010.7　379p　19cm　1800円　①978-4-8222-8432-9
※初版：ダイヤモンド社1982年刊

きたむら さとし

1043 「ぼくネコになる」 "Me and My Cat？"
◇ネスレ子どもの本賞（2000年／5歳以下部門／銀賞）

「ぼくネコになる」　きたむらさとし作　小峰書店　2003.5　1冊（ページ付なし）　29cm（世界の絵本コレクション）　1300円　①4-338-12624-8

1044 "We Animals Would Like a Word With You"
◇ネスレ子どもの本賞（1997年／6〜8歳部門／銅賞）

キーツ, エズラ・ジャック　Keats, Ezra Jack

1045 「やあ、ねこくん！」 "Hi, Cat！"
◇ボストングローブ・ホーンブック賞（1970年／絵本）

「やあ、ねこくん！」　エズラ＝ジャック＝キーツさく, きじまはじめやく　偕成社　1978.12　1冊　21×24cm（キーツの絵本）　780円

1046 「ゆきのひ」 "The Snowy Day"
◇コルデコット賞（1963年）

「ゆきのひ」　E.J.キーツぶん・え, きじまはじめやく　偕成社　1969　31p　23×26cm（新訳えほん 7）

キッシンジャー, ヘンリー・A.　Kissinger, Henry A.

1047 「キッシンジャー秘録」 "White House Years"
◇全米図書賞（1980年／歴史／ハードカバー）

「キッシンジャー秘録 1　ワシントンの苦悩」　ヘンリー・キッシンジャー著, 斎藤弥三郎〔ほか〕訳　小学館　1979.12　431p　20cm　1800円

「キッシンジャー秘録 2　激動のインドシナ」　ヘンリー・キッシンジャー著, 斎藤弥三郎〔ほか〕訳　小学館　1980.2　360p　21cm　1800円

「キッシンジャー秘録 3　北京へ飛ぶ」　ヘンリー・キッシンジャー著, 斎藤弥三郎〔ほか〕訳　小学館　1980.3　414p　20cm　1800円

「キッシンジャー秘録 4　モスクワへの道」　ヘンリー・キッシンジャー著, 斎藤弥三郎〔ほか〕訳　小学館　1980.4　375p　20cm　1800円

「キッシンジャー秘録 5　パリ会談の成功」　ヘンリー・キッシンジャー著, 斎藤弥三郎〔ほか〕訳　小学館　1980.5　366p　20cm　1800円

ギッティングズ, ロバート　Gittings, Robert

1048 "The Older Hardy"
◇ジェイムズ・テイト・ブラック記念賞（1978年／伝記）

キップリング, ラドヤード　Kipling, Joseph Rudyard

◎ノーベル文学賞（1907年）

キーティング, H.R.F　Keating, H.R.F.

1049 「パーフェクト殺人」 "The Perfect Murder"
◇英国推理作家協会賞（1964年／ゴールド・ダガー）

「パーフェクト殺人」　H.R.F.キーティング著, 尾坂力訳　早川書房　1967　241p　19cm（世界ミステリシリーズ）　330円

1050 「マハーラージャ殺し」 "The Murder of the Maharajah"
◇英国推理作家協会賞（1980年／ゴールド・ダガー）

「マハーラージャ殺し」　H.R.F.キーティング著, 真野明裕訳　早川書房　1982.6　277p　20cm（Hayakawa novels）　1300円

「マハーラージャ殺し」　H.R.F.キーティ

ング著, 真野明裕訳　早川書房　1986.6　430p　16cm（ハヤカワ・ミステリ文庫）540円　①4-15-075951-0

1051 "The Bedside Companion to Crime"
◇マカヴィティ賞（1990年/評論・評伝）

◎英国推理作家協会賞（1996年/ダイヤモンド・ダガー）

ギディンス, ゲイリー　Giddins, Gary

1052 "Visions of Jazz"
◇全米書評家協会賞（1998年/批評）

キトリッジ, メアリー　Kittredge, Mary

1053 「少年は殺意を抱く」 "Father to the Man"
◇アメリカ探偵作家クラブ賞（1987年/ロバート・L・フィッシュ賞）
「ミステリマガジン　32(9)」〔堀内静子訳〕　早川書房　1987.9　p181～194, 203～205

キニャール, パスカル　Quignard, Pascal

1054 「さまよえる影」〔別題「さまよえる影たち」〕 "Les ombres errantes"
◇ゴンクール賞（2002年）
「さまよえる影」　パスカル・キニャール著, 高橋啓訳　青土社　2003.9　253p　20cm　2400円　①4-7917-6061-1
「さまよえる影たち」　パスカル・キニャール著, 小川美登里, 桑田光平訳　水声社　2017.3　202p　20cm（パスカル・キニャール・コレクション——最後の王国 1）　2400円　①978-4-8010-0223-4

キニーリー, トマス　Keneally, Thomas

1055 「シンドラーズ・リスト」 "Schindler's Ark"
◇ブッカー賞（1982年）
「シンドラーズ・リスト——1200人のユダヤ人を救ったドイツ人」　トマス・キニーリー著, 幾野宏訳　新潮社　1989.1　611p　16cm（新潮文庫）640円

キネル, ゴールウェイ　Kinnell, Galway

1056 "Selected Poems"
◇全米図書賞（1983年/詩）
◇ピュリッツアー賞（1983年/詩）

キビラーク, アンドラス　Kivirähk, Andrus

1057 "Mees, kes teadis ussisõnu"〔仏語題：L'Homme qui savait la langue des serpents〕
◇イマジネール大賞（2014年/長編〈外国〉）

キーピング, チャールズ　Keeping, Charles

1058 「チャーリーとシャーロットときいろのカナリヤ」〔旧題「しあわせどおりのカナリヤ」〕 "Charley, Charlotte and the Golden Canary"
◇ケイト・グリーナウェイ賞（1967年）
「しあわせどおりのカナリヤ」　チャールズ・キーピングえ・ぶん, よごひろこやく　らくだ出版デザイン　1972.5（第2刷）　1冊（ページ付なし）　29cm（オックスフォードえほんシリーズ 12——チャールズ・キーピング作品集）
「チャーリーとシャーロットときいろのカナリヤ」　チャールズ・キーピング作, ふしみみさを訳　ロクリン社　2017.4　1冊（ページ付なし）　28cm　1600円　①978-4-907542-44-3
※「しあわせどおりのカナリヤ」（らくだ出版 1982年刊）の改題、新装新訳版

1059 "The Highwayman"
◇ケイト・グリーナウェイ賞（1981年）

キーファー, ウォーレン　Kiefer, Warren

1060 「リンガラ・コード」 "The Lingala Code"
◇アメリカ探偵作家クラブ賞（1973年/長編賞）
「リンガラ・コード」　ウォーレン・キーファー〔著〕, 池央耿訳　角川書店　1974　306p　20cm　1200円
「リンガラ・コード」　ウォーレン・キーファー著, 池央耿訳　角川書店　1986.5　375p　15cm（角川文庫）540円　①4-04-260501-X

ギブスン, ウイリアム　Gibson, William

1061 「ディファレンス・エンジン」 "The Difference Engine"
◇ジョン・W・キャンベル記念賞（1992年/第2位）
「ディファレンス・エンジン」　ウィリアム・ギブスン, ブルース・スターリング〔著〕, 黒丸尚訳　角川書店　1991.6　488p　20cm　2700円　①4-04-791191-7
「ディファレンス・エンジン　上」　ウィリアム・ギブスン, ブルース・スターリング〔著〕, 黒丸尚訳　角川書店　1993.5　394p　15cm（角川文庫）640円　①4-04-265901-2

「ディファレンス・エンジン　下」ウィリアム・ギブスン, ブルース・スターリング〔著〕, 黒丸尚訳　角川書店　1993.5　420p　15cm（角川文庫）640円　⓪4-04-265902-0

1062 「ニューロマンサー」 "Neuromancer"
◇ネビュラ賞（1984年/長編）
◇ジョン・W・キャンベル記念賞（1985年/第3位）
◇ヒューゴー賞（1985年/長編）
「ニューロマンサー」ウィリアム・ギブスン著, 黒丸尚訳　早川書房　1986.7　451p　16cm（ハヤカワ文庫―SF）560円　⓪4-15-010672-X

1063 "Distrust That Particular Flavor"
◇ローカス賞（2013年/ノンフィクション）

◎ネビュラ賞（2018年/グランド・マスター）

ギブソン, イアン　Gibson, Ian

1064 「ロルカ」 "Federico Garcia Lorca: A Life"
◇ジェイムズ・テイト・ブラック記念賞（1989年/伝記）
「ロルカ」イアン・ギブソン著, 内田吉彦, 本田誠二訳　中央公論社　1997.6　624p　20cm　4750円　⓪4-12-002665-5

ギプソン, ローレンス・H.　Gipson, Lawrence H.

1065 "The Triumphant Empire: Thunder-Clouds Gather in the West 1763-1766"
◇ピュリッツァー賞（1962年/歴史）

ギブリン, ジェイムズ・クロス　Giblin, James Cross

1066 "Chimney Sweeps"
◇全米図書賞（1983年/児童ノンフィクション）

ギボンズ, デイブ　Gibbons, Dave

1067 「Watchmen」〔コミック〕 "Watchmen"
◇ヒューゴー賞（1988年/その他の形式）
◇ローカス賞（1988年/ノンフィクション）
「Watchmen 日本語版」アラン・ムーア作, デイブ・ギボンズ画, 石川裕人訳　角川（主婦の友）　1998.10（電撃コミックス）⓪978-4073096900
「Watchmen」アラン・ムーア作, デイブ・ギボンズ画, 石川裕人, 秋友克也, 沖恭一郎, 海法紀光訳　小学館集英社プロダクション　2009.3　412p　26cm（ShoPro books―DC comics）3400円　⓪978-4-7968-7057-3

ギマール, ポール　Guimard, Paul

1068 "Rue du Havre"
◇アンテラリエ賞（1957年）

キャヴァナー, スティーヴ　Cavanagh, Steve

1069 "The Liar"
◇英国推理作家協会賞（2018年/ゴールド・ダガー）

キャザー, ウィラ　Cather, Willa

1070 「われらの一人」 "One of Ours"
◇ピュリッツァー賞（1923年/小説）
「われらの一人」ウィラ・キャザー作, 福井吾一訳　成美堂　1983.7　354p　20cm　3000円

ギャス, ウィリアム・H.　Gass, William H.

1071 "Finding a Form"
◇全米書評家協会賞（1996年/批評）
1072 "Habitations of the Word: Essays"
◇全米書評家協会賞（1985年/批評）
1073 "Tests of Time"
◇全米書評家協会賞（2002年/批評）

ギャッシュ, ジョナサン　Gash, Jonathan

1074 "The Judas Pair"
◇英国推理作家協会賞（1977年/ジョン・クリーシー記念賞）

キャッシュ, ワイリー　Cash, Wiley

1075 「約束の道」 "This Dark Road to Mercy"
◇英国推理作家協会賞（2014年/ゴールド・ダガー）
「約束の道」ワイリー・キャッシュ著, 友廣純訳　早川書房　2014.5　381p　16cm（ハヤカワ・ミステリ文庫）780円　⓪978-4-15-180351-2

1076 "Land More Kind Than Homes"
◇英国推理作家協会賞（2012年/ジョン・クリーシー・ダガー〈ニュー・ブラッド・ダガー〉）

キャッスル, モート　Castle, Mort
　1077 "New Moon on the Water"
　　◇ブラム・ストーカー賞（2012年/短編集）
　1078 "Shadow Show"
　　◇ブラム・ストーカー賞（2012年/アンソロジー）

キャットン, ブルース　Catton, Bruce
　1079 "A Stillness at Appomattox"
　　◇全米図書賞（1954年/ノンフィクション）
　　◇ピュリッツアー賞（1954年/歴史）

キャディガン, パット　Cadigan, Pat
　1080 「エンジェル」 "Angel"
　　◇ローカス賞（1988年/短編）
　　　「SFマガジン　41(13)」〔幹遙子訳〕早川書房　2000.12　p38～55
　1081 「スシになろうとした女」"The Girl-Thing Who Went Out for Sushi"
　　◇ヒューゴー賞（2013年/中編）
　　◇ローカス賞（2013年/中編）
　　　「SFマガジン　55(3)」〔嶋田洋一訳〕早川書房　2014.3　p9～29
　1082 "Fools"
　　◇アーサー・C・クラーク賞（1995年）
　1083 "Patterns"
　　◇ローカス賞（1990年/短編集）
　1084 "Synners"
　　◇アーサー・C・クラーク賞（1992年）

ギャディス, ウィリアム　Gaddis, William
　1085 "A Frolic of His Own"
　　◇全米図書賞（1994年/小説）
　1086 "Jr"
　　◇全米図書賞（1976年/小説）

ギャディス, ジョン・ルイス　Gaddis, John Lewis
　1087 "George F.Kennan: An American Life"
　　◇全米書評家協会賞（2011年/伝記）
　　◇ピュリッツアー賞（2012年/伝記・自伝）

キャネル, スティーブン・J.　Cannell, Stephen J.
　　◎シェイマス賞（1994年/ジ・アイ賞〈生涯功績賞〉）

キャネル, ドロシー　Cannell, Dorothy
　1088 "The Family Jewels"
　　◇アガサ賞（1994年/短編）

キャノン, ジョゼフ　Kanon, Joseph
　1089 「ロス・アラモス　運命の閃光」"Los Alamos"
　　◇アメリカ探偵作家クラブ賞（1998年/処女長編賞）
　　　「ロス・アラモス運命の閃光　上」ジョゼフ・キャノン著, 中村保男訳　早川書房　1998.3　294p　20cm　(Hayakawa novels)　2000円　①4-15-208144-9
　　　「ロス・アラモス運命の閃光　下」ジョゼフ・キャノン著, 中村保男訳　早川書房　1998.3　260p　20cm　(Hayakawa novels)　2000円　①4-15-208145-7
　　　「ロス・アラモス運命の閃光　上」ジョゼフ・キャノン著, 中村保男訳　早川書房　1999.2　452p　16cm　(ハヤカワ文庫 NV)　800円　①4-15-040904-8
　　　「ロス・アラモス運命の閃光　下」ジョゼフ・キャノン著, 中村保男訳　早川書房　1999.2　406p　16cm　(ハヤカワ文庫 NV)　760円　①4-15-040905-6

ギャメル, ステファン　Gammell, Stephen
　1090 "Song and Dance Man"
　　◇コルデコット賞（1989年）

キャメロン, デイナ　Cameron, Dana
　1091 「夜に変わるもの」"The Night Things Changed"
　　◇アガサ賞（2008年/短編）
　　◇マカヴィティ賞（2009年/短編）
　　　「ハヤカワミステリマガジン　55(2)」〔東野さやか訳〕早川書房　2010.2　p17～35
　1092 "Ashes And Bones"
　　◇アンソニー賞（2007年/ペーパーバック）
　1093 "Disarming"
　　◇アガサ賞（2011年/短編）
　　◇アンソニー賞（2012年/短編）
　1094 "Mischief in Mesopotamia"
　　◇アガサ賞（2012年/短編）
　　◇アンソニー賞（2013年/短編）
　1095 "Swing Shift"
　　◇アンソニー賞（2011年/短編）
　　◇マカヴィティ賞（2011年/短編）
　　◇マカヴィティ賞（2012年/短編）

ギャラ, アンヌ＝マリ
Garat, Anne-Marie

1096 "Aden"
◇フェミナ賞（1992年）

ギャラガー, スティーヴン
Gallagher, Stephen

1097 "Out of His Mind"
◇英国幻想文学賞（2005年／短編集）

ギャラガー, トーマス　Gallager, Thomas

1098 "Fire at Sea"
◇アメリカ探偵作家クラブ賞（1960年／犯罪実話賞）

キャリロン, アダム　Karillon, Adam

◎ビューヒナー賞（1923年）

キャロル, ジェームズ　Carroll, James

1099 "An American Requiem: God, My Father, and the War that Came Between Us"
◇全米図書賞（1996年／ノンフィクション）

キャロル, ジョナサン　Carroll, Jonathan

1100「犬博物館の外で」"Outside the Dog Museum"
◇英国幻想文学賞（1992年／長編〈オーガスト・ダーレス賞〉）
「犬博物館の外で」 ジョナサン・キャロル著, 浅羽莢子訳　東京創元社　1992.12　395p　15cm（創元推理文庫）600円　④4-488-54706-0

1101「おやおや町」"Uh-Oh City"〔仏語題：Ménage en grand〕
◇イマジネール大賞（2000年／中編〈外国〉）
「ジョナサン・キャロル短編集　1　パニックの手」 浅羽莢子訳　東京創元社　1996.11　206p　20cm（海外文学セレクション）1700円　④4-488-01614-6
「パニックの手」 ジョナサン・キャロル著, 浅羽莢子訳　東京創元社　2006.5　285p　15cm（創元推理文庫）720円　④4-488-54709-5

1102「死者の書」"Le Pays du fou rire"
◇アポロ賞（1989年）
「死者の書」 ジョナサン・キャロル著, 浅羽莢子訳　東京創元社　1988.7　348p　15cm（創元推理文庫）480円　④4-488-54701-X

1103「友の最良の人間」〔別題「最良の友」〕"Friend's Best Man"
◇世界幻想文学大賞（1988年／短編）
「ジョナサン・キャロル短編集　1　パニックの手」 浅羽莢子訳〔「友の最良の人間」〕　東京創元社　1996.11　206p　20cm（海外文学セレクション）1700円　④4-488-01614-6
「幻想の犬たち」 ジャック・ダン, ガードナー・ドゾワ編, 福島正実ほか訳〔「最良の友」佐藤高子訳〕　扶桑社　1999.11　516p　16cm（扶桑社ミステリー）781円　④4-594-02815-2

1104「パニックの手」"The Panic Hand"
◇ブラム・ストーカー賞（1995年／短編集）
「ジョナサン・キャロル短編集　1　パニックの手」 浅羽莢子訳　東京創元社　1996.11　206p　20cm（海外文学セレクション）1700円　④4-488-01614-6
「パニックの手」 ジョナサン・キャロル著, 浅羽莢子訳　東京創元社　2006.5　285p　15cm（創元推理文庫）720円　④4-488-54709-5

キャロル, ジョン・アレキサンダー
Carroll, John Alexander

1105 "George Washington, Volume Ⅶ"
◇ピュリッツアー賞（1958年／伝記・自伝）

キャントレル, リサ　Cantrell, Lisa

1106 "The Manse"
◇ブラム・ストーカー賞（1987年／処女長編）

キャントレル, レベッカ
Cantrell, Rebecca

1107「レクイエムの夜」"A Trace of Smoke"
◇マカヴィティ賞（2010年／スー・フェダー歴史ミステリ賞）
「レクイエムの夜」 レベッカ・キャントレル著, 宇佐川晶子訳　早川書房　2010.8　447p　16cm（ハヤカワ・ミステリ文庫）900円　④978-4-15-178901-4

キャンプ, リチャード・ヴァン
Camp, Richard Van

1108 "Die ohne Segen sind"
◇ドイツ児童文学賞（2001年／ヤングアダルト）

キャンベル, ジョン・W., Jr.
Campbell, John W., Jr.

1109 「影が行く」〔別題「遊星からの物体X」〕 "Who Goes There?"
◇ヒューゴー賞（1939年〈レトロ・ヒューゴー賞 2014年授与〉/中長編）

「影が行く—ホラーSF傑作選」 P.K.ディック, D.R.クーンツ他著, 中村融編訳　東京創元社　2000.8　521p　15cm（創元SF文庫）920円　①4-488-71501-X

「クトゥルフ神話への招待—遊星からの物体X」 J・W・キャンベルJr., H・P・ラヴクラフト, ラムジー・キャンベル著, 増田まもる, 尾之上浩司訳　〔「遊星からの物体X」 増田まもる訳〕　扶桑社　2012.8　334p　16cm（扶桑社ミステリー）800円　①978-4-594-06647-5

キャンベル, ラムジー
Campbell, Ramsey

1110 「煙突」 "The Chimney"
◇世界幻想文学大賞（1978年/短編）

「クリスマス13の戦慄」 I.アシモフほか編, 池央耿訳　新潮社　1988.11　498p　15cm（新潮文庫）600円　①4-10-218605-0

1111 「マッキントッシュ・ウィリー」 "Mackintosh Willy"
◇世界幻想文学大賞（1980年/短編）

「ナイトランド 6」〔金子浩訳〕　トライデント・ハウス　2013.夏

1112 "Alone with the Horrors"
◇ブラム・ストーカー賞（1993年/短編集）
◇世界幻想文学大賞（1994年/短編集）

1113 "Ghosts and Grisly Things"
◇英国幻想文学賞（1999年/短編集）

1114 "Incarnate"
◇英国幻想文学賞（1985年/長編〈オーガスト・ダーレス賞〉）

1115 "In the Bag"
◇英国幻想文学賞（1978年/短編）

1116 "Midnight Sun"
◇英国幻想文学賞（1991年/長編〈オーガスト・ダーレス賞〉）

1117 "Ramsey Campbell, Probably: On Horror and Sundry Fantasies"
◇ブラム・ストーカー賞（2002年/ノンフィクション）

◇英国幻想文学賞（2003年/短編集）

1118 "The Grin of the Dark"
◇英国幻想文学賞（2008年/長編〈オーガスト・ダーレス賞〉）

1119 "The Hungry Moon"
◇英国幻想文学賞（1988年/長編〈オーガスト・ダーレス賞〉）

1120 "The Influence"
◇英国幻想文学賞（1989年/長編〈オーガスト・ダーレス賞〉）

1121 "The Long Lost"
◇英国幻想文学賞（1994年/長編〈オーガスト・ダーレス賞〉）

1122 "Told By the Dead"
◇英国幻想文学賞（2004年/短編集）

1123 "To Wake The Dead"
◇英国幻想文学賞（1981年/長編〈オーガスト・ダーレス賞〉）

◎ブラム・ストーカー賞（1998年/生涯業績）

◎世界幻想文学大賞（2015年/生涯功労賞）

キャンベル, ロバート　Campbell, Robert

1124 「ごみ溜めの犬」 "The Junkyard Dog"
◇アメリカ探偵作家クラブ賞（1987年/ペーパーバック賞）
◇アンソニー賞（1987年/ペーパーバック）

「ごみ溜めの犬」 ロバート・キャンベル著, 東江一紀訳　二見書房　1988.4　294p　15cm（二見文庫—ザ・ミステリ・コレクション）420円　①4-576-88037-3

ギュー, ルイス　Guilloux, Louis

1125 "Le Jeu de patience"
◇ルノドー賞（1949年）

キューバート, アンディ　Kubert, Andy

1126 「バットマン—ザ・ラスト・エピソード」 "Whatever Happened To The Caped Crusader?"
◇英国幻想文学賞（2010年/コミック・グラフィックノベル）

「バットマン：ザ・ラスト・エピソード」 ニール・ゲイマン, アンディ・キューバート著, 関川哲夫訳　小学館集英社プロダクション　2010.5　128p　27cm（[ShoPro books]—[DC comics]）2400円　①978-4-7968-7071-9

キュルヴァル, フィリップ　Curval, Philippe

1127　「愛しき人類」　"Cette chère humanité"
◇アポロ賞（1977年）
「愛しき人類」　フィリップ・キュルヴァル著, 蒲田耕二訳　サンリオ　1980.5　349p　15cm（サンリオSF文庫）　480円

1128　"L'homme à rebours"
◇イマジネール大賞（1975年/長編〈フランス語〉）

キュルチス, ジャン＝ルイ　Curtis, Jean-Louis

1129　「夜の森」　"Les forêts de la nuit"
◇ゴンクール賞（1947年）
「夜の森―長篇小説」　ジャン・ルイ・キュルチス著, 松尾邦之助訳　三笠書房　1951　342p　19cm

ギヨ, ルネ　Guillot, René
◎国際アンデルセン賞（1964年/作家賞）

ギリェン, ホルヘ　Guillén, Jorge
◎セルバンテス賞（1976年）

ギル, ジリアル　Gill, Gillian

1130　"Agatha Christie: The Woman and Her Mysteries"
◇マカヴィティ賞（1991年/評論・評伝）

ギル, B.M.　Gill, B.M.

1131　「十二人目の陪審員」　"The Twelfth Juror"
◇英国推理作家協会賞（1984年/ゴールド・ダガー）
「十二人目の陪審員」　B.M.ギル著, 島田三蔵訳　早川書房　1985.12　265p　20cm（Hayakawa novels）1300円　ⓘ4-15-207628-3
「十二人目の陪審員」　B.M.ギル著, 島田三蔵訳　The Mysterious press　1991.5　277p　16cm（ハヤカワ文庫―ミステリアス・プレス文庫）　480円　ⓘ4-15-100038-0

ギルクライスト, エレン　Gilchrist, Ellen

1132　「日本に勝つ」　"Victory over Japan: A Book of Stories"
◇全米図書賞（1984年/小説）
「80年代アメリカ女性作家短篇選」　干刈あがた, 斎藤英治共訳　新潮社　1989.4　282p　20cm　1600円　ⓘ4-10-521101-3

キルコモンズ, デニス　Kilcommons, Denis

1133　「最後の暗殺」　"Dark Apostle"
◇英国推理作家協会賞（1987年/ジョン・クリーシー記念賞）
「最後の暗殺」　デニス・キルコモンズ〔著〕, 飯島宏訳　新潮社　1989.10　484p　16cm（新潮文庫）600円　ⓘ4-10-230201-8

キルシュ, ザーラ　Kirsch, Sarah
◎ビューヒナー賞（1996年）

ギルバート, マイケル　Gilbert, Michael
◎アメリカ探偵作家クラブ賞（1987年/巨匠賞）
◎英国推理作家協会賞（1994年/ダイヤモンド・ダガー）

ギルベール, セシル　Guilbert, Cécile

1134　"Warhol Spirit"
◇メディシス賞（2008年/エッセイ）

ギルマン, グリア　Gilman, Greer

1135　"A Crowd of Bone"
◇世界幻想文学大賞（2004年/中編）

ギルマン, ドロシー　Gilman, Dorothy
◎アメリカ探偵作家クラブ賞（2010年/巨匠賞）

ギルモア, マイケル　Gilmore, Mikal

1136　「心臓を貫かれて」　"Shot in the Heart"
◇全米書評家協会賞（1994年/伝記・自伝）
「心臓を貫かれて」　マイケル・ギルモア著, 村上春樹訳　文芸春秋　1997.3　614p　20cm　2900円　ⓘ4-16-352120-8
「心臓を貫かれて　上」　マイケル・ギルモア著, 村上春樹訳　文藝春秋　1999.10　405p　16cm（文春文庫）619円　ⓘ4-16-730990-4
「心臓を貫かれて　下」　マイケル・ギルモア著, 村上春樹訳　文藝春秋　1999.10　383p　16cm（文春文庫）619円　ⓘ4-16-730991-2

ギルロイ, フランク・D.　Gilroy, Frank D.

1137　「バラが問題だ」　"The Subject Was Roses"
◇ピュリッツアー賞（1965年／戯曲）
「今日の英米演劇 2」〔菅原卓訳〕　白水社　1968　304p 図版　20cm 880円

キルワース, ギャリー　Kilworth, Garry

1138　"The Ragthorn"
◇世界幻想文学大賞（1992年／中編）
◇英国SF協会賞（1993年／短編）

キーン, グレッグ　Keen, Greg

1139　"Last of the Soho Legends"
◇英国推理作家協会賞（2015年／デビュー・ダガー）

キーン, ブライアン　Keene, Brian

1140　"Jobs in Hell"
◇ブラム・ストーカー賞（2001年／ノンフィクション）

1141　"The Rising"
◇ブラム・ストーカー賞（2003年／処女長編）

キング, ウェスリー　King, Wesley

1142　「ぼくはO・C・ダニエル」　"OCDaniel"
◇アメリカ探偵作家クラブ賞（2017年／ジュヴナイル賞）
「ぼくはO・C・ダニエル」ウェスリー・キング作, 大西昧訳　鈴木出版　2017.10　350p 20cm（鈴木出版の児童文学 この地球を生きる子どもたち）1600円　①978-4-7902-3328-2

キング, ギルバート　King, Gilbert

1143　"Devil in the Grove: Thurgood Marshall, the Groveland Boys"
◇ピュリッツアー賞（2013年／ノンフィクション）

キング, ジョナサン　King, Jonathon

1144　「真夜中の青い彼方」　"The Blue Edge of Midnight"
◇アメリカ探偵作家クラブ賞（2003年／処女長編賞）
「真夜中の青い彼方」ジョナサン・キング著, 芹澤恵訳　文藝春秋　2006.9　404p 16cm（文春文庫）857円　①4-16-770529-X

キング, スティーヴン　King, Stephen

1145　「悪霊の島」　"Duma Key"
◇ブラム・ストーカー賞（2008年／長編）
「悪霊の島　上」スティーヴン・キング著, 白石朗訳　文藝春秋　2009.9　539p 20cm 2000円　①978-4-16-328500-9
「悪霊の島　下」スティーヴン・キング著, 白石朗訳　文藝春秋　2009.9　479p 20cm 2000円　①978-4-16-328510-8
「悪霊の島　上」スティーヴン・キング著, 白石朗訳　文藝春秋　2016.1　550p 16cm（文春文庫）1080円　①978-4-16-790541-5
「悪霊の島　下」スティーヴン・キング著, 白石朗訳　文藝春秋　2016.1　540p 16cm（文春文庫）1050円　①978-4-16-790542-2

1146　「1922」　"Full Dark, No Stars"
◇ブラム・ストーカー賞（2010年／短編集）
◇英国幻想文学賞（2011年／短編集）
「1922」スティーヴン・キング著, 横山啓明, 中川聖訳　文藝春秋　2013.1　308p 16cm（文春文庫）686円　①978-4-16-781214-0

1147　「IT」　"It"
◇英国幻想文学賞（1987年／長編〈オーガスト・ダーレス賞〉）
「It　上」スティーヴン・キング著, 小尾芙佐訳　文芸春秋　1991.11　603p 22cm 3200円　①4-16-312840-9
「It　下」スティーヴン・キング著, 小尾芙佐訳　文芸春秋　1991.11　528p 22cm 3200円　①4-16-312850-6
「It　1」スティーヴン・キング著, 小尾芙佐訳　文芸春秋　1994.12　484p 16cm（文春文庫）650円　①4-16-714807-2
「It　2」スティーヴン・キング著, 小尾芙佐訳　文芸春秋　1994.12　542p 16cm（文春文庫）650円　①4-16-714808-0
「It　3」スティーヴン・キング著, 小尾芙佐訳　文芸春秋　1994.12　460p 16cm（文春文庫）650円　①4-16-714809-9
「It　4」スティーヴン・キング著, 小尾芙佐訳　文芸春秋　1994.12　454p 16cm（文春文庫）650円　①4-16-714810-2

1148　「入り江」　"Do the Dead Sing？"〔改題：The Reach〕
◇世界幻想文学大賞（1982年／短編）
「ミルクマン―スケルトン・クルー3」ス

ティーヴン・キング著, 矢野浩三郎他訳〔山本光伸訳〕　扶桑社　1988.5　402p　16cm（扶桑社ミステリー）520円　Ⓘ4-594-00281-1

1149「骸骨乗組員」"Skeleton Crew"
◇ローカス賞（1986年/短編集）
「骸骨乗組員―スティーヴン・キング短編傑作全集1」スティーヴン・キング著, 矢野浩三郎他訳　サンケイ出版　1986.6　345p　16cm（サンケイ文庫―海外ノベルス・シリーズ）480円　Ⓘ4-383-02484-X
「神々のワード・プロセッサ―スティーヴン・キング短編傑作全集2」スティーヴン・キング著, 矢野浩三郎他訳　サンケイ出版　1987.3　296p　16cm（サンケイ文庫―海外ノベルス・シリーズ）440円　Ⓘ4-383-02590-0
「ミルクマン―スケルトン・クルー3」スティーヴン・キング著, 矢野浩三郎他訳　扶桑社　1988.5　402p　16cm（扶桑社ミステリー）520円　Ⓘ4-594-00281-1
「骸骨乗組員―スケルトン・クルー1」スティーヴン・キング著, 矢野浩三郎他訳　扶桑社　1988.5　345p　16cm（扶桑社ミステリー）500円　Ⓘ4-594-00284-6
「神々のワード・プロセッサ―スケルトン・クルー2」スティーヴン・キング著, 矢野浩三郎他訳　扶桑社　1988.5　296p　16cm（扶桑社ミステリー）460円　Ⓘ4-594-00285-4
「ミスト―短編傑作選」スティーヴン・キング著, 矢野浩三郎ほか訳　文藝春秋　2018.5　360p　16cm（文春文庫）860円　Ⓘ978-4-16-791076-1

1150「書くことについて」〔別題「スティーヴン・キング小説作法」〕"On Writing"
◇ブラム・ストーカー賞（2000年/ノンフィクション）
◇ローカス賞（2001年/ノンフィクション）
「スティーヴン・キング小説作法」スティーヴン・キング著, 池央耿訳　アーティストハウス　2001.10　348p　20cm　1600円　Ⓘ4-901142-67-4
「書くことについて」スティーヴン・キング著, 田村義進訳　小学館　2013.7　412p　15cm（小学館文庫）800円　Ⓘ978-4-09-408764-3

1151「クージョ」"Cujo"
◇英国幻想文学賞（1982年/長編〈オーガスト・ダーレス賞〉）
「クージョ」スティーヴン・キング〔著〕, 永井淳訳　新潮社　1983.9　476p　15cm（新潮文庫）520円　Ⓘ4-10-219303-0

1152「グリーンマイル」"The Green Mile"
◇ブラム・ストーカー賞（1996年/長編）
「グリーン・マイル　1　ふたりの少女の死」スティーヴン・キング〔著〕, 白石朗訳　新潮社　1997.2　155p　16cm（新潮文庫）440円　Ⓘ4-10-219315-4
「グリーン・マイル　2　死刑囚と鼠」スティーヴン・キング〔著〕, 白石朗訳　新潮社　1997.3　158p　16cm（新潮文庫）440円　Ⓘ4-10-219316-2
「グリーン・マイル　3　コーフィの手」スティーヴン・キング〔著〕, 白石朗訳　新潮社　1997.3　158p　15cm（新潮文庫）432円　Ⓘ4-10-219317-0
「グリーン・マイル　4　ドラクロアの悲惨な死」スティーヴン・キング〔著〕, 白石朗訳　新潮社　1997.5　157p　16cm（新潮文庫）419円　Ⓘ4-10-219318-9
「グリーン・マイル　5　夜の果てへの旅」スティーヴン・キング〔著〕, 白石朗訳　新潮社　1997.6　169p　16cm（新潮文庫）419円　Ⓘ4-10-219319-7
「グリーン・マイル　6　闇の彼方へ」スティーヴン・キング〔著〕, 白石朗訳　新潮社　1997.7　221p　15cm（新潮文庫）419円　Ⓘ4-10-219320-0
「グリーン・マイル」スティーヴン・キング〔著〕, 白石朗訳　新潮社　2000.1　445p　22cm　3500円　Ⓘ4-10-501904-X
「グリーン・マイル　上」スティーヴン・キング著, 白石朗訳　小学館　2014.7　389p　15cm（小学館文庫）810円　Ⓘ978-4-09-408898-4
※新潮社2000年刊の加筆修正・再編集
「グリーン・マイル　下」スティーヴン・キング著, 白石朗訳　小学館　2014.7　445p　15cm（小学館文庫）830円　Ⓘ978-4-09-408899-1
※新潮社2000年刊の加筆修正・再編集

1153「黒いスーツの男」"The Man in the Black Suit"
◇世界幻想文学大賞（1995年/短編）
「第四解剖室」スティーヴン・キング〔著〕, 白石朗他訳〔池田真紀子訳〕　新潮社　2004.6　394p　16cm（新潮文庫）705円　Ⓘ4-10-219335-9

1154「ゴーサム・カフェで昼食を」"Lunch at the Gotham Cafe"
◇ブラム・ストーカー賞（1995年/中編）
「ゴーサム・カフェで昼食を」M.H.グリーンバーグほか編, 白石朗ほか訳

〔白石朗訳〕　扶桑社　1996.5　698p　16cm（扶桑社ミステリー）860円　①4-594-01992-7

「幸運の25セント硬貨」　スティーヴン・キング〔著〕,浅倉久志他訳〔白石朗訳〕　新潮社　2004.6　425p　16cm（新潮文庫）705円　①4-10-219336-7

1155　「死の舞踏」　"Danse Macabre"〔仏語題：Anatomie de l'horreur〕

◇ヒューゴー賞（1982年/ノンフィクション）

◇ローカス賞（1982年/関連ノンフィクション）

◇イマジネール大賞（1997年/エッセイ〈評論〉）

「死の舞踏」　スティーヴン・キング著,安野玲訳　福武書店　1993.12　638p　21cm　2600円　①4-8288-4044-3

「死の舞踏」　スティーヴン・キング著,安野玲訳　ベネッセコーポレーション　1995.11　817p　16cm（福武文庫）980円　①4-8288-5751-6

「死の舞踏―ホラー・キングの恐怖読本」　スティーヴン・キング著,安野玲訳　バジリコ　2004.5　779,20p　20cm　3600円　①4-901784-21-8

※福武書店1993年刊の全面改訳新版

「死の舞踏―恐怖についての10章」　スティーヴン・キング著,安野玲訳　筑摩書房　2017.9　732,27p　15cm（ちくま文庫）1500円　①978-4-480-43332-9

※バジリコ 2004年刊に「恐怖とは―2010年版へのまえがき」を増補し全面的な訳の見直しと各作品情報の更新

1156　「ダークタワー7―暗黒の塔」　"The Dark Tower Ⅶ: The Dark Tower"

◇英国幻想文学賞（2005年/長編〈オーガスト・ダーレス賞〉）

「ダーク・タワー　7（暗黒の塔）上」　スティーヴン・キング〔著〕,風間賢二訳　新潮社　2006.11　484p　16cm（新潮文庫）781円　①4-10-219355-3

「ダーク・タワー　7（暗黒の塔）中」　スティーヴン・キング〔著〕,風間賢二訳　新潮社　2006.12　516p　16cm（新潮文庫）857円　①4-10-219356-1

「ダーク・タワー　7（暗黒の塔）下」　スティーヴン・キング〔著〕,風間賢二訳　新潮社　2007.1　557p　16cm（新潮文庫）857円　①4-10-219357-X

「ダークタワー　7［上］　暗黒の塔　上」　スティーヴン・キング〔著〕,風間賢二訳　KADOKAWA　2017.10　723p　15cm（角川文庫）1480円　①978-4-04-104973-0

※「ダークタワー 7上・中・下」（新潮文庫 2006～2007年刊）の加筆・修正、2分冊

「ダークタワー　7［下］　暗黒の塔　下」　スティーヴン・キング〔著〕,風間賢二訳　KADOKAWA　2017.10　743p　15cm（角川文庫）1480円　①978-4-04-104974-7

※「ダークタワー 7上・中・下」（新潮文庫 2006～2007年刊）の加筆・修正、2分冊

1157　「デスペレーション」　"Desperation"

◇ローカス賞（1997年/ホラー・ダークファンタジー長編）

「デスペレーション」　スティーヴン・キング著,山田順子訳　新潮社　1998.3　551p　20cm　2800円　①4-10-501903-1

「デスペレーション　上」　スティーヴン・キング〔著〕,山田順子訳　新潮社　2000.12　584p　16cm（新潮文庫）857円　①4-10-219323-5

「デスペレーション　下」　スティーヴン・キング〔著〕,山田順子訳　新潮社　2000.12　535p　16cm（新潮文庫）819円　①4-10-219324-3

※1998年刊の改訂

1158　「ドクター・スリープ」　"Doctor Sleep"

◇ブラム・ストーカー賞（2013年/長編）

「ドクター・スリープ　上」　スティーヴン・キング著,白石朗訳　文藝春秋　2015.6　332p　20cm　1800円　①978-4-16-390278-4

「ドクター・スリープ　下」　スティーヴン・キング著,白石朗訳　文藝春秋　2015.6　351p　20cm　1800円　①978-4-16-390279-1

「ドクター・スリープ　上」　スティーヴン・キング著,白石朗訳　文藝春秋　2018.1　459p　16cm（文春文庫）1050円　①978-4-16-791007-5

「ドクター・スリープ　下」　スティーヴン・キング著,白石朗訳　文藝春秋　2018.1　494p　16cm（文春文庫）1080円　①978-4-16-791008-2

1159　「図書館警察」　"Four Past Midnight"

◇ブラム・ストーカー賞（1990年/短編集）

「図書館警察」　スティーヴン・キング著,白石朗訳　文芸春秋　1996.10　415p　22cm　2800円　①4-16-363340-5

「図書館警察」　スティーヴン・キング著,白石朗訳　文藝春秋　1999.8　696p

16cm（文春文庫）914円　Ⓘ4-16-714819-6

1160　「ビッグ・ドライバー」　"Full Dark, No Stars"

◇ブラム・ストーカー賞（2010年/短編集）

◇英国幻想文学賞（2011年/短編集）

「ビッグ・ドライバー」　スティーヴン・キング著, 高橋恭美子, 風間賢二訳　文藝春秋　2013.4　364p　16cm（文春文庫）724円　Ⓘ978-4-16-781218-8

1161　「骨の袋」　"Bag of Bones"

◇ブラム・ストーカー賞（1998年/長編）

◇英国幻想文学賞（1999年/長編〈オーガスト・ダーレス賞〉）

◇ローカス賞（1999年/ダークファンタジー・ホラー長編）

「骨の袋　上」　スティーヴン・キング〔著〕, 白石朗訳　新潮社　2000.7　329p　22cm　2800円　Ⓘ4-10-501905-8

「骨の袋　下」　スティーヴン・キング〔著〕, 白石朗訳　新潮社　2000.7　286p　22cm　2700円　Ⓘ4-10-501906-6

「骨の袋　上」　スティーヴン・キング〔著〕, 白石朗訳　新潮社　2003.9　641p　16cm（新潮文庫）895円　Ⓘ4-10-219331-6

「骨の袋　下」　スティーヴン・キング〔著〕, 白石朗訳　新潮社　2003.9　564p　16cm（新潮文庫）857円　Ⓘ4-10-219332-4

1162　「マンハッタンの奇譚クラブ」　"The Breathing Method"

◇英国幻想文学賞（1983年/短編）

「スタンド・バイ・ミー――恐怖の四季秋冬編」　スティーヴン・キング著, 山田順子訳　新潮社　1987.3　434p　15cm（新潮文庫）560円　Ⓘ4-10-219305-7

1163　「ミザリー」　"Misery"

◇ブラム・ストーカー賞（1987年/長編）

「ミザリー」　スティーヴン・キング著, 矢野浩三郎訳　文芸春秋　1990.3　486p　20cm　2000円　Ⓘ4-16-311590-0

「ミザリー」　スティーヴン・キング著, 矢野浩三郎訳　文芸春秋　1991.2　523p　16cm（文春文庫）640円　Ⓘ4-16-714806-2

「ミザリー」　スティーヴン・キング著, 矢野浩三郎訳　新装版　文藝春秋　2008.8　530p　16cm（文春文庫）952円　Ⓘ978-4-16-770565-7

1164　「ミスター・メルセデス」　"Mr. Mercedes"

◇アメリカ探偵作家クラブ賞（2015年/長編賞）

「ミスター・メルセデス　上」　スティーヴン・キング著, 白石朗訳　文藝春秋　2016.8　355p　20cm　1850円　Ⓘ978-4-16-390516-7

「ミスター・メルセデス　下」　スティーヴン・キング著, 白石朗訳　文藝春秋　2016.8　359p　20cm　1850円　Ⓘ978-4-16-390517-4

「ミスター・メルセデス　上」　スティーヴン・キング著, 白石朗訳　文藝春秋　2018.11　377p　16cm（文春文庫）930円　Ⓘ978-4-16-791183-6

「ミスター・メルセデス　下」　スティーヴン・キング著, 白石朗訳　文藝春秋　2018.11　386p　16cm（文春文庫）980円　Ⓘ978-4-16-791184-3

1165　「夕暮れをすぎて」　"Just after Sunset"

◇ブラム・ストーカー賞（2008年/短編集）

「夕暮れをすぎて」　スティーヴン・キング著, 白石朗他訳　文藝春秋　2009.9　344p　16cm（文春文庫）638円　Ⓘ978-4-16-770578-7

1166　「ランゴリアーズ」　"Four Past Midnight"

◇ブラム・ストーカー賞（1990年/短編集）

「ランゴリアーズ」　スティーヴン・キング著, 小尾芙佐訳　文芸春秋　1996.9　419p　22cm　2800円　Ⓘ4-16-363330-8

「ランゴリアーズ」　スティーヴン・キング著, 小尾芙佐訳　文芸春秋　1999.7　716p　16cm（文春文庫）933円　Ⓘ4-16-714818-8

1167　「リーシーの物語」　"Lisey's Story"

◇ブラム・ストーカー賞（2006年/長編）

「リーシーの物語　上」　スティーヴン・キング著, 白石朗訳　文藝春秋　2008.8　349p　20cm　2286円　Ⓘ978-4-16-327300-6

「リーシーの物語　下」　スティーヴン・キング著, 白石朗訳　文藝春秋　2008.8　365p　20cm　2286円　Ⓘ978-4-16-327310-5

「リーシーの物語　上」　スティーヴン・キング著, 白石朗訳　文藝春秋　2015.2　470p　16cm（文春文庫）970円　Ⓘ978-4-16-790308-4

「リーシーの物語　下」　スティーヴン・キング著, 白石朗訳　文藝春秋　2015.2　491p　16cm（文春文庫）980円

①978-4-16-790309-1
1168 "Herman Wouk Is Still Alive"
◇ブラム・ストーカー賞（2011年／短編）
1169 "Obits"
◇アメリカ探偵作家クラブ賞（2016年／短編賞）
◎ブラム・ストーカー賞（2002年／生涯業績）
◎世界幻想文学大賞（2004年／生涯功労賞）
◎アメリカ探偵作家クラブ賞（2007年／巨匠賞）

キング, ダレン　King, Daren
1170 "Mouse Noses on Toast"
◇ネスレ子どもの本賞（2006年／6～8歳部門／金賞）

キング, ローリー・R.　King, Laurie R.
1171 「捜査官ケイト」 "A Grave Talent"
◇アメリカ探偵作家クラブ賞（1994年／処女長編賞）
「捜査官ケイト」 ローリー・キング〔著〕, 森沢麻里訳　集英社　1994.11　511p　16cm（集英社文庫）　760円　①4-08-760258-3
1172 "Folly"
◇マカヴィティ賞（2002年／長編）
1173 "In the Company of Sherlock Holmes: Stories Inspired by the Holmes Canon"
◇アンソニー賞（2015年／アンソロジー・短編集）

キングストン, マキシーン・ホン　Kingston, Maxine Hong
1174 「チャイナタウンの女武者」 "The Woman Warrior: Memoirs of a Girlhood Among Ghosts"
◇全米書評家協会賞（1976年／ノンフィクション）
「チャイナタウンの女武者」 マキシーン・ホン・キングストン著, 藤本和子訳　晶文社　1978.9　273p　20cm　1500円
1175 「チャイナ・メン」〔旧題「アメリカの中国人」〕 "China Men"
◇全米図書賞（1981年／一般小説／ハードカバー）
「アメリカの中国人」 マキシーン・ホン・キングストン著, 藤本和子訳　晶文社　1983.11　456p　20cm　2300円
「チャイナ・メン」 マキシーン・ホン・キングストン〔著〕, 藤本和子訳　新潮社　2016.7　553p　16cm（新潮文庫―[村上柴田翻訳堂]）　840円　①978-4-10-220056-8
※「アメリカの中国人」（晶文社 1983年刊）の改題

キング＝スミス, ディック　King-Smith, Dick
1176 「奇跡の子」 "The Crowstarver"
◇ネスレ子どもの本賞（1998年／9～11歳部門／銅賞）
「奇跡の子」 ディック・キング＝スミス作, さくまゆみこ訳　講談社　2001.7　219p　22cm　1500円　①4-06-210788-0
1177 「子ブタ シープピッグ」 "The Sheep-Pig"
◇ガーディアン児童文学賞（1984年）
「子ブタシープピッグ」 ディック・キング＝スミス作, 木原悦子訳, メアリー・レイナー絵　評論社　1991.11　154p　21cm（評論社の児童図書館・文学の部屋）　1200円　①4-566-01245-X
1178 "All Because of Jackson"
◇ネスレ子どもの本賞（1996年／6～8歳部門／銅賞）

キングスレー, シドニー　Kingsley, Sidney
1179 "Men in White"
◇ピュリッツァー賞（1934年／戯曲）

キングソルヴァー, バーバラ　Kingsolver, Barbara
1180 "The Lacuna"
◇ベイリーズ賞（2010年）

キンケイド, ポール　Kincaid, Paul
1181 "Blogging the Hugos: Decline"
◇英国SF協会賞（2010年／ノンフィクション）

ギンズバーグ, アレン　Ginsberg, Allen
1182 「アメリカの没落」 "The Fall of America: Poems of these States, 1965-1971"
◇全米図書賞（1974年／詩）
「アメリカの没落」 アレン・ギンズバーグ著, 富山英俊訳　思潮社　1989.8　190p　21cm　1980円　①4-7837-2408-3

ギンスバーグ, マックス　Ginsburg, Max
1183 "The Friendship"
◇ボストングローブ・ホーンブック賞（1988年／フィクション）

ギンズブルグ, ナタリア
Ginzburg, Natalia
1184 「ある家族の会話」 "Lessico famigliare"
◇ストレーガ賞（1963年）
「ある家族の会話」 ナタリア・ギンズブルグ〔著〕, 須賀敦子訳　白水社　1985.12　286p　20cm　1800円　Ⓣ4-560-04252-7
「ある家族の会話」 ナタリア・ギンズブルグ著, 須賀敦子訳　白水社　1992.10　288p　20cm　2400円　Ⓣ4-560-04308-6
※新装版
「ある家族の会話」 ナタリア・ギンズブルグ〔著〕, 須賀敦子訳　白水社　1997.10　286p　18cm（白水Uブックス—海外小説の誘惑）950円　Ⓣ4-560-07120-9

【ク】

クァジモド, サルヴァトーレ
Quasimodo, Salvatore
◎ノーベル文学賞（1959年）

クアリア, ロベルト　Quaglia, Roberto
1185 「彼らの生涯の最愛の時」 "The Beloved Time of Their Lives"
◇英国SF協会賞（2009年／短編）
「ここがウィネトカなら、きみはジュディ—時間SF傑作選　SFマガジン創刊50周年記念アンソロジー」 大森望編〔大森望訳〕 早川書房　2010.9　479p　16cm（ハヤカワ文庫 SF）940円　Ⓣ978-4-15-011776-4

クアン, フィン・ニュオン
Quang, Huynh Nhuong
1186 "The Land I Lost"〔独語題: Mein verlorenes Land〕
◇ドイツ児童文学賞（1987年／ノンフィクション）

クイーン, エラリー　Queen, Ellery
1187 「クイーンの定員」 "Queen's Quorum"
◇アメリカ探偵作家クラブ賞（1952年／スペシャルエドガー）
「クイーンの定員—傑作短編で読むミステリー史 1」 エラリー・クイーン〔選〕, 各務三郎編　光文社　1984.5　480p　20cm　1800円　Ⓣ4-334-96001-4
「クイーンの定員—傑作短編で読むミステリー史 2」 エラリー・クイーン〔選〕, 各務三郎編　光文社　1984.6　430p　20cm　1800円　Ⓣ4-334-96003-0
「クイーンの定員—傑作短編で読むミステリー史 3」 エラリー・クイーン〔選〕, 各務三郎編　光文社　1984.9　472p　20cm　1800円　Ⓣ4-334-96005-7
「クイーンの定員—傑作短編で読むミステリー史 1」 エラリー・クイーン〔選〕, 各務三郎編　光文社　1992.3　518p　16cm（光文社文庫）860円　Ⓣ4-334-76065-1
「クイーンの定員—傑作短編で読むミステリー史 2」 エラリー・クイーン〔選〕, 各務三郎編　光文社　1992.3　581p　16cm（光文社文庫）880円　Ⓣ4-334-76066-X
「クイーンの定員—傑作短編で読むミステリー史 3」 エラリー・クイーン〔選〕, 各務三郎編　光文社　1992.4　427p　16cm（光文社文庫）820円　Ⓣ4-334-76067-8
「クイーンの定員—傑作短編で読むミステリー史 4」 エラリー・クイーン〔選〕, 各務三郎編　光文社　1992.5　388p　16cm（光文社文庫）800円　Ⓣ4-334-76068-6

◎アメリカ探偵作家クラブ賞（1950年／短編賞）

◎アメリカ探偵作家クラブ賞（1961年／巨匠賞）

グウィン, ベス　Gwinn, Beth
1188 "Dark Dreamers: Facing the Masters of Fear"
◇ブラム・ストーカー賞（2001年／オルタナティブ形式）

クェンティン, パトリック
Quentin, Patrick
1189 「金庫と老婆」 "The Ordeal of Mrs.Snow"
◇アメリカ探偵作家クラブ賞（1963年／スペシャルエドガー）
「金庫と老婆」 パトリック・クェンティン著, 稲葉由紀等訳　早川書房　1963　285p　19cm（世界ミステリシリーズ）
「金庫と老婆」 パトリック・クェンティン著, 稲葉由紀他訳　再版　早川書房

1998.10　285p　19cm（世界ミステリーシリーズ）1200円　Ⓘ4-15-000774-8

クーザー, テッド　Kooser, Ted
1190 "Delights & Shadows"
◇ピュリッツァー賞（2005年/詩）

グージ, エリザベス　Goudge, Elizabeth
1191 「まぼろしの白馬」 "The Little White Horse"
◇カーネギー賞（1946年）
　「まぼろしの白馬」山内義雄等編, エリザベス・グージ原作, 石井桃子訳, 富山妙子絵　あかね書房　1964　286p　22cm（国際児童文学賞全集1）
　「まぼろしの白馬」エリザベス・グージ著, 石井桃子訳　福武書店　1990.11　273p　15cm（福武文庫）600円　Ⓘ4-8288-3172-X
　「まぼろしの白馬」エリザベス・グージ作, 石井桃子訳　岩波書店　1997.5　325p　18cm（岩波少年文庫）700円　Ⓘ4-00-112141-7
　「まぼろしの白馬」エリザベス・グージ作, 石井桃子訳　新版　岩波書店　2007.1　330p　18cm（岩波少年文庫）720円　Ⓘ978-4-00-114142-9

クシュナー, トニー　Kushner, Tony
1192 「エンジェルス・イン・アメリカ 　第1部 至福千年紀が近づく」 "Angels in America: Millennium Approaches"
◇ピュリッツァー賞（1993年/戯曲）
　「エンジェルス・イン・アメリカ—国家的テーマに関するゲイ・ファンタジア　第1部　至福千年紀が近づく」トニー・クシュナー著, 吉田美枝訳　文芸春秋　1994.10　254p　20cm　1900円　Ⓘ4-16-315180-X

クシュマン, カレン　Cushman, Karen
1193 「アリスの見習い物語」 "The Midwife's Apprentice"
◇ニューベリー賞（1996年）
　「アリスの見習い物語」カレン・クシュマン著, 柳井薫訳, 中村悦子画　あすなろ書房　1997.2　159p　20cm　1339円　Ⓘ4-7515-1798-8

グターソン, デイヴィッド　Guterson, David
1194 「殺人容疑」 "Snow Falling on Cedars"
◇ペン・フォークナー賞（1995年）
　「殺人容疑」デイヴィッド・グターソン〔著〕, 高儀進訳　講談社　1996.9　649p　15cm（講談社文庫）980円　Ⓘ4-06-263343-4

クック, トマス・H.　Cook, Thomas H.
1195 「緋色の記憶」 "The Chatham School Affair"
◇アメリカ探偵作家クラブ賞（1997年/長編賞）
　「緋色の記憶」トマス・H.クック著, 鴻巣友季子訳　文藝春秋　1998.3　398p　16cm（文春文庫）543円　Ⓘ4-16-721840-2
1196 「緋色の迷宮」 "Red Leaves"
◇バリー賞（2006年/長編）
　「緋色の迷宮」トマス・H.クック著, 村松潔訳　文藝春秋　2006.9　371p　16cm（文春文庫）733円　Ⓘ4-16-770533-8

クック, トリシュ　Cooke, Trish
1197 「いっぱいいっぱい」 "So Much"
◇ネスレ子どもの本賞（1994年/5歳以下部門）
　「いっぱいいっぱい」トリシュ・クック作, ヘレン・オクセンバリー絵, 木島始訳　ほるぷ出版　1995.4　1冊　31cm　1600円　Ⓘ4-593-50317-5

グッゲンモース, ヨゼフ　Guggenmos, Josef
◎ドイツ児童文学賞（1993年/特別賞）

クッシング, ハーヴェイ・ウィリアムス　Cushing, Harvey Williams
1198 "The Life of Sir William Osler, 2vols."
◇ピュリッツァー賞（1926年/伝記・自伝）

クッツェー, J.M.　Coetzee, J.M.
1199 「夷狄を待ちながら」 "Waiting For The Barbarians"
◇ジェイムズ・テイト・ブラック記念賞（1980年/フィクション）
　「集英社ギャラリー「世界の文学」20　中国・アジア・アフリカ」〔土岐恒二訳〕　集英社　1991.6　1435p　22cm　4300円　Ⓘ4-08-129020-2
　「夷狄を待ちながら」J.M.クッツェー〔著〕, 土岐恒二訳　集英社　2003.12　359p　16cm（集英社文庫）838円　Ⓘ4-08-760452-7
1200 「恥辱」 "Disgrace"
◇ブッカー賞（1999年）

「恥辱」 J.M.クッツェー著, 鴻巣友季子訳　早川書房　2000.11　290p　20cm　2000円　Ⓡ4-15-208315-8

「恥辱」 J.M.クッツェー著, 鴻巣友季子訳　早川書房　2007.7　348p　16cm（ハヤカワepi文庫）760円　Ⓡ978-4-15-120042-7

1201 「マイケル・K」 "Life & Times of Michael K."
◇ブッカー賞（1983年）
「マイケル・K」 J.M.クッツェー著, くぼたのぞみ訳　筑摩書房　1989.10　251p　20cm　1960円　Ⓡ4-480-83100-2
「マイケル・K」 J.M.クッツェー著, くぼたのぞみ訳　筑摩書房　2006.8　286p　15cm（ちくま文庫）1000円　Ⓡ4-480-42251-X
「マイケル・K」 J.M.クッツェー作, くぼたのぞみ訳　岩波書店　2015.4　311p　15cm（岩波文庫）840円　Ⓡ978-4-00-328031-7
※筑摩書房 1989年刊の決定版

◎ノーベル文学賞（2003年）

グッドウィン, ジェイソン　Goodwin, Jason

1202 「イスタンブールの群狼」 "The Janissary Tree"
◇アメリカ探偵作家クラブ賞（2007年/長編賞）
「イスタンブールの群狼」 ジェイソン・グッドウィン著, 和爾桃子訳　早川書房　2008.1　552p　16cm（ハヤカワ・ミステリ文庫）920円　Ⓡ978-4-15-177501-7

グッドウィン, ドリス・カーンズ　Goodwin, Doris Kearns

1203 「フランクリン・ローズヴェルト」 "No Ordinary Time: Franklin and Eleanor Roosevelt: The Home Front in World War Ⅱ"
◇ピュリッツァー賞（1995年/歴史）
「フランクリン・ローズヴェルト　上　日米開戦への道」 ドリス・カーンズ・グッドウィン著, 砂村榮利子, 山下淑美訳　中央公論新社　2014.8　567p　20cm　4200円　Ⓡ978-4-12-004645-2
「フランクリン・ローズヴェルト　下　激戦の果てに」 ドリス・カーンズ・グッドウィン著, 砂村榮利子, 山下淑美訳　中央公論新社　2014.9　573p　20cm　4200円　Ⓡ978-4-12-004646-9

グッドマン, キャロル　Goodman, Carol

1204 "The Widow's House"
◇アメリカ探偵作家クラブ賞（2018年/メアリ・ヒギンズ・クラーク賞）

グッドマン, ジョナサン　Goodman, Jonathan

1205 "The Passing of Starr Faithfull"
◇英国推理作家協会賞（1990年/ゴールド・ダガー〈ノンフィクション〉）

グッドリッチ, フランシス　Goodrich, Frances

1206 「アンネの日記」 "Diary of Anne Frank"
◇ピュリッツァー賞（1956年/戯曲）
「戯曲アンネの日記」 アルバート・ハケット, フランセス・G.ハケット著, 菅原卓訳　文芸春秋新社　1958　230p　図版　18cm
「戯曲アンネの日記」 アルバート・ハケット, フランセス・G.ハケット著, 菅原卓訳　文芸春秋　1981.4　222p　16cm（文春文庫）280円

グーナン, キャスリン・アン　Goonan, Kathleen Ann

1207 "In War Times"
◇ジョン・W・キャンベル記念賞（2008年/第1位）

クーニー, バーバラ　Cooney, Barbara

1208 「チャンティクリアときつね」 "Chanticleer and the Fox"
◇コルデコット賞（1959年）
「チャンティクリアときつね」 ジェフリー・チョーサーげんさく, バーバラ・クーニーぶん・え, ひらのけいいちやく　ほるぷ出版　1976.3　1冊　26cm　950円

1209 「にぐるまひいて」 "Ox-Cart Man"
◇コルデコット賞（1980年）
「にぐるまひいて」 ドナルド・ホールぶん, バーバラ・クーニーえ, もきかずこやく　ほるぷ出版　1980.10　1冊　22×27cm　1300円

1210 「ルピナスさん―小さなおばあさんのお話」 "Miss Rumphius"
◇全米図書賞（1983年/絵本/ハードカバー）
「ルピナスさん―小さなおばあさんのお話」 バーバラ・クーニーさく, かけがわやすこ訳　ほるぷ出版　1987.10　1冊　21×27cm　1300円　Ⓡ4-593-50209-8

クーニー, C.S.E.　Cooney, C.S.E.
1211 "Bone Swans"
◇世界幻想文学大賞（2016年/短編集）

クニッツ, スタンリー　Kunitz, Stanley
1212 "Passing Through: The Later Poems"
◇全米図書賞（1995年/詩）
1213 "Selected Poems 1928-1958"
◇ピュリッツアー賞（1959年/詩）

クーパー, ジェームズ・フェニモア　Cooper, James Fenimore
◎ドイツ児童文学賞（1961年/特別賞）

クーパー, ジョン　Cooper, John
1214 "Detective Fiction: The Collector's Guide, 2nd Ed"
◇アンソニー賞（1995年/評論）

クーパー, ジーン・B.　Cooper, Jean B.
1215 「判事の相続人」 "The Judge's Boy"
◇アメリカ探偵作家クラブ賞（1996年/短編賞）
「エドガー賞全集―1990～2007」ローレンス・ブロック他〔著〕,田口俊樹,木村二郎他訳〔羽田詩津子訳〕　早川書房　2008.9　655p　16cm（ハヤカワ・ミステリ文庫）1000円　①978-4-15-177951-0

クーパー, スーザン　Cooper, Susan
1216 「灰色の王」(闇の戦い 3)　"The Grey King"
◇ニューベリー賞（1976年）
「灰色の王―闇の戦い3」スーザン・クーパー〔著〕,浅羽莢子訳　評論社　1981.11　258p　20cm（児童図書館・文学の部屋）1400円
1217 「光の六つのしるし」(闇の戦い 1)　"The Dark Is Rising"
◇ボストングローブ・ホーンブック賞（1973年/フィクション）
「光の六つのしるし―闇の戦い1」スーザン・クーパー著,浅羽莢子訳　評論社　1981.5　317p　20cm（児童図書館・文学の部屋）1400円
「光の六つのしるし」スーザン・クーパー,浅羽莢子訳　評論社　2006.12　358p　20cm（Fantasy classics―闇の戦い 1）1800円　①4-566-01502-5
※1981年刊の改訳新版

◎世界幻想文学大賞（2013年/生涯功労賞）

クーパー, ヘレン　Cooper, Helen
1218 「いやだ あさまであそぶんだい」 "The Baby Who Wouldn't Go To Bed"
◇ケイト・グリーナウェイ賞（1996年）
「いやだあさまであそぶんだい」ヘレン・クーパーさく,ふじたしげるやく　アスラン書房　2004.5　1冊（ページ付なし）26×26cm　1600円　①4-900656-38-0
1219 「かぼちゃスープ」 "Pumpkin Soup"
◇ケイト・グリーナウェイ賞（1998年）
「かぼちゃスープ」ヘレン・クーパーさく,せなあいこやく　アスラン書房　2002.4　1冊　27×27cm　1600円　①4-900656-32-1

クープリ, ケイティ　Couprie, Katy
1220 "Die ganze Welt"
◇ドイツ児童文学賞（2002年/絵本）

クブリ, ハーバート　Kubly, Herbert
1221 "An American in Italy"
◇全米図書賞（1956年/ノンフィクション）

クーミン, マキシン　Kumin, Maxine
1222 "Up Country"
◇ピュリッツアー賞（1973年/詩）

クライヴ, ジョン　Clive, John
1223 "Macaulay: The Shaping of the Historian"
◇全米図書賞（1974年/伝記）
◇全米図書賞（1974年/歴史）
1224 "Not by Fact Alone: Essays on the Writing and Reading of History"
◇全米書評家協会賞（1989年/批評）

クライスト, ラインハルト　Kleist, Reinhard
1225 "Der Boxer"
◇ドイツ児童文学賞（2013年/ノンフィクション）

クライダー, ジュディ　Crider, Judy
1226 "Chocolate Moose"
◇アンソニー賞（2002年/短編）

クライダー, ビル　Crider, Bill
1227　「死ぬには遅すぎる」　"Too Late To Die"
◇アンソニー賞（1987年/処女長編）
「死ぬには遅すぎる」 ビル・クライダー著, 小島恭子訳　早川書房　1988.9　210p　19cm（ハヤカワ・ミステリーダン・ローズ・シリーズ）720円　①4-15-001517-1
1228　"Chocolate Moose"
◇アンソニー賞（2002年/短編）

グライヒ, ジャッキー　Gleich, Jacky
1229　「どこにいるの おじいちゃん」　"Hat Opa einen Anzug an？"
◇ドイツ児童文学賞（1998年/絵本）
「どこにいるの、おじいちゃん」 アメリー・フリート作, ジャッキー・グライヒ絵, 平野卿子訳　偕成社　1999.10　30p　22×28cm 1400円　①4-03-328470-2

グライムス, テリス・マクマハン　Grimes, Terris McMahan
1230　"Somebody Else's Child"
◇アンソニー賞（1997年/処女長編）
◇アンソニー賞（1997年/ペーパーバック）

グライムズ, マーサ　Grimes, Martha
◎アメリカ探偵作家クラブ賞（2012年/巨匠賞）

グライリー, ケイト　Grilley, Kate
1231　"Death Dances To A Reggae Beat"
◇アンソニー賞（2001年/ペーパーバック）
1232　"Maubi and the Jumbies"
◇マカヴィティ賞（2000年/短編）

クライン, T.E.D　Klein, T.E.D.
1233　「復活の儀式」　"The Ceremonies"
◇英国幻想文学賞（1986年/長編〈オーガスト・ダーレス賞〉）
「復活の儀式　上」 T.E.D.クライン著, 大瀧啓裕訳　東京創元社　2004.5　463p　15cm（創元推理文庫）1000円　①4-488-55901-8
「復活の儀式　下」 T.E.D.クライン著, 大瀧啓裕訳　東京創元社　2004.5　444p　15cm（創元推理文庫）1000円　①4-488-55902-6
1234　"Nadelman's God"

◇世界幻想文学大賞（1986年/中編）

グラヴェット, エミリー　Gravett, Emily
1235　「オオカミ」　"Wolves"
◇ケイト・グリーナウェイ賞（2005年）
◇ネスレ子どもの本賞（2005年/5歳以下部門/銅賞）
「オオカミ」 エミリー・グラヴェット作, ゆづきかやこ訳　小峰書店　2007.12　1冊（ページ付なし）27cm（世界の絵本コレクション）2300円　①978-4-338-12651-9
1236　"Little Mouse's Big Book of Fears"
◇ネスレ子どもの本賞（2007年/6～8歳部門/銅賞）
◇ケイト・グリーナウェイ賞（2008年）

クラウスニック, ミハイル　Krausnick, Michail
1237　"Die eiserne Lerche"
◇ドイツ児童文学賞（1991年/ノンフィクション）

グラウト, マリウス　Grout, Marius
1238　"Passage de l'homme"
◇ゴンクール賞（1943年）

クラーク, アーサー・C.　Clarke, Arthur C.
1239　「宇宙のランデヴー」　"Rendezvous with Rama"
◇英国SF協会賞（1973年/長編）
◇ネビュラ賞（1973年/長編）
◇ジョン・W・キャンベル記念賞（1974年/第1位）
◇ヒューゴー賞（1974年/長編）
◇ローカス賞（1974年/長編）
「宇宙のランデヴー」 アーサー・C.クラーク著, 南山宏訳　早川書房　1979.6　251p　20cm（海外SFノヴェルズ）1000円
「宇宙のランデヴー」 アーサー・C.クラーク著, 南山宏訳　早川書房　1985.9　327p　16cm（ハヤカワ文庫―SF）420円　①4-15-010629-0
「宇宙のランデヴー」 アーサー・C.クラーク著, 南山宏訳　改訳決定版　早川書房　2014.2　382p　16cm（ハヤカワ文庫 SF）880円　①978-4-15-011943-0
1240　「90億の神の御名」　"The Nine Billion Names of God"
◇ヒューゴー賞（1954年〈レトロ・

ヒューゴー賞 2004年授与〉/短編」

「天の向こう側」 アーサー・C.クラーク著, 山高昭他訳 早川書房 1969 259p 19cm 360円

「天の向こう側」 アーサー・C.クラーク著, 山高昭訳 早川書房 1984.6 299p 16cm (ハヤカワ文庫—SF) 360円

「天の向こう側」 アーサー・C.クラーク著, 山高昭訳 早川書房 2007.2 366p 16cm (ハヤカワ文庫 SF) 800円 ⓘ978-4-15-011599-9

※1984年刊の新装版

「90億の神の御名」 アーサー・C.クラーク著, 中村融編, 浅倉久志他訳 早川書房 2009.7 507p 16cm (ハヤカワ文庫 SF—ザ・ベスト・オブ・アーサー・C・クラーク 2) 1000円 ⓘ978-4-15-011719-1

1241 「星」 "The Star"

◇ヒューゴー賞 (1956年/短編)

「世界SF全集 32 世界のSF (短篇集) 現代篇」〔川村哲郎訳〕 福島正実, 伊藤典夫編 早川書房 1969 696p 20cm 950円

「90億の神の御名」 アーサー・C.クラーク著, 中村融編, 浅倉久志他訳〔小野田和子訳〕 早川書房 2009.7 507p 16cm (ハヤカワ文庫 SF—ザ・ベスト・オブ・アーサー・C・クラーク 2) 1000円 ⓘ978-4-15-011719-1

1242 「メデューサとの出会い」〔別題「メデューサとの遭遇」〕 "A Meeting with Medusa"

◇ネビュラ賞 (1972年/中長編)

「太陽からの風」 アーサー・C.クラーク著, 山高昭, 伊藤典夫訳〔「メデューサとの出会い」伊藤典夫訳〕 早川書房 1978.5 322p 16cm (ハヤカワ文庫—SF) 360円

「太陽系オデッセイ」 アーサー・C.クラーク著, 南山宏訳〔「メデューサとの遭遇」〕 新潮社 1986.10 431p 15cm (新潮文庫) 520円 ⓘ4-10-223501-9

「太陽からの風」 アーサー・C.クラーク著, 山高昭, 伊藤典夫訳〔「メデューサとの出会い」伊藤典夫訳〕 早川書房 2006.4 382p 16cm (ハヤカワ文庫 SF) 800円 ⓘ4-15-011557-5

※1978年刊の新装版

「メデューサとの出会い」 アーサー・C.クラーク著, 中村融編, 浅倉久志他訳〔「メデューサとの出会い」伊藤典夫訳〕 早川書房 2009.10 527p 16cm (ハヤカワ文庫 SF—ザ・ベスト・オブ・アーサー・C・クラーク 3) 1000円 ⓘ978-4-15-011730-6

1243 「楽園の泉」 "The Fountains of Paradise"

◇ネビュラ賞 (1979年/長編)
◇ヒューゴー賞 (1980年/長編)

「楽園の泉」 アーサー・C.クラーク著, 山高昭訳 早川書房 1980.12 268p 20cm (海外SFノヴェルズ) 1300円

「楽園の泉」 アーサー・C.クラーク著, 山高昭訳 早川書房 1987.8 379p 16cm (ハヤカワ文庫—SF) 500円 ⓘ4-15-010731-9

「楽園の泉」 アーサー・C.クラーク著, 山高昭訳 早川書房 2006.1 415p 16cm (ハヤカワ文庫 SF) 860円 ⓘ4-15-011546-X

1244 "How We Went to Mars"

◇ヒューゴー賞 (1939年〈レトロ・ヒューゴー賞 2014年授与〉/短編)

◎ネビュラ賞 (1985年/グランド・マスター)

クラーク, アン・ノーラン
Clark, Ann Nolan

1245 「アンデスの秘密」 "Secret of the Andes"

◇ニューベリー賞 (1953年)

「アンデスの秘密 大きな森の小さな家 リンカーン」 クラーク作, 渡辺茂男訳, 富山妙子等絵 ワイルダー作, 白木茂訳, 富山妙子等絵 サンドバーク作, 荒正人訳, 富山妙子等絵 講談社 1965 406p 図版 21cm (少年少女新世界文学全集 13〈アメリカ現代編 2〉)

「アンデスの秘密」 アン・ノーラン・クラーク作, 渡辺茂男訳, 富山妙子画 富山房 1975 264p 22cm

クラーク, エレナー Clark, Eleanor

1246 "Oysters of Lockmariaquer"

◇全米図書賞 (1965年/学芸)

クラーク, オースティン Clarke, Austin

1247 "The Polished Hoe"

◇スコシアバンク・ギラー賞 (2002年)

クラーク, サイモン Clark, Simon

1248 "Goblin City Lights"

◇英国幻想文学賞 (2002年/短編)

1249 "Humpty's Bones"

◇英国幻想文学賞 (2011年/中長編)

1250 "The Night of the Triffids"

◇英国幻想文学賞 (2002年/長編〈オーガスト・ダーレス賞〉)

クラーク, スザンナ　Clarke, Susanna
- 1251 「ジョナサン・ストレンジとミスター・ノレル」 "Jonathan Strange & Mr.Norrell"
- ◇世界幻想文学大賞（2005年/長編）
- ◇ヒューゴー賞（2005年/長編）
- ◇ローカス賞（2005年/処女長編）
  - 「ジョナサン・ストレンジとミスター・ノレル　1」スザンナ・クラーク著, 中村浩美訳　ヴィレッジブックス　2008.11　345p　20cm　1600円　①978-4-86332-093-2
  - 「ジョナサン・ストレンジとミスター・ノレル　2」スザンナ・クラーク著, 中村浩美訳　ヴィレッジブックス　2008.11　490p　20cm　1800円　①978-4-86332-094-9
  - 「ジョナサン・ストレンジとミスター・ノレル　3」スザンナ・クラーク著, 中村浩美訳　ヴィレッジブックス　2008.11　509p　20cm　1800円　①978-4-86332-095-6

クラーク, フィン　Clarke, Finn
- 1252 "Call Time"
- ◇英国推理作家協会賞（2013年/デビュー・ダガー）

クラーク, ポーリン　Clarke, Pauline
- 1253 「魔神と木の兵隊」 "The Twelve and the Genii"〔独語題：Die Zwölf vom Dachboden〕
- ◇カーネギー賞（1962年）
- ◇ドイツ児童文学賞（1968年/児童書）
  - 「魔神と木の兵隊」山内義雄等編, P.クラーク原作, 神宮輝夫訳, 太田大八絵　あかね書房　1968　298p　22cm（国際児童文学賞全集 24）

クラーク, マーク・ヒギンズ　Clark, Mark Higgins
- ◎アメリカ探偵作家クラブ賞（2000年/巨匠賞）

クラーク, ロバート　Clark, Robert
- 1254 「記憶なき殺人」 "Mr.White's Confession"
- ◇アメリカ探偵作家クラブ賞（1999年/長編賞）
  - 「記憶なき殺人」ロバート・クラーク〔著〕, 小津薫訳　講談社　2000.9　503p　15cm（講談社文庫）857円　①4-06-264964-0

グラス, ギュンター　Grass, Günter
- ◎ビューヒナー賞（1965年）
- ◎ノーベル文学賞（1999年）

グラス, ジュリア　Glass, Julia
- 1255 「六月の組曲」 "Three Junes"
- ◇全米図書賞（2002年/小説）
  - 「六月の組曲」ジュリア・グラス著, 石山淳訳　DHC　2003.12　493p　19cm　2300円　①4-88724-353-7

グラスゴー, エレン　Glasgow, Ellen
- 1256 "In This Our Life"
- ◇ピュリッツアー賞（1942年/小説）

クラスナホルカイ・ラースロー　Krasznahorkai László
- ◎ブッカー賞（2015年/国際ブッカー賞）

グラスペル, スーザン　Glaspell, Susan
- 1257 "Alison's House"
- ◇ピュリッツアー賞（1931年/戯曲）

グラツィア, セバスティアン・デ　Grazia, Sebastian de
- 1258 「地獄のマキアヴェッリ」 "Machiavelli in Hell"
- ◇ピュリッツアー賞（1990年/伝記・自伝）
  - 「地獄のマキアヴェッリ　1」セバスティアン・デ・グラツィア〔著〕, 田中治男訳　法政大学出版局　1995.9　343p　20cm（叢書・ウニベルシタス 493）3502円　①4-588-00493-X
  - 「地獄のマキアヴェッリ　2」セバスティアン・デ・グラツィア〔著〕, 田中治男訳　法政大学出版局　1996.1　p347～634, 11p　20cm（叢書・ウニベルシタス 494）2987円　①4-588-00494-8

グラック, ジュリアン　Gracq, Julien
- 1259 「シルトの岸辺」 "Le rivage des Syrtes"
- ◇ゴンクール賞（1951年）
  - 「シルトの岸辺」ジュリアン・グラック〔著〕, 安藤元雄訳　集英社　1974　266p　肖像　19cm（現代の世界文学）690円
  - 「世界の文学　12　ブランショ, グラック」〔安藤元雄訳〕　集英社　1978.1　480p　20cm　1300円
  - 「シルトの岸辺」ジュリアン・グラック著, 安藤元雄訳　筑摩書房　2003.10　510p　15cm（ちくま文庫）1400円

①4-480-03877-9
「シルトの岸辺」　ジュリアン・グラック作, 安藤元雄訳　岩波書店　2014.2　539p　15cm（岩波文庫）1140円　①978-4-00-375129-9
※ちくま文庫 2003年刊の再刊

クラッセン, ジョン　Klassen, Jon

1260　「アナベルとふしぎなけいと」"Extra Yarn"
◇ボストングローブ・ホーンブック賞（2012年/絵本）
「アナベルとふしぎなけいと」　マック・バーネット文, ジョン・クラッセン絵, なかがわちひろ訳　あすなろ書房　2012.9　1冊（ページ付なし）　23×26cm　1300円　①978-4-7515-2694-1

1261　「ちがうねん」"This Is Not My Hat"
◇コルデコット賞（2013年）
◇ケイト・グリーナウェイ賞（2014年）
「ちがうねん」　ジョン・クラッセン作, 長谷川義史訳　クレヨンハウス　2012.11　〔33p〕　21×29cm　1500円　①978-4-86101-233-4

1262　「どこいったん」"I want my hat back"〔独語題：Wo ist mein Hut〕
◇ドイツ児童文学賞（2013年/絵本）
「どこいったん」　ジョン・クラッセン作, 長谷川義史訳　クレヨンハウス　2011.12　1冊（ページ付なし）　29cm　1500円　①978-4-86101-199-3

クラップ, マーガレット　Clapp, Margaret

1263　"Forgotten First Citizen: John Bigelow"
◇ピュリッツアー賞（1948年/伝記・自伝）

グラハム, キャサリン　Graham, Katharine

1264　「キャサリン・グラハム わが人生」"Personal History"
◇ピュリッツアー賞（1998年/伝記・自伝）
「キャサリン・グラハム わが人生」　キャサリン・グラハム〔著〕, 小野善邦訳　ティビーエス・ブリタニカ　1997.9　673p　20cm　2857円　①4-484-97110-0
「ペンタゴン・ペーパーズ─「キャサリン・グラハム わが人生」より」　キャサリン・グラハム著, 小野善邦訳　CCCメディアハウス　2018.4　350p　19cm　2000円　①978-4-484-18107-3

グラハム, ジョリー　Graham, Jorie

1265　"The Dream of the Unified Field"
◇ピュリッツアー賞（1996年/詩）

グラハム, ボブ　Graham, Bob

1266　「いぬがかいた～い！」"Let's Get a Pup！'Said Kate"
◇ボストングローブ・ホーンブック賞（2002年/絵本）
「いぬがかいた～い！」　ボブ・グラハムさく, 木坂涼やく　評論社　2006.6　1冊（ページ付なし）　25×27cm（児童図書館・絵本の部屋）1300円　①4-566-00847-9

1267　「ちいさなチョーじん スーパーぼうや」"Max"
◇ネスレ子どもの本賞（2000年/5歳以下部門/金賞）
「ちいさなチョーじんスーパーぼうや」　ボブ・グラハムさく, まつかわまゆみやく　評論社　2000.11　1冊　31cm（児童図書館・絵本の部屋）1300円　①4-566-00698-0

1268　"Buffy - An Adventure Story"
◇ネスレ子どもの本賞（1999年/5歳以下部門/銀賞）

1269　"Jethro Byrde-Fairy Child"
◇ケイト・グリーナウェイ賞（2002年）

グラブ, エレン　Grubb, Ellen

1270　"The Doll Makers"
◇英国推理作家協会賞（2004年/デビュー・ダガー）

グラフトン, スー　Grafton, Sue

1271　「殺害者のK」"'K' Is For Killer"
◇シェイマス賞（1995年/長編）
「殺害者のK」　スー・グラフトン著, 嵯峨静江訳　早川書房　1995.6　284p　20cm　1700円　①4-15-207924-X
「殺害者のK」　スー・グラフトン著, 嵯峨静江訳　早川書房　1998.1　428p　16cm（ハヤカワ・ミステリ文庫）760円　①4-15-076361-5

1272　「死体のC」"'C' Is For Corpse"
◇アンソニー賞（1987年/長編）
「死体のC」　スー・グラフトン著, 嵯峨静江訳　早川書房　1987.10　371p　16cm（ハヤカワ・ミステリ文庫）500円　①4-15-076353-4

1273　「探偵のG」"'G' Is For Gumshoe"

◇アンソニー賞（1991年/長編）
◇シェイマス賞（1991年/長編）
「探偵のG」スー・グラフトン著, 嵯峨静江訳　早川書房　1991.6　410p　16cm（ハヤカワ・ミステリ文庫）600円
①4-15-076357-7

1274 「泥棒のB」 "'B' Is For Burglar"
◇アンソニー賞（1986年/長編）
◇シェイマス賞（1986年/長編）
「泥棒のB」スー・グラフトン著, 嵯峨静江訳　早川書房　1987.6　350p　16cm（ハヤカワ・ミステリ文庫）480円
①4-15-076352-6

1275 「パーカー・ショットガン」 "The Parker Shotgun"
◇アンソニー賞（1987年/短編）
◇マカヴィティ賞（1987年/短編）
「卑しい街を行く」ロバート・J.ランディージ編, 木村二郎他訳〔嵯峨静江訳〕　早川書房　1989.2　367p　16cm（ハヤカワ・ミステリ文庫）480円
①4-15-076203-1
「ニュー・ミステリージャンルを越えた世界の作家42人」ジェローム・チャーリン編, 小林宏明他訳〔嵯峨静江訳〕早川書房　1995.10　469p　20cm（Hayakawa novels）3000円　①4-15-207961-4
◎シェイマス賞（2003年/ジ・アイ賞〈生涯功績賞〉）
◎英国推理作家協会賞（2008年/ダイヤモンド・ダガー）
◎アメリカ探偵作家クラブ賞（2009年/巨匠賞）

クラベル, ベルナール　Clavel, Bernard
1276 "Les fruits de l'hiver"
◇ゴンクール賞（1968年）

グラベンスタイン, クリス
Grabenstein, Chris
1277 「殺人遊園地へいらっしゃい」 "Tilt-A-Whirl"
◇アンソニー賞（2006年/処女長編）
「殺人遊園地へいらっしゃい」クリス・グラベンスタイン著, 猪俣美江子訳　早川書房　2007.9　510p　16cm（ハヤカワ・ミステリ文庫）940円　①978-4-15-177201-6
1278 「図書館脱出ゲーム」 "Escape from Mr.Lemoncello's Library"
◇アガサ賞（2013年/児童書・ヤングアダルト小説）
「図書館脱出ゲーム―ぼくたちの謎とき大作戦！上」クリス・グラベンスタイン著, 髙橋結花訳, JohnHathway絵　KADOKAWA　2016.3　189p　19cm　850円　①978-4-04-103970-0
「図書館脱出ゲーム―ぼくたちの謎とき大作戦！下」クリス・グラベンスタイン著, 髙橋結花訳, JohnHathway絵　KADOKAWA　2016.3　189p　19cm　850円　①978-4-04-103980-9
1279 "The Black Heart Crypt"
◇アガサ賞（2011年/児童書・ヤングアダルト小説）
1280 "The Crossroads"
◇アガサ賞（2008年/児童書・ヤングアダルト小説）
◇アンソニー賞（2009年/児童書・ヤングアダルト小説）
1281 "The Hanging Hill"
◇アガサ賞（2009年/児童書・ヤングアダルト小説）

クラム, ジョセフ　Kramm, Joseph
1282 "The Shrike"
◇ピュリッツァー賞（1952年/戯曲）

クラムゴールド, ジョセフ
Krumgold, Joseph
1283 「やっとミゲルの番です」 " ... And Now Miguel"
◇ニューベリー賞（1954年）
「やっとミゲルの番です」ジョセフ・クラムゴールド著, 宇野輝雄訳, Jean Charlot絵　明文社　1956　312p　19cm
1284 "Onion John"
◇ニューベリー賞（1960年）

クラムリー, ジェイムズ　Crumley, James
1285 「ファイナル・カントリー」 "The Final Country"
◇英国推理作家協会賞（2002年/シルバー・ダガー）
「ファイナル・カントリー」ジェイムズ・クラムリー著, 小鷹信光訳　早川書房　2004.7　436p　20cm（Hayakawa novels）2300円　①4-15-208575-4
「ファイナル・カントリー」ジェイムズ・クラムリー著, 小鷹信光訳　早川書房　2007.4　538p　16cm（ハヤカワ・ミステリ文庫）1000円　①978-4-15-077406-6

グラン, サラ　Gran, Sara
1286　「探偵は壊れた街で」　"Claire DeWitt and the City of the Dead"
◇マカヴィティ賞（2012年／長編）
「探偵は壊れた街で」 サラ・グラン著, 高山祥子訳　東京創元社　2015.4　412p　15cm（創元推理文庫）1200円　①978-4-488-16202-3

クラン, ジェラール　Klein, Gérard
1287 "Mémoire vive, mémoire morte"
◇イマジネール大賞（1987年／中編〈フランス語〉）
1288 "Réhabilitation"
◇イマジネール大賞（1974年／中編〈フランス語〉）

グラン, デイヴィッド　Grann, David
1289　「花殺し月の殺人—インディアン連続怪死事件とFBIの誕生」　"Killers of the Moon: The Osage Murders and the Birth of the FBI"
◇アメリカ探偵作家クラブ賞（2018年／犯罪実話賞）
「花殺し月の殺人—インディアン連続怪死事件とFBIの誕生」 デイヴィッド・グラン著, 倉田真木訳　早川書房　2018.5　374p　19cm　2200円　①978-4-15-209765-1

グランヴィル, パトリック　Grainville, Patrick
1290　「火炎樹」　"Les Flamboyants"
◇ゴンクール賞（1976年）
「火炎樹」 パトリック・グランヴィル著, 篠田知和基訳　国書刊行会　1998.6　442p　19cm（文学の冒険）2800円　①4-336-04021-4

クランクショー, エドワード　Crankshaw, Edward
1291 "Bismarck"
◇コスタ賞（1982年／伝記）

グランストローム, ブリタ　Granstrom, Brita
1292　「あかんぼうがいっぱい！」　"The World is Full of Babies"
◇ネスレ子どもの本賞（1996年／5歳以下部門／銀賞）
「あかんぼうがいっぱい」 ミック・マニング, ブリタ・グランストローム作, 百々佑利子訳　岩波書店　1998.10　30p　22×29cm（大型絵本—かがくとなかよし）1600円　①4-00-116207-5

クランストン, モーリス　Cranston, Maurice
1293 "Life Of John Locke"
◇ジェイムズ・テイト・ブラック記念賞（1957年／伝記）

グラント, ジョン　Grant, John
1294 "The Chesley Awards for Science Ficiton and Fantasy Art: A Retrospective"
◇ヒューゴー賞（2004年／関連書籍）
1295 "The Encyclopedia of Fantasy"
◇世界幻想文学大賞（1998年／特別賞〈プロ〉）
◇ヒューゴー賞（1998年／ノンフィクション）
◇ローカス賞（1998年／ノンフィクション）

グラント, チャールズ・L.　Grant, Charles L.
1296　「影の群れ」　"A Crowd of Shadows"
◇ネビュラ賞（1976年／短編）
「SFマガジン　19（10）」〔岡部宏之訳〕早川書房　1978.10　p46〜58
1297 "A Glow of Candles, a Unicorn's Eye"
◇ネビュラ賞（1978年／中編）
1298 "Confess the Seasons"
◇世界幻想文学大賞（1983年／中編）
1299 "Nightmare Seasons"
◇世界幻想文学大賞（1983年／アンソロジー・短編集）
1300 "Shadows"
◇世界幻想文学大賞（1979年／アンソロジー・短編集）
◎ブラム・ストーカー賞（1999年／生涯業績）

グリーア, アンドリュー・ショーン　Greer, Andrew Sean
1301 "Less"
◇ピュリッツァー賞（2018年／フィクション）

グリアスン, エドワード　Grierson, Edward
1302　「第二の男」　"The Second Man"

クリアリ

◇英国推理作家協会賞（1956年／クロスド・レッド・ヘリング賞）
「第二の男」　エドワード・グリアスン著，福田恆存，中村保男訳　東京創元社　1957　309p　19cm　（現代推理小説全集10）

クリアリー, ジョン　Cleary, Jon

1303　「法王の身代金」　"Peter's Pence"
◇アメリカ探偵作家クラブ賞（1975年／長編賞）
「法王の身代金」　ジョン・クリアリー〔著〕，篠原慎訳　角川書店　1976　360p　20cm　1200円
「法王の身代金」　ジョン・クリアリー〔著〕，篠原慎訳　角川書店　1979.5　443p　15cm　（角川文庫）　490円

クリアリー, ビバリー　Cleary, Beverly

1304　「ヘンショーさんへの手紙」　"Dear Mr.Henshaw"
◇ニューベリー賞（1984年）
「ヘンショーさんへの手紙」　B.クリアリー作，谷口由美子訳，むかいながまさ画　あかね書房　1984.12　151p　21cm　980円　①4-251-06243-4

1305　「ラモーナとおかあさん」　"Ramona and Her Mother"
◇全米図書賞（1981年／児童小説／ペーパーバック）
「ラモーナとおかあさん」　ベバリイ・クリアリー作，松岡享子訳，アラン・ティーグリーン絵　改訂新版　学習研究社　2001.12　253p　20cm　1200円　①4-05-201576-2

クリーヴス, アン　Cleeves, Ann

1306　「大鴉の啼く冬」　"Raven Black"
◇英国推理作家協会賞（2006年／ダンカン・ローリー・ダガー〈ゴールド・ダガー〉）
「大鴉の啼く冬」　アン・クリーヴス著，玉木亨訳　東京創元社　2007.7　446p　15cm　（創元推理文庫）　1100円　①978-4-488-24505-4
◎英国推理作家協会賞（2017年／ダイヤモンド・ダガー）

クリーシー, ジョン　Creasey, John

◎アメリカ探偵作家クラブ賞（1969年／巨匠賞）

クリスティ, アガサ　Christie, Agatha

1307　「エルキュール・ポアロ」シリーズ　"Hercule Poirot"
◇アンソニー賞（2000年／20世紀最優秀シリーズ）
◎アメリカ探偵作家クラブ賞（1955年／巨匠賞）
◎アンソニー賞（2000年／20世紀最優秀作家）

クリスティ, R.グレゴリー　Christie, R.Gregory

1308　「ハーレムの闘う本屋―ルイス・ミショーの生涯」　"No Crystal Stair: A Documentary Novel of the Life and Work of Lewis Michaux, Harlem Bookseller"
◇ボストングローブ・ホーンブック賞（2012年／フィクション）
「ハーレムの闘う本屋―ルイス・ミショーの生涯」　ヴォーンダ・ミショー・ネルソン著，R・グレゴリー・クリスティイラスト，原田勝訳　あすなろ書房　2015.2　179p　26cm　1800円　①978-4-7515-2752-8

クリステンセン, ケイト　Christensen, Kate

1309　"The Great Man"
◇ペン・フォークナー賞（2008年）

クリストファー, ジョン　Christopher, John

1310　"The Guardians"〔独語題：Die Wächter〕
◇ガーディアン児童文学賞（1971年）
◇ドイツ児童文学賞（1976年／ヤングアダルト）

クリストファー, マイケル　Cristofer, Michael

1311　"The Shadow Box"
◇ピュリッツァー賞（1977年／戯曲）

クリスピン, アン　Crispin, Ann

◎ネビュラ賞（2003年／SFWA賞）

クリスマン, A.B.　Chrisman, Arthur Bowie

1312　"Shen of the Sea"
◇ニューベリー賞（1926年）

クリーチ, シャロン　Creech, Sharon

1313　「めぐりめぐる月」　"Walk Two

Moons"
◇ニューベリー賞（1995年）
「めぐりめぐる月」 シャロン・クリーチ作, もきかずこ訳 講談社 1996.6 373p 20cm（ユースセレクション） 1600円　①4-06-261654-8
「めぐりめぐる月」 シャロン・クリーチ作, もきかずこ訳 偕成社 2005.11 430p 20cm 1800円　①4-03-726730-6
※絵：井筒啓之

1314　「ルビーの谷」　"Ruby Holler"
◇カーネギー賞（2002年）
「ルビーの谷」 シャロン・クリーチ著, 赤尾秀子訳 早川書房 2004.7 292p 20cm（ハリネズミの本箱） 1500円　①4-15-250024-7

グリッサン, エドゥアール
Glissant, Édouard
1315　「レザルド川」　"La Lézarde"
◇ルノドー賞（1958年）
「レザルド川」 エドゥアール・グリッサン著, 恒川邦夫訳 現代企画室 2003.12 305p 20cm 3000円　①4-7738-0310-X

クリッツァー, ナオミ　Kritzer, Naomi
1316　"Cat Pictures Please"
◇ヒューゴー賞（2016年/短編）

クリッヒ, ロシェル・メジャー
Krich, Rochelle
1317　「甘い女」　"Where's Mommy Now？"
◇アンソニー賞（1991年/ペーパーバック）
「甘い女」 ロシェル・メジャー・クリッヒ著, 高橋裕子訳 東京創元社 1997.2 486p 15cm（創元推理文庫） 845円　①4-488-29402-2
1318　"Grave Endings"
◇アメリカ探偵作家クラブ賞（2005年/メアリ・ヒギンズ・クラーク賞）

クリード, ジョン　Creed, John
1319　「シリウス・ファイル」　"The Sirius Crossing"
◇英国推理作家協会賞（2002年/イアン・フレミング・スティール・ダガー）
「シリウス・ファイル」 ジョン・クリード〔著〕, 鎌田三平訳 新潮社 2004.8 390p 16cm（新潮文庫） 705円　①4-10-214711-X

クリバノフ, ハンク　Klibanoff, Hank
1320　"The Race Beat: The Press, the Civil Rights Struggle, and the Awakening of a Nation"
◇ピュリッツァー賞（2007年/歴史）

クリーバン, エドワード　Kleban, Edward
1321　「コーラスライン」　"A Chorus Line"
◇ピュリッツァー賞（1976年/戯曲）

グリフィス, エリー　Griffiths, Elly
1322　"The Crossing Places"
◇アメリカ探偵作家クラブ賞（2011年/メアリ・ヒギンズ・クラーク賞）
◎英国推理作家協会賞（2016年/図書館賞）

グリフィス, ニコラ　Griffith, Nicola
1323　「スロー・リバー」　"Slow River"
◇ネビュラ賞（1996年/長編）
「スロー・リバー」 ニコラ・グリフィス著, 幹遙子訳 早川書房 1998.3 507p 16cm（ハヤカワ文庫SF） 840円　①4-15-011225-8

クリフォード, フランシス
Clifford, Francis
1324　「さらばグロヴナー広場」　"The Grosvenor Square Goodbye"
◇英国推理作家協会賞（1974年/シルバー・ダガー）
「さらばグロヴナー広場」 フランシス・クリフォード著, 水野谷とおる訳 角川書店 1982.10 293p 20cm 1400円
1325　「間違われた男」　"Another Way of Dying"
◇英国推理作家協会賞（1969年/シルバー・ダガー）
「間違われた男」 フランシス・クリフォード著, 中村能三訳 早川書房 1979.9 313p 16cm（ハヤカワ文庫—NV） 360円

クリフトン, ヴァイオレット
Clifton, Violet
1326　"The Book Of Talbot"
◇ジェイムズ・テイト・ブラック記念賞（1933年/伝記）

クリフトン, マーク　Clifton, Mark
1327　「ボシイの時代」　"They'd Rather

Be Right"
◇ヒューゴー賞（1955年/長編）
「ボシイの時代」マーク・クリフトン, フランク・ライリイ著, 冬川亘訳　東京創元社　1981.3　280p　15cm（創元推理文庫）320円

クリフトン, ルシール　Clifton, Lucille
1328 "Blessing the Boats: New and Selected Poems 1988-2000"
◇全米図書賞（2000年/詩）

グリーペ, マリア　Gripe, Maria
1329 「ヒューゴとジョセフィーン―北国の虹ものがたり2」 "Hugo och Josefin"
◇ニルス・ホルゲション賞（1963年）
「ヒューゴとジョセフィーン―北国の虹ものがたり2」マリア・グリーペ作, 大久保貞子訳　富山房　1981.2　266p　21cm　1380円　①4-572-00444-7
◎国際アンデルセン賞（1974年/作家賞）

クリーマ, イヴァン　Klíma, Ivan
◎フランツ・カフカ賞（2002年）

グリムウッド, ケン　Grimwood, Ken
1330 「リプレイ」 "Replay"
◇世界幻想文学大賞（1988年/長編）
「リプレイ」ケン・グリムウッド〔著〕, 杉山高之訳　新潮社　1990.7　474p　15cm（新潮文庫）600円　①4-10-232501-8

グリムウッド, ジョン・コートニー　Grimwood, Jon Courtenay
1331 "End of the World Blues"
◇英国SF協会賞（2006年/長編）
1332 "Felaheen"
◇英国SF協会賞（2003年/長編）

クリューガー, ミハエル　Krüger, Michael
1333 "Himmelfarb"
◇メディシス賞（1996年/外国小説）

クリューガー, リチャード　Kluger, Richard
1334 "Ashes To Ashes: America's Hundred-Year Cigarette War, The Public Health, And The Unabashed Triumph Of Philip Morri"
◇ピュリッツァー賞（1997年/ノンフィクション）

クリュス, ジェームス　Krüss, James
1335 「あごひげ船長九つ物語」 "Mein Urgroßvater und ich"
◇ドイツ児童文学賞（1960年/児童書）
「あごひげ船長九つ物語」ジェームス・クリュス作, 植田敏郎訳, J.バルトシュ絵　講談社　1973.3　288p　22cm（世界の児童文学名作シリーズ―クリュス選集 4）
◎国際アンデルセン賞（1968年/作家賞）

グリュック, ルイーズ　Glück, Louise
1336 "Faithful and Virtuous Night"
◇全米図書賞（2014年/詩）
1337 "The Triumph of Achilles"
◇全米書評家協会賞（1985年/詩）
1338 "The Wild Iris"
◇ピュリッツァー賞（1993年/詩）

グリュンバイン, デュルス　Grünbein, Durs
◎ビューヒナー賞（1995年）

グリル, ウィリアム　Grill, William
1339 「シャクルトンの大漂流」 "Shackleton's Journey"
◇ケイト・グリーナウェイ賞（2015年）
「シャクルトンの大漂流」ウィリアム・グリル作, 千葉茂樹訳　岩波書店　2016.10　71p　32cm　2000円　①978-4-00-111260-3

グリーン, アラン　Green, Alan
1340 「ボディを見てから驚け」〔別題「くたばれ健康法！」〕 "What A Body"
◇アメリカ探偵作家クラブ賞（1950年/処女長編賞）
「ボディを見てから驚け」アラン・グリーン著, 井上一夫訳　東京創元社　1961　277p　15cm（創元推理文庫）
「くたばれ健康法！」アラン・グリーン著, 井上一夫訳　東京創元社　1995.10　277p　15cm（創元推理文庫）500円　①4-488-16501-X
※『ボディを見てから驚け！』（1961年刊）の改題

グリーン, グレアム　Greene, Graham
1341 「事件の核心」 "The Heart Of The Matter"

◇ジェイムズ・テイト・ブラック記念賞（1948年/フィクション）
「事件の核心」 グレアム・グリーン著, 伊藤整訳 新潮社 1951 398p 19cm
「事件の核心」 グレアム・グリーン著, 伊藤整訳 新潮社 1959 427p 16cm（新潮文庫）
「筑摩世界文学大系 79 ウォー, グリーン」〔伊藤整訳〕 筑摩書房 1971 411p 肖像 23cm
「キリスト教文学の世界 8 G.グリーン, モーム」〔伊藤整訳〕 主婦の友社 1977.4 297p 肖像 22cm 1800円
「グレアム・グリーン全集 10 事件の核心」 小田島雄志訳 早川書房 1982.8 321p 20cm 1800円
「事件の核心」 グレアム・グリーン著, 小田島雄志訳 早川書房 2005.12 537p 16cm（ハヤカワepi文庫―グレアム・グリーン・セレクション） 1000円 ①4-15-120033-9

◎アメリカ探偵作家クラブ賞（1976年/巨匠賞）

グリーン, コンスタンス・M.　Green, Constance McLaughlin
1342 "Washington, Village and Capital, 1800-1878"
◇ピュリッツァー賞（1963年/歴史）

グリーン, シャーリー　Green, Shirley
1343 "Rachman"
◇英国推理作家協会賞（1979年/ゴールド・ダガー〈ノンフィクション〉）

グリーン, ジョージ・ドーズ　Green, George Dawes
1344 「ケイヴマン」 "The Caveman's Valentine"
◇アメリカ探偵作家クラブ賞（1995年/処女長編賞）
「ケイヴマン」 ジョージ・ドーズ・グリーン著, 岩瀬孝雄訳 早川書房 1995.7 301p 20cm（Hayakawa novels）1800円 ①4-15-207931-2
「ケイヴマン」 ジョージ・ドーズ・グリーン著, 岩瀬孝雄訳 早川書房 1998.5 498p 16cm（ハヤカワ文庫NV） 860円 ①4-15-040874-2

グリーン, ジョン　Green, John
1345 「さよならを待つふたりのために」 "The Fault in Our Stars"〔独語題：Das Schicksal ist ein mieser Verräter〕
◇ドイツ児童文学賞（2013年/青少年審査委員賞）
「さよならを待つふたりのために」 ジョン・グリーン作, 金原瑞人, 竹内茜訳 岩波書店 2013.7 337p 19cm（STAMP BOOKS）1800円 ①978-4-00-116405-3
1346 「ペーパータウン」 "Paper Towns"
◇アメリカ探偵作家クラブ賞（2009年/ヤングアダルト賞）
「ペーパータウン」 ジョン・グリーン作, 金原瑞人訳 岩波書店 2013.1 381p 19cm（STAMP BOOKS）1900円 ①978-4-00-116402-2

グリーン, ポール　Green, Paul
1347 "In Abraham's Bosom"
◇ピュリッツァー賞（1927年/戯曲）

グリーン, リチャード・ランセリン　Green, Richard Lancelyn
1348 "A Bibliography of A.Conan Doyle"
◇アメリカ探偵作家クラブ賞（1984年/スペシャルエドガー）

グリーン, ロバート　Greene, Robert W.
1349 「アメリカン・ハッスル」〔旧題「おとり捜査」〕 "The Sting Man"
◇アメリカ探偵作家クラブ賞（1982年/犯罪実話賞）
「おとり捜査」 ロバート・グリーン著, 新庄哲夫訳 河出書房新社 1982.12 456p 20cm 1800円
「アメリカン・ハッスル 上」 R・グリーン著, 新庄哲夫訳 河出書房新社 2013.12 253p 15cm（河出文庫）840円 ①978-4-309-46391-9
※「おとり捜査」(1982年刊)の改題、上下2分冊
「アメリカン・ハッスル 下」 R・グリーン著, 新庄哲夫訳 河出書房新社 2013.12 276p 15cm（河出文庫）840円 ①978-4-309-46392-6
※「おとり捜査」(1982年刊)の改題、上下2分冊

クリンガー, レスリー・S.　Klinger, Leslie S.
1350 "In the Company of Sherlock Holmes: Stories Inspired by the Holmes Canon"
◇アンソニー賞（2015年/アンソロ

ジー・短編集）
1351 "The New Annotated Sherlock Holmes: The Complete Short Stories"
◇アメリカ探偵作家クラブ賞（2005年/批評・評伝賞）

グリンドレー, サリー　Grindley, Sally
1352 "Spilled Water"
◇ネスレ子どもの本賞（2004年/9～11歳部門/金賞）

グリーンバーグ, マーティン・H.
Greenberg, Martin H.
1353 "Synod Of Sleuths: Essays on Judeo-Christian Detective Fiction"
◇アンソニー賞（1991年/評論）
1354 "The Fine Art Of Murder: The Mystery Reader's Indispensable Companion"
◇アンソニー賞（1994年/評論）
◇マカヴィティ賞（1994年/評論・評伝）
◎ブラム・ストーカー賞（2003年/生涯業績）

グリーンブラット, スティーヴン
Greenblatt, Stephen
1355 「一四一七年、その一冊がすべてを変えた」 "The Swerve: How the World Became Modern"
◇全米図書賞（2011年/ノンフィクション）
◇ピュリッツァー賞（2012年/ノンフィクション）
「一四一七年、その一冊がすべてを変えた」　スティーヴン・グリーンブラット著, 河野純治訳　柏書房　2012.12　395p　20cm　2200円　①978-4-7601-4176-0

グリーンランド, コリン
Greenland, Colin
1356 "Take Back Plenty"
◇英国SF協会賞（1990年/長編）
◇アーサー・C・クラーク賞（1991年）

クルーガー, ウィリアム・ケント
Krueger, William Kent
1357 「ありふれた祈り」 "Ordinary Grace"
◇アメリカ探偵作家クラブ賞（2014年/長編賞）
◇アンソニー賞（2014年/長編）
◇バリー賞（2014年/長編）
◇マカヴィティ賞（2014年/長編）
「ありふれた祈り」　ウィリアム・ケント・クルーガー著, 宇佐川晶子訳　早川書房　2014.12　398p　19cm（HAYAKAWA POCKET MYSTERY BOOKS）　1800円　①978-4-15-001890-0
「ありふれた祈り」　ウィリアム・ケント・クルーガー著, 宇佐川晶子訳　早川書房　2016.11　491p　16cm（ハヤカワ・ミステリ文庫）　1060円　①978-4-15-182351-0
1358 「凍りつく心臓」 "Iron Lake"
◇アンソニー賞（1999年/処女長編）
◇バリー賞（1999年/処女長編）
「凍りつく心臓」　ウィリアム・K.クルーガー〔著〕, 野口百合子訳　講談社　2001.9　567p　15cm（講談社文庫）　990円　①4-06-273260-2
1359 「二度死んだ少女」 "Blood Hollow"
◇アンソニー賞（2005年/長編）
「二度死んだ少女」　ウィリアム・K.クルーガー〔著〕, 野口百合子訳　講談社　2009.2　622p　15cm（講談社文庫）　1086円　①978-4-06-276275-5
1360 「闇の記憶」 "Mercy Falls"
◇アンソニー賞（2006年/長編）
「闇の記憶」　ウィリアム・K.クルーガー〔著〕, 野口百合子訳　講談社　2011.6　596p　15cm（講談社文庫）　1086円　①978-4-06-276953-2

クルーゲ, アレクサンダー
Kluge, Alexander
◎ビューヒナー賞（2003年）

クルーズ, ニロ　Cruz, Nilo
1361 「熱帯のアンナ」 "Anna in the Tropics"
◇ピュリッツァー賞（2003年/戯曲）

クルーチ, ジョセフ・W.
Krutch, Joseph Wood
1362 "The Measure of Man"
◇全米図書賞（1955年/ノンフィクション）

グルッサール, セルジュ　Groussard, Serge

1363　「過去のない女」 "La Femme sans passé"
◇フェミナ賞（1950年）
「過去のない女　1」 G.グルーサール著、水野亮訳　岩波書店　1952　226p　19cm（岩波現代叢書）
「過去のない女　2」 S.グルーサール著、水野亮訳　岩波書店　1953　242p　19cm（岩波現代叢書）

クルート, ジョン　Clute, John

1364　「SF大百科事典」 "Science Fiction: The Illustrated Encyclopedia"
◇ヒューゴー賞（1996年/ノンフィクション）
◇ローカス賞（1996年/ノンフィクション）
「SF大百科事典」 ジョン・クルート編著、高橋良平監修、浅倉久志〔ほか〕訳　グラフィック社　1998.8　320p　30cm　6500円　①4-7661-0998-8
1365 "Look at the Evidence"
◇ローカス賞（1997年/ノンフィクション）
1366 "The Encyclopedia of Fantasy"
◇世界幻想文学大賞（1998年/特別賞〈プロ〉）
◇ヒューゴー賞（1998年/ノンフィクション）
◇ローカス賞（1998年/ノンフィクション）
1367 "The Encyclopedia of Science Fiction"
◇英国SF協会賞（1993年/特別賞）
◇ヒューゴー賞（1994年/ノンフィクション）
◇ローカス賞（1994年/ノンフィクション）

グールド, スティーヴン・ジェイ　Gould, Stephen Jay

1368　「人間の測りまちがい」 "The Mismeasure of Man"
◇全米書評家協会賞（1981年/ノンフィクション）
「人間の測りまちがい—差別の科学史」 スティーヴン・J.グールド〔著〕、鈴木善次、森脇靖子訳　河出書房新社　1989.7　444, 22p　20cm　3900円　①4-309-25048-3
「人間の測りまちがい—差別の科学史」 スティーヴン・J.グールド〔著〕、鈴木善次、森脇靖子訳　増補改訂版　河出書房新社　1998.11　567, 23p　20cm　4900円　①4-309-25107-2
「人間の測りまちがい—差別の科学史　上」 スティーヴン・J.グールド著、鈴木善次、森脇靖子訳　河出書房新社　2008.6　376p　15cm（河出文庫）1500円　①978-4-309-46305-6
「人間の測りまちがい—差別の科学史　下」 スティーヴン・J.グールド著、鈴木善次、森脇靖子訳　河出書房新社　2008.6　389, 32p　15cm（河出文庫）1500円　①978-4-309-46306-3
1369　「パンダの親指」 "The Panda's Thumb: More Reflections on Natural History"
◇全米図書賞（1981年/科学/ハードカバー）
「パンダの親指—進化論再考」 スティーヴン・ジェイ・グールド著、桜町翠軒訳　早川書房　1986.5　2冊　20cm　各1400円　①4-15-203308-8
「パンダの親指—進化論再考　上」 スティーヴン・ジェイ・グールド著、桜町翠軒訳　早川書房　1996.3　287p　16cm（ハヤカワ文庫 NF）580円　①4-15-050206-4
「パンダの親指—進化論再考　下」 スティーヴン・ジェイ・グールド著、桜町翠軒訳　早川書房　1996.8　277p　16cm（ハヤカワ文庫 NF）580円　①4-15-050207-2

グールド, チェスター　Gould, Chester

1370　「ディック・トレイシー」〔コミック〕 "Dick Tracy"
◇アメリカ探偵作家クラブ賞（1980年/スペシャルエドガー）

クールトン, G.G.　Coulton, G.G.

1371 "Fourscore Years"
◇ジェイムズ・テイト・ブラック記念賞（1943年/伝記）

クルーナン, ベッキー　Cloonan, Becky

1372 "Demeter"
◇英国幻想文学賞（2014年/コミック・グラフィックノベル）

グルニエ, クリスチャン　Grenier, Christian

1373 "Le Coeur en abîme"
◇イマジネール大賞（1989年/青少年向

け長編〈フランス語〉）
1374 "Le cycle du Multimonde"
◇イマジネール大賞（1998年／青少年向け長編）

グルニエ, ロジェ　Grenier, Roger
1375 「シネロマン」 "Ciné-roman"
◇フェミナ賞（1972年）
「シネロマン」 ロジェ・グルニエ〔著〕，塩瀬宏訳　白水社　1977.12　336p 肖像　20cm（新しい世界の文学 80）1600円
「シネロマン」 ロジェ・グルニエ〔著〕，塩瀬宏訳　新装復刊　白水社　2001.9　337p　20cm　2800円　Ⓓ4-560-04727-8

クルマ, アマドゥ　Kourouma, Ahmadou
1376 「アラーの神にもいわれはない―ある西アフリカ少年兵の物語」 "Allah n'est pas obligé"
◇ルノドー賞（2000年）
「アラーの神にもいわれはない―ある西アフリカ少年兵の物語」 アマドゥ・クルマ著，真島一郎訳　人文書院　2003.7　405p　19cm　2400円　Ⓓ4-409-13026-9

クルマン, ハリー　Kullman, Harry
1377 「デビッドの秘密の旅」 "Hemlig resa"
◇ニルス・ホルゲション賞（1955年）
「デビッドの秘密の旅」 山内義雄等編，ハリー・クルマン原作，神宮輝夫訳，つだこう絵　あかね書房　1965　250p　22cm（国際児童文学賞全集 7）
「デビッドの秘密の旅」 ハリー＝クルマ作，神宮輝夫訳　偕成社　1977.7　269p　19cm（偕成社文庫）390円

グルーリー, ブライアン　Gruley, Bryan
1378 「湖は餓えて煙る」 "Starvation Lake"
◇アンソニー賞（2010年／ペーパーバック）
◇バリー賞（2010年／ペーパーバック）
「湖は餓えて煙る」 ブライアン・グルーリー著，青木千鶴訳　早川書房　2010.9　552p　19cm（Hayakawa pocket mystery books）1900円　Ⓓ978-4-15-001839-9

グレアム, ウィンストン　Graham, Winston
1379 "The Little Walls"
◇英国推理作家協会賞（1955年／クロスド・レッド・ヘリング賞）

グレアム, キャロライン　Graham, Caroline
1380 「蘭の告発」 "The Killings at Badger's Drift"
◇マカヴィティ賞（1989年／処女長編）
「蘭の告発」 キャロライン・グレアム〔著〕，山田順子訳　角川書店　1989.12　384p　15cm（角川文庫）560円　Ⓓ4-04-263501-6

グレアム, マーク　Graham, Mark
1381 「黒い囚人馬車」 "The Black Maria"
◇アメリカ探偵作家クラブ賞（2001年／ペーパーバック賞）
「黒い囚人馬車」 マーク・グレアム著，山本俊子訳　早川書房　2001.10　395p　19cm（ハヤカワ・ミステリ）1400円　Ⓓ4-15-001708-5

グレイ, アラスター　Gray, Alasdair
1382 「哀れなるものたち」 "Poor Things"
◇コスタ賞（1992年／長編）
「哀れなるものたち」 アラスター・グレイ著，高橋和久訳　早川書房　2008.1　442p　19cm（ハヤカワepiブック・プラネット）2000円　Ⓓ978-4-15-208857-4

グレイ, エリザベス・ジャネット　Gray, Elizabeth Janet
1383 「旅の子アダム」 "Adam of the Road"
◇ニューベリー賞（1943年）
「旅の子アダム」 エリザベス・グレイ・ヴァイニング著，星野あい訳，佐竹徳絵　トッパン　1948　268p　21cm
「旅の子アダム」 エリザベス・グレイ・ヴァイニング著，立松和平訳　恒文社21　2004.3　277p　20cm　1900円　Ⓓ4-7704-1111-1

グレイ, キース　Gray, Keith
1384 「家出の日」 "The Runner"
◇ネスレ子どもの本賞（1998年／6〜8歳部門／銀賞）
「家出の日」 キース・グレイ作，まえざわあきえ訳，コヨセ・ジュンジ挿絵　徳間書店　2001.8　110p　19cm　1200円　Ⓓ4-19-861403-2

クレイ, フィル　Klay, Phil
1385 「一時帰還」 "Redeployment"
◇全米書評家協会賞（2014年／ジョン・

レオナルド賞）
◇全米図書賞（2014年/小説）
　「一時帰還」フィル・クレイ〔著〕,上岡伸雄訳　岩波書店　2015.7　325p　19cm　2400円　①978-4-00-061054-4

グレイ, ミニ　Grey, Mini

1386 「カッチョマンがやってきた！」 "Traction Man Is Here！"
◇ボストングローブ・ホーンブック賞（2005年/絵本）
　「カッチョマンがやってきた！」ミニ・グレイ作・絵,吉上恭太訳　徳間書店　2008.6　1冊（ページ付なし）　26cm　1500円　①978-4-19-862552-8

1387 "Biscuit Bear"
◇ネスレ子どもの本賞（2004年/5歳以下部門/金賞）

1388 "The Adventures of the Dish and the Spoon"
◇ネスレ子どもの本賞（2006年/6～8歳部門/銅賞）
◇ケイト・グリーナウェイ賞（2007年）

グレイグ, J.Y.R.　Greig, J.Y.R.

1389 "David Hume"
◇ジェイムズ・テイト・ブラック記念賞（1931年/伝記）

クレイシ, ハニフ　Kureishi, Hanif

1390 「郊外のブッダ」 "The Buddha of Suburbia"
◇コスタ賞（1990年/処女長編）
　「郊外のブッダ」ハニフ・クレイシ著,古賀林幸訳　中央公論社　1996.8　444p　20cm　2800円　①4-12-002598-5

クレイジス, エレン　Klages, Ellen

1391 「地下室の魔法」 "Basement Magic"
◇ネビュラ賞（2004年/中編）
　「SFマガジン 47（12）」〔井上知訳〕早川書房　2006.12　p9～36

1392 "Passing Strange"
◇世界幻想文学大賞（2018年/中編）

1393 "The Green Glass Sea"
◇スコット・オデール賞（2007年）

1394 "Wakulla Springs"
◇世界幻想文学大賞（2014年/中編）

クレイス, ジム　Crace, Jim

1395 「死んでいる」 "Being Dead"

◇全米書評家協会賞（2000年/小説）
　「死んでいる」ジム・クレイス〔著〕,渡辺佐智江訳　白水社　2001.6　235p　20cm　2300円　①4-560-04719-7
　「死んでいる」ジム・クレイス〔著〕,渡辺佐智江訳　白水社　2004.7　258p　18cm（白水Uブックス─海外小説の誘惑）950円　①4-560-07148-9

1396 「四十日」 "Quarantine"
◇コスタ賞（1997年/長編）
　「四十日」ジム・クレイス著,渡辺佐智江訳　インスクリプト　2002.9　309p　20cm　2600円　①4-309-90491-2
　「四十日」ジム・クレイス著,渡辺佐智江訳　インスクリプト　2002.9　309p　20cm　2600円　①4-900997-07-2

1397 "Continent"
◇コスタ賞（1986年/処女長編）

1398 "Harvest"
◇ジェイムズ・テイト・ブラック記念賞（2013年/フィクション）

クレイス, ロバート　Crais, Robert

1399 「サンセット大通りの疑惑─探偵エルヴィス・コール」 "Sunset Express"
◇シェイマス賞（1997年/長編）
　「サンセット大通りの疑惑─探偵エルヴィス・コール」ロバート・クレイス著,高橋恭美子訳　扶桑社　2000.3　450p　16cm（扶桑社ミステリー）762円　①4-594-02870-5

1400 「天使の護衛」 "The Watchman"
◇バリー賞（2008年/スリラー）
　「天使の護衛」ロバート・クレイス著,村上和久訳　武田ランダムハウスジャパン　2011.8　511p　15cm（RHブックス＋プラス）950円　①978-4-270-10393-7

1401 「モンキーズ・レインコート」 "The Monkey's Raincoat"
◇アンソニー賞（1988年/ペーパーバック）
◇マカヴィティ賞（1988年/処女長編）
　「モンキーズ・レインコート」ロバート・クレイス〔著〕,田村義進訳　新潮社　1989.2　362p　16cm（新潮文庫）480円　①4-10-228201-7

1402 "Taken"
◇シェイマス賞（2013年/長編）

◎シェイマス賞（2010年/ジ・アイ賞）

◎アメリカ探偵作家クラブ賞（2014年/巨匠賞）

グレイプ, ジャン　Grape, Jan

1403　「最前列の座席から」　"A Front Row Seat"
◇アンソニー賞（1998年／短編）
「ミステリマガジン　44(2)」〔阿部里美訳〕　早川書房　1999.2　p19～42

1404　"Deadly Women: The Woman Mystery Reader's Indispensable Companion"
◇マカヴィティ賞（1998年／ノンフィクション）

クレイマー, ジェーン　Kramer, Jane

1405　「ラスト・カウボーイ」　"The Last Cowboy"
◇全米図書賞（1981年／一般小説／ペーパーバック）
「ラスト・カウボーイ―ある現代カウボーイの夢と現実」　ジェーン・クレイマー著, 高橋千尋訳　早川書房　1980.7　193p　20cm（Hayakawa nonfiction）1200円

クレヴァリー, バーバラ　Cleverly, Barbara

1406　"The Damascened Blade"
◇英国推理作家協会賞（2004年／エリス・ピーターズ・ヒストリカル・ダガー）

グレーヴス, ロバート　Graves, Robert

1407　「この私、クラウディウス」　"I, Claudius"
◇ジェイムズ・テイト・ブラック記念賞（1934年／フィクション）
「この私、クラウディウス」ロバート・グレーヴス〔著〕, 多田智満子, 赤井敏夫訳　みすず書房　2001.3　458p　20cm　3800円　①4-622-04806-X

1408　"Claudius The God"
◇ジェイムズ・テイト・ブラック記念賞（1934年／フィクション）

グレゴリイ, ダリル　Gregory, Daryl

1409　"We Are All Completely Fine"
◇世界幻想文学大賞（2015年／中編）

クレス, ナンシー　Kress, Nancy

1410　「アードマン連結体」　"The Erdmann Nexus"
◇ヒューゴー賞（2009年／中長編）
「アードマン連結体」　ナンシー・クレス著, 田中一江他訳　早川書房　2010.4　520p　16cm（ハヤカワ文庫SF）940円　①978-4-15-011755-9

1411　「彼方には輝く星々」　"Out of All Them Bright Stars"
◇ネビュラ賞（1985年／短編）
「SFマガジン　28(1)」〔高橋良平訳〕　早川書房　1987.1　p48～55

1412　「齢の泉」　"Fountain of Age"
◇ネビュラ賞（2007年／中長編）
「アードマン連結体」　ナンシー・クレス著, 田中一江他訳〔小野田和子訳〕　早川書房　2010.4　520p　16cm（ハヤカワ文庫SF）940円　①978-4-15-011755-9

1413　「プロバビリティ・サン」　"Probability Sun"
◇ジョン・W・キャンベル記念賞（2002年／第3位）
「プロバビリティ・サン」　ナンシー・クレス著, 金子司訳　早川書房　2008.12　559p　16cm（ハヤカワ文庫SF）880円　①978-4-15-011694-1

1414　「プロバビリティ・スペース」　"Probability Space"
◇ジョン・W・キャンベル記念賞（2003年／第1位）
「プロバビリティ・スペース」　ナンシー・クレス著, 金子司訳　早川書房　2009.1　590p　16cm（ハヤカワ文庫SF）940円　①978-4-15-011696-5

1415　「ベガーズ・イン・スペイン」　"Beggars in Spain"〔仏語題：L'une rêve et l'autre pas〕
◇ネビュラ賞（1991年／中長編）
◇ヒューゴー賞（1992年／中長編）
◇ジョン・W・キャンベル記念賞（1994年／第2位）
◇イマジネール大賞（1995年／中編〈外国〉）
「ベガーズ・イン・スペイン」　ナンシー・クレス著, 金子司他訳〔金子司訳〕　早川書房　2009.3　525p　16cm（ハヤカワ文庫SF）900円　①978-4-15-011704-7

1416　「密告者」　"The Flowers of Aulit Prison"
◇ネビュラ賞（1997年／中編）
「ベガーズ・イン・スペイン」　ナンシー・クレス著, 金子司他訳〔田中一江訳〕　早川書房　2009.3　525p　16cm（ハヤカワ文庫SF）900円　①978-4-15-011704-7

1417　"After the Fall, Before the Fall,

During the Fall"
◇ネビュラ賞（2012年／中長編）
◇ローカス賞（2013年／中長編）
1418 "Yesterday's Kin"
◇ネビュラ賞（2014年／中長編）
◇ローカス賞（2015年／中長編）

グレース, パトリシア　Grace, Patricia
◎ノイシュタット国際文学賞（2008年）

クレスウェル, ヘレン　Cresswell, Helen
1419 "The Night-Watchmen"
◇フェニックス賞（1989年）

クレッグ, ダグラス　Clegg, Douglas
1420 "The Nightmare Chronicles"
◇ブラム・ストーカー賞（1999年／短編集）

グレッツ, スザンナ　Gretz, Susanna
1421 「あなたのばんよロジャー！」 "It's Your Turn, Roger！"
◇ネスレ子どもの本賞（1985年／7歳以下部門）
「あなたのばんよロジャー！」 スザンナ・グレッツぶん・え、あきのしょういちろうやく　童話館出版　2005.7　1冊（ページ付なし）　21×27cm 1400円　①9784887500662, 4-88750-066-1

クレーマー, デイヴィッド・F.　Kramer, David F.
1422 "The Cryptopedia: A Dictionary of the Weird, Strange & Downright Bizarre"
◇ブラム・ストーカー賞（2007年／ノンフィクション）

クレミン, ローレンス・A.　Cremin, Lawrence A.
1423 "American Education: The National Experience, 1783-1876"
◇ピュリッツァー賞（1981年／歴史）

クレムト＝コズィノウスキー, ギーゼラ　Klemt-Kozinowski, Gisela
1424 "Die Frauen von der Plaza de Mayo"
◇ドイツ児童文学賞（1985年／ノンフィクション）

クレメンツ, アンドリュー　Clements, Andrew
1425 「合言葉はフリンドル！」 "Frindle"
◇フェニックス賞（2016年）
「合言葉はフリンドル！」 アンドリュー・クレメンツ作, 田中奈津子訳, 笹森識絵　講談社　1999.5 142p 22cm（世界の子どもライブラリー）1400円　①4-06-194749-4
1426 "Room One: A Mystery or Two"
◇アメリカ探偵作家クラブ賞（2007年／ジュヴナイル賞）

クレメンツ, ロリー　Clements, Rory
1427 "Nucleus"
◇英国推理作家協会賞（2018年／ヒストリカル・ダガー）
1428 "Revenger"
◇英国推理作家協会賞（2010年／エリス・ピーターズ・ヒストリカル・ダガー）

クレメント, ハル　Clement, Hal
1429 「常識はずれ」 "Uncommon Sense"
◇ヒューゴー賞（1946年〈レトロ・ヒューゴー賞 1996年授与〉／短編）
「SFマガジン　17 (2)」〔鷲見玲子訳〕　早川書房　1976.2　p259～271
◎ネビュラ賞（1998年／グランド・マスター）

クレモー, キャロル　Clemeau, Carol
1430 「アリアドネの糸」 "The Ariadne Clue"
◇英国推理作家協会賞（1983年／ジョン・クリーシー記念賞）
「アリアドネの糸」 キャロル・クレモー著, 山本やよい訳　早川書房　1984.9 209p 19cm（世界ミステリシリーズ）700円

グレンヴィル, ケイト　Grenville, Kate
1431 "The Idea of Perfection"
◇ベイリーズ賞（2001年）

グレンジャー, ビル・S.　Granger, Bill
1432 「目立ちすぎる死体」 "Public Murders"
◇アメリカ探偵作家クラブ賞（1981年／ペーパーバック賞）
「目立ちすぎる死体」 ビル・グレン

ジャー著, 井口恵之訳　文芸春秋　1982.
5　414p　16cm（文春文庫）460円

クレンショウ, ビル　Crenshaw, Bill

1433　「哀れな物言わぬ傷」 "Poor Dumb Mouths"
◇アメリカ探偵作家クラブ賞（1985年／ロバート・L・フィッシュ賞）
「ミステリマガジン　31（5）」〔長野きよみ訳〕　早川書房　1986.5　p50～67

1434　「映画館」 "Flicks"
◇アメリカ探偵作家クラブ賞（1989年／短編賞）
「新エドガー賞全集」マーティン・H.グリーンバーグ編, 田口俊樹他訳〔黒原敏行訳〕　早川書房　1992.6　303p　16cm（ハヤカワ・ミステリ文庫）480円　①4-15-074166-2

グレンディニング, ヴィクトリア　Glendinning, Victoria

1435 "Edith Sitwell: Unicorn Among Lions"
◇ジェイムズ・テイト・ブラック記念賞（1981年／伝記）

1436 "Trollope"
◇コスタ賞（1992年／伝記）

1437 "Vita"
◇コスタ賞（1983年／伝記）

クロ, ルネ=ジャン　Clot, René-Jean

1438 "L'Enfant halluciné"
◇ルノドー賞（1987年）

クロイケンス, クリスティアン・H.　Kleukens, Christian H.

◎ビューヒナー賞（1926年）

クロイダー, エルンスト　Kreuder, Ernst

◎ビューヒナー賞（1953年）

グロウ, シャーリー・アン　Grau, Shirley Ann

1439　「ハウランド家の人びと」 "The Keepers Of The House"
◇ピュリッツアー賞（1965年／フィクション）
「ハウランド家の人びと」シャーリー・アン・グロウ著, 猿谷要訳　弘文堂　1966　308p　19cm　580円

クロウリー, ジョン　Crowley, John

1440　「エンジン・サマー」 "Engine Summer"
◇ジョン・W・キャンベル記念賞（1980年／第2位）
「エンジン・サマー」ジョン・クロウリー〔著〕, 大森望訳　福武書店　1990.12　253p　20cm　1500円　①4-8288-4013-3
「エンジン・サマー」ジョン・クロウリー著, 大森望訳　扶桑社　2008.11　472p　16cm（扶桑社ミステリー）933円　①978-4-594-05801-2
※福武書店1990年刊の改訂

1441　「消えた」 "Gone"
◇ローカス賞（1997年／短編）
「古代の遺物」ジョン・クロウリー著, 浅倉久志, 大森望, 畔柳和代, 柴田元幸訳〔大森望訳〕　国書刊行会　2014.4　297p　20cm（未来の文学）2200円　①978-4-336-05321-3
「誤解するカドーファーストコンタクトSF傑作選」野崎まど, 大森望編〔大森望訳〕　早川書房　2017.4　392p　16cm（ハヤカワ文庫 JA）800円　①978-4-15-031272-5

1442　「時の偉業」 "Great Work of Time"〔仏語題：La Grande oeuvre du temps〕
◇世界幻想文学大賞（1990年／中編）
◇イマジネール大賞（1999年／中編〈外国〉）
「ナイチンゲールは夜に歌う」ジョン・クロウリー著, 浅倉久志訳　早川書房　1996.9　254p　20cm　2000円　①4-15-208028-0

1443　「リトル、ビッグ」 "Little, Big"
◇世界幻想文学大賞（1982年／長編）
「リトル、ビッグ　1」ジョン・クロウリー著, 鈴木克昌訳　国書刊行会　1997.6　351p　20cm（Contemporary writers）2600円　①4-336-03580-6
「リトル、ビッグ　2」ジョン・クロウリー著, 鈴木克昌訳　国書刊行会　1997.6　372p　20cm（Contemporary writers）2600円　①4-336-03581-4

1444 "Spring Break"
◇アメリカ探偵作家クラブ賞（2018年／短編賞）

◎世界幻想文学大賞（2006年／生涯功労賞）

クローザー, キティ　Crowther, Kitty

◎アストリッド・リンドグレーン記念文学賞（2010年）

クロス, ジリアン　Cross, Gillian

1445　「オオカミのようにやさしく」 "Wolf"
◇カーネギー賞（1990年）
「オオカミのようにやさしく」 ジリアン・クロス作, 青海恵子訳　岩波書店　1994.7　250p　20cm　1800円　ⓘ4-00-115532-X

1446　「象と二人の大脱走」 "The Great Elephant Chase"
◇コスタ賞（1992年/児童書）
◇ネスレ子どもの本賞（1992年/グランプリ・9〜11歳部門）
「象と二人の大脱走」 ジリアン・クロス作, 中村妙子訳　評論社　1997.11　345p　21cm（児童図書館・文学の部屋）2300円　ⓘ4-566-01281-6

クロース, チャック　Close, Chuck

1447　"Chuck Close: Face Book"
◇ボストングローブ・ホーンブック賞（2012年/ノンフィクション）

クローズ, ラッセル　Crouse, Russel
◎ピュリッツアー賞（1946年/戯曲）

グロスマン, デイヴィッド　Grossman, David

1448　"A Horse Walks Into a Bar"
◇ブッカー賞（2017年/国際ブッカー賞）

1449　"Une femme fuyant l'annonce"（仏語題）
◇メディシス賞（2011年/外国小説）

クロスリー＝ホランド, ケヴィン　Crossley-Holland, Kevin

1450　「あらし」 "Storm"
◇カーネギー賞（1985年）
「あらし」 ケビン・クロスレー＝ホーランド文, 島田香訳, 中村悦子絵　ほるぷ出版　1990.11　64p　22cm　1000円　ⓘ4-593-59113-9

1451　「予言の石」 "The Seeing Stone"
◇ネスレ子どもの本賞（2000年/9〜11歳部門/銅賞）
◇ガーディアン児童文学賞（2001年）
「予言の石」 ケビン・クロスリー＝ホランド著, 亀井よし子訳　ソニー・マガジンズ　2002.5　494p　22cm（ふたりのアーサー 1）2000円　ⓘ4-7897-1818-2
「少年騎士アーサーの冒険　1　予言の石」 ケビン・クロスリー＝ホランド

〔著〕, 亀井よし子訳　角川書店　2004.7　491p　15cm（角川文庫）781円　ⓘ4-04-292601-0

クローデル, フィリップ　Claudel, Philippe

1452　「灰色の魂」 "Les Âmes grises"
◇ルノドー賞（2003年）
「灰色の魂」 フィリップ・クローデル〔著〕, 高橋啓訳　みすず書房　2004.10　262p　20cm　2200円　ⓘ4-622-07114-2

クロネンウエッター, マイケル　Kronenwetter, Michael

1453　"First Kill"
◇シェイマス賞（2004年/私立探偵小説コンテスト）

クロムス, ベス　Krommes, Beth

1454　「よるのいえ」 "The House in the Night"
◇コルデコット賞（2009年）
「よるのいえ」 スーザン・マリー・スワンソン文, ベス・クロムス絵, 谷川俊太郎訳　岩波書店　2010.11　1冊（ページ付なし）　27cm（大型絵本）1300円　ⓘ978-4-00-111220-7

クローロ, カール　Krolow, Karl
◎ビューヒナー賞（1956年）

クロンビー, デボラ　Crombie, Deborah

1455　「警視の偽装」 "Where Memories Lie"
◇マカヴィティ賞（2009年/長編）
「警視の偽装」 デボラ・クロンビー〔著〕, 西田佳子訳　講談社　2012.11　516p　15cm（講談社文庫）1000円　ⓘ978-4-06-277406-2

1456　「警視の死角」 "Dreaming of the Bones"
◇マカヴィティ賞（1998年/長編）
「警視の死角」 デボラ・クロンビー〔著〕, 西田佳子訳　講談社　1999.1　620p　15cm（講談社文庫）838円　ⓘ4-06-263964-5

クンツェ, ライナー　Kunze, Reiner

1457　「ライオンのレオポルド」 "Der Löwe Leopold"
◇ドイツ児童文学賞（1971年/児童書）
「あるようなないような話」 ライナー・クンツェ作, 野村泫訳, 和田誠え　岩波書店　1975　150p　23cm

クンデラ, ミラン　Kundera, Milan

1458　「生は彼方に」　"Život je jinde"〔仏語題：La vie est ailleurs〕

◇メディシス賞（1973年/外国小説）

「生は彼方に」　ミラン・クンデラ著, 西永良成訳　早川書房　1978.2　322p　20cm　（ハヤカワ リテラチャー 11）　1800円

「生は彼方に」　ミラン・クンデラ〔著〕, 西永良成訳　早川書房　1992.9　325p　20cm　2600円　①4-15-203528-5

※新装版

「生は彼方に」　ミラン・クンデラ著, 西永良成訳　早川書房　2001.7　554p　16cm　（ハヤカワepi文庫）　980円　①4-15-120008-8

【ケ】

ケアリー, ジャクリーン　Carey, Jacqueline

1459　「クシエルの矢」　"Kushiel's Dart"

◇ローカス賞（2002年/処女長編）

「クシエルの矢 1 八天使の王国」　ジャクリーン・ケアリー著, 和爾桃子訳　早川書房　2009.6　431p　16cm　（ハヤカワ文庫）　860円　①978-4-15-020498-3

「クシエルの矢 2 蜘蛛たちの宮廷」　ジャクリーン・ケアリー著, 和爾桃子訳　早川書房　2009.8　430p　16cm　（ハヤカワ文庫）　860円　①978-4-15-020501-0

「クシエルの矢 3 森と狼の凍土」　ジャクリーン・ケアリー著, 和爾桃子訳　早川書房　2009.10　559p　16cm　（ハヤカワ文庫）　1000円　①978-4-15-020503-4

ケアリー, ジョイス　Cary, Joyce

1460　"A House Of Children"

◇ジェイムズ・テイト・ブラック記念賞（1941年/フィクション）

ケアリー, ジョン　Carey, John

1461　"William Golding：The Man Who Wrote Lord of the Flies"

◇ジェイムズ・テイト・ブラック記念賞（2009年/伝記）

ケアリー, ピーター　Carey, Peter

1462　「オスカーとルシンダ」　"Oscar and Lucinda"

◇ブッカー賞（1988年）

「オスカーとルシンダ」　ピーター・ケアリー著, 宮木陽子訳　DHC　1999.1　621p　20cm　2600円　①4-88724-140-2

1463　「ケリー・ギャングの真実の歴史」　"True History of the Kelly Gang"

◇ブッカー賞（2001年）

「ケリー・ギャングの真実の歴史」　ピーター・ケアリー著, 宮木陽子訳　早川書房　2003.10　526p　20cm　2500円　①4-15-208523-1

ケイ, ガイ・ゲイブリエル　Kay, Guy Gavriel

1464　"Ysabel"

◇世界幻想文学大賞（2008年/長編）

ケイ, ジム　Kay, Jim

1465　「怪物はささやく」　"A Monster Calls"〔独語題：Sieben Minuten nach Mitternacht〕

◇ケイト・グリーナウェイ賞（2012年）

◇ドイツ児童文学賞（2012年/青少年審査委員賞）

「怪物はささやく」　パトリック・ネス著, シヴォーン・ダウド原案, 池田真紀子訳　あすなろ書房　2011.11　221p　20cm　1600円　①978-4-7515-2222-6

※イラストレーション：ジム・ケイ

「怪物はささやく」　シヴォーン・ダウド原案, パトリック・ネス著, 池田真紀子訳　東京創元社　2017.5　254p　15cm　（創元推理文庫）　800円　①978-4-488-59307-0

※あすなろ書房 2011年刊の再刊

ゲイ, ピーター　Gay, Peter

1466　"The Enlightenment, Vol.Ⅰ：An Interpretation the Rise of Modern Paganism"

◇全米図書賞（1967年/歴史・伝記）

ケイ, C.M.　Kay, Carol McGinnis

1467　「グラフトンのG—キンジー・ミルホーンの世界」　"G is for Grafton：The World of Kinsey Millhone"

◇アメリカ探偵作家クラブ賞（1998年/批評・評伝賞）

「グラフトンのG—キンジー・ミルホーンの世界」　N.H.コーフマン, C.M.ケイ著, 嵯峨静江, 羽地和世訳　早川書房　2001.6　607p　16cm　（ハヤカワ・ミステリ文庫）　1000円　①4-15-076449-2

ケイヴ, ヒュー・B. Cave, Hugh B.
1468 "Murgunstrumm and Others"
◇世界幻想文学大賞（1978年/アンソロジー・短編集）
◎ブラム・ストーカー賞（1990年/生涯業績）
◎世界幻想文学大賞（1999年/生涯功労賞）

ケイガン, ジャネット Kagan, Janet
1469 "The Nutcracker Coup"
◇ヒューゴー賞（1993年/中編）

ケイシー, ジョン Casey, John
1470 "Spartina"
◇全米図書賞（1989年/小説）

ケイディ, ジャック Cady, Jack
1471 「ぼくらがロード・ドッグを葬った夜」 "The Night We Buried Road Dog"
◇ネビュラ賞（1993年/中長編）
◇ブラム・ストーカー賞（1993年/中長編）
「SFマガジン 36(1)」〔金子浩訳〕早川書房 1995.1 p54〜104
1472 "The Sons of Noah and Other Stories"
◇世界幻想文学大賞（1993年/短編集）

ゲイマン, ニール Gaiman, Neil
1473 「アナンシの血脈」 "Anansi Boys"
◇英国幻想文学賞（2006年/長編〈オーガスト・ダーレス賞〉）
◇ローカス賞（2006年/ファンタジー長編）
「アナンシの血脈 上」ニール・ゲイマン著, 金原瑞人訳 角川書店 2006.12 287p 20cm 1800円 ⓘ4-04-791534-3
「アナンシの血脈 下」ニール・ゲイマン著, 金原瑞人訳 角川書店 2006.12 317p 20cm 1800円 ⓘ4-04-791535-1
「アナンシの血脈 上」ニール・ゲイマン〔著〕, 金原瑞人訳 角川書店 2009.7 286p 15cm（角川文庫）629円 ⓘ978-4-04-297102-3
「アナンシの血脈 下」ニール・ゲイマン〔著〕, 金原瑞人訳 角川書店 2009.7 325p 15cm（角川文庫）667円 ⓘ978-4-04-297103-0
1474 「アメリカン・ゴッズ」 "American Gods"
◇ブラム・ストーカー賞（2001年/長編）
◇ネビュラ賞（2002年/長編）
◇ヒューゴー賞（2002年/長編）
◇ローカス賞（2002年/ファンタジー長編）
「アメリカン・ゴッズ 上」ニール・ゲイマン著, 金原瑞人, 野沢佳織訳 角川書店 2009.2 422p 19cm 2200円 ⓘ978-4-04-791608-1
「アメリカン・ゴッズ 下」ニール・ゲイマン著, 金原瑞人, 野沢佳織訳 角川書店 2009.2 459p 19cm 2200円 ⓘ978-4-04-791609-8
1475 「顔なき奴隷の禁断の花嫁が, 恐ろしい欲望の夜の秘密の館で」 "Forbidden Brides of the Faceless Slaves in the Nameless House of the Night of Dread Desire"
◇ローカス賞（2005年/短編）
「壊れやすいもの」ニール・ゲイマン著, 金原瑞人, 野沢佳織訳 角川書店 2009.10 455p 20cm 2800円 ⓘ978-4-04-791620-3
1476 「コララインとボタンの魔女」 "Coraline"
◇英国SF協会賞（2002年/短編）
◇ブラム・ストーカー賞（2002年/若い読者向け）
◇ネビュラ賞（2003年/中長編）
◇ヒューゴー賞（2003年/中長編）
◇ローカス賞（2003年/ヤングアダルト小説）
「コララインとボタンの魔女」ニール・ゲイマン著, 金原瑞人, 中村浩美訳 角川書店 2003.6 223p 21cm 1700円 ⓘ4-04-791445-2
「コララインとボタンの魔女」ニール・ゲイマン〔著〕, 金原瑞人, 中村浩美訳 角川書店 2010.1 211p 15cm（角川文庫）476円 ⓘ978-4-04-297104-7
1477 「コララインとボタンの魔女」〔グラフィックノベル〕 "Coraline: The Graphic Novel"
◇ローカス賞（2009年/ノンフィクション・アートブック）
1478 「壊れやすいもの」 "Fragile Things"（仏語題：Des choses fragiles）
◇英国幻想文学賞（2007年/短編集）
◇ローカス賞（2007年/短編集）

◇イマジネール大賞（2010年〈対象：2008年7月～09年6月〉/中編〈外国〉）
「壊れやすいもの」ニール・ゲイマン著, 金原瑞人, 野沢佳織訳　角川書店　2009.10　455p　20cm　2800円　①978-4-04-791620-3

1479 「サンドマン—夢の狩人（ドリームハンター）」 "Sandman: the Dream Hunters"
◇ブラム・ストーカー賞（1999年/イラスト物語）
「サンドマン—夢の狩人（ドリームハンター）」ニール・ゲイマン作, 夢枕獏訳, 天野喜孝画　インターブックス　2000.10　138p　27cm　2900円　①4-924914-33-9

1480 「サンバード」 "Sunbird"
◇ローカス賞（2006年/短編）
「SFマガジン　47（6）」〔日暮雅通訳〕早川書房　2006.6　p9～25
「壊れやすいもの」ニール・ゲイマン著, 金原瑞人, 野沢佳織訳　角川書店　2009.10　455p　20cm　2800円　①978-4-04-791620-3

1481 「十月の集まり」〔別題「十月が椅子に座る」〕 "October in the Chair"
◇ローカス賞（2003年/短編）
「SFマガジン　44（6）」〔十月が椅子に座る」柳下毅一郎訳〕早川書房　2003.6　p64～74
「壊れやすいもの」ニール・ゲイマン著, 金原瑞人, 野沢佳織訳〔十月の集まり」〕角川書店　2009.10　455p　20cm　2800円　①978-4-04-791620-3

1482 「墓場の少年—ノーボディ・オーエンズの奇妙な生活」 "The Graveyard Book"
◇ニューベリー賞（2009年）
◇ヒューゴー賞（2009年/長編）
◇ローカス賞（2009年/ヤングアダルト小説）
◇カーネギー賞（2010年）
「墓場の少年—ノーボディ・オーエンズの奇妙な生活」ニール・ゲイマン著, 金原瑞人訳　角川書店　2010.9　295p　20cm　2800円　①978-4-04-791634-0

1483 「バットマン—ザ・ラスト・エピソード」 "Whatever Happened To The Caped Crusader?"
◇英国幻想文学賞（2010年/コミック・グラフィックノベル）
「バットマン：ザ・ラスト・エピソード」ニール・ゲイマン, アンディ・キューバート著, 関川哲夫訳　小学館集英社プロダクション　2010.5　128p　27cm（［ShoPro books］—［DC comics］）2400円　①978-4-7968-7071-9

1484 「パーティで女の子に話しかけるには」 "How to Talk to Girls at Parties"
◇ローカス賞（2007年/短編）
「壊れやすいもの」ニール・ゲイマン著, 金原瑞人, 野沢佳織訳　角川書店　2009.10　455p　20cm　2800円　①978-4-04-791620-3

1485 「閉店時間」 "Closing Time"
◇ローカス賞（2004年/短編）
「壊れやすいもの」ニール・ゲイマン著, 金原瑞人, 野沢佳織訳　角川書店　2009.10　455p　20cm　2800円　①978-4-04-791620-3

1486 「真夏の夜の夢」〔コミック〕 "A Midsummer Night's Dream"
◇世界幻想文学大賞（1991年/短編）
「サンドマン　5」ニール・ゲイマン原作, 海法紀光翻訳　インターブックス　1999.6　1冊　26cm　1860円　①4-924914-30-4

1487 「翠色の習作」〔別題「エメラルドの習作」〕 "A Study in Emerald"
◇ヒューゴー賞（2004年/短編）
◇ローカス賞（2004年/中編）
「SFマガジン　46（5）」〔エメラルドの習作」日暮雅通訳〕早川書房　2005.5　p9～27
「壊れやすいもの」ニール・ゲイマン著, 金原瑞人, 野沢佳織訳〔翠色の習作」〕角川書店　2009.10　455p　20cm　2800円　①978-4-04-791620-3

1488 "An Invocation of Incuriosity"
◇ローカス賞（2010年/短編）

1489 "The Case of Death and Honey"
◇ローカス賞（2012年/短編）

1490 "The Ocean at the End of the Lane"
◇ローカス賞（2014年/ファンタジー長編）

1491 "The Sandman: Endless Nights"
◇ブラム・ストーカー賞（2003年/イラスト物語）
◇ローカス賞（2004年/ノンフィクション・アートブック）

1492 "The Sandman: Overture written"
◇ヒューゴー賞（2016年/グラフィックストーリー）

1493 "The Sleeper and the Spindle"
◇ローカス賞（2014年/中編）
1494 "The Thing About Cassandra"
◇ローカス賞（2011年/短編）
1495 "The Truth Is a Cave in the Black Mountains"
◇ローカス賞（2011年/中編）
1496 "The Witch's Headstone"
◇ローカス賞（2008年/中編）
1497 "The Wolves in the Walls"
◇英国SF協会賞（2003年/短編）

ゲイリン, アリソン　Gaylin, Alison
1498 "And She Was"
◇シェイマス賞（2013年/ペーパーバック）

ゲイル, ゾーナ　Gale, Zona
1499 "Miss Lulu Bett"
◇ピュリッツアー賞（1921年/戯曲）

ケイル, ポーリン　Kael, Pauline
1500 "Deeper into the Movies"
◇全米図書賞（1974年/学芸）

ケイン, ジェイムズ・M.　Cain, James M.
◎アメリカ探偵作家クラブ賞（1970年/巨匠賞）

ゲインズ, アーネスト・J.　Gaines, Ernest J.
1501 「ジェファーソンの死」 "A Lesson Before Dying"
◇全米書評家協会賞（1993年/小説）
「ジェファーソンの死」アーネスト・J.ゲインズ著, 中野康司訳　集英社　1996.2　343p　20cm　2600円　①4-08-773241-X

ケーシー, ジェーン　Casey, Jane
1502 "The Stranger You Know"
◇アメリカ探偵作家クラブ賞（2015年/メアリ・ヒギンズ・クラーク賞）

ケステン, ヘルマン　Kesten, Hermann
◎ビューヒナー賞（1974年）

ケストナー, エーリヒ　Kästner, Erich
1503 「わたしが子どもだったころ」 "Als ich ein kleiner Junge war"
◇国際アンデルセン賞（1960年/作家賞）

「わたしが子どもだったころ」ケストナー著, 高橋健二訳　みすず書房　1958　273p　19cm
「ケストナー少年文学全集　7　わたしが子どもだったころ」高橋健二訳, レムケ絵　岩波書店　1962　250p　21cm
◎ビューヒナー賞（1957年）

ケッセル, ジョン　Kessel, John
1504 「バッファロー」 "Buffalo"
◇ローカス賞（1992年/短編）
「SFマガジン　34(1)」［古沢嘉通訳］早川書房　1993.1　p62〜79
1505 「他の孤児」 "Another Orphan"
◇ネビュラ賞（1982年/中長編）
「SFマガジン　25(12)」［村上博基訳］早川書房　1984.11　p214〜270
1506 「ミレニアム・ヘッドライン」 "Good News from Outer Space"
◇ジョン・W・キャンベル記念賞（1990年/第3位）
「ミレニアム・ヘッドライン　上」ジョン・ケッセル著, 増田まもる訳　早川書房　1993.1　332p　16cm（ハヤカワ文庫―SF）560円　①4-15-011001-8
「ミレニアム・ヘッドライン　下」ジョン・ケッセル著, 増田まもる訳　早川書房　1993.1　327p　16cm（ハヤカワ文庫―SF）560円　①4-15-011002-6
1507 "Pride and Prometheus"
◇ネビュラ賞（2008年/中編）

ケッセル, マルチン　Kessel, Martin
◎ビューヒナー賞（1954年）

ケッチャム, ジャック　Ketchum, Jack
1508 「閉店時間」 "Closing Time"
◇ブラム・ストーカー賞（2003年/中編）
「閉店時間―ケッチャム中篇集」ジャック・ケッチャム著, 金子浩訳　扶桑社　2008.7　408p　16cm（扶桑社ミステリー）743円　①978-4-594-05721-3
1509 "Gone"
◇ブラム・ストーカー賞（2000年/短編）
1510 "Peaceable Kingdom"
◇ブラム・ストーカー賞（2003年/短編集）
1511 "The Box"
◇ブラム・ストーカー賞（1994年/短

編）

◎ブラム・ストーカー賞（2014年/生涯業績）

ゲッツ, ライナルト　Goetz, Rainald

◎ビューヒナー賞（2015年）

ゲッツマン, ウィリアム・H.
Goetzmann, William H.

1512 "Exploration and Empire: The Explorer and the Scientist in the Winning of the American West"

◇ピュリッツァー賞（1967年/歴史）

ケッペン, ヴォルフガング
Koeppen, Wolfgang

◎ビューヒナー賞（1962年）

ケナウェイ, エイドリエンヌ
Kennaway, Adrienne

1513 「やったねカメレオンくん」 "Crafty Chameleon"

◇ケイト・グリーナウェイ賞（1987年）
「やったねカメレオンくん」 ウェニイー・ハドリシィぶん, エイドリエンヌ・ケナウェイえ, 久山太市やく　評論社　1993.2　1冊　22×27cm（児童図書館・絵本の部屋）1300円　④4-566-00302-7

ゲナツィーノ, ヴィルヘルム
Genazino, Wilhelm

◎ビューヒナー賞（2004年）

ケナン, ジョージ・F.
Kennan, George F.

1514 「ジョージ・F.ケナン回顧録」 "Memoirs: 1925-1950"

◇全米図書賞（1968年/歴史・伝記）
◇ピュリッツァー賞（1968年/伝記・自伝）
「ジョージ・F.ケナン回顧録―対ソ外交に生きて　上」 清水俊雄訳　読売新聞社　1973　476p　23cm　2400円
「ジョージ・F.ケナン回顧録―対ソ外交に生きて　下」 奥畑稔訳　読売新聞社　1973　364, 16p　23cm　2400円
「ジョージ・F・ケナン回顧録　1」 ジョージ・F・ケナン著, 清水俊雄, 奥畑稔訳　中央公論新社　2016.12　509p　16cm（中公文庫）1500円　④978-4-12-206324-2
※読売新聞社 1973年刊の上下巻の三分冊
「ジョージ・F・ケナン回顧録　2」 ジョージ・F・ケナン著, 清水俊雄, 奥畑稔訳　中央公論新社　2017.1　453p　16cm（中公文庫）1500円　④978-4-12-206356-3
※読売新聞社 1973年刊の上下巻の三分冊
「ジョージ・F・ケナン回顧録　3」 ジョージ・F・ケナン著, 清水俊雄, 奥畑稔訳　中央公論新社　2017.2　564, 28p　16cm（中公文庫）1750円　④978-4-12-206371-6
※読売新聞社 1973年刊の上下巻の三分冊

1515 「ソヴェト革命とアメリカ」 "Russia Leaves the War: Soviet-American Relations, 1917-1920"

◇全米図書賞（1957年/ノンフィクション）
◇ピュリッツァー賞（1957年/歴史）
「ソヴェト革命とアメリカ　1　第一次大戦と革命」 ジョージ・ケナン著, 村上光彦訳　みすず書房　1958　444, 12p 図版　21cm（現代史双書 1）

ケネツケ, オレ　Könnecke, Ole

1516 「走れ！半ズボン隊」 "Die Kurzhosengang"

◇ドイツ児童文学賞（2005年/児童書）
「走れ！半ズボン隊」 ゾラン・ドヴェンカー作, 木本栄訳　岩波書店　2008.6　221p　20cm　1700円　④978-4-00-115590-7, 4-00-115590-7
※注：アンドレアス・シュタインヘーフェル 絵：オレ・ケネッケ

ケネディ, ウィリアム　Kennedy, William

1517 「黄昏に燃えて」 "Ironweed"

◇全米書評家協会賞（1983年/小説）
◇ピュリッツァー賞（1984年/フィクション）
「黄昏に燃えて」 ウィリアム・ケネディ著, 菊地よしみ訳　早川書房　1988.3　337p　16cm（ハヤカワ文庫―NV）480円　④4-15-040481-X

ケネディ, ジョン・F.　Kennedy, John F.

1518 「勇気ある人々」 "Profiles in Courage"

◇ピュリッツァー賞（1957年/伝記・自伝）
「勇気ある人々―良心と責任に生きた八人の政治家」 ジョン・F.ケネディー著, 下島連訳　日本外政学会　1958　324p 図版　19cm
「勇気ある人々―良心と責任に生きた八

人の政治家 青少年版」 ジョン・F.ケネディ著, 下島連訳　日本外政学会　1962　227p　18cm
「勇気ある人々」 ジョン・F.ケネディ著, 宮本喜一訳　英治出版　2008.1　390p　20cm　2200円　①978-4-86276-023-4

ケネディ, デヴィッド　Kennedy, David M.
1519 "Freedom From Fear: The American Peoplein Depression and War, 1929-1945"
◇ピュリッツアー賞（2000年/歴史）

ケネディ, マーガレット　Kennedy, Margaret
1520 "Troy Chimneys"
◇ジェイムズ・テイト・ブラック記念賞（1953年/フィクション）

ケネディ, A.L.　Kennedy, A.L.
1521 "Day"
◇コスタ賞（2007年/年間大賞・長編）

ケフェレック, ヤン　Quéffelec, Yann
1522 "Les noces barbares"
◇ゴンクール賞（1985年）

ケメルマン, ハリイ　Kemelman, Harry
1523 「金曜日ラビは寝坊した」 "Friday the Rabbi Slept Late"
◇アメリカ探偵作家クラブ賞（1965年/処女長編賞）
「金曜日ラビは寝坊した」　ハリイ・ケメルマン著, 高橋泰邦訳　早川書房　1972　222p　19cm（世界ミステリシリーズ）400円

ケラー, ジュリア　Keller, Julia
1524 "A Killing in the Hills"
◇バリー賞（2013年/処女長編）

ケラーマン, ジョナサン　Kellerman, Jonathan
1525 「大きな枝が折れるとき」 "When the Bough Breaks"
◇アメリカ探偵作家クラブ賞（1986年/処女長編賞）
◇アンソニー賞（1986年/処女長編）
「大きな枝が折れる時」　ジョナサン・ケラーマン著, 北村太郎訳　サンケイ出版　1986.10　555p　16cm（サンケイ文庫―海外ノベルス・シリーズ）640円　①4-383-02537-4
「大きな枝が折れる時」　ジョナサン・ケラーマン著, 北村太郎訳　扶桑社　1989.9　557p　16cm（扶桑社ミステリー）680円　①4-594-00479-2

ケラーマン, フェイ　Kellerman, Faye
1526 「水の戒律」 "The Ritual Bath"
◇マカヴィティ賞（1987年/処女長編）
「水の戒律」　フェイ・ケラーマン著, 高橋恭美子訳　東京創元社　1993.4　424p　15cm（創元推理文庫）650円　①4-488-28201-6

ゲラン, ウィニフレッド　Gérin, Winifred
1527 "Charlotte Brontë: The Evolution Of Genius"
◇ジェイムズ・テイト・ブラック記念賞（1967年/伝記）
1528 "Elizabeth Gaskell"
◇コスタ賞（1976年/伝記）

ケランガル, メイリス・ド　Kerangal, Maylis de
1529 "Naissance d'un pont"
◇メディシス賞（2010年）

ケリー, エリック・P.　Kelly, Eric P.
1530 "The Trumpeter of Krakow"
◇ニューベリー賞（1929年）

ケリー, エリン・エントラーダ　Kelly, Erin Entrada
1531 "Hello, Universe"
◇ニューベリー賞（2018年）

ケリー, ジェイムズ・パトリック　Kelly, James Patrick
1532 「恐竜たちの方程式」 "Think Like a Dinosaur"
◇ヒューゴー賞（1996年/中編）
「SFマガジン　38(1)」〔公手成幸訳〕　早川書房　1997.1　p9〜33
1533 「少年の秋」 "10^{16} to 1"
◇ヒューゴー賞（2000年/中編）
「SFマガジン　42(1)」〔増田まもる訳〕　早川書房　2001.1　p28〜53
1534 "Burn"
◇ネビュラ賞（2006年/中長編）
1535 "Itsy Bitsy Spider"
◇ローカス賞（1998年/短編）

ケリー, ジム　Kelly, Jim
◎英国推理作家協会賞（2006年/図書館

ケリー、ジョージ　Kelly, George
　1536 "Craig's Wife"
　◇ピュリッツアー賞（1926年/戯曲）

ケリー、メアリイ　Kelly, Mary
　1537「盗まれた意匠」"The Spoilt Kill"
　◇英国推理作家協会賞（1961年/ゴールド・ダガー）
　　「盗まれた意匠」 メアリ・ケリイ著, 中桐雅夫訳　早川書房　1964　243p　19cm（世界ミステリシリーズ）

ケリガン、ジーン　Kerrigan, Gene
　1538 "The Rage"
　◇英国推理作家協会賞（2012年/ゴールド・ダガー）

ケルディアン、デーヴィッド　Kherdian, David
　1539「アルメニアの少女」"The Road from Home: The Story of an Armenian Girl"
　◇ボストングローブ・ホーンブック賞（1979年/ノンフィクション）
　　「アルメニアの少女」 デーヴィッド・ケルディアン作, 越智道雄訳　評論社　1990.2　294p　20cm（評論社の児童図書館・文学の部屋）1500円　①4-566-01104-6

ケルテース・イムレ　Kertész Imre
　◎ノーベル文学賞（2002年）

ケルナー、シャルロッテ　Kerner, Charlotte
　1540「核分裂を発見した人—リーゼ・マイトナーの生涯」"Lise, Atomphysikerin"
　◇ドイツ児童文学賞（1987年/ノンフィクション）
　　「核分裂を発見した人—リーゼ・マイトナーの生涯」 シャルロッテ・ケルナー著, 平野卿子訳　晶文社　1990.8　237p　20cm　1800円　①4-7949-5887-0
　1541「ブループリント」"Blueprint"
　◇ドイツ児童文学賞（2000年/ヤングアダルト）
　　「ブループリント」 シャルロッテ・ケルナー著, 鈴木仁子訳　講談社　2000.9　243p　20cm（ユースセレクション）1600円　①4-06-261659-3

ケルナー、トニー・L.P.　Kelner, Toni L.P.
　1542 "Sleeping with the Plush"
　◇アガサ賞（2006年/短編）

ゲルベルト、ハンス＝ヨアキム　Gelbert, Hans-Joachim
　1543 "Geh und spiel mit dem Riesen"
　◇ドイツ児童文学賞（1972年/児童書）

ケルマン、ジェイムズ　Kelman, James
　1544 "A Disaffection"
　◇ジェイムズ・テイト・ブラック記念賞（1989年/フィクション）
　1545 "How Late It Was, How Late"
　◇ブッカー賞（1994年）

ケルマン、ジュディス　Kelman, Judith
　1546 "Summer of Storms"
　◇アメリカ探偵作家クラブ賞（2002年/メアリ・ヒギンズ・クラーク賞）

ゲルンハート、ロベルト　Gernhardt, Robert
　1547「ミスター・Pの不思議な冒険」"Der Weg durch die Wand"
　◇ドイツ児童文学賞（1983年/児童書）
　　「ミスター・Pの不思議な冒険」 ロベルト・ゲルンハート作, 梶文彦訳, 中村まさあき絵　くもん出版　1993.2　152p　22cm（くもんの海外児童文学シリーズ5）1300円　①4-87576-754-4

ケロッグ、スティーブン　Kellogg, Steven
　1548 "If You Decide to Go to the Moon"
　◇ボストングローブ・ホーンブック賞（2006年/ノンフィクション）

ケロール、ジャン　Cayrol, Jean
　1549「他人の愛を生きん」"Je vivrai l'amour des autres"
　◇ルノドー賞（1947年）
　　「キリスト教文学の世界　5　ベルナノス. ケロール」〔弓削三男訳〕　主婦の友社　1979.3　304p　22cm　1800円

ケンドリック、ベイナード　Kendrick, Baynard
　◎アメリカ探偵作家クラブ賞（1967年/巨匠賞）

ケンプ, ジーン　Kemp, Gene
- 1550 「わんぱくタイクの大あれ三学期」 "The Turbulent Term of Tyke Tiler"
  ◇カーネギー賞（1977年）
  「わんぱくタイクの大あれ三学期」 ジーン・ケンプ作, 松本亨子訳, キャロライン・ダイナン絵　評論社　1981.9　178p　21cm（児童図書館・文学の部屋）1200円

ケンプトン, マレー　Kempton, Murray
- 1551 "The Briar Patch"
  ◇全米図書賞（1974年/時事）

ケンプレコス, ポール　Kemprecos, Paul
- 1552 "Cool Blue Tomb"
  ◇シェイマス賞（1992年/ペーパーバック）

【コ】

コー, ジャン　Cau, Jean
- 1553 「神のあわれみ」 "La pitié de Dieu"
  ◇ゴンクール賞（1961年）
  「新しい世界の文学　18　神のあわれみ」 ジャン・コー著, 篠沢秀夫訳　白水社　1964　354p　図版　20cm

ゴア, ジョン　Gore, John
- 1554 "King George V"
  ◇ジェイムズ・テイト・ブラック記念賞（1941年/伝記）

ゴアズ, ジョー　Gores, Joe
- 1555 「さらば故郷」 "Goodbye, Pops"
  ◇アメリカ探偵作家クラブ賞（1970年/短編賞）
  「あの手この手の犯罪」 ロバート・L・フィッシュ編, 田村義進他訳〔大井良純訳〕　早川書房　1982.4　469p　16cm（ハヤカワ・ミステリ文庫）540円
  「エドガー賞全集　下」 ビル・プロンジーニ編, 小鷹信光他訳〔大井良純訳〕　早川書房　1983.3　16cm（ハヤカワ・ミステリ文庫）各560円
  「巨匠の選択」 ローレンス・ブロック編, 田口俊樹他訳〔大井良純訳〕　早川書房　2001.9　389p　19cm（ハヤカワ・ミステリ）1400円　①4-15-001706-9

- 1556 「野獣の血」 "A Time for Predators"
  ◇アメリカ探偵作家クラブ賞（1970年/処女長編賞）
  「野獣の血」 ジョー・ゴアズ〔著〕, 高見浩訳　角川書店　1985.7　335p　15cm（角川文庫）460円　①4-04-253006-0
  ◎シェイマス賞（2008年/ジ・アイ賞）

ゴイティソーロ, フアン　Goytisolo, Juan
◎セルバンテス賞（2014年）

コイト, マーガレット・ルイーズ　Coit, Margaret Louise
- 1557 "John C.Calhoun: American Portrai"
  ◇ピュリッツアー賞（1951年/伝記・自伝）

コイヤー, フース　Kuijer, Guus
- 1558 「いつもいつまでもいっしょに！」 "Voor altijd samen, amen"〔独語題：Wir alle für immer zusammen〕
  ◇ドイツ児童文学賞（2002年/児童書）
  「いつもいつまでもいっしょに！―ポレケのしゃかりき思春期」 フース・コイヤー作, 野坂悦子訳, YUJI画　福音館書店　2012.10　173p　21cm（〔世界傑作童話シリーズ〕）1500円　①978-4-8340-2655-9
- 1559 "Erzähl mir von Oma"
  ◇ドイツ児童文学賞（1982年/児童書）
  ◎アストリッド・リンドグレーン記念文学賞（2012年）

コイル, マット　Coyle, Matt
- 1560 "Yesterday's Echo"
  ◇アンソニー賞（2014年/処女長編）

ゴーインバック, オウル　Goingback, Owl
- 1561 "Crota"
  ◇ブラム・ストーカー賞（1996年/処女長編）

コーウェル, クレシッダ　Cowell, Cressida
- 1562 「そのウサギはエミリー・ブラウンのっ！」 "That Rabbit Belongs to Emily Brown"
  ◇ネスレ子どもの本賞（2006年/5歳以下部門/金賞）

「そのウサギはエミリー・ブラウンのっ！」 クレシッダ・コーウェルさく，ニール・レイトンえ，まつかわまゆみやく 評論社 2008.3 1冊（ページ付なし） 26×29cm（児童図書館・絵本の部屋）1400円 ①978-4-566-00874-8

コウト, ミア　Couto, Mia
◎ノイシュタット国際文学賞（2014年）

コーヴラール, ディディエ・ヴァン　Cauwelaert, Didier Van

1563 「片道切符」 "Un aller simple"
◇ゴンクール賞（1994年）
「片道切符」 ディディエ・ヴァン・コーヴラール著，高橋啓訳　早川書房 1995.9 190p 20cm（Hayakawa novels）1600円 ①4-15-207953-3

コーエン, ジェフリー　Cohen, Jeffrey

1564 "The Gun Also Rises"
◇バリー賞（2012年/短編）

コーク, ヘレン　Corke, Helen

1565 "In Our Infancy"
◇コスタ賞（1975年/自伝）

コクラン, モリー　Cochran, Molly

1566 「グランドマスター」 "Grandmaster"
◇アメリカ探偵作家クラブ賞（1985年/ペーパーバック賞）
「グランドマスター」 ウォーレン・マーフィー，モリー・コクラン著，沢川進訳　早川書房 1987.4 2冊 16cm（ハヤカワ文庫―NV）各480円 ①4-15-040442-9

コザック, ハーレイ・ジェーン　Kozak, Harley Jane

1567 「誘惑は殺意の香り」 "Dating Dead Men"
◇アガサ賞（2004年/処女長編）
◇アンソニー賞（2005年/処女長編）
◇マカヴィティ賞（2005年/処女長編）
「誘惑は殺意の香り」 ハーレイ・ジェーン・コザック著，羽田詩津子訳　早川書房 2007.11 459p 16cm（ハヤカワ・ミステリ文庫）800円 ①978-4-15-177401-0

コージャ, キャシー　Koja, Kathe

1568 「虚ろな穴」 "The Cipher"
◇ブラム・ストーカー賞（1991年/処女長編）
◇ローカス賞（1992年/処女長編）
「虚ろな穴」 キャシー・コージャ著，黒田よし江訳　早川書房 1999.5 429p 16cm（ハヤカワ文庫 NV）780円 ①4-15-040915-3

ゴーシュ, アミタヴ　Ghosh, Amitav

1569 「カルカッタ染色体」 "The Calcutta Chromosome"
◇アーサー・C・クラーク賞（1997年）
「カルカッタ染色体」 アミタヴ・ゴーシュ著，伊藤真訳　DHC 2003.6 348p 19cm 1800円 ①4-88724-322-7
1570 "The Circle of Reason"（仏語題：Les Feux du Bengale）
◇メディシス賞（1990年/外国小説）

コジンスキー, イエールジ　Kosinski, Jerzy

1571 「異境」 "Steps"
◇全米図書賞（1969年/小説）
「異境」 イエールジ・コジンスキー〔著〕，青木日出夫訳　角川書店 1974 172p 20cm（海外純文学シリーズ 10）1100円

ゴス, シオドラ　Goss, Theodora

1572 「アボラ山の歌」 "Singing of Mount Abora"
◇世界幻想文学大賞（2008年/短編）
「SFマガジン 50(13)」〔市田泉訳〕 早川書房 2009.12 p52〜67

ゴズリング, ポーラ　Gosling, Paula

1573 「逃げるアヒル」 "A Running Duck"
◇英国推理作家協会賞（1978年/ジョン・クリーシー記念賞）
「逃げるアヒル」 ポーラ・ゴズリング著，山本俊子訳　早川書房 1980.3 241p 19cm（世界ミステリシリーズ）720円
「逃げるアヒル」 ポーラ・ゴズリング著，山本俊子訳　早川書房 1990.5 353p 16cm（ハヤカワ・ミステリ文庫）520円 ①4-15-077702-0
1574 「モンキー・パズル」 "Monkey Puzzle"
◇英国推理作家協会賞（1985年/ゴールド・ダガー）
「モンキー・パズル」 ポーラ・ゴズリング著，秋津知子訳　早川書房 1985.10 288p 19cm（世界ミステリシリーズ）880円 ①4-15-001458-2

「モンキー・パズル」 ポーラ・ゴズリング著, 秋津知子訳　早川書房　1995.12　441p　16cm（ハヤカワ・ミステリ文庫）680円　①4-15-077707-1

コゾル, ジョナサン　Kozol, Jonathan

1575　「死を急ぐ幼き魂」　"Death at an Early Age"
◇全米図書賞（1968年/科学・哲学・宗教）
「死を急ぐ幼き魂—黒人差別教育の証言」 ジョナサン・コゾル著, 斎藤数衛訳　早川書房　1968　254p　19cm（ハヤカワ・ノンフィクション）420円

ゴダード, ロバート　Goddard, Robert

1576　「隠し絵の囚人」　"Long Time Coming"
◇アメリカ探偵作家クラブ賞（2011年/ペーパーバック賞）
「隠し絵の囚人　上」 ロバート・ゴダード〔著〕, 北田絵里子訳　講談社　2013.3　324p　15cm（講談社文庫）943円　①978-4-06-277412-3
「隠し絵の囚人　下」 ロバート・ゴダード〔著〕, 北田絵里子訳　講談社　2013.3　318p　15cm（講談社文庫）943円　①978-4-06-277413-0
◎英国推理作家協会賞（2019年/ダイヤモンド・ダガー）

コツウィンクル, ウイリアム　Kotzwinkle, William

1577　「ドクター・ラット」　"Doctor Rat"
◇世界幻想文学大賞（1977年/長編）
「ドクター・ラット」 ウィリアム・コツウィンクル著, 内田昌之訳　河出書房新社　2011.3　281p　20cm（ストレンジ・フィクション）1900円　①978-4-309-63003-8

コックス, アンディ　Cox, Andy

1578　"Last Rites and Resurrections: Stories from The Third Alternative"
◇英国幻想文学賞（1996年/短編集）

コックス, ジョージ・ハーマン　Coxe, George Harmon

◎アメリカ探偵作家クラブ賞（1964年/巨匠賞）

コッタリル, コリン　Cotterill, Colin

◎英国推理作家協会賞（2009年/図書館賞）

コッツェンズ, ジェームス・ゴールド　Cozzens, James Gould

1579　"Guard of Honor"
◇ピュリッツアー賞（1949年/フィクション）

ゴッデン, ルーマー　Godden, Rumer

1580　「ディダコイ」　"The Diddakoi"
◇コスタ賞（1972年/児童書）
「ディダコイ」 R.ゴッデン作, 猪熊葉子訳　評論社　1975　211p　21cm（児童図書館・文学の部屋）
「ディダコイ」 ルーマー・ゴッデン作, 猪熊葉子訳　評論社　1992.4　211p　21cm（児童図書館・文学の部屋）1100円　①4-566-01135-6

コッパー, ベイジル　Copper, Basil

1581　"Basil Copper: A Life in Books"
◇英国幻想文学賞（2009年/ノンフィクション）

コフィン, ロバート・P.トリストラム　Coffin, Robert P.Tristram

1582　"Strange Holiness"
◇ピュリッツアー賞（1936年/詩）

コッホ, ヘルムート　Koch, Helmut

1583　"Die Frauen von der Plaza de Mayo"
◇ドイツ児童文学賞（1985年/ノンフィクション）

コッホ, ルードルフ　Koch, Rudolf

◎ビューヒナー賞（1925年）

コーツワース, エリザベス　Coatsworth, Elizabeth

1584　「極楽にいった猫」　"The Cat Who Went to Heaven"
◇ニューベリー賞（1931年）
「極楽にいった猫」 エリザベス・コーツワース著, 古屋美登里訳　清流出版　2003.12　84p　19cm　1200円　①4-86029-063-1

ゴデ, ローラン　Gaudé, Laurent

1585　「スコルタの太陽」　"Les Soleil des Scorta"
◇ゴンクール賞（2004年）
「スコルタの太陽」 ロラン・ゴデ著, 新島進訳　河出書房新社　2008.6　244p

20cm（Modern & classic） 1800円
①978-4-309-20493-2

コディ, リザ　Cody, Liza

1586　「運のいい拾い物」　"Lucky Dip"

◇アンソニー賞（1992年／短編）

「ウーマンズ・アイ　上」サラ・パレツキー編、山本やよい他訳〔堀内静子訳〕早川書房　1992.9　363p　16cm（ハヤカワ・ミステリ文庫）580円　①4-15-075357-1

1587　「汚れた守護天使」　"Bucket Nut"

◇英国推理作家協会賞（1992年／シルバー・ダガー）

「汚れた守護天使」　リザ・コディ著、堀内静子訳　早川書房　1993.12　276p　19cm（ハヤカワ・ミステリ）1000円　①4-15-001605-4

「汚れた守護天使」　リザ・コディ著、堀内静子訳　早川書房　1999.6　392p　16cm（ハヤカワ・ミステリ文庫）740円　①4-15-077354-8

1588　「見習い女探偵」　"Dupe"

◇英国推理作家協会賞（1980年／ジョン・クリーシー記念賞）

「見習い女探偵」　リザ・コディ著、佐々田雅子訳　早川書房　1982.5　256p　19cm（世界ミステリシリーズ）800円

「見習い女探偵」　リザ・コディ著、佐々田雅子訳　早川書房　1997.7　381p　16cm（ハヤカワ・ミステリ文庫）700円　①4-15-077353-X

コーディ, リン　Coady, Lynn

1589　"Hellgoing"

◇スコシアバンク・ギラー賞（2013年）

ゴーティエ, ジャン＝ジャック　Gautier, Jean-Jacques

1590　"Histoire d'un fait divers"

◇ゴンクール賞（1946年）

ゴーディマ, ナディン　Gordimer, Nadine

1591　"A Guest of Honour"

◇ジェイムズ・テイト・ブラック記念賞（1971年／フィクション）

1592　"The Conservationist"

◇ブッカー賞（1974年）

◎ノーベル文学賞（1991年）

ゴート, J.H.H　Gaute, J.H.H.

1593　「殺人紳士録」　"The Murderers' Who's Who"

◇アメリカ探偵作家クラブ賞（1980年／スペシャルエドガー）

「殺人紳士録」　J.H.H.ゴーテ, ロビン・オーデル著、河合修治訳　河合総合研究所　1986.6　276p　22cm　2800円

「殺人紳士録」　J.H.H.ゴート, ロビン・オーデル著、河合修治訳　新版　中央アート出版社　1995.6　330p　22cm　3800円　①4-88639-714-X

ゴドウィン, パーク　Godwin, Parke

1594　「火がともるとき」　"The Fire When It Comes"

◇世界幻想文学大賞（1982年／中編）

「SFマガジン　24（12）」〔山田順子訳〕早川書房　1983.11　p224〜270

コードウェル, サラ　Caudwell, Sarah

1595　「セイレーンは死の歌をうたう」　"The Sirens Sang Of Murder"

◇アンソニー賞（1990年／長編）

「セイレーンは死の歌をうたう」　サラ・コードウェル著、松下祥子訳　早川書房　1991.9　231p　19cm（ハヤカワ・ミステリ）900円　①4-15-001575-9

ゴードン, ジャイミー　Gordon, Jaimy

1596　"Lord of Misrule"

◇全米図書賞（2010年／小説）

ゴードン, チャールズ　Gordone, Charles

1597　"No Place To Be Somebody"

◇ピュリッツァー賞（1970年／戯曲）

ゴードン, リンダル　Gordon, Lyndall

1598　「ヴァージニア・ウルフ―作家の一生」　"Virginia Woolf: A Writer's Life"

◇ジェイムズ・テイト・ブラック記念賞（1984年／伝記）

「ヴァージニア・ウルフ―作家の一生」　リンダル・ゴードン著、森静子訳　平凡社　1998.3　491p　22cm　4800円　①4-582-82917-1

ゴードン＝リード, アネット　Gordon-Reed, Annette

1599　"The Hemingses of Monticello: An American Family"

◇全米図書賞（2008年／ノンフィクション）

◇ピュリッツァー賞（2009年／歴史）

コナー, マイク　Conner, Mike

1600　「盲導犬」　"Guide Dog"

◇ネビュラ賞（1991年/中編）
「SFマガジン 34(4)」〔中原尚哉訳〕早川書房 1993.4 p64〜94

コナーズ, ローズ　Conners, Rose

1601　「霧のとばり」 "Absolute Certainty"
◇アメリカ探偵作家クラブ賞（2003年/メアリ・ヒギンズ・クラーク賞）
「霧のとばり」ローズ・コナーズ著, 東野さやか訳　二見書房　2005.1　348p　15cm（二見文庫―ザ・ミステリ・コレクション）790円　①4-576-04240-8

コナリー, ジョン　Connolly, John

1602　「失われたものたちの本」 "The Book of Lost Things"〔仏語題：Le Livre des choses perdues〕
◇イマジネール大賞（2010年〈対象：2009年7月〜12月〉/青少年向け長編〈外国〉）
「失われたものたちの本」ジョン・コナリー著, 田内志文訳　東京創元社　2015.9　381p　19cm　2200円　①978-4-488-01049-2

1603　「死せるものすべてに」 "Every Dead Thing"
◇シェイマス賞（2000年/処女長編）
「死せるものすべてに　上」ジョン・コナリー〔著〕, 北澤和彦訳　講談社　2003.9　378p　15cm（講談社文庫）857円　①4-06-273842-2
「死せるものすべてに　下」ジョン・コナリー〔著〕, 北澤和彦訳　講談社　2003.9　358p　15cm（講談社文庫）857円　①4-06-273843-0

1604　"Books to Die For: The World's Greatest Mystery Writers on the World's Greatest Mystery Novels"
◇アガサ賞（2012年/ノンフィクション）
◇アンソニー賞（2013年/評論・ノンフィクション）
◇マカヴィティ賞（2013年/ノンフィクション）

1605　"On the Anatomization of an Unknown Man (1637)"
◇英国推理作家協会賞（2016年/短編ダガー）

1606　"The Caxton Private Lending Library & Book Depository"
◇アメリカ探偵作家クラブ賞（2014年/短編賞）
◇アンソニー賞（2014年/短編）

1607　"The White Road"
◇バリー賞（2003年/英国小説）

コナリー, マイクル　Connelly, Michael

1608　「ザ・ポエット」 "The Poet"
◇アンソニー賞（1997年/長編）
「ザ・ポエット　上」マイクル・コナリー著, 古沢嘉通訳　扶桑社　1997.10　415p　16cm（扶桑社ミステリー）610円　①4-594-02363-0
「ザ・ポエット　下」マイクル・コナリー著, 古沢嘉通訳　扶桑社　1997.10　404p　16cm（扶桑社ミステリー）610円　①4-594-02364-9

1609　「シティ・オブ・ボーンズ」 "City of Bones"
◇アンソニー賞（2003年/長編）
◇バリー賞（2003年/長編）
「シティ・オブ・ボーンズ」マイクル・コナリー著, 古沢嘉通訳　早川書房　2002.12　349p　20cm　1900円　①4-15-208462-6
「シティ・オブ・ボーンズ」マイクル・コナリー著, 古沢嘉通訳　早川書房　2005.2　564p　16cm（ハヤカワ・ミステリ文庫）940円　①4-15-175201-3

1610　「真鍮の評決―リンカーン弁護士」 "The Brass Verdict"
◇アンソニー賞（2009年/長編）
「真鍮の評決―リンカーン弁護士　上」マイクル・コナリー〔著〕, 古沢嘉通訳　講談社　2012.1　399p　15cm（講談社文庫）838円　①978-4-06-277124-5
「真鍮の評決―リンカーン弁護士　下」マイクル・コナリー〔著〕, 古沢嘉通訳　講談社　2012.1　391p　15cm（講談社文庫）838円　①978-4-06-277125-2

1611　「トランク・ミュージック」 "Trunk Music"
◇バリー賞（1998年/長編）
「トランク・ミュージック　上」マイクル・コナリー著, 古沢嘉通訳　扶桑社　1998.6　337p　16cm（扶桑社ミステリー）610円　①4-594-02513-7
「トランク・ミュージック　下」マイクル・コナリー著, 古沢嘉通訳　扶桑社　1998.6　359p　16cm（扶桑社ミステリー）629円　①4-594-02514-5

1612　「ナイトホークス」 "The Black Echo"
◇アメリカ探偵作家クラブ賞（1993年/処女長編賞）
「ナイトホークス　上」マイクル・コナ

リー著, 古沢嘉通訳　扶桑社　1992.10　330p　16cm（扶桑社ミステリー）540円　Ⓡ4-594-01041-5
「ナイトホークス　下」マイクル・コナリー著, 古沢嘉通訳　扶桑社　1992.10　319p　16cm（扶桑社ミステリー）540円　Ⓡ4-594-01046-6

1613　「リンカーン弁護士」 "The Lincoln Lawyer"
◇シェイマス賞（2006年/長編）
◇マカヴィティ賞（2006年/長編）
「リンカーン弁護士　上」マイクル・コナリー〔著〕, 古沢嘉通訳　講談社　2009.6　389p　15cm（講談社文庫）790円　Ⓡ978-4-06-276392-9
「リンカーン弁護士　下」マイクル・コナリー〔著〕, 古沢嘉通訳　講談社　2009.6　424p　15cm（講談社文庫）790円　Ⓡ978-4-06-276393-6

1614　「わが心臓の痛み」 "Blood Work"
◇アンソニー賞（1999年/長編）
◇マカヴィティ賞（1999年/長編）
「わが心臓の痛み」マイクル・コナリー著, 古沢嘉通訳　扶桑社　2000.4　490p　19cm　2095円　Ⓡ4-594-02902-7
「わが心臓の痛み　上」マイクル・コナリー著, 古沢嘉通訳　扶桑社　2002.11　348p　16cm（扶桑社ミステリー）838円　Ⓡ4-594-03802-6
「わが心臓の痛み　下」マイクル・コナリー著, 古沢嘉通訳　扶桑社　2002.11　336p　16cm（扶桑社ミステリー）838円　Ⓡ4-594-03803-4

◎英国推理作家協会賞（2018年/ダイヤモンド・ダガー）

コニイ, マイクル　Coney, Michael G.

1615　「ブロントメク！」 "Brontomek！"
◇英国SF協会賞（1976年/長編）
「ブロントメク！」マイクル・コニイ著, 遠山峻征訳　サンリオ　1980.8　433p　15cm（サンリオSF文庫）620円
「ブロントメク！」M・コーニイ著, 大森望訳　河出書房新社　2016.3　427p　15cm（河出文庫）920円　Ⓡ978-4-309-46420-6

コネリー, マーク　Connelly, Marc

1616　"The Green Pastures"
◇ピュリッツアー賞（1930年/戯曲）

コーネル, ジョン　Connell, Jon

1617　"Fraud"

◇英国推理作家協会賞（1979年/シルバー・ダガー〈ノン・フィクション〉）

コーネル, ポール　Cornell, Paul

1618　"The Copenhagen Interpretation"
◇英国SF協会賞（2011年/短編）

コノヴァー, テッド　Conover, Ted

1619　"Newjack：Guarding Sing Sing"
◇全米書評家協会賞（2000年/ノンフィクション）

コパン, イヴ　Coppens, Yves

1620　"Le rêve de Lucy"
◇イマジネール大賞（1992年/青少年向け長編）

コバーン, ドナルド・L.　Coburn, Donald L.

1621　"The Gin Game"
◇ピュリッツアー賞（1978年/戯曲）

コーフマン, ジョージ・S.　Kaufman, George S.

1622　「オブ・ジー・アイ・シング」 "Of Thee I Sing"
◇ピュリッツアー賞（1932年/戯曲）
1623　"You Can't Take It With You"
◇ピュリッツアー賞（1937年/戯曲）

コーフマン, N.H.　Kaufman, Natalie Hevener

1624　「グラフトンのG―キンジー・ミルホーンの世界」 "G is for Grafton：The World of Kinsey Millhone"
◇アメリカ探偵作家クラブ賞（1998年/批評・評伝賞）
「グラフトンのG―キンジー・ミルホーンの世界」N.H.コーフマン, C.M.ケイ著, 嵯峨静江, 羽地和世訳　早川書房　2001.6　607p　16cm（ハヤカワ・ミステリ文庫）1000円　Ⓡ4-15-076449-2

ゴーブル, ポール　Goble, Paul

1625　「野うまになったむすめ」 "The Girl Who Loved Wild Horses"
◇コルデコット賞（1979年）
「野うまになったむすめ」ポール・ゴーブルさく, じんぐうてるおやく　ほるぷ出版　1980.7　1冊　26cm　1200円

コーベット, スコット　Corbett, Scott
1626 "Cutlass Island"
◇アメリカ探偵作家クラブ賞（1963年/ジュヴナイル賞）

コーベット, W.　Corbett, W.J.
1627 「ペンテコストの冒険」 "The Song of Pentecost"
◇コスタ賞（1982年/児童書）
「ペンテコストの冒険」 W.コーベット作, 小柴一訳, 上矢津画　金の星社　1985.12　349p　21cm（文学の扉）　1200円　①4-323-00911-9

コーベン, ハーラン　Coben, Harlan
1628 「カムバック・ヒーロー」 "Fade Away"
◇アメリカ探偵作家クラブ賞（1997年/ペーパーバック賞）
◇シェイマス賞（1997年/ペーパーバック）
「カムバック・ヒーロー」 ハーラン・コーベン著, 中津悠訳　早川書房　1998.10　511p　16cm（ハヤカワ・ミステリ文庫）　880円　①4-15-170953-3
1629 「沈黙のメッセージ」 "Deal Breaker"
◇アンソニー賞（1996年/ペーパーバック）
「沈黙のメッセージ」 ハーラン・コーベン著, 中津悠訳　早川書房　1997.5　511p　16cm（ハヤカワ・ミステリ文庫）　840円　①4-15-170951-7
1630 「ロンリー・ファイター」 "Backspin"
◇バリー賞（1998年/ペーパーバック）
「ロンリー・ファイター」 ハーラン・コーベン著, 中津悠訳　早川書房　1999.8　502p　15cm（ハヤカワ・ミステリ文庫）　840円　①4-15-170954-1

ゴーマン, エド　Gorman, Ed
1631 "The Fine Art Of Murder: The Mystery Reader's Indispensable Companion"
◇アンソニー賞（1994年/評論）
◇マカヴィティ賞（1994年/評論・評伝）
1632 "Turn Away"
◇シェイマス賞（1988年/短編）
◎シェイマス賞（2011年/ジ・アイ賞）

コマンヤーカ, ユーセフ　Komunyakaa, Yusef
1633 "Neon Vernacular: New and Selected Poems"
◇ピュリッツァー賞（1994年/詩）

コーミア, ロバート　Cormier, Robert
1634 "I Am the Cheese"
◇フェニックス賞（1997年）

コミッソ, ジョヴァンニ　Comisso, Giovanni
1635 "Un gatto attraversa la strada"
◇ストレーガ賞（1955年）

コラン, ポール　Colin, Paul
1636 「野蛮な遊び」 "Les jeux sauvages"
◇ゴンクール賞（1950年）
「野蛮な遊び　上」 ポール・コラン著, 吉田健一訳　筑摩書房　1951　202p 図版　19cm
「野蛮な遊び　下」 ポール・コラン著, 吉田健一訳　筑摩書房　1951　200p　19cm

ゴーリー, エドワード　Gorey, Edward
1637 "The Shrinking of Treehorn"〔独語題：Schorschi schrumpft〕
◇ドイツ児童文学賞（1977年/絵本）
◎ブラム・ストーカー賞（1999年/生涯業績）

コリア, ジョン　Collier, John
1638 "Fancies and Goodnights"
◇アメリカ探偵作家クラブ賞（1952年/短編賞）

コーリイ, ジェイムズ・S.A.　Corey, James S.A.
1639 "Abaddon's Gate"
◇ローカス賞（2014年/SF長編）

コーリガン, モーリーン　Corrigan, Maureen
1640 "Mystery and Suspense Writers"
◇アメリカ探偵作家クラブ賞（1999年/批評・評伝賞）

コリガン, D.フェリキタス　Corrigan, D.Felicitas
1641 "Helen Waddell"

◇ジェイムズ・テイト・ブラック記念賞（1986年／伝記）

コリータ, マイクル　Koryta, Michael
1642　「さよならを告げた夜」 "Tonight I Said Goodbye"
◇シェイマス賞（2003年／私立探偵小説コンテスト）
「さよならを告げた夜」 マイクル・コリータ著, 越前敏弥訳　早川書房　2006.8　364p　20cm　2000円　①4-15-208752-8
1643 "Those Who Wish Me Dead"
◇バリー賞（2015年／スリラー）

コリンズ, スーザン　Collins, Suzanne
1644　「ハンガー・ゲーム」 "The Hunger Games"〔独語題：Die Tribute von Panem〕
◇ドイツ児童文学賞（2010年／青少年審査委員賞）
「ハンガー・ゲーム」 スーザン・コリンズ著, 河井直子訳　メディアファクトリー　2009.10　479p　22cm　1800円　①978-4-8401-3063-9
「ハンガー・ゲーム　上」 スーザン・コリンズ著, 河井直子訳　メディアファクトリー　2012.7　319p　15cm（MF文庫ダ・ヴィンチ）　590円　①978-4-8401-4631-9
「ハンガー・ゲーム　下」 スーザン・コリンズ著, 河井直子訳　メディアファクトリー　2012.7　287p　15cm（MF文庫ダ・ヴィンチ）　590円　①978-4-8401-4632-6

コリンズ, ナンシー　Collins, Nancy
1645　「ミッドナイト・ブルー」 "Sunglasses After Dark"
◇ブラム・ストーカー賞（1989年／処女長編）
「ミッドナイト・ブルー」 ナンシー・A.コリンズ著, 幹遙子訳　早川書房　1997.1　396p　16cm（ハヤカワ文庫FT）　680円　①4-15-020229-X

コリンズ, マイクル　Collins, Michael
1646　「恐怖の掟」 "Act of Fear"
◇アメリカ探偵作家クラブ賞（1968年／処女長編賞）
「恐怖の掟」 マイクル・コリンズ著, 村杜伸訳　早川書房　1969　233p　19cm（世界ミステリシリーズ）　350円
◎シェイマス賞（1988年／ジ・アイ賞

〈生涯功績賞〉）〈受賞時〉リンズ, デニス (Lynds, Dennis)

コリンズ, マックス・アラン　Collins, Max Allan
1647　「シカゴ探偵物語―悪徳の街1933」 "True Detective"
◇シェイマス賞（1984年／長編）
「シカゴ探偵物語―悪徳の街1933」 マックス・A.コリンズ著, 神鳥統夫訳　扶桑社　1988.10　626p　16cm（扶桑社ミステリー）　680円　①4-594-00338-9
1648　「リンドバーグ・デッドライン」 "Stolen Away"
◇シェイマス賞（1992年／長編）
「リンドバーグ・デッドライン」 マックス・アラン・コリンズ著, 大井良純訳　文藝春秋　2001.1　729p　16cm（文春文庫）　1000円　①4-16-752768-5
1649 "Men's Adventure Magazines"
◇アンソニー賞（2005年／評論・ノンフィクション）
1650 "So Long, Chief"
◇シェイマス賞（2014年／短編）

◎シェイマス賞（2006年／ジ・アイ賞〈生涯功績賞〉）
◎アメリカ探偵作家クラブ賞（2017年／巨匠賞）

コリントン, ピーター　Collington, Peter
1651　「ちいさな天使と兵隊さん」 "The Angel and the Soldier Boy"
◇ネスレ子どもの本賞（1987年／5歳以下部門）
「ちいさな天使と兵隊さん」 ピーター・コリントン作　すえもりブックス　1990.3　1冊　28cm　1339円　①4-915777-02-2

コール, ジュディス　Kohl, Judith
1652 "The View From the Oak"
◇全米図書賞（1978年／児童文学）

コール, スティーブ　Coll, Steve
1653　「アフガン諜報戦争―CIAの見えざる闘いソ連侵攻から9.11前夜まで」 "Ghost Wars"
◇ピュリッツァー賞（2005年／ノンフィクション）
「アフガン諜報戦争―CIAの見えざる闘いソ連侵攻から9.11前夜まで　上」 スティーブ・コール著, 木村一浩, 伊藤力

司, 坂井定雄訳　白水社　2011.9　496p　20cm 3200円　①978-4-560-08159-4
「アフガン諜報戦争 ―CIAの見えざる闘い ソ連侵攻から9.11前夜まで　下」 スティーブ・コール著, 木村一浩, 伊藤力司, 坂井定雄訳　白水社　2011.9　441, 27p　20cm 3200円　①978-4-560-08160-0

コール, ハーバート　Kohl, Herbert
1654 "The View From the Oak"
◇全米図書賞（1978年／児童文学）

コールズ, ロバート　Coles, Robert
1655 "Children of Crisis, Vols. Ⅱ and Ⅲ"
◇ピュリッツアー賞（1973年／ノンフィクション）

ゴールズワージー, ジョン
Galsworthy, John
◎ノーベル文学賞（1932年）

コルタサル, フリオ　Cortázar, Julio
1656 "Libro de Manuel"〔仏語題：Livre de Manuel〕
◇メディシス賞（1974年／外国小説）

コルティス, アンドレ　Corthis, André
1657 "Gemmes et moires"
◇フェミナ賞（1906年）

ゴールディング, ウィリアム
Golding, William
1658 「可視の闇」 "Darkness Visible"
◇ジェイムズ・テイト・ブラック記念賞（1979年／フィクション）
「可視の闇」 ウィリアム・ゴールディング〔著〕, 吉田徹夫, 宮原一成監訳, 福岡現代英国小説談話会〔訳〕　開文社出版　2000.6　470p　20cm 2400円　①4-87571-956-6
1659 「通過儀礼」 "Rites of Passage"
◇ブッカー賞（1980年）
「通過儀礼」 ウィリアム・ゴールディング著, 伊藤豊治訳　開文社出版　2001.5　355p　20cm 2400円　①4-87571-964-7
◎ノーベル文学賞（1983年）

ゴールディング, ジュリア　Golding, Julia
1660 「キャットと王立劇場のダイヤモンド」 "The Diamond of Drury Lane"
◇ネスレ子どもの本賞（2006年／9～11歳部門／金賞）
「キャットと王立劇場のダイヤモンド」 ジュリア・ゴールディング作, 雨海弘美訳　静山社　2011.6　357p　19cm（キャット・ロイヤルシリーズ 1）1400円　①978-4-86389-106-7

ゴルデル, ヨースタイン
Gaarder, Jostein
1661 「ソフィーの世界」 "Sofies verden"〔独語題：Sofies Welt〕
◇ドイツ児童文学賞（1994年／ヤングアダルト）
「ソフィーの世界―哲学者からの不思議な手紙」 ヨースタイン・ゴルデル著, 池田香代子訳　日本放送出版協会　1996.3　667p　20cm 2500円　①4-14-080223-5
「ソフィーの世界―哲学者からの不思議な手紙　上」 ヨースタイン・ゴルデル著, 須田朗監修, 池田香代子訳　日本放送出版協会　1997.10　362p　19cm 1000円　①4-14-080331-2
「ソフィーの世界―哲学者からの不思議な手紙　下」 ヨースタイン・ゴルデル著, 須田朗監修, 池田香代子訳　日本放送出版協会　1997.10　317p　19cm 1000円　①4-14-080332-0
「ソフィーの世界―哲学者からの不思議な手紙　上」 ヨースタイン・ゴルデル著, 池田香代子訳, 須田朗監修　新装版　NHK出版　2011.5　362p　19cm 1000円　①978-4-14-081478-9
※初版：日本放送出版協会1995年刊
「ソフィーの世界―哲学者からの不思議な手紙　下」 ヨースタイン・ゴルデル著, 池田香代子訳, 須田朗監修　新装版　NHK出版　2011.5　317p　19cm 1000円　①978-4-14-081479-6
※初版：日本放送出版協会1995年刊

ゴールデン, クリストファー
Golden, Christopher
1662 "Cut! Horror Writers on Horror Film"
◇ブラム・ストーカー賞（1992年／ノンフィクション）

ゴールト, ウイリアム・キャンベル
Gault, William Campbell
1663 "Don't Cry for Me"
◇アメリカ探偵作家クラブ賞（1953年／処女長編賞）
1664 "The Cana Diversion"
◇シェイマス賞（1983年／ペーパーバック）

コルト, コニー　Colt, Connie
1665 "Hawks"
◇アメリカ探偵作家クラブ賞（1990年/ロバート・L・フィッシュ賞）

ゴールドスタイン, リサ　Goldstein, Lisa
1666 "The Red Magician"
◇全米図書賞（1983年/オリジナルペーパーバック）

ゴールドバーグ, エド　Goldberg, Ed
1667 "Served Cold"
◇シェイマス賞（1995年/ペーパーバック）

ゴールドバース, アルバート　Goldbarth, Albert
1668 "Heaven and Earth: A Cosmology"
◇全米書評家協会賞（1991年/詩）
1669 "Saving Lives"
◇全米書評家協会賞（2001年/詩）

コルドン, クラウス　Kordon, Klaus
1670 「ケストナー―ナチスに抵抗し続けた作家」"Die Zeit ist kaputt"
◇ドイツ児童文学賞（1995年/ノンフィクション）
「ケストナー―ナチスに抵抗し続けた作家」クラウス・コードン著, 那須田淳, 木本栄訳　偕成社　1999.12　403p　22cm　2800円　④4-03-814200-0
1671 "Krokodil im Nacken"
◇ドイツ児童文学賞（2003年/青少年審査委員賞）

コルバート, エリザベス　Kolbert, Elizabeth
1672 「6度目の大絶滅」"The Sixth Extinction: An Unnatural History"
◇ピュリッツアー賞（2015年/ノンフィクション）
「6度目の大絶滅」エリザベス・コルバート著, 鍛原多惠子訳　NHK出版　2015.3　359, 33p　20cm　2400円　④978-4-14-081670-7

コルブ, リリアンヌ　Korb, Liliane
1673 "Temps sans frontières"
◇シェイマス賞（1984年/ジ・アイ賞〈生涯功績賞〉）

◇イマジネール大賞（1991年/青少年向け長編〈フランス語〉）

コールマン, リード・ファレル　Coleman, Reed Farrel
1674 "Empty Ever After"
◇シェイマス賞（2009年/長編）
1675 "Soul Patch"
◇シェイマス賞（2008年/長編）
1676 "The James Deans"
◇アンソニー賞（2006年/ペーパーバック）
◇シェイマス賞（2006年/ペーパーバック）
◇バリー賞（2006年/ペーパーバック）
1677 "Tower"
◇マカヴィティ賞（2010年/長編）

ゴーレイヴィッチ, フィリップ　Gourevitch, Philip
1678 「ジェノサイドの丘―ルワンダ虐殺の隠された真実」"We Wish to Inform You That Tomorrow We Will be Killed With Our Families"
◇全米書評家協会賞（1998年/ノンフィクション）
「ジェノサイドの丘―ルワンダ虐殺の隠された真実　上」フィリップ・ゴーレイヴィッチ著, 柳下毅一郎訳　WAVE出版　2003.6　218p　20cm　1600円　④4-87290-158-4
「ジェノサイドの丘―ルワンダ虐殺の隠された真実　下」フィリップ・ゴーレイヴィッチ著, 柳下毅一郎訳　WAVE出版　2003.6　251p　20cm　1600円　④4-87290-159-2
「ジェノサイドの丘―ルワンダ虐殺の隠された真実」フィリップ・ゴーレイヴィッチ著, 柳下毅一郎訳　新装版　WAVE出版　2011.12　493p　19cm　2300円　④978-4-87290-544-1

ゴレッジオ, ヴィットリオ　Gorresio, Vittorio
1679 "La vita ingenua"
◇ストレーガ賞（1980年）

ゴロディッシャー, アンヘリカ　Gorodischer, Angélica
◎世界幻想文学大賞（2011年/生涯功労賞）

コワル, メアリ・ロビネット
Kowal, Mary Robinette

1680 「釘がないので」 "For Want of a Nail"
◇ヒューゴー賞（2011年／短編）
「SFマガジン 55（6）」〔原島文世訳〕早川書房 2014.6 p140～159

1681 "The Lady Astronaut of Mars"
◇ヒューゴー賞（2014年／中編）

コーン, イルゼ　Koehn, Ilse

1682 「少女イルゼの秘密――第二次世界大戦下のドイツ」 "Mischling, Second Degree"
◇ボストングローブ・ホーンブック賞（1978年／ノンフィクション）
「少女イルゼの秘密――第二次世界大戦下のドイツ」 イルゼ・コーン著, 真鍋三紀子訳　パーソナル・ケア　1998.10　302p　20cm　1524円　Ⓟ4-89521-310-2

コンウェイ, サイモン　Conway, Simon

1683 「スパイの忠義」 "A Loyal Spy"
◇英国推理作家協会賞（2010年／イアン・フレミング・スティール・ダガー）
「スパイの忠義　上」　サイモン・コンウェイ著, 熊谷千寿訳　早川書房　2016.11　334p　16cm（ハヤカワ文庫NV）880円　Ⓟ978-4-15-041397-2
「スパイの忠義　下」　サイモン・コンウェイ著, 熊谷千寿訳　早川書房　2016.11　344p　16cm（ハヤカワ文庫NV）880円　Ⓟ978-4-15-041398-9

コーンウェル, ジョン　Cornwell, John

1684 「地に戻る者」 "Earth to Earth"
◇英国推理作家協会賞（1982年／ゴールド・ダガー〈ノンフィクション〉）
「地に戻る者――イギリス田園殺人事件」ジョン・コーンウェル著, 宮脇孝雄訳　早川書房　1988.12　243p　20cm　1500円　Ⓟ4-15-203381-9

コーンウェル, パトリシア
Cornwell, Patricia

1685 「検屍官」 "Postmortem"
◇英国推理作家協会賞（1990年／ジョン・クリーシー記念賞）
◇アメリカ探偵作家クラブ賞（1991年／処女長編賞）
◇アンソニー賞（1991年／処女長編）
◇マカヴィティ賞（1991年／処女長編）

「検屍官」 P.コーンウェル〔著〕, 相原真理子訳　講談社　1992.1　504p　15cm（講談社文庫）680円　Ⓟ4-06-185069-5
「検屍官」 パトリシア・コーンウェル著, 相原真理子訳　講談社　1996.4　411p　20cm　2500円　Ⓟ4-06-208154-7
※特装ハードカバー

1686 「真犯人」 "Cruel and Unusual"
◇英国推理作家協会賞（1993年／ゴールド・ダガー）
「真犯人」 P.コーンウェル〔著〕, 相原真理子訳　講談社　1993.12　532p　15cm（講談社文庫）720円　Ⓟ4-06-185570-0

コーンウォール, イアン・ヴォルフラム
Cornwall, Ian Wolfram

1687 「サルから人間へ」 "The Making of Man"
◇カーネギー賞（1960年）
「サルから人間へ」 I.W.コーンウォール著, 今泉吉典訳, M.メートランド・ハワードさし絵と復元　福音館書店　1970　105p　27cm（福音館の科学シリーズ）

コンクェスト, ジョン　Conquest, John

1688 "Trouble is Their Business: Private Eyes in Fiction, Film, and Television, 1927-1988"
◇アメリカ探偵作家クラブ賞（1991年／批評・評伝賞）

コンション, ジョルジュ
Conchon, Georges

1689 "L'état sauvage"
◇ゴンクール賞（1964年）

コンスタン, ポール　Constant, Paule

1690 「うちあけ話」 "Confidence pour confidence"
◇ゴンクール賞（1998年）
「うちあけ話」 ポール・コンスタン著, 藪崎利美訳　人文書院　2015.1　243p　20cm　2000円　Ⓟ978-4-409-13037-7

コンスタンタン＝ウェイエル, モーリス
Constantin-Weyer, Maurice

1691 「或る行動人の手記――一人の男がわが過去を覗きこむ」 "Un homme se penche sur son passé"
◇ゴンクール賞（1928年）
「仏蘭西文学賞叢書　5　或る行動人の手記――一人の男がわが過去を覗きこむ」コンスタンタン・ウェイエル著, 芹沢光治良訳　実業之日本社　1940　286p

コンスタンティン, デヴィッド
Constantine, David
1692 "Tea at the Midland: and Other Stories"
◇フランク・オコナー国際短編賞（2013年）

コンソロ, ヴィンチェンツォ
Consolo, Vincenzo
1693 "Nottetempo, casa per casa"
◇ストレーガ賞（1992年）

コンテント, ウィリアム
Contento, William
1694 "The Supernatural Index"
◇ブラム・ストーカー賞（1995年/ノンフィクション）

コンネル, ジョン　Connell, John
1695 "W. E. Henley"
◇ジェイムズ・テイト・ブラック記念賞（1949年/伝記）

コーンフィールド, ロバート
Cornfield, Robert
1696 "Dance Writings"
◇全米書評家協会賞（1987年/批評）

コンプトン=バーネット, アイビー
Compton-Burnett, Ivy
1697 "Mother And Son"
◇ジェイムズ・テイト・ブラック記念賞（1955年/フィクション）

コーンブルース, C.M.　Kornbluth, C.M.
1698 「ある決断」 "The Meeting"
◇ヒューゴー賞（1973年/短編）
「世界SF大賞傑作選（ヒューゴー・ウィナーズ）6」アイザック・アシモフ編〔フレデリック・ポール, C.M.コーンブルース〔著〕, 深町真理子訳〕　講談社　1978.6　288p　15cm（講談社文庫）340円

1699 「小さな黒いカバン」 "The Little Black Bag"
◇ヒューゴー賞（1951年〈レトロ・ヒューゴー賞2001年授与〉/中編）
「SFマガジン　15(8)」〔逸見一好訳〕早川書房　1974.8　p60～82

コンラッド, パム　Conrad, Pam
1700 "Stonewords"
◇アメリカ探偵作家クラブ賞（1991年/ジュヴナイル賞）

コンロン, クリストファー
Conlon, Christopher
1701 「ヒー・イズ・レジェンド」 "He Is Legend: An Anthology CelebratinG Richard Matheson"
◇ブラム・ストーカー賞（2009年/アンソロジー）
「ヒー・イズ・レジェンド」クリストファー・コンロン編, ジョー・ヒル, スティーヴン・キングほか著　小学館　2010.4　445p　15cm（小学館文庫）819円　①978-4-09-408392-7

【サ】

サイクス, ジェリー　Sykes, Jerry
1702 「炎に近づいて」 "Closer to the Flame"
◇英国推理作家協会賞（2003年/短編ダガー）
「ミステリマガジン　51(4)」〔加賀山卓朗訳〕　早川書房　2006.4　p34～47

1703 「ルーツ」 "Roots"
◇英国推理作家協会賞（1998年/短編ダガー）
「ミステリマガジン　45(2)」〔加賀山卓朗訳〕　早川書房　2000.2　p48～60

サイデル, フレデリック
Seidel, Frederick
1704 "Sunrise"
◇全米書評家協会賞（1980年/詩）

サイード, S.F.　Said, SF
1705 「バージャック―メソポタミアン・ブルーの影」 "Varjak Paw"
◇ネスレ子どもの本賞（2003年/6～8歳部門/金賞）
「バージャック―メソポタミアン・ブルーの影」S.F.サイード作, 金原瑞人, 相山夏奏訳　偕成社　2008.1　235p　22cm　1500円　①978-4-03-540470-5

サイフェルト, ヤロスラフ　Seifelt, Jaroslav
◎ノーベル文学賞（1984年）

サイモン, デヴィッド　Simon, David
1706 "Homicide: A Year on the Killing Streets"
◇アメリカ探偵作家クラブ賞（1992年/犯罪実話賞）
◇アンソニー賞（1992年/犯罪実話）

サイモン, ニール　Simon, Neil
1707 「ヨンカーズ物語」 "Lost in Yonkers"
◇ピュリッツアー賞（1991年/戯曲）
「ニール・サイモン戯曲集 5」 酒井洋子訳　早川書房　1993.7　390p 20cm 2800円　①4-15-207798-0

サイモン, ロジャー・L.　Simon, Roger L.
1708 「大いなる賭け」 "The Big Fix"
◇英国推理作家協会賞（1974年/ジョン・クリーシー記念賞）
「大いなる賭け」 ロジャー・L.サイモン著, 木村二郎訳　早川書房　1976　169p 19cm（世界ミステリシリーズ）500円

サヴィニョン, アンドレ　Savignon, André
1709 "Filles de Pluie"
◇ゴンクール賞（1912年）

サヴェージ, ミルドレッド　Savage, Mildred
1710 "A Great Fall"
◇アメリカ探偵作家クラブ賞（1971年/犯罪実話賞）

サウスオール, アイヴァン　Southall, Ivan
1711 「ジョシュ」 "Josh"
◇カーネギー賞（1971年）
「ジョシユーライアン・クリークの三日間」 I.サウスオール作, 小野章訳　評論社　1975　323p 21cm（児童図書館・文学の部屋）
1712 "The Long Night Watch"
◇フェニックス賞（2003年）

ザガエフスキ, アダム　Zagajewski, Adam
◎ノイシュタット国際文学賞（2004年）

サーク, モニカ　Zak, Monica
1713 "Pumans fötter"

◇ニルス・ホルゲション賞（1987年）

サザーランド, ダグラス　Sutherland, Douglas
1714 "Fraud"
◇英国推理作家協会賞（1979年/シルバー・ダガー〈ノン・フィクション〉）

サージェント, パメラ　Sargent, Pamela
1715 「ダニーの火星旅行」 "Danny Goes to Mars"
◇ネビュラ賞（1992年/中編）
◇ローカス賞（1993年/中編）
「SFマガジン 35 (1)」〔中村融訳〕早川書房　1994.1　p80～101

サスーン, ジークフリート　Sassoon, Siegfried
1716 "Memoirs Of A Fox-Hunting Man"
◇ジェイムズ・テイト・ブラック記念賞（1928年/フィクション）

サッカー, ルイス　Sachar, Louis
1717 「穴」 "Holes"
◇全米図書賞（1998年/児童文学）
◇ニューベリー賞（1999年）
◇ボストングローブ・ホーンブック賞（1999年/フィクション）
「穴」 ルイス・サッカー作, 幸田敦子訳　講談社　1999.10　309p 20cm（ユースセレクション）1600円　①4-06-209645-5
「穴」 ルイス・サッカー〔著〕, 幸田敦子訳　講談社　2006.12　339p 15cm（講談社文庫）590円　①4-06-275587-4

ザックス, ネリー　Sachs, Nelly
◎ノーベル文学賞（1966年）

サックラー, ハワド　Sackler, Howard
1718 "The Great White Hope"
◇ピュリッツアー賞（1969年/戯曲）

サックリング, ナイジェル　Suckling, Nigel
1719 "Greetings from Earth: The Art of Bob Eggleston"
◇ヒューゴー賞（2001年/関連書籍）

サトクリフ, ローズマリー
Sutcliff, Rosemary

1720 「アネイリンの歌―ケルトの戦の物語」 "The Shining Company"
◇フェニックス賞（2010年）
「アネイリンの歌―ケルトの戦の物語」ローズマリ・サトクリフ作, 本間裕子訳 小峰書店 2002.11 348p 20cm（Y.A.Books）1800円　①4-338-14406-8

1721 「王のしるし」 "The Mark of the Horse Lord"
◇フェニックス賞（1985年）
「王のしるし」ローズマリ・サトクリフ作, 猪熊葉子訳, チャールズ・キーピング絵　岩波書店　1973　393p　23cm（岩波の愛蔵版 30）
「王のしるし　上」ローズマリ・サトクリフ作, 猪熊葉子訳　岩波書店　2010.1　254p　18cm（岩波少年文庫）680円　①978-4-00-114595-3
「王のしるし　下」ローズマリ・サトクリフ作, 猪熊葉子訳　岩波書店　2010.1　222p　18cm（岩波少年文庫 596）640円　①978-4-00-114596-0

1722 「ともしびをかかげて」 "The Lantern Bearers"
◇カーネギー賞（1959年）
「ともしびをかかげて」ローズマリ・サトクリフ作, 猪熊葉子訳, チャールズ・キーピング絵　岩波書店　1969　429p　23cm
「ともしびをかかげて」ローズマリ・サトクリフ作, 猪熊葉子訳, チャールズ・キーピング絵　岩波書店　1969.11（第14刷：2001.10）429p　23cm　3000円　①4-00-110827-5
「ともしびをかかげて　上」ローズマリ・サトクリフ作, 猪熊葉子訳　岩波書店　2008.4　269p　18cm（岩波少年文庫）680円　①978-4-00-114581-6
「ともしびをかかげて　下」ローズマリ・サトクリフ作, 猪熊葉子訳　岩波書店　2008.4　258p　18cm（岩波少年文庫）680円　①978-4-00-114582-3

1723 「トリスタンとイズー」 "Tristan and Iseult"
◇ボストングローブ・ホーンブック賞（1972年/フィクション）
「トリスタンとイズー」ローズマリー・サトクリフ著, 井辻朱美訳　沖積舎　2005.7　253p　19cm　2000円　①4-8060-3043-0

サバト, エルネスト　Sábato, Ernesto
◎セルバンテス賞（1984年）

サフォン, カルロス・ルイス
Zafon, Carlos Ruiz

1724 「風の影」 "The Shadow of the Wind"
◇バリー賞（2005年/処女長編）
「風の影　上」カルロス・ルイス・サフォン著, 木村裕美訳　集英社　2006.7　414p　16cm（集英社文庫）743円　①4-08-760508-6
「風の影　下」カルロス・ルイス・サフォン著, 木村裕美訳　集英社　2006.7　427p　16cm（集英社文庫）743円　①4-08-760509-4

サプコフスキ, アンドレイ
Sapkowski, Andrzej
◎世界幻想文学大賞（2016年/生涯功労賞）

サブラル, ジョディ　Sabral, Jody
1725 "The Movement"
◇英国推理作家協会賞（2014年/デビュー・ダガー）

ザボール, ラフィ　Zabor, Rafi
1726 "The Bear Comes Home"
◇ペン・フォークナー賞（1998年）

サマーズ, アンソニー
Summers, Anthony
1727 "Conspiracy"
◇英国推理作家協会賞（1980年/ゴールド・ダガー〈ノンフィクション〉）
1728 "The Eleventh Day"
◇英国推理作家協会賞（2012年/ゴールド・ダガー〈ノンフィクション〉）

サマーズ, イアン　Summers, Ian
1729 「SF宇宙生物図鑑」 "Barlowe's Guide to Extraterrestrials"
◇ローカス賞（1980年/アート・イラストブック）
「SF宇宙生物図鑑」ウェイン・ダグラス・バロウ〔ほか〕著, 吉岡雄一郎訳　心交社　1994.9　112p　図版17枚　27cm　2300円　①4-88302-184-X
1730 "Tomorrow and Beyond"
◇ローカス賞（1979年/アート・イラストブック）

サマースケイル, ケイト
Summerscale, Kate
1731 "The Wicked Boy: The Mystery

of a Victorian Child Murderer"
◇アメリカ探偵作家クラブ賞（2017年/犯罪実話賞）

サマタール, ソフィア　Samatar, Sofia

1732　「図書館島」　"A Stranger in Olondria"
◇英国幻想文学賞（2014年/ファンタジー長編〈ロバート・ホールドストック賞〉）
◇世界幻想文学大賞（2014年/長編）
「図書館島」　ソフィア・サマター著, 市田泉訳　東京創元社　2017.11　362p　20cm（海外文学セレクション）2900円
①978-4-488-01664-7

サーマン, ジュディス　Thurman, Judith

1733　"Isak Dinesen: The Life of a Storyteller"
◇全米図書賞（1983年/自伝・伝記/ハードカバー）

サミュエル, アーネスト　Samuels, Ernest

1734　"Henry Adams, three volumes"
◇ピュリッツアー賞（1965年/伝記・自伝）

サミュエルズ, チャールズ　Samuels, Charles

1735　"Night Fell on Georgia"
◇アメリカ探偵作家クラブ賞（1957年/犯罪実話賞）

サミュエルス, ルイーズ　Samuels, Louise

1736　"Night Fell on Georgia"
◇アメリカ探偵作家クラブ賞（1957年/犯罪実話賞）

サム, マルセラ　Thum, Marcella

1737　"Mystery at Crane's Landing"
◇アメリカ探偵作家クラブ賞（1965年/ジュヴナイル賞）

サラフィン, ジェイムズ　Sarafin, James

1738　"The Word for Breaking August Sky"
◇アメリカ探偵作家クラブ賞（1996年/ロバート・L・フィッシュ賞）

サラマーゴ, ジョゼ　Saramago, José

◎ノーベル文学賞（1998年）

サラントニオ, アル　Sarrantonio, Al

1739　「999」　"999: New Stories of Horror and Suspense"〔改題: 999: Twenty-Nine Original Tales of Horror and Suspense〕
◇ブラム・ストーカー賞（1999年/アンソロジー）
「999—妖女たち」　アル・サラントニオ編, 白石朗他訳　東京創元社　2000.1　445p　15cm（創元推理文庫）780円
①4-488-58401-2
「999—聖金曜日」　アル・サラントニオ編, 金子浩他訳　東京創元社　2000.2　440p　15cm（創元推理文庫）780円
①4-488-58402-0
「999—狂犬の夏」　アル・サラントニオ編, 田中一江他訳　東京創元社　2000.3　470p　15cm（創元推理文庫）840円
①4-488-58403-9

サリバン, ウィノナ　Sullivan, Winona

1740　"A Sudden Death at the Norfolk Cafe"
◇シェイマス賞（1991年/私立探偵小説コンテスト）

サリバン, トリシア　Sullivan, Tricia

1741　"Dreaming in Smoke"
◇アーサー・C・クラーク賞（1999年）

サール, イアン　Sales, Ian

1742　"Adrift on the Sea of Rains"
◇英国SF協会賞（2012年/短編）

サルヴェール, リディ　Salvayre, Lydie

1743　"Pas pleurer"
◇ゴンクール賞（2014年）

サルキー, アンドリュー　Salkey, Andrew

1744　"Achtung - Sturmwarnung Hurricane"
◇ドイツ児童文学賞（1967年/児童書）

サルドゥイ, セベロ　Sarduy, Severo

1745　「コブラ」　"Cobra"
◇メディシス賞（1972年/外国小説）
「コブラ」　セベロ・サルドゥイ著, 荒木亨訳　晶文社　1975　222p　20cm　1300円

サルトル, ジャン＝ポール　Sartre, Jean-Paul

◎ノーベル文学賞〈受賞辞退〉（1964年）

サルナーヴ, ダニエル　Sallenave, Danièle

1746　"Les Portes de Gubbio"
◇ルノドー賞（1980年）

サルバドリー, マリオ　Salvadori, Mario

1747　「建物はどうして建っているか　構造―重力とたたかい」"Building: The Fight Against Gravity"
◇ボストングローブ・ホーンブック賞（1980年/ノンフィクション）

「建物はどうして建っているか　構造―重力とのたたかい」　マリオ・サルバドリー著, 望月重訳　鹿島出版会　1980.10　175p　19cm　1600円

サローヤン, ウィリアム　Saroyan, William

1748　「君が人生の時」〔別題「君が人生の楽しき時」〕"The Time of Your Life"
◇ピュリッツァー賞（1940年/戯曲）

「君が人生の時」　ウィリアム・サローヤン著, 加藤道夫訳　中央公論社　1950　310p 図版　19cm

「君が人生の楽しき時―戯曲」　W.サローヤン著, 金子哲郎訳　創芸社　1953　175p 図版　16cm（近代文庫）

「ウィリアム・サローヤン戯曲集」　加藤道夫, 倉橋健訳〔「君が人生の時」加藤道夫訳〕　早川書房　1969　346p 図版　20cm　1300円

「ウィリアム・サローヤン戯曲集」　加藤道夫, 倉橋健訳〔「君が人生の時」加藤道夫訳〕　早川書房　1986.2　326p　20cm　1800円　①4-15-203079-8　※改装版

ザーン, ティモシイ　Zahn, Timothy

1749　"Cascade Point"
◇ヒューゴー賞（1984年/中長編）

サンソム, C.J.　Sansom, C.J.

1750　「暗き炎―チューダー王朝弁護士シャードレイク」"Dark Fire"
◇英国推理作家協会賞（2005年/エリス・ピーターズ・ヒストリカル・ダガー）

「暗き炎―チューダー王朝弁護士シャードレイク　上」　C・J・サンソム著, 越前敏弥訳　集英社　2013.8　398p　16cm（集英社文庫）800円　①978-4-08-760670-6

「暗き炎―チューダー王朝弁護士シャードレイク　下」　C・J・サンソム著, 越前敏弥訳　集英社　2013.8　390p　16cm（集英社文庫）800円　①978-4-08-760671-3

サンダーズ, ローレンス　Sanders, Lawrence

1751　「盗聴」"The Anderson Tapes"
◇アメリカ探偵作家クラブ賞（1971年/処女長編賞）

「盗聴」　ローレンス・サンダーズ著, 福島正実訳　早川書房　1970　336p　19cm（ハヤカワ・ノヴェルズ）580円

「盗聴」　ローレンス・サンダーズ著, 福島正実訳　早川書房　1972　390p　16cm（ハヤカワNV文庫）350円

サンダースン, ブランドン　Sanderson, Brandon

1752　"The Emperor's Soul"
◇ヒューゴー賞（2013年/中長編）

サンタット, ダン　Santat, Dan

1753　「ビークル―ゆめのこどものおはなし」"The Adventures of Beekle: The Unimaginary Friend"
◇コルデコット賞（2015年）

「ビークル―ゆめのこどものおはなし」　ダン・サンタット作, 谷川俊太郎訳　ほるぷ出版　2017.10　〔40p〕　29cm　1600円　①978-4-593-50595-1

サンタンジェロ, エレナ　Santangelo, Elena

1754　"Dame Agatha's Shorts"
◇アガサ賞（2009年/ノンフィクション）

サンチェス=シルバ, ホセ・マリア　Sánchez-Silva, José Maria

◎国際アンデルセン賞（1968年/作家賞）

サン=テグジュペリ, アントワーヌ・ド　Saint-Exupéry, Antoine de

1755　「夜間飛行」"Vol de nuit"
◇フェミナ賞（1931年）

「世界文学全集　77　サン・テグジュペリ　マルロオ」〔堀口大学訳〕　講談社　1977.10　483p 図 肖像　20cm　860円

「サン＝テグジュペリ著作集　2　夜間飛行・戦う操縦士」　山崎庸一郎訳　みすず書房　1984.1　348p　20cm　2500円　①4-622-00672-3

「集英社ギャラリー「世界の文学」　8　フ

ランス 3」〔山崎庸一郎訳〕 集英社 1990.12 1226p 22cm 4300円 ⓘ4-08-129008-3
「夜間飛行」 サン＝テグジュペリ〔著〕, 堀口大學訳 改版 新潮社 1993.6 283p 16cm（新潮文庫） ⓘ4-10-212201-X
「夜間飛行」 サン＝テグジュペリ〔著〕, 山崎庸一郎訳 みすず書房 2000.7 128p 20cm（サン＝テグジュペリ・コレクション 2） 1500円 ⓘ4-622-04522-2
「夜間飛行」 サン＝テグジュペリ著, 片木智年訳 PHPエディターズ・グループ 2009.2 158p 20cm 1400円 ⓘ978-4-569-70539-2
「夜間飛行」 サン＝テグジュペリ著, 二木麻里訳 光文社 2010.7 186p 16cm（光文社古典新訳文庫） 533円 ⓘ978-4-334-75207-1

サンドバーグ, カール Sandburg, Carl

1756 「エブラハム・リンカーン」 "Abraham Lincoln: The War Years"
◇ピュリッツァー賞（1940年/歴史）
「エブラハム・リンカーン 1 大草原時代」 カール・サンドバーグ〔著〕, 坂下昇訳 新潮社 1972 380p 図 肖像 20cm 1200円
「エブラハム・リンカーン 2 南北戦争」 カール・サンドバーグ〔著〕, 坂下昇訳 新潮社 1972 468p 図 肖像 20cm 1500円
「エブラハム・リンカーン 3 民主主義の試練」 カール・サンドバーグ〔著〕, 坂下昇訳 新潮社 1972 474p 図 20cm 1500円

1757 "Complete Poems"
◇ピュリッツァー賞（1951年/詩）

1758 "Corn Huskers"
◇ピュリッツァー賞（1919年/詩）

サンドベルイ, インゲイ Sandberg, Inger
◎ニルス・ホルゲション賞（1973年）

サンドマン＝リリウス, イルメリン Sandman Lilius, Irmelin

1759 「金の冠通り」（太陽の夫人3部作 1） "Gullkrona gränd" (trilogin Fru Sola)
◇ニルス・ホルゲション賞（1972年）
「太陽の夫人 vol.1 金の冠通り」 イルメリン・サンドマン＝リリウス作・絵, 山口卓文訳 福武書店 1990.3 236p 19cm（Best choice） 1200円 ⓘ4-8288-1392-6

ザンドリ, ヴィンセント Zandri, Vincent

1760 "Moonlight Weeps"
◇シェイマス賞（2015年/ペーパーバック）

サンドル, ティエリー Sandre, Thierry

1761 「すひかづら」 "Le chèvrefeuille"
◇ゴンクール賞（1924年）
「すひかづら」 ティエリイ・サンドル著, 高瀬毅訳 青木書店 1940 189p 19cm

サンプスン, ロバート Sampson, Robert

1762 「ピントン郡の雨」 "Rain in Pinton County"
◇アメリカ探偵作家クラブ賞（1987年/短編賞）
「新エドガー賞全集」 マーティン・H.グリーンバーグ編, 田口俊樹他訳〔田口俊樹訳〕 早川書房 1992.6 303p 16cm（ハヤカワ・ミステリ文庫） 480円 ⓘ4-15-074166-2

サンブラノ, マリーア Zambrano, María
◎セルバンテス賞（1988年）

【シ】

ジー, モーリス Gee, Maurice

1763 「プラム―ある家族の愛と憎しみ」 "Plumb"
◇ジェイムズ・テイト・ブラック記念賞（1978年/フィクション）
「プラム―ある家族の愛と憎しみ」 モーリス・ジー著, 百々佑利子訳 サイマル出版会 1987.5 405p 19cm 2300円 ⓘ4-377-20741-5

シアーズ, マイクル Sears, Michael

1764 「ブラック・フライデー」 "Black Fridays"
◇シェイマス賞（2013年/処女長編）
「ブラック・フライデー」 マイクル・シアーズ著, 北野寿美枝訳 早川書房 2014.1 502p 16cm（ハヤカワ文庫 NV） 1000円 ⓘ978-4-15-041297-5

シェアマン, ロバート Shearman, Robert

1765 "Everyone's Just So So Special"
◇英国幻想文学賞（2012年/短編集）

1766 "Love Songs For The Shy And Cynical"
◇英国幻想文学賞（2010年/短編集）
1767 "Remember Why You Fear Me"
◇英国幻想文学賞（2013年/短編集）
1768 "Tiny Deaths"
◇世界幻想文学大賞（2008年/短編集）

ジェイ, シャーロット　Jay, Charlotte
1769 「死の月」"Beat Not the Bones"
◇アメリカ探偵作家クラブ賞（1954年/長編賞）
「死の月」　シャーロット・ジェイ著, 恩地三保子訳　早川書房　1955　243p　19cm（世界探偵小説全集）

シェイ, マイクル　Shea, Michael
1770 「魔界の盗賊」"Nifft the Lean"
◇世界幻想文学大賞（1983年/長編）
「魔界の盗賊」マイクル・シェイ著, 宇佐川晶子訳　早川書房　1985.7　467p　16cm（ハヤカワ文庫—FT）580円　①4-15-020077-7
1771 "The Growlimb"
◇世界幻想文学大賞（2005年/中編）

ジェイコブソン, ハワード
Jacobson, Howard
1772 "The Finkler Question"
◇ブッカー賞（2010年）

シェイボン, マイケル　Chabon, Michael
1773 「カヴァリエ＆クレイの驚くべき冒険」"The Amazing Adventures of Kavalier & Clay"
◇ピュリッツァー賞（2001年/フィクション）
「カヴァリエ＆クレイの驚くべき冒険」マイケル・シェイボン著, 菊地よしみ訳　早川書房　2001.11　339p　20cm　2400円　④4-15-208379-4
1774 「ユダヤ警官同盟」"The Yiddish Policemen's Union"
◇ネビュラ賞（2007年/長編）
◇ジョン・W・キャンベル記念賞（2008年/第2位）
◇ヒューゴー賞（2008年/長編）
◇ローカス賞（2008年/SF長編）
「ユダヤ警官同盟　上」マイケル・シェイボン〔著〕, 黒原敏行訳　新潮社　2009.5　312p　16cm（新潮文庫）590円　①978-4-10-203611-2
「ユダヤ警官同盟　下」マイケル・シェイボン〔著〕, 黒原敏行訳　新潮社　2009.5　332p　16cm（新潮文庫）629円　①978-4-10-203612-9

ジェイムズ, ディーン　James, Dean
1775 "By a Woman's Hand: A Guide to Mystery Fiction by Women"
◇アガサ賞（1994年/ノンフィクション）
◇マカヴィティ賞（1995年/評論・評伝）
1776 "Deadly Women: The Woman Mystery Reader's Indispensable Companion"
◇マカヴィティ賞（1998年/ノンフィクション）
1777 "Killer Books"
◇マカヴィティ賞（1999年/評論・評伝）

シェイムズ, テリー　Shames, Terry
1778 "A Killing at Cotton Hill"
◇マカヴィティ賞（2014年/処女長編）

ジェイムス, ピーター　James, Peter
1779 "Dead Man's Grip"
◇バリー賞（2012年/英国小説）
◎英国推理作家協会賞（2016年/ダイヤモンド・ダガー）

ジェイムズ, ヘンリー　James, Henry
1780 "Charles W.Eliot"
◇ピュリッツァー賞（1931年/伝記・自伝）

シェイムズ, ローレンス
Shames, Laurence
1781 「絆」"Sunburn"
◇英国推理作家協会賞（1995年/ラスト・ラフ・ダガー）
「絆」L.シェイムズ〔著〕, 北沢あかね訳　講談社　1996.6　382p　15cm（講談社文庫）740円　①4-06-263279-9

シェクリィ, ロバート　Sheckley, Robert
◎ネビュラ賞（2000年/名誉賞）

ジェス, タイヒンバ　Jess, Tyehimba
1782 "Olio"
◇ピュリッツァー賞（2017年/詩）

ジェスラン, J.J.　Jusserand, J.J.
1783　"With Americans of Past and Present Days"
◇ピュリッツァー賞（1917年/歴史）

シェセックス, ジャック　Chessex, Jacques
1784　「鬼」　"L'ogre"
◇ゴンクール賞（1973年）
「鬼」 ジャック・シェセックス著, 伊東守男訳　早川書房　1977.5　232p　20cm（ハヤカワ・リテラチャー 2）1500円

シェッソウ, ペーター　Schössow, Peter
1785　「リーコとオスカーともっと深い影」 "Rico, Oskar und die Tieferschatten"
◇ドイツ児童文学賞（2009年/児童書）
「リーコとオスカーともっと深い影」 アンドレアス・シュタインヘーフェル作, 森川弘子訳　岩波書店　2009.4　284p　22cm 2200円　①978-4-00-115625-6

1786　"Gehört das so??!Die Geschichte von Elvis"
◇ドイツ児童文学賞（2006年/絵本）

ジェニ, アレクシス　Jenni, Alexis
1787　"L'Art français de la guerre"
◇ゴンクール賞（2011年）

シェパード, オーデル　Shepard, Odell
1788　"Pedlar's Progress"
◇ピュリッツァー賞（1938年/伝記・自伝）

シェパード, サム　Shepard, Sam
1789　「埋められた子供」 "Buried Child"
◇ピュリッツァー賞（1979年/戯曲）
「埋められた子供―サム・シェパード戯曲集」 サム・シェパード〔著〕, 安井武訳　新水社　1981.2　310p　20cm（英米秀作戯曲シリーズ 2）2200円

シェパード, ルーシャス　Shepard, Lucius
1790　「宇宙船乗りフジツボのビル」 "Barnacle Bill the Spacer"
◇ヒューゴー賞（1993年/中長編）
◇ローカス賞（1993年/中長編）
「SFマガジン 35（1）」 〔小川隆訳〕 早川書房　1994.1　p16～78

1791　「鱗狩人の美しき娘」 "The Scalehunter's Beautiful Daughter"

◇ローカス賞（1989年/中長編）
「竜のグリオールに絵を描いた男」 ルーシャス・シェパード著, 内田昌之訳　竹書房　2018.9　431p　15cm（竹書房文庫）1100円　①978-4-8019-1588-6

1792　「輝ける緑の星」 "Radiant Green Star"
◇ローカス賞（2001年/中長編）
「SFマガジン 43（1）」 〔小川隆訳〕 早川書房　2002.1　p202～249

1793　「サルバドール」 "Salvador"
◇ローカス賞（1985年/短編）
「ジャガー・ハンター」 ルーシャス・シェパード〔著〕, 小川隆, 内田昌之訳　〔小川隆訳〕 新潮社　1991.5　410p　16cm（新潮文庫）560円　①4-10-230102-X

1794　「始祖の石」 "The Father of Stones"
◇ローカス賞（1990年/中長編）
「竜のグリオールに絵を描いた男」 ルーシャス・シェパード著, 内田昌之訳　竹書房　2018.9　431p　15cm（竹書房文庫）1100円　①978-4-8019-1588-6

1795　「ジャガー・ハンター」 "The Jaguar Hunter"
◇世界幻想文学大賞（1988年/短編集）
◇ローカス賞（1988年/短編集）
「ジャガー・ハンター」 ルーシャス・シェパード〔著〕, 小川隆, 内田昌之訳　新潮社　1991.5　410p　16cm（新潮文庫）560円　①4-10-230102-X

1796　「緑の瞳」 "Green Eyes"
◇ジョン・W・キャンベル記念賞（1985年/第2位）
「緑の瞳」 ルーシャス・シェパード著, 友枝康子訳　早川書房　1988.2　461p　16cm（ハヤカワ文庫―SF）580円　①4-15-010756-4

1797 "Aztechs"〔短編集〕
◇イマジネール大賞（2007年/中編〈外国〉）

1798　「R&R」（戦時生活 第1部） "R&R"
◇ネビュラ賞（1986年/中長編）
◇ローカス賞（1987年/中長編）
「戦時生活」 ルーシャス・シェパード〔著〕, 小川隆訳　新潮社　1989.9　617p　16cm（新潮文庫）640円　①4-10-230101-1

1799 "Sous des cieux étrangers"〔短編集〕
◇イマジネール大賞（2011年/中編〈外国〉）

1800 "The Ends of the Earth"
◇世界幻想文学大賞（1992年/短編集）
1801 "The Golden"
◇ローカス賞（1994年/ホラー長編）

ジェバール, アシア　Djebar, Assia
◎ノイシュタット国際文学賞（1996年）

シェファー, ルイス　Sheaffer, Louis
1802 "O'Neill, Son and Artist"
◇ピュリッツアー賞（1974年/伝記・自伝）

ジェファーズ, オリヴァー　Jeffers, Oliver
1803 「まいごのペンギン」 "Lost and Found"
◇ネスレ子どもの本賞（2005年/5歳以下部門/金賞）
「まいごのペンギン」 オリヴァー・ジェファーズ作, 三辺律子訳　ソニー・マガジンズ　2005.12　1冊（ページ付なし）28cm（にいるぶっくす）1500円　①4-7897-2645-2

シェフィールド, チャールズ
Sheffield, Charles
1804 「わが心のジョージア」 "Georgia on My Mind"
◇ネビュラ賞（1993年/中編）
◇ヒューゴー賞（1994年/中編）
「SFマガジン　36(1)」〔嶋田洋一訳〕早川書房　1995.1　p16〜53
1805 "Brother to Dragons"
◇ジョン・W・キャンベル記念賞（1993年/第1位）

シェフラー, アクセル　Scheffler, Axel
1806 「もりでいちばんつよいのは？」 "The Gruffalo"
◇ネスレ子どもの本賞（1999年/5歳以下部門/金賞）
「もりでいちばんつよいのは？」 ジュリア・ドナルドソンぶん, アクセル・シェフラーえ, 久山太市やく　評論社　2001.2　1冊　28cm（児童図書館・絵本の部屋）1300円　①4-566-00705-7
「グラファロもりでいちばんつよいのは？」 ジュリア・ドナルドソンぶん, アクセル・シェフラーえ, 久山太市やく　改訂新版　評論社　2018.2〔32p〕28cm（評論社の児童図書館・絵本の部屋）1300円　①978-4-566-08026-3
※初版のタイトル：もりでいちばんつよいのは？

ジェミシン, N.K.　Jemisin, N.K.
1807 「空の都の神々は」 "The Hundred Thousand Kingdoms"
◇ローカス賞（2011年/処女長編）
「空の都の神々は」 N.K.ジェミシン著, 佐田千織訳　早川書房　2011.10　573p　16cm（ハヤカワ文庫）1040円　①978-4-15-020537-9
1808 "The Fifth Season"
◇ヒューゴー賞（2016年/長編）
1809 "The Obelisk Gate"
◇ヒューゴー賞（2017年/長編）
1810 "The Stone Sky"
◇ネビュラ賞（2017年/長編）
◇ヒューゴー賞（2018年/長編）

ジェームズ, ウィル　James, Will
1811 「名馬スモーキー」 "Smoky, the Cowhorse"
◇ニューベリー賞（1927年）
「名馬スモーキー」 ウィル・ジェームズ著, 内山賢次訳　評論社　1954　318p　図版　19cm（世界動物名作選 1）
「象の王者サーダー　名馬スモーキー」 ムカージ著, 白木茂訳, 武部本一郎絵　ジェームズ著, 白木茂訳, 武部本一郎絵　あかね書房　1964　229p　21cm（少年少女世界動物文学全集 2）
「名馬スモーキー」 ジェームス文, 白木茂文, 清水勝絵　集英社　1973　174p　23cm（世界の動物名作 11）
「名馬スモーキー」 ジェームズ作, 中尾明文, 清水勝絵　集英社　1973　162p　22cm（母と子の名作文学 35）
「世界動物文学全集　17　名馬スモーキー　私のルーファス　わが名はダクタリ」 ウィル・ジェームズ著, 内山賢次訳　ユーリン・カーニー著, マックリーヴェ阿矢子訳　スザンヌ・ハート著, 藤原英司訳　講談社　1980.3　375p　20cm　1500円

ジェームス, エドワード　James, Edward
1812 "Science Fiction and Fantasy Writers and the First World War"
◇英国SF協会賞（2014年/ノンフィクション）
1813 "The Cambridge Companion to Science Fiction"
◇ヒューゴー賞（2005年/関連書籍）

ジェームズ, サイモン　James, Simon
1814 「ふしぎなともだち」 "Leon and Bob"

ジェームス, マーキス　James, Marquis
1815 "Andrew Jackson, 2 vols."
◇ピュリッツアー賞（1938年/伝記・自伝）
1816 "The Raven"
◇ピュリッツアー賞（1930年/伝記・自伝）

ジェームス, マーロン　James, Marlon
1817 "A Brief History of Seven Killings"
◇ブッカー賞（2015年）

ジェームズ, P.D.　James, P.D.
1818 「黒い塔」 "The Black Tower"
◇英国推理作家協会賞（1975年/シルバー・ダガー）
「黒い塔」 P.D.ジェイムズ著, 小泉喜美子訳　早川書房　1976　348p　19cm （世界ミステリシリーズ）830円
「黒い塔」 P.D.ジェイムズ著, 小泉喜美子訳　早川書房　1994.6　502p　16cm （ハヤカワ・ミステリ文庫）700円　④4-15-076607-X
1819 「死の味」 "A Taste for Death"
◇英国推理作家協会賞（1986年/シルバー・ダガー）
◇マカヴィティ賞（1987年/長編）
「死の味」 P.D.ジェイムズ著, 青木久恵訳　早川書房　1987.12　2冊　19cm （ハヤカワ・ミステリ）各880円　④4-15-001500-7
「死の味　上」 P.D.ジェイムズ著, 青木久恵訳　早川書房　1996.12　383p　16cm （ハヤカワ・ミステリ文庫）680円　④4-15-076608-8
「死の味　下」 P.D.ジェイムズ著, 青木久恵訳　早川書房　1996.12　388p　16cm （ハヤカワ・ミステリ文庫）680円　④4-15-076609-6
1820 「ナイチンゲールの屍衣」 "Shroud for a Nightingale"
◇英国推理作家協会賞（1971年/シルバー・ダガー）
「ナイチンゲールの屍衣」 P.D.ジェイムズ著, 隅田たけ子訳　早川書房　1975　346p　19cm （世界ミステリシリーズ）780円
「ナイチンゲールの屍衣」 P.D.ジェイムズ著, 隅田たけ子訳　早川書房　1991.3　511p　16cm （ハヤカワ・ミステリ文庫）680円　④4-15-076605-3
1821 "Talking About Detective Fiction"
◇アンソニー賞（2010年/評論・ノンフィクション）
◇マカヴィティ賞（2010年/ノンフィクション）
◎英国推理作家協会賞（1987年/ダイヤモンド・ダガー）
◎アメリカ探偵作家クラブ賞（1999年/巨匠賞）

シェリー, アン　Schlee, Ann
1822 "The Vandal"
◇ガーディアン児童文学賞（1980年）

シェリー, ノーマン　Sherry, Norman
1823 "The Life of Graham Greene"
◇アメリカ探偵作家クラブ賞（1990年/批評・評伝賞）

シェルダン, リー　Shelden, Lee
1824 "The Dagenham Murder"
◇英国推理作家協会賞（2006年/ゴールド・ダガー〈ノンフィクション〉）

シェルドン, ラクーナ
Sheldon, Raccoona　⇒ティプトリー, ジェイムズ, Jr.

ジェルマン, シルヴィー　Germain, Sylvie
1825 "Jours de colère"
◇フェミナ賞（1989年）

ジェロルド, デイヴィッド
Gerrold, David
1826 "Night Train to Paris"
◇ブラム・ストーカー賞（2013年/短編）
1827 "The Martian Child"
◇ネビュラ賞（1994年/中編）
◇ヒューゴー賞（1995年/中編）
◇ローカス賞（1995年/中編）

シェンカン, ロバト
Schenkkan, Robert
1828 "The Kentucky Cycle"
◇ピュリッツアー賞（1992年/戯曲）

シェンキェヴィチ, ヘンリク Sienkiewicz, Henryk
◎ノーベル文学賞（1905年）

ジェンキンズ, スティーブ Jenkins, Steve

1829 「エベレスト―地球のてっぺんに立つ！」 "The Top of the World: Climbing Mount Everest"
◇ボストングローブ・ホーンブック賞（1999年/ノンフィクション）
「エベレスト―地球のてっぺんに立つ！」 スティーブ・ジェンキンズ作, 佐藤見果夢訳　評論社　2001.9　1冊　29cm（評論社の児童図書館・絵本の部屋）　1300円　①4-566-00720-0

ジェンキンス, リル・ベセラ・デ Jenkins, Lyll Becca de

1830 「名誉の牢獄」 "The Honorable Prison"
◇スコット・オデール賞（1989年）
「名誉の牢獄」　リル・ベセラ・デ・ジェンキンス著, 坂崎麻子訳　福武書店　1991.12　304p　19cm（Best choice crew）　1600円　①4-8288-4971-8

ジェントリー, カート Gentry, Curt

1831 "Helter Skelter"
◇アメリカ探偵作家クラブ賞（1975年/犯罪実話賞）

ジェントル, メアリ Gentle, Mary

1832 "Ash: A Secret History"
◇英国SF協会賞（2000年/長編）

シーガー, ローラ・ヴァッカロ Seeger, Laura Vaccaro

1833 「いぬとくま いつもふたりは」 "Dog and Bear: Two Friends, Three Stories"
◇ボストングローブ・ホーンブック賞（2007年/絵本）
「いぬとくままいつもふたりは」　ローラ・ヴァッカロ・シーガー作, 落合恵子訳　クレヨンハウス　2008.9　1冊（ページ付なし）　27cm　1500円　①978-4-86101-115-3

シーガル, アランカ Siegal, Aranka

1834 「やぎのあたまに―アウシュビッツとある少女の青春 ハンガリー 1939-1944」 "Upon the Head of the Goat: A Childhood in Hungary 1939-1944"
◇ボストングローブ・ホーンブック賞（1982年/ノンフィクション）
「やぎのあたまに―アウシュビッツとある少女の青春 ハンガリー1939～1944」 アランカ・シーガル著, 小柴一訳　草土文化　1982.9　245p　22cm　1300円

シクス, エレーヌ Cixous, Hélène

1835 「内部」 "Dedans"
◇メディシス賞（1969年）
「内部」　エレーヌ・シクスス著, 若林真訳　新潮社　1978.2　195p　20cm（新潮・現代世界の文学）　1400円

シゴー, ジルベール Sigaux, Gilbert

1836 「狂犬」 "Les Chiens enragés"
◇アンテラリエ賞（1949年）
「狂犬」　ジルベール・シゴー著, 白井健三郎訳　月曜書房　1951　229p　19cm

シージエ, ダイ Sijie, Dai

1837 「フロイトの弟子と旅する長椅子」 "Le Complexe de Di"
◇フェミナ賞（2003年）
「フロイトの弟子と旅する長椅子」　ダイ・シージエ著, 新島進訳　早川書房　2007.5　326p　19cm（ハヤカワepiブック・プラネット）　1800円　①978-4-15-208823-9

シス, ピーター Sís, Peter

1838 「かべ―鉄のカーテンのむこうに育って」 "The Wall"
◇ボストングローブ・ホーンブック賞（2008年/ノンフィクション）
「かべ―鉄のカーテンのむこうに育って」 ピーター・シス作, 福本友美子訳　BL出版　2010.11　1冊（ページ付なし）　32cm　1600円　①978-4-7764-0434-7

1839 "Der Träumer"
◇ドイツ児童文学賞（2015年/児童書）

1840 "Tibet: Through the Red Box" 〔独語題：Tibet: Das Geheimnis der roten Schachtel〕
◇ドイツ児童文学賞（1999年/ノンフィクション）
◇ボストングローブ・ホーンブック賞（1999年/特別賞）
◎国際アンデルセン賞（2012年/画家賞）

ジーズベール, フランツ＝オリヴィエ　Giesbert, Franz-Olivier
1841 "La Souille"
◇アンテラリエ賞（1995年）

シスマン, アダム　Sisman, Adam
1842 "Boswellis Presumptuous Task: The Making of the Life of Dr. Johnson"
◇全米書評家協会賞（2001年／伝記・自伝）

ジーセル, セオドア・スース　Geisel, Theodor Seuss
◎ピュリッツアー賞（1984年／特別賞）

ジーター, K.W.　Jeter, K.W.
1843 「垂直世界の戦士」 "Farewell Horizontal"
◇ジョン・W・キャンベル記念賞（1990年／第2位）
「垂直世界の戦士」 K.W.ジーター著, 冬川亘訳　早川書房　1998.10　381p　16cm（ハヤカワ文庫 SF）700円　①4-15-011248-7

シチリアーノ, エンツォ　Siciliano, Enzo
1844 "I bei momenti"
◇ストレーガ賞（1998年）

ジッド, アンドレ　Gide, Andre
◎ノーベル文学賞（1947年）

シッピー, トム　Shippey, Tom
1845 「J.R.R.トールキン―世紀の作家」 "J.R.R.Tolkien: Author of the Century"
◇世界幻想文学大賞（2001年／特別賞〈プロ〉）
「J.R.R.トールキン世紀の作家」 トム・シッピー著, 沼田香穂里訳, 伊藤盡監修　評論社　2015.1　501p　22cm　2800円　①978-4-566-02384-0

シップトン, ポール　Shipton, Paul
1846 "The Pig Who Saved the World"
◇ネスレ子どもの本賞（2006年／9〜11歳部門／銅賞）

シドジャコフ, ニコラス　Sidjakov, Nicolas
1847 "Baboushka and the Three Kings"
◇コルデコット賞（1961年）

ジョーンズ, アーシュラ　Jones, Ursula
1848 "The Witch's Children and the Queen"
◇ネスレ子どもの本賞（2003年／5歳以下部門／金賞）

ジノビエフ, アレクサンドル　Zinoviev, Alexandre
1849 "Светлое будущее"（仏語題: L'Avenir radieux）
◇メディシス賞（1978年／外国小説）

ジーハ, ボフミル　Řiha, Bohumil
◎国際アンデルセン賞（1980年／作家賞）

シーハン, スーザン　Sheehan, Susan
1850 "Is There No Place On Earth For Me"
◇ピュリッツアー賞（1983年／ノンフィクション）

シーハン, ニール　Sheehan, Neil
1851 「輝ける嘘」 "A Bright Shining Lie: John Paul Vann and America in Vietnam"
◇全米図書賞（1988年／ノンフィクション）
◇ピュリッツアー賞（1989年／ノンフィクション）
「輝ける嘘 上」 ニール・シーハン著, 菊谷匡祐訳　集英社　1992.9　517p　22cm　2900円　①4-08-773156-1
「輝ける嘘 下」 ニール・シーハン著, 菊谷匡祐訳　集英社　1992.9　449, 68p　22cm　2900円　①4-08-773157-X

シフ, ステイシー　Schiff, Stacy
1852 "Vera（Mrs.Vladimir Nabokov）"
◇ピュリッツアー賞（2000年／伝記・自伝）

ジフコヴィッチ, ゾラン　Zivkovic, Zoran
1853 "The Library"
◇世界幻想文学大賞（2003年／中編）

シプラー, デヴィッド・K.　Shipler, David K.
1854 「アラブ人とユダヤ人―『約束の地』はだれのものか」 "Arab and Jew: Wounded Spirits in a

Promised Land"
◇ピュリッツァー賞（1987年／ノンフィクション）
「アラブ人とユダヤ人―「約束の地」はだれのものか」デイヴィッド・K.シプラー著, 千本健一郎訳　朝日新聞社　1990.6　778, 10p　20cm　3300円　ⓓ4-02-256141-6

シーベルフート, ハンス　Schiebelhuth, Hans
◎ビューヒナー賞（1945年）

シーボルト, アリス　Sebold, Alice
1855　「ラブリー・ボーン」 "The Lovely Bones"
◇ブラム・ストーカー賞（2002年／処女長編）
「ラブリー・ボーン」アリス・シーボルド著, 片山奈緒美訳　アーティストハウスパブリッシャーズ　2003.5　447p　19cm　1600円　ⓓ4-04-898120-X
「ラブリー・ボーン」アリス・シーボルト著, イシイシノブ訳　ヴィレッジブックス　2009.6　485p　20cm　1600円　ⓓ978-4-86332-161-8
「ラブリー・ボーン」アリス・シーボルト著, イシイシノブ訳　ヴィレッジブックス　2009.12　540p　15cm（ヴィレッジブックス）　860円　ⓓ978-4-86332-197-7

シマック, クリフォード・D.　Simak, Clifford D.
1856　「大きな前庭」 "The Big Front Yard"
◇ヒューゴー賞（1959年／中編）
「大きな前庭」クリフォード・D.シマック著, 小尾芙佐, 峯岸久訳〔峯岸久訳〕早川書房　1981.10　318p　16cm（ハヤカワ文庫―SF　シマックの世界　1）380円
1857　「踊る鹿の洞窟」 "Grotto of the Dancing Deer"
◇ネビュラ賞（1980年／短編）
◇ヒューゴー賞（1981年／短編）
◇ローカス賞（1981年／短編）
「SFマガジン　23(8)」〔谷口高夫訳〕早川書房　1982.8　p17～33
1858　「中継ステーション」 "Way Station"
◇ヒューゴー賞（1964年／長編）
「中継ステーション」クリフォード・D.シマック著, 船戸牧子訳　早川書房　1966　238p　19cm（ハヤカワ・SF・シリーズ）300円
「中継ステーション」クリフォード・D.シマック著, 船戸牧子訳　早川書房　1977.10　295p　16cm（ハヤカワ文庫―SF）340円
「中継ステーション」クリフォード・D.シマック著, 山田順子訳　新訳版　早川書房　2015.12　366p　16cm（ハヤカワ文庫 SF）920円　ⓓ978-4-15-012045-0
1859　"Rule 18"
◇ヒューゴー賞（1939年〈レトロ・ヒューゴー賞 2014年授与〉／中編）
◎ネビュラ賞（1976年／グランド・マスター）
◎ブラム・ストーカー賞（1987年／生涯業績）

シミック, チャールズ　Simic, Charles
1860　"The World Doesn't End"
◇ピュリッツァー賞（1990年／詩）

シムズ, ウィリアム・サウデン　Sims, William Sowden
1861　"The Victory at Sea"
◇ピュリッツァー賞（1921年／歴史）

シムノン, ジョルジュ　Simenon, Georges
◎アメリカ探偵作家クラブ賞（1966年／巨匠賞）

シーモア, リチャード　Seymour, Richard
1862　「ミラーストーン・ふしぎな鏡」 "The Mirrorstone"
◇ネスレ子どもの本賞（1986年／イノベーション部門）
「ミラーストーン・ふしぎな鏡」マイケル・パリン文, アラン・リー絵, 掛川恭子訳　岩波書店　1989.2　1冊　29cm　1800円　ⓓ4-00-110602-7
※制作：リチャード・シーモア

シモン, イヴ　Simon, Yves
1863　「感情漂流」 "La Dérive des sentiments"
◇メディシス賞（1991年）
「感情漂流」イヴ・シモン著, 永滝達治訳　集英社　1995.2　285p　20cm　1800円　ⓓ4-08-773212-6

シモン, クロード　Simon, Claude
1864　「歴史」 "Histoire"
◇メディシス賞（1967年）
「新しい世界の文学　49　歴史」クロー

ド・シモン著, 岩崎力訳　白水社　1968　320p 図版　20cm 680円

「歴史」　クロード・シモン〔著〕, 岩崎力訳　新装復刊　白水社　2003.10　320p 20cm 2800円　Ⓝ4-560-04771-5

◎ノーベル文学賞（1985年）

シモンズ, ジェーン　Simmons, Jane

1865　「こっちにおいでデイジー！」 "Come On, Daisy！"

◇ネスレ子どもの本賞（1998年/5歳以下部門/銀賞）

「こっちにおいでデイジー！」ジェーン・シモンズさく, 小川仁央やく　評論社　2000.7　1冊　27cm（児童図書館・絵本の部屋）1300円　Ⓝ4-566-00649-2

シモンズ, ジュリアン　Symons, Julian

1866　「殺人の色彩」 "The Colour of Murder"

◇英国推理作家協会賞（1957年/クロスド・レッド・ヘリング賞）

「殺人の色彩」ジュリアン・シモンズ著, 小倉多加志訳　早川書房　1963　235p 19cm（世界ミステリシリーズ）

1867　「犯罪の進行」 "The Progress of a Crime"

◇アメリカ探偵作家クラブ賞（1961年/長編賞）

「犯罪の進行」ジュリアン・シモンズ著, 小笠原豊樹訳　早川書房　1961　238p 19cm（世界ミステリシリーズ）

1868　"Mortal Consequences: A History from the Detective Story to the Crime Novel"

◇アメリカ探偵作家クラブ賞（1973年/スペシャルエドガー）

◎アメリカ探偵作家クラブ賞（1982年/巨匠賞）

◎英国推理作家協会賞（1990年/ダイヤモンド・ダガー）

シモンズ, ダン　Simmons, Dan

1869　「イリアム」 "Ilium"

◇ローカス賞（2004年/SF長編）

「イリアム」ダン・シモンズ著, 酒井昭伸訳　早川書房　2006.7　782p 20cm（海外SFノヴェルズ）3000円　Ⓝ4-15-208749-8

「イリアム　上」ダン・シモンズ著, 酒井昭伸訳　早川書房　2010.4　665p 16cm（ハヤカワ文庫 SF）1100円　Ⓝ978-4-15-011752-8

「イリアム　下」ダン・シモンズ著, 酒井昭伸訳　早川書房　2010.4　685p 16cm（ハヤカワ文庫 SF）1100円　Ⓝ978-4-15-011753-5

1870　「エデンの炎」 "Fires of Eden"

◇ローカス賞（1995年/ダークファンタジー・ホラー長編）

「エデンの炎　上」ダン・シモンズ〔著〕, 嶋田洋一訳　角川書店　1998.7　312p 15cm（角川文庫）700円　Ⓝ4-04-271104-9

「エデンの炎　下」ダン・シモンズ〔著〕, 嶋田洋一訳　角川書店　1998.7　310p 15cm（角川文庫）700円　Ⓝ4-04-271105-7

1871　「エンディミオンの覚醒」 "The Rise of Endymion"

◇ローカス賞（1998年/SF長編）

「エンディミオンの覚醒」ダン・シモンズ著, 酒井昭伸訳　早川書房　1999.11　814p 20cm（海外SFノヴェルズ）3800円　Ⓝ4-15-208249-6

「エンディミオンの覚醒　上」ダン・シモンズ著, 酒井昭伸訳　早川書房　2002.11　703p 16cm（ハヤカワ文庫 SF）1000円　Ⓝ4-15-011423-4

「エンディミオンの覚醒　下」ダン・シモンズ著, 酒井昭伸訳　早川書房　2002.11　717p 16cm（ハヤカワ文庫 SF）1000円　Ⓝ4-15-011424-2

1872　「大いなる恋人」 "The Great Lover"〔仏語題：Le grand amant〕

◇イマジネール大賞（1996年/中編〈外国〉）

「愛死」ダン・シモンズ〔著〕, 嶋田洋一訳　角川書店　1994.12　490p 15cm（角川文庫）760円　Ⓝ4-04-271101-4

1873　「カーリーの歌」 "Song of Kali"

◇世界幻想文学大賞（1986年/長編）

「カーリーの歌」ダン・シモンズ著, 柿沼瑛子訳　早川書房　1988.1　417p 16cm（ハヤカワ文庫―NV モダンホラー・セレクション）540円　Ⓝ4-15-040477-1

1874　「最後のクラス写真」 "This Year's Class Picture"

◇ブラム・ストーカー賞（1992年/短編）

◇世界幻想文学大賞（1993年/短編）

「夜更けのエントロピー」ダン・シモンズ著, 嶋田洋一訳　河出書房新社　2003.11　349p 20cm（奇想コレクション）1900円　Ⓝ4-309-62181-3

1875　「殺戮のチェスゲーム」 "Carrion

シモンス

Comfort"
◇ブラム・ストーカー賞（1989年/長編）
◇英国幻想文学賞（1990年/長編〈オーガスト・ダーレス賞〉）
◇ローカス賞（1990年/ホラー長編）
「殺戮のチェスゲーム　上」ダン・シモンズ著，柿沼瑛子訳　早川書房　1994.11　567p　16cm（ハヤカワ文庫―NV）720円　④4-15-040753-3
「殺戮のチェスゲーム　中」ダン・シモンズ著，柿沼瑛子訳　早川書房　1994.11　521p　16cm（ハヤカワ文庫―NV）720円　④4-15-040754-1
「殺戮のチェスゲーム　下」ダン・シモンズ著，柿沼瑛子訳　早川書房　1994.11　568p　16cm（ハヤカワ文庫―NV）720円　④4-15-040755-X

1876 「サマー・オブ・ナイト」 "Summer of Night"
◇ローカス賞（1992年/ホラー・ダークファンタジー長編）
「サマー・オブ・ナイト　上」ダン・シモンズ著，田中一江訳　扶桑社　1994.12　531p　16cm（扶桑社ミステリー）700円　④4-594-01624-3
「サマー・オブ・ナイト　下」ダン・シモンズ著，田中一江訳　扶桑社　1994.12　523p　16cm（扶桑社ミステリー）680円　④4-594-01625-1

1877 「ドラキュラの子供たち」 "All Dracula's Children"
◇ローカス賞（1992年/中編）
「妖魔の宴―スーパー・ホラー・シアター　ドラキュラ編1」アン・ライスほか著，嶋田洋一訳　竹書房　1992.9　322p　15cm（竹書房文庫）580円　④4-88475-155-8
「夜更けのエントロピー」ダン・シモンズ著，嶋田洋一訳　河出書房新社　2003.11　349p　20cm（奇想コレクション）1900円　④4-309-62181-3

1878 「ハイペリオン」 "Hyperion"
◇ヒューゴー賞（1990年/長編）
◇ローカス賞（1990年/SF長編）
「ハイペリオン」ダン・シモンズ著，酒井昭伸訳　早川書房　1994.12　532p　20cm（海外SFノヴェルズ）2900円　④4-15-202079-2
「ハイペリオン　上」ダン・シモンズ著，酒井昭伸訳　早川書房　2000.11　442p　16cm（ハヤカワ文庫SF）800円　④4-15-011333-5
「ハイペリオン　下」ダン・シモンズ著，酒井昭伸訳　早川書房　2000.11　478p　16cm（ハヤカワ文庫SF）800円　④4-15-011334-3

1879 「ハイペリオンの没落」 "The Fall of Hyperion"
◇英国SF協会賞（1991年/長編）
◇ローカス賞（1991年/SF長編）
「ハイペリオンの没落」ダン・シモンズ著，酒井昭伸訳　早川書房　1995.6　613p　20cm（海外SFノヴェルズ）3000円　④4-15-202082-2
「ハイペリオンの没落　上」ダン・シモンズ著，酒井昭伸訳　早川書房　2001.3　476p　16cm（ハヤカワ文庫SF）860円　④4-15-011348-3
「ハイペリオンの没落　下」ダン・シモンズ著，酒井昭伸訳　早川書房　2001.3　574p　16cm（ハヤカワ文庫SF）900円　④4-15-011349-1

1880 「バンコクに死す」 "Dying in Bangkok"〔受賞時タイトル：Death in Bangkok〕
◇ブラム・ストーカー賞（1993年/中編）
◇ローカス賞（1994年/中編）
「愛死」ダン・シモンズ〔著〕，嶋田洋一訳　角川書店　1994.12　490p　15cm（角川文庫）760円　④4-04-271101-4
「夜更けのエントロピー」ダン・シモンズ著，嶋田洋一訳　河出書房新社　2003.11　349p　20cm（奇想コレクション）1900円　④4-309-62181-3

1881 「ヘリックスの孤児」 "Orphans of the Helix"
◇ローカス賞（2000年/中長編）
「ヘリックスの孤児」ダン・シモンズ著，酒井昭伸，嶋田洋一訳　早川書房　2009.12　470p　16cm（ハヤカワ文庫SF）900円　④978-4-15-011738-2
「SFの殿堂　遙かなる地平　2」ロバート・シルヴァーバーグ編，酒井昭伸ほか訳〔酒井昭伸訳〕早川書房　2000.9　531p　15cm（ハヤカワ文庫SF）880円　④4-15-011326-2

1882 「夜更けのエントロピー」 "Entropy's Bed at Midnight"
◇ローカス賞（1991年/中編）
「夜更けのエントロピー」ダン・シモンズ著，嶋田洋一訳　河出書房新社　2003.11　349p　20cm（奇想コレクション）1900円　④4-309-62181-3

1883 「夜の子供たち」 "Children of the Night"
◇ローカス賞（1993年/ホラー・ダークファンタジー長編）

「夜の子供たち 上」 ダン・シモンズ〔著〕, 布施由紀子訳 角川書店 1995.5 334p 15cm（角川文庫）600円 ⓘ4-04-271102-2
「夜の子供たち 下」 ダン・シモンズ〔著〕, 布施由紀子訳 角川書店 1995.5 299p 15cm（角川文庫）560円 ⓘ4-04-271103-0

1884 "Prayers to Broken Stones"
◇ブラム・ストーカー賞（1991年／短編集）

シモンズ・ロバーツ, マイケル Symmons Roberts, Michael

1885 "Corpus"
◇コスタ賞（2004年／詩）

1886 "Drysalter"
◇コスタ賞（2013年／詩）

シーモント, マーク Simont, Marc

1887 「木はいいなあ」 "A Tree Is Nice"
◇コルデコット賞（1957年）
「木はいいなあ」 ジャニス＝メイ＝ユードリイさく, マーク＝シーモントえ, さいおんじさちこやく 偕成社 1976.4 1冊 29cm 780円

シャイナー, ルイス Shiner, Lewis

1888 「グリンプス」 "Glimpses"
◇世界幻想文学大賞（1994年／長編）
「グリンプス」 ルイス・シャイナー著, 小川隆訳 東京創元社 1997.12 605p 15cm（創元SF文庫）940円 ⓘ4-488-70901-X
「グリンプス」 ルイス・シャイナー著, 小川隆訳 筑摩書房 2014.1 605p 15cm（ちくま文庫）1400円 ⓘ978-4-480-43115-8
※創元SF文庫1997年刊の加筆・修正

シャイバック, チャールズ Shibuk, Charles

1889 "Encyclopedia of Mystery and Detection"
◇アメリカ探偵作家クラブ賞（1977年／批評・評伝賞）

シャイマー, R.H. Shimer, R.H.

1890 「密殺の氷海」 "Squaw Point"
◇アメリカ探偵作家クラブ賞（1973年／処女長編賞）
「密殺の氷海」 R.H.シャイマー著, 竹内佳子訳 角川書店 1985.12 332p 15cm（角川文庫）460円 ⓘ4-04-259801-3

シャイラー, ウィリアム・L. Shirer, William L.

1891 「第三帝国の興亡」 "The Rise and Fall of the Third Reich"
◇全米図書賞（1961年／ノンフィクション）
「第三帝国の興亡 1 ヒトラーの台頭」 ウィリアム・L.シャイラー著, 井上勇訳 東京創元社 1961 373p 図版 地図 19cm
「第三帝国の興亡 2 戦争への道」 ウィリアム・L.シャイラー著, 井上勇訳 東京創元社 1961 345p 図版 19cm
「第三帝国の興亡 3 第二次世界大戦」 ウィリアム・L.シャイラー著, 井上勇訳 東京創元社 1961 398p 図版 19cm
「第三帝国の興亡 4 ヨーロッパの征服」 ウィリアム・L.シャイラー著, 井上勇訳 東京創元社 1961 343p 図版 19cm
「第三帝国の興亡 5 ナチ・ドイツの滅亡」 ウィリアム・L.シャイラー著, 井上勇訳 東京創元社 1961 329, 35p 図版 19cm
「第三帝国の興亡 1 アドルフ・ヒトラーの台頭」 ウィリアム・L.シャイラー著, 松浦伶訳 東京創元社 2008.5 459p 19cm 2300円 ⓘ978-4-488-00376-0
「第三帝国の興亡 2 戦争への道」 ウィリアム・L.シャイラー著, 松浦伶訳 東京創元社 2008.6 454p 19cm 2300円 ⓘ978-4-488-00377-7
「第三帝国の興亡 3 第二次世界大戦」 ウィリアム・L.シャイラー著, 松浦伶訳 東京創元社 2008.8 538p 19cm 2700円 ⓘ978-4-488-00378-4
「第三帝国の興亡 4 ヨーロッパ征服」 ウィリアム・L.シャイラー著, 松浦伶訳 東京創元社 2008.10 456p 19cm 2400円 ⓘ978-4-488-00379-1
「第三帝国の興亡 5 ナチス・ドイツの滅亡」 ウィリアム・L.シャイラー著, 松浦伶訳 東京創元社 2009.4 438, 31p 19cm 2800円 ⓘ978-4-488-00380-7

シャーウィン, マーティン Sherwin, Martin J.

1892 「オッペンハイマー――『原爆の父』と呼ばれた男の栄光と悲劇」 "American Prometheus: The Triumph and Tragedy of J. Robert Oppenheimer"
◇全米書評家協会賞（2005年／伝記）
◇ピュリッツアー賞（2006年／伝記・自伝）

「オッペンハイマー——「原爆の父」と呼ばれた男の栄光と悲劇　上」　カイ・バード, マーティン・シャーウィン著, 河邉俊彦訳　PHP研究所　2007.8　503p　20cm　2000円　①978-4-569-69292-0
「オッペンハイマー——「原爆の父」と呼ばれた男の栄光と悲劇　下」　カイ・バード, マーティン・シャーウィン著, 河邉俊彦訳　PHP研究所　2007.8　441p　20cm　1900円　①978-4-569-69293-7

シャーウッド, ロバート・E.
Sherwood, Robert E.

1893 "Abe Lincoln in Illinois"
◇ピュリッツァー賞（1939年/戯曲）
1894 "Idiots Delight"
◇ピュリッツァー賞（1936年/戯曲）
1895 "Roosevelt and Hopkins"
◇ピュリッツァー賞（1949年/伝記・自伝）
1896 "There Shall Be No Night"
◇ピュリッツァー賞（1941年/戯曲）

ジャクスン, シャーリイ　Jackson, Shirley

1897 「悪の可能性」 "The Possibility of Evil"
◇アメリカ探偵作家クラブ賞（1966年/短編賞）
「エドガー賞全集　下」　ビル・プロンジーニ編, 小鷹信光他訳〔深町眞理子訳〕　早川書房　1983.3　16cm（ハヤカワ・ミステリ文庫）各560円
「なんでもない一日——シャーリイ・ジャクスン短編集」　シャーリイ・ジャクスン著, 市田泉訳　東京創元社　2015.10　411p　15cm（創元推理文庫）1200円　①978-4-488-58304-0

ジャクスン, ジョセフ・ヘンリー
Jackson, Joseph Henry

1898 "Bad Company"
◇アメリカ探偵作家クラブ賞（1950年/犯罪実話賞）

ジャクスン, ローレンス・P.
Jackson, Lawrence P.

1899 "Chester B.Himes: A Biography"
◇アメリカ探偵作家クラブ賞（2018年/批評・評伝賞）

ジャクボウスキー, マクシム
Jakubowski, Maxim

1900 "100 Great Detectives"
◇アンソニー賞（1992年/評論）

ジャクマール, シモンヌ
Jacquemard, Simonne

1901 "Le Veilleur de nuit"
◇ルノドー賞（1962年）

シャコーチス, ボブ　Shacochis, Bob

1902 "Easy in the Islands"
◇全米図書賞（1985年/処女小説）

シャスターマン, ニール
Shusterman, Neal

1903 「シュワはここにいた」 "The Schwa Was Here"
◇ボストングローブ・ホーンブック賞（2005年/フィクション・詩）
「シュワはここにいた」　ニール・シャスターマン作, 金原瑞人, 市川由季子共訳　小峰書店　2008.6　357p　20cm（Y.A. books）1600円　①978-4-338-14421-6
1904 "Challenger Deep"
◇全米図書賞（2015年/児童文学）

ジャスティス, ドナルド　Justice, Donald

1905 "Selected Poems"
◇ピュリッツァー賞（1980年/詩）

ジャスパソン, ウィリアム
Jaspersohn, William

1906 "Native Angels"
◇シェイマス賞（1996年/ペーパーバック）

シャタック, ロジャー　Shattuck, Roger

1907 "Marcel Proust"
◇全米図書賞（1975年/学芸）

シャドゥルヌ, マルク　Chadourne, Marc

1908 "Cécile de la Folie"
◇フェミナ賞（1930年）

ジャドスン, D.ダニエル
Judson, D.Daniel

1909 "The Poisoned Rose"
◇シェイマス賞（2003年/ペーパーバック）

シャトーブリアン, アルフォンス・ド
Chateaubriant, Alphonse de

1910 "Monsieur de Lourdines"
◇ゴンクール賞（1911年）

シャノン, フレッド・アルバート
Shannon, Fred Albert
1911 "The Organization and Administration ofthe Union Army, 1861-1865"
◇ピュリッツアー賞（1929年／歴史）

シャノン, モニカ　Shannon, Monica
1912 「ドブリイ」 "Dobry"
◇ニューベリー賞（1935年）
「ドブリイ」モニカ・シャノン著, 小出正吾訳, アタナス・カチャマコフ絵　実業之日本社　1942　339p　19cm

シャハル, ダヴィッド　Shahar, David
1913 "Le Jour de la comtesse"（仏語題）
◇メディシス賞（1981年／外国小説）

シャピロ, カール　Shapiro, Karl
1914 "V-Letter and Other Poems"
◇ピュリッツアー賞（1945年／詩）

シャピロ, メイヤー　Schapiro, Meyer
1915 「モダン・アート―19-20世紀美術研究」 "Modern Art: 19th & 20th Centuries, Selected Papers"
◇全米書評家協会賞（1978年／批評）
「モダン・アート―19-20世紀美術研究」メイヤー・シャピロ著, 二見史郎訳　みすず書房　1984.1　305, 6p 図版35枚　22cm　5800円　④4-622-01523-4

シャープ, ジョージ　Sharp, George
1916 "The High Kings"
◇世界幻想文学大賞（1984年／特別賞〈プロ〉）

ジャブヴァーラ, ルース・プラワー
Jhabvala, Ruth Prawer
1917 "Heat and Dust"
◇ブッカー賞（1975年）

シャプコット, ジョー　Shapcott, Jo
1918 "Of Mutability"
◇コスタ賞（2010年／年間大賞・詩）

シャプトン, リアン　Shapton, Leanne
1919 "Swimming Studies"
◇全米書評家協会賞（2012年／自伝）

ジャプリゾ, セバスチャン
Japrisot, Sébastien
1920 「新車の中の女」 "La dame dans l'auto"〔英題：The Lady in the Car with Glasses and a Gun〕
◇英国推理作家協会賞（1968年／外国作品）
「新車の中の女」セバスチアン・ジャプリゾ著, 望月芳郎訳　東京創元新社　1968　304p　15cm（創元推理文庫）
「新車の中の女」セバスチアン・ジャプリゾ著, 望月芳郎訳　東京創元社　1968.10（16刷：1999.10）　309p　15cm（創元推理文庫）　560円　④4-488-14203-6
1921 「長い日曜日」 "Un long dimanche de fiançailles"
◇アンテラリエ賞（1991年）
「長い日曜日」セバスチアン・ジャプリゾ著, 田部武光訳　東京創元社　1994.10　333p　20cm（海外文学セレクション）　2400円　④4-488-01602-2
「長い日曜日」セバスチアン・ジャプリゾ著, 田部武光訳　東京創元社　2005.3　398p　15cm（創元推理文庫）　940円　④4-488-14205-2

シャーマ, サイモン　Schama, Simon
1922 "Rough Crossings: Britain, the Slaves and the American Revolution"
◇全米書評家協会賞（2006年／ノンフィクション）

シャーマン, デリア　Sherman, Delia
1923 "The Freedom Maze"
◇アンドレ・ノートン賞（2011年）

シャモワゾー, パトリック
Chamoiseau, Patrick
1924 「テキサコ」 "Texaco"
◇ゴンクール賞（1992年）
「テキサコ　上」パトリック・シャモワゾー著, 星埜守之訳　平凡社　1997.10　315p　20cm（新しい＜世界文学＞シリーズ）　2400円　④4-582-30229-7
「テキサコ　下」パトリック・シャモワゾー著, 星埜守之訳　平凡社　1997.10　307p　20cm（新しい＜世界文学＞シリーズ）　2400円　④4-582-30230-0

シャラー, ジョージ・B.
Schaller, George B.
1925 "The Serengeti Lion: A Study of Predator-Prey Relations"

シャーラ, マイクル　Shaara, Michael
- *1926* "The Killer Angels"
  - ◇ピュリッツアー賞（1975年／フィクション）

シャラット, ニック　Sharratt, Nick
- *1927* 「ふたごのルビーとガーネット」"Double Act"
  - ◇ネスレ子どもの本賞（1995年／グランプリ・9〜11歳部門）
  - 「ふたごのルビーとガーネット」 ジャクリーン・ウィルソン作, 小竹由美子訳, ニック・シャラット, スー・ヒープ絵　偕成社　2001.10　222p　22cm（チア・ブックス 12）　1200円　④4-03-631220-0
- *1928* 「リジーとひみつのティーパーティ」"Lizzie Zipmouth"
  - ◇ネスレ子どもの本賞（2000年／キッズ・クラブ・ネットワーク特別賞・6〜8歳部門／金賞）
  - 「リジーとひみつのティーパーティ」 ジャクリーン・ウィルソン作, ニック・シャラット画, 尾高薫訳　理論社　2008.1　105p　18cm（フォア文庫）　560円　④978-4-652-07484-8
- *1929* "When a Monster is Born"
  - ◇ネスレ子どもの本賞（2007年／5歳以下部門／金賞）

シャーリー, ジョン　Shirley, John
- *1930* "Black Butterflies"
  - ◇ブラム・ストーカー賞（1998年／短編集）

シャーリップ, レミー　Charlip, Remy
- *1931* "Thirteen"
  - ◇ボストングローブ・ホーンブック賞（1976年／絵本）

ジャルー, エドモン　Jaloux, Edmond
- *1932* "Le reste est silence"
  - ◇フェミナ賞（1909年）

ジャルダン, アレクサンドル　Jardin, Alexandre
- *1933* 「妻への恋文」"Le Zèbre"
  - ◇フェミナ賞（1988年）
  - 「妻への恋文」 アレクサンドル・ジャルダン〔著〕, 鷲見洋一訳　新潮社　1993.3　198p　20cm　1800円　④4-10-522402-6
  - 「妻への恋文」 アレクサンドル・ジャルダン〔著〕, 鷲見洋一訳　新潮社　1996.3　218p　15cm（新潮文庫）　440円　④4-10-248001-3

シャルボノ, ジョエル　Charbonneau, Joelle
- *1934* "The Testing"
  - ◇アンソニー賞（2014年／児童書・ヤングアダルト小説）

シャルル=ルー, エドモンド　Charles-Roux, Edmonde
- *1935* 「忘却のパレルモ」"Oublier Palerme"
  - ◇ゴンクール賞（1966年）
  - 「忘却のパレルモ」 シャルル=ルー著, 高橋たか子訳　新潮社　1967　305p　20cm　650円

ジャルロ, ジェラール　Jarlot, Gérard
- *1936* "Un chat qui aboie"
  - ◇メディシス賞（1963年）

ジャレル, ランダル　Jarrell, Randall
- *1937* "The Woman at the Washington Zoo"
  - ◇全米図書賞（1961年／詩）

ジャン, マイク　Jahn, Mike
- *1938* "The Quark Maneuver"
  - ◇アメリカ探偵作家クラブ賞（1978年／ペーパーバック賞）

シャンキン, スティーヴ　Sheinkin, Steve
- *1939* "The Notorious Benedict Arnold: A True Story of Adventure, Heroism & Treachery"
  - ◇ボストングローブ・ホーンブック賞（2011年／ノンフィクション）
- *1940* "The Port Chicago 50: Disaster, Mutiny, and the Fight for Civil Rights"
  - ◇ボストングローブ・ホーンブック賞（2014年／ノンフィクション）

ジャンホン, チェン　Jianghong, Chen
- *1941* 「この世でいちばんすばらしい馬」"Le cheval magique de Han Gan"〔独語題: Han Gan und das Wunderpfer〕
  - ◇ドイツ児童文学賞（2005年／絵本）
  - 「この世でいちばんすばらしい馬」 チェ

ン・ジャンホン作・絵, 平岡敦訳　徳間書店　2008.12　37p　26×32cm　1900円　Ⓘ978-4-19-862660-0

シャンリィ, ジョン・パトリック　Shanley, John Patrick

1942　「ダウト―疑いをめぐる寓話」　"Doubt, a parable"

◇ピュリッツアー賞（2005年/戯曲）

「ダウト―疑いをめぐる寓話」　ジョン・パトリック・シャンリィ〔著〕, 鈴木小百合, 井澤眞知子訳　白水社　2005.12　127p　20cm　1800円　Ⓘ4-560-03598-9

シュー, E.スペンサー　Shew, E.Spencer

1943　"Companion to Murder"

◇アメリカ探偵作家クラブ賞（1963年/スペシャルエドガー）

シューヴァル, マイ　Sjowall, Maj

1944　「笑う警官」　"The Laughing Policeman"

◇アメリカ探偵作家クラブ賞（1971年/長編賞）

「笑う警官」　マイ・シューヴァル, ペール・ヴァール著, 高見浩訳　角川書店　1972　433p　15cm（角川文庫）

「笑う警官―刑事マルティン・ベック」マイ・シューヴァル, ペール・ヴァールー〔著〕, 柳沢由実子訳　角川書店　2013.9　397p　15cm（角川文庫）819円　Ⓘ978-4-04-101017-4

シュヴァルツコプフ, ニコラウス　Schwarzkopf, Nikolaus

◎ビューヒナー賞（1930年）

シュヴァルツ＝バルト, アンドレ　Schwart-Bart, André

1945　"Le dernier des justes"

◇ゴンクール賞（1959年）

シュヴィーゲル, テリーザ　Schwegel, Theresa

1946　「オフィサー・ダウン」　"Officer Down"

◇アメリカ探偵作家クラブ賞（2006年/処女長編賞）

「オフィサー・ダウン」　テリーザ・シュヴィーゲル著, 駒月雅子訳　早川書房　2006.11　431p　16cm（ハヤカワ・ミステリ文庫）760円　Ⓘ4-15-176551-4

シュクボレツキー, ヨゼフ　Škvorecký, Josef

◎ノイシュタット国際文学賞（1980年）

ジュースキント, パトリック　Suskind, Patrick

1947　「香水―ある人殺しの物語」　"Das Parfum"〔英題：Perfume〕

◇世界幻想文学大賞（1987年/長編）

「香水―ある人殺しの物語」　パトリック・ジュースキント著, 池内紀訳　文芸春秋　1988.12　347p　20cm　1600円　Ⓘ4-16-310660-X

「香水―ある人殺しの物語」　パトリック・ジュースキント著, 池内紀訳　文藝春秋　2003.6　351p　16cm（文春文庫）733円　Ⓘ4-16-766138-1

シュタイナー, イエルク　Steiner, Jörg

1948　"Aufstand der Tiere oder die Neuen Stadtmusikanten"

◇ドイツ児童文学賞（1990年/絵本）

シュタインヘーフェル, アンドレアス　Steinhöfel, Andreas

1949　「リーコとオスカーともっと深い影」　"Rico, Oskar und die Tieferschatten"

◇ドイツ児童文学賞（2009年/児童書）

◎ドイツ児童文学賞（2013年/特別賞）

シュタドラー, アーノルド　Stadler, Arnold

◎ビューヒナー賞（1999年）

シュツツ, ベンジャミン・M.　Schutz, Benjamin M.

1950　「癒えない傷」　"A Tax in Blood"

◇シェイマス賞（1988年/長編）

「癒えない傷」　ベンジャミン・M.シュッツ著, 北沢和彦訳　扶桑社　1990.7　332p　16cm（扶桑社ミステリー―私立探偵レオ・ハガティー・シリーズ）520円　Ⓘ4-594-00606-X

1951　「メアリー, ドアを閉めて」〔別題「メアリー、メアリー、ドアを閉めて」〕"Mary, Mary, Shut the Door"

◇アメリカ探偵作家クラブ賞（1993年/短編賞）

◇シェイマス賞（1993年/短編）

「メアリー, ドアを閉めて」　ロバート・J.ランディージ, マリリン・ウォレス編, 菊地よしみ〔ほか〕訳〔「メアリー, ド

ア を 閉 め て」 北沢和彦訳〕 扶桑社 1995.2 419p 16cm (扶桑社ミステリー——PWA+シスターズ・イン・クライム傑作選 1) 600円 ①4-594-01670-7
「エドガー賞全集—1990～2007」 ローレンス・ブロック他〔著〕,田口俊樹,木村二郎他訳〔「メアリー、メアリー、ドアを閉めて」対馬妙訳〕 早川書房 2008.9 655p 16cm (ハヤカワ・ミステリ文庫) 1000円 ①978-4-15-177951-0

シュッツ, メルヴィン・H.
Schuetz, Melvin H.
1952 "The Art of Chesley Bonestell"
◇ヒューゴー賞 (2002年/関連書籍)

シュトッブス, ウィリアム
Stobbs, William
1953 "Bundle of Ballads"
◇ケイト・グリーナウェイ賞 (1959年)
1954 "Kashtanka"
◇ケイト・グリーナウェイ賞 (1959年)

シュトラウス, ボート   Strauß, Botho
◎ビューヒナー賞 (1989年)

シュナイダー, ゲイリー   Snyder, Gary
1955「亀の島」 "Turtle Island"
◇ピュリッツアー賞 (1975年/詩)
「亀の島—対訳」ゲーリー・スナイダー著,ナナオ・サカキ訳 山口書店 1991.2 251p 21cm 2000円 ①4-8411-0769-X

シュナイダー, ミス・ジャン
Schneider, Miss Jean
1956 "The Republican Era: 1869-1901"
◇ピュリッツアー賞 (1959年/歴史)

シュナイダー, レオ   Schneider, Leo
1957 "So fliegst du heute and morgen"〔ノンフィクション〕
◇ドイツ児童文学賞 (1959年/特別賞)

シュナイダー, ロベルト
Schneider, Robert
1958「眠りの兄弟」 "Schlafes Bruder" (仏語題:Frère Sommeil)
◇メディシス賞 (1994年/外国小説)
「眠りの兄弟」ロベルト・シュナイダー著,鈴木将史訳 三修社 2001.12 263p 20cm 2800円 ①4-384-01184-9

ジュヌフォール, ロラン
Genefort, Laurent
1959 "Arago"
◇イマジネール大賞 (1995年/長編〈フランス語〉)
1960 "Rempart"
◇イマジネール大賞 (2011年/中編〈フランス語〉)

シュヌレ, ヴォルフディートリヒ
Schnurre, Wolfdietrich
◎ビューヒナー賞 (1983年)

ジュネヴォア, モーリス
Genevoix, Maurice
1961 "Raboliot"
◇ゴンクール賞 (1925年)

シュネデール, ミシェル
Schneider, Michel
1962「マリリン・モンローの最期を知る男」 "Marilyn, dernières séances"
◇アンテラリエ賞 (2006年)
「マリリン・モンローの最期を知る男」ミシェル・シュネデール著,長島良三訳 河出書房新社 2008.10 526p 20cm 2800円 ①978-4-309-20506-9
1963 "Morts imaginaires"
◇メディシス賞 (2003年/エッセイ)

ジュノア, ドミニク   Dunois, Dominique
1964 "Georgette Garou"
◇フェミナ賞 (1928年)

シュービガー, ユルク   Schubiger, Jürg
1965「世界がまだ若かったころ」 "Als die Welt noch jung war"
◇ドイツ児童文学賞 (1996年/児童書)
「世界がまだ若かったころ」ユルク・シュービガー作,ロートラウト・ズザンネ・ベルナー絵,松島富美代訳 ほるぷ出版 2001.1 232p 19cm 1800円 ①4-593-53378-3

◎国際アンデルセン賞 (2008年/作家賞)

シュピッテラー, カール   Spitteler, Carl
◎ノーベル文学賞 (1919年)

シュピルナー, ヴォルフ   Spillner, Wolf
1966「ぼくの冬の旅」 "Taube Klara"
◇ドイツ児童文学賞 (1991年/児童書)

「ぼくの冬の旅」 ヴォルフ・シュピルナー作, 津川園子訳, 岩淵慶造絵　佑学社　1993.4　174p　22cm　1350円　①4-8416-0500-2

ジュベール, ジャン　Joubert, Jean
1967　「砂の男」 "L'Homme de sable"
◇ルノドー賞（1975年）
「砂の男」 ジャン・ジュベール〔著〕, 村上香住訳　早川書房　1978.5　211p　20cm（ハヤカワ・リテラチャー 14）1200円

シュペルバー, マネス　Sperber, Manès
◎ビューヒナー賞（1975年）

シュミット, アニー・M.G.　Schmidt, Annie M.G.
◎国際アンデルセン賞（1988年/作家賞）

シュミット, ヘリベルト　Schmid, Heribert
1968　"Wie Tiere sich verständigen"
◇ドイツ児童文学賞（1980年/ノンフィクション）

シュミット, ベルナドット・E.　Schmitt, Bernadotte E.
1969　"The Coming of the War 1914"
◇ピュリッツアー賞（1931年/歴史）

ジュライ, ミランダ　July, Miranda
1970　「いちばんここに似合う人」 "No One Belongs Here More than You"
◇フランク・オコナー国際短編賞（2007年）
「いちばんここに似合う人」 ミランダ・ジュライ著, 岸本佐知子訳　新潮社　2010.8　282p　20cm（Crest books）1900円　①978-4-10-590085-4

シュライヴァー, ライオネル　Shriver, Lionel
1971　「少年は残酷な弓を射る」 "We Need to Talk About Kevin"
◇ベイリーズ賞（2005年）
「少年は残酷な弓を射る　上」 ライオネル・シュライヴァー著, 光野多惠子, 真喜志順子, 堤理華訳　イースト・プレス　2012.6　349p　19cm　1700円　①978-4-7816-0782-5
「少年は残酷な弓を射る　下」 ライオネル・シュライヴァー著, 光野多惠子, 真喜志順子, 堤理華訳　イースト・プレス　2012.6　302p　19cm　1700円　①978-4-7816-0783-2

ジュリ, ミシェル　Jeury, Michel
1972　「不安定な時間」 "Le temps incertain"
◇イマジネール大賞（1974年/長編〈フランス語〉）
「不安定な時間」 ミシェル・ジュリ著, 鈴木晶訳　サンリオ　1980.3　346p　15cm（サンリオSF文庫）460円
1973　"L'Orbe et la Roue"
◇アポロ賞（1983年）
1974　"May le monde"
◇イマジネール大賞（2011年/長編〈フランス語〉）

ジュリアーニ, ピエール　Giuliani, Pierre
1975　"Les hautes plaines"
◇イマジネール大賞（1980年/中編〈フランス語〉）

シュリッツ, ローラ・エイミー　Schlitz, Laura Amy
1976　"Good Masters! Sweet Ladies! Voices from a Medieval Village"
◇ニューベリー賞（2008年）
1977　"The Hired Girl"
◇スコット・オデール賞（2016年）

シュリーブ, スーザン　Shreve, Susan
1978　"Lucy Forever and Miss Rosetree, Shrinks"
◇アメリカ探偵作家クラブ賞（1988年/ジュヴナイル賞）

シュリ・プリュドム　Sully-Prudhomme
◎ノーベル文学賞（1901年）

シュリン, ジャレッド　Shurin, Jared
1979　"Pornokitsch"
◇英国幻想文学賞（2013年/ノンフィクション）
1980　"Speculative Fiction 2012"
◇英国幻想文学賞（2014年/ノンフィクション）

シュル, ジャン=ジャック　Schuhl, Jean-Jacques
1981　「黄金の声の少女」 "Ingrid Caven"

◇ゴンクール賞（2000年）
「黄金の声の少女」 ジャン＝ジャック・シュル著, 横川晶子訳　新潮社　2005.5
350p　20cm（Crest books）2200円
①4-10-590047-1

シュール, ベルント　Schuh, Bernd
1982 "Das visuelle Lexikon der Umwelt"
◇ドイツ児童文学賞（2002年/ノンフィクション）

シュルツ, フィリップ　Schultz, Philip
1983 "Failure"
◇ピュリッツアー賞（2008年/詩）

シュルビッツ, ユリー　Shulevitz, Uri
1984 「空とぶ船と世界一のばか」 "The Fool of the World and the Flying Ship"
◇コルデコット賞（1969年）
「空とぶ船と世界一のばか―ロシアのむかしばなし」 アーサー・ランサム文, 神宮輝夫訳, ユリー・シュルビッツ絵　岩波書店　1970　1冊　24×27cm（大型絵本 10）
「空とぶ船と世界一のばか―ロシアのむかしばなし」 アーサー・ランサム文, ユリー・シュルヴィッツ絵, 神宮輝夫訳　岩波書店　1986.12　1冊　24×27cm　1300円　①4-00-110560-8

シュレジンガー, アーサー・M., Jr.　Schlesinger, Arthur M., Jr.
1985 「ケネディー栄光と苦悩の一千日」 "A Thousand Days"
◇全米図書賞（1966年/歴史・伝記）
◇ピュリッツアー賞（1966年/伝記・自伝）
「ケネディー栄光と苦悩の一千日　上」 A.M.シュレジンガー著, 中屋健一訳　河出書房新社　1966　552p 図版　19cm（Kawade world books）490円
「ケネディー栄光と苦悩の一千日　下」 A.M.シュレジンガー著, 中屋健一訳　河出書房新社　1966　512p 図版　19cm　490円
「ケネディー栄光と苦悩の一千日」 A.M.シュレジンガー著, 中屋健一訳　改訂版　河出書房新社　1971　2冊　20cm　各1200円
1986 "Robert Kennedy and His Times"
◇全米図書賞（1979年/伝記・自伝）
1987 "The Age of Jackson"

◇ピュリッツアー賞（1946年/歴史）

シュレーダー, ビネッテ　Schroeder, Binette
◎ドイツ児童文学賞（1997年/特別賞）

シュローテ, ヴィルヘルム　Schlote, Wilhelm
1988 「きょうはカバがほしいな」 "Heute wünsche ich mir ein Nilpferd"
◇ドイツ児童文学賞（1976年/絵本）
「きょうはカバがほしいな」 ヴィルヘルム＝シュローテ絵, エリザベス＝ボルヒャース文, たけいなおき訳　偕成社　1980.3　1冊　31cm　980円

シュワイーブル, ハンク　Schwaeble, Hank
1989 "Damnable"
◇ブラム・ストーカー賞（2009年/処女長編）
1990 "Five Strokes to Midnight"
◇ブラム・ストーカー賞（2007年/アンソロジー）

シューワル, リチャード・B.　Sewall, Richard B.
1991 "The Life of Emily Dickinson"
◇全米図書賞（1975年/伝記）

ショー, サイモン　Shaw, Simon
1992 「ハイヒールをはいた殺人者」 "Killer Cinderella"
◇英国推理作家協会賞（1990年/ラスト・ラフ・ダガー）
「ハイヒールをはいた殺人者」 サイモン・ショー著, 富永和子訳　扶桑社　1992.7　459p　16cm（扶桑社ミステリー）660円　①4-594-00982-4
1993 "The Villian of the Earth"
◇英国推理作家協会賞（1994年/ラスト・ラフ・ダガー）

ジョー・シャーロン　Qiu Xiaolong
1994 「上海の紅い死」 "Death Of A Red Heroine"
◇アンソニー賞（2001年/処女長編）
「上海の紅い死　上」 ジョー・シャーロン著, 田中昌太郎訳　早川書房　2001.11　359p（ハヤカワ・ミステリ文庫）700円　①4-15-173101-6
「上海の紅い死　下」 ジョー・シャーロン著, 田中昌太郎訳　早川書房　2001.11　345p　16cm（ハヤカワ・ミステリ

文庫）700円　①4-15-173102-4

ショー, ジョージ・バーナード
Shaw, George Bernard
◎ノーベル文学賞（1925年）

ショアンドェルフェル, ピエール
Schoendoerffer, Pierre
1995 「さらば王様」 "L'Adieu au roi"
◇アンテラリエ賞（1969年）
「さらば王様」 ピエール・ショアンドェルフェル著, 榊原晃三訳　早川書房　1974　271p　20cm（Hayakawa novels）970円

ジョイス, グレアム Joyce, Graham
1996 「人生の真実」 "The Facts of Life"〔仏語題：Lignes de vie de〕
◇世界幻想文学大賞（2003年/長編）
◇イマジネール大賞（2007年/長編〈外国〉）
「人生の真実」　グレアム・ジョイス〔著〕, 市田泉訳　東京創元社　2016.7　359p　20cm（創元海外SF叢書 11）2500円　①978-4-488-01460-5
1997 「鎮魂歌」 "Requiem"
◇英国幻想文学賞（1996年/長編〈オーガスト・ダーレス賞〉）
「鎮魂歌」　グレアム・ジョイス著, 浅倉久志訳　早川書房　2004.5　473p　16cm（ハヤカワ文庫FT）840円　①4-15-020364-4
1998 "Dark Sister"
◇英国幻想文学賞（1993年/長編〈オーガスト・ダーレス賞〉）
1999 "Indigo"
◇英国幻想文学賞（2000年/長編〈オーガスト・ダーレス賞〉）
2000 "Leningrad nights"〔仏語題：Les nuits de Leningrad〕
◇イマジネール大賞（2003年/中編〈外国〉）
2001 "Memoirs of a Master Forger"
◇英国幻想文学賞（2009年/長編〈オーガスト・ダーレス賞〉）
2002 "Some Kind of Fairy Tale"
◇英国幻想文学賞（2013年/ファンタジー長編〈ロバート・ホールドストック賞〉）
2003 "The Tooth Fairy"
◇英国幻想文学賞（1997年/長編〈オーガスト・ダーレス賞〉）

ジョイナー, ジェリー Joyner, Jerry
2004 "Thirteen"
◇ボストングローブ・ホーンブック賞（1976年/絵本）

ショインカ, ウォーレ Soyinka, Wole
◎ノーベル文学賞（1986年）

ショウ, ジョニー Shaw, Johnny
2005 "Big Maria"
◇アンソニー賞（2013年/ペーパーバック）

ショウ, デイヴィッド・J.
Schow, David J.
2006 "Red Light"
◇世界幻想文学大賞（1987年/短編）

ショウ, ボブ Shaw, Bob
2007 "Dark Night in Toyland"
◇英国SF協会賞（1988年/短編）
2008 "Orbitsville"
◇英国SF協会賞（1975年/長編）
◇ジョン・W・キャンベル記念賞（1976年/第3位）
2009 "The Ragged Astronauts"
◇英国SF協会賞（1986年/長編）

ショーエンヘール, ジョン
Schoenherr, John
2010 「月夜のみみずく」 "Owl Moon"
◇コルデコット賞（1988年）
「月夜のみみずく」　ジェイン＝ヨーレン詩, くどうなおこ訳, ジョン＝ショーエンヘール絵　偕成社　1989.3　1冊　29cm　1200円　①4-03-328300-5

ジョージ, アン George, Anne
2011 「衝動買いは災いのもと」 "Murder On A Girl's Night Out"
◇アガサ賞（1996年/処女編）
「衝動買いは災いのもと」　アン・ジョージ著, 寺尾まち子訳　原書房　2015.8　359p　15cm（コージーブックス―おばあちゃん姉妹探偵 1）830円　①978-4-562-06042-9

ジョージ, エリザベス George, Elizabeth
2012 「大いなる救い」〔別題「そしてボビーは死んだ」〕 "A Great Deliverance"
◇アガサ賞（1988年/処女長編）
◇アンソニー賞（1989年/処女長編）

「そしてボビーは死んだ」　エリザベス・ジョージ〔著〕, 小菅正夫訳　新潮社　1991.1　507p　15cm（新潮文庫）640円　⑭4-10-233701-6

「大いなる救い」　エリザベス・ジョージ著, 吉澤康子訳　早川書房　1998.11　509p　16cm（ハヤカワ・ミステリ文庫）860円　⑭4-15-079857-5

ジョージ, ジーン・クレイグヘッド　George, Jean Craighead

2013　「狼とくらした少女ジュリー」　"Julie of the Wolves"〔独語題：Julie von den Wölfen〕

◇ニューベリー賞（1973年）

◇ドイツ児童文学賞（1975年/ヤングアダルト）

「狼とくらした少女ジュリー」　ジーン・クレイグヘッド・ジョージ著, ジョン・ショーエンヘール挿絵, 西郷容子訳　徳間書店　1996.11　258p　19cm　1400円　①4-19-860610-2

ジョージ, セーラ　George, Sara

2014　"Acid Drop"

◇英国推理作家協会賞（1975年/ジョン・クリーシー記念賞）

ジョス, モーラ　Joss, Morag

2015　「夢の破片」　"Half-Broken Things"

◇英国推理作家協会賞（2003年/シルバー・ダガー）

「夢の破片」　モーラ・ジョス著, 猪俣美江子訳　早川書房　2004.12　373p　19cm（ハヤカワ・ミステリ）1500円　①4-15-001762-X

ショースキー, カール・E.　Schorske, Carl E.

2016　「世紀末ウィーン―政治と文化」　"Fin-De Siècle Vienna: Politics And Culture"

◇ピュリッツアー賞（1981年/ノンフィクション）

「世紀末ウィーン―政治と文化」　カール・E.ショースキー著, 安井琢磨訳　岩波書店　1983.9　466, 13p　23cm　6200円

ジョセフ, ジェニー　Joseph, Jenny

2017　"Persephone"

◇ジェイムズ・テイト・ブラック記念賞（1986年/フィクション）

ジョーダン, ウィンスロップ・D.　Jordan, Winthrop D.

2018　"White over Black: American Attitudes Toward the Negro, 1550-1812"

◇全米図書賞（1969年/歴史・伝記）

ジョーダン, ジュディ　Jordan, Judy

2019　"Carolina Ghost Woods"

◇全米書評家協会賞（2000年/詩）

ショーデルヘルム, カイ　Söderhjelm, Kai

2020　「白夜の少年兵」　"Mikko i kungens tjänst"

◇ニルス・ホルゲション賞（1960年）

「白夜の少年兵」　カイ・ショーデルヘルム作, 鈴木徹郎訳, 藤沢友一画　岩崎書店　1972　301p　19cm（ジュニア・ベスト・ノベルズ 6）

ジョナス, ジョージ　Jonas, George

2021　"By Persons Unknown"

◇アメリカ探偵作家クラブ賞（1978年/犯罪実話賞）

ジョハンソン, ドナルド・C.　Johanson, Donald C.

2022　「ルーシー――謎の女性と人類の進化」　"Lucy: The Beginnings of Humankind"

◇全米図書賞（1982年/科学/ハードカバー）

「ルーシー――謎の女性と人類の進化」　ドナルド・C.ジョハンソン, マイトランド・A.エディ著, 渡辺毅訳　どうぶつ社　1986.8　462p　20cm（自然誌選書）3800円　①4-88622-228-5

「畑正憲が選ぶ動物と虫と命の話集」　畑正憲選〔渡辺毅訳〕　学習研究社　2007.2　191p　21cm（中学生のためのショート・ストーリーズ 6）1300円　①978-4-05-202631-7

ショールズ, パーシー・A.　Scholes, Percy A.

2023　"The Great Dr. Burney"

◇ジェイムズ・テイト・ブラック記念賞（1948年/伝記）

ジョルダーノ, パオロ　Giordano, Paolo

2024　「素数たちの孤独」　"La solitudine dei numeri primi"

◇ストレーガ賞（2008年）

「素数たちの孤独」　パオロ・ジョルダー

ノ著, 飯田亮介訳　早川書房　2009.7
382p　19cm（ハヤカワepiブック・プラネット）1800円　①978-4-15-209053-9
「素数たちの孤独」パオロ・ジョルダーノ著, 飯田亮介訳　早川書房　2013.6
414p　16cm（ハヤカワepi文庫）900円
①978-4-15-120074-8

ショロデンコ, マルク　Cholodenko, Marc
2025 "Les États du désert"
◇メディシス賞（1976年）

ショーロホフ, ミハイル
Sholokhov, Mikhail Aleksandrovich
◎ノーベル文学賞（1965年）

ショーン, マーク　Schone, Mark
2026 「狂気の詐欺師一家」"Son of a Grifter"
◇アメリカ探偵作家クラブ賞（2002年/犯罪実話賞）
「狂気の詐欺師一家―その愛憎と破滅の物語」ケント・ウォーカー, マーク・ショーン著, 青山陽子訳　早川書房　2002.10　482p　20cm 3500円　①4-15-208453-7

ジョーンズ, エドワード・P.
Jones, Edward P.
2027 「地図になかった世界」"The Known World"
◇全米書評家協会賞（2003年/小説）
◇ピュリツァー賞（2004年/フィクション）
「地図になかった世界」エドワード・P.ジョーンズ著, 小澤英実訳　白水社　2011.12　447p　20cm（Ex libris）3000円　①978-4-560-09019-0

ジョーンズ, エリザベス・オートン
Jones, Elizabeth Orton
2028 「おやすみかみさま」"Prayer for a Child"
◇コルデコット賞（1945年）
「おやすみかみさま」レイチェル・フィールドぶん, エリザベス・オートン・ジョーンズえ, なかむらたえこやく　燦葉出版社　2004.6　1冊（ページ付なし）　23cm 1200円　①4-87925-072-4

ジョーンズ, エリザベス・マクデヴィット
Jones, Elizabeth McDavid
2029 "The Night Flyers"
◇アメリカ探偵作家クラブ賞（2000年/ジュヴナイル賞）

ジョーンズ, ギネス　Jones, Gwyneth
2030 "Bold As Love"
◇アーサー・C・クラーク賞（2002年）
2031 "La Cenerentola"
◇英国SF協会賞（1998年/短編）
2032 "Seven Tales and a Fable"
◇世界幻想文学大賞（1996年/短編集）
2033 "The Grass Princess"
◇世界幻想文学大賞（1996年/短編）

ジョーンズ, ジェームズ　Jones, James
2034 「地上より永遠に」"From Here to Eternity"
◇全米図書賞（1952年/小説）
「地上より永遠に　上」ジェームズ・ジョーンズ著, 山屋三郎訳　筑摩書房　1954　284p　19cm
「地上より永遠に　中」ジェームズ・ジョーンズ著, 山屋三郎訳　筑摩書房　1955　363p　19cm
「地上より永遠に　下」ジェームズ・ジョーンズ著, 山屋三郎, 鈴木重吉訳　筑摩書房　1956　357p　19cm

ジョーンズ, スザンナ　Jones, Susanna
2035 「アースクエイク・バード」"The Earthquake Bird"
◇英国推理作家協会賞（2001年/ジョン・クリーシー記念賞）
「アースクエイク・バード」スザンナ・ジョーンズ著, 阿尾正子訳　早川書房　2001.12　227p　20cm（Hayakawa novels）1600円　①4-15-208384-0

ジョーンズ, スティーヴン
Jones, Stephen
2036 "Basil Copper: A Life in Books"
◇英国幻想文学賞（2009年/ノンフィクション）
2037 "Clive Barker's Shadows of Eden"
◇ブラム・ストーカー賞（1991年/ノンフィクション）
2038 "Horror: Another 100 Best Books"
◇ブラム・ストーカー賞（2005年/ノンフィクション）
2039 "Horror: the 100 Best Books"
◇ブラム・ストーカー賞（1989年/ノンフィクション）
2040 "The Art of Horror"
◇世界幻想文学大賞（2016年/特別賞）

〈プロ〉〉
◎ブラム・ストーカー賞（2013年／生涯業績）

ジョーンズ, ダイアナ・ウィン
Jones, Diana Wynne

2041 「魔女と暮らせば―大魔法使いクレストマンシー」〔別題「魔女集会通り26番地」〕 "Charmed Life"
◇ガーディアン児童文学賞（1978年）
　「魔女集会通り26番地」　ディアナ＝ウィン＝ジョーンズ作，掛川恭子訳　偕成社　1984.12　462p　20cm　1400円　Ⓘ4-03-726260-6
　「魔女と暮らせば―大魔法使いクレストマンシー」ダイアナ・ウィン・ジョーンズ作，田中薫子訳，佐竹美保絵　徳間書店　2001.12　298p　19cm　1700円　Ⓘ4-19-861461-X

2042 「魔法使いハウルと火の悪魔」 "Howl's Moving Castle"
◇フェニックス賞（2006年）
　「魔法使いハウルと火の悪魔」 ダイアナ・ウィン・ジョーンズ作，西村醇子訳　徳間書店　1997.5　310p　19cm（空中の城1）1600円　Ⓘ4-19-860709-5
　「魔法使いハウルと火の悪魔」 ダイアナ・ウィン・ジョーンズ作，西村醇子訳　徳間書店　2004.12（39刷）310p　19cm（ハウルの動く城1）1600円　Ⓘ4-19-860709-5
　「ハウルの動く城1　魔法使いハウルと火の悪魔」ダイアナ・ウィン・ジョーンズ著，西村醇子訳　徳間書店　2013.3　413p　15cm（徳間文庫）657円　Ⓘ978-4-19-893673-0

◎世界幻想文学大賞（2007年／生涯功労賞）

ジョーンズ, ハワード・マンフォード
Jones, Howard Mumford

2043 "O Strange New World"
◇ピュリッツァー賞（1965年／ノンフィクション）

ジョーンズ, ロドニー　Jones, Rodney

2044 "Transparent Gestures"
◇全米書評家協会賞（1989年／詩）

ジョーンズ, H.フェスティング
Jones, H.Festing

2045 "Samuel Butler, Author Of Erewhon (1835-1902): A Memoir"
◇ジェイムズ・テイト・ブラック記念賞（1919年／伝記）

ジョーンズ, M.J.　Jones, M.J.

2046 "The Witch and the Relic Thief"
◇アメリカ探偵作家クラブ賞（2001年／ロバート・L・フィッシュ賞）

ジョンストン, キャロル
Johnstone, Carole

2047 "Signs of the Times"
◇英国幻想文学賞（2014年／短編）

ジョンストン, ジェニファー
Johnston, Jennifer

2048 "The Old Jest"
◇コスタ賞（1979年／長編）

ジョンストン, ポール　Johnston, Paul

2049 「ボディ・ポリティック」 "Body Politic"
◇英国推理作家協会賞（1997年／ジョン・クリーシー記念賞）
　「ボディ・ポリティック」ポール・ジョンストン著，森下賢一訳　徳間書店　2001.7　445p　16cm（徳間文庫）629円　Ⓘ4-19-891547-4

ジョンストン, リンダ・O.
Johnston, Linda O.

2050 "Different Drummers"
◇アメリカ探偵作家クラブ賞（1989年／ロバート・L・フィッシュ賞）

ジョンスン, キジ　Johnson, Kij

2051 「霧に橋を架ける」 "The Man Who Bridged the Mist"
◇ネビュラ賞（2011年／中編）
◇ヒューゴー賞（2012年／中長編）
　「霧に橋を架ける」キジ・ジョンスン〔著〕，三角和代訳　東京創元社　2014.5　286p　20cm（創元海外SF叢書03）1700円　Ⓘ978-4-488-01452-0
　「霧に橋を架ける」キジ・ジョンスン著，三角和代訳　東京創元社　2016.8　327p　15cm（創元SF文庫）1060円　Ⓘ978-4-488-76401-2

2052 「スパー」〔別題「孤船」〕 "Spar"
◇ネビュラ賞（2009年／短編）
　「SFマガジン　52(3)」〔「孤船」柿沼瑛子訳〕　早川書房　2011.3　p46～52
　「霧に橋を架ける」キジ・ジョンスン〔著〕，三角和代訳〔「スパー」〕　東京

創元社　2014.5　286p　20cm（創元海外SF叢書 03）1700円　①978-4-488-01452-0

「霧に橋を架ける」キジ・ジョンスン著,三角和訳〔「スパー」〕東京創元社 2016.8　327p　15cm（創元SF文庫）1060円　①978-4-488-76401-2

2053　「26モンキーズ、そして時の裂け目」"26 Monkeys, Also the Abyss"

◇世界幻想文学大賞（2009年/短編）

「霧に橋を架ける」キジ・ジョンスン〔著〕,三角和訳　東京創元社　2014.5　286p　20cm（創元海外SF叢書 03）1700円　①978-4-488-01452-0

「霧に橋を架ける」キジ・ジョンスン著,三角和訳　東京創元社　2016.8　327p　15cm（創元SF文庫）1060円　①978-4-488-76401-2

2054　「ポニー」"Ponies"

◇ネビュラ賞（2010年/短編）

「霧に橋を架ける」キジ・ジョンスン〔著〕,三角和訳　東京創元社　2014.5　286p　20cm（創元海外SF叢書 03）1700円　①978-4-488-01452-0

「霧に橋を架ける」キジ・ジョンスン著,三角和訳　東京創元社　2016.8　327p　15cm（創元SF文庫）1060円　①978-4-488-76401-2

2055　"The Dream-Quest of Vellitt Boe"

◇世界幻想文学大賞（2017年/中編）

ジョンソン, アダム　Johnson, Adam

2056　「半島の密使」"The Orphan Master's Son"

◇ピュリッツアー賞（2013年/フィクション）

「半島の密使　上」アダム・ジョンソン〔著〕,佐藤耕士訳,蓮池薫監訳　新潮社 2013.6　472p　16cm（新潮文庫）790円　①978-4-10-218181-2

「半島の密使　下」アダム・ジョンソン〔著〕,佐藤耕士訳,蓮池薫監訳　新潮社 2013.6　476p　16cm（新潮文庫）790円　①978-4-10-218182-9

2057　"Fortune Smiles"

◇全米図書賞（2015年/小説）

ジョンソン, アラヤ・ドーン
Johnson, Alaya Dawn

2058　"A Guide to the Fruits of Hawai'i"

◇ネビュラ賞（2014年/中編）

2059　"Love Is the Drug"

◇アンドレ・ノートン賞（2014年）

ジョンソン, ジョイス　Johnson, Joyce

2060　"Minor Characters"

◇全米書評家協会賞（1983年/伝記・自伝）

ジョンソン, ジョゼフィーヌ・ウィンスロー　Johnson, Josephine Winslow

2061　"Now in November"

◇ピュリッツアー賞（1935年/小説）

ジョンソン, スティーブ　Johnson, Steve

2062　"The Dancing Tiger"

◇ネスレ子どもの本賞（2005年/5歳以下部門/銀賞）

ジョンソン, チャールズ
Johnson, Charles

2063　「中間航路」"Middle Passage"

◇全米図書賞（1990年/小説）

「中間航路」チャールズ・ジョンソン著,宮本陽一郎訳　早川書房　1995.12　239p　20cm（Hayakawa novels）2200円　①4-15-207981-9

ジョンソン, デニス　Johnson, Denis

2064　「煙の樹」"Tree of Smoke"

◇全米図書賞（2007年/小説）

「煙の樹」デニス・ジョンソン著,藤井光訳　白水社　2010.2　658p　20cm（Exlibris）3800円　①978-4-560-09007-7

ジョンソン, ビル　Johnson, Bill

2065　"We Will Drink A.Fish Together"

◇ヒューゴー賞（1998年/中編）

ジョンソン, D.B.　Johnson, D.B.

2066　「ヘンリー フィッチバーグへいく」"Henry Hikes to Fitchburg"

◇ボストングローブ・ホーンブック賞（2000年/絵本）

「ヘンリーフィッチバーグへいく」D.B.ジョンソン文・絵,今泉吉晴訳　福音館書店　2003.4　1冊（ページ付なし）24×28cm（世界傑作絵本シリーズ）1200円　①4-8340-1937-3

ジョンソン, E.リチャード
Johnson, E.Richard

2067　「シルヴァー・ストリート」"Silver Street"

◇アメリカ探偵作家クラブ賞（1969年/処女長編賞）

「シルヴァー・ストリート」 E.R.ジョンスン著, 小菅正夫訳　早川書房　1978.5　163p　19cm（世界ミステリシリーズ）480円

ジラード, ダニエル　Girard, Danielle

2068 "Cold Silence"

◇バリー賞（2003年／ペーパーバック）

ジラール, ルネ　Girard, René

2069 「羨望の炎—シェイクスピアと欲望の劇場」 "Shakespeare, les feux de l'envie"〔英題：A Theater of Envy：William Shakespeare〕

◇メディシス賞（1990年／エッセイ）

「羨望の炎—シェイクスピアと欲望の劇場」 ルネ・ジラール〔著〕, 小林昌夫, 田口孝夫訳　法政大学出版局　1999.3　679, 8p　20cm（叢書・ウニベルシタス637）6600円　④4-588-00637-1

シランペー, フランス・エーミル　Sillanpää, Frans Eemil

◎ノーベル文学賞（1939年）

シルヴァ, ダニエル　Silva, Daniel

2070 "The Fallen Angel"

◇バリー賞（2013年／スリラー）

2071 "The Messenger"

◇バリー賞（2007年／スリラー）

シルヴァ, デイヴィッド・B.　Silva, David B.

2072 "The Calling"

◇ブラム・ストーカー賞（1990年／短編）

シルヴァーバーグ, ロバート　Silverberg, Robert

2073 「ヴァチカンからの吉報」 "Good News from the Vatican"

◇ネビュラ賞（1971年／短編）

「SFマガジン　14(12)」〔浅倉久志訳〕早川書房　1973.11　p170〜176

2074 「ヴァレンタイン卿の城」 "Lord Valentine's Castle"

◇ローカス賞（1981年／ファンタジー長編）

「ヴァレンタイン卿の城」 ロバート・シルヴァーバーグ著, 佐藤高子訳　早川書房　1985.4　2冊　16cm（ハヤカワ文庫—SF）480円, 560円　④4-15-010608-8

2075 「SFの殿堂 遙かなる地平」 "Far Horizons"

◇ローカス賞（2000年／アンソロジー）

「SFの殿堂 遙かなる地平　1」 ロバート・シルヴァーバーグ編, 小尾芙佐ほか訳　早川書房　2000.9　511p　15cm（ハヤカワ文庫SF）880円　④4-15-011325-4

「SFの殿堂 遙かなる地平　2」 ロバート・シルヴァーバーグ編, 酒井昭伸ほか訳　早川書房　2000.9　531p　15cm（ハヤカワ文庫SF）880円　④4-15-011326-2

2076 「確率人間」 "The Stochastic Man"

◇ジョン・W・キャンベル記念賞（1976年／第2位）

「確率人間」 ロバート・シルヴァーバーグ著, 田村源二訳　サンリオ　1980.12　382p　15cm（サンリオSF文庫）520円

2077 「禁じられた惑星」 "A Time of Changes"

◇ネビュラ賞（1971年／長編）

「禁じられた惑星」 ロバート・シルヴァーバーグ著, 中村保男訳　東京創元社　1975　340p　15cm（創元推理文庫）300円

2078 「憑きもの」 "Passengers"

◇ネビュラ賞（1969年／短編）

「ザ・ベスト・フロム・オービット　上」デーモン・ナイト編, 浅倉久志他訳〔浅倉久志訳〕　NW-SF社　1984.8　294p　20cm（NW-SFシリーズ 5）1900円　④4-900244-04-X

2079 「伝説は永遠に—ファンタジイの殿堂」 "Legends"

◇ローカス賞（1999年／アンソロジー）

「伝説は永遠に—ファンタジイの殿堂　1」 ロバート・シルヴァーバーグ編, 風間賢二他訳　早川書房　2000.10　389p　16cm（ハヤカワ文庫 FT）740円　④4-15-020279-6

「伝説は永遠に—ファンタジイの殿堂　2」 ロバート・シルヴァーバーグ編, 幹遙子他訳　早川書房　2000.11　411p　16cm（ハヤカワ文庫 FT）760円　④4-15-020281-8

「伝説は永遠に—ファンタジイの殿堂　3」 ロバート・シルヴァーバーグ編, 斉藤伯好他訳　早川書房　2000.12　486p　16cm（ハヤカワ文庫 FT）860円　④4-15-020282-6

2080 「内死」 "Dying Inside"

◇ジョン・W・キャンベル記念賞（1973年／特別賞）

「内死」 ロバート・シルヴァーバーグ著, 中村保男, 大谷豪見訳　サンリオ

1981.3　342p　15cm（サンリオSF文庫）420円
2081 「夜の翼」 "Nightwings"〔仏語題：Les Ailes de la nuit〕
◇ヒューゴー賞（1969年/中長編）
◇アポロ賞（1976年）
「夜の翼」 ロバート・シルヴァーバーグ著, 佐藤高子訳　早川書房　1971　240p　19cm（ハヤカワ・SF・シリーズ）380円
「夜の翼」 ロバート・シルヴァーバーグ著, 佐藤高子訳　早川書房　1977.7　303p　16cm（ハヤカワ文庫―SF）350円
「世界SF大賞傑作選（ヒューゴー・ウィナーズ）4」 アイザック・アシモフ編〔佐藤高子訳〕　講談社　1979.8　266p　15cm（講談社文庫）320円
2082 「我ら死者とともに生まれる」 "Born with the Dead"
◇ネビュラ賞（1974年/中長編）
◇ローカス賞（1975年/中長編）
「我ら死者とともに生まれる」 ロバート・シルヴァーバーグ著, 佐藤高子訳　早川書房　1980.10　246p　20cm（海外SFノヴェルズ）1200円
2083 "Enter a Soldier.Later: Enter Another"
◇ヒューゴー賞（1990年/中編）
2084 "Gilgamesh in the Outback"
◇ヒューゴー賞（1987年/中長編）
2085 "Sailing to Byzantium"
◇ネビュラ賞（1985年/中長編）
2086 "The Avram Davidson Treasury"
◇ローカス賞（1999年/短編集）
2087 "The Collected Stories of Robert Silverberg, Volume1: Secret Sharers"
◇ローカス賞（1993年/短編集）
2088 "The Secret Sharer"
◇ローカス賞（1988年/中長編）
◎ネビュラ賞（2003年/グランド・マスター）

シルヴェストル, シャルル　Silvestre, Charles
2089 "Prodige du cœur"
◇フェミナ賞（1926年）

シールズ, キャロル　Shields, Carol
2090 「ストーン・ダイアリー」 "The Stone Diaries"

◇全米書評家協会賞（1994年/小説）
◇ピュリッツァー賞（1995年/フィクション）
「ストーン・ダイアリー」 キャロル・シールズ著, 尾島恵子訳　小学館　1996.8　441p　20cm　2400円　①4-09-356021-8
2091 "Larry's Party"
◇ベイリーズ賞（1998年）

シルバーマン, ケネス　Silverman, Kenneth
2092 "Edgar A.Poe: Mournful and Never-Ending Remembrance"
◇アメリカ探偵作家クラブ賞（1992年/批評・評伝賞）
2093 "The Life and Times of Cotton Mather"
◇ピュリッツァー賞（1985年/伝記・自伝）

ジン, ハ　Jin, Ha
2094 「待ち暮らし」 "Waiting"
◇全米図書賞（1999年/小説）
◇ペン・フォークナー賞（2000年）
「待ち暮らし」 ハ・ジン著, 土屋京子訳　早川書房　2000.12　350p　20cm　2300円　①4-15-208322-0
2095 "War Trash"
◇ペン・フォークナー賞（2005年）

シンガー, アイザック・バシェヴィス　Singer, Isaac Bashevis
2096 「まぬけなワルシャワ旅行」 "A Day of Pleasure: Stories of a Boy Growing up in Warsaw"
◇全米図書賞（1970年/児童文学）
「まぬけなワルシャワ旅行」 I.B.シンガー作, 工藤幸雄訳　岩波書店　1983.5　182p　18cm（岩波少年文庫）400円
「まぬけなワルシャワ旅行」 I.B.シンガー作, 工藤幸雄訳　新版　岩波書店　2000.11　182p　18cm（岩波少年文庫）640円　①4-00-114074-8
2097 「やぎと少年」 "Zlateh the Goat"〔独語題：Zlateh, die Geiß〕
◇ドイツ児童文学賞（1969年/児童書）
「やぎと少年」 I.B.シンガー作, M.センダック絵, 工藤幸雄訳　岩波書店　1979.11　133p　23cm（岩波の愛蔵版）1200円
「ヤギと少年」 シンガー〔著〕, 上田和夫編　郁文堂　1991.4　34p　21cm　1030円　①4-261-01040-2

「やぎと少年」 I.B.シンガー作, 工藤幸雄訳 岩波書店 1993.9 141p 20cm（岩波世界児童文学集 17） 1400円 ①4-00-115717-9
「やぎと少年」 I.B.シンガー作, 工藤幸雄訳 新装版 岩波書店 2003.5 141p 20cm（岩波世界児童文学集） ①4-00-115717-9

2098 "A Crown of Feathers and Other Stories"
◇全米図書賞（1974年/小説）

◎ノーベル文学賞（1978年）

ジングラス, サンディ　Gingras, Sandy

2099 "Beached"
◇英国推理作家協会賞（2012年/デビュー・ダガー）

シンクレア, アプトン　Sinclair, Upton

2100 「ラニー・バッド 第3部」 "Dragon's Teeth"
◇ピュリッツァー賞（1943年/小説）
「ラニー・バッドの巡礼—ラニー・バッド 第3部」 アプトン・シンクレア著, 並河亮訳 リスナー社 1948 2冊 19cm
「ラニー・バッド 第3部 エレミヤの哀歌」 アプトン・シンクレア著, 並河亮訳 共和出版社 1949 413p 図版 19cm

シンクレア, イアン　Sinclair, Iain

2101 "Downriver"
◇ジェイムズ・テイト・ブラック記念賞（1991年/フィクション）

ジンデル, ポール　Zindel, Paul

2102 "The Effect of Gamma Rays on Man-In-The-Moon Marigolds"
◇ピュリッツァー賞（1971年/戯曲）

シンプソン, ドロシー　Simpson, Dorothy

2103 「アリシア故郷に帰る」 "Last Seen Alive"
◇英国推理作家協会賞（1985年/シルバー・ダガー）
「アリシア故郷に帰る」 ドロシー・シンプソン著, 佐々田雅子訳 サンケイ出版 1987.5 380p 16cm（サンケイ文庫—海外ノベルス・シリーズ） 500円 ①4-383-02619-2

シンプソン, ヘレン　Simpson, Helen

2104 "Boomerang"
◇ジェイムズ・テイト・ブラック記念賞（1932年/フィクション）

シンプソン, マーティン　Simpson, Martin

2105 "Dancing About Architecture"
◇英国幻想文学賞（1997年/短編）

シンプソン, ルイス　Simpson, Louis

2106 "At The End Of The Open Road"
◇ピュリッツァー賞（1964年/詩）

シンボルスカ, ヴィスワバ　Szymborska, Wislawa

◎ノーベル文学賞（1996年）

【ス】

スウィアジンスキー, ドゥエイン　Swierczynski, Duane

2107 "Expiration Date"
◇アンソニー賞（2011年/ペーパーバック）

2108 "Fun & Games"
◇シェイマス賞（2012年/ペーパーバック）

スウィフト, グレアム　Swift, Graham

2109 「最後の注文」（旧題「ラストオーダー」） "Last Orders"
◇ジェイムズ・テイト・ブラック記念賞（1996年/フィクション）
◇ブッカー賞（1996年）
「ラストオーダー」 グレアム・スウィフト著, 真野泰訳 中央公論社 1997.9 397p 20cm 2600円 ①4-12-002722-8
「最後の注文」 グレアム・スウィフト著, 真野泰訳 新潮社 2005.10 427p 20cm（Crest books） 2300円 ①4-10-590050-1
※「ラストオーダー」（中央公論社1997年刊）の改題

スウィンデルズ, ロバート　Swindells, Robert

2110 "Stone Cold"
◇カーネギー賞（1993年）

スウェイト, アン　Thwaite, Ann

2111 "A.A. Milne: His Life"
◇コスタ賞（1990年/伝記）

スウォール, マルシア　Sewall, Marcia
2112 "The Pilgrims of Plimoth"
◇ボストングローブ・ホーンブック賞（1987年／ノンフィクション）

スウォンバーグ, W.A.　Swanberg, W.A.
2113 "Luce and His Empire"
◇ピュリッツアー賞（1973年／伝記・自伝）
2114 "Norman Thomas: The Last Idealist"
◇全米図書賞（1977年／伝記・自伝）

スカイラー, ジェイムズ　Schuyler, James
2115 "The Morning of the Poem"
◇ピュリッツアー賞（1981年／詩）

スカーキー, ジェリイ・F.　Skarky, Jerry F.
2116 「ウィリーの物語」 "Willie's Story"
◇アメリカ探偵作家クラブ賞（1991年／ロバート・L・フィッシュ賞）
「ミステリマガジン　36(9)」〔中津悠訳〕　早川書房　1991.9　p212～231

ズーカフ, ゲーリー　Zukav, Gary
2117 "The Dancing Wu Li Masters: An Overview of the New Physics"
◇全米図書賞（1980年／科学／ペーパーバック）

スカボロー, エリザベス・アン　Scarborough, Elizabeth Ann
2118 「治療者の戦争」 "The Healer's War"
◇ネビュラ賞（1989年／長編）
「治療者の戦争」エリザベス・アン・スカボロー著, 友枝康子訳　早川書房　1991.12　537p　16cm（ハヤカワ文庫―SF）700円　①4-15-010957-5

スカルパ, ティツィアーノ　Scarpa, Tiziano
2119 「スターバト・マーテル」 "Stabat Mater"
◇ストレーガ賞（2009年）
「スターバト・マーテル」ティツィアーノ・スカルパ著, 中山エツコ訳　河出書房新社　2011.9　182p　20cm　1800円　①978-4-309-20573-1

スカルメタ, アントニオ　Skarmeta, Antonio
2120 "La boda del poeta"〔仏語題：La Noce du poète〕
◇メディシス賞（2001年／外国小説）

スキデルスキー, ロバート　Skidelsky, Robert
2121 "John Maynard Keynes: Volume3 Fighting For Britain 1937-1946"
◇ジェイムズ・テイト・ブラック記念賞（2001年／伝記）

スクエア, エリザベス・ダニエルズ　Squire, Elizabeth Daniels
2122 "The Dog Who Remembered Too Much"
◇アガサ賞（1995年／短編）

スコヴィル, パメラ・D.　Scoville, Pamela D.
2123 "The Chesley Awards for Science Ficiton and Fantasy Art: A Retrospective"
◇ヒューゴー賞（2004年／関連書籍）

スコット, ジェフリー　Scott, Geoffrey
2124 "The Portrait Of Zelide"
◇ジェイムズ・テイト・ブラック記念賞（1925年／伝記）

スコット, ポール　Scott, Paul
2125 "Staying On"
◇ブッカー賞（1977年）

スコット, マーティン　Scott, Martin
2126 「魔術探偵スラクサス」 "Thraxas"
◇世界幻想文学大賞（2000年／長編）
「魔術探偵スラクサス」マーティン・スコット著, 内田昌之訳　早川書房　2002.2　316p　16cm（ハヤカワ文庫FT）680円　①4-15-020306-7

スコット＝クラーク, キャシー　Scott-Clark, Cathy
2127 "The Siege"
◇英国推理作家協会賞（2014年／ゴールド・ダガー〈ノンフィクション〉）

スコットライン, リザ　Scottoline, Lisa
2128 「最後の訴え」 "Final Appeal"
◇アメリカ探偵作家クラブ賞（1995年／

「最後の訴え」 リザ・スコットライン著、高瀬素子訳 早川書房 1995.8 453p 16cm （ハヤカワ・ミステリ文庫） 680円 ④4-15-170101-X

スコルジー, ジョン　Scalzi, John

2129 「レッドスーツ」 "Redshirts: A Novel with Three Codas"

◇ヒューゴー賞（2013年／長編）

◇ローカス賞（2013年／SF長編）

「レッドスーツ」 ジョン・スコルジー著、内田昌之訳 早川書房 2014.2 342p 19cm （新☆ハヤカワ・SF・シリーズ） 1600円 ①978-4-15-335013-7

「レッドスーツ」 ジョン・スコルジー著、内田昌之訳 早川書房 2017.7 462p 16cm （ハヤカワ文庫SF） 1000円 ①978-4-15-012134-1

2130 "Your Hate Mail Will Be Graded: A Decade of Whatever, 1998-2008"

◇ヒューゴー賞（2009年／関連書籍）

ズーサック, マークース　Zusak, Markus

2131 「本泥棒」 "The Book Thief"〔独語題：Die Bücherdiebin〕

◇ドイツ児童文学賞（2009年／青少年審査委員賞）

「本泥棒」 マークース・ズーサック著、入江真佐子訳 早川書房 2007.7 692p 19cm 2200円 ①978-4-15-208835-2

2132 「メッセージ」 "The Messenger"〔独語題：Der Joker〕

◇ドイツ児童文学賞（2007年／青少年審査委員賞）

「メッセージ—the first card」 マークース・ズーサック著、立石光子訳 ランダムハウス講談社 2005.12 302p 15cm 680円 ①4-270-10020-6

「メッセージ—the last card」 マークース・ズーサック著、立石光子訳 ランダムハウス講談社 2005.12 303p 15cm 680円 ①4-270-10021-4

スター, ジェイソン　Starr, Jason

2133 "The Chill"

◇アンソニー賞（2011年／グラフィックノベル）

2134 "Tough Luck"

◇バリー賞（2004年／ペーパーバック）

2135 "Twisted City"

◇アンソニー賞（2005年／ペーパーバック）

スター, ダグラス　Starr, Douglas

2136 "The Killer of Little Shepherds"

◇英国推理作家協会賞（2011年／ゴールド・ダガー〈ノンフィクション〉）

スター, ポール　Starr, Paul

2137 "The Social Transformation Of American Medicine"

◇ピュリッツアー賞（1984年／ノンフィクション）

スタイグ, ウィリアム　Steig, William

2138 「歯いしゃのチュー先生」 "Doctor De Soto"

◇全米図書賞（1983年／絵本／ハードカバー）

「歯いしゃのチュー先生」 ウィリアム・スタイグぶんとえ、うつみまお訳 評論社 1991.5 1冊 26cm （児童図書館・絵本の部屋） 1300円 ④4-566-00290-X

2139 「ロバのシルベスターとまほうの小石」 "Sylvester and the Magic Pebble"

◇コルデコット賞（1970年）

「ロバのシルベスターとまほうのこいし」 ウィリアム・スタイグ作、せたていじやく 評論社 1975.10 32p 31cm （評論社の児童図書館・絵本の部屋）

「ロバのシルベスターとまほうの小石」 ウィリアム・スタイグさく、せたていじやく 新版 評論社 2006.2 1冊 （ページ付なし） 29cm （児童図書館・絵本の部屋） 1300円 ④4-566-00835-5

スタイバー, レイモンド　Steiber, Raymond

2140 "Mexican Gatsby"

◇アメリカ探偵作家クラブ賞（2003年／短編賞）

スタイルズ, T.J.　Stiles, T.J.

2141 "Custer's Trials: A Life on the Frontier of a New America"

◇ピュリッツアー賞（2016年／歴史）

2142 "The First Tycoon: The Epic Life of Cornelius Vanderbilt"

◇全米図書賞（2009年／ノンフィクション）

◇ピュリッツアー賞（2010年／伝記・自伝）

スタイロン, ウィリアム　Styron, William

2143 「ソフィーの選択」 "Sophie's

Choice"
◇全米図書賞（1980年/小説/ハードカバー）
「ソフィーの選択　1」ウィリアム・スタイロン著, 大浦暁生訳　新潮社　1983.10　352p　20cm（新潮・現代世界の文学）1800円　①4-10-516401-5
「ソフィーの選択　2」ウィリアム・スタイロン著, 大浦暁生訳　新潮社　1983.11　382p　20cm（新潮・現代世界の文学）1800円　①4-10-516402-3
「ソフィーの選択　上」ウィリアム・スタイロン〔著〕, 大浦暁生訳　新潮社　1991.10　457p　15cm（新潮文庫）600円　①4-10-236001-8
「ソフィーの選択　下」ウィリアム・スタイロン〔著〕, 大浦暁生訳　新潮社　1991.10　504p　15cm（新潮文庫）640円　①4-10-236002-6

2144　「ナット・ターナーの告白」"The Confessions of Nat Turner"
◇ピュリッツアー賞（1968年/フィクション）
「ナット・ターナーの告白」ウィリアム・スタイロン著, 大橋吉之輔訳　河出書房新社　1970　391p　20cm（今日の海外小説）850円
「ナット・ターナーの告白」ウィリアム・スタイロン著, 大橋吉之輔訳　河出書房新社　1979.8　391p　20cm（河出海外小説選　27）1500円
※新装版

スタイン, アーロン・マーク　Stein, Aaron Marc
◎アメリカ探偵作家クラブ賞（1979年/巨匠賞）

スタイン, ケイト　Stine, Kate
2145　"The Armchair Detective Book of Lists, 2nd Ed"
◇アンソニー賞（1996年/評論）

スタイン, R.L.　Stine, R.L.
◎ブラム・ストーカー賞（2013年/生涯業績）

スタインブラナー, クリス　Steinbrunner, Chris
2146　"Encyclopedia of Mystery and Detection"
◇アメリカ探偵作家クラブ賞（1977年/批評・評伝賞）

スタインベック, ジョン　Steinbeck, John
2147　「怒りの葡萄」"The Grapes of Wrath"
◇ピュリッツアー賞（1940年/小説）
「怒りのぶどう　上」スタインベック作, 大橋健三郎訳　岩波書店　1961　299p　図版　15cm（岩波文庫）
「怒りのぶどう　中, 下」スタインベック作, 大橋健三郎訳　岩波書店　1961　2冊　15cm（岩波文庫）
「世界の名作　15　怒りの葡萄」スタインベック原作, 大久保康雄訳　集英社　1964　351p　18cm
「世界文学全集　91　スタインベック」〔「怒りのぶどう」谷口陸男訳〕　講談社　1974　595p　図　肖像　19cm　840円
「怒りのぶどう」スタインベック〔著〕, 石一郎訳　筑摩書房　1978.4　561p　19cm（Chikuma classics）880円
「世界文学全集　79　スタインベック」「怒りの葡萄」野崎孝訳〕　集英社　1980.4　530p　20cm　1200円
「世界の文学セレクション36　35　スタインベック」〔「怒りのぶどう」〕尾上政次訳　中央公論社　1995.2　598p　18cm　1600円　①4-12-403175-0
※新装
「怒りの葡萄―新訳版　上」ジョン・スタインベック著, 黒原敏行訳　早川書房　2014.12　447p　16cm（ハヤカワepi文庫）840円　①978-4-15-120080-9
「怒りの葡萄―新訳版　下」ジョン・スタインベック著, 黒原敏行訳　早川書房　2014.12　431p　16cm（ハヤカワepi文庫）840円　①978-4-15-120081-6
「怒りの葡萄　上」スタインベック〔著〕, 伏見威蕃訳　新潮社　2015.10　497p　16cm（新潮文庫）750円　①978-4-10-210109-4
「怒りの葡萄　下」スタインベック〔著〕, 伏見威蕃訳　新潮社　2015.10　474p　16cm（新潮文庫）710円　①978-4-10-210110-0

◎ノーベル文学賞（1962年）

スタウト, デヴィッド　Stout, David
2148　「カロライナの殺人者」"Carolina Skeletons"
◇アメリカ探偵作家クラブ賞（1989年/処女長編賞）
「カロライナの殺人者」デイヴィッド・スタウト著, 堀内静子訳　The Mysterious Press　1990.8　275p　20cm　1600円　①4-15-203442-4
「カロライナの殺人者」デイヴィッド・

スタウト著, 堀内静子訳　The Mysterious Press　1997.5　462p　16cm　(ハヤカワ文庫—ミステリアス・プレス文庫)　820円　①4-15-100112-3

スタウト, レックス　Stout, Rex

2149　「ファーザー・ハント」　"The Father Hunt"

◇英国推理作家協会賞（1969年/外国作品）

「EQ　5(1)」〔「ファーザー・ハント 1」　各務三郎訳〕　光文社　1982.1　p169～205

「EQ　5(2)」〔「ファーザー・ハント 2」　各務三郎訳〕　光文社　1982.3　p181～216

「EQ　5(3)」〔「ファーザー・ハント 3 (完結)」　各務三郎訳〕　光文社　1982.5　p237～274

◎アメリカ探偵作家クラブ賞（1959年/巨匠賞）

スタージェス, P.G.　Sturges, P.G.

2150　"The Shortcut Man"

◇シェイマス賞（2012年/処女長編）

スタシャワー, ダニエル　Stashower, Daniel

2151　「コナン・ドイル書簡集」　"Arthur Conan Doyle: A Life in Letters"

◇アガサ賞（2007年/ノンフィクション）

◇アメリカ探偵作家クラブ賞（2008年/批評・評伝賞）

◇アンソニー賞（2008年/評論）

「コナン・ドイル書簡集」　コナン・ドイル〔著〕, ダニエル・スタシャワー, ジョン・レレンバーグ, チャールズ・フォーリー編, 日暮雅通訳　東洋書林　2012.1　737p　21cm　6000円　①978-4-88721-796-5

2152　「コナン・ドイル伝」　"Teller of Tales: The Life of Arthur Conan Doyle"

◇アガサ賞（1999年/ノンフィクション）

◇アメリカ探偵作家クラブ賞（2000年/批評・評伝賞）

「コナン・ドイル伝」　ダニエル・スタシャワー著, 日暮雅通訳　東洋書林　2010.1　546p　21cm　3600円　①978-4-88721-760-7

2153　"The Hour of Peril: The Secret Plot to Murder Lincoln Before the Civil War"

◇アガサ賞（2013年/ノンフィクション）

◇アメリカ探偵作家クラブ賞（2014年/犯罪実話賞）

◇アンソニー賞（2014年/評論・ノンフィクション）

◇マカヴィティ賞（2014年/ノンフィクション）

スタージョン, シオドア　Sturgeon, Theodore

2154　「ゆるやかな彫刻」　"Slow Sculpture"

◇ネビュラ賞（1970年/中編）

◇ヒューゴー賞（1971年/短編）

「世界SF大賞傑作選（ヒューゴー・ウィナーズ）5」　アイザック・アシモフ編〔伊藤典夫訳〕　講談社　1978.11　243p　15cm　(講談社文庫)　320円

「ギャラクシー　下」　フレデリック・ポール他編, 浅倉久志他訳　〔伊藤典夫訳〕　東京創元社　1988.7　372p　15cm　(創元推理文庫)　580円　①4-488-69202-8

◎世界幻想文学大賞（1985年/生涯功労賞）

スタッフォード, ウィリアム　Stafford, William

2155　"Traveling Through the Dark"

◇全米図書賞（1963年/詩）

スタッフォード, ジーン　Stafford, Jean

2156　"Collected Stories"

◇ピュリッツァー賞（1970年/フィクション）

スタベノウ, デイナ　Stabenow, Dana

2157　「白い殺意」　"A Cold Day for Murder"

◇アメリカ探偵作家クラブ賞（1993年/ペーパーバック賞）

「白い殺意」　デイナ・スタベノウ著, 芹沢恵訳　早川書房　1995.1　317p　16cm　(ハヤカワ・ミステリ文庫)　560円　①4-15-079751-X

スターリング, ブルース　Sterling, Bruce

2158　「自転車修理人」　"Bicycle Repairman"

◇ヒューゴー賞（1997年/中編）

「タクラマカン」　ブルース・スターリング著, 小川隆, 大森望訳〔小川隆訳〕　早川書房　2001.1　442p　16cm　(ハヤカワ文庫 SF)　800円　①4-15-011341-6

2159　「タクラマカン」　"Taklamakan"
◇ヒューゴー賞（1999年/中編）
◇ローカス賞（1999年/中編）
　「タクラマカン」　ブルース・スターリング著, 小川隆, 大森望訳　早川書房　2001.1　442p　16cm　(ハヤカワ文庫 SF)　800円　①4-15-011341-6

2160　「ディファレンス・エンジン」　"The Difference Engine"
◇ジョン・W・キャンベル記念賞（1992年/第2位）
　「ディファレンス・エンジン」　ウィリアム・ギブスン, ブルース・スターリング〔著〕, 黒丸尚訳　角川書店　1991.6　488p　20cm　2700円　①4-04-791191-7
　「ディファレンス・エンジン　上」　ウィリアム・ギブスン, ブルース・スターリング〔著〕, 黒丸尚訳　角川書店　1993.5　394p　15cm　(角川文庫)　640円　①4-04-265901-2
　「ディファレンス・エンジン　下」　ウィリアム・ギブスン, ブルース・スターリング〔著〕, 黒丸尚訳　角川書店　1993.5　420p　15cm　(角川文庫)　640円　①4-04-265902-0

2161　「ネットの中の島々」　"Islands in the Net"
◇ジョン・W・キャンベル記念賞（1989年/第1位）
　「ネットの中の島々　上」　ブルース・スターリング著, 小川隆訳　早川書房　1990.11　337p　15cm　(ハヤカワ文庫―SF)　560円　①4-15-010899-4
　「ネットの中の島々　下」　ブルース・スターリング著, 小川隆訳　早川書房　1990.11　362p　15cm　(ハヤカワ文庫―SF)　560円　①4-15-010900-1

2162　「招き猫」　"Maneki Neko"
◇ローカス賞（1999年/短編）
　「タクラマカン」　ブルース・スターリング著, 小川隆, 大森望訳〔小川隆訳〕　早川書房　2001.1　442p　16cm　(ハヤカワ文庫 SF)　800円　①4-15-011341-6

2163　"Distraction"
◇ジョン・W・キャンベル記念賞（1999年/第3位）
◇アーサー・C・クラーク賞（2000年）

2164　"Tomorrow Now: Envisioning the Next Fifty Years"
◇ローカス賞（2003年/ノンフィクション）

スタルク, ウルフ　Stark, Ulf

2165　「おじいちゃんの口笛」　"Kan du vissla Johanna"〔独語題：Kannst du pfeifen, Johanna〕
◇ドイツ児童文学賞（1994年/児童書）
　「おじいちゃんの口笛」　ウルフ・スタルク作, アンナ・ヘグルンド絵, 菱木晃子訳　ほるぷ出版　1995.2　47p　22cm　1500円　①4-593-50324-8

2166　「ぼくはジャガーだ」　"Jaguaren"
◇ニルス・ホルゲション賞（1988年）
　「ぼくはジャガーだ」　ウルフ・スタルクさく, アンナ・ヘグルンドえ, いしいとしこやく　佑学社　1990.3　1冊　27cm　1200円　①4-8416-0537-1

スタルノーネ, ドメニコ　Starnone, Domenico

2167　"Via Gemito"
◇ストレーガ賞（2001年）

スターレット, ヴィンセント　Starrett, Vincent
◎アメリカ探偵作家クラブ賞（1958年/巨匠賞）

スターン, ジェラルド　Stern, Gerald

2168　"This Time: New and Selected Poems"
◇全米図書賞（1998年/詩）

スターン, リチャード・マーティン　Stern, Richard Martin

2169　「恐怖への明るい道」　"The Bright Road to Fear"
◇アメリカ探偵作家クラブ賞（1959年/処女長編賞）
　「恐怖への明るい道」　リチャード・マーティン・スターン著, 浜本武雄訳　早川書房　1961　275p　19cm　(世界ミステリシリーズ)

スターンス, レイモンド・フィニアス　Sterns, Raymond Phineas

2170　"Science in the British Colonies of America"
◇全米図書賞（1971年/科学）

スタンズベリー, ドメニック　Stansberry, Domenic

2171　「告白」　"The Confession"
◇アメリカ探偵作家クラブ賞（2005年/

ペーパーバック賞）
「告白」 ドミニック・スタンズベリー著, 松本依子訳　早川書房　2005.12　364p　16cm（ハヤカワ・ミステリ文庫）　820円　①4-15-176001-6

スタンボ, ベラ　Stumbo, Bella
2172 "Until the Twelfth of Never"
◇アメリカ探偵作家クラブ賞（1994年／犯罪実話賞）

スタンリー, ケリー　Stanley, Kelli
2173 "City of Dragons"
◇マカヴィティ賞（2011年／スー・フェダー歴史ミステリ賞）

スタンリー, マイケル　Stanley, Michael
2174 "Death of the Mantis"
◇バリー賞（2012年／ペーパーバック）

スチャリトクル, ソムトウ
Sucharitkul, Somtow
2175 「スターシップと俳句」 "Starship & Haiku"
◇ローカス賞（1982年／処女長編）
「スターシップと俳句」 ソムトウ・スチャリトクル著, 冬川亘訳　早川書房　1984.10　326p　16cm（ハヤカワ文庫―SF）　400円　①4-15-010580-4

スチュアート, ジェイムズ・B.
Stewart, James B.
2176 "Blind Eye"
◇アメリカ探偵作家クラブ賞（2000年／犯罪実話賞）

スチュアート, ドン・A.　Stuart, Don A.
⇒キャンベル, ジョン・W., Jr.

スチュワート, ジョエル　Stewart, Joel
2177 "Dexter Bexley and the Big Blue Beastie"
◇ネスレ子どもの本賞（2007年／5歳以下部門／銅賞）

スチュワート, ショーン　Stewart, Sean
2178 "Galveston"
◇世界幻想文学大賞（2001年／長編）

スチュワート, スーザン　Stewart, Susan
2179 "Columbarium"
◇全米書評家協会賞（2003年／詩）

スチュワート, ポール　Stewart, Paul
2180 「コービィ・フラッドのおかしな船旅」 "Corby Flood"
◇ネスレ子どもの本賞（2005年／6〜8歳部門／銀賞）
「コービィ・フラッドのおかしな船旅」 ポール・スチュワート作, 唐沢則幸訳　ポプラ社　2006.9　293p　20cm（ファニー・アドベンチャー）　1500円　①4-591-09414-6
※絵：クリス・リデル

2181 「ヒューゴ・ペッパーとハートのコンパス」 "Hugo Pepper"
◇ネスレ子どもの本賞（2006年／6〜8歳部門／銀賞）
「ヒューゴ・ペッパーとハートのコンパス」 ポール・スチュワート作, 唐沢則幸訳　ポプラ社　2007.4　290p　20cm（ファニー・アドベンチャー）　1500円　①978-4-591-09753-3
※絵：クリス・リデル

2182 「ファーガス・クレインと空飛ぶ鉄の馬」 "Fergus Crane"
◇ネスレ子どもの本賞（2004年／6〜8歳部門／金賞）
「ファーガス・クレインと空飛ぶ鉄の馬」 ポール・スチュワート作, 唐沢則幸訳　ポプラ社　2005.11　254p　20cm（ファニー・アドベンチャー）　1500円　①4-591-08951-7
※絵：クリス・リデル

スーチン, ローレンス　Sutin, Lawrence
2183 "Divine invasions: a life of Philip K. Dick"〔仏語題：Invasions divines: Philip K. Dick, une vie〕
◇イマジネール大賞（1996年／エッセイ〈評論〉）

スティーヴンス, ウォーレス
Stevens, Wallace
2184 "Collected Poems"
◇ピュリッツアー賞（1955年／詩）
2185 "The Auroras of Autumn"
◇全米図書賞（1951年／詩）
2186 "The Collected Poems of Wallace Stevens"
◇全米図書賞（1955年／詩）

スティーヴンス, テイラー
Stevens, Taylor
2187 「インフォメーショニスト」 "The Informationist"
◇バリー賞（2012年／処女長編）

「インフォメーショニスト　上　潜入篇」テイラー・スティーヴンス〔著〕，北沢あかね訳　講談社　2012.4　287p　15cm（講談社文庫）695円　①978-4-06-277244-0

「インフォメーショニスト　下　死闘篇」テイラー・スティーヴンス〔著〕，北沢あかね訳　講談社　2012.4　266p　15cm（講談社文庫）695円　①978-4-06-277245-7

2188　「ドールマン」　"The Doll"
◇バリー賞（2014年/スリラー）
「ドールマン　上」テイラー・スティーヴンス〔著〕，北沢あかね訳　講談社　2014.7　305p　15cm（講談社文庫）1000円　①978-4-06-277880-0
「ドールマン　下」テイラー・スティーヴンス〔著〕，北沢あかね訳　講談社　2014.7　312p　15cm（講談社文庫）1000円　①978-4-06-277881-7

スティーヴンス, マーク　Stevens, Mark
2189　"De Kooning: An American Master"
◇全米書評家協会賞（2004年/伝記）
◇ピュリッツアー賞（2005年/伝記・自伝）

スティーヴンス, ローズマリー　Stevens, Rosemary
2190　"Death on a Silver Tray"
◇アガサ賞（2000年/処女長編）

スティーヴンスン, ニール　Stephenson, Neal
2191　「クリプトノミコン」　"Cryptonomicon"
◇ローカス賞（2000年/SF長編）
「クリプトノミコン　1」ニール・スティーヴンスン著，中原尚哉訳　早川書房　2002.4　471p　16cm（ハヤカワ文庫SF）880円　①4-15-011398-X
「クリプトノミコン　2」ニール・スティーヴンスン著，中原尚哉訳　早川書房　2002.5　479p　16cm（ハヤカワ文庫SF）880円　①4-15-011401-3
「クリプトノミコン　3」ニール・スティーヴンスン著，中原尚哉訳　早川書房　2002.6　462p　16cm（ハヤカワ文庫SF）880円　①4-15-011404-8
「クリプトノミコン　4」ニール・スティーヴンスン著，中原尚哉訳　早川書房　2002.7　458p　16cm（ハヤカワ文庫SF）880円　①4-15-011407-2

2192　「スノウ・クラッシュ」　"Snow Crash"〔仏語題: Le Samouraï virtuel〕
◇イマジネール大賞（1997年/長編〈外国〉）
「スノウ・クラッシュ」ニール・スティーブンスン著，日暮雅通訳　アスキー　1998.10　471p　20cm　2400円　①4-7561-2003-2
「スノウ・クラッシュ　上」ニール・スティーヴンスン著，日暮雅通訳　早川書房　2001.4　389p　16cm（ハヤカワ文庫SF）740円　①4-15-011351-3
「スノウ・クラッシュ　下」ニール・スティーヴンスン著，日暮雅通訳　早川書房　2001.4　395p　16cm（ハヤカワ文庫SF）740円　①4-15-011352-1

2193　「ダイヤモンド・エイジ」　"The Diamond Age"
◇ジョン・W・キャンベル記念賞（1996年/第2位）
◇ヒューゴー賞（1996年/長編）
◇ローカス賞（1996年/SF長編）
「ダイヤモンド・エイジ」ニール・スティーヴンスン著，日暮雅通訳　早川書房　2001.12　533p　20cm（海外SFノヴェルズ）3000円　①4-15-208385-9
「ダイヤモンド・エイジ　上」ニール・スティーヴンスン著，日暮雅通訳　早川書房　2006.3　447p　16cm（ハヤカワ文庫SF）840円　①4-15-011552-4
「ダイヤモンド・エイジ　下」ニール・スティーヴンスン著，日暮雅通訳　早川書房　2006.3　438p　16cm（ハヤカワ文庫SF）840円　①4-15-011553-2

2194　"Anathem"
◇ローカス賞（2009年/SF長編）
2195　"Quicksilver"
◇アーサー・C・クラーク賞（2004年）
2196　"The Baroque Cycle: The Confusion; The System of the World"
◇ローカス賞（2005年/SF長編）

スティーグミュラー, フランシス　Steegmuller, Francis
2197　"Cocteau: A Biography"
◇全米図書賞（1971年/学芸）

スティード, ネヴィル　Steed, Neville
2198　「ブリキの自動車」　"Tinplate"
◇英国推理作家協会賞（1986年/ジョン・クリーシー記念賞）
「ブリキの自動車」ネヴィル・スティード著，嵯峨静江訳　早川書房　1989.4

スティーフベーター, マギー Stiefvater, Maggie

2199 "The Scorpio Races"〔仏語題：Sous le signe du scorpion〕
◇イマジネール大賞（2013年／青少年向け長編〈外国〉）

ステイプルズ, フィオナ Staples, Fiona

2200 「サーガ」"Saga"
◇英国幻想文学賞（2013年／コミック・グラフィックノベル）
「サーガ 1」 ブライアン・K・ヴォーン作, フィオナ・ステイプルズ画, 椎名ゆかり訳 小学館集英社プロダクション 2015.5 167p 26cm（ShoPro Books） 1800円 Ⓘ978-4-7968-7535-6
「サーガ 2」 ブライアン・K・ヴォーン作, フィオナ・ステイプルズ画, 椎名ゆかり訳 小学館集英社プロダクション 2015.7 145p 26cm（ShoPro Books） 1800円 Ⓘ978-4-7968-7536-3
「サーガ 3」 ブライアン・K・ヴォーン作, フィオナ・ステイプルズ画, 椎名ゆかり訳 小学館集英社プロダクション 2015.9 145p 26cm（ShoPro Books） 1800円 Ⓘ978-4-7968-7537-0

2201 「サーガ 1」"Saga"Vol.1
◇ヒューゴー賞（2013年／グラフィックストーリー）
「サーガ 1」 ブライアン・K・ヴォーン作, フィオナ・ステイプルズ画, 椎名ゆかり訳 小学館集英社プロダクション 2015.5 167p 26cm（ShoPro Books） 1800円 Ⓘ978-4-7968-7535-6

ステイブルフォード, ブライアン Stableford, Brian

2202 "The Hunger and Ecstasy of Vampires"〔短編版〕
◇英国SF協会賞（1995年／短編）

スティール, アレン Steele, Allen

2203 「火星の皇帝」"The Emperor of Mars"
◇ヒューゴー賞（2011年／中編）
「SFマガジン 53(3)」〔古沢嘉通訳〕 早川書房 2012.3 p43～60

2204 「キャプテン・フューチャーの死」"The Death of Captain Future"
◇ヒューゴー賞（1996年／中長編）
「SFマガジン 38(1)」〔野田昌宏訳〕 早川書房 1997.1 p208～252

2205 「ヒンデンブルク号、炎上せず」"…Where Angels Fear to Tread"
◇ヒューゴー賞（1998年／中長編）
◇ローカス賞（1998年／中長編）
「SFマガジン 40(1)」〔中原尚哉訳〕 早川書房 1999.1 p194～251

2206 "Orbital Decay"
◇ローカス賞（1990年／処女長編）

スティール, シェルビー Steele, Shelby

2207 "The Content of Our Character：A New Vision of Race in America"
◇全米書評家協会賞（1990年／ノンフィクション）

スティール, ロナルド Steel, Ronald

2208 「現代史の目撃者―リップマンとアメリカの世紀」"Walter Lippmann and the American Century"
◇全米書評家協会賞（1980年／ノンフィクション）
◇全米図書賞（1982年／自伝・伝記／ペーパーバック）
「現代史の目撃者―リップマンとアメリカの世紀 上」 ロナルド・スティール著, 浅野輔訳 ティビーエス・ブリタニカ 1982.5 402p 20cm 2100円
「現代史の目撃者―リップマンとアメリカの世紀 下」 ロナルド・スティール著, 浅野輔訳 ティビーエス・ブリタニカ 1982.7 438p 20cm 2300円

ステグナー, ウォーレス Stegner, Wallace

2209 "Angle of Repose"
◇ピュリッツァー賞（1972年／フィクション）

2210 "The Spectator Bird"
◇全米図書賞（1977年／小説）

ステッド, エリン・E. Stead, Erin E.

2211 「エイモスさんが かぜを ひくと」"A Sick Day for Amos McGee"
◇コルデコット賞（2011年）
「エイモスさんがかぜをひくと」 フィリップ・C.ステッド文, エリン・E.ステッド絵, 青山南訳 光村教育図書 2010.7 1冊（ページ付なし） 23×24cm 1400円 Ⓘ978-4-89572-814-0

ステッド, レベッカ Stead, Rebecca

2212 「ウソつきとスパイ」 "Liar and Spy"
◇ガーディアン児童文学賞（2013年）
「ウソつきとスパイ」レベッカ・ステッド作, 樋渡正人訳　小峰書店　2015.5　276p　20cm（Sunnyside Books）1500円　①978-4-338-28704-3

2213 「きみに出会うとき」 "When You Reach Me"
◇ニューベリー賞（2010年）
◇ボストングローブ・ホーンブック賞（2010年/フィクション）
「きみに出会うとき」レベッカ・ステッド著, ないとうふみこ訳　東京創元社　2011.4　265p　20cm　1900円　①978-4-488-01330-1

ステップトー, ジョン Steptoe, John

2214 "Mufaro's Beautiful Daughters"
◇ボストングローブ・ホーンブック賞（1987年/絵本）

ステム, アンティジェ・フォン Stemm, Antje von

2215 "Fräulein Pop und Mrs.Up und ihre große Reise durchs Papierland: Ein Pop-up-Buch zum Selberbasteln"
◇ドイツ児童文学賞（2000年/ノンフィクション）

ステンプル, アダム Stemple, Adam

2216 "Pay the Piper"
◇ローカス賞（2006年/ヤングアダルト図書）

ストアーズ, カールトン Stowers, Carlton

2217 "Careless Whispers: The True Story of a Triple Murder and the Determined Lawman Who Wouldn't Give Up"
◇アメリカ探偵作家クラブ賞（1987年/犯罪実話賞）

2218 "To The Last Breath"
◇アメリカ探偵作家クラブ賞（1999年/犯罪実話賞）

ストラウス, ダリン Strauss, Darin

2219 "Half a Life"
◇全米書評家協会賞（2010年/自伝）

ストラウト, エリザベス Strout, Elizabeth

2220 「オリーヴ・キタリッジの生活」 "Olive Kitteridge"
◇ピュリッツアー賞（2009年/フィクション）
「オリーヴ・キタリッジの生活」エリザベス・ストラウト著, 小川高義訳　早川書房　2010.10　405p　20cm　2200円　①978-4-15-209162-8
「オリーヴ・キタリッジの生活」エリザベス・ストラウト著, 小川高義訳　早川書房　2012.10　460p　16cm（ハヤカワepi文庫）940円　①978-4-15-120070-0

ストラウド, ジョナサン Stroud, Jonathan

2221 「バーティミアス」シリーズ "Bartimaeus Trilogy"〔仏語題：La Trilogie de Bartiméus〕
◇イマジネール大賞（2007年/青少年向け長編）
「バーティミアス　1　サマルカンドの秘宝　上」ジョナサン・ストラウド作, 金原瑞人, 松山美保訳　静山社　2018.10　233p　18cm（静山社ペガサス文庫）760円　①978-4-86389-470-9
※理論社2003年刊の改訳、3分冊
「バーティミアス　2　サマルカンドの秘宝　中」ジョナサン・ストラウド作, 金原瑞人, 松山美保訳　静山社　2018.10　237p　18cm（静山社ペガサス文庫）760円　①978-4-86389-471-6
※理論社2003年刊の改訳、3分冊
「バーティミアス　3　サマルカンドの秘宝　下」ジョナサン・ストラウド作, 金原瑞人, 松山美保訳　静山社　2018.10　249p　18cm（静山社ペガサス文庫）760円　①978-4-86389-472-3
※理論社2003年刊の改訳、3分冊
「バーティミアス　4　ゴーレムの眼　上」ジョナサン・ストラウド作, 金原瑞人, 松山美保訳　静山社　2018.12　285p　18cm（静山社ペガサス文庫）780円　①978-4-86389-473-0
※理論社2004年刊の改訳、3分冊
「バーティミアス　5　ゴーレムの眼　中」ジョナサン・ストラウド作, 金原瑞人, 松山美保訳　静山社　2018.12　301p　18cm（静山社ペガサス文庫）800円　①978-4-86389-474-7
※理論社2004年刊の改訳、3分冊
「バーティミアス　6　ゴーレムの眼　下」ジョナサン・ストラウド作, 金原瑞人, 松山美保訳　静山社　2018.12

297p 18cm（静山社ペガサス文庫）
800円　①978-4-86389-475-4
※理論社 2004年刊の改訳、3分冊

ストラウブ, ピーター　Straub, Peter

2222 「ココ」 "Koko"
◇世界幻想文学大賞（1989年/長編）
「ココ　上」 ピーター・ストラウブ
〔著〕、山本光伸訳　角川書店　1993.4
534p　15cm（角川ホラー文庫）800円
①4-04-265801-6
「ココ　下」 ピーター・ストラウブ
〔著〕、山本光伸訳　角川書店　1993.4
467p　15cm（角川ホラー文庫）720円
①4-04-265802-4

2223 「スロート」 "The Throat"
◇ブラム・ストーカー賞（1993年/長編）
「スロート　上」 ピーター・ストラウブ
著、山本光伸訳　扶桑社　1996.3　462p
20cm 2000円　①4-594-01940-4
「スロート　下」 ピーター・ストラウブ
著、山本光伸訳　扶桑社　1996.3　442p
20cm 2000円　①4-594-01941-2

2224 「ミスターX」 "Mr.X"
◇ブラム・ストーカー賞（1999年/長編）
「ミスターX　上」 ピーター・ストラウブ著、近藤麻里子訳　東京創元社
2002.5　469p　15cm（創元推理文庫）
960円　①4-488-59301-1
「ミスターX　下」 ピーター・ストラウブ著、近藤麻里子訳　東京創元社
2002.5　441p　15cm（創元推理文庫）
940円　①4-488-59302-X

2225 "A Dark Matter"
◇ブラム・ストーカー賞（2010年/長編）

2226 "Floating Dragon"
◇英国幻想文学賞（1984年/長編〈オーガスト・ダーレス賞〉）

2227 "In the Night Room"
◇ブラム・ストーカー賞（2004年/長編）

2228 "lost boy lost girl"
◇ブラム・ストーカー賞（2003年/長編）

2229 "Magic Terror"
◇ブラム・ストーカー賞（2000年/短編集）

2230 "Mr.Clubb and Mr.Cuff"
◇ブラム・ストーカー賞（1998年/中編）

2231 "The Ballad of Ballard and Sandrine"
◇ブラム・ストーカー賞（2011年/中編）

2232 "The Ghost Village"
◇世界幻想文学大賞（1993年/中編）
◎ブラム・ストーカー賞（2005年/生涯業績）
◎世界幻想文学大賞（2010年/生涯功労賞）

ストラレー, ジョン　Straley, John

2233 「熊と結婚した女」 "The Woman Who Married a Bear"
◇シェイマス賞（1993年/処女長編）
「熊と結婚した女」 ジョン・ストラレー著、天野恵訳　ベネッセコーポレーション　1996.3　298p　16cm（福武文庫）
650円　①4-8288-5764-8

ストランド, マーク　Strand, Mark

2234 "Blizzard of One"
◇ピュリッツァー賞（1999年/詩）

ストーリー, デイヴィッド　Storey, David

2235 「サヴィルの青春」 "Saville"
◇ブッカー賞（1976年）
「サヴィルの青春」 デイヴィッド・ストーリー著、橋口稔訳　集英社　1983.8
444p　20cm（現代の世界文学）2000
円　①4-08-124090-6

ストリブリング, T.S.　Stribling, T.S.

2236 "The Store"
◇ピュリッツァー賞（1933年/小説）

ストルガツキー, アルカジイ　Strugatsky, Arkady

2237 「ストーカー」 "Roadside Picnic"
◇ジョン・W・キャンベル記念賞（1978年/第2位）
「ストーカー」 アルカジイ・ストルガツキー, ボリス・ストルガツキー著、深見弾訳　早川書房　1983.2　280p　16cm
（ハヤカワ文庫—SF）360円

ストルガツキー, ボリス　Strugatsky, Boris

2238 「ストーカー」 "Roadside Picnic"
◇ジョン・W・キャンベル記念賞（1978年/第2位）
「ストーカー」 アルカジイ・ストルガツキー, ボリス・ストルガツキー著, 深見

弾訳　早川書房　1983.2　280p　16cm
（ハヤカワ文庫―SF）360円

ストレイカ, アンディ　Straka, Andy

2239 "Cold Quarry"
◇シェイマス賞（2004年/ペーパーバック）

ストレイチー, リットン
Strachey, Lytton

2240「ヴィクトリア女王」 "Queen Victoria"
◇ジェイムズ・テイト・ブラック記念賞（1921年/伝記）
「ヴィクトリア女王」　ストレイチイ著, 小川和夫訳　角川書店　1953　301p 図版　15cm（角川文庫）
「ヴィクトリア女王」　リットン・ストレイチイ〔著〕, 小川和夫訳　冨山房　1981.1　340p　18cm（冨山房百科文庫）980円　①4-572-00132-4

ストレート, スーザン　Straight, Susan

2241「ゴールデン・ゴーファー」 "The Golden Gopher"
◇アメリカ探偵作家クラブ賞（2008年/短編賞）
「ハヤカワミステリマガジン　53(9)」〔高橋知子訳〕　早川書房　2008.9　p18～36

ストレトフィールド, ノエル
Streatfeild, Noel

2242「サーカスきたる」 "The Circus is Coming"
◇カーネギー賞（1938年）
「サーカスきたる」　ノエル・ストレトフィールド作, 中村妙子訳　すぐ書房　1986.3　449p　20cm　1600円

ストレンジ, マーク　Strange, Marc

2243「ボディブロー」 "Body Blows"
◇アメリカ探偵作家クラブ賞（2010年/ペーパーバック賞）
「ボディブロー」　マーク・ストレンジ著, 真崎義博訳　早川書房　2010.12　415p　16cm（ハヤカワ・ミステリ文庫）940円　①978-4-15-179051-5

ストロス, チャールズ　Stross, Charles

2244「アッチェレランド」 "Accelerando"
◇ローカス賞（2006年/SF長編）
「アッチェレランド」　チャールズ・ストロス著, 酒井昭伸訳　早川書房　2009.2　514p　20cm（海外SFノヴェルズ）2300円　①978-4-15-209003-4

2245「コンクリート・ジャングル」 "The Concrete Jungle"
◇ヒューゴー賞（2005年/中長編）
「残虐行為記録保管所」　チャールズ・ストロス著, 金子浩訳　早川書房　2007.12　382p　20cm（海外SFノヴェルズ）2000円　①978-4-15-208880-2

2246「パリンプセスト」 "Palimpsest"
◇ヒューゴー賞（2010年/中長編）
「SFマガジン　54(11)」〔「パリンプセスト（前篇）」　金子浩訳〕　早川書房　2013.11　p242～268
「SFマガジン　54(12)」〔「パリンプセスト（後篇）」　金子浩訳〕　早川書房　2013.12　p240～273

2247 "Equoid"
◇ヒューゴー賞（2014年/中長編）

2248 "Missile Gap"
◇ローカス賞（2007年/中長編）

2249 "The Apocalypse Codex"
◇ローカス賞（2013年/ファンタジー長編）

ストロマイヤー, サラ
Strohmeyer, Sarah

2250「バブルズはご機嫌ななめ」 "Bubbles Unbound"
◇アガサ賞（2001年/処女長編）
「バブルズはご機嫌ななめ」　サラ・ストロマイヤー著, 細美遙子訳　講談社　2005.8　548p　15cm（講談社文庫）914円　①4-06-275083-X

ストロング, L.A.G　Strong, L.A.G.

2251 "Travellers"
◇ジェイムズ・テイト・ブラック記念賞（1945年/フィクション）

ストーン, サム　Stone, Sam

2252 "Fool's Gold"
◇英国幻想文学賞（2011年/短編）

ストーン, スオット・C.S.
Stone, Scott C.S.

2253 "The Dragon's Eye"
◇アメリカ探偵作家クラブ賞（1970年/ペーパーバック賞）

ストーン, ニック　Stone, Nick

2254「ミスター・クラリネット」 "Mr.

Clarinet"
◇英国推理作家協会賞（2006年/イアン・フレミング・スティール・ダガー）

「ミスター・クラリネット　上」ニック・ストーン著, 熊谷千寿訳　武田ランダムハウスジャパン　2011.11　399p　15cm（RHブックス＋プラス）900円　①978-4-270-10398-2

「ミスター・クラリネット　下」ニック・ストーン著, 熊谷千寿訳　武田ランダムハウスジャパン　2011.11　414p　15cm（RHブックス＋プラス）920円　①978-4-270-10399-9

ストーン, ラス　Stone, Ruth

2255 "In the Next Galaxy"
◇全米図書賞（2002年/詩）

2256 "Ordinary Words"
◇全米書評家協会賞（1999年/詩）

ストーン, ロバート　Stone, Robert

2257 "Dog Soldiers"
◇全米図書賞（1975年/小説）

スナイダー, ダイアン　Snyder, Dianne

2258 「さんねんねたろう」 "The Boy of the Three-Year Nap"
◇ボストングローブ・ホーンブック賞（1988年/絵本）

「さんねんねたろう」ダイアン・スナイダーさく, アレン・セイえ, もりたきよみやく　新世研　2000.11　32p　25×27cm　1600円　④4-88012-064-2

スナイダー, ルーシー・A.　Snyder, Lucy A.

2259 「マグダラ扁桃体」 "Magdala Amygdala"
◇ブラム・ストーカー賞（2012年/短編）

「ナイトランド　7」〔森沢くみ子訳〕トライデント・ハウス　2013.秋

2260 "Chimeric Machines"
◇ブラム・ストーカー賞（2009年/詩集）

2261 "Shooting Yourself in the Head for Fun and Profit: A Writer's Survival Guide"
◇ブラム・ストーカー賞（2014年/ノンフィクション）

2262 "Soft Apocalypses"
◇ブラム・ストーカー賞（2014年/短編集）

スノー, チャールズ・パーシー　Snow, Charles Percy

2263 「新しい人間たち」 "The New Men"
◇ジェイムズ・テイト・ブラック記念賞（1954年/フィクション）

「新しい世界の文学　6　新しい人間たち」C.P.スノウ著, 工藤昭雄訳　白水社　1963　306p　図版　20cm

2264 "The Masters"
◇ジェイムズ・テイト・ブラック記念賞（1954年/フィクション）

スノッドグラス, W.D.　Snodgrass, W.D.

2265 "Heart's Needle"
◇ピュリッツァー賞（1960年/詩）

スパイヤー, レオノーラ　Speyer, Leonora

2266 "Fiddler's Farewell"
◇ピュリッツァー賞（1927年/詩）

スパーク, ミュリエル　Spark, Muriel

2267 「マンデルバウム・ゲイト」 "The Mandelbaum Gate"
◇ジェイムズ・テイト・ブラック記念賞（1965年/フィクション）

「世界の文学　16　スパーク・オブライエン」〔小野寺健訳〕集英社　1977.12　497p　肖像　20cm　1500円

「集英社ギャラリー「世界の文学」　5　イギリス　4」〔小野寺健訳〕集英社　1990.1　1433p　22cm　4300円　①4-08-129005-9

2268 "Mary Shelley"
◇ブラム・ストーカー賞（1987年/ノンフィクション）

スーハミ, ダイアナ　Souhami, Diana

2269 "Selkirk's Island"
◇コスタ賞（2001年/伝記）

スパーリング, ヒラリー　Spurling, Hilary

2270 "Burying the Bones: Pearl Buck in China"
◇ジェイムズ・テイト・ブラック記念賞（2010年/伝記）

2271 "Matisse: The Master"
◇コスタ賞（2005年/年間大賞・伝記）

スピア, エリザベス・ジョージ　Speare, Elizabeth George

2272　「からすが池の魔女」 "The Witch of Blackbird Pond"
◇ニューベリー賞（1959年）
「からすが池の魔女」 E.G.スピア作, 掛川恭子訳, 寺島竜一絵　岩波書店　1969　332p　23cm

2273　「青銅の弓」 "The Bronze Bow"
◇ニューベリー賞（1962年）
「青銅の弓」 E.G.スピア作, 渡辺茂男訳, 佐藤努絵　岩波書店　1974　343p　22cm（岩波少年少女の本 30）

2274　「ビーバー族のしるし」〔別題「ビーバーのしるし」〕 "The Sign of the Beaver"
◇スコット・オデール賞（1984年）
「ビーバーのしるし」 エリザベス・スピア作, 犬飼千澄訳　ぬぷん児童図書出版　1986.9　223p　22cm（心の児童文学館シリーズ）1200円　①4-88975-135-1
「ビーバー族のしるし」 エリザベス・ジョージ・スピア著, こだまともこ訳　あすなろ書房　2009.2　247p　20cm　1500円　①978-4-7515-2211-0

スピアー, ピーター　Spier, Peter

2275　「ノアのはこ船」 "Noah's Ark"
◇コルデコット賞（1978年）
◇全米図書賞（1982年/絵本/ペーパーバック）
「ノアのはこ船」 ピーター・スピアーえ, 松川真弓やく　評論社　1986.3　1冊　21×27cm（児童図書館・絵本の部屋）①4-566-00261-6

2276　「ロンドン橋がおちまする！」 "London Bridge Is Falling Down"
◇ボストングローブ・ホーンブック賞（1967年/絵本）
「ロンドン橋がおちまする！」 ピーター・スピア画, 渡辺茂男訳　富山房　1978.4　46p　20×23cm　1200円

スピーゲルマン, アート　Spiegelman, Art

2277　「マウス―アウシュヴィッツを生きのびた父親の物語」 "Maus"
◇ピュリッツアー賞（1992年/特別賞）
「マウス―アウシュヴィッツを生きのびた父親の物語」 アート・スピーゲルマン著, 小野耕世訳　晶文社　1991.7　159p　26cm　1900円　①4-7949-2300-7
「マウス―アウシュヴィッツを生きのびた父親の物語 2」 アート・スピーゲルマン著, 小野耕世訳　晶文社　1994.8　135p　26cm　1900円　①4-7949-6177-4

スピーゲルマン, ピーター　Spiegelman, Peter

2278　「黒い地図」 "Black Maps"
◇シェイマス賞（2004年/処女長編）
「黒い地図」 ピーター・スピーゲルマン著, 松本剛史訳　ソニー・マガジンズ　2005.10　501p　15cm（ヴィレッジブックス）900円　①4-7897-2689-4

スピネッリ, ジェリー　Spinelli, Jerry

2279　「クレージー・マギーの伝説」 "Maniac Magee"
◇ボストングローブ・ホーンブック賞（1990年/フィクション）
◇ニューベリー賞（1991年）
「クレージー・マギーの伝説」 ジェリー・スピネッリ作, 菊島伊久栄訳　偕成社　1993.9　302p　20cm　1400円　①4-03-726490-0

スービラン, アンドレ　Soubiran, André

2280　"J'étais médecin avec les chars"
◇ルノドー賞（1943年）

スピレイン, ミッキー　Spillane, Mickey

2281　「殺す男」 "The Killing Man"
◇シェイマス賞（1990年/短編）
「殺す男」 ミッキー・スピレイン著, 平井イサク訳　早川書房　1991.3　240p　19cm（ハヤカワ・ミステリーマイク・ハマー・シリーズ）900円　①4-15-001564-3
「ミステリマガジン 52(1)」〔横山啓明訳〕　早川書房　2007.1　p46～65

2282　"So Long, Chief"
◇シェイマス賞（2014年/短編）

◎シェイマス賞（1983年/ジ・アイ賞〈生涯功績賞〉）
◎アメリカ探偵作家クラブ賞（1995年/巨匠賞）

スピンラッド, ノーマン　Spinrad, Norman

2283　「鉄の夢」 "The Iron Dream"〔仏題：Rêve de fer〕
◇アポロ賞（1974年）
「鉄の夢」 ノーマン・スピンラッド著, 荒俣宏訳　早川書房　1980.4　270p　20cm（海外SFノヴェルズ）1200円

「鉄の夢」 ノーマン・スピンラッド著, 荒俣宏訳 早川書房 1986.12 382p 16cm (ハヤカワ文庫—SF) 500円
①4-15-010698-3

2284 "Greenhouse Summer"
◇ジョン・W・キャンベル記念賞 (2000年/第3位)

スプラーグ, グレッチェン　Sprague, Gretchen

2285 "Signpost to Terror"
◇アメリカ探偵作家クラブ賞 (1968年/ジュヴナイル賞)

スプリンガー, ナンシー　Springer, Nancy

2286 "Looking for Jamie Bridger"
◇アメリカ探偵作家クラブ賞 (1996年/ジュヴナイル賞)

2287 "Toughing It"
◇アメリカ探偵作家クラブ賞 (1995年/ヤングアダルト賞)

スペリー, アームストロング　Sperry, Armstrong

2288 「それを勇気とよぼう」〔別題 「海をおそれる少年」〕 "Call It Courage"
◇ニューベリー賞 (1941年)
「少年少女世界文学全集 17 (アメリカ編7)」 伊藤貴麿等編 〔「海をおそれる少年」 飯島淳秀訳〕 講談社 1960 422p 23cm
「世界の名作図書館 31 海をおそれる少年 ジム・デービスの冒険 火なわ銃の少年」 スペリー作, 飯島淳秀訳 メースフィールド作, 内田庶訳 エドモンズ作, 渡辺茂男訳 講談社 1969 292p 24cm
「それを勇気とよぼう」 アームストロング=スペリー作, 久保田輝男訳, 梶鮎太絵 学研 1973.3 183p 24cm (現代子ども図書館 20) 1350円

スペンサー=フレミング, ジュリア　Spencer-Fleming, Julia

2289 "In the Bleak Midwinter"
◇アガサ賞 (2002年/処女長編)
◇アンソニー賞 (2003年/処女長編)
◇バリー賞 (2003年/処女長編)
◇マカヴィティ賞 (2003年/処女長編)

スポト, ドナルド　Spoto, Donald

2290 "The Dark Side of Genius: The Life of Alfred Hitchcock"
◇アメリカ探偵作家クラブ賞 (1984年/批評・評伝賞)

スポルテス, モルガン　Sportès, Morgan

2291 "Tout, tout de suite"
◇アンテラリエ賞 (2011年)

スポーン, エルゲン　Spohn, Jürgen

2292 "Drunter und drüber"
◇ドイツ児童文学賞 (1981年/児童書)

スマイリー, ジェーン　Smiley, Jane

2293 「大農場」 "A Thousand Acres"
◇全米書評家協会賞 (1991年/小説)
◇ピュリッツァー賞 (1992年/フィクション)
「大農場」 ジェーン・スマイリー著, 橘雅子訳 中央公論社 1993.5 549p 20cm 3000円 ①4-12-002215-3
「大農場 上」 ジェーン・スマイリー著, 橘雅子訳 中央公論社 1998.8 433p 16cm (中公文庫) 1143円 ①4-12-203212-1
「大農場 下」 ジェーン・スマイリー著, 橘雅子訳 中央公論社 1998.8 317p 16cm (中公文庫) 857円 ①4-12-203213-X

スミス, アリ　Smith, Ali

2294 「両方になる」 "How to Be Both"
◇コスタ賞 (2014年/年間大賞・長編)
◇ベイリーズ賞 (2015年)
「両方になる」 アリ・スミス著, 木原善彦訳 新潮社 2018.9 160, 160, 5p 20cm (CREST BOOKS) 2400円 ①978-4-10-590152-3

2295 "the accidental"
◇コスタ賞 (2005年/長編)

スミス, アレキサンダー・マコール　Smith, Alexander McCall

◎英国推理作家協会賞 (2004年/図書賞)

スミス, アンドリュー　Smith, Andrew

2296 "Grasshopper Jungle"
◇ボストングローブ・ホーンブック賞 (2014年/フィクション)

スミス, エマ　Smith, Emma

2297 "The Far Cry"
◇ジェイムズ・テイト・ブラック記念賞 (1949年/フィクション)

スミス, エミリー　Smith, Emily

2298　「宇宙からやってきたオ・ペア」 "Astrid, the Au Pair from Outer Space"
◇ネスレ子どもの本賞（1999年/6〜8歳部門/銀賞）
「宇宙からやってきたオ・ペア」エミリー・スミス作, もりうちすみこ訳, 小林葉子絵　文研出版　2004.8　126p　22cm（文研ブックランド）1200円　①4-580-81458-4

2299　"The Shrimp"
◇ネスレ子どもの本賞（2001年/6〜8歳部門/金賞）

スミス, カトリオナ　Smith, Catriona

2300　「すべるぞ すべるぞ どこまでも」 "Der große Rutsch"
◇ドイツ児童文学賞（1978年/絵本）
「すべるぞすべるぞどこまでも」カトリオナ・スミス, レイ・スミスさく, いまえよしともやく　ほるぷ出版　1982.3　1冊　23×28cm　1200円

スミス, グレゴリー・ホワイト　Smith, Gregory White

2301　"Jackson Pollock"
◇ピュリッツアー賞（1991年/伝記・自伝）

スミス, ケイ・ノルティ　Smith, Kay Nolte

2302　「第三の眼」 "The Watcher"
◇アメリカ探偵作家クラブ賞（1981年/処女長編賞）
「第三の眼」ケイ・ノルティ・スミス著, 小泉喜美子訳　早川書房　1983.2　300p　20cm（Hayakawa novels）1400円
「第三の眼」ケイ・ノルティ・スミス著, 小泉喜美子訳　早川書房　1994.4　497p　16cm（ハヤカワ・ミステリ文庫）700円　①4-15-079451-0

スミス, サラ　Smith, Sarah

2303　"The Other Side of Dark"
◇アガサ賞（2010年/児童書・ヤングアダルト小説）

スミス, シド　Smith, Sid

2304　"Something Like a House"
◇コスタ賞（2001年/処女長編）
◇ジェイムズ・テイト・ブラック記念賞（2001年/フィクション）

スミス, ジャスティン・H.　Smith, Justin H.

2305　"The War with Mexico, 2 vols."
◇ピュリッツアー賞（1920年/歴史）

スミス, ジュリー　Smith, Julie

2306　「ニューオーリンズの葬送」 "New Orleans Mourning"
◇アメリカ探偵作家クラブ賞（1991年/長編賞）
「ニューオーリンズの葬送」ジュリー・スミス著, 長野きよみ訳　早川書房　1993.10　422p　19cm（ハヤカワ・ミステリ）1500円　①4-15-001603-8

スミス, ゼイディー　Smith, Zadie

2307　「美について」 "On Beauty"
◇ベイリーズ賞（2006年）
「美について」ゼイディー・スミス著, 堀江里美訳　河出書房新社　2015.11　520p　20cm　3700円　①978-4-309-20691-2

2308　「ホワイト・ティース」 "White Teeth"
◇コスタ賞（2000年/処女長編）
◇ジェイムズ・テイト・ブラック記念賞（2000年/フィクション）
「ホワイト・ティース 上」ゼイディー・スミス著, 小竹由美子訳　新潮社　2001.6　365p　20cm（Crest books）2200円　①4-10-590023-4
「ホワイト・ティース 下」ゼイディー・スミス著, 小竹由美子訳　新潮社　2001.6　389p　20cm（Crest books）2200円　①4-10-590024-2

スミス, ディーン・ウェズリー　Smith, Dean Wesley

2309　"Science Fiction Writers of America Handbook"
◇ローカス賞（1991年/ノンフィクション）

スミス, トム・ロブ　Smith, Tom Rob

2310　「チャイルド44」 "Child 44"
◇英国推理作家協会賞（2008年/イアン・フレミング・スティール・ダガー）
◇バリー賞（2009年/処女長編）
「チャイルド44 上」トム・ロブ・スミス［著］, 田口俊樹訳　新潮社　2008.9　394p　16cm（新潮文庫）705円　①978-4-10-216931-5

「チャイルド44 下」トム・ロブ・スミス〔著〕, 田口俊樹訳　新潮社　2008.9　383p　16cm（新潮文庫）667円　①978-4-10-216932-2

スミス, トレイシー・K.　Smith, Tracy K.

2311　「火星の生命」 "Life on Mars"
◇ピュリッツァー賞（2012年／詩）
「火星の生命」トレイシー・K.スミス著, 中村和恵訳　平凡社　2013.5　157p　22cm　2800円　①978-4-582-83609-7

スミス, パティ　Smith, Patti

2312　「ジャスト・キッズ」 "Just Kids"
◇全米図書賞（2010年／ノンフィクション）
「ジャスト・キッズ」パティ・スミス著, にむらじゅんこ, 小林薫訳　アップリンク　2012.12　463p　20cm　2380円　①978-4-309-90970-7

スミス, パトリシア　Smith, Patricia

2313　"When They Are Done With Us"
◇アメリカ探偵作家クラブ賞（2013年／ロバート・L・フィッシュ賞）

スミス, マイケル・マーシャル　Smith, Michael Marshall

2314　「オンリー・フォワード」 "Only Forward"
◇英国幻想文学賞（1995年／長編〈オーガスト・ダーレス賞〉）
「オンリー・フォワード」マイケル・マーシャル・スミス著, 嶋田洋一訳　ソニー・マガジンズ　2001.7　429p　20cm　2000円　①4-7897-1728-3

2315　「猫を描いた男」 "The Man Who Drew Cats"
◇英国幻想文学賞（1991年／短編）
「みんな行ってしまう」マイケル・マーシャル・スミス著, 嶋田洋一訳　東京創元社　2005.9　404p　15cm（創元SF文庫）980円　①4-488-72101-X

2316　"More Tomorrow"
◇英国幻想文学賞（1996年／短編）

2317　"The Dark Land"
◇英国幻想文学賞（1992年／短編）

2318　"What Happens When You Wake Up In The Night"
◇英国幻想文学賞（2010年／短編）

スミス, マーティン・クルーズ　Smith, Martin Cruz

2319　「ゴーリキー・パーク」 "Gorky Park"
◇英国推理作家協会賞（1981年／ゴールド・ダガー）
「ゴーリキー・パーク」マーティン・クルーズ・スミス著, 中野圭二訳　早川書房　1982.8　437p　20cm（Hayakawa novels）1800円
「ゴーリキー・パーク　上」マーティン・クルーズ・スミス著, 中野圭二訳　早川書房　1990.11　364p　16cm（ハヤカワ文庫—NV）560円　①4-15-040601-4
「ゴーリキー・パーク　下」マーティン・クルーズ・スミス著, 中野圭二訳　早川書房　1990.11　355p　16cm（ハヤカワ文庫—NV）560円　①4-15-040602-2
「ゴーリキー・パーク　上」マーティン・クルーズ・スミス著, 中野圭二訳　早川書房　2008.9　378p　16cm（ハヤカワ文庫 NV）840円　①978-4-15-041182-4
※1990年刊の新装版
「ゴーリキー・パーク　下」マーティン・クルーズ・スミス著, 中野圭二訳　早川書房　2008.9　365p　16cm（ハヤカワ文庫NV）840円　①978-4-15-041183-1
※1990年刊の新装版

◎アメリカ探偵作家クラブ賞（2019年／巨匠賞）

スミス, ラクラン　Smith, Lachlan

2320　"Bear is Broken"
◇シェイマス賞（2014年／処女長編）

スミス, レイ　Smith, Ray

2321　「すべるぞ すべるぞ どこまでも」 "Der große Rutsch"
◇ドイツ児童文学賞（1978年／絵本）
「すべるぞすべるぞどこまでも」カトリオナ・スミス, レイ・スミスさく, いまえよしともやく　ほるぷ出版　1982.3　1冊　23×28cm　1200円

スミス, D.ジェームズ　Smith, D.James

2322　"The Boys of San Joaquin"
◇アメリカ探偵作家クラブ賞（2006年／ジュヴナイル賞）

スメイル, アンナ　Smaill, Anna

2323　「鐘は歌う」 "The Chimes"
◇世界幻想文学大賞（2016年／長編）
「鐘は歌う」アンナ・スメイル著, 山田順子訳　東京創元社　2018.11　410p

20cm 3200円　①KS171-L328　①978-4-488-01084-3

スモール, ジョージ・L.　Small, George L.
2324 **"The Blue Whale"**
◇全米図書賞（1972年/科学）

スモール, デイビッド　Small, David
2325 **"So You Want to Be President？"**
◇コルデコット賞（2001年）

スモルドレン, ティエリ　Smolderen, Thierry
2326 **"Souvenirs de l'empire de l'atome"**
◇イマジネール大賞（2014年/BD・コミックス）

スラッター, アンジェラ　Slatter, Angela
2327 **"The Bitterwood Bible and Other Recountings"**
◇世界幻想文学大賞（2015年/短編集）
2328 **"The Coffin-Maker's Daughter"**
◇英国幻想文学賞（2012年/短編）

スラデック, ジョン　Sladek, John
2329 **"Tik-Tok"**
◇英国SF協会賞（1983年/長編）
◇ジョン・W・キャンベル記念賞（1984年/第3位）

スリマニ, レイラ　Slimani, Leïla
2330 「ヌヌ―完璧なベビーシッター」 **"Chanson douce"**
◇ゴンクール賞（2016年）
「ヌヌ完璧なベビーシッター」レイラ・スリマニ著, 松本百合子訳　集英社　2018.3　269p　16cm（集英社文庫）700円　①978-4-08-760748-2

スレイド, アーサー　Slade, Arthur
2331 **"The Hunchback Assignments"**〔仏語題：La Confrérie de l'horloge〕
◇イマジネール大賞（2011年/青少年向け長編〈外国〉）

スレッサー, ヘンリー　Slesar, Henry
2332 「グレイ・フラノの屍衣」 **"The Grey Flannel Shroud"**
◇アメリカ探偵作家クラブ賞（1960年/処女長編賞）
「グレイ・フラノの屍衣」ヘンリィ・スレッサー著, 森郁夫訳　早川書房　1960　207p　20cm（世界ミステリシリーズ）
「グレイ・フラノの屍衣」ヘンリイ・スレッサー著, 森郁夫訳　早川書房　1978.4　298p　16cm（ハヤカワ・ミステリ文庫）340円

スローター, カリン　Slaughter, Karin
2333 「警官の街」 **"Cop Town"**
◇英国推理作家協会賞（2015年/イアン・フレミング・スティール・ダガー）
「警官の街」カリン・スローター著, 出水純訳　オークラ出版　2016.1　569p　15cm（マグノリアブックス）1000円　①978-4-7755-2507-4

スロボトキン, ルイス　Slobodkin, Louis
2334 「たくさんのお月さま」 **"Many Moons"**
◇コルデコット賞（1944年）
「たくさんのお月さま」ジェイムズ・サーバー原著, ルイス・スロボドキン画, 光吉夏弥訳　日米出版社　1949.12　48p　27cm
「たくさんのお月さま」ジェームズ・サーバー文, ルイス・スロボドキン絵, なかがわちひろ訳　徳間書店　1994.2　1冊　26cm　1600円　①4-19-860104-6

スロンチェフスキ, ジョーン　Slonczewski, Joan
2335 「軌道学園都市フロンテラ」 **"The Highest Frontier"**
◇ジョン・W・キャンベル記念賞（2012年/第1位）
「軌道学園都市フロンテラ　上」ジョーン・スロンチェフスキ著, 金子浩訳　東京創元社　2015.6　430p　15cm（創元SF文庫）1260円　①978-4-488-75601-7
「軌道学園都市フロンテラ　下」ジョーン・スロンチェフスキ著, 金子浩訳　東京創元社　2015.6　430p　15cm（創元SF文庫）1260円　①978-4-488-75602-4
2336 **"A Door into Ocean"**
◇ジョン・W・キャンベル記念賞（1987年/第1位）

スワースキー, レイチェル　Swirsky, Rachel
2337 「女王の窓辺にて赤き花を摘みし乙女」 **"The Lady Who Plucked Red Flowers Beneath the Queen's Window"**

「SFマガジン　53(3)」〔「女王の窓辺にて赤き花を摘みし乙女(前篇)」　柿沼瑛子訳〕　早川書房　2012.3　p244〜264

「SFマガジン　53(4)」〔「女王の窓辺にて赤き花を摘みし乙女(後篇)」　柿沼瑛子訳〕　早川書房　2012.4　p164〜185

2338 "If You Were a Dinosaur, My Love"
◇ネビュラ賞（2013年／短編）

スワン, アナリン　Swan, Annalyn

2339 "De Kooning: An American Master"
◇全米書評家協会賞（2004年／伝記）
◇ピュリッツアー賞（2005年／伝記・自伝）

スワン, ロビン　Swan, Robbyn

2340 "The Eleventh Day"
◇英国推理作家協会賞（2012年／ゴールド・ダガー〈ノンフィクション〉）

スワンウィック, マイクル　Swanwick, Michael

2341 「犬はワンワンと言った」 "The Dog Said Bow-Wow"
◇ヒューゴー賞（2002年／短編）
「グリュフォンの卵」　マイクル・スワンウィック著，小川隆，金子浩，幹遥子他訳　早川書房　2006.4　511p　16cm（ハヤカワ文庫SF）　900円　①4-15-011558-3

2342 「大潮の道」 "Stations of the Tide"
◇ネビュラ賞（1991年／長編）
◇ジョン・W・キャンベル記念賞（1992年／第3位）
「大潮の道」　マイクル・スワンウィック著，小川隆訳　早川書房　1993.2　344p　16cm（ハヤカワ文庫—SF）　600円　①4-15-011005-0

2343 「死者の声」 "The Very Pulse of the Machine"
◇ヒューゴー賞（1999年／短編）
「グリュフォンの卵」　マイクル・スワンウィック著，小川隆，金子浩，幹遥子他訳　早川書房　2006.4　511p　16cm（ハヤカワ文庫SF）　900円　①4-15-011558-3

2344 「スロー・ライフ」 "Slow Life"
◇ヒューゴー賞（2003年／中編）
「グリュフォンの卵」　マイクル・スワンウィック著，小川隆，金子浩，幹遥子他訳　早川書房　2006.4　511p　16cm（ハヤカワ文庫SF）　900円　①4-15-011558-3

2345 「ティラノサウルスのスケルツォ」 "Scherzo with Tyrannosaur"
◇ヒューゴー賞（2000年／短編）
「グリュフォンの卵」　マイクル・スワンウィック著，小川隆，金子浩，幹遥子他訳　早川書房　2006.4　511p　16cm（ハヤカワ文庫SF）　900円　①4-15-011558-3

2346 「時の軍勢」 "Legions in Time"
◇ヒューゴー賞（2004年／中編）
「グリュフォンの卵」　マイクル・スワンウィック著，小川隆，金子浩，幹遥子他訳　早川書房　2006.4　511p　16cm（ハヤカワ文庫SF）　900円　①4-15-011558-3

2347 "A Small Room in Koboldtown"
◇ローカス賞（2008年／短編）

2348 "Being Gardner Dozois"
◇ローカス賞（2002年／ノンフィクション）

2349 "Radio Waves"
◇世界幻想文学大賞（1996年／中編）

2350 "Tales of Old Earth"
◇ローカス賞（2001年／短編集）

スワンソン, ジェイムズ・L.　Swanson, James L.

2351 「マンハント—リンカーン暗殺犯を追った12日間」 "Manhunt: The 12-Day Chase for Lincoln's Killer"
◇アメリカ探偵作家クラブ賞（2007年／犯罪実話賞）
「マンハント—リンカーン暗殺犯を追った12日間」　ジェイムズ・L.スワンソン著，富永和子訳　早川書房　2006.10　517p　20cm　2500円　①4-15-208769-2

スワンソン, ジーン　Swanson, Jean

2352 "By a Woman's Hand: A Guide to Mystery Fiction by Women"
◇アガサ賞（1994年／ノンフィクション）
◇マカヴィティ賞（1995年／評論・評伝）

2353 "Killer Books"
◇マカヴィティ賞（1999年／評論・評伝）

スワンソン, ダグ・J.　Swanson, Doug J.

2354 「ビッグ・タウン」 "Big Town"
◇英国推理作家協会賞（1994年／ジョン・クリーシー記念賞）

「ビッグ・タウン」 ダグ・J.スワンソン著、黒原敏行訳 早川書房 1996.2 274p 19cm (ハヤカワ・ミステリ) 1000円 ⓘ4-15-001632-1

「ビッグ・タウン」 ダグ・J.スワンソン著、黒原敏行訳 早川書房 2001.2 387p 16cm (ハヤカワ・ミステリ文庫) 760円 ⓘ4-15-172101-0

【セ】

セイ, アレン Say, Allen

2355 「おじいさんの旅」 "Grandfather's Journey"
◇コルデコット賞（1994年）
◇ボストングローブ・ホーンブック賞（1994年／絵本）
「おじいさんの旅」 アレン・セイ文・絵 ほるぷ出版 2002.11 1冊 30cm 1600円 ⓘ4-593-50416-3

2356 「さんねんねたろう」 "The Boy of the Three-Year Nap"
◇ボストングローブ・ホーンブック賞（1988年／絵本）
「さんねんねたろう」 ダイアン・スナイダーさく、アレン・セイえ、もりたきよみやく 新世研 2000.11 32p 25×27cm 1600円 ⓘ4-88012-064-2

セイジ, ローナ Sage, Lorna

2357 「バッド・ブラッド―出自という受難」 "Bad Blood"
◇コスタ賞（2000年／伝記）
「バッド・ブラッド―出自という受難」 ローナ・セイジ著、二階堂行彦訳 清流出版 2006.6 350p 20cm 2200円 ⓘ4-86029-162-X

セイヤー, ポール Sayer, Paul

2358 「狂気のやすらぎ」 "The Comforts of Madness"
◇コスタ賞（1988年／年間大賞・処女長編）
「狂気のやすらぎ」 ポール・セイヤー著、東江一紀訳 草思社 1989.11 182p 20cm 1400円 ⓘ4-7942-0359-4

セイラー, スティーヴン Saylor, Stephen

2359 "A Will Is A Way"
◇アメリカ探偵作家クラブ賞（1993年／ロバート・L・フィッシュ賞）

ゼーガース, アンナ Seghers, Anna
◎ビューヒナー賞（1947年）

セーガン, カール Sagan, Carl

2360 「宇宙との連帯―異星人的文明論」 "The Cosmic Connection"
◇ジョン・W・キャンベル記念賞（1974年／ノンフィクション特別賞）
「宇宙との連帯―異星人的文明論」 カール・セイガン著、福島正実訳 河出書房新社 1976 341p 19cm 1200円

2361 「エデンの恐竜―知能の源流をたずねて」 "The Dragons of Eden"
◇ピュリッツアー賞（1978年／ノンフィクション）
「エデンの恐竜―知能の源流をたずねて」 カール・セーガン著、長野敬訳 秀潤社 1978.4 282, 12p 20cm 1200円

2362 「コスモス」 "Cosmos"
◇ヒューゴー賞（1981年／ノンフィクション）
「コスモス/宇宙 1 地球と銀河を結ぶ80億光年の旅―宇宙の誕生から探険への出発」 カール・セーガン構成 旺文社 1980.10 143p 30cm 1800円
「コスモス/宇宙 2 宇宙にただよう惑星と彗星―惑星は誕生し消滅する」 カール・セーガン構成 旺文社 1980.11 143p 30cm 1800円
「コスモス/宇宙 3 人類と宇宙のかかわりあい―人間と異星人を形づくるもの」 カール・セーガン構成 旺文社 1980.12 143p 30cm 1800円
「コスモス/宇宙 4 果てしない宇宙へ向かって―過去と未来へのタイムトラベル」 カール・セーガン構成 旺文社 1981 151p 30cm 1800円
「コスモス」 カール・セーガン著、木村繁訳 朝日新聞社 1984.4 2冊 15cm（朝日文庫）380円, 400円
「COSMOS 上」 カール・セーガン著、木村繁訳 朝日新聞出版 2013.6 323, 2p 19cm（朝日選書）1600円 ⓘ978-4-02-263003-2
※「コスモス」（朝日文庫 1984年刊）の改題
「COSMOS 下」 カール・セーガン著、木村繁訳 朝日新聞出版 2013.6 347, 2p 19cm（朝日選書）1600円 ⓘ978-4-02-263004-9
※「コスモス」（朝日文庫 1984年刊）の改題

2363 「コンタクト」 "Contact"
◇ローカス賞（1986年／処女長編）

「コンタクト」 カール・セーガン著, 高見浩, 池央耿訳　新潮社　1986.6　2冊　20cm　各1600円　①4-10-519201-9
「コンタクト」 カール・セーガン〔著〕, 池央耿, 高見浩訳　新潮社　1989.7　2冊　16cm（新潮文庫）各440円　①4-10-229401-5

セクストン, アン　Sexton, Anne

2364 "Live or Die"
◇ピュリッツァー賞（1967年/詩）

セグリフ, ラリー　Segriff, Larry

2365 "The Fine Art Of Murder: The Mystery Reader's Indispensable Companion"
◇アンソニー賞（1994年/評論）
◇マカヴィティ賞（1994年/評論・評伝）

セシル, ロード・デイヴィッド　Cecil, David, Lord

2366 "The Stricken Deer: Or The Life Of Cowper"
◇ジェイムズ・テイト・ブラック記念賞（1929年/伝記）

ゼッテル, サラ　Zettel, Sarah

2367 「大いなる復活のとき」 "Reclamation"
◇ローカス賞（1997年/処女長編）
「大いなる復活のとき 上」 サラ・ゼッテル著, 冬川亘訳　早川書房　1999.5　425p　16cm（ハヤカワ文庫 SF）760円　①4-15-011273-8
「大いなる復活のとき 下」 サラ・ゼッテル著, 冬川亘訳　早川書房　1999.5　373p　16cm（ハヤカワ文庫 SF）720円　①4-15-011274-6

ゼツレンスカ, マリア　Zaturenska, Marya

2368 "Cold Morning Sky"
◇ピュリッツァー賞（1938年/詩）

セトル, メアリー・リー　Settle, Mary Lee

2369 "Blood Ties"
◇全米図書賞（1978年/小説）

セバーグ＝モンテフィオーリ, サイモン　Sebag-Montefiore, Simon

2370 「スターリン―青春と革命の時代」 "Young Stalin"
◇コスタ賞（2007年/伝記）
「スターリン―青春と革命の時代」 サイモン・セバーグ・モンテフィオーリ著, 松本幸重訳　白水社　2010.3　633, 90p 図版16枚　20cm　5200円　①978-4-560-08052-8

ゼーバルト, W.G.　Sebald, W.G.

2371 「アウステルリッツ」 "Austerlitz"
◇全米書評家協会賞（2001年/小説）
「アウステルリッツ」 W.G.ゼーバルト〔著〕, 鈴木仁子訳　白水社　2003.8　289p　20cm　2200円　①4-560-04767-7
「アウステルリッツ」 W.G.ゼーバルト著, 鈴木仁子訳　改訳　白水社　2012.7　298p　20cm（ゼーバルト・コレクション）2600円　①978-4-560-02734-9

セフェリス, イオルゴス　Seféris, Gíorgos

◎ノーベル文学賞（1963年）

ゼブロウスキー, ジョージ　Zebrowski, George

2372 "Brute Orbits"
◇ジョン・W・キャンベル記念賞（1999年/第1位）

セベスティアン, ウィーダ　Sebestyen, Ouida

2373 「私は覚えていない」 "Words by Heart"
◇全米図書賞（1982年/児童小説/ペーパーバック）
「私は覚えていない」 ウィーダ・セベスティアン作, 安藤紀子訳　ぬぷん児童図書出版　1983.1　287p　22cm（心の児童文学館シリーズ）1200円　①4-88975-124-6

セラ, カミロ・ホセ　Cela, Camilo José

◎ノーベル文学賞（1989年）
◎セルバンテス賞（1995年）

ゼラズニイ, ロジャー　Zelazny, Roger

2374 「永久凍土」 "Permafrost"
◇ヒューゴー賞（1987年/中編）
「Omni 日本版 6(2)」 〔伊藤典夫訳〕　旺文社　1987.6　p106～116

2375 「その顔はあまたの扉, その口はあまたの灯」 "The Doors of His Face, the Lamps of His Mouth"
◇ネビュラ賞（1965年/中編）
「伝道の書に捧げる薔薇」 ロジャー・ゼ

ラズニイ著, 浅倉久志, 峯岸久訳 〔浅倉久志訳〕 早川書房 1976 433p 16cm (ハヤカワ文庫) 470円

2376 「ドリームマスター」"The Dream Master"〔受賞時タイトル：He Who Shapes〕
◇ネビュラ賞（1965年/中長編）
「ドリームマスター」 ロジャー・ゼラズニイ著, 浅倉久志訳 早川書房 1981.5 284p 16cm (ハヤカワ文庫―SF) 360円

2377 「ハングマンの帰還」"Home is the Hangman"
◇ネビュラ賞（1975年/中長編）
◇ヒューゴー賞（1976年/中長編）
「わが名はレギオン」 ロジャー・ゼラズニイ著, 中俣真知子訳 サンリオ 1980.11 300p 15cm (サンリオSF文庫) 460円

2378 「光の王」"Lord of Light"
◇ヒューゴー賞（1968年/長編）
「光の王」 ロジャー・ゼラズニイ〔著〕, 深町眞理子訳 早川書房 1978.7 306p 20cm (海外SFノヴェルズ) 1200円
「光の王」 ロジャー・ゼラズニイ著, 深町眞理子訳 早川書房 1985.8 473p 16cm (ハヤカワ文庫―SF) 600円 ①4-15-010625-8
「光の王」 ロジャー・ゼラズニイ著, 深町眞理子訳 早川書房 2005.4 527p 16cm (ハヤカワ文庫 SF) 940円 ①4-15-011512-5
※1985年刊の新装版

2379 「北斎の富嶽二十四景」"Twenty-four Views of Mount Fuji, by Hokusai"
◇ヒューゴー賞（1986年/中長編）
「80年代SF傑作選 上」 小川隆, 山岸真編〔中村融訳〕 早川書房 1992.10 523p 16cm (ハヤカワ文庫―SF) 700円 ①4-15-010988-5

2380 「ユニコーン・ヴァリエーション」〔中編〕"Unicorn Variation"
◇ヒューゴー賞（1982年/中編）
「モーフィー時計の午前零時―チェス小説アンソロジー」 ジーン・ウルフ, フリッツ・ライバー他著, 若島正編〔若島正訳〕 国書刊行会 2009.2 400p 20cm 2800円 ①978-4-336-05097-7

2381 「ユニコーン・ヴァリエーション」〔短編集〕"Unicorn Variations"
◇ローカス賞（1984年/短編集）

2382 「わが名はコンラッド」"...And Call Me Conrad"〔改題：This Immortal〕
◇ヒューゴー賞（1966年/長編）
「わが名はコンラッド」 ロジャー・ゼラズニイ著, 小尾芙佐訳 早川書房 1975 282p 16cm (ハヤカワ文庫) 270円

2383 "Isle of the Dead"〔仏語題：L'île des morts〕
◇アポロ賞（1972年）

2384 "Trumps of Doom"
◇ローカス賞（1986年/ファンタジー長編）

セラネラ, バーバラ Seranella, Barbara

2385 「ミスディレクション」"Misdirection"
◇アンソニー賞（2006年/短編）
「殺しのグレイテスト・ヒッツ」 ロバート・J.ランディージ編, 田口俊樹他訳〔高山真由美訳〕 早川書房 2007.1 587p 16cm (ハヤカワ・ミステリ文庫) 980円 ①978-4-15-176751-7

セラフィン, デイヴィッド Serafin, David

2386 「栄光の土曜日」"Saturday of Glory"
◇英国推理作家協会賞（1979年/ジョン・クリーシー記念賞）
「栄光の土曜日」 デイヴィッド・セラフィン著, 水野谷とおる訳 早川書房 1982.1 238p 19cm (世界ミステリシリーズ) 760円

セリーヌ, ルイ＝フェルディナン Céline, Louis-Ferdinand

2387 「夜の果ての旅」〔別題「夜の果てへの旅」〕"Voyage au bout de la nuit"
◇ルノドー賞（1932年）
「夜の果ての旅 上」 セリーヌ著, 生田耕作訳 中央公論社 1978.3 335p 15cm (中公文庫) 400円
「夜の果ての旅 下」 セリーヌ〔著〕, 生田耕作訳 中央公論社 1978.5 378p 15cm (中公文庫) 420円
「夜の果てへの旅 上」 セリーヌ著, 生田耕作訳 中央公論新社 2003.12 381p 16cm (中公文庫) 838円 ①4-12-204304-2
※「夜の果ての旅」(1978年刊)の改版
「夜の果てへの旅 下」 セリーヌ著, 生田耕作訳 中央公論新社 2003.12 427p 16cm (中公文庫) 933円 ①4-12-204305-0

※「夜の果ての旅」(1978年刊)の改版

ゼリンスキー, ポール・O.
Zelinsky, Paul O.

2388 "Rapunzel"
◇コルデコット賞（1998年）

セール, ミッシェル　Serres, Michel

2389「五感―混合体の哲学」"Les Cinq Sens"
◇メディシス賞（1985年/エッセイ）
「五感―混合体の哲学」ミッシェル・セール〔著〕, 米山親能訳　法政大学出版局　1991.6　572, 4p　20cm（叢書・ウニベルシタス 323）4944円　①4-588-00323-2
「五感―混合体の哲学」ミッシェル・セール〔著〕, 米山親能訳　新装版　法政大学出版局　2017.3　572, 4p　20cm（叢書・ウニベルシタス 323）6200円　①978-4-588-14039-6

セルズニック, ブライアン
Selznick, Brian

2390「ユゴーの不思議な発明」"The Invention of Hugo Cabret"
◇コルデコット賞（2008年）
「ユゴーの不思議な発明」ブライアン・セルズニック著, 金原瑞人訳　アスペクト　2008.1　542p　22cm　2800円　①978-4-7572-1426-2
「ユゴーの不思議な発明」ブライアン・セルズニック著, 金原瑞人訳　アスペクト　2012.2　540p　15cm（アスペクト文庫）952円　①978-4-7572-2019-5

ゼルツァーマン, デイヴ
Zeltserman, Dave

2391 "Julius Katz"
◇シェイマス賞（2010年/短編）

セレスティン, レイ　Celestin, Ray

2392「アックスマンのジャズ」"The Axeman's Jazz"
◇英国推理作家協会賞（2014年/ジョン・クリーシー・ダガー〈ニュー・ブラッド・ダガー〉）
「アックスマンのジャズ」レイ・セレスティン著, 北野寿美枝訳　早川書房　2016.5　477p　19cm（HAYAKAWA POCKET MYSTERY BOOKS）1800円　①978-4-15-001907-5

セレディ, ケート　Seredy, Kate

2393「白いシカ」"The White Stag"
◇ニューベリー賞（1938年）
「白いシカ」ケート・セレディ作, 瀬田貞二訳　岩波書店　1968　146p　23cm（岩波おはなしの本）

セレニー, ジッタ　Sereny, Gitta

2394「魂の叫び―11歳の殺人者、メアリー・ベルの告白」"Cries Unheard"
◇英国推理作家協会賞（1998年/ゴールド・ダガー〈ノンフィクション〉）
「魂の叫び―11歳の殺人者、メアリー・ベルの告白」ジッタ・セレニー著, 古屋美登里訳　清流出版　1999.12　608p　20cm　2500円　①4-916028-67-8

2395 "Albert Speer: His Battle with the Truth"
◇ジェイムズ・テイト・ブラック記念賞（1995年/伝記）

ゼレール, フローリアン　Zeller, Florian

2396 "La fascination du Pire"
◇アンテラリエ賞（2004年）

セロー, ポール　Theroux, Paul

2397「写真の館」"Picture Palace"
◇コスタ賞（1978年/長編）
「写真の館」ポール・セロー著, 村松潔訳　文芸春秋　1995.2　451p　20cm　2200円　①4-16-315380-2

2398「モスキート・コースト」"The Mosquito Coast"
◇ジェイムズ・テイト・ブラック記念賞（1981年/フィクション）
「モスキート・コースト」ポール・セロー著, 中野圭二, 村松潔訳　文芸春秋　1987.3　427p　20cm　1600円　①4-16-309520-9

セロー, マーセル　Theroux, Marcel

2399 "Strange Bodies"
◇ジョン・W・キャンベル記念賞（2014年/第1位）

センダック, モーリス　Sendak, Maurice

2400「かいじゅうたちのいるところ」〔別題「いるいるおばけがすんでいる」〕"Where the Wild Things Are"
◇コルデコット賞（1964年）
「いるいるおばけがすんでいる」モーリス・センダーク原作・絵, ウエザヒル翻訳委員会訳　ウエザヒル出版社　1966　1冊　30cm（アメリカ新絵本シリーズ）
「かいじゅうたちのいるところ」モーリ

ス・センダックさく，じんぐうてるおやく　富山房　1975　1冊　34×26cm

2401 「まどのそとのそのまたむこう」
"Outside Over There"
◇ボストングローブ・ホーンブック賞（1981年/絵本）
◇全米図書賞（1982年/絵本/ハードカバー）
「まどのそとのそのまたむこう」モーリス・センダックさく・え，わきあきこやく　福音館書店　1983.4　1冊　24×26cm　1700円
◎国際アンデルセン賞（1970年/画家賞）
◎アストリッド・リンドグレーン記念文学賞（2003年）

センプルン, ホルヘ　Semprún, Jorge
2402 「ラモン・メルカデルの第二の死」
"La Deuxième Mort de Ramón Mercader"
◇フェミナ賞（1969年）
「ラモン・メルカデルの第二の死」ホルヘ・センプルン著，榊原晃三訳　新潮社　1971　2冊　20cm　各900円

【ソ】

ソアレス, L.L.　Soares, L.L.
2403 "Life Rage"
◇ブラム・ストーカー賞（2012年/処女長編）

曹　文軒　そう・ぶんけん
◎国際アンデルセン賞（2016年/作家賞）

ソーヴァ, ドーン・B.　Sova, Dawn B.
2404 "Edgar Allan Poe: A to Z"
◇アメリカ探偵作家クラブ賞（2002年/批評・評伝賞）

ソウヤー, ロバート・J.
Sawyer, Robert J.
2405 「ターミナル・エクスプリメント」
"The Terminal Experiment"
◇ネビュラ賞（1995年/長編）
「ターミナル・エクスペリメント」ロバート・J.ソウヤー著，内田昌之訳　早川書房　1997.5　471p　16cm（ハヤカワ文庫SF）800円　①4-15-011192-8

2406 「ホミニッド―原人」"Hominids"
◇ジョン・W・キャンベル記念賞（2003年/第3位）
◇ヒューゴー賞（2003年/長編）
「ホミニッド―原人」ロバート・J.ソウヤー著，内田昌之訳　早川書房　2005.2　519p　16cm（ハヤカワ文庫SF）920円　①4-15-011500-1

2407 「ホームズ、最後の事件ふたたび」〔別題「未来からの考察―ホームズ最後の事件」〕"You See But You Do Not Observe"〔仏語題：Vous voyez mais vous n'observez pas〕
◇イマジネール大賞（1997年/中編〈外国〉）
「90年代SF傑作選　下」山岸真編〔内田昌之訳〕早川書房　2002.3　507p　16cm（ハヤカワ文庫SF）940円　①4-15-011395-5
「シャーロック・ホームズのSF大冒険―短篇集　下」M.レズニック, M.H.グリーンバーグ編, 日暮雅通監訳　河出書房新社　2006.9　363p　15cm（河出文庫）880円　①4-309-46278-2

2408 "Mindscan"
◇ジョン・W・キャンベル記念賞（2006年/第1位）

ソーカップ, マーサ　Soukup, Martha
2409 "A Defense of the Social Contracts"
◇ネビュラ賞（1994年/短編）

ソト, ギャリー　Soto, Gary
2410 "Jesse"
◇フェニックス賞（2014年）

ソートランド, ビョルン　Sortland, Björn
2411 "Rot, Blau und ein bißchen Gelb"
◇ドイツ児童文学賞（1996年/ノンフィクション）

ソービン, ロジャー　Sobin, Roger
2412 "The Essential Mystery Lists: For Readers, Collectors, and Librarians"
◇マカヴィティ賞（2008年/ノンフィクション）

ソボル, ドナルド・J.　Sobol, Donald J.
2413 "Encyclopedia Brown books"

◇アメリカ探偵作家クラブ賞（1976年／スペシャルエドガー）

ソムトウ, S.P. Somtow, S.P.
2414 "The Bird Catcher"
◇世界幻想文学大賞（2002年／中編）

ソモサ, ホセ・カルロス Samoza, Jose Carlos
2415 「イデアの洞窟」 "La caverna de las Ideas"〔英題：The Athenian Murders〕
◇英国推理作家協会賞（2002年／ゴールド・ダガー）
「イデアの洞窟」 ホセ・カルロス・ソモサ著, 風間賢二訳 文藝春秋 2004.7 382p 20cm 2095円 ⓘ4-16-323190-0

ソーヤー, ルース Sawyer, Ruth
2416 「ローラー＝スケート」 "Roller Skates"
◇ニューベリー賞（1937年）
「ローラー＝スケート」 ルース＝ソーヤー〔著〕, 亀山竜樹訳, 児島なおみ絵 講談社 1985.4 339p 18cm（講談社青い鳥文庫）490円 ⓘ4-06-147164-3

ソルジェニーツィン, アレクサンドル Solzhenitsin, Aleksandr Isaevich
◎ノーベル文学賞（1970年）

ソールズベリー, グレアム Salisbury, Graham
2417 「その時ぼくはパールハーバーにいた」 "Under the Blood Red Sun"
◇スコット・オデール賞（1995年）
「その時ぼくはパールハーバーにいた」 グレアム・ソールズベリー作, さくまゆみこ訳 徳間書店 1998.7 323p 19cm 1600円 ⓘ4-19-860884-9
2418 "Lord of the Deep"
◇ボストングローブ・ホーンブック賞（2002年／フィクション・詩）

ソールター, ジェームズ Salter, James
2419 "Dusk"
◇ペン・フォークナー賞（1989年）

ソルダーティ, マリオ Soldati, Mario
2420 「偽られた抱擁」 "Lettere da Capri"
◇ストレーガ賞（1954年）
「偽られた抱擁」 マリオ・ソルダーティ著, 清水三郎治訳 講談社 1959 259p 19cm

ソルニット, レベッカ Solnit, Rebecca
2421 "River of Shadows: Edweard Muybridge and the Technological Wild West"
◇全米書評家協会賞（2003年／批評）

ソレルス, フィリップ Sollers, Philippe
2422 「公園」 "Le Parc"
◇メディシス賞（1961年）
「公園」 フィリップ・ソレルス著, 岩崎力訳 新潮社 1966 215p 20cm 500円

ソレンスン, ヴァージニア Sorenson, Virginia
2423 「メープルヒルの奇跡」 "Miracles on Maple Hill"
◇ニューベリー賞（1957年）
「メープルヒルの奇跡」 ヴァージニア・ソレンセン著, 山内絵里香訳 ほるぷ出版 2005.3 323p 19cm 1300円 ⓘ4-593-53385-6

ソロウェイ, ジェフ Soloway, Jeff
2424 "The Wentworth Letter"
◇アメリカ探偵作家クラブ賞（2014年／ロバート・L・フィッシュ賞）

ソロタレフ, グレゴワール Solotareff, Grégoire
2425 「きみはおおきくてぼくはちいさい」 "Toi grand et moi petit"〔独語題：Du groß, und ich klein〕
◇ドイツ児童文学賞（1997年／絵本）
「きみはおおきくてぼくはちいさい」 グレゴワール・ソロタレフ作, 武者小路実昭訳 ソニー・マガジンズ 2004.4 33p 32cm（にいるぶっくす）1400円 ⓘ4-7897-2235-X

ソロモン, アンドリュー Solomon, Andrew
2426 「真昼の悪魔―うつの解剖学」 "The Noonday Demon: An Atlas of Depression"
◇全米図書賞（2001年／ノンフィクション）
「真昼の悪魔―うつの解剖学 上」 アンドリュー・ソロモン著, 堤理華訳 原書房 2003.8 452p 20cm 1900円 ⓘ4-562-03654-0
「真昼の悪魔―うつの解剖学 下」 アンドリュー・ソロモン著, 堤理華訳 原書

房　2003.8　413p　20cm　1900円　①4-562-03655-9

2427　"Far From the Tree: Parents, Children, and the Search for Identity"
◇全米書評家協会賞（2012年/ノンフィクション）

ソンタグ, スーザン　Sontag, Susan

2428　「イン・アメリカ」　"In America"
◇全米図書賞（2000年/小説）
「イン・アメリカ」　スーザン・ソンタグ著, 木幡和枝訳　河出書房新社　2016.5　483p　20cm　4200円　①978-4-309-20705-6

2429　「写真論」　"On Photography"
◇全米書評家協会賞（1977年/批評）
「写真論」　スーザン・ソンタグ著, 近藤耕人訳　晶文社　1979.4　221p　20cm　1300円
「写真論」　スーザン・ソンタグ著, 近藤耕人訳　改版　晶文社　2018.4　263p　20cm　1800円　①978-4-7949-7023-7

ソーンダズ, ケイト　Saunders, Kate

2430　"Five Children on the Western Front"
◇コスタ賞（2014年/児童書）

ソーンダーズ, ジョージ　Saunders, George

2431　「リンカーンとさまよえる霊魂たち」　"Lincoln in the Bardo"
◇ブッカー賞（2017年）
「リンカーンとさまよえる霊魂たち」　ジョージ・ソーンダーズ著, 上岡伸雄訳　河出書房新社　2018.7　445p　20cm　3400円　①978-4-309-20743-8

2432　"CommComm"
◇世界幻想文学大賞（2006年/短編）

ソンドハイム, スティーヴン　Sondheim, Stephen

2433　「サンデー・イン・ザ・パーク・ウィズ・ジョージ—日曜日にジョージと公園で」　"Sunday in the Park With George"
◇ピュリッツアー賞（1985年/戯曲）

【タ】

ダイアー, サラ　Dyer, Sarah

2434　「5ひきの小オニがきめたこと」　"Five Little Friends"
◇ネスレ子どもの本賞（2001年/5歳以下部門/銅賞）
「5ひきの小オニがきめたこと」　サラ・ダイアー作, 毛利衛訳　講談社　2003.10　1冊（ページ付なし）　24×27cm　1700円　①4-06-212035-6

ダイアモンド, ジャレド　Diamond, Jared

2435　「銃・病原菌・鉄」　"Guns, Germs and Steel: The Fates of Human Societies"
◇ピュリッツアー賞（1998年/ノンフィクション）
「銃・病原菌・鉄　上」　ジャレド・ダイアモンド著, 倉骨彰訳　草思社　2012.2　395, 17p　16cm（草思社文庫）900円　①978-4-7942-1878-0
「銃・病原菌・鉄　下」　ジャレド・ダイアモンド著, 倉骨彰訳　草思社　2012.2　412, 18p　16cm（草思社文庫）900円　①978-4-7942-1879-7

ダイソン, フリーマン　Dyson, Freeman

2436　"Weapons and Hope"
◇全米書評家協会賞（1984年/ノンフィクション）

ダイヤー, ジェフ　Dyer, Geoff

2437　"Otherwise Known as the Human Condition: Selected Essays and Reviews"
◇全米書評家協会賞（2011年/批評）

タイラー, アン　Tyler, Anne

2438　「アクシデンタル・ツーリスト」　"The Accidental Tourist"
◇全米書評家協会賞（1985年/小説）
「アクシデンタル・ツーリスト」　アン・タイラー著, 田口俊樹訳　早川書房　1989.4　336p　20cm（Hayakawa novels）1700円　①4-15-207658-5

2439　「ブリージング・レッスン」　"Breathing Lessons"
◇ピュリッツアー賞（1989年/フィクション）

「ブリージング・レッスン」 アン・タイラー著, 中野恵津子訳 文芸春秋 1989.12 403p 20cm 1800円 ①4-16-311420-3
「ブリージング・レッスン」 アン・タイラー著, 中野恵津子訳 文藝春秋 1998.9 458p 16cm（文春文庫） 733円 ①4-16-721847-X

タイラー, ヘンリー　Taylor, Henry
2440 "The Flying Change"
◇ピュリッツァー賞（1986年／詩）

タイラー, L C　Tyler, L C
2441 "The Trials of Margaret in Motives for Murder"
◇英国推理作家協会賞（2017年／短編ダガー）

ダヴ, リタ　Dove, Rita
2442 "Thomas and Beulah"
◇ピュリッツァー賞（1987年／詩）

ダウド, シヴォーン　Dowd, Siobhan
2443 「ボグ・チャイルド」 "Bog Child"
◇カーネギー賞（2009年）
「ボグ・チャイルド」 シヴォーン・ダウド作, 千葉茂樹訳　ゴブリン書房 2011.1 478p 20cm 2000円 ①978-4-902257-21-2

タウンゼンド, ジョン・ロウ　Townsend, John Rowe
2444 「アーノルドのはげしい夏」 "The Intruder"
◇ボストングローブ・ホーンブック賞（1970年／フィクション）
◇アメリカ探偵作家クラブ賞（1971年／ジュヴナイル賞）
「アーノルドのはげしい夏」 J.R.タウンゼンド作, 神宮輝夫訳, グラハム・ハンフリーズ画　岩波書店 1972 317p 22cm（岩波の少年少女の本 17）

ターキントン, ブース　Tarkington, Booth
2445 「孤独のアリス」 "Alice Adams"
◇ピュリッツァー賞（1922年／小説）
「孤独のアリス」 ブース・ターキントン著, 高橋正雄訳　三笠書房 1957 249p 19cm
2446 "The Magnificent Ambersons"
◇ピュリッツァー賞（1919年／小説）

ダグダル, ルース　Dugdall, Ruth
2447 "The Woman Before Me"
◇英国推理作家協会賞（2005年／デビュー・ダガー）

ダグラス, デイヴィッド・C.　Douglas, David C.
2448 "English Scholars"
◇ジェイムズ・テイト・ブラック記念賞（1939年／伝記）

ダグラス, ドナルド・マクナット　Douglass, Donald McNutt
2449 「レベッカの誇り」 "Rebecca's Pride"
◇アメリカ探偵作家クラブ賞（1957年／処女長編賞）
「レベッカの誇り」 ドナルド・M.ダグラス〔著〕, 原百代訳　講談社 1979.11 297p 15cm（講談社文庫） 380円

タケダ サナ
2450 「モンストレス Volume 2：The Blood」 "Monstress, Volume 2: The Blood"
◇ヒューゴー賞（2018年／グラフィックストーリー）
「モンストレス VOLUME TWO THE BLOOD」 マージョリー・リュウ作, サナ・タケダ画,〔椎名ゆかり〕〔訳〕　G-NOVELS 2018.5 148p 26cm 2000円 ①978-4-416-61860-8
2451 「モンストレス Volume 1：Awakening」 "Monstress, Volume 1: Awakening"
◇ヒューゴー賞（2017年／グラフィックストーリー）

ターケル, スタッズ　Terkel, Studs
2452 「よい戦争」 "The Good War: An Oral History of World War Two"
◇ピュリッツァー賞（1985年／ノンフィクション）
「よい戦争」 スタッズ・ターケル著, 中山容他訳　晶文社 1985.7 625p 23cm 3200円

タゴール, ラビンドラナート　Tagore, Rabīndranāth
◎ノーベル文学賞（1913年）

タージョン, シャーロット Turgeon, Charlotte

2453 "Murder on the Menu"
◇アメリカ探偵作家クラブ賞（1973年/スペシャルエドガー）

ダシルヴァ, ブルース DeSilva, Bruce

2454 「記者魂」 "Rogue Island"
◇アメリカ探偵作家クラブ賞（2011年/処女長編賞）
◇マカヴィティ賞（2011年/処女長編）
「記者魂」ブルース・ダシルヴァ著, 青木千鶴訳 早川書房 2011.7 382p 19cm（Hayakawa pocket mystery books）1600円 ①978-4-15-001849-8

多多　　たた
◎ノイシュタット国際文学賞（2010年）

タツィロ, マリー・A. Turzillo, Mary A.

2455 "Mars is No Place for Children"
◇ネビュラ賞（1999年/中編）

タッカー, ウィルスン Tucker, Wilson

2456 「静かな太陽の年」 "The Year of the Quiet Sun"
◇ジョン・W・キャンベル記念賞（1976年〈1970年の作品に遡及して授賞〉/第1位）
「静かな太陽の年」ウィルスン・タッカー著, 中村保男訳 東京創元社 1983.9 340p 15cm（創元推理文庫）430円

タッカー, ボブ Tucker, Bob ⇒タッカー, ウィルスン

タック, ドナルド・H. Tuck, Donald H.

2457 "The Encyclopedia of Science Fiction and Fantasy, vol.1&2"
◇世界幻想文学大賞（1979年/特別賞〈ノンプロ〉）

2458 "The Encyclopedia of Science Fiction and Fantasy, vol.3"
◇ヒューゴー賞（1984年/ノンフィクション）

2459 "The Handbook of Science Fiction and Fantasy"
◇ヒューゴー賞（1962年/特別賞）

タック, リリー Tuck, Lily

2460 "The News from Paraguay"
◇全米図書賞（2004年/小説）

タックマン, バーバラ・W. Tuchman, Barbara W.

2461 「失敗したアメリカの中国政策―ビルマ戦線のスティルウェル将軍」 "Stilwell and the American Experience in China, 1911-1945"
◇ピュリッツァー賞（1972年/ノンフィクション）
「失敗したアメリカの中国政策―ビルマ戦線のスティルウェル将軍」バーバラ・W.タックマン著, 杉辺利英訳　朝日新聞社　1996.3　607, 23p　20cm　3500円　①4-02-256932-8

2462 「八月の砲声」 "The Guns of August"
◇ピュリッツァー賞（1963年/ノンフィクション）
「八月の砲声」バーバラ・W.タックマン著, 山室まりや訳　筑摩書房　1986.8　518p　20cm　2800円　①4-480-85335-9
※新装版
「八月の砲声　上」バーバラ・W.タックマン著, 山室まりや訳　筑摩書房　2004.7　488p　15cm（ちくま学芸文庫）1500円　①4-480-08867-9
「八月の砲声　下」バーバラ・W.タックマン著, 山室まりや訳　筑摩書房　2004.7　452p　15cm（ちくま学芸文庫）1500円　①4-480-08868-7

2463 "A Distant Mirror: The Calamitous 14th Century"
◇全米図書賞（1980年/歴史/ペーパーバック）

タート, ドナ Tartt, Donna

2464 「ゴールドフィンチ」 "The Goldfinch"
◇ピュリッツァー賞（2014年/フィクション）
「ゴールドフィンチ　1」ドナ・タート著, 岡真知子訳　河出書房新社　2016.6　304p　20cm　1400円　①978-4-309-20707-0
「ゴールドフィンチ　2」ドナ・タート著, 岡真知子訳　河出書房新社　2016.7　338p　20cm　1600円　①978-4-309-20708-7
「ゴールドフィンチ　3」ドナ・タート著, 岡真知子訳　河出書房新社　2016.7　334p　20cm　1600円　①978-4-309-20709-4
「ゴールドフィンチ　4」ドナ・タート著, 岡真知子訳　河出書房新社　2016.8　217p　20cm　1300円　①978-4-309-

タトル, リサ Tuttle, Lisa

2465 「あらし」(翼人の掟 第1部)
"Storms"〔受賞時タイトル：The Storms of Windhaven〕
◇ローカス賞（1976年/中長編）
「翼人の掟」マーティン&タトル著, 神鳥統夫訳 集英社 1982.6 342p 20cm（World SF）1400円

2466 "Ainsi naissent les fantômes"〔短編集〕
◇イマジネール大賞（2012年/中編〈外国〉）

2467 "In Translation"
◇英国SF協会賞（1989年/短編）

2468 "The Bone Flute"
◇ネビュラ賞（1981年/短編〈受賞辞退〉）

タートルダヴ, ハリイ Turtledove, Harry

2469 "Down in the Bottomlands"
◇ヒューゴー賞（1994年/中長編）

ターナー, ジョージ Turner, George

2470 "The Sea and Summer"
◇アーサー・C・クラーク賞（1988年）
◇ジョン・W・キャンベル記念賞（1988年/第2位）

ターナー, フィリップ Turner, Philip

2471 「ハイ・フォースの地主屋敷」 "The Grange at High Force"
◇カーネギー賞（1965年）
「ハイ・フォースの地主屋敷」フィリップ・ターナー著, 神宮輝夫訳, ウイリアム・パパーズ絵 岩波書店 1969 331p 22cm
「ハイ・フォースの地主屋敷」フィリップ・ターナー作, 神宮輝夫訳 岩波書店 1995.10 331p 22cm 2200円 ①4-00-110661-2

ターナー, フレデリック・J. Turner, Frederick J.

2472 "The Significance of Sections in American History"
◇ピュリッツァー賞（1933年/歴史）

タナード, クリストファー Tunnard, Christopher

2473 "Man-made America"
◇全米図書賞（1964年/科学・哲学・宗教）

ダニエル, デヴィッド Daniel, David

2474 「翡翠の罠」 "The Heaven Stone"
◇シェイマス賞（1994年/私立探偵小説コンテスト）
「翡翠の罠」デヴィッド・ダニエル著, 星野真理訳 扶桑社 1997.4 344p 16cm（扶桑社ミステリー）552円＋税 ①4-594-02227-8

ダニノス, ピエール Daninos, Pierre

2475 "Les Carnets du Bon Dieu"
◇アンテラリエ賞（1947年）

ダネイ, フレデリック Dannay, Frederic
⇒クイーン, エラリー

タバック, シムズ Taback, Simms

2476 「ヨセフのだいじなコート」 "Joseph Had a Little Overcoat"
◇コルデコット賞（2000年）
「ヨセフのだいじなコート」シムズ・タバック作, 木坂涼訳 フレーベル館 2001.11 1冊 28cm 1400円 ①4-577-02297-4

ダフィ, キャロル・アン Duffy, Carol Ann

2477 "Mean Time"
◇コスタ賞（1993年/詩）

2478 "The Bees"
◇コスタ賞（2011年/詩）

ダフィ, ステラ Duffy, Stella

2479 「マーサ・グレイス」 "Martha Grace"
◇英国推理作家協会賞（2002年/短編ダガー）
「ミステリマガジン 48(5)」〔柿沼瑛子訳〕早川書房 2003.5 p19～33

2480 "Come Away With Me"
◇英国推理作家協会賞（2013年/短編ダガー）

タブッキ, アントニオ Tabucchi, Antonio

2481 「インド夜想曲」 "Notturno indiano"〔仏語題：Nocturne indien〕
◇メディシス賞（1987年/外国小説）
「インド夜想曲」アントニオ・タブッキ〔著〕, 須賀敦子訳 白水社 1991.1 161p 20cm 1500円 ①4-560-04272-1
「インド夜想曲」アントニオ・タブッキ〔著〕, 須賀敦子訳 白水社 1993.10 163p 18cm（白水Uブックス 99―海外

　　　　小説の誘惑）830円　①4-560-07099-7

タボリ, ゲオルグ　Tabori, George
　◎ビューヒナー賞（1992年）

ダマート, バーバラ　D'Amato, Barbara
2482 "Authorized Personnel Only"
　◇アメリカ探偵作家クラブ賞（2001年/メアリ・ヒギンズ・クラーク賞）
2483 "Of Course You Know That Chocolate Is a Vegetable"
　◇アガサ賞（1998年/短編）
　◇アンソニー賞（1999年/短編）
　◇マカヴィティ賞（1999年/短編）
2484 "The Doctor, The Murder, The Mystery: The True Story of the Dr. John Branion Murder Case"
　◇アガサ賞（1993年/ノンフィクション）
　◇アンソニー賞（1993年/犯罪実話）

タマリン, アルフレッド　Tamarin, Alfred
2485 "Voyaging to Cathay: Americans in the China Trade"
　◇ボストングローブ・ホーンブック賞（1976年/ノンフィクション）

ダムズ, ジーン・M.　Dams, Jeanne M.
2486 「眠れない聖夜」　"The Body in the Transept"
　◇アガサ賞（1995年/処女長編）
　「眠れない聖夜」　ジーン・M.ダムズ著, 和泉晶子訳　早川書房　1997.12　316p　16cm（ハヤカワ・ミステリ文庫）640円　①4-15-171251-8

ダムロッシュ, レオ　Damrosch, Leo
2487 "Jonathan Swift: His Life And His World"
　◇全米書評家協会賞（2013年/伝記）

ダラム, ジョン　Durham, John
2488 「虎よ」〔別題「獣の心」〕"Tiger"
　◇アメリカ探偵作家クラブ賞（1961年/短編賞）
　「エラリイクイーンズミステリマガジン 8(4)」〔「獣の心」鳴海四郎訳〕　早川書房　1963.4　p11〜25
　「エドガー賞全集　上」ビル・プロンジーニ他編, 小鷹信光他訳〔「虎よ」大井良純訳〕　早川書房　1983.3　16cm（ハヤカワ・ミステリ文庫）各560円

ダラム, フィリップ　Durham, Philip
2489 "Down These Mean Streets"
　◇アメリカ探偵作家クラブ賞（1964年/スペシャルエドガー）

ダラム, ローラ　Durham, Laura
2490 「ウエディング・プランナーは眠れない」"Better Off Wed"
　◇アガサ賞（2005年/処女長編）
　「ウエディング・プランナーは眠れない」ローラ・ダラム著, 上條ひろみ訳　ランダムハウス講談社　2005.11　350p　15cm　760円　①4-270-10017-6

タラン, ジェイミー　Talan, Jamie
2491 "The Death of Innocents"
　◇アメリカ探偵作家クラブ賞（1998年/犯罪実話賞）

タリー, マーシャ　Talley, Marcia
2492 「料理人が多すぎる」"Too Many Cooks"
　◇アガサ賞（2002年/短編）
　◇アンソニー賞（2003年/短編）
　「ミステリマガジン　49(5)」〔上條ひろみ訳〕早川書房　2004.5　p38〜56
2493 "Driven to Distraction"
　◇アガサ賞（2005年/短編）

ダリュセック, マリー　Darrieussecq, Marie
2494 "Il faut beaucoup aimer les hommes"
　◇メディシス賞（2013年）

ダール, ジュリア　Dahl, Julia
2495 「インヴィジブル・シティ」"Invisible City"
　◇シェイマス賞（2015年/処女長編）
　◇バリー賞（2015年/処女長編）
　◇マカヴィティ賞（2015年/処女長編）
　「インヴィジブル・シティ」ジュリア・ダール著, 真崎義博訳　早川書房　2017.1　449p　16cm（ハヤカワ・ミステリ文庫）1200円　①978-4-15-182451-7

ダール, ロアルド　Dahl, Roald
2496 「あなたに似た人」"Someone Like You"
　◇アメリカ探偵作家クラブ賞（1954年/短編賞）
　「あなたに似た人」ロアルド・ダール著, 田村隆一訳　早川書房　1957　376p

19cm（世界探偵小説全集）
「あなたに似た人　1」ロアルド・ダール著, 田口俊樹訳　新訳版　早川書房　2013.5　308p　16cm（ハヤカワ・ミステリ文庫）760円　⓪978-4-15-071259-4
「あなたに似た人　2」ロアルド・ダール著, 田口俊樹訳　新訳版　早川書房　2013.5　269p　16cm（ハヤカワ・ミステリ文庫）760円　⓪978-4-15-071260-0
※1976年刊に「ああ生命の妙なる神秘よ」と「廃墟にて」を追加

2497　「オ・ヤサシ巨人BFG」"The BFG"〔独語題：Sophiechen und der Riese〕
◇ドイツ児童文学賞（1985年/児童書）
「オ・ヤサシ巨人BFG」ロアルド・ダール作, 中村妙子訳, クェンティン・ブレイク絵　評論社　1985.11　304p　21cm（児童図書館・文学の部屋）1300円　⓪4-566-01057-0
「オ・ヤサシ巨人BFG」ロアルド・ダール著, クェンティン・ブレイク絵, 中村妙子訳　評論社　2006.6　317p　18cm（ロアルド・ダールコレクション 11）1400円　⓪4-566-01420-7

2498　「女主人」"The Landlady"
◇アメリカ探偵作家クラブ賞（1960年/短編賞）
「異色作家短篇集　1　キス・キス」ロアルド・ダール著, 開高健訳　改訂版　早川書房　1974　304p　20cm　1000円
「エドガー賞全集　上」ビル・プロンジーニ編, 小鷹信光他訳〔開高健訳〕早川書房　1983.3　16cm（ハヤカワ・ミステリ文庫）各560円
「新・ちくま文学の森　2　奇想天外」鶴見俊輔〔ほか〕編〔開高健訳〕筑摩書房　1994.10　416p　20cm　1800円　⓪4-480-10122-5
「キス・キス」ロアルド・ダール著, 開高健訳　早川書房　2005.10　324p　19cm（異色作家短篇集 1）2000円　⓪4-15-208674-2
「キス・キス」ロアルド・ダール著, 田口俊樹訳　新訳版　早川書房　2014.5　393p　16cm（ハヤカワ・ミステリ文庫）900円　⓪978-4-15-071261-7

2499　「ことっとスタート」〔別題「恋のまじない, ヨンサメカ」〕"Esio Trot"
◇ネスレ子どもの本賞（1990年/6～8歳部門）
「恋のまじない, ヨンサメカ」ロアルド・ダール作, クェンティン・ブレイク絵, 久山太市訳　評論社　1997.5　74p　21cm（児童図書館・文学の部屋）1300円　⓪4-566-01068-6
「ことっとスタート」ロアルド・ダール著, 柳瀬尚紀訳　評論社　2006.3　81p　18cm（ロアルド・ダールコレクション 18）900円　⓪4-566-01427-4

2500　「魔女がいっぱい」"The Witches"
◇コスタ賞（1983年/児童書）
「魔女がいっぱい」ロアルド・ダール作, 清水達也, 鶴見敏訳, クェンティン・ブレイク絵　評論社　1987.4　302p　22cm（児童図書館・文学の部屋）1200円　⓪4-566-01058-9
「魔女がいっぱい」ロアルド・ダール著, クェンティン・ブレイク絵, 清水達也, 鶴見敏訳　評論社　2006.1　288p　18cm（ロアルド・ダールコレクション 13）1300円　⓪4-566-01422-3

◎世界幻想文学大賞（1983年/生涯功労賞）

ダルヴォール, パトリック・ポワーヴル　d'Arvor, Patrick Poivre
2501　"L'irrésolu"
◇アンテラリエ賞（2000年）

ダルキスト, ゴードン　Dahlquist, Gordon
2502　"Tomorrow Come Today"
◇ジェイムズ・テイト・ブラック記念賞（2014年/戯曲）

ダールベック, ヘレナ　Dahlbäck, Helena
2503　"Jag Julia"
◇ニルス・ホルゲション賞（1996年）
2504　"Min läsebok"
◇ニルス・ホルゲション賞（1996年）

タルボット, スティーヴン　Talbot, Stephen
2505　"The Case of Dashiell Hammett"
◇アメリカ探偵作家クラブ賞（1983年/スペシャルエドガー）

タルボット, ブライアン　Talbot, Bryan
2506　"Dotter of Her Father's Eyes"
◇コスタ賞（2012年/伝記）

タルボット, メアリー　Talbot, Mary
2507　"Dotter of Her Father's Eyes"
◇コスタ賞（2012年/伝記）

ダレル, ロレンス　Durrell, Lawrence
2508　"Monsieur, Or The Prince Of

Darkness"
◇ジェイムズ・テイト・ブラック記念賞（1974年/フィクション）

タロウ, ジェローム Tharaud, Jérôme
2509 「作家の情熱」 "Dingley, l'illustre écrivain"
◇ゴンクール賞（1906年）
「仏蘭西文学賞叢書 6 作家の情熱」ジェローム・タロウ, ジャン・タロウ著, 水野成夫訳 実業之日本社 1940 238p 19cm

タロウ, ジャン Tharaud, Jean
2510 「作家の情熱」 "Dingley, l'illustre écrivain"
◇ゴンクール賞（1906年）
「仏蘭西文学賞叢書 6 作家の情熱」ジェローム・タロウ, ジャン・タロウ著, 水野成夫訳 実業之日本社 1940 238p 19cm

ダワー, ジョン・W. Dower, John W.
2511 「敗北を抱きしめて―第二次大戦後の日本人」 "Embracing Defeat: Japan in the Wake of World War Ⅱ"
◇全米図書賞（1999年/ノンフィクション）
◇ピュリッツアー賞（2000年/ノンフィクション）
「敗北を抱きしめて―第二次大戦後の日本人 上」ジョン・ダワー〔著〕, 三浦陽一, 高杉忠明訳 岩波書店 2001.3 400p 20cm 2200円 ①4-00-024402-7
「敗北を抱きしめて―第二次大戦後の日本人 下」ジョン・ダワー〔著〕, 三浦陽一, 高杉忠明, 田代泰子訳 岩波書店 2001.5 498, 11p 20cm 2200円 ①4-00-024403-5
「敗北を抱きしめて―第二次大戦後の日本人 上」ジョン・ダワー〔著〕, 三浦陽一, 高杉忠明訳 増補版 岩波書店 2004.1 379p 22cm 2600円 ①4-00-024420-5
「敗北を抱きしめて―第二次大戦後の日本人 下」ジョン・ダワー〔著〕, 三浦陽一, 高杉忠明, 田代泰子訳 増補版 岩波書店 2004.1 455, 9p 22cm 2600円 ①4-00-024421-3
2512 "War Without Mercy: Race and Power in the Pacific War"
◇全米書評家協会賞（1986年/ノンフィクション）

ダン, ジャック Dann, Jack
2513 "Da Vinci Rising"
◇ネビュラ賞（1996年/中長編）
2514 "Dreaming in the Dark"
◇世界幻想文学大賞（2017年/アンソロジー）

タン, ショーン Tan, Shaun
2515 「アライバル」 "The Arrival"
◇ボストングローブ・ホーンブック賞（2008年/特別賞）
◇ローカス賞（2008年/アートブック）
「アライバル」ショーン・タン著 河出書房新社 2011.4 1冊（ページ付なし） 32cm 2500円 ①978-4-309-27226-9
2516 「遠い町から来た話」 "Tales from Outer Suburbia"〔独語題: Geschichten aus der Vorstadt des Universums〕
◇ドイツ児童文学賞（2009年/絵本）
「遠い町から来た話」ショーン・タン著, 岸本佐知子訳 河出書房新社 2011.10 89p 25cm 1800円 ①978-4-309-20577-9
◎アストリッド・リンドグレーン記念文学賞（2011年）

ダン, スティーヴン Dunn, Stephen
2517 "Different Hours"
◇ピュリッツアー賞（2001年/詩）

ダン, ダグラス Dunn, Douglas
2518 "Elegies"
◇コスタ賞（1985年/年間大賞・詩）

ダンカン, アンディ Duncan, Andy
2519 「ポタワトミーの巨人」 "The Pottawatomie Giant"
◇世界幻想文学大賞（2001年/短編）
「SFマガジン 43(3)」〔古沢嘉通訳〕早川書房 2002.3 p60～82
2520 "Beluthahatchie and Other Stories"
◇世界幻想文学大賞（2001年/短編集）
2521 "Close Encounters"
◇ネビュラ賞（2012年/中編）
2522 "Wakulla Springs"
◇世界幻想文学大賞（2014年/中編）

ダンカン, ロイス Duncan, Lois
◎アメリカ探偵作家クラブ賞（2015年/巨匠賞）

ダンカン, W. グレン　Duncan, W.Glenn
- 2523　"Rafferty: Fatal Sisters"
  - ◇シェイマス賞（1991年／ペーパーバック）

ダンテ, ニコラス　Dante, Nicholas
- 2524　「コーラスライン」 "A Chorus Line"
  - ◇ピュリッツアー賞（1976年／戯曲）

ダンティカ, エドウィージ　Danticat, Edwidge
- 2525　「愛するものたちへ、別れのとき」 "Brother, I'm Dying"
  - ◇全米書評家協会賞（2007年／自伝）
  - 「愛するものたちへ、別れのとき」 エドウィージ・ダンティカ著, 佐川愛子訳　作品社　2010.1　284p　20cm　2400円　①978-4-86182-268-1
  - ◎ノイシュタット国際文学賞（2018年）

ダンテック, モーリス・G.　Dantec, Maurice G.
- 2526　"Les racines du mal"
  - ◇イマジネール大賞（1996年／長編〈フランス語〉）

ダント, アーサー・C.　Danto, Arthur C.
- 2527　"Encounters and Reflections: Art in the Historical Present"
  - ◇全米書評家協会賞（1990年／批評）

ダーントン, ロバート　Darnton, Robert
- 2528　"The Forbidden Best-Sellers of Pre-Revolutionary France"
  - ◇全米書評家協会賞（1995年／批評）

ダンバー, ポリー　Dunbar, Polly
- 2529　「しゃぼんだまぼうや」 "Bubble Trouble"
  - ◇ボストングローブ・ホーンブック賞（2009年／絵本）
  - 「しゃぼんだまぼうや」 マーガレット・マーヒーさく, ポリー・ダンバーえ, もとしたいづみやく　フレーベル館　2009.2　1冊（ページ付なし）　29cm　1300円　①978-4-577-03687-7
- 2530　「ペンギンさん」 "Penguin"
  - ◇ネスレ子どもの本賞（2007年／5歳以下部門／銀賞）
  - 「ペンギンさん」 ポリー・ダンバーさく・え, もとしたいづみやく　フレーベル館　2007.11　1冊（ページ付なし）　27cm　1200円　①978-4-577-03450-7

ダンフォース, ハロルド・R.　Danforth, Harold R.
- 2531　"The D.A.'s Man"
  - ◇アメリカ探偵作家クラブ賞（1958年／犯罪実話賞）

ターンブル, ピーター　Turnbull, Peter
- 2532　「鉄道運転士に向かって帽子を掲げた男」 "The Man Who Took His Hat Off to the Driver of the Train"
  - ◇アメリカ探偵作家クラブ賞（2012年／短編賞）
  - 「ハヤカワミステリマガジン 57（9）」〔越前敏弥訳〕 早川書房　2012.9　p108〜117

ダンモア, ヘレン　Dunmore, Helen
- 2533　"A Spell of Winter"
  - ◇ベイリーズ賞（1996年）
- 2534　"The Tide Knot"
  - ◇ネスレ子どもの本賞（2006年／9〜11歳部門／銀賞）

ダンラップ, スーザン　Dunlap, Susan
- 2535　「天上のビュッフェ・パーティ」 "The Celestial Buffet"
  - ◇アンソニー賞（1991年／短編）
  - 「シスターズ・イン・クライム 2 優しすぎる妻」 マリリン・ウォレス編, 山本やよい他訳 〔山本やよい訳〕 早川書房　1992.8　500p　16cm （ハヤカワ・ミステリ文庫）　680円　①4-15-078302-0
- 2536　「レジにてお並びください」 "Checkout"
  - ◇アンソニー賞（1994年／短編）
  - ◇マカヴィティ賞（1994年／短編）
  - 「ケラーの療法」 東江一紀ほか訳, 「ミステリー・シーン」編集部編 〔向井和美訳〕 扶桑社　1997.11　479p　16cm （扶桑社ミステリー――現代ミステリーの収穫 1）　686円　①4-594-02381-9

【チ】

チーヴァー, ジョン　Cheever, John
- 2537　「橋の上の天使」 "The Stories of John Cheever"

◇全米書評家協会賞（1978年/小説）
◇ピュリッツァー賞（1979年/フィクション）
◇全米図書賞（1981年/小説/ペーパーバック）
「橋の上の天使」 ジョン・チーヴァー著, 川本三郎訳 河出書房新社 1992.6 251p 20cm 2000円 ①4-309-20190-3

2538 「ワップショット家の人びと」 "The Wapshot Chronicle"
◇全米図書賞（1958年/小説）
「ワップショット家の人びと」 ジョン・チーヴァー著, 菊池光訳 角川書店 1972 285p 20cm（海外純文学シリーズ 5）

チェイス, メアリー　Chase, Mary

2539 「ハーヴェイ」 "Harvey"
◇ピュリッツアー賞（1945年/戯曲）

チェスター, L.　Chester, Lewis

2540 "Hoax"
◇アメリカ探偵作家クラブ賞（1973年/犯罪実話賞）

チェットウインド＝ヘイズ, ロナルド　Chetwynd-Hayes, Ronald

◎ブラム・ストーカー賞（1988年/生涯業績）

チェリイ, C.J.　Cherryh, C.J.

2541 「カッサンドラ」 "Cassandra"
◇ヒューゴー賞（1979年/短編）
「タイム・トラベラー——時間SFコレクション」 P.J.ファーマー他〔著〕, 伊藤典夫, 浅倉久志編〔深町眞理子訳〕 新潮社 1987.1 484p 15cm（新潮文庫） 560円 ①4-10-223601-5

2542 「サイティーン」 "Cyteen"
◇ヒューゴー賞（1989年/長編）
◇ローカス賞（1989年/SF長編）
「サイティーン 1 彼方の母なる世界」 C.J.チェリイ著, 関口幸男訳 早川書房 1993.2 518p 16cm（ハヤカワ文庫—SF） 700円 ①4-15-011006-9
「サイティーン 2 再生された独裁者」 C.J.チェリイ著, 関口幸男訳 早川書房 1993.3 479p 16cm（ハヤカワ文庫—SF） 700円 ①4-15-011010-7
「サイティーン 3 宿命を継ぐ少女」 C.J.チェリイ著, 関口幸男訳 早川書房 1993.4 524p 16cm（ハヤカワ文庫—SF） 700円 ①4-15-011014-X

「サイティーン 4 新たなる変革の時」 C.J.チェリイ著, 関口幸男訳 早川書房 1993.5 381p 16cm（ハヤカワ文庫—SF） 620円 ①4-15-011019-0

2543 「ダウンビロウ・ステーション」 "Downbelow Station"
◇ヒューゴー賞（1982年/長編）
「ダウンビロウ・ステーション」 C.J.チェリイ著, 深町眞理子, 宇佐川晶子訳 早川書房 1985.2 2冊 16cm（ハヤカワ文庫—SF） 各560円 ①4-15-010599-5

◎ネビュラ賞（2015年/グランド・マスター）

チェン, フランソワ　Cheng, François

2544 「ティエンイの物語」 "Le Dit de Tyanyi"
◇フェミナ賞（1998年）
「ティエンイの物語」 フランソワ・チェン〔著〕, 辻由美訳 みすず書房 2011.9 443p 20cm 3400円 ①978-4-622-07636-0

チェンバーズ, エイダン　Chambers, Aidan

2545 「二つの旅の終わりに」 "Postcards from No Man's Land"
◇カーネギー賞（1999年）
「二つの旅の終わりに」 エイダン・チェンバーズ作, 原田勝訳 徳間書店 2003.9 523p 19cm 2400円 ①4-19-861744-9

◎国際アンデルセン賞（2002年/作家賞）

チェンバーズ, エドモンド　Chambers, Sir Edmund

2546 "Samuel Taylor Coleridge"
◇ジェイムズ・テイト・ブラック記念賞（1938年/伝記）

チェンバーズ, レイモンド・ウィルソン　Chambers, R.W.

2547 「トマス・モアの生涯」 "Thomas More"
◇ジェイムズ・テイト・ブラック記念賞（1935年/伝記）
「トマス・モアの生涯」 R.W.チェンバーズ著, 門間都喜郎訳 大和書房 1982.2 387, 14p 20cm 3800円

チタティ, ピエトロ　Citati, Pietro

2548 "Storia prima felice, poi

dolentissima e funesta"〔仏語題：Histoire qui fut heureuse, puis douloureuse et funeste〕
◇メディシス賞（1991年/外国小説）
2549 "Tolstoj"
◇ストレーガ賞（1984年）

チッテンデン, メグ　Chittenden, Meg

2550 "Noir Lite"
◇アンソニー賞（2000年/短編）

チドルー, ダグマール　Chidolue, Dagmar

2551 "Lady Punk"
◇ドイツ児童文学賞（1986年/ヤングアダルト）

チャイコフスキー, エイドリアン　Tchaikovsky, Adrian

2552 "Children of Time"
◇アーサー・C・クラーク賞（2016年）

チャイルド, ジュリア　Child, Julia

2553 "Julia Child and More Company"
◇全米図書賞（1980年/時事/ハードカバー）

チャイルド, リー　Child, Lee

2554「キリング・フロアー」"Killing Floor"
◇アンソニー賞（1998年/処女長編）
◇バリー賞（1998年/処女長編）
「キリング・フロアー　上」リー・チャイルド〔著〕，小林宏明訳　講談社　2000.7　339p　15cm（講談社文庫）800円　Ⓘ4-06-264931-4
「キリング・フロアー　下」リー・チャイルド〔著〕，小林宏明訳　講談社　2000.7　363p　15cm（講談社文庫）800円　Ⓘ4-06-264932-2
「キリング・フロアー　上」リー・チャイルド〔著〕，小林宏明訳　新装版　講談社　2012.12　339p　15cm（講談社文庫）800円　Ⓘ978-4-06-277354-6
「キリング・フロアー　下」リー・チャイルド〔著〕，小林宏明訳　新装版　講談社　2012.12　365p　15cm（講談社文庫）800円　Ⓘ978-4-06-277381-2

2555「前夜」"The Enemy"
◇バリー賞（2005年/長編）
「前夜　上」リー・チャイルド〔著〕，小林宏明訳　講談社　2009.5　417p　15cm（講談社文庫）819円　Ⓘ978-4-06-276328-8
「前夜　下」リー・チャイルド〔著〕，小林宏明訳　講談社　2009.5　423p　15cm（講談社文庫）819円　Ⓘ978-4-06-276329-5
◎英国推理作家協会賞（2013年/ダイヤモンド・ダガー）

チャイルド, ローレン　Child, Lauren

2556「あたし クラリス・ビーン」"Clarice Bean That's Me"
◇ネスレ子どもの本賞（1999年/6～8歳部門/銅賞）
「あたしクラリス・ビーン」ローレン・チャイルド作，木坂涼訳　フレーベル館　2002.5　1冊　28cm　1300円　Ⓘ4-577-02421-7

2557「あたしの惑星！クラリス・ビーン」"What Planet Are You From Clarice Bean？"
◇ネスレ子どもの本賞（2001年/キッズ・クラブ・ネットワーク特別賞・6～8歳部門/銅賞）
「あたしの惑星！クラリス・ビーン」ローレン・チャイルド作，木坂涼訳　フレーベル館　2003.7　1冊（ページ付なし）　29cm　1300円　Ⓘ4-577-02698-8

2558「こわがりハーブ えほんのオオカミにきをつけて」"Beware of the Storybook Wolves"
◇ネスレ子どもの本賞（2000年/6～8歳部門/銅賞）
「こわがりハーブえほんのオオカミにきをつけて」ローレン・チャイルドさく，なかがわちひろやく　フレーベル館　2003.1　1冊（ページ付なし）　31cm　1300円　Ⓘ4-577-02575-2

2559「ぜったいたべないからね」"I Will Not Ever Never Eat a Tomato"
◇ケイト・グリーナウェイ賞（2000年）
「ぜったいたべないからね—チャーリーとローラのおはなし」ローレン・チャイルド作，木坂涼訳　フレーベル館　2002.1　1冊　29cm　1300円　Ⓘ4-577-02357-1
「ぜったいたべないからね」ローレン・チャイルド作，木坂涼訳　新装版　フレーベル館　2016.11　〔32p〕　29cm（チャーリーとローラ）1400円　Ⓘ978-4-577-04425-4

2560「ペットになりたいねずみ」"That Pesky Rat"
◇ネスレ子どもの本賞（2002年/キッズ・クラブ・ネットワーク特別賞・6～8歳部門/金賞）

「ペットになりたいねずみ」 ローレン・チャイルド作, 木坂涼訳　フレーベル館　2003.3　1冊（ページ付なし）　28cm　1300円　①4-577-02625-2

チャエフスキー, パディ
Chayefski, Paddy

2561 "Altered States"
◇ジョン・W・キャンベル記念賞（1979年/第3位）

チャーコーヴァー, ショーン
Chercover, Sean

2562 「バッドラックを一杯分」 "One Serving of Bad Luck"
◇英国推理作家協会賞（2009年/短編ダガー）
「ハヤカワミステリマガジン　55(2)」〔三角和代訳〕　早川書房　2010.2　p68～85

2563 "A Sleep Not Unlike Death"
◇アンソニー賞（2009年/短編）

2564 "Big City, Bad Blood"
◇シェイマス賞（2008年/処女長編）

チャースト, ロズ　Chast, Roz

2565 "Can't We Talk About Something More Pleasant?"
◇全米書評家協会賞（2014年/自伝）

チャータリス, レスリー　Charteris, Leslie
◎英国推理作家協会賞（1992年/ダイヤモンド・ダガー）

チャーチル, ウィンストン
Churchill, Winston
◎ノーベル文学賞（1953年）

チャーチル, ジル　Churchill, Jill

2566 「ゴミと罰」 "Grime and Punishment"
◇アガサ賞（1989年/処女長編）
◇マカヴィティ賞（1990年/処女長編）
「ゴミと罰」　ジル・チャーチル著, 浅羽莢子訳　東京創元社　1991.8　292p　15cm（創元推理文庫）　480円　①4-488-27501-X

チャップマン＝モーティマー, W.C.
Chapman-Mortimer, W.C.

2567 "Father Goose"
◇ジェイムズ・テイト・ブラック記念賞（1951年/フィクション）

チャトウィン, ブルース　Chatwin, Bruce

2568 「黒ヶ丘の上で」 "On the Black Hill"
◇コスタ賞（1982年/処女長編）
◇ジェイムズ・テイト・ブラック記念賞（1982年/フィクション）
「黒ヶ丘の上で」　ブルース・チャトウィン〔著〕, 栩木伸明訳　みすず書房　2014.9　412p　20cm　3700円　①978-4-622-07863-0

チャドボーン, マーク　Chadbourn, Mark

2569 「フェアリー・フェラーの神技」 "The Fairy Feller's Master Stroke"
◇英国幻想文学賞（2003年/短編）
「フェアリー・フェラーの神技」　マーク・チャドボーン著, 木村京子訳　バベル・プレス　2004.11　122p　20cm　1400円　①4-89449-031-5

2570 "Whisper Lane"
◇英国幻想文学賞（2007年/短編）

チャーナウ, ロン　Chernow, Ron

2571 "The House of Morgan: An American Banking Dynasty and the Rise of Modern Finance"
◇全米図書賞（1990年/ノンフィクション）

2572 "Washington A Life"
◇ピュリッツアー賞（2011年/伝記・自伝）

チャーナス, スージー・マッキー
Charnas, Suzy McKee

2573 「オッパイ」 "Boobs"
◇ヒューゴー賞（1990年/短編）
「SFマガジン　32(1)」〔大森望訳〕　早川書房　1991.1　p44～61

2574 "The Unicorn Tapestry"
◇ネビュラ賞（1980年/中長編）

チャニング, エドワード
Channing, Edward

2575 "A History of the United States"
◇ピュリッツアー賞（1926年/歴史）

チャーノック, アン　Charnock, Anne

2576 "Dreams Before the Start of Time"
◇アーサー・C・クラーク賞（2018年）

チャバリア, ダニエル Chavarria, Daniel
- 2577 "Adios Muchachos"
  - ◇アメリカ探偵作家クラブ賞（2002年/ペーパーバック賞）

チャペル, フレッド Chappell, Fred
- 2578 "The Lodger"
  - ◇世界幻想文学大賞（1994年/短編）
- 2579 "The Somewhere Doors"
  - ◇世界幻想文学大賞（1992年/短編）

チャールズ, ゲルダ Charles, Gerda
- 2580 "A Slanting Light"
  - ◇ジェイムズ・テイト・ブラック記念賞（1963年/フィクション）
- 2581 "The Destiny Waltz"
  - ◇コスタ賞（1971年/長編）

チャレンテ, ファウスタ Cialente, Fausta
- 2582 "Le quattro ragazze Wieselberger"
  - ◇ストレーガ賞（1976年）

チャン, テッド Chiang, Ted
- 2583 「あなたの人生の物語」〔中編〕 "Story of Your Life"
  - ◇ネビュラ賞（1999年/中長編）
    「あなたの人生の物語」 テッド・チャン著, 浅倉久志他訳〔公手成幸訳〕 早川書房 2003.9 521p 16cm（ハヤカワ文庫 SF） 940円 ①4-15-011458-7
- 2584 「あなたの人生の物語」〔短編集〕 "Stories of Your Life and Others"
  - ◇ローカス賞（2003年/短編集）
    「あなたの人生の物語」 テッド・チャン著, 浅倉久志他訳 早川書房 2003.9 521p 16cm（ハヤカワ文庫 SF） 940円 ①4-15-011458-7
- 2585 「息吹」 "Exhalation"
  - ◇英国SF協会賞（2008年/短編）
  - ◇ヒューゴー賞（2009年/短編）
  - ◇ローカス賞（2009年/短編）
  - ◇イマジネール大賞（2010年〈対象：2009年7月〜12月〉/中編〈外国〉）
    「SFマガジン700―創刊700号記念アンソロジー 海外篇」 山岸真編〔大森望訳〕 早川書房 2014.5 463p 16cm（ハヤカワ文庫 SF） 1060円 ①978-4-15-011960-7
- 2586 「地獄とは神の不在なり」 "Hell is the Absence of God"
  - ◇ネビュラ賞（2002年/中編）
  - ◇ヒューゴー賞（2002年/中編）
  - ◇ローカス賞（2002年/中編）
    「あなたの人生の物語」 テッド・チャン著, 浅倉久志他訳〔古沢嘉通訳〕 早川書房 2003.9 521p 16cm（ハヤカワ文庫 SF） 940円 ①4-15-011458-7
- 2587 「商人と錬金術師の門」 "The Merchant and the Alchemist's Gate"
  - ◇ネビュラ賞（2007年/中編）
  - ◇ヒューゴー賞（2008年/中編）
    「ここがウィネトカなら、きみはジュディ―時間SF傑作選 SFマガジン創刊50周年記念アンソロジー」 大森望編〔大森望訳〕 早川書房 2010.9 479p 16cm（ハヤカワ文庫 SF） 940円 ①978-4-15-011776-4
- 2588 「ソフトウェア・オブジェクトのライフサイクル」 "The Lifecycle of Software Objects"
  - ◇ヒューゴー賞（2011年/中長編）
  - ◇ローカス賞（2011年/中長編）
    「SFマガジン 52(1)」〔大森望訳〕 早川書房 2011.1 p9〜89
- 2589 「バビロンの塔」 "Tower of Babylon"
  - ◇ネビュラ賞（1990年/中編）
    「あなたの人生の物語」 テッド・チャン著, 浅倉久志他訳〔浅倉久志訳〕 早川書房 2003.9 521p 16cm（ハヤカワ文庫 SF） 940円 ①4-15-011458-7

チャント, J. Chant, J.
- 2590 "The High Kings"
  - ◇世界幻想文学大賞（1984年/特別賞〈プロ〉）

チャンドラー, アルフレッド・D., Jr. Chandler, Alfred D., Jr.
- 2591 "The Visible Hand: The Managerial Revolution in American Business"
  - ◇ピュリッツァー賞（1978年/歴史）

チューイック, リチャード Chwedyk, Richard
- 2592 "Bronte's Egg"
  - ◇ネビュラ賞（2002年/中長編）

【ツ】

ツヴェルガー, リスベート　Zwerger, Lisbeth
　◎国際アンデルセン賞（1990年／画家賞）

ツェマック, マーゴット　Zemach, Margot
2593　「ダフィと小鬼」　"Duffy and the Devil"
　◇コルデコット賞（1974年）
　　「ダフィと小鬼―イギリス・コーンウォール地方の民話」ハーヴ・ツェマック文, マーゴット・ツェマック画, 木庭茂夫訳　富山房　1977.10　39p　27cm　1300円

ツェラン, パウル　Celan, Paul
　◎ビューヒナー賞（1960年）

ツクマイアー, カール　Zuckmayer, Carl
　◎ビューヒナー賞（1929年）

【テ】

デアンドリア, ウイリアム・L.　DeAndrea, William L.
2594　「視聴率の殺人」　"Killed in the Ratings"
　◇アメリカ探偵作家クラブ賞（1979年／処女長編賞）
　　「視聴率の殺人」ウィリアム・L.デアンドリア著, 真崎義博訳　早川書房　1980.8　308p　20cm（Hayakawa novels）1400円
　　「視聴率の殺人」ウィリアム・L.デアンドリア著, 真崎義博訳　早川書房　1983.6　317p　16cm（ハヤカワ・ミステリ文庫）380円
2595　「ホッグ連続殺人」　"The Hog Murders"
　◇アメリカ探偵作家クラブ賞（1980年／ペーパーバック賞）
　　「ホッグ連続殺人」ウィリアム・L.デアンドリア著, 真崎義博訳　早川書房　1981.10　305p　16cm（ハヤカワ・ミステリ文庫）380円
　　「ホッグ連続殺人」ウィリアム・L.デアンドリア著, 真崎義博訳　早川書房　2005.1　361p　16cm（ハヤカワ・ミステリ文庫）780円　①4-15-073961-7
　　※1981年刊の新装版
2596　"Encyclopedia Mysteriosa"
　◇アメリカ探偵作家クラブ賞（1995年／批評・評伝賞）

デイ, ダイアン　Day, Dianne
2597　「フリモント嬢と奇妙な依頼人」　"The Strange Files of Fremont Jones"
　◇マカヴィティ賞（1996年／処女長編）
　　「フリモント嬢と奇妙な依頼人」ダイアン・デイ著, 茅律子訳　早川書房　1997.11　364p　16cm（ハヤカワ・ミステリ文庫）680円　①4-15-171201-1

デイ, ダグラス　Day, Douglas
2598　"Malcolm Lowry：A Biography"
　◇全米図書賞（1974年／伝記）

デイ, チャールズ　Day, Charles
　◎ブラム・ストーカー賞（2012年／シルバーハンマー賞）

デイ, マレール　Day, Marele
2599　「破滅への舞踏」　"The Last Tango of Delores Delgado"
　◇シェイマス賞（1993年／ペーパーバック）
　　「破滅への舞踏」マレール・デイ著, 沢万里子訳　文藝春秋　2002.12　350p　16cm（文春文庫）667円　①4-16-766123-3

ディアス, ジュノ　Diaz, Junot
2600　「オスカー・ワオの短く凄まじい人生」　"The Brief Wondrous Life of Oscar Wao"
　◇全米書評家協会賞（2007年／小説）
　◇ピュリッツァー賞（2008年／フィクション）
　　「オスカー・ワオの短く凄まじい人生」ジュノ・ディアス著, 都甲幸治, 久保尚美訳　新潮社　2011.2　414p　20cm（Crest books）2400円　①978-4-10-590089-2

ディアス, ディヴィッド　Diaz, David
2601　「スモーキーナイト―ジャスミンはけむりのなかで」　"Smoky Night"
　◇コルデコット賞（1995年）

「スモーキーナイト―ジャスミンはけむりのなかで」 イヴ・バンティングぶん,デイヴィッド・ディアスえ,はしもとひろみやく　岩崎書店　2002.8　1冊　26×26cm　（海外秀作絵本 8）　1400円　①4-265-06808-1

ディーヴァー, ジェフリー
Deaver, Jeffery

2602 「ウィークエンダー」 "The Weekender"
◇英国推理作家協会賞（2004年／短編ダガー）

2603 「獣たちの庭園」 "Garden of Beasts"
◇英国推理作家協会賞（2004年／イアン・フレミング・スティール・ダガー）

「獣たちの庭園」 ジェフリー・ディーヴァー著,土屋晃訳　文藝春秋　2005.9　669p　16cm　（文春文庫）　905円　①4-16-770509-5

デイヴィス, アンドリュー
Davies, Andrew

2604 "Conrad's War"
◇ガーディアン児童文学賞（1979年）
◇ボストングローブ・ホーンブック賞（1980年／フィクション）

デイヴィス, オーウェン　Davis, Owen

2605 "Icebound"
◇ピュリッツアー賞（1923年／戯曲）

デイヴィス, グラニア　Davis, Grania

2606 "The Avram Davidson Treasury"
◇ローカス賞（1999年／短編集）

デイヴィス, ダン　Davies, Dan

2607 "In Plain Sight: The Life and Lies of Jimmy Savile"
◇英国推理作家協会賞（2015年／ゴールド・ダガー〈ノンフィクション〉）

デイヴィス, デヴィッド・ブライオン
Davis, David Brion

2608 "The Problem of Slavery in the Age of Emancipation"
◇全米書評家協会賞（2014年／ノンフィクション）

2609 "The Problem of Slavery in the Age of Revolution, 1770-1823"
◇全米図書賞（1976年／歴史・伝記）

2610 "The Problem of Slavery in Western Culture"
◇ピュリッツアー賞（1967年／ノンフィクション）

デイヴィス, トーマス　Davis, Thomas

2611 "Suffer Little Children"
◇シェイマス賞（1992年／処女長編）

デイヴィス, ドロシー・S.
Davis, Dorothy Salisbury

◎アメリカ探偵作家クラブ賞（1985年／巨匠賞）

デイヴィス, ハロルド・L.
Davis, Harold L.

2612 "Honey in the Horn"
◇ピュリッツアー賞（1936年／小説）

デイヴィス, ミルドレッド
Davis, Mildred

2613 "The Room Upstairs"
◇アメリカ探偵作家クラブ賞（1949年／処女長編賞）

デイヴィス, リース　Davies, Rhys

2614 "The Chosen One"
◇アメリカ探偵作家クラブ賞（1967年／短編賞）

デイヴィス, リチャード・ビール
Davis, Richard Beale

2615 "Intellectual Life in the Colonial South, 1585-1763"
◇全米図書賞（1979年／歴史）

デイヴィス, リディア　Davis, Lydia

◎ブッカー賞（2013年／国際ブッカー賞）

デイヴィス, リンゼイ　Davis, Lindsey

2616 「獅子の目覚め」（密偵ファルコ） "Two for the Lions"
◇英国推理作家協会賞（1999年／エリス・ピーターズ・ヒストリカル・ダガー）

「密偵ファルコ獅子の目覚め―歴史ミステリー」 リンゼイ・デイヴィス著,田代泰子訳　光文社　2005.4　481p　16cm　（光文社文庫）　724円　①4-334-76152-6

◎英国推理作家協会賞（1995年／図書館賞）

◎英国推理作家協会賞（2011年／ダイヤモンド・ダガー）

デイヴィス, ロバートソン　Davies, Robertson

2617 "High Spirits"

◇世界幻想文学大賞（1984年／アンソロジー・短編集）

デイヴィソン, ピーター　Davison, Peter

2618 "Hello, Darkness: The Collected Poems of L.E. Sissman"

◇全米書評家協会賞（1978年／詩）

デイヴィッドスン, アヴラム　Davidson, Avram

2619「エステルハージ博士の事件簿」"The Enquiries of Doctor Eszterhazy"

◇世界幻想文学大賞（1976年／アンソロジー・短編集）

2620「さもなくば海は牡蠣でいっぱいに」〔別題「あるいは牡蠣でいっぱいの海」〕"Or All the Seas with Oysters"

◇ヒューゴー賞（1958年／短編）

「ヒューゴー賞傑作集　No.1」アイザック・アシモフ編, 志摩隆等訳〔「あるいは牡蠣でいっぱいの海」常盤新平訳〕早川書房　1967 2版　19cm（ハヤカワ・SF・シリーズ）270-280円

「どんがらがん」アヴラム・デイヴィッドスン著, 殊能将之編, 浅倉久志, 伊藤典夫, 中村融, 深町眞理子, 若島正訳〔「さもなくば海は牡蠣でいっぱいに」若島正訳〕河出書房新社　2005.10　428p　20cm（奇想コレクション）1900円　①4-309-62187-2

「どんがらがん」A・デイヴィッドスン著, 殊能将之編, 浅倉久志, 伊藤典夫, 中村融, 深町眞理子, 若島正訳〔「さもなくば海は牡蠣でいっぱいに」若島正訳〕河出書房新社　2014.2　477p　15cm（河出文庫）950円　①978-4-309-46394-0

2621「ナポリ」"Naples"

◇世界幻想文学大賞（1979年／短編）

2622「ラホール駐屯地での出来事」〔別題「ラホーア兵営事件」〕"Affair at Lahore Cantonment"

◇アメリカ探偵作家クラブ賞（1962年／短編賞）

「エドガー賞全集　上」ビル・プロンジーニ編, 小鷹信光他訳〔「ラホーア兵営事件」福島正実訳〕早川書房　1983.3　16cm（ハヤカワ・ミステリ文庫）各560円

「どんがらがん」アヴラム・デイヴィッドスン著, 殊能将之編, 浅倉久志, 伊藤典夫, 中村融, 深町眞理子, 若島正訳〔「ラホール駐屯地での出来事」若島正訳〕河出書房新社　2005.10　428p　20cm（奇想コレクション）1900円　①4-309-62187-2

「どんがらがん」A・デイヴィッドスン著, 殊能将之編, 浅倉久志, 伊藤典夫, 中村融, 深町眞理子, 若島正訳〔「ラホール駐屯地での出来事」若島正訳〕河出書房新社　2014.2　477p　15cm（河出文庫）950円　①978-4-309-46394-0

2623 "The Avram Davidson Treasury"

◇ローカス賞（1999年／短編集）

◎世界幻想文学大賞（1986年／生涯功労賞）

デイヴィッドスン, ヒラリー　Davidson, Hilary

2624 "Damage Done"

◇アンソニー賞（2011年／処女長編）

ディエゴ, ヘラルド　Diego, Gerardo

◎セルバンテス賞（1979年）

ディカミロ, ケイト　DiCamillo, Kate

2625「愛をみつけたうさぎ―エドワード・テュレインの奇跡の旅」"The Miraculous Journey of Edward Tulane"

◇ボストングローブ・ホーンブック賞（2006年／フィクション・詩）

「愛をみつけたうさぎ―エドワード・テュレインの奇跡の旅」ケイト・ディカミロ作, バグラム・イバトーリーン絵, 子安亜弥訳　ポプラ社　2006.10　205p　22cm　1400円　①4-591-09458-8

「愛をみつけたうさぎ―エドワード・テュレインの奇跡の旅」ケイト・ディカミロ作, バグラム・イバトーリーン絵, 子安亜弥訳　新装版　ポプラ社　2016.9　197p　18cm（ポプラ文学ポケット 2）980円　①978-4-591-15130-3

2626「空飛ぶリスとひねくれ屋のフローラ」"Flora & Ulysses: The Illuminated Adventures"

◇ニューベリー賞（2014年）

「空飛ぶりすとひねくれ屋のフローラ」ケイト・ディカミロ作, K・G・キャンベル絵, 斎藤倫子訳　徳間書店　2016.9

286p　22cm　1600円　①978-4-19-864260-0

2627　「ねずみの騎士デスペローの物語」 "The Tale of Despereaux: Being the Story of a Mouse, a Princess, Some Soup, and a Spool of Thread"

◇ニューベリー賞（2004年）

「ねずみの騎士デスペローの物語」 ケイト・ディカミロ作, ティモシー・バジル・エリング絵, 子安亜弥訳　ポプラ社　2004.10　283p　22cm　1400円　①4-591-08293-8

「ねずみの騎士デスペローの物語」 ケイト・ディカミロ作, ティモシー・バジル・エリング絵, 子安亜弥訳　ポプラ社　2016.3　318p　18cm（ポプラ文学ポケット1）　980円　①978-4-591-14927-0
※2004年刊の新装版

ディ・キャンプ, L.スプレイグ
de Camp, L.Sprague

2628　「悪魔の国からこっちに丁稚」 "The Fallible Fiend"

◇英国幻想文学賞（1973年／短編）

「悪魔の国からこっちに丁稚　上」 L.スプレイグ・ディ・キャンプ〔著〕, 田中哲弥訳　メディアワークス　1997.4　222p　15cm（電撃文庫）550円　①4-07-306064-3

「悪魔の国からこっちに丁稚　下」 L.スプレイグ・ディ・キャンプ〔著〕, 田中哲弥訳　メディアワークス　1997.4　223p　15cm（電撃文庫）550円＋税　①4-07-306070-8

2629　"Time & Chance"

◇ヒューゴー賞（1997年／ノンフィクション）

◎ヒューゴー賞（1976年／ガンダルフ賞〈グランドマスター〉）

◎ネビュラ賞（1978年／グランド・マスター）

◎世界幻想文学大賞（1984年／生涯功労賞）

ディキンスン, ピーター
Dickinson, Peter

2630　「青い鷹」 "The Blue Hawk"

◇ガーディアン児童文学賞（1977年）

「青い鷹」 ピーター＝ディキンソン作, 小野章訳　偕成社　1982.12　353p　20cm　1400円　①4-03-726220-7

2631　「英雄の誇り」 "A Pride of Heroes"

◇英国推理作家協会賞（1969年／ゴールド・ダガー）

「英雄の誇り」 ピーター・ディキンスン著, 工藤政司訳　早川書房　1971　213p　19cm（世界ミステリシリーズ）370円

2632　「エヴァが目ざめるとき」 "Eva"

◇フェニックス賞（2008年）

「エヴァが目ざめるとき」 ピーター・ディキンスン作, 唐沢則幸訳　徳間書店　1994.12　294p　19cm　1500円　①4-19-860158-5

2633　「ガラス箱の蟻」 "Skin Deep"

◇英国推理作家協会賞（1968年／ゴールド・ダガー）

「ガラス箱の蟻」 ピーター・ディキンスン著, 皆藤幸蔵訳　早川書房　1971　175p　19cm（世界ミステリシリーズ）330円

2634　「聖書伝説物語―楽園追放から黄金の都陥落まで」 "City of Gold"

◇カーネギー賞（1980年）

「聖書伝説物語―楽園追放から黄金の都陥落まで」 ピーター・ディキンスン著, マイケル・フォアマン挿画, 山本史郎訳　原書房　2003.9　347p　20cm　1800円　①4-562-03680-X

2635　「緑色遺伝子」 "The Green Gene"

◇ジョン・W・キャンベル記念賞（1974年／第2位）

「緑色遺伝子」 ピーター・ディキンスン著, 大滝啓裕訳　サンリオ　1979.6　288p　15cm（サンリオSF文庫）380円

2636　"AK"

◇コスタ賞（1990年／児童書）

2637　"Chance, Luck and Destiny"

◇ボストングローブ・ホーンブック賞（1977年／ノンフィクション）

2638　"The Seventh Raven"

◇フェニックス賞（2001年）

2639　"Tulku"

◇カーネギー賞（1979年）

◇コスタ賞（1979年／児童書）

ディクスン, ゴードン・R.
Dickson, Gordon R.

2640　「ドラゴンになった青年」 "The Dragon and The George"

◇英国幻想文学賞（1977年／長編〈オーガスト・ダーレス賞〉）

「ドラゴンになった青年」 ゴードン・R.ディクスン著, 山田順子訳　早川書房　1979.8　365p　16cm（ハヤカワ文庫―

2641 「ドルセイの決断」 "Lost Dorsai"
◇ヒューゴー賞（1981年/中長編）
「ドルセイの決断」 ゴードン・R.ディクスン著, F.フェルナンデス絵, 石田善彦訳 東京創元社 1982.7 325p 19cm（イラストレイテッドSF 8）1700円
「ドルセイの決断」 ゴードン・R.ディクスン著, 石田善彦訳 東京創元社 1984.7 325p 15cm（創元推理文庫）430円

2642 「兵士よ問うなかれ」 "Soldier, Ask Not"
◇ヒューゴー賞（1965年/短編）
「兵士よ問うなかれ」 ゴードン・R.ディクスン著, 石田善彦訳 東京創元社 1985.10 380p 15cm（創元推理文庫）480円

2643 "Call Him Lord"
◇ネビュラ賞（1966年/中編）

2644 "The Cloak and the Staff"
◇ヒューゴー賞（1981年/中編）

ディクソン, ジョン　Dixon, John
2645 "Phoenix Island"
◇ブラム・ストーカー賞（2014年/ヤングアダルト長編）

ディークマン, ミープ　Diekmann, Miep
2646 "…En de groeten van Elio"〔独語題：…und viele Grüsse von Wancho〕
◇ドイツ児童文学賞（1964年/ヤングアダルト）

ディーシェ, イレーネ　Dische, Irene
2647 "Zwischen zwei Scheiben Glück"
◇ドイツ児童文学賞（1998年/児童書）

ディジャン, フィリップ　Djian, Philippe
2648 "Oh…"
◇アンテラリエ賞（2012年）

ディズィックス, ジョン　Dizikes, John
2649 "Opera in America: A Cultural History"
◇全米書評家協会賞（1993年/批評）

ティースデール, セーラ　Teasdale, Sara
2650 "Love Songs"
◇ピュリッツァー賞（1918年/詩）

ディッキー, ジェイムズ　Dickey, James
2651 「わが心の川」 "Deliverance"〔仏語題：Délivrance〕
◇メディシス賞（1971年/外国小説）
「わが心の川」 ジェイムズ・ディキー著, 酒本雅之訳 新潮社 1971 221p 20cm 800円

2652 "Buckdancer's Choice: Poems"
◇全米図書賞（1966年/詩）

ディッキー, ジョン　Dickie, John
2653 "Cosa Nostra"
◇英国推理作家協会賞（2004年/ゴールド・ダガー〈ノンフィクション〉）

ディック, フィリップ・K.　Dick, Philip K.
2654 「スキャナー・ダークリー」〔旧題「暗闇のスキャナー」〕 "A Scanner Darkly"
◇英国SF協会賞（1978年/長編）
◇ジョン・W.キャンベル記念賞（1978年/第3位）
「暗闇のスキャナー」 フィリップ・K.ディック著, 飯田隆昭訳 サンリオ 1980.7 404p 15cm（サンリオSF文庫）540円
「暗闇のスキャナー」 フィリップ・K.ディック著, 山形浩生訳 東京創元社 1991.11 414p 15cm（創元SF文庫）630円 ①4-488-69609-0
「スキャナー・ダークリー」 フィリップ・K.ディック著, 浅倉久志訳 早川書房 2005.11 478p 16cm（ハヤカワ文庫 SF）880円 ①4-15-011538-9
※「暗闇のスキャナー」（1991年刊）の新訳

2655 「高い城の男」 "The Man in the High Castle"
◇ヒューゴー賞（1963年/長編）
「高い城の男」 フィリップ・K.ディック著, 川口正吉訳 早川書房 1965 315p 19cm（ハヤカワ・SF・シリーズ）
「高い城の男」 フィリップ・K.ディック著, 浅倉久志訳 早川書房 1984.7 399p 16cm（ハヤカワ文庫—SF）480円

2656 「流れよ我が涙、と警官は言った」 "Flow My Tears, The Policeman Said"
◇ジョン・W.キャンベル記念賞（1975年/第1位）
「流れよ我が涙、と警官は言った」 フィリップ・K.ディック著, 友枝康子訳 サンリオ 1981.12 331p 15cm（サンリオSF文庫）460円
「流れよ我が涙、と警官は言った」 フィ

リップ・K.ディック著, 友枝康子訳　早川書房　1989.2　375p　15cm（ハヤカワ文庫—SF）500円　ⓘ4-15-010807-2

ディッシュ, トマス・M.　Disch, Thomas M.

2657　「いさましいちびのトースター」　"The Brave Little Toaster"
◇英国SF協会賞（1980年/短編）
◇ローカス賞（1981年/中編）
「いさましいちびのトースター」トマス・M.ディッシュ著, 浅倉久志訳　早川書房　1987.12　134p　20cm（海外SFノヴェルズ）980円　ⓘ4-15-202060-1
「いさましいちびのトースター」トマス・M.ディッシュ著, 浅倉久志訳　早川書房　1996.11　158p　16cm（ハヤカワ文庫 SF）460円　ⓘ4-15-011167-7

2658　「歌の翼に」"On Wings of Song"
◇ジョン・W・キャンベル記念賞（1980年/第1位）
「歌の翼に」トマス・M.ディッシュ著, 友枝康子訳　サンリオ　1980.8　456p　15cm（サンリオSF文庫）640円
「歌の翼に」トマス・M.ディッシュ著, 友枝康子訳　国書刊行会　2009.9　423p　20cm（未来の文学）2400円　ⓘ978-4-336-05116-5
※サンリオ1980年刊の改訳, 再刊

2659　"The Dreams Our Stuff Is Made Of: How Science Fiction Conquered the World"
◇ヒューゴー賞（1999年/関連書籍）
◇ローカス賞（1999年/ノンフィクション）

ディディオン, ジョーン　Didion, Joan

2660　「悲しみにある者」"The Year of Magical Thinking"（仏語題：L'Année de la pensée magique）
◇全米図書賞（2005年/ノンフィクション）
◇メディシス賞（2007年/エッセイ）
「悲しみにある者」ジョーン・ディディオン著, 池田年穂訳　慶応義塾大学出版会　2011.9　246p　20cm　1800円　ⓘ978-4-7664-1870-5

テイト, ジェイムス　Tate, James

2661　"A Worshipful Company of Fletchers"
◇全米図書賞（1994年/詩）
2662　"Selected Poems"
◇ピュリッツァー賞（1992年/詩）

ティドハー, ラヴィ　Tidhar, Lavie

2663　"Gorel and the Pot Bellied God"
◇英国幻想文学賞（2012年/中長編）
2664　"Osama"
◇ジョン・W・キャンベル記念賞（2012年/選外佳作）
◇世界幻想文学大賞（2012年/長編）

ティードホルム, アンナ＝クララ　Tidholm, Anna-Clara

2665　「おじいちゃんをさがしに」"Resan till ugri-la-brek"〔独語題：Die Reise nach Ugri-La-Brek〕
◇ドイツ児童文学賞（1992年/絵本）
「おじいちゃんをさがしに」トーマス・ティードホルムぶん, アンナ＝クララ・ティードホルムえ, とやままりやく　ほるぷ出版　1995.11　1冊　29cm　1300円　ⓘ4-593-50341-8

ティードホルム, トーマス　Tidholm, Thomas

2666　「おじいちゃんをさがしに」"Resan till ugri-la-brek"〔独語題：Die Reise nach Ugri-La-Brek〕
◇ドイツ児童文学賞（1992年/絵本）
「おじいちゃんをさがしに」トーマス・ティードホルムぶん, アンナ＝クララ・ティードホルムえ, とやままりやく　ほるぷ出版　1995.11　1冊　29cm　1300円　ⓘ4-593-50341-8

2667　「むかし, 森のなかで」"Förr i tiden i skogen"
◇ニルス・ホルゲション賞（1994年）
「むかし, 森のなかで」トーマス・ティードホルム文, アンナ＝クララ・ティードホルム絵, 菱木晃子訳　ほるぷ出版　1995.12　1冊　22×28cm　1400円　ⓘ4-593-50343-4

ディ・フィリポ, ポール　di Filippo, Paul

2668　"Sisyphus and the Stranger"〔仏語題：Sisyphe et l'étranger〕
◇イマジネール大賞（2005年/中編〈外国〉）
2669　"The Double Felix"
◇英国SF協会賞（1994年/短編）

ディブディン, マイクル　Dibdin, Michael

2670　「ラット・キング」"Ratking"
◇英国推理作家協会賞（1988年/ゴールド・ダガー）
「ラット・キング」マイケル・ディブ

ディン〔著〕，真野明裕訳　新潮社　1992.12　459p　15cm（新潮文庫）600円　①4 10-239401-X

ティプトリー，ジェイムズ, Jr.
Tiptree, James, Jr.

2671　「愛はさだめ、さだめは死」 "Love Is the Plan, the Plan Is Death"

◇ネビュラ賞（1973年/短編）

「愛はさだめ、さだめは死」ジェイムズ・ティプトリー・ジュニア著，伊藤典夫，浅倉久志訳〔伊藤典夫訳〕　早川書房　1987.8　389p　16cm（ハヤカワ文庫—SF）520円　①4-15-010730-0

2672　「すべてのまぼろしはキンタナ・ローの海に消えた」 "Tales of the Quintana Roo"

◇世界幻想文学大賞（1987年/アンソロジー・短編集）

「すべてのまぼろしはキンタナ・ローの海に消えた」ジェイムズ・ティプトリー・ジュニア著，浅倉久志訳　早川書房　2004.11　191p　16cm（ハヤカワ文庫 FT）560円　①4-15-020373-3

2673　「接続された女」 "The Girl Who Was Plugged In"

◇ヒューゴー賞（1974年/中長編）

「世界SF大賞傑作選（ヒューゴー・ウィナーズ）8」アイザック・アシモフ編〔浅倉久志訳〕　講談社　1978.8　294p　15cm（講談社文庫）340円

「愛はさだめ、さだめは死」ジェイムズ・ティプトリー・ジュニア著，伊藤典夫，浅倉久志訳　早川書房　1987.8　389p　16cm（ハヤカワ文庫—SF）520円　①4-15-010730-0

「20世紀SF　4（1970年代）接続された女」ティプトリーJr他著，中村融，山岸真編〔浅倉久志訳〕　河出書房新社　2001.5　490p　15cm（河出文庫）950円　①4-309-46205-7

2674　「たったひとつの冴えたやりかた」 "The Only Neat Thing to Do"

◇ローカス賞（1986年/中長編）

「たったひとつの冴えたやりかた」ジェイムズ・ティプトリー・ジュニア著，浅倉久志訳　早川書房　1987.10　387p　16cm（ハヤカワ文庫—SF）500円　①4-15-010739-4

「たったひとつの冴えたやりかた」ジェイムズ・ティプトリー・ジュニア著，浅倉久志訳　早川書房　2008.8　188p　18cm　1000円　①978-4-15-208951-9

2675　「デッド・リーフの彼方」 "Beyond the Dead Reef"

◇ローカス賞（1984年/短編）

「すべてのまぼろしはキンタナ・ローの海に消えた」ジェイムズ・ティプトリー・ジュニア著，浅倉久志訳　早川書房　2004.11　191p　16cm（ハヤカワ文庫 FT）560円　①4-15-020373-3

2676　「ヒューストン、ヒューストン、聞こえるか？」 "Houston, Houston, Do You Read？"

◇ネビュラ賞（1976年/中長編）

◇ヒューゴー賞（1977年/中長編）

「老いたる霊長類の星への賛歌」ジェイムズ・ティプトリー・ジュニア〔著〕，伊藤典夫，友枝康子訳〔伊藤典夫訳〕　早川書房　1989.6　465p　16cm（ハヤカワ文庫—SF）640円　①4-15-010826-9

2677　「ラセンウジバエ解決法」 "The Screwfly Solution"

◇ネビュラ賞（1977年/中編）〈受賞時〉シェルドン，ラクーナ（Sheldon, Raccoona）

「星ぼしの荒野から」ジェイムズ・ティプトリー・ジュニア著，伊藤典夫，浅倉久志訳〔浅倉久志訳〕　早川書房　1999.3　510p　16cm（ハヤカワ文庫 SF）840円　①4-15-011267-3

ティママン, ハコボ　Timerman, Jacobo

2678　"Prisoner Without a Name, Cell Without a Number"

◇英国推理作家協会賞（1981年/ゴールド・ダガー〈ノンフィクション〉）

ティム, ウーヴェ　Timm, Uwe

2679　「わたしのペットは鼻づらルーディ」 "Rennschwein Rudi Rüssel"

◇ドイツ児童文学賞（1990年/児童書）

「わたしのペットは鼻づらルーディ」ウーヴェ・ティム作，平野卿子訳，グンナー・マチアジク絵　講談社　1991.5　187p　21cm（世界の子どもライブラリー）1200円　①4-06-194717-6

ディヤング, マインダート
Jong, Meindert De

2680　「コウノトリと六人の子どもたち」 "The Wheel on the School"〔独語題：Das Rad auf der Schule〕

◇ニューベリー賞（1955年）

◇ドイツ児童文学賞（1957年/児童書）

「コウノトリと六人の子どもたち」ディヤング作，遠藤寿子訳，モーリス・センダック絵　岩波書店　1956　1冊　図版　18cm（岩波少年文庫）

「コウノトリと六人の子どもたち」 マインダート・ディヤング作, 遠藤寿子訳, モーリス・センダック絵　岩波書店　1967　356p　23cm

2681　「ペパーミント通りからの旅」 "Journey from Peppermint Street"
◇全米図書賞（1969年/児童文学）
「ペパーミント通りからの旅」 マインダート＝ディヤング作, 足沢良子訳, E.＝マッカリー絵　講談社　1978.11　355p　22cm（世界の児童文学名作シリーズ）1200円

◎国際アンデルセン賞（1962年/作家賞）

テイラー, アート　Taylor, Art

2682　"The Care and Feeding of Houseplants"
◇アガサ賞（2013年/短編）
◇マカヴィティ賞（2014年/短編）

2683　"The Odds Are Against Us"
◇アガサ賞（2014年/短編）
◇アンソニー賞（2015年/短編）

テイラー, アラン　Taylor, Alan

2684　"The Internal Enemy: Slavery and War in Virginia, 1772-1832"
◇ピュリッツァー賞（2014年/歴史）

2685　"William Cooper's Town: Power and Persuasion on the Frontier of the Early American Republic"
◇ピュリッツァー賞（1996年/歴史）

テイラー, アンドリュー　Taylor, Andrew

2686　「あぶない暗号」 "Caroline Miniscule"
◇英国推理作家協会賞（1982年/ジョン・クリーシー記念賞）
「あぶない暗号」 アンドリュー・テイラー著, 山本やよい訳　早川書房　1984.3　234p　19cm（世界ミステリシリーズ）750円

2687　「天使の鬱屈」 "The Office Of The Dead"
◇英国推理作家協会賞（2001年/エリス・ピーターズ・ヒストリカル・ダガー）
「天使の鬱屈」 アンドリュー・テイラー〔著〕, 越前敏弥訳　講談社　2006.2　557p　15cm（講談社文庫）1048円

①4-06-275326-X

2688　"The American Boy"
◇英国推理作家協会賞（2003年/エリス・ピーターズ・ヒストリカル・ダガー）

2689　"The Coal House"
◇コスタ賞（1986年/児童書）

2690　"The Scent of Death"
◇英国推理作家協会賞（2013年/ヒストリカル・ダガー）
◎英国推理作家協会賞（2009年/ダイヤモンド・ダガー）

テイラー, ウェンデル　Taylor, Wendell

2691　"A Catalogue of Crime"
◇アメリカ探偵作家クラブ賞（1972年/スペシャルエドガー）

テイラー, ショーン　Taylor, Sean

2692　"When a Monster is Born"
◇ネスレ子どもの本賞（2007年/5歳以下部門/金賞）

テイラー, セオドア　Taylor, Theodore

2693　"The Bomb"
◇スコット・オデール賞（1996年）

2694　"The Weirdo"
◇アメリカ探偵作家クラブ賞（1992年/ヤングアダルト賞）

テイラー, テルフォード　Taylor, Telford

2695　"Munich: The Price of Peace"
◇全米書評家協会賞（1979年/ノンフィクション）

テイラー, バーナード　Taylor, Bernard

2696　"Perfect Murder"
◇英国推理作家協会賞（1987年/ゴールド・ダガー〈ノンフィクション〉）

テイラー, ピーター　Taylor, Peter

2697　「メンフィスへ帰る」 "A Summons to Memphis"
◇ピュリッツァー賞（1987年/フィクション）
「メンフィスへ帰る」 ピーター・テイラー著, 小野清之訳　早川書房　1990.3　219p　20cm（Hayakawa novels）1400円　①4-15-207681-X

2698　"The Old Forest and Other Stories"
◇ペン・フォークナー賞（1986年）

テイラー, ルーシー　Taylor, Lucy
　2699 "The Safety of Unknown Cities"
　◇ブラム・ストーカー賞（1995年/処女長編）

テイラー, ロバート・ルイス
　Taylor, Robert Lewis
　2700 "The Travels of Jaimie McPheeters"
　◇ピュリッツアー賞（1959年/フィクション）

ディラード, アニー　Dillard, Annie
　2701 「ティンカー・クリークのほとりで」 "Pilgrim at Tinker Creek"
　◇ピュリッツアー賞（1975年/ノンフィクション）
　　「ティンカー・クリークのほとりで」 アニー・ディラード著, 金坂留美子, くぼたのぞみ訳　めるくまーる　1991.12　443p　19cm （シリーズ 精神とランドスケープ）2400円

ディラン, ボブ　Dylan, Bob
　◎ノーベル文学賞（2016年）

ティール, エドウィン・ウェイ
　Teale, Edwin Way
　2702 "Wandering Through Winter"
　◇ピュリッツアー賞（1966年/ノンフィクション）

ディルダ, マイケル　Dirda, Michael
　2703 "On Conan Doyle: Or, the Whole Art of Storytelling"
　◇アメリカ探偵作家クラブ賞（2012年/批評・評伝賞）

ディレイニー, サミュエル・R.
　Delany, Samuel R.
　2704 「アインシュタイン交点」 "The Einstein Intersection"
　◇ネビュラ賞（1967年/長編）
　　「アインシュタイン交点」 サミュエル・R.ディレイニー著, 伊藤典夫訳　早川書房　1996.6　284p　16cm （ハヤカワ文庫―SF）540円　①4-15-011148-0
　2705 「然り、そしてゴモラ……」 "Aye, and Gomorrah..."
　◇ネビュラ賞（1967年/短編）
　　「時は準宝石の螺旋のように」 サミュエル・R.ディレーニ著, 伊藤典夫, 浅倉久志他訳〔山野浩一訳〕　サンリオ　1979.9　570p　15cm （サンリオSF文庫）560円
　　「ドリフトグラス」 サミュエル・R.ディレイニー著, 浅倉久志, 伊藤典夫, 小野田和子, 酒井昭伸, 深町眞理子訳〔小野田和子訳〕　国書刊行会　2014.12　579p　20cm （未来の文学）3600円　①978-4-336-05324-4
　2706 「時は準宝石の螺旋のように」〔別題「時は準宝石の輪廻のように」〕 "Time Considered as a Helix of Semi-Precious Stones"
　◇ネビュラ賞（1969年/中編）
　◇ヒューゴー賞（1970年/短編）
　　「SFマガジン 12(9)」〔「時は準宝石の輪廻のように」 小野耕世訳〕　早川書房　1971.9　p20～60
　　「世界SF大賞傑作選（ヒューゴー・ウィナーズ）4」 アイザック・アシモフ編〔「時は準宝石の螺旋のように」 伊藤典夫訳〕　講談社　1979.8　266p　15cm （講談社文庫）320円
　　「時は準宝石の螺旋のように」 サミュエル・R.ディレーニ著, 伊藤典夫, 浅倉久志他訳〔「時は準宝石の螺旋のように」 伊藤典夫訳〕　サンリオ　1979.9　570p　15cm （サンリオSF文庫）560円
　　「プリズマティカ」 サミュエル・R.ディレイニー著, 浅倉久志他訳〔「時は準宝石の螺旋のように」 伊藤典夫訳〕　早川書房　1983.6　382p　20cm （海外SFノヴェルズ）1700円
　　「ドリフトグラス」 サミュエル・R.ディレイニー著, 浅倉久志, 伊藤典夫, 小野田和子, 酒井昭伸, 深町眞理子訳〔「時は準宝石の螺旋のように」 伊藤典夫訳〕　国書刊行会　2014.12　579p　20cm （未来の文学）3600円　①978-4-336-05324-4
　2707 「バベル-17」 "Babel-17"
　◇ネビュラ賞（1966年/長編）
　　「バベル＝17」 サミュエル・R.ディレーニイ著, 岡部宏之訳　早川書房　1970　254p　19cm （ハヤカワ・SF・シリーズ）400円
　　「バベル-17」 サミュエル・R.ディレーニイ著, 岡部宏之訳　早川書房　1977.7　307p　16cm （ハヤカワ文庫―SF）350円
　2708 "The Motion of Light in Water: Sex and Science Fiction Writing in the East Village 1957-1965"
　◇ヒューゴー賞（1989年/ノンフィクション）
　◎ネビュラ賞（2013年/グランド・マス

ディロン, ジョージ Dillon, George

2709 "The Flowering Stone"
◇ピュリッツアー賞（1932年/詩）

ディロン, ダイアン Dillon, Diane

2710 「絵本アフリカの人びと—26部族のくらし」 "Ashanti to Zulu: African Traditions"
◇コルデコット賞（1977年）
「絵本アフリカの人びと—26部族のくらし」 ディロン夫妻絵, マスグローブ文, 西江雅之訳 偕成社 1982.1 1冊 33cm 2200円 ①4-03-960090-8

2711 「どうして力は耳のそばでぶんぶんいうの」 "Why Mosquitoes Buzz in People's Ears"
◇コルデコット賞（1976年）
「どうして力はみみのそばでぶんぶんいうの?—西アフリカ民話より」 ヴェルナ・アールデマぶん, レオ・ディロン, ダイアン・ディロンえ, やぎたよしこやく ほるぷ出版 1976.9 1冊 26cm 1300円
「どうして力は耳のそばでぶんぶんいうの?—西アフリカの民話より」 ヴェルナ・アールデマぶん, レオ・ディロン, ダイアン・ディロンえ, さがのやよいやく 童話館出版 2016.8 〔32p〕 26×26cm 1400円 ①978-4-88750-151-5
※「どうして力はみみのそばでぶんぶんいうの?」（ほるぷ出版 1976年刊）の改題, 新訳

2712 "The Tale of the Mandarin Ducks"
◇ボストングローブ・ホーンブック賞（1991年/絵本）

◎世界幻想文学大賞（2008年/生涯功労賞）

ディロン, レオ Dillon, Leo

2713 「絵本アフリカの人びと—26部族のくらし」 "Ashanti to Zulu: African Traditions"
◇コルデコット賞（1977年）
「絵本アフリカの人びと—26部族のくらし」 ディロン夫妻絵, マスグローブ文, 西江雅之訳 偕成社 1982.1 1冊 33cm 2200円 ①4-03-960090-8

2714 「どうして力はみみのそばでぶんぶんいうの」 "Why Mosquitoes Buzz in People's Ears"
◇コルデコット賞（1976年）
「どうして力はみみのそばでぶんぶんいうの?—西アフリカ民話より」 ヴェルナ・アールデマぶん, レオ・ディロン, ダイアン・ディロンえ, やぎたよしこやく ほるぷ出版 1976.9 1冊 26cm 1300円
「どうして力は耳のそばでぶんぶんいうの?—西アフリカの民話より」 ヴェルナ・アールデマぶん, レオ・ディロン, ダイアン・ディロンえ, さがのやよいやく 童話館出版 2016.8 〔32p〕 26×26cm 1400円 ①978-4-88750-151-5
※「どうして力はみみのそばでぶんぶんいうの?」（ほるぷ出版 1976年刊）の改題, 新訳

2715 "The Tale of the Mandarin Ducks"
◇ボストングローブ・ホーンブック賞（1991年/絵本）

◎世界幻想文学大賞（2008年/生涯功労賞）

ティンバーレイク, エイミー Timberlake, Amy

2716 "One Came Home"
◇アメリカ探偵作家クラブ賞（2014年/ジュヴナイル賞）

デーヴィス, ダニエル・S. Davis, Daniel S.

2717 "Behind Barbed Wire: The Imprisonment of Japanese Americans During World War Ⅱ"
◇ボストングローブ・ホーンブック賞（1983年/ノンフィクション）

デヴィッドスン, ライオネル Davidson, Lionel

2718 「シロへの長い道」 "A Long Way to Shiloh"
◇英国推理作家協会賞（1966年/ゴールド・ダガー）
「シロへの長い道」 ライオネル・デヴィッドスン著, 菊池光訳 早川書房 1978.10 352p 16cm（ハヤカワ・ミステリ文庫） 400円

2719 「チェルシー連続殺人事件」 "The Chelsea Murders"
◇英国推理作家協会賞（1978年/ゴールド・ダガー）
「チェルシー連続殺人事件」 ライオネル・デヴィッドソン〔著〕, 海老根宏訳 集英社 1982.12 393p 16cm（集英

2720 「モルダウの黒い流れ」 "The Night of Wenceslas"
◇英国推理作家協会賞（1960年／ゴールド・ダガー）
「モルダウの黒い流れ」 ライオネル・デヴィッドスン著, 宇野利泰訳 早川書房 1961 333p 19cm (Hayakawa pocket mystery books)
◎英国推理作家協会賞（2001年／ダイヤモンド・ダガー）

デヴィッドソン, ダイアン
Davidson, Diane Mott
2721 "Cold Turkey"
◇アンソニー賞（1993年／短編）

デヴォート, バーナード
Devoto, Bernard
2722 "Across the Wide Missouri"
◇ピュリッツァー賞（1948年／歴史）

テオリン, ヨハン Theorin, Johan
2723 「黄昏に眠る秋」 "Skumtimmen" 〔英題：Echoes from the Dead〕
◇英国推理作家協会賞（2009年／ジョン・クリーシー・ダガー〈ニュー・ブラッド・ダガー〉）
「黄昏に眠る秋」 ヨハン・テオリン著, 三角和代訳 早川書房 2011.4 474p 19cm (Hayakawa pocket mystery books) 1800円 ①978-4-15-001846-7
「黄昏に眠る秋」 ヨハン・テオリン著, 三角和代訳 早川書房 2013.3 602p 16cm（ハヤカワ・ミステリ文庫） 1000円 ①978-4-15-179701-9
2724 「冬の灯台が語るとき」 "Nattfåk" 〔英題：The Darkest Room〕
◇英国推理作家協会賞（2010年／インターナショナル・ダガー）
「冬の灯台が語るとき」 ヨハン・テオリン著, 三角和代訳 早川書房 2012.2 462p 19cm (Hayakawa pocket mystery books) 1800円 ①978-4-15-001856-6
「冬の灯台が語るとき」 ヨハン・テオリン著, 三角和代訳 早川書房 2017.3 591p 16cm（ハヤカワ・ミステリ文庫） 1180円 ①978-4-15-179702-6

デオン, ミシェル Déon, Michel
2725 "Les Poneys sauvages"
◇アンテラリエ賞（1970年）

デクスター, コリン Dexter, Colin
2726 「エヴァンズ、初級ドイツ語を試みる」 "Evans Tries an O-Level"
◇マカヴィティ賞（1996年／短編）
「またあの夜明けがくる」 ジョージ・ハーディング編, 中村能三他訳 〔大庭忠男訳〕 早川書房 1982.1 325p 16cm（ハヤカワ・ミステリ文庫） 400円
「モース警部、最大の事件」 コリン・デクスター著, 大庭忠男他訳 〔大庭忠男訳〕 早川書房 1995.2 229p 19cm（ハヤカワ・ミステリ） 950円 ①4-15-001619-4
「モース警部、最大の事件」 コリン・デクスター著, 大庭忠男他訳 〔大庭忠男訳〕 早川書房 1999.12 364p 16cm（ハヤカワ・ミステリ文庫） 680円 ①4-15-077561-3
2727 「オックスフォード運河の殺人」 "The Wench is Dead"
◇英国推理作家協会賞（1989年／ゴールド・ダガー）
「オックスフォード運河の殺人」 コリン・デクスター著, 大庭忠男訳 早川書房 1991.4 202p 19cm（ハヤカワ・ミステリ） 800円 ①4-15-001567-8
「オックスフォード運河の殺人」 コリン・デクスター著, 大庭忠男訳 早川書房 1996.6 288p 16cm（ハヤカワ・ミステリ文庫） 560円 ①4-15-077558-3
2728 「ジェリコ街の女」 "The Dead of Jericho"
◇英国推理作家協会賞（1981年／シルバー・ダガー）
「ジェリコ街の女」 コリン・デクスター著, 大庭忠男訳 早川書房 1982.6 228p 19cm（世界ミステリシリーズ） 740円
「ジェリコ街の女」 コリン・デクスター著, 大庭忠男訳 早川書房 1993.3 345p 16cm（ハヤカワ・ミステリ文庫） 600円 ①4-15-077555-9
2729 「死者たちの礼拝」 "Service of all the Dead"
◇英国推理作家協会賞（1979年／シルバー・ダガー）
「死者たちの礼拝」 コリン・デクスター著, 大庭忠男訳 早川書房 1980.11 245p 19cm（世界ミステリシリーズ） 770円
「死者たちの礼拝」 コリン・デクスター著, 大庭忠男訳 早川書房 1992.7 354p 16cm（ハヤカワ・ミステリ文庫） 560円 ①4-15-077554-0

2730 「森を抜ける道」 "The Way Through the Woods"
◇英国推理作家協会賞（1992年／ゴールド・ダガー）
「森を抜ける道」 コリン・デクスター著, 大庭忠男訳　早川書房　1993.8　349p　19cm（ハヤカワ・ミステリ）1300円　ⓘ4-15-001600-3
「森を抜ける道」 コリン・デクスター著, 大庭忠男訳　早川書房　1998.10　506p　16cm（ハヤカワ・ミステリ文庫）840円　ⓘ4-15-077560-5
◎英国推理作家協会賞（1997年／ダイヤモンド・ダガー）

デクスター, ピート　Dexter, Pete

2731 「パリス・トラウト」 "Paris Trout"
◇全米図書賞（1988年／小説）
「パリス・トラウト」 ピート・デクスター著, 真野明裕訳　早川書房　1989.11　314p　20cm（Hayakawa novels）1700円　ⓘ4-15-207671-2

デグラー, カール・N.　Degler, Carl N.

2732 "Neither Black Nor White"
◇ピュリッツアー賞（1972年／歴史）

デサイ, アニタ　Desai, Anita

2733 「ぼくの村が消える！」 "The Village by the Sea"
◇ガーディアン児童文学賞（1983年）
「ぼくの村が消える！」 アニタ・デサイ著, 岡本浜江訳, 吉崎正巳絵　国土社　1984.1　243p　22cm（現代の文学）1180円　ⓘ4-337-20502-0

デサイ, キラン　Desai, Kiran

2734 「喪失の響き」 "The Inheritance of Loss"
◇全米書評家協会賞（2006年／小説）
◇ブッカー賞（2006年）
「喪失の響き」 キラン・デサイ著, 谷崎由依訳　早川書房　2008.3　500p　19cm（ハヤカワepiブック・プラネット）2000円　ⓘ978-4-15-208905-2

デズモンド, エイドリアン　Desmond, Adrian

2735 「ダーウィン—世界を変えたナチュラリストの生涯」 "Darwin"
◇ジェイムズ・テイト・ブラック記念賞（1991年／伝記）
「ダーウィン—1809-1851 世界を変えたナチュラリストの生涯 1」 エイドリアン・デズモンド, ジェイムズ・ムーア著, 渡辺政隆訳　工作舎　1999.9　557p　22cm　ⓘ4-87502-316-2
「ダーウィン—1851-1882 世界を変えたナチュラリストの生涯 2」 エイドリアン・デズモンド, ジェイムズ・ムーア著, 渡辺政隆訳　工作舎　1999.9　p568-1042　22cm　ⓘ4-87502-316-2

デズモンド, マシュー　Desmond, Matthew

2736 "Evicted: Poverty and Profit in the American City"
◇ピュリッツアー賞（2017年／ノンフィクション）

デッシ, ジュゼッペ　Dessì, Giuseppe

2737 "Paese d'ombre"
◇ストレーガ賞（1972年）

テッソン, シルヴァン　Tesson, Sylvain

2738 "Dans les forêts de Sibérie"
◇メディシス賞（2011年／エッセイ）

テッパー, シェリ・S.　Tepper, Sheri S.

2739 "Beauty"
◇ローカス賞（1992年／ファンタジー長編）

2740 "Sideshow"
◇ジョン・W・キャンベル記念賞（1993年／第2位）
◎世界幻想文学大賞（2015年／生涯功労賞）

デニス, カール　Dennis, Carl

2741 "Practical Gods"
◇ピュリッツアー賞（2002年／詩）

デニス, ステファン　Denis, Stéphane

2742 "Sisters"
◇アンテラリエ賞（2001年）

デネット, タイラー　Dennett, Tyler

2743 "John Hay"
◇ピュリッツアー賞（1934年／伝記・自伝）

デバーリ, アンリ　Deberly, Henry

2744 "Le supplice de Phèdre"
◇ゴンクール賞（1926年）

デパント, ヴィルジニ
Despentes, Virginie
  2745 "Apocalypse bébé"
  ◇ルノドー賞（2010年）

デービス, フィリップ・J.
Davis, Philip J.
  2746 "The Mathematical Experience"
  ◇全米図書賞（1983年/科学/ペーパーバック）

デフォード, ミリアム・アレン
deFord, Miriam Allen
  2747 "The Overbury Affair"
  ◇アメリカ探偵作家クラブ賞（1961年/犯罪実話賞）

デプルシャン, マリー　Desplechin, Marie
  2748 "La Vie sauve"
  ◇メディシス賞（2005年/エッセイ）

デプレ, ジャック　Després, Jacques
  2749 「哲学してみる」 "Le livre des grands contraires philosophiques"〔独語題：Was, wenn es nur so aussieht, als wäre ich da？〕
  ◇ドイツ児童文学賞（2012年/ノンフィクション）
    「哲学してみる」　オスカー・ブルニフィエ文, ジャック・デプレイラスト, 藤田尊潮訳, 村山保史監修・訳　世界文化社　2012.3　75p　23×23cm　（はじめての哲学）　1900円　①978-4-418-12500-5

デ・ボート, バーナード・A.
De Voto, Bernard A.
  2750 "The Course of Empire"
  ◇全米図書賞（1953年/ノンフィクション）

デマルコ, ガイ・アンソニー
DeMarco, Guy Anthony
  ◎ブラム・ストーカー賞（2011年/シルバーハンマー賞）

テム, スティーヴ・ラスニック
Tem, Steve Rasnic
  2751 "Blood Kin"
  ◇ブラム・ストーカー賞（2014年/長編）
  2752 "In These Final Days of Sales"
  ◇ブラム・ストーカー賞（2001年/中編）
  2753 "Leaks"
  ◇英国幻想文学賞（1988年/短編）
  2754 "The Man on the Ceiling"
  ◇ブラム・ストーカー賞（2000年/中編）
  ◇世界幻想文学大賞（2001年/中編）

テム, メラニー　Tem, Melanie
  2755 "Prodigal"
  ◇ブラム・ストーカー賞（1991年/処女長編）
  2756 "The Man on the Ceiling"
  ◇ブラム・ストーカー賞（2000年/中編）
  ◇世界幻想文学大賞（2001年/中編）

デュー, ロッブ・フォアマン
Dew, Robb Forman
  2757 "Dale Loves Sophie to Death"
  ◇全米図書賞（1982年/処女小説）

デュアメル, ジョルジュ
Duhamel, Georges
  2758 「文明」 "Civilisation"
  ◇ゴンクール賞（1918年）
    「新興文学全集　15-17」〔和田伝訳〕平凡社　1928-1930　3冊　19cm

デュアーン, モナ・ヴァン
Duyn, Mona Van
  2759 "Near Changes"
  ◇ピュリッツァー賞（1991年/詩）
  2760 "To See, To Take"
  ◇全米図書賞（1971年/詩）

デュヴェール, トニー　Duvert, Tony
  2761 「幻想の風景」 "Paysage de fantaisie"
  ◇メディシス賞（1973年）
    「幻想の風景」　トニー・デュヴェール著, 斎藤昌三訳　白水社　1979.6　294p　20cm（白水社世界の文学）　1300円

デュガン, アラン　Dugan, Alan
  2762 "Poems"
  ◇全米図書賞（1962年/詩）
  ◇ピュリッツァー賞（1962年/詩）
  2763 "Poems Seven: New and Complete Poetry"
  ◇全米図書賞（2001年/詩）

デュケノワ, ジャック　Duquesne, Jacques

2764 "Maria Vandamme"
◇アンテラリエ賞（1983年）

デュトゥール, ジャン　Dutourd, Jean

2765 "Au bon beurre"
◇アンテラリエ賞（1952年）

デュトゥールトゥル, ブノワ　Duteurtre, Benoît

2766「フランス紀行」 "Le Voyage en France"
◇メディシス賞（2001年）
「フランス紀行」 ブノワ・デュトゥールル著, 西永良成訳　早川書房　2014.4　251p　20cm　2000円　①978-4-15-209453-7

デュナント, サラ　Dunant, Sarah

2767「最上の地」 "Fatlands"
◇英国推理作家協会賞（1993年/シルバー・ダガー）
「最上の地」 S.デュナント〔著〕, 小西敦子訳　講談社　1994.11　294p　15cm（講談社文庫）720円　①4-06-185822-X

デュ・プレシックス・グレイ, フランシーヌ　du Plessix Gray, Francine

2768 "Them: A Memoir of Parents"
◇全米書評家協会賞（2005年/自伝）

デュフレーニュ, ジャン＝ピエール　Dufreigne, Jean-Pierre

2769 "Le Dernier Amour d'Aramis ou les Vrais Mémoires du chevalier René d'Herblay"
◇アンテラリエ賞（1993年）

デュボア, ウィリアム・ペーン　du Bois, William Pène

2770「二十一の気球」 "The Twenty-One Balloons"
◇ニューベリー賞（1948年）
「二十一の気球」 ウィリアム＝ペン＝デュボア〔著〕, 渡辺茂男訳, 竹山のぼる絵　講談社　1986.5　205p　18cm（講談社青い鳥文庫）420円　①4-06-147199-6

デュボアザン, ロジャー　Duvoisin, Roger

2771「ごきげんな らいおん」 "The Happy Lion"〔独語題: Der glückliche Löwe〕
◇ドイツ児童文学賞（1956年/児童書）
「ごきげんならいおん」 ルイズ・ファティオ文, ロジャー・デュボアザン絵, むらおかはなこ訳　福音館書店　1964　1冊　26cm（世界傑作絵本シリーズ）

2772「しろいゆき あかるいゆき」 "White Snow, Bright Snow"
◇コルデコット賞（1948年）
「しろいゆきあかるいゆき」 アルビン・トレッセルさく, ロジャー・デュボアザンえ, えくにかおりやく　ブックローン出版　1996.1　1冊　27cm　1300円　①4-89238-844-0

デュボイズ, ブレンダン　DuBois, Brendan

2773「なくてはならない兄弟」〔別題「兄弟の絆」〕 "Necessary Brother"
◇シェイマス賞（1995年/短編）
「EQ 18(6)」〔「兄弟の絆」 宮脇孝雄訳〕光文社　1995.11　p78〜99
「馬に乗ったケラー」「ミステリー・シーン」編集部編, 東江一紀〔ほか〕訳〔「なくてはならない兄弟」 大野晶子訳〕扶桑社　1998.7　449p　16cm（扶桑社ミステリー——現代ミステリーの収穫 4）705円　①4-594-02531-5

2774 "The High House Writer"
◇バリー賞（2010年/短編）

2775 "The Right Call"
◇バリー賞（2007年/短編）

2776 "The Road's End"
◇シェイマス賞（2001年/短編）

デュボス, ルネ・ジュールス　Dubos, Rene Jules

2777「人間であるために」 "So Human An Animal"
◇ピュリッツアー賞（1969年/ノンフィクション）
「人間であるために」 ルネ・デュボス著, 野島徳吉, 遠藤三喜子訳　紀伊国屋書店　1970　297p　20cm　650円

デュボワ, クロード・K.　Dubois, Claude K.

2778「かあさんはどこ？」 "Akim court"〔独語題: Akim rennt〕
◇ドイツ児童文学賞（2014年/絵本）
「かあさんはどこ？」 クロード・K・デュボワ作, 落合恵子訳　ブロンズ新社　2013.2　1冊（ページ付なし）　16×22cm　1400円　①978-4-89309-556-5

デュボワ, ジャン＝ポール
Dubois, Jean-Paul

2779 「フランス的人生」 "Une vie française"
◇フェミナ賞（2004年）
「フランス的人生」 ジャン＝ポール・デュボワ著, 吉村和明訳 筑摩書房 2009.1 425p 20cm 2800円 Ⓘ978-4-480-83203-0

デュ・モーリア, ダフネ
du Maurier, Daphne

2780 「レベッカ」 "Rebecca"
◇アンソニー賞（2000年/20世紀最優秀長編）
「レベッカ」 ダフネ・デュ・モーリア〔著〕, 大久保康雄訳 三笠書房 1974 449p 19cm 750円
「レベッカ」 ダフネ・デュ・モーリア〔著〕, 茅野美ど里訳 新潮社 2007.5 589p 20cm 3000円 Ⓘ978-4-10-505531-8
「レベッカ 上」 デュ・モーリア〔著〕, 茅野美ど里訳 新潮社 2008.3 439p 16cm（新潮文庫）667円 Ⓘ978-4-10-200203-2
「レベッカ 下」 デュ・モーリア〔著〕, 茅野美ど里訳 新潮社 2008.3 365p 16cm（新潮文庫）590円 Ⓘ978-4-10-200204-9
◎アメリカ探偵作家クラブ賞（1978年/巨匠賞）

デュラス, マルグリット
Duras, Marguerite

2781 「愛人（ラマン）」 "L'amant"
◇ゴンクール賞（1984年）
「愛人」 マルグリット・デュラス著, 清水徹訳 河出書房新社 1985.6 229p 20cm 1200円 Ⓘ4-309-20077-X
「愛人」 マルグリット・デュラス〔著〕, 清水徹訳 河出書房新社 1992.2 221p 15cm（河出文庫）580円 Ⓘ4-309-46092-5
「世界文学全集 1-4 太平洋の防波堤 愛人 悲しみよこんにちは」 池澤夏樹個人編集〔清水徹訳〕 マルグリット・デュラス著, 田中倫郎訳 マルグリット・デュラス著, 清水徹訳 フランソワーズ・サガン著, 朝吹登水子訳 河出書房新社 2008.3 600, 22p 20cm 2800円 Ⓘ978-4-309-70944-4

デュラント, アリエル Durant, Ariel
2782 "Rousseau And Revolution" (The Story Of Civilization Vol. 10)
◇ピュリッツアー賞（1968年/ノンフィクション）

デュラント, ウィル Durant, Will
2783 "Rousseau And Revolution" (The Story Of Civilization Vol. 10)
◇ピュリッツアー賞（1968年/ノンフィクション）

デュラント, フレデリック・C. 3世
Durant, Frederick C., 3rd
2784 "The Art of Chesley Bonestell"
◇ヒューゴー賞（2002年/関連書籍）

デュレンマット, フリートリッヒ
Dürrenmatt, Friedrich
◎ビューヒナー賞（1986年）

テーラー, ミルドレッド・D.
Taylor, Mildred D.

2785 「とどろく雷よ, 私の叫びをきけ」 "Roll of Thunder, Hear My Cry"
◇ニューベリー賞（1977年）
「とどろく雷よ, 私の叫びをきけ」 ミルドレッド・D.テーラー〔著〕, 小野和子訳 評論社 1981.11 326p 21cm（児童図書館・文学の部屋） 1200円

2786 "The Friendship"
◇ボストングローブ・ホーンブック賞（1988年/フィクション）

2787 "The Land"
◇スコット・オデール賞（2002年）

デ・ラ・ペーニャ, マット
de la Peña, Matt

2788 「おばあちゃんとバスにのって」 "Last Stop on Market Street"
◇ニューベリー賞（2016年）
「おばあちゃんとバスにのって」 マット・デ・ラ・ペーニャ作, クリスチャン・ロビンソン絵, 石津ちひろ訳 鈴木出版 2016.9 〔32p〕 28cm 1500円 Ⓘ978-4-7902-5315-0

デ・ラ・メア, ウォルター
de la Mare, Walter

2789 「デ・ラ・メア物語集」 "Collected Stories for Children"
◇カーネギー賞（1947年）

「デ・ラ・メア物語集 1」マクワガ葉子訳, 津田真帆絵　大日本図書　1997.4　213p　22cm　1900円＋税　①4-477-00810-4

「デ・ラ・メア物語集 2」マクワガ葉子訳, 津田真帆絵　大日本図書　1997.4　177p　22cm　1900円＋税　①4-477-00811-2

「デ・ラ・メア物語集 3」マクワガ葉子訳, 津田真帆絵　大日本図書　1997.4　209p　22cm　1900円＋税　①4-477-00812-0

2790 "Memoirs Of A Midget"
◇ジェイムズ・テイト・ブラック記念賞（1921年/フィクション）

テラン, ボストン　Teran, Boston

2791「神は銃弾」 "God is a Bullet"
◇英国推理作家協会賞（2000年/ジョン・クリーシー記念賞）

「神は銃弾」ボストン・テラン著, 田口俊樹訳　文藝春秋　2001.9　573p　16cm（文春文庫）　829円　①4-16-752785-5

デリーベス, ミゲル　Delibes, Miguel

◎セルバンテス賞（1993年）

デリーロ, ドン　DeLillo, Don

2792「ホワイト・ノイズ」 "White Noise"
◇全米図書賞（1985年/小説）

「ホワイト・ノイズ」ドン・デリーロ著, 森川展男訳　集英社　1993.3　355p　20cm　2200円　①4-08-773169-3

2793「マオ2」 "Mao Ⅱ"
◇ペン・フォークナー賞（1992年）

「マオ2」ドン・デリーロ〔著〕, 渡辺克昭訳　本の友社　2000.4　303p　20cm　3600円　①4-89439-309-3

デール, アルジナ・ストーン　Dale, Alzina Stone

2794 "Mystery Reader's Walking Guide-Chicago"
◇アガサ賞（1995年/ノンフィクション）

2795 "Mystery Reader's Walking Guide To Washington D.C."
◇アガサ賞（1998年/ノンフィクション）

デール, ヴァレリー　Dayre, Valérie

2796「リリとことばをしゃべる犬」 "C'est la vie, Lili"〔独語題：Lilis Leben eben〕
◇ドイツ児童文学賞（2006年/児童書）

「リリとことばをしゃべる犬」ヴァレリー・デール著, 堀内久美子訳　ポプラ社　2008.7　175p　19cm　1500円　①978-4-591-10431-6

デルテイユ, ジョゼフ　Delteil, Joseph

2797 "Jeanne d'Arc"
◇フェミナ賞（1925年）

デレッダ, グラツィア　Deledda, Grazia

◎ノーベル文学賞（1926年）

テン, ウィリアム　Tenn, William

◎ネビュラ賞（1998年/名誉賞）

デーン, ゾーイ・Z.　Dean, Zoe Z.

2798 "Getaway Girl"
◇アメリカ探偵作家クラブ賞（2015年/ロバート・L・フィッシュ賞）

デンジャーフィールド, ジョージ　Dangerfield, George

2799 "The Era of Good Feelings"
◇ピュリッツァー賞（1953年/歴史）

デントン, ブラッドリー　Denton, Bradley

2800 "Buddy Holly Is Alive and Well on Ganymede"
◇ジョン・W・キャンベル記念賞（1992年/第1位）

2801 "The Calvin Coolidge Home for Dead Comedians and A Conflagration Artist"
◇世界幻想文学大賞（1995年/短編集）

デンネボルク, ハインリッヒ　Denneborg, Heinrich Maria

2802「ヤンと野生の馬」 "Jan und das Wildpferd"
◇ドイツ児童文学賞（1958年/児童書）

「ヤンと野生の馬」山内義雄等編, H.M.デンネボルク原作, 高橋健二訳, ホルスト・レムケ絵　あかね書房　1965　199p　22cm（国際児童文学賞全集 3）

「ヤンと野生の馬」デンネボルク作, 高橋健二訳, ホルスト・レムケ絵　あかね書房　1970　234p　23cm（デンネボルク童話全集 3）

「ヤンと野生の馬」デンネボルク著, 高橋健二訳　福武書店　1990.2　235p　15cm（福武文庫）　500円　①4-8288-

デンビー, エドウィン　Denby, Edwin
2803　"Dance Writings"
◇全米書評家協会賞（1987年／批評）

デンビー, ジュールズ　Denby, Joolz
2804　「ストーン・ベイビー」　"Stone Baby"
◇英国推理作家協会賞（1998年／デビュー・ダガー）
「ストーン・ベイビー」ジュールズ・デンビー著, 古賀弥生訳　早川書房　2002.8　300p　19cm（ハヤカワ・ミステリ）1200円　①4-15-001720-4

テンプル, ピーター　Temple, Peter
2805　「壊れた海辺」　"The Broken Shore"
◇英国推理作家協会賞（2007年／ダンカン・ローリー・ダガー〈ゴールド・ダガー〉）
「壊れた海辺」ピーター・テンプル著, 土屋晃訳　ランダムハウス講談社　2008.10　559p　15cm　950円　①978-4-270-10240-4

【ト】

ドーア, アンソニー　Doerr, Anthony
2806　「すべての見えない光」　"All the Light We Cannot See"
◇ピュリッツアー賞（2015年／フィクション）
「すべての見えない光」アンソニー・ドーア著, 藤井光訳　新潮社　2016.8　526p　20cm（CREST BOOKS）2700円　①978-4-10-590129-5

ドイル, マラキー　Doyle, Malachy
2807　"The Dancing Tiger"
◇ネスレ子どもの本賞（2005年／5歳以下部門／銀賞）

ドイル, ロディ　Doyle, Roddy
2808　「パディ・クラーク ハハハ」　"Paddy Clarke Ha Ha Ha"
◇ブッカー賞（1993年）
「パディ・クラークハハハ」ロディ・ドイル著, 実川元子訳　キネマ旬報社　1994.9　402p　20cm　1700円　①4-87376-095-X

ドイロン, ポール　Doiron, Paul
2809　「森へ消えた男」　"The Poacher's Son"
◇バリー賞（2011年／処女長編）
「森へ消えた男」ポール・ドイロン著, 山中朝晶訳　早川書房　2010.10　478p　16cm（ハヤカワ・ミステリ文庫）900円　①978-4-15-178951-9

ドウア, ハリエット　Doerr, Harriet
2810　"Stones for Ibarra"
◇全米図書賞（1984年／処女小説）

トゥーイ, フランク　Tuohy, Frank
2811　"The Ice Saints"
◇ジェイムズ・テイト・ブラック記念賞（1964年／フィクション）

ドゥヴィル, パトリック　Deville, Patrick
2812　「ペスト＆コレラ」　"Peste et Choléra"
◇フェミナ賞（2012年）
「ペスト＆コレラ」パトリック・ドゥヴィル〔著〕, 辻由美訳　みすず書房　2014.5　243p　20cm　3400円　①978-4-622-07838-8

ドウウェル, フランシス・オローク　Dowell, Frances O'Roark
2813　"Dovey Coe"
◇アメリカ探偵作家クラブ賞（2001年／ジュヴナイル賞）

ドゥーエ, ドミニク　Douay, Dominique
2814　"Les Voyages ordinaires d'un amateur de tableaux"
◇イマジネール大賞（1989年／特別賞）
2815　"Thomas"
◇イマジネール大賞（1975年／中編〈フランス語〉）

ドヴェンカー, ゾラン　Drvenkar, Zoran
2816　「走れ！半ズボン隊」　"Die Kurzhosengang"
◇ドイツ児童文学賞（2005年／児童書）
「走れ！半ズボン隊」ゾラン・ドヴェンカー作, 木本栄訳　岩波書店　2008.6　221p　20cm　1700円　①978-4-00-115590-7, 4-00-115590-7
※注：アンドレアス・シュタインヘフェル 絵：オレ・ケネツケ

ドゥーガン, マイク　Doogan, Mike

2817 "War Can Be Murder"
◇アメリカ探偵作家クラブ賞（2003年／ロバート・L・フィッシュ賞）

ドゥコワン, ディディエ　Decoin, Didier

2818 "John l'Enfer"
◇ゴンクール賞（1977年）

トゥーサン, ジャン＝フィリップ　Toussaint, Jean-Philippe

2819 「逃げる」 "Fuir"
◇メディシス賞（2005年）
「逃げる」　ジャン＝フィリップ・トゥーサン著, 野崎歓訳　集英社　2006.11　184p　20cm　1600円　①4-08-773452-8

トゥッカーマン, アーニャ　Tuckermann, Anja

2820 "'Denk nicht, wir bleiben hier！' Die Lebensgeschichte des Sinto Hugo Höllenreiner"
◇ドイツ児童文学賞（2006年／ノンフィクション）

ドゥブロフスキー, セルジュ　Doubrovsky, Serge

2821 "Le Livre brisé"
◇メディシス賞（1989年）

ドゥペストル, ルネ　Depestre, René

2822 "Hadriana dans tous mes rêves"
◇ルノドー賞（1988年）

トゥール, ジョン・ケネディ　Toole, John Kennedy

2823 "A Confederacy of Dunces"
◇ピュリッツアー賞（1981年／フィクション）

トゥルスカ, クリスティナ　Turska, Krystyna

2824 「きこりとあひる」 "The Woodcutter's Duck"
◇ケイト・グリーナウェイ賞（1972年）
「きこりとあひる」　クリスティナ・トゥルスカ作・絵, 遠藤育枝訳　佑学社　1979.3　1冊　29cm（ヨーロッパ創作絵本シリーズ）980円

トゥールニエ, ミシェル　Tournier, Michel

2825 「魔王」 "Le roi des Aulnes"
◇ゴンクール賞（1970年）
「魔王」　ミシェル・トゥールニエ〔著〕, 近田武, 植田祐次訳　二見書房　1972　360p　20cm　950円
「魔王　上」　ミシェル・トゥールニエ〔著〕, 植田祐次訳　みすず書房　2001.7　238p　20cm（Lettres）2300円　①4-622-04808-6
「魔王　下」　ミシェル・トゥールニエ〔著〕, 植田祐次訳　みすず書房　2001.7　456p　20cm（Lettres）2300円　①4-622-04809-4

トゥルビル, アンヌ・ド　Tourville, Anne de

2826 "Jabadao"
◇フェミナ賞（1951年）

トゥルンカ, イジー　Trnka, Jiří

◎国際アンデルセン賞（1968年／画家賞）

ドゥレ, フロランス　Delay, Florence

2827 「リッチ＆ライト」 "Riche et légère"
◇フェミナ賞（1983年）
「リッチ＆ライト」　フロランス・ドゥレ〔著〕, 千葉文夫訳　みすず書房　2002.5　288p　20cm（Lettres）2700円　①4-622-04866-3

トゥロー, スコット　Turow, Scott

2828 「推定無罪」 "Presumed Innocent"
◇英国推理作家協会賞（1987年／シルバー・ダガー）
「推定無罪―プリジュームド・イノセント」　スコット・トゥロー著, 上田公子訳　文芸春秋　1988.10　2冊　20cm　各1400円　①4-16-310490-9
「推定無罪　上」　スコット・トゥロー著, 上田公子訳　文芸春秋　1991.2　357p　16cm（文春文庫）520円　①4-16-752707-3
「推定無罪　下」　スコット・トゥロー著, 上田公子訳　文芸春秋　1991.2　360p　16cm（文春文庫）520円　①4-16-752708-1
「推定無罪　上」　スコット・トゥロー著, 上田公子訳　新装版　文藝春秋　2012.9　376p　16cm（文春文庫）743円　①978-4-16-781208-9
「推定無罪　下」　スコット・トゥロー著, 上田公子訳　新装版　文藝春秋　2012.9　379p　16cm（文春文庫）743円　①978-4-16-781209-6

トカルチュク, オルガ　Tokarczuk, Olga
2829 「逃亡派」 "Flights"
◇ブッカー賞（2018年／国際ブッカー賞）
「逃亡派」 オルガ・トカルチュク著, 小椋彩訳　白水社　2014.3　413, 3p　20cm（エクス・リブリス）3000円
①978-4-560-09032-9

ドクトロウ, コリイ　Doctorow, Cory
2830 「Ｉ（アイ）：ロボット」 "I, Robot"
◇ローカス賞（2006年／中編）
「SFマガジン 48(3)」〔矢口悟訳〕早川書房　2007.3　p218～252
2831 「シスアドが世界を支配するとき」 "When Sysadmins Ruled the Earth"
◇ローカス賞（2007年／中編）
「SFマガジン 49(3)」〔矢口悟訳〕早川書房　2008.3　p222～252
2832 「マジック・キングダムで落ちぶれて」 "Down and Out in the Magic Kingdom"
◇ローカス賞（2004年／処女長編）
「マジック・キングダムで落ちぶれて」 コリイ・ドクトロウ著, 川副智子訳　早川書房　2005.8　275p　16cm（ハヤカワ文庫 SF）660円　①4-15-011526-5
2833 「リトル・ブラザー」 "Little Brother"
◇ジョン・W・キャンベル記念賞（2009年／第1位）
「リトル・ブラザー」 コリイ・ドクトロウ著, 金子浩訳　早川書房　2011.3　446p　19cm　2000円　①978-4-15-209199-4
2834 "After the Siege"
◇ローカス賞（2008年／中長編）

ドクトロウ, E.L.　Doctorow, E.L.
2835 「紐育万国博覧会」 "World's Fair"
◇全米図書賞（1986年／小説）
「紐育万国博覧会」 E.L.ドクトロウ著, 中野恵津子訳　文芸春秋　1994.9　358p　20cm　2800円　①4-16-315010-2
2836 「ビリー・バスゲイト」 "Billy Bathgate"
◇全米書評家協会賞（1989年／小説）
◇ペン・フォークナー賞（1990年）
「ビリー・バスゲイト」 E.L.ドクトロウ著, 中野恵津子訳　文芸春秋　1992.3　380p　20cm　2000円　①4-16-313060-8
2837 「ラグタイム」 "Ragtime"
◇全米書評家協会賞（1975年／小説）
「ラグタイム」 E.L.ドクトロウ著, 邦高忠二訳　早川書房　1977.5　335p　20cm（ハヤカワ・リテラチャ 1）1800円
「ラグタイム」 E.L.ドクトロウ著, 邦高忠二訳　早川書房　1998.8　399p　16cm（ハヤカワ文庫 NV）840円
①4-15-040882-3
2838 "The March"
◇全米書評家協会賞（2005年／小説）
◇ペン・フォークナー賞（2006年）

ドースン, ジェニファー　Dawson, Jennifer
2839 "The Ha-Ha"
◇ジェイムズ・テイト・ブラック記念賞（1961年／フィクション）

ドゾワ, ガードナー　Dozois, Gardner
2840 「モーニング・チャイルド」 "Morning Child"
◇ネビュラ賞（1984年／短編）
「Omni 日本版 3(10)」〔厚木淳訳〕旺文社　1985.2　p116～120
2841 "The Peacemaker"
◇ネビュラ賞（1983年／短編）

ドーソン, ジャネット　Dawson, Janet
2842 「追憶のファイル」 "Kindred Crimes"
◇シェイマス賞（1989年／私立探偵小説コンテスト）
「追憶のファイル」 ジャネット・ドーソン著, 押田由起訳　東京創元社　1992.8　397p　15cm（創元推理文庫）580円
①4-488-27801-9
2843 "Voice Mail"
◇マカヴィティ賞（2003年／短編）

トッド, チャールズ　Todd, Charles
2844 「出口なき荒野」 "Test of Wills"
◇バリー賞（1997年／処女長編）
「出口なき荒野」 チャールズ・トッド著, 山本やよい訳　扶桑社　1999.9　437p　16cm（扶桑社ミステリー）724円
①4-594-02770-9
2845 "An Unmarked Grave"
◇マカヴィティ賞（2013年／スー・フェダー歴史ミステリ賞）
2846 "A Question of Honor"
◇アガサ賞（2013年／歴史小説）
2847 "The Shattered Tree"
◇アメリカ探偵作家クラブ賞（2017年／

メアリ・ヒギンズ・クラーク賞）

トーデイ, ピアーズ Torday, Piers
2848 "The Dark Wild"
◇ガーディアン児童文学賞（2014年）

ドーティ, マーク Doty, Mark
2849 "Fire to Fire: New and Selected Poems"
◇全米図書賞（2008年/詩）
2850 "My Alexandria"
◇全米書評家協会賞（1993年/詩）

ドーテル, アンドレ Dhôtel, André
2851 「遙かなる旅路」 "Le Pays où l'on n'arrive jamais"
◇フェミナ賞（1955年）
「遙かなる旅路」 アンドレ・ドーテル著, 新庄嘉章, 稲田三吉共訳 三笠書房 1958 200p 19cm

ドナルド, デヴィッド・ハーバート Donald, David Herbert
2852 "Charles Sumner and the Coming of the Civil War"
◇ピュリッツァー賞（1961年/伝記・自伝）
2853 "Look Homeward: A Life of Thomas Wolfe"
◇ピュリッツァー賞（1988年/伝記・自伝）

ドナルドソン, ジュリア Donaldson, Julia
2854 「もりでいちばんつよいのは？」 "The Gruffalo"
◇ネスレ子どもの本賞（1999年/5歳以下部門/金賞）
「もりでいちばんつよいのは？」 ジュリア・ドナルドソンぶん, アクセル・シェフラーえ, 久山太市やく 評論社 2001.2 1冊 28cm（児童図書館・絵本の部屋）1300円 ①4-566-00705-7
「グラファロ もりでいちばんつよいのは？」 ジュリア・ドナルドソンぶん, アクセル・シェフラーえ, 久山太市やく 改訂新版 評論社 2018.2〔32p〕28cm（評論社の児童図書館・絵本の部屋）1300円 ①978-4-566-08026-3
※初版のタイトル：もりでいちばんつよいのは？

ドナルドソン, ステファン・R. Donaldson, Stephen R.
2855 "Reave the Just and Other Tales"
◇世界幻想文学大賞（2000年/短編集）
2856 "The Chronicles of Thomas Covenant the Unbeliever"
◇英国幻想文学賞（1979年/長編〈オーガスト・ダーレス賞〉）

ドネリー, エルフィー Donnelly, Elfie
2857 「さよならおじいちゃん……ぼくはそっといった」 "Servus Opa, sagte ich leise"
◇ドイツ児童文学賞（1978年/児童書）
「さよならおじいちゃん…ぼくはそっといった」 エルフィー・ドネリー作, C.B.ザーディール絵, かんざきいわお訳 さ・え・ら書房 1981.2 182p 21cm 980円 ①4-378-00712-6

ドネリー, ジェニファー Donnelly, Jennifer
2858 "A Gathering Light"
◇カーネギー賞（2003年）

ドーハーティ, ジェームズ Daugherty, James
2859 "Daniel Boone"
◇ニューベリー賞（1940年）

ドハティ, バーリー Doherty, Berlie
2860 「シェフィールドを発つ日」 "Granny was a Buffer Girl"
◇カーネギー賞（1986年）
「シェフィールドを発つ日」 バーリー・ドハティ作, 中川千尋訳 福武書店 1990.6 244p 19cm（Best choice）1300円 ①4-8288-4907-6
2861 「ディア・ノーバディ」 "Dear Nobody"
◇カーネギー賞（1991年）
「ディア・ノーバディ」 バーリー・ドハティ〔著〕, 中川千尋訳 新潮社 1994.3 243p 20cm 1700円 ①4-10-527801-0
「ディア・ノーバディ」 バーリー・ドハティ〔著〕, 中川千尋訳 新潮社 1998.3 294p 16cm（新潮文庫）514円 ①4-10-214911-2
「ディアノーバディ あなたへの手紙」 バーリー・ドハティ著, 中川千尋訳 小学館 2007.11 293p 19cm 1500円 ①978-4-09-356708-4

2862 「ホワイト・ピーク・ファーム」 "White Peak Farm"
◇フェニックス賞（2004年）
「ホワイト・ピーク・ファーム」 バーリー・ドハーティ著, 斎藤倫子訳　あすなろ書房　2002.12　183p　20cm　1300円　①4-7515-2193-4

ドバーム, リュドヴィック　Debeurme, Ludovic

2863 "Le lac aux Vélies"
◇イマジネール大賞（2010年〈対象：2008年7月〜09年6月〉／特別賞）

トビーノ, マリオ　Tobino, Mario

2864 "Il clandestino"
◇ストレーガ賞（1962年）

トビーン, コルム　Tóibín, Colm

2865 「ブルックリン」 "Brooklyn"
◇コスタ賞（2009年／長編）
「ブルックリン」 コルム・トビーン著, 栩木伸明訳　白水社　2012.6　340p　20cm（エクス・リブリス）2500円　①978-4-560-09022-0

トービン, ジェームズ　Tobin, James

2866 「アーニー・パイルが見た『戦争』」 "Ernie Pyle's War: America's Eyewitness to World War Ⅱ"
◇全米書評家協会賞（1997年／伝記・自伝）
「アーニー・パイルが見た「戦争」」 ジェームズ・トービン著, 吉村弘訳　芙蓉書房出版　2006.6　315p　22cm　3200円　①4-8295-0380-7

ドブジンスキー, チャールズ　Dobzynski, Charles

2867 "Le commerce des mondes"〔短編集〕
◇イマジネール大賞（1986年／中編〈フランス語〉）

トーブマン, ウィリアム　Taubman, William

2868 "Khrushchev: The Man and His Era"
◇全米書評家協会賞（2003年／伝記・自伝）
◇ピュリッツアー賞（2004年／伝記・自伝）

ドブレ, レジス　Debray, Régis

2869 「雪が燃えるように」 "La neige brûle"
◇フェミナ賞（1977年）
「雪が燃えるように」 レジス・ドブレ著, 西永良成訳　早川書房　1984.9　248p　20cm（Hayakawa novels）1300円

ドボダール, アリエット　de Bodard, Aliette

2870 「没入」 "Immersion"
◇ネビュラ賞（2012年／短編）
◇ローカス賞（2013年／短編）
「SFマガジン　55(3)」〔小川隆訳〕早川書房　2014.3　p30〜43

2871 "The Ship Maker"
◇英国SF協会賞（2010年／短編）

2872 "The Waiting Stars"
◇ネビュラ賞（2013年／中編）

トマ, アンリ　Thomas, Henri

2873 「ジョン・パーキンズ」 "John Perkins suivi d'Un scrupule"
◇メディシス賞（1960年）
「現代フランス文学13人集　3」 中村光夫, 白井浩司編〔若林真訳〕　新潮社　1965　333p　20cm　550円

2874 「岬」 "Le Promontoire"
◇フェミナ賞（1961年）
「新しい世界の文学　9-10」〔若林真, 永井旦訳〕　白水社　1964　2冊　20cm

トマ, シャンタル　Thomas, Chantal

2875 「王妃に別れをつげて」 "Les Adieux à la reine"
◇フェミナ賞（2002年）
「王妃に別れをつげて」 シャンタル・トマ〔著〕, 飛幡祐規訳　白水社　2004.4　278p　20cm　2200円　①4-560-04782-0
「王妃に別れをつげて」 シャンタル・トマ著, 飛幡祐規訳　白水社　2012.11　297p　18cm（白水uブックス―海外小説の誘惑）1300円　①978-4-560-07180-9
※2004年刊の再刊

トマ, ルイス＝ビンセント　Thomas, Louis-Vincent

2876 "Civilisation et divagations"
◇イマジネール大賞（1980年／特別賞）

トマージ・ディ・ランペドゥーサ, ジュゼッペ　Tomasi di Lampedusa, Giuseppe

2877　「山猫」 "Il Gattopardo"
◇ストレーガ賞（1959年）
　「山猫」　ジュウゼッペ・トマージ・ディ・ランペドゥーサ著, 佐藤朔訳　河出書房新社　1963　265p 図版　19cm（Kawade Paperbacks）
　「山猫」　G.T.ランペドゥーサ著, 佐藤朔訳　河出書房新社　2004.10　415p　15cm（河出文庫）980円　①4-309-46249-9
　※1981年刊の改訂新版
　「山猫」　トマージ・ディ・ランペドゥーサ著, 小林惺訳　岩波書店　2008.3　423p　15cm（岩波文庫）860円　①978-4-00-327161-2
　「ランペドゥーザ全小説」　ジュゼッペ・トマージ・ディ・ランペドゥーザ著, 脇功, 武谷なおみ訳〔脇功訳〕　作品社　2014.8　565p　20cm　5400円　①978-4-86182-487-6

トーマス, ジョイス・キャロル　Thomas, Joyce Carol

2878　"Marked by Fire"
◇全米図書賞（1983年/児童小説/ペーパーバック）

トーマス, リー　Thomas, Lee

2879　"Stained"
◇ブラム・ストーカー賞（2004年/処女長編）

トマス, ルイス　Thomas, Lewis

2880　「細胞から大宇宙へ―メッセージはバッハ」 "The Lifes of a Cell: Notes of a Biology Watcher"
◇全米図書賞（1975年/科学）
◇全米図書賞（1975年/学芸）
　「細胞から大宇宙へ―メッセージはバッハ」　ルイス・トマス著, 橋口稔, 石川統訳　平凡社　1976　215p　20cm　1200円

2881　「歴史から学ぶ医学―医学と生物学に関する29章」 "The Medusa and the Snail"
◇全米図書賞（1981年/科学/ペーパーバック）
　「歴史から学ぶ医学―医学と生物学に関する29章」　ルイス・トマス著, 大橋洋一訳　思索社　1986.3　253p　20cm　2000円　①4-7835-0136-X

トーマス, ルース　Thomas, Ruth

2882　"The Runaways"
◇ガーディアン児童文学賞（1988年）

トーマス, ロイ　Thomas, Roy

2883　"The Scarlet Citadel"
◇英国幻想文学賞（1979年/コミック）

トーマス, ロス　Thomas, Ross

2884　「女刑事の死」 "Briar Patch"
◇アメリカ探偵作家クラブ賞（1985年/長編賞）
　「女刑事の死」　ロス・トーマス著, 藤本和子訳　早川書房　1986.8　272p　20cm（Hayakawa novels）1400円　①4-15-207636-4
　「女刑事の死」　ロス・トーマス著, 藤本和子訳　The Mysterious Press　1995.9　479p　16cm（ハヤカワ文庫―ミステリアス・プレス文庫）700円　①4-15-100091-7
　「女刑事の死」　ロス・トーマス著, 藤本和子訳　早川書房　2005.6　513p　16cm（ハヤカワ・ミステリ文庫）980円　①4-15-175601-9

2885　「冷戦交換ゲーム」 "The Cold War Swap"
◇アメリカ探偵作家クラブ賞（1967年/処女長編賞）
　「冷戦交換ゲーム」　ロス・トーマス著, 丸本聰明訳　早川書房　1968　230p　19cm（世界ミステリシリーズ）320円

ドマニック, ジョー　Domanick, Joe

2886　"To Protect and Serve"
◇アメリカ探偵作家クラブ賞（1995年/犯罪実話賞）

トマリン, クレア　Tomalin, Claire

2887　「メアリ・ウルストンクラフトの生と死」 "The Life & Death of Mary Wollstonecraft"
◇コスタ賞（1974年/処女長編）
　「メアリ・ウルストンクラフトの生と死 vol.1」　クレア・トマリン著, 小池和子訳　勁草書房　1989.7　251p　20cm　2060円　①4-326-65105-9
　「メアリ・ウルストンクラフトの生と死 vol.2」　クレア・トマリン著, 小池和子訳　勁草書房　1989.7　236p　20cm　2060円　①4-326-65106-7

2888　"Samuel Pepys: The Unequalled Self"
◇コスタ賞（2002年/年間大賞・伝記）

2889 "The Invisible Woman: The Story Of Nelly Ternan And Charles Dickens"
◇ジェイムズ・テイト・ブラック記念賞（1990年／伝記）

トムソン, ヴァージル　Thomson, Virgil
2890 "A Virgil Thomson Reader"
◇全米書評家協会賞（1981年／批評）

トムソン, ペギー　Thomson, Peggy
2891 "Auks, Rocks, and the Odd Dinosaur: Inside Stories from the Smithsonian's Museum of Natural History"
◇ボストングローブ・ホーンブック賞（1986年／ノンフィクション）

トムプソン, ローレンス　Thompson, Lawrance
2892 "Robert Frost: The Years of Triumph, 1915-1938"
◇ピュリッツアー賞（1971年／伝記・自伝）

ドラッハ, アルベルト　Drach, Albert
◎ビューヒナー賞（1988年）

ドラーネン, ウェンデリン・ヴァン　Draanen, Wendelin Van
2893 "Sammy Keyes and the Hotel Thief"
◇アメリカ探偵作家クラブ賞（1999年／ジュヴナイル賞）

ドラブル, マーガレット　Drabble, Margaret
2894 「黄金のイェルサレム」 "Jerusalem The Golden"
◇ジェイムズ・テイト・ブラック記念賞（1967年／フィクション）
「黄金のイェルサレム」マーガレット・ドラブル著, 小野寺健訳　河出書房新社　1974　280p 20cm（今日の海外小説）1000円
「黄金のイェルサレム」マーガレット・ドラブル〔著〕, 小野寺健訳　河出書房新社　1982.9　280p 19cm（河出海外小説選 37）1600円　※新装版

ドラモンド, ローリー・リン　Drummond, Laurie Lynn
2895 "Something About a Scar"
◇アメリカ探偵作家クラブ賞（2005年／短編賞）

ドラモンド, V.H.　Drummond, Violet Hilda
2896 "Mrs.Easter and the Storks"
◇ケイト・グリーナウェイ賞（1957年）

トランク, アイザイア　Trunk, Isaiah
2897 "Judenrat"
◇全米図書賞（1973年／歴史）

トランストロンメル, トーマス　Tranströmer, Tomas
◎ノイシュタット国際文学賞（1990年）
◎ノーベル文学賞（2011年）

トーランド, ジョン　Toland, John
2898 「大日本帝国の興亡」 "The Rising Sun"
◇ピュリッツアー賞（1971年／ノンフィクション）
「大日本帝国の興亡　1　暁のZ作戦」ジョン・トーランド著, 毎日新聞社訳　毎日新聞社　1971　276, 10p 19cm 540円
「大日本帝国の興亡　2　昇る太陽」ジョン・トーランド著, 毎日新聞社訳　毎日新聞社　1971　274, 10p 19cm 540円
「大日本帝国の興亡　3　死の島々」ジョン・トーランド著, 毎日新聞社訳　毎日新聞社　1971　276, 10p 19cm 540円
「大日本帝国の興亡　4　神風吹かず」ジョン・トーランド著, 毎日新聞社訳　毎日新聞社　1971　275, 11p 19cm 540円
「大日本帝国の興亡　5　平和への道」ジョン・トーランド著, 毎日新聞社訳　毎日新聞社　1971　274, 12p 19cm 540円
「大日本帝国の興亡　1　暁のZ作戦」ジョン・トーランド著, 毎日新聞社訳　新版　早川書房　2015.6　419p 16cm（ハヤカワ文庫 NF）1240円　①978-4-15-050434-2
「大日本帝国の興亡　2　昇る太陽」ジョン・トーランド著, 毎日新聞社訳　新版　早川書房　2015.6　403p 16cm（ハヤカワ文庫 NF）1240円　①978-4-15-050435-9
「大日本帝国の興亡　3　死の島々」ジョン・トーランド著, 毎日新聞社訳　新版　早川書房　2015.7　406p 16cm（ハヤカワ文庫 NF）1240円　①978-4-15-050436-6

「大日本帝国の興亡　4　神風吹かず」
ジョン・トーランド著, 毎日新聞社訳
新版　早川書房　2015.7　405p　16cm
（ハヤカワ文庫 NF）1240円　⑪978-4-
15-050437-3
「大日本帝国の興亡　5　平和への道」
ジョン・トーランド著, 毎日新聞社訳
新版　早川書房　2015.8　430p　16cm
（ハヤカワ文庫 NF）1240円　⑪978-4-
15-050438-0

ドーリィ, エリナー　Doorly, Eleanor

2899 「キュリー夫人―光は悲しみをこえ
て」 "Radium Woman"
◇カーネギー賞（1939年）
「光は悲しみをこえて〈キュリー夫人〉」
エレノア・ドーリー作, 榊原晃三訳, 市
川禎男画　学習研究社　1972.12　255p
21cm（世界の伝記 16）971円　⑪4-05-
104641-9
「キュリー夫人―光は悲しみをこえて」
ドーリー作, 榊原晃三訳　偕成社
1993.1　290p　19cm（偕成社文庫）
800円　⑪4-03-651620-5

トリオレ, エルザ　Triolet, Elsa

2900 「最初のほころびは二百フランかか
る」 "Le premier accroc coûte
deux cents francs"
◇ゴンクール賞（1944年）
「世界短編名作選　フランス編 2」稲田
三吉〔ほか〕編集〔広田正敏訳〕　新日
本出版社　1978.3　268p　19cm　1200円

ドリス, マイケル　Dorris, Michael

2901 「朝の少女」 "Morning Girl"
◇スコット・オデール賞（1993年）
「朝の少女」マイケル・ドリス〔著〕, 灰
谷健次郎訳　新潮社　1994.2　139p
20cm　1200円　⑪4-10-527301-9
「朝の少女」マイケル・ドリス〔著〕, 灰
谷健次郎訳　新潮社　1997.1　141p
15cm（新潮文庫）480円　⑪4-10-
202311-9
2902 "The Broken Cord"
◇全米書評家協会賞（1989年/ノンフィ
クション）

トリスタン, フレデリック
Tristan, Fréderic

2903 "Les Égarés"
◇ゴンクール賞（1983年）

トリップ, ウォーレス　Tripp, Wallace

2904 "Granfa' Grig Had a Pig and
Other Rhymes Without Reason
from Mother Goose"
◇ボストングローブ・ホーンブック賞
（1977年/絵本）

トリート, ローレンス　Treat, Lawrence

2905 「殺人のH」 "H as in Homicide"
◇アメリカ探偵作家クラブ賞（1965年/
短編賞）
「エドガー賞全集　下」ビル・プロン
ジーニ編, 小鷹信光他訳〔小鷹信光訳〕
早川書房　1983.3　16cm（ハヤカワ・
ミステリ文庫）各560円
2906 「ミステリーの書き方」 "Mystery
Writer's Handbook"
◇アメリカ探偵作家クラブ賞（1978年/
スペシャルエドガー）
「ミステリーの書き方」アメリカ探偵作
家クラブ著, ローレンス・トリート編,
大出健訳　講談社　1984.2　256p
18cm 880円　⑪4-06-188552-9
※編集：第一出版センター
「ミステリーの書き方」アメリカ探偵作
家クラブ〔著〕, L.トリート編, 大出健
訳　講談社　1998.7　282p　15cm（講
談社文庫）581円　⑪4-06-263857-6

ドリュイエ, フィリップ
Druillet, Philippe

2907 "Urm le fou"
◇イマジネール大賞（1976年/特別賞）

トリュオン, ジャン＝ミッシェル
Truong, Jean-Michel

2908 "Le successeur de pierre"
◇イマジネール大賞（2000年/長編〈フ
ランス語〉）

ドリュオン, モーリス　Druon, Maurice

2909 「大家族」 "Les grandes familles"
◇ゴンクール賞（1948年）
「大家族　上」モオリス・ドリュオン著,
市原豊太, 梅原成四共訳　創元社　1950
217p 図版　19cm
「大家族　下」モオリス・ドリュオン著,
市原豊太, 梅原成四共訳　創元社　1950
294p 19cm
「人間の終末　第1部 上　大家族　上巻」
ドリュオン著, 市原豊太, 梅原成四共訳
新潮社　1953　190p　16cm（新潮文
庫）
「人間の終末　第1部 下　大家族　下巻」
ドリュオン著, 市原豊太, 梅原成四共訳
新潮社　1953　263p　16cm（新潮文
庫）

トリントン, ジェフ　Torrington, Jeff

2910 "Swing Hammer Swing！"
◇コスタ賞（1992年／年間大賞・処女長編）

トール, アニカ　Thor, Annika

2911 「海の島」 "En ö i havet"〔独語題：Eine Insel im Meer〕
◇ドイツ児童文学賞（1999年／児童書）
「海の島―ステフィとネッリの物語」 アニカ・トール著, 菱木晃子訳　新宿書房　2006.6　293p　20cm　2000円　Ⓘ4-88008-354-2

2912 「海の深み―ステフィとネッリの物語」 "Havets djup"
◇ニルス・ホルゲション賞（1999年）
「海の深み―ステフィとネッリの物語」 アニカ・トール著, 菱木晃子訳　新宿書房　2009.4　267p　20cm　2000円　Ⓘ978-4-88008-396-4

トールキン, クリストファー　Tolkien, Christopher

2913 「シルマリルの物語」 "The Silmarillion"
◇ヒューゴー賞（1978年／ガンダルフ賞〈長編〉）
「シルマリルの物語　上」 J.R.R.トールキン〔著〕, 田中明子訳　評論社　1982.2　432p　20cm　1900円　Ⓘ4-566-02065-7
「シルマリルの物語　下」 J.R.R.トールキン著, 田中明子訳　評論社　1982.3　80, 113p　20cm　1300円　Ⓘ4-566-02066-5
「シルマリルの物語　上」 J.R.R.トールキン〔著〕, 田中明子訳　評論社　1996.8　432p　20cm　2800円　Ⓘ4-566-02065-7
※新装版
「シルマリルの物語　下」 J.R.R.トールキン〔著〕, 田中明子訳　評論社　1996.8　80, 113p　20cm　2000円　Ⓘ4-566-02066-5
※新装版 折り込図1枚
「シルマリルの物語」 J.R.R.トールキン著, 田中明子訳　新版　評論社　2003.5　588p　22cm　3500円　Ⓘ4-566-02377-X

トールキン, J.R.R.　Tolkien, J.R.R.

2914 「シルマリルの物語」 "The Silmarillion"
◇ヒューゴー賞（1978年／ガンダルフ賞〈長編〉）
◇ローカス賞（1978年／ファンタジー長編）
「シルマリルの物語　上」 J.R.R.トールキン〔著〕, 田中明子訳　評論社　1982.2　432p　20cm　1900円　Ⓘ4-566-02065-7
「シルマリルの物語　下」 J.R.R.トールキン著, 田中明子訳　評論社　1982.3　80, 113p　20cm　1300円　Ⓘ4-566-02066-5
「シルマリルの物語　上」 J.R.R.トールキン〔著〕, 田中明子訳　評論社　1996.8　432p　20cm　2800円　Ⓘ4-566-02065-7
※新装版
「シルマリルの物語　下」 J.R.R.トールキン〔著〕, 田中明子訳　評論社　1996.8　80, 113p　20cm　2000円　Ⓘ4-566-02066-5
※新装版
「シルマリルの物語」 J.R.R.トールキン著, 田中明子訳　新版　評論社　2003.5　588p　22cm　3500円　Ⓘ4-566-02377-X
◎ヒューゴー賞（1974年／ガンダルフ賞〈グランドマスター〉）

ドルジュレス, ロラン　Dorgelès, Roland

2915 「木の十字架」 "Les Croix de bois"
◇フェミナ賞（1919年）
「三笠版現代世界文学全集　5　ロラン・ドルジュレス, アンリ・バルビュス」〔山内義雄訳〕　三笠書房　1954　456p　20cm

ドルスト, タンクレート　Dorst, Tankred

◎ビューヒナー賞（1990年）

ドルニック, エドワード　Dolnick, Edward

2916 「ムンクを追え！―『叫び』奪還に賭けたロンドン警視庁美術特捜班の100日」 "Rescue Artist: A True Story of Art, Thieves, and the Hunt for a Missing Masterpiece"
◇アメリカ探偵作家クラブ賞（2006年／犯罪実話賞）
「ムンクを追え！―『叫び』奪還に賭けたロンドン警視庁美術特捜班の100日」 エドワード・ドルニック著, 河野純治訳　光文社　2006.1　418p　20cm　1700円　Ⓘ4-334-96187-8

トルラック, ボブ　Truluck, Bob
2917 "Street Level"
◇シェイマス賞（2001年/処女長編）

ドルーリ, アレン　Drury, Allen
2918 「アメリカ政治の内幕―政治小説」 "Advise and Consent"
◇ピュリッツァー賞（1960年/フィクション）
「アメリカ政治の内幕―政治小説　上」 アレン・ドルーリ著, 川口正吉訳　弘文堂　1964　474p 図版　19cm
「アメリカ政治の内幕―政治小説　中」 アレン・ドルーリ著, 川口正吉訳　弘文堂　1964　475-777p 図版　19cm
「アメリカ政治の内幕―政治小説　下」 アレン・ドルーリ著, 川口正吉訳　弘文堂　1964　780-1063p 図版　19cm

ドーレア, イングリ　d'Aulaire, Ingri
2919 「エブラハム・リンカーン」 "Abraham Lincoln"
◇コルデコット賞（1940年）
「エブラハム・リンカーン」　イングリ・ドオレーア, エドガー・パーリン・ドオレーア著, 光吉夏弥, 進士益太訳　羽田書店　1950　54p 27cm

ドーレア, エドガー・パーリン　d'Aulaire, Edgar Parin
2920 「エブラハム・リンカーン」 "Abraham Lincoln"
◇コルデコット賞（1940年）
「エブラハム・リンカーン」　イングリ・ドオレーア, エドガー・パーリン・ドオレーア著, 光吉夏弥, 進士益太訳　羽田書店　1950　54p 27cm

トレイシー, マーガレット　Tracy, Margaret
2921 「切り裂き魔の森」 "Mrs.White"
◇アメリカ探偵作家クラブ賞（1984年/ペーパーバック賞）
「切り裂き魔の森」　マーガレット・トレイシー著, 中野圭二訳　角川書店　1986.5　302p 15cm（角川文庫）460円　①4-04-260201-0

トレイシー, P.J.　Tracy, P.J.
2922 「天使が震える夜明け」 "Monkeewrench"〔イギリス版：Want To Play？〕
◇アンソニー賞（2004年/処女長編）
◇バリー賞（2004年/処女長編）

「天使が震える夜明け」　P.J.トレイシー著, 戸田早紀訳　ヴィレッジブックス　2006.9　591p 15cm（ヴィレッジブックス）940円　①4-7897-2953-2

トレヴァー, ウイリアム　Trevor, William
2923 「フェリシアの旅」 "Felicia's Journey"
◇コスタ賞（1994年/年間大賞・処女長編）
2924 「フールズ・オブ・フォーチュン」 "Fools of Fortune"
◇コスタ賞（1983年/長編）
「フールズ・オブ・フォーチュン」　ウィリアム・トレヴァー著, 岩見寿子訳　論創社　1992.9　341p 20cm 2000円　①4-8460-0102-4
2925 "The Children of Dynmouth"
◇コスタ賞（1976年/長編）

トレヴェリアン, G.M.　Trevelyan, G.M.
2926 "Lord Grey Of The Reform Bill"
◇ジェイムズ・テイト・ブラック記念賞（1920年/伝記）

ドレクスラー, アンノー　Drechsler, Hanno
2927 "Gesellschaft und Staat"
◇ドイツ児童文学賞（1971年/ノンフィクション）

トレシューイー, ナターシャ　Trethewey, Natasha
2928 "Native Guard"
◇ピュリッツァー賞（2007年/詩）

ドレゾル, テオドール　Dolezol, Theodor
2929 "Planet des Menschen"
◇ドイツ児童文学賞（1976年/ノンフィクション）

トレッドゴールド, M.　Treadgold, Mary
2930 「あらしの島のきょうだい」 "We Couldn't Leave Dinah"
◇カーネギー賞（1941年）
「あらしの島のきょうだい　サーカスがやってくる　黄金の鳥」　トレッドゴールド作, 白木茂訳, 山本耀也等絵　ストレットフィールド作, 村岡花子訳, 山本耀也等絵　デ・ラ・メア作, 福原麟太郎訳, 山本耀也等絵　講談社　1964　406p 図版　21cm（少年少女新世界文学全集 6（イギリス現代編 1））
「あらしの島のきょうだい」　トレッド

ゴールド作, 平賀悦子訳　偕成社
1982.9　2冊　19cm（偕成社文庫）各
450円　①4-03-651010-X

トレバー, メリオル　Trevor, Meriol

2931 "Newman: Light In Winter"
◇ジェイムズ・テイト・ブラック記念賞
（1962年/伝記）

2932 "Newman: The Pillar Of The Cloud"
◇ジェイムズ・テイト・ブラック記念賞
（1962年/伝記）

トレビノ, エリザベス・ボートン・デ
Trevino, Elizabeth Borton de

2933 「赤い十字章」 "I, Juan de Pareja"
◇ニューベリー賞（1966年）
「赤い十字章—画家ベラスケスとその弟子パレハ」 エリザベス・ボートン・デ・トレビノ作, 定松正訳　さ・え・ら書房　1993.11　159p　21cm　1236円　①4-378-00739-8

ドレミュー, アラン　Dorémieux, Alain

2934 "M'éveiller à nouveau près de toi, mon amour"
◇イマジネール大賞（1992年/中編〈フランス語〉）

トレメイン, ローズ　Tremain, Rose

2935 「音楽と沈黙」 "Music and Silence"
◇コスタ賞（1999年/長編）

2936 "Sacred Country"
◇ジェイムズ・テイト・ブラック記念賞
（1992年/フィクション）

2937 "The Road Home"
◇ベイリーズ賞（2008年）

ドーレン, カール・ヴァン
Doren, Carl Van

2938 "Benjamin Franklin"
◇ピュリッツアー賞（1939年/伝記・自伝）

ドーレン, マーク・ヴァン
Doren, Mark Van

2939 "Collected Poems"
◇ピュリッツアー賞（1940年/詩）

トロイ, ウィリアム　Troy, William

2940 "Selected Essays"
◇全米図書賞（1968年/学芸）

トロワイヤ, アンリ　Troyat, Henri

2941 「蜘蛛」 "L'araigne"
◇ゴンクール賞（1938年）
「蜘蛛」 アンリ・トロワイヤ著, 福永武彦訳　新潮社　1951　280p　16cm（新潮文庫）

トンプスン, トーマス
Thompson, Thomas

2942 "Blood and Money"
◇アメリカ探偵作家クラブ賞（1977年/犯罪実話賞）

トンプソン, アリス　Thompson, Alice

2943 "Justine"
◇ジェイムズ・テイト・ブラック記念賞
（1996年/フィクション）

トンプソン, ケイト　Thompson, Kate

2944 「時間のない国で」 "The New Policeman"
◇ガーディアン児童文学賞（2005年）
◇コスタ賞（2005年/児童書）
「時間のない国で　上」 ケイト・トンプソン著, 渡辺庸子訳　東京創元社　2006.11　226p　20cm（Sogen bookland）1700円　①4-488-01949-8
「時間のない国で　下」 ケイト・トンプソン著, 渡辺庸子訳　東京創元社　2006.11　222p　20cm（Sogen bookland）1700円　①4-488-01950-1

トンプソン, スーザン　Thompson, Susan

2945 "Silk Stalkings: When Women Write of Murder"
◇マカヴィティ賞（1989年/評論・評伝）

トンプソン, トニー　Thompson, Tony

2946 "The Infiltrators"
◇英国推理作家協会賞（2001年/ゴールド・ダガー〈ノンフィクション〉）

トンプソン, ブライアン
Thompson, Brian

2947 "Keeping Mum"
◇コスタ賞（2006年/伝記）

トンプソン, ヘザー・アン
Thompson, Heather Ann

2948 "Blood in the Water: The Attica Prison Uprising of 1971 and Its

トンプソン, ルイス　Thompson, Lewis

2949 "The Girl with the Scarlet Brand"
◇アメリカ探偵作家クラブ賞（1955年/犯罪実話賞）

【ナ】

ナイ, ラッセル・ブレイン
Nye, Russell Blaine

2950 "George Bancroft：Brahmin Rebel"
◇ピュリッツァー賞（1945年/伝記・自伝）

ナイト, クリストファー・G.
Knight, Christopher G.

2951 "The Weaver's Gift"
◇ボストングローブ・ホーンブック賞（1981年/ノンフィクション）

ナイト, スティーブン　Knight, Stephen

2952 "Perfect Murder"
◇英国推理作家協会賞（1987年/ゴールド・ダガー〈ノンフィクション〉）

ナイト, デーモン　Knight, Damon

2953 「人類供応法」"To Serve Man"
◇ヒューゴー賞（1951年〈レトロ・ヒューゴー賞 2001年授与〉/短編）
◎ネビュラ賞（1994年/グランド・マスター）

ナイドゥー, ビヴァリー
Naidoo, Beverley

2954 「真実の裏側」"The Other Side of Truth"
◇カーネギー賞（2000年）
◇ネスレ子どもの本賞（2000年/9～11歳部門/銀賞）

「真実の裏側」ビヴァリー・ナイドゥー著, もりうちすみこ訳　めるくまーる　2002.7　342p　20cm　1800円　①4-8397-0111-3

梟　ナイトオウル

2955 「牙の旅商人～The Arms Peddler～」"The Arms Peddler"（1～6巻）
◇イマジネール大賞（2014年/マンガ）

「牙の旅商人　1」七月鏡一原作, 梟作画　スクウェア・エニックス　2010.11　173p　19cm（ヤングガンガンコミックス）533円　①978-4-7575-3042-3

「牙の旅商人　2」七月鏡一原作, 梟作画　スクウェア・エニックス　2011.3　1冊　19cm（ヤングガンガンコミックスsuper）552円　①978-4-7575-3179-6

「牙の旅商人　3」七月鏡一原作, 梟作画　スクウェア・エニックス　2011.8　1冊　19cm（ヤングガンガンコミックスsuper）552円　①978-4-7575-3348-6

「牙の旅商人　4」七月鏡一原作, 梟作画　スクウェア・エニックス　2012.1　1冊（ページ付なし）19cm（ヤングガンガンコミックスsuper）552円　①978-4-7575-3491-9

「牙の旅商人　5」七月鏡一原作, 梟作画　スクウェア・エニックス　2012.6　204p　19cm（ヤングガンガンコミックスsuper）552円　①978-4-7575-3639-5

「牙の旅商人　6」七月鏡一原作, 梟作画　スクウェア・エニックス　2012.11　189p　19cm（ヤングガンガンコミックスsuper）552円　①978-4-7575-3798-9

ナイポール, シヴァ　Naipaul, Shiva

2956 "The Chip Chip Gatherers"
◇コスタ賞（1973年/長編）

ナイポール, V.S.　Naipaul, V.S.

2957 「自由の国で」"In a Free State"
◇ブッカー賞（1971年）

「自由の国で」V.S.ナイポール著, 安引宏訳　草思社　2007.12　397p　20cm（V.S.ナイポール・コレクション 3）3200円　①978-4-7942-1663-2

◎ノーベル文学賞（2001年）

ナヴァスキー, ヴィクター・S.
Navasky, Victor S.

2958 "Naming Names"
◇全米図書賞（1982年/一般ノンフィクション/ペーパーバック）

ナヴァール, イヴ　Navarre, Yves

2959 "Le jardin d'acclimatation"
◇ゴンクール賞（1980年）

ナヴァーロ, イヴォンヌ　Navarro, Yvonne
　　2960 "The Willow Files 2"
　　◇ブラム・ストーカー賞（2001年/若い読者向け）

ナウマン, フランツ　Neumann, Franz
　　2961 "Gesellschaft und Staat"
　　◇ドイツ児童文学賞（1971年/ノンフィクション）

長崎 尚志　ながさき・たかし
　　2962 「BILLY BAT」"Billy Bat"（1〜5巻）
　　◇イマジネール大賞（2013年/マンガ）
　　　「BILLY BAT　1」浦沢直樹著, 長崎尚志ストーリー共同制作　講談社　2009.6　189p　19cm（モーニングKC）600円　①978-4-06-372812-5
　　　「BILLY BAT　2」浦沢直樹著, 長崎尚志ストーリー共同制作　講談社　2009.11　211p　19cm（モーニングKC）590円　①978-4-06-372853-8
　　　「BILLY BAT　3」浦沢直樹著, 長崎尚志ストーリー共同制作　講談社　2010.3　221p　19cm（モーニングKC）590円　①978-4-06-372888-0
　　　「BILLY BAT　4」浦沢直樹著, 長崎尚志ストーリー共同制作　講談社　2010.7　236p　19cm（モーニングKC）600円　①978-4-06-372922-1
　　　「BILLY BAT　5」浦沢直樹著, 長崎尚志ストーリー共同制作　講談社　2010.11　187p　19cm（モーニングKC）590円　①978-4-06-372955-9

ナガタ, リンダ　Nagata, Linda
　　2963 「極微機械ボーア・メイカー」"The Bohr Maker"
　　◇ローカス賞（1996年/処女長編）
　　　「極微機械ボーア・メイカー」リンダ・ナガタ著, 中原尚哉訳　早川書房　1998.8　463p　16cm（ハヤカワ文庫SF）820円　①4-15-011243-6
　　2964 「接続戦闘分隊―暗闇のパトロール」"The Red: First Light"
　　◇ジョン・W・キャンベル記念賞（2014年/第3位）
　　2965 "Goddesses"
　　◇ネビュラ賞（2000年/中長編）

ナサー, シルヴィア　Nasar, Sylvia
　　2966 「ビューティフル・マインド―天才数学者の絶望と奇跡」"A Beautiful Mind"
　　◇全米書評家協会賞（1998年/伝記・自伝）
　　　「ビューティフル・マインド―天才数学者の絶望と奇跡」シルヴィア・ナサー〔著〕, 塩川優訳　新潮社　2002.3　595p　20cm　2600円　①4-10-541501-8
　　　「ビューティフル・マインド―天才数学者の絶望と奇跡」シルヴィア・ナサー〔著〕, 塩川優訳　新潮社　2013.11　953p　16cm（新潮文庫）1200円　①978-4-10-218441-7

ナーダシュ・ペーテル　Nádas Péter
　　◎フランツ・カフカ賞（2003年）

ナタンソン, M.　Natanson, Maurice
　　2967 "Edmund Husserl: Philosopher of Infinite Tasks"
　　◇全米図書賞（1974年/哲学・宗教）

ナッシュ, ジェイ・ロバート　Nash, Jay Robert
　　2968 "The Encyclopedia of World Crime, Criminal Justice, Criminology, and Law Enforcement"
　　◇アメリカ探偵作家クラブ賞（1991年/スペシャルエドガー）

ナッシュ, マーガレット　Nash, Margaret
　　2969 "Secret in the Mist"
　　◇ネスレ子どもの本賞（1998年/5歳以下部門/銅賞）

ナデル, バーバラ　Nadel, Barbara
　　2970 「イスタンブールの記憶」"Deadly Web"
　　◇英国推理作家協会賞（2005年/シルバー・ダガー）
　　　「イスタンブールの記憶」バーバラ・ナデル著, 高山真由美訳　アップフロントブックス　2008.9　503p　19cm　1600円　①978-4-8470-1765-0

七月 鏡一　ななつき・きょういち
　　2971 「牙の旅商人〜The Arms Peddler〜」"The Arms Peddler"（1〜6巻）
　　◇イマジネール大賞（2014年/マンガ）
　　　「牙の旅商人　1」七月鏡一原作, 梟作画　スクウェア・エニックス　2010.11　173p　19cm（ヤングガンガンコミックス）533円　①978-4-7575-3042-3
　　　「牙の旅商人　2」七月鏡一原作, 梟作画　スクウェア・エニックス　2011.3　1冊

19cm（ヤングガンガンコミックス super） 552円　Ⓘ978-4-7575-3179-6
「牙の旅商人　3」七月鏡一原作, 梟作画　スクウェア・エニックス　2011.8　1冊　19cm（ヤングガンガンコミックス super）　552円　Ⓘ978-4-7575-3348-6
「牙の旅商人　4」七月鏡一原作, 梟作画　スクウェア・エニックス　2012.1　1冊（ページ付なし）19cm（ヤングガンガンコミックスsuper）　552円　Ⓘ978-4-7575-3491-9
「牙の旅商人　5」七月鏡一原作, 梟作画　スクウェア・エニックス　2012.6　204p　19cm（ヤングガンガンコミックスsuper）　552円　Ⓘ978-4-7575-3639-5
「牙の旅商人　6」七月鏡一原作, 梟作画　スクウェア・エニックス　2012.11　189p　19cm（ヤングガンガンコミックスsuper）　552円　Ⓘ978-4-7575-3798-9

ナブ, マグダレン　Nabb, Magdalen
2972 "Josie Smith and Eileen"
◇ネスレ子どもの本賞（1991年/6～8歳部門）

【 ニ 】

ニーヴン, ラリイ　Niven, Larry
2973「インテグラル・ツリー」 "The Integral Trees"
◇ローカス賞（1985年/SF長編）
「インテグラル・ツリー」ラリイ・ニーヴン著, 小隅黎訳　早川書房　1986.11　387p　16cm（ハヤカワ文庫―SF）480円　Ⓘ4-15-010693-2
2974「太陽系辺境空域」 "The Borderland of Sol"
◇ヒューゴー賞（1976年/中編）
「太陽系辺境空域」ラリイ・ニーヴン著, 小隅黎訳　早川書房　1979.6　372p　16cm（ハヤカワ文庫―SF ノウンスペース・シリーズ）400円
「無常の月―ザ・ベスト・オブ・ラリイ・ニーヴン」ラリイ・ニーヴン著, 小隅黎, 伊藤典夫訳〔小隅黎訳〕早川書房　2018.3　319p　16cm（ハヤカワ文庫 SF）960円　Ⓘ978-4-15-012173-0
2975「中性子星」 "Neutron Star"
◇ヒューゴー賞（1967年/短編）
「中性子星」ラリイ・ニーヴン著, 小隅黎訳　早川書房　1980.7　445p　16cm（ハヤカワ文庫―SF）520円

2976「長い夜」 "Convergent Series"
◇ローカス賞（1980年/著作集）
「SFマガジン　29（5）」〔小隅黎訳〕早川書房　1988.5　p232～238
2977「ホール・マン」 "The Hole Man"
◇ヒューゴー賞（1975年/短編）
「世界SF大賞傑作選（ヒューゴー・ウィナーズ）8」アイザック・アシモフ編〔小隅黎訳〕講談社　1978.8　294p　15cm（講談社文庫）340円
「SFマガジン700―創刊700号記念アンソロジー　海外篇」山岸真編〔小隅黎訳〕早川書房　2014.5　463p　16cm（ハヤカワ文庫 SF）1060円　Ⓘ978-4-15-011960-7
「無常の月―ザ・ベスト・オブ・ラリイ・ニーヴン」ラリイ・ニーヴン著, 小隅黎, 伊藤典夫訳〔小隅黎訳〕早川書房　2018.3　319p　16cm（ハヤカワ文庫 SF）960円　Ⓘ978-4-15-012173-0
2978「無常の月」 "Inconstant Moon"
◇ヒューゴー賞（1972年/短編）
「世界SF大賞傑作選（ヒューゴー・ウィナーズ）6」アイザック・アシモフ編〔小隅黎訳〕講談社　1978.6　288p　15cm（講談社文庫）340円
「無常の月」ラリイ・ニーヴン著, 小隅黎〔ほか〕訳〔小隅黎訳〕早川書房　1979.1　320p　16cm（ハヤカワ文庫―SF）360円
「無常の月―ザ・ベスト・オブ・ラリイ・ニーヴン」ラリイ・ニーヴン著, 小隅黎, 伊藤典夫訳〔小隅黎訳〕早川書房　2018.3　319p　16cm（ハヤカワ文庫 SF）960円　Ⓘ978-4-15-012173-0
2979「リングワールド」 "Ringworld"
◇ネビュラ賞（1970年/長編）
◇ヒューゴー賞（1971年/長編）
◇ローカス賞（1971年/長編）
「リングワールド」ラリイ・ニーヴン著, 小隅黎訳　早川書房　1978.6　357p　20cm（海外SFノヴェルズ）1400円
「リングワールド」ラリイ・ニーヴン著, 小隅黎訳　早川書房　1985.6　536p　16cm（ハヤカワ文庫―SF）660円　Ⓘ4-15-010616-9
2980 "The Missing Mass"
◇ローカス賞（2001年/短編）

◎ネビュラ賞（2014年/グランド・マスター）

ニエヴォ, スタニズラオ　Nievo, Stanislao
2981 "Le isole del paradiso"
◇ストレーガ賞（1987年）

ニエト, ホセー・ガルシア
Nieto, José García
◎セルバンテス賞（1996年）

ニクソン, ジョーン・ローリー
Nixon, Joan Lowery
2982 「クリスティーナの誘拐」 "The Kidnapping of Christina Lattimore"
◇アメリカ探偵作家クラブ賞（1980年/ジュヴナイル賞）
「クリスティーナの誘拐」 ジョーン・ラウリー・ニクソン〔著〕, 宮下嶺夫訳 評論社 1984.7 332p 20cm （児童図書館・SOSシリーズ） 1200円 ①4-566-01251-4
2983 "The Name of the Game Was Murder"
◇アメリカ探偵作家クラブ賞（1994年/ヤングアダルト賞）
2984 "The Other Side of Dark"
◇アメリカ探偵作家クラブ賞（1987年/ジュヴナイル賞）
2985 "The Seance"
◇アメリカ探偵作家クラブ賞（1981年/ジュヴナイル賞）

ニクルズ, デイヴィッド Nickle, David
2986 "Rat Food"
◇ブラム・ストーカー賞（1997年/短編）

ニコラス, リン・H. Nicholas, Lynn H.
2987 "The Rape of Europa: The Fate of Europe's Treasures in the Third Reich and the Second World War"
◇全米書評家協会賞（1994年/ノンフィクション）

ニコル, チャールズ Nicholl, Charles
2988 "The Reckoning: The Murder Of Christopher Marlowe"
◇英国推理作家協会賞（1992年/ゴールド・ダガー〈ノンフィクション〉）
◇ジェイムズ・テイト・ブラック記念賞（1992年/伝記）

ニコルズ, ヴィクトリア
Nichols, Victoria
2989 "Silk Stalkings: When Women Write of Murder"
◇マカヴィティ賞（1989年/評論・評伝）

ニコルズ, ピーター Nicholls, Peter
2990 "The Encyclopedia of Science Fiction"
◇英国SF協会賞（1993年/特別賞）
◇ヒューゴー賞（1994年/ノンフィクション）
◇ローカス賞（1994年/ノンフィクション）
2991 "The Science Fiction Encyclopedia"
◇ヒューゴー賞（1980年/ノンフィクション）
◇ローカス賞（1980年/関連ノンフィクション）

ニコルズ, ロイ・フランクリン
Nichols, Roy Franklin
2992 "The Disruption of American Democracy"
◇ピュリッツアー賞（1949年/歴史）

ニコルソン, ウィリアム
Nicholson, William
2993 "The Wind Singer"
◇ネスレ子どもの本賞（2000年/9～11歳部門/金賞）

ニコルソン, ナイジェル Nicolson, Nigel
2994 "Mary Curzon"
◇コスタ賞（1977年/伝記）

ニコレイ, スコット Nicolay, Scott
2995 "Do You Like to Look at Monsters？"
◇世界幻想文学大賞（2015年/短編）

ニザン, ポール Nizan, Paul
2996 「陰謀」 "La Conspiration"
◇アンテラリエ賞（1938年）
「世界文学全集―20世紀の文学 25 サルトル, ニザン」 伊藤整等編〔鈴木道彦訳〕 集英社 1965 502p 図版 20cm
「ポール・ニザン著作集 5 陰謀」 鈴木道彦訳 晶文社 1971 350p 20cm 780円
「陰謀」 ポール・ニザン著, 花輪莞爾訳 角川書店 1971 370p 15cm （角川文庫） 260円

ニッツ, ジェイ Nitz, Jai
2997 "Heaven's Devils"

◇ブラム・ストーカー賞（2004年／イラスト物語）

ニッフェネガー, オードリー　Niffenegger, Audrey
2998　「きみがぼくを見つけた日」〔旧題「タイムトラベラーズ・ワイフ」〕）"The Time Traveler's Wife"
◇ジョン・W・キャンベル記念賞（2005年／第3位）
「タイムトラベラーズ・ワイフ　上」オードリー・ニッフェネガー著, 羽田詩津子訳　ランダムハウス講談社　2004.12　393p　20cm　1600円　①4-270-00051-1
「タイムトラベラーズ・ワイフ　下」オードリー・ニッフェネガー著, 羽田詩津子訳　ランダムハウス講談社　2004.12　358p　20cm　1600円　①4-270-00052-X
「きみがぼくを見つけた日　上」オードリー・ニッフェネガー著, 羽田詩津子訳　ランダムハウス講談社　2006.5　447p　15cm　880円　①4-270-10039-7
※「タイムトラベラーズ・ワイフ」（2004年刊）の改題
「きみがぼくを見つけた日　下」オードリー・ニッフェネガー著, 羽田詩津子訳　ランダムハウス講談社　2006.5　413p　15cm　850円　①4-270-10040-0
※「タイムトラベラーズ・ワイフ」（2004年刊）の改題

ニート, パトリック　Neate, Patrick
2999　"Twelve Bar Blues"
◇コスタ賞（2001年／長編）
3000　"Where You're At: Notes From the Frontline of a Hip-Hop Planet"
◇全米書評家協会賞（2004年／批評）

ニードリッヒ, ヨハネス　Niedlich, Johannes K.G.
3001　「マイカのこうのとり」"Siebenstorch"
◇ドイツ児童文学賞（1992年／児童書）

ニーバー, ゲイリー・ウォーレン　Niebuhr, Gary Warren
3002　"Make Mine a Mystery: A Reader's Guide to Mystery and Detective Fiction"
◇アンソニー賞（2004年／評論・ノンフィクション）
◇マカヴィティ賞（2004年／評論・評伝）

ニーフ, チャールズ　Knief, Charles
3003　"Diamond Head"
◇シェイマス賞（1995年／私立探偵小説コンテスト）

ニミエ, マリー　Nimier, Marie
3004　"La Reine du silence"
◇メディシス賞（2004年）

ニモ, ジェニー　Nimmo, Jenny
3005　"The Owl Tree"
◇ネスレ子どもの本賞（1997年／6〜8歳部門／金賞）
3006　"The Snow Spider"
◇ネスレ子どもの本賞（1986年／グランプリ・7〜11歳部門）

ニュカネン, マーク　Nykaned, Mark
3007　"The Silent Shame"
◇アメリカ探偵作家クラブ賞（1985年／スペシャルエドガー）

ニュートン, エディー　Newton, Eddie
3008　"Home"
◇アメリカ探偵作家クラブ賞（2006年／ロバート・L・フィッシュ賞）

ニュービー, P.H.　Newby, P.H.
3009　"Something to Answer For"
◇ブッカー賞（1969年）

ニューベリー, リンダ　Newbery, Linda
3010　"Catcall"
◇ネスレ子どもの本賞（2007年／9〜11歳部門／銀賞）
3011　"Set in Stone"
◇コスタ賞（2006年／児童書）

ニューマン, エマ　Newman, Emma
3012　"A Woman's Place"
◇英国幻想文学賞（2015年／短編）

ニューマン, キム　Newman, Kim
3013　"Horror: Another 100 Best Books"
◇ブラム・ストーカー賞（2005年／ノンフィクション）
3014　"Horror: the 100 Best Books"
◇ブラム・ストーカー賞（1989年／ノンフィクション）
3015　"The Original Doctor Shade"

◇英国SF協会賞（1990年/短編）
3016 "Where the Bodies Are Buried"
◇英国幻想文学賞（2001年/短編集）

ニューマン, シャラン　Newman, Sharan
3017 "Death Comes as Epiphany"
◇マカヴィティ賞（1994年/処女長編）

ニーリー, マーク・E., Jr.
Neely, Mark E., Jr.
3018 "The Fate of Liberty: Abraham Lincolnand Civil Liberties"
◇ピュリッツアー賞（1992年/歴史）

ニーリイ, バーバラ　Neely, Barbara
3019 「怯える屋敷」 "Blanche on the Lam"
◇アガサ賞（1992年/処女長編）
◇アンソニー賞（1993年/処女長編）
◇マカヴィティ賞（1993年/処女長編）
「怯える屋敷」 バーバラ・ニーリイ著, 坂口玲子訳　早川書房　1995.5　278p　16cm（ハヤカワ・ミステリ文庫）520円　①4-15-079951-2

ニール, ジャネット　Neel, Janet
3020 「天使の一撃」 "Death's Bright Angel"
◇英国推理作家協会賞（1988年/ジョン・クリーシー記念賞）
「天使の一撃」 ジャネット・ニール著, 坂口玲子訳　早川書房　1990.8　374p　16cm（ハヤカワ・ミステリ文庫）540円　①4-15-078051-X

ニール, マシュー　Kneale, Matthew
3021 「英国紳士、エデンへ行く」 "English Passengers"
◇コスタ賞（2000年/年間大賞・長編）
「英国紳士、エデンへ行く」 マシュー・ニール著, 宮脇孝雄訳　早川書房　2007.10　574p　20cm　2500円　①978-4-15-208869-7

ニール, J.E.　Neale, J.E.
3022 "Queen Elizabeth"
◇ジェイムズ・テイト・ブラック記念賞（1934年/伝記）

ニルソン, ウルフ　Nilsson, Ulf
3023 "En kamp för frihet"
◇ニルス・ホルゲション賞（1984年）
3024 "Lilla syster kanin"

◇ニルス・ホルゲション賞（1984年）

【ヌ】

ヌスラ, ルイ　Nucera, Louis
3025 "Le Chemin de la Lanterne"
◇アンテラリエ賞（1981年）

ヌーネス, リジア・ボジュンガ　Nunes, Lygia Bojunga
◎国際アンデルセン賞（1982年/作家賞）
◎アストリッド・リンドグレーン記念文学賞（2004年）

ヌホフ, エリック　Neuhoff, Éric
3026 "La Petite Française"
◇アンテラリエ賞（1997年）

ヌーランド, シャーウィン・B.
Nuland, Sherwin B.
3027 "How We Die: Reflections on Life's Final Chapter"
◇全米図書賞（1994年/ノンフィクション）

ヌーリシエ, フランソワ
Nourissier, François
3028 "La Crève"
◇フェミナ賞（1970年）

ヌーン, ジェフ　Noon, Jeff
3029 「ヴァート」 "Vurt"
◇アーサー・C・クラーク賞（1994年）
「ヴァート」 ジェフ・ヌーン著, 田中一江訳　早川書房　1995.12　502p　16cm（ハヤカワ文庫—SF）700円　①4-15-011126-X

【ネ】

ネイフ, スティーヴン　Naifeh, Steven
3030 "Jackson Pollock"
◇ピュリッツアー賞（1991年/伝記・自伝）

ネイラー, グローリア Naylor, Gloria

3031 "The Women of Brewster Place"
◇全米図書賞（1983年/処女小説）

ネイラー, フィリス・レノルズ
Naylor, Phyllis Reynolds

3032「シャイローがきた夏」〔別題「さびしい犬」〕"Shiloh"
◇ニューベリー賞（1992年）
「さびしい犬」フィリス＝レノルズ・ネイラー作, 斉藤健一訳, 井江栄絵　講談社　1993.5　221p　22cm（世界の子どもライブラリー）1400円　①4-06-194728-1
「シャイローがきた夏」フィリス・レイノルズ・ネイラー著, さくまゆみこ訳　あすなろ書房　2014.9　190p　20cm　1300円　①978-4-7515-2229-5
※画：岡本順

3033 "Bernie Magruder & the Bats in the Belfry"
◇アメリカ探偵作家クラブ賞（2004年/ジュヴナイル賞）

3034 "Night Cry"
◇アメリカ探偵作家クラブ賞（1985年/ジュヴナイル賞）

ネヴィル, アダム Nevill, Adam

3035 "Last Days"
◇英国幻想文学賞（2013年/ホラー長編〈オーガスト・ダーレス賞〉）

3036 "No One Gets Out Alive"
◇英国幻想文学賞（2015年/ホラー長編〈オーガスト・ダーレス賞〉）

3037 "The Ritual"
◇英国幻想文学賞（2012年/ホラー長編〈オーガスト・ダーレス賞〉）

ネヴィル, エミリー・C.
Neville, Emily Cheney

3038 "It's Like This, Cat"
◇ニューベリー賞（1964年）

ネヴィンズ, アラン Nevins, Allan

3039 "Grover Cleveland"
◇ピュリッツァー賞（1933年/伝記・自伝）

3040 "Hamilton Fish"
◇ピュリッツァー賞（1937年/伝記・自伝）

3041 "Ordeal of the Union, Vols.Ⅶ & Ⅷ: The Organized War, 1863-1864 and The Organized War to Victory"
◇全米図書賞（1972年/歴史）

ネヴィンズ, フランシス・M., Jr.
Nevins, Francis M., Jr.

3042 "Cornell Woolrich: First You Dream, Then You Die"
◇アメリカ探偵作家クラブ賞（1989年/批評・評伝賞）

3043 "Royal Bloodline: Ellery Queen, Author and Detective"
◇アメリカ探偵作家クラブ賞（1975年/スペシャルエドガー）

ネシ, エドアルド Nesi, Edoardo

3044 "Storia della mia gente"
◇ストレーガ賞（2011年）

ネス, エバリン Ness, Evaline

3045「へんてこりんなサムとねこ」"Sam, Bangs & Moonshine"
◇コルデコット賞（1967年）
「へんてこりんなサムとねこ」エヴァリン・ネス作・絵, 猪熊葉子訳　佑学社　1981.10　1冊　26cm（アメリカ創作絵本シリーズ）880円

ネス, パトリック Ness, Patrick

3046「怪物はささやく」"A Monster Calls"〔独語題：Sieben Minuten nach Mitternacht〕
◇カーネギー賞（2012年）
◇ドイツ児童文学賞（2012年/青少年審査委員賞）
「怪物はささやく」パトリック・ネス著, シヴォーン・ダウド原案, 池田真紀子訳　あすなろ書房　2011.11　221p　20cm　1600円　①978-4-7515-2222-6
※イラストレーション：ジム・ケイ
「怪物はささやく」シヴォーン・ダウド原案, パトリック・ネス著, 池田真紀子訳　東京創元社　2017.5　254p　15cm（創元推理文庫）800円　①978-4-488-59307-0
※あすなろ書房 2011年刊の再刊

3047「心のナイフ」"The Knife of Never Letting Go"
◇ガーディアン児童文学賞（2008年）
「心のナイフ 上」パトリック・ネス著, 金原瑞人, 樋渡正人訳　東京創元社　2012.5　274p　19cm（混沌の叫び 1）1900円　①978-4-488-01345-5
「心のナイフ 下」パトリック・ネス著, 金原瑞人, 樋渡正人訳　東京創元社

2012.5　269p　19cm（混沌の叫び 1）
   1900円　⓵978-4-488-01346-2
3048 「問う者、答える者」(混沌の叫び 2)
   "The Ask and the Answer:
   Chaos Walking, Book Two"
◇コスタ賞（2009年／児童書）
   「問う者、答える者　上」パトリック・
   ネス著, 金原瑞人, 樋渡正人訳　東京創
   元社　2012.11　297p　19cm（混沌
   の叫び 2）1900円　⓵978-4-488-01349-3
   「問う者、答える者　下」パトリック・
   ネス著, 金原瑞人, 樋渡正人訳　東京創
   元社　2012.11　284p　19cm（混沌
   の叫び 2）1900円　⓵978-4-488-01350-9
3049 「人という怪物」 "Monsters of
   Men"
◇カーネギー賞（2011年）
   「人という怪物　上」パトリック・ネス
   著, 金原瑞人, 樋渡正人訳　東京創元社
   2013.9　341p　19cm（混沌の叫び 3）
   2300円　⓵978-4-488-01002-7
   「人という怪物　下」パトリック・ネス
   著, 金原瑞人, 樋渡正人訳　東京創元社
   2013.9　372p　19cm（混沌の叫び 3）
   2300円　⓵978-4-488-01003-4

ネストリンガー, クリスティーネ
Nöstlinger, Christine

3050 「きゅうりの王さまやっつけろ」
   "Wir pfeifen auf den
   Gurkenkönig"
◇ドイツ児童文学賞（1973年／児童書）
   「きゅうりの王さまやっつけろ」ネスト
   リンガー作, 若林ひとみ訳　岩波書店
   1987.7　219p　18cm（岩波少年文庫）
   500円　⓵4-00-111044-X
   「きゅうりの王さまやっつけろ」ネスト
   リンガー作, 若林ひとみ訳　新版　岩波
   書店　2001.6　219p　18cm（岩波少年
   文庫）640円　⓵4-00-114087-X
◎国際アンデルセン賞（1984年／作家
   賞）
◎アストリッド・リンドグレーン記念文
   学賞（2003年）

ネミロフスキー, イレーヌ
Némirovsky, Irène

3051 「フランス組曲」 "Suite française"
◇ルノドー賞（2004年）
   「フランス組曲」イレーヌ・ネミロフス
   キー著, 野崎歓, 平岡敦訳　白水社
   2012.11　565p　20cm　3600円　⓵978-
   4-560-08245-4

ネムロフ, ハワード　Nemerov, Howard
3052 "Collected Poems"
◇ピュリッツアー賞（1978年／詩）
3053 "The Collected Poems of
   Howard Nemerov"
◇全米図書賞（1978年／詩）

ネール, エレン　Nehr, Ellen
3054 "Deadly Women: The Woman
   Mystery Reader's Indispensable
   Companion"
◇マカヴィティ賞（1998年／ノンフィク
   ション）
3055 "Doubleday Crime Club
   Compendium 1928-1991"
◇アンソニー賞（1993年／評論）
◇マカヴィティ賞（1993年／評論・評
   伝）

ネルソン, ヴォーンダ・ミショー
Nelson, Vaunda Micheaux

3056 「ハーレムの闘う本屋―ルイス・ミ
   ショーの生涯」 "No Crystal
   Stair: A Documentary Novel of
   the Life and Work of Lewis
   Michaux, Harlem Bookseller"
◇ボストングローブ・ホーンブック賞
   （2012年／フィクション）
   「ハーレムの闘う本屋―ルイス・ミショー
   の生涯」ヴォーンダ・ミショー・ネル
   ソン著, R・グレゴリー・クリスティイ
   ラスト, 原田勝訳　あすなろ書房
   2015.2　179p　26cm　1800円　⓵978-4-
   7515-2752-8

ネルソン, マリリン　Nelson, Marilyn
3057 "Carver: A Life in Poems"
◇ボストングローブ・ホーンブック賞
   （2001年／フィクション・詩）

ネルーダ, パブロ　Neruda, Pabl
◎ノーベル文学賞（1971年）

【ノ】

ノー, オニール・デ　Noux, O'Neil De
3058 「心にはそれなりの理由がある」
   "The Heart Has Reasons"
◇シェイマス賞（2007年／短編）
   「ハヤカワミステリマガジン　53(9)」

〔横山啓明訳〕　早川書房　2008.9　p64〜81

ノー, ジョン＝アントワーヌ　Nau, John-Antoine

3059 "Force ennemie"
◇ゴンクール賞（1903年）

ノヴィク, ナオミ　Novik, Naomi

3060 「テメレア戦記」（気高き王家の翼, 翡翠の玉座, 黒雲の彼方へ）"Temeraire"（His Majesty's Dragon;Throne of Jade;Black Powder War）
◇ローカス賞（2007年／処女長編）
「テメレア戦記　1　気高き王家の翼」ナオミ・ノヴィク著, 那波かおり訳　ヴィレッジブックス　2007.12　438p　20cm　1600円　①978-4-7897-3226-0
「テメレア戦記　2　翡翠の玉座」ナオミ・ノヴィク著, 那波かおり訳　ヴィレッジブックス　2008.12　525p　20cm　1600円　①978-4-86332-114-4
「テメレア戦記　3　黒雲の彼方へ」ナオミ・ノヴィク著, 那波かおり訳　ヴィレッジブックス　2009.12　486p　20cm　1600円　①978-4-86332-208-0

3061 「ドラゴンの塔」"Uprooted"
◇ネビュラ賞（2015年／長編）
「ドラゴンの塔　上」ナオミ・ノヴィク著, 那波かおり訳　静山社　2016.12　374p　20cm　1800円　①KS165-L28　①978-4-86389-366-5
※別タイトル「魔女の娘」
「ドラゴンの塔　下」ナオミ・ノヴィク著, 那波かおり訳　静山社　2016.12　359p　20cm　1800円　①KS165-L29　①978-4-86389-367-2
※別タイトル「森の秘密」

ノークス, デイヴィッド　Nokes, David

3062 "Jonathan Swift：A Hypocrite Reversed"
◇ジェイムズ・テイト・ブラック記念賞（1985年／伝記）

ノゲーズ, ドミニク　Noguez, Dominique

3063 "Amour noir"
◇フェミナ賞（1997年）

ノサック, ハンス・エーリッヒ　Nossack, Hans Erich

◎ビューヒナー賞（1961年）

ノージック, ロバート　Nozick, Robert

3064 "Anarchy, State and Utopia"
◇全米図書賞（1975年／哲学・宗教）

ノース, クレア　North, Claire

3065 「ハリー・オーガスト、15回目の人生」"The First Fifteen Lives of Harry August"
◇ジョン・W・キャンベル記念賞（2015年／第1位）
「ハリー・オーガスト、15回目の人生」クレア・ノース［著］, 雨海弘美訳　KADOKAWA　2016.8　526p　15cm（角川文庫）1160円　①KS165-L25　①978-4-04-103011-0

3066 "The Sudden Appearance of Hope"
◇世界幻想文学大賞（2017年／長編）

ノッテージ, リン　Nottage, Lynn

3067 「スウェット」"Sweat"
◇ピュリッツアー賞（2017年／戯曲）
3068 "Ruined"
◇ピュリッツアー賞（2009年／戯曲）

ノートン, アンドレ　Norton, Andre

◎ヒューゴー賞（1977年／ガンダルフ賞〈グランドマスター〉）
◎ネビュラ賞（1983年／グランド・マスター）
◎世界幻想文学大賞（1998年／生涯功労賞）

ノートン, メアリー　Norton, Mary

3069 「床下の小人たち」"The Borrowers"
◇カーネギー賞（1952年）
「床下の小人たち・野に出た小人たち」ノートン著, 林容吉訳, ジョー・クラッシュ絵　岩波書店　1961　404p　図版23cm（岩波少年少女文学全集 10）
「床下の小人たち」メアリー・ノートン著, 林容吉訳, ダイアナ・スタンレー絵　岩波書店　1969　246p　22cm
「床下の小人たち」メアリー・ノートン作, 林容吉訳　岩波書店　1983.11　246p　21cm（小人の冒険シリーズ）1500円
「床下の小人たち」メアリー・ノートン作, 林容吉訳　新版　岩波書店　2000.9　273p　18cm（岩波少年文庫）680円　①4-00-114062-4

「床下の小人たち」 メアリー・ノートン作, 林容吉訳 新装版 岩波書店 2003.5 296p 20cm（岩波世界児童文学集） ①4-00-115708-X

ノーマン, ジェフリイ　Norman, Geoffrey
3070 「拳銃所持につき危険」 "Armed and Dangerous"
◇アメリカ探偵作家クラブ賞（1980年/短編賞）
「エドガー賞全集 下」 ビル・プロンジーニ編, 小鷹信光他訳〔菊池光訳〕早川書房 1983.3 16cm（ハヤカワ・ミステリ文庫）各560円

ノーマン, マーシャ　Norman, Marsha
3071 「おやすみ、母さん」 "'night, Mother"
◇ピュリッツアー賞（1983年/戯曲）
「おやすみ、母さん」 マーシャ・ノーマン作, 酒井洋子訳 劇書房 1988.1 93p 20cm 1300円
「おやすみ、母さん」 マーシャ・ノーマン作, 酒井洋子訳 新装 劇書房 2001.6 93p 20cm （劇書房best play series）1571円 ①4-87574-593-1

ノーラン, ウィリアム・F.　Nolan, William F.
3072 "Nolan on Bradbury: Sixty Years of Writing about the Master of Science Fiction"
◇ブラム・ストーカー賞（2013年/ノンフィクション）

◎ブラム・ストーカー賞（2009年/生涯業績）

ノーラン, クリストファー　Nolan, Christopher
3073 "Under the Eye of the Clock"
◇コスタ賞（1987年/年間大賞・伝記）

ノーラン, トム　Nolan, Tom
3074 "Ross Macdonald"
◇マカヴィティ賞（2000年/ノンフィクション）

ノーラン, ハン　Nolan, Han
3075 "Dancing on the Edge"
◇全米図書賞（1997年/児童文学）

ノリス, アンドリュー　Norriss, Andrew
3076 「秘密のマシン、アクイラ」 "Aquila"
◇コスタ賞（1997年/児童書）
◇ネスレ子どもの本賞（1998年/9〜11歳部門/銀賞）
「秘密のマシン、アクイラ」 アンドリュー・ノリス著, 原田勝訳, 長崎訓子絵 あすなろ書房 2009.12 207p 21cm 1400円 ①978-4-7515-2446-6

ノリス, ブルース　Norris, Bruce
3077 "Clybourne Park"
◇ピュリッツアー賞（2011年/戯曲）

ノルドクヴィスト, スヴェン　Nordqvist, Sven
3078 "Linsen, Lupen und magische Skope"
◇ドイツ児童文学賞（1992年/ノンフィクション）

【ハ】

ハー, ジョナソン　Harr, Jonathon
3079 "A Civil Action"
◇全米書評家協会賞（1995年/ノンフィクション）

バー, ネヴァダ　Barr, Nevada
3080 「山猫」 "Track Of The Cat"
◇アガサ賞（1993年/処女長編）
◇アンソニー賞（1994年/処女長編）
「山猫」 ネヴァダ・バー〔著〕, 布施由紀子訳 福武書店 1994.5 387p 18cm （Mystery paperbacks）1000円 ①4-8288-4050-8
3081 "Deep South"
◇バリー賞（2001年/長編）

バイアーズ, ベッツィ　Byars, Betsy
3082 「白鳥の夏」 "Summer of the Swans"
◇ニューベリー賞（1971年）
「白鳥の夏」 ベッツィ・バイアーズ作, 掛川恭子訳, テッド・ココニス絵 富山房 1975 198p 22cm
3083 "The Night Swimmers"
◇全米図書賞（1981年/児童小説/ハードカバー）
3084 "Wanted...Mud Blossom"
◇アメリカ探偵作家クラブ賞（1992年/ジュヴナイル賞）

ハイアセン, カール　Hiaasen, Carl

3085 「珍獣遊園地」 "Native Tongue"
◇英国推理作家協会賞（1992年／ラスト・ラフ・ダガー）
「珍獣遊園地」 カール・ハイアセン〔著〕, 山本楡美子, 郷原宏訳　角川書店　1994.2　597p　15cm（角川文庫）800円　④4-04-265503-3

3086 「フラッシュ！」 "Flush"
◇アガサ賞（2005年／児童書・ヤングアダルト小説）
「フラッシュ！」 カール・ハイアセン著, 千葉茂樹訳　理論社　2006.4　365p　19cm　1380円　④4-652-07774-2

バイアット, A.S.　Byatt, A.S.

3087 「抱擁」 "Possession"
◇ブッカー賞（1990年）
「抱擁　1」 A.S.バイアット〔著〕, 栗原行雄訳　新潮社　1996.4　468p　20cm　2800円　④4-10-532401-2
※訳詩：太原千佳子
「抱擁　2」 A.S.バイアット〔著〕, 栗原行雄訳　新潮社　1996.4　465p　20cm　2800円　④4-10-532402-0
※訳詩：太原千佳子
「抱擁　1」 A.S.バイアット〔著〕, 栗原行雄訳　新潮社　2003.1　650p　16cm（新潮文庫）895円　④4-10-224111-6
※訳詩：小野正和, 太原千佳子
「抱擁　2」 A.S.バイアット〔著〕, 栗原行雄訳　新潮社　2003.1　634p　16cm（新潮文庫）895円　④4-10-224112-4
※訳詩：小野正和, 太原千佳子

3088 "The Children's Book"
◇ジェイムズ・テイト・ブラック記念賞（2009年／フィクション）

バイウォーターズ, グラント　Bywaters, Grant

3089 "The Red Storm"
◇シェイマス賞（2014年／私立探偵小説コンテスト）

パイク, クリストファー　Pike, Christopher

3090 "Fall into Darkness"〔仏語題：La falaise maudite〕
◇イマジネール大賞（1996年／青少年向け長編）

パイク, ロバート・L.　Pike, Robert L.
⇒フィッシュ, ロバート・L.

パイク, B.A.　Pike, B.A.

3091 "Detective Fiction：The Collector's Guide, 2nd Ed"
◇アンソニー賞（1995年／評論）

ハイジー, ジュリー　Hyzy, Julie

3092 「絶品チキンを封印せよ」（大統領の料理人 4）"Buffalo West Wing"
◇アンソニー賞（2012年／ペーパーバック）
「絶品チキンを封印せよ」 ジュリー・ハイジー著, 赤尾秀子訳　原書房　2016.12　392p　15cm（コージーブックス―大統領の料理人 4）940円　④978-4-562-06060-3

3093 「厨房のちいさな名探偵」（大統領の料理人 1）"State of the Onion"
◇アンソニー賞（2009年／ペーパーバック）
◇バリー賞（2009年／ペーパーバック）
「厨房のちいさな名探偵」 ジュリー・ハイジー著, 赤尾秀子訳　原書房　2015.5　423p　15cm（コージーブックス―大統領の料理人 1）830円　④978-4-562-06039-9

パイス, アブラハム　Pais, Abraham

3094 「神は老獪にして…―アインシュタインの人と学問」 "Subtle is the Lord…：The Science and Life of Albert Einstein"
◇全米図書賞（1983年／科学／ハードカバー）
「神は老獪にして…―アインシュタインの人と学問」 アブラハム・パイス著, 金子務〔ほか〕訳　産業図書　1987.1　742p　22cm　5200円　④4-7828-0035-5
※監訳：西島和彦

ハイゼ, パウル・フォン　Heyse, Paul von
◎ノーベル文学賞（1910年）

ハイタワー, リン　Hightower, Lynn

3095 "Satan's Lambs"
◇シェイマス賞（1994年／処女長編）

ハイデ, フロレンス　Heide, Florence P.

3096 "The Shrinking of Treehorn"〔独語題：Schorschi schrumpft〕
◇ドイツ児童文学賞（1977年／絵本）

ハイデルバッハ, ニコラス
Heidelbach, Nikolaus
3097 "Königin Gisela"
◇ドイツ児童文学賞（2007年／絵本）
◎ドイツ児童文学賞（2000年／特別賞）

ハイドマン, エリック・M.
Heideman, Eric M.
3098 "Roger, Mr.Whilkie！"
◇アメリカ探偵作家クラブ賞（1988年／ロバート・L・フィッシュ賞）

ハイネ, イゾルデ　Heyne, Isolde
3099 "Treffpunkt Weltzeituhr"
◇ドイツ児童文学賞（1985年／ヤングアダルト）

ハイネマン, ラリー　Heinemann, Larry
3100 "Paco's Story"
◇全米図書賞（1987年／小説）

パイパー, ニコラウス　Piper, Nikolaus
3101 "Geschichte der Wirtschaft"
◇ドイツ児童文学賞（2003年／ノンフィクション）

ハイマン, エリック
Heimann, Erich Herbert
3102 "...und unter uns die Erde"
◇ドイツ児童文学賞（1968年／ノンフィクション）

ハイマン, トリーナ・シャート
Hyman, Trina Schart
3103 "King Stork"
◇ボストングローブ・ホーンブック賞（1973年／絵本）
3104 "Saint George and the Dragon"
◇コルデコット賞（1985年）
3105 "The Fortune Tellers"
◇ボストングローブ・ホーンブック賞（1993年／絵本）

バイヤー, インゲボルク　Bayer, Ingeborg
3106 "Zeit für die Hora"
◇ドイツ児童文学賞（1989年／ヤングアダルト）

バイヤン, ロジェ　Vailland, Roger
3107 「掟」"LaLoi"
◇ゴンクール賞（1957年）

「掟」ロジェ・バイヤン著, きだみのる訳　講談社　1958　252p　20cm
3108 「奇妙な遊び」"Drôle de jeu"
◇アンテラリエ賞（1945年）
「奇妙な遊び」ロジェ・ヴァイヤン著, 白井健三郎, 渡辺淳共訳　白水社　1953　311p　19cm
「全集・現代世界文学の発見　5　抵抗から解放へ」〔白井健三郎, 渡辺淳訳〕針生一郎編　学芸書林　1970　368p　20cm　880円

パイル, ハワード　Pyle, Howard
3109 "King Stork"
◇ボストングローブ・ホーンブック賞（1973年／絵本）

バインハート, ラリー　Beinhart, Larry
3110 「おかしな話」"Funny Story"
◇英国推理作家協会賞（1995年／短編ダガー）
「EQ　20（3）」〔宮脇孝雄訳〕　光文社　1997.5　p39～55
3111 「ただでは乗れない」"No One Rides for Free"
◇アメリカ探偵作家クラブ賞（1987年／処女長編賞）
「ただでは乗れない」ラリー・バインハート著, 真崎義博訳　早川書房　1987.12　375p　16cm（ハヤカワ・ミステリ文庫）500円　①4-15-076701-7

ハインライン, ロバート・A.
Heinlein, Robert A.
3112 「異星の客」"Stranger in a Strange Land"
◇ヒューゴー賞（1962年／長編）
「異星の客」ロバート・A.ハインライン著, 井上一夫訳　東京創元新社　1969　781p　15cm（創元推理文庫）
3113 「ウォルドウ」〔別題「軌道の天才」〕"Waldo"〈受賞時〉マクドナルド, アンスン（MacDonald, Anson）
◇ヒューゴー賞（1943年〈レトロ・ヒューゴー賞2018年授与〉／中長編）
「SFマガジン　4（12）」〔「軌道の天才（前篇）」川村哲郎訳〕　早川書房　1963.11　p11～36
「SFマガジン　4（13）」〔「軌道の天才（後篇）」川村哲郎訳〕　早川書房　1963.12　p147～185
「魔法株式会社」ロバート・A.ハインラ

3114 「宇宙の戦士」 "Starship Troopers"
◇ヒューゴー賞（1960年/長編）
「宇宙の戦士」 ロバート・A.ハインライン著, 矢野徹訳 早川書房 1967 334p 19cm（ハヤカワ・SF・シリーズ） 390円
「宇宙の戦士」 ロバート・A.ハインライン著, 矢野徹訳 早川書房 1977.3 449p 図 16cm（ハヤカワ文庫―SF） 480円
「宇宙の戦士」 ロバート・A・ハインライン著, 内田昌之訳 新訳版 早川書房 2015.10 409p 16cm（ハヤカワ文庫SF） 1000円 ①978-4-15-012033-7

3115 「ガニメデの少年」 "Farmer in the Sky"
◇ヒューゴー賞（1951年〈レトロ・ヒューゴー賞 2001年授与〉/長編）
「ガニメデの少年」 ロバート A.ハインライン著, 矢野徹訳 早川書房 1987.8 316p 16cm（ハヤカワ文庫―SF） 440円 ①4-15-010729-7

3116 「ダブル・スター」 "Double Star"
◇ヒューゴー賞（1956年/長編）
「ダブル・スター」 ロバート・A.ハインライン著, 森下弓子訳 東京創元社 1994.6 279p 15cm（創元SF文庫） 480円 ①4-488-61812-X

3117 「月を売った男」 "The Man Who Sold the Moon"
◇ヒューゴー賞（1951年〈レトロ・ヒューゴー賞 2001年授与〉/中長編）
「月を売った男」 ロバート・A.ハインライン著, 井上一夫訳 東京創元新社 1964 337p 15cm（創元推理文庫）
「月を売った男」 ハインライン著, 内田庶訳, 金森達絵 岩崎書店 1970 206p 22cm（少年少女SFアポロシリーズ 5）
「デリラと宇宙野郎たち」 ロバート・A.ハインライン著, 矢野徹訳 早川書房 1986.6 425p 16cm（ハヤカワ文庫―SF 未来史 1） 540円 ①4-15-010670-3

3118 「月は無慈悲な夜の女王」 "The Moon Is a Harsh Mistress"
◇ヒューゴー賞（1967年/長編）
「月は無慈悲な夜の女王」 ロバート・A.ハインライン著, 矢野徹訳 早川書房 1969 453p 19cm（ハヤカワ・SF・シリーズ） 520円
「月は無慈悲な夜の女王」 ロバート・A.ハインライン著, 矢野徹訳 早川書房 1976 592p 16cm（ハヤカワ文庫） 620円
「月は無慈悲な夜の女王」 ロバート・A.ハインライン著, 矢野徹訳 早川書房 2010.3 686p 16cm（ハヤカワ文庫SF） 1200円 ①978-4-15-011748-1
※1976年刊の新装版

3119 「道路をとめるな」〔別題「走れ、走路」「道路を止めてはならない」〕 "The Roads Must Roll"
◇ヒューゴー賞（1941年〈レトロ・ヒューゴー賞 2016年授与〉/中編）
「月を売った男」 ハインライン著, 内田庶訳, 金森達絵 〔「道路を止めてはならない」〕 岩崎書店 1970 206p 22cm（少年少女SFアポロシリーズ 5）
「未来ショック―未来SF」 福島正実編 〔走れ、走路〕 中上守訳 芳賀書店 1973 266p 19cm（Haga SF series） 580円 ①Y81-9811
「未来ショック―海外SF傑作選」 福島正実編 〔走れ、走路〕 中上守訳 講談社 1975 304p 15cm（講談社文庫） 340円 ①Y82-2526
「デリラと宇宙野郎たち」 ロバート・A.ハインライン著, 矢野徹訳 〔道路をとめるな〕 早川書房 1986.6 425p 16cm（ハヤカワ文庫 未来史 1） 540円 ①4-15-010670-3

3120 「未知の地平線」 "Beyond This Horizon" 〈受賞時〉マクドナルド, アンスン（MacDonald, Anson）
◇ヒューゴー賞（1943年〈レトロ・ヒューゴー賞 2018年授与〉/長編）
「未知の地平線」 ロバート・A.ハインライン著, 川口正吉訳 早川書房 1965 270p 19cm（ハヤカワ・SF・シリーズ） 320円
「未知の地平線」 ロバート・A.ハインライン著, 斎藤伯好訳 早川書房 1986.8 360p 16cm（ハヤカワ文庫―SF） 460円 ①4-15-010680-0

3121 「もしこのまま続けば」 "If This Goes On…"
◇ヒューゴー賞（1941年〈レトロ・ヒューゴー賞 2016年授与〉/中長編）
「動乱2100」 ロバート・A.ハインライン著, 高橋豊訳 早川書房 1969 284p 19cm（ハヤカワ・SF・シリーズ） 360円 ①Y81-4961
「動乱2100」 ロバート・A.ハインライン著, 矢野徹訳 早川書房 1986.9 387p 16cm（ハヤカワ文庫―SF 未来史 3） 480円 ①4-15-010684-3

3122 「ヨブ」 "Job: A Comedy of Justice"
◇ローカス賞（1985年／ファンタジー長編）
「ヨブ」 ロバート・A.ハインライン著，斎藤伯好訳　早川書房　1986.1　390p　20cm（海外SFノヴェルズ）1700円
①4-15-202058-X
「ヨブ」 ロバート・A.ハインライン著，斉藤伯好訳　早川書房　1995.8　613p　16cm（ハヤカワ文庫—SF）780円
①4-15-011108-1

3123 "Grumbles from the Grave"〔自伝〕
◇ローカス賞（1990年／ノンフィクション）
◎ネビュラ賞（1974年／グランド・マスター）

ハインリッヒ, フィン＝オーレ　Heinrich, Finn-Ole

3124 "Frerk, du Zwerg！"
◇ドイツ児童文学賞（2012年／児童書）

ハウ, アーヴィング　Howe, Irving

3125 "World of Our Fathers"
◇全米図書賞（1977年／歴史）

ハウ, ダニエル・ウォーカー　Howe, Daniel Walker

3126 "What Hath God Wrought: The Transformation of America, 1815-1848"
◇ピュリッツァー賞（2008年／歴史）

ハウ, M.A.デウォルフ　Howe, M.A.De Wolfe

3127 "Barrett Wendell and His Letters"
◇ピュリッツァー賞（1925年／伝記・自伝）

バウアー, エルンスト　Bauer, Ernst W.

3128 "Höhlen-Welt ohne Sonne"
◇ドイツ児童文学賞（1972年／ノンフィクション）

バウアー, ベリンダ　Bauer, Belinda

3129 「ブラックランズ」 "Blacklands"
◇英国推理作家協会賞（2010年／ゴールド・ダガー）
「ブラックランズ」 ベリンダ・バウアー著，杉本葉子訳　小学館　2010.10　396p　15cm（小学館文庫）781円
①978-4-09-408550-1
◎英国推理作家協会賞（2013年／図書館賞）

バウアー, ユッタ　Bauer, Jutta

3130 「おこりんぼママ」 "Schreimutter"
◇ドイツ児童文学賞（2001年／絵本）
「おこりんぼママ」 ユッタ・バウアー作，小森香折訳　小学館　2000.12　1冊　17×21cm　1250円　①4-09-727279-9
◎ドイツ児童文学賞（2009年／特別賞）
◎国際アンデルセン賞（2010年／画家賞）

ハウアド, モーリーン　Howard, Maureen

3131 "Facts of Life"
◇全米書評家協会賞（1978年／ノンフィクション）

ハーウィッツ, ケン　Hurwitz, Ken

3132 "Till Death Do Us Part"
◇アメリカ探偵作家クラブ賞（1979年／犯罪実話賞）

パウエル, ファーザー・ピーター・ジョン　Powell, Father Peter John

3133 "People of the Sacred Mountain: A History of the Northern Cheyenne Chiefs and Warrior Societies, 1830-1879"
◇全米図書賞（1982年／歴史／ハードカバー）

ハーヴェイ, ジョン　Harvey, John

3134 「血と肉を分けた者」 "Flesh and Blood"
◇英国推理作家協会賞（2004年／シルバー・ダガー）
◇バリー賞（2005年／英国犯罪小説）
「血と肉を分けた者」 ジョン・ハーヴェイ〔著〕，日暮雅通訳　講談社　2006.5　606p　15cm（講談社文庫）1086円
①4-06-275407-X

3135 "Fedora"
◇英国推理作家協会賞（2014年／短編ダガー）
◎英国推理作家協会賞（2007年／ダイヤモンド・ダガー）

パヴェーゼ, チェーザレ　Pavese, Cesare
- 3136 「美しい夏」 "La bella estate"
  - ◇ストレーガ賞（1950年）
    - 「新しい世界の文学　9」〔菅野昭正, 三輪秀彦訳〕　白水社　1964　20cm
    - 「チェーザレ・パヴェーゼ全集　3　美しい夏」　河島英昭訳　晶文社　1973　164p　20cm　750円
    - 「世界の文学　14　パヴェーゼ」〔河島英昭訳〕　集英社　1976　436p　肖像　20cm　1300円
    - 「美しい夏/女ともだち」　チェーザレ・パヴェーゼ著, 菅野昭正, 三輪秀彦訳　白水社　1983.11　347p　20cm（白水社世界の文学）1700円　①4-560-04427-9
    - 「美しい夏」　パヴェーゼ作, 河島英昭訳　岩波書店　2006.10　206p　15cm（岩波文庫）560円　①4-00-327142-4
    - 「パヴェーゼ文学集成　2　美しい夏—長篇集」　チェーザレ・パヴェーゼ〔著〕, 河島英昭訳　岩波書店　2010.1　530p　22cm　6000円　①978-4-00-028232-1

ハヴェル, ヴァーツラフ　Havel, Václav
- ◎フランツ・カフカ賞（2010年）

パウエル, ウィリアム・ディラン　Powell, William Dylan
- 3137 "Evening Gold"
  - ◇アメリカ探偵作家クラブ賞（2007年/ロバート・L・フィッシュ賞）

パウエル, ガレス・L.　Powell, Gareth L.
- 3138 「ガンメタル・ゴースト」 "Ack-Ack Macaque"
  - ◇英国SF協会賞（2013年/長編）
    - 「ガンメタル・ゴースト」　ガレス・L・パウエル著, 三角和代訳　東京創元社　2015.12　461p　15cm（創元SF文庫）1300円　①978-4-488-75901-8

パウエル, サムナー・チルトン　Powell, Sumner Chilton
- 3139 "Puritan Village: The Formation of a New England Town"
  - ◇ピュリッツアー賞（1964年/歴史）

パウエル, パジェット　Powell, Padgett
- 3140 "You and I"
  - ◇ジェイムズ・テイト・ブラック記念賞（2011年/フィクション）

ハーウェル, フレッド　Harwell, Fred
- 3141 "A True Deliverance"
  - ◇アメリカ探偵作家クラブ賞（1981年/犯罪実話賞）

パウエル, レベッカ　Pawel, Rebecca
- 3142 「青と赤の死」 "Death of a Nationalist"
  - ◇アメリカ探偵作家クラブ賞（2004年/処女長編賞）
    - 「青と赤の死」　レベッカ・パウエル著, 松本依子訳　早川書房　2004.11　254p　19cm（ハヤカワ・ミステリ）1100円　①4-15-001760-3

パヴォーネ, クリス　Pavone, Chris
- 3143 「ルクセンブルクの迷路」 "The Expats"
  - ◇アメリカ探偵作家クラブ賞（2013年/処女長編賞）
  - ◇アンソニー賞（2013年/処女長編）
    - 「ルクセンブルクの迷路」　クリス・パヴォーネ著, 澁谷正子訳　早川書房　2013.2　584p　16cm（ハヤカワ文庫NV）1040円　①978-4-15-041277-7

ハウカー, ジャニ　Howker, Janni
- 3144 「ビーストの影」 "The Nature of the Beast"
  - ◇コスタ賞（1985年/児童書）
    - 「ビーストの影」　ジャニ・ハウカー著, 田中美保子訳　レターボックス社　1993.1　223p　22cm　2060円　①4-947635-04-5

ハウゲン, トールモー　Haugen, Tormod
- 3145 「夜の鳥」 "Nattfuglene"〔独語題：Die Nachtvögel〕
  - ◇ドイツ児童文学賞（1979年/児童書）
    - 「夜の鳥」　トールモー・ハウゲン作, 山口卓文訳　旺文社　1982.2　190p　22cm（旺文社創作児童文学）980円
    - 「夜の鳥」　トールモー・ハウゲン著, 山口卓文訳　福武書店　1991.11　185p　16cm（福武文庫）500円　①4-8288-3228-9
    - 「夜の鳥」　トールモー・ハウゲン著, 山口卓文訳　河出書房新社　2003.6　177p　20cm　1500円　①4-309-20381-7
    - ※福武書店1991年刊の増補
  - ◎国際アンデルセン賞（1990年/作家賞）

ハウスライト, デイヴィッド　Housewright, David
- 3146 「ツイン・シティに死す」

"Penance"
◇アメリカ探偵作家クラブ賞（1996年／処女長編賞）
「ツイン・シティに死す」デイヴィッド・ハウスライト著, 川副智子訳　早川書房　1996.11　321p　19cm（ハヤカワ・ミステリ）1200円　①4-15-001642-9

パウゼヴァング, グードルン　Pausewang, Gudrun

3147　「見えない雲」"Die Wolke"
◇ドイツ児童文学賞（1988年／ヤングアダルト）
「見えない雲」グードルン・パウゼヴァング著, 高田ゆみ子訳　小学館　1987.12　270p　19cm（タッチブックス）780円　①4-09-381302-7
「みえない雲」グードルン・パウゼヴァング著, 高田ゆみ子訳　小学館　2006.12　281p　15cm（小学館文庫）571円　①4-09-408131-3
※「見えない雲」(1987年刊）の増訂

ハウトマン, ピート　Hautman, Pete

3148　"Godless"
◇全米図書賞（2004年／児童文学）

ハウプトマン, ゲルハルト　Hauptmann, Gerhart
◎ノーベル文学賞（1912年）

バウラー, ティム　Bowler, Tim

3149　「川の少年」"River Boy"
◇カーネギー賞（1997年）
「川の少年」ティム・ボウラー著, 入江真佐子訳　早川書房　2003.6　246p　20cm（ハリネズミの本箱）1500円　①4-15-250010-7
※絵：伊勢英子

パウルゼン, スザンネ　Paulsen, Susanne

3150　"Sonnenfresser"
◇ドイツ児童文学賞（2001年／ノンフィクション）

バーカー, クライヴ　Barker, Clive

3151　「アバラット 2」"Abarat: Days of Magic, Nights of War"
◇ブラム・ストーカー賞（2004年／若い読者向け）
「アバラット　2」クライヴ・バーカー著, 池央耿訳　ソニー・マガジンズ　2004.11　571p　22cm　2800円　①4-7897-2414-X

3152　「イマジカ」"Imajica"
◇イマジネール大賞（1998年／長編〈外国〉）
「イマジカ　1」クライヴ・バーカー著, 加藤洋子訳　扶桑社　1995.7　394p　16cm（扶桑社ミステリー）580円　①4-594-01783-5
「イマジカ　2」クライヴ・バーカー著, 加藤洋子訳　扶桑社　1995.7　385p　16cm（扶桑社ミステリー）580円　①4-594-01784-3
「イマジカ　3」クライヴ・バーカー著, 加藤洋子訳　扶桑社　1995.8　407p　16cm（扶桑社ミステリー）600円　①4-594-01793-2
「イマジカ　4」クライヴ・バーカー著, 加藤洋子訳　扶桑社　1995.8　411p　16cm（扶桑社ミステリー）600円　①4-594-01794-0

3153　「丘に、町が」"In the Hills the Cities"
◇英国幻想文学賞（1985年／短編）
「ミッドナイト・ミートトレイン」クライヴ・バーカー著, 宮脇孝雄訳　集英社　1987.1　300p　16cm（集英社文庫）460円　①4-08-760125-0

3154　「禁じられた場所」"The Forbidden"
◇英国幻想文学賞（1986年／短編）
「マドンナ」クライヴ・バーカー著, 宮脇孝雄訳　集英社　1987.9　312p　16cm（集英社文庫）480円　①4-08-760132-3

3155　「血の本」(1, 2, 3) "Clive Barker's Books of Blood Ⅰ, Ⅱ, Ⅲ"
◇世界幻想文学大賞（1985年／アンソロジー・短編集）
「ミッドナイト・ミートトレイン」クライヴ・バーカー著, 宮脇孝雄訳　集英社　1987.1　300p　16cm（集英社文庫）460円　①4-08-760125-0
「ジャクリーン・エス」クライヴ・バーカー著, 大久保寛訳　集英社　1987.3　316p　16cm（集英社文庫）480円　①4-08-760126-9
※編集：綜合社
「セルロイドの息子」クライヴ・バーカー著, 宮脇孝雄訳　集英社　1987.5　354p　16cm（集英社文庫）500円　①4-08-760127-7

3156　"The Thief of Always"（仏語題：Le voleur d'éternité）
◇イマジネール大賞（1995年／青少年向け長編）

◎ブラム・ストーカー賞（2012年／生涯業績）

パーカー, ダニエル　Parker, Daniel

3157 "The Wessex Papers, Vols.1-3"
◇アメリカ探偵作家クラブ賞（2003年／ヤングアダルト賞）

バーカー, パット　Barker, Pat

3158 "The Ghost Road"
◇ブッカー賞（1995年）

バーガー, ピーター　Berger, Peter

3159 "Im roten Hinterhaus"
◇ドイツ児童文学賞（1967年／ヤングアダルト）

ハーカー, レスリー　Harker, Lesley

3160 "Dimanche Diller"
◇ネスレ子どもの本賞（1994年／6〜8歳部門）

パーカー, ロバート・アンドリュー　Parker, Robert Andrew

3161 "Cold Feet"
◇ボストングローブ・ホーンブック賞（2001年／絵本）

パーカー, ロバート・B.　Parker, Robert B.

3162 「約束の地」 "Promised Land"
◇アメリカ探偵作家クラブ賞（1977年／長編賞）

「約束の地」 ロバート・B.パーカー著, 菊池光訳　早川書房　1978.8　278p　20cm（Hayakawa novels）1200円

「約束の地」 ロバート・B.パーカー著, 菊池光訳　早川書房　1987.4　291p　15cm（ハヤカワ・ミステリ文庫）420円　ⓘ4-15-075653-8

◎シェイマス賞（1995年／ジ・アイ賞〈生涯功績賞〉）

◎アメリカ探偵作家クラブ賞（2002年／巨匠賞）

パーカー, I.J.　Parker, I.J.

3163 "Akitada's First Case"
◇シェイマス賞（2000年／短編）

パーカー, K.J.　Parker, K.J.

3164 "A Small Price to Pay for Birdsong"
◇世界幻想文学大賞（2012年／中編）

3165 "Let Maps to Others"
◇世界幻想文学大賞（2013年／中編）

パーカー, T.ジェファーソン　Parker, T.Jefferson

3166 「カリフォルニア・ガール」 "California Girl"
◇アメリカ探偵作家クラブ賞（2005年／長編賞）

「カリフォルニア・ガール」 T.ジェファーソン・パーカー著, 七搦理美子訳　早川書房　2005.10　408p　20cm（Hayakawa novels）1900円　ⓘ4-15-208676-9

「カリフォルニア・ガール」 T.ジェファーソン・パーカー著, 七搦理美子訳　早川書房　2008.3　653p　15cm（ハヤカワ・ミステリ文庫）952円　ⓘ978-4-15-175854-6

3167 「サイレント・ジョー」 "Silent Joe"
◇アメリカ探偵作家クラブ賞（2002年／長編賞）

「サイレント・ジョー」 T.ジェファーソン・パーカー著, 七搦理美子訳　早川書房　2002.10　397p　20cm（Hayakawa novels）1900円　ⓘ4-15-208447-2

「サイレント・ジョー」 T.ジェファーソン・パーカー著, 七搦理美子訳　早川書房　2005.9　646p　16cm（ハヤカワ・ミステリ文庫）940円　ⓘ4-15-175851-8

3168 「スキンヘッド・セントラル」 "Skinhead Central"
◇アメリカ探偵作家クラブ賞（2009年／短編賞）

「ハヤカワミステリマガジン　54（10）」〔七搦理美子訳〕　早川書房　2009.10　p84〜91

バーカート, ナンシー・エクホーム　Burkert, Nancy Ekholm

3169 "Valentine and Orson"
◇ボストングローブ・ホーンブック賞（1990年／特別賞）

バカン, ジェイムズ　Buchan, James

3170 "A Parish of Rich Women"
◇コスタ賞（1984年／処女長編）

バカン, ジョン　Buchan, John

3171 "Montrose"
◇ジェイムズ・テイト・ブラック記念賞（1928年／伝記）

パーキンス, リン・レイ　Perkins, Lynne Rae

3172 "Criss Cross"
◇ニューベリー賞（2006年）

ハギンス, ロイ　Huggins, Roy
◎シェイマス賞（1991年/ジ・アイ賞〈生涯功績賞〉）

バーク, ジェイムズ・リー　Burke, James Lee

3173 「シマロン・ローズ」 "Cimarron Rose"
◇アメリカ探偵作家クラブ賞（1998年/長編賞）
「シマロン・ローズ」 ジェイムズ・リー・バーク〔著〕, 佐藤耕士訳　講談社　1999.7　554p　15cm　（講談社文庫）　905円　①4-06-264617-X

3174 「ブラック・チェリー・ブルース」 "Black Cherry Blues"
◇アメリカ探偵作家クラブ賞（1990年/長編賞）
「ブラック・チェリー・ブルース」 ジェイムズ・リー・バーク〔著〕, 佐和誠訳　角川書店　1990.11　536p　15cm　（角川文庫）　720円　①4-04-246602-8

3175 "Sunset Limited"
◇英国推理作家協会賞（1998年/ゴールド・ダガー）
◎アメリカ探偵作家クラブ賞（2009年/巨匠賞）

バーク, ジャン　Burke, Jan

3176 「修道院の幽霊」 "The Abbey Ghosts"
◇マカヴィティ賞（2002年/短編）
「ミステリマガジン　47(9)」〔渋谷比佐子訳〕　早川書房　2002.9　p168～194, 203

3177 「パートナー」 "Unharmed"
◇マカヴィティ賞（1995年/短編）
「英米超短編ミステリー50選」 EQ編集部編〔久世一作訳〕　光文社　1996.8　566p　16cm　（光文社文庫）　1000円　①4-334-76092-9

3178 「骨」 "Bones"
◇アメリカ探偵作家クラブ賞（2000年/長編賞）
「骨　上」 ジャン・バーク〔著〕, 渋谷比佐子訳　講談社　2002.6　377p　15cm　（講談社文庫）　629円　①4-06-273471-0
「骨　下」 ジャン・バーク〔著〕, 渋谷比佐子訳　講談社　2002.6　385p　15cm　（講談社文庫）　629円　①4-06-273477-X

3179 「民事訴訟の男」 "The Man in the Civil Suit"
◇アガサ賞（2000年/短編）
「ミステリマガジン　45(9)」〔鈴木啓子訳〕　早川書房　2000.9　p26～34

バーク, セヴェルナ　Park, Severna

3180 "The Cure for Everything"
◇ネビュラ賞（2001年/短編）

バーク, デクラン　Burke, Declan

3181 "Books to Die For: The World's Greatest Mystery Writers on the World's Greatest Mystery Novels"
◇アガサ賞（2012年/ノンフィクション）
◇アンソニー賞（2013年/評論・ノンフィクション）
◇マカヴィティ賞（2013年/ノンフィクション）

パーク, リンダ・スー　Park, Linda Sue

3182 「モギ―ちいさな焼きもの師」 "A Single Shard"
◇ニューベリー賞（2002年）
「モギ―ちいさな焼きもの師」 リンダ・スー・パーク著, 片岡しのぶ訳　あすなろ書房　2003.11　199p　20cm　1300円　①4-7515-2194-2

パーク, ルース　Park, Ruth

3183 「魔少女ビーティー・ボウ」 "Playing Beatie Bow"
◇ボストングローブ・ホーンブック賞（1982年/フィクション）
「魔少女ビーティー・ボウ」 ルース・パーク作, 加島葵訳　新読書社　1993.5　274p　20cm　1600円　①4-7880-9009-0

バーグ, A.スコット　Berg, A.Scott

3184 「名編集者パーキンズ」 "Max Perkins: Editor of Genius"
◇全米図書賞（1980年/伝記/ペーパーバック）
「名編集者パーキンズ―作家の才能を引きだす」 A.スコット・バーグ著, 鈴木主税訳　草思社　1987.7　2冊　20cm　各2800円　①4-7942-0281-4
「名編集者パーキンズ　上」 A・スコッ

ト・バーグ著, 鈴木主税訳　草思社　2015.6　499p　16cm（草思社文庫）1200円　Ⓘ978-4-7942-2132-2
「名編集者パーキンズ　下」　A・スコット・バーグ著, 鈴木主税訳　草思社　2015.6　484p　16cm（草思社文庫）1200円　Ⓘ978-4-7942-2133-9

3185 「リンドバーグ―空から来た男」 "Lindbergh"
◇ピュリッツァー賞（1999年／伝記・自伝）
「リンドバーグ―空から来た男　上」　A.スコット・バーグ〔著〕, 広瀬順弘訳　角川書店　2002.6　541p　15cm（角川文庫）1000円　Ⓘ4-04-289001-6
「リンドバーグ―空から来た男　下」　A.スコット・バーグ〔著〕, 広瀬順弘訳　角川書店　2002.6　566p　15cm（角川文庫）1000円　Ⓘ4-04-289002-4

莫言　ばくげん
◎ノーベル文学賞（2012年）

パークス, スーザン＝ロリ　Parks, Suzan-Lori

3186 「トップドッグ／アンダードッグ」 "Topdog/Underdog"
◇ピュリッツァー賞（2002年／戯曲）

パークス, ブラッド　Parks, Brad

3187 "Faces of the Gone"
◇シェイマス賞（2010年／処女長編）
3188 "The Good Cop"
◇シェイマス賞（2014年／長編）

バクスター, ジェイムズ・フィニー 3世　Baxter, James Phinney, 3rd

3189 "Scientists Against Time"
◇ピュリッツァー賞（1947年／歴史）

バクスター, スティーヴン　Baxter, Stephen

3190 「軍用機」 "War Birds"
◇英国SF協会賞（1997年／短編）
「20世紀SF　6（1990年代）　遺伝子戦争」　イーガン他著, 中村融, 山岸真編〔中村融訳〕　河出書房新社　2001.9　498p　15cm（河出文庫）950円　Ⓘ4-309-46207-3
3191 「タイム・シップ」 "The Time Ships"
◇英国SF協会賞（1995年／長編）
◇ジョン・W・キャンベル記念賞（1996年／第1位）

「タイム・シップ　上」　スティーヴン・バクスター著, 中原尚哉訳　早川書房　1998.2　378p　16cm（ハヤカワ文庫SF）680円　Ⓘ4-15-011221-5
「タイム・シップ　下」　スティーヴン・バクスター著, 中原尚哉訳　早川書房　1998.2　383p　16cm（ハヤカワ文庫SF）680円　Ⓘ4-15-011222-3
「タイム・シップ」　スティーヴン・バクスター著, 中原尚哉訳　新版　早川書房　2015.5　729p　16cm（ハヤカワ文庫SF）1600円　Ⓘ978-4-15-012008-5
3192 「氷原のナイト・ドーン」 "Huddle"
◇ローカス賞（2000年／中編）
「SFマガジン　42(9)」〔中村融訳〕早川書房　2001.9 p212～233
3193 "Mayflower Ⅱ"
◇英国SF協会賞（2004年／短編）
3194 "Omegatropic"
◇英国SF協会賞（2001年／ノンフィクション）

ハクスリー, オルダス　Huxley, Aldous

3195 "After Many A Summer Dies The Swan"
◇ジェイムズ・テイト・ブラック記念賞（1939年／フィクション）

パクソン, フレデリック・L.　Paxson, Frederic L.

3196 "History of the American Frontier"
◇ピュリッツァー賞（1925年／歴史）

バグリオーシ, ヴィンセント　Bugliosi, Vincent

3197 "Helter Skelter"
◇アメリカ探偵作家クラブ賞（1975年／犯罪実話賞）
3198 "Reclaiming History: The Assassination of President John F.Kennedy"
◇アメリカ探偵作家クラブ賞（2008年／犯罪実話賞）
3199 "Till Death Do Us Part"
◇アメリカ探偵作家クラブ賞（1979年／犯罪実話賞）

ハケット, アルバート　Hackett, Albert

3200 「アンネの日記」 "Diary of Anne Frank"
◇ピュリッツァー賞（1956年／戯曲）
「戯曲アンネの日記」　アルバート・ハ

ケット, フランセス・G.ハケット著, 菅原卓訳　文芸春秋新社　1958　230p　図版　18cm
「戯曲アンネの日記」アルバート・ハケット, フランセス・G.ハケット著, 菅原卓訳　文芸春秋　1981.4　222p　16cm（文春文庫）280円

バーコヴィッツ, アイラ　Berkowitz, Ira

3201 "Sinner's Ball"
◇シェイマス賞（2010年/ペーパーバック）

バコール, ローレン　Bacall, Lauren

3202 "Lauren Bacall by Myself"
◇全米図書賞（1980年/自伝/ハードカバー）

ハサウェイ, ロビン　Hathaway, Robin

3203「フェニモア先生、墓を掘る」"The Doctor Digs A Grave"
◇アガサ賞（1998年/処女長編）
「フェニモア先生、墓を掘る」ロビン・ハサウェイ著, 坂口玲子訳　早川書房　2001.5　396p　16cm（ハヤカワ・ミステリ文庫）760円　①4-15-172551-2

ハザード, シャーリー　Hazzard, Shirley

3204 "The Great Fire"
◇全米図書賞（2003年/小説）
3205 "The Transit of Venus"
◇全米書評家協会賞（1980年/小説）

ハサル, クリストファー　Hassall, Christopher

3206 "Edward Marsh"
◇ジェイムズ・テイト・ブラック記念賞（1959年/伝記）

パサレラ, ジョン　Passarella, J.G.

3207 "Wither"
◇ブラム・ストーカー賞（1999年/処女長編）

バーザン, ジャック　Barzun, Jacques

3208 "A Catalogue of Crime"
◇アメリカ探偵作家クラブ賞（1972年/スペシャルエドガー）

パーシー, ウォーカー　Percy, Walker

3209 "The Moviegoer"
◇全米図書賞（1962年/小説）

ハーシー, ジョン　Hersey, John

3210「アダノの鐘」"A Bell for Adano"
◇ピュリッツァー賞（1945年/小説）
「アダノの鐘」ジョン・ハーシー著, 杉木喬訳　東西出版社　1949　424p　19cm

パーシー, ユースタス　Percy, Eustace, Lord

3211 "John Knox"
◇ジェイムズ・テイト・ブラック記念賞（1937年/伝記）

バージェス, メルヴィン　Burgess, Melvin

3212「ダンデライオン」"Junk"
◇カーネギー賞（1996年）
◇ガーディアン児童文学賞（1997年）
「ダンデライオン」メルヴィン・バージェス著, 池田真紀子訳　東京創元社　2000.2　252p　19cm　1900円　①4-488-01395-3

バージャー, ジョン　Berger, John

3213「G.」"G."
◇ジェイムズ・テイト・ブラック記念賞（1972年/フィクション）
◇ブッカー賞（1972年）
「G.」ジョン・バージャー〔著〕, 栗原行雄訳　新潮社　1975　337p　20cm　1500円

パーシャル, サンドラ　Parshall, Sandra

3214「冷たい月」"The Heat Of The Moon"
◇アガサ賞（2006年/処女長編）
「冷たい月」サンドラ・パーシャル著, 戸田早紀訳　ランダムハウス講談社　2009.3　471p　15cm　880円　①978-4-270-10280-0

ハーシュ, エドワード　Hirsch, Edward

3215 "Wild Gratitude"
◇全米書評家協会賞（1986年/詩）

ハーシュ, セーモア・M.　Hersh, Seymour M.

3216 "The Price of Power: Kissinger in the Nixon White House"
◇全米書評家協会賞（1983年/ノンフィクション）

ハーシュバーグ, コーネリアス
Hirschberg, Cornelius
3217 「殺しはフィレンツェ仕上げで」 "Florentine Finish"
◇アメリカ探偵作家クラブ賞（1964年／処女長編賞）
「殺しはフィレンツェ仕上げで」 ハーシュバーク著, 坂下昇訳 講談社 1976 356p 15cm （講談社文庫）380円

パーシング, ジョン・J.
Pershing, John J.
3218 "My Experiences in the World War"
◇ピュリッツァー賞（1932年／歴史）

パス, オクタビオ　Paz, Octavio
◎セルバンテス賞（1981年）
◎ノイシュタット国際文学賞（1982年）
◎ノーベル文学賞（1990年）

バース, ジョン　Barth, John
3219 「キマイラ」 "Chimera"
◇全米図書賞（1973年／小説）
「キマイラ」 ジョン・バース著, 国重純二訳 新潮社 1980.5 265p 20cm （新潮・現代世界の文学）1600円

ハス, ロバート　Hass, Robert
3220 "Sun Under Wood"
◇全米書評家協会賞（1996年／詩）
3221 "Time and Materials"
◇全米図書賞（2007年／詩）
◇ピュリッツァー賞（2008年／詩）
3222 "Twentieth Century Pleasures: Prose on Poetry"
◇全米書評家協会賞（1984年／批評）

バーズオール, ジーン　Birdsall, Jeanne
3223 「夏の魔法―ペンダーウィックの四姉妹」 "The Penderwicks"
◇全米図書賞（2005年／児童文学）
「夏の魔法―ペンダーウィックの四姉妹」 ジーン・バーズオール作, 代田亜香子訳 小峰書店 2014.6 325p 19cm （Sunnyside Books）1600円　①978-4-338-28701-2

バスティード, フランソワ＝レジス
Bastide, François-Régis
3224 "Les Adieux"
◇フェミナ賞（1956年）

パスティオール, オスカー
Pastior, Oskar
◎ビューヒナー賞（2006年）

パステルナーク, ボリス・レオニードヴィチ　Pasternak, Boris Leonidovich
◎ノーベル文学賞〈受賞辞退〉（1958年）

パストゥロー, ミシェル
Pastoureau, Michel
3225 "La Couleur de nos souvenirs"
◇メディシス賞（2010年／エッセイ）

バストス, オーガスト・ロア
Bastos, Augusto Roa
◎セルバンテス賞（1989年）

バーセル, ロビン　Burcell, Robin
3226 「霧に濡れた死者たち」 "Every Move She Makes"
◇バリー賞（2000年／ペーパーバック）
「霧に濡れた死者たち」 ロビン・バーセル著, 東野さやか訳 ヴィレッジブックス 2007.3 508p 15cm （ヴィレッジブックス）920円　①978-4-7897-3069-3
3227 "Deadly Legacy"
◇アンソニー賞（2004年／ペーパーバック）
3228 "Fatal Truth"
◇アンソニー賞（2003年／ペーパーバック）

バーセルミ, ドナルド
Barthelme, Donald
3229 "The Slightly Irregular Fire Engine or The Hithering Thithering Djinn"
◇全米図書賞（1972年／児童文学）

パソ, フェルナンド・デル
Paso, Fernando del
◎セルバンテス賞（2015年）

パタースン, リチャード・ノース
Patterson, Richard North
3230 「ラスコの死角」 "The Lasko Tangent"
◇アメリカ探偵作家クラブ賞（1980年／処女長編賞）
「ラスコの死角」 リチャード・N.パタースン著, 小林宏明訳 早川書房 1981.

11　253p　20cm（Hayakawa novels）1200円
「ラスコの死角」　リチャード・N.パターソン著, 小林宏明訳　早川書房　1984.5　374p　16cm（ハヤカワ・ミステリ文庫）440円

パターソン, ウィリアム・H., Jr.
Patterson, William H.Jr.

3231 "Robert A. Heinlein: In Dialogue with His Century: Volume1 : 1907-1948 : Learning Curve"
◇ローカス賞（2011年／ノンフィクション）

パターソン, オルランド
Patterson, Orlando

3232 "Freedom"
◇全米図書賞（1991年／ノンフィクション）

パターソン, キャサリン
Paterson, Katherine

3233 「海は知っていた―ルイーズの青春」 "Jacob Have I Loved"
◇ニューベリー賞（1981年）
「海は知っていた―ルイーズの青春」キャサリン＝パターソン作, 岡本浜江訳　偕成社　1985.11　330p　20cm　1300円　⓵4-03-726290-8

3234 「ガラスの家族」 "The Great Gilly Hopkins"
◇全米図書賞（1979年／児童文学）
「ガラスの家族」　キャサリン＝パターソン作, 岡本浜江訳　偕成社　1984.10　262p　20cm　1200円　⓵4-03-726250-9
「ガラスの家族」　キャサリン＝パターソン著, 岡本浜江訳　偕成社　1989.5　271p　19cm（偕成社文庫）520円　⓵4-03-651670-1

3235 「テラビシアにかける橋」 "Bridge to Terabithia"
◇ニューベリー賞（1978年）
「テラビシアにかける橋」　キャサリン・パターソン作, 岡本浜江訳　偕成社　1981.4　262p　20cm　1200円　⓵4-03-726150-2
「テラビシアにかける橋」　キャサリン・パターソン作, 岡本浜江訳　偕成社　2007.3　247p　19cm（偕成社文庫）700円　⓵978-4-03-652640-6

3236 「北極星を目ざして―ジップの物語」 "Jip, His Story"
◇スコット・オデール賞（1997年）
「北極星を目ざして―ジップの物語」キャサリン・パターソン作, 岡本浜江訳　偕成社　1998.9　301p　20cm　1600円　⓵4-03-018050-7

3237 "Of Nightingales that Weep"
◇フェニックス賞（1994年）

3238 "The Master Puppeteer"
◇全米図書賞（1977年／児童文学）

3239 "The Tale of the Mandarin Ducks"
◇ボストングローブ・ホーンブック賞（1991年／絵本）
◎国際アンデルセン賞（1998年／作家賞）
◎アストリッド・リンドグレーン記念文学賞（2006年）

パターソン, ジェイムズ
Patterson, James

3240 「ナッシュビルの殺し屋」 "The Thomas Berryman Number"
◇アメリカ探偵作家クラブ賞（1977年／処女長編賞）
「ナッシュヴィルの殺し屋」　ジェイムズ・パタースン著, 石田善彦訳　早川書房　1980.12　248p　20cm（Hayakawa novels）1300円

パターソン, ジェフリー
Patterson, Geoffrey

3241 「金のたまごをうんだがちょう」 "The Goose that Laid the Golden Egg"
◇ネスレ子どもの本賞（1986年／6歳以下部門）
「金のたまごをうんだがちょう―イソップ寓話より」　ジェフリー・パターソンさく, 晴海耕平やく　童話館出版　1996.11　1冊　22×25cm　1262円　⓵4-924938-71-8

バターフィールド, フォックス
Butterfield, Fox

3242 「中国人」 "China: Alive in the Bitter Sea"
◇全米図書賞（1983年／一般ノンフィクション／ハードカバー）
「中国人」　フォックス・バターフィールド著, 佐藤亮一訳　時事通信社　1983.10　2冊　各1600円
「中国人　上」　フォックス・バターフィールド著, 佐藤亮一訳　時事通信社　1991.4　306p　20cm　1800円　⓵4-

7887-9114-5
「中国人　下」　フォックス・バターフィールド著, 佐藤亮一訳　時事通信社　1991.4　321p　20cm　1800円　Ⓓ4-7887-9115-3

バーチ, ロバート　Burch, Robert

3243　「いじっぱりのクイーニ」　"Queenie Peavy"

◇フェニックス賞（1986年）

「いじっぱりのクイーニ」　ロバート・バーチ作, 五頭和子訳, 浅野輝雄絵　福武書店　1988.10　258p　19cm（Best choice）1200円　Ⓓ4-8288-1340-3

パチェコ, ホセ・エミリオ　Pacheco, José Emilio

◎セルバンテス賞（2009年）

パチェット, アン　Patchett, Ann

3244　「ベル・カント」　"Bel Canto"

◇ベイリーズ賞（2002年）

◇ペン・フォークナー賞（2002年）

「ベル・カント」　アン・パチェット著, 山本やよい訳　早川書房　2003.3　401p　20cm　2600円　Ⓓ4-15-208481-2

バチェラー, ジョン　Batchelor, John

3245　"The Birth of the People's Republic of the Antarctic"

◇ジョン・W・キャンベル記念賞（1984年/第2位）

バチガルピ, パオロ　Bacigalupi, Paolo

3246　「シップブレイカー」　"Ship Breaker"

◇ローカス賞（2011年/ヤングアダルト図書）

「シップブレイカー」　パオロ・バチガルピ著, 田中一江訳　早川書房　2012.8　431p　16cm（ハヤカワ文庫 SF）880円　Ⓓ978-4-15-011867-9

3247　「第六ポンプ」〔中編〕　"Pump Six"

◇ローカス賞（2009年/中編）

「第六ポンプ」　パオロ・バチガルピ著, 中原尚哉, 金子浩訳〔中原尚哉訳〕　早川書房　2012.2　392p　19cm（新☆ハヤカワ・SF・シリーズ）1600円　Ⓓ978-4-15-335002-1

「第六ポンプ」　パオロ・バチガルピ著, 中原尚哉, 金子浩訳〔中原尚哉訳〕　早川書房　2013.12　510p　16cm（ハヤカワ文庫 SF）980円　Ⓓ978-4-15-011934-8

3248　「第六ポンプ」〔短編集〕　"Pump Six and Other Stories"〔仏語題：La Fille-flûte et autres fragments de futurs brisés〕

◇ローカス賞（2009年/短編集）

◇イマジネール大賞（2015年/中編〈外国〉）

「第六ポンプ」　パオロ・バチガルピ著, 中原尚哉, 金子浩訳　早川書房　2012.2　392p　19cm（新☆ハヤカワ・SF・シリーズ）1600円　Ⓓ978-4-15-335002-1

「第六ポンプ」　パオロ・バチガルピ著, 中原尚哉, 金子浩訳　早川書房　2013.12　510p　16cm（ハヤカワ文庫 SF）980円　Ⓓ978-4-15-011934-8

3249　「ねじまき少女」　"The Windup Girl"〔仏語題：La Fille automate〕

◇ネビュラ賞（2009年/長編）

◇ジョン・W・キャンベル記念賞（2010年/第1位）

◇ヒューゴー賞（2010年/長編）

◇ローカス賞（2010年/処女長編）

◇イマジネール大賞（2013年/長編〈外国〉）

「ねじまき少女　上」　パオロ・バチガルピ著, 田中一江, 金子浩訳　早川書房　2011.5　391p　16cm（ハヤカワ文庫 SF）840円　Ⓓ978-4-15-011809-9

「ねじまき少女　下」　パオロ・バチガルピ著, 田中一江, 金子浩訳　早川書房　2011.5　382p　16cm（ハヤカワ文庫 SF）840円　Ⓓ978-4-15-011810-5

パツォウスカー, クヴィエタ　Pacovská, Květa

3250　「ふしぎなかず」　"eins, funf, viele"

◇ドイツ児童文学賞（1991年/絵本）

「ふしぎなかず」　クヴィエタ・パツォウスカー作, ほるぷ出版編集部訳　ほるぷ出版　1991.10　1冊　28cm　2500円　Ⓓ4-593-50271-3

◎国際アンデルセン賞（1992年/画家賞）

パッカー, ジョージ　Packer, George

3251　「綻びゆくアメリカ—歴史の転換点に生きる人々の物語」　"The Unwinding: An Inner History of the New America"

◇全米図書賞（2013年/ノンフィクション）

「綻びゆくアメリカ—歴史の転換点に生きる人々の物語」　ジョージ・パッカー

著, 須川綾子訳　NHK出版　2014.7
687, 6p　20cm　3500円　①978-4-14-
081648-6

ハッカー, マリリン　Hacker, Marilyn

3252 "Presentation Piece"
◇全米図書賞（1975年/詩）

バッキー, サラ・マスターズ　Buckey, Sarah Masters

3253 "A Light In The Cellar"
◇アガサ賞（2007年/児童書・ヤングアダルト小説）

バック, クレイグ・ファウストゥス　Buck, Craig Faustus

3254 "Honeymoon Sweet"
◇マカヴィティ賞（2015年/短編）

バック, タマラ　Bach, Tamara

3255 "Marsmädchen"
◇ドイツ児童文学賞（2004年/ヤングアダルト）

バック, パール・S.　Buck, Pearl S.

3256「大地」"The Good Earth"
◇ピュリッツァー賞（1932年/小説）

「大地　上」パール・バック著, 朱牟田夏雄訳　講談社　1975　421p　15cm（講談社文庫）340円

「大地　中」パール・バック著, 朱牟田夏雄訳　講談社　1975　528p　15cm（講談社文庫）400円

「大地　下」パール・バック著, 朱牟田夏雄訳　講談社　1975　441p　15cm（講談社文庫）380円

「大地　第1部　中国の大地」パール・バック著, 佐藤亮一訳　春陽堂書店　1979.3　276p　16cm（春陽堂少年少女文庫―世界の名作・日本の名作）360円

「大地　第2部　王龍のむすこたち」パール・バック著, 佐藤亮一訳　春陽堂書店　1979.4　267p　16cm（春陽堂少年少女文庫―世界の名作・日本の名作）360円

「大地　第3部　分散した家」パール・バック著, 佐藤亮一訳　春陽堂書店　1979.5　270p　16cm（春陽堂少年少女文庫―世界の名作・日本の名作）360円

「大地　1」パール・バック作, 小野寺健訳　岩波書店　1997.2　466p　15cm（岩波文庫）720円　①4-00-323201-1

「大地　2」パール・バック作, 小野寺健訳　岩波書店　1997.2　394p　15cm（岩波文庫）670円　①4-00-323202-X

「大地　3」パール・バック作, 小野寺健訳　岩波書店　1997.3　396p　15cm（岩波文庫）670円　①4-00-323203-8

「大地　4」パール・バック作, 小野寺健訳　岩波書店　1997.4　410p　15cm（岩波文庫）700円　①4-00-323204-6

「大地　1」パール・バック〔著〕, 新居格訳, 中野好夫補訳　改版　新潮社　2013.6　490p　16cm（新潮文庫）670円　①978-4-10-209901-8

「大地　2」パール・バック〔著〕, 新居格訳, 中野好夫補訳　改版　新潮社　2013.6　463p　16cm（新潮文庫）670円　①978-4-10-209902-5

「大地　3」パール・バック〔著〕, 新居格訳, 中野好夫補訳　改版　新潮社　2013.6　469p　16cm（新潮文庫）670円　①978-4-10-209903-2

「大地　4」パール・バック〔著〕, 新居格訳, 中野好夫補訳　改版　新潮社　2013.6　389p　16cm（新潮文庫）590円　①978-4-10-209904-9

◎ノーベル文学賞（1938年）

バック, ポール・ハーマン　Buck, Paul Herman

3257 "The Road to Reunion, 1865-1900"
◇ピュリッツァー賞（1938年/歴史）

ハックス, ペーター　Hacks, Peter

◎ドイツ児童文学賞（1998年/特別賞）

バックリー, ウィリアム・F.　Buckley, William F., Jr.

3258 "Stained Glass"
◇全米図書賞（1980年/ミステリ/ペーパーバック）

バッサーニ, ジョルジョ　Bassani, Giorgio

3259「フェルラーラ物語」"Cinque storie ferraresi"
◇ストレーガ賞（1956年）

「現代イタリアの文学　6　フェルラーラ物語」ジョルジョ・バッサーニ著, 大久保昭男訳　早川書房　1969　344p　20cm　860円

ハッチンス, パット　Hutchins, Pat

3260「風がふいたら」"The Wind Blew"
◇ケイト・グリーナウェイ賞（1974年）

「風がふいたら」パット・ハッチンスさく, 田村隆一やく　理論社　1980.12　1冊　21×26cm（児童図書館・絵本の部

屋）980円

ハッツフェルド, ジャン Hatzfeld, Jean

3261 「隣人が殺人者に変わる時 和解への道—ルワンダ・ジェノサイドの証言」 "La Stratégie des antilopes"
◇メディシス賞（2007年）
「隣人が殺人者に変わる時 和解への道 ルワンダ・ジェノサイドの証言」 ジャン・ハッツフェルド著 服部欧右訳 かもがわ出版 2015.4 311p 19cm 2000円 ①978-4-7803-0755-9

ハットン, ジョン Hutton, John

3262 「偶然の犯罪」 "Accidental Crimes"
◇英国推理作家協会賞（1983年/ゴールド・ダガー）
「偶然の犯罪」 ジョン・ハットン著, 秋津知子訳 早川書房 1985.4 231p 20cm（Hayakawa novels）1200円 ①4-15-207591-0
「偶然の犯罪」 ジョン・ハットン著, 秋津知子訳 早川書房 1994.7 366p 16cm（ハヤカワ・ミステリ文庫）600円 ①4-15-079501-0

ハッドン, マーク Haddon, Mark

3263 「夜中に犬に起こった奇妙な事件」 "The Curious Incident of the Dog in the Night-Time"
◇ガーディアン児童文学賞（2003年）
◇コスタ賞（2003年/年間大賞・長編）
「夜中に犬に起こった奇妙な事件」 マーク・ハッドン著, 小尾芙佐訳 早川書房 2003.6 373p 20cm（ハリネズミの本箱）1700円 ①4-15-250009-3
「夜中に犬に起こった奇妙な事件」 マーク・ハッドン著, 小尾芙佐訳 新装版 早川書房 2007.2 382p 18cm 1300円 ①978-4-15-208795-9
「夜中に犬に起こった奇妙な事件」 マーク・ハッドン著, 小尾芙佐訳 早川書房 2016.4 365p 16cm（ハヤカワepi文庫）820円 ①978-4-15-120085-4

ハットン, W. Hutton, Warwick

3264 「さかなにのまれたヨナのはなし」 "Jonah and the Great Fish"
◇ボストングローブ・ホーンブック賞（1984年/絵本）
「さかなにのまれたヨナのはなし」 栗原マサ再話, W.ハットン絵 すぐ書房 1985.12 1冊 28cm 1500円

バッハマン, インゲボルク Bachmann, Ingeborg
◎ビューヒナー賞（1964年）

ハーディ, ロナルド Hardy, Ronald

3265 "Act Of Destruction"
◇ジェイムズ・テイト・ブラック記念賞（1962年/フィクション）

パティスン, エリオット Pattison, Eliot

3266 「頭蓋骨のマントラ」 "The Skull Mantra"
◇アメリカ探偵作家クラブ賞（2000年/処女長編賞）
「頭蓋骨のマントラ 上」 エリオット・パティスン著, 三川基好訳 早川書房 2001.3 323p 16cm（ハヤカワ・ミステリ文庫）660円 ①4-15-172351-X
「頭蓋骨のマントラ 下」 エリオット・パティスン著, 三川基好訳 早川書房 2001.3 345p 16cm（ハヤカワ・ミステリ文庫）660円 ①4-15-172352-8

ハーディング, ポール Harding, Paul

3267 「ティンカーズ」 "Tinkers"
◇ピュリッツァー賞（2010年/フィクション）
「ティンカーズ」 ポール・ハーディング著, 小竹由美子訳 白水社 2012.4 208p 20cm（エクス・リブリス）2100円 ①978-4-560-09021-3

ハーテル, テッド, Jr. Hertel, Ted, Jr.

3268 "My Bonnie Lies"
◇アメリカ探偵作家クラブ賞（2002年/ロバート・L・フィッシュ賞）

バート, アリス・ウーリー Burt, Alice Wooley

3269 "American Murder Ballads"
◇アメリカ探偵作家クラブ賞（1959年/スペシャルエドガー）

バード, アリソン Bird, Allyson

3270 "Bull Running for Girls"
◇英国幻想文学賞（2009年/短編集）
3271 "Isis Unbound"
◇ブラム・ストーカー賞（2011年/処女長編）

ハート, エレン Hart, Ellen
◎アメリカ探偵作家クラブ賞（2017年/巨匠賞）

バード, カイ　Bird, Kai

3272　「オッペンハイマー──『原爆の父』と呼ばれた男の栄光と悲劇」 "American Prometheus: The Triumph and Tragedy of J. Robert Oppenheimer"

◇全米書評家協会賞（2005年/伝記）

◇ピュリッツアー賞（2006年/伝記・自伝）

「オッペンハイマー──『原爆の父』と呼ばれた男の栄光と悲劇　上」カイ・バード, マーティン・シャーウィン著, 河邉俊彦訳　PHP研究所　2007.8　503p　20cm　2000円　①978-4-569-69292-0

「オッペンハイマー──『原爆の父』と呼ばれた男の栄光と悲劇　下」カイ・バード, マーティン・シャーウィン著, 河邉俊彦訳　PHP研究所　2007.8　441p　20cm　1900円　①978-4-569-69293-7

ハート, キャロリン・G.　Hart, Carolyn G.

3273　「死者の島」 "Dead Man's Island"

◇アガサ賞（1993年/長編）

「死者の島」キャロリン・G.ハート著, 仙波有理訳　The Mysterious Press　1995.1　414p　16cm（ハヤカワ文庫─ミステリアス・プレス文庫）640円　①4-15-100083-6

3274　「手紙と秘密」 "Letter From Home"

◇アガサ賞（2003年/長編）

「手紙と秘密」キャロリン・G.ハート著, 長野きよみ訳　早川書房　2006.2　414p　16cm（ハヤカワ・ミステリ文庫）800円　①4-15-173652-2

3275　「ハネムーンの殺人」 "Honeymoon With Murder"

◇アンソニー賞（1990年/ペーパーバック）

「ハネムーンの殺人」キャロリン・G.ハート著, 山本俊子訳　The Mysterious Press　1992.5　402p　16cm（ハヤカワ文庫─ミステリアス・プレス文庫）600円　①4-15-100050-X

3276　「舞台裏の殺人」 "Something Wicked"

◇アガサ賞（1988年/長編）

◇アンソニー賞（1989年/ペーパーバック）

「舞台裏の殺人」キャロリン・G.ハート著, 青木久恵訳　The Mysterious Press　1991.11　398p　16cm（ハヤカワ文庫─ミステリアス・プレス文庫）580円

3277　「ヘンリー・Oの休日」 "Henrie O's Holiday"

◇マカヴィティ賞（1993年/短編）

「ミステリマガジン　43（4）」〔仙波有理訳〕早川書房　1998.4　p54～72

3278　「ミステリ講座の殺人」 "A Little Class on Murder"

◇マカヴィティ賞（1990年/長編）

「ミステリ講座の殺人」キャロリン・G.ハート著, 青木久恵訳　The mysterious press　1992.11　394p　16cm（ハヤカワ文庫─ミステリアス・プレス文庫）600円　①4-15-100056-9

◎アメリカ探偵作家クラブ賞（2014年/巨匠賞）

ハード, サッチャー　Hurd, Thacher

3279　「ママはだめっていうけど」 "Mama Don't Allow"

◇ボストングローブ・ホーンブック賞（1985年/絵本）

「ママはだめっていうけど」サッチャー・ハードさく・え, わきあきこやく　福音館書店　1990.11　1冊　21×26cm（世界傑作絵本シリーズ）1100円　①4-8340-1026-0

ハート, ジョン　Hart, John

3280　「川は静かに流れ」 "Down River"

◇アメリカ探偵作家クラブ賞（2008年/長編賞）

「川は静かに流れ」ジョン・ハート著, 東野さやか訳　早川書房　2009.2　573p　16cm（ハヤカワ・ミステリ文庫）980円　①978-4-15-176702-9

3281　「ラスト・チャイルド」 "The Last Child"

◇英国推理作家協会賞（2009年/イアン・フレミング・スティール・ダガー）

◇アメリカ探偵作家クラブ賞（2010年/長編賞）

◇バリー賞（2010年/長編）

「ラスト・チャイルド」ジョン・ハート著, 東野さやか訳　早川書房　2010.4　458p　19cm（Hayakawa pocket mystery books）1600円　①978-4-15-001836-8

「ラスト・チャイルド　上」ジョン・ハート著, 東野さやか訳　早川書房　2010.4　367p　16cm（ハヤカワ・ミステリ文庫）800円　①978-4-15-176703-6

「ラスト・チャイルド　下」ジョン・

ハート著, 東野さやか訳　早川書房　2010.4　345p　16cm（ハヤカワ・ミステリ文庫）　800円　⑪978-4-15-176704-3

バート, スティーヴ　Burt, Steve

3282 "Oddest Yet"
◇ブラム・ストーカー賞（2004年/若い読者向け）

バード, マックス　Byrd, Max

3283 "California Thriller"
◇シェイマス賞（1982年/ペーパーバック）

ハート, モス　Hart, Moss

3284 "You Can't Take It With You"
◇ピュリッツァー賞（1937年/戯曲）

バート, ロバート　Byrd, Robert

3285 "Electric Ben: The Amazing Life and Times of Benjamin Franklin"
◇ボストングローブ・ホーンブック賞（2013年/ノンフィクション）

ハドソン, ジェフリー　Hudson, Jeffery

3286「緊急の場合は」"A Case of Need"
◇アメリカ探偵作家クラブ賞（1969年/長編賞）
「緊急の場合は」ジェフリイ・ハドソン著, 清水俊二訳　早川書房　1970　366p　19cm（世界ミステリシリーズ）480円
「緊急の場合は」ジェフリイ・ハドソン著, 清水俊二訳　早川書房　1977.1　474p　16cm（ハヤカワ・ミステリ文庫）500円

ハートネット, ソーニャ　Hartnett, Sonya

3287「木曜日に生まれた子ども」"Thursday's Child"
◇ガーディアン児童文学賞（2002年）
「木曜日に生まれた子ども」ソーニャ・ハートネット著, 金原瑞人訳　河出書房新社　2004.2　221p　20cm　1500円　①4-309-20406-6

◎アストリッド・リンドグレーン記念文学賞（2008年）

バトラー, ウィリアム・ヴィヴィアン　Butler, William Vivian

3288 "The Young Detective's Handbook"
◇アメリカ探偵作家クラブ賞（1982年/スペシャルエドガー）

バトラー, オクティヴィア・E.　Butler, Octavia E.

3289「ことばのひびき」"Speech Sounds"
◇ヒューゴー賞（1984年/短編）
「SFマガジン　26(12)」〔山田順子訳〕早川書房　1985.12　p58〜71

3290「血をわけた子供」"Bloodchild"
◇ネビュラ賞（1984年/中編）
◇ヒューゴー賞（1985年/中編）
◇ローカス賞（1985年/中編）
「80年代SF傑作選　下」小川隆, 山岸真編〔小野田和子訳〕早川書房　1992.10　557p　16cm（ハヤカワ文庫—SF）700円　①4-15-010989-3

3291 "Parable of the Talents"
◇ネビュラ賞（1999年/長編）

バトラー, グウェンドリン　Butler, Gwendoline

3292 "A Coffin for Pandora"
◇英国推理作家協会賞（1973年/シルバー・ダガー）

バトラー, ドリー・ヒルスタッド　Butler, Dori Hillestad

3293「消えた少年のひみつ」"The Buddy Files: The Case of the Lost Boy"
◇アメリカ探偵作家クラブ賞（2011年/ジュヴナイル賞）
「消えた少年のひみつ」ドリー・ヒルスタッド・バトラー作, もりうちすみこ訳, うしろだなぎさ絵　国土社　2012.5　122p　22cm（名探偵犬バディ［1］）1300円　①978-4-337-03701-4

バトラー, ロバート・N.　Butler, Robert N.

3294「老後はなぜ悲劇なのか？—アメリカの老人たちの生活」"Why Survive? Being Old In America"
◇ピュリッツァー賞（1976年/ノンフィクション）
「老後はなぜ悲劇なのか？—アメリカの老人たちの生活」ロバート・N.バトラー著, グレッグ・中村文子訳　メヂカルフレンド社　1991.10　488p　21cm　4600円　①4-8392-1550-2
※監訳：内薗耕二

バトラー, ロバート・O.　Butler, Robert Olen

3295 「ふしぎな山からの香り」 "A Good Scent from a Strange Mountain"
◇ピュリッツアー賞（1993年/フィクション）
「ふしぎな山からの香り」　ロバート・O.バトラー著, 佐伯泰樹訳　集英社　1995.6　334p　20cm　2400円　①4-08-773223-1

ハートリー, L.P.　Hartley, L.P.

3296 "Eustace And Hilda"
◇ジェイムズ・テイト・ブラック記念賞（1947年/フィクション）

パトリック, ジョン　Patrick, John

3297 「八月十五夜の茶屋」 "The Teahouse of the August Moon"
◇ピュリッツアー賞（1954年/戯曲）

パートリッジ, エリザベス　Partridge, Elizabeth

3298 "Marching for Freedom: Walk Together, Children, and Don't You Grow Weary"
◇ボストングローブ・ホーンブック賞（2010年/ノンフィクション）

3299 "This Land was Made for You and Me: The Life and Songs of Woody Guthrie"
◇ボストングローブ・ホーンブック賞（2002年/ノンフィクション）

パートリッジ, ノーマン　Partridge, Norman

3300 "Dark Harvest"
◇ブラム・ストーカー賞（2006年/中編）

3301 "Mr.Fox and Other Feral Tales"
◇ブラム・ストーカー賞（1992年/短編集）

3302 "The Man with the Barbed-wire Fists"
◇ブラム・ストーカー賞（2001年/短編集）

バトルズ, ブレット　Battles, Brett

3303 「裏切りの代償」 "The Deceived"
◇バリー賞（2009年/スリラー）
「裏切りの代償」　ブレット・バトルズ著, 鎌田三平訳　武田ランダムハウスジャパン　2011.2　567p　15cm（RHブックス＋プラス―掃除屋クィン 2）950円　①978-4-270-10378-4

パードロ, グレゴリー　Pardlo, Gregory

3304 "Digest"
◇ピュリッツアー賞（2015年/詩）

パトロン, スーザン　Patron, Susan

3305 「ラッキー・トリンブルのサバイバルな毎日」 "The Higher Power of Lucky"
◇ニューベリー賞（2007年）
「ラッキー・トリンブルのサバイバルな毎日」　スーザン・パトロン著, 片岡しのぶ訳　あすなろ書房　2008.10　215p　20cm　1400円　①978-4-7515-2209-7

バトワース, ニック　Butterworth, Nick

3306 "The Whisperer"
◇ネスレ子どもの本賞（2005年/6〜8歳部門/金賞）

バートン, ジル　Barton, Jill

3307 "In the Rain with Baby Duck"
◇ボストングローブ・ホーンブック賞（1996年/絵本）

バートン, バージニア・リー　Burton, Virginia Lee

3308 「ちいさいおうち」 "The Little House"
◇コルデコット賞（1943年）
「ちいさいおうち」　ばーじにあ・ばーとん文・絵, 岩波書店訳編　岩波書店　1954　56p　21cm（岩波のこどもの本 幼・1・2年向 6）
「ちいさいおうち」　ばーじにあ・りー・ばーとんぶんとえ, いしいももこやく　岩波書店　1965.12（45刷：2000.1）40p　24×25cm　1500円　①4-00-110553-5
「ちいさいおうち」　バージニア・リー・バートン文・絵, 石井桃子訳　岩波書店　1981.3　1冊　21cm（岩波の子どもの本）430円

バートン, ヘスター　Burton, Hester

3309 "Time of Trial"
◇カーネギー賞（1963年）

バーナード, ボニー　Burnard, Bonnie

3310 "A Good House"
◇スコシアバンク・ギラー賞（1999年）

バーナード, ロバート　Barnard, Robert

3311　「あなたとモーニングティー」〔別題「モーニング・ショウ」〕 "Breakfast Television"
◇アンソニー賞（1988年/短編）
「EQ 10(6)」〔「モーニング・ショウ」高見浩訳〕　光文社　1987.11　p34〜41
「スカーレット・レター」エリナー・サリヴァン編, 片岡しのぶほか訳〔「あなたとモーニングティー」高見浩訳〕　扶桑社　1993.10　428p　16cm（扶桑社ミステリー）620円　Ⓓ4-594-01269-8

3312　「衣装簞笥の中の女」 "The Woman in the Wardrobe"
◇マカヴィティ賞（1988年/短編）
「EQ 11(2)」〔深町眞理子訳〕　光文社　1988.3　p58〜73
「EQ 20(6)」〔深町眞理子訳〕　光文社　1997.11　p229〜243

3313　「離婚に勝る」 "More Final Than Divorce"
◇アガサ賞（1988年/短編）

3314　"Rogues' Gallery"
◇バリー賞（2004年/短編）

3315　"Sins of Scarlett"
◇英国推理作家協会賞（2006年/短編ダガー）

◎英国推理作家協会賞（1994年/図書館賞）

◎英国推理作家協会賞（2003年/ダイヤモンド・ダガー）

バーニー, ルー　Berney, Louis

3316　"The Long and Faraway Gone"
◇アメリカ探偵作家クラブ賞（2016年/ペーパーバック賞）

ハーニック, シェルダン　Harnick, Sheldon

3317　「フィオレロ！」 "Fiorello！"
◇ピュリッツァー賞（1960年/戯曲）

バーニンガム, クリスチャン　Birmingham, Christian

3318　「よみがえれ白いライオン」 "The Butterfly Lion"
◇ネスレ子どもの本賞（1996年/6〜8歳部門/金賞）
「よみがえれ白いライオン」マイケル・モーパーゴ作, 佐藤見果夢訳, クリスチャン・バーミンガム絵　評論社　2001.2　130p　21cm（児童図書館・文学の部屋）1300円　Ⓓ4-566-01291-3

バーニンガム, ジョン　Burningham, John

3319　「ガンピーさんのふなあそび」 "Mr. Gumpy's Outing"
◇ケイト・グリーナウェイ賞（1970年）
◇ボストングローブ・ホーンブック賞（1972年/絵本）
「ガンピーさんのふなあそび」ジョン・バーニンガムさく, みつよしなつややく　ほるぷ出版　1976.9　1冊　26cm　980円
「ガンピーさんのふなあそび」ジョン・バーニンガムさく, みつよしなつややく　ほるぷ出版　2004.3　1冊（ページなし）38×38cm（ほるぷ出版の大きな絵本）4750円　Ⓓ4-593-72030-3

3320　「ねえ、どれがいい？」 "Would you rather？"〔独語題：Was ist dir lieber...〕
◇ドイツ児童文学賞（1980年/絵本）
「ねえ、どれがいい？」ジョン・バーニンガムさく, まつかわまゆみやく　評論社　1983.12（33刷：2006.10）　1冊（ページ付なし）31cm（評論社の児童図書館・絵本の部屋）1300円　Ⓓ4-566-00250-0
「ねえ、どれがいい？」ジョン・バーニンガムさく, まつかわまゆみやく　新版　評論社　2010.2　1冊（ページ付なし）31cm（児童図書館・絵本の部屋）1500円　Ⓓ978-4-566-00198-5

3321　「ねんころりん」 "Husherbye"
◇ネスレ子どもの本賞（2000年/5歳以下部門/銅賞）
「ねんころりん」ジョン・バーニンガムさく, 谷川俊太郎やく　ほるぷ出版　2001.6　1冊　22×22cm　1300円　Ⓓ4-593-50404-X

3322　「ボルカ―はねなしガチョウのぼうけん」 "Borka: The Adventures of a Goose with No Feathers"
◇ケイト・グリーナウェイ賞（1963年）
「ボルカ―はねなしガチョウのぼうけん」ジョン・バーニンガムさく, きじまはじめやく　ほるぷ出版　1993.12　1冊　27cm　1300円　Ⓓ4-593-50307-8

パネク, ルロイ・ラッド　Panek, Leroy Lad

3323　"Introduction to the Detective Story"
◇アメリカ探偵作家クラブ賞（1988年/批評・評伝賞）

ハーネス, チャールズ　Harness, Charles
◎ネビュラ賞（2003年/名誉賞）

ハーネット, シンシア　Harnett, Cynthia
3324 "The Wool-Pack"
◇カーネギー賞（1951年）

バーネット, マック　Barnett, Mac
3325「アナベルとふしぎなけいと」 "Extra Yarn"
◇ボストングローブ・ホーンブック賞（2012年/絵本）
「アナベルとふしぎなけいと」 マック・バーネット文, ジョン・クラッセン絵, なかがわちひろ訳　あすなろ書房　2012.9　1冊（ページ付なし）　23×26cm　1300円　①978-4-7515-2694-1

バーネット, W.R.　Burnett, W.R.
◎アメリカ探偵作家クラブ賞（1980年/巨匠賞）

ハーパー, カレン　Harper, Karen
3326 "Dark Angel"
◇アメリカ探偵作家クラブ賞（2006年/メアリ・ヒギンズ・クラーク賞）

ハーパー, ジェイン　Harper, Jane
3327「渇きと偽り」 "The Dry"
◇英国推理作家協会賞（2017年/ゴールド・ダガー）
「渇きと偽り」 ジェイン・ハーパー著, 青木創訳　早川書房　2017.4　366p　19cm（HAYAKAWA POCKET MYSTERY BOOKS）1800円　①978-4-15-001918-1
「渇きと偽り」 ジェイン・ハーパー著, 青木創訳　早川書房　2018.7　460p　16cm（ハヤカワ・ミステリ文庫）1000円　①978-4-15-183551-3

ハーパー, ジョーダン　Harper, Jordan
3328「拳銃使いの娘」 "She Rides Shotgun"
◇アメリカ探偵作家クラブ賞（2018年/処女長編賞）
「拳銃使いの娘」 ジョーダン・ハーパー著, 鈴木恵訳　早川書房　2019.1　261p　19cm（HAYAKAWA POCKET MYSTERY BOOKS）1700円　①978-4-15-001939-6

ハーバート, ウォリー　Herbert, Wally
3329 "Eskimos"
◇ドイツ児童文学賞（1977年/ノンフィクション）

ハーバート, フランク　Herbert, Frank
3330「デューン 砂の惑星」 "Dune"
◇ネビュラ賞（1965年/長編）
◇ヒューゴー賞（1966年/長編）
「デューン砂の惑星　1」 フランク・ハーバート著, 矢野徹訳　早川書房　1972　285p　図　16cm（ハヤカワSF文庫）250円
「デューン砂の惑星　2」 フランク・ハーバート著, 矢野徹訳　早川書房　1973　274p　図　16cm（ハヤカワSF文庫）250円
「デューン砂の惑星　3」 フランク・ハーバート著, 矢野徹訳　早川書房　1973　440p　図　16cm（ハヤカワSF文庫）
「デューン砂の惑星　4」 フランク・ハーバート著, 矢野徹訳　早川書房　1973　398p　図　16cm（ハヤカワSF文庫）
「デューン砂の惑星　上」 フランク・ハーバート著, 酒井昭伸訳　新訳版　早川書房　2016.1　478p　16cm（ハヤカワ文庫 SF）1120円　①978-4-15-012049-8
「デューン砂の惑星　中」 フランク・ハーバート著, 酒井昭伸訳　新訳版　早川書房　2016.1　375p　16cm（ハヤカワ文庫 SF）1080円　①978-4-15-012050-4
「デューン砂の惑星　下」 フランク・ハーバート著, 酒井昭伸訳　新訳版　早川書房　2016.1　396p　16cm（ハヤカワ文庫 SF）1080円　①978-4-15-012051-1
3331 "Hellstrom's Hive"〔仏語題：La Ruche d'Hellstrom〕
◇アポロ賞（1978年）

ハービッコ, パーヴォ　Haavikko, Paavo
◎ノイシュタット国際文学賞（1984年）

パフェンロス, キム　Paffenroth, Kim
3332 "Gospel of the Living Dead: George Romero's Visions of Hell on Earth"
◇ブラム・ストーカー賞（2006年/ノンフィクション）

バブソン, マリアン　Babson, Marian
◎英国推理作家協会賞（1996年/図書館賞）

パーマー, スザンヌ Palmer, Suzanne
- *3333* 「知られざるボットの世界」 "The Secret Life of Bots"
  ◇ヒューゴー賞（2018年/中編）
  「SFマガジン 60（1）」〔中原尚哉訳〕 早川書房 2019.2 p216〜235

ハマー, リチャード Hammer, Richard
- *3334* "CBS Murders"
  ◇アメリカ探偵作家クラブ賞（1988年/犯罪実話賞）
- *3335* "The Vatican Connection"
  ◇アメリカ探偵作家クラブ賞（1983年/犯罪実話賞）

ハマースタイン, オスカー 2世 Hammerstein, Oscar Ⅱ
- *3336* 「オクラホマ！」 "Oklahoma"
  ◇ピュリッツアー賞（1944年/特別賞）
- *3337* 「南太平洋」 "South Pacific"
  ◇ピュリッツアー賞（1950年/戯曲）

ハミルトン, ヴァージニア Hamilton, Virginia
- *3338* 「偉大なるM.C.」 "M.C.Higgins, The Great"
  ◇ボストングローブ・ホーンブック賞（1974年/フィクション）
  ◇全米図書賞（1975年/児童文学）
  ◇ニューベリー賞（1975年）
  「偉大なるM・C」 ヴァジニア・ハミルトン作, 橋本福夫訳 岩波書店 1980.3 305p 19cm（あたらしい文学 3）1100円
  「偉大なるM・C」 ヴァジニア・ハミルトン作, 橋本福夫訳 岩波書店 1991.9 305p 20cm 1700円 ①4-00-115603-2 ※新装版
- *3339* 「マイゴーストアンクル」 "Sweet Whispers, Brother Rush"
  ◇ボストングローブ・ホーンブック賞（1983年/フィクション）
  「マイゴーストアンクル」 ヴァジニア・ハミルトン著, 島式子訳 原生林 1992.4 283p 20cm 1500円
- *3340* "Anthony Burns: The Defeat and Triumph of a Fugitive Slave"
  ◇ボストングローブ・ホーンブック賞（1988年/ノンフィクション）
- *3341* "The House of Dies Drear"
  ◇アメリカ探偵作家クラブ賞（1969年/ジュヴナイル賞）
  ◎国際アンデルセン賞（1992年/作家賞）

ハミルトン, スティーヴ Hamilton, Steve
- *3342* 「解錠師」 "The Lock Artist"
  ◇アメリカ探偵作家クラブ賞（2011年/長編賞）
  ◇英国推理作家協会賞（2011年/イアン・フレミング・スティール・ダガー）
  ◇バリー賞（2011年/長編）
  「解錠師」 スティーヴ・ハミルトン著, 越前敏弥訳 早川書房 2011.12 427p 19cm（Hayakawa pocket mystery books）1800円 ①978-4-15-001854-2
  「解錠師」 スティーヴ・ハミルトン著, 越前敏弥訳 早川書房 2012.12 571p 16cm（ハヤカワ・ミステリ文庫）940円 ①978-4-15-171854-0
- *3343* 「氷の闇を越えて」 "A Cold Day in Paradise"
  ◇シェイマス賞（1997年/私立探偵小説コンテスト）
  ◇アメリカ探偵作家クラブ賞（1999年/処女長編賞）
  ◇シェイマス賞（1999年/処女長編）
  「氷の闇を越えて」 スティーヴ・ハミルトン著, 越前敏弥訳 早川書房 2000.4 374p 16cm（ハヤカワ・ミステリ文庫）700円 ①4-15-171851-6
  「氷の闇を越えて」 スティーヴ・ハミルトン著, 越前敏弥訳 新版 早川書房 2013.7 408p 16cm（ハヤカワ・ミステリ文庫）840円 ①978-4-15-171855-7

ハミルトン, ピーター・F. Hamilton, Peter F.
- *3344* "Great North Road"（仏語題：La Grande Route du Nord）
  ◇イマジネール大賞（2015年/長編〈外国〉）
- *3345* "The Suspect Genome"
  ◇英国SF協会賞（2000年/短編）

ハミルトン＝パターソン, ジェームズ Hamilton-Paterson, James
- *3346* "Gerontius"
  ◇コスタ賞（1989年/処女長編）

バーミンガム, ルース　Birmingham, Ruth

3347　「父に捧げる歌」 "Fulton County Blues"
◇アメリカ探偵作家クラブ賞（2000年/ペーパーバック賞）
「父に捧げる歌」ルース・バーミンガム著, 宇佐川晶子訳　早川書房　2000.12　383p　16cm（ハヤカワ・ミステリ文庫）700円　①4-15-172051-0

パムク, オルハン　Pamuk, Orhan

3348　「雪」 "Kar"〔仏語題：Neige〕
◇メディシス賞（2005年/外国小説）
「雪」オルハン・パムク〔著〕, 和久井路子訳　藤原書店　2006.3　572p　20cm　3200円　①4-89434-504-8
「雪　上」オルハン・パムク著, 宮下遼訳　新訳版　早川書房　2012.12　413p　16cm（ハヤカワepi文庫）1000円　①978-4-15-120071-7
「雪　下」オルハン・パムク著, 宮下遼訳　新訳版　早川書房　2012.12　415p　16cm（ハヤカワepi文庫）1000円　①978-4-15-120072-4

◎ノーベル文学賞（2006年）

ハムスン, クヌート　Hamsun, Knut
◎ノーベル文学賞（1920年）

ハムリン, タルボット・フォークナー　Hamlin, Talbot Faulkner

3349　"Benjamin Henry Latrobe"
◇ピュリッツアー賞（1956年/伝記・自伝）

ハモンド, ブレイ　Hammond, Bray

3350　"Banks and Politics in America"
◇ピュリッツアー賞（1958年/歴史）

ハラー, ドーカス・W.　Haller, Dorcas Woodbury

3351　「これ、なあに？」 "What's that?"〔独語題：Was ist das？〕
◇ドイツ児童文学賞（1979年/ノンフィクション）
「これ、なあに？」バージニア＝A＝イエンセン, ドーカス＝W＝ハラー作, くまがいいくえ訳　偕成社　1979　23p　20×21cm　1400円
「これ、なあに？―さわる絵本　目の見えない子も見える子もみんなで楽しめる絵本」バージニア・アレン・イエンセン, ドーカス・ウッドバリー・ハラー作, きくしまいくえ訳　新装版　偕成社　2007.10　23p　20×21cm　2800円　①978-4-03-226110-3

パラ, ニカノール　Parra, Nicanor
◎セルバンテス賞（2011年）

パラシオ, R.J.　Palacio, Raquel J.

3352　「ワンダー」 "Wonder"〔独語題：Wunder〕
◇ドイツ児童文学賞（2014年/青少年審査委員賞）
「ワンダー」R・J・パラシオ作, 中井はるの訳　ほるぷ出版　2015.7　421p　22cm　1500円　①978-4-593-53495-1

バラード, J.G.　Ballard, J.G.

3353　「太陽の帝国」 "Empire Of The Sun"
◇ジェイムズ・テイト・ブラック記念賞（1984年/フィクション）
「太陽の帝国」J.G.バラード著, 高橋和久訳　国書刊行会　1987.8　454p　19cm　1900円

3354　「夢幻会社」 "The Unlimited Dream Company"
◇英国SF協会賞（1979年/長編）
◇ジョン・W・キャンベル記念賞（1980年/第3位）
「夢幻会社」J.G.バラード著, 増田まもる訳　サンリオ　1981.7　314p　15cm（サンリオSF文庫）420円
「夢幻会社」J.G.バラード著, 増田まもる訳　東京創元社　1993.7　320p　15cm（創元SF文庫）530円　①4-488-62910-5

ハラハン, ウイリアム・H.　Hallahan, William H.

3355　「亡命詩人, 雨に消ゆ」 "Catch Me：Kill Me"
◇アメリカ探偵作家クラブ賞（1978年/長編賞）
「亡命詩人, 雨に消ゆ」ウィリアム・H.ハラハン著, 村上博基訳　早川書房　1980.3　267p　20cm（Hayakawa novels）1200円
「亡命詩人, 雨に消ゆ」ウィリアム・H.ハラハン著, 村上博基訳　早川書房　1983.1　372p　16cm（ハヤカワ文庫―NV）440円

ハラム, アン　Halam, Ann　⇒ジョーンズ, ギネス

ハーラン, ルイス・R.　Harlan, Louis R.
3356 "Booker T.Washington: The Wizard of Tuskegee, 1901-1915"
◇ピュリッツァー賞（1984年／伝記・自伝）

バランタイン, イアン　Ballantine, Ian
3357 "The High Kings"
◇世界幻想文学大賞（1984年／特別賞〈プロ〉）

バリー, セバスチャン　Barry, Sebastian
3358 "The Secret Scripture"
◇コスタ賞（2008年／年間大賞・長編）
◇ジェイムズ・テイト・ブラック記念賞（2008年／フィクション）

バリー, リチャード　Barre, Richard
3359「無垢なる骨」"The Innocents"
◇シェイマス賞（1996年／処女長編）
「無垢なる骨」　リチャード・バリー著, 広瀬順弘訳　The Mysterious Press　1996.6　472p　16cm（ハヤカワ文庫―ミステリアス・プレス文庫）800円
①4-15-100101-8

バリェステル, ゴンサロ・トレンテ　Ballester, Gonzalo Torrente
◎セルバンテス賞（1985年）

バリエット, ブルー　Balliett, Blue
3360「フェルメールの暗号」"Chasing Vermeer"
◇アガサ賞（2004年／児童書・ヤングアダルト小説）
◇アメリカ探偵作家クラブ賞（2005年／ジュヴナイル賞）
「フェルメールの暗号」　ブルー・バリエット著, 種田紫訳　ソニー・マガジンズ　2005.8　301p　20cm　1600円　①4-7897-2635-5
※絵：ブレット・ヘルキスト
「フェルメールの暗号」　ブルー・バリエット著, 種田紫訳　ヴィレッジブックス　2009.4　277p　15cm（ヴィレッジブックス）720円　①978-4-86332-145-8

バリェホ, アントニオ・ブエロ　Vallejo, Antonio Buero
◎セルバンテス賞（1986年）

ハリス, ウイル　Harriss, Will
3361「殺人詩篇」"The Bay Psalm Book Murder"
◇アメリカ探偵作家クラブ賞（1984年／処女長編賞）
「殺人詩篇」　ウィル・ハリス著, 斎藤数衛訳　早川書房　1985.2　321p　16cm（ハヤカワ・ミステリ文庫）420円
①4-15-075151-X

ハリス, シャーレイン　Harris, Charlaine
3362「満月と血とキスと」"Dead Until Dark"
◇アンソニー賞（2002年／ペーパーバック）
「満月と血とキスと」　シャーレイン・ハリス著, 林啓恵訳　集英社　2003.10　415p　16cm（集英社文庫）714円
①4-08-760446-2
3363 "The Sookie Stackhouse Companion"
◇アンソニー賞（2012年／評論・ノンフィクション）
◇マカヴィティ賞（2012年／ノンフィクション）

ハリス, トマス　Harris, Thomas
3364「羊たちの沈黙」"The Silence of the Lambs"
◇ブラム・ストーカー賞（1988年／長編）
◇アンソニー賞（1989年／長編）
「羊たちの沈黙」　トマス・ハリス〔著〕, 菊池光訳　新潮社　1989.9　511p　16cm（新潮文庫）600円　①4-10-216702-1
「羊たちの沈黙　上」　トマス・ハリス〔著〕, 高見浩訳　新潮社　2012.2　333p　16cm（新潮文庫）590円
①978-4-10-216708-3
「羊たちの沈黙　下」　トマス・ハリス〔著〕, 高見浩訳　新潮社　2012.2　335p　16cm（新潮文庫）590円
①978-4-10-216709-0
◎ブラム・ストーカー賞（2006年／生涯業績）

ハリス, ローズマリー　Harris, Rosemary
3365「ノアの箱船に乗ったのは？」"The Moon in the Cloud"
◇カーネギー賞（1968年）
「ノアの箱船に乗ったのは？」　ローズマリー・ハリス作, 浜本武雄訳　富山房　1987.3　294p　22cm　1800円　①4-572-

00456-0

ハリス, ロバート　Harris, Robert
3366 "An Officer and A Spy"
◇英国推理作家協会賞（2014年/イアン・フレミング・スティール・ダガー）

ハリスン, ハリイ　Harrison, Harry
3367 "Astounding"
◇ローカス賞（1974年/オリジナルアンソロジー）

◎ネビュラ賞（2008年/グランド・マスター）

ハリスン, M.ジョン　Harrison, M.John
3368 "Empty Space"
◇ジョン・W・キャンベル記念賞（2013年/第3位）
3369 "Nova Swing"
◇アーサー・C・クラーク賞（2007年）

パリーゼ, ゴッフレード　Parise, Goffredo
3370 "Sillabario n.2"
◇ストレーガ賞（1982年）

バリッコ, アレッサンドロ　Baricco, Alessandro
3371 "Castelli di rabbia"〔仏語題：Châteaux de la colère〕
◇メディシス賞（1995年/外国小説）

パリッシュ, P.J.　Parrish, P.J.
3372 "An Unquiet Grave"
◇シェイマス賞（2007年/ペーパーバック）
3373 "A Thousand Bones"
◇アンソニー賞（2008年/ペーパーバック）
3374 "Heart of Ice"
◇シェイマス賞（2014年/ペーパーバック）

パリン, マイケル　Palin, Michael
3375 「ミラーストーン・ふしぎな鏡」"The Mirrorstone"
◇ネスレ子どもの本賞（1986年/イノベーション部門）
「ミラーストーン・ふしぎな鏡」マイケル・パリン文, アラン・リー絵, 掛川恭子訳　岩波書店　1989.2　1冊　29cm　1800円　①4-00-110602-7
※制作：リチャード・シーモア

パリントン, ヴァーノン・ルイス　Parrington, Vernon Louis
3376 "Main Currents in American Thought, 2vols."
◇ピュリッツァー賞（1928年/歴史）

ハリントン, ジョイス　Harrington, Joyce
3377 「紫色の屍衣」"The Purple Shroud"
◇アメリカ探偵作家クラブ賞（1973年/短編賞）
「エドガー賞全集　下」ビル・プロンジーニ編, 小鷹信光他訳〔小沢瑞穂訳〕早川書房　1983.3　16cm（ハヤカワ・ミステリ文庫）各560円

バルガス＝リョサ, マリオ　Vargas-Llosa, Mario
3378 "Contra viento y marea"〔英題：Making Waves〕
◇全米書評家協会賞（1997年/批評）

◎セルバンテス賞（1994年）

◎ノーベル文学賞（2010年）

バルゾー, サンディ　Balzo, Sandy
3379 "The Grass Is Always Greener"
◇アメリカ探偵作家クラブ賞（2004年/ロバート・L・フィッシュ賞）
◇マカヴィティ賞（2004年/短編）

パルチュ, スザンナ　Partsch, Susanna
3380 "Haus der Kunst"
◇ドイツ児童文学賞（1998年/ノンフィクション）

バルトシャイト, マーティン　Baltscheit, Martin
3381 "Die Geschichte vom Fuchs, der den Verstand verlor"
◇ドイツ児童文学賞（2011年/絵本）

バルハウス, フェレーナ　Ballhaus, Verena
3382 "Papa wohnt jetzt in der Heinrichstraße"
◇ドイツ児童文学賞（1989年/絵本）

バルビュス, アンリ　Barbusse, Henri
3383 「砲火」"Le feu"
◇ゴンクール賞（1916年）

「砲火」　バルビュス著, 新村猛, 後藤達雄共訳　ダヴィッド社　1951　300p　19cm
「砲火　上」　アンリ・バルビュス著, 秋山晴夫訳　角川書店　1955　224p　15cm（角川文庫）
「砲火　下」　アンリ・バルビュス著, 秋山晴夫訳　角川書店　1955　228p　15cm（角川文庫）
「砲火　上」　アンリ・バルビュス作, 田辺貞之助訳　岩波書店　1956　242p　15cm（岩波文庫）
「砲火　下」　アンリ・バルビュス作, 田辺貞之助訳　岩波書店　1956　246p　15cm（岩波文庫）

バルベーロ, アレッサンドロ
Barbero, Alessandro

3384 "Bella vita e guerre altrui di Mr Pyle, gentiluomo"
◇ストレーガ賞（1996年）

パールマン, イーディス
Pearlman, Edith

3385「双眼鏡からの眺め」　"Binocular Vision"
◇全米書評家協会賞（2011年／小説）
「双眼鏡からの眺め」　イーディス・パールマン著, 古屋美登里訳　早川書房　2013.5　633p　20cm　3300円　①978-4-15-209377-6

バルロワ, ジャン＝ジャック
Barloy, Jean-Jacques

3386 "Bernard Heuvelmans, un rebelle de la science"
◇イマジネール大賞（2008年／エッセイ〈評論〉）

パレツキー, サラ　Paretsky, Sara

3387「ウーマンズ・アイ」　"A Woman's Eye"
◇アンソニー賞（1992年／アンソロジー・短編集）
「ウーマンズ・アイ　上」　サラ・パレツキー編, 山本やよい他訳　早川書房　1992.9　363p　16cm（ハヤカワ・ミステリ文庫）　580円　①4-15-075357-1
「ウーマンズ・アイ　下」　サラ・パレツキー編, 山本やよい他訳　早川書房　1992.9　380p　16cm（ハヤカワ・ミステリ文庫）　580円　①4-15-075358-X

3388「ダウンタウン・シスター」　"Toxic Shock"
◇英国推理作家協会賞（1988年／シルバー・ダガー）
「ダウンタウン・シスター」　サラ・パレツキー著, 山本やよい訳　早川書房　1990.1　491p　16cm（ハヤカワ・ミステリ文庫）　640円　①4-15-075355-5

3389「ブラック・リスト」　"Blacklist"
◇英国推理作家協会賞（2004年／ゴールド・ダガー）
「ブラック・リスト」　サラ・パレツキー著, 山本やよい訳　早川書房　2004.9　471p　20cm（Hayakawa novels）　2200円　①4-15-208595-9
「ブラック・リスト」　サラ・パレツキー著, 山本やよい他訳　早川書房　2007.8　727p　16cm（ハヤカワ・ミステリ文庫）　1100円　①978-4-15-075368-9

◎英国推理作家協会賞（2002年／ダイヤモンド・ダガー）

◎シェイマス賞（2005年／ジ・アイ賞〈生涯功績賞〉）

◎アメリカ探偵作家クラブ賞（2011年／巨匠賞）

バレット, アンドリア　Barrett, Andrea

3390 "Ship Fever and Other Stories"
◇全米図書賞（1996年／小説）

バレット, ニール, Jr.　Barrett, Neal, Jr.
◎ネビュラ賞（2009年／名誉賞）

バレット, リン　Barrett, Lynne

3391「エルヴィスは生きている」　"Elvis Lives"
◇アメリカ探偵作家クラブ賞（1991年／短編賞）
「エルヴィスとは誰か―20の"キング"伝説」　ポール・M.サモン編, 杉原志啓訳　音楽之友社　1996.11　286p　20cm　2987円　①4-276-23446-8
「エドガー賞全集―1990～2007」　ローレンス・ブロック他〔著〕, 田口俊樹, 木村二郎他訳〔木村二郎訳〕　早川書房　2008.9　655p　16cm（ハヤカワ・ミステリ文庫）　1000円　①978-4-15-177951-0

ハレンスレーベン, ゲオルク
Hallensleben, Georg

3392「おつきさまはきっと」　"And If the Moon Could Talk"
◇ボストングローブ・ホーンブック賞（1998年／絵本）
「おつきさまはきっと」　ゲオルク・ハレ

ンスレーベン絵, ケイト・バンクス文, さくまゆみこ訳　講談社　2000.3　1冊　25cm（世界の絵本）1600円　①4-06-261995-4

バレンタイン, ジーン　Valentine, Jean

3393 "Door in the Mountain: New and Collected Poems, 1965-2003"
◇全米図書賞（2004年/詩）

バロウ, ウェイン・ダグラス　Barlowe, Wayne Douglas

3394 「SF宇宙生物図鑑」 "Barlowe's Guide to Extraterrestrials"
◇ローカス賞（1980年/アート・イラストブック）

ハロウェイ, イモーリイ　Holloway, Emory

3395 "Whitman"
◇ピュリッツアー賞（1927年/伝記・自伝）

バロウズ, エドウィン・G.　Burrows, Edwin G.

3396 "Gotham: A History of New York City to 1898"
◇ピュリッツアー賞（1999年/歴史）

バローズ, エイブ　Burrows, Abe

3397 「努力しないで出世する方法」 "How To Succeed In Business Without Really Trying"
◇ピュリッツアー賞（1962年/戯曲）

バロン, レアード　Barron, Laird

3398 "The Beautiful Thing That Awaits Us All and Other Stories"
◇ブラム・ストーカー賞（2013年/短編集）

パワー, サマンサ　Power, Samantha

3399 「集団人間破壊の時代―平和維持活動の現実と市民の役割」 "'A Problem from Hell': America and the Age of Genocide"
◇全米書評家協会賞（2002年/ノンフィクション）
◇ピュリッツアー賞（2003年/ノンフィクション）
「集団人間破壊の時代―平和維持活動の現実と市民の役割」　サマンサ・パワー著, 星野尚美訳　ミネルヴァ書房　2010.1　487, 105p　22cm　4800円　①978-4-623-05588-3

パワーズ, ティム　Powers, Tim

3400 「アヌビスの門」 "The Anubis Gates"〔仏語題：Les Voies d'Anubis〕
◇アポロ賞（1987年）
「アヌビスの門　上」 ティム・パワーズ著, 大伴墨人訳　早川書房　1993.7　418p　16cm（ハヤカワ文庫―FT）640円　①4-15-020181-1
「アヌビスの門　下」 ティム・パワーズ著, 大伴墨人訳　早川書房　1993.7　396p　16cm（ハヤカワ文庫―FT）640円　①4-15-020182-X

3401 "Declare"
◇世界幻想文学大賞（2001年/長編）

3402 "Earthquake Weather"
◇ローカス賞（1998年/ファンタジー長編）

3403 "Expiration Date"
◇ローカス賞（1996年/ホラー・ダークファンタジー長編）

3404 "Last Call"
◇世界幻想文学大賞（1993年/長編）
◇ローカス賞（1993年/ファンタジー長編）

3405 "The Bible Repairman and Other Stories"
◇世界幻想文学大賞（2012年/短編集）
◇ローカス賞（2012年/短編集）

パワーズ, リチャード　Powers, Richard

3406 「エコー・メイカー」 "The Echo Maker"
◇全米図書賞（2006年/小説）
「エコー・メイカー」 リチャード・パワーズ〔著〕, 黒原敏行訳　新潮社　2012.9　639p　20cm　4000円　①978-4-10-505873-9

ハワース, レスリー　Howarth, Lesley

3407 "MapHead"
◇ガーディアン児童文学賞（1995年）

パワーズ, J.F.　Powers, J.F.

3408 "Morte D'Urban"
◇全米図書賞（1963年/小説）

ハワード, クラーク　Howard, Clark

3409 「ホーン・マン」 "Horn Man"

ハワード, シドニー　Howard, Sidney

3410 "They Knew What They Wanted"
◇ピュリッツァー賞（1925年／戯曲）

ハワード, リチャード　Howard, Richard

3411 "Untitled Subjects"
◇ピュリッツァー賞（1970年／詩）

ハワード, ロバート・E.
Howard, Robert E.

3412 "Marchers of Valhalla"
◇英国幻想文学賞（1973年／特別賞）

ハワード, R.ドナルド
Howard, R.Donald

3413 "Chaucer: His Life, His Works, His World, Donald"
◇全米書評家協会賞（1987年／伝記・自伝）

韓江　ハン・ガン

3414 「菜食主義者」 "The Vegetarian"
◇ブッカー賞（2016年／国際ブッカー賞）
「菜食主義者」　ハン・ガン著, きむふな訳　クオン　2011.8（第2版）　301p　19cm（新しい韓国の文学 01）2200円　①978-4-904855-02-7

バーン, キティ　Barne, Kitty

3415 "Visitors from London"
◇カーネギー賞（1940年）

バーン, スザンヌ　Berne, Suzanne

3416 「指先にふれた罪」 "A Crime in the Neighborhood"
◇ベイリーズ賞（1999年）

◇アメリカ探偵作家クラブ賞（1981年／短編賞）
「エドガー賞全集 下」ビル・プロンジーニ編, 小鷹信光他訳〔山本光伸訳〕早川書房　1983.3　16cm（ハヤカワ・ミステリ文庫）各560円
「死の飛行」エド・ゴーマン編, 沢川進ほか訳〔山本光伸訳〕1997.6　420p　16cm（扶桑社ミステリー 現代ミステリーの至宝 2）629円　①4-594-02274-X
「ホーン・マン」クラーク・ハワード著, 山本光伸ほか訳〔山本光伸訳〕光文社　1998.12　437p　16cm（光文社文庫—英米短編ミステリー名人選集 2）686円　①4-334-76105-4

「指先にふれた罪」スザンヌ・バーン著, 友田葉子訳　DHC　2001.4　310p　19cm　1800円　①4-88724-222-0

ハン, スティーブン　Hahn, Steven

3417 "A Nation Under Our Feet: Black Political Struggles in the Rural South from Slavery to the Great Migratio"
◇ピュリッツァー賞（2004年／歴史）

ハーン, メアリー・ダウニング
Hahn, Mary Downing

3418 "Closed for the Season"
◇アメリカ探偵作家クラブ賞（2010年／ジュヴナイル賞）

3419 "Stepping on Cracks"
◇スコット・オデール賞（1992年）

ハーン, リアン　Hearn, Lian

3420 「魔物の闇」 "Across the Nightingale Floor"〔独語題：Das Schwert in der Stille〕
◇ドイツ児童文学賞（2004年／青少年審査委員賞）
「魔物の闇」リアン・ハーン著, 高橋佳奈子訳　主婦の友社　2006.6　383p　20cm（オオトリ国伝 1）1900円　①4-07-234459-1

バンヴィル, ジョン　Banville, John

3421 「海に帰る日」 "The Sea"
◇ブッカー賞（2005年）
「海に帰る日」ジョン・バンヴィル著, 村松潔訳　新潮社　2007.8　255p　20cm（Crest books）1900円　①978-4-10-590061-8

3422 「コペルニクス博士」 "Doctor Copernicus"
◇ジェイムズ・テイト・ブラック記念賞（1976年／フィクション）
「コペルニクス博士」ジョン・バンヴィル著, 斎藤兆史訳　白水社　1992.1　348p　20cm（新しいイギリスの小説）1900円　①4-560-04469-4

◎フランツ・カフカ賞（2011年）

バンカー, エドワード　Bunker, Edward

3423 "Mr.Blue"
◇英国推理作家協会賞（2000年／ゴールド・ダガー〈ノンフィクション〉）

バング, メアリー・ジョー　Bang, Mary Jo
　3424　"Elegy"
　◇全米書評家協会賞（2007年/詩）

バング, モリー　Bang, Molly
　3425　"The Paper Crane"
　◇ボストングローブ・ホーンブック賞
　（1986年/絵本）

バンクス, イアン　Banks, Iain M.
　3426　「フィアサム・エンジン」
　　"Feersum Endjinn"
　◇英国SF協会賞（1994年/長編）
　「フィアサム・エンジン」イアン・バンクス著, 増田まもる訳　早川書房　1997.8　296p　20cm（Hayakawa novels）2300円　①4-15-208065-5
　3427　"Excession"
　◇英国SF協会賞（1996年/長編）

バンクス, ケイト　Banks, Kate
　3428　「おつきさまはきっと」"And If the Moon Could Talk"
　◇ボストングローブ・ホーンブック賞（1998年/絵本）
　「おつきさまはきっと」ゲオルク・ハレンスレーベン絵, ケイト・バンクス文, さくまゆみこ訳　講談社　2000.3　1冊　25cm（世界の絵本）1600円　①4-06-261995-4

バンクス, リン・リード　Banks, Lynne Reid
　3429　"Harry the Poisonous Centipede"
　◇ネスレ子どもの本賞（1996年/6〜8歳部門/銀賞）

パンクラズィー, ジャン＝ノエル　Pancrazi, Jean-Noël
　3430　"Les Quartiers d'hiver"
　◇メディシス賞（1990年）

バーンサイド, ジョン　Burnside, John
　3431　"The Asylum Dance"
　◇コスタ賞（2000年/詩）

パンジェ, ロベール　Pinget, Robert
　3432　"Quelqu'un"
　◇フェミナ賞（1965年）

バンジャマン, ルネ　Benjamin, René
　3433　"Gaspard"
　◇ゴンクール賞（1915年）

パンシン, アレクセイ　Panshin, Alcxci
　3434　「成長の儀式」"Rite of Passage"
　◇ネビュラ賞（1968年/長編）
　「成長の儀式」アレクセイ・パンシン著, 深町真理子訳　早川書房　1970　323p　19cm（ハヤカワ・SF・シリーズ）430円
　「成長の儀式」アレクセイ・パンシン著, 深町真理子訳　早川書房　1978.6　386p　16cm（ハヤカワ文庫―SF）420円
　3435　"The World Beyond the Hill"
　◇ヒューゴー賞（1990年/ノンフィクション）

パンシン, コーリー　Panshin, Cory
　3436　"The World Beyond the Hill"
　◇ヒューゴー賞（1990年/ノンフィクション）

バーンズ, アンナ　Burns, Anna
　3437　"Milkman"
　◇ブッカー賞（2018年）

バーンズ, ジェイムス・マクレガー　Burns, James MacGregor
　3438　"Roosevelt: The Soldier of Freedom"
　◇全米図書賞（1971年/歴史・伝記）
　◇ピュリッツアー賞（1971年/歴史）

バーンズ, ジュリアン　Barnes, Julian
　3439　「終わりの感覚」"The Sense of an Ending"
　◇ブッカー賞（2011年）
　「終わりの感覚」ジュリアン・バーンズ著, 土屋政雄訳　新潮社　2012.12　188p　20cm（CREST BOOKS）1700円　①978-4-10-590099-1
　3440　「フロベールの鸚鵡」"Flaubert's Parrot"【仏語題：Le Perroquet de Flaubert】
　◇メディシス賞（1986年/エッセイ）
　「フロベールの鸚鵡」ジュリアン・バーンズ著, 斎藤昌三訳　白水社　1989.9　293p　20cm　2200円　①4-560-04454-6
　「フロベールの鸚鵡」ジュリアン・バーンズ〔著〕, 斎藤昌三訳　白水社　1993.10　294p　18cm（白水Uブックス―海外小説の誘惑）980円　①4-560-07102-0

バーンズ, マーガレット・エアー
Barnes, Margaret Ayer
　3441 "Years of Grace"
　　◇ピュリッツァー賞（1931年／小説）

バーンズ, リンダ　Barnes, Linda
　3442 "Lucky Penny"
　　◇アンソニー賞（1986年／短編）

バーンズ, レックス　Burns, Rex
　3443「白の捜査線」"The Alvarez Journal"
　　◇アメリカ探偵作家クラブ賞（1976年／処女長編賞）
　　「白の捜査線」レックス・バーンズ著、湯沢章伍訳　角川書店　1982.10　289p　20cm（海外ベストセラー・シリーズ）1400円

ハンソン, グニラ　Hansson, Gunilla
　3444「イーダとペールとミニムン」"Per, Ida och Minimum"〔独語題：Peter, Ida und Minimum〕
　　◇ドイツ児童文学賞（1980年／ノンフィクション）
　　「イーダとペールとミニムン―あかちゃんがやってくる！」グレーテ・ファーゲルストロームさく、グニッラ・ハンスンさく・え、きたざわきょうこ、はまこ・ベーションやく　アーニ出版　1991.12　51p　30cm　1800円　①4-87001-032-1

ハンセン, ジョゼフ　Hansen, Joseph
　　◎シェイマス賞（1992年／ジ・アイ賞〈生涯功績賞〉）

ハンセン, マーカス・リー
Hansen, Marcus Lee
　3445 "The Atlantic Migration, 1607-186"
　　◇ピュリッツァー賞（1941年／歴史）

ハンター, モリー　Hunter, Mollie
　3446「砦」"The Stronghold"
　　◇カーネギー賞（1974年）
　　「砦」モーリー・ハンター作、田中明子訳　評論社　1978.12　304p　20cm（児童図書館・文学の部屋）1200円
　3447 "A Sound of Chariots"
　　◇フェニックス賞（1992年）

バンディ, フランクリン　Bandy, Franklin
　3448「ブラックボックス」"Deceit and Deadly Lies"
　　◇アメリカ探偵作家クラブ賞（1979年／ペーパーバック賞）
　　「ブラックボックス」フランクリン・バンディ著、井坂清訳　文芸春秋　1980.2　350p　16cm（文春文庫）380円

バンティング, イヴ　Bunting, Eve
　3449 "Coffin on a Case !"
　　◇アメリカ探偵作家クラブ賞（1993年／ジュヴナイル賞）

ハント, アイリーン　Hunt, Irene
　3450「ジュリーの行く道」"Up a Road Slowly"
　　◇ニューベリー賞（1967年）
　　「ジュリーの行く道」アイリーン・ハント作、足沢良子訳　講談社　1981.12　213p　18cm（セシール文庫）780円　①4-06-145075-1

ハンド, エリザベス　Hand, Elizabeth
　3451「エコー」"Echo"
　　◇ネビュラ賞（2006年／短編）
　　「SFマガジン　49(3)」〔柿沼瑛子訳〕早川書房　2008.3　p53～61
　3452 "Bibliomancy"
　　◇世界幻想文学大賞（2004年／短編集）
　3453 "Illyria"
　　◇世界幻想文学大賞（2008年／中編）
　3454 "Last Summer at Mars Hill"
　　◇世界幻想文学大賞（1995年／中編）
　　◇ネビュラ賞（1995年／中長編）
　3455 "The Maiden Flight of McCauley's Bellerophon"
　　◇世界幻想文学大賞（2011年／中編）

ハントケ, ペーター　Handke, Peter
　　◎ビューヒナー賞（1973年）
　　◎フランツ・カフカ賞（2009年）

ハンドフォース, トマス
Handforth, Thomas
　3456「メイリイとおまつり」"Mei Li"
　　◇コルデコット賞（1939年）
　　「メイリイとおまつり」トマス・ハンドホース文・絵、いっしきよしこ訳　ポプラ社　1967　1冊　30cm（せかいの絵本6）

ハンドラー, デイビッド　Handler, David
　3457 "The Man Who Would Be F. Scott Fitzgerald"

◇アメリカ探偵作家クラブ賞（1991年/ペーパーバック賞）

ハンドリン, オスカー　Handlin, Oscar
3458 "The Uprooted"
◇ピュリッツアー賞（1952年/歴史）

バーンバウム, イスラエル　Bernbaum, Israel
3459 "Meines Bruders Hüter"
◇ドイツ児童文学賞（1990年/ノンフィクション/ヤングアダルト）

バーンヒル, ケリー　Barnhill, Kelly
3460 "The Girl Who Drank the Moon"
◇ニューベリー賞（2017年）
3461 "The Unlicensed Magician"
◇世界幻想文学大賞（2016年/中編）

ハンフリー, エリザベス・L.　Humphrey, Elizabeth L.
3462 "The Chesley Awards for Science Ficiton and Fantasy Art：A Retrospective"
◇ヒューゴー賞（2004年/関連書籍）

ハンブリー, バーバラ　Hambly, Barbara
3463 "Those Who Hunt the Night"〔別題：Immortal Blood〕
◇ローカス賞（1989年/ホラー長編）

【ヒ】

ピアサル, シェリー　Pearsall, Shelley
3464 "Trouble Don't Last"
◇スコット・オデール賞（2003年）

ピアシー, マージ　Piercy, Marge
3465 "Body of Glass"
◇アーサー・C・クラーク賞（1993年）

ピアス, フィリパ　Pearce, Philippa
3466 「トムは真夜中の庭で」 "Tom's Midnight Garden"
◇カーネギー賞（1958年）
「トムは真夜中の庭で」 フィリパ・ピアス作, 高杉一郎訳　岩波書店　1967.12（第43刷：2005.5）304p 23cm 1900円　①4-00-110824-0
「トムは真夜中の庭で」 フィリパ・ピアス作, 高杉一郎訳　新版　岩波書店　2000.6　358p　18cm（岩波少年文庫）720円　①4-00-114041-1
「トムは真夜中の庭で」 フィリパ・ピアス作, 高杉一郎訳　新装版　岩波書店　2003.5　357p　20cm（岩波世界児童文学集）①4-00-115725-X, 4-00-204175-1
3467 「ペットねずみ大さわぎ」 "The Battle of Bubble & Squeak"
◇コスタ賞（1978年/児童書）
「ペットねずみ大さわぎ」 フィリパ・ピアス作, 高杉一郎訳　岩波書店　1984.5　183p　22cm　1500円

ピアス, マイクル　Pearce, Michael
3468 「警察長官と砂漠の掠奪者」 "The Mamur Zapt and The Spoils of Egypt"
◇英国推理作家協会賞（1993年/ラスト・ラフ・ダガー）
「警察長官と砂漠の掠奪者」 マイクル・ピアス著, 堀内静子訳　早川書房　1995.3　210p　19cm（ハヤカワ・ミステリ）900円　①4-15-001620-8

ビーアマン, ヴォルフ　Biermann, Wolf
◎ビューヒナー賞（1991年）

ビアンショッティ, エクトール　Bianciotti, Hector
3469 "Le Traité des saisons"
◇メディシス賞（1977年/外国小説）
3470 "Sans la miséricorde du Christ"
◇フェミナ賞（1985年）

ビエドゥー, ラファエル　Billetdoux, Raphaële
3471 「私の夜はあなたの昼より美しい」 "Mes nuits sont plus belles que vos jours"
◇ルノドー賞（1985年）
「私の夜はあなたの昼より美しい」 ラファエル・ビエドゥー著, 高野優訳　早川書房　1990.6　190p　20cm（Hayakawa novels）1200円　①4-15-207689-5
3472 "Prends garde à la douceur des choses"
◇アンテラリエ賞（1976年）

ピエール, DBC　Pierre, DBC
3473 「ヴァーノン・ゴッド・リトル─死をめぐる21世紀の喜劇」 "Vernon

God Little"
◇コスタ賞（2003年/処女長編）
◇ブッカー賞（2003年）
「ヴァーノン・ゴッド・リトル―死をめぐる21世紀の喜劇」 D.B.C.ピエール著, 都甲幸治訳 ヴィレッジブックス 2007.12 396p 20cm 2800円 ①978-4-7897-3236-9

ピエール・ド・マンディアルグ, アンドレ
Pieyre de Mandiargues, André

3474 「余白の街」 "LaMarge"
◇ゴンクール賞（1967年）
「余白の街」 A.P.ド・マンディアルグ著, 生田耕作訳 河出書房新社 1970 227p 20cm（今日の海外小説）580円
「余白の街」 A.ピエール・ド・マンディアルグ〔著〕, 生田耕作訳 河出書房新社 1979.9 227p 21cm（河出海外小説選 28）1200円
※新装版

ピエンコフスキー, ジャン
Pienkowski, Jan

3475 「海の王国」 "The Kingdom under the Sea"
◇ケイト・グリーナウェイ賞（1971年）
「海の王国」 ジョーン・エイキン作, ヤン・ピアンコフスキー絵, 猪熊葉子訳 岩波書店 1976.7 191p 23cm（岩波ものがたりの本 25）1400円

3476 「おばけやしき」 "The Haunted House"
◇ケイト・グリーナウェイ賞（1979年）
「おばけやしき」 ジャン・ピエンコフスキーさく, でんでんむしやく 大日本絵画 2001（第23刷）1冊 30cm 3000円 ④4-499-20883-1
「おばけやしき」 ジャン・ピエンコフスキーさく, でんでんむしやく 新装版 大日本絵画 2005 1冊（ページ付なし）31cm（大型しかけえほん）3000円 ④4-499-28115-6

ビオイ＝カサーレス, アドルフォ
Bioy-Casares, Adolfo

◎セルバンテス賞（1990年）

ピオヴェーネ, グイード　Piovene, Guido

3477 「冷たい星」 "Le stelle fredde"
◇ストレーガ賞（1970年）
「冷たい星」 グイード・ピオヴェーネ〔著〕, 千種堅訳 河出書房新社 1971 261p 20cm（今日の海外小説）680円

ピオンテーク, ハインツ　Piontek, Heinz
◎ビューヒナー賞（1976年）

ピカード, ナンシー　Pickard, Nancy

3478 「いつもこわくて」 "Afraid All the Time"
◇アンソニー賞（1990年/短編）
◇マカヴィティ賞（1990年/短編）
「シスターズ・イン・クライム」 マリリン・ウォレス編, 山本やよい他訳〔宇佐川晶子訳〕 早川書房 1991.3 612p 16cm（ハヤカワ・ミステリ文庫）760円 ④4-15-078301-2
「死の飛行」 エド・ゴーマン編, 沢川進ほか訳〔宇佐川晶子訳〕 扶桑社 1997.6 420p 16cm（扶桑社ミステリー―現代ミステリーの至宝 2）629円 ①4-594-02274-X

3479 「凍てついた墓碑銘」 "The Virgin of Small Plains"
◇アガサ賞（2006年/長編）
◇マカヴィティ賞（2007年/長編）
「凍てついた墓碑銘」 ナンシー・ピカード著, 宇佐川晶子訳 早川書房 2009.6 511p 16cm（ハヤカワ・ミステリ文庫）920円 ①978-4-15-078362-4

3480 「悲しみにさよなら」 "I.O.U."
◇アガサ賞（1991年/長編）
◇マカヴィティ賞（1992年/長編）
「悲しみにさよなら」 ナンシー・ピカード著, 宇佐川晶子訳 早川書房 1994.10 383p 16cm（ハヤカワ・ミステリ文庫）620円 ①4-15-078356-X

3481 「結婚は命がけ」 "Marriage is Murder"
◇マカヴィティ賞（1988年/長編）
「結婚は命がけ」 ナンシー・ピカード著, 宇佐川晶子訳 早川書房 1992.9 280p 16cm（ハヤカワ・ミステリ文庫）480円 ①4-15-078353-5

3482 「恋人たちの小道」 "Say No To Murder"
◇アンソニー賞（1986年/ペーパーバック）
「恋人たちの小道」 ナンシー・ピカード著, 宇佐川晶子訳 早川書房 1991.7 332p 16cm（ハヤカワ・ミステリ文庫）520円 ①4-15-078351-9

3483 「ダスト・デヴィル」 "Dust Devil"
◇シェイマス賞（1992年/短編）
「ミステリマガジン 36(7)」〔宇佐川晶子訳〕 早川書房 1991.7 p48～60

3484 「虹の彼方に」 "Bum Steer"

◇アガサ賞 （1990年／長編）
「虹の彼方に」 ナンシー・ピカード著, 宇佐川晶子訳　早川書房　1994.2　388p　16cm（ハヤカワ・ミステリ文庫）620円　①4-15-078355-1

3485 "Out of Africa"
◇アガサ賞 （1999年／短編）

3486 "There Is No Crime on Easter Island"
◇バリー賞 （2006年／短編）
◇マカヴィティ賞 （2006年／短編）

ピクシリリー, トム　Piccirilli, Tom

3487 "A Student of Hell"
◇ブラム・ストーカー賞 （2000年／詩集）

3488 "Forgiving Judas"
◇ブラム・ストーカー賞 （2014年／詩集）

3489 "The Devil's Wine"
◇ブラム・ストーカー賞 （2004年／オルタナティブ形式）

3490 "The Misfit Child Grows Fat on Despair"
◇ブラム・ストーカー賞 （2002年／短編）

3491 "The Night Class"
◇ブラム・ストーカー賞 （2002年／長編）

ピクリ, ダニエル　Picouly, Daniel

3492 "L'Enfant léopard"
◇ルノドー賞 （1999年）

ビーグル, ピーター・S.　Beagle, Peter S.

3493 「ふたつの心臓」 "Two Hearts"
◇ネビュラ賞 （2006年／中編）
◇ヒューゴー賞 （2006年／中編）
「最後のユニコーン―完全版」 ピーター・S.ビーグル著, 金原瑞人訳　学習研究社　2009.7　397p　20cm　2000円　①978-4-05-403774-8

3494 "By Moonlight"
◇ローカス賞 （2010年／中編）

3495 "The Innkeeper's Song"
◇ローカス賞 （1994年／ファンタジー長編）

3496 "The Rhinoceros who Quoted Nietzsche and Other Odd Acquaintances"〔短編集〕〔仏語題：Le rhinocéros qui citait Nietzsche〕

◇イマジネール大賞 （2004年／中編〈外国〉）
◎世界幻想文学大賞 （2011年／生涯功労賞）
◎ネビュラ賞 （2017年／グランド・マスター）

ビショップ, エリザベス　Bishop, Elizabeth

3497 "Geography Ⅲ"
◇全米書評家協会賞 （1976年／詩）

3498 "Poems - North & South"
◇ピュリッツアー賞 （1956年／詩）

3499 "The Complete Poems"
◇全米図書賞 （1970年／詩）

◎ノイシュタット国際文学賞 （1976年）

ビショップ, ニック　Bishop, Nick

3500 「アカメアマガエル」 "Red-Eyed Tree Frog"
◇ボストングローブ・ホーンブック賞 （1999年／絵本）
「アカメアマガエル」 ジョイ・カウリー文, ニック・ビショップ写真, 大澤晶訳, 富田京一監修　ほるぷ出版　2005.10　1冊（ページ付なし）　22×26cm（いきもの写真絵本館）1200円　①4-593-58301-2

ビショップ, マイケル　Bishop, Michael

3501 「侍と柳」 "The Samurai and the Willows"
◇ローカス賞 （1977年／中長編）
「SFマガジン　26(9)」 〔宮脇孝雄訳〕 早川書房　1985.9　p218〜260

3502 「胎動」 "The Quickening"
◇ネビュラ賞 （1981年／中編）
「80年代SF傑作選　下」 小川隆, 山岸真編 〔小尾美佐訳〕　早川書房　1992.10　557p　16cm（ハヤカワ文庫―SF）700円　①4-15-010989-3

3503 "Brittle Innings"
◇ジョン・W・キャンベル記念賞 （1995年／第2位）
◇ローカス賞 （1995年／ファンタジー長編）

3504 "Her Habiline Husband"
◇ローカス賞 （1984年／中長編）

3505 "Light Years and Dark"
◇ローカス賞 （1985年／アンソロジー）

3506 "No Enemy But Time"
◇ネビュラ賞（1982年/長編）
◇ジョン・W・キャンベル記念賞（1983年/第2位）

ビジョルド, ロイス・マクマスター
Bujold, Lois McMaster

3507 「ヴォル・ゲーム」 "The Vor Game"
◇ヒューゴー賞（1991年/長編）
「ヴォル・ゲーム」 ロイス・マクマスター・ビジョルド著, 小木曽絢子訳 東京創元社 1996.10 525p 15cm（創元SF文庫）880円 ⓘ4-488-69805-0

3508 「ヴォルコシガン・サガ」 "The Vorkosigan Saga"
◇ヒューゴー賞（2017年/シリーズ）

3509 「影の棲む城」 "Paladin of Souls"
◇ネビュラ賞（2004年/長編）
◇ヒューゴー賞（2004年/長編）
◇ローカス賞（2004年/ファンタジー長編）
「影の棲む城 上」 ロイス・マクマスター・ビジョルド著, 鍛治靖子訳 東京創元社 2008.1 373p 15cm（創元推理文庫）960円 ⓘ978-4-488-58704-8
「影の棲む城 下」 ロイス・マクマスター・ビジョルド著, 鍛治靖子訳 東京創元社 2008.1 361p 15cm（創元推理文庫）960円 ⓘ978-4-488-58705-5

3510 「五神教」シリーズ "World of the Five Gods"
◇ヒューゴー賞（2018年/シリーズ）

3511 「自由軌道」 "Falling Free"
◇ネビュラ賞（1988年/長編）
「自由軌道」 ロイス・マクマスター・ビジョルド著, 小木曽絢子訳 東京創元社 1991.8 436p 15cm（創元推理文庫）650円 ⓘ4-488-69802-6

3512 「バラヤー内乱」 "Barrayar"
◇ヒューゴー賞（1992年/長編）
◇ローカス賞（1992年/SF長編）
「バラヤー内乱」 ロイス・マクマスター・ビジョルド著, 小木曽絢子訳 東京創元社 2000.12 556p 15cm（創元SF文庫）980円 ⓘ4-488-69807-7

3513 「ミラー・ダンス」 "Mirror Dance"
◇ヒューゴー賞（1995年/長編）
◇ローカス賞（1995年/SF長編）
「ミラー・ダンス 上」 ロイス・マクマスター・ビジョルド著, 小木曽絢子訳 東京創元社 2002.7 433p 15cm（創元SF文庫）960円 ⓘ4-488-69809-3
「ミラー・ダンス 下」 ロイス・マクマスター・ビジョルド著, 小木曽絢子訳 東京創元社 2002.7 405p 15cm（創元SF文庫）940円 ⓘ4-488-69810-7

3514 「喪の山」 "The Mountains of Mourning"
◇ネビュラ賞（1989年/中長編）
◇ヒューゴー賞（1990年/中長編）
「無限の境界」 ロイス・マクマスター・ビジョルド著, 小木曽絢子訳 東京創元社 1994.7 457p 15cm（創元SF文庫）750円 ⓘ4-488-69804-2

ピーション, リズ Pichon, Liz

3515 "My Big Brother Boris"
◇ネスレ子どもの本賞（2004年/5歳以下部門/銀賞）

ピース, デイヴィッド Peace, David

3516 "GB84"
◇ジェイムズ・テイト・ブラック記念賞（2004年/フィクション）

ビセット, スティーブン Bissette, Stephen

3517 "Aliens: Tribes"
◇ブラム・ストーカー賞（1992年/長中編）

ピーターキン, ジュリア Peterkin, Julia

3518 "Scarlet Sister Mary"
◇ピュリッツァー賞（1929年/小説）

ピーターシャム, ミスカ Petersham, Miska

3519 "The Rooster Crows"
◇コルデコット賞（1946年）

ピーターシャム, モード Petersham, Maude

3520 "The Rooster Crows"
◇コルデコット賞（1946年）

ピーターズ, エリザベス Peters, Elizabeth

3521 「裸でご免あそばせ」〔別題「ベストセラー『殺人』事件」〕 "Naked Once More"
◇アガサ賞（1989年/長編）
「裸でご免あそばせ」 エリザベス・ピーターズ著, 田村義進訳 徳間書店 1993.8 506p 16cm（徳間文庫）640

円　①4-19-577688-0
「ベストセラー「殺人」事件」　エリザベス・ピーターズ著, 田村義進訳　扶桑社 2003.6　507p　16cm（扶桑社ミステリー）　952円　①4-594-03944-8
※「裸でご免あそばせ」（徳間書店1993年刊）の改訂

◎アンソニー賞（1986年/グランドマスター）

◎アメリカ探偵作家クラブ賞（1998年/巨匠賞）

ピーターズ, エリス　Peters, Ellis

3522 「死と陽気な女」　"Death and the Joyful Woman"
◇アメリカ探偵作家クラブ賞（1963年/長編賞）
「死と陽気な女」　エリス・ピーターズ著, 高橋豊訳　早川書房　1964　242p　19cm（世界ミステリシリーズ）

3523 「修道士の頭巾」　"Monk's Hood"
◇英国推理作家協会賞（1980年/シルバー・ダガー）
「修道士の頭巾」　エリス・ピーターズ著, 岡本浜江訳　早川書房　1982.4　222p　19cm（世界ミステリシリーズ）720円
「修道士の頭巾」　エリス・ピーターズ著, 岡本浜江訳　社会思想社　1991.5　317p　15cm（現代教養文庫—修道士カドフェル・シリーズ 3）　560円　①4-390-13003-X
「修道士の頭巾」　エリス・ピーターズ著, 岡本浜江訳　光文社　2003.5　328p　16cm（光文社文庫—修道士カドフェル・シリーズ 3）　571円　①4-334-76128-3

3524 "Amelia Peabody's Egypt: A Compendium"
◇アガサ賞（2003年/ノンフィクション）

◎英国推理作家協会賞（1993年/ダイヤモンド・ダガー）

ピーターソン, キース　Peterson, Keith

3525 「夏の稲妻」　"The Rain"
◇アメリカ探偵作家クラブ賞（1990年/ペーパーバック賞）
「夏の稲妻」　キース・ピーターソン著, 芹沢恵訳　東京創元社　1991.12　359p　15cm（創元推理文庫）　550円　①4-488-26703-2

ビダート, フランク　Bidart, Frank

3526 "Half-light: Collected Poems 1965-2016"
◇ピュリッツアー賞（2018年/詩）

3527 "Metaphysical Dog"
◇全米書評家協会賞（2013年/詩）

ビックス, ハーバート・P.
Bix, Herbert P.

3528 「昭和天皇」　"Hirohito and the Making of Modern Japan"
◇全米書評家協会賞（2000年/伝記・自伝）
◇ピュリッツアー賞（2001年/ノンフィクション）
「昭和天皇　上」　ハーバート・ビックス著, 吉田裕監修, 岡部牧夫, 川島高峰訳　講談社　2002.7　355p　22cm　2300円　①4-06-210590-X
「昭和天皇　下」　ハーバート・ビックス著, 吉田裕監修, 岡部牧夫, 川島高峰, 永井均訳　講談社　2002.11　365p　22cm　2300円　①4-06-210591-8
「昭和天皇　上」　ハーバート・ビックス〔著〕, 吉田裕監修, 岡部牧夫, 川島高峰訳　講談社　2005.7　475p　15cm（講談社学術文庫）　1350円　①4-06-159715-9
「昭和天皇　下」　ハーバート・ビックス〔著〕, 吉田裕監修, 岡部牧夫, 川島高峰, 永井均訳　講談社　2005.8　505p　15cm（講談社学術文庫）　1400円　①4-06-159716-7

ピッコロ, フランチェスコ
Piccolo, Francesco

3529 "Il desiderio di essere come tutti"
◇ストレーガ賞（2014年）

ピッジチーニ, リリアン
Pizzichini, Lillian

3530 "Dead Man's Wages"
◇英国推理作家協会賞（2002年/ゴールド・ダガー〈ノンフィクション〉）

ビッスン, テリー　Bisson, Terry

3531 「熊が火を発見する」　"Bears Discover Fire"
◇ネビュラ賞（1990年/短編）
◇ヒューゴー賞（1991年/短編）
◇ローカス賞（1991年/短編）
「ふたりジャネット」　テリー・ビッスン著, 中村融編訳　河出書房新社　2004.2

383p　20cm（奇想コレクション）
1900円　①4-309-62183-X

3532 「マックたち」 "macs"〔仏語題： meucs〕
◇ネビュラ賞（2000年/短編）
◇ローカス賞（2000年/短編）
◇イマジネール大賞（2001年/中編〈外国〉）
「90年代SF傑作選 下」 山岸真編〔中村融訳〕 早川書房　2002.3　507p　16cm（ハヤカワ文庫 SF）940円　①4-15-011395-5
「平ら山を越えて」 テリー・ビッスン著, 中村融編訳　河出書房新社　2010.7　388p　20cm（奇想コレクション）2200円　①978-4-309-62206-4

3533 "Any Day Now"
◇ジョン・W・キャンベル記念賞（2013年/第2位）

ピッチャー, アナベル　Pitcher, Annabel
3534 "Ketchup Clouds"
◇アメリカ探偵作家クラブ賞（2014年/ヤングアダルト賞）

ビーティ, パトリシア　Beatty, Patricia
3535 "Charley Skedaddle"
◇スコット・オデール賞（1988年）

ビーティー, ポール　Beatty, Paul
3536 "The Sellout"
◇ブッカー賞（2016年）

ピート, マル　Peet, Mal
3537 「キーパー」 "Keeper"
◇ネスレ子どもの本賞（2004年/9～11歳部門/銅賞）
「キーパー」 マル・ピート著, 池央耿訳　評論社　2006.5　257p　20cm 1500円　①4-566-02401-6

3538 "Exposure"
◇ガーディアン児童文学賞（2009年）

3539 "Tamar"
◇カーネギー賞（2005年）

ピトル, セルヒオ　Pitol, Sergio
◎セルバンテス賞（2005年）

ヒーニー, シェイマス　Heaney, Seamus
3540 「サンザシ提灯」 "The Haw Lantern"
◇コスタ賞（1987年/詩）
「シェイマス・ヒーニー全詩集1966～1991」 村田辰夫〔ほか〕訳　国文社　1995.11　902p　20cm 9270円　①4-7720-0412-2
※略年譜・関係書目：p881～887

3541 「水準器」 "The Spirit Level"
◇コスタ賞（1996年/年間大賞・詩）
「水準器」 シェイマス・ヒーニー著, 村田辰夫〔ほか〕訳　国文社　1999.6　167p　20cm 1900円　①4-7720-0468-8

3542 "Beowulf"
◇コスタ賞（1999年/年間大賞・詩）

◎ノーベル文学賞（1995年）

ビネ, ローラン　Binet, Laurent
3543 "La Septième Fonction du langage"
◇アンテラリエ賞（2015年）

ビバリー, ビル　Beverly, Bill
3544 「東の果て、夜へ」 "Dodgers"
◇英国推理作家協会賞（2016年/ゴールド・ダガー）
◇英国推理作家協会賞（2016年/ジョン・クリーシー・ダガー〈ニュー・ブラッド・ダガー〉）
「東の果て、夜へ」 ビル・ビバリー著, 熊谷千寿訳　早川書房　2017.9　447p　16cm（ハヤカワ・ミステリ文庫）920円　①978-4-15-182901-7

ヒープ, スー　Heap, Sue
3545 「ふたごのルビーとガーネット」 "Double Act"
◇ネスレ子どもの本賞（1995年/グランプリ・9～11歳部門）
「ふたごのルビーとガーネット」 ジャクリーン・ウィルソン作, 小竹由美子訳, ニック・シャラット, スー・ヒープ絵　偕成社　2001.10　222p　22cm（チア・ブックス 12）1200円　①4-03-631220-0

3546 "Cowboy Baby"
◇ネスレ子どもの本賞（1998年/5歳以下部門/金賞）

ピペルノ, アレッサンドロ　Piperno, Alessandro
3547 "Inseparabili.Il fuoco amico dei ricordi"
◇ストレーガ賞（2012年）

ピムロット, ベン　Pimlott, Ben
3548 "Hugh Dalton"
◇コスタ賞（1985年/伝記）

ヒメネス, フアン・ラモン
Jiménez, Juan Ramón
　◎ノーベル文学賞（1956年）

ヒメネス, フランシスコ
Jiménez, Francisco
3549　「この道のむこうに」 "The Circuit: Stories from the Life of a Migrant Child"
　◇ボストングローブ・ホーンブック賞（1998年／フィクション）
　「この道のむこうに」フランシスコ・ヒメネス作, 千葉茂樹訳　小峰書店　2003.11　175p　20cm（Y.A.books）1400円　①4-338-14409-2

ピーユ, ルネ＝ヴィクトル
Pilhes, René-Victor
3550　「呪い師」 "L'Imprécateur"
　◇フェミナ賞（1974年）
　「呪い師」ルネ＝ヴィクトル・ピーユ著, 三輪秀彦訳　早川書房　1976　283p　20cm（Hayakawa novels）1200円
3551　「リュバルブの葉蔭に」 "La Rhubarbe"
　◇メディシス賞（1965年）
　「リュバルブの葉蔭に」ルネ＝ヴィクトル・ピール著, 荒木亭訳　筑摩書房　1966　308p図版　19cm　580円

ヒューガード, バリー　Hughart, Barry
3552　「鳥姫伝」 "Bridge of Birds"
　◇世界幻想文学大賞（1985年／長編）
　「鳥姫伝」バリー・ヒューガート著, 和爾桃子訳　早川書房　2002.3　397p　16cm（ハヤカワ文庫FT）740円　①4-15-020308-3

ビュークス, ローレン　Beukes, Lauren
3553　「シャイニング・ガール」 "The Shining Girls"
　◇英国幻想文学賞（2014年／ホラー長編〈オーガスト・ダーレス賞〉）
　「シャイニング・ガール」ローレン・ビュークス著, 木村浩美訳　早川書房　2014.2　477p　16cm（ハヤカワ文庫NV）940円　①978-4-15-041300-2
3554　「ZOO CITY」 "Zoo City"
　◇アーサー・C・クラーク賞（2011年）
　「ZOO CITY」ローレン・ビュークス著, 和爾桃子訳　早川書房　2013.6　447p　16cm（ハヤカワ文庫SF）860円　①978-4-15-011906-5

ピューシー, メルロ・J.　Pusey, Merlo J.
3555　"Charles Evans Hughes"
　◇ピュリッツァー賞（1952年／伝記・自伝）

ヒューズ, シャーリー　Hughes, Shirley
3556　「ぼくのワンちゃん」 "Dogger"
　◇ケイト・グリーナウェイ賞（1977年）
　「ぼくのワンちゃん」シャリー＝ヒューズさく, あらいゆうこやく　偕成社　1981.12　1冊　26cm　980円　①4-03-201260-1
3557　"Ella's Big Chance"
　◇ケイト・グリーナウェイ賞（2003年）

ヒューズ, デイヴィッド　Hughes, David
3558　"Macker"
　◇ドイツ児童文学賞（1994年／絵本）

ヒューズ, デクラン　Hughes, Declan
3559　"The Wrong Kind of Blood"
　◇シェイマス賞（2007年／処女長編）

ヒューズ, テッド　Hughes, Ted
3560　「誕生日の手紙―詩集」 "Birthday Letters"
　◇コスタ賞（1998年／年間大賞・詩）
　「誕生日の手紙―詩集」テッド・ヒューズ〔著〕, 野仲美弥子訳　書肆青樹社　2003.12　216p　22cm（世界詩人叢書12）2600円　①4-88374-124-9
3561　"Tales from Ovid"
　◇コスタ賞（1997年／年間大賞・詩）
3562　"What is the Truth?"
　◇ガーディアン児童文学賞（1985年）

ヒューズ, ドロシー・B.
Hughes, Dorothy B.
　◎アメリカ探偵作家クラブ賞（1978年／巨匠賞）

ヒューズ, ハッチャー　Hughes, Hatcher
3563　"Hell-Bent Fer Heaven"
　◇ピュリッツァー賞（1924年／戯曲）

ヒューズ, モニカ　Hughes, Monica
3564　「イシスの燈台守」 "The Keeper of the Isis Light"
　◇フェニックス賞（2000年）
　「イシスの灯台守」モニカ・ヒューズ作, 水野和子訳　すぐ書房　1986.8　250p　20cm　1200円

ヒューストン, ナンシー　Huston, Nancy
3565　「時のかさなり」　"Lignes de faille"
◇フェミナ賞（2006年）
「時のかさなり」　ナンシー・ヒュースト
ン著, 横川晶子訳　新潮社　2008.9
379p　20cm（Crest books）2300円
①978-4-10-590071-7

ヒュディス, キアラ・アレグリア
Hudes, Quiara Alegría
3566 "Water by the Spoonful"
◇ピュリッツアー賞（2012年/戯曲）

ビュトール, ミシェル　Butor, Michel
3567　「心変わり」　"La Modification"
◇ルノドー賞（1957年）
「心変わり」　ミシェル・ビュトール著,
清水徹訳　河出書房新社　1959　256p
19cm（世界新文学双書）
「心変わり」　ミシェル・ビュトール著, 清
水徹訳　河出書房新社　1977.3　255p
図　20cm（河出海外小説選 7）1200円
※新装版
「心変わり」　ミシェル・ビュトール作,
清水徹訳　岩波書店　2005.11　482p
15cm（岩波文庫）900円　①4-00-
375061-6

ヒュービン, アレン・J.　Hubin, Allen J.
3568 "The Bibliography of Crimie Fiction, 1749-1975"
◇アメリカ探偵作家クラブ賞（1980年/
スペシャルエドガー）

ピューピン, ミカエル・イドヴォルスキー
Pupin, Michael Idvorsky
3569　「ミカエル・ピューピン自伝—ある発明家の生涯」　"From Immigrant to Inventor"
◇ピュリッツアー賞（1924年/伝記・自伝）
「ミカエル・ピューピン自伝—ある発明家
の生涯」　松前重義訳　東海大学出版会
1966　275p　19cm　450円

ヒューム, ケリ　Hulme, Keri
3570 "The Bone People"
◇ブッカー賞（1985年）

ビューロー, アーニー　Bulow, Ernie
3571 "Talking Mysteries: A Conversation with Tony Hillerman"
◇マカヴィティ賞（1992年/評論・評伝）

ビョルク, クリスティーナ
Björk, Christina
3572　「リネアの12か月」　"Linneas årsbok"〔独語題：Linnéas Jahrbuch〕
◇ドイツ児童文学賞（1984年/ノンフィクション）
「リネアの12か月」　クリスティーナ・
ビョルク文, レーナ・アンデション絵,
福井美津子訳　世界文化社　1994.5
59p　24cm　1500円　①4-418-94101-0
3573　「リネア モネの庭で」　"Linnea i Målarens trädgård"〔独語題：Linnéa im Garten des Malers〕
◇ドイツ児童文学賞（1988年/ノンフィクション/児童）
「リネアモネの庭で」　クリスティーナ・
ビョルク文, レーナ・アンデション絵,
福井美津子訳　世界文化社　1993.11
52p　24cm　1500円　①4-418-93101-5

ビョルンソン, ビョルンスティエルネ
Björnson, Björnstjerne
◎ノーベル文学賞（1903年）

ヒラハラ, ナオミ　Hirahara, Naomi
3574　「スネークスキン三味線—庭師マス・アライ事件簿」　"Snakeskin Shamisen"
◇アメリカ探偵作家クラブ賞（2007年/
ペーパーバック賞）
「スネークスキン三味線—庭師マス・アラ
イ事件簿」　ナオミ・ヒラハラ著, 富永
和子訳　小学館　2008.4　376p　15cm
（小学館文庫）733円　①978-4-09-
408197-8

ビラ＝マタス, エンリーケ
Vila-Matas, Enrique
3575 "El Mal de Montano"〔仏語題：Le Mal de Montano〕
◇メディシス賞（2003年/外国小説）

ヒラーマン, トニイ　Hillerman, Tony
3576　「死者の舞踏場」　"Dance Hall of the Dead"
◇アメリカ探偵作家クラブ賞（1974年/
長編賞）
「死者の舞踏場」　トニイ・ヒラーマン著,
小泉喜美子訳　早川書房　1975　232p
20cm（Hayakawa novels）970円
「死者の舞踏場」　トニイ・ヒラーマン著,

小泉喜美子訳　The Mysterious Press　1995.7　276p　16cm（ハヤカワ文庫―ミステリアス・プレス文庫）520円　①4-15-100089-5

3577　「時を盗む者」　"A Thief of Time"
◇マカヴィティ賞（1989年/長編）
「時を盗む者」　トニイ・ヒラーマン著, 大庭忠男訳　The Mysterious Press　1990.12　307p　16cm（ハヤカワ文庫―ミステリアス・プレス文庫）520円　①4-15-100033-X

3578　「魔力」　"Skinwalkers"
◇アンソニー賞（1988年/長編）
「魔力」　トニイ・ヒラーマン著, 大庭忠男訳　The Mysterious Press　1990.3　292p　16cm（ハヤカワ文庫―ミステリアス・プレス文庫 22）460円　①4-15-100022-4

3579　"Seldom Disappointed: A Memoir"
◇アガサ賞（2001年/ノンフィクション）
◇アンソニー賞（2002年/評論・ノンフィクション）

3580　"Talking Mysteries: A Conversation with Tony Hillerman"
◇マカヴィティ賞（1992年/評論・評伝）

3581　"The Mysterious West"
◇アンソニー賞（1995年/アンソロジー・短編集）
◎アメリカ探偵作家クラブ賞（1991年/巨匠賞）

ピランデッロ, ルイジ　Pirandello, Luigi
◎ノーベル文学賞（1934年）

ヒーリイ, ジェレマイア　Healy, Jeremiah

3582　「つながれた山羊」（私立探偵ジョン・カディ）"The Staked Goat"（John Francis Cuddy）
◇シェイマス賞（1987年/長編）
「つながれた山羊―私立探偵ジョン・カディ」　ジェレマイア・ヒーリイ著, 菊地よしみ訳　早川書房　1988.5　270p　19cm（ハヤカワ・ミステリ）850円　①4-15-001510-4

ヒリヤー, ロバト　Hillyer, Robert

3583　"Collected Verse"
◇ピュリッツアー賞（1934年/詩）

ピリング, アン　Pilling, Ann

3584　"Henry's Leg"
◇ガーディアン児童文学賞（1986年）

ヒル, カークパトリック　Hill, Kirkpatrick

3585　「アラスカの小さな家族―バラードクリークのボー」"Bo at Ballard Creek"
◇スコット・オデール賞（2014年）
「アラスカの小さな家族―バラードクリークのボー」　カークパトリック・ヒル著, レウィン・ファム絵, 田中奈津子訳　講談社　2015.1　286p　20cm（講談社文学の扉）1600円　①978-4-06-283231-1

ヒル, グレッグ　Hill, Gregg

3586　"On The Run"
◇英国推理作家協会賞（2005年/ゴールド・ダガー〈ノンフィクション〉）

ヒル, ジェフリー　Hill, Geoffrey

3587　"Mercian Hymns"
◇コスタ賞（1971年/詩）

ヒル, ジーナ　Hill, Gina

3588　"On The Run"
◇英国推理作家協会賞（2005年/ゴールド・ダガー〈ノンフィクション〉）

ヒル, ジョー　Hill, Joe

3589　「自発的入院」"Voluntary Committal"
◇世界幻想文学大賞（2006年/中編）
「20世紀の幽霊たち」　ジョー・ヒル著, 白石朗, 安野玲, 玉木亨, 大森望訳　〔白石朗訳〕　小学館　2008.9　699p　15cm（小学館文庫）933円　①978-4-09-408134-3

3590　「20世紀の幽霊たち」"20th Century Ghosts"
◇ブラム・ストーカー賞（2005年/短編集）
◇英国幻想文学賞（2006年/短編集）
「20世紀の幽霊たち」　ジョー・ヒル著, 白石朗, 安野玲, 玉木亨, 大森望訳　小学館　2008.9　699p　15cm（小学館文庫）933円　①978-4-09-408134-3

3591　「年間ホラー傑作選」"Best New Horror"
◇ブラム・ストーカー賞（2005年/中編）
◇英国幻想文学賞（2006年/短編）

「20世紀の幽霊たち」 ジョー・ヒル著, 白石朗, 安野玲, 玉木亨, 大森望訳〔白石朗訳〕 小学館 2008.9 699p 15cm（小学館文庫） 933円 ①978-4-09-408134-3

3592 「ハートシェイプト・ボックス」 "Heart-Shaped Box"
◇ブラム・ストーカー賞（2007年/処女長編）
◇ローカス賞（2008年/処女長編）
「ハートシェイプト・ボックス」 ジョー・ヒル著, 白石朗訳 小学館 2007.12 617p 15cm（小学館文庫） 819円 ①978-4-09-408130-5

3593 「ロック&キー」 "Locke and Key"
◇英国幻想文学賞（2009年/コミック・グラフィックノベル）
◇英国幻想文学賞（2012年/コミック・グラフィックノベル）
「ロック&キー VOL.01」 ジョー・ヒル作, ガブリエル・ロドリゲス画, 白石朗訳 飛鳥新社 2015.8 309p 26cm 4167円 ①978-4-86410-417-3
◎英国幻想文学賞（2007年/最優秀新人〈シドニー・J・バウンズ賞〉）

ヒル, スーザン　Hill, Susan

3594 「君を守って」 "The Bird of Night"
◇コスタ賞（1972年/長編）
「君を守って」 スーザン・ヒル著, 今泉瑞枝訳 ヤマダメディカルシェアリング創流社 1999.10 287p 19cm（スーザン・ヒル選集 1） 2200円 ①4-946516-06-9

3595 "Can it be True？"
◇ネスレ子どもの本賞（1988年/6〜8歳部門）

ヒル, セリマ　Hill, Selima

3596 "Bunny"
◇コスタ賞（2001年/詩）

ヒル, レジナルド　Hill, Reginald

3597 「クリスマスのキャンドル」 "A Candle for Christmas"
◇マカヴィティ賞（2001年/短編）
「ミステリマガジン 44（12）」〔松下祥子訳〕 早川書房 1999.12 p16〜18, 174〜211

3598 「精神科医の長椅子に横たわって」 "On the Psychiatrist's Couch"
◇英国推理作家協会賞（1997年/短編ダガー）

3599 「ベウラの頂」 "On Beulah Height"
◇バリー賞（1999年/長編）
「ベウラの頂」 レジナルド・ヒル著, 秋津知子訳 早川書房 2000.6 550p 19cm（ハヤカワ・ミステリ―ダルジール警視シリーズ） 1800円 ①4-15-001690-9

3600 「骨と沈黙」 "Bones and Silence"
◇英国推理作家協会賞（1990年/ゴールド・ダガー）
「骨と沈黙」 レジナルド・ヒル著, 秋津知子訳 早川書房 1992.5 441p 18cm（ハヤカワ・ミステリ―ダルジール警視シリーズ） 1400円 ①4-15-001585-6
「骨と沈黙」 レジナルド・ヒル著, 秋津知子訳 早川書房 1995.9 590p 16cm（ハヤカワ・ミステリ文庫） 740円 ①4-15-170151-6

3601 「真夜中への挨拶」 "Good Morning, Midnight"
◇英国推理作家協会賞（2004年/ミステリ・スリラー・ブック・クラブ会員による選出）

3602 "The Woodcutter"
◇バリー賞（2011年/英国小説）

◎英国推理作家協会賞（1995年/ダイヤモンド・ダガー）

ヒル, ローズマリー　Hill, Rosemary

3603 "God's Architect：Pugin and the Building of Romantic Britain"
◇ジェイムズ・テイト・ブラック記念賞（2007年/伝記）

ヒルゲン, ヴォルフガング　Hilligen, Wolfgang

3604 "Gesellschaft und Staat"
◇ドイツ児童文学賞（1971年/ノンフィクション）

ビールズ, マーティン　Beales, Martin

3605 "Dead Not Buried"
◇英国推理作家協会賞（1995年/ゴールド・ダガー〈ノンフィクション〉）

ヒルデスハイマー, ヴォルフガング　Hildesheimer, Wolfgang

◎ビューヒナー賞（1966年）

ヒルビッヒ, ボルフガング Hilbig, Wolfgang
◎ビューヒナー賞（2002年）

ビーレック, ピーター Viereck, Peter
3606 "Terror and Decorum"
◇ピュリッツアー賞（1949年/詩）

ビーン, ジョナサン Bean, Jonathan
3607 「よぞらをみあげて」"At Night"
◇ボストングローブ・ホーンブック賞（2008年/絵本）
「よぞらをみあげて」ジョナサン・ビーン作, さくまゆみこ訳　ほるぷ出版　2009.2　1冊（ページ付なし）　19×19cm　1200円　①978-4-593-50503-6
3608 "Building Our House"
◇ボストングローブ・ホーンブック賞（2013年/絵本）

ピンクニー, ジェリー Pinkney, Jerry
3609 「ライオンとネズミ」"The Lion & the Mouse"
◇コルデコット賞（2010年）
「ライオンとねずみ―イソップものがたり」ジェリー・ピンクニー作, さくまゆみこ訳　光村教育図書　2010.5　32p　25×29cm　1500円　①978-4-89572-809-6
3610 "John Henry"
◇ボストングローブ・ホーンブック賞（1995年/絵本）

ピンクニー, ブライアン Pinkney, Brian
3611 "The Adventures of Sparrowboy"
◇ボストングローブ・ホーンブック賞（1997年/絵本）

ヒングリー, ロナルド Hingley, Ronald
3612 "A New Life Of Chekhov"
◇ジェイムズ・テイト・ブラック記念賞（1976年/伝記）

ピンスカー, サラ Pinsker, Sarah
3613 "Our Lady of the Open Road"
◇ネビュラ賞（2015年/中編）

ピンター, ハロルド Pinter, Harold
◎フランツ・カフカ賞（2005年）
◎ノーベル文学賞（2005年）

ビンチ, キャロライン Binch, Caroline
3614 "Hue Boy"
◇ネスレ子どもの本賞（1993年/5歳以下部門）

ピンチョン, トマス Pynchon, Thomas
3615 「重力の虹」"Gravity's Rainbow"
◇全米図書賞（1974年/小説）
「重力の虹　1」トマス・ピンチョン著, 越川芳明〔ほか〕訳　国書刊行会　1993.3　491p　20cm（Contemporary writers―文学の冒険）2900円　①4-336-03057-X
「重力の虹　2」トマス・ピンチョン著, 越川芳明〔ほか〕訳　国書刊行会　1993.7　509p　20cm（Contemporary writers―文学の冒険）2900円　①4-336-03058-8
「重力の虹　上」トマス・ピンチョン著, 佐藤良明訳　新潮社　2014.9　751p　20cm（Thomas Pynchon Complete Collection）4200円　①978-4-10-537212-5
「重力の虹　下」トマス・ピンチョン著, 佐藤良明訳　新潮社　2014.9　729, 19p　20cm（Thomas Pynchon Complete Collection）4200円　①978-4-10-537213-2

ピントフ, ステファニー Pintoff, Stefanie
3616 "In the Shadow of Gotham"
◇アメリカ探偵作家クラブ賞（2010年/処女長編賞）

ピンネル, ミス Pinnell, Miss
3617 "Village Heritage"
◇ネスレ子どもの本賞（1986年/イノベーション部門）

ピンバラ, サラ Pinborough, Sarah
3618 "Beauty"
◇英国幻想文学賞（2014年/中長編）
3619 "Do You See"
◇英国幻想文学賞（2009年/短編）
3620 "The Language of Dying"
◇英国幻想文学賞（2010年/中長編）

ピンフォールド, レーヴィ Pinfold, Levi
3621 「ブラック・ドッグ」"Black Dog"
◇ケイト・グリーナウェイ賞（2013年）
「ブラック・ドッグ」レーヴィ・ピンフォールド作, 片岡しのぶ訳　光村教育図書　2012.9　〔26p〕　29cm　1400円　①978-4-89572-844-7

【フ】

ブー, キャサリン　Boo, Katherine
- *3622*「いつまでも美しく―インド・ムンバイのスラムに生きる人びと」 "Behind the Beautiful Forevers: Life, Death, and Hope in a Mumbai Undercity"
  ◇全米図書賞（2012年／ノンフィクション）
  「いつまでも美しく―インド・ムンバイのスラムに生きる人びと」 キャサリン・ブー著, 石垣賀子訳　早川書房　2014.1　358p　20cm　2300円　①978-4-15-209430-8

ファイエル, アンドレス　Veiel, Andres
- *3623* "Der Kick"
  ◇ドイツ児童文学賞（2008年／ノンフィクション）

ファイス, ハーバート　Feis, Herbert
- *3624* "Between War and Peace: The Potsdam Conference"
  ◇ピュリッツアー賞（1961年／歴史）

ファイフィールド, フランセス　Fyfield, Frances
- *3625*「石が流す血」 "Blood From Stone"
  ◇英国推理作家協会賞（2008年／ダンカン・ローリー・ダガー〈ゴールド・ダガー〉）
  「石が流す血」 フランセス・ファイフィールド著, 喜須海理子訳　ランダムハウス講談社　2009.10　503p　15cm　930円　①978-4-270-10323-4
- *3626*「目覚めない女」 "Deep Sleep"
  ◇英国推理作家協会賞（1991年／シルバー・ダガー）
  「目覚めない女」 フランセス・ファイフィールド著, 猪俣美江子訳　早川書房　1993.11　252p　19cm　（ハヤカワ・ミステリ）1000円　①4-15-001604-6

ファイヤール, ジャン　Fayard, Jean
- *3627* "Mal d'amour"
  ◇ゴンクール賞（1931年）

ファイユ, ジャン＝ピエール　Faye, Jean-Pierre
- *3628* "L'Écluse"
  ◇ルノドー賞（1964年）

ファイン, アン　Fine, Anne
- *3629*「ぎょろ目のジェラルド」 "Goggle-Eyes"
  ◇カーネギー賞（1989年）
  ◇ガーディアン児童文学賞（1990年）
  「ぎょろ目のジェラルド」 アン＝ファイン作, 岡本浜江訳, 浜田洋子絵　講談社　1991.3　205p　21cm（世界の子どもライブラリー）1300円　①4-06-194716-8
- *3630*「チューリップ・タッチ」 "The Tulip Touch"
  ◇コスタ賞（1996年／児童書）
  「チューリップ・タッチ」 アン・ファイン作, 灰島かり訳　評論社　2004.11　230p　20cm　1500円　①4-566-02400-8
- *3631*「フラワー・ベイビー」 "Flour Babies"
  ◇カーネギー賞（1992年）
  ◇コスタ賞（1993年／児童書）
  「フラワー・ベイビー」 アン・ファイン著, 墨川博子訳　評論社　2003.11　262p　21cm（評論社の児童図書館・文学の部屋）1600円　①4-566-01358-8
- *3632* "Bill's New Frock"
  ◇ネスレ子どもの本賞（1989年／6～8歳部門）
- *3633* "Ivan the Terrible"
  ◇ネスレ子どもの本賞（2007年／6～8歳部門／銀賞）
- *3634* "The Jamie and Angus Stories"
  ◇ボストングローブ・ホーンブック賞（2003年／フィクション・詩）

ファインスタイン, ジョン　Feinstein, John
- *3635*「ラスト★ショット」 "Last Shot"
  ◇アメリカ探偵作家クラブ賞（2006年／ヤングアダルト賞）
  「ラスト★ショット」 ジョン・ファインスタイン作, 唐沢則幸訳　評論社　2010.10　332p　19cm（海外ミステリーbox）1600円　①978-4-566-02426-7

ファウラー, アーリーン　Fowler, Earlene
- *3636* "Mariner's Compass"
  ◇アガサ賞（1999年／長編）

ファウラー, カレン・ジョイ　Fowler, Karen Joy

3637　「ペリカン・バー」 "The Pelican Bar"
◇世界幻想文学大賞（2010年／短編）
「SFマガジン　52(3)」〔石亀渉訳〕早川書房　2011.3　p60〜74

3638　「私たちが姉妹だったころ」 "We Are All Completely Beside Ourselves"
◇ペン・フォークナー賞（2014年）

3639　"Always"
◇ネビュラ賞（2007年／短編）

3640　"Black Glass"
◇世界幻想文学大賞（1999年／短編集）

3641　"What I Didn't See"
◇ネビュラ賞（2003年／短編）

3642　"What I Didn't See and Other Stories"
◇世界幻想文学大賞（2011年／短編集）

ファウラー, クリストファー　Fowler, Christopher

3643　"American Waitress"
◇英国幻想文学賞（2004年／短編）

3644　"Breathe"
◇英国幻想文学賞（2005年／中長編）

3645　"Full Dark House"
◇英国幻想文学賞（2004年／長編〈オーガスト・ダーレス賞〉）

3646　"Old Devil Moon"
◇英国幻想文学賞（2008年／短編集）

3647　"Wageslaves"
◇英国幻想文学賞（1998年／短編）

◎英国推理作家協会賞（2015年／図書館賞）

ファーガスン, アレイン　Ferguson, Alane

3648　"Show Me the Evidence"
◇アメリカ探偵作家クラブ賞（1990年／ヤングアダルト賞）

ファーガソン, ウィル　Ferguson, Will

3649　"419"
◇スコシアバンク・ギラー賞（2012年）

ファーゲルストローム, グレーテ　Fagerström, Grethe

3650　「イーダとペールとミニムン―あかちゃんがやってくる！」 "Per, Ida och Minimum"〔独語題：Peter, Ida und Minimum〕
◇ドイツ児童文学賞（1980年／ノンフィクション）
「イーダとペールとミニムン―あかちゃんがやってくる！」グレーテ・ファーゲルストロームさく、グニッラ・ハンスンさく・え、きたざわきょうこ、はまこ・ペーションやく　アーニ出版　1991.12　51p　30cm　1800円　④4-87001-032-1

ファージョン, エリナー　Farjeon, Eleanor

3651　「本の小べや」〔別題「ムギと王さま」〕 "The Little Bookroom"
◇カーネギー賞（1955年）
◇国際アンデルセン賞（1956年／作家賞）
「ムギと王さま」ファージョン著、石井桃子訳、エドワード・アーディゾーニ絵　岩波書店　1961　285p　図版　23cm（岩波少年少女文学全集 9）
「ムギと王さま」エリナー・ファージョン作、石井桃子訳、エドワード・アーディゾーニ絵　岩波書店　1971　470p　21cm（ファージョン作品集 3）
「ムギと王さま」ファージョン作、石井桃子訳　岩波書店　2001.5　283p　18cm（岩波少年文庫―本の小べや 1）720円　④4-00-114082-9
「天国を出ていく」ファージョン作、石井桃子訳　岩波書店　2001.6　317p　18cm（岩波少年文庫―本の小べや 2）720円　④4-00-114083-7
「ムギと王さま」エリナー・ファージョン作、石井桃子訳　新装版　岩波書店　2003.5　547p　20cm（岩波世界児童文学集）　④4-00-115710-1

ファジン, ダン　Fagin, Dan

3652　"Toms River: A Story of Science and Salvation"
◇ピュリッツアー賞（2014年／ノンフィクション）

ファース, バーバラ　Firth, Barbara

3653　「ねむれないの？ ちいくまくん」 "Can't You Sleep, Little Bear？"
◇ケイト・グリーナウェイ賞（1988年）
◇ネスレ子どもの本賞（1988年／グランプリ・5歳以下部門）
「ねむれないの？ ちいくまくん」マーティン・ワッデルぶん、バーバラ・ファースえ、角野栄子やく　評論社　1991.5　1冊　27cm（評論社の児童図書館・絵本の部屋）1300円　④4-566-

00289-6

ブーアスティン, ダニエル・J. Boorstin, Daniel J.

3654 "The Americans: The Democratic Experience"
◇ピュリッツアー賞（1974年／歴史）

ファスト, ジュリアス Fast, Julius

3655 「夜の監視」"Watchful at Night"
◇アメリカ探偵作家クラブ賞（1946年／処女長編賞）
「別冊宝石 16(5)」〔永井淳訳〕 宝石社 1963.6 p9～130

ファーストマン, リチャード Firstman, Richard

3656 "The Death of Innocents"
◇アメリカ探偵作家クラブ賞（1998年／犯罪実話賞）

ファッセル, ポール Fussell, Paul

3657 "The Great War and Modern Memory"
◇全米書評家協会賞（1975年／批評）
◇全米図書賞（1976年／学芸）

ファティオ, ルイーズ Fatio, Louise

3658 「ごきげんならいおん」"The Happy Lion"〔独題：Der glückliche Löwe〕
◇ドイツ児童文学賞（1956年／児童書）
「ごきげんならいおん」 ルイズ・ファティオ文, ロジャー・デュボアザン絵, むらおかはなこ訳 福音館書店 1964 1冊 26cm（世界傑作絵本シリーズ）

ファディマン, アン Fadiman, Anne

3659 "The Spirit Catches You and You Fall Down"
◇全米書評家協会賞（1997年／ノンフィクション）

ファーバー, エドナ Ferber, Edna

3660 「ソー・ビッグ」"So Big"
◇ピュリッツアー賞（1925年／小説）
「ソー・ビッグ」 エドナ・ファーバー著, 並河亮訳 リスナー社 1949 384p 19cm

ファハティ, テレンス Faherty, Terence

3661 「輝ける日々へ」"Come Back Dead"
◇シェイマス賞（1998年／長編）
「輝ける日々へ」 テレンス・ファハティ著, 三川基好訳 早川書房 1999.7 504p 16cm（ハヤカワ・ミステリ文庫）860円 ⓘ4-15-079253-4

3662 「スレインの未亡人」"The Widow of Slane"
◇マカヴィティ賞（2005年／短編）
「ミステリマガジン 50(9)」〔高橋知子訳〕 早川書房 2005.9 p140～162

3663 "The Second Coming"
◇シェイマス賞（2003年／短編）

ファーブル, ルシアン Fabre, Lucien

3664 "Rabevel ou le mal des ardents"
◇ゴンクール賞（1923年）

ファーマー, ジェリリン Farmer, Jerrilyn

3665 「死人主催晩餐会─ケータリング探偵マデリン」"Sympathy for the Devil"
◇マカヴィティ賞（1999年／処女長編）
「死人主催晩餐会─ケータリング探偵マデリン」 ジェリリン・ファーマー著, 智田貴子訳 早川書房 2002.7 434p 16cm（ハヤカワ・ミステリ文庫）840円 ⓘ4-15-173401-5

ファーマー, ナンシー Farmer, Nancy

3666 「砂漠の王国とクローンの少年」"The House of the Scorpion"
◇全米図書賞（2002年／児童文学）

ファーマー, フィリップ・ホセ Farmer, Philip José

3667 「果しなき河よ、我を誘え」"To Your Scattered Bodies Go"
◇ヒューゴー賞（1972年／長編）
「果しなき河よ我を誘え」 フィリップ・ホセ・ファーマー著, 岡部宏之訳 早川書房 1978.4 307p 16cm（ハヤカワ文庫―SF リバーワールド 1）340円

3668 「紫年金の遊蕩者たち」"Riders of the Purple Wage"
◇ヒューゴー賞（1968年／中長編）
「危険なヴィジョン 1」 ハーラン・エリスン編, 伊藤典夫他訳〔大和田始訳〕 早川書房 1983.12 357p 16cm（ハヤカワ文庫―SF）420円

◎ネビュラ賞（2000年／グランド・マスター）

◎世界幻想文学大賞（2001年／生涯功労賞）

ファーメロ, グレアム　Farmelo, Graham
3669 「量子の海、ディラックの深淵—天才物理学者の華々しき業績と寡黙なる生涯」 "The Strangest Man: The Hidden Life of Paul Dirac, Quantum Genius"
◇コスタ賞（2009年/伝記）
「量子の海、ディラックの深淵—天才物理学者の華々しき業績と寡黙なる生涯」 グレアム・ファーメロ著, 吉田三知世訳　早川書房　2010.9　620p　22cm　3300円　①978-4-15-209160-4

ファラー, ヌルディン　Farah, Nuruddin
◎ノイシュタット国際文学賞（1998年）

ファリス, ジョン　Farris, John
◎ブラム・ストーカー賞（2001年/生涯業績）

ファルーディ, スーザン　Faludi, Susan
3670 "Backlash: The Undeclared War Against America Women"
◇全米書評家協会賞（1991年/ノンフィクション）

ファレ, ルネ　Fallet, René
3671 "Paris au mois d'août"
◇アンテラリエ賞（1964年）

ファーレイ, ポール　Farley, Paul
3672 "The Ice Age"
◇コスタ賞（2002年/詩）

ファレール, クロード　Farrère, Claude
3673 "Les civilisés"
◇ゴンクール賞（1905年）

ファレル, ジェイムズ・G.　Farrell, James G.
3674 「セポイの反乱」 "The Siege of Krishnapur"
◇ブッカー賞（1973年）
「セポイの反乱」 ジェイムズ・G.ファレル著, 岩元巌訳　新潮社　1977.6　334p　20cm　1900円

ファーレル, ハリー　Farrell, Harry
3675 "Swift Justice"
◇アメリカ探偵作家クラブ賞（1993年/犯罪実話賞）

ファレル, J.G.　Farrell, J.G.
3676 "Troubles"
◇ブッカー賞（2010年/ロスト・マン・ブッカー賞）

ファローズ, ジェームズ　Fallows, James
3677 "National Defense"
◇全米図書賞（1983年/一般ノンフィクション/ペーパーバック）

ファンチャー, ルー　Fancher, Lou
3678 "The Dancing Tiger"
◇ネスレ子どもの本賞（2005年/5歳以下部門/銀賞）

フィーゲル, ジョン・R.　Feegel, John R.
3679 「検屍解剖」 "Autopsy"
◇アメリカ探偵作家クラブ賞（1976年/ペーパーバック賞）
「検屍解剖」 ジョン・R.フィーゲル〔著〕, 佐藤高子訳　新潮社　1996.11　435p　15cm（新潮文庫）640円　①4-10-241102-X

フィスク, ポーリン　Fisk, Pauline
3680 「ミッドナイトブルー」 "Midnight Blue"
◇ネスレ子どもの本賞（1990年/グランプリ・9〜11歳部門）
「ミッドナイトブルー」 ポーリン・フィスク作, 原田勝訳　ほるぷ出版　1993.12　412p　19cm　1600円　①4-593-53356-2

フィソン, ピエール　Fisson, Pierre
3681 "Voyage aux horizons"
◇ルノドー賞（1948年）

フィッシャー, デイビッド・ハケット　Fischer, David Hackett
3682 "Washington's Crossing"
◇ピュリッツアー賞（2005年/歴史）

フィッシャー, ルイス　Fischer, Louis
3683 "The Life of Lenin"
◇全米図書賞（1965年/歴史・伝記）

フィッシャー, H.A.L　Fisher, H.A.L.
3684 "James Bryce, Viscount Bryce Of Dechmont, O.M."
◇ジェイムズ・テイト・ブラック記念賞（1927年/伝記）

フィッシュ, ロバート・L.　Fish, Robert L.

3685　「月下の庭師」 "Moonlight Gardener"

◇アメリカ探偵作家クラブ賞（1972年/短編賞）

「エドガー賞全集　下」　ビル・プロンジーニ編, 小鷹信光他訳〔汀一弘訳〕　早川書房　1983.3　16cm（ハヤカワ・ミステリ文庫）各560円

「シャーロック・ホームズの迷推理」　ロバート・L.フィッシュ著, 深町眞理子ほか訳〔汀一弘訳〕　光文社　2000.3　310p　16cm（光文社文庫―英米短編ミステリー名人選集 7）552円　①4-334-76117-8

3686　「亡命者」 "The Fugitive"

◇アメリカ探偵作家クラブ賞（1963年/処女長編賞）

「亡命者」　ロバート・L.フイッシュ著, 佐倉潤吾訳　早川書房　1963　230p　19cm（世界ミステリシリーズ）

フィッツジェラルド, フランシス　Fitzgerald, Frances

3687　"Fire in the Lake: The Vietnamese and the Americans in Vietnam"

◇全米図書賞（1973年/時事）
◇ピュリッツァー賞（1973年/ノンフィクション）

フィッツジェラルド, ペネロピ　Fitzgerald, Penelope

3688　「テムズ河の人々」 "Offshore"

◇ブッカー賞（1979年）

「テムズ河の人々」　ペネロピ・フィッツジェラルド著, 青木由紀子訳　晶文社　1981.6　222p　19cm（ダウンタウン・ブックス）1200円

3689　"The Blue Flower"

◇全米書評家協会賞（1997年/小説）

フィニー, ニッキー　Finney, Nikky

3690　"Head Off & Split"

◇全米図書賞（2011年/詩）

フィニー, ブライアン　Finney, Brian

3691　"Christopher Isherwood: A Critical Biography"

◇ジェイムズ・テイト・ブラック記念賞（1979年/伝記）

フィニイ, ジャック　Finney, Jack

3692　「ふりだしに戻る」 "Time and Again"〔仏語題：Le Voyage de Simon Morley〕

◇イマジネール大賞（1994年/長編〈外国〉）

「ふりだしに戻る」　ジャック・フィニイ著, 福島正実訳　角川書店　1973　410p　20cm　1500円

「ふりだしに戻る　上」　ジャック・フィニイ〔著〕, 福島正実訳　角川書店　1991.10　348p　15cm（角川文庫）560円　①4-04-273501-0

「ふりだしに戻る　下」　ジャック・フィニイ〔著〕, 福島正実訳　角川書店　1991.10　354p　15cm（角川文庫）560円　①4-04-273502-9

◎世界幻想文学大賞（1987年/生涯功労賞）

フィネガン, ウィリアム　Finnegan, William

3693　「バーバリアンデイズ―あるサーファーの人生哲学」 "Barbarian Days: A Surfing Life"

◇ピュリッツァー賞（2016年/伝記・自伝）

「バーバリアンデイズ―あるサーファーの人生哲学」　ウィリアム・フィネガン著, 児島修訳　エイアンドエフ　2018.8　562p　19cm（[A&F BOOKS]）2800円　①978-4-909355-04-1

フィリップス, キャリル　Phillips, Caryl

3694　"Crossing The River"

◇ジェイムズ・テイト・ブラック記念賞（1993年/フィクション）

フィリップス, ジャドソン　Philips, Judson

◎アメリカ探偵作家クラブ賞（1973年/巨匠賞）

フィリップス, ジュリー　Phillips, Julie

3695　"James Tiptree, Jr.: The Double Life of Alice B.Sheldon"

◇全米書評家協会賞（2006年/伝記）
◇ヒューゴー賞（2007年/関連書籍）
◇ローカス賞（2007年/ノンフィクション）

フィリップス, マイク　Phillips, Mike

3696　「黒い霧の街」 "The Late

Candidate"
◇英国推理作家協会賞（1990年／シルバー・ダガー）
「黒い霧の街」 マイク・フィリップス著, 松下祥子訳 早川書房 1991.10 302p 20cm（Hayakawa novels） 1800円 ⓘ4-15-207726-3

フィリップス, マックス　Phillips, Max

3697 "Fade To Blonde"
◇シェイマス賞（2005年／ペーパーバック）

フィルキンス, デクスター　Filkins, Dexter

3698 「そして戦争は終わらない―『テロとの戦い』の現場から」 "The Forever War"
◇全米書評家協会賞（2008年／ノンフィクション）
「そして戦争は終わらない―「テロとの戦い」の現場から」 デクスター・フィルキンス著, 有沢善樹訳 日本放送出版協会 2009.7 468,9p 19cm 2500円 ⓘ978-4-14-081386-7

フィールド, レイチェル　Field, Rachel

3699 「人形ヒティの冒険」〔別題「ちいさな人形とちいさな奇蹟」〕 "Hitty, Her First Hundred Years"
◇ニューベリー賞（1930年）
「人形ヒティの冒険」 フィールド作, 久米元一訳, 赤穴宏絵 講談社 1964 286p 18cm（世界少女名作全集 3）
「ちいさな人形とちいさな奇蹟」 レイチェル・フィールド著, 安野玲訳 ランダムハウス講談社 2006.5 349p 15cm 780円 ⓘ4-270-10041-9

フィルブリック, ナサニエル　Philbrick, Nathaniel

3700 "In the Heart of the Sea: The Tragedy of the Whaleship Essex"
◇全米図書賞（2000年／ノンフィクション）

フィルブリック, ロッドマン　Philbrick, Rodman

3701 "Brothers And Sinners"
◇シェイマス賞（1994年／ペーパーバック）

フィンガー, チャールズ・J.　Finger, Charles J.

3702 「銀の国からの物語」 "Tales from Silver Lands"
◇ニューベリー賞（1925年）
「銀の国からの物語」 チャールズ・J. フィンガー作, 犬飼和雄訳, 辻まこと絵 学習研究社 1970 280p 21cm（少年少女・新しい世界の文学 18）

フィンク, シェリ　Fink, Sheri

3703 「メモリアル病院の5日間 生か死か―ハリケーンで破壊された病院に隠された真実」 "Five Days At Memorial: Life And Death In A Storm-Ravaged Hospital"
◇全米書評家協会賞（2013年／ノンフィクション）
「メモリアル病院の5日間―生か死か―ハリケーンで破壊された病院に隠された真実」 シェリ・フィンク著, 高橋則明, 匝瑳玲子訳 KADOKAWA 2015.5 495p 19cm 2500円 ⓘ978-4-04-731653-9

フィンケ, ヘルマン　Vinke, Hermann

3704 「ゾフィー21歳―ヒトラーに抗した白いバラ」〔別題「白バラが紅く散るとき―ヒトラーに抗したゾフィー21歳」〕 "Das kurze Leben der Sophie Scholl"
◇ドイツ児童文学賞（1981年／ノンフィクション）
「ゾフィー21歳―ヒトラーに抗した白いバラ」 ヘルマン・フィンケ編著, 若林ひとみ訳 草風館 1982.10 234p 20cm 1200円
「白バラが紅く散るとき―ヒトラーに抗したゾフィー21歳」 フィンケ著, 若林ひとみ訳 講談社 1986.8 211p 15cm（講談社文庫） 360円 ⓘ4-06-183842-3
※『ゾフィー21歳』（草風館昭和57年刊）の改題改訂
「ゾフィー21歳―ヒトラーに抗した白いバラ」 ヘルマン・フィンケ著, 若林ひとみ訳 新版 草風館 2006.2 222p 19cm 1600円 ⓘ4-88323-166-6

フィンダー, ジョセフ　Finder, Joseph

3705 「解雇通告」 "Company Man"
◇バリー賞（2006年／スリラー）
「解雇通告 上」 ジョセフ・フィンダー〔著〕, 平賀秀明訳 新潮社 2008.2 510p 16cm（新潮文庫） 819円 ⓘ978-4-10-216415-0

「解雇通告 下」ジョゼフ・フィンダー〔著〕, 平賀秀明訳　新潮社　2008.2　495p　16cm（新潮文庫）781円　Ⓘ978-4-10-216416-7

フィンチ, シェイラ　Finch, Sheila

3706 "Reading the Bones"
◇ネビュラ賞（1998年/中長編）

フィンチ, ポール　Finch, Paul

3707 "Aftershocks"
◇英国幻想文学賞（2002年/短編集）
3708 "Kid"
◇英国幻想文学賞（2007年/中長編）

フィンドリー, ティモシー　Findley, Timothy

3709 「嘘をつく人びと」 "The Telling of Lies"
◇アメリカ探偵作家クラブ賞（1989年/ペーパーバック賞）
「嘘をつく人びと」ティモシー・フィンドリー著, 高儀進訳　The Mysterious Press　1990.1　527p　15cm（ミステリアス・プレス文庫）680円　Ⓘ4-15-100019-4

フィンレイ, ウィンフレッド　Finlay, Winfred

3710 "Danger at Black Dyke"
◇アメリカ探偵作家クラブ賞（1970年/ジュヴナイル賞）

フェアチャイルド, B.H.　Fairchild, B.H.

3711 "Early Occult Memory Systems of the Lower Midwest"
◇全米書評家協会賞（2002年/詩）

フェーアマン, ヴィリ　Fährmann, Willi

3712 「少年ルーカスの遠い旅」 "Der lange Weg des Lukas B."
◇ドイツ児童文学賞（1981年/ヤングアダルト）
「少年ルーカスの遠い旅」ヴィリ=フェーアマン作, 中村浩三, 中村采女訳　偕成社　1991.8　618p　20cm　2800円　Ⓘ4-03-018020-5

フェイ, スティーブン　Fay, Stephen

3713 "Hoax"
◇アメリカ探偵作家クラブ賞（1973年/犯罪実話賞）

フェスパーマン, ダン　Fesperman, Dan

3714 「闇に横たわれ」 "Lie in the Dark"
◇英国推理作家協会賞（1999年/ジョン・クリーシー記念賞）
「闇に横たわれ」ダン・フェスパーマン著, 佐和誠訳　早川書房　2000.5　493p　16cm（ハヤカワ文庫 NV）860円　Ⓘ4-15-040947-1
3715 "The Small Boat of Great Sorrows"
◇英国推理作家協会賞（2003年/イアン・フレミング・スティール・ダガー）

フェラーリ, ジェローム　Ferrari, Jérôme

3716 "Le sermon sur la chute de Rome"
◇ゴンクール賞（2012年）

フェラン, マット　Phelan, Matt

3717 "The Storm in the Barn"
◇スコット・オデール賞（2010年）

フェリー, デヴィッド　Ferry, David

3718 "Bewilderment: New Poems and Translations"
◇全米図書賞（2012年/詩）

フェリー, リュック　Ferry, Luc

3719 「エコロジーの新秩序―樹木, 動物, 人間」 "Le Nouvel Ordre écologique"
◇メディシス賞（1992年/エッセイ）
「エコロジーの新秩序―樹木, 動物, 人間」リュック・フェリ〔著〕, 加藤宏幸訳　法政大学出版局　1994.8　268p　20cm（叢書・ウニベルシタス 451）2884円　Ⓘ4-588-00451-4

フェリーニョ, ロバート　Ferrigno, Robert

3720 "Can You Help Me Out Short Story"
◇英国推理作家協会賞（2010年/短編ダガー）

フェルナンデス, ドミニック　Fernandez, Dominique

3721 「天使の手のなかで」 "Dans la main de l'ange"
◇ゴンクール賞（1982年）
「天使の手のなかで」ドミニック・フェルナンデス著, 岩崎力訳　早川書房

1985.11 490p 20cm（Hayakawa novels）2500円 ⓘ4-15-207627-5

3722　「ポルポリーノ」　"Porporino ou les Mystères de Naples"
◇メディシス賞（1974年）
「ポルポリーノ」ドミニク・フェルナンデス〔著〕，三輪秀彦訳　早川書房　1981.2　382p　20cm（ハヤカワ・リテラチャー 24）2300円
「ポルポリーノ」ドミニク・フェルナンデス〔著〕，三輪秀彦訳　2版　早川書房　1995.9　382p　20cm（ハヤカワ・リテラチャー 24）3000円　ⓘ4-15-200374-X

フェルナンデス, ラモン　Fernandez, Ramon

3723　「青春を賭ける」　"Le Pari"
◇フェミナ賞（1932年）
「フランス現代小説〔4〕　青春を賭ける」ラモン・フェルナンデス著，菱山修三訳　第一書房　1936　412p　肖像　20cm
「フランス現代小説〔5〕　青春を賭ける　続　北ホテル」ラモン・フェルナンデス著，菱山修三訳　ウジェエヌ・ダビ著，岩田豊雄訳　第一書房　1936　486p　肖像　20cm

フェルフーフェン, ライアン　Verhoeven, Rian

3724　「アンネ・フランク―写真物語」　"Anne Frank"
◇ドイツ児童文学賞（1994年/ノンフィクション）
「アンネ・フランク―写真物語」リュート・ファン・デル・ロル，リアン・フェルフーヴェン著，アンネ・フランク財団編，難波収，岩倉務訳編，平和博物館を創る会編　平和のアトリエ　1992.12　64p　29cm　2000円　ⓘ4-938365-16-2
※編訳：平和博物館を創る会，監修：中野孝次，永井一正

フェルルーン, ドルフ　Verroen, Dolf

3725　「真珠のドレスとちいさなココ」　"Slaaf Kindje Slaaf"〔独語題：Wie schön weiß ich bin〕
◇ドイツ児童文学賞（2006年/ヤングアダルト）
「真珠のドレスとちいさなココ」ドルフ・フェルルーン著，中村智子訳　主婦の友社　2007.7　134p　20cm　1400円　ⓘ978-4-07-256917-7

フェルロシオ, ラファエル・サンチェス　Ferlosio, Rafael Sánchez
◎セルバンテス賞（2004年）

フェレイオロ, ジャック・D.　Ferraiolo, Jack D.

3726　"The Quick Fix"
◇アメリカ探偵作家クラブ賞（2013年/ジュヴナイル賞）

フェレーロ, エルネスト　Ferrero, Ernesto

3727　"N."
◇ストレーガ賞（2000年）

フェーレンバッハー, ダン・E.　Fehrenbacher, Don E.

3728　"The Dred Scott Case"
◇ピュリッツアー賞（1979年/歴史）
3729　"The Impending Crisis, 1841-1867"
◇ピュリッツアー賞（1977年/歴史）

フェン, エリザベス・A.　Fenn, Elizabeth A.

3730　"Encounters at the Heart of the World: A History of the Mandan People"
◇ピュリッツアー賞（2015年/歴史）

フェンキノス, ダヴィド　Foenkinos, David

3731　"Charlotte"
◇ルノドー賞（2014年）

フェンテス, カルロス　Fuentes, Carlos
◎セルバンテス賞（1987年）

フェントン, エドワード　Fenton, Edward

3732　"The Phantom of Walkaway Hill"
◇アメリカ探偵作家クラブ賞（1962年/ジュヴナイル賞）

フォ, ダリオ　Fo, Dario
◎ノーベル文学賞（1997年）

フォアマン, マイケル　Foreman, Michael

3733　「いちばんちいさいトナカイ」　"The Little Reindeer"
◇ネスレ子どもの本賞（1997年/6〜8歳部門/銀賞）
「いちばんちいさいトナカイ」マイケル・フォアマンさく，せなあいこやく

3734 「ウォー・ボーイ―少年は最前線の村で大きくなった。」 "War Boy: A Country Childhood"

◇ケイト・グリーナウェイ賞（1989年）

「ウォー・ボーイ―少年は最前線の村で大きくなった。」 マイケル・フォアマン作, 奥田継夫訳 ほるぷ出版 1992.7 99p 21cm（The excellent series of foreign literature books） 1300円 ⓘ4-593-59124-4

3735 「最後のオオカミ」 "The Last Wolf"

◇ネスレ子どもの本賞（2002年/6～8歳部門/銅賞）

3736 「戦争ゲーム」 "War Game"

◇ネスレ子どもの本賞（1993年/グランプリ・6～8歳部門）

「戦争ゲーム」 マイケル・フォアマン著, ゆあさふみえ訳 あすなろ書房 1995.7 59p 21cm 1300円 ⓘ4-7515-1795-3

3737 「ニョロロンとガラゴロン」 "Long Neck and Thunder Foot"

◇ケイト・グリーナウェイ賞（1982年）

「ニョロロンとガラゴロン」 ヘレン＝ピアス作, マイケル＝フォアマン絵, 河野一郎訳 講談社 1984.10 1冊 26cm（講談社の翻訳絵本シリーズ） 1200円 ⓘ4-06-187856-5

3738 "Sleeping Beauty and Other Favorite Fairy Tales"

◇ケイト・グリーナウェイ賞（1982年）

フォークナー, ウィリアム Faulkner, William Cuthbert

3739 「寓話」 "A Fable"

◇全米図書賞（1955年/小説）

◇ピュリッツアー賞（1955年/フィクション）

「寓話」 フォークナー作, 阿部知二訳 岩波書店 1961 473p 19cm

「寓話 上」 フォークナー作, 阿部知二訳 岩波書店 1974 348p 15cm（岩波文庫） 280円

「寓話 下」 フォークナー作, 阿部知二訳 岩波書店 1974 404p 15cm（岩波文庫） 280円

「フォークナー全集 20 寓話」 フォークナー〔著〕 外山昇訳 冨山房 1997.12 417p 20cm 4200円 ⓘ4-572-00827-2

3740 「自動車泥棒」 "The Reivers"

評論社 1999.11 1冊 31cm（児童図書館・絵本の部屋） 1300円 ⓘ4-566-00668-9

◇ピュリッツアー賞（1963年/フィクション）

「自動車泥棒―一つの思い出」 ウィリアム・フォークナー著, 高橋正雄訳 講談社 1963 285p 20cm

「自動車泥棒―一つの思い出」 ウィリアム・フォークナー著, 高橋正雄訳 講談社 1969 285p 19cm 480円

3741 "The Collected Stories of William Faulkner"

◇全米図書賞（1951年/小説）

◎ノーベル文学賞（1949年）

フォグリオ, カヤ Foglio, Kaja

3742 "Girl Genius, Volume 8: Agatha Heterodyne and the Chapel of Bones"

◇ヒューゴー賞（2009年/グラフィックストーリー）

3743 "Girl Genius, Volume 9: Agatha Heterodyne and the Heirs of the Storm"

◇ヒューゴー賞（2010年/グラフィックストーリー）

3744 "Girl Genius, Volume 10: Agatha Heterodyne and the Guardian Muse"

◇ヒューゴー賞（2011年/グラフィックストーリー）

フォグリオ, フィル Foglio, Phil

3745 "Girl Genius, Volume 8: Agatha Heterodyne and the Chapel of Bones"

◇ヒューゴー賞（2009年/グラフィックストーリー）

3746 "Girl Genius, Volume 9: Agatha Heterodyne and the Heirs of the Storm"

◇ヒューゴー賞（2010年/グラフィックストーリー）

3747 "Girl Genius, Volume 10: Agatha Heterodyne and the Guardian Muse"

◇ヒューゴー賞（2011年/グラフィックストーリー）

フォコニエ, アンリ Fauconnier, Henri

3748 「馬来に生きる」〔別題「馬来」〕 "Malaisie"

◇ゴンクール賞（1930年）

「馬来―小説」 アンリ・フオコニエ著,

金子光晴訳　昭和書房　1941　308p
19cm

「馬来に生きる」　アンリ・フォコニエ著，佐藤朔訳　実業之日本社　1941　297p
19cm（仏蘭西文学賞叢書）

フォーサイス, フレデリック
Forsyth, Frederick

3749 「アイルランドに蛇はいない」
"There Are No Snakes in Ireland"

◇アメリカ探偵作家クラブ賞（1983年/短編賞）

「帝王」　フレデリック・フォーサイス著，篠原慎訳　角川書店　1982.9　343p　20cm（海外ベストセラー・シリーズ）1200円

「帝王」　フレデリック・フォーサイス〔著〕，篠原慎訳　角川書店　1984.5　391p　15cm（角川文庫）460円　①4-04-253708-1

「新エドガー賞全集」　マーティン・H・グリーンバーグ編，田口俊樹他訳〔篠原慎訳〕　早川書房　1992.6　303p　16cm（ハヤカワ・ミステリ文庫）480円　①4-15-074166-2

3750 「ジャッカルの日」　"The Day of the Jackal"

◇アメリカ探偵作家クラブ賞（1972年/長編賞）

「ジャッカルの日」　フレデリック・フォーサイス著，篠原慎訳　角川書店　1973　438p　20cm

「ジャッカルの日」　フレデリック・フォーサイス〔著〕，篠原慎訳　角川書店　1979.6　540p　15cm（角川文庫）540円

◎英国推理作家協会賞（2012年/ダイヤモンド・ダガー）

フォースター, E.M.　Forster, E.M.

3751 「インドへの道」　"A Passage To India"

◇ジェイムズ・テイト・ブラック記念賞（1924年/フィクション）

「近代世界文学　31（フォースター・ハックスリ）」　フォースター, ハックスリ〔著〕，瀬尾裕, 朱牟田夏雄訳　筑摩書房　1975.9　486p　23cm

「インドへの道」　E.M.フォースター著，瀬尾裕訳　筑摩書房　1985.8　296p　20cm　1600円

「インドへの道」　E.M.フォースター著，瀬尾裕訳　筑摩書房　1994.4　549p　15cm（ちくま文庫）1100円　①4-480-02852-8

「E.M.フォースター著作集　4　インドへの道」　小野寺健〔ほか〕共訳　みすず書房　1995.9　470p　20cm　5150円　①4-622-04574-5

フォスター, R.F.　Foster, R.F.

3752 "W.B. Yeats: A Life Volume1"
◇ジェイムズ・テイト・ブラック記念賞（1997年/伝記）

フォックス, キャノン・アダム
Fox, Canon Adam

3753 "The Life Of Dean Inge"
◇ジェイムズ・テイト・ブラック記念賞（1960年/伝記）

フォックス, ポーラ　Fox, Paula

3754 「どれい船にのって」　"The Slave Dancer"

◇ニューベリー賞（1974年）

「どれい船にのって」　ポーラ・フォックス著，ホゥゴー政子訳，和栗賢一絵　福武書店　1989.6　230p　19cm（Best choice）1200円　①4-8288-1359-4

3755 "A Place Aparte"
◇全米図書賞（1983年/児童小説/ペーパーバック）

3756 "Ein Bild von Ivan"
◇ドイツ児童文学賞（2008年/児童書）

3757 "The Village by the Sea"
◇ボストングローブ・ホーンブック賞（1989年/フィクション）

◎国際アンデルセン賞（1978年/作家賞）

フォックス, ロビン・レイン
Fox, Robin Lane

3758 「アレクサンドロス大王」　"Alexander The Great"

◇ジェイムズ・テイト・ブラック記念賞（1973年/伝記）

「アレクサンドロス大王　上」　ロビン・レイン・フォックス著，森夏樹訳　青土社　2001.5　524p　20cm　3200円　①4-7917-5886-2

「アレクサンドロス大王　下」　ロビン・レイン・フォックス著，森夏樹訳　青土社　2001.5　528, 11p　20cm　3200円　①4-7917-5887-0

フォックスウェル, エリザベス　Foxwell, Elizabeth
3759 "No Man's Land"
◇アガサ賞（2003年／短編）

フォッセ, ヨン　Fosse, Jon
3760 "Schwester"
◇ドイツ児童文学賞（2007年／児童書）

フォーデン, ジャイルズ　Foden, Giles
3761 「スコットランドの黒い王様」"The Last King of Scotland"
◇コスタ賞（1998年／処女長編）
「スコットランドの黒い王様」ジャイルズ・フォーデン著, 武田将明訳　新潮社　1999.6　494p　20cm（Crest books）2700円　④4-10-590010-2

フォード, ジェシ・ヒル　Ford, Jesse Hill
3762 「留置所」"The Jail"
◇アメリカ探偵作家クラブ賞（1976年／短編賞）
「エドガー賞全集 下」ビル・プロンジーニ編, 小鷹信光他訳〔小鷹信光訳〕早川書房　1983.3　16cm（ハヤカワ・ミステリ文庫）各560円

フォード, ジェフリー　Ford, Jeffrey
3763 「アイスクリームの帝国」"The Empire of Ice Cream"
◇ネビュラ賞（2003年／中編）
3764 「ガラスのなかの少女」"Girl in the Glass"
◇アメリカ探偵作家クラブ賞（2006年／ペーパーバック賞）
「ガラスのなかの少女」ジェフリー・フォード著, 田中一江訳　早川書房　2007.2　438p　16cm（ハヤカワ・ミステリ文庫）880円　④978-4-15-176801-9
3765 「白い果実」"The Physiognomy"
◇世界幻想文学大賞（1998年／長編）
「白い果実」ジェフリー・フォード著, 山尾悠子, 金原瑞人, 谷垣暁美訳　国書刊行会　2004.8　349p　20cm　2500円　④4-336-04637-9
3766 「創造」"Creation"
◇世界幻想文学大賞（2003年／短編）
3767 「ファンタジイ作家のアシスタント」"The Fantasy Writer's Assistant and Other Stories"
◇世界幻想文学大賞（2003年／短編集）
3768 "A Natural History of Hell"
◇世界幻想文学大賞（2017年／短編集）

3769 "Botch Town"
◇世界幻想文学大賞（2007年／中編）
3770 "Exo-Skeleton Town"
◇イマジネール大賞（2006年／中編〈外国〉）
3771 "The Drowned Life"
◇世界幻想文学大賞（2009年／短編集）
3772 "The Shadow Year"
◇世界幻想文学大賞（2009年／長編）

フォード, ジョン・M.　Ford, John M.
3773 "The Dragon Waiting"
◇世界幻想文学大賞（1984年／長編）
3774 "Winter Solstice, Camelot Station"
◇世界幻想文学大賞（1989年／短編）

フォード, リチャード　Ford, Richard
3775 "Independence Day"
◇ピュリッツァー賞（1996年／フィクション）
◇ペン・フォークナー賞（1996年）

フォトリノ, エリック　Fottorino, Éric
3776 「光の子供」"Baisers de cinéma"
◇フェミナ賞（2007年）
「光の子供」エリック・フォトリノ著, 吉田洋之訳　新潮社　2014.10　214p　20cm（CREST BOOKS）1800円　④978-4-10-590112-7

フォーナー, エリック　Foner, Eric
3777 「業火の試練―エイブラハム・リンカンとアメリカ奴隷制」"The Fiery Trial: Abraham Lincoln and American Slavery"
◇ピュリッツァー賞（2011年／歴史）
「業火の試練―エイブラハム・リンカンとアメリカ奴隷制」エリック・フォーナー著, 森本奈理訳　白水社　2013.7　472, 87p 図版16p　20cm　4800円　④978-4-560-08289-8

フォーニー, エレン　Forney, Ellen
3778 「はみだしインディアンのホントにホントの物語」"The Absolutely True Diary of a Part-Time Indian"
◇ボストングローブ・ホーンブック賞（2008年／フィクション・詩）
「はみだしインディアンのホントにホントの物語」シャーマン・アレクシー著, エレン・フォーニー絵, さくまゆみこ訳　小学館　2010.2　349p　19cm

（Super！YA）1500円　①978-4-09-290514-6

フォーブス, エスター　Forbes, Esther

3779 "Johnny Tremain"
◇ニューベリー賞（1944年）
3780 "Paul Revere and the World He Lived In"
◇ピュリッツァー賞（1943年／歴史）

フォーブス, デニス　Forbes, Dennis

3781 "Amelia Peabody's Egypt: A Compendium"
◇アガサ賞（2003年／ノンフィクション）

フォーマン, ジェームズ・ジュニア　Forman, James, Jr.

3782 "Locking Up Our Own: Crime and Punishment in Black America"
◇ピュリッツァー賞（2018年／ノンフィクション）

フォーリー, チャールズ　Foley, Charles

3783 「コナン・ドイル書簡集」 "Arthur Conan Doyle: A Life in Letters"
◇アガサ賞（2007年／ノンフィクション）
◇アメリカ探偵作家クラブ賞（2008年／批評・評伝賞）
◇アンソニー賞（2008年／評論）
「コナン・ドイル書簡集」コナン・ドイル〔著〕，ダニエル・スタシャワー，ジョン・レレンバーグ，チャールズ・フォーリー編，日暮雅通訳　東洋書林　2012.1　737p　21cm　6000円　①978-4-88721-796-6

フォレスター, セシル・スコット　Forester, C.S.

3784 「燃える戦列艦」 "A Ship Of The Line"
◇ジェイムズ・テイト・ブラック記念賞（1938年／フィクション）
「燃える戦列艦」セシル・スコット・フォレスター著，菊池光訳　早川書房　1975　324p　15cm（ハヤカワ文庫）330円
3785 「勇者の帰還」 "Flying Colours"
◇ジェイムズ・テイト・ブラック記念賞（1938年／フィクション）
「勇者の帰還」セシル・スコット・フォレスター著，高橋泰邦訳　早川書房　1975

288p　16cm（ハヤカワ文庫）320円

フォレステル, ヴィヴィアンヌ　Forrester, Viviane

3786 「経済の恐怖―雇用の消滅と人間の尊厳」 "L'Horreur économique"
◇メディシス賞（1996年／エッセイ）
「経済の恐怖―雇用の消滅と人間の尊厳」ヴィヴィアンヌ・フォレステル著，堀内ゆかり，岩澤雅利訳　丸山学芸図書　1998.11　252p　20cm　2000円　①4-89542-155-4

フォレット, ケン　Follett, Ken

3787 「針の眼」 "The Eye of the Needle"
◇アメリカ探偵作家クラブ賞（1979年／長編賞）
「針の眼」ケン・フォレット著，鷺村達也訳　早川書房　1980.7　320p　20cm（Hayakawa novels）1500円
「針の眼」ケン・フォレット著，鷺村達也訳　早川書房　1983.5　467p　16cm（ハヤカワ文庫―NV）540円
「針の眼」ケン・フォレット〔著〕，戸田裕之訳　新潮社　1996.2　549p　15cm（新潮文庫）720円　①4-10-235809-9
「針の眼」ケン・フォレット著，戸田裕之訳　東京創元社　2009.2　488p　15cm（創元推理文庫）1300円　①978-4-488-12903-3
◎アメリカ探偵作家クラブ賞（2013年／巨匠賞）

フォワード, ロバート・L.　Forward, Robert L.

3788 「竜の卵」 "Dragon's Egg"
◇ローカス賞（1981年／処女長編）
「竜の卵」ロバート・L.フォワード著，山高昭訳　早川書房　1982.6　404p　16cm（ハヤカワ文庫―SF）480円

フォン・フリッシュ, オットー　Von Frisch, Otto

3789 "Tausend Tricks der Tarnung"
◇ドイツ児童文学賞（1974年／ノンフィクション）

フォンベル, ティモテ・ド　Fombelle, Timothée de

3790 「空に浮かんだ世界」（トビー・ロルネス 1）"La Vie suspendue"（Tobie Lolness 1）
◇イマジネール大賞（2007年／青少年向

け長編）

「トビー・ロルネス 1 空に浮かんだ世界」 ティモテ・ド・フォンベル作, フランソワ・プラス画, 伏見操訳 岩崎書店 2008.7 277p 19cm 900円 ①978-4-265-04091-9

プシュカレフ, ボリス　Pushkarev, Boris

3791 "Man-made America"
◇全米図書賞（1964年／科学・哲学・宗教）

ブース, スティーヴン　Booth, Stephen

3792「黒い犬」 "Black Dog"
◇バリー賞（2001年／英国犯罪小説）
「黒い犬」 スティーヴン・ブース著, 宮脇裕子訳 東京創元社 2003.8 580p 15cm（創元推理文庫）1140円 ①4-488-25702-X

3793「死と踊る乙女」 "Dancing with Virgins"
◇バリー賞（2002年／英国犯罪小説）
「死と踊る乙女　上」 スティーヴン・ブース著, 宮脇裕子訳 東京創元社 2006.7 348p 15cm（創元推理文庫）900円 ①4-488-25703-8
「死と踊る乙女　下」 スティーヴン・ブース著, 宮脇裕子訳 東京創元社 2006.7 347p 15cm（創元推理文庫）900円 ①4-488-25704-6

◎英国推理作家協会賞（2003年／図書館賞）

フース, フィリップ　Hoose, Phillip

3794「席を立たなかったクローデット―15歳、人種差別と戦って」 "Claudette Colvin: Twice Toward Justice"
◇全米図書賞（2009年／児童文学）
「席を立たなかったクローデット―15歳、人種差別と戦って」 フィリップ・フース作, 渋谷弘子訳 汐文社 2009.12 182p 22cm 1400円 ①978-4-8113-8680-5

3795 "The Race to Save the Lord God Bird"
◇ボストングローブ・ホーンブック賞（2005年／ノンフィクション）

ブース, ルース・E.J.　Booth, Ruth E.J.

3796 "The Honey Trap"
◇英国SF協会賞（2014年／短編）

プタセク, キャスリン　Ptacek, Kathryn

◎ブラム・ストーカー賞（2009年／シルバーハンマー賞）

ブーダール, アルフォンス　Boudard, Alphonse

3797 "Les Combattants du petit bonheur"
◇ルノドー賞（1977年）

フッカー, サラリンダー　Hooker, Saralinda

3798「建物はどうして建っているか 構造―重力とのたたかい」 "Building: The Fight Against Gravity"
◇ボストングローブ・ホーンブック賞（1980年／ノンフィクション）
「建物はどうして建っているか 構造―重力とのたたかい」 マリオ・サルバドリー著, 望月重訳 鹿島出版会 1980.10 175p 19cm 1600円

フックス, ウルズラ　Fuchs, Ursula

3799「わたしのエマ―ある少女と戦争」 "Emma oder die unruhige Zeit"
◇ドイツ児童文学賞（1980年／児童書）
「わたしのエマ―ある少女と戦争」 ウルズラ・フックス作, かんざきいわお訳, 高田勲絵 さ・え・ら書房 1983.3 240p 21cm 1250円 ①4-378-00714-2

フックスフーバー, アンネゲルト　Fuchshuber, Annegert

3800 "Mäusemärchen - Riesengeschichte"
◇ドイツ児童文学賞（1984年／絵本）

ブッツァーティ, ディーノ　Buzzati, Dino

3801「七人の使者」 "Sessanta racconti"
◇ストレーガ賞（1958年）
「七人の使者―ブッツァーティ短編集」 ディーノ・ブッツァーティ著, 脇功訳 河出書房新社 1974 236p 肖像 20cm（モダン・クラシックス）950円
「七人の使者―短編集」 ディーノ・ブッツァーティ著, 脇功訳 河出書房新社 1990.6 235p 20cm 2200円 ①4-309-20144-X
※新装版

ブッデ, ナディア　Budde, Nadia

3802 "Eins zwei drei Tier"
◇ドイツ児童文学賞（2000年／絵本）

3803 "Such dir was aus, aber beeil dich！"

プティジャン, フレデリック　Petitjean, Frédéric
　3804　"La Route des magiciens"
　◇イマジネール大賞（2012年/青少年向け長編〈フランス語〉）

ブデル, モーリス　Bedel, Maurice
　3805　「北緯六十度の恋」 "Jérôme, 60° latitude nord"
　◇ゴンクール賞（1927年）
　　「北緯六十度の恋」 モーリス・ブデル著, 今日出海, 福永武彦共訳　新潮社　1951　226p　19cm

フート, ホートン　Foote, Horton
　3806　"The Young Man From Atlanta"
　◇ピュリッツアー賞（1995年/戯曲）

ブードウィッツ, レスリー　Budewitz, Leslie
　3807　"Books, Crooks and Counselors: How to Write Accurately About Criminal Law and Courtroom Procedure"
　◇アガサ賞（2011年/ノンフィクション）
　3808　"Death Al Dente"
　◇アガサ賞（2013年/処女長編）

ブーニン, イワン・アレクセーエヴィチ　Bunin, Ivan Alekseevich
　◎ノーベル文学賞（1933年）

ブファリーノ, ジェズアルド　Bufalino, Gesualdo
　3809　「その夜の嘘」 "Le menzogne della notte"
　◇ストレーガ賞（1988年）
　　「その夜の嘘」 ジェズアルド・ブファリーノ著, 千種堅訳　早川書房　1989.7　217p　20cm　1400円　①4-15-207663-1

フープス, ロイ　Hoopes, Roy
　3810　"Cain"
　◇アメリカ探偵作家クラブ賞（1983年/批評・評伝賞）

フーブラー, トーマス　Hoobler, Thomas
　3811　"In Darkness, Death"
　◇アメリカ探偵作家クラブ賞（2005年/ヤングアダルト賞）

フーブラー, ドロシー　Hoobler, Dorothy
　3812　"In Darkness, Death"
　◇アメリカ探偵作家クラブ賞（2005年/ヤングアダルト賞）

プーラ, アンリ　Pourrat, Henri
　3813　"Vent de Mars"
　◇ゴンクール賞（1941年）

フラー, チャールズ　Fuller, Charles
　3814　「ソルジャー・ストーリー」 "A Soldier's Play"
　◇ピュリッツアー賞（1982年/戯曲）

プラー, ルイス・B., Jr.　Puller, Lewis B., Jr.
　3815　"Fortunate Son: The Healing of a Vietnam Vet"
　◇ピュリッツアー賞（1992年/伝記・自伝）

ブライ, ロバート　Bly, Robert
　3816　"The Light Around the Body"
　◇全米図書賞（1968年/詩）

フライアーノ, エンニオ　Flaiano, Ennio
　3817　"Tempo di uccidere"
　◇ストレーガ賞（1947年）

ブライアント, エドワード　Bryant, Edward
　3818　「石」 "Stone"
　◇ネビュラ賞（1978年/短編）
　　「SFマガジン　21(11)」〔野口幸男訳〕早川書房　1980.11　p38〜55
　3819　「ジャイーアント」 "giANTS"
　◇ネビュラ賞（1979年/短編）
　　「SFマガジン　22(7)」〔大野万紀訳〕早川書房　1981.7　p72〜87

フライシュマン, シド　Fleischman, Sid
　3820　「身がわり王子と大どろぼう」 "The Whipping Boy"
　◇ニューベリー賞（1987年）
　　「身がわり王子と大どろぼう」 シド＝フライシュマン作, 谷口由美子訳, ピーター＝シス絵　偕成社　1989.12　161p　22cm（新・世界の子どもの本 5）880円　①4-03-608240-X
　　「身がわり王子と大どろぼう」 シド＝フライシュマン作, ピーター＝シス絵, 谷

フライシュマン, ポール
Fleischman, Paul

3822 "Bull Run"
◇スコット・オデール賞（1994年）

3823 "Joyful Noise: Poems for Two Voices"
◇ニューベリー賞（1989年）

プライス, アントニイ　Price, Anthony

3824 「隠された栄光」 "Other Paths to Glory"
◇英国推理作家協会賞（1974年/ゴールド・ダガー）
「隠された栄光」 アントニイ・プライス著, 菊池光訳　早川書房　1977.3　268p　20cm（Hayakawa novels）1200円

3825 「迷宮のチェス・ゲーム」 "The Labyrinth Makers"
◇英国推理作家協会賞（1970年/シルバー・ダガー）
「迷宮のチェスゲーム」 アントニイ・プライス著, 田村源二訳　サンケイ出版　1986.11　395p　16cm（サンケイ文庫―海外ノベルス・シリーズ）500円　Ⓒ4-383-02548-X
「迷宮のチェスゲーム」 アントニイ・プライス著, 田村源二訳　扶桑社　1990.5　395p　16cm（扶桑社ミステリー）560円　Ⓒ4-594-00582-9

プライズ, ゲイリー　Blythe, Gary

3826 「くじらの歌ごえ」 "The Whales' Song"
◇ケイト・グリーナウェイ賞（1990年）
「くじらの歌ごえ」 ダイアン・シェルダン作, ゲイリー・ブライズ絵, 角野栄子訳　ブックローン出版　1991.6　1冊　24×29cm　1400円　Ⓒ4-89238-911-0

プライス, スーザン　Price, Susan

3827 「ゴースト・ドラム」 "The Ghost Drum"
◇カーネギー賞（1987年）
「ゴースト・ドラム―北の魔法の物語」 スーザン・プライス作, 金原瑞人訳　福武書店　1991.5　218p　19cm（Best

フライシ　*3821〜3833*

choice）1400円　Ⓒ4-8288-4952-1
「ゴーストドラム」 スーザン・プライス著, 金原瑞人訳　サウザンブックス社　2017.5　182p　21cm　1900円　Ⓒ978-4-909125-03-3
※福武書店 1991年刊の改訂

3828 「500年のトンネル」 "The Sterkarm Handshake"
◇ガーディアン児童文学賞（1999年）
「500年のトンネル　上」 スーザン・プライス著, 金原瑞人, 中村浩美訳　東京創元社　2003.6　367p　15cm（創元推理文庫）840円　Ⓒ4-488-59901-X
「500年のトンネル　下」 スーザン・プライス著, 金原瑞人, 中村浩美訳　東京創元社　2003.6　318p　15cm（創元推理文庫）740円　Ⓒ4-488-59902-8

プライス, チャーリー　Price, Charlie

3829 "The Interrogation of Gabriel James"
◇アメリカ探偵作家クラブ賞（2011年/ヤングアダルト賞）

プライス, ティム　Price, Tim

3830 "The Radicalisation of Bradley Manning"
◇ジェイムズ・テイト・ブラック記念賞（2012年/戯曲）

プライス, レイノルズ　Price, Reynolds

3831 "Kate Vaiden"
◇全米書評家協会賞（1986年/小説）

プライス, E.ホフマン
Price, E.Hoffmann
◎世界幻想文学大賞（1984年/生涯功労賞）

ブライソン, ジョン　Bryson, John

3832 「闇に泣く」 "Evil Angels"
◇英国推理作家協会賞（1986年/ゴールド・ダガー〈ノンフィクション〉）
「闇に泣く」 ジョン・ブライソン著, 岩元巌訳　角川書店　1989.4　2冊　15cm（角川文庫）600円, 640円　Ⓒ4-04-245501-8

ブライト, ポピー・Z.　Brite, Poppy Z.

3833 「カルカッター生命の主」 "Calcutta, Lord of Nerves"〔仏語題：Calcutta, seigneur des nerfs〕
◇イマジネール大賞（1998年/中編〈外国〉）

「ミステリマガジン　40(8)」〔柿沼瑛子訳〕　早川書房　1995.8　p138～149

ブライトマン, キャロル　Brightman, Carol
3834 "Writing Dangerously: Mary McCarthy and Her World"
◇全米書評家協会賞（1992年／伝記・自伝）

ブラヴォ, エミール　Bravo, Émile
3835 "My Mommy Is In America And She Met Buffalo Bill"〔独語題：Meine Mutter ist in Amerika und hat Buffalo Bill getroffen〕
◇ドイツ児童文学賞（2010年／児童書）

フラウド, ブライアン　Froud, Brian
3836 "Lady Cottington's Pressed Fairy Book"
◇ヒューゴー賞（1995年／アートワーク）

ブラウン, アンソニー　Browne, Anthony
3837「すきですゴリラ」"Gorilla"
◇ケイト・グリーナウェイ賞（1983年）
「すきですゴリラ」アントニー・ブラウン作・絵、山下明生訳　あかね書房　1985.12　1冊　22×28cm（あかねせかいの本）1200円　①4-251-00512-0
3838「どうぶつえん」"Zoo"
◇ケイト・グリーナウェイ賞（1992年）
「どうぶつえん」アンソニー・ブラウン作、藤本朝巳訳　平凡社　2003.5　1冊（ページ付なし）31cm　1500円　①4-582-83155-9
3839 "The Visitors Who Came to Stay"〔独語題：Mein Papi, nur meiner！〕
◇ドイツ児童文学賞（1985年／絵本）
◎国際アンデルセン賞（2000年／画家賞）

ブラウン, ウェルナー・フォン　Braun, Wernher von
3840 "Conquest of the Moon"
◇ヒューゴー賞（1954年〈レトロ・ヒューゴー賞2004年授与〉／関連書籍）

ブラウン, ウェンゼル　Brown, Wenzell
3841 "They Died in the Chair"
◇アメリカ探偵作家クラブ賞（1959年／犯罪実話賞）

ブラウン, エリック　Brown, Eric
3842 "Children of Winter"
◇英国SF協会賞（2001年／短編）
3843 "Hunting the Slarque"
◇英国SF協会賞（1999年／短編）

ブラウン, ジャネット　Browne, Janet
3844 "Charles Darwin: Vol.2 The Power of Place"
◇全米書評家協会賞（2002年／伝記・自伝）
◇ジェイムズ・テイト・ブラック記念賞（2003年／伝記）

ブラウン, ジョージ・マッカイ　Brown, George Mackay
3845 "The Golden Bird: Two Orkney Stories"
◇ジェイムズ・テイト・ブラック記念賞（1987年／フィクション）

ブラウン, ハワード　Browne, Howard
◎シェイマス賞（1985年／ジ・アイ賞〈生涯功績賞〉）

ブラウン, ピーター　Brown, Peter
3846「トラさん、あばれる」"Mr.Tiger Goes Wild"
◇ボストングローブ・ホーンブック賞（2014年／絵本）
「トラさん、あばれる」ピーター・ブラウン作、青山南訳　光村教育図書　2014.8　〔41p〕26×26cm　1500円　①978-4-89572-873-7

ブラウン, フォルカー　Braun, Volker
◎ビューヒナー賞（2000年）

ブラウン, フランシス・イエーツ　Brown, Francis Yeats
3847「ベンガルの槍騎兵」"Lives Of A Bengal Lancer"
◇ジェイムズ・テイト・ブラック記念賞（1930年／伝記）
「ベンガルの槍騎兵」F.イエッ・ブラウン著、飯島正訳　西東書林　1935　284,4p　20cm

ブラウン, フレドリック　Brown, Fredric
3848「シカゴ・ブルース」"The Fabulous Clipjoint"

◇アメリカ探偵作家クラブ賞（1948年/処女長編賞）

「シカゴ・ブルース」　フレドリック・ブラウン著、青田勝訳　東京創元社　1971　294p　15cm（創元推理文庫）170円

ブラウン, マージェリイ・フィン
Brown, Maragret Finn

3849 「リガの森では，けものはひときわ荒々しい」 "In The Forests of Riga the Beasts Are Very Wild Indeed"

◇アメリカ探偵作家クラブ賞（1971年/短編賞）

「エドガー賞全集　下」　ビル・プロンジーニ編、小鷹信光他訳〔深町真理子訳〕　早川書房　1983.3　16cm（ハヤカワ・ミステリ文庫）各560円

ブラウン, マーシャ　Brown, Marcia

3850 「あるひねずみが……」 "Once a Mouse"

◇コルデコット賞（1962年）

「あるひねずみが―インドのむかしがたり」　マーシャ・ブラウン作、やぎたよしこやく　富山房　1975　1冊　25cm

3851 「影ぼっこ」 "Shadow"

◇コルデコット賞（1983年）

「影ぼっこ」　ブレーズ・サンドラールぶん、マーシャ・ブラウンえ、おのえたかこやく　ほるぷ出版　1983.12　1冊　29cm　1200円

3852 「シンデレラ―ちいさいガラスのくつのはなし」 "Cinderella, or the Little Glass Slipper"

◇コルデコット賞（1955年）

「シンデレラ―ちいさいガラスのくつのはなし」　マーシャ・ブラウンぶん・え、まつのまさこやく　福音館書店　1969　1冊　26cm

ブラウン, モリイ　Brown, Molly

3853 「愛は時を超えて」 "Bad Timing"

◇英国SF協会賞（1991年/短編）

「SFマガジン　36（5）」〔山岸真訳〕　早川書房　1995.4　p42〜57

ブラウンベック, ゲイリー・A.
Braunbeck, Gary A.

3854 "Afterward, There Will Be a Hallway"

◇ブラム・ストーカー賞（2007年/中編）

3855 "Destinations Unknown"

◇ブラム・ストーカー賞（2006年/短編集）

3856 "Duty"

◇ブラム・ストーカー賞（2003年/短編）

3857 "Five Strokes to Midnight"

◇ブラム・ストーカー賞（2007年/アンソロジー）

3858 "The Great Pity"

◇ブラム・ストーカー賞（2013年/中編）

3859 "To Each Their Darkness"

◇ブラム・ストーカー賞（2010年/ノンフィクション）

3860 "We Now Pause for Station Identification"

◇ブラム・ストーカー賞（2005年/短編）

ブラウンリッグ, レスリー・アン
Brownrigg, Leslie Ann

3861 "Man Gehorcht"

◇アメリカ探偵作家クラブ賞（1964年/短編賞）

プラザー, リチャード・S.
Prather, Richard S.

◎シェイマス賞（1986年/ジ・アイ賞〈生涯功績賞〉）

プラース, シルヴィア　Plath, Sylvia

3862 "The Collected Poems"

◇ピュリッツァー賞（1982年/詩）

プラス, フランソワ　Place, François

3863 "La Douane volante"

◇イマジネール大賞（2011年/青少年向け長編〈フランス語〉）

ブラスウェイト, カマウ
Brathwaite, Kamau

◎ノイシュタット国際文学賞（1994年）

ブラスウェイト, ベネディクト
Blathwayt, Benedict

3864 "Tangle and the Firesticks"

◇ネスレ子どもの本賞（1987年/6〜8歳部門）

ブラス・ド・ロブレス, ジャン＝マリ
Blas de Roblès, Jean-Marie

3865 "Là où les tigres sont chez eux"

◇メディシス賞（2008年）

プラチェット, テリー　Pratchett, Terry

3866　「天才ネコモーリスとその仲間たち」　"The Amazing Maurice and His Educated Rodents"
◇カーネギー賞（2001年）
「天才ネコモーリスとその仲間たち」　テリー・プラチェット著, 冨永星訳　あすなろ書房　2004.4　351p　22cm　1700円　①4-7515-2351-1

3867　「ピラミッド―Discworld novel」　"Pyramids"
◇英国SF協会賞（1989年/長編）
「ピラミッド―A discworld novel」　テリー・プラチェット著, 久賀宣人訳　鳥影社　1999.3　410p　19cm　1800円　①4-7952-2593-1

3868　「魔女になりたいティファニーと奇妙な仲間たち」　"The Wee Free Men"
◇ローカス賞（2004年/ヤングアダルト図書）
「魔女になりたいティファニーと奇妙な仲間たち」　テリー・プラチェット著, 冨永星訳　あすなろ書房　2006.10　367p　22cm　1800円　①4-7515-2352-X

3869　「見習い魔女ティファニーと懲りない仲間たち」　"A Hat Full of Sky"
◇ローカス賞（2005年/ヤングアダルト図書）
「見習い魔女ティファニーと懲りない仲間たち」　テリー・プラチェット著, 冨永星訳　あすなろ書房　2010.6　407p　22cm　2000円　①978-4-7515-2354-4

3870　"I Shall Wear Midnight"
◇アンドレ・ノートン賞（2010年）

3871　"Johnny and the Bomb"
◇ネスレ子どもの本賞（1996年/9～11歳部門/銀賞）

3872　"Making Money"
◇ローカス賞（2008年/ファンタジー長編）

3873　"Nation"
◇ボストングローブ・ホーンブック賞（2009年/フィクション）

3874　"Wintersmith"
◇ローカス賞（2007年/ヤングアダルト図書）
◎世界幻想文学大賞（2010年/生涯功労賞）

ブラック, イングリッド　Black, Ingrid

3875　"The Dead"
◇シェイマス賞（2005年/処女長編）

ブラック, ホリー　Black, Holly

3876　"Valiant"
◇アンドレ・ノートン賞（2005年）

ブラックウッド, フレヤ　Blackwood, Freya

3877　「さよならをいえるまで」　"Harry & Hopper"
◇ケイト・グリーナウェイ賞（2010年）
「さよならをいえるまで」　マーガレット・ワイルドぶん, フレヤ・ブラックウッドえ, 石崎洋司やく　岩崎書店　2010.6　1冊（ページ付なし）　25×26cm　1400円　①978-4-265-06824-1

ブラックマン, マロリー　Blackman, Malorie

3878　「雲じゃらしの時間」　"Cloud Busting"
◇ネスレ子どもの本賞（2004年/6～8歳部門/銀賞）

ブラックモン, ダグラス・A.　Blackmon, Douglas A.

3879　"Slavery by Another Name: The Re-Enslavement of Black Americans from the Civil War to World War Ⅱ"
◇ピュリッツァー賞（2009年/ノンフィクション）

ブラッコール, ソフィー　Blackall, Sophie

3880　「プーさんとであった日―世界でいちばんゆうめいなクマのほんとうにあったお話」　"Finding Winnie: The True Story of the World's Most Famous Bear"
◇コルデコット賞（2016年）
「プーさんとであった日―世界でいちばんゆうめいなクマのほんとうにあったお話」　リンジー・マティックぶん, ソフィー・ブラッコールえ, 山口文生やく　評論社　2016.8　〔56p〕　26×26cm（評論社の児童図書館・絵本の部屋）　1500円　①978-4-566-08012-6

ブラッティ, ウィリアム・ピーター　Blatty, William Peter

◎ブラム・ストーカー賞（1997年/生涯業績）

プラット, キン　Platt, Kin
3881 "Sinbad and Me"
◇アメリカ探偵作家クラブ賞（1967年/ジュヴナイル賞）

プラット, チャールズ　Platt, Charles
3882 "Dream Makers, Volume Ⅱ"
◇ローカス賞（1984年/ノンフィクション・参考図書）
3883 "The Silicon Man"
◇ジョン・W・キャンベル記念賞（1992年/第3位）

プラット, ティム　Pratt, Tim
3884 「見果てぬ夢」"Impossible Dreams"
◇ヒューゴー賞（2007年/短編）
「SFマガジン 48（7）」〔小川隆訳〕早川書房　2007.7　p52〜68

プラット, リチャード　Platt, Richard
3885 「海賊日誌—少年ジェイク, 帆船に乗る」"Pirate Diary"
◇ネスレ子どもの本賞（2002年/6〜8歳部門/銀賞）
「海賊日誌—少年ジェイク, 帆船に乗る」リチャード・プラット文, クリス・リデル絵, 長友恵子訳　岩波書店　2003.9　63p　34cm（大型絵本）2400円　⓵4-00-110866-6

ブラッドベリ, レイ　Bradbury, Ray
3886 「華氏451度」"Fahrenheir 451"
◇ヒューゴー賞（1954年〈レトロ・ヒューゴー賞 2004年授与〉/長編）
「華氏四五一度」レイ・ブラドベリー著, 南井慶二訳　元々社　1956　187p 図版　19cm（最新科学小説全集 7）
「華氏451度」レイ・ブラドベリ著, 宇野利泰訳　早川書房　1964　217p　24cm（ハヤカワ・SF・シリーズ）
「世界SF全集　13　ブラッドベリ」〔「華氏四五一度」宇野利泰訳〕早川書房　1970　420p　20cm　800円
「華氏451度」レイ・ブラドベリ著, 宇野利泰訳　早川書房　2008.11　338p　16cm（ハヤカワ文庫 SF）780円　⓵978-4-15-011691-0
※1975年刊の改訂
「華氏451度」レイ・ブラッドベリ著, 伊藤典夫訳　新訳版　早川書房　2014.6　299p　16cm（ハヤカワ文庫 SF）860円　⓵978-4-15-011955-3
3887 「社交ダンスが終った夜に」"One More for the Road"
◇ブラム・ストーカー賞（2002年/短編集）
「社交ダンスが終った夜に」レイ・ブラッドベリ〔著〕, 伊藤典夫訳　新潮社　2008.11　465p　16cm（新潮文庫）781円　⓵978-4-10-221106-9
◎世界幻想文学大賞（1977年/生涯功労賞）
◎ヒューゴー賞（1980年/ガンダルフ賞〈グランドマスター〉）
◎ネビュラ賞（1988年/グランド・マスター）
◎ブラム・ストーカー賞（1988年/生涯業績）
◎ピュリッツアー賞（2007年/特別賞）

ブラッドリー, アラン　Bradley, Alan
3888 「パイは小さな秘密を運ぶ」"The Sweetness at the Bottom of the Pie"
◇英国推理作家協会賞（2007年/デビュー・ダガー）
◇アガサ賞（2009年/処女長編）
◇バリー賞（2010年/処女長編）
◇マカヴィティ賞（2010年/処女長編）
「パイは小さな秘密を運ぶ」アラン・ブラッドリー著, 古賀弥生訳　東京創元社　2009.11　443p　15cm（創元推理文庫）1100円　⓵978-4-488-13602-4

ブラッドリー, マリオン・ジマー　Bradley, Marion Zimmer
3889 「アヴァロンの霧」"The Mists of Avalon"
◇ローカス賞（1984年/ファンタジー長編）
「異教の女王」マリオン・ジマー・ブラッドリー著, 岩原明子訳　早川書房　1988.4　469p　15cm（ハヤカワ文庫—FT アヴァロンの霧 1）600円　⓵4-15-020110-2
「宗主の妃」マリオン・ジマー・ブラッドリー著, 岩原明子訳　早川書房　1988.8　418p　16cm（ハヤカワ文庫—FT アヴァロンの霧 2）540円　⓵4-15-020114-5
「牡鹿王」マリオン・ジマー・ブラッドリー著, 岩原明子訳　早川書房　1988.11　393p　15cm（ハヤカワ文庫—FT アヴァロンの霧 3）520円　⓵4-15-020117-X

「円卓の騎士」 マリオン・ジマー・ブラッドリー著, 岩原明子訳　早川書房　1989.1　441p　16cm（ハヤカワ文庫—FT アヴァロンの霧 4）560円　①4-15-020119-6
◎世界幻想文学大賞（2000年/生涯功労賞）

ブラッドレイ, ジョン　Bradley, John
3890 "Watch it Work! The Plane"
◇ネスレ子どもの本賞（1985年/イノベーション部門）

ブラッドレイ, デイヴィッド　Bradley, David
3891 "The Chaneysville Incident"
◇ペン・フォークナー賞（1982年）

フラナー, ジャネット　Flanner, Janet
3892 "Paris Journal, 1944-1965"
◇全米図書賞（1966年/学芸）

ブラナー, ジョン　Brunner, John
3893 "Stand on Zanzibar"
◇英国SF協会賞（1969年/長編）
◇ヒューゴー賞（1969年/長編）
3894 "The Jagged Orbit"
◇英国SF協会賞（1970年/長編）
3895 "Tous à Zanzibar"
◇アポロ賞（1973年）

ブラナー, フランク　Brunner, F.
3896 "The Scarlet Citadel"
◇英国幻想文学賞（1979年/コミック）

フラナガン, ジェラルディン・ラックス　Flanagan, Geraldine Lux
3897 "Nest am Fenster"
◇ドイツ児童文学賞（1978年/ノンフィクション）

フラナガン, トマス　Flanagan, Thomas
3898 "The Year of the French"
◇全米書評家協会賞（1979年/小説）

フラナガン, リチャード　Flanagan, Richard
3899 "The Narrow Road to the Deep North"
◇ブッカー賞（2014年）

フラピエ, レオン　Frapié, Léon
3900 「母の手」 "La maternelle"
◇ゴンクール賞（1904年）
「母の手」 レオン・フラピエ著, 深尾須磨子訳　平凡社　1934　403p　20cm

ブラム, ハワード　Blum, Howard
3901 "American Lightning: Terror, Mystery, the Birth of Hollywood and the Crime of the Century"
◇アメリカ探偵作家クラブ賞（2009年/犯罪実話賞）

ブラムリー, セルジュ　Bramly, Serge
3902 "Le Premier Principe - Le Second Principe"
◇アンテラリエ賞（2008年）

フランク, エリザベス　Frank, Elizabeth
3903 "Louise Bogan: A Portrait"
◇ピュリッツアー賞（1986年/伝記・自伝）

フランク, クリストファー　Frank, Christopher
3904 「アメリカの夜」 "La Nuit américaine"
◇ルノドー賞（1972年）
「アメリカの夜」 クリストファ・フランク著, 三輪秀彦訳　早川書房　1975　288p　20cm（Hayakawa novels）1300円

フランク, ジェロルド　Frank, Gerold
3905 "The Boston Strangler"
◇アメリカ探偵作家クラブ賞（1967年/犯罪実話賞）
3906 "The Deed"
◇アメリカ探偵作家クラブ賞（1964年/犯罪実話賞）

フランク, ジョセフ　Frank, Joseph
3907 "Dostoevsky: The Years of Ordeal, 1850-1859"
◇全米書評家協会賞（1984年/伝記・自伝）

ブランク, スーザン　Blanc, Suzanne
3908 「緑の死」 "The Green Stone"
◇アメリカ探偵作家クラブ賞（1962年/処女長編賞）
「緑の死」 スーザン・ブラン著, 大門一男訳　早川書房　1963　187p　19cm（世界ミステリシリーズ）

フランク, ダン　Franck, Dan

3909　「別れるということ」　"La Séparation"
◇ルノドー賞（1991年）
「別れるということ」ダン・フランク著, 榊原晃三訳　中央公論社　1994.1　230p　20cm　1850円　①4-12-002281-1

フランクリン, アリアナ　Franklin, Ariana

3910　「エルサレムから来た悪魔」　"Mistress of the Art of Death"
◇英国推理作家協会賞（2007年/エリス・ピーターズ・ヒストリカル・ダガー）
◇マカヴィティ賞（2008年/スー・フェダー歴史ミステリ賞）
「エルサレムから来た悪魔　上」アリアナ・フランクリン著, 吉澤康子訳　東京創元社　2009.9　305p　15cm（創元推理文庫）840円　①978-4-488-22203-1
「エルサレムから来た悪魔　下」アリアナ・フランクリン著, 吉澤康子訳　東京創元社　2009.9　294p　15cm（創元推理文庫）840円　①978-4-488-22204-8

◎英国推理作家協会賞（2010年/図書館賞）

フランクリン, トム　Franklin, Tom

3911　「ねじれた文字、ねじれた路」　"Crooked Letter, Crooked Letter"
◇英国推理作家協会賞（2011年/ゴールド・ダガー）
「ねじれた文字、ねじれた路」トム・フランクリン著, 伏見威蕃訳　早川書房　2011.9　358p　19cm（Hayakawa pocket mystery books）1700円　①978-4-15-001851-1
「ねじれた文字、ねじれた路」トム・フランクリン著, 伏見威蕃訳　早川書房　2013.11　475p　16cm（ハヤカワ・ミステリ文庫）940円　①978-4-15-180151-8

3912　"Poachers"
◇アメリカ探偵作家クラブ賞（1999年/短編賞）

フランクリン, ルース　Franklin, Ruth

3913　"Shirley Jackson: A Rather Haunted Life"
◇アメリカ探偵作家クラブ賞（2017年/批評・評伝賞）

フランクル, サンダー　Frankel, Sandor

3914　"Beyond A Reasonable Doubt"
◇アメリカ探偵作家クラブ賞（1972年/犯罪実話賞）

フランシス, ディック　Francis, Dick

3915　「利腕」　"Whip Hand"
◇英国推理作家協会賞（1979年/ゴールド・ダガー）
◇アメリカ探偵作家クラブ賞（1981年/長編賞）
「利腕」ディック・フランシス著, 菊池光訳　早川書房　1981.1　370p　20cm（Hayakawa novels―競馬シリーズ）1500円
「利腕」ディック・フランシス著, 菊池光訳　早川書房　1985.8　406p　16cm（ハヤカワ・ミステリ文庫）500円　①4-15-070718-9

3916　「敵手」　"Come to Grief"
◇アメリカ探偵作家クラブ賞（1996年/長編賞）
「敵手」ディック・フランシス著, 菊池光訳　早川書房　1996.10　382p　20cm（Hayakawa novels―競馬シリーズ）2000円　①4-15-208034-5
「敵手」ディック・フランシス著, 菊池光訳　早川書房　2000.8　479p　16cm（ハヤカワ・ミステリ文庫）820円　①4-15-070735-9

3917　「罰金」　"Forfeit"
◇アメリカ探偵作家クラブ賞（1970年/長編賞）
「罰金」ディック・フランシス著, 菊池光訳　早川書房　1969　245p　19cm（世界ミステリシリーズ）340円
「罰金」ディック・フランシス著, 菊池光訳　早川書房　1977.1　318p　16cm（ハヤカワ・ミステリ文庫）350円

◎英国推理作家協会賞（1989年/ダイヤモンド・ダガー）

◎アメリカ探偵作家クラブ賞（1996年/巨匠賞）

フランス, アナトール　France, Anatole

◎ノーベル文学賞（1921年）

ブランスカム, ロビー　Branscum, Robbie

3918　"The Murder of Hound Dog Bates"
◇アメリカ探偵作家クラブ賞（1983年/ジュヴナイル賞）

フランゼン, ジョナサン
Franzen, Jonathan
- *3919*「コレクションズ」"The Corrections"
  - ◇全米図書賞（2001年／小説）
  - ◇ジェイムズ・テイト・ブラック記念賞（2002年／フィクション）
  - 「コレクションズ」ジョナサン・フランゼン著, 黒原敏行訳　新潮社　2002.11　526p　22cm　3800円　①4-10-542501-3
  - 「コレクションズ　上」ジョナサン・フランゼン著, 黒原敏行訳　早川書房　2011.8　483p　16cm（ハヤカワepi文庫）1100円　①978-4-15-120064-9
  - 「コレクションズ　下」ジョナサン・フランゼン著, 黒原敏行訳　早川書房　2011.8　500p　16cm（ハヤカワepi文庫）1100円　①978-4-15-120065-6

ブランチ, テイラー　Branch, Taylor
- *3920* "Parting the Waters: America in the King Years 1954-63"
  - ◇全米書評家協会賞（1988年／ノンフィクション）
  - ◇ピュリッツアー賞（1989年／歴史）

ブランデル, ジュディ　Blundell, Judy
- *3921* "What I Saw and How I Lied"
  - ◇全米図書賞（2008年／児童文学）

ブラント, カトリーン　Brandt, Katrin
- *3922* "Die Wichtelmänner"
  - ◇ドイツ児童文学賞（1968年／絵本）

ブラント, ジャイルズ　Blunt, Gilles
- *3923*「悲しみの四十語」"Forty Words for Sorrow"
  - ◇英国推理作家協会賞（2001年／シルバー・ダガー）
  - 「悲しみの四十語」ジャイルズ・ブラント著, 阿部里美訳　早川書房　2002.7　574p　16cm（ハヤカワ・ミステリ文庫）940円　①4-15-173501-1

ブランド, スチュワート　Brand, Stewart
- *3924* "The Last Whole Earth Catalogue"
  - ◇全米図書賞（1972年／時事）

ブランバーグ, ローダ　Blumberg, Rhoda
- *3925*「ペリー提督と日本開国」"Commodore Perry in the Land of the Shogun"
  - ◇ボストングローブ・ホーンブック賞（1985年／ノンフィクション）

ブランフォード, ヘンリエッタ　Branford, Henrietta
- *3926* "Dimanche Diller"
  - ◇ネスレ子どもの本賞（1994年／6～8歳部門）
- *3927* "Fire, Bed and Bone"
  - ◇ネスレ子どもの本賞（1997年／9～11歳部門／銅賞）
  - ◇ガーディアン児童文学賞（1998年）

プリヴァ, ベルナール　Privat, Bernard
- *3928* "Au pied du mur"
  - ◇フェミナ賞（1959年）

フリーゲンリング, ラーン　Flygenring, Rán
- *3929* "Frerk, du Zwerg！"
  - ◇ドイツ児童文学賞（2012年／児童書）

ブリザック, ジュヌヴィエーヴ　Brisac, Geneviève
- *3930* "Week-end de chasse à la mère"
  - ◇フェミナ賞（1996年）

プリスコ, ミケーレ　Prisco, Michele
- *3931* "Una spirale di nebbia"
  - ◇ストレーガ賞（1966年）

プリスタフキン, アナトリ　Pristavkin, Anatoli
- *3932* "Wir Kuckuckskinder"
  - ◇ドイツ児童文学賞（1991年／ヤングアダルト）

プリースト, クリストファー　Priest, Christopher
- *3933*「青ざめた逍遥」"Palely Loitering"
  - ◇英国SF協会賞（1979年／短編）
  - 「SFマガジン　22(1)」〔安田均訳〕早川書房　1981.1　p137～173
  - 「限りなき夏」クリストファー・プリースト著, 古沢嘉通編訳　国書刊行会　2008.5　403p　20cm（未来の文学）2400円　①978-4-336-04740-3
- *3934*「奇術師」"The Prestige"
  - ◇ジェイムズ・テイト・ブラック記念賞（1995年／フィクション）
  - ◇世界幻想文学大賞（1996年／長編）

「奇術師」 クリストファー・プリースト著，古沢嘉通訳　早川書房　2004.4　587p　16cm（ハヤカワ文庫FT）940円　①4-15-020357-1

3935　「逆転世界」 "Inverted World"
◇英国SF協会賞（1974年/長編）
「逆転世界」 クリストファー・プリースト著，安田均訳　サンリオ　1983.6　400p　15cm（サンリオSF文庫）580円
「逆転世界」 クリストファー・プリースト著，安田均訳　東京創元社　1996.5　425p　15cm（創元SF文庫）750円　①4-488-65503-3

3936　「双生児」 "The Separation"〔仏語題：La Séparation〕
◇英国SF協会賞（2002年/長編）
◇アーサー・C・クラーク賞（2003年）
◇イマジネール大賞（2006年/長編〈外国〉）
「双生児」 クリストファー・プリースト著，古沢嘉通訳　早川書房　2007.4　510p　20cm　2500円　①978-4-15-208815-4
「双生児　上」 クリストファー・プリースト著，古沢嘉通訳　早川書房　2015.8　359p　16cm（ハヤカワ文庫FT）900円　①978-4-15-020578-2
「双生児　下」 クリストファー・プリースト著，古沢嘉通訳　早川書房　2015.8　347p　16cm（ハヤカワ文庫FT）900円　①978-4-15-020579-9

3937　「ディスチャージ」 "The Discharge"〔仏語題：Retour au foyer〕
◇イマジネール大賞（2002年/中編〈外国〉）
「限りなき夏」 クリストファー・プリースト著，古沢嘉通編訳　国書刊行会　2008.5　403p　20cm（未来の文学）2400円　①978-4-336-04740-3

3938　「夢幻諸島から」 "The Islanders"
◇英国SF協会賞（2011年/長編）
◇ジョン・W・キャンベル記念賞（2012年/第1位）
「夢幻諸島から」 クリストファー・プリースト著，古沢嘉通訳　早川書房　2013.8　442p　19cm（新☆ハヤカワ・SF・シリーズ）1700円　①978-4-15-335011-3

3939　"Fugue for a Darkening Island"〔アメリカ版英題：Darkening Island〕
◇ジョン・W・キャンベル記念賞（1973年/第3位）

3940　"The Extremes"
◇英国SF協会賞（1998年/長編）

プリースト，シェリー　Priest, Cherie
3941　「ボーンシェイカー——ぜんまい仕掛けの都市」 "Boneshaker"
◇ローカス賞（2010年/SF長編）
「ボーンシェイカー——ぜんまい仕掛けの都市」 シェリー・プリースト著，市田泉訳　早川書房　2012.5　607p　16cm（ハヤカワ文庫SF）1100円　①978-4-15-011852-5

プリーストリー，J.B.　Priestley, J.B.
3942　"The Good Companions"
◇ジェイムズ・テイト・ブラック記念賞（1929年/フィクション）

フリーズナー，エスター・M.　Friesner, Esther M.
3943　"A Birthday"
◇ネビュラ賞（1996年/短編）
3944　"Death and the Librarian"
◇ネビュラ賞（1995年/短編）

ブリッグズ，レイモンド　Briggs, Raymond
3945　「さむがりやのサンタ」 "Father Christmas"
◇ケイト・グリーナウェイ賞（1973年）
「さむがりやのサンタ」 レイモンド・ブリッグズさく・え，すがはらひろくにやく　福音館書店　1974　1冊　26cm（世界傑作絵本シリーズ——イギリスの絵本）

3946　「スノーマン」 "The Snowman"
◇ボストングローブ・ホーンブック賞（1979年/絵本）
「スノーマン」 レイモンド・ブリッグズさく，きやまかすみやく　竹書房　1994.12　32p　22×25cm　1100円　①4-88475-933-8
「スノーマン」 レイモンド・ブリッグズ〔著〕　評論社　1998.10　1冊　31cm（児童図書館・絵本の部屋）1600円　①4-566-00397-3
「スノーマン」 レイモンド・ブリッグズ〔著〕　評論社　2000.10　1冊　15cm（評論社の児童図書館・絵本の部屋——ちっちゃなえほん）800円　①4-566-00595-X

3947　「マザーグースのたからもの」 "Mother Goose Treasury"
◇ケイト・グリーナウェイ賞（1966年）
「マザーグースのたからもの　1」 レイモンド・ブリッグズ絵，百々佑利子訳

ラボ教育センター　1999.12　1冊（ページ付なし）51cm 4800円　①4-89811-024-X, 4-89811-053-3

「マザーグースのたからもの　2」レイモンド・ブリッグス絵，百々佑利子訳　ラボ教育センター　2000.4　1冊（ページ付なし）51cm 4800円　①4-89811-046-0, 4-89811-053-3

「マザーグースのたからもの　3」レイモンド・ブリッグス絵，百々佑利子訳　ラボ教育センター　2000.6　1冊（ページ付なし）51cm 4800円　①4-89811-047-9, 4-89811-053-3

「マザーグースのたからもの―レイモンド・ブリッグスの」レイモンド・ブリッグス〔著〕，坂川栄治イラスト，百々佑利子訳　ラボ教育センター　2001.7　123p　26cm 3000円　①4-89811-052-5, 4-89811-053-3

3948 "Ug"
◇ネスレ子どもの本賞（2001年/6～8歳部門/銀賞）

ブリッシェン，エドワード　Blishen, Edward

3949 「ギリシア神話物語」"The God Beneath the Sea"
◇カーネギー賞（1970年）
「ギリシア神話物語」リアン・ガーフィールド等作，小野章訳，岩崎鐸絵　講談社　1975　254p　22cm（世界の児童文学名作シリーズ）

ブリッシュ，ジェイムズ　Blish, James

3950 「悪魔の星」"A Case of Conscience"
◇ヒューゴー賞（1954年〈レトロ・ヒューゴー賞 2004年授与〉/中長編）
◇ヒューゴー賞（1959年/長編）
「悪魔の星」ジェームズ・ブリッシュ著，井上一夫訳　東京創元新社　1967　292p　15cm（創元推理文庫）180円

3951 「地球人よ、故郷に還れ」"Earthman, Come Home"
◇ヒューゴー賞（1954年〈レトロ・ヒューゴー賞 2004年授与〉/中編）
「地球人よ、故郷に還れ」ジェームズ・ブリッシュ著，砧一郎訳　早川書房　1965　270p　19cm（ハヤカワ・SF・シリーズ）330円
「世界SF全集　20　シマック.ブリッシュ」早川書房　1970　578p　20cm 880円
「地球人よ、故郷に還れ―宇宙都市3」ジェイムズ・ブリッシュ著，砧一郎訳

早川書房　1978.10　405p　16cm（ハヤカワ文庫―SF）420円

フリッシュ，マックス　Frisch, Max
◎ビューヒナー賞（1958年）
◎ノイシュタット国際文学賞（1986年）

フリッツ，ジーン　Fritz, Jean

3952 "Homesick: My Own Story"
◇全米図書賞（1983年/児童小説/ハードカバー）

3953 "The Double Life of Pocahontas"
◇ボストングローブ・ホーンブック賞（1984年/ノンフィクション）

3954 "The Great Little Madison"
◇ボストングローブ・ホーンブック賞（1990年/ノンフィクション）

プリティマン，バーレット，Jr.　Prettyman, Barrett, Jr.

3955 "Death and the Supreme Court"
◇アメリカ探偵作家クラブ賞（1962年/犯罪実話賞）

フリート，アメリー　Fried, Amelie

3956 「どこにいるの、おじいちゃん？」"Hat Opa einen Anzug an?"
◇ドイツ児童文学賞（1998年/絵本）
「どこにいるの、おじいちゃん？」アメリー・フリート作，ジャッキー・グライヒ絵，平野卿子訳　偕成社　1999.10　30p　22×28cm 1400円　①4-03-328470-2

フリート，エーリヒ　Fried, Erich
◎ビューヒナー賞（1987年）

プリドー，スー　Prideaux, Sue

3957 「ムンク伝」"Edvard Munch: Behind The Scream"
◇ジェイムズ・テイト・ブラック記念賞（2005年/伝記）
「ムンク伝」スー・プリドー〔著〕，木下哲夫訳　みすず書房　2007.8　422, 27p 図版56枚　22cm 8000円　①978-4-622-07294-2

フリードマン，ダニエル　Friedman, Daniel

3958 "Don't Ever Get Old"
◇マカヴィティ賞（2013年/処女長編）

フリードマン, トーマス・L.
Friedman, Thomas L.
3959 "From Beirut to Jerusalem"
◇全米図書賞（1989年/ノンフィクション）

フリードマン, ラッセル
Freedman, Russell
3960 「リンカン―アメリカを変えた大統領」 "Lincoln: A Photobiography"
◇ニューベリー賞（1988年）
「リンカン―アメリカを変えた大統領」 ラッセル・フリードマン著, 金原瑞人訳　偕成社　1993.8　237p　22cm　1800円　①4-03-814150-0
3961 "Eleanor Roosevelt: A Life of Discovery"
◇ボストングローブ・ホーンブック賞（1994年/ノンフィクション）

フリードレンダー, サユル
Friedländer, Saul
3962 "The Years of Extermination: Nazi Germany and the Jews, 1939-1945"
◇ピュリッツアー賞（2008年/ノンフィクション）

ブリトン, ポール　Britton, Paul
3963 「ザ・ジグソーマン」 "The Jigsaw Man"
◇英国推理作家協会賞（1997年/ゴールド・ダガー〈ノンフィクション〉）
「ザ・ジグソーマン―英国犯罪心理学者の回想」 ポール・ブリトン著, 森英明訳　集英社　2001.4　527p　20cm　2800円　①4-08-773345-9

プリニエ, シャルル　Plisnier, Charles
3964 「偽旅券」 "Faux-passeports"
◇ゴンクール賞（1937年）
「偽旅券」 シャルル・プリニエ著, 井上勇訳　板垣書店　1950　382p　19cm

ブリニェッティ, ラファエロ
Brignetti, Raffaello
3965 「黄金の浜辺」 "La spiaggia d'oro"
◇ストレーガ賞（1971年）
「黄金の浜辺」 ラファエロ・ブリニェッティ著, 千種堅訳　河出書房新社　1972　318p　20cm（今日の海外小説）880円

フリーマン, ダグラス・サウスオール
Freeman, Douglas Southall
3966 "George Washington, Volumes I－Ⅵ"
◇ピュリッツアー賞（1958年/伝記・自伝）
3967 "R.E.Lee"
◇ピュリッツアー賞（1935年/伝記・自伝）

フリーマン, ブライアン　Freeman, Brian
3968 「インモラル」 "Immoral"
◇マカヴィティ賞（2006年/処女長編）
「インモラル」 ブライアン・フリーマン著, 長野きよみ訳　早川書房　2007.3　635p　16cm（ハヤカワ・ミステリ文庫）1000円　①978-4-15-176851-4

ブリュソロ, セルジュ　Brussolo, Serge
3969 "Funnyway"
◇イマジネール大賞（1979年/中編〈フランス語〉）
3970 "Les Semeurs d'abîmes"
◇アポロ賞（1984年）
3971 "Opération'serrures carnivores'"
◇イマジネール大賞（1988年/長編〈フランス語〉）
3972 "Vue en coupe d'une ville malade"
◇イマジネール大賞（1981年/長編〈フランス語〉）

ブリュックネール, パスカル
Bruckner, Pascal
3973 「無垢の誘惑」 "La Tentation de l'innocence"
◇メディシス賞（1995年/エッセイ）
「無垢の誘惑」 パスカル・ブリュックネール〔著〕, 小倉孝誠, 下澤和義訳　法政大学出版局　1999.3　321, 21p　20cm（叢書・ウニベルシタス 635）3500円　①4-588-00635-5
3974 "Les Voleurs de beauté"
◇ルノドー賞（1997年）

フリーリング, ニコラス
Freeling, Nicolas
3975 「雨の国の王者」 "The King of the Rainy Country"
◇アメリカ探偵作家クラブ賞（1967年/長編賞）
「雨の国の王者」 ニコラス・フリーリング著, 高橋豊訳　早川書房　1969　195p

19cm（世界ミステリシリーズ）300円
「雨の国の王者」ニコラス・フリーリング,高橋豊訳　早川書房　1996.10　195p　19cm（世界ミステリシリーズ—ファン・デル・ファルク警部シリーズ）950円　④4-15-001096-X

フリン，エレイン　Flinn, Elaine

3976 "Tagged for Murder"
◇バリー賞（2005年/ペーパーバック）

フリン，ギリアン　Flynn, Gillian

3977 「Kizu—傷」 "Sharp Objects"
◇英国推理作家協会賞（2007年/ジョン・クリーシー・ダガー〈ニュー・ブラッド・ダガー〉）
◇英国推理作家協会賞（2007年/イアン・フレミング・スティール・ダガー）

「Kizu—傷」ギリアン・フリン著、北野寿美枝訳　早川書房　2007.10　442p　16cm（ハヤカワ・ミステリ文庫）840円　④978-4-15-177301-3

3978 "What Do You Do？"
◇アメリカ探偵作家クラブ賞（2015年/短編賞）

ブリーン，ジョン・L.　Breen, Jon L.

3979 "Novel Verdicts: A Guide to Courtroom Fiction"
◇アメリカ探偵作家クラブ賞（1985年/批評・評伝賞）

3980 "Synod Of Sleuths: Essays on Judeo-Christian Detective Fiction"
◇アンソニー賞（1991年/評論）

3981 "The Fine Art Of Murder: The Mystery Reader's Indispensable Companion"
◇アンソニー賞（1994年/評論）
◇マカヴィティ賞（1994年/評論・評伝）

3982 "What About Murder？"
◇アメリカ探偵作家クラブ賞（1982年/批評・評伝賞）

ブリン，デイヴィッド　Brin, David

3983 「キルン・ピープル」 "Kiln People"
◇ジョン・W・キャンベル記念賞（2003年/第2位）

「キルン・ピープル　上」デイヴィッド・ブリン著、酒井昭伸訳　早川書房　2007.8　539p　16cm（ハヤカワ文庫SF）960円　④978-4-15-011628-6
「キルン・ピープル　下」デイヴィッド・ブリン著、酒井昭伸訳　早川書房　2007.8　543p　16cm（ハヤカワ文庫SF）960円　④978-4-15-011629-3

3984 「水晶球」 "The Crystal Spheres"
◇ヒューゴー賞（1985年/短編）

「SFマガジン　39(1)」〔金子浩訳〕早川書房　1998.1　p222〜241

3985 「スタータイド・ライジング」 "Startide Rising"
◇ネビュラ賞（1983年/長編）
◇ヒューゴー賞（1984年/長編）
◇ローカス賞（1984年/SF長編）

「スタータイド・ライジング」デイヴィッド・ブリン著、酒井昭伸訳　早川書房　1985.10　2冊　16cm（ハヤカワ文庫—SF）各500円　④4-15-010636-3

3986 「知性化戦争」 "The Uplift War"
◇ヒューゴー賞（1988年/長編）
◇ローカス賞（1988年/SF長編）

「知性化戦争　上」ディヴィッド・ブリン著、酒井昭伸訳　早川書房　1990.6　523p　16cm（ハヤカワ文庫—SF）680円　④4-15-010872-2
「知性化戦争　下」ディヴィッド・ブリン著、酒井昭伸訳　早川書房　1990.6　596p　16cm（ハヤカワ文庫—SF）740円　④4-15-010873-0

3987 「トール対キャプテン・アメリカ」 "Thor Meets Captain America"
◇ローカス賞（1987年/中編）

「SFマガジン　32(10)」〔金子浩訳〕早川書房　1991.7　p76〜102

3988 「ポストマン」 "The Postman"
◇ジョン・W・キャンベル記念賞（1986年/第1位）
◇ローカス賞（1986年/SF長編）

「ポストマン」デイヴィッド・ブリン著、大西憲訳　早川書房　1988.2　523p　16cm（ハヤカワ文庫—SF）640円　④4-15-010758-0
「ポストマン」デイヴィッド・ブリン著、大西憲訳　改訳版　早川書房　1998.2　479p　16cm（ハヤカワ文庫SF）800円　④4-15-011220-7

3989 "Otherness"
◇ローカス賞（1995年/短編集）

フリン，マイクル・F.　Flynn, Michael F.

3990 "In the Country of the Blind"

◇ローカス賞（1991年/処女長編）

ブリンク, アンドレ　Brink, André
3991 「白く渇いた季節」 "A Dry White Season"〔仏語題：Une saison blanche et sèche〕
◇メディシス賞（1980年/外国小説）
「白く渇いた季節」 アンドレ・ブリンク著, 大熊栄訳　集英社　1990.2　356p　20cm　2000円　①4-08-773110-3

ブリンク, キャロル・ライリー　Brink, Carol Ryrie
3992 「風の子キャディー」 "Caddie Woodlawn"
◇ニューベリー賞（1936年）
「風の子キャディ」 C.R.ブリンク著, 田中清子訳, ケート・セリディ絵　鎌倉書房　1950　327p　19cm
「風の子キャディー」 ブリンク作, 榎林哲訳, 谷俊彦絵　講談社　1967　270p　18cm（世界少女名作全集 2）

フリングス, ケッティ　Frings, Ketti
3993 「天使よ故郷を見よ」 "Look Homeward, Angel"
◇ピュリッツアー賞（1958年/戯曲）

ブリンクリー, アラン　Brinkley, Alan
3994 "Voices of Protest: Huey Long, Father Coughlin and the Great Depression"
◇全米図書賞（1983年/歴史/ハードカバー）

プリングル, ヘンリー・F.　Pringle, Henry F.
3995 "Theodore Roosevelt"
◇ピュリッツアー賞（1932年/伝記・自伝）

ブリンコウ, ニコラス　Blincoe, Nicholas
3996 「マンチェスター・フラッシュバック」 "Manchester Slingback"
◇英国推理作家協会賞（1998年/シルバー・ダガー）
「マンチェスター・フラッシュバック」 ニコラス・ブリンコウ著, 玉木亭訳　文藝春秋　2000.7　356p　16cm（文春文庫）657円　①4-16-721869-0

プリンツ, アロイス　Prinz, Alois
3997 "Lieber wütend als traurig: Die Lebensgeschichte der Ulrike Marie Meinhof"
◇ドイツ児童文学賞（2004年/ノンフィクション）

プール, アーネスト　Poole, Ernest
3998 "His Family"
◇ピュリッツアー賞（1918年/小説）

ブル, エマ　Bull, Emma
3999 "War for the Oaks"
◇ローカス賞（1988年/処女長編）

プルー, サリー　Prue, Sally
4000 "Cold Tom"
◇ネスレ子どもの本賞（2002年/9〜11歳部門/銀賞）

プルー, シュザンヌ　Prou, Suzanne
4001 "La Terrasse des Bernardini"
◇ルノドー賞（1973年）

プルー, E.アニー　Proulx, E.Annie
4002 「シッピング・ニュース」 "The Shipping News"
◇全米図書賞（1993年/小説）
◇ピュリッツアー賞（1994年/フィクション）
「港湾（シッピング）ニュース」 E.アニー・プルー著, 上岡伸雄訳　集英社　1996.6　375p　20cm　2200円　①4-08-773250-9
「シッピング・ニュース」 E.アニー・プルー〔著〕, 上岡伸雄訳　集英社　2002.2　542p　16cm（集英社文庫）895円　①4-08-760408-X
4003 "Postcards"
◇ペン・フォークナー賞（1993年）

ブルーウン, ケン　Bruen, Ken
4004 「酔いどれ故郷にかえる」 "The Killing of the Tinkers"
◇マカヴィティ賞（2005年/長編）
「酔いどれ故郷にかえる」 ケン・ブルーウン著, 東野さやか訳　早川書房　2005.5　362p　16cm（ハヤカワ・ミステリ文庫）740円　①4-15-175052-5
4005 「酔いどれに悪人なし」 "The Guards"
◇シェイマス賞（2004年/長編）
「酔いどれに悪人なし」 ケン・ブルーウン著, 東野さやか訳　早川書房　2005.1　460p　16cm（ハヤカワ・ミステリ文庫）860円　①4-15-175051-7
4006 "Priest"

◇バリー賞（2007年/英国小説）
4007 "The Dramatist"
◇シェイマス賞（2007年/長編）
4008 "Tower"
◇マカヴィティ賞（2010年/長編）

ブルース, ウィリアム・キャベル　Bruce, William Cabell

4009 "Benjamin Franklin, Self-Revealed"
◇ピュリッツァー賞（1918年/伝記・自伝）

ブルース, ロバート・V.　Bruce, Robert V.

4010 "The Launching of Modern American Science 1846-1876"
◇ピュリッツァー賞（1988年/歴史）

プルースト, マルセル　Proust, Marcel

4011 「花咲く乙女たちのかげに」（失われた時を求めて 第2篇）"À l'ombre des jeunes filles en fleurs"
◇ゴンクール賞（1919年）
「失われた時を求めて　2 第2篇　花咲く乙女たちのかげに　1」マルセル・プルースト著, 井上究一郎訳　筑摩書房　1992.10　471p　15cm（ちくま文庫）1000円　Ⓘ4-480-02722-X
「失われた時を求めて　3 第2篇　花咲く乙女たちのかげに　2」マルセル・プルースト著, 井上究一郎訳　筑摩書房　1992.12　470p　15cm（ちくま文庫）1000円　Ⓘ4-480-02723-8
「失われた時を求めて　3 第2篇　花咲く乙女たちのかげに　1」マルセル・プルースト著, 鈴木道彦訳　集英社　1997.5　503p　22cm　4600円　Ⓘ4-08-144003-4
「失われた時を求めて　4 第2篇　花咲く乙女たちのかげに　2」マルセル・プルースト著, 鈴木道彦訳　集英社　1997.9　482p　22cm　4600円　Ⓘ4-08-144004-2
「失われた時を求めて　3 第2篇　花咲く乙女たちのかげに　1」マルセル・プルースト〔著〕, 鈴木道彦訳　集英社　2006.5　621p　16cm（集英社文庫ヘリテージシリーズ）1048円　Ⓘ4-08-761022-5
「失われた時を求めて　4 第2篇　花咲く乙女たちのかげに　2」マルセル・プルースト〔著〕, 鈴木道彦訳　集英社　2006.5　600p　16cm（集英社文庫ヘリテージシリーズ）1000円　Ⓘ4-08-761023-3
「失われた時を求めて　3　花咲く乙女たちのかげに　1」プルースト作, 吉川一義訳　岩波書店　2011.11　495, 3p　15cm（岩波文庫）940円　Ⓘ978-4-00-375112-1
「失われた時を求めて　4　花咲く乙女たちのかげに　2」プルースト作, 吉川一義訳　岩波書店　2012.6　703, 5p　15cm（岩波文庫）1260円　Ⓘ978-4-00-375113-8
「失われた時を求めて　3 第2篇　花咲く乙女たちのかげに　1」プルースト著, 高遠弘美訳　光文社　2013.3　576p　16cm（光文社古典新訳文庫）1295円　Ⓘ978-4-334-75268-2
「失われた時を求めて　4 第2篇　花咲く乙女たちのかげに　2」プルースト著, 高遠弘美訳　光文社　2016.1　805p　16cm（光文社古典新訳文庫）1500円　Ⓘ978-4-334-75323-8

フルタニ, デイル　Furutani, Dale

4012 「ミステリー・クラブ事件簿」"Death in Little Tokyo"
◇アンソニー賞（1997年/処女長編）
◇マカヴィティ賞（1997年/処女長編）
「ミステリー・クラブ事件簿」デイル・フルタニ〔著〕, 戸田裕之訳　集英社　1998.6　319p　16cm（集英社文庫）590円　Ⓘ4-08-760338-5

ブルッキンズ, デナ　Brookins, Dana

4013 「ウルフ谷の兄弟」"Alone in Wolf Hollow"
◇アメリカ探偵作家クラブ賞（1979年/ジュヴナイル賞）
「ウルフ谷の兄弟」デーナ・ブルッキンズ〔作〕, 宮下嶺夫訳　評論社　1984.12　253p　20cm（児童図書館・文学の部屋―SOSシリーズ）1100円　Ⓘ4-566-01253-0
「ウルフ谷の兄弟」デーナ・ブルッキンズ作, 宮下嶺夫訳　評論社　2010.1　249p　19cm（海外ミステリーbox）1400円　Ⓘ978-4-566-02421-2
※1984年刊の改訳新版

ブルックス, ヴァン・ワイク　Brooks, Van Wyck

4014 "The Flowering of New Engl and 1815-1865"
◇ピュリッツァー賞（1937年/歴史）

ブルックス, グェンドリン　Brooks, Gwendolyn

4015 "Annie Allen"

◇ピュリッツアー賞（1950年/詩）

ブルックス, ケヴィン　Brooks, Kevin

4016　「ルーカス」　"Lucas"
◇ドイツ児童文学賞（2006年/青少年審査委員賞）
「ルーカス」　ケヴィン・ブルックス著, 林香織訳　角川書店　2004.12　358p　19cm（Book plus）1000円　①4-04-897044-5

4017　"The Bunker Diary"
◇カーネギー賞（2014年）

4018　"The Road of the Dead"
◇ドイツ児童文学賞（2009年/ヤングアダルト）

ブルックス, ジェラルディン　Brooks, Geraldine

4019　「マーチ家の父—もうひとつの若草物語」　"March"
◇ピュリッツアー賞（2006年/フィクション）
「マーチ家の父—もうひとつの若草物語」　ジェラルディン・ブルックス著, 高山真由美訳　武田ランダムハウスジャパン　2010.5　381p　20cm　2200円　①978-4-270-00582-8
「マーチ家の父—もうひとつの若草物語」　ジェラルディン・ブルックス著, 高山真由美訳　武田ランダムハウスジャパン　2012.7　451p　15cm（RHブックス・プラス）940円　①978-4-270-10417-0
※2010年刊の加筆修正

ブルックス, ティム　Brooks, Tim

4020　"The Complete Directory of Prime Time Network TV Shows: 1946-Present"
◇全米図書賞（1980年/一般参考図書/ペーパーバック）

ブルックス, テリー　Brooks, Terry

◎世界幻想文学大賞（2017年/生涯功労賞）

ブルックス, ブルース　Brooks, Bruce

4021　"The Moves Make the Man"
◇ボストングローブ・ホーンブック賞（1985年/フィクション）

ブルックス, ロン　Brooks, Ron

4022　「キツネ」　"Fox"〔独語題：Fuchs〕
◇ドイツ児童文学賞（2004年/絵本）
「キツネ」　マーガレット・ワイルド文, ロン・ブルックス絵, 寺岡襄訳　BL出版　2001.10　1冊　27×29cm　1600円　①4-89238-587-5

ブルックナー, アニータ　Brookner, Anita

4023　「秋のホテル」　"Hotel du Lac"
◇ブッカー賞（1984年）
「秋のホテル」　アニータ・ブルックナー著, 小野寺健訳　晶文社　1988.10　243p　20cm（ブルックナー・コレクション）1500円　①4-7949-2181-0

ブルック＝ローズ, クリスティン　Brooke-Rose, Christine

4024　"Such"
◇ジェイムズ・テイト・ブラック記念賞（1966年/フィクション）

プルードラ, ベンノー　Pludra, Benno

4025　「マイカのこうのとり」　"Siebenstorch"
◇ドイツ児童文学賞（1992年/児童書）
「マイカのこうのとり」　ベンノー・プルードラ作, 上田真而子訳, いせひでこ絵　岩波書店　2008.2　124p　22cm　1500円　①978-4-00-115589-1

◎ドイツ児童文学賞（2004年/特別賞）

フルニエ, ジャン＝ルイ　Fournier, Jean-Louis

4026　「どこ行くの、パパ？」　"Où on va, papa？"
◇フェミナ賞（2008年）
「どこ行くの、パパ？」　ジャン＝ルイ・フルニエ著, 河野万里子訳　白水社　2011.3　162p　20cm　1800円　①978-4-560-08112-9

ブールニケル, カミーユ　Bourniquel, Camille

4027　"Sélinonte ou la Chambre impériale"
◇メディシス賞（1970年）

ブルニフィエ, オスカー　Brenifier, Oscar

4028　「哲学してみる」　"Le livre des grands contraires philosophiques"〔独語題：Was, wenn es nur so aussieht, als wäre ich da？〕
◇ドイツ児童文学賞（2012年/ノンフィクション）
「哲学してみる」　オスカー・ブルニフィエ文, ジャック・デプレイラスト, 藤田

尊潮訳, 村山保史監修・訳　世界文化社　2012.3　75p　23×23cm　(はじめての哲学)　1900円　ⓐ978-4-418-12500-5

プルーマー, ウィリアム　Plomer, William

4029　"The Butterfly Ball & The Grasshopper's Feast"

◇コスタ賞（1973年／児童書）

フルマー, デイヴィッド　Fulmer, David

4030　「快楽通りの悪魔」　"Chasing the Devil's Tail"

◇シェイマス賞（2002年／処女長編）

「快楽通りの悪魔」　デイヴィッド・フルマー〔著〕, 田村義進訳　新潮社　2004.6　482p　16cm（新潮文庫）781円　ⓐ4-10-214121-9

プルマン, フィリップ　Pullman, Philip

4031　「黄金の羅針盤」（ライラの冒険 1）"Northern Lights"〔別題：The Golden Compass〕〈His Dark Materials〉

◇カーネギー賞（1995年）

◇ガーディアン児童文学賞（1996年）

「黄金の羅針盤」　フィリップ・プルマン著, 大久保寛訳　新潮社　1999.11　525p　20cm（ライラの冒険シリーズ 1）2400円　ⓐ4-10-538901-7

「黄金の羅針盤　上」　フィリップ・プルマン〔著〕, 大久保寛訳　新潮社　2003.11　343p　16cm（新潮文庫）590円　ⓐ4-10-202411-5

「黄金の羅針盤　下」　フィリップ・プルマン〔著〕, 大久保寛訳　新潮社　2003.11　342p　16cm（新潮文庫）590円　ⓐ4-10-202412-3

「黄金の羅針盤―ライラの冒険　上」　フィリップ・プルマン著, 大久保寛訳　軽装版　新潮社　2007.9　313p　19cm　950円　ⓐ978-4-10-538904-3

「黄金の羅針盤―ライラの冒険　下」　フィリップ・プルマン著, 大久保寛訳　軽装版　新潮社　2007.9　302p　19cm　950円　ⓐ978-4-10-538905-5

4032　「かかしと召し使い」　"The Scarecrow and his Servant"

◇ネスレ子どもの本賞（2005年／9～11歳部門／銀賞）

「かかしと召し使い」　フィリップ・プルマン作, 金原瑞人訳　理論社　2006.9　333p　19cm　1500円　ⓐ4-652-07789-0

4033　「琥珀の望遠鏡」（ライラの冒険 3）"The Amber Spyglass"〈His Dark Materials〉

◇コスタ賞（2001年／年間大賞・児童書）

「琥珀の望遠鏡」　フィリップ・プルマン著, 大久保寛訳　新潮社　2002.1　678p　20cm（ライラの冒険シリーズ 3）2800円　ⓐ4-10-538903-3

「琥珀の望遠鏡　上」　フィリップ・プルマン〔著〕, 大久保寛訳　新潮社　2004.7　435p　16cm（新潮文庫）705円　ⓐ4-10-202415-8

「琥珀の望遠鏡　下」　フィリップ・プルマン〔著〕, 大久保寛訳　新潮社　2004.7　428p　16cm（新潮文庫）705円　ⓐ4-10-202416-6

「琥珀の望遠鏡―ライラの冒険　上」　フィリップ・プルマン著, 大久保寛訳　軽装版　新潮社　2008.7　397p　19cm　1100円　ⓐ978-4-10-538908-6

「琥珀の望遠鏡―ライラの冒険　下」　フィリップ・プルマン著, 大久保寛訳　軽装版　新潮社　2008.7　379p　19cm　1100円　ⓐ978-4-10-538909-3

4034　「時計はとまらない」　"Clockwork or All Wound Up"

◇ネスレ子どもの本賞（1997年／9～11歳部門／銀賞）

「時計はとまらない」　フィリップ・プルマン作, 西田紀子訳　偕成社　1998.10　134p　18cm（偕成社ミステリークラブ）1000円　ⓐ4-03-700040-7

4035　「花火師リーラと火の魔王」　"The Firework-Maker's Daughter"

◇ネスレ子どもの本賞（1996年／9～11歳部門／金賞）

「花火師リーラと火の魔王」　フィリップ・プルマン作, なかがわちひろ訳　ポプラ社　2003.8　133p　20cm（ポプラ・ウイング・ブックス 18）1000円　ⓐ4-591-07810-8

◎アストリッド・リンドグレーン記念文学賞（2005年）

ブルーム, ヴァレリー　Bloom, Valerie

4036　"Fruits"

◇ネスレ子どもの本賞（1997年／5歳以下部門／銅賞）

ブレ, マリ＝クレール　Blais, Marie-Claire

4037　「ある受難の終り」　"Une saison dans la vie d'Emmanuel"

◇メディシス賞（1966年）

「ある受難の終り」　マリ＝クレール・ブ

レ〔著〕，矢野浩三郎訳　集英社　1974　204p　肖像　20cm（現代の世界文学）800円

ブーレイ, R.カーライル
Buley, R.Carlyle

4038 "The Old Northwest, Pioneer Period1815-1840"

◇ピュリッツアー賞（1951年/歴史）

フレイヴィン, マーティン
Flavin, Martin

4039 "Journey in the Dark"

◇ピュリッツアー賞（1944年/小説）

ブレイク, クェンティン　Blake, Quentin

4040「悲しい本」"Michael Rosen's Sad Book"

◇ネスレ子どもの本賞（2005年/6〜8歳部門/銅賞）

「悲しい本」マイケル・ローゼン作，クェンティン・ブレイク絵，谷川俊太郎訳　あかね書房　2004.12　1冊（ページ付なし）　30cm（あかね・新えほんシリーズ 21）1400円　①4-251-00941-X

4041「ことっとスタート」〔別題「恋のまじない、ヨンサメカ」〕"Esio Trot"

◇ネスレ子どもの本賞（1990年/6〜8歳部門）

「恋のまじない、ヨンサメカ」ロアルド・ダール作，クェンティン・ブレイク絵，久山太市訳　評論社　1997.5　74p　21cm（児童図書館・文学の部屋）1300円　①4-566-01068-6

「ことっとスタート」ロアルド・ダール著，クェンティン・ブレイク絵，柳瀬尚紀訳　評論社　2006.3　81p　18cm（ロアルド・ダールコレクション 18）900円　①4-566-01427-4

4042「さすがのナジョーク船長もトムには手も足もでなかったこと」"How Tom Beat Captain Najork & His Hired Sportsmen"

◇コスタ賞（1974年/児童書）

「さすがのナジョーク船長もトムには手も足もでなかったこと」ラッセル・ホーバン文，クェンティン・ブレイク絵，乾侑美子訳　評論社　1980.5　1冊　27cm（児童図書館・絵本の部屋）980円

4043「ピエロくん」"Clown"

◇ネスレ子どもの本賞（1996年/5歳以下部門/銅賞）

「ピエロくん」クェンティン・ブレイク作　あかね書房　1996.10　1冊　33cm（あかねせかいの本）1600円　①4-251-00522-8

4044「マグノリアおじさん」"Mr. Magnolia"

◇ケイト・グリーナウェイ賞（1980年）

「マグノリアおじさん」クェンティン・ブレイク作・絵，谷川俊太郎詩　佑学社　1984.11　1冊　27cm　1200円　①4-8416-0194-5

「マグノリアおじさん」クェンティン・ブレイク作・絵，谷川俊太郎訳　好学社　2012.2　1冊（ページ付なし）　28cm　1500円　①978-4-7690-2212-1

4045「みどりの船」"The Green Ship"

◇ネスレ子どもの本賞（1998年/6〜8歳部門/銅賞）

「みどりの船」クェンティン・ブレイク作，千葉茂樹訳　あかね書房　1998.5　1冊　33cm（あかねせかいの本）1600円　①4-251-00525-2

◎国際アンデルセン賞（2002年/画家賞）

フレイザー, アントニア　Fraser, Antonia

4046「スコットランド女王メアリ」"Mary, Queen Of Scots"

◇ジェイムズ・テイト・ブラック記念賞（1969年/伝記）

「スコットランド女王メアリ」アントニア・フレイザー著，松本たま訳　中央公論社　1988.2　595p　20cm　2600円　①4-12-001649-8

「スコットランド女王メアリ 上」アントニア・フレイザー著，松本たま訳　中央公論社　1995.5　541p　16cm（中公文庫）1100円　①4-12-202321-1

「スコットランド女王メアリ 下」アントニア・フレイザー著，松本たま訳　中央公論社　1995.6　544p　16cm（中公文庫）1100円　①4-12-202344-0

4047 "The Gunpowder Plot"

◇英国推理作家協会賞（1996年/ゴールド・ダガー〈ノンフィクション〉）

フレイザー, キャロライン
Fraser, Caroline

4048 "Prairie Fires: The American Dreams of Laura Ingalls Wilder"

◇ピュリッツアー賞（2018年/伝記・自伝）

フレイザー, ベティ　Fraser, Betty

4049 "A House is a House for Me"

◇全米図書賞（1983年/絵本/ペーパーバック）

フレイジー, マーラ　Frazee, Marla

4050　"The Farmer and the Clown"
◇ボストングローブ・ホーンブック賞（2015年/絵本）

フレイジャー, チャールズ　Frazier, Charles

4051　「コールドマウンテン」　"Cold Mountain"
◇全米図書賞（1997年/小説）
「コールドマウンテン」チャールズ・フレイジャー著, 土屋政雄訳　新潮社　2000.2　557p　20cm（Crest books）2800円　①4-10-590017-X
「コールドマウンテン　上」チャールズ・フレイジャー〔著〕, 土屋政雄訳　新潮社　2004.4　354p　16cm（新潮文庫）629円　①4-10-202911-7
「コールドマウンテン　下」チャールズ・フレイジャー〔著〕, 土屋政雄訳　新潮社　2004.4　334p　16cm（新潮文庫）629円　①4-10-202912-5

ブレイディ, ジョーン　Brady, Joan

4052　"Theory of War"
◇コスタ賞（1993年/年間大賞・処女長編）

ブレイラー, イヴェレット・F.　Bleiler, Everett F.

4053　"Science-Fiction: The Early Years"
◇ローカス賞（1992年/ノンフィクション）
◎世界幻想文学大賞（1988年/生涯功労賞）

ブレイロック, ジェイムズ・P.　Blaylock, James P.

4054　「十三の幻影」　"Thirteen Phantasms"
◇世界幻想文学大賞（1997年/短編）
「SFマガジン　39(11)」〔中村融訳〕早川書房　1998.11　p70～81
4055　"Paper Dragons"
◇世界幻想文学大賞（1986年/短編）

フレイン, マイケル　Frayn, Michael

4056　「スパイたちの夏」　"Spies"
◇コスタ賞（2002年/長編）
「スパイたちの夏」マイケル・フレイン〔著〕, 高儀進訳　白水社　2003.3　285p　20cm　2200円　①4-560-04763-4

フレヴェレッティ, ジェイミー　Freveletti, Jamie

4057　"Running From the Devil"
◇バリー賞（2010年/スリラー）

ブレーガー, アヒム　Bröger, Acim

4058　「おばあちゃんとあたし」　"Oma und ich"
◇ドイツ児童文学賞（1987年/児童書）
「おばあちゃんとあたし」アヒム＝ブレーガー作, 遠山明子訳, 伊達正則絵　講談社　1988.4　157p　22cm（世界の子どもライブラリー）980円　①4-06-194701-X

プレガー, ハンス　Prager, Hans G.

4059　"Florian 14: Achter Alarm"
◇ドイツ児童文学賞（1966年/ヤングアダルト）

フレクスナー, ジェイムス・トーマス　Flexner, James Thomas

4060　"George Washington, Vol.4: Anguish and Farewell, 1793-1799"
◇全米図書賞（1973年/伝記）
4061　"George Washington, Vols.1-4"
◇ピュリッツァー賞（1973年/特別賞）

プレスコット, ヒルダ・F.M.　Prescott, Hilda F.M.

4062　"Spanish Tudor"
◇ジェイムズ・テイト・ブラック記念賞（1940年/伝記）

プレストン, M.K.　Preston, M.K.

4063　「幸せを待ちながら」　"Wenn das Gluck kommt, muß man ihm einen Stuhl hinstellen"
◇ドイツ児童文学賞（1995年/児童書）
「幸せを待ちながら」ミリアム・プレスラー作, 松沢あさか訳　さ・え・ら書房　1995.4　207p　21cm　1300円　①4-378-00742-8
4064　"Song of the Bones"
◇アメリカ探偵作家クラブ賞（2004年/メアリ・ヒギンズ・クラーク賞）
◎ドイツ児童文学賞（2010年/特別賞）

ブレスリン, テレサ　Breslin, Theresa
4065 "Whispers in the Graveyard"
◇カーネギー賞（1994年）

フレッチャー, ジョン・ゴウルド　Fletcher, John Gould
4066 "Selected Poems"
◇ピュリッツアー賞（1939年／詩）

フレッチャー, スーザン　Fletcher, Susan
4067 「イヴ・グリーン」 "Eve Green"
◇コスタ賞（2004年／処女長編）
「イヴ・グリーン」 スーザン・フレッチャー著, 吉田菜津子訳　バベルプレス　2008.2　383p　20cm　2000円　①978-4-89449-065-9

ブレット, サイモン　Brett, Simon
◎英国推理作家協会賞（2014年／ダイヤモンド・ダガー）

ブレット, リリー　Brett, Lily
4068 "Lola Bensky"
◇メディシス賞（2014年／外国小説）

ブレナート, アラン　Brennert, Alan
4069 "Ma Qui"
◇ネビュラ賞（1991年／短編）

プレネル, エドウィー　Plenel, Edwy
4070 "Secrets de jeunesse"
◇メディシス賞（2001年／エッセイ）

ブレバン, シャルル　Braibant, Charles
4071 "Le roi dort"
◇ルノドー賞（1933年）

ブレヒャー, ヴィルフリード　Blecher, Wilfried
4072 「ウェンデリンはどこかな？」 "Wo ist Wendelin？"
◇ドイツ児童文学賞（1966年／絵本）
「ウェンデリンはどこかな？」 ヴィルフリード・ブレヒャーぶん・え, まえかわやすおやく　偕成社　1969　30p　23cm （新訳えほん 3）
4073 "Kunterbunter Schabernack"
◇ドイツ児童文学賞（1970年／絵本）

フレミング, キャンデス　Fleming, Candace
4074 "The Family Romanov: Murder, Rebellion, and the Fall of Imperial Russia"
◇ボストングローブ・ホーンブック賞（2015年／ノンフィクション）
4075 "The Lincolns: A Scrapbook Look at Abraham and Mary"
◇ボストングローブ・ホーンブック賞（2009年／ノンフィクション）

フレミング, ジョーン　Fleming, Joan
4076 「若者よ, きみは死ぬ」 "Young Man I Think You're Dying"
◇英国推理作家協会賞（1970年／ゴールド・ダガー）
「若者よ, きみは死ぬ」 ジョーン・フレミング著, 乾信一郎訳　早川書房　1972　215p　19cm （世界ミステリシリーズ）　400円
4077 "When I Grow Rich"
◇英国推理作家協会賞（1962年／ゴールド・ダガー）

フレムリン, シリア　Fremlin, Celia
4078 「夜明け前の時」 "The Hours Before Dawn"
◇アメリカ探偵作家クラブ賞（1960年／長編賞）
「夜明け前の時」 シーリア・フレムリン著, 中田耕治訳　東京創元社　1961　312p　19cm
「夜明け前の時」 シーリア・フレムリン著, 押田由起訳　東京創元社　1992.3　321p　15cm （創元推理文庫）　530円　①4-488-27602-4

フレンチ, ジャック　French, Jack
4079 "Private Eye-Lashes: Radio's Lady Detectives"
◇アガサ賞（2004年／ノンフィクション）

フレンチ, タナ　French, Tana
4080 「悪意の森」 "In the Woods"
◇アメリカ探偵作家クラブ賞（2008年／処女長編賞）
◇アンソニー賞（2008年／処女長編）
◇バリー賞（2008年／処女長編）
◇マカヴィティ賞（2008年／処女長編）
「悪意の森　上」 タナ・フレンチ著, 安藤由紀子訳　集英社　2009.9　406p　16cm （集英社文庫）　762円　①978-4-08-760585-3
「悪意の森　下」 タナ・フレンチ著, 安藤由紀子訳　集英社　2009.9　412p

フレンチ, フィオナ　French, Fiona
- 4081 「スノーホワイト・イン・ニューヨーク」 "Snow White in New York"
  - ◇ケイト・グリーナウェイ賞（1986年）
  - 「スノー・ホワイト・イン・ニューヨーク」 フィオナ・フレンチ絵と文、麻生圭子訳 河出書房新社　1988.11　1冊（頁付なし）　29cm　1300円　Ⓘ4-309-26102-7

フレンチ, ポール　French, Paul
- 4082 「真夜中の北京」 "Midnight in Peking: How the Murder of a Young Englishwoman Haunted the Last Days of Old China"
  - ◇アメリカ探偵作家クラブ賞（2013年／犯罪実話賞）
  - ◇英国推理作家協会賞（2013年／ゴールド・ダガー〈ノンフィクション〉）
  - 「真夜中の北京」 ポール・フレンチ著、笹山裕子訳　エンジン・ルーム　2015.7　309p 図版16p　19cm　1700円　Ⓘ978-4-309-92061-0

ブレンチリー, チャズ　Brenchley, Chaz
- 4083 "Tower of the King's Daughter"
  - ◇英国幻想文学賞（1998年／長編〈オーガスト・ダーレス賞〉）

プレンティス, ノーマン　Prentiss, Norman
- 4084 "In the Porches of My Ears"
  - ◇ブラム・ストーカー賞（2009年／短編）
- 4085 "Invisible Fences"
  - ◇ブラム・ストーカー賞（2010年／中編）

プロ, ピエール　Pelot, Pierre
- 4086 「原始の風が吹く大地へ—人類二〇〇万年前の目覚め」 "Sous le vent du monde"
  - ◇イマジネール大賞（2001年／特別賞）
  - 「原始の風が吹く大地へ—人類二〇〇万年前の目覚め」 ピエール・プロ著、水品修訳　草思社　1998.10　333p　20cm　2500円　Ⓘ4-7942-0848-0
- 4087 「この狂乱するサーカス」 "Delirium circus"
  - ◇イマジネール大賞（1978年／長編〈フランス語〉）
  - 「この狂乱するサーカス」 ピエール・プロ著、篠原義近訳　サンリオ　1981.2　369p　15cm（サンリオSF文庫）　520円
- 4088 "Le rêve de Lucy"
  - ◇イマジネール大賞（1992年／青少年向け長編）

プロイス, ポール　Preuss, Paul
- 4089 "Secret Passages"
  - ◇ジョン・W・キャンベル記念賞（1998年／第3位）

プロイスラー, オトフリート　Preusler, Otfried
- 4090 「クラバート」 "Krabat"
  - ◇ドイツ児童文学賞（1972年／ヤングアダルト）
  - 「クラバート」 オトフリート＝プロイスラー作、ヘルベルト＝ホルツィング絵、中村浩三訳　偕成社　1980.5　349p　20cm　1300円
  - 「クラバート」 プロイスラー作、中村浩三訳　偕成社　1985.6　2冊　19cm（偕成社文庫）　各480円　Ⓘ4-03-850590-1

フロイド, ビル　Floyd, Bill
- 4091 「ニーナの記憶」 "The Killer's Wife"
  - ◇アメリカ探偵作家クラブ賞（2009年／メアリ・ヒギンズ・クラーク賞）
  - 「ニーナの記憶」 ビル・フロイド著、北野寿美枝訳　早川書房　2009.2　351p　16cm（ハヤカワ文庫）　780円　Ⓘ978-4-15-041194-7

ブロス, J.W.　Blos, Joan W.
- 4092 "A Gathering of Days: A New England Girl's Journal, 1830-1832"
  - ◇全米図書賞（1980年／児童文学／ハードカバー）
  - ◇ニューベリー賞（1980年）

フロスト, ロバート　Frost, Robert
- 4093 "A Further Range"
  - ◇ピュリッツァー賞（1937年／詩）
- 4094 "A Witness Tree"
  - ◇ピュリッツァー賞（1943年／詩）
- 4095 "Collected Poems"
  - ◇ピュリッツァー賞（1931年／詩）
- 4096 "New Hampshire: A Poem with Notes and Grace Notes"
  - ◇ピュリッツァー賞（1924年／詩）

フロッカ, ブライアン　Floca, Brian

4097　「走れ!!機関車」　"Locomotive"
◇コルデコット賞（2014年）
「走れ!!機関車」　ブライアン・フロッカ作絵, 日暮雅通訳　偕成社　2017.1　57p　31cm　2400円　Ⓘ978-4-03-348340-5

4098　「ポピー——ミミズクの森をぬけて」 "Poppy"
◇ボストングローブ・ホーンブック賞（1996年/フィクション）
「ポピー——ミミズクの森をぬけて」　アヴィ作, B・フロッカ絵, 金原瑞人訳　あかね書房　1998.5　219p　21cm　1300円　Ⓘ4-251-06173-X

ブロツキー, ヨシフ　Brodsky, Joseph

4099　"Less Than One: Selected Essays"
◇全米書評家協会賞（1986年/批評）
◎ノーベル文学賞（1987年）

ブロック, フランチェスカ・リア　Block, Francesca Lia

4100　「ウィーツィ・バット」　"Weetzie Bat"
◇フェニックス賞（2009年）
「ウィーツィ・バット」　フランチェスカ・リア・ブロック著, 金原瑞人, 小川美紀訳　東京創元社　1999.10　125p　19cm（ウィーツィ・バットブックス 1）　980円　Ⓘ4-488-01389-9
「ウィーツィ・バット」　フランチェスカ・リア・ブロック著, 金原瑞人, 小川美紀訳　東京創元社　2002.7　145p　15cm（創元コンテンポラリーウィーツィ・バット・ブックス 1）　480円　Ⓘ4-488-80203-6

ブロック, ロバート　Bloch, Robert

4101　「地獄行き列車」〔別題「地獄行列車」〕 "That Hell-Bound Train"
◇ヒューゴー賞（1959年/短編）
「ヒューゴー賞傑作集 No.2」　アイザック・アシモフ編, 志摩隆等訳〔「地獄行列車」　村上啓夫訳〕　早川書房　1967　2版　19cm（ハヤカワ・SF・シリーズ）　270-280円
「ポオ収集家」　ロバート・ブロック著, 仁賀克雄訳〔「地獄行き列車」〕　新樹社　2000.3　318p　20cm　2000円　Ⓘ4-7875-8498-7

4102　"Once Around the Bloch"
◇ブラム・ストーカー賞（1993年/ノンフィクション）

4103　"The Early Fears"
◇ブラム・ストーカー賞（1994年/短編集）

4104　"The Scent of Vinegar"
◇ブラム・ストーカー賞（1994年/中編）
◎世界幻想文学大賞（1975年/生涯功労賞）
◎ブラム・ストーカー賞（1989年/生涯業績）

ブロック, ローレンス　Block, Lawrence

4105　「巨匠の選択」　"Master's Choice, Ⅱ"
◇アンソニー賞（2001年/アンソロジー・短編集）
「巨匠の選択」　ローレンス・ブロック編, 田口俊樹他訳　早川書房　2001.9　389p　19cm（ハヤカワ・ミステリ）　1400円　Ⓘ4-15-001706-9

4106　「ケラーの責任」〔別題「ケラー、窮地に陥る」〕　"Keller on the Spot"
◇アメリカ探偵作家クラブ賞（1998年/短編賞）
「殺し屋」　ローレンス・ブロック著, 田口俊樹訳〔「ケラーの責任」〕　二見書房　1998.10　444p　15cm（二見文庫—ザ・ミステリ・コレクション）　790円　Ⓘ4-576-98136-6
「頭痛と悪夢」　ローレンス・ブロック著, 田口俊樹ほか訳〔「ケラーの責任」　田口俊樹訳〕　光文社　1999.5　482p　16cm（光文社文庫—英米短編ミステリー名人選集 4）　705円　Ⓘ4-334-76109-7
「アメリカミステリ傑作選 2000」　スー・グラフトン編, 愛甲悦子〔ほか〕訳〔「ケラー、窮地に陥る」　加藤郷子訳〕　DHC　1999.12　499p　19cm（アメリカ文芸「年間」傑作選）　2800円　Ⓘ4-88724-174-7
「エドガー賞全集—1990〜2007」　ローレンス・ブロック他〔著〕, 田口俊樹, 木村二郎他訳〔「ケラーの責任」　田口俊樹訳〕　早川書房　2008.9　655p　16cm（ハヤカワ・ミステリ文庫）　1000円　Ⓘ978-4-15-177951-0

4107　「ケラーの治療法」〔別題「ケラーの療法」〕　"Keller's Therapy"
◇アメリカ探偵作家クラブ賞（1994年/短編賞）
「ケラーの療法」　東江一紀ほか訳, 「ミステリー・シーン」編集部編　扶桑社　1997.11　479p　16cm（扶桑社ミステ

リー――現代ミステリーの収穫1）686円　①4-594-02381-9

「殺し屋」ローレンス・ブロック著，田口俊樹訳　〔「ケラーの治療法」〕　二見書房　1998.10　444p　15cm（二見文庫―ザ・ミステリ・コレクション）790円　①4-576-98136-6

「頭痛と悪夢」ローレンス・ブロック著，田口俊樹ほか訳　〔「ケラーの治療法」田口俊樹訳〕　光文社　1999.5　482p　16cm（光文社文庫―英米短編ミステリ名人選集4）705円　①4-334-76109-7

「エドガー賞全集―1990〜2007」ローレンス・ブロック他〔著〕，田口俊樹，木村二郎他訳　〔「ケラーの治療法」田口俊樹訳〕　早川書房　2008.9　655p　16cm（ハヤカワ・ミステリ文庫）1000円　①978-4-15-177951-0

4108 「死者との誓い」 "The Devil Knows You're Dead"

◇シェイマス賞（1994年/長編）

「死者との誓い」ローレンス・ブロック著，田口俊樹訳　二見書房　1995.1　423p　20cm　1900円　①4-576-95016-9

「死者との誓い」ローレンス・ブロック著，田口俊樹訳　二見書房　2002.2　510p　15cm（二見文庫―ザ・ミステリ・コレクション）867円　①4-576-02034-X

4109 「慈悲深い死の天使」 "The Merciful Angel Of Death"

◇シェイマス賞（1994年/短編）

「ローレンス・ブロック傑作集3　夜明けの光の中に」田口俊樹他訳　〔田口俊樹訳〕　早川書房　1994.1　552p　16cm（ハヤカワ・ミステリ文庫）720円　①4-15-077457-9

「ニュー・ミステリ―ジャンルを越えた世界の作家42人」ジェローム・チャーリン編，小林宏明他訳　〔田口俊樹訳〕　早川書房　1995.10　469p　20cm（Hayakawa novels）3000円　①4-15-207961-4

「頭痛と悪夢」ローレンス・ブロック著，田口俊樹ほか訳　〔田口俊樹訳〕　光文社　1999.5　482p　16cm（光文社文庫―英米短編ミステリー名人選集4）705円　①4-334-76109-7

4110 「倒錯の舞踏」 "A Dance at the Slaughterhouse"

◇アメリカ探偵作家クラブ賞（1992年/長編賞）

「倒錯の舞踏」ローレンス・ブロック著，田口俊樹訳　二見書房　1992.11　401p　20cm　1800円　①4-576-92165-7

「倒錯の舞踏」ローレンス・ブロック著，田口俊樹訳　二見書房　1999.6　478p　15cm（二見文庫―ザ・ミステリ・コレクション）867円　①4-576-99071-3

4111 「八百万の死にざま」 "Eight Million Ways to Die"

◇シェイマス賞（1983年/長編）

「八百万の死にざま」ローレンス・ブロック著，田口俊樹訳　早川書房　1984.4　343p　19cm（世界ミステリシリーズ）980円

「八百万の死にざま」ローレンス・ブロック著，田口俊樹訳　早川書房　1988.10　503p　16cm（ハヤカワ・ミステリ文庫）620円　①4-15-077451-X

4112 「夜明けの光の中に」 "By the Dawn's Early Light"

◇アメリカ探偵作家クラブ賞（1985年/短編賞）

◇シェイマス賞（1985年/短編）

「探偵は眠らない」ロバート・J.ランディージ編，木村二郎他訳　〔田口俊樹訳〕　早川書房　1986.12　2冊　16cm（ハヤカワ・ミステリ文庫）各420円　①4-15-076201-5

「新エドガー賞全集」マーティン・H.グリーンバーグ編，田口俊樹他訳　〔田口俊樹訳〕　早川書房　1992.6　303p　16cm（ハヤカワ・ミステリ文庫）480円　①4-15-074166-2

「ローレンス・ブロック傑作集3　夜明けの光の中に」田口俊樹他訳　〔田口俊樹訳〕　早川書房　1994.1　552p　16cm（ハヤカワ・ミステリ文庫）720円　①4-15-077457-9

「頭痛と悪夢」ローレンス・ブロック著，田口俊樹ほか訳　〔田口俊樹訳〕　光文社　1999.5　482p　16cm（光文社文庫―英米短編ミステリー名人選集4）705円　①4-334-76109-7

4113 "Autumn at the Automat"

◇アメリカ探偵作家クラブ賞（2017年/短編賞）

◎アメリカ探偵作家クラブ賞（1994年/巨匠賞）

◎シェイマス賞（2002年/ジ・アイ賞〈生涯功績賞〉）

◎英国推理作家協会賞（2004年/ダイヤモンド・ダガー）

ブロックマン，ローレンス・G.
Blochman, Lawrence G.

4114 "Diagnosis: Homicide"

◇アメリカ探偵作家クラブ賞（1951年/

短編賞）

ブロデリック, ダミアン
Broderick, Damien

4115 "The Dreaming Dragons"
◇ジョン・W・キャンベル記念賞
（1981年／第2位）

ブロドリック, ウィリアム
Brodrick, William

4116 "A Whispered Name"
◇英国推理作家協会賞（2009年／ゴールド・ダガー）

ブローナー, ピーター　Blauner, Peter

4117 「欲望の街」 "Slow Motion Riot"
◇アメリカ探偵作家クラブ賞（1992年／処女長編賞）
「欲望の街　上」ピーター・ブローナー著, 白石朗訳　扶桑社　1992.10　345p 16cm（扶桑社ミステリー）540円　①4-594-01038-5
「欲望の街　下」ピーター・ブローナー著, 白石朗訳　扶桑社　1992.10　346p 16cm（扶桑社ミステリー）540円　①4-594-01039-3

プロハズカ, ヤン　Prochazká, Jan

4118 "Es lebe die Republik"
◇ドイツ児童文学賞（1969年／ヤングアダルト）

プロハースコヴァー, イヴァ
Procházková, Iva

4119 "Die Zeit der geheimen Wünsche"
◇ドイツ児童文学賞（1989年／児童書）

プロバート, ジョン・ルウェリン
Probert, John Llewellyn

4120 "The Nine Deaths of Dr Valentine"
◇英国幻想文学賞（2013年／中長編）

プロベンセン, アリス　Provensen, Alice

4121 「パパの大飛行」 "The Glorious Flight: Across the Channel with Louis Bleriot"
◇コルデコット賞（1984年）
「パパの大飛行」アリス・プロヴェンセン, マーティン・プロヴェンセン作, 脇明子訳　福音館書店　1986.2　39p　22×27cm（世界傑作絵本シリーズ―アメリカの絵本）1100円　①4-8340-0465-1

4122 "A Visit to William Blake's Inn: Poems for Innocent and Experienced Travelers"
◇ボストングローブ・ホーンブック賞
（1982年／絵本）

プロベンセン, マーティン
Provensen, Martin

4123 「パパの大飛行」 "The Glorious Flight: Across the Channel with Louis Bleriot"
◇コルデコット賞（1984年）
「パパの大飛行」アリス・プロヴェンセン, マーティン・プロヴェンセン作, 脇明子訳　福音館書店　1986.2　39p　22×27cm（世界傑作絵本シリーズ―アメリカの絵本）1100円　①4-8340-0465-1

4124 "A Visit to William Blake's Inn: Poems for Innocent and Experienced Travelers"
◇ボストングローブ・ホーンブック賞
（1982年／絵本）

フロム, リロ　Fromm, Lilo

4125 "Der goldene Vogel"
◇ドイツ児童文学賞（1967年／絵本）

ブロムフィールド, ルイス
Bromfield, Louis

4126 "Early Autumn"
◇ピュリッツァー賞（1927年／小説）

ブロンク, ウィリアム　Bronk, William

4127 "Life Supports: New and Collected Poems"
◇全米図書賞（1982年／詩）

プロンジーニ, ビル　Pronzini, Bill

4128 「脅迫」 "Hoodwink"
◇シェイマス賞（1982年／長編）
「脅迫」ビル・プロンジーニ著, 高見浩訳　新潮社　1983.1　375p 15cm（新潮文庫）440円　①4-10-216305-0

4129 「名無しの探偵」〔別名「名無しのオブ」シリーズ〕 "Nameless Detective"
◇シェイマス賞（1987年／ジ・アイ賞〈生涯功績賞〉）

4130 「ライオンの肢」 "Cat's Paw"
◇シェイマス賞（1984年／短編）
「ミステリマガジン　28（10）」〔高見浩訳〕　早川書房　1983.10　p26～47

4131 "1001 Midnights"

◇マカヴィティ賞（1987年／評論・評伝）

4132 "Boobytrap"
◇シェイマス賞（1999年／長編）

4133 "Son of Gun in Cheek"
◇マカヴィティ賞（1988年／評論・評伝）
◎アメリカ探偵作家クラブ賞（2008年／巨匠賞）

ブロンダン，アントワーヌ　　Blondin, Antoine

4134「冬の猿」 "Un singe en hiver"
◇アンテラリエ賞（1959年）
「冬の猿」 アントワーヌ・ブロンダン著，野川政美訳 文遊社 2000.2 218p 20cm 1900円 ①4-89257-032-X

フンケ，コルネーリア　　Funke, Cornelia

4135「魔法の声」 "Tintenherz"〔仏語題：Cœur d'encre〕
◇イマジネール大賞（2006年／青少年向け長編）
「魔法の声」 コルネーリア・フンケ著，浅見昇吾訳 WAVE出版 2003.11 637p 20cm 1900円 ①4-87290-171-1
「魔法の声」 コルネーリア・フンケ著，浅見昇吾訳 新装版 WAVE出版 2006.12 637p 20cm 1900円 ①4-87290-282-3

【へ】

ベア，エリザベス　　Bear, Elizabeth

4136「受け継ぐ者」 "Tideline"
◇ヒューゴー賞（2008年／短編）
「SFマガジン 50(3)」〔田中一江訳〕早川書房 2009.3 p46～58

4137「ショゴス開花」 "Shoggoths in Bloom"
◇ヒューゴー賞（2009年／中編）
◇ローカス賞（2013年／短編集）
「SFマガジン 51(5)」〔中村融訳〕早川書房 2010.5 p59～79

4138「Scardown 軌道上の戦い」（サイボーグ士官ジェニー・ケイシー 2）"Scardown"
◇ローカス賞（2006年／処女長編）
「Scardown―軌道上の戦い」 エリザベス・ベア著，月岡小穂訳 早川書房 2008.4 575p 16cm（ハヤカワ文庫SF―サイボーグ士官ジェニー・ケイシー 2）880円 ①978-4-15-011659-0

4139「Hammered 女戦士の帰還」（サイボーグ士官ジェニー・ケイシー 1）"Hammered"
◇ローカス賞（2006年／処女長編）
「Hammered―女戦士の帰還」 エリザベス・ベア著，月岡小穂訳 早川書房 2008.3 495p 16cm（ハヤカワ文庫SF―サイボーグ士官ジェニー・ケイシー 1）820円 ①978-4-15-011657-6

4140「Worldwired 黎明への使徒」（サイボーグ士官ジェニー・ケイシー 3）"Worldwired"
◇ローカス賞（2006年／処女長編）
「Worldwired―黎明への使徒」 エリザベス・ベア著，月岡小穂訳 早川書房 2008.5 556p 16cm（ハヤカワ文庫SF―サイボーグ士官ジェニー・ケイシー 3）860円 ①978-4-15-011663-7

ベア，グレッグ　　Bear, Greg

4141「鏖戦」 "Hardfought"
◇ネビュラ賞（1983年／中長編）
「80年代SF傑選 下」 小川隆，山岸真編〔酒井昭伸訳〕早川書房 1992.10 557p 16cm（ハヤカワ文庫―SF）700円 ①4-15-010989-3

4142「火星転移」 "Moving Mars"
◇ジョン・W・キャンベル記念賞（1994年／第3位）
◇ネビュラ賞（1994年／長編）
「火星転移 上」 グレッグ・ベア著，小野田和子訳 早川書房 1997.4 427p 16cm（ハヤカワ文庫 SF）760円+税 ①4-15-011187-1
「火星転移 下」 グレッグ・ベア著，小野田和子訳 早川書房 1997.4 423p 16cm（ハヤカワ文庫 SF）760円+税 ①4-15-011188-X

4143「斜線都市」 "Slant"
◇ジョン・W・キャンベル記念賞（1998年／第2位）
「斜線都市 上」 グレッグ・ベア著，冬川亘訳 早川書房 2000.5 422p 16cm（ハヤカワ文庫 SF）800円 ①4-15-011311-4
「斜線都市 下」 グレッグ・ベア著，冬川亘訳 早川書房 2000.5 428p 16cm（ハヤカワ文庫 SF）800円 ①4-15-011312-2

4144「女王天使」 "Queen of Angels"
◇ジョン・W・キャンベル記念賞

（1991年/第2位）

「女王天使　上」グレッグ・ベア著, 酒井昭伸訳　早川書房　1997.1　427p　16cm（ハヤカワ文庫 SF）720円　ⓘ4-15-011176-6

「女王天使　下」グレッグ・ベア著, 酒井昭伸訳　早川書房　1997.1　424p　16cm（ハヤカワ文庫 SF）720円　ⓘ4-15-011177-4

4145　「ダーウィンの使者」"Darwin's Radio"

◇ジョン・W・キャンベル記念賞（2000年/第2位）

◇ネビュラ賞（2000年/長編）

「ダーウィンの使者　上」グレッグ・ベア著, 大森望訳　ソニー・マガジンズ　2000.4　385p　20cm　1600円　ⓘ4-7897-1537-X

「ダーウィンの使者　下」グレッグ・ベア著, 大森望訳　ソニー・マガジンズ　2000.4　389p　20cm　1600円　ⓘ4-7897-1538-8

「ダーウィンの使者　上」グレッグ・ベア著, 大森望訳　ソニー・マガジンズ　2002.12　442p　15cm（ヴィレッジブックス）800円　ⓘ4-7897-1976-6

「ダーウィンの使者　下」グレッグ・ベア著, 大森望訳　ソニー・マガジンズ　2002.12　444p　15cm（ヴィレッジブックス）800円　ⓘ4-7897-1977-4

4146　「タンジェント」"Tangents"

◇ネビュラ賞（1986年/短編）

◇ヒューゴー賞（1987年/短編）

「タンジェント」グレッグ・ベア著, 山岸真編〔酒井昭伸訳〕早川書房　1993.11　414p　16cm（ハヤカワ文庫―SF）660円　ⓘ4-15-011038-7

「ハッカー/13の事件」ジャック・ダン, ガードナー・ドゾワ編, 浅倉久志ほか訳〔酒井昭伸訳〕扶桑社　2000.11　449p　16cm（扶桑社ミステリー）781円　ⓘ4-594-03003-3

4147　「ブラッド・ミュージック」"Blood Music"〔仏語題：La Musique du sang〕

◇ネビュラ賞（1983年/中編）

◇ヒューゴー賞（1984年/中編）

◇アポロ賞（1986年）

◇ジョン・W・キャンベル記念賞（1986年/第3位）

「ブラッド・ミュージック」グレッグ・ベア著, 小川隆訳　早川書房　1987.3　419p　16cm（ハヤカワ文庫―SF）540円　ⓘ4-15-010708-4

ベア, デアドル　Bair, Deirdre

4148　"Samuel Beckett"

◇全米図書賞（1981年/自伝・伝記/ペーパーバック）

ベアラー, バール　Barer, Burl

4149　"The Saint：A Complete History"

◇アメリカ探偵作家クラブ賞（1994年/批評・評伝賞）

ヘイ, エリザベス　Hay, Elizabeth

4150　"Late Nights on Air"

◇スコシアバンク・ギラー賞（2007年）

ペイヴァー, ミシェル　Paver, Michelle

4151　「決戦のとき」（クロニクル千古の闇 6）"Ghost Hunter"

◇ガーディアン児童文学賞（2010年）

「クロニクル千古の闇　6　決戦のとき」ミシェル・ペイヴァー作, さくまゆみこ訳, 酒井駒子画　評論社　2010.4　416p　22cm　1800円　ⓘ978-4-566-02416-8

ヘイウッド, ガー・アンソニー　Haywood, Gar Anthony

4152　「漆黒の怒り」"Fear of the Dark"

◇シェイマス賞（1987年/私立探偵小説コンテスト）

◇シェイマス賞（1989年/処女長編）

「漆黒の怒り」ガー・アンソニー・ヘイウッド著, 黒原敏行訳　早川書房　1991.2　195p　19cm（ハヤカワ・ミステリ）800円　ⓘ4-15-001562-7

4153　「誰も見ていませんように」"And Pray Nobody Sees You"

◇アンソニー賞（1996年/短編）

◇シェイマス賞（1996年/短編）

「ミステリマガジン　43（4）」〔黒原敏行訳〕早川書房　1998.4　p32～46

4154　"The Lamb Was Sure to Go"

◇シェイマス賞（2011年/短編）

ベイカー, アニー　Baker, Annie

4155　"The Flick"

◇ピュリッツァー賞（2014年/戯曲）

ベイカー, ケイジ　Baker, Kage

4156　"The Women of Nell Gwynne's"

◇ネビュラ賞（2009年/中長編）

◇世界幻想文学大賞（2010年/中編）

◇ローカス賞（2010年/中長編）

ベイカー, スコット　Baker, Scott
4157 "L'Idiot-roi"
◇アポロ賞（1982年）
4158 "Still Life with Scorpion"
◇世界幻想文学大賞（1985年/短編）

ベイカー, ラッセル　Baker, Russell
4159 「グローイング・アップ」 "Growing Up"
◇ピュリッツァー賞（1983年/伝記・自伝）
「グローイング・アップ」ラッセル・ベイカー〔著〕, 麻野二人訳　中央公論社　1986.4　361p　20cm　1750円　①4-12-001465-7
「グローイング・アップ」ラッセル・ベイカー著, 麻野二人訳　中央公論社　1989.8　427p　16cm（中公文庫）620円　①4-12-201640-1

ベイカー, リズ・S.　Baker, Lise S.
4160 "The Losers' Club"
◇シェイマス賞（1998年/私立探偵小説コンテスト）

ベイカー, レナード　Baker, Leonard
4161 "Days of Sorrow and Pain: Leo Baeck and the Berlin Jews"
◇ピュリッツァー賞（1979年/伝記・自伝）

ベイカー＝スミス, グラハム　Baker-Smith, Grahame
4162 "FArTHER"
◇ケイト・グリーナウェイ賞（2011年）

ヘイグ, マット　Haig, Matt
4163 "Shadow Forest"
◇ネスレ子どもの本賞（2007年/9～11歳部門/金賞）

ペイゲルス, エレーヌ　Pagels, Elaine
4164 「ナグ・ハマディ写本―初期キリスト教の正統と異端」 "The Gnostic Gospels"
◇全米書評家協会賞（1979年/批評）
◇全米図書賞（1980年/宗教/ハードカバー）
「ナグ・ハマディ写本―初期キリスト教の正統と異端」エレーヌ・ペイゲルス〔著〕, 荒井献, 湯本和子訳　白水社　1982.2　305p　19cm（白水叢書 61）1800円
「ナグ・ハマディ写本―初期キリスト教の正統と異端」エレーヌ・ペイゲルス〔著〕, 荒井献, 湯本和子訳　白水社　1996.6　305p　20cm　3200円　①4-560-02899-0
※新装再刊

ベイコン, レナード　Bacon, Leonard
4165 "Sunderland Capture"
◇ピュリッツァー賞（1941年/詩）

ペイジ, キャサリン・ホール　Page, Katherine Hall
4166 「待ち望まれた死体」 "The Body in the Belfry"
◇アガサ賞（1990年/処女長編）
「待ち望まれた死体」キャサリン・ホール・ペイジ著, 沢万里子訳　扶桑社　1996.5　328p　16cm（扶桑社ミステリー）560円　①4-594-01991-9
4167 "The Body in the Snowdrift"
◇アガサ賞（2005年/長編）
4168 "The Would-Be-Widower"
◇アガサ賞（2001年/短編）

ヘイシング, ウィレッタ・L.　Heising, Willetta L.
4169 "Detecting Men"
◇アガサ賞（1997年/ノンフィクション）
4170 "Detecting Women 2"
◇アガサ賞（1996年/ノンフィクション）
◇アンソニー賞（1997年/評論・ノンフィクション）
◇バリー賞（1997年/ノンフィクション）
◇マカヴィティ賞（1997年/ノンフィクション）
4171 "Detecting Women, 3rd Edition"
◇アンソニー賞（2000年/評論・ノンフィクション）
4172 "Detecting Women: Reader's Guide and Checklist for Mystery Series Written by Women"
◇マカヴィティ賞（1996年/評論・評伝）

ヘイズ, テランス　Hayes, Terrance
4173 "Lighthead"
◇全米図書賞（2010年/詩）

ヘイダー, エルマー Hader, Elmer
4174 "The Big Snow"
◇コルデコット賞（1949年）

ヘイダー, ベルタ Hader, Berta
4175 "The Big Snow"
◇コルデコット賞（1949年）

ヘイダー, モー Hayder, Mo
4176「喪失」"Gone"
◇アメリカ探偵作家クラブ賞（2012年/長編賞）
「喪失」モー・ヘイダー著, 北野寿美枝訳　早川書房　2012.12　494p　19cm（HAYAKAWA POCKET MYSTERY BOOKS）1900円　ⓘ978-4-15-001866-5
◎英国推理作家協会賞（2011年/図書館賞）

ヘイデン, G.ミキ Hayden, G.Miki
4177 "The Maids"
◇アメリカ探偵作家クラブ賞（2004年/短編賞）
4178 "Writing the Mystery: A Start to Finish Guide for Both Novice and Professional"
◇マカヴィティ賞（2002年/評論・評伝）

ヘイデンスタム, ヴェルネル・フォン Heidenstam, Cale Gustaf Verner von
◎ノーベル文学賞（1916年）

ヘイデンビュッテル, ヘルムート Heißenbuttel, Helmut
◎ビューヒナー賞（1969年）

ベイト, ジョナサン Bate, Jonathan
4179 "John Clare: A Biography"
◇ジェイムズ・テイト・ブラック記念賞（2004年/伝記）

ペイトン, K.M. Peyton, K.M.
4180「愛の旅だち」(フランバーズ屋敷の人びと 1)　"Flambards"
◇ガーディアン児童文学賞（1970年）
「愛の旅だち―フランバーズ屋敷の人びと1」K.M.ペイトン作, 掛川恭子訳, ビクター・G.アンブラス絵　岩波書店　1973　316p　22cm（岩波少年少女の本 19）
「愛の旅だち―フランバーズ屋敷の人びと1」K.M.ペイトン作, 掛川恭子訳　岩波書店　1981.1　353p　18cm（岩波少年文庫）550円
「愛の旅だち―フランバーズ屋敷の人びと1」K.M.ペイトン作, 掛川恭子訳　新版　岩波書店　2009.9　362p　18cm（岩波少年文庫）760円　ⓘ978-4-00-114597-7

4181「雲のはて」(フランバーズ屋敷の人びと 2)　"The Edge of the Cloud"
◇カーネギー賞（1969年）
「雲のはて―フランバーズ屋敷の人びと2」K.M.ペイトン作, 掛川恭子訳　岩波書店　1981.1　292p　18cm（岩波少年文庫）550円
「雲のはて―フランバーズ屋敷の人びと2」K.M.ペイトン作, 掛川恭子訳　新版　岩波書店　2009.10　296p　18cm（岩波少年文庫）720円　ⓘ978-4-00-114598-4
「雲のはて―フランバーズ屋敷の人びと2」K.M.ペイトン作, 掛川恭子訳　新版　岩波書店　2009.10　296p　18cm（岩波少年文庫）720円　ⓘ978-4-00-114598-4

ヘイモン, S.T. Haymon, S.T.
4182「聖堂の殺人」"Ritual Murder"
◇英国推理作家協会賞（1982年/シルバー・ダガー）
「聖堂の殺人」S.T.ヘイモン著, 深町真理子訳　早川書房　1985.6　300p　19cm（世界ミステリシリーズ）900円　ⓘ4-15-001452-3

ベイヤー, ウイリアム Bayer, William
4183「キラーバード、急襲」"Peregrine"
◇アメリカ探偵作家クラブ賞（1982年/長編賞）
「キラーバード、急襲」ウィリアム・ベイヤー著, 平尾圭吾訳　早川書房　1984.12　295p　20cm（Hayakawa novels）1500円　ⓘ4-15-207580-5

ヘイリー, アレックス Haley, Alex
4184「ルーツ」"Roots"
◇ピュリッツァー賞（1977年/特別賞）
「ルーツ 上」アレックス・ヘイリー著, 安岡章太郎, 松田銑共訳　社会思想社　1977.9　365p　20cm　1200円
「ルーツ 下」アレックス・ヘイリー著, 安岡章太郎, 松田銑共訳　社会思想社　1977.10　396p　20cm　1200円
「ルーツ 1」アレックス・ヘイリー著, 安岡章太郎, 松田銑共訳　社会思想社　1978.3　388p　15cm（現代教養文庫）440円

「ルーツ 2」アレックス・ヘイリー著, 安岡章太郎, 松田銑共訳　社会思想社　1978.4　416p　15cm（現代教養文庫）440円

「ルーツ 3」アレックス・ヘイリー著, 安岡章太郎, 松田銑共訳　社会思想社　1978.4　413p　15cm（現代教養文庫）440円

ベイリー, キャロリン・シャーウィン　Bailey, Carolyn Sherwin

4185　「ミス・ヒッコリーと森のなかまたち」"Miss Hickory"
◇ニューベリー賞（1947年）
「ミス・ヒッコリーと森のなかまたち」キャロライン・シャーウィン・ベイリー作, 坪井郁美訳, ルース・ガネット画　福音館書店　1975　219p　22cm
「ミス・ヒッコリーと森のなかまたち」キャロライン・シャーウィン・ベイリー作, ルース・クリスマン・ガネットイラスト, 坪井郁美訳　ほるぷ出版　1985.4　189p　23cm　1359円　Ⓘ4-593-56122-1
「ミス・ヒッコリーと森のなかまたち」キャロライン・シャーウィン・ベイリー作, 坪井郁美訳, ルース・クリスマン・ガネット画　福音館書店　2005.1　232p　17cm（福音館文庫）650円　Ⓘ4-8340-2074-6

ヘイリー, ゲイル・E.　Haley, Gail E.

4186　「おはなし おはなし」"A Story A Story"
◇コルデコット賞（1971年）
「おはなしおはなし─アフリカ民話より」ゲイル・E.ヘイリーさく, あしのあきやく　ほるぷ出版　1976.9　1冊　26cm　1200円

4187　「郵便局員ねこ」"The Post Office Cat"
◇ケイト・グリーナウェイ賞（1976年）
「郵便局員ねこ」ゲイル・E.ヘイリーさく, あしのあきやく　ほるぷ出版　1979.12　1冊　21×26cm　1100円
「郵便局員ねこ」ゲイル・E.ヘイリーさく, あしのあきやく　ほるぷ出版　1991.4　1冊　21×26cm　1140円　Ⓘ4-593-50116-2
※第5刷（第1刷：1979年）

ベイリー, バリントン・J.　Bayley, Barrington J.

4188　「蟹は試してみなきゃいけない」"A Crab Must Try"
◇英国SF協会賞（1996年/短編）

「ゴッド・ガン」バリントン・J・ベイリー著, 大森望, 中村融訳〔中村融訳〕早川書房　2016.11　319p　16cm（ハヤカワ文庫 SF）1000円　Ⓘ978-4-15-012104-4

ベイリー, ピーター　Bailey, Peter

4189　"The Red and White Spotted Handkerchief"
◇ネスレ子どもの本賞（2000年/6〜8歳部門/銀賞）

ベイリー, フランキー・Y.　Bailey, Frankie Y.

4190　"African American Mystery Writers: A Historical & Thematic Study"
◇マカヴィティ賞（2009年/ノンフィクション）

ベイリン, バーナード　Bailyn, Bernard

4191　"The Ideological Origins of the American Revolution"
◇ピュリッツアー賞（1968年/歴史）

4192　"The Ordeal of Thomas Hutchinson"
◇全米図書賞（1975年/歴史）

4193　"Voyagers to the West: A Passage in the Peopling of America on the Eve of the Revolution"
◇ピュリッツアー賞（1987年/歴史）

ヘイル, ダニエル・J.　Hale, Daniel J.

4194　"Red Card: A Zeke Armstrong Mystery"
◇アガサ賞（2002年/児童書・ヤングアダルト小説）

ペイレ, ジョゼフ　Peyré, Joseph

4195　"Sang et Lumière"
◇ゴンクール賞（1935年）

ヘインズ, ジョン　Haynes, John

4196　"Letter to Patience"
◇コスタ賞（2006年/詩）

ベインズ, ポーリン　Baynes, Pauline

4197　「西洋騎士道事典」"A Dictionary of Chivalry"
◇ケイト・グリーナウェイ賞（1968年）
「西洋騎士道事典」グラント・オーデン著, ポーリン・ベインズ挿画, 堀越孝一訳・監修　原書房　1991.3　377p

24cm 8000円 ①4-562-02186-1
※訳：関哲行ほか
「西洋騎士道事典―人物・伝説・戦闘・武具・紋章」グラント・オーデン著, ポーリン・ベインズ插画, 堀越孝一監訳 新版 原書房 2002.9 488p 22cm 4800円 ①4-562-03534-X

ペインター, ジョージ　Painter, George

4198 "Chateaubriand, Vol.1: The Longed-For Tempests"
◇ジェイムズ・テイト・ブラック記念賞（1977年/伝記）

ベインブリッジ, ベリル　Bainbridge, Beryl

4199 "Every Man for Himself"
◇コスタ賞（1996年/長編）
4200 "Injury Time"
◇コスタ賞（1977年/長編）
4201 "Master Georgie"
◇ジェイムズ・テイト・ブラック記念賞（1998年/フィクション）
◇ブッカー賞（2011年/ベスト・オブ・ベリル賞）

ベヴァリッジ, アルバート・J.　Beveridge, Albert J.

4202 "The Life of John Marshall, 4 vols."
◇ピュリッツアー賞（1920年/伝記・自伝）

ベヴィラックァ, アルベルト　Bevilacqua, Alberto

4203 "L'occhio del gatto"
◇ストレーガ賞（1968年）

ペェシェック, ルディェク　Pešek, Luděk

4204 "Die Erde ist nah"
◇ドイツ児童文学賞（1971年/ヤングアダルト）

ベーカー, ニコルソン　Baker, Nicholson

4205 "Double Fold: Libraries and the Assault on Paper"
◇全米書評家協会賞（2001年/ノンフィクション）

ベーカー, レイ・スタナード　Baker, Ray Stannard

4206 "Woodrow Wilson, Life and Letters.Vols.Ⅶ and Ⅷ"
◇ピュリッツアー賞（1940年/伝記・自伝）

ヘクト, アンソニー　Hecht, Anthony

4207 "The Hard Hours"
◇ピュリッツアー賞（1968年/詩）

ベグベデ, フレデリック　Beigbeder, Frédéric

4208 "Un roman français"
◇ルノドー賞（2009年）
4209 "Windows on the World"
◇アンテラリエ賞（2003年）

ベグリイ, ルイス　Begley, Louis

4210 「五十年間の嘘」"Wartime Lies"〔仏語題：Une éducation polonaise〕
◇メディシス賞（1992年/外国小説）
「五十年間の嘘」ルイス・ベグリイ著, 東江一紀訳 早川書房 1995.2 213p 20cm 1800円 ①4-15-207901-0

ヘグルンド, アンナ　Höglund, Anna

4211 「おじいちゃんの口笛」"Kan du vissla Johanna"〔独語題：Kannst du pfeifen, Johanna〕
◇ドイツ児童文学賞（1994年/児童書）
「おじいちゃんの口笛」ウルフ・スタルク作, アンナ・ヘグルンド絵, 菱木晃子訳 ほるぷ出版 1995.2 47p 22cm 1500円 ①4-593-50324-8
4212 "Feuerland ist viel zu heiß！"
◇ドイツ児童文学賞（1996年/絵本）
4213 "Om detta talar man endast med kaniner"
◇ニルス・ホルゲション賞（2014年）

ベケット, クリス　Beckett, Chris

4214 "Dark Eden"
◇アーサー・C・クラーク賞（2013年）

ベケット, サミュエル　Beckett, Samuel Barclay

◎ノーベル文学賞（1969年）

ペーション, レイフ・G.W.　Persson, Leif G.W.

4215 「許されざる者」"Den döende detektiven"〔英題：The Dying Detective〕
◇英国推理作家協会賞（2017年/インターナショナル・ダガー）

「許されざる者」 レイフ・GW・ペーション著, 久山葉子訳　東京創元社　2018.2　574p　15cm（創元推理文庫）1300円　⓵978-4-488-19205-1

ヘス, カレン　Hesse, Karen

4216 「ビリー・ジョーの大地」 "Out of the Dust"
◇スコット・オデール賞（1998年）
◇ニューベリー賞（1998年）
「ビリー・ジョーの大地」 カレン・ヘス作, 伊藤比呂美訳　理論社　2001.3　305p　19cm　1500円　⓵4-652-07193-0

4217 「リフカの旅」 "Letters from Rifka"
◇フェニックス賞（2012年）
「リフカの旅」 カレン・ヘス作, 伊藤比呂美, 西更訳　理論社　2015.3　221p　19cm　1400円　⓵978-4-652-20086-5

ヘス, ジョーン　Hess, Joan

4218 「とても我慢できない」 "Too Much to Bare"
◇アガサ賞（1990年／短編）
◇マカヴィティ賞（1991年／短編）
「シスターズ・イン・クライム　2　優しすぎる妻」 マリリン・ウォレス編, 山本やよい他訳　早川書房　1992.8　500p　16cm（ハヤカワ・ミステリ文庫）680円　⓵4-15-078302-0

ヘス, モニカ　Hesse, Monica

4219 "Girl in the Blue Coat"
◇アメリカ探偵作家クラブ賞（2017年／ヤングアダルト賞）

ベスター, アルフレッド　Bester, Alfred

4220 「分解された男」 "The Demolished Man"
◇ヒューゴー賞（1953年／長編）
「分解された男」 アルフレッド・ベスター著, 沼沢洽治訳　東京創元新社　1965　380p　15cm（創元推理文庫）
◎ネビュラ賞（1987年／グランド・マスター）

ヘスト, エイミー　Hest, Amy

4221 "In the Rain with Baby Duck"
◇ボストングローブ・ホーンブック賞（1996年／絵本）

ペーターソン, ハンス　Peterson, Hans

4222 「マグヌスと馬のマリー」 "Magnus, Mattias och Mari"
◇ニルス・ホルゲション賞（1958年）
「ハンス・ペテルソン名作集　2　マグヌスと馬のマリー」 鈴木徹郎, 大石真訳　ポプラ社　1968　270p　23cm

4223 "Matthias und das Eichhörnchen"
◇ドイツ児童文学賞（1959年／児童書）

ベッカー, アーネスト　Becker, Ernest

4224 「死の拒絶」 "The Denial of Death"
◇ピュリッツアー賞（1974年／ノンフィクション）
「死の拒絶」 アーネスト・ベッカー著, 今防人訳　平凡社　1989.4　470p　20cm　3710円　⓵4-582-74604-7

ベッカー, ユルゲン　Becker, Jürgen

◎ビューヒナー賞（2014年）

ベック, ベアトリ　Beck, Béatrix

4225 "Léon Morin, prêtre"
◇ゴンクール賞（1952年）

ペック, リチャード　Peck, Richard

4226 「シカゴより好きな町」 "A Year Down Yonder"
◇ニューベリー賞（2001年）
「シカゴより好きな町」 リチャード・ペック著, 斎藤倫子訳　東京創元社　2003.9　184p　20cm　1800円　⓵4-488-01319-8

4227 「ミシシッピがくれたもの」 "The River Between Us"
◇スコット・オデール賞（2004年）
「ミシシッピがくれたもの」 リチャード・ペック著, 斎藤倫子訳　東京創元社　2006.4　238p　20cm（Sogen bookland）1700円　⓵4-488-01943-9

4228 "Are You in the House Alone?"
◇アメリカ探偵作家クラブ賞（1977年／ジュヴナイル賞）

ヘッセ, ヘルマン　Hesse, Hermann

◎ノーベル文学賞（1946年）

ベッソン, パトリック　Besson, Patrick

4229 "Les Braban"
◇ルノドー賞（1995年）

ベッテルハイム, ブルーノ　Bettelheim, Bruno

4230 「昔話の魔力」 "The Uses of Enchantment: The Meaning

and Importance of Fairy Tales"
◇全米書評家協会賞（1976年/批評）
◇全米図書賞（1977年/現代思想）
「昔話の魔力」 ブルーノ・ベッテルハイム〔著〕, 波多野完治, 乾侑美子共訳　評論社　1978.8　422, 9p　20cm　2200円

ヘットマン, フレデリク
Hetmann, Frederik

4231 "Amerika-Saga"
◇ドイツ児童文学賞（1965年/ヤングアダルト）

4232 "Ich habe sieben Leben"
◇ドイツ児童文学賞（1973年/ノンフィクション）

ベート, ウォルター・ジャクソン
Bate, Walter Jackson

4233 "John Keats"
◇ピュリッツアー賞（1964年/伝記・自伝）

4234 "Samuel Johnson"
◇全米書評家協会賞（1977年/ノンフィクション）
◇全米図書賞（1978年/伝記・自伝）
◇ピュリッツアー賞（1978年/伝記・自伝）

ペドラザス, アラン　Pedrazas, Allan

4235 「ハリーの探偵日記」 "The Harry Chronicles"
◇シェイマス賞（1993年/私立探偵小説コンテスト）
「ハリーの探偵日記」 アラン・ペドラザス著, 三川基好訳　早川書房　1997.3　251p　19cm（ハヤカワ・ミステリ）1030円　①4-15-001646-1

ヘドリック, ジョアン・D.
Hedrick, Joan D.

4236 "Harriet Beecher Stowe: A Life"
◇ピュリッツアー賞（1995年/伝記・自伝）

ペトルシェフスカヤ, リュドミラ
Petrushevskaya, Ludmilla

4237 "There Once Lived a Woman Who Tried To Kill Her Neighbor's Baby: Scary Fairy Tales"
◇世界幻想文学大賞（2010年/短編集）

ペトローニ, グリエルモ
Petroni, Guglielmo

4238 "La morte del fiume"
◇ストレーガ賞（1974年）

ペナック, ダニエル　Pennac, Daniel

4239 「学校の悲しみ」 "Chagrin d'école"
◇ルノドー賞（2007年）
「学校の悲しみ」 ダニエル・ペナック〔著〕, 水林章訳　みすず書房　2009.11　361p　20cm　4200円　①978-4-622-07448-9

ベナベンテ, ハシント
Benavente y Martínez, Jacinto

◎ノーベル文学賞（1922年）

ペニー, ステフ　Penney, Stef

4240 「優しいオオカミの雪原」 "The Tenderness of Wolves"
◇コスタ賞（2006年/年間大賞・処女長編）
「優しいオオカミの雪原　上」 ステフ・ペニー著, 栗原百代訳　早川書房　2008.2　325p　16cm（ハヤカワ文庫NV）700円　①978-4-15-041163-3
「優しいオオカミの雪原　下」 ステフ・ペニー著, 栗原百代訳　早川書房　2008.2　303p　16cm（ハヤカワ文庫NV）700円　①978-4-15-041164-0

ペニー, ルイーズ　Penny, Louise

4241 「スリー・パインズ村と運命の女神」 "A Fatal Grace"
◇アガサ賞（2007年/長編）
「スリー・パインズ村と運命の女神」 ルイーズ・ペニー著, 長野きよみ訳　ランダムハウス講談社　2009.6　554p　15cm（[ガマシュ警部シリーズ]）950円　①978-4-270-10301-2

4242 「スリー・パインズ村の不思議な事件」 "Still Life"
◇英国推理作家協会賞（2006年/ジョン・クリーシー・ダガー〈ニュー・ブラッド・ダガー〉）
◇アンソニー賞（2007年/処女長編）
◇バリー賞（2007年/処女長編）
「スリー・パインズ村の不思議な事件」 ルイーズ・ペニー著, 長野きよみ訳　ランダムハウス講談社　2008.7　477p　15cm　900円　①978-4-270-10206-0

4243 「スリー・パインズ村の無慈悲な春」 "The Cruelest Month"

◇アガサ賞（2008年/長編）
「スリー・パインズ村の無慈悲な春」ルイーズ・ペニー著, 長野きよみ訳　武田ランダムハウスジャパン　2011.5　614p　15cm（RHブックス＋プラス［ガマシュ警部シリーズ］）950円　①978-4-270-10384-5
4244 "A Trick of the Light"
◇アンソニー賞（2012年/長編）
4245 "Bury Your Dead"
◇アガサ賞（2010年/長編）
◇アンソニー賞（2011年/長編）
◇マカヴィティ賞（2011年/長編）
4246 "The Beautiful Mystery"
◇アガサ賞（2012年/長編）
◇アンソニー賞（2013年/長編）
◇マカヴィティ賞（2013年/長編）
4247 "The Brutal Telling"
◇アガサ賞（2009年/長編）
◇アンソニー賞（2010年/長編）

ヘニッヒ・フォン・ランゲ, アレクサ
Hennig von Lange, Alexa

4248 "Ich habe einfach Glück"
◇ドイツ児童文学賞（2002年/ヤングアダルト）

ベネ, スティーヴン・ヴィンセント
Benet, Stephen Vincent

4249 "John Browns Body"
◇ピュリッツァー賞（1929年/詩）
4250 "Western Star"
◇ピュリッツァー賞（1944年/詩）

ベネット, アーノルド　Bennett, Arnold

4251 "Riceyman Steps"
◇ジェイムズ・テイト・ブラック記念賞（1923年/フィクション）

ベネット, ウィリアム・ローズ
Benet, William Rose

4252 "The Dust Which Is God"
◇ピュリッツァー賞（1942年/詩）

ベネット, ジェイ　Bennett, Jay

4253 "The Dangling Witness"
◇アメリカ探偵作家クラブ賞（1975年/ジュヴナイル賞）
4254 "The Long Black Coat"
◇アメリカ探偵作家クラブ賞（1974年/ジュヴナイル賞）

ベネット, マイケル　Bennett, Michael

4255 「コーラスライン」 "A Chorus Line"
◇ピュリッツァー賞（1976年/戯曲）

ベネット, マーゴット　Bennett, Margot

4256 "Someone from the Past"
◇英国推理作家協会賞（1958年/クロスド・レッド・ヘリング賞）

ベネット, ロバート・ジャクソン
Bennett, Robert Jackson

4257 「カンパニー・マン」 "The Company Man"
◇アメリカ探偵作家クラブ賞（2012年/ペーパーバック賞）
「カンパニー・マン　上」ロバート・ジャクソン・ベネット著, 青木千鶴訳　早川書房　2014.1　443p　16cm（ハヤカワ文庫 NV）860円　①978-4-15-041298-2
「カンパニー・マン　下」ロバート・ジャクソン・ベネット著, 青木千鶴訳　早川書房　2014.1　441p　16cm（ハヤカワ文庫 NV 1299）860円　①978-4-15-041299-9
4258 "Mr.Shivers"
◇英国幻想文学賞（2011年/最優秀新人〈シドニー・J・バウンズ賞〉）

ヘファナン, ウイリアム
Heffernan, William

4259 「誘惑の巣」 "Tarnished Blue"
◇アメリカ探偵作家クラブ賞（1996年/ペーパーバック賞）
「誘惑の巣」ウィリアム・ヘファナン著, 岩瀬孝雄訳　早川書房　1997.2　470p　16cm（ハヤカワ・ミステリ文庫）780円　①4-15-170701-8

ベミス, サミュエル・フラッグ
Bemis, Samuel Flagg

4260 "John Quincy Adams and the Foundations of American Foreign Policy"
◇ピュリッツァー賞（1950年/伝記・自伝）
4261 "Pinckney's Treaty"
◇ピュリッツァー賞（1927年/歴史）

ヘミングウェイ, アーネスト
Hemingway, Ernest

4262 「老人と海」 "The Old Man and the Sea"

◇ピュリッツアー賞（1953年/フィクション）
　　「老人と海」　アーネスト・ヘミングウェイ著，福田恆存訳　チャールズ・イー・タトル商会　1955 5版　198p　19cm
　　「世界文学全集　77　ヘミングウェイ」〔野崎孝訳〕　集英社　1977.10　360p　肖像　20cm　750円
　　「世界の文学セレクション36　32　ヘミングウェイ」　大橋健三郎〔ほか〕訳　中央公論社　1993.11　519p　18cm　1600円　Ⓘ4-12-403172-6
　　※新装
　　「老人と海」　ヘミングウェイ〔著〕，福田恆存訳　93刷改版　新潮社　2003.5　170p　16cm（新潮文庫）400円　Ⓘ4-10-210004-0
　　「老人と海」　アーネスト・ヘミングウェイ著，中山善之訳　柏艪舎　2013.9　156p　19cm（シリーズ世界の文豪）1500円　Ⓘ978-4-434-17650-0
　　「老人と海」　ヘミングウェイ著，小川高義訳　光文社　2014.9　165p　16cm（光文社古典新訳文庫）600円　Ⓘ978-4-334-75299-6
　　「老人と海─新訳」　E・ヘミングウェイ著，宮永重良訳　文芸社　2015.4　152p　20cm　1200円　Ⓘ978-4-286-16101-3
　◎ノーベル文学賞（1954年）

ベーメルマンス，ルドウィッヒ　Bemelmans, Ludwig

4263 「マドレーヌといぬ」　"Madeline's Rescue"
　◇コルデコット賞（1954年）
　　「マドレーヌといぬ」　ルドウィッヒ・ベーメルマンス作・画，瀬田貞二訳　福音館書店　1973　52p　31cm

ヘラー，ジョセフ　Heller, Joseph

4264 "God Knows"〔仏語題：Dieu sait〕
　◇メディシス賞（1985年/外国小説）

ペラン，アンドレ　Perrin, André

4265 「父」　"Le Père"
　◇ルノドー賞（1956年）
　　「父」　アンドレ・ペラン著，佐藤房吉，泉田武二共訳　東都書房　1957　269p　図版　19cm

ペラン，ミシェール　Perrein, Michèle

4266 "Les Cotonniers de Bassalane"
　◇アンテラリエ賞（1984年）

ペリー，アン・C.　Perry, Anne C.

4267 "Heroes"
　◇アメリカ探偵作家クラブ賞（2000年/短編賞）
4268 "Pornokitsch"
　◇英国幻想文学賞（2013年/ノンフィクション）

ペリー，ウィル　Perry, Will

4269 「四十二丁目の埋葬」　"Death of an Informer"
　◇アメリカ探偵作家クラブ賞（1974年/ペーパーバック賞）
　　「四十二丁目の埋葬」　ウィル・ペリー著，笹村光史訳　早川書房　1976　206p　19cm（ハヤカワ・ミステリ）560円

ペリー，ジェームズ　Berry, James

4270 "Ajeemah and His Son"
　◇ボストングローブ・ホーンブック賞（1993年/フィクション）
4271 "A Thief in the Village"
　◇ネスレ子どもの本賞（1987年/グランプリ・9～11歳部門）

ペリー，ジャネット　Perry, Janet

4272 "Six Dinner Sid"
　◇ネスレ子どもの本賞（1990年/5歳以下部門）

ペリー，トマス　Perry, Thomas

4273 「逃げる殺し屋」　"The Butcher'sBoy"
　◇アメリカ探偵作家クラブ賞（1983年/処女長編賞）
　　「逃げる殺し屋」　トマス・ペリー著，二宮磬訳　文芸春秋　1984.11　392p　16cm（文春文庫）460円　Ⓘ4-16-727527-9
4274 "The Informant"
　◇バリー賞（2012年/スリラー）

ペリー，ニック　Perry, Nick

4275 "Scoreboard, Baby：A Story of College Football, Crime and Complicity"
　◇アメリカ探偵作家クラブ賞（2011年/犯罪実話賞）

ペリー，フリン　Berry, Flynn

4276 「レイチェルが死んでから」　"Under the Harrow"
　◇アメリカ探偵作家クラブ賞（2017年/処女長編賞）

「レイチェルが死んでから」 フリン・ベリー著, 田口俊樹訳　早川書房　2018. 11　347p　16cm（ハヤカワ・ミステリ文庫）1020円　①978-4-15-183651-0

ペリー, ラルフ・バートン　Perry, Ralph Barton

4277 "The Thought and Character of William James"
◇ピュリッツアー賞（1936年/伝記・自伝）

ベリオールト, ジーナ　Berriault, Gina

4278 "Women in Their Beds"
◇全米書評家協会賞（1996年/小説）
◇ペン・フォークナー賞（1997年）

ベリマン, ジョン　Berryman, John

4279 "77 Dream Songs"
◇ピュリッツアー賞（1965年/詩）

4280 "His Toy, His Dream, His Rest"
◇全米図書賞（1969年/詩）

ベル, クウェンティン　Bell, Quentin

4281 「ヴァージニア・ウルフ伝」 "Virginia Woolf"
◇ジェイムズ・テイト・ブラック記念賞（1972年/伝記）
「ヴァージニア・ウルフ伝　1　ヴァージニア・スチーヴン―1882-1912」 クウェンティン・ベル著, 黒沢茂訳　みすず書房　1976　366, 16p 図 肖像　20cm 2800円
「ヴァージニア・ウルフ伝　2　ミシズ・ウルフ―1912-1941」 クウェンティン・ベル著, 黒沢茂訳　みすず書房　1977. 12　469, 56p 図 肖像　20cm 3800円

ベル, ハインリヒ　Böll, Heinrich

◎ビューヒナー賞（1967年）
◎ノーベル文学賞（1972年）

ベルクソン, アンリ=ルイ　Bergson, Henri-Louis

◎ノーベル文学賞（1927年）

ベルグマン, ステン　Bergman, Sten

4282 「極楽鳥の島」 "Vildar och paradisfåglar"
◇ニルス・ホルゲション賞（1952年）
「極楽鳥の島」 ベルイマン作, 鈴木徹郎訳, 佐藤照雄絵　学習研究社　1970　339p　19cm（少年少女学研文庫）

ペルゴー, ルイ　Pergaud, Louis

4283 "De Goupil à Margot"
◇ゴンクール賞（1910年）

ベルコム, エド・ヴァン　Belkom, Edo van

4284 "Rat Food"
◇ブラム・ストーカー賞（1997年/短編）

ベルジェ, イヴ　Berger, Yves

4285 「南」 "Le Sud"
◇フェミナ賞（1962年）
「新しい世界の文学　26　南」 イヴ・ベルジェ著, 浜崎史朗訳　白水社　1965　287p 図版　20cm
「南」 イヴ・ベルジェ〔著〕, 濱崎史朗訳　新装復刊　白水社　2004.9　287p　20cm　2600円　①4-560-04793-6

4286 "Immobile dans le courant du fleuve"
◇メディシス賞（1994年）

ヘルシュ, ルーベン　Hersh, Reuben

4287 "The Mathematical Experience"
◇全米図書賞（1983年/科学/ペーパーバック）

ベルジュイス, マックス　Velthuijs, Max

◎国際アンデルセン賞（2004年/画家賞）

ヘルシング, レンナート　Hellsing, Lennart

4288 "Summa summarum"
◇ニルス・ホルゲション賞（1951年）

ペルス, サン=ジョン　Perse, Saint-John

◎ノーベル文学賞（1960年）

ヘルストレム, ベリエ　Hellström, Börge

4289 「三秒間の死角」 "Tre sekunder" 〔英題：Three Seconds〕
◇英国推理作家協会賞（2011年/インターナショナル・ダガー）
「三秒間の死角　上」 アンデシュ・ルースルンド, ベリエ・ヘルストレム〔著〕, ヘレンハルメ美穂訳　KADOKAWA　2013.10　451p　15cm（角川文庫）840円　①978-4-04-101073-0
「三秒間の死角　下」 アンデシュ・ルースルンド, ベリエ・ヘルストレム〔著〕, ヘレンハルメ美穂訳　KADOKAWA　2013.10　459p　15cm（角川文庫）840

円　①978-4-04-101074-7

ベルタン, セリア　Bertin, Célia

4290 "La Dernière Innocence"
◇ルノドー賞（1953年）

ヘルツィヒ, アリスン・クラギン
Herzig, Alison Cragin

4291 "Oh, Boy！Babies"
◇全米図書賞（1981年/児童ノンフィクション/ハードカバー）

ヘルドブラー, バート　Hölldobler, Bert

4292 "The Ants"
◇ピュリッツアー賞（1991年/ノンフィクション）

ベルトラン, アドリンアン
Bertrand, Adrien

4293 "L'appel du sol"
◇ゴンクール賞（1914年〈1916年授賞〉）

ヘルトリング, ペーター　Härtling, Peter

4294「おばあちゃん」"Oma"
◇ドイツ児童文学賞（1976年/児童書）
「おばあちゃん」ペーター＝ヘルトリング作, 上田真而子訳　偕成社　1979.2　170p　20cm　880円

◎ドイツ児童文学賞（2001年/特別賞）

ベルナー, ロートラウト・ズザンネ
Berner, Rotraut Susanne

4295「世界がまだ若かったころ」"Als die Welt noch jung war"
◇ドイツ児童文学賞（1996年/児童書）
「世界がまだ若かったころ」ユルク・シュービガー作, ロートラウト・ズザンネ・ベルナー絵, 松島富美代訳　ほるぷ出版　2001.1　232p　19cm　1800円　①4-593-53378-3

4296 "Bloße Hände"
◇ドイツ児童文学賞（1998年/ヤングアダルト）

◎ドイツ児童文学賞（2006年/特別賞）

◎国際アンデルセン賞（2016年/画家賞）

ベルナイム, エマニュエル
Bernheim, Emmanuèle

4297「彼の奥さん」"Sa femme"

◇メディシス賞（1993年）
「彼の奥さん」エマニュエル・ベルナイム著, 堀茂樹訳　河出書房新社　1997.6　153p　20cm　1500円　①4-309-20291-8

ベルナノス, ジョルジュ
Bernanos, Georges

4298「よろこび」"La Joie"
◇フェミナ賞（1929年）
「ジョルジュ・ベルナノス著作集　1」ジョルジュ・ベルナノス著, 山崎庸一郎訳　春秋社　1976　569p　図　肖像　20cm　4500円

ベルナール, マルク　Bernard, Marc

4299「追憶のゴルゴタ」"Pareils à des enfants"
◇ゴンクール賞（1942年）
「追憶のゴルゴタ」マルク・ベルナール〔著〕, 秋山澄夫訳　講談社　1975　186p　20cm　880円

4300 "Anny"
◇アンテラリエ賞（1934年）

ペールフィト, ロジェ
Peyrefitte, Roger

4301 "Les Amitiés particulières"
◇ルノドー賞（1944年〈1945年授賞〉）

ヘルプリン, マーク　Helprin, Mark

4302 "A City in Winter"
◇世界幻想文学大賞（1997年/中編）

ペルフロム, エルス　Pelgrom, Els

4303「小さなソフィーとのっぽのパタパタ」"Kleine Sofie en Lange Wapper"〔仏語題：Die wundersame Reise der kleinen Sofie〕
◇ドイツ児童文学賞（1986年/児童書）
「小さなソフィーとのっぽのパタパタ」エルス・ペルフロム作, テー・チョン・キン絵, 野坂悦子訳　徳間書店　1999.10　190p　19cm　1300円　①4-19-861089-4

ヘルマン, フアン　Gelman, Juan
◎セルバンテス賞（2007年）

ヘルマン, リリアン　Hellman, Lillian

4304 "An Unfinished Woman：A Memoir"
◇全米図書賞（1970年/学芸）

ヘルンドルフ, ヴォルフガング　Herrndorf, Wolfgang

4305　「14歳、ぼくらの疾走―マイクとチック」"Tschick"
◇ドイツ児童文学賞（2011年/ヤングアダルト）
「14歳、ぼくらの疾走―マイクとチック」ヴォルフガング・ヘルンドルフ作, 木本栄訳　小峰書店　2013.10　311p　20cm（Y.A.Books）1600円　①978-4-338-14432-2

ベルンハルト, トーマス　Bernhard, Thomas

4306　「古典絵画の巨匠たち」"Alte Meister: Komödie"〔仏語題: Maîtres anciens〕
◇メディシス賞（1988年/外国小説）
「古典絵画の巨匠たち」トーマス・ベルンハルト著, 山本浩司訳　論創社　2010.8　315p　19cm　2500円　①978-4-8460-1043-0

◎ビューヒナー賞（1970年）

ペレ, ジャック　Perret, Jacques

4307　"Bande à part"
◇アンテラリエ賞（1951年）

ペレケーノス, ジョージ　Pelecanos, George

4308　「夜は終わらない」"The Night Gardener"
◇バリー賞（2007年/長編）
「夜は終わらない」ジョージ・ペレケーノス著, 横山啓明訳　早川書房　2010.12　422p　19cm（Hayakawa pocket mystery books）2000円　①978-4-15-001842-9

ペレス゠レベルテ, アルトゥーロ　Perez-Reverte, Arturo

4309　"El Asedio"〔英題: The Siege〕
◇英国推理作家協会賞（2014年/インターナショナル・ダガー）

ペレック, ジョルジュ　Perec, Georges

4310　「人生使用法」"La Vie mode d'emploi"
◇メディシス賞（1978年）
「人生使用法」ジョルジュ・ペレック著, 酒詰治男訳　水声社　1992.7　731p　20cm　5150円　①4-89176-253-5
「人生使用法」ジョルジュ・ペレック著, 酒詰治男訳　新装版　水声社　2010.10　731p　20cm（フィクションの楽しみ）5000円　①978-4-89176-804-1

4311　「物の時代」"Les Choses"
◇ルノドー賞（1965年）
「物の時代・小さなバイク」ジョルジュ・ペレック著, 弓削三男訳　白水社　1978.2　293p　19cm（新しい世界の文学 81）1400円
「物の時代 小さなバイク」ジョルジュ・ペレック著, 弓削三男訳　文遊社　2013.5　298p　19cm　2800円　①978-4-89257-082-7

ベレット, ルネ　Belletto, René

4312　"L'Enfer"
◇フェミナ賞（1986年）

ベレンスン, アレックス　Berenson, Alex

4313　「フェイスフル・スパイ」"The Faithful Spy"
◇アメリカ探偵作家クラブ賞（2007年/処女長編賞）
「フェイスフル・スパイ―Faithful Spy」アレックス・ベレンスン著, 池央耿訳　小学館　2007.9　447p　20cm　1900円　①978-4-09-356703-9
「フェイスフル・スパイ」アレックス・ベレンスン著, 池央耿訳　小学館　2009.11　573p　15cm（小学館文庫）886円　①978-4-09-408446-7
※2007年刊の加筆修正

ベロー, アンリ　Béraud, Henri

4314　「肥満漢の歎き」"Le Martyre de l'obèse"
◇ゴンクール賞（1922年）
「肥満漢の歎き」アンリイ・ベロオ〔著〕, 高橋邦太郎訳　四六書院　1931　207p　肖像　20cm（新でかめろん叢書 5）

4315　"Le vitriol de lune"
◇ゴンクール賞（1922年）

ベロー, ソール　Bellow, Saul

4316　「オーギー・マーチの冒険」"The Adventures of Augie March"
◇全米図書賞（1954年/小説）
「現代アメリカ文学全集 19 オーギー・マーチの冒険 サン・ペドロ号の遭難」刈田元司等編〔刈田元司訳〕　ソール・ベロー著, 刈田元司訳 ジェームズ・カズンズ著, 高橋正雄訳　荒地出版社　1959　490p　20cm
「現代アメリカ文学選集 2」〔刈田元司

訳〕 荒地出版社　1967　619p　20cm　450円
「オーギー・マーチの冒険」 ソール・ベロウ著, 渋谷雄三郎訳　早川書房　1981.7　2冊　20cm（Hayakawa novels）各1700円

4317 「サムラー氏の惑星」 "Mr. Sammler's Planet"
◇全米図書賞（1971年/小説）
「サムラー氏の惑星」 ソール・ベロー〔著〕, 橋本福夫訳　新潮社　1974　277p　20cm　1200円

4318 「ハーツォグ」 "Herzog"
◇全米図書賞（1965年/小説）
「ハーツォグ」 ソール・ベロウ著, 宇野利泰訳　早川書房　1970　432p　20cm （ハヤカワ・ノヴェルズ）960円
「ハーツォグ」 ソール・ベロウ著, 宇野利泰訳　早川書房　1981.9　2冊　16cm （ハヤカワ文庫—NV）340円, 420円

4319 「フンボルトの贈り物」 "Humboldt's Gift"
◇ピュリッツァー賞（1976年/フィクション）
「フンボルトの贈り物」 ソール・ベロー著, 大井浩二訳　講談社　1977.10　2冊　20cm　各1300円

◎ノーベル文学賞（1976年）

ペロション, エルネスト
Pérochon, Ernest

4320 「眠れる沼」 "Nêne"
◇ゴンクール賞（1920年）
「仏蘭西文学賞叢書　3　眠れる沼」 エルネスト・ペロション著, 朝倉季雄訳　実業之日本社　1940　394p　19cm

ヘロルド, J.クリストファー
Herold, J.Christopher

4321 "Mistress to an Age: A Life of Madame De Stael"
◇全米図書賞（1959年/ノンフィクション）

ヘロン, ミック　Herron, Mick

4322 "Dead Lions"
◇英国推理作家協会賞（2013年/ゴールド・ダガー）

4323 "Spook Street"
◇英国推理作家協会賞（2017年/イアン・フレミング・スティール・ダガー）

ベロンチ, マリア　Bellonci, Maria

4324 「ルネサンスの華—イザベッラ・デステの愛と生涯」 "Rinascimento privato"
◇ストレーガ賞（1986年）
「ルネサンスの華—イザベッラ・デステの愛と生涯　上」 マリーア・ベロンチ著, 飯田煕男訳　悠書館　2007.10　390p　20cm　2200円　①978-4-903487-11-3
「ルネサンスの華—イザベッラ・デステの愛と生涯　下」 マリーア・ベロンチ著, 飯田煕男訳　悠書館　2007.10　324p　20cm　2200円　①978-4-903487-12-0

ベン, ゴットフリート　Benn, Gottfried
◎ビューヒナー賞（1951年）

ヘンクス, ケヴィン　Henkes, Kevin

4325 「まんまるおつきさまをおいかけて」 "Kitten's First Full Moon"
◇コルデコット賞（2005年）
「まんまるおつきさまをおいかけて」 ケビン・ヘンクス作・絵, 小池昌代訳　福音館書店　2005.10　1冊（ページ付なし）　27cm（世界傑作絵本シリーズ—アメリカの絵本）1300円　①4-8340-2085-1

ベン＝ジェルーン, ターハル
Ben Jelloun, Tahar

4326 「聖なる夜」 "La nuit sacrée"
◇ゴンクール賞（1987年）
「聖なる夜」 ターハル・ベン＝ジェルーン著, 菊地有子訳　紀伊国屋書店　1996.8　206p　20cm　2200円　①4-314-00750-8

ベンジャミン, キャロル・リーア
Benjamin, Carol Lea

4327 「バセンジーは哀しみの犬」 "This Dog For Hire"
◇シェイマス賞（1997年/処女長編）
「バセンジーは哀しみの犬」 キャロル・リーア・ベンジャミン著, 阿部里美訳　東京創元社　2010.4　361p　15cm（創元推理文庫）980円　①978-4-488-29302-4

ペンズラー, オットー　Penzler, Otto

4328 「ヒーローの作り方—ミステリ作家21人が明かす人気キャラクター誕生秘話」 "The Lineup: The Worlds Greatest Crime Writers Tell the Inside Story of Their Greatest Detectives"

◇アメリカ探偵作家クラブ賞（2010年／批評・評伝賞）
「ヒーローの作り方―ミステリ作家21人が明かす人気キャラクター誕生秘話」オットー・ペンズラー編，小林宏明他訳　早川書房　2010.8　462p　20cm　2700円　ⓘ978-4-15-209152-9

4329 "Encyclopedia of Mystery and Detection"
◇アメリカ探偵作家クラブ賞（1977年／批評・評伝賞）

ベンソン, ドナルド　Benson, Donald
4330 "And Having Writ..."
◇ジョン・W・キャンベル記念賞（1979年／第2位）

ベンソン, リチャード　Benson, Richard
4331 "The Valley: A Hundred Years in the Life of a Family"
◇ジェイムズ・テイト・ブラック記念賞（2014年／伝記）

ヘンダーソン, スミス　Henderson, Smith
4332 「われらの独立を記念し」 "Fourth of July Creek"
◇英国推理作家協会賞（2015年／ジョン・クリーシー・ダガー〈ニュー・ブラッド・ダガー〉）
「われらの独立を記念し」スミス・ヘンダースン著，鈴木恵訳　早川書房　2017.6　570p　19cm　（HAYAKAWA POCKET MYSTERY BOOKS）　2300円　ⓘ978-4-15-001920-4

ヘンドリー, ダイアナ　Hendry, Diana
4333 「屋根裏部屋のエンジェルさん」"Harvey Angell"
◇コスタ賞（1991年／児童書）
「屋根裏部屋のエンジェルさん」ダイアナ・ヘンドリー作，こだまともこ訳　徳間書店　1997.2　238p　19cm　1442円　ⓘ4-19-860658-7
※さし絵：杉田比呂美

ヘンドリック, バートン・J.
Hendrick, Burton J.
4334 "The Life and Letters of Walter H. Page"
◇ピュリッツァー賞（1923年／伝記・自伝）
4335 "The Training of an American: The Earlier Life and Letters of Walter H. Page"
◇ピュリッツァー賞（1929年／伝記・自伝）
4336 "The Victory at Sea"
◇ピュリッツァー賞（1921年／歴史）

ヘンドリックソン, ポール
Hendrickson, Paul
4337 "Sons of Mississippi: A Story of Race and its Legacy"
◇全米書評家協会賞（2003年／ノンフィクション）

ペンナッキ, アントニオ
Pennacchi, Antonio
4338 "Canale Mussolini"
◇ストレーガ賞（2010年）

ベンフォード, グレゴリイ
Benford, Gregory
4339 「タイムスケープ」"Timescape"
◇英国SF協会賞（1980年／長編）
◇ネビュラ賞（1980年／長編）
◇ジョン・W・キャンベル記念賞（1981年／第1位）
「タイムスケープ」グレゴリイ・ベンフォード著，山高昭訳　早川書房　1982.11　430p　20cm　（海外SFノヴェルズ）　1800円
「タイムスケープ」グレゴリイ・ベンフォード著，山高昭訳　早川書房　1988.6　2冊　16cm　（ハヤカワ文庫―SF）　各480円　ⓘ4-15-010773-4
4340 「もし星が神ならば」"If the Stars Are Gods"
◇ネビュラ賞（1974年／中編）
「もし星が神ならば」G.ベンフォード，G.エクランド著，宮脇孝雄訳　早川書房　1981.12　234p　20cm　（海外SFノヴェルズ）　1200円
「もし星が神ならば」G.ベンフォード，G.エクランド著，宮脇孝雄訳　早川書房　1988.12　365p　16cm　（ハヤカワ文庫―SF）　480円　ⓘ4-15-010802-1

ヘンリー, サラ・J.　Henry, Sara J.
4341 "Learning to Swim"
◇アガサ賞（2011年／処女長編）
◇アメリカ探偵作家クラブ賞（2012年／メアリ・ヒギンズ・クラーク賞）
◇アンソニー賞（2012年／処女長編）

ヘンリー, スー　Henry, Sue
4342 「犬橇レースの殺人」 "Murder on the Iditarod Trail"
◇アンソニー賞（1992年/処女長編）
◇マカヴィティ賞（1992年/処女長編）
「犬橇レースの殺人」　スー・ヘンリー著, 伏見威蕃訳　早川書房　1997.6　380p　16cm（ハヤカワ・ミステリ文庫）680円　①4-15-171101-5

ヘンリー, ベス　Henley, Beth
4343 「心で犯す罪」 "Crimes of the Heart"
◇ピュリッツアー賞（1981年/戯曲）
「心で犯す罪」　ベス・ヘンリー〔著〕, 小池美佐子訳　本の友社　2000.5　201p　20cm　2600円　①4-89439-317-4

ヘンリー, マーゲライト　Henry, Marguerite
4344 「名馬風の王」 "King of the Wind"
◇ニューベリー賞（1949年）
「名馬風の王」　ヘンリー著, 那須辰造訳, 古賀亜十夫絵　講談社　1957　234p　20cm（少年少女世界動物冒険全集7）
「名馬風の王」　マーゲライト＝ヘンリー著, 那須辰造訳, 古賀亜十夫絵　講談社　1987.9　239p　18cm（講談社青い鳥文庫―動物感動読み物シリーズ）450円　①4-06-147226-7

ヘンリー, ミーブ　Henry, Maeve
4345 "Listen to the Dark"
◇ネスレ子どもの本賞（1993年/9～11歳部門）

【ホ】

ポー, ハリー・リー　Poe, Harry Lee
4346 "Edgar Allan Poe: An Illustrated Companion to His Tell-Tale Stories"
◇アメリカ探偵作家クラブ賞（2009年/批評・評伝賞）

ホァン, ジム　Huang, Jim
4347 「書店のイチ押し！海外ミステリ特選100」 "100 Favorite Mysteries of the Century"
◇アガサ賞（2000年/ノンフィクション）
◇アンソニー賞（2001年/評論・ノンフィクション）
「書店のイチ押し！海外ミステリ特選100」　ジム・ホァン編, アメリカ独立系ミステリ専門書店協会選, 白須清美訳　早川書房　2003.10　278p　19cm　1600円　①4-15-208521-5
4348 "Mystery Muses: 100 Classics That Inspire Today's Mystery Writers"
◇アンソニー賞（2007年/評論・ノンフィクション）
◇マカヴィティ賞（2007年/ノンフィクション）
4349 "They Died in Vain: Overlooked, Underappreciated, and Forgotten Mystery Novels"
◇アガサ賞（2002年/ノンフィクション）
◇アンソニー賞（2003年/評論）
◇マカヴィティ賞（2003年/評論・評伝）

ホァン, ユンテ　Huang, Yunte
4350 "Charlie Chan: The Untold Story of the Honorable Detective and this Rendezvous with American History"
◇アメリカ探偵作家クラブ賞（2011年/批評・評伝賞）

ボイエ, キルステン　Boie, Kirsten
◎ドイツ児童文学賞（2007年/特別賞）

ボイス, フランク・コットレル　Boyce, Frank Cottrell
4351 「ミリオンズ」 "Millions"
◇カーネギー賞（2004年）
「ミリオンズ」　フランク・コットレル・ボイス〔著〕, 池田真紀子訳　新潮社　2005.3　287p　20cm　1600円　①4-10-545301-7
4352 "Der unvergessene Mantel"
◇ドイツ児童文学賞（2013年/児童書）
4353 "The Unforgotten Coat"
◇ガーディアン児童文学賞（2012年）

ボイチェホフスカ, マヤ　Wojciechowska, Maia
4354 「闘牛の影」 "Shadow of a Bull"
◇ニューベリー賞（1965年）

「闘牛の影」 M.ヴォイチェホフスカ原作, 山内義雄等編, 渡辺茂男訳, 富山妙子絵　あかね書房　1967　207p　22cm（国際児童文学賞全集 19）

「闘牛の影」　マヤ・ヴォイチェホフスカ作, 渡辺茂男訳　岩波書店　1997.1　224, 6p　18cm（岩波少年文庫）600円　①4-00-113144-7

ホイッスラー, テレサ　Whistler, Theresa

4355 "Rushavenn Time"
◇ネスレ子どもの本賞（1988年/9〜11歳部門）

ホイットニー, フィリス・A.　Whitney, Phyllis A.

4356 "Mystery of the Hidden Hand"
◇アメリカ探偵作家クラブ賞（1964年/ジュヴナイル賞）

4357 "The Mystery of the Haunted Pool"
◇アメリカ探偵作家クラブ賞（1961年/ジュヴナイル賞）

◎アメリカ探偵作家クラブ賞（1988年/巨匠賞）

ボイデン, ジョセフ　Boyden, Joseph

4358 "Through Black Spruce"
◇スコシアバンク・ギラー賞（2008年）

ボイド, ウィリアム　Boyd, William

4359 「グッドマン・イン・アフリカ」 "A Good Man in Africa"
◇コスタ賞（1981年/処女長編）

「グッドマン・イン・アフリカ」　ウィリアム・ボイド著, 菊地よしみ訳　早川書房　1994.12　534p　16cm（ハヤカワ文庫―NV）720円　①4-15-040758-4

4360 「震えるスパイ」 "Restless"
◇コスタ賞（2006年/長編）

「震えるスパイ」　ウィリアム・ボイド著, 菊地よしみ訳　早川書房　2008.8　524p　16cm（ハヤカワ文庫 NV）960円　①978-4-15-041177-0

4361 "Brazzaville Beach"
◇ジェイムズ・テイト・ブラック記念賞（1990年/フィクション）

ボイヤー, スーザン・M.　Boyer, Susan M.

4362 "Lowcountry Boil"
◇アガサ賞（2012年/処女長編賞）

ボイヤー, リック　Boyer, Rick

4363 「ケープ・コッド危険水域」 "Billingsgate Shoal"
◇アメリカ探偵作家クラブ賞（1983年/長編賞）

「ケープ・コッド危険水域」　リック・ボイヤー著, 村上博基訳　早川書房　1984.12　283p　20cm（Hayakawa novels）1400円　①4-15-207583-X

「ケープ・コッド危険水域」　リック・ボイヤー著, 村上博基訳　早川書房　1991.10　447p　16cm（ハヤカワ・ミステリ文庫）640円　①4-15-078551-1

ボイル, アンドルー　Boyle, Andrew

4364 "Poor Dear Brendan"
◇コスタ賞（1974年/伝記）

ボイル, ケビン　Boyle, Kevin

4365 "Arc of Justice: A Saga of Race, Civil Rights, and Murder in the Jazz Age"
◇全米図書賞（2004年/ノンフィクション）

ボイル, T.コラゲッサン　Boyle, T.Coraghessan

4366 "The Tortilla Curtain"〔仏語題: América〕
◇メディシス賞（1997年/外国小説）

4367 "World's End"
◇ペン・フォークナー賞（1988年）

ホウ, ペーター　Hoeg, Peter

4368 「スミラの雪の感覚」 "Miss Smilla's Feeling for Snow"
◇英国推理作家協会賞（1994年/シルバー・ダガー）

「スミラの雪の感覚」　ペーター・ホウ著, 染田屋茂訳　新潮社　1996.2　438p　20cm　2500円　①4-10-532201-X

ホーヴァート, ポリー　Horvath, Polly

4369 "The Canning Season"
◇全米図書賞（2003年/児童文学）

ポウエル, アントニー　Powell, Anthony

4370 "At Lady Molly's"
◇ジェイムズ・テイト・ブラック記念賞（1957年/フィクション）

ボウエン, エリザベス　Bowen, Elizabeth

4371 「エヴァ・トラウト」 "Eva Trout"

◇ジェイムズ・テイト・ブラック記念賞（1969年／フィクション）
「エヴァ・トラウト」エリザベス・ボウエン著, 太田良子訳　国書刊行会　2008.2　450p　20cm（ボウエン・コレクション）2500円　①978-4-336-04985-8

ボウエン, リース　Bowen, Rhys

4372　「口は災い」　"Murphy's Law"
◇アガサ賞（2001年／長編）
「口は災い」リース・ボウエン〔著〕, 羽田詩津子訳　講談社　2007.6　377p　15cm（講談社文庫）857円　①978-4-06-275772-0

4373　「貧乏お嬢さま、古書店へ行く」　"A Royal Pain"
◇マカヴィティ賞（2009年／スー・フェダー歴史ミステリ賞）
「貧乏お嬢さま、古書店へ行く」リース・ボウエン著, 古川奈々子訳　原書房　2013.11　446p　15cm（コージーブックス─英国王妃の事件ファイル 2）933円　①978-4-562-06021-4

4374　「貧乏お嬢さまと王妃の首飾り」　"Naughty in Nice"
◇アガサ賞（2011年／歴史小説）
「貧乏お嬢さまと王妃の首飾り」リース・ボウエン著, 田辺千幸訳　原書房　2015.12　431p　15cm（コージーブックス─英国王妃の事件ファイル 5）940円　①978-4-562-06046-7

4375　"Doppelganger"
◇アンソニー賞（2004年／短編）

4376　"For The Love Of Mike"
◇アンソニー賞（2004年／歴史ミステリ）

4377　"Oh Danny Boy"
◇マカヴィティ賞（2007年／スー・フェダー歴史ミステリ賞）

4378　"Please Watch Your Step"
◇マカヴィティ賞（2008年／短編）

4379　"Queen of Hearts"
◇アガサ賞（2014年／歴史小説）

ボーヴォワール, シモーヌ・ド　Beauvoir, Simone de

4380　「レ・マンダラン」　"Les mandarins"
◇ゴンクール賞（1954年）
「現代世界文学全集　45　レ・マンダラン　第1」ボーヴォワール著, 朝吹三吉訳　新潮社　1956　389p　20cm
「現代世界文学全集　46　レ・マンダラン　第2」ボーヴォワール著, 朝吹三吉訳　新潮社　1956　364p　20cm
「レ・マンダラン」シモーヌ・ド・ボーヴォワール著, 朝吹三吉訳　新潮社　1966　2冊　20cm　各800円
「ボーヴォワール著作集　8　レ・マンダラン」朝吹三吉訳　人文書院　1967　469p　図版　19cm　800円

ホウズ, チャールズ・B.　Hawes, Charles Boardman

4381　"The Dark Frigate"
◇ニューベリー賞（1924年）

ボウズ, リチャード　Bowes, Richard

4382　"If Angels Fight"
◇世界幻想文学大賞（2009年／中編）

4383　"Streetcar Dreams"
◇世界幻想文学大賞（1998年／中編）

ボウマン, トム　Bouman, Tom

4384　「ドライ・ボーンズ」　"Dry Bones in the Valley"
◇アメリカ探偵作家クラブ賞（2015年／処女長編賞）
「ドライ・ボーンズ」トム・ボウマン著, 熊井ひろ美訳　早川書房　2016.4　415p　16cm（ハヤカワ・ミステリ文庫）920円　①978-4-15-181801-1

ボーエン, カサリン・ドリンカー　Bowen, Catherine Drinker

4385　"The Lion and the Throne"
◇全米図書賞（1958年／ノンフィクション）

ホガード, エリック・C.　Haugaard, Erik Christian

4386　「さいごのとりでマサダ」　"The Rider and His Horse"
◇フェニックス賞（1988年）
「さいごのとりでマサダ」エリック・C.ホガード作, 犬飼和雄訳, レオ・ディロン等絵　富山房　1971　321p　22cm

4387　「小さな魚」　"The Little Fishes"
◇ボストングローブ・ホーンブック賞（1967年／フィクション）
「小さな魚」エリック・C.ホガード作, 犬飼和雄訳, ミルトン・ジョンソン絵　富山房　1969　271p　22cm
「小さな魚」エリック・C.ホガード作, 犬飼和雄訳　改訂新版　富山房　1995.11　255p　19cm　1400円　①4-572-00467-6

ホーガン，ポール　Hogan, Paul
4388 "Great River: The Rio Grande in North American History"
◇ピュリッツァー賞（1955年/歴史）
4389 "Lamy of Santa Fe"
◇ピュリッツァー賞（1976年/歴史）

ホークス，ジョン　Hawkes, John
4390 "Adventures in the Alaskan Skin Trade"（仏語題：Aventures dans le commerce des peaux en Alaska）
◇メディシス賞（1986年/外国小説）

ホークス，ハリー　Hawkes, Harry
4391 "The Capture of the Black Panther"
◇英国推理作家協会賞（1978年/シルバー・ダガー〈ノン・フィクション〉）

ホグローギアン，ノニー　Hogrogian, Nonny
4392 「きょうはよいてんき」"One Fine Day"
◇コルデコット賞（1972年）
「きょうはよいてんき」ナニー・ホグローギアンさく，あしのあきやく　ほるぷ出版　1976.9　1冊　21×27cm　1100円
4393 "Always Room for One More"
◇コルデコット賞（1966年）

ボサート，グレゴリー・ノーマン　Bossert, Gregory Norman
4394 "The Telling"
◇世界幻想文学大賞（2013年/短編）

ホジソン，アントニア　Hodgson, Antonia
4395 "Devil in the Marshalsea Historical"
◇英国推理作家協会賞（2014年/ヒストリカル・ダガー）

ホース，ハリー　Horse, Harry
4396 "The Last Castaways"
◇ネスレ子どもの本賞（2003年/6～8歳部門/銀賞）
4397 "The Last Gold Diggers"
◇ネスレ子どもの本賞（1998年/6～8歳部門/金賞）

ボス，マルコム　Bosse, Malcolm J.
4398 "Ganesh oder eine neue Welt"
◇ドイツ児童文学賞（1983年/ヤングアダルト）

ボズウェル，ジョン　Boswell, John
4399 "Christianity, Social Tolerance and Homosexuality"
◇全米図書賞（1981年/歴史/ハードカバー）

ボーズウェル，チャールズ　Boswell, Charles
4400 "The Girl with the Scarlet Brand"
◇アメリカ探偵作家クラブ賞（1955年/犯罪実話賞）

ボスケ，アラン　Bosquet, Alain
4401 "La Confession mexicaine"
◇アンテラリエ賞（1965年）

ボスコ，アンリ　Bosco, Henri
4402 "Le Mas Théotime"
◇ルノドー賞（1945年）

ボスト，ピエール　Bost, Pierre
4403 "Le Scandale"
◇アンテラリエ賞（1931年）

ボストン，ブルース　Boston, Bruce
4404 "Dark Matters"
◇ブラム・ストーカー賞（2010年/詩集）
4405 "Pitchblende"
◇ブラム・ストーカー賞（2003年/詩集）
4406 "Shades Fantastic"
◇ブラム・ストーカー賞（2006年/詩集）
4407 "The Nightmare Collection"
◇ブラム・ストーカー賞（2008年/詩集）

ボストン，ルーシー　Boston, Lucy M.
4408 「グリーン・ノウのお客さま」（グリーン・ノウ物語 4）"A Stranger at Green Knowe"
◇カーネギー賞（1961年）
「グリーン・ノウ物語　4　グリーン・ノウのお客さま」L.M.ボストン作，亀井俊介訳，ピーターボストン絵　評論社　1968　241p　図版　21cm（評論社の児童図書館・文学の部屋）

「グリーン・ノウのお客さま」 L.M.ボストン作, 亀井俊介訳　評論社　1968.10 (11刷：1995.8)　241p　21cm（児童図書館・文学の部屋―グリーン・ノウ物語 4)　1359円　ⓘ4-566-01003-1
「グリーン・ノウのお客さま」　ルーシー・M.ボストン作, ピーター・ボストン絵, 亀井俊介訳　評論社　2008.9　266p　20cm（グリーン・ノウ物語 4)　1500円　ⓘ978-4-566-01264-6
※1968年刊の改訂新版

ポーター, キャサリン・アン　Porter, Katherine Anne

4409 "The Collected Stories of Katherine Anne Porter"
◇全米図書賞（1966年/小説）
◇ピュリッツァー賞（1966年/フィクション）

ポーター, シーナ　Porter, Sheena

4410 "Nordy Bank"
◇カーネギー賞（1964年）

ポーター, ピーター　Porter, Peter

4411 "The Automatic Oracle"
◇コスタ賞（1988年/詩）

ポーター, ヘンリー　Porter, Henry

4412 "Brandeburg"
◇英国推理作家協会賞（2005年/イアン・フレミング・スティール・ダガー）

ホータラ, リック　Hautala, Rick

◎ブラム・ストーカー賞（2011年/生涯業績）

ボーダル, スージー　Bohdal, Susi

4413「ねことわたしのねずみさん」"Selina, Pumpernickel und die Katze Flora"
◇ドイツ児童文学賞（1982年/絵本）
「ねことわたしのねずみさん」スージー＝ボーダル作, 佐々木田鶴子訳　偕成社　1983.10　1冊　31cm（スージー＝ボーダルの絵本）980円　ⓘ4-03-327240-2

ボダール, リュシアン　Bodard, Lucien

4414「領事殿」"Monsieur le Consul"
◇アンテラリエ賞（1973年）
「領事殿」リュシアン・ボダール著, 杉辺利英訳　早川書房　1983.3　435p　20cm（Hayakawa novels）2500円

4415 "Anne-Marie"
◇ゴンクール賞（1981年）

ボック, アルフレッド　Bock, Alfred

◎ビューヒナー賞（1924年）

ボック, エドワード　Bok, Edward

4416「大成の彼方―エドワード・ボック傳」"The Americanization of Edward Bok"
◇ピュリッツアー賞（1921年/伝記・自伝）
「大成の彼方―エドワード・ボック伝」エドワード・ボック著, 京谷大助訳　学而会出版部　1926　240p　20cm（学而会叢書 2）1.20円

ホック, エドワード・D.　Hoch, Edward D.

4417「園芸道具置場の謎」〔別題「消えた南京錠の鍵」〕"The Problem of the Potting Shed"
◇アンソニー賞（2001年/短編）
「ジャーロ　4(4)」〔「消えた南京錠の鍵」中井京子訳〕　光文社　2003.秋　p110～127
「サム・ホーソーンの事件簿 5」エドワード・D.ホック著, 木村二郎訳〔「園芸道具置場の謎」〕東京創元社　2007.6　460p　15cm（創元推理文庫）1060円　ⓘ978-4-488-20107-4

4418「夏の雪だるまの謎」"The Problem of the Summer Snowman"
◇バリー賞（2008年/短編）
「サム・ホーソーンの事件簿 6」エドワード・D.ホック著, 木村二郎訳　東京創元社　2009.11　398p　15cm（創元推理文庫）1000円　ⓘ978-4-488-20109-8

4419「マダガスカルの殺意」"One Bag Of Coconuts"
◇アンソニー賞（1998年/短編）
「EQ　22(4)」〔中井京子訳〕　光文社　1999.7　p277～288

4420 "The Oblong Room"
◇アメリカ探偵作家クラブ賞（1968年/短編賞）

4421 "The War in Wonderland"
◇バリー賞（2005年/短編）

◎シェイマス賞（2000年/ジ・アイ賞〈生涯功績賞〉）

◎アメリカ探偵作家クラブ賞（2001年/巨匠賞）

ボックス, C.J.　Box, C.J.
- 4422 「沈黙の森」 "Open Season"
  - ◇アンソニー賞（2002年/処女長編）
  - ◇バリー賞（2002年/処女長編）
  - ◇マカヴィティ賞（2002年/処女長編）
  - 「沈黙の森」 C.J.ボックス〔著〕, 野中百合子訳　講談社　2004.8　366p　15cm（講談社文庫）714円　①4-06-274844-4
- 4423 「ブルー・ヘヴン」 "Blue Heaven"
  - ◇アメリカ探偵作家クラブ賞（2009年/長編賞）
  - 「ブルー・ヘヴン」 C.J.ボックス著, 真崎義博訳　早川書房　2008.8　554p　16cm（ハヤカワ・ミステリ文庫）1000円　①978-4-15-177901-5

ボッシー, ジョン　Bossy, John
- 4424 "Giordano Bruno and the Embassy Affair"
  - ◇英国推理作家協会賞（1991年/ゴールド・ダガー〈ノンフィクション〉）

ホッジズ, ウォルター　Hodges, C.Walter
- 4425 「シェイクスピアの劇場—グローブ座の歴史」 "Shakespeare's Theatre"
  - ◇ケイト・グリーナウェイ賞（1964年）
  - 「シェイクスピアの劇場—グローブ座の歴史」 ウォルター・ホッジス著, 井村君江訳　筑摩書房　1993.2　237p　15cm（ちくま文庫）1200円　①4-480-02690-8

ポッター, デヴィッド・M.　Potter, David M.
- 4426 "The Impending Crisis, 1841-1867"
  - ◇ピュリッツアー賞（1977年/歴史）

ポッツ, ジーン　Potts, Jean
- 4427 「さらばいとしのローズ」 "Go, Lovely Rose"
  - ◇アメリカ探偵作家クラブ賞（1955年/処女長編賞）
  - 「さらばいとしのローズ」 ジャン・ポッツ〔著〕, 坂下昇訳　講談社　1979.6　357p　15cm（講談社文庫）420円

ホップ, フェリシタス　Hoppe, Felicitas
  - ◎ビューヒナー賞（2012年）

ホッブス, ウィル　Hobbs, Will
- 4428 "Ghost Canoe"
  - ◇アメリカ探偵作家クラブ賞（1998年/ヤングアダルト賞）

ホッブス, ロジャー　Hobbs, Roger
- 4429 「時限紙幣—ゴーストマン」 "Ghostman"
  - ◇英国推理作家協会賞（2013年/イアン・フレミング・スティール・ダガー）
  - 「時限紙幣—ゴーストマン」 ロジャー・ホッブズ著, 田口俊樹訳　文藝春秋　2014.8　405p　20cm　1800円　①978-4-16-390107-7
  - 「時限紙幣—ゴーストマン」 ロジャー・ホッブズ著, 田口俊樹訳　文藝春秋　2017.3　445p　16cm（文春文庫）980円　①978-4-16-790822-5
  - ※2014年刊に「ジャック」を追加

ボーデン, ニーナ　Bawden, Nina
- 4430 「帰ってきたキャリー」 "Carrie's War"
  - ◇フェニックス賞（1993年）
  - 「帰ってきたキャリー」 ニーナ・ボーデン作, 松本亨子訳　評論社　1977.11　231p　21cm（児童図書館・文学の部屋）1200円
- 4431 「ペパーミント・ピッグのジョニー」 "The Peppermint Pig"
  - ◇ガーディアン児童文学賞（1976年）
  - 「ペパーミント・ピッグのジョニー」 ニーナ・ボーデン作, 松本亨子訳　評論社　1978.12　220p　21cm（児童図書館・文学の部屋）1200円

ボドゥ, ジャック　Baudou, Jacques
- 4432 "L'Encyclopédie de la Fantasy"
  - ◇イマジネール大賞（2010年〈対象：2009年7月～12月〉/エッセイ〈評論〉）

ボトカー, セシル　Bødker, Cecil
  - ◎国際アンデルセン賞（1976年/作家賞）

ホドロヴァー, ダニエラ　Hodrová, Daniela
  - ◎フランツ・カフカ賞（2012年）

ボナ, ドミニク　Bona, Dominique
- 4433 "Le Manuscrit de Port-Ébène"
  - ◇ルノドー賞（1998年）
- 4434 "Malika"
  - ◇アンテラリエ賞（1992年）

ボナー, ブリン　Bonner, Bryn

4435 "Clarity"
◇アメリカ探偵作家クラブ賞（1999年/ロバート・L・フィッシュ賞）

ボナーズ, スーザン　Bonners, Susan

4436 「ペンギンたちの夏」 "A Penguin Year"
◇全米図書賞（1982年/児童ノンフィクション）
「ペンギンたちの夏」 スーザン・ボナーズ作, つぼいいくみ訳　福音館書店　1989.5　48p　20×25cm（福音館のかがくのほん）1250円　④4-8340-0019-2

ポニアトウスカ, エレナ
Poniatowska, Elena
◎セルバンテス賞（2013年）

ボヌフォワ, イヴ　Bonnefoy, Yves
◎フランツ・カフカ賞（2007年）

ボーバ, ベン　Bova, Ben

4437 "Titan"
◇ジョン・W・キャンベル記念賞（2007年/第1位）

ホバーマン, メリーアン
Hoberman, Mary Ann

4438 "A House is a House for Me"
◇全米図書賞（1983年/絵本/ペーパーバック）

ホーバン, タナ　Hoban, Tana

4439 「1, 2, 3」 "1, 2, 3"
◇ボストングローブ・ホーンブック賞（1985年/特別賞）
「1, 2, 3」 タナ・ホーバンさく　グランまま社　1985.11　1冊　16×16cm　550円　④4-906195-03-2
「1, 2, 3」 タナ・ホーバンさく　新装版　グランまま社　2005.6　1冊（ページ付なし）16×16cm　650円　④4-906195-51-2

ホーバン, ラッセル　Hoban, Russell

4440 「さすがのナジョーク船長もトムには手も足もでなかったこと」 "How Tom Beat Captain Najork & His Hired Sportsmen"
◇コスタ賞（1974年/児童書）
「さすがのナジョーク船長もトムには手も足もでなかったこと」 ラッセル・ホーバン文, クェンティン・ブレイク絵, 乾侑美子訳　評論社　1980.5　1冊　27cm（児童図書館・絵本の部屋）980円

4441 "Riddley Walker"
◇ジョン・W・キャンベル記念賞（1982年/第1位）

ホープ, クリストファー
Hope, Christopher

4442 "Kruger's Alp"
◇コスタ賞（1984年/長編）

ホプキンス, ブライアン・A.
Hopkins, Brian A.

4443 "El Dia De Los Muertos"
◇ブラム・ストーカー賞（2002年/中編）

4444 "Extremes2: Fantasy and Horror from the Ends of the Earth"
◇ブラム・ストーカー賞（2001年/アンソロジー）

4445 "Five Days in April"
◇ブラム・ストーカー賞（1999年/中編）

4446 "The Licking Valley Coon Hunters Club"
◇ブラム・ストーカー賞（2000年/処女長編）

ホプキンスン, ナロ　Hopkinson, Nalo

4447 "Brown Girl in the Ring"
◇ローカス賞（1999年/処女長編）

4448 "Sister Mine"
◇アンドレ・ノートン賞（2013年）

4449 "Skin Folk"
◇世界幻想文学大賞（2002年/短編集）

ホフスタッター, ダグラス・R.
Hofstadter, Douglas R.

4450 「ゲーデル, エッシャー, バッハーあるいは不思議の環」 "Godel, Escher, Bach: An Eternal Golden Braid"
◇全米図書賞（1980年/科学/ハードカバー）
◇ピュリッツァー賞（1980年/ノンフィクション）
「ゲーデル, エッシャー, バッハーあるいは不思議の環」 ダグラス・R.ホフスタッター著, 野崎昭弘〔ほか〕訳　白揚社　1985.5　765p　23cm　4800円　④4-8269-0025-2
「ゲーデル, エッシャー, バッハーあるい

は不思議の環」 ダグラス・R.ホフ
スタッター著，野崎昭弘，はやしはじめ，柳
瀬尚紀訳　20周年記念版　白揚社
2005.10　40, 763p　23cm　5800円
①4-8269-0125-9

ホーフスタッター, リチャード
Hofstadter, Richard

4451 「アメリカの反知性主義」 "Anti-Intellectualism in American Life"
◇ピュリッツアー賞（1964年/ノンフィクション）
「アメリカの反知性主義」 リチャード・ホーフスタッター〔著〕，田村哲夫訳　みすず書房　2003.12　438, 11p　22cm　4800円　①4-622-07066-9

4452 "The Age of Reform"
◇ピュリッツアー賞（1956年/歴史）

ホーフスタッド, アリス　Hoogstad, Alice

4453 "Wir alle für immer zusammen"
◇ドイツ児童文学賞（2002年/児童書）

ポープ・ヘネシー, ジェイムズ
Pope-Hennessey, James

4454 "Trollope"
◇コスタ賞（1972年/伝記）

ホフマン, デヴィッド・E.
Hoffman, David E.

4455「死神の報復―レーガンとゴルバチョフの軍拡競争」"The Dead Hand: The Untold Story of the Cold War Arms Race and Its Dangerous Legacy"
◇ピュリッツアー賞（2010年/ノンフィクション）
「死神の報復―レーガンとゴルバチョフの軍拡競争　上」 デイヴィッド・E・ホフマン著，平賀秀明訳　白水社　2016.8　399, 1p　20cm　3200円　①978-4-560-09257-6
「死神の報復―レーガンとゴルバチョフの軍拡競争　下」 デイヴィッド・E・ホフマン著，平賀秀明訳　白水社　2016.8　446, 9p　20cm　3500円　①978-4-560-09258-3
※索引あり

ホフマン, ニーナ・キリキ
Hoffman, Nina Kiriki

4456 "The Thread that Binds the Bones"
◇ブラム・ストーカー賞（1993年/処女長編）

4457 "Trophy Wives"
◇ネビュラ賞（2008年/短編）

ホームズ, リチャード　Holmes, Richard

4458 "Coleridge: Early Visions"
◇コスタ賞（1989年/年間大賞・伝記）

4459 "Dr. Johnson And Mr.Savage"
◇ジェイムズ・テイト・ブラック記念賞（1993年/伝記）

4460 "The Age of Wonder: How the Romantic Generation Discovered the Beauty and Terror of Science"
◇全米書評家協会賞（2009年/ノンフィクション）

ホームズ, A.M.　Homes, A.M.

4461 "Jack"
◇ドイツ児童文学賞（1993年/ヤングアダルト）

4462 "May We Be Forgiven"
◇ベイリーズ賞（2013年）

ポモー, イワン　Pommaux, Yvan

4463 "Detektiv John Chatterton"
◇ドイツ児童文学賞（1995年/絵本）

ボーモント, チャールズ
Beaumont, Charles

4464 "Charles Beaumont: Selected Stories"
◇ブラム・ストーカー賞（1988年/短編集）

ポラック, レイチェル　Pollack, Rachel

4465 "Godmother Night"
◇世界幻想文学大賞（1997年/長編）

4466 "Unquenchable Fire"
◇アーサー・C・クラーク賞（1989年）

ボラーニョ, ロベルト　Bolaño, Roberto

4467「2666」 "2666"
◇全米書評家協会賞（2008年/小説）
「2666」 ロベルト・ボラーニョ著，野谷文昭，内田兆史，久野量一訳　白水社　2012.10　868p　22cm　6600円　①978-4-560-09261-3

ホーラン, ジェイムズ・D.
Horan, James D.

4468 "The D.A.'s Man"
◇アメリカ探偵作家クラブ賞（1958年/

犯罪実話賞）

ボリ, ジャン＝ルイ　Bory, Jean-Louis
- *4469* "Mon village à l'heure allemande"
  ◇ゴンクール賞（1945年）

ホーリー, ノア　Hawley, Noah
- *4470* 「晩夏の墜落」 "Before the Fall"
  ◇アメリカ探偵作家クラブ賞（2017年／長編賞）
  - 「晩夏の墜落」 ノア・ホーリー著, 川副智子訳　早川書房　2017.7　506p　19cm（HAYAKAWA POCKET MYSTERY BOOKS）2200円　①978-4-15-001921-1
  - 「晩夏の墜落　上」 ノア・ホーリー著, 川副智子訳　早川書房　2017.7　333p　16cm（ハヤカワ・ミステリ文庫）760円　①978-4-15-182701-3
  - 「晩夏の墜落　下」 ノア・ホーリー著, 川副智子訳　早川書房　2017.7　322p　16cm（ハヤカワ・ミステリ文庫）760円　①978-4-15-182702-0

ボリガー, マックス　Bolliger, Max
- *4471* "David"
  ◇ドイツ児童文学賞（1966年／児童書）

ポリット, カーサ　Pollitt, Katha
- *4472* "Antarctic Traveler"
  ◇全米書評家協会賞（1982年／詩）

ポリティ, レオ　Politi, Leo
- *4473* 「ツバメの歌」 "Song of the Swallows"
  ◇コルデコット賞（1950年）
  - 「ツバメの歌」 レオ・ポリティ文・絵, 岩波書店訳編　岩波書店　1954　87p　21cm（岩波のこどもの本3・4年向11）

ポリート, ロバート　Polito, Robert
- *4474* "Savage Art: A Biography of Jim Thompson"
  ◇全米書評家協会賞（1995年／伝記・自伝）
  ◇アメリカ探偵作家クラブ賞（1996年／批評・評伝賞）

ホリングハースト, アラン　Hollinghurst, Alan
- *4475* "The Folding Star"
  ◇ジェイムズ・テイト・ブラック記念賞（1994年／フィクション）
- *4476* "The Line of Beauty"
  ◇ブッカー賞（2004年）

ホール, アダム　Hall, Adam
- *4477* 「不死鳥を殪せ」 "The Quiller Memorandum"
  ◇アメリカ探偵作家クラブ賞（1966年／長編賞）
  - 「不死鳥を殪せ」 アダム・ホール著, 村上博基訳　早川書房　1965　231p　19cm（世界ミステリシリーズ）

ボール, エドワード　Ball, Edward
- *4478* "Slaves in the Family"
  ◇全米図書賞（1998年／ノンフィクション）

ホール, ジェイムズ・W.　Hall, James W.
- *4479* "Blackwater Sound"
  ◇シェイマス賞（2003年／長編）
- *4480* "The Catch"
  ◇アメリカ探偵作家クラブ賞（2006年／短編賞）

ボール, ジョン　Ball, John
- *4481* 「夜の熱気の中で」 "In The Heat of the Night"
  ◇アメリカ探偵作家クラブ賞（1966年／処女長編賞）
  ◇英国推理作家協会賞（1966年／外国作品）
  - 「夜の熱気の中で」 ジョン・ボール著, 菊池光訳　早川書房　1967 3版　180p　19cm（世界ミステリシリーズ）260円
  - 「世界ミステリ全集　17　ギャビン・ライアル, ディック・フランシス, ジョン・ボール」〔菊池光訳〕　早川書房　1972　623p　20cm　1300円
  - 「夜の熱気の中で」 ジョン・ボール著, 菊池光訳　早川書房　1976　243p　16cm（ハヤカワ・ミステリ文庫）270円

ホール, ドナルド　Hall, Donald
- *4482* "That One Day"
  ◇全米書評家協会賞（1988年／詩）

ホール, パーネル　Hall, Parnell
  ◎シェイマス賞（2015年／ジ・アイ賞）

ポール, フレデリック　Pohl, Frederik
- *4483* 「ある決断」 "The Meeting"
  ◇ヒューゴー賞（1973年／短編）
  - 「世界SF大賞傑作選（ヒューゴー・ウィ

ナーズ）6」アイザック・アシモフ編〔フレデリック・ポール, C.M.コーンブルース〔著〕, 深町真理子訳〕 講談社 1978.6 288p 15cm（講談社文庫）340円

4484　「ゲイトウエイ」 "Gateway"〔仏語題: La Grande porte〕
◇ネビュラ賞（1977年/長編）
◇ジョン・W・キャンベル記念賞（1978年/第1位）
◇ヒューゴー賞（1978年/長編）
◇ローカス賞（1978年/SF長編）
◇アポロ賞（1979年）
「ゲイトウエイ」フレデリック・ポール著, 矢野徹訳　早川書房　1980.8　310p　20cm（海外SFノヴェルズ）1500円
「ゲイトウエイ」フレデリック・ポール著, 矢野徹訳　早川書房　1988.5　467p　15cm（ハヤカワ文庫—SF）600円　①4-15-010769-6

4485　「星虹の果ての黄金」 "The Gold at the Starbow's End"
◇ローカス賞（1973年/中編）
「SFマガジン　15(10)」早川書房　1974.10　p129～176

4486　「フェルミと冬」 "Fermi and Frost"
◇ヒューゴー賞（1986年/短編）
「SFマガジン　37(9)」〔伊藤典夫訳〕早川書房　1996.9　p22～37

4487　「マン・プラス」 "Man Plus"
◇ネビュラ賞（1976年/長編）
◇ジョン・W・キャンベル記念賞（1977年/第2位）
「マン・プラス」フレデリック・ポール著, 矢野徹訳　早川書房　1979.9　243p　20cm（海外SFノヴェルズ）1000円
「マン・プラス」フレデリック・ポール著, 矢野徹訳　早川書房　1989.8　383p　16cm（ハヤカワ文庫—SF）540円　①4-15-010833-1

4488　「Jem」 "Jem"
◇全米図書賞（1980年/SF/ハードカバー）
「JEM」フレデリック・ポール著, 矢野徹訳　早川書房　1981.9　373p　20cm（海外SFノヴェルズ）1500円
「JEM」フレデリック・ポール著, 矢野徹訳　早川書房　1989.10　567p　16cm（ハヤカワ文庫—SF）720円　①4-15-010843-9

4489　"The Way the Future Was"
◇ローカス賞（1979年/参考図書）

4490　"The Years of the City"
◇ジョン・W・キャンベル記念賞（1985年/第1位）
◎ネビュラ賞（1993年/グランド・マスター）

ホール, フローレンス・ハウ　Hall, Florence Howe
4491　"Julia Ward Howe"
◇ピュリッツァー賞（1917年/伝記・自伝）

ポール, ペーテル　Pohl, Peter
4492　「ヤンネ, ぼくの友だち」 "Janne, min vän"〔独語題: Jan, mein Freund〕
◇ニルス・ホルゲション賞（1986年）
◇ドイツ児童文学賞（1990年/ヤングアダルト）
「ヤンネ, ぼくの友だち」ペーテル・ポール作, ただのただお訳　徳間書店　1997.12　374p　19cm　1700円　①4-19-860791-5

4493　"Jag saknar dig, jag saknar dig！"〔独語題: Du fehlst mir, du fehlst mir！〕
◇ドイツ児童文学賞（1995年/ヤングアダルト）

ホール, ラドクリフ　Hall, Radclyffe
4494　"Adam's Breed"
◇ジェイムズ・テイト・ブラック記念賞（1926年/フィクション）

ホール, リン　Hall, Lynn
4495　"The Leaving"
◇ボストングローブ・ホーンブック賞（1981年/フィクション）

ポール＝ウェアリー, エミリー　Pohl-Weary, Emily
4496　"Better to Have Loved: The Life of Judith Merril"
◇ヒューゴー賞（2003年/関連書籍）

ホルダー, ナンシー　Holder, Nancy
4497　「人魚の歌が聞こえる」 "I Hear the Mermaids Singing"
◇ブラム・ストーカー賞（1993年/短編）
「囁く血—エロティック・ホラー」グレアム・マスタートン他〔著〕, ジェフ・ケルブ他編, 加藤洋子〔ほか〕訳〔加藤洋

子訳〕　祥伝社　2000.9　354p　16cm　（祥伝社文庫）　667円　①4-396-32801-X

4498 "Cafe Endless: Spring Rain"
◇ブラム・ストーカー賞（1994年／短編）

4499 "Dead in the Water"
◇ブラム・ストーカー賞（1994年／長編）

4500 "Lady Madonna"
◇ブラム・ストーカー賞（1991年／短編）

4501 "The Screaming Season"
◇ブラム・ストーカー賞（2011年／ヤングアダルト長編）

ホルト, キンバリー・ウィリス
Holt, Kimberly Willis

4502 「ザッカリー・ビーヴァーが町に来た日」 "When Zachary Beaver Came to Town"
◇全米図書賞（1999年／児童文学）
「ザッカリー・ビーヴァーが町に来た日」 キンバリー・ウィリス・ホルト〔著〕, 河野万里子訳　白水社　2003.9　261p　20cm　1700円　①4-560-04770-7

ホールドストック, ロバート
Holdstock, Robert

4503 「ミサゴの森」〔短編〕 "Mythago Wood"
◇英国SF協会賞（1981年／短編）

4504 「ミサゴの森」〔長編〕 "Mythago Wood"〔仏語題：La forêt des mythagos〕
◇英国SF協会賞（1984年／長編）
◇世界幻想文学大賞（1985年／長編）
◇イマジネール大賞（2003年／特別賞）
「ミサゴの森」　ロバート・ホールドストック〔著〕, 小尾芙佐訳　角川書店　1992.3　342p　20cm　2500円　①4-04-791197-6

4505 "Celtika: Codex Merlin 1"
◇イマジネール大賞（2004年／長編〈外国〉）

4506 "Lavondyss"
◇英国SF協会賞（1988年／長編）

4507 "The Ragthorn"
◇世界幻想文学大賞（1992年／中編）
◇英国SF協会賞（1993年／短編）

ホルトビー, ウィニフレッド
Holtby, Winifred

4508 「サウス・ライディング—英国の一風景」 "South Riding"
◇ジェイムズ・テイト・ブラック記念賞（1936年／フィクション）
「サウス・ライディング—英国の一風景」 ウィニフレッド・ホルトビー〔著〕, 坂本鈴子訳　朝日カルチャーセンター（製作）　1993.12　469p　22cm

ホールドマン, ジョー　Haldeman, Joe

4509 「愛は盲目」〔短編〕 "None So Blind"
◇ヒューゴー賞（1995年／短編）
◇ローカス賞（1995年／短編）
「SFマガジン　37(1)」〔中原尚哉訳〕 早川書房　1996.1　p16〜25

4510 「愛は盲目」〔短編集〕 "None So Blind"
◇ローカス賞（1997年／短編集）

4511 「終りなき戦い」 "The Forever War"
◇ネビュラ賞（1975年／長編）
◇ヒューゴー賞（1976年／長編）
◇ローカス賞（1976年／長編）
「終りなき戦い」　ジョー・ホールドマン著, 風見潤訳　早川書房　1978.12　248p　20cm　（海外SFノヴェルズ）　1000円
「終りなき戦い」　ジョー・ホールドマン著, 風見潤訳　早川書房　1985.10　366p　16cm　（ハヤカワ文庫—SF）　460円　①4-15-010634-7

4512 「終わりなき平和」 "Forever Peace"
◇ジョン・W・キャンベル記念賞（1998年／第1位）
◇ネビュラ賞（1998年／長編）
◇ヒューゴー賞（1998年／長編）
「終わりなき平和」　ジョー・ホールドマン著, 中原尚哉訳　東京創元社　1999.12　530p　15cm　（創元SF文庫）　920円　①4-488-71201-0

4513 「擬態—カムフラージュ」 "Camouflage"
◇ネビュラ賞（2005年／長編）
「擬態—カムフラージュ」　ジョー・ホールドマン著, 金子司訳　早川書房　2007.5　350p　20cm　（海外SFノヴェルズ）　1900円　①978-4-15-208818-5

4514 「三百年祭」 "Tricentennial"

◇ヒューゴー賞（1977年/短編）
◇ローカス賞（1977年/短編）
「SFマガジン 19(10)」〔風見潤訳〕
早川書房 1978.10 p129～147
4515 「死者登録」 "Graves"
◇世界幻想文学大賞（1993年/短編）
◇ネビュラ賞（1993年/短編）
「SFマガジン 37(9)」〔伊藤典夫訳〕
早川書房 1996.9 p42～49

4516 「ヘミングウェイごっこ」 "The Hemingway Hoax"
◇ネビュラ賞（1990年/中長編）
◇ヒューゴー賞（1991年/中長編）
「ヘミングウェイごっこ」ジョー・ホールドマン〔著〕、大森望訳 福武書店 1991.9 236p 20cm 1500円 ①4-8288-4029-X
「ヘミングウェイごっこ」ジョー・ホールドマン著、大森望訳 早川書房 2009.2 317p 16cm（ハヤカワ文庫SF）700円 ①978-4-15-011699-6
※福武書店1991年刊の改訳

◎ネビュラ賞（2009年/グランド・マスター）

ボルトン, S.J. Bolton, S.J.
4517 「毒の目覚め」 "Awakening"
◇アメリカ探偵作家クラブ賞（2010年/メアリ・ヒギンズ・クラーク賞）
「毒の目覚め 上」S・J・ボルトン著、法村里絵訳 東京創元社 2012.8 310p 15cm（創元推理文庫）900円 ①978-4-488-20705-2
「毒の目覚め 下」S・J・ボルトン著、法村里絵訳 東京創元社 2012.8 300p 15cm（創元推理文庫）900円 ①978-4-488-20706-9

◎英国推理作家協会賞（2014年/図書館賞）

ホルヌング, ヘルムート Hornung, Helmut
4518 「星の王国の旅」 "Safari ins Reich der Sterne"
◇ドイツ児童文学賞（1993年/ノンフィクション）
「星の王国の旅―宇宙・天文学への招待」ヘルムート・ホルヌング著、家悦子訳 丸善 1996.2 241p 21cm 2266円 ①4-621-04154-1
※監訳：家正則

ボルヒャース, エリザベス Borchers, Elisabeth
4519 「きょうはカバがほしいな」 "Heute wünsche ich mir ein Nilpferd"
◇ドイツ児童文学賞（1976年/絵本）
「きょうはカバがほしいな」ヴィルヘルム＝シュローテ絵、エリザベス＝ボルヒャース文、たけいなおき訳 偕成社 1980.3 1冊 31cm 980円

ボルヘス, ホルヘ・ルイス Borges, Jorge Luis
4520 "Selected Non-Fictions"
◇全米書評家協会賞（1999年/批評）

◎セルバンテス賞（1979年）

◎世界幻想文学大賞（1979年/生涯功労賞）

ホルム, アンニカ Holm, Annika
4521 "Amanda！Amanda！"
◇ニルス・ホルゲション賞（1990年）

ホルムベリイ, オーケ Holmberg, Åke
4522 「迷探偵スベントン登場」 "Ture Sventon, privatdetektiv"
◇ニルス・ホルゲション賞（1961年）
「迷探偵スベントン登場」オーケ・ホルムベルイ作、眉村卓他訳、湯村輝彦絵 講談社 1971 192p 22cm（世界の児童文学名作シリーズ）

ホルロイド, マイケル Holroyd, Michael
4523 "A Strange Eventful History: The Dramatic Lives of Ellen Terry, Henry Irving and their Remarkable Families"
◇ジェイムズ・テイト・ブラック記念賞（2008年/伝記）

ボルン, ジェームス・O. Born, James O.
4524 "The Drought"
◇バリー賞（2009年/短編）

ポレ, ルナン Pollès, Renan
4525 "La Momie - De Khéops à Hollywood"
◇イマジネール大賞（2002年/エッセイ〈評論〉）

ボレル, ジャック Borel, Jacques
4526 "L'adoration"
◇ゴンクール賞（1965年）

ホワイト, ウィリアム・アレン
  White, William Allen
  4527 "The Autobiography of William Allen White"
  ◇ピュリッツァー賞（1947年/伝記・自伝）

ホワイト, ウィリアム・S.
  White, William S.
  4528 "The Taft Story"
  ◇ピュリッツァー賞（1955年/伝記・自伝）

ホワイト, エドマンド　White, Edmund
  4529 "Genet"
  ◇全米書評家協会賞（1993年/伝記・自伝）

ホワイト, ケネス　White, Kenneth
  4530 "La Route bleue"
  ◇メディシス賞（1983年/外国小説）

ホワイト, セオドア・H.
  White, Theodore H.
  4531 「大統領になる方法」〔改題「大統領への道」〕"The Making of the President 1960"
  ◇ピュリッツァー賞（1962年/ノンフィクション）
  「大統領になる方法　上」T.H.ホワイト著, 渡辺恒雄, 小野瀬嘉慈訳　弘文堂　1964　335p 図版　19cm
  「大統領になる方法　下」T.H.ホワイト著, 渡辺恒雄, 小野瀬嘉慈訳　弘文堂　1964　329-626p 図版 地図　19cm
  「大統領への道」シオダー・H.ホワイト著, 渡辺恒雄, 小野瀬嘉慈訳　弘文堂　1965　624p 図版　19cm（フロンティア・ライブラリー）980円
  ※「大統領になる方法」の改題, 新装版

ホワイト, テリー　White, Teri
  4532 「真夜中の相棒」"Triangle"
  ◇アメリカ探偵作家クラブ賞（1983年/ペーパーバック賞）
  「真夜中の相棒」テリー・ホワイト著, 小菅正夫訳　文芸春秋　1984.3　371p 16cm（文春文庫）440円　①4-16-727517-1
  「真夜中の相棒」テリー・ホワイト著, 小菅正夫訳　新装版　文藝春秋　2014.4　414p　16cm（文春文庫）790円　①978-4-16-790087-8

ホワイト, パトリック　White, Patrick
  ◎ノーベル文学賞（1973年）

ホワイト, レオナード・D.
  White, Leonard D.
  4533 "The Republican Era: 1869-1901"
  ◇ピュリッツァー賞（1959年/歴史）

ホワイト, ロブ　White, Robb
  4534 「マデックの罠」"Deathwatch"
  ◇アメリカ探偵作家クラブ賞（1973年/ジュヴナイル賞）
  「マデックの罠」ロブ・ホワイト〔著〕, 宮下嶺夫訳　評論社　1989.4　285p 20cm（児童図書館・SOSシリーズ）1250円　①4-566-01256-5
  「マデックの罠」ロブ・ホワイト作, 宮下嶺夫訳　評論社　2010.3　276p 19cm（海外ミステリーbox）1500円　①978-4-566-02424-3
  ※1989年刊の改訳新版

ホワイト, E.B.　White, E.B.
  ◎ピュリッツァー賞（1978年/特別賞）

ホワイト, T.H.　White, T.H.
  4535 「石に刺さった剣」(永遠の王 第1部) "The Sword in the Stone"
  ◇ヒューゴー賞（1939年〈レトロ・ヒューゴー賞 2014年授与〉/長編）

ホワイトヘッド, コルソン
  Whitehead, Colson
  4536 「地下鉄道」"The Underground Railroad"
  ◇アーサー・C・クラーク賞（2017年）
  ◇ピュリッツァー賞（2017年/フィクション）
  「地下鉄道」コルソン・ホワイトヘッド著, 谷崎由依訳　早川書房　2017.12　395p　20cm　2300円　①978-4-15-209730-9

ポワロ＝デルペシュ, ベルトラン
  Poirot-Delpech, Bertrand
  4537 "Le Grand Dadais"
  ◇アンテラリエ賞（1958年）

ホーン, ラルフ・E.　Hone, Ralph E.
  4538 "Dorothy L.Sayers, A Literary Biography"
  ◇アメリカ探偵作家クラブ賞（1980年/

批評・評伝賞）

ボンサル, スティーヴン Bonsal, Stephen
4539 "Unfinished Business"
◇ピュリッツアー賞（1945年/歴史）

ポンジュ, フランシス Ponge, Francis
◎ノイシュタット国際文学賞（1974年）

ホーンズビー, ウェンディ Hornsby, Wendy
4540 「九人の息子たち」"Nine Sons"
◇アメリカ探偵作家クラブ賞（1992年/短編賞）
「エドガー賞全集―1990～2007」ローレンス・ブロック他〔著〕, 田口俊樹, 木村二郎他訳〔宇佐川晶子訳〕 早川書房 2008.9 655p 16cm（ハヤカワ・ミステリ文庫）1000円 ①978-4-15-177951-0

ポンソー, マリー Ponsot, Marie
4541 "The Bird Catcher"
◇全米書評家協会賞（1998年/詩）

ポンソンビー, アーサー Ponsonby, Arthur
4542 "Henry Ponsonby: Queen Victoria's Private Secretary"
◇ジェイムズ・テイト・ブラック記念賞（1942年/伝記）

ポンタリス, J.-B. Pontalis, Jean-Bertrand
4543 "Frère du précédent"
◇メディシス賞（2006年/エッセイ）

ポンティ, ジェームズ Ponti, James
4544 "Vanished！"
◇アメリカ探偵作家クラブ賞（2018年/ジュヴナイル賞）

ポンティッジャ, ジュゼッペ Pontiggia, Giuseppe
4545 "La grande sera"
◇ストレーガ賞（1989年）

ボンテンペルリ, マッシモ Bontempelli, M.
4546 "L'amante fedele"
◇ストレーガ賞（1953年）

ポントピダン, ヘンリク Pontoppidan, Henrik
◎ノーベル文学賞（1917年）

ボンフィリオリ, キリル Bonfiglioli, Kyril
4547 「英国紳士の名画大作戦」（チャーリー・モルデカイ 1）"Don't Point That Thing at Me"
◇英国推理作家協会賞（1973年/ジョン・クリーシー記念賞）
「チャーリー・モルデカイ 1 英国紳士の名画大作戦」キリル・ボンフィリオリ〔著〕, 三角和代訳 KADOKAWA 2014.12 318p 15cm（角川文庫）800円 ①978-4-04-101785-2

【マ】

マアルーフ, アミン Maalouf, Amin
4548 "Le rocher de Tanios"
◇ゴンクール賞（1993年）

マイアース, ロバート・マンソン Myers, Robert Manson
4549 "The Children of Pride"
◇全米図書賞（1973年/歴史）

マイエ, アントニーヌ Maillet, Antoine
4550 「荷車のペラジー」"Pélagie la charette"
◇ゴンクール賞（1979年）
「荷車のペラジー――失われた故郷への旅」アントニーヌ・マイエ著, 大矢タカヤス訳 彩流社 2010.12 337p 20cm（カナダの文学 6）2800円 ①978-4-88202-506-1

マイクルズ, アン Michaels, Anne
4551 「儚い光」"Fugitive Pieces"
◇ベイリーズ賞（1997年）
「儚い光」アン・マイクルズ著, 黒原敏行訳 早川書房 2000.10 303p 20cm 2200円 ①4-15-208306-9

マイケル, リビ Michael, Livi
4552 "The Whispering Road"
◇ネスレ子どもの本賞（2005年/9～11歳部門/銅賞）

マイケルズ, バーバラ Michaels, Barbara
⇒ピーターズ, エリザベス

マイスター, エルンスト Meister, Ernst
◎ビューヒナー賞（1979年）

マイヤー, デオン Meyer, Deon
4553 "13 Hours"
◇バリー賞（2011年/スリラー）

マイヤー, マイケル Meyer, Michael
4554 "Henrik Ibsen"
◇コスタ賞（1971年/伝記）

マイヤーズ, L.H. Myers, L.H.
4555 "The Root And The Flower"
◇ジェイムズ・テイト・ブラック記念賞（1935年/フィクション）

マイヤース, M.ルース Myers, M.Ruth
4556 "Don't Dare a Dame"
◇シェイマス賞（2014年/インディーズ長編）

マイルズ, ジャック Miles, Jack
4557 「神の伝記」 "God: A Biography"
◇ピュリッツァー賞（1996年/伝記・自伝）
「神の伝記」 ジャック・マイルズ著, 秦剛平訳　青土社　1997.1　545, 53p　20cm 3400円　①4-7917-5508-1

マーウィン, W.S. Merwin, W.S.
4558 "Migration: New and Selected Poems"
◇全米図書賞（2005年/詩）
4559 "The Carrier of Ladders"
◇ピュリッツァー賞（1971年/詩）
4560 "The Shadow of Sirius"
◇ピュリッツァー賞（2009年/詩）

マーウッド, アレックス Marwood, Alex
4561 "The Killer Next Door"
◇マカヴィティ賞（2015年/長編）
4562 "The Wicked Girls"
◇アメリカ探偵作家クラブ賞（2014年/ペーパーバック賞）

マーヴリナ, タチヤーナ Mawrina, Tatjana
◎国際アンデルセン賞（1976年/画家賞）

マウンテン, フィオナ Mountain, Fiona
4563 "Bloodline"
◇アメリカ探偵作家クラブ賞（2007年/メアリ・ヒギンズ・クラーク賞）

マカヴォイ, R.A. MacAvoy, R.A.
4564 「黒龍とお茶を」 "Tea with the Black Dragon"
◇ローカス賞（1984年/処女長編）
「黒竜とお茶を」 R.A.マカヴォイ著, 黒丸尚訳　早川書房　1988.7　318p　16cm（ハヤカワ文庫―FT）440円　①4-15-020113-7

マカフィー, アンナリーナ McAfee, Annalena
4565 "The Visitors Who Came to Stay"〔独語題：Mein Papi, nur meiner！〕
◇ドイツ児童文学賞（1985年/絵本）

マカリア, ジョン McAleer, John
4566 "Rex Stout"
◇アメリカ探偵作家クラブ賞（1978年/批評・評伝賞）

マカロック, ディアミッド MacCulloch, Diarmaid
4567 "The Reformation: A History"
◇全米書評家協会賞（2004年/ノンフィクション）
4568 "Thomas Cranmer: A Life"
◇コスタ賞（1996年/伝記）
◇ジェイムズ・テイト・ブラック記念賞（1996年/伝記）

マーカンド, ジョン・フィリップ Marquand, John Phillips
4569 "The Late George Apley"
◇ピュリッツァー賞（1938年/小説）

マキサック, パトリシア・C. McKissack, Patricia C.
4570 "Sojourner Truth: Ain't I a Woman？"
◇ボストングローブ・ホーンブック賞（1993年/ノンフィクション）

マキサック, フレデリック McKissack, Fredrick
4571 "Sojourner Truth: Ain't I a Woman？"

◇ボストングローブ・ホーンブック賞（1993年／ノンフィクション）

マキーヌ，アンドレイ Makine, Andreï

4572 「フランスの遺言書」 "Le Testament français"
◇ゴンクール賞（1995年）
◇メディシス賞（1995年）
「フランスの遺言書」 アンドレイ・マキーヌ著，星埜守之訳 水声社 2000.1 316p 20cm 2600円 ⓘ4-89176-414-7

マキャハリー，ジェイムズ McCahery, James

4573 "Grave Undertaking"
◇アンソニー賞（1991年／ペーパーバック）

マキャフリイ，アン McCaffrey, Anne

4574 「白い竜」 "The White Dragon"
◇ヒューゴー賞（1979年／ガンダルフ賞〈長編〉）
「白い竜」 アン・マキャフリイ著，小尾芙佐訳 早川書房 1982.12 609p 16cm（ハヤカワ文庫―SF パーンの竜騎士 3）680円

4575 「大巌洞人来たる」（竜の戦士 第1部） "Weyr Search"
◇ヒューゴー賞（1968年／中長編）
「ドラゴンの戦士」 アン・マキャフリイ著，船戸牧子訳 早川書房 1973 348p 19cm（ハヤカワ・SF・シリーズ）560円
「竜の戦士」 アン・マキャフリイ著，船戸牧子訳 早川書房 1982.8 427p 16cm（ハヤカワ文庫―SF パーンの竜騎士 1）500円

4576 「竜の戦士」〔別題「ドラゴンの戦士」〕 "Dragonrider"
◇ネビュラ賞（1968年／中長編）
「ドラゴンの戦士」 アン・マキャフリイ著，船戸牧子訳 早川書房 1973 348p 19cm（ハヤカワ・SF・シリーズ）560円
「竜の戦士」 アン・マキャフリイ著，船戸牧子訳 早川書房 1982.8 427p 16cm（ハヤカワ文庫―SF パーンの竜騎士 1）500円

4577 「竜の夜明け」 "Dragonsdawn"
◇ジョン・W・キャンベル記念賞（1989年／第3位）
「竜の夜明け 上」 アン・マキャフリイ著，浅羽莢子訳 早川書房 1990.3 302p 16cm（ハヤカワ文庫―SF パーンの竜騎士外伝 1）480円 ⓘ4-15-010860-9
「竜の夜明け 下」 アン・マキャフリイ著，浅羽莢子訳 早川書房 1990.3 319p 16cm（ハヤカワ文庫―SF パーンの竜騎士外伝 1）480円 ⓘ4-15-010861-7
◎ネビュラ賞（2004年／グランド・マスター）

マキャモン，ロバート・R. McCammon, Robert R.

4578 「狼の時」 "The Wolf's Hour"〔仏語題：L'Heure du loup〕
◇イマジネール大賞（1992年／長編〈外国〉）
「狼の時 上」 ロバート・R.マキャモン〔著〕，嶋田洋一訳 角川書店 1993.12 367p 15cm（角川ホラー文庫）680円 ⓘ4-04-266102-5
「狼の時 下」 ロバート・R.マキャモン〔著〕，嶋田洋一訳 角川書店 1993.12 484p 15cm（角川ホラー文庫）760円 ⓘ4-04-266103-3

4579 「少年時代」 "Boy's Life"
◇ブラム・ストーカー賞（1991年／長編）
◇世界幻想文学大賞（1992年／長編）
「少年時代 上」 ロバート・R.マキャモン著，二宮磬訳 文芸春秋 1995.3 397p 20cm 2000円 ⓘ4-16-315410-8
「少年時代 下」 ロバート・R.マキャモン著，二宮磬訳 文芸春秋 1995.3 461p 20cm 2000円 ⓘ4-16-315420-5
「少年時代 上」 ロバート・R.マキャモン著，二宮磬訳 文藝春秋 1999.2 425p 16cm（文春文庫）619円 ⓘ4-16-725436-0
「少年時代 下」 ロバート・R.マキャモン著，二宮磬訳 文藝春秋 1999.2 494p 16cm（文春文庫）667円 ⓘ4-16-725437-9
「少年時代 上」 ロバート・マキャモン著，二宮磬訳 ソニー・マガジンズ 2005.7 458p 15cm（ヴィレッジブックス）840円 ⓘ4-7897-2607-X
「少年時代 下」 ロバート・マキャモン著，二宮磬訳 ソニー・マガジンズ 2005.7 537p 15cm（ヴィレッジブックス）900円 ⓘ4-7897-2608-8

4580 「スワン・ソング」 "Swan Song"
◇ブラム・ストーカー賞（1987年／長編）
「スワン・ソング 上」 ロバート・R.マ

キャモン著, 加藤洋子訳　福武書店　1994.4　642p　18cm（Mystery paperbacks）1500円　Ⓘ4-8288-4043-5

「スワン・ソング　下」ロバート・R.マキャモン著, 加藤洋子訳　福武書店　1994.4　633p　18cm（Mystery paperbacks）1500円　Ⓘ4-8288-4045-1

「スワン・ソング　上」ロバート・R.マキャモン著, 加藤洋子訳　ベネッセコーポレーション　1996.10　644p　16cm（福武文庫）900円　Ⓘ4-8288-5786-9

「スワン・ソング　下」ロバート・R.マキャモン著, 加藤洋子訳　ベネッセコーポレーション　1996.10　636p　16cm（福武文庫）900円　Ⓘ4-8288-5787-7

4581　「マイン」　"Mine"

◇ブラム・ストーカー賞（1990年／長編）

「マイン　上」ロバート・R.マキャモン著, 二宮磐訳　文芸春秋　1992.4　371p　20cm　2000円　Ⓘ4-16-313130-2

「マイン　下」ロバート・R.マキャモン著, 二宮磐訳　文芸春秋　1992.4　325p　20cm　2000円　Ⓘ4-16-313140-X

「マイン　上」ロバート・R.マキャモン著, 二宮磐訳　文芸春秋　1995.2　408p　16cm（文春文庫）550円　Ⓘ4-16-730948-3

「マイン　下」ロバート・R.マキャモン著, 二宮磐訳　文芸春秋　1995.2　362p　16cm（文春文庫）550円　Ⓘ4-16-730949-1

4582　「水の底」　"The Deep End"

◇ブラム・ストーカー賞（1987年／短編）

「ハードシェル」ディーン・R.クーンツ他著, 大久保寛他訳〔田中一江訳〕早川書房　1990.3　476p　16cm（ハヤカワ文庫—NV　モダンホラー・セレクション）640円　Ⓘ4-15-040573-5

4583　「私を食べて」　"Eat Me"

◇ブラム・ストーカー賞（1989年／短編）

「死霊たちの宴　下」スキップ, スペクター編, 夏来健次訳　東京創元社　1998.8　375p　15cm（創元推理文庫）640円　Ⓘ4-488-57802-0

◎ブラム・ストーカー賞（2012年／生涯業績）

マキューアン, イアン　McEwan, Ian

4584　「アムステルダム」　"Amsterdam"

◇ブッカー賞（1998年）

「アムステルダム」イアン・マキューアン著, 小山太一訳　新潮社　1999.5 198p　20cm（Crest books）1800円　Ⓘ4-10-590009-9

「アムステルダム」イアン・マキューアン著, 小山太一訳　新潮社　2005.8　211p　16cm（新潮文庫）476円　Ⓘ4-10-215721-2
※1999年刊の改訂

4585　「時間のなかの子供」　"The Child in Time"

◇コスタ賞（1987年／長編）

「時間のなかの子供」イアン・マキューアン著, 真野泰訳　中央公論社　1995.9　314p　20cm　2200円　Ⓘ4-12-002478-4

4586　「贖罪」　"Atonement"

◇全米書評家協会賞（2002年／小説）

「贖罪」イアン・マキューアン著, 小山太一訳　新潮社　2003.4　446p　20cm　2600円　Ⓘ4-10-543101-3

「贖罪　上」イアン・マキューアン著, 小山太一訳　新潮社　2008.3　318p　16cm（新潮文庫）552円　Ⓘ978-4-10-215723-7

「贖罪　下」イアン・マキューアン著, 小山太一訳　新潮社　2008.3　325p　16cm（新潮文庫）590円　Ⓘ978-4-10-215724-4

4587　「土曜日」　"Saturday"

◇ジェイムズ・テイト・ブラック記念賞（2005年／フィクション）

「土曜日」イアン・マキューアン著, 小山太一訳　新潮社　2007.12　351p　20cm（Crest books）2200円　Ⓘ978-4-10-590063-2

マキリップ, パトリシア・A.　McKillip, Patricia A.

4588　「風の竪琴弾き」（イルスの竪琴 3）　"Harpist in the Wind"

◇ローカス賞（1980年／ファンタジー長編）

「風の竪琴弾き—イルスの竪琴3」パトリシア・A.マキリップ著, 脇明子訳　早川書房　1981.10　391p　16cm（ハヤカワ文庫—FT）480円

4589　「妖女サイベルの呼び声」　"The Forgotten Beasts of Eld"

◇世界幻想文学大賞（1975年／長編）

「妖女サイベルの呼び声」パトリシア・A.マキリップ著, 佐藤高子訳　早川書房　1979.2　308p　16cm（ハヤカワ文庫—FT）340円

4590　"Ombria in Shadow"

◇世界幻想文学大賞（2003年／長編）

◎世界幻想文学大賞（2008年／生涯功労

マキルウェイン, チャールズ・ハワード　McIlwain, Charles Howard
4591 "The American Revolution - A Constitutional Interpretation"
◇ピュリッツアー賞（1924年/歴史）

マーク, ジャン　Mark, Jan
4592 「夏・みじかくて長い旅」"Handles"
◇カーネギー賞（1983年）
「夏・みじかくて長い旅」J.マーク作, 百々佑利子訳, 岩淵慶造画　金の星社　1992.12　283p　21cm（新・文学の扉 16）　1400円　①4-323-01746-4
4593 「ライトニングが消える日」"Thunder and Lightnings"
◇カーネギー賞（1976年）
「ライトニングが消える日」ジャン・マーク著, 三辺律子訳　パロル舎　2002.6　223p　20cm　1700円　①4-89419-254-3

マグァイア, D.A.　McGuire, D.A.
4594 "Wicked Twist"
◇アメリカ探偵作家クラブ賞（1994年/ロバート・L・フィッシュ賞）

マクウォーター, ダイアン　McWhorter, Diane
4595 "Carry Me Home: Birmingham, Alabama, the Climactic Battle of the Civil Rights Revolution"
◇ピュリッツアー賞（2002年/ノンフィクション）

マクギニス, ミンディ　McGinnis, Mindy
4596 "A Madness So Discreet"
◇アメリカ探偵作家クラブ賞（2016年/ヤングアダルト賞）

マクギネス, ブライアン　McGuinness, Brian
4597 「ウィトゲンシュタイン評伝―若き日のルートヴィヒ 1889-1921」"Wittgenstein, A Life: Young Ludwig (1889-1921)"
◇ジェイムズ・テイト・ブラック記念賞（1988年/伝記）
「ウィトゲンシュタイン評伝―若き日のルートヴィヒ 1889-1921」ブライアン・マクギネス〔著〕, 藤本隆志〔ほか〕訳　法政大学出版局　1994.11　572, 23p　20cm（叢書・ウニベルシタス 453）　5974円　①4-588-00453-0
「ウィトゲンシュタイン評伝―若き日のルートヴィヒ 1889-1921」ブライアン・マクギネス〔著〕, 藤本隆志, 今井道夫, 宇都宮輝夫, 高橋要訳　新装版　法政大学出版局　2016.1　572, 23p　20cm（叢書・ウニベルシタス 453）　6800円　①978-4-588-14031-0

マークス, ジェフリー　Marks, Jeffrey
4598 "Anthony Boucher: A Biobibliography"
◇アンソニー賞（2009年/評論・ノンフィクション）

マクスウェル, ウィリアム　Maxwell, William
4599 "So Long, See You Tomorrow"
◇全米図書賞（1982年/小説/ペーパーバック）

マクダーミド, ヴァル　McDermid, Val
4600 「過去からの殺意」"The Distant Echo"
◇バリー賞（2004年/英国犯罪小説）
「過去からの殺意」ヴァル・マクダーミド著, 宮内もと子訳　集英社　2005.3　650p　16cm（集英社文庫）1048円　①4-08-760483-7
4601 「殺しの儀式」"The Mermaids Singing"
◇英国推理作家協会賞（1995年/ゴールド・ダガー）
「殺しの儀式」ヴァル・マクダーミド〔著〕, 森沢麻里訳　集英社　1997.4　554p　16cm（集英社文庫）860円　①4-08-760307-5
4602 「処刑の方程式」"A Place of Execution"
◇バリー賞（2000年/英国犯罪小説）
◇アンソニー賞（2001年/長編）
◇マカヴィティ賞（2001年/長編）
「処刑の方程式」ヴァル・マクダーミド〔著〕, 森沢麻里訳　集英社　2000.12　717p　16cm（集英社文庫）952円　①4-08-760387-3
4603 "Fever at the Bone"
◇バリー賞（2011年/ペーパーバック）
◎英国推理作家協会賞（2010年/ダイヤモンド・ダガー）

マクダーモット, アリス
McDermott, Alice

4604「チャーミング・ビリー」"Charming Billy"

◇全米図書賞（1998年/小説）

「チャーミング・ビリー」アリス・マクダーモット著, 鴻巣友季子訳　早川書房　1999.11　297p　20cm　2200円　①4-15-208247-X

マクダーモット, ジェラルド
McDermott, Gerald

4605「太陽へとぶ矢—インディアンにつたわるおはなし」"Arrow to the Sun"

◇コルデコット賞（1975年）

「太陽へとぶ矢—インディアンにつたわるおはなし」ジェラルド・マクダーモットさく, じんぐうてるおやく　ほるぷ出版　1976.3　1冊　25×29cm　1300円

マクデイド, トーマス・M.
McDade, Thomas M.

4606 "The Annals of Murder"

◇アメリカ探偵作家クラブ賞（1962年/スペシャルエドガー）

マクデヴィット, ジャック
McDevitt, Jack

4607「探索者」"Seeker"

◇ネビュラ賞（2006年/長編）

「探索者」ジャック・マクデヴィット著, 金子浩訳　早川書房　2008.10　381p　20cm（海外SFノヴェルズ）2100円　①978-4-15-208970-0

4608 "Omega"

◇ジョン・W・キャンベル記念賞（2004年/第1位）

4609 "The Hercules Text"

◇ローカス賞（1987年/処女長編）

マクドゥーガル, ウォルター
McDougall, Walter A.

4610 "...the Heavens and the Earth: A Political History of the Space Age"

◇ピュリッツァー賞（1986年/歴史）

マクドナルド, アンスン
MacDonald, Anson　⇒ハインライン, ロバート.A.

マクドナルド, イアン　McDonald, Ian

4611「イノセント」"Innocent"

◇英国SF協会賞（1992年/短編）

「SFマガジン　42（3）」〔古沢嘉通訳〕早川書房　2001.3　p68～96

4612「火星夜想曲」"Desolation Road"

◇ローカス賞（1989年/処女長編）

「火星夜想曲」イアン・マクドナルド著, 古沢嘉通訳　早川書房　1997.8　551p　16cm（ハヤカワ文庫 SF）900円　①4-15-011203-7

4613「ジンの花嫁」"The Djinn's Wife"

◇英国SF協会賞（2006年/短編）
◇ヒューゴー賞（2007年/中編）

「サイバラバード・デイズ」イアン・マクドナルド著, 下楠昌哉, 中村仁美訳　早川書房　2012.4　462p　19cm（新☆ハヤカワ・SF・シリーズ）1700円　①978-4-15-335003-8

4614「旋舞の千年都市」"The Dervish House"

◇英国SF協会賞（2010年/長編）
◇ジョン・W・キャンベル記念賞（2011年/第1位）

「旋舞の千年都市　上」イアン・マクドナルド〔著〕, 下楠昌哉訳　東京創元社　2014.3　327p　20cm（創元海外SF叢書 01）1900円　①978-4-488-01450-6

「旋舞の千年都市　下」イアン・マクドナルド〔著〕, 下楠昌哉訳　東京創元社　2014.3　301p　20cm（創元海外SF叢書 02）1900円　①978-4-488-01451-3

「旋舞の千年都市　上」イアン・マクドナルド著, 下楠昌哉訳　東京創元社　2016.5　425p　15cm（創元SF文庫）1260円　①978-4-488-76201-8

「旋舞の千年都市　下」イアン・マクドナルド著, 下楠昌哉訳　東京創元社　2016.5　382p　15cm（創元SF文庫）1260円　①978-4-488-76202-5

4615「小さき女神」"The Little Goddess"〔仏語題：La Petite déesse〕

◇イマジネール大賞（2013年/中編〈外国〉）

「サイバラバード・デイズ」イアン・マクドナルド著, 下楠昌哉, 中村仁美訳　早川書房　2012.4　462p　19cm（新☆ハヤカワ・SF・シリーズ）1700円　①978-4-15-335003-8

4616「黎明の王　白昼の女王」"King of Morning, Queen of Day"〔仏語題：Roi du matin, reine du jour〕

◇イマジネール大賞（2010年〈対象：2008年7月～09年6月〉/長編〈外

「黎明の王白昼の女王」　イアン・マクドナルド著, 古沢嘉通訳　早川書房　1995.2　603p　16cm（ハヤカワ文庫―FT）　780円　ⓘ4-15-020203-6

4617 "Brasyl"
◇英国SF協会賞（2007年/長編）

4618 "Chaga"
◇ジョン・W・キャンベル記念賞（1996年/第3位）

4619 "River of Gods"〔仏語題：Le Fleuve des dieux〕
◇英国SF協会賞（2004年/長編）
◇イマジネール大賞（2011年/長編〈外国〉）

マクドナルド, グレゴリー　McDonald, Gregory

4620 「フレッチ 殺人方程式」 "Fletch"
◇アメリカ探偵作家クラブ賞（1975年/処女長編賞）

「フレッチ―殺人方程式」　グレゴリー・マクドナルド著, 佐和誠訳　角川書店　1985.10　398p　15cm（角川文庫）　580円　ⓘ4-04-255102-5

4621 「フレッチ 死体のいる迷路」 "Confess, Fletch"
◇アメリカ探偵作家クラブ賞（1977年/ペーパーバック賞）

「フレッチ死体のいる迷路」　グレゴリー・マクドナルド著, 佐和誠訳　角川書店　1986.5　426p　15cm（角川文庫）　580円　ⓘ4-04-255103-3

マクドナルド, シェラ　Macdonald, Shelagh

4622 "No End to Yesterday"
◇コスタ賞（1977年/児童書）

マクドナルド, ジョン・D.　MacDonald, John D.

4623 "The Green Ripper"
◇全米図書賞（1980年/ミステリ/ハードカバー）
◎アメリカ探偵作家クラブ賞（1972年/巨匠賞）

マクドナルド, フィリップ　MacDonald, Philip

4624 "Dream No More"
◇アメリカ探偵作家クラブ賞（1956年/短編賞）

4625 "Something to Hide"
◇アメリカ探偵作家クラブ賞（1953年/短編賞）

マクドナルド, ヘレン　Macdonald, Helen

4626 「オはオオタカのオ」 "H is for Hawk"
◇コスタ賞（2014年/伝記）

「オはオオタカのオ」　ヘレン・マクドナルド著, 山川純子訳　白水社　2016.10　370p　20cm　2800円　ⓘ978-4-560-09509-6

マクドナルド, ロス　Macdonald, Ross

4627 「ドルの向こう側」 "The Far Side of the Dollar"
◇英国推理作家協会賞（1965年/ゴールド・ダガー）

「ドルの向こう側」　ロス・マクドナルド著, 菊池光訳　早川書房　1981.4　380p　16cm（ハヤカワ・ミステリ文庫）　460円

◎アメリカ探偵作家クラブ賞（1974年/巨匠賞）
◎シェイマス賞（1982年/ジ・アイ賞〈生涯功績賞〉）

マクドーネル, A.G.　Macdonell, A.G.

4628 "England, Their England"
◇ジェイムズ・テイト・ブラック記念賞（1933年/フィクション）

マクナミー, グラハム　McNamee, Graham

4629 "Acceleration"
◇アメリカ探偵作家クラブ賞（2004年/ヤングアダルト賞）

マクニール, ウィリアム・H.　McNeill, William H.

4630 "The Rise of the West: A History of the Human Community"
◇全米図書賞（1964年/歴史・伝記）

マクニール, スーザン・イーリア　McNeal, Susan Elia

4631 「チャーチル閣下の秘書」 "Mr. Churchill's Secretary"
◇バリー賞（2013年/ペーパーバック）

「チャーチル閣下の秘書」　スーザン・イーリア・マクニール著, 圷香織訳　東

京創元社　2013.6　465p　15cm　（創元推理文庫）　1100円　①978-4-488-25502-2

マクノートン, コリン　McNaughton, Colin

4632 "Oops！"
◇ネスレ子どもの本賞（1996年/5歳以下部門/金賞）

マクノートン, ブライアン　McNaughton, Brian

4633 "The Throne of Bones"
◇世界幻想文学大賞（1998年/短編集）

マクヒュー, モーリーン・F.　McHugh, Maureen F.

4634 「リンカン・トレイン」 "The Lincoln Train"
◇ヒューゴー賞（1996年/短編）
◇ローカス賞（1996年/短編）
「野性時代〈新創刊〉 5(11)」〔柴田元幸訳〕角川書店 2007.11　p348〜372

4635 "China Mountain Zhang"
◇ローカス賞（1993年/処女長編）

マクファースン, ジェームズ　McPherson, James Alan

4636 "Elbow Room"
◇ピュリッツアー賞（1978年/フィクション）

マクファーソン, カトリオーナ　McPherson, Catriona

4637 "A Deadly Measure of Brimstone"
◇マカヴィティ賞（2015年/スー・フェダー歴史ミステリ賞）

4638 "As She Left It"
◇アンソニー賞（2014年/ペーパーバック）

4639 "Dandy Gilver and an Unsuitable Day for Murder"
◇アガサ賞（2012年/歴史小説）

4640 "Dandy Gilver and the Proper Treatment of Bloodstains"
◇マカヴィティ賞（2012年/スー・フェダー歴史ミステリ賞）

4641 "The Day She Died"
◇アンソニー賞（2015年/ペーパーバック）

マクファーソン, ジェイムス・M.　McPherson, James M.

4642 "Battle Cry of Freedom: The Civil War Era"
◇ピュリッツアー賞（1989年/歴史）

マクフィー, ジョン　McPhee, John

4643 "Annals of the Former World"
◇ピュリッツアー賞（1999年/ノンフィクション）

マクフィーリー, ウィリアム　McFeely, William

4644 "Grant: A Biography"
◇ピュリッツアー賞（1982年/伝記・自伝）

マクブライド, ジェイムズ　McBride, James

4645 "The Good Lord Bird"
◇全米図書賞（2013年/小説）

マクブライト, スチュアート　MacBride, Stuart

4646 "Cold Granite"
◇バリー賞（2006年/処女長編）
◎英国推理作家協会賞（2007年/図書館賞）

マクベイン, エド　McBain, Ed

◎アメリカ探偵作家クラブ賞（1986年/巨匠賞）
◎英国推理作家協会賞（1998年/ダイヤモンド・ダガー）

マクマートリー, ラリー　McMurtry, Larry

4647 "Lonesome Dove"
◇ピュリッツアー賞（1986年/フィクション）

マクマラン, メアリ　McMullen, Mary

4648 "Strangle Hold"
◇アメリカ探偵作家クラブ賞（1952年/処女長編賞）

マクラウド, イアン・R.　MacLeod, Ian R.

4649 「チョップ・ガール」 "The Chop Girl"
◇世界幻想文学大賞（2000年/短編）

「夏の涯ての島」 イアン・R.マクラウド著, 浅倉久志他訳 〔嶋田洋一訳〕 早川書房 2008.1 438p 20cm 2200円 ⓘ978-4-15-208887-1

4650 「夏の涯ての島」〔中編〕 "The Summer Isles"
◇世界幻想文学大賞（1999年/中編）
「夏の涯ての島」 イアン・R.マクラウド著, 浅倉久志他訳 〔嶋田洋一訳〕 早川書房 2008.1 438p 20cm 2200円 ⓘ978-4-15-208887-1

4651 「夏の涯ての島」〔長編〕 "The Summer Isles"
◇ジョン・W・キャンベル記念賞（2006年/第3位）

4652 "Song of Time"
◇アーサー・C・クラーク賞（2009年）
◇ジョン・W・キャンベル記念賞（2009年/第1位）

4653 "The Great Wheel"
◇ローカス賞（1998年/処女長編）

マクラウド, ケン　MacLeod, Ken

4654 "Lighting Out"
◇英国SF協会賞（2007年/短編）

4655 "The Execution Channel"
◇ジョン・W・キャンベル記念賞（2008年/第3位）

4656 "The Night Sessions"
◇英国SF協会賞（2008年/長編）

4657 "The Sky Road"
◇英国SF協会賞（1999年/長編）

マクラクラン, パトリシア　MacLachlan, Patricia

4658 「のっぽのサラ」 "Sarah, Plain and Tall"
◇スコット・オデール賞（1986年）
◇ニューベリー賞（1986年）
「のっぽのサラ」 パトリシア・マクラクラン作, 金原瑞人訳　福武書店 1987.10 145p 19cm（ベスト・チョイス） 1200円　ⓘ4-8288-1303-9
「のっぽのサラ」 パトリシア・マクラクラン作, 金原瑞人訳, 中村悦子絵　徳間書店 2003.9 148p 19cm 1300円 ⓘ4-19-861745-7
※1987年刊の改訂

マクラフリン, アンドリュー・C.　McLaughlin, Andrew C.

4659 "A Constitutional History of the United States"

◇ピュリッツアー賞（1936年/歴史）

マクラム, シャーリン　McCrumb, Sharyn

4660 「暗黒太陽の浮気娘」 "Bimbos of the Death Sun"
◇アメリカ探偵作家クラブ賞（1988年/ペーパーバック賞）
「暗黒太陽の浮気娘」 シャーリン・マクラム著, 浅羽莢子訳　The Mysterious Press 1989.7 262p 15cm（ミステリアス・プレス文庫 10）440円　ⓘ4-15-100010-0

4661 「いつか還るときは」 "If Ever I Return, Pretty Peggy-O"
◇マカヴィティ賞（1991年/長編）
「いつか還るときは」 シャーリン・マクラム著, 浅羽莢子訳　The Mysterious Press 1998.4 396p 16cm（ハヤカワ文庫—ミステリアス・プレス文庫）740円　ⓘ4-15-100123-9

4662 「丘をさまよう女」 "She Walks These Hills"
◇アガサ賞（1994年/長編）
◇アンソニー賞（1995年/長編）
◇マカヴィティ賞（1995年/長編）
「丘をさまよう女」 シャーリン・マクラム著, 浅羽莢子訳　The Mysterious Press 1996.1 439p 16cm（ハヤカワ文庫—ミステリアス・プレス文庫）680円　ⓘ4-15-100095-X

4663 「グラミスの妖怪」 "The Monster of Glamis"
◇アンソニー賞（1995年/短編）
「ミステリマガジン 41（3）」〔浅羽莢子訳〕 早川書房 1996.3 p39〜52

4664 「小さな敷居際の一杯」 "A Wee Doch and Doris"
◇アガサ賞（1989年/短編）
「聖なる夜の犯罪」 シャーロット・マクラウド編, 中村保男他訳 〔浅羽莢子訳〕 The Mysterious Press 1990.11 406p 16cm（ハヤカワ文庫—ミステリアス・プレス文庫 32）600円　ⓘ4-15-100032-1

4665 "If I'd Killed Him When I Met Him"
◇アガサ賞（1995年/長編）

マクリーシュ, アーチボルド　MacLeish, Archibald

4666 "Collected Poems, 1917-1952"
◇全米図書賞（1953年/詩）
◇ピュリッツアー賞（1953年/詩）

4667 "Conquistador"

◇ピュリッツアー賞（1933年／詩）
4668 "J.B."
◇ピュリッツアー賞（1959年／戯曲）

マグリス, クラウディオ　Magris, Claudio
4669 "Microcosmi"
◇ストレーガ賞（1997年）

◎フランツ・カフカ賞（2016年）

マーグリーズ, ドナルド
Margulies, Donald
4670 「ディナー・ウィズ・フレンズ」 "Dinner With Friends"
◇ピュリッツアー賞（2000年／戯曲）

マクリーン, キャサリン
MacLean, Katherine
4671 「失踪した男」"The Missing Man"
◇ネビュラ賞（1971年／中長編）
「SFマガジン　14(12)」〔深町眞理子訳〕　早川書房　1973.11　p177～192, 201～232

◎ネビュラ賞（2002年／名誉賞）

マクリーン, ノーマン　Maclean, Norman
4672 "Young Men and Fire"
◇全米書評家協会賞（1992年／ノンフィクション）

マクリーン, ハリー・N.
MacLean, Harry N.
4673 "In Broad Daylight"
◇アメリカ探偵作家クラブ賞（1989年／犯罪実話賞）

マクリーン, S.G.　MacLean, S.G.
4674 "The Seeker"
◇英国推理作家協会賞（2015年／ヒストリカル・ダガー）

マクルーア, ジェイムズ　McClure, James
4675 「スティーム・ピッグ」"The Steam Pig"
◇英国推理作家協会賞（1971年／ゴールド・ダガー）
「スティーム・ピッグ」　ジェイムズ・マクルーア著, 高見浩訳　早川書房　1977.9　284p　19cm（世界ミステリシリーズ）760円

4676 「ならず者の鷲」"Rogue Eagle"
◇英国推理作家協会賞（1976年／シルバー・ダガー）
「ならず者の鷲」　ジェイムズ・マクルーア著, 小泉喜美子訳　早川書房　1979.2　257p　20cm（Hayakawa novels）1000円

マクレガー, ロバート・キューン
McGregor, Robert Kuhn
4677 "Conundrums for the Long Week-End"
◇アメリカ探偵作家クラブ賞（2001年／批評・評伝賞）

マグレガー, ロブ　MacGregor, Rob
4678 "Prophecy Rock"
◇アメリカ探偵作家クラブ賞（1996年／ヤングアダルト賞）

マクレガー, T.J.　MacGregor, T.J.
4679 "Out of Sight"
◇アメリカ探偵作家クラブ賞（2003年／ペーパーバック賞）

マグロー, エロイーズ・ジャーヴィス
McGraw, Eloise Jarvis
4680 "A Really Weird Summer"
◇アメリカ探偵作家クラブ賞（1978年／ジュヴナイル賞）

マクロー, トーマス・K.
McCraw, Thomas K.
4681 "Prophets of Regulation"
◇ピュリッツアー賞（1985年／歴史）

マクロイ, ヘレン　McCloy, Helen
◎アメリカ探偵作家クラブ賞（1990年／巨匠賞）

マクロウ, デヴィッド
McCullough, David
4682 "John Adams"
◇ピュリッツアー賞（2002年／伝記・自伝）
4683 "Mornings on Horseback"
◇全米図書賞（1982年／自伝・伝記／ハードカバー）
4684 "The Path Between the Seas: The Creation of the Panama Canal 1870-1914"
◇全米図書賞（1978年／歴史）
4685 "Truman"
◇ピュリッツアー賞（1993年／伝記・自伝）

マグワイア, ショーニン
McGuire, Seanan

4686「不思議の国の少女たち」 "Every Heart a Doorway"

◇ネビュラ賞（2016年/中長編）

◇ヒューゴー賞（2017年/中長編）

「不思議の国の少女たち」 ショーニン・マグワイア著, 原島文世訳 東京創元社 2018.10 222p 15cm（創元推理文庫） 840円 ⓘ978-4-488-56702-6

マコックラン, ジェラルディン
McCaughrean, Geraldine

4687「海賊の息子」 "Plundering Paradise"

◇ネスレ子どもの本賞（1996年/9～11歳部門/銅賞）

「海賊の息子」 ジェラルディン・マコックラン作, 上原里佳訳 偕成社 2006.7 373p 22cm 1600円 ⓘ4-03-540450-0
※絵：佐竹美保

4688「世界はおわらない」 "Not the End of the World"

◇コスタ賞（2004年/児童書）

「世界はおわらない」 ジェラルディン・マコックラン著, 金原瑞人, 段木ちひろ訳 主婦の友社 2006.3 285p 19cm 1900円 ⓘ4-07-248332-X

4689「空からおちてきた男」 "Smile！"

◇ネスレ子どもの本賞（2004年/6～8歳部門/銅賞）

「空からおちてきた男」 ジェラルディン・マコックラン作, 金原瑞人訳 偕成社 2007.4 130p 22cm 1200円 ⓘ978-4-03-540460-6
※絵：佐竹美保

4690「不思議を売る男」 "A Pack of Lies"

◇カーネギー賞（1988年）

◇ガーディアン児童文学賞（1989年）

「不思議を売る男」 ジェラルディン・マコーリアン作, 金原瑞人訳, 佐竹美保絵 偕成社 1998.6 333p 22cm 1500円 ⓘ4-03-540420-9

4691 "A Little Lower than the Angels"

◇コスタ賞（1987年/児童書）

4692 "Gold Dust"

◇コスタ賞（1994年/児童書）

4693 "Stop the Train"

◇ネスレ子どもの本賞（2002年/9～11歳部門/銅賞）

4694 "The Kite Rider"

◇ネスレ子どもの本賞（2001年/9～11歳部門/銅賞）

マコート, フランク　McCourt, Frank

4695「アンジェラの灰」 "Angela's Ashes：A Memoir"

◇全米書評家協会賞（1996年/伝記・自伝）

◇ピュリッツァー賞（1997年/伝記・自伝）

「アンジェラの灰」 フランク・マコート著, 土屋政雄訳 新潮社 1998.7 574p 20cm（Crest books）2700円 ⓘ4-10-590003-X

「アンジェラの灰 上」 フランク・マコート〔著〕, 土屋政雄訳 新潮社 2004.1 375p 16cm（新潮文庫） 629円 ⓘ4-10-202511-1

「アンジェラの灰 下」 フランク・マコート〔著〕, 土屋政雄訳 新潮社 2004.1 382p 16cm（新潮文庫） 629円 ⓘ4-10-202512-X

マゴリアン, ミシェル
Magorian, Michelle

4696「おやすみなさいトムさん」 "Goodnight Mister Tom"

◇ガーディアン児童文学賞（1982年）

「おやすみなさいトムさん」 ミシェル・マゴリアン作, 中村妙子訳 評論社 1991.8 414p 20cm（評論社の児童図書館・文学の部屋） 1800円 ⓘ4-566-01106-2

4697 "Just Henry"

◇コスタ賞（2008年/児童書）

マコーリイ, ポール・J.
McAuley, Paul J.

4698「フェアリイ・ランド」 "Fairyland"

◇アーサー・C・クラーク賞（1996年）

◇ジョン・W・キャンベル記念賞（1997年/第1位）

「フェアリイ・ランド」 ポール・J.マコーリイ著, 嶋田洋一訳 早川書房 1999.1 435p 20cm（海外SFノヴェルズ） 2500円 ⓘ4-15-208206-2

「フェアリイ・ランド」 ポール・J.マコーリイ著, 嶋田洋一訳 早川書房 2006.1 687p 16cm（ハヤカワ文庫SF） 1000円 ⓘ4-15-011544-3

4699 "Evening's Empires"

◇ジョン・W・キャンベル記念賞（2014年/第2位）

4700 "The Temptation of Dr.Stein"
◇英国幻想文学賞（1995年／短編）

マコーリフ, フランク　McAuliffe, Frank

4701 「殺し屋から愛をこめて」 "For Murder I Charge More"
◇アメリカ探偵作家クラブ賞（1972年／ペーパーバック賞）
「殺し屋から愛をこめて」　フランク・マコーリフ著，沢川進訳　早川書房　1983.6　477p　16cm（ハヤカワ文庫―NV）　560円

マコール, ダンディ・デイリー　Mackall, Dandi Daley

4702 「沈黙の殺人者」 "The Silence of Murder"
◇アメリカ探偵作家クラブ賞（2012年／ヤングアダルト賞）
「沈黙の殺人者」　ダンディ・デイリー・マコール作，武富博子訳　評論社　2013.3　410p　19cm（海外ミステリーBOX）　1600円　①978-4-566-02430-4

マコーレー, ローズ　Macauley, Rose

4703 "The Towers Of Trebizond"
◇ジェイムズ・テイト・ブラック記念賞（1956年／フィクション）

マコーレイ, デビッド　Macaulay, David

4704 「カテドラル」 "Sie bauten eine Kathedrale"
◇ドイツ児童文学賞（1975年／ノンフィクション）
「カテドラル―最も美しい大聖堂のできあがるまで」　デビッド・マコーレイ作，飯田喜四郎訳　岩波書店　1979.3　90p　31cm　1300円

4705 「道具と機械の本―てこからコンピューターまで」 "The Way Things Work"
◇ボストングローブ・ホーンブック賞（1989年／ノンフィクション）
「道具と機械の本―てこからコンピューターまで」　デビッド・マコーレイ〔著〕，歌崎秀史訳　岩波書店　1990.11　384p　29cm　6000円　①4-00-009883-7
「道具と機械の本―てこからコンピューターまで」　デビッド・マコーレイ〔著〕，歌崎秀史訳　新装版　岩波書店　1999.10　400p　29cm　7400円　①4-00-009885-3
「道具と機械の本―てこからコンピューターまで」　デビッド・マコーレイ〔著〕，歌崎秀史訳　新装版　岩波書店　2011.9　400p　29cm　7600円　①978-4-00-009889-2

4706 "Black and White"
◇コルデコット賞（1991年）

マシスン, リチャード　Matheson, Richard

4707 「ある日どこかで」 "Bid Time Return"
◇世界幻想文学大賞（1976年／長編）
「ある日どこかで」　リチャード・マシスン著，尾之上浩司訳　東京創元社　2002.3　476p　15cm（創元推理文庫）　980円　①4-488-58102-1

4708 "Collected Stories"
◇ブラム・ストーカー賞（1989年／短編集）

4709 "Richard Matheson: Collected Stories"
◇世界幻想文学大賞（1990年／短編集）

◎世界幻想文学大賞（1984年／生涯功労賞）

◎ブラム・ストーカー賞（1990年／生涯業績）

マシーセン, ピーター　Matthiessen, Peter

4710 "Shadow Country"
◇全米図書賞（2008年／小説）
4711 "The Snow Leopard"
◇全米図書賞（1979年／現代思想）
◇全米図書賞（1980年／一般ノンフィクション／ペーパーバック）

マシャード, アナ・マリア　Machado, Ana Maria

◎国際アンデルセン賞（2000年／作家賞）

マーシャル, ヘレン　Marshall, Helen

4712 "Gifts for the One Who Comes After"
◇世界幻想文学大賞（2015年／短編集）
4713 "Hair Side, Flesh Side"
◇英国幻想文学賞（2013年／最優秀新人〈シドニー・J・バウンズ賞〉）

マーシャル, メーガン　Marshall, Megan

4714 "Margaret Fuller: A New American Life"
◇ピュリッツアー賞（2014年／伝記・自

マーシャル, レイ Marshall, Ray
- 4715 "Watch it Work ! The Plane"
  ◇ネスレ子どもの本賞（1985年／イノベーション部門）

マーシュ, アール Marsh, Earle
- 4716 "The Complete Directory of Prime Time Network TV Shows: 1946-Present"
  ◇全米図書賞（1980年／一般参考図書／ペーパーバック）

マーシュ, キャサリン Marsh, Katherine
- 4717 「ぼくは夜に旅をする」"The Night Tourist"
  ◇アメリカ探偵作家クラブ賞（2008年／ジュヴナイル賞）
  「ぼくは夜に旅をする」キャサリン・マーシュ著，堀川志野舞訳　早川書房　2008.10　260p　19cm　1600円　①978-4-15-208969-4

マーシュ, ナイオ Marsh, Ngaio
- ◎アメリカ探偵作家クラブ賞（1978年／巨匠賞）

マシューズ, ウィリアム Matthews, William
- 4718 "Time and Money"
  ◇全米書評家協会賞（1995年／詩）

マシューズ, エイドリアン Mathews, Adrian
- 4719 「ウィーンの血」"Vienna Blood"
  ◇英国推理作家協会賞（1999年／シルバー・ダガー）
  「ウィーンの血」エイドリアン・マシューズ著，嶋田洋一訳　早川書房　2000.7　550p　16cm（ハヤカワ文庫NV）900円　①4-15-040954-4

マシューズ, ジェイソン Matthews, Jason
- 4720 「レッド・スパロー」"Red Sparrow"
  ◇アメリカ探偵作家クラブ賞（2014年／処女長編賞）
  「レッド・スパロー　上」ジェイソン・マシューズ著，山中朝晶訳　早川書房　2013.9　376p　16cm（ハヤカワ文庫NV）840円　①978-4-15-041290-6
  「レッド・スパロー　下」ジェイソン・マシューズ著，山中朝晶訳　早川書房　2013.9　383p　16cm（ハヤカワ文庫NV）840円　①978-4-15-041291-3

マース, ピーター Maas, Peter
- 4721 "In a Child's Name"
  ◇アメリカ探偵作家クラブ賞（1991年／犯罪実話賞）

マスターズ, ブライアン Masters, Brian
- 4722 「死体と暮らすひとりの部屋」"Killing for Company"
  ◇英国推理作家協会賞（1985年／ゴールド・ダガー〈ノンフィクション〉）
  「死体と暮らすひとりの部屋—ある連続殺人者の深層」ブライアン・マスターズ著，桃井健司訳　草思社　1997.11　405p　20cm　2500円　①4-7942-0783-2

マズレーヌ, ギー Mazeline, Guy
- 4723 "Les loups"
  ◇ゴンクール賞（1932年）

間瀬 元朗 ませ・もとろう
- 4724 「イキガミ」"Ikigami: Préavis de mort"（1〜4巻）
  ◇イマジネール大賞（2010年〈対象：2009年7月〜12月〉／マンガ）
  「イキガミ　1」間瀬元朗著　小学館　2005.9　208p　18cm（ヤングサンデーコミックス）505円　①4-09-153281-0
  「イキガミ　2」間瀬元朗著　小学館　2006.5　215p　18cm（ヤングサンデーコミックス）505円　①4-09-151075-2
  「イキガミ　3」間瀬元朗著　小学館　2007.2　205p　18cm（ヤングサンデーコミックス）505円　①4-09-151149-X
  「イキガミ　4」間瀬元朗著　小学館　2007.9　227p　18cm（ヤングサンデーコミックス）505円　①978-4-09-151227-7

マター, M. Matter, Maritgen
- 4725 "Ein Schaf fürs Leben"
  ◇ドイツ児童文学賞（2004年／児童書）

マタール, ヒシャーム Matar, Hisham
- 4726 「帰還—父と息子を分かつ国」"The Return: Fathers, Sons and the Land in Between"
  ◇ピュリッツァー賞（2017年／伝記・自伝）
  「帰還—父と息子を分かつ国」ヒシャーム・マタール著，金原瑞人，野沢佳織訳

人文書院　2018.11　309p　20cm　3200円　①978-4-409-13041-4

マチジアク, グンナー　Matysiak, Gunnar

4727　「わたしのペットは鼻づらルーディ」 "Rennschwein Rudi Rüssel"
◇ドイツ児童文学賞（1990年/児童書）
「わたしのペットは鼻づらルーディ」ウーヴェ・ティム作, 平野卿子訳, グンナー・マチジアク絵　講談社　1991.5　187p　21cm（世界の子どもライブラリー）1200円　①4-06-194717-6

マチュー, ニコラ　Mathieu, Nicolas

4728　"Leurs enfants après eux"
◇ゴンクール賞（2018年）

マーツ, バーバラ　Mertz, Barbara　⇒ピーターズ, エリザベス

マッカイ, ヒラリー　McKay, Hilary

4729　「サフィーの天使」 "Saffy's Angel"
◇コスタ賞（2002年/児童書）
「サフィーの天使」ヒラリー・マッカイ作, 冨永星訳　小峰書店　2007.1　271p　19cm（Y.A.books）1400円　①978-4-338-14419-3

4730　「夏休みは大さわぎ」（わんぱく四人姉妹物語 1）"The Exiles"
◇ガーディアン児童文学賞（1992年）
「夏休みは大さわぎ」ヒラリー・マッカイ作, ノーマン・ヤング絵, ときありえ訳　評論社　1995.4　348p　21cm（児童図書館・文学の部屋―わんぱく四人姉妹物語 1）2300円　①4-566-01276-X

4731　"The Exiles at Home"
◇ネスレ子どもの本賞（1994年/グランプリ・9～11歳部門）

マッカーシー, コーマック　McCarthy, Cormac

4732　「ザ・ロード」 "The Road"
◇ジェイムズ・テイト・ブラック記念賞（2006年/フィクション）
◇ピュリッツァー賞（2007年/フィクション）
「ザ・ロード」コーマック・マッカーシー著, 黒原敏行訳　早川書房　2008.6　270p　20cm 1800円　①978-4-15-208926-7
「ザ・ロード」コーマック・マッカーシー著, 黒原敏行訳　早川書房　2010.5　351p　16cm（ハヤカワepi文庫）800円　①978-4-15-120060-1

4733　「すべての美しい馬」 "All the Pretty Horses"
◇全米書評家協会賞（1992年/小説）
◇全米図書賞（1992年/小説）
「すべての美しい馬」コーマック・マッカーシー著, 黒原敏行訳　早川書房　1994.4　286p　20cm（Hayakawa novels）2000円　①4-15-207841-3
「すべての美しい馬」コーマック・マッカーシー著, 黒原敏行訳　早川書房　2001.5　499p　16cm（ハヤカワepi文庫）880円　①4-15-120004-5

マッカーシー, フィオナ　MacCarthy, Fiona

4734　"The Last Pre-Raphaelite Edward Burne-Jones and the Victorian Imagination"
◇ジェイムズ・テイト・ブラック記念賞（2011年/伝記）

マッキー, デビッド　McKee, David

4735　「青いかいじゅうと赤いかいじゅう」 "Du hast angefangen！Nein, du！"
◇ドイツ児童文学賞（1987年/絵本）
「青いかいじゅうと赤いかいじゅう」デイビット・マッキー作, きたざわきょうこ文　アーニ出版　1989.11　32p　25cm（あいとへいわのえほん）1340円　①4-87001-025-9

マッキー, ナサニエル　Mackey, Nathaniel

4736　"Splay Anthem"
◇全米図書賞（2006年/詩）

マッキニー, ジョー　McKinney, Joe

4737　"Dog Days"
◇ブラム・ストーカー賞（2013年/ヤングアダルト長編）

4738　"Flesh Eaters"
◇ブラム・ストーカー賞（2011年/長編）

マッキャン, コラム　McCann, Colum

4739　「世界を回せ」 "Let the Great World Spin"
◇全米図書賞（2009年/小説）
「世界を回せ 上」コラム・マッキャン著, 小山太一, 宮本朋子訳　河出書房新社　2013.6　263p　20cm 1900円　①978-4-309-20622-6
「世界を回せ 下」コラム・マッキャン著, 小山太一, 宮本朋子訳　河出書房新社　2013.6　274p　20cm 1900円

マッキュリー, エミリー・アーノルド
McCully, Emily Arnold

4740 "Mirette on the High Wire"
◇コルデコット賞（1993年）

マッキルヴァニー, ウイリアム
McIlvanney, William

4741 「夜を深く葬れ」 "Laidlaw"
◇英国推理作家協会賞（1977年／シルバー・ダガー）
「夜を深く葬れ」 ウィリアム・マッキルヴァニー著、田村義進訳　早川書房　1979.10　257p　19cm（世界ミステリシリーズ）780円

4742 「レイドロウの怒り」 "The Papers of Tony Veitch"
◇英国推理作家協会賞（1983年／シルバー・ダガー）
「レイドロウの怒り」 ウィリアム・マッキルヴァニー著、中村保男訳　早川書房　1985.2　321p　19cm（世界ミステリシリーズーレイドロウ警部シリーズ）960円　①4-15-001445-0

4743 "Docherty"
◇コスタ賞（1975年／長編）

マッキーン, デイブ　McKean, Dave

4744 "The Wolves in the Walls"
◇英国SF協会賞（2003年／短編）

4745 "Varjak Paw"
◇ネスレ子どもの本賞（2003年／6～8歳部門／金賞）

マッキンタイア, ヴォンダ・N.
McIntyre, Vonda N.

4746 「霧と草と砂と」 "Of Mist, and Grass, and Sand"
◇ネビュラ賞（1973年／中編）
「SFマガジン 16（9）」〔沢ゆり子訳〕早川書房　1975.9　p35～53

4747 「夢の蛇」 "Dreamsnake"
◇ネビュラ賞（1978年／長編）
◇ヒューゴー賞（1979年／長編）
◇ローカス賞（1979年／長編）
「夢の蛇」 ヴォンダ・N.マッキンタイア著、友枝康子訳　早川書房　1988.7　470p　16cm（ハヤカワ文庫―SF）600円　①4-15-010780-7

4748 "The Moon and the Sun"
◇ネビュラ賞（1997年／長編）
①978-4-309-20623-3

マッキンタイア, リンデン
MacIntyre, Linden

4749 "The Bishop's Man"
◇スコシアバンク・ギラー賞（2009年）

マッキンティ, エイドリアン
McKinty, Adrian

4750 「サイレンズ・イン・ザ・ストリート」 "I Hear the Sirens in the Street"
◇バリー賞（2014年／ペーパーバック）
「サイレンズ・イン・ザ・ストリート」 エイドリアン・マッキンティ著、武藤陽生訳　早川書房　2018.10　520p　16cm（ハヤカワ・ミステリ文庫）1180円
①978-4-15-183302-1

4751 "Rain Dogs"
◇アメリカ探偵作家クラブ賞（2017年／ペーパーバック賞）

マッキントッシュ, ウィル
McIntosh, Will

4752 "Bridesicle"
◇ヒューゴー賞（2010年／短編）

マッキンリィ, ロビン　McKinley, Robin

4753 「英雄と王冠」 "The Hero and the Crown"
◇ニューベリー賞（1985年）
「英雄と王冠」 ロビン・マッキンリイ著、渡辺南都子訳　早川書房　1987.7　375p　16cm（ハヤカワ文庫―FT　ダマール王国物語 2）500円　①4-15-020100-5

4754 "Imaginary Lands"
◇世界幻想文学大賞（1986年／アンソロジー・短編集）

マッギンレー, フィリス
McGinley, Phyllis

4755 "Times Three: Selected Verse From Three Decades"
◇ピュリッツアー賞（1961年／詩）

マック, ジョン・E.　Mack, John E.

4756 "A Prince of Our Disorder: The Life of TE.Lawrence"
◇ピュリッツアー賞（1977年／伝記・自伝）

マックナルティ, フェイス
McNulty, Faith

4757 "If You Decide to Go to the Moon"

◇ボストングローブ・ホーンブック賞
（2006年／ノンフィクション）

マックレディー, ロビン・メロウ
MacCready, Robin Merrow

4758 "Buried"
◇アメリカ探偵作家クラブ賞（2007年／ヤングアダルト賞）

マックロスキー, ロバート
McCloskey, Robert

4759 「かもさんおとおり」 "Make Way for Ducklings"
◇コルデコット賞（1942年）
「かもさんおとおり」 ロバート・マックロスキー文・絵、わたなべしげお訳 福音館書店 1965 1冊 31cm（世界傑作絵本シリーズ）

4760 「すばらしいとき」 "Time of Wonder"
◇コルデコット賞（1958年）
「すばらしいとき」 ロバート・マックロスキーぶんとえ、わたなべしげおやく 福音館書店 1978.7 61p 31cm（世界傑作絵本シリーズ）980円
「すばらしいとき」 ロバート・マックロスキーぶんとえ、わたなべしげおやく 福音館書店 1996.2 61p 31cm（世界傑作絵本シリーズ―アメリカの絵本）1500円　①4-8340-0720-0
※第13刷（初版：1978年）

マッケイ, ウィリアム　MacKay, William

4761 "Dance Writings"
◇全米書評家協会賞（1987年／批評）

マッケナ, リチャード
McKenna, Richard

4762 「秘密の遊び場」 "The Secret Place"
◇ネビュラ賞（1966年／短編）
「ザ・ベスト・フロム・オービット　上」 デーモン・ナイト編、浅倉久志他訳〔酒匂真理子訳〕 NW-SF社 1984.8 294p 20cm（NW-SFシリーズ 5）1900円　①4-900244-04-X

マッケルウェイ, セント・クレア
McKelway, St.Clair

4763 "True Tales from the Annals of Crime and Rascality"
◇アメリカ探偵作家クラブ賞（1952年／犯罪実話賞）

マッコイ, エンジェル・リー
McCoy, Angel Leigh
◎ブラム・ストーカー賞（2010年／シルバーハンマー賞）

マッコール, D.S.　MacColl, D.S.

4764 "Philip Wilson Steer"
◇ジェイムズ・テイト・ブラック記念賞（1945年／伝記）

マッシー, エリザベス　Massie, Elizabeth

4765 "Sineater"
◇ブラム・ストーカー賞（1992年／処女長編）

4766 "Stephen"
◇ブラム・ストーカー賞（1990年／長中編）

マッシー, スジャータ　Massey, Sujata

4767 「雪殺人事件」 "The Salaryman's Wife"
◇アガサ賞（1997年／処女長編）
「雪殺人事件」 スジャータ・マッシー〔著〕、矢沢聖子訳 講談社 2000.7 501p 15cm（講談社文庫）895円　①4-06-264906-3

4768 "The Flower Master"
◇マカヴィティ賞（2000年／長編）

マッシー, ロバート・K.
Massie, Robert K.

4769 "Peter the Great: His Life and Worl"
◇ピュリッツアー賞（1981年／伝記・自伝）

マッツァンティーニ, マルガレート
Mazzantini, Margaret

4770 「動かないで」 "Non ti muovere"
◇ストレーガ賞（2002年）
「動かないで」 マルガレート・マッツァンティーニ著、泉典子訳 草思社 2003.7 350p 20cm 2200円　①4-7942-1225-9

マッツッコ, メラニア・G.
Mazzucco, Melania G.

4771 "Vita"
◇ストレーガ賞（2003年）

マッティングリー, ギャレット
Mattingly, Garrett

4772 "The Armada"

マーティー, マーティン・E.
Marty, Martin E.

4773 "Righteous Empire: The Protestant Experience in America"
◇全米図書賞（1972年/哲学・宗教）

マーティン, アンドリュー
Martin, Andrew

4774 "The Somme Stations"
◇英国推理作家協会賞（2011年/エリス・ピーターズ・ヒストリカル・ダガー）

マーティン, ヴァレリー　Martin, Valerie
4775 "Property"
◇ベイリーズ賞（2003年）

マーティン, ジョージ・R.R.
Martin, George R.R.

4776 「あらし」(翼人の掟 第1部)　"Storms"〔受賞時タイトル：The Storms of Windhaven〕
◇ローカス賞（1976年/中長編）
「翼人の掟」　マーティン&タトル著, 神鳥統夫訳　集英社　1982.6　342p　20cm（World SF）1400円

4777 「王狼たちの戦旗」 "A Clash of Kings"
◇ローカス賞（1999年/ファンタジー長編）
「王狼たちの戦旗 上」　ジョージ・R.R.マーティン著, 岡部宏之訳　早川書房　2004.11　485p　20cm（氷と炎の歌 2）2800円　④4-15-208597-5
「王狼たちの戦旗 下」　ジョージ・R.R.マーティン著, 岡部宏之訳　早川書房　2004.11　516p　20cm（氷と炎の歌 2）2800円　④4-15-208598-3
「王狼たちの戦旗 1」　ジョージ・R.R.マーティン著, 岡部宏之訳　早川書房　2007.3　383p　16cm（ハヤカワ文庫SF—氷と炎の歌 2）720円　④978-4-15-011604-0
「王狼たちの戦旗 2」　ジョージ・R.R.マーティン著, 岡部宏之訳　早川書房　2007.4　363p　16cm（ハヤカワ文庫SF—氷と炎の歌 2）720円　④978-4-15-011608-8
「王狼たちの戦旗 3」　ジョージ・R.R.マーティン著, 岡部宏之訳　早川書房　2007.5　327p　16cm（ハヤカワ文庫SF—氷と炎の歌 2）720円　④978-4-15-011613-2
「王狼たちの戦旗 4」　ジョージ・R.R.マーティン著, 岡部宏之訳　早川書房　2007.6　334p　16cm（ハヤカワ文庫SF—氷と炎の歌 2）720円　④978-4-15-011617-0
「王狼たちの戦旗 5」　ジョージ・R.R.マーティン著, 岡部宏之訳　早川書房　2007.7　324p　16cm（ハヤカワ文庫SF—氷と炎の歌 2）720円　④978-4-15-011624-8
「王狼たちの戦旗 上」　ジョージ・R・R・マーティン著, 岡部宏之訳　改訂新版　早川書房　2012.6　766p　16cm（ハヤカワ文庫SF—氷と炎の歌 2）1460円　④978-4-15-011858-7
※2007年刊1～5巻の合本, 改訂再編集
「王狼たちの戦旗 下」　ジョージ・R・R・マーティン著, 岡部宏之訳　改訂新版　早川書房　2012.6　765p　16cm（ハヤカワ文庫SF—氷と炎の歌 2）1460円　④978-4-15-011859-4
※2007年刊1～5巻の合本, 改訂再編集

4778 「皮剝ぎ人」 "The Skin Trade"
◇世界幻想文学大賞（1989年/中編）
「スニーカー」　スティーヴン・キング他著, 吉野美恵子他訳〔宮脇孝雄訳〕　早川書房　1990.5　456p　16cm（ハヤカワ文庫—NV モダンホラー・セレクション）600円　④4-15-040579-4

4779 「剣嵐の大地」(氷と炎の歌 3) "A Storm of Swords"
◇ローカス賞（2001年/ファンタジー長編）
「剣嵐の大地 1」　ジョージ・R.R.マーティン著, 岡部宏之訳　早川書房　2006.11　461p　20cm（氷と炎の歌 3）2800円　④4-15-208772-2
「剣嵐の大地 2」　ジョージ・R.R.マーティン著, 岡部宏之訳　早川書房　2006.12　453p　20cm（氷と炎の歌 3）2800円　④4-15-208782-X
「剣嵐の大地 3」　ジョージ・R.R.マーティン著, 岡部宏之訳　早川書房　2007.1　449p　20cm（氷と炎の歌 3）2800円　④978-4-15-208788-1
「剣嵐の大地 上」　ジョージ・R・R・マーティン著, 岡部宏之訳　早川書房　2012.10　670p　16cm（ハヤカワ文庫SF—氷と炎の歌 3）1300円　④978-4-15-011876-1
※2006～2007年刊の登場人物名, 用語を一新
「剣嵐の大地 中」　ジョージ・R・R・マーティン著, 岡部宏之訳　早川書房　2012.10　686p　16cm（ハヤカワ文庫SF—氷と炎の歌 3）1300円　④978-4-

15-011877-8
※2006〜2007年刊の登場人物名、用語を一新
「剣嵐の大地 下」 ジョージ・R・R・マーティン著,岡部宏之訳 早川書房 2012.10 685p 16cm（ハヤカワ文庫SF―氷と炎の歌 3）1300円 ①978-4-15-011878-5
※2006〜2007年刊の登場人物名、用語を一新

4780　「子供たちの肖像」 "Portraits of His Children"
◇ネビュラ賞（1985年/中編）
「洋梨形の男」 ジョージ・R.R.マーティン著,中村融編訳 河出書房新社 2009.9 341p 20cm（奇想コレクション）1900円 ①978-4-309-62204-0

4781　「サンドキングズ」〔中編〕 "Sandkings"
◇ネビュラ賞（1979年/中編）
◇ヒューゴー賞（1980年/中編）
◇ローカス賞（1980年/中編）
「サンドキングズ」 ジョージ・R.R.マーティン著,安田均,風見潤訳〔安田均訳〕早川書房 1984.6 384p 16cm（ハヤカワ文庫―SF）460円
「サンドキングズ」 ジョージ・R.R.マーティン著,安田均,風見潤訳〔安田均訳〕早川書房 2005.10 430p 16cm（ハヤカワ文庫SF）800円 ①4-15-011534-6
※1984年刊の新装版

4782　「サンドキングズ」〔短編集〕 "Sandkings"
◇ローカス賞（1982年/著作集）
「サンドキングズ」 ジョージ・R.R.マーティン著,安田均,風見潤訳 早川書房 1984.6 384p 16cm（ハヤカワ文庫―SF）460円
「サンドキングズ」 ジョージ・R.R.マーティン著,安田均,風見潤訳 早川書房 2005.10 430p 16cm（ハヤカワ文庫SF）800円 ①4-15-011534-6
※1984年刊の新装版

4783　「七王国の玉座」 "A Game of Thrones"
◇ローカス賞（1997年/ファンタジー長編）
「七王国の玉座 上」 ジョージ・R.R.マーティン著,岡部宏之訳 早川書房 2002.11 446p 20cm（氷と炎の歌 1）2800円 ①4-15-208457-X
「七王国の玉座 下」 ジョージ・R.R.マーティン著,岡部宏之訳 早川書房 2002.11 446p 20cm（氷と炎の歌 1）2800円 ①4-15-208458-8
「七王国の玉座 1」 ジョージ・R.R.マーティン著,岡部宏之訳 早川書房 2006.5 297p 16cm（ハヤカワ文庫SF―氷と炎の歌 1）700円 ①4-15-011564-8
「七王国の玉座 2」 ジョージ・R.R.マーティン著,岡部宏之訳 早川書房 2006.6 301p 16cm（ハヤカワ文庫SF―氷と炎の歌 1）700円 ①4-15-011568-0
「七王国の玉座 3」 ジョージ・R.R.マーティン著,岡部宏之訳 早川書房 2006.7 366p 16cm（ハヤカワ文庫SF―氷と炎の歌 1）700円 ①4-15-011573-7
「七王国の玉座 4」 ジョージ・R.R.マーティン著,岡部宏之訳 早川書房 2006.8 363p 16cm（ハヤカワ文庫SF―氷と炎の歌 1）700円 ①4-15-011577-X
「七王国の玉座 5」 ジョージ・R.R.マーティン著,岡部宏之訳 早川書房 2006.9 361p 16cm（ハヤカワ文庫SF―氷と炎の歌 1）700円 ①4-15-011582-6
「七王国の玉座 上」 ジョージ・R.R.マーティン著,岡部宏之訳 改訂新版 早川書房 2012.3 702p 16cm（ハヤカワ文庫SF―氷と炎の歌 1）1300円 ①978-4-15-011844-0
「七王国の玉座 下」 ジョージ・R.R.マーティン著,岡部宏之訳 改訂新版 早川書房 2012.3 702p 16cm（ハヤカワ文庫SF―氷と炎の歌 1）1300円 ①978-4-15-011845-7

4784　「守護者」 "Guardians"
◇ローカス賞（1982年/中編）
「タフの方舟 1（禍つ星）」 ジョージ・R.R.マーティン著,酒井昭伸訳 早川書房 2005.4 479p 16cm（ハヤカワ文庫SF）840円 ①4-15-011511-7

4785　「ナイトフライヤー」 "Nightflyers"
◇ローカス賞（1981年/中長編）
「SFマガジン 23(8)」〔ナイトフライヤー（前篇）〕安田均訳 早川書房 1982.8 p138〜162
「SFマガジン 23(9)」〔ナイトフライヤー（後篇）〕安田均訳 早川書房 1982.9 p138〜170

4786　「モンキー療法」 "The Monkey Treatment"
◇ローカス賞（1984年/中編）
「洋梨形の男」 ジョージ・R.R.マーティン著,中村融編訳 河出書房新社 2009.9 341p 20cm（奇想コレクション）1900円 ①978-4-309-62204-0

4787　「洋梨形の男」 "The Pear-Shaped Man"
◇ブラム・ストーカー賞（1987年/長中編）

「洋梨形の男」 ジョージ・R.R.マーティン著, 中村融編訳 河出書房新社 2009.9 341p 20cm (奇想コレクション) 1900円 ⓘ978-4-309-62204-0

4788 「ライアへの讃歌」〔中編〕 "A Song for Lya"

◇ヒューゴー賞（1975年/中長編）

「世界SF大賞傑作選（ヒューゴー・ウィナーズ）8」 アイザック・アシモフ編〔谷口高夫訳〕 講談社 1978.8 294p 15cm（講談社文庫）340円

4789 「ライアへの讃歌」〔短編集〕 "A Song for Lya and Other Stories"

◇ローカス賞（1977年/著作集）

4790 「龍と十字架の道」 "The Way of Cross and Dragon"

◇ヒューゴー賞（1980年/短編）

◇ローカス賞（1980年/短編）

「サンドキングズ」 ジョージ・R.R.マーティン著, 安田均, 風見潤訳〔風見潤訳〕 早川書房 1984.6 384p 16cm（ハヤカワ文庫—SF）460円

「サンドキングズ」 ジョージ・R.R.マーティン著, 安田均, 風見潤訳〔風見潤訳〕 早川書房 2005.10 430p 16cm（ハヤカワ文庫 SF） 800円 ⓘ4-15-011534-6

※1984年刊の新装版

4791 「竜との舞踏」 "A Dance with Dragons"

◇ローカス賞（2012年/ファンタジー長編）

「竜との舞踏 1」 ジョージ・R・R・マーティン著, 酒井昭伸訳 早川書房 2013.9 534p 20cm（氷と炎の歌 5）3000円 ⓘ978-4-15-209405-6

「竜との舞踏 2」 ジョージ・R・R・マーティン著, 酒井昭伸訳 早川書房 2013.10 531p 20cm（氷と炎の歌 5）3000円 ⓘ978-4-15-209413-1

「竜との舞踏 3」 ジョージ・R・R・マーティン著, 酒井昭伸訳 早川書房 2013.11 574p 20cm（氷と炎の歌 5）3100円 ⓘ978-4-15-209416-2

「竜との舞踏 上」 ジョージ・R・R・マーティン著, 酒井昭伸訳 早川書房 2016.9 777p 16cm（ハヤカワ文庫 SF—氷と炎の歌 5）1600円 ⓘ978-4-15-012090-0

「竜との舞踏 中」 ジョージ・R・R・マーティン著, 酒井昭伸訳 早川書房 2016.10 781p 16cm（ハヤカワ文庫 SF—氷と炎の歌 5）1600円 ⓘ978-4-15-012094-8

「竜との舞踏 下」 ジョージ・R・R・マーティン著, 酒井昭伸訳 早川書房 2016.11 872p 16cm（ハヤカワ文庫 SF—氷と炎の歌 5）1700円 ⓘ978-4-15-012103-7

4792 "Blood of The Dragon"

◇ヒューゴー賞（1997年/中長編）

◎世界幻想文学大賞（2012年/生涯功労賞）

マーティン, ジョン・バートロー
Martin, John Bartlow

4793 "Why Did They Kill？"

◇アメリカ探偵作家クラブ賞（1954年/犯罪実話賞）

マーティン, ロバート・B.
Martin, Robert B.

4794 "Tennyson: The Unquiet Heart"

◇ジェイムズ・テイト・ブラック記念賞（1980年/伝記）

マーティンソン, ハリー
Martinson, Harry

◎ノーベル文学賞（1974年）

マテソン, ジョン　Matteson, John

4795 "Eden's Outcasts: The Story of Louisa May Alcott and Her Father"

◇ピュリッツアー賞（2008年/伝記・自伝）

マテラ, ライア　Matera, Lia

4796 「死の泥酔」 "Dead Drunk"

◇シェイマス賞（1997年/短編）

「ミステリマガジン 43(4)」〔高田恵子訳〕 早川書房 1998.4 p158～177

マーテル, ヤン　Martel, Yann

4797 「パイの物語」 "The Life of Pi"

◇ブッカー賞（2002年）

「パイの物語」 ヤン・マーテル著, 唐沢則幸訳 竹書房 2004.2 479p 22cm 1800円 ⓘ4-8124-1533-0

「パイの物語 上」 ヤン・マーテル著, 唐沢則幸訳 竹書房 2012.11 271p 15cm（竹書房文庫）648円 ⓘ978-4-8124-9208-6

「パイの物語 下」 ヤン・マーテル著, 唐沢則幸訳 竹書房 2012.11 271p 15cm（竹書房文庫）648円 ⓘ978-4-8124-9209-3

まど・みちお
◎国際アンデルセン賞（1994年/作家賞）

マトゥテ, アナ・マリア
Matute, Ana María
◎セルバンテス賞（2010年）

マドクス, ブレンダ　Maddox, Brenda
4798 "D H Lawrence: The Married Man"
◇コスタ賞（1994年/伝記）

マードック, アイリス　Murdoch, Iris
4799「海よ, 海」"The Sea, the Sea"
◇ブッカー賞（1978年）
「海よ, 海」アイリス・マードック著, 蛭川久康訳　集英社　1982.11　2冊　20cm（現代の世界文学）1400円, 1500円

4800「ブラック・プリンス」"The Black Prince"
◇ジェイムズ・テイト・ブラック記念賞（1973年/フィクション）
「ブラック・プリンス」アイリス・マードック〔著〕, 鈴木寧訳　講談社　1976　2冊　20cm　各1200円

4801 "The Sacred & Profane Love Machine"
◇コスタ賞（1974年/長編）

マニエル, フランク・E.
Manuel, Frank E.
4802 "Utopian Thought in the Western World"
◇全米図書賞（1983年/歴史/ペーパーバック）

マニエル, フリッジー・P.
Manuel, Fritzie P.
4803 "Utopian Thought in the Western World"
◇全米図書賞（1983年/歴史/ペーパーバック）

マニング, ミック　Manning, Mick
4804「あかんぼうがいっぱい！」"The World is Full of Babies"
◇ネスレ子どもの本賞（1996年/5歳以下部門/銀賞）
「あかんぼうがいっぱい」ミック・マニング, ブリタ・グランストローム作, 百々佑利子訳　岩波書店　1998.10　30p　22×29cm（大型絵本―かがくとなかよし）1600円　①4-00-116207-5

マネア, ノーマン　Manea, Norman
4805 "întoarcerea huliganului"〔仏語題：Le Retour du hooligan：une vie〕
◇メディシス賞（2006年/外国小説）

マネッティ, リサ　Mannetti, Lisa
4806 "The Gentling Box"
◇ブラム・ストーカー賞（2008年/処女長編）

マノッティ, ドミニク　Manotti, Dominique
4807 "Lorraine Connection"
◇英国推理作家協会賞（2008年/インターナショナル・ダガー）

マハリッジ, デール　Maharidge, Dale
4808 "And Their Children After Them"
◇ピュリッツアー賞（1990年/ノンフィクション）

マバンク, アラン　Mabanckou, Alain
4809 "Mémoires de porc-épic"
◇ルノドー賞（2006年）

マビー, カールトン　Mabee, Carleton
4810 "The American Leonardo: The Life of Samuel F B.Morse"
◇ピュリッツアー賞（1944年/伝記・自伝）

マーヒー, マーガレット　Mahy, Margaret
4811「足音がやってくる」"The Haunting"
◇カーネギー賞（1982年）
「足音がやってくる」マーガレット・マーヒー作, 青木由紀子訳　岩波書店　1989.10　236p　20cm　1500円　①4-00-115508-7
「足音がやってくる」マーガレット・マーヒー作, 青木由紀子訳　岩波書店　2013.2　234p　18cm（岩波少年文庫）660円　①978-4-00-114608-0
※1989年刊の再刊

4812「贈りものは宇宙のカタログ」"The Catalogue of the Universe"
◇フェニックス賞（2005年）
「贈りものは宇宙のカタログ」マーガレット・マーヒー作, 青木由紀子訳　岩

波書店　1992.7　331p　20cm　2100円　①4-00-115523-0

4813 「しゃぼんだまぼうや」 "Bubble Trouble"
◇ボストングローブ・ホーンブック賞（2009年/絵本）
「しゃぼんだまぼうや」マーガレット・マーヒーさく、ポリー・ダンバーえ、もとしたいづみやく　フレーベル館　2009.2　1冊（ページ付なし）　29cm　1300円　①978-4-577-03687-7

4814 「めざめれば魔女」 "The Changeover"
◇カーネギー賞（1984年）
「めざめれば魔女」マーガレット・マーヒー作、清水真砂子訳　岩波書店　1989.10　389p　20cm　2000円　①4-00-115509-5
「めざめれば魔女」マーガレット・マーヒー作、清水真砂子訳　岩波書店　2013.3　382p　18cm（岩波少年文庫）　800円　①978-4-00-114609-7
※1989年刊の再刊

4815 「ゆがめられた記憶」 "Memory"
◇フェニックス賞（2007年）
「ゆがめられた記憶」マーガレット・マーヒー作、清水真砂子訳　岩波書店　1996.3　398p　20cm　2300円　①4-00-115614-8

◎国際アンデルセン賞（2006年/作家賞）

マーフィー, ウォーレン　Murphy, Warren

4816 「グランドマスター」 "Grandmaster"
◇アメリカ探偵作家クラブ賞（1985年/ペーパーバック賞）
「グランドマスター」ウォーレン・マーフィー、モリー・コクラン著、沢山進訳　早川書房　1987.4　2冊　16cm（ハヤカワ文庫―NV）各480円　①4-15-040442-9

4817 「地獄の天井」 "Ceiling of Hell"
◇シェイマス賞（1985年/ペーパーバック）
「地獄の天井」ウォーレン・マーフィ著、平井イサク訳　サンケイ出版　1986.6　444p　16cm（サンケイ文庫―海外ノベルス・シリーズ）540円　①4-383-02488-2

4818 「豚は太るか死ぬしかない」 "Pigs Get Fat"
◇アメリカ探偵作家クラブ賞（1986年/ペーパーバック賞）
「豚は太るか死ぬしかない」ウォーレン・マーフィー著、田村義進訳　早川書房　1987.5　255p　16cm（ハヤカワ・ミステリ文庫）380円　①4-15-075704-6

4819 "Another Day, Another Dollar"
◇シェイマス賞（1999年/短編）

マーフィー, ジム　Murphy, Jim

4820 "An American Plague: The True and Terrifying Story of the Yellow Fever Epidemic of 1793"
◇ボストングローブ・ホーンブック賞（2004年/ノンフィクション）

マーフィー, ジル　Murphy, Jill

4821 "The Last Noo-Noo"
◇ネスレ子どもの本賞（1995年/5歳以下部門）

マーフィー, パット　Murphy, Pat

4822 「落ちゆく女」 "The Falling Woman"
◇ネビュラ賞（1987年/長編）
「落ちゆく女」パット・マーフィー著、友枝康子訳　早川書房　1990.11　397p　16cm（ハヤカワ文庫―SF）580円　①4-15-010903-6

4823 「恋するレイチェル」 "Rachel in Love"
◇ネビュラ賞（1987年/中編）
◇ローカス賞（1988年/中編）
「SFマガジン　30(1)」〔猪俣美江子訳〕　早川書房　1989.1　p18～46

4824 「骨」 "Bones"
◇世界幻想文学大賞（1991年/中編）
「SFマガジン　34(8)」〔中原尚哉訳〕　早川書房　1993.8　p10～52

マーフィ, マーガレット　Murphy, Margaret

4825 "The Message"
◇英国推理作家協会賞（2012年/短編ダガー）

マフィーニ, メアリー・ジェーン　Maffini, Mary Jane

4826 "So Much in Common"
◇アガサ賞（2010年/短編）

マフフーズ, ナギーブ　Mahfūz, Najīb

◎ノーベル文学賞（1988年）

マメット, デヴィッド　Mamet, David
- *4827*「グレンギャリー・グレン・ロス」 "Glengarry Glen Ross"
  ◇ピュリッツアー賞（1984年/戯曲）

マライーニ, ダーチャ　Maraini, Dacia
- *4828* "Buio"
  ◇ストレーガ賞（1999年）

マラブル, マニング　Marable, Manning
- *4829* "Malcolm X: A Life of Reinvention"
  ◇ピュリッツアー賞（2012年/歴史）

マラマッド, バーナード　Malamud, Bernard
- *4830*「修理屋」 "The Fixer"
  ◇全米図書賞（1967年/小説）
  ◇ピュリッツアー賞（1967年/フィクション）
  「修理屋」 バーナード・マラムード著, 橋本福夫訳 早川書房 1969 429p 20cm（ハヤカワ・ノヴェルズ）850円
- *4831*「魔法の樽」 "The Magic Barrel"
  ◇全米図書賞（1959年/小説）
  「魔法の樽」 バーナード・マラマッド著, 邦高忠二訳 荒地出版社 1968 205p 20cm 550円

マラン, ルネ　Maran, Réne
- *4832*「バツアラ」 "Batouala"
  ◇ゴンクール賞（1921年）
  「バツアラ」 ルネ・マラン著, 高瀬毅訳 改造社 1922 1冊 肖像 19cm

マリ, イエラ　Mari, Iela
- *4833*「りんごとちょう」 "La pomme et le papillon"〔独語題：Der Apfel und der Schmetterling〕
  ◇ドイツ児童文学賞（1971年/絵本）
  「りんごとちょう」 イエラ・マリ, エンゾ・マリさく ほるぷ出版 1976.9 1冊 22cm 880円

マリ, エンツォ　Mari, Enzo
- *4834*「りんごとちょう」 "La pomme et le papillon"〔独語題：Der Apfel und der Schmetterling〕
  ◇ドイツ児童文学賞（1971年/絵本）
  「りんごとちょう」 イエラ・マリ, エンゾ・マリさく ほるぷ出版 1976.9 1冊 22cm 880円

マリー, ジェマ　Malley, Gemma
- *4835*「2140—サープラス・アンナの日記」 "The Declaration, Anna's Story"〔仏語題：La Déclaration. L'Histoire d'Anna〕
  ◇イマジネール大賞（2009年/青少年向け長編）
  「2140—サープラス・アンナの日記」 ジェマ・マリー著, 橋本恵訳 ソフトバンククリエイティブ 2008.7 399p 22cm 1800円 ①978-4-7973-4365-6

マリ, ジェーン・ローレンス　Mali, Jane Lawrence
- *4836* "Oh, Boy! Babies"
  ◇全米図書賞（1981年/児童ノンフィクション/ハードカバー）

マリエット, G.M.　Malliet, G.M.
- *4837*「コージー作家の秘密の原稿」 "Death of a Cozy Writer"
  ◇アガサ賞（2008年/処女長編）
  「コージー作家の秘密の原稿」 G.M.マリエット著, 吉澤康子訳 東京創元社 2011.10 389p 15cm（創元推理文庫）1100円 ①978-4-488-22103-4

マリク, ウスマン・T.　Malik, Usman T.
- *4838* "The Vaporization Enthalpy of a Peculiar Pakistani Family"
  ◇ブラム・ストーカー賞（2014年/短編）

マリック, J.J.　Marric, J.J.
- *4839*「ギデオンと放火魔」 "Gideon's Fire"
  ◇アメリカ探偵作家クラブ賞（1962年/長編賞）
  「ギデオンと放火魔」 J.J.マリック著, 井上一夫訳 早川書房 1963 222p 19cm（世界ミステリシリーズ）
  「ギデオンと放火魔」 J.J.マリック著, 井上一夫訳 早川書房 1978.3 300p 16cm（ハヤカワ・ミステリ文庫）340円

マリニー, ジャン　Marigny, Jean
- *4840* "Les vampires au XXème siècle"
  ◇イマジネール大賞（2004年/エッセイ〈評論〉）

マリーニー, ティム　Maleeny, Tim
- *4841*「死が二人を別つまで」 "Till

Death Do Us Part"
◇マカヴィティ賞（2007年/短編）
「殺しが二人を別つまで」ハーラン・コーベン編, 山本やよい他訳 〔木村二郎訳〕早川書房 2007.10 550p 16cm（ハヤカワ・ミステリ文庫）1000円 ①978-4-15-177351-8

マール, ネーレ　Maar, Nele

4842 "Papa wohnt jetzt in der Heinrichstraße"
◇ドイツ児童文学賞（1989年/絵本）

マール, パウル　Maar, Paul

4843 "Türme"
◇ドイツ児童文学賞（1988年/ノンフィクション/ヤングアダルト）

◎ドイツ児童文学賞（1996年/特別賞）

丸尾 末広　まるお・すえひろ

4844 「パノラマ島綺譚」 "L'île Panorama"
◇イマジネール大賞（2011年/マンガ）
「パノラマ島綺譚」江戸川乱歩原作, 丸尾末広脚色・作画　エンターブレイン 2008.3 272p 21cm（Beam comix）980円 ①978-4-7577-3969-7

マルジュリ, ディアーヌ・ド　Margerie, Diane de

4845 "Aurore et George"
◇メディシス賞（2004年/エッセイ）

マルジュリ, ロベール　Margerit, Robert

4846 "Le Dieu nu"
◇ルノドー賞（1951年）

マルセー, フアン　Marsé, Juan

◎セルバンテス賞（2008年）

マルソー, フェリシャン　Marceau, Félicien

4847 「クリージー」 "Creezy"
◇ゴンクール賞（1969年）
「クリージー」フェリシャン・マルソー著, 榊原晃三訳　新潮社 1970 202p 20cm 650円

4848 "Les Élans du cœur"
◇アンテラリエ賞（1955年）

マルタン・デュ・ガール, ロジェ　Martin du Gard, Roger

◎ノーベル文学賞（1937年）

マルツバーグ, バリー・N.　Malzberg, Barry N.

4849 「アポロの彼方」 "Beyond Apollo"
◇ジョン・W・キャンベル記念賞（1973年/第1位）
「アポロの彼方」バリー・N.マルツバーグ著, 黒丸尚訳　早川書房 1980.7 205p 20cm（海外SFノヴェルズ）1000円

4850 "Breakfast in the Ruins"
◇ローカス賞（2008年/ノンフィクション）

4851 "The Engines of the Night"
◇ローカス賞（1983年/ノンフィクション・参考図書）

マルティネス, ヴィクター　Martinez, Victor

4852 「オーブンの中のオウム」 "Parrott In the Oven: MiVida"
◇全米図書賞（1996年/児童文学）
「オーブンの中のオウム」ヴィクター・マルティネス作, さくまゆみこ訳　講談社 1998.11 239p 20cm（ユースセレクション）1500円 ①4-06-261658-0

マルドゥーン, ポール　Muldoon, Paul

4853 "Moy Sand and Gravel"
◇ピュリッツァー賞（2003年/詩）

マルーフ, デイヴィッド　Malouf, David

◎ノイシュタット国際文学賞（2000年）

マルロー, アンドレ　Malraux, André

4854 「王道」 "La Voie royale"
◇アンテラリエ賞（1930年）
「王道」マルロー著, 安東次男訳　角川書店 1961 224p 16cm（角川文庫）
「世界文学全集 33 人間の条件・王道」アンドレ・マルロー著, 小松清, 新庄嘉章訳　新潮社 1962 525p 図版 18cm
「新潮世界文学 45 マルロー」〔滝田文彦訳〕新潮社 1970 836p 図版 20cm 1200円
「王道」アンドレ・マルロー〔著〕, 渡辺淳訳　講談社 2000.4 275p 16cm（講談社文芸文庫）1200円 ①4-06-198209-5

4855 「人間の条件」 "La condition humaine"
◇ゴンクール賞（1933年）
「世界文学全集 33 人間の条件・王道」アンドレ・マルロー著, 小松清, 新庄嘉

章訳　新潮社　1962　525p　図版　18cm
「新潮世界文学　45　マルロー」〔小松清, 新庄嘉章訳〕　新潮社　1970　836p　図版　20cm　1200円

マレー, サビーナ　Murray, Sabina

4856 "The Caprices"
◇ペン・フォークナー賞（2003年）

マレ＝ジョリス, フランソワーズ　Mallet-Joris, Françoise

4857 "L'Empire céleste"
◇フェミナ賞（1958年）

マレル, デイヴィッド　Morrell, David

4858 「苦悩のオレンジ、狂気のブルー」 "Orange is for Anguish, Blue for Insanity"
◇ブラム・ストーカー賞（1988年/長中編）
「苦悩のオレンジ、狂気のブルー」　デイヴィッド・マレル著, 定木大介訳　柏艪舎　2005.9　546p　20cm　1900円　①4-434-06562-9

4859 「廃墟ホテル」 "Creepers"
◇ブラム・ストーカー賞（2005年/長編）
「廃墟ホテル」　デイヴィッド・マレル著, 山本光伸訳　ランダムハウス講談社　2005.12　462p　15cm　820円　①4-270-10022-2

4860 「墓から伸びる美しい髪」 "The Beautiful Uncut Hair of Graves"
◇ブラム・ストーカー賞（1991年/長中編）
「苦悩のオレンジ、狂気のブルー」　デイヴィッド・マレル著, 定木大介訳　柏艪舎　2005.9　546p　20cm　1900円　①4-434-06562-9

4861 "Murder as a Fine Art"
◇マカヴィティ賞（2014年/スー・フェダー歴史ミステリ賞）

マレルバ, ルイージ　Malerba, Luigi

4862 "Salto mortale"〔仏語題：Saut de la mort〕
◇メディシス賞（1970年/外国小説）

マレルブ, アンリ　Malherbe, Henri

4863 "La flamme au poing"
◇ゴンクール賞（1917年）

マーロウ, スティーヴン　Marlowe, Stephen

4864 "Chester Drum"series
◇シェイマス賞（1997年/ジ・アイ賞〈生涯功績賞〉）

マーロウ, ダン・J.　Marlowe, Dan J.

4865 "Flashpoint"
◇アメリカ探偵作家クラブ賞（1971年/ペーパーバック賞）

マローン, デュマ　Malone, Dumas

4866 "Jefferson and His Time, Vols. Ⅰ－Ⅴ"
◇ピュリッツアー賞（1975年/歴史）

マローン, マイケル　Malone, Michael

4867 「赤粘土の町」 "Red Clay"
◇アメリカ探偵作家クラブ賞（1997年/短編賞）
「愛の殺人」　オットー・ペンズラー編, 倉橋由美子他訳〔高儀進訳〕　早川書房　1997.5　495p　16cm（ハヤカワ・ミステリ文庫）　840円　①4-15-171051-5

マロン, マーガレット　Maron, Margaret

4868 「悪魔の待ち伏せ」 "Up Jumps The Devil"
◇アガサ賞（1996年/長編賞）
「悪魔の待ち伏せ」　マーガレット・マロン著, 高瀬素子訳　The Mysterious Press　1998.9　430p　16cm（ハヤカワ文庫－ミステリアス・プレス文庫）　780円　①4-15-100128-X

4869 「デボラの裁き」 "Deborah's Judgement"
◇アガサ賞（1991年/短編）
◇マカヴィティ賞（1992年/短編）
「ウーマンズ・アイ　下」　サラ・パレツキー編, 山本やよい他訳〔小西敦子訳〕　早川書房　1992.9　380p　16cm（ハヤカワ・ミステリ文庫）　580円　①4-15-075358-X

4870 「密造人の娘」 "Bootlegger's Daughter"
◇アガサ賞（1992年/長編）
◇アメリカ探偵作家クラブ賞（1993年/長編賞）
◇アンソニー賞（1993年/長編）
◇マカヴィティ賞（1993年/長編）
「密造人の娘」　マーガレット・マロン著, 高瀬素子訳　The Mysterious Press　1995.12　432p　16cm（ハヤカワ文庫

　　　　　―ミステリアス・プレス文庫）680円
　　　　①4-15-100094-1
　　　「密造人の娘」マーガレット・マロン著、高瀬素子訳　新版　早川書房　2015.8　444p　16cm（ハヤカワ・ミステリ文庫）1080円　①978-4-15-181301-6
　　　※初版：ミステリアス・プレス文庫 1995年刊
　4871　"Storm Track"
　　◇アガサ賞（2000年／長編）
　4872　"The Dog That Didn't Bark"
　　◇アガサ賞（2002年／短編）
　4873　"Three-Day Town"
　　◇アガサ賞（2011年／長編）
　　◎アメリカ探偵作家クラブ賞（2013年／巨匠賞）

マン, アントニー　Mann, Antony
　4874　「フランクを始末するには」"Taking Care of Frank"
　　◇英国推理作家協会賞（1999年／短編ダガー）
　　　「フランクを始末するには」アントニー・マン著、玉木亨訳　東京創元社　2012.4　302p　15cm（創元推理文庫）880円　①978-4-488-24205-3

マン, ウィリアム　Mann, William
　4875　"Tinseltown: Murder, Morphine, and Madness at the Dawn of Hollywood"
　　◇アメリカ探偵作家クラブ賞（2015年／犯罪実話賞）

マン, ゴロ　Mann, Golo
　　◎ビューヒナー賞（1968年）

マン, トーマス　Mann, Thomas
　　◎ノーベル文学賞（1929年）

マンガレリ, ユベール　Mingarelli, Hubert
　4876　「四人の兵士」"Quatre Soldats"
　　◇メディシス賞（2003年）
　　　「四人の兵士」ユベール・マンガレリ〔著〕、田久保麻理訳　白水社　2008.8　185p　20cm　1800円　①978-4-560-09211-8

マンゲル, アルベルト　Manguel, Alberto
　4877　「読書の歴史―あるいは読者の歴史」"A history of reading"（仏語題：Une histoire de la lecture）
　　◇メディシス賞（1998年／エッセイ）
　　　「読書の歴史―あるいは読者の歴史」アルベルト・マンゲル著、原田範行訳　柏書房　1999.9　354, 38p　21cm　3800円　①4-7601-1806-3
　　　「読書の歴史―あるいは読者の歴史」アルベルト・マンゲル著、原田範行訳　新装版　柏書房　2013.1　354, 38p　21cm　3800円　①978-4-7601-4219-4

マンケル, ヘニング　Mankell, Henning
　4878　「少年のはるかな海」"Hunden som sprang mot en stjärna"〔独語題：Der Hund, der unterwegs zum Stern war〕
　　◇ニルス・ホルゲション賞（1991年）
　　◇ドイツ児童文学賞（1993年／児童書）
　　　「少年のはるかな海」ヘニング・マンケル作、菱木晃子訳、ささめやゆき絵　偕成社　1996.6　270p　20cm　1400円　①4-03-726580-X
　4879　「目くらましの道」"Villospar"〔英題：Sidetracked〕
　　◇英国推理作家協会賞（2001年／ゴールド・ダガー）
　　　「目くらましの道　上」ヘニング・マンケル著、柳沢由実子訳　東京創元社　2007.2　381p　15cm（創元推理文庫）960円　①978-4-488-20906-3
　　　「目くらましの道　下」ヘニング・マンケル著、柳沢由実子訳　東京創元社　2007.2　382p　15cm（創元推理文庫）960円　①978-4-488-20907-0
　4880　"Svenska gummistövlar"〔英題：After the Fire〕
　　◇英国推理作家協会賞（2018年／インターナショナル・ダガー）

マンデル, エミリー・セントジョン　Mandel, Emily St. John
　4881　「ステーション・イレブン」"Station Eleven"
　　◇アーサー・C・クラーク賞（2015年）
　　　「ステーション・イレブン」エミリー・セントジョン・マンデル著、満園真木訳　小学館　2015.2　493p　15cm（小学館文庫）880円　①978-4-09-406026-3

マンテル, ヒラリー　Mantel, Hilary
　4882　「ウルフ・ホール」"Wolf Hall"
　　◇全米書評家協会賞（2009年／小説）
　　◇ブッカー賞（2009年）
　　　「ウルフ・ホール　上」ヒラリー・マン

マンフォ　　　　　　　　　　　　　　　　　　　　　　　　4883〜4893

テル著, 宇佐川晶子訳　早川書房　2011.7　492p　20cm　2800円　①978-4-15-209205-2
「ウルフ・ホール　下」　ヒラリー・マンテル著, 宇佐川晶子訳　早川書房　2011.7　477p　20cm　2800円　①978-4-15-209206-9

4883　「罪人を召し出せ」　"Bring up the Bodies"
◇コスタ賞（2012年/年間大賞・長編）
◇ブッカー賞（2012年）
「罪人を召し出せ」　ヒラリー・マンテル著, 宇佐川晶子訳　早川書房　2013.9　604p　20cm　3000円　①978-4-15-209400-1

マンフォード, ルイス　Mumford, Lewis

4884　"The City in History: Its Origins, its Transformations and its Prospects"
◇全米図書賞（1962年/ノンフィクション）

マンロー, アリス　Munro, Alice

4885　「善き女の愛」　"The Love of a Good Woman"
◇スコシアバンク・ギラー賞（1998年）
◇全米書評家協会賞（1998年/小説）
「善き女の愛」　アリス・マンロー著, 小竹由美子訳　新潮社　2014.12　444p　20cm（CREST BOOKS）2400円　①978-4-10-590114-1

4886　"Runaway"
◇スコシアバンク・ギラー賞（2004年）

◎ブッカー賞（2009年/国際ブッカー賞）

◎ノーベル文学賞（2013年）

マンロー, ランドール　Munroe, Randall

4887　"Time"
◇ヒューゴー賞（2014年/グラフィックストーリー）

【ミ】

ミアノ, レオノーラ　Miano, Léonora

4888　"La Saison de l'ombre"
◇フェミナ賞（2013年）

ミウォシュ, チェスワフ　Miłosz, Czesław

◎ノイシュタット国際文学賞（1978年）

◎ノーベル文学賞（1980年）

ミエヴィル, チャイナ　Miéville, China

4889　「アンランダン」　"Un Lun Dun"
◇ローカス賞（2008年/ヤングアダルト図書）
「アンランダン　上　ザナと傘飛び男の大冒険」　チャイナ・ミエヴィル著, 内田昌之訳　河出書房新社　2010.8　290p　22cm　2200円　①978-4-309-20547-2
「アンランダン　下　ディーバとさかさま銃の大逆襲」　チャイナ・ミエヴィル著, 内田昌之訳　河出書房新社　2010.8　297p　22cm　2200円　①978-4-309-20548-9

4890　「クラーケン」　"Kraken"
◇ローカス賞（2011年/ファンタジー長編）
「クラーケン　上」　チャイナ・ミエヴィル著, 日暮雅通訳　早川書房　2013.7　425p　16cm（ハヤカワ文庫SF）880円　①978-4-15-011910-2
「クラーケン　下」　チャイナ・ミエヴィル著, 日暮雅通訳　早川書房　2013.7　438p　16cm（ハヤカワ文庫SF）880円　①978-4-15-011911-9

4891　「言語都市」　"Embassytown"
◇ジョン・W・キャンベル記念賞（2012年/第3位）
◇ローカス賞（2012年/SF長編）
「言語都市」　チャイナ・ミエヴィル著, 内田昌之訳　早川書房　2013.2　493p　19cm（新☆ハヤカワ・SF・シリーズ）2000円　①978-4-15-335008-3

4892　「都市と都市」　"The City & the City"
◇英国SF協会賞（2009年/長編）
◇アーサー・C・クラーク賞（2010年）
◇ジョン・W・キャンベル記念賞（2010年/第3位）
◇世界幻想文学大賞（2010年/長編）
◇ローカス賞（2010年/ファンタジー長編）
◇イマジネール大賞（2012年/長編〈外国〉）
「都市と都市」　チャイナ・ミエヴィル著, 日暮雅通訳　早川書房　2011.12　526p　16cm（ハヤカワ文庫SF）1000円　①978-4-15-011835-8

4893　「ペルディード・ストリート・ステー

ション」 "Perdido Street Station"
◇アーサー・C・クラーク賞（2001年）
◇英国幻想文学賞（2001年/長編〈オーガスト・ダーレス賞〉）
◇イマジネール大賞（2005年/長編〈外国〉）
「ペルディード・ストリート・ステーション」 チャイナ・ミエヴィル著, 日暮雅通訳 早川書房 2009.6 662p 20cm （[プラチナ・ファンタジイ]） 2800円
①978-4-15-209043-0
「ペルディード・ストリート・ステーション 上」 チャイナ・ミエヴィル著, 日暮雅通訳 早川書房 2012.5 566p 16cm （ハヤカワ文庫SF） 1040円
①978-4-15-011853-2
※2009年刊の二分冊
「ペルディード・ストリート・ステーション 下」 チャイナ・ミエヴィル著, 日暮雅通訳 早川書房 2012.5 572p 16cm （ハヤカワ文庫SF） 1040円
①978-4-15-011854-9
※2009年刊の二分冊

4894 "Iron Council"
◇アーサー・C・クラーク賞（2005年）
◇ローカス賞（2005年/ファンタジー長編）

4895 "Railsea"
◇ローカス賞（2013年/ヤングアダルト図書）

4896 "Reports of Certain Events in London"
◇ローカス賞（2005年/中編）

4897 "The Scar"
◇英国幻想文学賞（2003年/長編〈オーガスト・ダーレス賞〉）
◇ローカス賞（2003年/ファンタジー長編）

4898 "The Tain"
◇ローカス賞（2003年/中長編）

ミオマンドル, フランシス・ド
Miomandre, Francis de

4899 「水に描く」 "Ecrit sur l'eau"
◇ゴンクール賞（1908年）
「仏蘭西文学賞叢書 7 水に描く」 フランシス・ド・ミオマンドル著, 川口篤訳 実業之日本社 1940 236p 19cm

ミストラル, ガブリエラ
Mistral, Gabriela
◎ノーベル文学賞（1945年）

ミストラル, フレデリック
Mistral, Frédéric
◎ノーベル文学賞（1904年）

ミストリー, ロヒントン
Mistry, Rohinton

4900 "A Fine Balance"
◇スコシアバンク・ギラー賞（1995年）
◎ノイシュタット国際文学賞（2012年）

ミズムラ, カズエ　Mizumura, Kazue

4901 "If I Built a Village…"
◇ボストングローブ・ホーンブック賞（1971年/絵本）

ミーチャム, ジョン　Meacham, Jon

4902 "American Lion: Andrew Jackson in the White House"
◇ピュリッツァー賞（2009年/伝記・自伝）

ミッチェナー, ジェイムズ・A.
Michener, James A.

4903 「南太平洋物語」 "Tales of the South Pacific"
◇ピュリッツァー賞（1948年/フィクション）
「南太平洋物語」 ジェームズ・A.ミッチェナー著, 清水俊二訳　六興出版社 1952 318p 地図 19cm

ミッチェル, デイヴィッド
Mitchell, David

4904 "The Bone Clocks"
◇世界幻想文学大賞（2015年/長編）

ミッチェル, ドレダ・セイ
Mitchell, Dreda Say

4905 "Running Hot"
◇英国推理作家協会賞（2005年/ジョン・クリーシー記念賞）

ミッチェル, マーガレット
Mitchell, Margaret

4906 「風と共に去りぬ」 "Gone With the Wind"
◇ピュリッツァー賞（1937年/小説）
「三笠版現代世界文学全集 別巻1 風と共に去りぬ 第1」 マーガレット・ミッチェル著, 大久保康雄訳　三笠書房 1953 586p 20cm
「三笠版現代世界文学全集 別巻2 風と

共に去りぬ　第2」マーガレット・ミッチェル著, 大久保康雄訳　三笠書房　1953　607p　20cm

「風と共に去りぬ　1, 2」マーガレット・ミッチェル著, 深沢正策訳　創芸社　1953　16cm（近代文庫）

「風と共に去りぬ　1〜5」マーガレット・ミッチェル〔著〕, 大久保康雄, 竹内道之助訳　新潮社　2004.3〜2004.12　16cm（新潮文庫）

「風と共に去りぬ　1〜6」マーガレット・ミッチェル作, 荒このみ訳　岩波書店　2015.4〜2016.3　15cm（岩波文庫）

「風と共に去りぬ　1〜5」マーガレット・ミッチェル〔著〕, 鴻巣友季子訳　新潮社　2015.4〜2015.7　16cm（新潮文庫）

ミッチェル, リタ・フィリップス
Mitchell, Rita Phillips

4907 "Hue Boy"
◇ネスレ子どもの本賞（1993年/5歳以下部門）

ミットグッチュ, アリ　Mitgutsch, Ali

4908 "Rundherum in meiner Stadt"
◇ドイツ児童文学賞（1969年/絵本）

ミットン, トニー　Mitton, Tony

4909 "The Red and White Spotted Handkerchief"
◇ネスレ子どもの本賞（2000年/6〜8歳部門/銀賞）

ミドルトン, スタンレー
Middleton, Stanley

4910 "Holiday"
◇ブッカー賞（1974年）

ミーナ, デニーズ　Mina, Denise

4911 「扉の中」"Garnet Hill"
◇英国推理作家協会賞（1998年/ジョン・クリーシー記念賞）

「扉の中」デニーズ・ミーナ著, 松下祥子訳　早川書房　1999.11　418p　19cm（ハヤカワ・ミステリ）1500円　①4-15-001683-6

4912 「ヘレナとベビーたち」"Helena and the Babies"
◇英国推理作家協会賞（2000年/短編ダガー）

「ミステリマガジン　45(5)」〔松下祥子訳〕　早川書房　2000.5　p56〜65

4913 "Nemo Me Impune Lacessit"
◇英国推理作家協会賞（2018年/短編ダガー）

4914 "The Field of Blood"
◇バリー賞（2006年/英国小説）

ミヒェル, ヴィルヘルム
Michel, Wilhelm

◎ビューヒナー賞（1925年）

ミュラー, イェルク　Müller, Jörg

4915 "Alle Jahre wieder saust der Preßlufthammer nieder oder Die Veränderung der Landschaft"〔英題：The Changing Countryside〕
◇ドイツ児童文学賞（1974年/絵本）
◇ボストングローブ・ホーンブック賞（1977年/特別賞）

4916 "Aufstand der Tiere oder die Neuen Stadtmusikanten"
◇ドイツ児童文学賞（1990年/絵本）

4917 "Hier fuällt ein Haus, dort steht ein Kran und ewig droht der Baggerzahn oder Die Veränderung der Stadt"〔英題：The Changing City〕
◇ボストングローブ・ホーンブック賞（1977年/特別賞）

◎国際アンデルセン賞（1994年/画家賞）

ミューラー, エディー　Muller, Eddie

4918 「拳よ, 闇を払え」"The Distance"
◇シェイマス賞（2003年/処女長編）

「拳よ, 闇を払え」エディー・ミューラー著, 延原泰子訳　早川書房　2002.12　533p　16cm（ハヤカワ・ミステリ文庫）940円　①4-15-173851-7

ミュラー, ハイナー　Müller, Heiner

◎ビューヒナー賞（1985年）

ミュラー, ヘルタ　Müller, Herta

◎ノーベル文学賞（2009年）

ミュラー, マーシャ　Muller, Marcia

4919 「永眠の地」"Final Resting Place"
◇シェイマス賞（1991年/短編）

「ミステリマガジン　35(9)」〔竹本祐子訳〕　早川書房　1990.9　p216〜231

4920 "1001 Midnights"

◇マカヴィティ賞（1987年/評論・評伝）
4921 "Locked In"
◇シェイマス賞（2010年/長編）
4922 "The McCone Files: The Complete Sharon McCone Stories"
◇アンソニー賞（1996年/短編集）
4923 "Wolf In The Shadows"
◇アンソニー賞（1994年/長編）
◎シェイマス賞（1993年/ジ・アイ賞〈生涯功績賞〉）
◎アメリカ探偵作家クラブ賞（2005年/巨匠賞）

ミュラー, リーゼル　Mueller, Lisel

4924 "Alive Together: New and Selected Poems"
◇ピュリッツアー賞（1997年/詩）
4925 "The Need to Hold Still"
◇全米図書賞（1981年/詩）

ミュライユ, エルヴィール　Murail, Elvire

4926「ゴーレム」シリーズ "Golem"
◇イマジネール大賞（2003年/青少年向け長編）
「ゴーレム 1 究極のゲームソフト」 エルヴィール・ミュライユ, ロリス・ミュライユ, マリー＝オード・ミュライユ著, 後平澪子訳　新樹社　2009.9　331p　22cm　1400円　①978-4-7945-1012-9
「ゴーレム 2 地下室のトモダチ」 エルヴィール・ミュライユ, ロリス・ミュライユ, マリー＝オード・ミュライユ著, 後平澪子訳　新樹社　2009.10　371p　22cm　1400円　①978-4-7945-1013-6
「ゴーレム 3 ALIASニ侵入セヨ」 エルヴィール・ミュライユ, ロリス・ミュライユ, マリー＝オード・ミュライユ著, 後平澪子訳　新樹社　2010.6　381p　22cm　1400円　①978-4-7945-1014-3

ミュライユ, マリー＝オード　Murail, Marie-Aude

4927「ゴーレム」シリーズ "Golem"
◇イマジネール大賞（2003年/青少年向け長編）
「ゴーレム 1 究極のゲームソフト」 エルヴィール・ミュライユ, ロリス・ミュライユ, マリー＝オード・ミュライユ著, 後平澪子訳　新樹社　2009.9　331p　22cm　1400円　①978-4-7945-1012-9
「ゴーレム 2 地下室のトモダチ」 エルヴィール・ミュライユ, ロリス・ミュライユ, マリー＝オード・ミュライユ著, 後平澪子訳　新樹社　2009.10　371p　22cm　1400円　①978-4-7945-1013-6
「ゴーレム 3 ALIASニ侵入セヨ」 エルヴィール・ミュライユ, ロリス・ミュライユ, マリー＝オード・ミュライユ著, 後平澪子訳　新樹社　2010.6　381p　22cm　1400円　①978-4-7945-1014-3
4928 "Simpel"
◇ドイツ児童文学賞（2008年/青少年審査委員賞）

ミュライユ, ロリス　Murail, Lorris

4929「ゴーレム」シリーズ "Golem"
◇イマジネール大賞（2003年/青少年向け長編）
「ゴーレム 1 究極のゲームソフト」 エルヴィール・ミュライユ, ロリス・ミュライユ, マリー＝オード・ミュライユ著, 後平澪子訳　新樹社　2009.9　331p　22cm　1400円　①978-4-7945-1012-9
「ゴーレム 2 地下室のトモダチ」 エルヴィール・ミュライユ, ロリス・ミュライユ, マリー＝オード・ミュライユ著, 後平澪子訳　新樹社　2009.10　371p　22cm　1400円　①978-4-7945-1013-6
「ゴーレム 3 ALIASニ侵入セヨ」 エルヴィール・ミュライユ, ロリス・ミュライユ, マリー＝オード・ミュライユ著, 後平澪子訳　新樹社　2010.6　381p　22cm　1400円　①978-4-7945-1014-3

ミラー, アーサー　Miller, Arthur

4930「セールスマンの死」 "Death of a Salesman"
◇ピュリッツアー賞（1949年/戯曲）
「セールスマンの死―或る個人的な対話二幕と鎮魂祈禱」アーサー・ミラー著, 大村敦, 菅原卓共訳　早川書房　1950　274p　図版　19cm
「アーサー・ミラー全集 1 みんな我が子, セールスマンの死」菅原卓訳　早川書房　1957　327p　図版　19cm
「アーサー・ミラー全集 1」倉橋健訳　改訂版　早川書房　1988.11　329p　20cm　2700円　④4-15-203034-8
「アーサー・ミラー 1（セールスマンの死）」アーサー・ミラー著, 倉橋健訳　早川書房　2006.9　245p　16cm（ハヤカワ演劇文庫）800円　①4-15-140001-X

ミラー, アンドリュー　Miller, Andrew

4931「器用な痛み」 "Ingenious Pain"
◇ジェイムズ・テイト・ブラック記念賞

（1997年／フィクション）
「器用な痛み」　アンドリュー・ミラー〔著〕，鴻巣友季子訳　白水社　2000.6　387p　20cm　2400円　①4-560-04692-1

4932 "Pure"
◇コスタ賞（2011年／年間大賞・長編）

ミラー, ウォルター・M., Jr.　Miller, Walter M., Jr.

4933 「時代おくれの名優」　"The Darfsteller"
◇ヒューゴー賞（1955年／中編）
「ヒューゴー賞傑作集　No.1」　アイザック・アシモフ編，志摩隆等訳〔志摩隆訳〕　早川書房　1967 2版　19cm（ハヤカワ・SF・シリーズ）270-280円

4934 「黙示録3174年」　"A Canticle for Leibowitz"
◇ヒューゴー賞（1961年／長編）
「黙示録3174年」　ウォルター・ミラー著，吉田誠一訳　東京創元社　1971　449p　16cm（創元推理文庫）

ミラー, カール　Miller, Karl

4935 "Cockburn's Millennium"
◇ジェイムズ・テイト・ブラック記念賞（1975年／伝記）

ミラー, キャロライン　Miller, Caroline

4936 "Lamb in His Bosom"
◇ピュリッツァー賞（1934年／小説）

ミラー, ジェイソン　Miller, Jason

4937 "That Championship Season"
◇ピュリッツァー賞（1973年／戯曲）

ミラー, デレク・B.　Miller, Derek B.

4938 「白夜の爺スナイパー」　"Norwegian By Night"
◇英国推理作家協会賞（2013年／ジョン・クリーシー・ダガー〈ニュー・ブラッド・ダガー〉）
「白夜の爺スナイパー」　デレク・B・ミラー著，加藤洋子訳　集英社　2016.5　423p　16cm（集英社文庫）1000円　①978-4-08-760721-5

ミラー, ドロシー・レイノルズ　Miller, Dorothy Reynolds

4939 "The Clearing"
◇アメリカ探偵作家クラブ賞（1997年／ジュヴナイル賞）

ミラー, ペリー　Miller, Perry

4940 "The Life of the Mind in America"
◇ピュリッツァー賞（1966年／歴史）

ミラー, マーガレット　Millar, Margaret

4941 「狙った獣」　"Beast in View"
◇アメリカ探偵作家クラブ賞（1956年／長編賞）
「狙った獣」　マーガレット・ミラー著，文村潤訳　早川書房　1956　185p　19cm（世界探偵小説全集）
「狙った獣」　マーガレット・ミラー著，文村潤訳　早川書房　1977.3　286p　16cm（ハヤカワ・ミステリ文庫）320円
「狙った獣」　マーガレット・ミラー著，雨沢泰訳　東京創元社　1994.12　295p　15cm（創元推理文庫）480円　①4-488-24706-7
◎アメリカ探偵作家クラブ賞（1983年／巨匠賞）

ミラー, マデリン　Miller, Madeline

4942 「アキレウスの歌」　"The Song of Achilles"
◇ベイリーズ賞（2012年）
「アキレウスの歌」　マデリン・ミラー著，川副智子訳　早川書房　2014.3　486p　20cm　3000円　①978-4-15-209448-3

ミラー, ロン　Miller, Ron

4943 "The Art of Chesley Bonestell"
◇ヒューゴー賞（2002年／関連書籍）

ミラード, キャンディス　Millard, Candice

4944 "Destiny of the Republic: A Tale of Madness, Medicine and the Murder of a President"
◇アメリカ探偵作家クラブ賞（2012年／犯罪実話賞）

ミランダ, リン＝マニュエル　Miranda, Lin-Manuel

4945 「ハミルトン」　"Hamilton"
◇ピュリッツァー賞（2016年／戯曲）

ミル, イロナ・ヴァン　Mil, Ilona van

4946 "Sugarmilk Falls"
◇英国推理作家協会賞（2002年／デビュー・ダガー）

ミルズ, マーク　Mills, Mark

4947　「アマガンセット―弔いの海」
"Amagansett"

◇英国推理作家協会賞（2004年/ジョン・クリーシー記念賞）

「アマガンセット―弔いの海　上」マーク・ミルズ著, 北澤和彦訳　ヴィレッジブックス　2007.6　314p　15cm　760円　①978-4-7897-3112-6

「アマガンセット―弔いの海　下」マーク・ミルズ著, 北澤和彦訳　ヴィレッジブックス　2007.6　289p　15cm　740円　①978-4-7897-3113-3

ミルハウザー, スティーヴン
Millhauser, Steven

4948　「エドウィン・マルハウス―あるアメリカ作家の生と死」"Edwin Mullhouse, the Life and Death of an American Writer 1943-1954"〔仏語題：La Vie trop brève d'Edwin Mulhouse〕

◇メディシス賞（1975年/外国小説）

「エドウィン・マルハウス―あるアメリカ作家の生と死」スティーヴン・ミルハウザー著, 岸本佐知子訳　白水社　2003.8　401p　20cm　2200円　①4-560-04768-5

4949　「幻影師、アイゼンハイム」"The Illusionist"

◇世界幻想文学大賞（1990年/短編）

「バーナム博物館」スティーヴン・ミルハウザー〔著〕, 柴田元幸訳　福武書店　1991.9　306p　20cm　1700円　①4-8288-4028-1

「バーナム博物館」スティーヴン・ミルハウザー著, 柴田元幸訳　ベネッセコーポレーション　1995.4　384p　16cm（福武文庫）680円　①4-8288-5720-6

「バーナム博物館」スティーヴン・ミルハウザー〔著〕, 柴田元幸訳　白水社　2002.8　347p　18cm（白水Uブックス―海外小説の誘惑）1100円　①4-560-07140-3

4950　「マーティン・ドレスラーの夢」"Martin Dressler: The Tale of an American Dreamer"

◇ピュリッツァー賞（1997年/フィクション）

「マーティン・ドレスラーの夢」スティーヴン・ミルハウザー〔著〕, 柴田元幸訳　白水社　2002.7　281p　20cm　2000円　①4-560-04748-0

「マーティン・ドレスラーの夢」スティーヴン・ミルハウザー〔著〕, 柴田元幸訳　白水社　2008.8　323p　18cm（白水Uブックス 171―海外小説の誘惑）1300円　①978-4-560-07171-7

ミルハウス, キャサリン
Milhous, Katherine

4951　"The Egg Tree"

◇コルデコット賞（1951年）

ミルフォード, ケイト　Milford, Kate

4952　"Greenglass House"

◇アメリカ探偵作家クラブ賞（2015年/ジュヴナイル賞）

ミレー, エドナ・セント・ヴィンセント
Millay, Edna St.Vincent

4953　"The Ballad of the Harp-Weaver: A Few Figs from Thistles: Eight Sonnets in American Poetry, 1922.A Miscellany"

◇ピュリッツァー賞（1923年/詩）

【ム】

ムーア, アラン　Moore, Alan

4954　「Watchmen」〔コミック〕"Watchmen"

◇ヒューゴー賞（1988年/その他の形式）

◇ローカス賞（1988年/ノンフィクション）

「Watchmen 日本語版」アラン・ムーア作, デイブ・ギボンズ画, 石川裕人訳　角川（主婦の友）　1998.10（電撃コミックス）①978-4073096900

「Watchmen」アラン・ムーア作, デイブ・ギボンズ画, 石川裕人, 秋友克也, 沖恭一郎, 海法紀光訳　小学館集英社プロダクション　2009.3　412p　26cm（ShoPro books―DC comics）3400円　①978-4-7968-7057-3

4955　「リーグ・オブ・エクストラオーディナリー・ジェントルメン」"The League of Extraordinary Gentlemen"

◇ブラム・ストーカー賞（2000年/イラスト物語）

「リーグ・オブ・エクストラオーディナリー・ジェントルメン　v.1」〔アラン・ムーア〕〔著〕　ジャイブ　2004.3　1冊　26cm（Jive American comicsシ

リーズ）3200円　①4-902314-24-X
「リーグ・オブ・エクストラオーディナリー・ジェントルメン　v.2」〔アラン・ムーア〕〔著〕　ジャイブ　2004.11　1冊（ページ付なし）　26cm（Jive American comicsシリーズ）3400円　①4-86176-022-4

4956 "Neonomicon"
◇ブラム・ストーカー賞（2011年/グラフィックノベル）

ムーア, インガ　Moore, Inga

4957 "Six Dinner Sid"
◇ネスレ子どもの本賞（1990年/5歳以下部門）

ムーア, クリストファー・G.　Moore, Christopher G.

4958 "Asia Hand"
◇シェイマス賞（2011年/ペーパーバック）

ムーア, ジェイムズ　Moore, James

4959 「ダーウィン―世界を変えたナチュラリストの生涯」"Darwin"
◇ジェイムズ・テイト・ブラック記念賞（1991年/伝記）
「ダーウィン―1809-1851 世界を変えたナチュラリストの生涯　1」エイドリアン・デズモンド, ジェイムズ・ムーア著, 渡辺政隆訳　工作舎　1999.9　557p　22cm　①4-87502-316-2
「ダーウィン―1851-1882 世界を変えたナチュラリストの生涯　2」エイドリアン・デズモンド, ジェイムズ・ムーア著, 渡辺政隆訳　工作舎　1999.9　p568-1042　22cm　①4-87502-316-2

ムーア, ブライアン　Moore, Brian

4960 "The Great Victorian Collection"
◇ジェイムズ・テイト・ブラック記念賞（1975年/フィクション）

ムーア, マリアン　Moore, Marianne

4961 "Collected Poems"
◇全米図書賞（1952年/詩）
◇ピュリッツアー賞（1952年/詩）

ムーア, C.L.　Moore, C.L.

4962 「トオンキイ」"The Twonky"
◇ヒューゴー賞（1943年〈レトロ・ヒューゴー賞 2018年授与〉/短編）
「SFマガジン　3(2)」〔大山優訳〕　早川書房　1962.2　p33〜51

◎ヒューゴー賞（1981年/ガンダルフ賞〈グランドマスター〉）
◎世界幻想文学大賞（1981年/生涯功労賞）

ムアコック, マイクル　Moorcock, Michael

4963 「雄馬と剣」"The Sword and the Stallion"
◇英国幻想文学賞（1975年/長編〈オーガスト・ダーレス賞〉）
「雄馬と剣―紅衣の公子コルム6」マイクル・ムアコック著, 斎藤伯好訳　早川書房　1984.6　274p　16cm（ハヤカワ文庫―SF）340円
「雄牛と槍」マイクル・ムアコック著, 斉藤伯好訳　早川書房　2008.1　687p　16cm（ハヤカワ文庫 SF―永遠の戦士コルム 2）1100円　①978-4-15-011648-4

4964 「グローリアーナ」"Gloriana"
◇ジョン・W・キャンベル記念賞（1979年/第1位）
◇世界幻想文学大賞（1979年/長編）
「グローリアーナ」マイケル・ムアコック著, 大瀧啓裕訳　東京創元社　2002.1　620p　15cm（創元推理文庫）1300円　①4-488-65209-3

4965 「剣の王」"The King of the Swords"
◇英国幻想文学賞（1973年/長編〈オーガスト・ダーレス賞〉）
「剣の王―紅衣の公子コルム3」マイクル・ムアコック著, 斎藤伯好訳　早川書房　1982.10　277p　16cm（ハヤカワ文庫―SF）340円
「剣の騎士」マイクル・ムアコック著, 斉藤伯好訳　早川書房　2007.11　799p　16cm（ハヤカワ文庫 SF―永遠の戦士コルム 1）1280円　①978-4-15-011641-5

4966 「剣の騎士」"The Knight of the Swords"
◇英国幻想文学賞（1972年/長編〈オーガスト・ダーレス賞〉）
「剣の騎士―紅衣の公子コルム1」マイクル・ムアコック著, 斎藤伯好訳　早川書房　1982.4　305p　16cm（ハヤカワ文庫―SF）380円
「剣の騎士」マイクル・ムアコック著, 斉藤伯好訳　早川書房　2007.11　799p　16cm（ハヤカワ文庫 SF―永遠の戦士コルム 1）1280円　①978-4-15-011641-5

4967 「この人を見よ」 "Behold the Man"
◇ネビュラ賞（1967年/中長編）
「この人を見よ」 マイクル・ムアコック著、峯岸久訳　早川書房　1974　189p　19cm（ハヤカワ・SF・シリーズ）390円
「この人を見よ」 マイクル・ムアコック著、峯岸久訳　早川書房　1981.8　260p　16cm（ハヤカワ文庫―SF）320円

4968 「翡翠男の眼」 "The Jade Man's Eyes"
◇英国幻想文学賞（1974年/短編）
「不死鳥の剣―剣と魔法の物語傑作選」 R.E.ハワード他著、中村融編　河出書房新社　2003.3　405p　15cm（河出文庫）850円　①4-309-46226-X

4969 "The Hollow Lands"
◇英国幻想文学賞（1976年/長編〈オーガスト・ダーレス賞〉）
◎世界幻想文学大賞（2000年/生涯功労賞）
◎ブラム・ストーカー賞（2004年/生涯業績）
◎ネビュラ賞（2007年/グランド・マスター）

ムアマン, メアリ　Moorman, Mary

4970 "William Wordsworth, The Later Years 1803-1850"
◇ジェイムズ・テイト・ブラック記念賞（1965年/伝記）

ムイヤールト, バルト　Moeyaert, Bart

4971 "Bloße Hände"
◇ドイツ児童文学賞（1998年/ヤングアダルト）

ムーカジ, アビール　Mukherjee, Abir

4972 "A Rising Man"
◇英国推理作家協会賞（2017年/ヒストリカル・ダガー）

ムカジ, シッダールタ　Mukherjee, Siddhartha

4973 「病の皇帝『がん』に挑む―人類4000年の苦闘」 "The Emperor of All Maladies: A Biography of Cancer"
◇ピュリッツアー賞（2011年/ノンフィクション）
「病の皇帝「がん」に挑む―人類4000年の苦闘　上」 シッダールタ・ムカジー著、田中文訳　早川書房　2013.8　418p　20cm　2100円　①978-4-15-209395-0
「病の皇帝「がん」に挑む―人類4000年の苦闘　下」 シッダールタ・ムカジー著、田中文訳　早川書房　2013.8　402p　20cm　2100円　①978-4-15-209396-7

ムカージ, バーラティ　Mukherjee, Bharati

4974 「ミドルマン」 "The Middleman and Other Stories"
◇全米書評家協会賞（1988年/小説）
「ミドルマン」 バーラティ・ムーカジ著、遠藤晶子訳　河出書房新社　1990.6　280p　20cm　2300円　①4-309-20146-6

ムカージ, D.G.　Mukerji, Dhan Gopal

4975 「ヒマラヤの伝書ばと」〔別題「はばたけゲイネック」〕 "Gay Neck, the Story of a Pigeon"
◇ニューベリー賞（1928年）
「ヒマラヤの伝書ばと」 ムカージ著、白木茂訳、小松崎茂絵　講談社　1957　234p　20cm（少年少女世界動物冒険全集 2）
「世界の名作図書館　38　ジャングルの王子　ヒマラヤの伝書ばと」 ギヨ作、木村庄三郎訳　ムカージ作、白木茂訳　講談社　1968　292p　24cm
「はばたけゲイネック」 ムカージ原作、生源寺美子文、横内襄等絵　集英社　1973　174p　23cm（世界の動物名作 13）

ムカソンガ, ショラスティック　Mukasonga, Scholastique

4976 "Notre-Dame du Nil"
◇ルノドー賞（2012年）

ムシュク, アードルフ　Muschg, Adolf

◎ビューヒナー賞（1994年）

ムッセ, ポール　Mousset, Paul

4977 "Quand le temps travaillait pour nous"
◇ルノドー賞（1941年）

ムティス, アルバロ　Mutis, Álvaro

4978 "La nieve del almirante"〔仏語題：La Neige de l'amiral〕
◇メディシス賞（1989年/外国小説）
◎セルバンテス賞（2001年）
◎ノイシュタット国際文学賞（2002年）

村上 春樹　むらかみ・はるき

4979 「海辺のカフカ」 "Kafka on the Shore"
◇世界幻想文学大賞（2006年/長編）
「海辺のカフカ 上」 村上春樹〔著〕 新潮社　2002.9　397p　20cm　1600円　①4-10-353413-3
「海辺のカフカ 下」 村上春樹〔著〕 新潮社　2002.9　429p　20cm　1600円　①4-10-353414-1
「海辺のカフカ 上」 村上春樹著　新潮社　2005.3　486p　16cm（新潮文庫）705円　①4-10-100154-5
「海辺のカフカ 下」 村上春樹著　新潮社　2005.3　528p　16cm（新潮文庫）743円　①4-10-100155-3

4980 「めくらやなぎと、眠る女」 "Blind Willow, Sleeping Woman"
◇フランク・オコナー国際短編賞（2006年）
「レキシントンの幽霊」 村上春樹著　文芸春秋　1996.11　235p　20cm　1200円　①4-16-316630-0
「レキシントンの幽霊」 村上春樹著　文藝春秋　1999.10　213p　16cm（文春文庫）419円　①4-16-750203-8
「村上春樹全作品1990～2000 3 短編集2」 村上春樹著　講談社　2003.3　275p　21cm　2500円　①4-06-187943-X
「めくらやなぎと眠る女」 村上春樹著　新潮社　2009.11　500p　19cm　1400円　①978-4-10-353424-2

◎フランツ・カフカ賞（2006年）

ムリガン, アンディ　Mulligan, Andy
4981 "Return to Ribblestrop"
◇ガーディアン児童文学賞（2011年）

ムワンギ, メジャ　Mwangi, Meja
4982 "Kariuki und sein weißer Freund"
◇ドイツ児童文学賞（1992年/ヤングアダルト）

ムーン, エリザベス　Moon, Elizabeth
4983 "The Speed of Dark"
◇ネビュラ賞（2003年/長編）

【メ】

メイ, ジュリアン　May, Julian
4984 「多彩の地」（エグザイル・サーガ 1）"The Many-Colored Land"
◇ローカス賞（1982年/SF長編）
「多彩の地」 ジュリアン・メイ著, 日夏響訳　早川書房　1983.6　2冊　16cm（ハヤカワ文庫—SF エグザイル・サーガ 1）各400円

メイ, ピーター　May, Peter
4985 「さよなら、ブラックハウス」 "The Black House"
◇バリー賞（2013年/長編）
「さよなら、ブラックハウス」 ピーター・メイ著, 青木創訳　早川書房　2014.9　502p　16cm（ハヤカワ・ミステリ文庫）1000円　①978-4-15-180551-6

メイザー, ノーマ・フォックス　Mazer, Norma Fox
4986 "Taking Terri Mueller"
◇アメリカ探偵作家クラブ賞（1982年/ジュヴナイル賞）

メイズ, デヴィッド・J.　Mays, David J.
4987 "Edmund Pendleton 1721-1803"
◇ピュリッツァー賞（1953年/伝記・自伝）

メイツ, ドン　Maitz, Don
4988 "First Maitz"
◇ローカス賞（1989年/関連ノンフィクション）

メイトランド, アンソニー　Maitland, Anthony
4989 "Mrs.Cockle's Cat"
◇ケイト・グリーナウェイ賞（1961年）

メイナード, マーティン　Maynard, Martin
4990 "The Infiltrators"
◇英国推理作家協会賞（2001年/ゴールド・ダガー〈ノンフィクション〉）

メイハー, アーダス　Mayhar, Ardath
◎ネビュラ賞（2007年/名誉賞）

メイビー, リチャード　Mabey, Richard

4991　"Gilbert White"
◇コスタ賞（1986年/伝記）

メイベリー, ジョナサン　Maberry, Jonathan

4992　"Bad Blood"
◇ブラム・ストーカー賞（2014年/グラフィックノベル）

4993　"Dust and Decay"
◇ブラム・ストーカー賞（2011年/ヤングアダルト長編）

4994　"Flesh & Bone"
◇ブラム・ストーカー賞（2012年/ヤングアダルト長編）

4995　"Ghost Road Blues"
◇ブラム・ストーカー賞（2006年/処女長編）

4996　"The Cryptopedia: A Dictionary of the Weird, Strange & Downright Bizarre"
◇ブラム・ストーカー賞（2007年/ノンフィクション）

メイヤー, ニコラス　Meyer, Nicholas

4997　「シャーロック・ホームズ氏の素敵な冒険―ワトスン博士の未発表手記による」"The Seven-Per-Cent Solution"
◇英国推理作家協会賞（1975年/ゴールド・ダガー）

「ワトスン博士の未発表手記によるシャーロック・ホームズ氏の素敵な昌険」 故ジョン・H.ワトスン博士著, ニコラス・メイヤー編, 田中融二訳　立風書房　1975　283p　20cm　950円

「シャーロック・ホームズ氏の素敵な冒険―ワトスン博士の未発表手記による」 ニコラス・メイヤー著, 田中融二訳　扶桑社　1988.5　321p　16cm（扶桑社ミステリー）480円　Ⓘ4-594-00278-1

メイラー, ノーマン　Mailer, Norman

4998　「死刑執行人の歌―殺人者ゲイリー・ギルモアの物語」"The Executioner's Song"
◇ピュリッツァー賞（1980年/フィクション）

「死刑執行人の歌―殺人者ゲイリー・ギルモアの物語　上」ノーマン・メイラー著, 岡枝慎二訳　同文書院　1998.1　587p　20cm　2200円　Ⓘ4-8103-7468-8

「死刑執行人の歌―殺人者ゲイリー・ギルモアの物語　下」ノーマン・メイラー著, 岡枝慎二訳　同文書院　1998.1　675p　20cm　2200円　Ⓘ4-8103-7469-6

4999　「夜の軍隊」"The Armies of the Night: History as a Novel, The Novel as History"
◇全米図書賞（1969年/学芸）
◇ピュリッツァー賞（1969年/ノンフィクション）

「夜の軍隊」ノーマン・メイラー著, 山西英一訳　早川書房　1970　451p　図版20cm（ノーマン・メイラー選集）1500円

メイリング, アーサー　Maling, Arthur

5000　「ラインゴルト特急の男」"The Rheingold Route"
◇アメリカ探偵作家クラブ賞（1980年/長編賞）

「ラインゴルト特急の男」アーサー・メイリング著, 井坂清訳　早川書房　1982.7　231p　20cm（Hayakawa novels）1200円

「ラインゴルト特急の男」アーサー・メイリング著, 井坂清訳　早川書房　1994.10　370p　16cm（ハヤカワ文庫―NV）620円　Ⓘ4-15-040730-4

メイレッカー, フリーデリケ　Mayröcker, Friederike

◎ビューヒナー賞（2001年）

メイン, ウィリアム　Mayne, William

5001　"A Grass Rope"
◇カーネギー賞（1957年）

5002　"Low Tide"
◇ガーディアン児童文学賞（1993年）

メグズ, コーネリア　Meigs, Cornelia

5003　「オルコット物語」〔別題「不屈のルイザ」〕"Invincible Louisa: The Story of the Author of Little Women"
◇ニューベリー賞（1934年）

「オルコット少女名作全集　12　オルコット物語」コーネリア・メグス著, 白木茂, 吉田比砂子訳　岩崎書店　1961　205p　18cm

「不屈のルイザ―ルイザ・メイ・オルコットの伝記」コーネリア・メイグズ著, 吉田勝江訳　角川書店　1964　220p　図版　15cm（角川文庫）

「オルコット物語」メグズ作, 白木茂訳, 野々口重絵　岩崎書店　1973　205p　18cm（世界少女名作全集　23）

※昭和39年刊の新シリーズ

メグレ, クリスチャン　Megret, Christian
5004 "Le Carrefour des solitudes"
◇フェミナ賞（1957年）

メスガーリ, ファルシード
Mesghali, Farshid
◎国際アンデルセン賞（1974年／画家賞）

メッレル, カンニ　Möller, Cannie
◎ニルス・ホルゲション賞（2007年）

メディーナ, メグ　Medina, Meg
5005 "Merci Suárez Changes Gears"
◇ニューベリー賞（2019年）

メーテルリンク, モーリス
Maeterlinck, Maurice
◎ノーベル文学賞（1911年）

メナンド, ルイ　Menand, Louis
5006 「メタフィジカル・クラブ—米国100年の精神史」 "The Metaphysical Club: A Story of Ideasin America"
◇ピュリッツアー賞（2002年／歴史）
　「メタフィジカル・クラブ—米国100年の精神史」 ルイ・メナンド〔著〕, 野口良平, 那須耕介, 石井素子訳　みすず書房　2011.8　457, 47p　22cm　6000円　①978-4-622-07610-0

メネゴス, マティアス　Menegoz, Mathias
5007 "Karpathia"
◇アンテラリエ賞（2014年）

メーバー, サリー　Mavor, Salley
5008 "Pocketful of Posies: A Treasury of Nursery Rhymes"
◇ボストングローブ・ホーンブック賞（2011年／絵本）

メビウス　Moebius
5009 "Major fatal"
◇イマジネール大賞（1980年／特別賞）

メブス, グードルン　Mebs, Gudrun
5010 「日曜日だけのママ」 "Sonntagskind"
◇ドイツ児童文学賞（1984年／児童書）
　「日曜日だけのママ」 グードルン・メブス作, 平野卿子訳, ベルナー絵　講談社　1997.12　221p　18cm（講談社青い鳥文庫）670円　①4-06-148471-0

メリル, ジェイムズ　Merrill, James
5011 「ミラベルの数の書」 "Mirabell: Book of Numbers"
◇全米図書賞（1979年／詩）
　「ミラベルの数の書」 ジェイムズ・メリル著, 志村正雄訳　書肆山田　2005.1　479p　23cm　4500円　①4-87995-632-5
5012 "Divine Comedies"
◇ピュリッツアー賞（1977年／詩）
5013 "Nights and Days"
◇全米図書賞（1967年／詩）
5014 "The Changing Light at Sandover"
◇全米書評家協会賞（1983年／詩）

メリル, ジュディス　Merril, Judith
5015 "Better to Have Loved: The Life of Judith Merril"
◇ヒューゴー賞（2003年／関連書籍）

メルヴィル, ジェニー　Melville, Jennie
⇒バトラー, グウェンドリン

メルコ, ポール　Melko, Paul
5016 「天空のリング」 "Singularity's Ring"
◇ローカス賞（2009年／処女長編）
　「天空のリング」 ポール・メルコ著, 金子浩訳　早川書房　2010.8　509p　16cm（ハヤカワ文庫SF）1000円　①978-4-15-011771-9

メルテンス, ピエール　Mertens, Pierre
5017 "Les Éblouissements"
◇メディシス賞（1987年）

メルル, ロベール　Merle, Robert
5018 「ズイドコートの週末」 "Week-end à Zuydcoote"
◇ゴンクール賞（1949年）
　「ズイドコートの週末」 ロベール・メルル著, 井上勇訳　新潮社　1951　219p　19cm
5019 「マレヴィル」 "Malevil"
◇ジョン・W・キャンベル記念賞（1974年／第1位）
　「マレヴィル」 ロベール・メルル著, 三輪秀彦訳　早川書房　1978.5　494p　20cm（海外SFノヴェルズ）1800円

メレディス, ウィリアム　Meredith, William
- *5020* "Effort at Speech: New & Selected Poems"
  - ◇全米図書賞（1997年/詩）
- *5021* "Partial Accounts: New and Selected Poems"
  - ◇ピュリッツアー賞（1988年/詩）

メロ, ホジェル　Mello, Roger
- ◎国際アンデルセン賞（2014年/画家賞）

メロウ, ジェイムズ・R.　Mellow, James R.
- *5022* "Nathaniel Hawthorne in His Time"
  - ◇全米図書賞（1983年/自伝・伝記/ペーパーバック）

メンデルゾーン, ダニエル　Mendelsohn, Daniel
- *5023* "The Lost: A Search for Six of Six Million"〔仏語題：Les Disparus〕
  - ◇全米書評家協会賞（2006年/自伝）
  - ◇メディシス賞（2007年/外国小説）

メンドサ, エドゥアルド　Mendoza, Eduardo
- ◎フランツ・カフカ賞（2015年）

【モ】

モー, ティモシー　Mo, Timothy
- *5024* "Renegade or Halo 2"
  - ◇ジェイムズ・テイト・ブラック記念賞（1999年/フィクション）

モアハウス, ライダ　Morehouse, Lyda
- *5025* 「アークエンジェル・プロトコル」 "Archangel Protocol"
  - ◇シェイマス賞（2002年/ペーパーバック）
  - 「アークエンジェル・プロトコル」 ライダ・モアハウス著, 金子司訳　早川書房　2006.9　591p　16cm（ハヤカワ文庫SF）940円　①4-15-011581-8

モーガン, エドマンド・S.　Morgan, Edmund S.
- ◎ピュリッツアー賞（2006年/特別賞）

モーガン, チャールズ　Morgan, Charles
- *5026* 「扉開きぬ」 "The Voyage"
  - ◇ジェイムズ・テイト・ブラック記念賞（1940年/フィクション）
  - 「扉開きぬ　上」 C.モーガン著, 高野弥一郎訳　蒼樹社　1951　325p　19cm
  - 「扉開きぬ　下」 C.モーガン著, 高野弥一郎訳　蒼樹社　1951　322p　19cm
  - 「扉開きぬ」 Charles Morgan著, 高野弥一郎訳　長嶋書房　1957-1958　2冊　19cm（世界新鋭文学選書 3-4）

モーガン, リチャード　Morgan, Richard
- *5027* "Black Man"
  - ◇アーサー・C・クラーク賞（2008年）
- *5028* "Market Forces"
  - ◇ジョン・W・キャンベル記念賞（2005年/第1位）

モーゲンスターン, エリン　Morgenstern, Erin
- *5029* 「夜のサーカス」 "The Night Circus"
  - ◇ローカス賞（2012年/処女長編）
  - 「夜のサーカス」 エリン・モーゲンスターン著, 宇佐川晶子訳　早川書房　2012.4　557p　20cm　2700円　①978-4-15-209285-4

モーザー, バリー　Moser, Barry
- *5030* "Appalachia: The Voices of Sleeping Birds"
  - ◇ボストングローブ・ホーンブック賞（1991年/ノンフィクション）

モーション, アンドルー　Motion, Andrew
- *5031* "Philip Larkin: A Writer's Life"
  - ◇コスタ賞（1993年/伝記）

モス, ハワード　Moss, Howard
- *5032* "Selected Poems"
  - ◇全米図書賞（1972年/詩）

モース, L.A.　Morse, L.A.
- *5033* 「オールド・ディック」 "The Old Dick"
  - ◇アメリカ探偵作家クラブ賞（1982年/ペーパーバック賞）

「オールド・ディック」 L.A.モース著、石田善彦訳　早川書房　1983.9　366p　16cm（ハヤカワ・ミステリ文庫）420円

モスビー, スティーブ　Mosby, Steve
◎英国推理作家協会賞（2012年/図書館賞）

モズリイ, ウォルター　Mosley, Walter

5034「ブルー・ドレスの女」 "Devil in a Blue Dress"
◇英国推理作家協会賞（1991年/ジョン・クリーシー記念賞）
◇シェイマス賞（1991年/処女長編）
「ブルー・ドレスの女」　ウォルター・モズリイ著、坂本憲一訳　早川書房　1993.9　222p　19cm（ハヤカワ・ミステリ）950円　①4-15-001602-X
「ブルー・ドレスの女」　ウォルター・モズリイ著、坂本憲一訳　早川書房　1995.12　316p　16cm（ハヤカワ・ミステリ文庫）560円　①4-15-170251-2
◎アメリカ探偵作家クラブ賞（2016年/巨匠賞）

モズレー, ニコラス　Mosley, Nicholas

5035 "Hopeful Monsters"
◇コスタ賞（1990年/年間大賞・処女長編）

モーゼバッハ, マルティン　Mosebach, Martin
◎ビューヒナー賞（2007年）

モセリー, エミール　Mosely, Emile

5036 "Terres lorraines"
◇ゴンクール賞（1907年）

モーゼル, アーリーン　Mosel, Arlene

5037 "Tikki Tikki Tembo"
◇ボストングローブ・ホーンブック賞（1968年/絵本）

モーゼル, タッド　Mosel, Tad

5038 "All The Way Home"
◇ピュリッツァー賞（1961年/戯曲）

モット, フランク・ルーサー　Mott, Frank Luther

5039 "A History of American Magazines"
◇ピュリッツァー賞（1939年/歴史）

モディアノ, パトリック　Modiano, Patrick

5040「暗いブティック通り」 "Rue des boutiques obscures"
◇ゴンクール賞（1978年）
「暗いブティック通り」　パトリック・モディアノ著、平岡篤頼訳　講談社　1979.11　292p　20cm　1400円
「暗いブティック通り」　パトリック・モディアノ〔著〕、平岡篤頼訳　白水社　2005.6　269p　19cm　1900円　①4-560-02725-0
※講談社1979年刊の改訂
◎ノーベル文学賞（2014年）

モーティマー, ペネロペ　Mortimer, Penelope

5041 "About Time"
◇コスタ賞（1979年/自伝）

モードヴィノフ, ニコラス　Mordvinoff, Nicholas

5042「みつけたものとさわったもの」〔別題「ナップとウィンクル—みつけたほねはだれのもの」〕 "Finders Keepers"
◇コルデコット賞（1952年）
「ナップとウィンクル—みつけたほねはだれのもの」　ウィリアム・リプキンド, ニコラス・モードヴィノフ作、河津千代訳　アリス館牧新社　1976.11　1冊　28cm　850円
「みつけたものとさわったもの」　ウィル, ニコラスさく、晴海耕平やく　童話館出版　1997.11　1冊　29cm　1171円　①4-924938-89-0

モートン, リサ　Morton, Lisa

5043 "A Hallowe'en Anthology"
◇ブラム・ストーカー賞（2008年/ノンフィクション）
5044 "Castle of Los Angeles"
◇ブラム・ストーカー賞（2010年/処女長編）
5045 "Tested"
◇ブラム・ストーカー賞（2006年/短編）
5046 "The Lucid Dreaming"
◇ブラム・ストーカー賞（2009年/中編）
5047 "Trick or Treat: A History of Halloween"
◇ブラム・ストーカー賞（2012年/ノン

フィクション）

5048 "Witch Hunts: A Graphic History of the Burning Times"
◇ブラム・ストーカー賞（2012年／グラフィックノベル）

モネット, ポール　Monette, Paul

5049 "Becoming a Man: Half a Life Story"
◇全米図書賞（1992年／ノンフィクション）

モネネムボ, チエルノ
Monénembo, Tierno

5050 「カヘルの王」 "Le Roi de Kahel"
◇ルノドー賞（2008年）
「カヘルの王」　チエルノ・モネネムボ著, 石上健二訳　現代企画室　2013.4　356p　20cm　2800円　①978-4-7738-1305-0

モーパーゴ, マイケル
Morpurgo, Michael

5051 「最後のオオカミ」 "The Last Wolf"
◇ネスレ子どもの本賞（2002年／6～8歳部門／銅賞）
「最後のオオカミ」　マイケル・モーパーゴ作, はらるい訳, 黒須高嶺絵　文研出版　2017.12　111p　22cm（文研ブックランド）1200円　①978-4-580-82337-2

5052 「ザンジバルの贈り物」 "The Wreck of the Zanzibar"
◇コスタ賞（1995年／児童書）
「ザンジバルの贈り物」　マイケル・モーパーゴ文, フランソワ・プラス絵, 寺岡襄訳　BL出版　1998.2　108p　20cm　1400円　①4-89238-680-4

5053 「よみがえれ白いライオン」 "The Butterfly Lion"
◇ネスレ子どもの本賞（1996年／6～8歳部門／金賞）
「よみがえれ白いライオン」　マイケル・モーパーゴ作, 佐藤見果夢訳, クリスチャン・バーミンガム絵　評論社　2001.2　130p　21cm（児童図書館・文学の部屋）1300円　①4-566-01291-3

モマディ, N.スコット
Momaday, N.Scott

5054 "House Made of Dawn"
◇ピュリッツアー賞（1969年／フィクション）

モムゼン, テオドール
Mommsen, Theodor
◎ノーベル文学賞（1902年）

モラヴィア, アルベルト
Moravia, Alberto

5055 "I racconti"
◇ストレーガ賞（1952年）

モーラン, テリー・ファーリー
Moran, Terrie Farley

5056 "Well Read, Then Dead"
◇アガサ賞（2014年／処女長編）

モランテ, エルサ　Morante, Elsa

5057 「アルトゥーロの島」 "L'isola di Arturo"
◇ストレーガ賞（1957年）
「世界文学全集　1-12　アルトゥーロの島　モンテ・フェルモの丘の家」　池澤夏樹個人編集　エルサ・モランテ著, 中山エツコ訳　ナタリア・ギンズブルグ著, 須賀敦子訳　河出書房新社　2008.10　571, 12p　20cm　2800円　①978-4-309-70952-9

5058 "Aracoeli"
◇メディシス賞（1984年／外国小説）

モリ, キョウコ　Mori, Kyoko

5059 「めぐみ」 "One Bird"
◇フェニックス賞（2015年）
「めぐみ」　キョウコ・モリ著, 池田真紀子訳　青山出版社　1996.2　339p　20cm　1700円　①4-900845-09-4
「めぐみ」　キョウコ・モリ〔著〕, 池田真紀子訳　角川書店　1999.8　348p　15cm（角川文庫）857円　①4-04-278602-2

モーリアック, クロード
Mauriac, Claude

5060 「晩餐会」 "Le Dîner en ville"
◇メディシス賞（1959年）
「晩餐会」　クロード・モーリアック〔著〕, 岩崎力訳　集英社　1973　352p　肖像　20cm（現代の世界文学）720円

モーリエ, ルネ　Mauriès, René

5061 "Le Cap de la Gitane"
◇アンテラリエ賞（1974年）

モーリス, エドムント　Morris, Edmund

5062 "The Rise of Theodore Roosevelt"

◇全米図書賞（1980年/伝記/ハードカバー）
◇ピュリッツアー賞（1980年/伝記・自伝）

モリス, ライト　Morris, Wright
5063 「視界」 "The Field of Vision"
◇全米図書賞（1957年/小説）
「新しい世界の文学　66　視界」ライト・モリス〔著〕，武藤脩二訳　白水社　1974　305p　肖像　20cm　1000円
5064 "Plains Song"
◇全米図書賞（1981年/小説/ハードカバー）

モリソン, グラント　Morrison, Grant
5065 "Supergods: Our World in the Age of the Super Hero"
◇英国幻想文学賞（2012年/ノンフィクション）

モリソン, サミュエル・エリオット　Morison, Samuel Eliot
5066 "Admiral of the Ocean Sea"
◇ピュリッツアー賞（1943年/伝記・自伝）
5067 "John Paul Jones"
◇ピュリッツアー賞（1960年/伝記・自伝）

モリソン, トニ　Morrison, Toni
5068 「ソロモンの歌」 "Song of Solomon"
◇全米書評家協会賞（1977年/小説）
「ソロモンの歌」トニ・モリスン著，金田眞澄訳　早川書房　1980.2　368p　20cm　(Hayakawa novels)　1700円
「ソロモンの歌」トニ・モリスン著，金田眞澄訳　早川書房　1994.9　370p　20cm（トニ・モリスン・コレクション）2500円　ⓘ4-15-207873-1
※1980年刊の新装
「ソロモンの歌」トニ・モリスン著，金田眞澄訳　早川書房　2009.7　645p　16cm（ハヤカワepi文庫―トニ・モリスン・セレクション）1100円　ⓘ978-4-15-120054-0
5069 「ビラヴド（愛されし者）」 "Beloved"
◇ピュリッツアー賞（1988年/フィクション）
「ビラヴド（愛されし者）上」トニ・モリスン著，吉田廸子訳　集英社　1990.11　256p　20cm　1500円　ⓘ4-08-773120-0
「ビラヴド（愛されし者）下」トニ・モリスン著，吉田廸子訳　集英社　1990.11　279p　20cm　1500円　ⓘ4-08-773121-9
「ビラヴド」トニ・モリスン〔著〕，吉田廸子訳　集英社　1998.12　527p　16cm（集英社文庫）905円　ⓘ4-08-760349-0
※「ビラヴド（愛されし者）」（1990年刊）の改題
「ビラヴド」トニ・モリスン著，吉田廸子訳　早川書房　2009.12　569p　16cm（ハヤカワepi文庫―トニ・モリスン・セレクション）1100円　ⓘ978-4-15-120057-1
◎ノーベル文学賞（1993年）

モリッシー, トーマス　Morrissey, Thomas
5070 "Can't Catch Me"
◇アメリカ探偵作家クラブ賞（2005年/ロバート・L・フィッシュ賞）

モーリヤック, フランソワ　Mauriac, François Charles
◎ノーベル文学賞（1952年）

モレッティ, フランコ　Moretti, Franco
5071 "Distant Reading"
◇全米書評家協会賞（2013年/批評）

モレーヌ, ピエール　Molaine, Pierre
5072 "Les Orgues de l'enfer"
◇ルノドー賞（1950年）

モロウ, ジェイムズ　Morrow, James
5073 「おとなの聖書物語　第17話　ノアの箱舟」 "Bible Stories for Adults, No.17: The Deluge"
◇ネビュラ賞（1988年/短編）
「SFマガジン　37(3)」〔浅倉久志訳〕早川書房　1996.3　p52～61
5074 "City of Truth"
◇ネビュラ賞（1992年/中長編）
5075 "Only Begotten Daughter"
◇ジョン・W・キャンベル記念賞（1991年/第3位）
◇世界幻想文学大賞（1991年/長編）
5076 "The Last Witchfinder"
◇ジョン・W・キャンベル記念賞（2007年/第2位）
5077 "The Philosopher's Apprentice"
◇ジョン・W・キャンベル記念賞

（2009年／第3位）

5078 "This Is the Way the World Ends"
◇ジョン・W・キャンベル記念賞（1987年／第2位）

5079 "Towing Jehovah"〔仏語題：En remorquant Jéhovah〕
◇世界幻想文学大賞（1995年／長編）
◇イマジネール大賞（1996年／長編〈外国〉）

モワクス, ヤン　Moix, Yann
5080 "Naissance"
◇ルノドー賞（2013年）

モワノー, ピエール　Moinot, Pierre
5081 "Le Guetteur d'ombre"
◇フェミナ賞（1979年）

モンクス, リディア　Monks, Lydia
5082 「いいないいなイヌっていいな」 "I Wish I Were a Dog"
◇ネスレ子どもの本賞（1999年／5歳以下部門／銅賞）
「いいないいなイヌっていいな」リディア・モンクスさく、まつかわまゆみやく　評論社　2001.4　1冊　29cm（児童図書館・絵本の部屋）1300円　①4-566-00708-1

モンコンブル, ジェラール　Moncomble, Gérard
5083 "Prisonnière du tableau！"
◇イマジネール大賞（1999年／青少年向け長編）

モンターレ, エウジェーニオ　Montale, Eugenio
◎ノーベル文学賞（1975年）

モンテルオーニ, トマス・F.　Monteleone, Thomas F.
5084 「聖なる血」 "Blood of the Lamb"
◇ブラム・ストーカー賞（1992年／長編）
「聖なる血」トマス・F.モンテルオーニ著、中原尚哉訳　扶桑社　1997.8　639p　16cm（扶桑社ミステリー）800円　①4-594-02317-7
5085 "Fearful Symmetries"
◇ブラム・ストーカー賞（2004年／短編集）
5086 "The Mothers and Fathers Italian Association"
◇ブラム・ストーカー賞（2003年／ノンフィクション）

モントレソール, ベニ　Montresor, Beni
5087 「ともだちつれてよろしいですか」 "May I Bring a Friend？"
◇コルデコット賞（1965年）
「ともだちつれてよろしいですか」ビアトリス・シェンク・ド・レニアぶん, わたなべしげおやく, ベニ・モントレソールえ　富山房　1974　1冊　25cm
「ともだちつれてよろしいですか」ベアトリス・シェンク・ド・レーニエぶん, ベニ・モントレソールえ, わたなべしげおやく　童話館出版　2003.10　1冊（ページ付なし）25cm 1500円　①4-88750-055-6

モンドローニ, ジャック　Mondolini, Jacques
5088 "Papa 1er"
◇イマジネール大賞（1983年／中編〈フランス語〉）

モンロー, アリー　Monroe, Aly
5089 "Icelight"
◇英国推理作家協会賞（2012年／エリス・ピーターズ・ヒストリカル・ダガー）

【ヤ】

ヤーギン, ダニエル　Yergin, Daniel
5090 「石油の世紀―支配者たちの興亡」 "The Prize: The Epic Quest For Oil, Money & Power"
◇ピュリッツアー賞（1992年／ノンフィクション）
「石油の世紀―支配者たちの興亡　上」ダニエル・ヤーギン著, 日高義樹, 持田直武共訳　日本放送出版協会　1991.4　707p 図版10枚　20cm 2200円　①4-14-005168-X
「石油の世紀―支配者たちの興亡　下」ダニエル・ヤーギン著, 日高義樹, 持田直武共訳　日本放送出版協会　1991.4　615, 88p　20cm 2200円　①4-14-005169-8

ヤスガー, バティヤ・スウィフト
Yasgur, Batya Swift

5091 「あたしのハリーおじさん」 "Me and Mr.Harry"
◇アメリカ探偵作家クラブ賞（1995年／ロバート・L・フィッシュ賞）
「EQ 18(6)」〔深町眞理子訳〕 光文社 1995.11 p100〜105

ヤニコヴスキー・エーヴァ
Janikovszky Éva

5092 「もしもぼくがおとなだったら…」 "Ha én felnőtt volnék"〔独語題：Große dürfen alles〕
◇ドイツ児童文学賞（1973年／絵本）
「もしもぼくがおとなだったら…」 ヤニコヴスキー・エーヴァ文, レーベル・ラースロー絵, マンディ・ハシモト・レナ訳 文溪堂 2005.7 1冊（ページ付なし） 24cm 1300円 4-89423-436-X

ヤノッシュ Janosch

5093 「夢みるパナマ―きみのパナマを探しにいこう」 "Oh, wie schön ist Panama"
◇ドイツ児童文学賞（1979年／絵本）
「夢みるパナマ―きみのパナマを探しにいこう」 ヤノッシュ絵と文, 大石一美訳 きんのくわがた社 2000.7 1冊 18cm 1500円 ①4-87770-102-8

ヤーブロ, チェルシー・クイン
Yarbro, Chelsea Quinn
◎ブラム・ストーカー賞（2008年／生涯業績）
◎世界幻想文学大賞（2014年／生涯功労賞）

ヤルンコバー, クラーラ
Jarunková, Klára

5094 "Der Bruder des schweigenden Wolfes"
◇ドイツ児童文学賞（1970年／ヤングアダルト）

ヤロップ, デイヴィッド Yallop, David

5095 「法王暗殺」 "In God's Name"
◇英国推理作家協会賞（1984年／ゴールド・ダガー〈ノンフィクション〉）
「法王暗殺」 デイヴィッド・ヤロップ著, 徳岡孝夫訳 文芸春秋 1985.4 324p 20cm 1500円

ヤーン, ライアン・デイヴィッド
Jahn, Ryan David

5096 「暴行」 "Acts of Violence"
◇英国推理作家協会賞（2010年／ジョン・クリーシー・ダガー〈ニュー・ブラッド・ダガー〉）
「暴行」 ライアン・デイヴィッド・ヤーン〔著〕, 田口俊樹訳 新潮社 2012.5 374p 16cm（新潮文庫） 670円 ①978-4-10-218041-9

ヤング, エド Young, Ed

5097 「七ひきのねずみ」 "Seven Blind Mice"
◇ボストングローブ・ホーンブック賞（1992年／絵本）
「七ひきのねずみ」 エド・ヤング作, 藤本朝巳訳 古今社 1999.9 1冊 29cm 1900円 ①4-907689-05-5

5098 「ロンポポ―オオカミと三にんのむすめ」 "Lon Po Po: A Red-Riding Hood Story from China"
◇コルデコット賞（1990年）
◇ボストングローブ・ホーンブック賞（1990年／絵本）
「ロンポポ―オオカミと三にんのむすめ」 エド・ヤング再話・絵, 藤本朝巳訳 古今社 1999.10 1冊 27cm 1800円 ①4-907689-04-7

5099 "The Double Life of Pocahontas"
◇ボストングローブ・ホーンブック賞（1984年／ノンフィクション）

ヤング, スチュアート Young, Stuart

5100 "The Mask Behind the Face"
◇英国幻想文学賞（2006年／中長編）

ヤング, デイヴィッド Young, David

5101 「影の子」 "Stasi Child"
◇英国推理作家協会賞（2016年／ヒストリカル・ダガー）
「影の子」 デイヴィッド・ヤング著, 北野寿美枝訳 早川書房 2018.5 395p 19cm（HAYAKAWA POCKET MYSTERY BOOKS）2100円 ①978-4-15-001931-0

ヤング, フランシス・ブレット
Young, Francis Brett

5102 "Portrait Of Clare"
◇ジェイムズ・テイト・ブラック記念賞（1927年／フィクション）

ヤング, モイラ　Young, Moira

5103　「ブラッドレッドロード―死のエンジェル」 "Blood Red Road"
◇コスタ賞（2011年/児童書）
「ブラッドレッドロード―死のエンジェル 上」モイラ・ヤング著, 三辺律子訳　ソフトバンククリエイティブ　2013.2　318p　16cm（ソフトバンク文庫）760円　①978-4-7973-6848-2
「ブラッドレッドロード―死のエンジェル 下」モイラ・ヤング著, 三辺律子訳　ソフトバンククリエイティブ　2013.2　327p　16cm（ソフトバンク文庫）760円　①978-4-7973-6849-9

ヤング, E.H.　Young, E.H.

5104　"Miss Mole"
◇ジェイムズ・テイト・ブラック記念賞（1930年/フィクション）

ヤング, G.M.　Young, G.M.

5105　"Stanley Baldwin"
◇ジェイムズ・テイト・ブラック記念賞（1952年/伝記）

ヤンソン, トーベ　Jansson, Tove

5106　「それからどうなるの？」 "Hur gick det sen?"
◇ニルス・ホルゲション賞（1953年）
「それからどうなるの」トーベ・ヤンソン絵・文, 山室静訳　講談社　1971　28p　29cm（世界の絵本 フィンランド）
「それからどうなるの？」トーベ＝ヤンソン作・絵, 渡部翠訳　講談社　1991.4　25p　29cm（講談社の翻訳絵本―トーベ＝ヤンソンのムーミン絵本）1300円　①4-06-187871-9
◎国際アンデルセン賞（1966年/作家賞）

ヤンドゥル, エルンスト　Jandl, Ernst
◎ビューヒナー賞（1984年）

【ユ】

ユウ, チャールズ　Yu, Charles

5107　「SF的な宇宙で安全に暮らすっていうこと」 "How to Live Safely in a Science Fictional Universe"
◇ジョン・W・キャンベル記念賞（2011年/第2位）
「SF的な宇宙で安全に暮らすっていうこと」チャールズ・ユウ著, 円城塔訳　早川書房　2014.6　314p　19cm（新☆ハヤカワ・SF・シリーズ）1600円　①978-4-15-335015-1

ユージェニデス, ジェフリー　Eugenides, Jeffrey

5108　「ミドルセックス」 "Middlesex"
◇ピュリッツァー賞（2003年/フィクション）
「ミドルセックス」ジェフリー・ユージェニデス著, 佐々田雅子訳　早川書房　2004.3　733p　20cm　3200円　①4-15-208554-1

ユースティス, ヘレン　Eustis, Helen

5109　「水平線の男」 "The Horizontal Man"
◇アメリカ探偵作家クラブ賞（1947年/処女長編賞）
「水平線の男」ヘレン・ユースティス著, 山本恭子訳　東京創元社　1963　356p　15cm（創元推理文庫）

ユーナック, ドロシー　Uhnak, Dorothy

5110　「おとり」 "The Bait"
◇アメリカ探偵作家クラブ賞（1969年/処女長編賞）
「おとり」ドロシイ・ユーナック著, 鹿谷俊夫訳　早川書房　1970　245p　19cm（世界ミステリシリーズ）420円

ユベール, ジャン＝ピエール　Hubert, Jean-Pierre

5111　"Gélatine"
◇イマジネール大賞（1982年/中編〈フランス語〉）

5112　"Le Champ du rêveur"
◇イマジネール大賞（1984年/長編〈フランス語〉）

湯本 香樹実　ゆもと・かずみ

5113　「夏の庭―The Friends」 "The Friends"
◇ボストングローブ・ホーンブック賞（1997年/フィクション）
「夏の庭―The friends」湯本香樹実作　福武書店　1992.5　226p　19cm（Best choice）1300円　①4-8288-5001-5
「夏の庭―The friends」湯本香樹実著　新潮社　1994.2　221p　15cm（新潮文庫）360円　①4-10-131511-6

「夏の庭—the friends」 湯本香樹実著 20刷改版 新潮社 2001.5 218p 15cm（新潮文庫）400円 ①4-10-131511-6
「夏の庭—The friends」 湯本香樹実作 徳間書店 2001.5 226p 19cm 1400円 ①4-19-861359-1
※福武書店1992年刊の改訂版

ユリウス, コーネリア　Julius, Cornelia

5114 **"Von feinen und von kleinen Leuten"**
◇ドイツ児童文学賞（1982年／ノンフィクション）

ユルスナール, マルグリット
Yourcenar, Marguerite

5115 「黒の過程」 **"L'Œuvre au noir"**
◇フェミナ賞（1968年）
「黒の過程」 マルグリット・ユルスナール著, 岩崎力訳 白水社 1970 412p 図版 19cm（現代フランス小説 2）900円
「黒の過程」 マルグリット・ユルスナール著, 岩崎力訳 白水社 1981.7 414p 20cm（白水社世界の文学）1800円
「黒の過程」 マルグリット・ユルスナール〔著〕, 岩崎力訳 新装版 白水社 2008.12 428p 20cm 4200円 ①978-4-560-09220-0

ユンゲ, ノルマン　Junge, Norman
◎ドイツ児童文学賞（2012年／特別賞）

ユーンソン, エイヴィンド
Johnson, Eyvind
◎ノーベル文学賞（1974年）

【ヨ】

ヨーキー, ブライアン　Yorkey, Brian
5116 「ネクスト・トゥ・ノーマル」 **"Next to Normal"**
◇ピュリッツアー賞（2010年／戯曲）

ヨーク, マーガレット　Yorke, Margaret
◎英国推理作家協会賞（1999年／ダイヤモンド・ダガー）

ヨシ, S.T.　Joshi, S.T.
5117 **"H.P. Lovecraft: A Life"**
◇ブラム・ストーカー賞（1996年／ノンフィクション）
5118 **"Letters to Arkham: The Letters of Ramsey Campbell and August Derleth, 1961-1971"**
◇英国幻想文学賞（2015年／ノンフィクション）
5119 **"Sixty Years of Arkham House"**
◇ローカス賞（2000年／ノンフィクション）
5120 **"Unutterable Horror: A History of Supernatural Fiction, Volumes1&2"**
◇世界幻想文学大賞（2013年／特別賞〈ノンプロ〉）

ヨーレン, ジェイン　Yolen, Jane
5121 **"Favorite Folktales From Around the World"**
◇世界幻想文学大賞（1987年／特別賞〈プロ〉）
5122 **"Lost Girls"**
◇ネビュラ賞（1998年／中編）
5123 **"Pay the Piper"**
◇ローカス賞（2006年／ヤングアダルト図書）
5124 **"Sister Emily's Lightship"**
◇ネビュラ賞（1997年／短編）
5125 **"The Emerald Circus"**
◇世界幻想文学大賞（2018年／短編集）
◎世界幻想文学大賞（2009年／生涯功労賞）
◎ネビュラ賞（2016年／グランド・マスター）

ヨーンゾン, ウーヴェ　Johnson, Uwe
◎ビューヒナー賞（1971年）

ヨンソン, ルーネル　Jonsson, Runer
5126 **"Wickie und die starken Männer"**
◇ドイツ児童文学賞（1965年／児童書）

【ラ】

ラー, ジョン　Lahr, John
5127 **"Tennessee Williams: Mad Pilgrimage of the Flesh"**
◇全米書評家協会賞（2014年／伝記）

ライ, タィン＝ハ　Lai, Thanhha
- *5128*　「はじまりのとき」　"Inside Out & Back Again"
  - ◇全米図書賞（2011年/児童文学）
  - 「はじまりのとき」　タィン＝ハ・ライ作、代田亜香子訳　鈴木出版　2014.6　284p　20cm（鈴木出版の海外児童文学　この地球を生きる子どもたち）1600円　①978-4-7902-3288-9

ライアニエミ, ハンヌ　Rajaniemi, Hannu
- *5129*　「量子怪盗」　"The Quantum Thief"
  - ◇ジョン・W・キャンベル記念賞（2011年/第3位）
  - 「量子怪盗」　ハンヌ・ライアニエミ著、酒井昭伸訳　早川書房　2012.10　454p　19cm（新☆ハヤカワ・SF・シリーズ）1800円　①978-4-15-335006-9
  - 「量子怪盗」　ハンヌ・ライアニエミ著、酒井昭伸訳　早川書房　2014.3　575p　16cm（ハヤカワ文庫 SF）1060円　①978-4-15-011951-5

ライアン, アラン　Ryan, Alan
- *5130*　"The Bones Wizard"
  - ◇世界幻想文学大賞（1985年/短編）

ライアン, ケイ　Ryan, Kay
- *5131*　"The Best of It: New and Selected Poems"
  - ◇ピュリッツアー賞（2011年/詩）

ライアン, パム・ムニョス　Ryan, Pam Munoz
- *5132*　"Der Träumer"
  - ◇ドイツ児童文学賞（2015年/児童書）

ライアン, ハンク・フィリッピ　Ryan, Hank Phillippi
- *5133*　"On the House"
  - ◇アガサ賞（2009年/短編）
  - ◇アンソニー賞（2010年/短編）
  - ◇マカヴィティ賞（2010年/短編）
- *5134*　"Prime Time"
  - ◇アガサ賞（2007年/処女長編）
- *5135*　"The Other Woman"
  - ◇アメリカ探偵作家クラブ賞（2013年/メアリ・ヒギンズ・クラーク賞）
- *5136*　"The Wrong Girl"
  - ◇アガサ賞（2013年/現代長編）
- *5137*　"Truth Be Told"
  - ◇アガサ賞（2014年/現代長編）
- *5138*　"Writes of Passage: Adventures on the Writer's Journey"
  - ◇アガサ賞（2014年/ノンフィクション）
  - ◇アンソニー賞（2015年/評論・ノンフィクション）
  - ◇マカヴィティ賞（2015年/ノンフィクション）

ライヴリー, ペネロピ　Lively, Penelope
- *5139*　「トーマス・ケンプの幽霊」　"The Ghost of Thomas Kempe"
  - ◇カーネギー賞（1973年）
  - 「トーマス・ケンプの幽霊」　ペネロピ・ライヴリィ作、田中明子訳　評論社　1976.6　266p　21cm（児童図書館・文学の部屋）1200円
- *5140*　「ムーンタイガー」　"Moon Tiger"
  - ◇ブッカー賞（1987年）
  - 「ムーンタイガー」　ペネロピ・ライヴリー著、鈴木和子訳　朝日出版社　1993.7　278p　22cm　3000円　①4-255-93016-3
- *5141*　"A Stitch in Time"
  - ◇コスタ賞（1976年/児童書）

ライケン, デイドラ・S.　Laiken, Deidre S.
- *5142*　「冷たい眼が見ている」　"Death Among Strangers"
  - ◇アメリカ探偵作家クラブ賞（1988年/処女長編賞）
  - 「冷たい眼が見ている」　デイドラ・S.ライケン著、羽田詩津子訳　The Mysterious Press　1989.5　389p　16cm（ミステリアス・プレス文庫 7）560円　①4-15-100007-0

ライス, アン　Rice, Anne
- *5143*　「魔女の刻」　"The Witching Hour"
  - ◇ローカス賞（1991年/ホラー・ダークファンタジー長編）
  - 「魔女の刻」　アン・ライス著、広津倫子訳　徳間書店　1992.12　534p　16cm（徳間文庫）640円　①4-19-577414-4
  - 「メイフェア家の魔女たち―魔女の刻2」　アン・ライス著、広津倫子訳　徳間書店　1993.6　508p　16cm（徳間文庫）640円　①4-19-567618-5
  - 「魔性の棲む家―魔女の刻3」　アン・ライス著、広津倫子訳　徳間書店　1994.2　510p　16cm（徳間文庫）640円　①4-19-890080-9

「悪魔の花嫁―魔女の刻4」 アン・ライス著, 広津倫子訳　徳間書店　1994.8　446p　16cm（徳間文庫）520円　①4-19-890177-5
◎ブラム・ストーカー賞（2003年/生涯業績）

ライス, エルマー・L.　Rice, Elmer L.
5144 "Street Scene"
◇ピュリッツアー賞（1929年/戯曲）

ライスマン, フィリップ　Reisman, Philip
5145 "Cops and Robbers"
◇アメリカ探偵作家クラブ賞（1963年/スペシャルエドガー）

ライダー, J.W.　Rider, J.W.
5146 "Jersey Tomatoes"
◇シェイマス賞（1987年/処女長編）

ライデル, マレーネ　Reidel, Marlene
5147 "Kasimirs Weltreise"
◇ドイツ児童文学賞（1958年/絵本）

ライト, エドワード　Wright, Edward
5148 "Clea's Moon"
◇英国推理作家協会賞（2001年/デビュー・ダガー）
5149 "Damnation Falls"
◇バリー賞（2008年/英国犯罪小説）
5150 "Red Sky Lament"
◇英国推理作家協会賞（2006年/エリス・ピーターズ・ヒストリカル・ダガー）
5151 "While I Disappear"
◇シェイマス賞（2005年/長編）

ライト, エリック　Wright, Eric
5152 「神々がほほえむ夜」 "The Night the Gods Smiled"
◇英国推理作家協会賞（1983年/ジョン・クリーシー記念賞）
「神々がほほえむ夜」 エリック・ライト著, 大庭忠男訳　早川書房　1985.10　265p　16cm（ハヤカワ・ミステリ文庫）360円　①4-15-075601-5
5153 「ロージー・ドーンの誘拐」 "The Kidnapping of Rosie Dawn"
◇バリー賞（2001年/ペーパーバック）
「ロージー・ドーンの誘拐」 エリック・ライト著, 佐藤耕士訳　早川書房　2001.12　342p　16cm（ハヤカワ・ミステリ文庫）680円　①4-15-075605-8

ライト, ジェイムズ　Wright, James
5154 "Collected Poems"
◇ピュリッツアー賞（1972年/詩）

ライト, ダグ　Wright, Doug
5155 「アイ・アム・マイ・オウン・ワイフ」 "I Am My Own Wife"
◇ピュリッツアー賞（2004年/戯曲）

ライト, チャールズ　Wright, Charles
5156 "Black Zodiac"
◇全米書評家協会賞（1997年/詩）
◇ピュリッツアー賞（1998年/詩）
5157 "Country Music: Selected Early Poems"
◇全米図書賞（1983年/詩）

ライト, ナンシー・ミーンズ　Wright, Nancy Means
5158 "Pea Soup Poisonings"
◇アガサ賞（2006年/児童書・ヤングアダルト小説）

ライト, フランス　Wright, Franz
5159 "Walking to Martha's Vineyard"
◇ピュリッツアー賞（2004年/詩）

ライト, リチャード・B.　Wright, Richard B.
5160 "Clara Callan"
◇スコシアバンク・ギラー賞（2001年）

ライト, ローラリー・R.　Wright, L.R.
5161 「容疑者」 "The Suspect"
◇アメリカ探偵作家クラブ賞（1986年/長編賞）
「容疑者」 L.R.ライト著, 山田順子訳　二見書房　1986.12　347p　15cm（二見文庫―ザ・ミステリ・コレクション）480円　①4-576-86148-4

ライト, ローレンス　Wright, Lawrence
5162 「倒壊する巨塔―アルカイダと『9.11』への道」 "The Looming Tower: Al-Qaeda and the Road to 9/11"
◇ピュリッツアー賞（2007年/ノンフィクション）
「倒壊する巨塔―アルカイダと「9.11」への道　上」 ローレンス・ライト〔著〕, 平賀秀明訳　白水社　2009.8　383p　20cm 2400円　①978-4-560-08019-1
「倒壊する巨塔―アルカイダと「9.11」へ

ライト, C.D.　Wright, C.D.

5163　"One with Others:[a little book of her days]"
◇全米書評家協会賞（2010年／詩）

ライトソン, パトリシア　Wrightson, Patricia

5164　「ミセス・タッカーと小人ニムビン」　"A Little Fear"
◇ボストングローブ・ホーンブック賞（1984年／フィクション）
「ミセス・タッカーと小人ニムビン」 パトリシア・ライトソン作, 百々佑利子訳, 小沢良吉画　岩波書店　1986.7　196p　22cm　1700円　①4-00-110972-7

◎国際アンデルセン賞（1986年／作家賞）

ライバー, フリッツ　Leiber, Fritz

5165　「あの飛行船をつかまえろ」 "Catch That Zeppelin！"
◇ネビュラ賞（1975年／短編）
◇ヒューゴー賞（1976年／短編）
「20世紀SF　4 (1970年代)　接続された女」 ティプトリーJr他著, 中村融, 山岸真編 〔深町眞理子訳〕　河出書房新社　2001.5　490p　15cm（河出文庫）950円　①4-309-46205-7

5166　「影の船」 "Ship of Shadows"
◇ヒューゴー賞（1970年／中長編）
「世界SF大賞傑作選（ヒューゴー・ウィナーズ）5」 アイザック・アシモフ編 〔浅倉久志訳〕　講談社　1978.11　243p　15cm（講談社文庫）320円
「猫は宇宙で丸くなる—猫SF傑作選」 シオドア・スタージョン, フリッツ・ライバー他著, 中村融編 〔浅倉久志訳〕　竹書房　2017.9　438p　15cm（竹書房文庫）1200円　①978-4-8019-1191-8

5167　「凶運の都ランクマール」 "Ill Met in Lankhmar"
◇ネビュラ賞（1970年／中長編）
◇ヒューゴー賞（1971年／中長編）
「SFマガジン　13 (12)」 〔浅倉久志訳〕　早川書房　1972.11　p40～83

5168　「ビッグ・タイム」 "The Big Time"
◇ヒューゴー賞（1958年／長編または中編）
「ビッグ・タイム」 フリッツ・ライバー著, 青木日出夫訳　サンリオ　1978.7　248p　15cm（サンリオSF文庫）280円

5169　「ベルゼン急行」 "Belsen Express"
◇世界幻想文学大賞（1976年／短編）
「SFマガジン　39 (11)」 〔金子浩訳〕　早川書房　1998.11　p52～63

5170　「放浪惑星」 "The Wanderer"
◇ヒューゴー賞（1965年／長編）
「放浪惑星」 フリッツ・ライバー著, 永井淳訳　東京創元社　1973　508p　15cm（創元推理文庫）320円

5171　「骨のダイスを転がそう」 "Gonna Roll the Bones"
◇ネビュラ賞（1967年／中編）
◇ヒューゴー賞（1968年／中編）
「世界SF大賞傑作選（ヒューゴー・ウィナーズ）2」 アイザック・アシモフ編 〔永井淳訳〕　講談社　1979.5　255p　15cm（講談社文庫）320円
「跳躍者の時空」 フリッツ・ライバー著, 中村融編, 中村融, 浅倉久志, 深町眞理子訳 〔中村融訳〕　河出書房新社　2010.1　382p　20cm（奇想コレクション）2100円　①978-4-309-62205-7

5172　「闇の聖母」 "Our Lady of Darkness"
◇世界幻想文学大賞（1978年／長編）
「闇の聖母」 フリッツ・ライバー著, 深町真理子訳　早川書房　1979.9　291p　16cm（ハヤカワ文庫—SF）340円

5173　"Selected Stories"
◇ローカス賞（2011年／短編集）

5174　"The Best of Fritz Leiber"
◇ローカス賞（1975年／著作集）

5175　"The Button Molder"
◇英国幻想文学賞（1980年／短編）

5176　"The Ghost Light"
◇ローカス賞（1985年／短編集）

5177　"The Second Book of Fritz Leiber"
◇英国幻想文学賞（1976年／短編）

◎ヒューゴー賞（1975年／ガンダルフ賞〈グランドマスター〉）
◎世界幻想文学大賞（1976年／生涯功労賞）
◎ネビュラ賞（1980年／グランド・マスター）
◎ブラム・ストーカー賞（1987年／生涯業績）

ライヒェ, ディートロフ　Reiche, Dietlof
- *5178* "Der Bleisiegelfälscher"
  - ◇ドイツ児童文学賞（1978年/ヤングアダルト）

ライマン, ジェフ　Ryman, Geoff
- *5179* 「征（う）たれざる国」 "The Unconquered Country"
  - ◇英国SF協会賞（1984年/短編）
  - ◇世界幻想文学大賞（1985年/中編）
  - ◇ジョン・W・キャンベル記念賞（1988年/第3位）
    - 「20世紀SF　5（1980年代）　冬のマーケット」カード, ギブスン他著, 中村融, 山岸真編〔中村融訳〕　河出書房新社　2001.7　489p　15cm（河出文庫）　950円　①4-309-46206-5
- *5180* 「エア」 "Air"
  - ◇英国SF協会賞（2005年/長編）
  - ◇ジョン・W・キャンベル記念賞（2005年/第2位）
  - ◇アーサー・C・クラーク賞（2006年）
    - 「エア」ジェフ・ライマン著, 古沢嘉通, 三角和代訳　早川書房　2008.5　475p　20cm　2400円　①978-4-15-208922-9
- *5181* "Love Sickness"
  - ◇英国SF協会賞（1987年/短編）
- *5182* "The Child Garden"
  - ◇アーサー・C・クラーク賞（1990年）
  - ◇ジョン・W・キャンベル記念賞（1990年/第1位）
- *5183* "What We Found"
  - ◇ネビュラ賞（2011年/中編）

ライラント, シンシア　Rylant, Cynthia
- *5184* 「メイおばちゃんの庭」 "Missing May"
  - ◇ボストングローブ・ホーンブック賞（1992年/フィクション）
  - ◇ニューベリー賞（1993年）
    - 「メイおばちゃんの庭」C.ライラント作, 斎藤倫子訳, 中村悦子画　あかね書房　1993.11　163p　21cm（あかね世界の文学シリーズ）　1200円　①4-251-06257-4
- *5185* "Appalachia: The Voices of Sleeping Birds"
  - ◇ボストングローブ・ホーンブック賞（1991年/ノンフィクション）

ライリー, ジョン　Reilly, John
- *5186* "Twentiety Century Crime and Mystery Writers"
  - ◇アメリカ探偵作家クラブ賞（1981年/批評・評伝賞）

ライリイ, フランク　Riley, Frank
- *5187* 「ボシイの時代」 "They'd Rather Be Right"
  - ◇ヒューゴー賞（1955年/長編）
    - 「ボシイの時代」マーク・クリフトン, フランク・ライリイ著, 冬川亘訳　東京創元社　1981.3　280p　15cm（創元推理文庫）　320円

ライル, ジャネット・テーラー　Lisle, Janet Taylor
- *5188* "The Art of Keeping Cool"
  - ◇スコット・オデール賞（2001年）

ライル, D.P.　Lyle, D.P.
- *5189* "Forensics for Dummies"
  - ◇マカヴィティ賞（2005年/ノンフィクション）

ラインスター, マレイ　Leinster, Murray
- *5190* 「最初の接触」 "First Contact"
  - ◇ヒューゴー賞（1946年〈レトロ・ヒューゴー賞1996年授与〉/中編）
    - 「宇宙震」マレイ・ラインスター著, 早川書房編集部編, 井上一夫等訳〔伊藤典夫訳〕　早川書房　1965　300p　19cm（ハヤカワ・SF・シリーズ）
    - 「世界SF全集　32　世界のSF（短篇集）現代篇」〔伊藤典夫訳〕　福島正実, 伊藤典夫編　早川書房　1969　696p　20cm　950円
    - 「千億の世界―宇宙SF」福島正実編〔伊藤典夫訳〕　芳賀書店　1972　288p　19cm（Haga SF selies）　580円
    - 「千億の世界―海外SF傑作選」福島正実編〔伊藤典夫訳〕　講談社　1975　295p　15cm（講談社文庫）　340円
- *5191* 「ロボット植民地」 "Exploration Team"
  - ◇ヒューゴー賞（1956年/中編）
    - 「ヒューゴー賞傑作集　No.1」アイザック・アシモフ編, 志摩隆等訳〔森勇謙訳〕　早川書房　1967 2版　19cm（ハヤカワ・SF・シリーズ）　270-280円

ラインハート, メアリ・ロバーツ　Rinehart, Mary Roberts
- *5192* "The Frightened Wife and Other Murder Stories"
  - ◇アメリカ探偵作家クラブ賞（1954年/

スペシャルエドガー）

ラヴィン，メアリ Lavin, Mary
- 5193 "Tales From Bective Bridge"
 ◇ジェイムズ・テイト・ブラック記念賞
 （1943年／フィクション）

ラウシュ，アルベルト・H. Rausch, Albert H.
 ◎ビューヒナー賞（1932年）

ラヴゼイ，ピーター Lovesey, Peter
- 5194 「最後の刑事」"The Last Detective"
 ◇アンソニー賞（1992年／長編）
  「最後の刑事」ピーター・ラヴゼイ著，山本やよい訳　早川書房　1993.4　371p　20cm（Hayakawa novels）2000円　ⓉISBN4-15-207781-6
  「最後の刑事」ピーター・ラヴゼイ著，山本やよい訳　早川書房　1996.11　541p　16cm（ハヤカワ・ミステリ文庫）820円　ⓉISBN4-15-074710-5
- 5195 「漂う殺人鬼」"The House Sitter"
 ◇マカヴィティ賞（2004年／長編）
  「漂う殺人鬼」ピーター・ラヴゼイ著，山本やよい訳　早川書房　2005.1　371p　20cm（Hayakawa novels）2100円　ⓉISBN4-15-208616-5
  「漂う殺人鬼」ピーター・ラヴゼイ著，山本やよい訳　早川書房　2008.9　610p　16cm（ハヤカワ・ミステリ文庫）1100円　ⓉISBN978-4-15-074724-4
- 5196 「偽のデュー警部」"The False Inspector Dew"
 ◇英国推理作家協会賞（1982年／ゴールド・ダガー）
  「偽のデュー警部」ピーター・ラヴゼイ著，中村保男訳　早川書房　1983.10　442p　16cm（ハヤカワ・ミステリ文庫）520円
- 5197 「白熱の一戦（ニードル・マッチ）」"Needle Match"
 ◇英国推理作家協会賞（2007年／短編ダガー）
  「ハヤカワミステリマガジン　53（9）」〔山本やよい訳〕　早川書房　2008.9　p50～63
- 5198 「バースへの帰還」"The Summons"
 ◇英国推理作家協会賞（1995年／シルバー・ダガー）
  「バースへの帰還」ピーター・ラヴゼイ著，山本やよい訳　早川書房　1996.7　348p　20cm　2000円　ⓉISBN4-15-208017-5
  「バースへの帰還」ピーター・ラヴゼイ著，山本やよい訳　早川書房　2000.5　526p　16cm（ハヤカワ・ミステリ文庫）900円　ⓉISBN4-15-074714-8
- 5199 「マダム・タッソーがお待ちかね」"Waxwork"
 ◇英国推理作家協会賞（1978年／シルバー・ダガー）
  「マダム・タッソーがお待ちかね」ピーター・ラヴゼイ著，真野明裕訳　早川書房　1983.4　259p　20cm（Hayakawa novels）1300円
  「マダム・タッソーがお待ちかね」ピーター・ラヴゼイ著，真野明裕訳　早川書房　1986.7　284p　16cm（ハヤカワ・ミステリ文庫）380円　ⓉISBN4-15-074703-2
- 5200 「猟犬クラブ」"Bloodhounds"
 ◇英国推理作家協会賞（1996年／シルバー・ダガー）
 ◇バリー賞（1997年／長編）
 ◇マカヴィティ賞（1997年／長編）
  「猟犬クラブ」ピーター・ラヴゼイ著，山本やよい訳　早川書房　1997.7　358p　20cm（Hayakawa novels）2000円　ⓉISBN4-15-208094-9
  「猟犬クラブ」ピーター・ラヴゼイ著，山本やよい訳　早川書房　2001.6　597p　16cm（ハヤカワ・ミステリ文庫）940円　ⓉISBN4-15-074717-2
 ◎英国推理作家協会賞（2000年／ダイヤモンド・ダガー）
 ◎アメリカ探偵作家クラブ賞（2018年／巨匠賞）

ラヴゼイ，フィル Lovesey, Phil
- 5201 「宿題」"Homework"
 ◇英国推理作家協会賞（2011年／短編ダガー）
  「ミステリーズ！　56」〔神林美和訳〕東京創元社　2012.12.20

ラウデン，デズモンド Lowden, Desmond
- 5202 「ひとりぼっちの目撃者」"The Shadow Run"
 ◇英国推理作家協会賞（1989年／シルバー・ダガー）
  「ひとりぼっちの目撃者」デズモンド・ラウデン著，真野明裕訳　早川書房　1992.5　390p　16cm（ハヤカワ・ミステリ文庫）580円　ⓉISBN4-15-078751-4

ラエンズ, ヤニック Lahens, Yanick

5203 「月光浴」 "Bain de lune"
◇フェミナ賞（2014年）
「月光浴―ハイチ短篇集」 フランケチエンヌ他著, 立花英裕, 星埜守之編, 澤田直〔ほか〕訳 国書刊行会 2003.11 364p 20cm（Contemporary writers） 2600円 ①4-336-04557-7

ラオ, ラージャ Rao, Raja
◎ノイシュタット国際文学賞（1988年）

ラガス, クリストファー Ragus, Christopher

5204 「建物はどうして建っているか 構造―重力とたたかい」 "Building: The Fight Against Gravity"
◇ボストングローブ・ホーンブック賞（1980年／ノンフィクション）
「建物はどうして建っているか 構造―重力とのたたかい」 マリオ・サルバドリー著, 望月重訳 鹿島出版会 1980.10 175p 19cm 1600円

ラーキン, オリヴァー・W. Larkin, Oliver W.

5205 "Art and Life in America"
◇ピュリッツァー賞（1950年／歴史）

ラーキン, デヴィッド Larkin, David

5206 "The High Kings"
◇世界幻想文学大賞（1984年／特別賞〈プロ〉）

ラクスネス, ハルドル Laxness, Halldór Kiljan
◎ノーベル文学賞（1955年）

ラクルテル, ジャック・ド Lacretelle, Jacques de

5207 「反逆児」 "Silbermann"
◇フェミナ賞（1922年）
「フランス現代小説 ［7］ 反逆児」 ジャック・ド・ラクルテル著, 青柳瑞穂訳 第一書房 1936 415p 肖像 20cm
「反逆児」 ラクルテル著, 青柳瑞穂訳 新潮社 1951 215p 19cm
「反逆児―シルベルマン」 ラクルテル著, 青柳瑞穂訳 新潮社 1957 196p 15cm（新潮文庫）

ラーゲルクヴィスト, ペール・ファビアン Lagerkvist, Pär Fabian
◎ノーベル文学賞（1951年）

ラーゲルクランツ, ローセ Lagercrantz, Rose
◎ニルス・ホルゲション賞（1980年）

ラーゲルレーヴ, セルマ Lagerlörf, Selma Ottiliana Lovisa
◎ノーベル文学賞（1909年）

ラコヴ, ジャック・N. Rakove, Jack N.

5208 "Original Meanings: Politics and Ideasin the Making of the Constitution"
◇ピュリッツァー賞（1997年／歴史）

ラシュカ, クリス Raschka, Chris

5209 「こんにちは・さようならのまど」 "The Hello, Goodbye Window"
◇コルデコット賞（2006年）
「こんにちは・さようならのまど」 ノートン・ジャスター文, クリス・ラシュカ絵, 石津ちひろ訳 BL出版 2007.8 1冊（ページ付なし） 29cm 1500円 ①978-4-7764-0246-6

5210 "A Ball for Daisy"
◇コルデコット賞（2012年）

ラシュディ, サルマン Rushdie, Salman

5211 「悪魔の詩」 "The Satanic Verses"
◇コスタ賞（1988年／長編）
「悪魔の詩 上」 サルマン・ラシュディ著, 五十嵐一訳 プロモーションズ・ジャンニ 1990.2 301p 20cm 2060円
「悪魔の詩 下」 サルマン・ラシュディ著, 五十嵐一訳 プロモーションズ・ジャンニ 1990.9 337p 20cm 2060円

5212 「真夜中の子供たち」 "Midnight's Children"
◇ジェイムズ・テイト・ブラック記念賞（1981年／フィクション）
◇ブッカー賞（1981年）
◇ブッカー賞（1993年／ブッカー・オブ・ブッカーズ賞〈第25回記念〉）
◇ブッカー賞（2008年／ベスト・オブ・ブッカー賞〈第40回記念〉）
「真夜中の子供たち」 サルマン・ラシュディ著, 寺門泰彦訳 早川書房 1989.12 2冊 20cm（Hayakawa novels） 各1800円 ①4-15-207650-X

5213 「ムーア人の最後のため息」 "The Moor's Last Sigh"
◇コスタ賞（1995年/長編）
「ムーア人の最後のため息」 サルマン・ルシュディ著, 寺門泰彦訳　河出書房新社　2011.2　465p　20cm　3500円　①978-4-309-20559-5

ラジョイア, ニコラ　Lagioia, Nicola
5214 "La ferocia"
◇ストレーガ賞（2015年）

ラーション, ビョーン　Larsson, Björn
5215 "Drömmar vid havet"〔仏語題：Le Capitaine et les Rêves〕
◇メディシス賞（1999年/外国小説）

ラーション, マッツ　Larsson, Mats
5216 "Trollkarlen från Galdar"
◇ニルス・ホルゲション賞（1985年）

ラス, ジョアンナ　Russ, Joanna
5217 「祈り」 "Souls"
◇ヒューゴー賞（1983年/中長編）
◇ローカス賞（1983年/中長編）
「80年代SF傑作選　下」小川隆, 山岸真編〔冬川亘訳〕　早川書房　1992.10　557p　16cm（ハヤカワ文庫―SF）700円　①4-15-010989-3
5218 「変革のとき」 "When it Changed"
◇ネビュラ賞（1972年/短編）
「20世紀SF　4 (1970年代)　接続された女」ティプトリーJr他著, 中村融, 山岸真編〔小尾芙佐訳〕　河出書房新社　2001.5　490p　15cm（河出文庫）950円　①4-309-46205-7

ラスキー, キャスリン　Lasky, Kathryn
5219 "The Weaver's Gift"
◇ボストングローブ・ホーンブック賞（1981年/ノンフィクション）

ラスキン, エレン　Raskin, Ellen
5220 「アンクル・サムの遺産」 "The Westing Game"
◇ボストングローブ・ホーンブック賞（1978年/フィクション）
◇ニューベリー賞（1979年）
「アンクル・サムの遺産」E.ラスキン作, 掛川恭子訳　あかね書房　1981.10　317p　21cm（あかね世界の児童文学）1300円

ラスク, ラルフ・L.　Rusk, Ralph L.
5221 "Ralph Waldo Emerson"
◇全米図書賞（1950年/ノンフィクション）

ラスマン, ペギー　Rathmann, Peggy
5222 「バックルさんとめいけんグロリア」 "Officer Buckle and Gloria"
◇コルデコット賞（1996年）
「バックルさんとめいけんグロリア」ペギー・ラスマンさく・え, ひがしはるみやく　徳間書店　1997.10　1冊　29cm　1550円　①4-19-860773-7

ラスロップ, ドロシー・P.　Lathrop, Dorothy P.
5223 "Animals of the Bible, A Picture Book"
◇コルデコット賞（1938年）

ラーソン, エドワード・J.　Larson, Edward J.
5224 "Summer for the Gods: The Scopes Trialand America's Continuing Debate Over Science and Religion"
◇ピュリッツァー賞（1998年/歴史）

ラーソン, エリック　Larson, Erik
5225 "The Devil in the White City"
◇アメリカ探偵作家クラブ賞（2004年/犯罪実話賞）

ラーソン, カービー　Lawson, Kirby
5226 "Dash"
◇スコット・オデール賞（2015年）

ラーソン, ジョナサン　Larson, Jonathan
5227 「レント」 "Rent"
◇ピュリッツァー賞（1996年/戯曲）

ラーソン, スティーグ　Larsson, Stieg
5228 「ドラゴン・タトゥーの女」（ミレニアム 1） "Män som hatar kvinnor är"〔英題：The Girl with the Dragon Tattoo〕
◇アンソニー賞（2009年/処女長編）
◇バリー賞（2009年/英国小説）
◇マカヴィティ賞（2009年/処女長編）
◇バリー賞（2010年/10年間〈2000年代〉最優秀ミステリ・犯罪小説）
「ミレニアム　1 上」スティーグ・ラーソン著, ヘレンハルメ美穂, 岩澤雅利訳

早川書房　2008.12　379p　19cm　1619円　①978-4-15-208983-0
※「1」のサブタイトル：ドラゴン・タトゥーの女
「ミレニアム　1 下」スティーグ・ラーソン著, ヘレンハルメ美穂, 岩澤雅利訳　早川書房　2008.12　438p　19cm　1619円　①978-4-15-208984-7
※「1」のサブタイトル：ドラゴン・タトゥーの女
「ミレニアム　1［上］ドラゴン・タトゥーの女　上」スティーグ・ラーソン著, ヘレンハルメ美穂, 岩澤雅利訳　早川書房　2011.9　406p　16cm（ハヤカワ・ミステリ文庫）800円　①978-4-15-179251-9
「ミレニアム　1［下］ドラゴン・タトゥーの女　下」スティーグ・ラーソン著, ヘレンハルメ美穂, 岩澤雅利訳　早川書房　2011.9　469p　16cm（ハヤカワ・ミステリ文庫）800円　①978-4-15-179252-6

ラダ, ヨゼフ　Lada, Josef

5229　「黒ねこミケシュのぼうけん」"Kater Mikesch"
◇ドイツ児童文学賞（1963年/児童書）
「黒ねこミケシュのぼうけん」ヨゼフ・ラダ文・絵, 小野田澄子訳　岩波書店　1967　262p　23cm（岩波おはなしの本）

ラックマン, マーヴィン
Lachman, Marvin

5230　"Encyclopedia of Mystery and Detection"
◇アメリカ探偵作家クラブ賞（1977年/批評・評伝賞）

5231　"Heirs Of Anthony Boucher"
◇アンソニー賞（2006年/評論・ノンフィクション）

5232　"The American Regional Mystery"
◇マカヴィティ賞（2001年/ノンフィクション）

ラッシュ, クリスティン・キャスリン
Rusch, Kristine Kathryn

5233　「夢のギャラリー」"The Gallery of His Dreams"
◇ローカス賞（1992年/中長編）
「SFマガジン　34(1)」〔増田まもる訳〕早川書房　1993.1　p210〜251

5234　"Millennium Babies"
◇ヒューゴー賞（2001年/中編）

5235　"Science Fiction Writers of America Handbook"
◇ローカス賞（1991年/ノンフィクション）

ラッシュ, クリストファー
Lasch, Christopher

5236　「ナルシシズムの時代」"The Culture of Narcissism"
◇全米図書賞（1980年/時事/ペーパーバック）
「ナルシシズムの時代」クリストファー・ラッシュ著, 石川弘義訳　ナツメ社　1981.2　367p　20cm　2500円

ラッシュ, ジョゼフ・P.　Lash, Joseph P.

5237　"Eleanor and Franklin: The Story of Their Relationship, Based on Eleanor Roosevelt's Private Papers"
◇全米図書賞（1972年/伝記）
◇ピュリッツァー賞（1972年/伝記・自伝）

ラッシュ, ノーマン　Rush, Norman

5238　"Mating"
◇全米図書賞（1991年/小説）

ラッシュ, ロン　Rash, Ron

5239　"Burning Bright"
◇フランク・オコナー国際短編賞（2010年）

ラッセル, エリック・フランク
Russell, Eric Frank

5240　「ちんぷんかんぷん」"Allamagoosa"
◇ヒューゴー賞（1955年/短編）
「ヒューゴー賞傑作集　No.1」アイザック・アシモフ編, 志摩隆等訳〔川村哲郎訳〕早川書房　1967 2版　19cm（ハヤカワ・SF・シリーズ）270-280円

ラッセル, クレイグ　Russell, Craig

◎英国推理作家協会賞（2008年/図書館賞）

ラッセル, チャールズ・エドワード
Russell, Charles Edward

5241　"The American Orchestra and Theodore Thomas"
◇ピュリッツァー賞（1928年/伝記・自伝）

ラッセル, バートランド・アーサー・ウィリアム
Russell, Bertrand ArthurWilliam
◎ノーベル文学賞（1950年）

ラッセル, フランシス　Russell, Francis
5242 "Tragedy in Dedham"
◇アメリカ探偵作家クラブ賞（1963年/犯罪実話賞）

ラッセル, メアリ・ドリア
Russell, Mary Doria
5243 "The Sparrow"
◇英国SF協会賞（1997年/長編）
◇ジョン・W・キャンベル記念賞（1997年/第3位）
◇アーサー・C・クラーク賞（1998年）

ラッセル, レイ　Russell, Ray
◎世界幻想文学大賞（1991年/生涯功労賞）
◎ブラム・ストーカー賞（1992年/生涯業績）

ラッセル, P.クレイグ　Russell, P.Craig
5244 「コララインとボタンの魔女」〔グラフィックノベル〕 "Coraline: The Graphic Novel"
◇ローカス賞（2009年/ノンフィクション・アートブック）

ラッツ, ジョン　Lutz, John
5245 「稲妻に乗れ」 "Ride the Lightening"
◇アメリカ探偵作家クラブ賞（1986年/短編賞）
「稲妻に乗れ」 ジョン・ラッツ著、柿沼瑛子訳　早川書房　1989.4　226p　19cm（ハヤカワ・ミステリ）800円　①4-15-001529-5
「新エドガー賞全集」 マーティン・H・グリーンバーグ編、田口俊樹他訳〔田口俊樹訳〕早川書房　1992.6　303p　16cm（ハヤカワ・ミステリ文庫）480円　①4-15-074166-2
「死の飛行」 エド・ゴーマン編、沢川進ほか訳〔田口俊樹訳〕扶桑社　1997.6　420p　16cm（扶桑社ミステリー—現代ミステリーの至宝2）629円　①4-594-02274-X
5246 「理由もなく突然に」 "What You Don't Know Can Hurt You"

◇シェイマス賞（1983年/短編）
「ミステリマガジン　29(11)」〔石田善彦訳〕早川書房　1984.11　p34～49
5247 「別れのキス」 "Kiss"
◇シェイマス賞（1989年/長編）
「別れのキス」 ジョン・ラッツ著、雨沢泰訳　二見書房　1991.10　392p　15cm（二見文庫—ザ・ミステリ・コレクション）580円　①4-576-91120-1
◎シェイマス賞（1995年/ジ・アイ賞〈生涯功績賞〉）

ラディン, エドワード・D.
Radin, Edward D.
5248 "Twelve Against Crime"
◇アメリカ探偵作家クラブ賞（1951年/犯罪実話賞）
5249 "Twelve Against the Law"
◇アメリカ探偵作家クラブ賞（1948年/犯罪実話賞）

ラテル, シモーヌ　Ratel, Simone
5250 "La Maison des Bories"
◇アンテラリエ賞（1932年）

ラドマン, マーク　Rudman, Mark
5251 "Rider"
◇全米書評家協会賞（1994年/詩）

ラナガン, マーゴ　Lanagan, Margo
5252 「沈んでいく姉さんを送る歌」 "Singing My Sister Down"
◇世界幻想文学大賞（2005年/短編）
「ブラックジュース」 マーゴ・ラナガン著、佐田千織訳　河出書房新社　2008.5　265p　20cm（奇想コレクション）1900円　①978-4-309-62202-6
5253 「ブラックジュース」 "Black Juice"
◇世界幻想文学大賞（2005年/短編集）
「ブラックジュース」 マーゴ・ラナガン著、佐田千織訳　河出書房新社　2008.5　265p　20cm（奇想コレクション）1900円　①978-4-309-62202-6
5254 "Tender Morsels"
◇世界幻想文学大賞（2009年/長編）

ラニア, ヴァージニア　Lanier, Virginia
5255 「追跡犬ブラッドハウンド」 "Death In Bloodhound Red"
◇アンソニー賞（1996年/処女長編）
「追跡犬ブラッドハウンド　上」 ヴァージニア・ラニア著、坂口玲子訳　早川書

房　1998.7　447p　16cm（ハヤカワ・ミステリ文庫）780円　Ⓟ4-15-171551-7

「追跡犬ブラッドハウンド　下」ヴァージニア・ラニア著, 坂口玲子訳　早川書房　1998.7　422p　16cm（ハヤカワ・ミステリ文庫）780円　Ⓟ4-15-171552-5

ラヌー, アルマン　Lanoux, Armand

5256　"Le Commandant Watrin"
◇アンテラリエ賞（1956年）

5257　"Quand la mer se retire"
◇ゴンクール賞（1963年）

ラパイン, ジェイムズ　Lapine, James

5258　「サンデー・イン・ザ・パーク・ウィズ・ジョージ—日曜日にジョージと公園で」"Sunday in the Park With George"
◇ピュリッツァー賞（1985年/戯曲）

ラバル, ビクター　LaValle, Victor

5259　"The Changeling"
◇世界幻想文学大賞（2018年/長編）

ラーバレスティア, ジャスティーン　Larbalestier, Justine

5260　「あたしと魔女の扉」"Magic or Madness"
◇アンドレ・ノートン賞（2006年）
「あたしと魔女の扉」ジャスティーン・ラーバレスティア著, 大谷真弓訳　早川書房　2008.10　383p　16cm（ハヤカワ文庫）760円　Ⓟ978-4-15-020479-2

ラバン, ジョナサン　Raban, Jonathan

5261　"Bad Land"
◇全米書評家協会賞（1996年/ノンフィクション）

ラヒーミー, アティーク　Rahimi, Atiq

5262　「悲しみを聴く石」"Syngué Sabour.Pierre de Patience"
◇ゴンクール賞（2008年）
「悲しみを聴く石」アティーク・ラヒーミー著, 関口涼子訳　白水社　2009.10　158p　20cm（Ex libris）1900円　Ⓟ978-4-560-09005-3

ラヒリ, ジュンパ　Lahiri, Jhumpa

5263　「停電の夜に」"Interpreter of Maladies"
◇ピュリッツァー賞（2000年/フィクション）
「停電の夜に」ジュンパ・ラヒリ著, 小川高義訳　新潮社　2000.8　267p　20cm（Crest books）1900円　Ⓟ4-10-590019-6
「停電の夜に」ジュンパ・ラヒリ〔著〕, 小川高義訳　新潮社　2003.3　327p　16cm（新潮文庫）590円　Ⓟ4-10-214211-8

5264　「見知らぬ場所」"Unaccustomed Earth"
◇フランク・オコナー国際短編賞（2008年）
「見知らぬ場所」ジュンパ・ラヒリ著, 小川高義訳　新潮社　2008.8　415p　20cm（Crest books）2300円　Ⓟ978-4-10-590068-7

ラブ, メリッサ・スクリヴナー　Love, Melissa Scrivner

5265　"Lola"
◇英国推理作家協会賞（2018年/ジョン・クリーシー・ダガー〈ニュー・ブラッド・ダガー〉）

ラ・ファージ, オリヴァー　La Farge, Oliver

5266　"Laughing Boy"
◇ピュリッツァー賞（1930年/小説）

ラファティ, R.A.　Lafferty, R.A.

5267　「素顔のユリーマ」〔別題「愚者の楽園」〕"Eurema's Dam"
◇ヒューゴー賞（1973年/短編）
「世界SF大賞傑作選（ヒューゴー・ウィナーズ）6」アイザック・アシモフ編〔伊藤典夫訳〕　講談社　1978.6　288p　15cm（講談社文庫）340円
「ロボット・オペラ—an anthology of robot fiction and robot culture」瀬名秀明編著〔伊藤典夫訳〕　光文社　2004.6　771p　22cm　4700円　Ⓟ4-334-92437-9
「昔には帰れない」R・A・ラファティ著, 伊藤典夫, 浅倉久志訳〔伊藤典夫訳〕　早川書房　2012.11　463p　16cm（ハヤカワ文庫SF）940円　Ⓟ978-4-15-011872-3

◎世界幻想文学大賞（1990年/生涯功労賞）

ラフェリエール, ダニー　Laferrière, Dany

5268　「帰還の謎」"L'Énigme du retour"
◇メディシス賞（2009年）
「帰還の謎」ダニー・ラフェリエール〔著〕, 小倉和子訳　藤原書店　2011.9

393p　20cm　3600円　①978-4-89434-823-3

ラフリー, ジョン　Loughery, John
5269　「別名S・S・ヴァン・ダイン」
"Alias S.S.Van Dine"
◇アメリカ探偵作家クラブ賞（1993年/批評・評伝賞）
「別名S・S・ヴァン・ダイン―ファイロ・ヴァンスを創造した男」ジョン・ラフリー著, 清野泉訳　国書刊行会　2011.9　417, 20, 14p　20cm　3800円　①978-4-336-05416-6

ラフレンス, ホリー=ジェーン　Rahlens, Holly-Jane
5270　"Prince William, Maximilian Minsky and me"〔独語題：Prinz William, Maximilian Minsky und ich〕
◇ドイツ児童文学賞（2003年/ヤングアダルト）

ラブロ, フィリップ　Labro, Philippe
5271　「留学生」　"L'Étudiant étranger"
◇アンテラリエ賞（1986年）
「留学生」フイリップ・ラブロ〔著〕, 長島良三訳　新潮社　1991.6　287p　19cm　2000円　①4-10-523401-3

ラブロ, マシュー　LaBrot, Matthew
5272　"Red Card: A Zeke Armstrong Mystery"
◇アガサ賞（2002年/児童書・ヤングアダルト小説）

ラペイル, パトリック　Lapeyre, Patrick
5273　「人生は短く, 欲望は果てなし」"La vie est brève et le désir sans fin"
◇フェミナ賞（2010年）
「人生は短く, 欲望は果てなし」パトリック・ラペイル著, 東浦弘樹, オリヴィエ・ビルマン訳　作品社　2012.10　347p　20cm　2600円　①978-4-86182-404-3

ラボック, パーシー　Lubbock, Percy
5274　"Earlham"
◇ジェイムズ・テイト・ブラック記念賞（1922年/伝記）

ラーマン, ジア・ハイダー　Rahman, Zia Haider
5275　"In the Light of What We Know"
◇ジェイムズ・テイト・ブラック記念賞（2014年/フィクション）

ラム, ヴィンセント　Lam, Vincent
5276　「ER 研修医たちの現場から」"Bloodletting & Miraculous Cures"
◇スコシアバンク・ギラー賞（2006年）
「ER研修医たちの現場から」ヴィンセント・ラム著, 雨沢泰訳　集英社　2010.4　383p　16cm（集英社文庫）905円　①978-4-08-760602-7

ラムーア, ルイス　L'Amour, Louis
5277　"Bendigo Shafter"
◇全米図書賞（1980年/ウェスタン）

ラムスリー, テリー　Lamsley, Terry
5278　"Under the Crust"
◇世界幻想文学大賞（1994年/中編）

ラムレイ, ブライアン　Lumley, Brian
5279　"Fruiting Bodies"
◇英国幻想文学賞（1989年/短編）
◎ブラム・ストーカー賞（2009年/生涯業績）
◎世界幻想文学大賞（2010年/生涯功労賞）

ラルゴ, マイケル　Largo, Michael
5280　「図説 死因百科」"Final Exits: the Illustrated Encyclopedia of How We Die"
◇ブラム・ストーカー賞（2006年/ノンフィクション）
「図説死因百科」マイケル・ラルゴ著, 橘明美監訳　紀伊國屋書店　2012.7　461p　21cm　2200円　①978-4-314-01076-4

ラルドロー, ギー　Lardreau, Guy
5281　"Fictions philosophiques et science-fiction"
◇イマジネール大賞（1989年/エッセイ〈評論〉）

ラルモ, ジーニン　Larmoth, Jeanine
5282　"Murder on the Menu"
◇アメリカ探偵作家クラブ賞（1973年/スペシャルエドガー）

ランガー, ローレンス
Langer, Lawrence L.

5283 "Holocaust Testimonies: The Ruins of Memory"

◇全米書評家協会賞（1991年／批評）

ランキン, イアン　Rankin, Ian

5284「動いているハーバート」"Herbert in Motion"

◇英国推理作家協会賞（1996年／短編ダガー）

「双生児―EQMM90年代ベスト・ミステリー」　ジャネット・ハッチングズ編，木村仁良ほか訳〔高儀進訳〕　扶桑社　2000.9　421p　16cm（扶桑社ミステリー）724円　①4-594-02982-5

「貧者の晩餐会」　イアン・ランキン著，延原泰子他訳〔高儀進訳〕　早川書房　2004.3　411p　19cm（ハヤカワ・ミステリ）1600円　①4-15-001748-4

「貧者の晩餐会」　イアン・ランキン著，延原泰子他訳〔高儀進訳〕　早川書房　2009.7　510p　16cm（ハヤカワ・ミステリ文庫―現代短篇の名手たち 2）940円　①978-4-15-178252-7

※2004年刊の割愛

5285「黒と青」"Black And Blue"

◇英国推理作家協会賞（1997年／ゴールド・ダガー）

「黒と青」　イアン・ランキン著，延原泰子訳　早川書房　1998.7　538p　19cm（ハヤカワ・ミステリーリーバス警部シリーズ）1800円　①4-15-001665-8

「黒と青　上」　イアン・ランキン著，延原泰子訳　早川書房　2006.9　404p　16cm（ハヤカワ・ミステリ文庫）780円　①4-15-175503-9

「黒と青　下」　イアン・ランキン著，延原泰子訳　早川書房　2006.9　395p　16cm（ハヤカワ・ミステリ文庫）780円　①4-15-175504-7

5286「甦る男」"Resurrection Men"

◇アメリカ探偵作家クラブ賞（2004年／長編賞）

「甦る男」　イアン・ランキン著，延原泰子訳　早川書房　2003.4　516p　19cm（ハヤカワ・ミステリーリーバス警部シリーズ）1800円　①4-15-001728-X

◎英国推理作家協会賞（2005年／ダイヤモンド・ダガー）

ランキン, クラウディア
Rankine, Claudia

5287 "Citizen: An American Lyric"

◇全米書評家協会賞（2014年／詩）

ラング, リチャード　Lange, Richard

5288 "Apocrypha"

◇英国推理作家協会賞（2015年／短編ダガー）

ラングトン, ジェーン　Langton, Jane

◎アメリカ探偵作家クラブ賞（2018年／巨匠賞）

ラングフォード, デヴィッド
Langford, David

5289「異型の闇」"Different Kinds of Darkness"

◇ヒューゴー賞（2001年／短編）

「SFマガジン　43(1)」〔金子浩訳〕　早川書房　2002.1　p9～19

5290 "Ansible"

◇英国幻想文学賞（2010年／ノンフィクション）

5291 "Cube Root"

◇英国SF協会賞（1985年／短編）

5292 "Introduction to Maps: The Uncollected John Sladek"

◇英国SF協会賞（2002年／関連書）

ラングフス, アンナ　Langfus, Anna

5293「砂の荷物」"Les bagages de sable"

◇ゴンクール賞（1962年）

「砂の荷物」　アンナ・ラングフス著，村上光彦訳　晶文社　1974　211p　19cm（女のロマネスク 5）980円

ラングル, マドレイン
L'Engle, Madeleine

5294「時間をさかのぼって」"A Swiftly Tilting Planet"

◇全米図書賞（1980年／児童文学／ペーパーバック）

「時間をさかのぼって―時間と空間の冒険3」　マドレイン・ラングル作，大滝啓裕訳，しみずふみお絵　サンリオ　1982.11　373p　19cm　980円

5295「惑星カマゾツ」〔別題「五次元世界のぼうけん」〕"A Wrinkle in Time"

◇ニューベリー賞（1963年）

「五次元世界のぼうけん」　山内義雄等編，マデレイン・レングル原作，渡辺茂男訳，津田洋絵　あかね書房　1965　244p　22cm（国際児童文学賞全集 9）

※<ニューベリー賞>アメリカ編
「惑星カマゾツ―時間と空間の冒険1」マドレイン・ラングル作、大滝啓裕訳、しみずふみお絵　サンリオ　1982.9　278p　19cm　880円

◎世界幻想文学大賞（1997年／生涯功労賞）

ランゲッサー, エリーザベト
Langgässer, Elisabeth

◎ビューヒナー賞（1950年）

ランサム, アーサー　Ransome, Arthur

5296　「ツバメ号の伝書バト」　"Pigeon Post"
◇カーネギー賞（1936年）

「ツバメ号の伝書バト」　A.ランサム作・絵、神宮輝夫訳　岩波書店　1961　364p　図版　23cm（岩波少年少女文学全集 16）

「アーサー・ランサム全集　6　ツバメ号の伝書バト」　神宮輝夫訳　岩波書店　1967　510p 図版　23cm

「ツバメ号の伝書バト」　アーサー・ランサム作, 神宮輝夫訳　岩波書店　1995.7　510p　23cm（アーサー・ランサム全集 6）　2500円　④4-00-115036-0
※第19刷（第1刷：1967年）

「ツバメ号の伝書バト　上」　アーサー・ランサム作, 神宮輝夫訳　岩波書店　2012.10　326p　18cm（岩波少年文庫）　760円　④978-4-00-114180-1

「ツバメ号の伝書バト　下」　アーサー・ランサム作, 神宮輝夫訳　岩波書店　2012.10　372p　18cm（岩波少年文庫）　760円　④978-4-00-114181-8

ランサム, ジョン・クロウ
Ransom, John Crowe

5297　"Selected Poems"
◇全米図書賞（1964年／詩）

ランズデール, ジョー・R.
Lansdale, Joe R.

5298　「キャデラック砂漠の奥地にて、死者たちと戯るの書」　"On the Far Side of the Cadillac Desert with Dead Folks"
◇ブラム・ストーカー賞（1989年／長中編）

◇英国幻想文学賞（1990年／短編）

「死霊たちの宴　下」　スキップ、スペクター編、夏来健次訳　東京創元社　1998.8　375p　15cm（創元推理文庫）

640円　④4-488-57802-0

5299　「狂犬の夏」　"Mad Dog Summer"
◇ブラム・ストーカー賞（1999年／中編）

「999―狂犬の夏」　アル・サラントニオ編、田中一江他訳　東京創元社　2000.3　470p　15cm（創元推理文庫）　840円　④4-488-58403-9

5300　「審判の日」　"The Big Blow"
◇ブラム・ストーカー賞（1997年／中編）

「ババ・ホ・テップ」　ジョー・R.ランズデール著, 尾之上浩司編, 尾之上浩司他訳〔尾之上浩司訳〕　早川書房　2009.9　559p　16cm（ハヤカワ・ミステリ文庫―現代短篇の名手たち 4）1000円　④978-4-15-178254-1

5301　「ハーレクィン・ロマンスに挟まっていたヌード・ピンナップ」　"The Events Concerning a Nude Fold-out Found in a Harlequin Romance"
◇ブラム・ストーカー賞（1992年／長中編）

「ババ・ホ・テップ」　ジョー・R.ランズデール著, 尾之上浩司編, 尾之上浩司他訳〔尾之上浩司訳〕　早川書房　2009.9　559p　16cm（ハヤカワ・ミステリ文庫―現代短篇の名手たち 4）1000円　④978-4-15-178254-1

5302　「ボトムズ」　"The Bottoms"
◇アメリカ探偵作家クラブ賞（2001年／長編賞）

「ボトムズ」　ジョー・R.ランズデール著, 大槻寿美枝訳　早川書房　2001.11　303p　20cm（Hayakawa novels）1800円　④4-15-208376-X

「ボトムズ」　ジョー・R.ランズデール著, 北野寿美枝訳　早川書房　2005.3　470p　16cm（ハヤカワ・ミステリ文庫）　820円　④4-15-175451-2

5303　「ミッドナイト・ホラー・ショウ」　"The Night They Missed the Horror Show"
◇ブラム・ストーカー賞（1988年／短編）

「シルヴァー・スクリーム　上」　デイヴィッド・J.スカウ編, 田中一江, 夏来健次, 尾之上浩司訳〔田中一江訳〕　東京創元社　2013.11　403p　15cm（創元推理文庫）　1160円　④978-4-488-58404-7

5304　"Fishing for Dinosaurs"
◇ブラム・ストーカー賞（2014年／中編）

5305 "Jonah Hex: Two-gun Mojo"〔グラフィックノベル〕
◇ブラム・ストーカー賞（1993年／その他メディア）

5306 "Retro Pulp Tales"
◇ブラム・ストーカー賞（2006年／アンソロジー）

5307 "The Folding Man"
◇ブラム・ストーカー賞（2010年／短編）
◎ブラム・ストーカー賞（2011年／生涯業績）

ランセット, バリー　Lancet, Barry

5308 "Japantown"
◇バリー賞（2014年／処女長編）

ランチェスター, ジョン　Lanchester, John

5309 「最後の晩餐の作り方」"The Debt to Pleasure"
◇コスタ賞（1996年／処女長編）
「最後の晩餐の作り方」ジョン・ランチェスター著, 小梨直訳　新潮社　2001.3　269p　20cm（Crest books）2100円　①4-10-590022-6
「最後の晩餐の作り方」ジョン・ランチェスター〔著〕, 小梨直訳　新潮社　2006.7　331p　16cm（新潮文庫）629円　①4-10-216051-5

ランデイ, ウィリアム　Landay, William

5310 「ボストン, 沈黙の街」"Mission Flats"
◇英国推理作家協会賞（2003年／ジョン・クリーシー記念賞）
「ボストン, 沈黙の街」ウィリアム・ランデイ著, 東野さやか訳　早川書房　2003.9　651p　16cm（ハヤカワ・ミステリ文庫）1000円　①4-15-174201-8

ランディージ, ロバート・J.　Randisi, Robert J.

◎シェイマス賞（2009年／ジ・アイ賞）

ランディス, ジェフリー・A.　Landis, Geoffrey A.

5311 「火星縦断」"Mars Crossing"
◇ローカス賞（2001年／処女長編）
「火星縦断」ジェフリー・A.ランディス著, 小野田和子訳　早川書房　2006.5　560p　16cm（ハヤカワ文庫SF）940円　①4-15-011562-1

5312 「ディラック海のさざなみ」"Ripples in the Dirac Sea"
◇ネビュラ賞（1989年／短編）
「SFマガジン　31（4）」〔黒丸尚訳〕早川書房　1990.3　p234～246

5313 「日の下を歩いて」"A Walk in the Sun"
◇ヒューゴー賞（1992年／短編）
「20世紀SF　6（1990年代）遺伝子戦争」イーガン他著, 中村融, 山岸真訳〔公手成幸訳〕　河出書房新社　2001.9　498p　15cm（河出文庫）950円　①4-309-46207-3

5314 "Falling Onto Mars"
◇ヒューゴー賞（2003年／短編）

ランデル, キャサリン　Rundell, Katherine

5315 "Cartwheeling in Thunderstorms"
◇ボストングローブ・ホーンブック賞（2015年／フィクション）

ランドマン, タニヤ　Landman, Tanya

5316 "Buffalo Soldier"
◇カーネギー賞（2015年）

ランドルフィ, トンマーゾ　Landolfi, Tommaso

5317 "A caso"
◇ストレーガ賞（1975年）

ランドン, ジャスティン　Landon, Justin

5318 "Speculative Fiction 2012"
◇英国幻想文学賞（2014年／ノンフィクション）

ランバート, スティーブン　Lambert, Stephen

5319 "Secret in the Mist"
◇ネスレ子どもの本賞（1998年／5歳以下部門／銅賞）

ランボー, パトリック　Rambaud, Patrick

5320 "La Bataille"
◇ゴンクール賞（1997年）

【リ】

リー, アラン　Lee, Alan

5321 「トロイアの黒い船団」"Black

Ships before Troy"
◇ケイト・グリーナウェイ賞（1993年）
「トロイアの黒い船団」 ローズマリ・サトクリフ著, 山本史郎訳　原書房　2001.10　277p　20cm（サトクリフ・オリジナル 4―ギリシア神話の物語 上）1800円　①4-562-03430-0

5322「ミラーストーン・ふしぎな鏡」 "The Mirrorstone"
◇ネスレ子どもの本賞（1986年／イノベーション部門）
「ミラーストーン・ふしぎな鏡」 マイケル・パリン文, アラン・リー絵, 掛川恭子訳　岩波書店　1989.2　1冊　29cm　1800円　①4-00-110602-7
※制作：リチャード・シーモア

リー，イーユン　Li, Yiyun

5323「千年の祈り」 "A Thousand Years of Good Prayers"
◇フランク・オコナー国際短編賞（2005年）
「千年の祈り」 イーユン・リー著, 篠森ゆりこ訳　新潮社　2007.7　253p　20cm（Crest books）1900円　①978-4-10-590060-1

リー，ウォルト　Lee, Walt

5324"Reference Guide to Fantastic Films"
◇ヒューゴー賞（1975年／特別賞）

リー，クリストファー　Lee, Christopher
◎ブラム・ストーカー賞（1994年／生涯業績）

リー，ジェイムズ　Leigh, James

5325「サバイバル・ゲーム」 "The Ludi Victor"
◇英国推理作家協会賞（1981年／ジョン・クリーシー記念賞）
「サバイバル・ゲーム」 ジェイムズ・リー著, 島田三蔵訳　早川書房　1983.7　319p　19cm（世界ミステリシリーズ）950円

リー，タニス　Lee, Tanith

5326「彼女は三（死の女神）」 "Elle Est Trois, (La Mort)"
◇世界幻想文学大賞（1984年／短編）
「悪魔の薔薇」 タニス・リー著, 中村融編, 安野玲, 市田泉訳 〔安野玲訳〕 河出書房新社　2007.9　369p　20cm（奇想コレクション）1900円　①978-4-309-62199-9

5327「ゴルゴン」 "The Gorgon"
◇世界幻想文学大賞（1983年／短編）
「ゴルゴン―幻獣夜話」 タニス・リー著, 木村由利子, 佐田千織訳　早川書房　1996.2　399p　16cm（ハヤカワ文庫―FT）640円　①4-15-020217-6

5328「死の王」 "Death's Master"
◇英国幻想文学賞（1980年／長編〈オーガスト・ダーレス賞〉）
「死の王」 タニス・リー著, 室住信子訳　早川書房　1986.5　634p　15cm（ハヤカワ文庫―FT）760円　①4-15-020086-6
◎世界幻想文学大賞（2013年／生涯功労賞）
◎ブラム・ストーカー賞（2014年／生涯業績）

リー，ドン　Lee, Don

5329「出生地」 "Country of Origin"
◇アメリカ探偵作家クラブ賞（2005年／処女長編賞）
「出生地」 ドン・リー著, 池田真紀子訳　早川書房　2006.10　436p　16cm（ハヤカワ・ミステリ文庫）760円　①4-15-176451-8

リー，ハーパー　Lee, Harper

5330「アラバマ物語」 "To Kill A Mockingbird"
◇ピュリッツアー賞（1961年／フィクション）
「アラバマ物語」 ハーパー・リー著, 菊池重三郎訳　暮しの手帖社　1964　399p　図版　19cm

リー，ハーマイオニー　Lee, Hermione

5331"Penelope Fitzgerald: A life"
◇ジェイムズ・テイト・ブラック記念賞（2013年／伝記）

リー，マンフレッド・B.
Lee, Manfred B.　⇒クイーン, エラリー

リーヴ，フィリップ　Reeve, Philip

5332「アーサー王ここに眠る」 "Here Lies Arthur"
◇ネスレ子どもの本賞（2007年／9～11歳部門／銅賞）
◇カーネギー賞（2008年）
「アーサー王ここに眠る」 フィリップ・リーヴ著, 井辻朱美訳　東京創元社　2009.4　372p　20cm（Sogen

bookland）2500円　⓵978-4-488-01967-9

5333 「移動都市」 "Mortal Engines"
◇ネスレ子どもの本賞（2002年／9～11歳部門／金賞）
「移動都市」　フィリップ・リーヴ著, 安野玲訳　東京創元社　2006.9　378p　15cm（創元SF文庫）940円　⓵4-488-72301-2

5334 「廃墟都市の復活」 "A Darkling Plain"
◇ガーディアン児童文学賞（2006年）
「廃墟都市の復活 上」　フィリップ・リーヴ著, 安野玲訳　東京創元社　2018.11　348p　15cm（創元SF文庫）1000円　⓵978-4-488-72304-0
「廃墟都市の復活 下」　フィリップ・リーヴ著, 安野玲訳　東京創元社　2018.11　349p　15cm（創元SF文庫）1000円　⓵978-4-488-72305-7

リーヴァー, チャプ　Reaver, Chap

5335 "A Little Bit Dead"
◇アメリカ探偵作家クラブ賞（1993年／ヤングアダルト賞）

5336 "Mote"
◇アメリカ探偵作家クラブ賞（1991年／ヤングアダルト賞）

リヴィングストン, ナンシー　Livingston, Nancy

5337 "Death in a Distant Land"
◇英国推理作家協会賞（1988年／ラスト・ラフ・ダガー）

リーヴェス, エタ　Revesz, Etta

5338 「恐ろしい叫びのような」 "Like a Terrible Scream"
◇アメリカ探偵作家クラブ賞（1977年／短編賞）
「エドガー賞全集 下」　ビル・プロンジーニ編, 小鷹信光他訳〔渡辺美里訳〕　早川書房　1983.3　16cm（ハヤカワ・ミステリ文庫）各560円

リヴォワール, クリスチーヌ・ド　Rivoyre, Christine De

5339 「別れの朝」 "Le Petit Matin"
◇アンテラリエ賞（1968年）
「別れの朝」　クリスチーヌ・ド・リヴォワール著, 三輪秀彦訳　早川書房　1974　251p　20cm（Hayakawa novels）1000円

リオ, ミシェル　Rio, Michel

5340 "Tlacuilo"
◇メディシス賞（1992年）

リオーダン, リック　Riordan, Rick

5341 「ビッグ・レッド・テキーラ」 "Big Red Tequila"
◇アンソニー賞（1998年／ペーパーバック）
◇シェイマス賞（1998年／処女長編）
「ビッグ・レッド・テキーラ」　リック・リオーダン著, 伏見威蕃訳　小学館　2002.12　448p　19cm（Shogakukan mystery）1810円　⓵4-09-356272-5

5342 「ホンキートンク・ガール」 "The Widower's Two-Step"
◇アメリカ探偵作家クラブ賞（1999年／ペーパーバック賞）
「ホンキートンク・ガール」　リック・リオーダン著, 伏見威蕃訳　小学館　2004.3　581p　15cm（小学館文庫）695円　⓵4-09-403882-5

リグズ, ランサム　Riggs, Ransom

5343 「虚ろな街」（ミス・ペレグリンと奇妙なこどもたち 2） "Hollow City: The Second Novel of Miss Peregrine's Peculiar Children"〔仏語題：Miss Peregrine et les enfants particuliers, Tomes2：Hollow City〕
「虚ろな街 上」　ランサム・リグズ著, 金原瑞人, 大谷真弓訳　潮出版社　2017.8　313p　16cm（潮文庫―ミス・ペレグリンと奇妙なこどもたち 2）720円　⓵978-4-267-02089-6
「虚ろな街 下」　ランサム・リグズ著, 金原瑞人, 大谷真弓訳　潮出版社　2017.8　333p　16cm（潮文庫―ミス・ペレグリンと奇妙なこどもたち 2）720円　⓵978-4-267-02090-2

5344 「ミス・ペレグリンと奇妙なこどもたち」〔別題「ハヤブサが守る家」〕 "Miss Peregrine's Home for Peculiar Children"〔仏語題：Miss Peregrine et les enfants particuliers〕
◇イマジネール大賞（2015年／青少年向け長編〈外国〉）
「ハヤブサが守る家」　ランサム・リグズ著, 山田順子訳　東京創元社　2013.10　414p　20cm　2800円　⓵978-4-488-01656-2
「ミス・ペレグリンと奇妙なこどもたち

上』ランサム・リグズ著，金原瑞人，大谷真弓訳　潮出版社　2016.12　269p　16cm（潮文庫）680円　Ⓣ978-4-267-02072-8
「ミス・ペレグリンと奇妙なこどもたち　下』ランサム・リグズ著，金原瑞人，大谷真弓訳　潮出版社　2016.12　288p　16cm（潮文庫）680円　Ⓣ978-4-267-02073-5

リクター，コンラッド　Richter, Conrad
5345 "The Town"
◇ピュリッツァー賞（1951年/フィクション）
5346 "The Waters of Kronos"
◇全米図書賞（1961年/小説）

リゴッテイ，トマス　Ligotti, Thomas
5347 "My Work Is Not Yet Done"
◇ブラム・ストーカー賞（2002年/中編）
5348 "The Nightmare Factory"
◇ブラム・ストーカー賞（1996年/短編集）
5349 "The Nightmare Factory"
◇英国幻想文学賞（1997年/短編集）
5350 "The Red Tower"
◇ブラム・ストーカー賞（1996年/中編）

リス，デイヴィッド　Liss, David
5351 「紙の迷宮」 "A Conspiracy of Paper"
◇アメリカ探偵作家クラブ賞（2001年/処女長編賞）
◇バリー賞（2001年/処女長編）
◇マカヴィティ賞（2001年/処女長編）
「紙の迷宮　上』デイヴィッド・リス著，松下祥子訳　早川書房　2001.8　402p　16cm（ハヤカワ・ミステリ文庫）760円　Ⓣ4-15-172851-1
「紙の迷宮　下』デイヴィッド・リス著，松下祥子訳　早川書房　2001.8　411p　16cm（ハヤカワ・ミステリ文庫）760円　Ⓣ4-15-172852-X

リーズ，デヴィッド　Rees, David
5352 "The Exeter Blitz"
◇カーネギー賞（1978年）

リース，トム　Reiss, Tom
5353 「ナポレオンに背いた『黒い将軍』―忘れられた英雄アレックス・デュマ」 "The Black Count: Glory, Revolution, Betrayal, and the Real Count of Monte Cristo"
◇ピュリッツァー賞（2013年/伝記・自伝）
「ナポレオンに背いた『黒い将軍』―忘れられた英雄アレックス・デュマ」トム・リース著，髙里ひろ訳　白水社　2015.5　346, 87p　20cm　3600円　Ⓣ978-4-560-08426-7

リース，マット・ベイノン　Rees, Matt
5354 「ベツレヘムの密告者」 "The Bethlehem Murders"
◇英国推理作家協会賞（2008年/ジョン・クリーシー・ダガー〈ニュー・ブラッド・ダガー〉）
「ベツレヘムの密告者」マット・ベイノン・リース著，小林淳子訳　ランダムハウス講談社　2009.6　358p　15cm　880円　Ⓣ978-4-270-10300-5

リスキンド，モリー　Ryskind, Morrie
5355 「オブ・ジー・アイ・シング」 "Of Thee I Sing"
◇ピュリッツァー賞（1932年/戯曲）

リースハウト，テッド・ファン　Lieshout, Ted van
5356 "Gebr."〔独語題：Bruder〕
◇ドイツ児童文学賞（1999年/ヤングアダルト）

リーダー，キャロライン　Reeder, Carolyn
5357 "Shades of Gray"
◇スコット・オデール賞（1990年）

リーチ，マーガレット　Leech, Margaret
5358 "In the Days of McKinley"
◇ピュリッツァー賞（1960年/歴史）
5359 "Reveille in Washington, 1860-186"
◇ピュリッツァー賞（1942年/歴史）

リーチ，モーリス　Leitch, Maurice
5360 "Silver's City"
◇コスタ賞（1981年/長編）

リチャーズ，ローラ・E.　Richards, Laura E.
5361 "Julia Ward Howe"
◇ピュリッツァー賞（1917年/伝記・自伝）

リチャードスン, ロバート　Richardson, Robert

5362　「誤植聖書殺人事件」　"The Latimer Mercy"
◇英国推理作家協会賞（1985年／ジョン・クリーシー記念賞）
「誤植聖書殺人事件」ロバート・リチャードソン著，小沢瑞穂訳　扶桑社　1988.1　265p　16cm（サンケイ文庫―海外ノベルス・シリーズ）420円　①4-594-00218-8

リチャードソン, ジョン　Richardson, John

5363　「ピカソ」　"A Life of Picasso"
◇コスタ賞（1991年／年間大賞・伝記）
「ピカソ　1　神童―1881-1906」ジョン・リチャードソン著，木下哲夫訳　白水社　2015.2　719, 83p　23cm　12000円　①978-4-560-09251-4
「ピカソ　2　キュビストの叛乱―1907-1916」ジョン・リチャードソン著，木下哲夫訳　白水社　2016.5　677, 81p　23cm　12000円　①978-4-560-09252-1
「ピカソ　3　意気揚々―1917-1932」ジョン・リチャードソン著，木下哲夫訳　白水社　2017.6　595, 109p　図版48p　23cm　15000円　①978-4-560-09253-8

リッカート, M.　Rickert, M.

5364　「王国への旅」　"Journey Into the Kingdom"
◇世界幻想文学大賞（2007年／短編）
「SFマガジン　50（13）」〔三角和代訳〕早川書房　2009.12　p234～260

5365　"Map of Dreams"
◇世界幻想文学大賞（2007年／短編集）

5366　"The Memory Garden"
◇ローカス賞（2015年／処女長編）

リッチ, アドリエンヌ　Rich, Adrienne

5367　"Diving into the Wreck: Poems 1971-1972"
◇全米図書賞（1974年／詩）

5368　"The School Among the Ruins: Poems 2000-2004"
◇全米書評家協会賞（2004年／詩）

リッチー, ジャック　Ritchie, Jack

5369　「エミリーがいない」　"The Absence of Emily"
◇アメリカ探偵作家クラブ賞（1982年／短編賞）

「新エドガー賞全集」マーティン・H.グリーンバーグ編，田口俊樹他訳〔山本光伸訳〕早川書房　1992.6　303p　16cm（ハヤカワ・ミステリ文庫）480円　①4-15-074166-2
「クライム・マシン」ジャック・リッチー著，好野理恵他訳〔山本光伸訳〕晶文社　2005.9　332p　20cm（晶文社ミステリ）2400円　①4-7949-2747-9

リッチャレルリ, ウーゴ　Riccarelli, Ugo

5370　"Il dolore perfetto"
◇ストレーガ賞（2004年）

リッチラー, モルデカイ　Richler, Mordecai

5371　"Barney's Version"
◇スコシアバンク・ギラー賞（1997年）

リップマン, ローラ　Lippman, Laura

5372　「あの日、少女たちは赤ん坊を殺した」　"Every Secret Thing"
◇アンソニー賞（2004年／長編）
◇バリー賞（2004年／長編）
「あの日、少女たちは赤ん坊を殺した」ローラ・リップマン著，吉澤康子訳　早川書房　2005.10　526p　16cm（ハヤカワ・ミステリ文庫）940円　①4-15-171658-0

5373　「女たちの真実」　"What the Dead Know"
◇アンソニー賞（2008年／長編）
◇バリー賞（2008年／長編）
◇マカヴィティ賞（2008年／長編）
「女たちの真実」ローラ・リップマン著，吉澤康子訳　早川書房　2008.2　555p　16cm（ハヤカワ・ミステリ文庫）940円　①978-4-15-171660-7

5374　「知らない女」　"Hardly Knew Her"
◇アンソニー賞（2008年／短編）
「心から愛するただひとりの人」ローラ・リップマン著，吉澤康子他訳〔吉澤康子訳〕早川書房　2009.11　526p　16cm（ハヤカワ・ミステリ文庫―現代短篇の名手たち 6）1040円　①978-4-15-178256-5

5375　「スタンド・アローン」　"Butchers Hill"
◇アガサ賞（1998年／長編）
◇アンソニー賞（1999年／ペーパーバック）
「スタンド・アローン」ローラ・リップマン著，吉澤康子訳　早川書房　2000.

11　424p　16cm（ハヤカワ・ミステリ文庫）　800円　Ⓘ4-15-171653-X
5376　「チャーム・シティ」 "Charm City"
◇アメリカ探偵作家クラブ賞（1998年/ペーパーバック賞）
◇シェイマス賞（1998年/ペーパーバック）
「チャーム・シティ」 ローラ・リップマン著, 岩瀬孝雄訳　早川書房　1999.3　438p　16cm（ハヤカワ・ミステリ文庫）　760円　Ⓘ4-15-171651-3
5377　「ビッグ・トラブル」 "In Big Trouble"
◇アンソニー賞（2000年/ペーパーバック）
◇シェイマス賞（2000年/ペーパーバック）
「ビッグ・トラブル」 ローラ・リップマン著, 吉澤康子訳　早川書房　2001.7　526p　16cm（ハヤカワ・ミステリ文庫）　920円　Ⓘ4-15-171654-8
5378　"After I'm Gone"
◇アンソニー賞（2015年/長編）
5379　"No Good Deeds"
◇アンソニー賞（2007年/長編）

リーディング, ピーター　Reading, Peter
5380　"Stet"
◇コスタ賞（1986年/詩）

リデル, クリス　Riddell, Chris
5381　「海賊日誌―少年ジェイク, 帆船に乗る」 "Pirate Diary"
◇ケイト・グリーナウェイ賞（2001年）
◇ネスレ子どもの本賞（2002年/6～8歳部門/銀賞）
「海賊日誌―少年ジェイク, 帆船に乗る」 リチャード・プラット文, クリス・リデル絵, 長友恵子訳　岩波書店　2003.9　63p　34cm（大型絵本）　2400円　Ⓘ4-00-110866-6
5382　「ガリヴァー旅行記（ヴィジュアル版）」 "Jonathan Swift's 'Gulliver'"
◇ケイト・グリーナウェイ賞（2004年）
「ガリヴァー旅行記―ヴィジュアル版」 ジョナサン・スウィフト原作, マーティン・ジェンキンズ再話, クリス・リデル絵, 原田範行訳　岩波書店　2004.11　144p　25×29cm　2900円　Ⓘ4-00-110878-X
5383　「コービィ・フラッドのおかしな船旅」 "Corby Flood"
◇ネスレ子どもの本賞（2005年/6～8歳部門/銀賞）
「コービィ・フラッドのおかしな船旅」 ポール・スチュワート作, 唐沢則幸訳　ポプラ社　2006.9　293p　20cm（ファニー・アドベンチャー）　1500円　Ⓘ4-591-09414-6
※絵：クリス・リデル
5384　「ヒューゴ・ペッパーとハートのコンパス」 "Hugo Pepper"
◇ネスレ子どもの本賞（2006年/6～8歳部門/銀賞）
「ヒューゴ・ペッパーとハートのコンパス」 ポール・スチュワート作, 唐沢則幸訳　ポプラ社　2007.4　290p　20cm（ファニー・アドベンチャー）　1500円　Ⓘ978-4-591-09753-3
※絵：クリス・リデル
5385　「ファーガス・クレインと空飛ぶ鉄の馬」 "Fergus Crane"
◇ネスレ子どもの本賞（2004年/6～8歳部門/金賞）
「ファーガス・クレインと空飛ぶ鉄の馬」 ポール・スチュワート作, 唐沢則幸訳　ポプラ社　2005.11　254p　20cm（ファニー・アドベンチャー）　1500円　Ⓘ4-591-08951-7
※絵：クリス・リデル
5386　"Goth Girl and the Ghost of a Mouse"
◇コスタ賞（2013年/児童書）
5387　"Ottoline and the Yellow Cat"
◇ネスレ子どもの本賞（2007年/6～8歳部門/金賞）
5388　"The Emperor of Absurdia"
◇ネスレ子どもの本賞（2006年/5歳以下部門/銀賞）

リテル, ジョナサン　Littell, Jonathan
5389　「慈しみの女神たち」 "Les Bienveillantes"
◇ゴンクール賞（2006年）
「慈しみの女神たち　上」 ジョナサン・リテル著, 菅野昭正, 星埜守之, 篠田勝英, 有田英也訳　集英社　2011.5　555p　22cm　4500円　Ⓘ978-4-08-773473-7
「慈しみの女神たち　下」 ジョナサン・リテル著, 菅野昭正, 星埜守之, 篠田勝英, 有田英也訳　集英社　2011.5　438p　22cm　4000円　Ⓘ978-4-08-773474-4

リテル, ロバート　Littell, Robert
5390　「ルウィンターの亡命」 "The Defection of A.J.Lewinter"

リト

◇英国推理作家協会賞（1973年/ゴールド・ダガー）
「ルウィンターの亡命」ロバート・リテル著, 菊池光訳　早川書房　1976　294p　20cm（Hayakawa novels）1200円
「ルウィンターの亡命」ロバート・リテル著, 菊池光訳　早川書房　1980.2　308p　16cm（ハヤカワ文庫—NV）360円

リード, クリストファー　Reid, Christopher
5391 "A Scattering"
◇コスタ賞（2009年/年間大賞・詩）

リード, コーネリア　Read, Cornelia
5392 "Hungry Enough"
◇シェイマス賞（2008年/短編）

リード, ピアズ・ポール　Read, Piers Paul
5393 "A Season In The West"
◇ジェイムズ・テイト・ブラック記念賞（1988年/フィクション）

リード, ベンジャミン・ローレンス　Reid, Benjamin Lawrence
5394 "The Man From New York: John Quinn and His Friends"
◇ピュリッツァー賞（1969年/伝記・自伝）

リード, ロバート　Reed, Robert
5395 「十億のイブたち」"A Billion Eves"
◇ヒューゴー賞（2007年/中長編）
「SFマガジン　49（3）」〔中原尚哉訳〕　早川書房　2008.3　p9～52
5396 「地球間ハイウェイ」"Down the Bright Way"〔仏語題：La Voie terrestre〕
◇イマジネール大賞（1995年/長編〈外国〉）
「地球間ハイウェイ」ロバート・リード著, 伊藤典夫訳　早川書房　2004.2　535p　16cm（ハヤカワ文庫SF）940円　①4-15-011466-8

リードベック, ペッテル　Lidbeck, Petter
5397 "En dag i prinsessan Victorias liv"
◇ニルス・ホルゲション賞（2005年）

リドリー, フィリップ　Ridley, Philip
5398 「クリンドルクラックスがやってくる」"Krindlekrax"
◇ネスレ子どもの本賞（1991年/9～11歳部門）
「クリンドルクラックスがやってくる！」フィリップ・リドリー作, マーク・ロバートソン絵, 唐沢則幸訳　徳間書店　1996.6　198p　19cm　1300円　①4-19-860522-X

リトル, ジョン・R.　Little, John R.
5399 "Miranda"
◇ブラム・ストーカー賞（2008年/中編）

リトル, ベントリー　Little, Bentley
5400 "The Revelation"
◇ブラム・ストーカー賞（1990年/処女長編）

リトルフィールド, ソフィー　Littlefield, Sophie
5401 「謝ったって許さない」"A Bad Day For Sorry"
◇アンソニー賞（2010年/処女長編）
「謝ったって許さない」ソフィー・リトルフィールド著, 嵯峨静江訳　早川書房　2010.10　381p　16cm（ハヤカワ・ミステリ文庫）840円　①978-4-15-179001-0

リトワック, レオン・F.　Litwack, Leon F.
5402 "Been in the Storm so Long: The Aftermath of Slavery"
◇ピュリッツァー賞（1980年/歴史）
◇全米図書賞（1981年/歴史/ペーパーバック）

リナルディ, アンジェロ　Rinaldi, Angelo
5403 "La Maison des Atlantes"
◇フェミナ賞（1971年）

リヒター, ユッタ　Richter, Jutta
5404 "Der Tag, als ich lernte die Spinnen zu zähmen"
◇ドイツ児童文学賞（2001年/児童書）

リピンスキー, トーマス　Lipinski, Thomas
5405 "Death In The Steel City"
◇シェイマス賞（2001年/ペーパーバック）

リーブス＝スティーブンス, ガーフィールド　Reeves-Stevens, Garfield

5406 "Dark Matter"〔仏語題：La Danse du scalpel〕

◇イマジネール大賞（1993年／長編〈外国〉）

リフトン, ロバート・J.　Lifton, Robert J.

5407「死の内の生命―ヒロシマの生存者」〔別題「ヒロシマを生き抜く―精神史的考察」〕"Death in Life: Survivors of Hiroshima"

◇全米図書賞（1969年／科学）

「死の内の生命―ヒロシマの生存者」ロバート・J.リフトン著, 湯浅信之, 越智道雄, 松田誠思共訳　朝日新聞社　1971　518, 33p　21cm　1800円

「ヒロシマを生き抜く―精神史的考察　上」ロバート・J.リフトン〔著〕, 桝井迪夫, 湯浅信之, 越智道雄, 松田誠思訳　岩波書店　2009.7　450, 17p　15cm（岩波現代文庫）1300円　①978-4-00-600226-8

「ヒロシマを生き抜く―精神史的考察　下」ロバート・J.リフトン〔著〕, 桝井迪夫, 湯浅信之, 越智道雄, 松田誠思訳　岩波書店　2009.7　436, 29p　15cm（岩波現代文庫）1300円　①978-4-00-600227-5

リプリー, マイク　Ripley, Mike

5408「天使に銃は似合わない」"Angels in Arms"

◇英国推理作家協会賞（1991年／ラスト・ラフ・ダガー）

「天使に銃は似合わない」マイク・リプリー著, 鈴木啓子訳　早川書房　1995.9　359p　16cm（ハヤカワ・ミステリ文庫）600円　①4-15-078253-9

5409「天使の火遊び」"Angel Touch"

◇英国推理作家協会賞（1989年／ラスト・ラフ・ダガー）

「天使の火遊び」マイク・リプリー著, 鈴木啓子訳　早川書房　1992.5　385p　16cm（ハヤカワ・ミステリ文庫）580円　①4-15-078252-0

リフリツキ, ズビグニェフ　Rychlicki, Zbigniew

◎国際アンデルセン賞（1982年／画家賞）

リーボイ, マイロン　Levoy, Myron

5410「ナオミの秘密」"Der gelbe Vogel"

◇ドイツ児童文学賞（1982年／ヤングアダルト）

「ナオミの秘密」マイロン・リーボイ作, 若林ひとみ訳　岩波書店　1995.6　287p　18cm（岩波少年文庫）650円　①4-00-112125-5

リーミイ, トム　Reamy, Tom

5411「サンディエゴ・ライトフット・スー」"San Diego Lightfoot Sue"

◇ネビュラ賞（1975年／中編）

「サンディエゴ・ライトフット・スー」トム・リーミイ著, 井辻朱美訳　サンリオ　1985.11　526p　15cm（サンリオSF文庫）740円　①4-387-85143-0

リューイン, マイクル・Z.　Lewin, Michael Z.

5412「ワタシハ私」"Who I Am"

◇シェイマス賞（2012年／短編）

「ハヤカワミステリマガジン　58(7)」〔武藤陽生訳〕　早川書房　2013.7　p222～252

リュウ, ケン　Liu, Ken

5413「紙の動物園」"The Paper Menagerie"

◇ネビュラ賞（2011年／短編）

◇世界幻想文学大賞（2012年／短編）

◇ヒューゴー賞（2012年／短編）

「紙の動物園」ケン・リュウ著, 古沢嘉通編・訳　早川書房　2015.4　413p　19cm（新☆ハヤカワ・SF・シリーズ）1900円　①978-4-15-335020-5

「紙の動物園」ケン・リュウ著, 古沢嘉通編・訳　早川書房　2017.4　263p　16cm（ハヤカワ文庫 SF―ケン・リュウ短篇傑作集 1）680円　①978-4-15-012121-1

※2015年刊の二分冊

5414「もののあはれ」"Mono no Aware"

◇ヒューゴー賞（2013年／短編）

「THE FUTURE IS JAPANESE」伊藤計劃, 円城塔, 小川一水他著　早川書房　2012.7　398p　19cm（ハヤカワSFシリーズJコレクション）1700円　①978-4-15-209310-3

※訳：古沢嘉通ほか

「紙の動物園」ケン・リュウ著, 古沢嘉通編・訳　早川書房　2015.4　413p

19cm（新☆ハヤカワ・SF・シリーズ）1900円　①978-4-15-335020-5
「もののあはれ」　ケン・リュウ著, 古沢嘉通編・訳　早川書房　2017.5　265p　16cm（ハヤカワ文庫 SF—ケン・リュウ短篇傑作集 2）680円　①978-4-15-012126-6
※「紙の動物園」（2015年刊）の改題、二分冊

劉 慈欣　りゅう・しきん

5415　「三体」　"The Three-Body Problem"
◇ジョン・W・キャンベル記念賞（2015年／第3位）
◇ヒューゴー賞（2015年／長編）
「折りたたみ北京—現代中国SFアンソロジー」　ケン・リュウ編, 中原尚哉他訳〔「円（抄訳）」　中原尚哉訳〕　早川書房　2018.2　412p　19cm（新☆ハヤカワ・SF・シリーズ）1900円　①978-4-15-335036-5

リュウ, マージョリー　Liu, Marjorie

5416　「モンストレス Volume 2：The Blood」　"Monstress, Volume 2：The Blood"
◇ヒューゴー賞（2018年／グラフィックストーリー）
「モンストレス　VOLUME TWO　THE BLOOD」　マージョリー・リュウ作, サナ・タケダ画,〔椎名ゆかり〕〔訳〕　G-NOVELS　2018.5　148p　26cm　2000円　①978-4-416-61860-8

5417　「モンストレス Volume 1：Awakening」　"Monstress, Volume 1：Awakening"
◇ヒューゴー賞（2017年／グラフィックストーリー）

リュートゲン, クルト　Lütgen, Kurt

5418　「オオカミに冬なし」　"Kein Winter für Wölfe"
◇ドイツ児童文学賞（1956年／ヤングアダルト）
「オオカミに冬なし　上」　リュートゲン作, 中野重治訳, K.J.ブリッシュ絵　岩波書店　1959　190p 図版　18cm（岩波少年文庫）
「オオカミに冬なし　下」　リュートゲン作, 中野重治訳, K.J.ブリッシュ絵　岩波書店　1960　250p 図版　18cm（岩波少年文庫）
「オオカミに冬なし—グリーンランドとアラスカとのあわい、ある不安な生活の物語」　リュートゲン作, 中野重治訳, K.J.ブリッシュ絵　岩波書店　1964　368p 図版　23cm

5419　「謎の北西航路」　"Das Rätsel Nordwestpassage"
◇ドイツ児童文学賞（1967年／ノンフィクション）
「謎の北西航路」　クルト・リュートゲン作, 関楠生訳, 寺島竜一画　福音館書店　1971　489p　22cm

リュネル, アルマン　Lunel, Armand

5420　"Nicolo-Peccavi ou l'affaire Dreyfus à Carpentras"
◇ルノドー賞（1926年）

リュファン, ジャン＝クリストフ　Rufin, Jean-Christophe

5421　「ブラジルの赤」　"Rouge Brésil"
◇ゴンクール賞（2001年）
「ブラジルの赤」　ジャン＝クリストフ・リュファン著, 野口雄司訳　早川書房　2002.12　459p　20cm　3000円　①4-15-208464-2

5422　"Les causes perdues"
◇アンテラリエ賞（1999年）

リューベン, ヨーク・ファン　Leeuwen, Joke van

5423　「デージェだっていちにんまえ」　"Deesje"〔独語題：Deesje macht das schon〕
◇ドイツ児童文学賞（1988年／児童書）
「デージェだっていちにんまえ」　ヨーク・ファン・リューベンさく, 下田尾治郎やく　福音館書店　1991.11　173p　22cm（世界傑作童話シリーズ）1250円　①4-8340-0174-1

リュムコーフ, ペーター　Rühmkorf, Peter

◎ビューヒナー賞（1993年）

リリーヴェルド, ジョーゼフ　Lelyveld, Joseph

5424　「おまえの影を消せ—南アフリカ 時の動きの中で」　"Move Your Shadow：South Africa, Blackand White"
◇ピュリッツァー賞（1986年／ノンフィクション）
「おまえの影を消せ—南アフリカ時の動きの中で」　ジョーゼフ・リリーヴェルド著, 越智道雄〔ほか〕訳　朝日新聞社

1987.4　614p　20cm　3000円　①4-02-255666-8

リン, エリザベス・A.　Lynn, Elizabeth A.

5425　「月を愛した女」　"The Woman Who Loved the Moon"

◇世界幻想文学大賞（1980年／短編）

「SFマガジン　39（11）」〔佐田千織訳〕早川書房　1998.11　p36〜51

5426　「冬の狼」　"Watchtower"

◇世界幻想文学大賞（1980年／長編）

「冬の狼」エリザベス・A.リン著, 野口幸夫訳　早川書房　1985.4　328p　16cm（ハヤカワ文庫―FT　アラン史略1）420円　①4-15-020072-6

リン, フランシー　Lin, Francie

5427　「台北（タイペイ）の夜」　"The Foreigner"

◇アメリカ探偵作家クラブ賞（2009年／処女長編賞）

「台北（タイペイ）の夜」フランシー・リン著, 和泉裕子訳　早川書房　2010.1　477p　16cm（ハヤカワ・ミステリ文庫）900円　①978-4-15-178601-3

リンカーン, ヴィクトリア　Lincoln, Victoria

5428　"A Private Disgrace"

◇アメリカ探偵作家クラブ賞（1968年／犯罪実話賞）

リンク, ウィリアム　Link, William

◎アメリカ探偵作家クラブ賞（2018年／巨匠賞）

リンク, ケリー　Link, Kelly

5429　「スペシャリストの帽子」〔短編〕"The Specialist's Hat"

◇世界幻想文学大賞（1999年／短編）

「スペシャリストの帽子」ケリー・リンク著, 金子ゆき子, 佐田千織訳　早川書房　2004.2　457p　16cm（ハヤカワ文庫FT）840円　①4-15-020358-X

5430　「スペシャリストの帽子」〔短編集〕"Stranger Things Happen"

◇イマジネール大賞（2009年／中編〈外国〉）

「スペシャリストの帽子」ケリー・リンク著, 金子ゆき子, 佐田千織訳　早川書房　2004.2　457p　16cm（ハヤカワ文庫FT）840円　①4-15-020358-X

5431　「プリティ・モンスターズ」　"Pretty Monsters"

◇ローカス賞（2009年／中長編）

「プリティ・モンスターズ」ケリー・リンク著, 柴田元幸訳　早川書房　2014.7　470p　20cm　2500円　①978-4-15-209469-8

5432　「マジック・フォー・ビギナーズ」〔中編〕"Magic for Beginners"

◇英国SF協会賞（2005年／短編）
◇ネビュラ賞（2005年／中長編）
◇ローカス賞（2006年／中長編）

「マジック・フォー・ビギナーズ」ケリー・リンク著, 柴田元幸訳　早川書房　2007.7　376p　20cm　2000円　①978-4-15-208839-0

「マジック・フォー・ビギナーズ」ケリー・リンク著, 柴田元幸訳　早川書房　2012.2　490p　16cm（ハヤカワepi文庫）1000円　①978-4-15-120068-7

「プリティ・モンスターズ」ケリー・リンク著, 柴田元幸訳　早川書房　2014.7　470p　20cm　2500円　①978-4-15-209469-8

5433　「マジック・フォー・ビギナーズ」〔短編集〕"Magic for Beginners"

◇ローカス賞（2006年／短編集）
◇イマジネール大賞（2009年／中編〈外国〉）

「マジック・フォー・ビギナーズ」ケリー・リンク著, 柴田元幸訳　早川書房　2007.7　376p　20cm　2000円　①978-4-15-208839-0

「マジック・フォー・ビギナーズ」ケリー・リンク著, 柴田元幸訳　早川書房　2012.2　490p　16cm（ハヤカワepi文庫）1000円　①978-4-15-120068-7

5434　「妖精のハンドバッグ」　"The Faery Handbag"

◇ネビュラ賞（2005年／中編）
◇ヒューゴー賞（2005年／中編）
◇ローカス賞（2005年／中編）

「マジック・フォー・ビギナーズ」ケリー・リンク著, 柴田元幸訳　早川書房　2007.7　376p　20cm　2000円　①978-4-15-208839-0

「マジック・フォー・ビギナーズ」ケリー・リンク著, 柴田元幸訳　早川書房　2012.2　490p　16cm（ハヤカワepi文庫）1000円　①978-4-15-120068-7

「プリティ・モンスターズ」ケリー・リンク著, 柴田元幸訳　早川書房　2014.7　470p　20cm　2500円　①978-4-15-209469-8

5435　「ルイーズのゴースト」　"Louise's

Ghost"
◇ネビュラ賞（2001年/中編）
「スペシャリストの帽子」ケリー・リンク著、金子ゆき子、佐田千織訳　早川書房　2004.2　457p　16cm（ハヤカワ文庫 FT）　840円　①4-15-020358-X

リンクレイター, エリック
Linklater, Eric

5436　「変身動物園―カンガルーになった少女」 "The Wind on the Moon"
◇カーネギー賞（1944年）
「変身動物園―カンガルーになった少女」エリック・リンクレイター著、神宮輝夫訳　晶文社　1992.2　422p　20cm　3200円　①4-7949-2306-6

リンクレター, マグナス
Linkletter, Magnus

5437　"Hoax"
◇アメリカ探偵作家クラブ賞（1973年/犯罪実話賞）

リンズ, デニス　Lynds, Dennis　⇒コリンズ, マイケル

リンスコット, ギリアン　Linscott, Gillian

5438　「姿なき殺人」 "Absent Friends"
◇英国推理作家協会賞（2000年/エリス・ピーターズ・ヒストリカル・ダガー）
「姿なき殺人」ギリアン・リンスコット〔著〕、加地美知子訳　講談社　2003.6　414p　15cm（講談社文庫）　971円　①4-06-273731-0

リンゼイ, ハワード　Lindsay, Howard

5439　"State of the Union"
◇ピュリッツアー賞（1946年/戯曲）

リンゼイ, ロバート　Lindsay, Robert

5440　"A Gathering of Saints"
◇英国推理作家協会賞（1989年/ゴールド・ダガー〈ノンフィクション〉）

5441　"The Falcon and the Snowman"
◇アメリカ探偵作家クラブ賞（1980年/犯罪実話賞）

リンゼイ＝アベアー, デヴィッド
Lindsay-Abaire, David

5442　「ラビット・ホール」 "Rabbit Hole"
◇ピュリッツアー賞（2007年/戯曲）

リンチ, スコット　Lynch, Scott
◎英国幻想文学賞（2008年/最優秀新人〈シドニー・J・バウンズ賞〉）

リンチ, P.J.　Lynch, P.J.

5443　"The Christmas Miracle of Jonathan Toomey"
◇ケイト・グリーナウェイ賞（1995年）

5444　"When Jessie Came Across the Sea"
◇ケイト・グリーナウェイ賞（1997年）

リンデ, グンネル　Linde, Gunnel

5445　「ひみつの白い石」 "Den vita stenen"
◇ニルス・ホルゲション賞（1965年）
「ひみつの白い石」グンネル・リンデ作、奥田継夫、木村由利子共訳　富山房　1982.10　283p　21cm　1400円　①4-572-00449-8

リンデンバウム, ピア　Lindenbaum, Pija

5446　"Siv sover vilse"〔独語題：Mia schläft woanders〕
◇ドイツ児童文学賞（2012年/絵本）

リント, チャールズ・デ　Lint, Charles de

5447　"Moonlight and Vines"
◇世界幻想文学大賞（2000年/短編集）
◎世界幻想文学大賞（2018年/生涯功労賞）

リンドグレーン, アストリッド
Lindgren, Astrid

5448　「親指こぞうニルス・カールソン」 "Nils Karlsson Pyssling"
◇ニルス・ホルゲション賞（1950年）
「親指こぞうニルス・カールソン」アストリッド・リンドグレーン作、大塚勇三訳　第12刷改版　岩波書店　2006.10　204p　22cm（リンドグレーン作品集 16）　1900円　①4-00-115076-X

5449　「さすらいの孤児ラスムス」 "Rasmus på luffen"
◇国際アンデルセン賞（1958年/作家賞）
「さすらいの孤児ラスムス」アストリッド・リンドグレーン作、尾崎義訳　岩波書店　2003.2　320p　18cm（岩波少年文庫）　720円　①4-00-114105-1

リンドグレーン, バルブロ
Lindgren, Barbro

5450 "Lilla Sparvel"
◇ニルス・ホルゲション賞（1977年）
◎アストリッド・リンドグレーン記念文学賞（2014年）

リンドバーグ, チャールズ・A.
Lindbergh, Charles A.

5451 「翼よ、あれがパリの灯だ」 "The Spirit of St.Louis"
◇ピュリッツアー賞（1954年/伝記・自伝）
「翼よあれがパリの灯だ―大西洋横断飛行の回想」 C.A.リンドバーグ著, 佐藤亮一訳　出版共同社　1955　207p（図版共）　17cm
「世界ノンフィクション全集　3」 中野好夫, 吉川幸次郎, 桑原武夫編〔佐藤亮一訳〕　筑摩書房　1960　523p 図版 19cm
「現代世界ノンフィクション全集　22」 筑摩書房編集部編〔佐藤亮一訳〕　筑摩書房　1966　526p 図版　18cm
「人生の名著　18」〔佐藤亮一訳〕　大和書房　1968　299p（図版共）　20cm　550円
「翼よ、あれがパリの灯だ　上」 リンドバーグ著, 佐藤亮一訳　旺文社　1969　448p　16cm（旺文社文庫）220円
「翼よ、あれがパリの灯だ　下」 リンドバーグ著, 佐藤亮一訳　旺文社　1969　380p　16cm（旺文社文庫）210円
「ノンフィクション全集　12」〔佐藤亮一訳〕　筑摩書房　1973　371p 図 肖像　20cm　800円
「翼よ、あれがパリの灯だ」 チャールズ・リンドバーグ著, 佐藤亮一訳　筑摩書房　1977.9　220p　19cm（ちくま少年文庫）980円
「翼よ、あれがパリの灯だ」 チャールズ・A.リンドバーグ著, 佐藤亮一訳　恒文社　1991.10　575p　19cm　2000円 ①4-7704-0741-6

【ル】

ルアネ, ピエール　Rouanet, Pierre

5452 "Castell"
◇アンテラリエ賞（1971年）

ルアール, ジャン＝マリー
Rouart, Jean-Marie

5453 "Avant-Guerre"
◇ルノドー賞（1983年）
5454 "Les Feux du pouvoir"
◇アンテラリエ賞（1977年）

ルイス, アンソニー〔ジャーナリスト〕
Lewis, Anthony

5455 「アメリカ司法の英知―ギデオン事件の系譜」 "Gideon's Trumpet"
◇アメリカ探偵作家クラブ賞（1965年/犯罪実話賞）
「アメリカ司法の英知―ギデオン事件の系譜」 アンソニイ・ルイス〔著〕, 山本浩三, 山中俊夫訳　世界思想社　1972　294, 6p　22cm　1500円

ルイス, アンソニー〔画家〕
ルイス, アンソニ　Lewis, Anthony

5456 "The Owl Tree"
◇ネスレ子どもの本賞（1997年/6～8歳部門/金賞）

ルイス, イーサン　Lewis, Ethan

5457 "Conundrums for the Long Week-End"
◇アメリカ探偵作家クラブ賞（2001年/批評・評伝賞）

ルイス, エヴァン　Lewis, Evan

5458 "Skyler Hobbs and the Rabbit Man"
◇アメリカ探偵作家クラブ賞（2011年/ロバート・L・フィッシュ賞）

ルイス, エリザベス
Lewis, Elizabeth Foreman

5459 「揚子江の少年」〔別題「長江上流の若者」〕 "Young Fu of the Upper Yangtze"
◇ニューベリー賞（1933年）
「揚子江の少年」 エリザベス・ルウィズ原作, 小出正吾著　講談社　1954　320p 図版　19cm（世界名作全集 84）
「長江上流の若者」 エリザベス・ルウィス作, 本間立也訳　復刻版　本の友社　2002.1　374p　20cm（大陸文学叢書 4）①4-89439-389-1
※原本：改造社昭和13年刊

5460 "Schanghai 41"
◇ドイツ児童文学賞（1960年/ヤングアダルト）

ルイス, オスカー　Lewis, Oscar

5461 「ラ・ビーダ—プエルト・リコの一家族の物語」 "La Vida"
◇全米図書賞（1967年/科学・哲学・宗教）
「ラ・ビーダ—プエルト・リコの一家族の物語　1」 オスカー・ルイス著, 行方昭夫, 上島建吉訳　みすず書房　1970　260p　19cm（みすず叢書）850円
「ラ・ビーダ—プエルト・リコの一家族の物語　2」 オスカー・ルイス〔著〕, 行方昭夫, 上島建吉訳　みすず書房　1970　275p　19cm（みすず叢書）850円
「ラ・ビーダ—プエルト・リコの一家族の物語　3」 オスカー・ルイス〔著〕, 行方昭夫, 上島建吉訳　みすず書房　1971　333p　19cm（みすず叢書）1000円

ルイス, シンクレア　Lewis, Harry Sinclair

5462 「アロウスミスの生涯」 "Arrowsmith"
◇ピュリッツアー賞（1926年/小説）
「アロウスミスの生涯」 シンクレア・ルイス著, 鵜飼長寿訳　東華堂　1942-43　3冊　19cm
「アロウスミスの生涯　上」 シンクレア・ルイス著, 鵜飼長寿訳　河出書房　1952　318p　19cm（二十世紀文学選集）
「アロウスミスの生涯　下」 シンクレア・ルイス著, 鵜飼長寿訳　河出書房　1952　337p　19cm（二十世紀文学選集）
「現代アメリカ文学全集　18　アロウスミスの生涯　イーサン・フローム」 刈田元司等編　シンクレア・ルイス著, 岩崎良三訳　イーディス・ウォートン著, 高村勝治訳　荒地出版社　1958　500p　20cm
「現代アメリカ文学選集　10」〔岩崎良三訳〕　荒地出版社　1968　574p　20cm　850円

◎ノーベル文学賞（1930年）

ルイス, デヴィッド・レヴェリング　Lewis, David Levering

5463 "W.E.B.Du Bois: Biography of a Race 1868-1919"
◇ピュリッツアー賞（1994年/伝記・自伝）

5464 "W.E.B.Du Bois: The Fight for Equality and the American Century, 1919-1963"
◇ピュリッツアー賞（2001年/伝記・自伝）

ルイス, ピーター　Lewis, Peter

5465 "John le Carré"
◇アメリカ探偵作家クラブ賞（1986年/批評・評伝賞）

ルイス, C.S.　Lewis, C.S.

5466 「さいごの戦い」（ナルニア国物語） "The Last Battle"
◇カーネギー賞（1956年）
「ナルニア国ものがたり　7　さいごの戦い」 C.S.ルイス作, 瀬田貞二訳, ポーリン・ベインズ絵　岩波書店　1966　279p　22cm
「さいごの戦い—ナルニア国ものがたり」 C.S.ルイス作, 瀬田貞二訳　岩波書店　1986.3　294p　18cm（岩波少年文庫）550円　①4-00-112107-7
「さいごの戦い」 C.S.ルイス作, 瀬田貞二訳　岩波書店　1994.9　294p　18cm（岩波少年文庫—ナルニア国ものがたり　7）700円　①4-00-112107-7
「さいごの戦い」 C.S.ルイス作, 瀬田貞二訳　新版　岩波書店　2000.11　315p　18cm（岩波少年文庫）720円　①4-00-114040-3
「さいごの戦い」 C.S.ルイス作, 瀬田貞二訳　岩波書店　2005.11　263p　19cm（ナルニア国物語 カラー版）1400円　①4-00-116377-2
「ナルニア国物語—スペシャルエディション」 C.S.ルイス作, 瀬田貞二訳　岩波書店　2005.11　523p　29cm　7600円　①4-00-115576-1
※絵：ポーリン・ベインズ
「ナルニア国物語　7　最後の戦い」 C・S・ルイス著, 土屋京子訳　光文社　2018.3　343p　16cm（光文社古典新訳文庫）700円　①978-4-334-75373-3

ルイス, R.W.B.　Lewis, R.W.B.

5467 "Edith Wharton: A Biography"
◇全米書評家協会賞（1975年/ノンフィクション）
◇ピュリッツアー賞（1976年/伝記・自伝）

ルヴェルジ, ジャン　Reverzy, Jean

5468 "Le Passage"
◇ルノドー賞（1954年）

ルウセル, ロマン　Roussel, Romain

5469 「春のない谷間」 "La Vallée sans printemps"
◇アンテラリエ賞（1937年）
「仏蘭西文学賞叢書　2　春のない谷間」

ロマン・ルウセル著, 新庄嘉章訳　実業之日本社　1940　293p　19cm

ルオー, ジャン　Rouaud, Jean

5470　「名誉の戦場」　"Les champs d'honneur"
◇ゴンクール賞（1990年）
「名誉の戦場」ジャン・ルオー〔著〕, 北代美和子訳　新潮社　1994.9　192p　20cm　1700円　Ⓘ4-10-529401-6
「世界文学全集　1-10　アデン、アラビア　名誉の戦場」池澤夏樹個人編集　ポール・ニザン著, 小野正嗣訳　ジャン・ルオー著, 北代美和子訳　河出書房新社　2008.11　323, 6p　20cm　2400円　Ⓘ978-4-309-70950-5

ルーガー, オースティン　Lugar, Austin

5471　"Mystery Muses: 100 Classics That Inspire Today's Mystery Writers"
◇アンソニー賞（2007年/評論・ノンフィクション）
◇マカヴィティ賞（2007年/ノンフィクション）

ルーカス, J.アンソニー　Lukas, J.Anthony

5472　"Common Ground: A Turbulent Decade in the Lives of Three American Families"
◇全米書評家協会賞（1985年/ノンフィクション）
◇全米図書賞（1985年/ノンフィクション）
◇ピュリッツァー賞（1986年/ノンフィクション）

ル＝グウィン, アーシュラ・K.　Le Guin, Ursula K.

5473　「アースシーの風」（ゲド戦記）"The Other Wind"
◇世界幻想文学大賞（2002年/長編）
「アースシーの風」ル＝グウィン作, 清水真砂子訳　岩波書店　2003.3　349p　22cm（ゲド戦記5）1800円　Ⓘ4-00-115570-2
「アースシーの風」アーシュラ・K.ル＝グウィン〔著〕, 清水真砂子訳　岩波書店　2004.3　368p　19cm（物語コレクション―ゲド戦記5）2200円　Ⓘ4-00-026467-2
「アースシーの風」ル＝グウィン〔著〕, 清水真砂子訳　岩波書店　2006.5　373p　18cm（ゲド戦記　ソフトカバー版5）1200円　Ⓘ4-00-028075-9
「ゲド戦記　6　アースシーの風」アーシュラ・K.ル＝グウィン作, 清水真砂子訳　岩波書店　2009.3　386p　18cm（岩波少年文庫）760円　Ⓘ978-4-00-114593-9
「アースシーの風―ゲド戦記6」アーシュラ・K.ル＝グウィン作, 清水真砂子訳　新版　岩波書店　2011.4　351p　22cm　2000円　Ⓘ978-4-00-115645-4

5474　「いまファンタジーにできること」"Cheek by Jowl: Essays"
◇ローカス賞（2010年/ノンフィクション・アートブック）
「いまファンタジーにできること」アーシュラ・K.ル＝グウィン著, 谷垣暁美訳　河出書房新社　2011.8　192, 18p　20cm　2000円　Ⓘ978-4-309-20571-7

5475　「オメラスから歩み去る人々」"The Ones Who Walk Away from Omelas"
◇ヒューゴー賞（1974年/短編）
「世界SF大賞傑作選（ヒューゴー・ウィナーズ）7」アイザック・アシモフ編〔浅倉久志訳〕　講談社　1979.3　247p　15cm（講談社文庫）320円
「風の十二方位」アーシュラ・K.ル・グィン著〔浅倉久志訳〕　早川書房　1980.7　453p　16cm（ハヤカワ文庫―SF）540円
「きょうも上天気―SF短編傑作選」フィリップ・K.ディック, カート・ヴォネガット・ジュニア他〔著〕, 浅倉久志訳, 大森望編　角川書店　2010.11　333p　15cm（角川文庫）629円　Ⓘ978-4-04-298213-5

5476　「革命前夜」"The Day Before the Revolution"
◇ネビュラ賞（1974年/短編）
◇ローカス賞（1975年/短編）
「風の十二方位」アーシュラ・K.ル・グィン著〔佐藤高子訳〕　早川書房　1980.7　453p　16cm（ハヤカワ文庫―SF）540円
「ギャラクシー　下」フレデリック・ポール他編, 浅倉久志他訳〔佐藤高子訳〕　東京創元社　1988.7　372p　15cm（創元推理文庫）580円　Ⓘ4-488-69202-8

5477　「影との戦い」（ゲド戦記1）"A Wizard of Earthsea"
◇ボストングローブ・ホーンブック賞（1969年/フィクション）
「影との戦い」アーシュラK.ル＝グウィン作, 清水真砂子訳, ルース・ロビンズ絵　岩波書店　1976.9　278p　22cm

（岩波少年少女の本 34―ゲド戦記 1）1400円

「影との戦い―ゲド戦記」 ル＝グウィン作, 清水真砂子訳　岩波書店　1992.3　331p　16cm（同時代ライブラリー）850円　Ⓘ4-00-260100-5

「影との戦い」 アーシュラ・K.ル＝グウィン〔著〕, 清水真砂子訳　岩波書店　1999.10　305p　19cm（物語コレクション―ゲド戦記 1）2000円　Ⓘ4-00-026461-3

「影との戦い」 ル＝グウィン作, 清水真砂子訳　第34刷改版　岩波書店　2000.7　278p　22cm（ゲド戦記 1）　Ⓘ4-00-110684-1, 4-00-204191-3

「影との戦い」 ル＝グウィン〔著〕, 清水真砂子訳　岩波書店　2006.4　302p　18cm（ゲド戦記 ソフトカバー版 1）1000円　Ⓘ4-00-028071-6

「ゲド戦記 1　影との戦い」 アーシュラ・K.ル＝グウィン作, 清水真砂子訳　岩波書店　2009.1　318p　18cm（岩波少年文庫）720円　Ⓘ978-4-00-114588-5

5478　「風の十二方位」　"The Wind's Twelve Quarters"

◇ローカス賞（1976年/著作集）

「風の十二方位」 アーシュラ・K.ル・グィン著　早川書房　1980.7　453p　16cm（ハヤカワ文庫―SF）540円

5479　「カワウソ」　"The Finder"

◇ローカス賞（2002年/中長編）

「ゲド戦記外伝」 ル・グウィン作, 清水真砂子訳　岩波書店　2004.5　458p　22cm　2200円　Ⓘ4-00-115572-9

「ゲド戦記外伝」 アーシュラ・K.ル＝グウィン〔著〕, 清水真砂子訳　岩波書店　2006.2　499p　19cm（物語コレクション）2400円　Ⓘ4-00-026468-0

「ゲド戦記外伝」 ル＝グウィン〔著〕, 清水真砂子訳　岩波書店　2006.5　542p　18cm（ゲド戦記 ソフトカバー版 別巻）1400円　Ⓘ4-00-028076-7

「ゲド戦記 5　ドラゴンフライ―アースシーの五つの物語」 アーシュラ・K.ル＝グウィン作, 清水真砂子訳　岩波書店　2009.3　558p　18cm（岩波少年文庫）920円　Ⓘ978-4-00-114592-2

「ドラゴンフライ―アースシーの五つの物語 ゲド戦記 5」 アーシュラ・K.ル＝グウィン作, 清水真砂子訳　岩波書店　2011.4　457p　22cm　2400円　Ⓘ978-4-00-115644-7

※『ゲド戦記外伝』（2004年刊）の新版

5480　「帰還」（ゲド戦記）　"Tehanu: The Last Book of Earthsea"

◇ネビュラ賞（1990年/長編）

◇ローカス賞（1991年/ファンタジー長編）

「帰還」 ル＝グウィン作, 清水真砂子訳　岩波書店　1993.3　347p　22cm（ゲド戦記 最後の書）1850円　Ⓘ4-00-115529-X

「帰還」 アーシュラ・K.ル・グウィン〔著〕, 清水真砂子訳　岩波書店　1999.12　388p　19cm（物語コレクション―ゲド戦記 最後の書）2200円　Ⓘ4-00-026466-4

「帰還」 ル＝グウィン作, 清水真砂子訳　第10刷改版　岩波書店　2000.5　347p　22cm（ゲド戦記 最後の書）1800円　Ⓘ4-00-115529-X, 4-00-204191-3

「帰還」 ル＝グウィン〔著〕, 清水真砂子訳　岩波書店　2006.5　381p　18cm（ゲド戦記 ソフトカバー版 4）1200円　Ⓘ4-00-028074-0

「ゲド戦記 4　帰還」 アーシュラ・K.ル＝グウィン作, 清水真砂子訳　岩波書店　2009.2　398p　18cm（岩波少年文庫）760円　Ⓘ978-4-00-114591-5

5481　「ゲド戦記外伝」〔別題「ドラゴンフライ―アースシーの五つの物語」〕　"Tales from Earthsea"

◇ローカス賞（2002年/短編集）

「ゲド戦記外伝」 ル・グウィン作, 清水真砂子訳　岩波書店　2004.5　458p　22cm　2200円　Ⓘ4-00-115572-9

「ゲド戦記外伝」 アーシュラ・K.ル＝グウィン〔著〕, 清水真砂子訳　岩波書店　2006.2　499p　19cm（物語コレクション）2400円　Ⓘ4-00-026468-0

「ゲド戦記外伝」 ル＝グウィン〔著〕, 清水真砂子訳　岩波書店　2006.5　542p　18cm（ゲド戦記 ソフトカバー版 別巻）1400円　Ⓘ4-00-028076-7

「ゲド戦記 5　ドラゴンフライ―アースシーの五つの物語」 アーシュラ・K.ル＝グウィン作, 清水真砂子訳　岩波書店　2009.3　558p　18cm（岩波少年文庫）920円　Ⓘ978-4-00-114592-2

「ドラゴンフライ―アースシーの五つの物語 ゲド戦記 5」 アーシュラ・K.ル＝グウィン作, 清水真砂子訳　岩波書店　2011.4　457p　22cm　2400円　Ⓘ978-4-00-115644-7

※『ゲド戦記外伝』（2004年刊）の新版

5482　「孤独」　"Solitude"

◇ネビュラ賞（1995年/中編）

「世界の誕生日」 アーシュラ・K.ル・グィン著, 小尾芙佐訳　早川書房　2015.11　597p　16cm（ハヤカワ文庫SF）1200円　Ⓘ978-4-15-012037-5

5483　「言の葉の樹」　"The Telling"

「言の葉の樹」　アーシュラ・K・ル・グィン著, 小尾芙佐訳　早川書房　2002.6　319p　16cm（ハヤカワ文庫 SF）700円　ⓘ4-15-011403-X

5484　「コンパス・ローズ」　"The Compass Rose"
◇ローカス賞（1983年／著作集）
「コンパス・ローズ」　アーシュラ・K・ル＝グイン著, 越智道雄訳　サンリオ　1983.12　395p　15cm（サンリオSF文庫）620円
「コンパス・ローズ」　アーシュラ・K・ル＝グウィン著, 越智道雄訳　筑摩書房　2013.2　446p　15cm（ちくま文庫）1000円　ⓘ978-4-480-43027-4
※サンリオSF文庫 1983年刊の再刊

5485　「さいはての島へ」（ゲド戦記 3）"The Farthest Shore"
◇全米図書賞（1973年／児童文学）
「さいはての島へ」　ル＝グウィン作, 清水真砂子訳　岩波書店　1977.8　319p　22cm（岩波少年少女の本—ゲド戦記 3）1500円
「さいはての島へ」　アーシュラ・K・ル＝グウィン〔著〕, 清水真砂子訳　岩波書店　1999.12　352p　19cm（物語コレクション—ゲド戦記 3）2200円　ⓘ4-00-026465-6
「さいはての島へ」　ル＝グウィン作, 清水真砂子訳　第31刷改版　岩波書店　2001.2　318p　22cm（ゲド戦記 3）1700円　ⓘ4-00-110686-8, 4-00-204191-3
「さいはての島へ」　ル＝グウィン〔著〕, 清水真砂子訳　岩波書店　2006.4　352p　18cm（ゲド戦記 ソフトカバー版 3）1200円　ⓘ4-00-028073-2
「ゲド戦記 3　さいはての島へ」　アーシュラ・K・ル＝グウィン作, 清水真砂子訳　岩波書店　2009.2　365p　18cm（岩波少年文庫）760円　ⓘ978-4-00-114590-8

5486　「所有せざる人々」　"The Dispossessed"
◇ネビュラ賞（1974年／長編）
◇ジョン・W・キャンベル記念賞（1975年／第2位）
◇ヒューゴー賞（1975年／長編）
◇ローカス賞（1975年／長編）
「所有せざる人々」　アーシュラ・K・ル・グィン著, 佐藤高子訳　早川書房　1980.3　363p　20cm（海外SFノヴェルズ）1400円
「所有せざる人々」　アーシュラ・K・ル・グィン著, 佐藤高子訳　早川書房　1986.7　513p　16cm（ハヤカワ文庫—SF）640円　ⓘ4-15-010674-6

5487　「スール」　"Sur"
◇ローカス賞（1983年／短編）
「コンパス・ローズ」　アーシュラ・K・ル＝グイン著, 越智道雄訳　サンリオ　1983.12　395p　15cm（サンリオSF文庫）620円
「コンパス・ローズ」　アーシュラ・K・ル＝グウィン著, 越智道雄訳　筑摩書房　2013.2　446p　15cm（ちくま文庫）1000円　ⓘ978-4-480-43027-4
※サンリオSF文庫 1983年刊の再刊

5488　「世界の合言葉は森」　"The Word for World is Forest"
◇ヒューゴー賞（1973年／中長編）
「世界SF大賞傑作選（ヒューゴー・ウィナーズ）7」　アイザック・アシモフ編〔小尾芙佐訳〕　講談社　1979.3　247p　15cm（講談社文庫）320円
「世界の合言葉は森」　アーシュラ・K・ル・グィン著, 小尾芙佐, 小池美佐子訳〔小尾芙佐訳〕　早川書房　1990.5　391p　16cm（ハヤカワ文庫—SF）540円　ⓘ4-15-010869-2

5489　「世界の誕生日」　"The Birthday of the World"
◇ローカス賞（2001年／中編）
「世界の誕生日」　アーシュラ・K・ル・グィン著, 小尾芙佐訳　早川書房　2015.11　597p　16cm（ハヤカワ文庫 SF）1200円　ⓘ978-4-15-012037-5

5490　「地の骨」　"The Bones of the Earth"
◇ローカス賞（2002年／短編）
「ゲド戦記外伝」　ル・グウィン作, 清水真砂子訳　岩波書店　2004.5　458p　22cm　2200円　ⓘ4-00-115572-9
「ゲド戦記外伝」　アーシュラ・K・ル＝グウィン〔著〕, 清水真砂子訳　岩波書店　2006.2　499p　19cm（物語コレクション）2400円　ⓘ4-00-026468-0
「ゲド戦記外伝」　ル＝グウィン〔著〕, 清水真砂子訳　岩波書店　2006.5　542p　18cm（ゲド戦記 ソフトカバー版 別巻）1400円　ⓘ4-00-028076-7
「ゲド戦記 5　ドラゴンフライ—アースシーの五つの物語」　アーシュラ・K・ル＝グウィン作, 清水真砂子訳　岩波書店　2009.3　558p　18cm（岩波少年文庫）920円　ⓘ978-4-00-114592-2
「ドラゴンフライ—アースシーの五つの物語 ゲド戦記 5」　アーシュラ・K・ル＝グウィン作, 清水真砂子訳　岩波書店　2011.4　457p　22cm　2400円　ⓘ978-4-

00-115644-7
※『ゲド戦記外伝』(2004年刊)の新版

5491 「天のろくろ」 "The Lathe of Heaven"
◇ローカス賞 (1972年/長編)
「天のろくろ」 アーシュラ・K.ル=グイン著, 脇明子訳 サンリオ 1979.6 314p 15cm (サンリオSF文庫) 380円
「天のろくろ」 アーシュラ・K.ル=グイン著, 脇明子訳 サンリオ 1984.7 314p 15cm (サンリオSF文庫) 480円
※新装版

5492 「なつかしく謎めいて」 "Changing Planes"
◇ローカス賞 (2004年/短編集)
「なつかしく謎めいて」 アーシュラ・K.ル=グウィン著, 谷垣暁美訳 河出書房新社 2005.11 281p 20cm (Modern & classic) 1600円 ①4-309-20450-3

5493 「ニュー・アトランティス」 "The New Atlantis"
◇ローカス賞 (1976年/中編)
「コンパス・ローズ」 アーシュラ・K.ル=グイン著, 越智道雄訳 サンリオ 1983.12 395p 15cm (サンリオSF文庫) 620円
「コンパス・ローズ」 アーシュラ・K・ル=グイン著, 越智道雄訳 筑摩書房 2013.2 446p 15cm (ちくま文庫) 1000円 ①978-4-480-43027-4
※サンリオSF文庫 1983年刊の再刊

5494 「バッファローの娘っこ、晩になったら出ておいで」 "Buffalo Gals, Won't You Come Out Tonight"
◇世界幻想文学大賞 (1988年/中編)
◇ヒューゴー賞 (1988年/中編)
「SFマガジン 30(10)」〔小尾芙佐訳〕早川書房 1989.8 p254〜282

5495 「パワー」 "Powers"
◇ネビュラ賞 (2008年/長編)
「パワー」 アーシュラ・K.ル=グウィン著, 谷垣暁美訳 河出書房新社 2008.8 477p 20cm (西のはての年代記 3) 2100円 ①978-4-309-20497-0
「パワー——西のはての年代記 3 上」 ル=グウィン著, 谷垣暁美訳 河出書房新社 2011.4 326p 15cm (河出文庫) 850円 ①978-4-309-46354-4
「パワー——西のはての年代記 3 下」 ル=グウィン著, 谷垣暁美訳 河出書房新社 2011.4 270p 15cm (河出文庫) 850円 ①978-4-309-46355-1

5496 「ファンタジーと言葉」 "The Wave in the Mind"
◇ローカス賞 (2005年/ノンフィクション)
「ファンタジーと言葉」 アーシュラ・K.ル=グウィン〔著〕, 青木由紀子訳 岩波書店 2006.5 334p 20cm 2400円 ①4-00-024631-3
「ファンタジーと言葉」 アーシュラ・K.ル=グウィン〔著〕, 青木由紀子訳 岩波書店 2015.3 345p 15cm (岩波現代文庫—文芸 260) 1100円 ①978-4-00-602260-0
※2006年刊の改訂、一部を割愛

5497 「山のしきたり」 "Mountain Ways"
◇ローカス賞 (1997年/中編)
「世界の誕生日」 アーシュラ・K.ル=グイン著, 小尾芙佐訳 早川書房 2015.11 597p 16cm (ハヤカワ文庫SF) 1200円 ①978-4-15-012037-5

5498 「闇の左手」 "The Left Hand of Darkness"
◇ネビュラ賞 (1969年/長編)
◇ヒューゴー賞 (1970年/長編)
「闇の左手」 アーシュラ・K.ル・グイン著, 小尾芙佐訳 早川書房 1972 267p 19cm (ハヤカワ・SF・シリーズ) 460円
「闇の左手」 アーシュラ・K.ル・グイン著, 小尾芙佐訳 早川書房 1977.7 334p 16cm (ハヤカワ文庫—SF) 370円

5499 「赦しの日」 "Forgiveness Day"
◇ローカス賞 (1995年/中長編)
「SFマガジン 59(4)」〔小尾芙佐訳〕早川書房 2018.8

5500 「ラウィーニア」 "Lavinia"
◇ローカス賞 (2009年/ファンタジー長編)
「ラウィーニア」 アーシュラ・K.ル=グウィン著, 谷垣暁美訳 河出書房新社 2009.11 377p 20cm 2200円 ①978-4-309-20528-1

5501 「ワイルド・ガールズ」 "The Wild Girls"
◇ローカス賞 (2003年/中編)
「SFマガジン 45(3)」〔小尾芙佐訳〕早川書房 2004.3 p9〜41

5502 "Four Ways to Forgiveness"〔仏語題:Quatre chemins du pardon〕
◇ローカス賞 (1996年/短編集)
◇イマジネール大賞 (2008年/中編〈外国〉)

5503 "No Time to Spare: Thinking

About What Matters"
◇ヒューゴー賞(2018年/関連作品)

5504 "Words Are My Matter: Writings About Life and Books, 2000-2016"
◇ヒューゴー賞(2017年/関連作品)

◎ヒューゴー賞(1979年/ガンダルフ賞〈グランドマスター〉)

◎世界幻想文学大賞(1995年/生涯功労賞)

◎ネビュラ賞(2002年/グランド・マスター)

ル・クレジオ, J.-M.G.
Le Clézio, Jean-Marie Gustave

5505 「調書」 "Le Procès-verbal"
◇ルノドー賞(1963年)
「調書」ル・クレジオ著, 豊崎光一訳　新潮社　1966　305p　20cm　600円

◎ノーベル文学賞(2008年)

ルスティク, アルノシュト
Lustig, Arnošt

◎フランツ・カフカ賞(2008年)

ルースルン, アンデシュ
Roslund, Anders

5506 「三秒間の死角」 "Tre sekunder"〔英題:Three Seconds〕
◇英国推理作家協会賞(2011年/インターナショナル・ダガー)
「三秒間の死角　上」アンデシュ・ルースルンド, ベリエ・ヘルストレム〔著〕, ヘレンハルメ美穂訳　KADOKAWA　2013.10　451p　15cm (角川文庫) 840円　①978-4-04-101073-0
「三秒間の死角　下」アンデシュ・ルースルンド, ベリエ・ヘルストレム〔著〕, ヘレンハルメ美穂訳　KADOKAWA　2013.10　459p　15cm (角川文庫) 840円　①978-4-04-101074-7

ルーセ, ダヴィッド　Rousset, David

5507 "L'Univers concentrationnaire"
◇ルノドー賞(1946年)

ルセルクル, ジャン=ジャック
Lecercle, Jean-Jacques

5508 「現代思想で読むフランケンシュタイン」 "Frankenstein: mythe et philosophie"

◇イマジネール大賞(1990年/エッセイ〈評論〉)
「現代思想で読むフランケンシュタイン」J=J.ルセルクル著, 今村仁司, 沢里岳史訳　講談社　1997.5　226p　19cm (講談社選書メチエ) 1456円＋税　①4-06-258105-1

ルソー, フランソワ=オリヴィエ
Rousseau, François-Olivier

5509 "L'Enfant d'Édouard"
◇メディシス賞(1981年)

ルーチャード, アントナン
Louchard, Antonin

5510 "Die ganze Welt"
◇ドイツ児童文学賞(2002年/絵本)

ルッソ, リチャード　Russo, Richard

5511 "Empire Falls"
◇ピュリッツアー賞(2002年/フィクション)

ルート, フィリス　Root, Phyllis

5512 "Big Momma Makes the World"
◇ボストングローブ・ホーンブック賞(2003年/絵本)

ルフ, アン・R.ファンデル
Loeff-Basenau, An Rutgers Van der

5513 "Amerika: pioniers en hun kleinzoons"〔ノンフィクション〕〔独語題:Pioniere und ihre Enkel〕
◇ドイツ児童文学賞(1959年/特別賞)

5514 "Ik ben Fedde"〔独語題:Ich bin Fedde〕
◇ドイツ児童文学賞(1977年/ヤングアダルト)

ルフト, イルムガルト　Lucht, Irmgard

5515 "Wie kommt der Wald ins Buch?"
◇ドイツ児童文学賞(1990年/ノンフィクション/児童)

ルブロン, マリウス=アリ
Leblond, Marius-Ary

5516 "En France"
◇ゴンクール賞(1909年)

ルヘイン, デニス　Lehane, Dennis

5517 「愛しき者はすべて去りゆく」 "Gone, Baby, Gone"

◇バリー賞（1999年/長編）
「愛しき者はすべて去りゆく」　デニス・レヘイン〔著〕，鎌田三平訳　角川書店　2001.9　567p　15cm（角川文庫）952円　Ⓘ4-04-279104-2

5518　「スコッチに涙を託して」　"A Drink Before the War"
◇シェイマス賞（1995年/処女長編）
「スコッチに涙を託して」　デニス・レヘイン〔著〕，鎌田三平訳　角川書店　1999.5　362p　15cm（角川文庫）860円　Ⓘ4-04-279101-8

5519　「ミスティック・リバー」　"Mystic River"
◇アンソニー賞（2002年/長編）
◇バリー賞（2002年/長編）
「ミスティック・リバー」　デニス・ルヘイン著，加賀山卓朗訳　早川書房　2001.9　430p　20cm　1900円　Ⓘ4-15-208366-2
「ミスティック・リバー」　デニス・ルヘイン著，加賀山卓朗訳　早川書房　2003.12　667p　16cm（ハヤカワ・ミステリ文庫）980円　Ⓘ4-15-174401-0

5520　「夜に生きる」　"Live by Night"
◇アメリカ探偵作家クラブ賞（2013年/長編賞）
「夜に生きる」　デニス・ルヘイン著，加賀山卓朗訳　早川書房　2013.3　484p　19cm（HAYAKAWA POCKET MYSTERY BOOKS）1800円　Ⓘ978-4-15-001869-6
「夜に生きる　上」　デニス・ルヘイン著，加賀山卓朗訳　早川書房　2017.4　364p　16cm（ハヤカワ・ミステリ文庫）740円　Ⓘ978-4-15-174405-1
「夜に生きる　下」　デニス・ルヘイン著，加賀山卓朗訳　早川書房　2017.4　345p　16cm（ハヤカワ・ミステリ文庫）740円　Ⓘ978-4-15-174406-8
※2013年刊の上下巻分冊

ルーベンス, バーニス　Rubens, Bernice

5521　「選ばれし者」　"The Elected Member"
◇ブッカー賞（1970年）
「選ばれし者」　バーニス・ルーベンス著，鈴木和子訳　ヤマダメディカルシェアリング創流社　1996.3　315p　19cm　2400円　Ⓘ4-946516-02-6

ルーベンスタイン, ノーマン　Rubenstein, Norman

◎ブラム・ストーカー賞（2013年/シルバーハンマー賞）

ルーム, アネット　Roome, Annette

5522　「私のはじめての事件」　"A Real Shot in the Arm"
◇英国推理作家協会賞（1989年/ジョン・クリーシー記念賞）
「私のはじめての事件」　アネット・ルーム著，堀内静子訳　早川書房　1991.10　411p　16cm（ハヤカワ・ミステリ文庫）600円　Ⓘ4-15-078601-1

ルメートル, ピエール　Lemaitre, Pierre

5523　「傷だらけのカミーユ」　"Sacrifices"〔英題：Camille〕
◇英国推理作家協会賞（2015年/インターナショナル・ダガー）
「傷だらけのカミーユ」　ピエール・ルメートル著，橘明美訳　文藝春秋　2016.10　387p　16cm（文春文庫）840円　Ⓘ978-4-16-790707-5

5524　「その女アレックス」　"Alex"
◇英国推理作家協会賞（2013年/インターナショナル・ダガー）
「その女アレックス」　ピエール・ルメートル著，橘明美訳　文藝春秋　2014.9　457p　16cm（文春文庫）860円　Ⓘ978-4-16-790196-7

5525　「天国でまた会おう」　"Au revoir là-haut"〔英題：The Great Swindle〕
◇ゴンクール賞（2013年）
◇英国推理作家協会賞（2016年/インターナショナル・ダガー）
「天国でまた会おう」　ピエール・ルメートル著，平岡敦訳　早川書房　2015.10　582p　20cm　3200円　Ⓘ978-4-15-209571-8
「天国でまた会おう　上」　ピエール・ルメートル著，平岡敦訳　早川書房　2015.10　334p　16cm（ハヤカワ・ミステリ文庫）740円　Ⓘ978-4-15-181451-8
「天国でまた会おう　下」　ピエール・ルメートル著，平岡敦訳　早川書房　2015.10　321p　16cm（ハヤカワ・ミステリ文庫）740円　Ⓘ978-4-15-181452-5

ルーリー, アリソン　Lurie, Alison

5526　"Foreign Affairs"
◇ピュリッツァー賞（1985年/フィクション）

ルリア, サルヴァドール・E.　Luria, Salvador Edward

5527　「分子から人間へ─生命：この限りなき前進」　"Life: The Unfinished

Experiment"
◇全米図書賞（1974年/科学）
「分子から人間へ―生命：この限りなき前進」サルヴァドール・E.ルリア著, 渡辺格, 鈴木墾之訳　法政大学出版局　1988.8　226p　19cm（教養選書 66）1500円　①4-588-05066-4

ルール, アン　Rule, Ann
5528 "A Rose For Her Grave: and Other True Cases"
◇アンソニー賞（1994年/犯罪実話）
5529 "Dead By Sunset: Perfect Husband, Perfect Killer？"
◇アンソニー賞（1996年/犯罪実話）

ルロワ, ジル　Leroy, Gilles
5530 「ゼルダ最後のロマンティシスト」"Alabama Song"
◇ゴンクール賞（2007年）
「ゼルダ最後のロマンティシスト」ジル・ルロワ著, 傳田温訳　中央公論新社　2008.11　240p　20cm　1700円　①978-4-12-003987-4

ルンドグレン, マックス　Lundgren, Max
5531 "Åshöjdens bollklubb"
◇ニルス・ホルゲション賞（1968年）
5532 "Pojken med guldbyxorna"
◇ニルス・ホルゲション賞（1968年）

【レ】

レア, ドメニコ　Rea, Domenico
5533 "Ninfa plebea"
◇ストレーガ賞（1993年）

レイ, アンリ＝フランソワ　Rey, Henri-François
5534 "Les Pianos mécaniques"
◇アンテラリエ賞（1962年）

レイ, ウィリー　Ley, Willy
5535 "Conquest of the Moon"
◇ヒューゴー賞（1954年〈レトロ・ヒューゴー賞 2004年授与〉/関連書籍）

レイ, ジェーン　Ray, Jane
5536 "The Story of the Creation"
◇ネスレ子どもの本賞（1992年/6〜8歳部門）

レイ, ダヌータ　Reah, Danuta
5537 「フランクに抜かりなし」"No Flies on Frank"
◇英国推理作家協会賞（2005年/短編ダガー）
「ミステリマガジン　51（4）」〔日暮雅通訳〕　早川書房　2006.4　p19〜32

レイア, ディック　Lehr, Dick
5538 「ブラック・スキャンダル」〔旧題「密告者のゲーム―FBIとマフィア, 禁断の密約」〕"Black Mass: The Irish Mob, The FBI, & A Devil's Deal"
◇アメリカ探偵作家クラブ賞（2001年/犯罪実話賞）
「密告者のゲーム―FBIとマフィア, 禁断の密約」ディック・レイア, ジェラード・オニール著, 古賀弥生訳　角川書店　2001.6　350p　20cm　1900円　①4-04-791367-7
「ブラック・スキャンダル」ディック・レイア, ジェラード・オニール〔著〕, 古賀弥生訳　KADOKAWA　2015.12　584p　15cm（角川文庫）1120円　①978-4-04-103193-3
※「密告者のゲーム」（角川書店 2001年刊）の改題, 加筆・修正

レイヴン, チャールズ・E.　Raven, Charles Earle
5539 "English Naturalists From Neckham To Ray"
◇ジェイムズ・テイト・ブラック記念賞（1947年/伝記）

レイク, ジェイ　Lake, Jay
5540 "Last Plane to Heaven"
◇ローカス賞（2015年/短編集）

レイク, M.D.　Lake, M.D.
5541 "Kim's Game"
◇アガサ賞（1993年/短編）
5542 "Tea for Two"
◇アガサ賞（1997年/短編）

レイサム, ジーン・L.　Latham, Jean Lee
5543 「海の英雄」"Carry On, Mr. Bowditch"
◇ニューベリー賞（1956年）
「海の英雄」ジーン・L.レイサム著,

浅田孝二訳　新紀元社　1959　277p　19cm（パイオニア物語）

レイサン, エマ　Lathen, Emma

5544　「小麦で殺人」　"Murder Against the Grain"
◇英国推理作家協会賞（1967年/ゴールド・ダガー）
「小麦で殺人」エマ・レイサン著, 尾坂力訳　早川書房　1970　232p　19cm（世界ミステリシリーズ）420円

レイシイ, エド　Lacy, Ed

5545　「ゆがめられた昨日」　"Room to Swing"
◇アメリカ探偵作家クラブ賞（1958年/長編賞）
「ゆがめられた昨日」エド・レイシイ著, 田中小実昌訳　早川書房　1958　215p　19cm（世界探偵小説全集）
「ゆがめられた昨日」エド・レイシイ著, 田中小実昌訳　早川書房　1977.8　272p　16cm（ハヤカワ・ミステリ文庫）320円

レイス, マイク　Reiss, Mike

5546　"Cro-Magnon, P.I."
◇アメリカ探偵作家クラブ賞（2000年/ロバート・L・フィッシュ賞）

レイトン, ニール　Layton, Neal

5547　「そのウサギはエミリー・ブラウンのっ！」　"That Rabbit Belongs to Emily Brown"
◇ネスレ子どもの本賞（2006年/5歳以下部門/金賞）
「そのウサギはエミリー・ブラウンのっ！」クレシッダ・コーウェルさく, ニール・レイトンえ, まつかわまゆみやく　評論社　2008.3　1冊（ページ付なし）26×29cm（児童図書館・絵本の部屋）1400円　①978-4-566-00874-8

5548　"Bartholomew and the Bug"
◇ネスレ子どもの本賞（2004年/5歳以下部門/銅賞）

5549　"Oscar and Arabella"
◇ネスレ子どもの本賞（2002年/5歳以下部門/銅賞）

レイナー, キャサリン　Rayner, Catherine

5550　"Harris Find His Feet"
◇ケイト・グリーナウェイ賞（2009年）

レイノルズ, ジェイソン　Reynolds, Jason

5551　"Long Way Down"
◇アメリカ探偵作家クラブ賞（2018年/ヤングアダルト賞）

レイブルック, ヴィッド・ヴァン　Reybrouck, David Van

5552　"Congo. Une histoire"
◇メディシス賞（2012年/エッセイ）

レイブン, ピーター・ヴァン　Raven, Pieter Van

5553　"A Time of Troubles"
◇スコット・オデール賞（1991年）

レイモン, リチャード　Laymon, Richard

5554　"The Traveling Vampire Show"
◇ブラム・ストーカー賞（2000年/長編）

レイモント, ウヴァディスワフ　Reymont, Władysław Stanisław

5555　「農民」　"Chłopi"〔英題：The Peasants〕
◇ノーベル文学賞（1924年）
「農民　1-2」レイモント著, 加藤朝鳥訳　春秋社　1932-1933　2冊　20cm　※普及版
「農民　第1-4部」レイモント著　第一書房　1939-1941　4冊　20cm　※戦時体制版
「農民　第2-4部」レイモント著, 加藤朝鳥訳　三笠書房　1939　3冊　20cm
「農民　第1部　秋の巻　上」レイモント著　新居格訳　文学社　1945　191p　19cm

レイン, ジョエル　Lane, Joel

5556　"My Stone Desire"
◇英国幻想文学賞（2008年/短編）

5557　"The Earthwire"
◇英国幻想文学賞（1995年/短編集）

5558　"Where Furnaces Burn"
◇世界幻想文学大賞（2013年/短編集）

レヴァイン, デイヴィッド・D.　Levine, David D.

5559　「トゥク・トゥク・トゥク」　"Tk'tk'tk"
◇ヒューゴー賞（2006年/短編）
「SFマガジン　48(3)」〔市田泉訳〕早川書房　2007.3　p54〜71

5560　"Arabella of Mars"

◇アンドレ・ノートン賞（2016年）

レヴァック, サイモン　Levack, Simon

5561　"A Flowery Death"
◇英国推理作家協会賞（2000年／デビュー・ダガー）

レヴィ, アンドレア　Levy, Andrea

5562　"Small Island"
◇コスタ賞（2004年／年間大賞・長編）
◇ベイリーズ賞（2004年）

レヴィ, エイドリアン　Levy, Adrian

5563　"The Siege"
◇英国推理作家協会賞（2014年／ゴールド・ダガー〈ノンフィクション〉）

レヴィ, バーバラ　Levy, Barbara

5564　「パリの断頭台」"Legacy of Death"
◇アメリカ探偵作家クラブ賞（1974年／犯罪実話賞）

「パリの断頭台—七代にわたる死刑執行人サンソン家年代記」バーバラ・レヴィ著, 喜多迅鷹, 喜多元子共訳　文化放送開発センター出版部　1977.10　290p 図　20cm 1500円

「パリの断頭台—七代にわたる死刑執行人サンソン家年代記」バーバラ・レヴィ著, 喜多迅鷹, 喜多元子訳　法政大学出版局　1987.9　292p　20cm 1900円

「パリの断頭台—七代にわたる死刑執行人サンソン家年代記」バーバラ・レヴィ〔著〕, 喜多迅鷹, 喜多元子訳　新装版　法政大学出版局　2014.3　292p 図版16p　20cm 2600円　①978-4-588-36416-7

レーヴィ, プリーモ　Levi, Primo

5565　"La chiave a stella"
◇ストレーガ賞（1979年）

レヴィ, ベルナール＝アンリ　Lévy, Bernard-Henri

5566　"Le Diable en tête"
◇メディシス賞（1984年）

5567　"Les Derniers Jours de Charles Baudelaire"
◇アンテラリエ賞（1988年）

レヴィー, レオナルド　Levy, Leonard W.

5568　"Origins of the Fifth Amendment"
◇ピュリッツアー賞（1969年／歴史）

レヴィサン, デイヴィッド　Levithan, David

5569　「エヴリデイ」"Every Day"〔独語題：Letztendlich sind wir dem Universum egal〕
◇ドイツ児童文学賞（2015年／青少年審査委員賞）

「エヴリデイ」デイヴィッド・レヴィサン作, 三辺律子訳　小峰書店　2018.9　401p 19cm（Sunnyside Books）1800円　①978-4-338-28716-6

レヴィタン, ソニア　Levitin, Sonia

5570　"Incident at Loring Groves"
◇アメリカ探偵作家クラブ賞（1989年／ヤングアダルト賞）

レヴィット, レナード　Levitt, Leonard

5571　"Conviction: Solving the Moxley Murder"
◇アメリカ探偵作家クラブ賞（2005年／犯罪実話賞）

レヴィン, アイラ　Levin, Ira

5572　「死の接吻」"A Kiss Before Dying"
◇アメリカ探偵作家クラブ賞（1954年／処女長編賞）

「死の接吻」アイラ・レヴィン著, 中田耕治訳　早川書房　1970　341p 19cm（ハヤカワ・ノヴェルズ）680円

「世界ミステリ全集 8　アンドリュウ・ガーヴ, ニコラス・ブレイク, アイラ・レヴィン」〔中田耕治訳〕　早川書房　1973　762p　20cm 1600円

◎ブラム・ストーカー賞（1996年／生涯業績）

◎アメリカ探偵作家クラブ賞（2003年／巨匠賞）

レヴィン, フィリップ　Levine, Philip

5573　"Ashes"
◇全米書評家協会賞（1979年／詩）
◇全米図書賞（1980年／詩）

5574　"7 Years from Somewhere"
◇全米書評家協会賞（1979年／詩）

5575　"The Simple Truth"
◇ピュリッツアー賞（1995年／詩）

5576　"What Work Is"
◇全米図書賞（1991年／詩）

レヴィン, メイヤ Levin, Meyer

5577 "Compulsion"
◇アメリカ探偵作家クラブ賞（1957年/スペシャルエドガー）

レヴィンソン, ポール Levinson, Paul

5578 "The Silk Code"
◇ローカス賞（2000年/処女長編）

レウヴァン, ルネ Réouven, René

5579 "Bouvard, Pécuchet et les savants fous"
◇イマジネール大賞（2001年/長編〈フランス語〉）

レオニ, レオ Lionni, Leo

5580「スイミー」"Swimmy"
◇ドイツ児童文学賞（1965年/絵本）
「スイミー——ちいさなかしこいさかなのはなし」 レオ＝レオニ著, 谷川俊太郎訳 日本パブリシング 1969 1冊 29×24cm
「スイミー——ちいさなかしこいさかなのはなし」 レオ・レオニ作, 谷川俊太郎訳 好学社 1994.1（52刷） 1冊 28cm 1456円 ①4-7690-2001-5
「スイミー——ちいさなかしこいさかなのはなし」 レオ＝レオニ作, 谷川俊太郎訳 好学社 2010.11 1冊（ページ付なし） 52cm（ビッグブック）9800円 ①978-4-7690-2020-2
「英語でもよめるスイミー」 レオ＝レオニ作, 谷川俊太郎訳 好学社 2013.6 1冊（ページ付なし） 28cm 1700円 ①978-4-7690-2028-8

レオン, ダナ Leon, Donna

5581「ヴェネツィア殺人事件」"Friends in High Places"
◇英国推理作家協会賞（2000年/シルバー・ダガー）
「ヴェネツィア殺人事件」 ダナ・レオン〔著〕, 北條元子訳 講談社 2003.3 379p 15cm（講談社文庫）895円 ①4-06-273702-7

レスター, ジュリアス Lester, Julius

5582 "John Henry"
◇ボストングローブ・ホーンブック賞（1995年/絵本）

レスティエンヌ, ヴォルドマール Lestienne, Voldemar

5583「恋はポケットサイズ」"L'Amant de poche"
◇アンテラリエ賞（1975年）
「恋はポケットサイズ」 ヴォルドマール・レスティエンヌ著, 川口恵子訳 早川書房 1981.11 291p 16cm（ハヤカワ文庫—NV）360円

レズニック, マイク Resnick, Mike

5584「アンタレスの四十三王朝」"The 43 Antarean Dynasties"
◇ヒューゴー賞（1998年/短編）
「SFマガジン 40（7）」〔内田昌之訳〕早川書房 1999.7 p88〜104
5585「オルドヴァイ峡谷七景」"Seven Views of Olduvai Gorge"
◇ネビュラ賞（1994年/中長編）
◇ヒューゴー賞（1995年/中長編）
「90年代SF傑作選 上」 山岸真編〔内田昌之訳〕 早川書房 2002.3 518p 16cm（ハヤカワ文庫 SF）940円 ①4-15-011394-7
5586「キリンヤガ」"Kirinyaga"
◇ヒューゴー賞（1989年/短編）
「キリンヤガ」 マイク・レズニック著, 内田昌之訳 早川書房 1999.5 479p 16cm（ハヤカワ文庫 SF）820円 ①4-15-011272-X
5587「古き神々の死すとき 2137年5月」"When the Old Gods Die"
◇ローカス賞（1996年/中編）
「キリンヤガ」 マイク・レズニック著, 内田昌之訳 早川書房 1999.5 479p 16cm（ハヤカワ文庫 SF）820円 ①4-15-011272-X
5588「マナモウキ」"The Manamouki"
◇ヒューゴー賞（1991年/中編）
「キリンヤガ」 マイク・レズニック著, 内田昌之訳 早川書房 1999.5 479p 16cm（ハヤカワ文庫 SF）820円 ①4-15-011272-X
5589 "Travels with My Cats"
◇ヒューゴー賞（2005年/短編）

レセム, ジョナサン Lethem, Jonathan

5590「銃、ときどき音楽」"Gun, With Occasional Music"
◇ローカス賞（1995年/処女長編）
「銃、ときどき音楽」 ジョナサン・レセム著, 浅倉久志訳 早川書房 1996.4 318p 20cm 2200円 ①4-15-208000-0
5591「マザーレス・ブルックリン」"Motherless Brooklyn"
◇全米書評家協会賞（1999年/小説）

◇英国推理作家協会賞（2000年/ゴールド・ダガー）
「マザーレス・ブルックリン」 ジョナサン・レセム著, 佐々田雅子訳　The Mysterious Press　2000.9　513p　16cm（ミステリアス・プレス文庫）940円　①4-15-100152-2

5592 "The Wall of the Sky, the Wall of the Eye"
◇世界幻想文学大賞（1997年/短編集）

レーダー＝デイ, ローリー　Rader-Day, Lori

5593 "Little Pretty Things"
◇アメリカ探偵作家クラブ賞（2016年/メアリ・ヒギンズ・クラーク賞）

5594 "The Black Hour"
◇アンソニー賞（2015年/処女長編）

レッキー, アン　Leckie, Ann

5595 「叛逆航路」 "Ancillary Justice"
◇英国SF協会賞（2013年/長編）
◇ネビュラ賞（2013年/長編）
◇アーサー・C・クラーク賞（2014年）
◇英国幻想文学賞（2014年/最優秀新人〈シドニー・J・バウンズ賞〉）
◇ヒューゴー賞（2014年/長編）
◇ローカス賞（2014年/処女長編）
「叛逆航路」 アン・レッキー著, 赤尾秀子訳　東京創元社　2015.1　487p　15cm（創元SF文庫）1300円　①978-4-488-75801-1

5596 「亡霊星域」 "Ancillary Sword"
◇英国SF協会賞（2014年/長編）
◇ローカス賞（2015年/SF長編）
「亡霊星域」 アン・レッキー著, 赤尾秀子訳　東京創元社　2016.4　444p　15cm（創元SF文庫）1200円　①978-4-488-75802-8

レッサー, フランク　Loesser, Frank

5597 「努力しないで出世する方法」 "How To Succeed In Business Without Really Trying"
◇ピュリッツアー賞（1962年/戯曲）

レッシング, ドリス　Lessing, Doris

5598 「黄金のノート―Free women」 "The Golden Notebook"（仏語題：Le Carnet d'or）
◇メディシス賞（1976年/外国小説）
「黄金のノート―Free women」 ドリス・レッシング著, 市川博彬訳　英雄社　1983.10　664p　20cm　4800円

5599 "Under My Skin"
◇ジェイムズ・テイト・ブラック記念賞（1994年/伝記）

◎ノーベル文学賞（2007年）

レッツ, トレイシー　Letts, Tracy

5600 「8月の家族たち」 "August: Osage County"
◇ピュリッツアー賞（2008年/戯曲）

レップマン, イエラ　Lepman, Jella
◎国際アンデルセン賞（1956年/名誉賞）

レティヒ, マルグレート　Rettich, Margret

5601 "Die Reise mit der Jolle"
◇ドイツ児童文学賞（1981年/絵本）

レトキー, セアドー　Roethke, Theodore

5602 「風に寄せる言葉」 "Words for the Wind"
◇全米図書賞（1959年/詩）
「セアドー・レトキー詩集」 セアドー・レトキー著, 松田幸雄訳　彩流社　2009.11　254p　20cm　2500円　①978-4-7791-1490-8

5603 「遠い野原」 "The Far Field"
◇全米図書賞（1965年/詩）
「セアドー・レトキー詩集」 セアドー・レトキー著, 松田幸雄訳　彩流社　2009.11　254p　20cm　2500円　①978-4-7791-1490-8

5604 「目覚め」 "The Waking"
◇ピュリッツアー賞（1954年/詩）
「セアドー・レトキー詩集」 セアドー・レトキー著, 松田幸雄訳　彩流社　2009.11　254p　20cm　2500円　①978-4-7791-1490-8

レナード, エルモア　Leonard, Elmore

5605 「ラブラバ」 "La Brava"
◇アメリカ探偵作家クラブ賞（1984年/長編賞）
「ラブラバ」 エルモア・レナード著, 鷺村達也訳　早川書房　1985.7　257p　20cm（Hayakawa novels）1300円　①4-15-207594-5
「ラブラバ」 エルモア・レナード著, 鷺村達也訳　早川書房　1988.4　441p　15cm（ハヤカワ・ミステリ文庫）560

円　ⓘ4-15-076152-3

「ラブラバ─新訳版」エルモア・レナード著, 田口俊樹訳　早川書房　2017.12　367p　19cm（HAYAKAWA POCKET MYSTERY BOOKS）1900円　ⓘ978-4-15-001926-6

◎アメリカ探偵作家クラブ賞（1992年/巨匠賞）

◎英国推理作家協会賞（2006年/ダイヤモンド・ダガー）

レナルズ, アレステア　Reynolds, Alastair

5606　「カズムシティ」　"Chasm City"
◇英国SF協会賞（2001年/長編）
「カズムシティ」アレステア・レナルズ著, 中原尚哉訳　早川書房　2006.7　1135p　16cm（ハヤカワ文庫 SF）1440円　ⓘ4-15-011571-0

レニソン, ルイーズ　Rennison, Louise

5607　「キスはいかが？」（ジョージアの青春日記 1）"Angus, Thongs and Full-Frontal Snogging"
◇ネスレ子どもの本賞（1999年/9〜11歳部門/銅賞）
「ジョージアの青春日記 1」ルイーズ・レニソン作, 田中奈津子訳　講談社　2001.11　237p　19cm　1100円　ⓘ4-06-210995-6

レネ, パスカル　Laîné, Pascal

5608　「レースを編む女」"La dentellière"
◇ゴンクール賞（1974年）
「レースを編む女」パスカル・レネ著, 村上香住訳　早川書房　1976　152p　20cm（Hayakawa novels）960円

5609　"L'Irrévolution"
◇メディシス賞（1971年）

レブレヒト, ノーマン　Lebrecht, Norman

5610　"The Song of Names"
◇コスタ賞（2002年/処女長編）

レーベル・ラースロー　Réber László

5611　「もしもぼくがおとなだったら…」"Ha én felnőtt volnék"〔独語題: Große dürfen alles〕
◇ドイツ児童文学賞（1973年/絵本）
「もしもぼくがおとなだったら…」ヤニコヴスキー・エーヴァ文, レーベル・ラースロー絵, マンディ・ハシモト・レナ訳　文溪堂　2005.7　1冊（ページ付なし）24cm　1300円　ⓘ4-89423-436-X

レボン, ティム　Lebbon, Tim

5612　"Dusk"
◇英国幻想文学賞（2007年/長編〈オーガスト・ダーレス賞〉）

5613　"Naming of Parts"
◇英国幻想文学賞（2001年/短編）

5614　"Reconstructing Amy"
◇ブラム・ストーカー賞（2001年/短編）

5615　"The Reach of Children"
◇英国幻想文学賞（2009年/中長編）

5616　"White"
◇英国幻想文学賞（2000年/短編）

レーマン, セルジュ　Lehman, Serge

5617　"Dans l'abîme"
◇イマジネール大賞（1995年/中編〈フランス語〉）

5618　"F.A.U.S.T."
◇イマジネール大賞（1998年/長編〈フランス語〉）

5619　"La Brigade chimérique"（1〜6巻）
◇イマジネール大賞（2011年/BD・コミックス）

5620　"Le Collier de Thasus"
◇イマジネール大賞（1997年/中編〈フランス語〉）

レミ, ピエール=ジャン　Rémy, Pierre-Jean

5621　"Le Sac du palais d'été"
◇ルノドー賞（1971年）

レミニ, ロバート・V.　Remini, Robert V.

5622　"Andrew Jackson & the Course of American Democracy, 1833-1845"
◇全米図書賞（1984年/ノンフィクション）

レムニック, デヴィッド　Remnick, David

5623　「レーニンの墓─ソ連帝国最期の日々」"Lenin's Tomb: The Last Days Of The Soviet Empire"
◇ピュリッツアー賞（1994年/ノンフィクション）
「レーニンの墓─ソ連帝国最期の日々 上」デイヴィッド・レムニック著, 三浦元博訳　白水社　2011.2　425p

20cm 3200円　①978-4-560-08107-5
「レーニンの墓—ソ連帝国最期の日々　下」デイヴィッド・レムニック著、三浦元博訳　白水社　2011.2　388、32p　20cm 3200円　①978-4-560-08108-2

レーリヒ, ティルマン　Röhrig, Tilman

5624　「三百年したら, きっと…」　"In dreihundert Jahren vielleicht"
◇ドイツ児童文学賞（1984年／ヤングアダルト）

「三百年したら, きっと…」ティルマン・レーリヒ作、吉原高志、中川浩訳　佑学社　1986.9　190p　23cm 1400円　①4-8416-0487-1

レルン, ヴィヴェッカ　Lärn, Viveca

5625　"Eddie och Maxon Jaxon"
◇ニルス・ホルゲション賞（1992年）
〈受賞時〉Sundvall, Viveca

レレンバーグ, ジョン　Lellenberg, Jon

5626　「コナン・ドイル書簡集」　"Arthur Conan Doyle: A Life in Letters"
◇アガサ賞（2007年／ノンフィクション）
◇アメリカ探偵作家クラブ賞（2008年／批評・評伝賞）
◇アンソニー賞（2008年／評論）

「コナン・ドイル書簡集」コナン・ドイル〔著〕、ダニエル・スタシャワー、ジョン・レレンバーグ、チャールズ・フォーリー編、日暮雅通訳　東洋書林　2012.1　737p　21cm 6000円　①978-4-88721-796-6

レンスキー, ロイス　Lenski, Lois

5627　「いちごつみの少女」　"Strawberry Girl"
◇ニューベリー賞（1946年）

「いちごつみの少女」レンスキー作、内田庶訳、市川禎男絵　講談社　1965　282p　18cm（世界少女名作全集 9）

「いちごつみの少女—フロリダの白い家」ロイス=レンスキー作、渡辺南都子訳、かみやしん絵　講談社　1988.3　277p　18cm（講談社青い鳥文庫）490円　①4-06-147239-9

レンツ, セルジュ　Lentz, Serge

5628　"Vladimir Roubaïev"
◇アンテラリエ賞（1985年）

レンツ, ヘルマン　Lenz, Hermann

◎ビューヒナー賞（1978年）

レンデル, ルース　Rendell, Ruth

5629　「女ともだち」　"The New Girlfriend"
◇アメリカ探偵作家クラブ賞（1984年／短編賞）

「女ともだち—レンデル傑作集3」ルース・レンデル著、酒匂真理子他訳〔酒匂真理子〕　角川書店　1989.4　285p　15cm（角川文庫）470円　①4-04-254119-4

「新エドガー賞全集」マーティン・H.グリーンバーグ編、田口俊樹他訳〔吉野美恵子訳〕　早川書房　1992.6　303p　16cm（ハヤカワ・ミステリ文庫）480円　①4-15-074166-2

「女を脅した男」ルース・レンデル著、酒匂真理子ほか訳〔酒匂真理子訳〕　光文社　1998.10　344p　16cm（光文社文庫—英米短編ミステリー名人選集 1）571円　①4-334-76104-6

5630　「カーテンが降りて」　"The Fallen Curtain"
◇アメリカ探偵作家クラブ賞（1975年／短編賞）

「エドガー賞全集 下」ビル・プロンジーニ編、小鷹信光他訳〔小林武訳〕　早川書房　1983.3　16cm（ハヤカワ・ミステリ文庫）各560円

「カーテンが降りて—レンデル傑作集1」ルース・レンデル著、深町真理子他訳〔深町真理子訳〕　角川書店　1988.5　292p　15cm（角川文庫）420円　①4-04-254115-1

「女を脅した男」ルース・レンデル著、酒匂真理子ほか訳〔深町真理子訳〕　光文社　1998.10　344p　16cm（光文社文庫—英米短編ミステリー名人選集 1）571円　①4-334-76104-6

5631　「引き攣る肉」　"Live Flesh"
◇英国推理作家協会賞（1986年／ゴールド・ダガー）

「引き攣る肉」ルース・レンデル〔著〕、小尾芙佐訳　角川書店　1988.4　366p　15cm（角川文庫）490円　①4-04-254114-3

5632　「身代りの樹」　"The Tree of Hands"
◇英国推理作家協会賞（1984年／シルバー・ダガー）

「身代りの樹」ルース・レンデル著、秋津知子訳　早川書房　1986.4　279p　19cm（世界ミステリシリーズ）880円　①4-15-001468-X

「身代りの樹」ルース・レンデル著、秋津知子訳　早川書房　1995.5　398p　16cm（ハヤカワ・ミステリ文庫）620

円　①4-15-170001-3
5633 「わが目の悪魔」 "A Demon in my View"
◇英国推理作家協会賞（1976年/ゴールド・ダガー）
　「わが目の悪魔」 ルース・レンデル著, 深町眞理子訳　角川書店　1982.6　301p　15cm（角川文庫）　380円

◎英国推理作家協会賞（1991年/ダイヤモンド・ダガー）

◎アメリカ探偵作家クラブ賞（1997年/巨匠賞）

レント, ブレア　Lent, Blair
5634 "The Funny Little Woman"
◇コルデコット賞（1973年）
5635 "Tikki Tikki Tembo"
◇ボストングローブ・ホーンブック賞（1968年/絵本）

【ロ】

ロー, キャロライン　Roe, Caroline
5636 "An Antidote for Avarice"
◇バリー賞（2000年/ペーパーバック）

ロイ, アルンダティ　Roy, Arundhati
5637 「小さきものたちの神」 "The God of Small Things"
◇ブッカー賞（1997年）
　「小さきものたちの神」 アルンダティ・ロイ著, 工藤惺文訳　DHC　1998.6　486p　20cm　2300円　①4-88724-124-0

ロイ, ローリー　Roy, Lori
5638 「地中の記憶」 "Let Me Die in His Footsteps"
◇アメリカ探偵作家クラブ賞（2016年/長編賞）
　「地中の記憶」 ローリー・ロイ著, 佐々田雅子訳　早川書房　2017.3　370p　19cm（HAYAKAWA POCKET MYSTERY BOOKS）　1800円　①978-4-15-001917-4
5639 「ベント・ロード」 "Bent Road"
◇アメリカ探偵作家クラブ賞（2012年/処女長編賞）
　「ベント・ロード」 ローリー・ロイ著, 田口俊樹訳　集英社　2014.9　454p

　16cm（集英社文庫）　900円　①978-4-08-760690-4

ロイター, ビャーネ　Reuter, Bjarne
5640 "En som Hodder"〔独語題：Hodder der Nachtschwärer〕
◇ドイツ児童文学賞（2000年/児童書）

ロイナス, ドゥルセ・マリア　Loynaz, Dulce María
◎セルバンテス賞（1992年）

ロイル, ニコラス　Royle, Nicholas
5641 "Darklands"
◇英国幻想文学賞（1992年/短編集）
5642 "Darklands 2"
◇英国幻想文学賞（1993年/短編集）
5643 "Night Shift Sister"
◇英国幻想文学賞（1993年/短編）

ロウ, ウィーナー　Law, Warner
5644 「世界を騙った男」 "The Man Who Fooled the World"
◇アメリカ探偵作家クラブ賞（1969年/短編賞）
　「エドガー賞全集　下」 ビル・プロンジーニ編, 小鷹信光他訳〔浅倉久志訳〕早川書房　1983.3　16cm（ハヤカワ・ミステリ文庫）　各560円

ロウ, ニック　Lowe, Nick
5645 "Mutant Popcorn"
◇英国SF協会賞（2009年/ノンフィクション）

ロウ, ミッチェル　Rowe, Michele
5646 "What Hidden Lies"
◇英国推理作家協会賞（2011年/デビュー・ダガー）

ローウェル, レインボー　Rowell, Rainbow
5647 「エレナーとパーク」 "Eleanor & Park"
◇ボストングローブ・ホーンブック賞（2013年/フィクション）
　「エレナーとパーク」 レインボー・ローウェル著, 三辺律子訳　辰巳出版　2016.2　406p　19cm　1900円　①978-4-7778-1618-7

ロウエル, ロバート　Lowell, Robert
5648 "Day by Day"
◇全米書評家協会賞（1977年/詩）

5649 "Life Studies"
　◇全米図書賞（1960年／詩）
　5650 "Lord Weary's Castle"
　◇ピュリッツアー賞（1947年／詩）
　5651 "The Dolphin"
　◇ピュリッツアー賞（1974年／詩）

ロウズ, スティーヴン　Laws, Stephen
　5652 "The Song My Sister Sang"
　◇英国幻想文学賞（1999年／短編）

ローエル, エイミー　Lowell, Amy
　5653 "What's O'Clock"
　◇ピュリッツアー賞（1926年／詩）

ローガン, ジョシュア　Logan, Joshua
　5654 「南太平洋」 "South Pacific"
　◇ピュリッツアー賞（1950年／戯曲）

ログボール, フレデリック　Logevall, Fredrik
　5655 "Embers of War: The Fall of an Empire and the Making of America's Vietnam"
　◇ピュリッツアー賞（2013年／歴史）

ローザック, セオドア　Roszak, Theodore
　5656 "The Crystal Child"〔仏語題：L'Enfant de cristal〕
　◇イマジネール大賞（2009年／長編〈外国〉）

ロサーノ, ホセ・ヒメーネス　Lozano, José Jiménez
　◎セルバンテス賞（2002年）

ロサーレス, ルイス　Rosales, Luis
　◎セルバンテス賞（1982年）

ローザン, S.J.　Rozan, S.J.
　5657 「天を映す早瀬」 "Reflecting The Sky"
　◇シェイマス賞（2002年／長編）
　「天を映す早瀬」　S.J.ローザン著, 直良和美訳　東京創元社　2006.11　507p　15cm（創元推理文庫）1160円　①4-488-15308-9
　5658 「どこよりも冷たいところ」 "No Colder Place"
　◇アンソニー賞（1998年／長編）
　「どこよりも冷たいところ」　S.J.ローザン著, 直良和美訳　東京創元社　2002.6　474p　15cm（創元推理文庫）960円　①4-488-15305-4
　5659 「ピアノ・ソナタ」 "Concourse"
　◇シェイマス賞（1996年／長編）
　「ピアノ・ソナタ」　S.J.ローザン著, 直良和美訳　東京創元社　1998.12　542p　15cm（創元推理文庫）900円　①4-488-15303-8
　5660 「冬そして夜」 "Winter and Night"
　◇アメリカ探偵作家クラブ賞（2003年／長編賞）
　◇マカヴィティ賞（2003年／長編）
　「冬そして夜」　S.J.ローザン著, 直良和美訳　東京創元社　2008.6　589p　15cm（創元推理文庫）1300円　①978-4-488-15309-0
　5661 「ペテン師ディランシー」 "Double-Crossing Delancy"
　◇アメリカ探偵作家クラブ賞（2002年／短編賞）
　「エドガー賞全集―1990～2007」　ローレンス・ブロック他〔著〕, 田口俊樹, 木村二郎他訳〔直良和美訳〕　早川書房　2008.9　655p　16cm（ハヤカワ・ミステリ文庫）1000円　①978-4-15-177951-0
　「夜の試写会―リディア＆ビル短編集」　S.J.ローザン著, 直良和美訳〔直良和美訳〕　東京創元社　2010.4　346p　15cm（創元推理文庫）900円　①978-4-488-15310-6

ロジサール, ジャン　Rogissart, Jean
　5662 "Mervale"
　◇ルノドー賞（1937年）

ロジャース, アラン　Rodgers, Alan
　5663 「死からよみがえった少年」 "The Boy Who Came Back from the Dead"
　◇ブラム・ストーカー賞（1987年／長中編）
　「ナイト・ソウルズ」　J.N.ウィリアムスン編, キング他〔著〕, 山田順子訳　新潮社　1992.7　440p　16cm（新潮文庫）600円　①4-10-219314-6

ロジャーズ, グレゴリー　Rogers, Gregory
　5664 "Way Home"
　◇ケイト・グリーナウェイ賞（1994年）

ロジャーズ, ジェイン　Rogers, Jane
　5665 「世界を変える日に」 "The Testament of Jessie Lamb"
　◇アーサー・C・クラーク賞（2012年）

「世界を変える日に」 ジェイン・ロジャーズ著, 佐田千織訳 早川書房 2013.7 430p 16cm (ハヤカワ文庫SF) 900円 ①978-4-15-011909-6

ロジャーズ, バイロン　Rogers, Byron

5666 "The Man Who Went into the West: The Life of R.S.Thomas"
◇ジェイムズ・テイト・ブラック記念賞（2006年/伝記）

ロジャーズ, ブルース・ホランド　Rogers, Bruce Holland

5667 「死んだ少年はあなたの窓辺に」"The Dead Boy at Your Window"
◇ブラム・ストーカー賞（1998年/短編）
「SFマガジン 44(6)」〔小林隆訳〕早川書房 2003.6 p60〜63

5668 "Don Ysidro"
◇世界幻想文学大賞（2004年/短編）

5669 "Lifeboat on a Burning Sea"
◇ネビュラ賞（1996年/中編）

5670 "The Keyhole Opera"
◇世界幻想文学大賞（2006年/短編集）

5671 "Thirteen Ways to Water"
◇ネビュラ賞（1998年/短編）

ロジャース, リチャード　Rodgers, Richard

5672 「オクラホマ！」"Oklahoma！"
◇ピュリッツァー賞（1944年/特別賞）

5673 「南太平洋」"South Pacific"
◇ピュリッツァー賞（1950年/戯曲）

ロジャンコフスキー, フョードル　Rojankovsky, Feodor

5674 「かえるだんなのけっこんしき」"Frog Went A-Courtin'"
◇コルデコット賞（1956年）
「かえるだんなのけっこんしき」ジョン・ラングスタッフ再話, フョードル・ロジャンコフスキー絵, さくまゆみこ訳 光村教育図書 2001.3 32p 29cm 1300円 ①4-89572-628-2

ロシュフォール, クリスチアヌ　Rochefort, Christiane

5675 "La Porte du fond"
◇メディシス賞（1988年）

ロス, アレックス　Ross, Alex

5676 「20世紀を語る音楽」"The Rest Is Noise: Listening to the Twentieth Century"
◇全米書評家協会賞（2007年/批評）
「20世紀(にじゅっせいき)を語る音楽 1」アレックス・ロス〔著〕, 柿沼敏江訳 みすず書房 2010.11 320, 30p 22cm 4000円 ①978-4-622-07572-1
「20世紀(にじゅっせいき)を語る音楽 2」アレックス・ロス〔著〕, 柿沼敏江訳 みすず書房 2010.11 p321-582, 63p 22cm 3800円 ①978-4-622-07573-8

ロス, ケイト　Ross, Kate

5677 「マルヴェッツィ館の殺人」"The Devil In Music"
◇アガサ賞（1997年/長編）
「マルヴェッツィ館の殺人 上」ケイト・ロス〔著〕, 吉川正子訳 講談社 2000.7 454p 15cm（講談社文庫）857円 ①4-06-264913-6
「マルヴェッツィ館の殺人 下」ケイト・ロス〔著〕, 吉川正子訳 講談社 2000.7 453p 15cm（講談社文庫）857円 ①4-06-264930-6

ローズ, ジェームス・フォード　Rhodes, James Ford

5678 "A History of the Civil War, 1861-1865"
◇ピュリッツァー賞（1918年/歴史）

ローズ, ジェラルド　Rose, Gerald

5679 「ウィンクルさんとかもめ」"Old Winkle and the Seagulls"
◇ケイト・グリーナウェイ賞（1960年）
「ウィンクルさんとかもめ」エリザベス・ローズ文, ジェラルド・ローズ絵, ふしみみさを訳 岩波書店 2006.6 1冊（ページ付なし） 25cm（大型絵本）1500円 ①4-00-110886-0

ロス, スーザン・L.　Roth, Susan L.

5680 "Leon's Story"
◇ボストングローブ・ホーンブック賞（1998年/ノンフィクション）

ロス, トニー　Ross, Tony

5681 「おまえをたべちゃうぞーっ！」"Ich komm dich holen！"
◇ドイツ児童文学賞（1986年/絵本）
「おまえをたべちゃうぞーっ！」トニー・ロス作・絵, 神鳥統夫訳 岩崎書

店 1986.5 27p 25cm（えほん・ワンダーランド）880円 ⓘ4-265-01106-3
5682 "Harry the Poisonous Centipede"
◇ネスレ子どもの本賞（1996年/6〜8歳部門/銀賞）
5683 "Tadpole's Promise"
◇ネスレ子どもの本賞（2003年/5歳以下部門/銀賞）

ローズ, パスカル　Roze, Pascale

5684 「ゼロ戦」 "Le Chasseur zéro"
◇ゴンクール賞（1996年）
「ゼロ戦―沖縄・パリ・幻の愛」 パスカル・ローズ著, 鈴村靖爾訳　集英社 1998.9 165p 20cm 1500円 ⓘ4-08-773303-3

ロス, フィリップ　Roth, Philip

5685 「さようならコロンバス」 "Goodbye, Columbus"
◇全米図書賞（1960年/小説）
「世界文学全集―20世紀の文学 19 J. ボールドウィン, フィリップ・ロス」 伊藤整等編〔佐伯彰一訳〕集英社 1965 505p 図版 20cm
「さようならコロンバス」 フィリップ・ロス著, 佐伯彰一訳　集英社 1969 209p 20cm（現代の世界文学）480円
「世界の文学 34 ロス」〔佐伯彰一訳〕集英社 1976 432p 肖像 20cm 1300円
「さようならコロンバス」 フィリップ・ロス著, 佐伯彰一訳　集英社 1977.5 183p 16cm（集英社文庫）180円
5686 「父の遺産」 "Patrimony: A True Story"
◇全米書評家協会賞（1991年/伝記・自伝）
「父の遺産」 フィリップ・ロス著, 柴田元幸訳　集英社 1993.10 267p 20cm 1900円 ⓘ4-08-773179-0
「父の遺産」 フィリップ・ロス著, 柴田元幸訳　集英社 2009.9 310p 16cm（集英社文庫）714円 ⓘ978-4-08-760589-1
5687 「背信の日々」 "The Counterlife"
◇全米書評家協会賞（1987年/小説）
「背信の日々」 フィリップ・ロス著, 宮本陽吉訳　集英社 1993.5 480p 20cm 2400円 ⓘ4-08-773171-5
5688 「ヒューマン・ステイン」 "The Human Stain"（仏語題：La Tache）

◇ペン・フォークナー賞（2001年）
◇メディシス賞（2002年/外国小説）
「ヒューマン・ステイン」 フィリップ・ロス著, 上岡伸雄訳　集英社 2004.4 462p 20cm 2200円 ⓘ4-08-773395-5
5689 "American Pastoral"
◇ピュリッツアー賞（1998年/フィクション）
5690 "Everyman"
◇ペン・フォークナー賞（2007年）
5691 "Operation Shylock"
◇ペン・フォークナー賞（1994年）
5692 "Sabbath's Theater"
◇全米図書賞（1995年/小説）

◎フランツ・カフカ賞（2001年）

◎ブッカー賞（2011年/国際ブッカー賞）

ロス, マギー　Ross, Maggie

5693 "The Gasteropod"
◇ジェイムズ・テイト・ブラック記念賞（1968年/フィクション）

ローズ, リチャード　Rhodes, Richard

5694 「原子爆弾の誕生」 "The Making of the Atom Bomb"
◇全米書評家協会賞（1987年/ノンフィクション）
◇全米図書賞（1987年/ノンフィクション）
◇ピュリッツアー賞（1988年/ノンフィクション）
「原子爆弾の誕生―科学と国際政治の世界史 上」 リチャード・ローズ著, 神沼二真, 渋谷泰一訳　啓学出版 1993.9 688, 48p 22cm 6500円 ⓘ4-7665-1185-9
「原子爆弾の誕生―科学と国際政治の世界史 下」 リチャード・ローズ著, 神沼二真, 渋谷泰一訳　啓学出版 1993.10 677, 63p 22cm 6500円 ⓘ4-7665-1186-7
「原子爆弾の誕生 上」 リチャード・ローズ〔著〕, 神沼二真, 渋谷泰一訳　紀伊國屋書店 1995.6 688, 48p 21cm 3800円 ⓘ4-314-00710-9
※普及版
「原子爆弾の誕生 下」 リチャード・ローズ〔著〕, 神沼二真, 渋谷泰一訳　紀伊國屋書店 1995.6 677, 63p 21cm 3800円 ⓘ4-314-00711-7
※普及版

ロス, ロナルド　Ross, Sir Ronald

5695 "Memoirs, Etc"
◇ジェイムズ・テイト・ブラック記念賞（1923年/伝記）

ロス, ロバート　Ross, Robert

5696 "A French Finish"
◇アメリカ探偵作家クラブ賞（1978年/処女長編賞）

ローゼン, チャールズ　Rosen, Charles

5697 "The Classical Style: Haydn, Mozart, Beethoven"
◇全米図書賞（1972年/学芸）

ローゼン, マイケル　Rosen, Michael

5698 「悲しい本」"Michael Rosen's Sad Book"
◇ネスレ子どもの本賞（2005年/6〜8歳部門/銅賞）
「悲しい本」マイケル・ローゼン作, クェンティン・ブレイク絵, 谷川俊太郎訳　あかね書房　2004.12　1冊（ページ付なし）　30cm（あかね・新えほんシリーズ 21）　1400円　①4-251-00941-X

5699 「きょうはみんなでクマがりだ」"We're Going on a Bear Hunt"
◇ネスレ子どもの本賞（1989年/グランプリ・5歳以下部門）
「きょうはみんなでクマがりだ」マイケル・ローゼン再話, ヘレン・オクセンバリー絵, 山口文生訳　評論社　1991.1　1冊　27×29cm（児童図書館・絵本の部屋）　1300円　①4-566-00287-X
「きょうはみんなでクマがりだ」マイケル・ローゼン再話, ヘレン・オクセンバリー絵, 山口文生訳　評論社　1997.10　1冊　13×15cm（評論社の児童図書館・絵本の部屋—ちっちゃなえほん）　800円　①4-566-00594-1
「きょうはみんなでクマがりだ」マイケル・ローゼン再話, ヘレン・オクセンバリー絵, 山口文生訳　大日本絵画　2006　1冊（ページ付なし）　27cm（大型しかけえほん）　3200円　①4-499-28143-1

ローゼン, リチャード　Rosen, R.D.

5700 「ストライク・スリーで殺される」"Strike Three, You're Dead"
◇アメリカ探偵作家クラブ賞（1985年/処女長編賞）
「ストライク・スリーで殺される」リチャード・ローゼン著, 永井淳訳　早川書房　1987.2　350p　16cm（ハヤカワ・ミステリ文庫）　480円　①4-15-076301-1

ローゼン, レナード　Rosen, Leonard

5701 「捜査官ポアンカレ—叫びのカオス」"All Cry Chaos"
◇マカヴィティ賞（2012年/処女長編）
「捜査官ポアンカレ—叫びのカオス」レナード・ローゼン著, 田口俊樹訳　早川書房　2013.8　478p　19cm（HAYAKAWA POCKET MYSTERY BOOKS）　1900円　①978-4-15-001874-0

ローゼンガーテン, セオドア　Rosengarten, Theodore

5702 「アメリカ南部に生きる—ある黒人農民の世界」"All God's Dangers: The Life of Nate Shaw"
◇全米図書賞（1975年/時事）
「アメリカ南部に生きる—ある黒人農民の世界」セオドア・ローゼンガーテン著, 上杉忍, 上杉健志訳　彩流社　2006.5　586, 18p　22cm　5000円　①4-7791-1162-5

5703 "Tombee: Portrait of a Cotton Planter"
◇全米書評家協会賞（1986年/伝記・自伝）

ローゼンバーグ, ティナ　Rosenberg, Tina

5704 「過去と闘う国々—共産主義のトラウマをどう生きるか」"The Haunted Land: Facing Europe's Ghosts After Communism"
◇全米図書賞（1995年/ノンフィクション）
◇ピュリッツァー賞（1996年/ノンフィクション）
「過去と闘う国々—共産主義のトラウマをどう生きるか」T.ローゼンバーグ著, 平野和子訳　新曜社　1999.2　612, 15p　20cm　4300円　①4-7885-0662-9

ローゼンフェルト, デイヴィッド　Rosenfelt, David

5705 "Hounded"
◇シェイマス賞（2015年/長編）

ローゾフ, メグ　Rosoff, Meg

5706 「ジャストインケース—終わりのはじまりできみを想う」"Just in Case"〔独語題：Was wäre wenn〕
◇カーネギー賞（2007年）

◇ドイツ児童文学賞（2008年／ヤングアダルト）
「ジャストインケース―終わりのはじまりできみを想う」　メグ・ローゾフ作，堀川志野舞訳　理論社　2009.12　329p　19cm　1300円　①978-4-652-07953-9

5707　「わたしは生きていける―how i live now」　"How I Live Now"
◇ガーディアン児童文学賞（2004年）
「わたしは生きていける―how I live now」　メグ・ローゾフ作，小原亜美訳　理論社　2005.4　275p　19cm　1280円　①4-652-07759-9
◎アストリッド・リンドグレーン記念文学賞（2016年）

ローソン, ジョン　Lawson, John

5708　"The Spring Rider"
◇ボストングローブ・ホーンブック賞（1968年／フィクション）

ローソン, ロバート　Lawson, Robert

5709　「ウサギの丘」〔別題「ウサギが丘」〕"Rabbit Hill"
◇ニューベリー賞（1945年）
「うさぎの丘」　ロバート・ローソン著・絵，野上弥生子訳　小峰書店　1950　126p　26cm
「ウサギが丘」　ロバート・ローソン作・絵，松永冨美子訳　学習研究社　1966　194p 図版　23cm（新しい世界の童話シリーズ 18）
「ウサギの丘」　ロバート・ローソン作，田中薫子訳　フェリシモ　2002.11　202p　23cm　1238円　①4-89432-278-1

5710　"They Were Strong and Good"
◇コルデコット賞（1941年）

ロダーリ, ジャンニ　Rodari, Gianni

◎国際アンデルセン賞（1970年／作家賞）

ロック, アッティカ　Locke, Attica

5711　「ブルーバード、ブルーバード」"Bluebird, Bluebird"
◇アメリカ探偵作家クラブ賞（2018年／長編賞）
◇英国推理作家協会賞（2018年／イアン・フレミング・スティール・ダガー）
「ブルーバード、ブルーバード」　アッティカ・ロック著，高山真由美訳　早川書房　2018.12　360p　19cm（HAYAKAWA POCKET MYSTERY BOOKS）1800円　①978-4-15-001938-9

ロッジ, デイヴィッド　Lodge, David

5712　「どこまで行けるか」"How Far Can You Go?"
◇コスタ賞（1980年／年間大賞・長編）
「どこまで行けるか」　デイヴィッド・ロッジ〔著〕，高儀進訳　白水社　1984.2　358p　20cm（白水社世界の文学）2000円　①4-560-04446-5

ロッツ, サラ　Lotz, Sarah

5713　「黙示」"The Three"
◇英国幻想文学賞（2015年／最優秀新人〈シドニー・J・バウンズ賞〉）
「黙示　上」　サラ・ロッツ著，府川由美恵訳　早川書房　2015.8　376p　16cm（ハヤカワ文庫 NV）840円　①978-4-15-041356-9
「黙示　下」　サラ・ロッツ著，府川由美恵訳　早川書房　2015.8　377p　16cm（ハヤカワ文庫 NV）840円　①978-4-15-041357-6

ロット, ティム　Lott, Tim

5714　「ホワイトシティ・ブルー」"White City Blue"
◇コスタ賞（1999年／処女長編）
「ホワイトシティ・ブルー」　ティム・ロット著，増田妃早子訳　DHC　2001.12　422p　19cm　1700円　①4-88724-263-8

ロッドマン, マリア　Rodman, Maia

5715　"Der Sohn des Toreros"
◇ドイツ児童文学賞（1968年／ヤングアダルト）

ロブ, グラハム　Robb, Graham

5716　"Victor Hugo"
◇コスタ賞（1997年／伝記）

ローデス, リンダ　Rhodes, Linda

5717　"The Dagenham Murder"
◇英国推理作家協会賞（2006年／ゴールド・ダガー〈ノンフィクション〉）

ロドリゲス, ガブリエル　Rodriguez, Gabriel

5718　「ロック＆キー」"Locke and Key"
◇英国幻想文学賞（2009年／コミック・グラフィックノベル）
◇英国幻想文学賞（2012年／コミック・

グラフィックノベル）
「ロック&キー　VOL.01」ジョー・ヒル作、ガブリエル・ロドリゲス画、白石朗訳　飛鳥新社　2015.8　309p 26cm　4167円　①978-4-86410-417-3

ロハス, ゴンザロ　Rojas, Gonzalo
◎セルバンテス賞（2003年）

ロバーツ, アダム　Roberts, Adam

5719 「ジャック・グラス伝—宇宙的殺人者」"Jack Glass: The Story of a Murderer"
◇英国SF協会賞（2012年/長編）
◇ジョン・W・キャンベル記念賞（2013年/第1位）
「ジャック・グラス伝—宇宙的殺人者」アダム・ロバーツ著、内田昌之訳　早川書房　2017.8　501p 19cm（新☆ハヤカワ・SF・シリーズ）2300円　①978-4-15-335034-2

ロバーツ, ウィロ・デイビス　Roberts, Willo Davis

5720 "Megan's Island"
◇アメリカ探偵作家クラブ賞（1989年/ジュヴナイル賞）

5721 "The Absolutely True Story.. How I Visited Yellowstone Park with the Terrible Rubes"
◇アメリカ探偵作家クラブ賞（1995年/ジュヴナイル賞）

5722 "Twisted Summer"
◇アメリカ探偵作家クラブ賞（1997年/ヤングアダルト賞）

ロバーツ, キース　Roberts, Keith

5723 「カイト・マスター」"Kitemaster"
◇英国SF協会賞（1982年/短編）
「SFの本　2(3)」〔颯田幼訳〕　新時代社　1983.11　p103〜164

5724 "Grainne"
◇英国SF協会賞（1987年/長編）

5725 "Kaeti and the Hangman"
◇英国SF協会賞（1986年/短編）

5726 "Kiteworld"
◇ジョン・W・キャンベル記念賞（1986年/第3位）

ロバーツ, ギリアン　Roberts, Gillian

5727 「フィラデルフィアで殺されて」"Caught Dead In Philadelphia"
◇アンソニー賞（1988年/処女長編）
「フィラデルフィアで殺されて」ギリアン・ロバーツ著, 鈴木啓子訳　早川書房　1990.3　240p 19cm（ハヤカワ・ミステリ）850円　①4-15-001546-5
「フィラデルフィアで殺されて」ギリアン・ロバーツ著, 鈴木啓子訳　早川書房　1997.1　328p 16cm（ハヤカワ・ミステリ文庫）600円　①4-15-170601-1

ロバーツ, ケネス　Roberts, Kenneth
◎ピュリッツァー賞（1957年/特別賞）

ロバーツ, ジーン　Roberts, Gene

5728 "The Race Beat: The Press, the Civil Rights Struggle, and the Awakening of a Nation"
◇ピュリッツァー賞（2007年/歴史）

ロバーツ, デイヴィッド　Roberts, David

5729 「あわれなエディの大災難」"Awful end"〔独語題：Schlimmes Ende〕
◇ドイツ児童文学賞（2003年/児童書）
「あわれなエディの大災難」フィリップ・アーダー作, デイヴィッド・ロバーツ絵, こだまともこ訳　あすなろ書房　2003.10　199p 20cm 1200円　①4-7515-1894-1

5730 "Mouse Noses on Toast"
◇ネスレ子どもの本賞（2006年/6〜8歳部門/金賞）

ロバーツ, レス　Roberts, Les

5731 「無限の猿」"An Infinite Number of Monkeys"
◇シェイマス賞（1986年/私立探偵小説コンテスト）
「無限の猿」レス・ロバーツ著, 安倍昭至訳　早川書房　1990.6　225p 19cm（ハヤカワ・ミステリ）850円　①4-15-001552-X

ロビダ, ミシェル　Robida, Michel

5732 "Le Temps de la longue patience"
◇フェミナ賞（1946年）

ロビネッティ, ハリエット　Robinette, Harriette

5733 "Forty Acres and Maybe a Mule"
◇スコット・オデール賞（1999年）

ロビンス, アーサー　Robins, Arthur

5734 "Snow White and the Seven Aliens"

◇ネスレ子どもの本賞（1999年／キッズ・クラブ・ネットワーク特別賞・6～8歳部門／金賞）

ロビンス, グウェン　Robins, Gwen

5735　"The Mystery of Agatha Christie"
◇アメリカ探偵作家クラブ賞（1979年／批評・評伝賞）

ロビンス, ナタリー　Robins, Natalie

5736　"Savage Grace"
◇アメリカ探偵作家クラブ賞（1986年／犯罪実話賞）

ロビンスン, キム・スタンリー　Robinson, Kim Stanley

5737　「荒れた岸辺」　"The Wild Shore"
◇ローカス賞（1985年／処女長編）
「荒れた岸辺」キム・スタンリー・ロビンスン著, 大西憲訳　早川書房　1986.3　2冊　16cm（ハヤカワ文庫―SF）各420円　①4-15-010655-X

5738　「グリーン・マーズ」　"Green Mars"
◇ヒューゴー賞（1994年／長編）
◇ローカス賞（1994年／SF長編）
「グリーン・マーズ　上」キム・スタンリー・ロビンスン著, 大島豊訳　東京創元社　2001.12　555p　15cm（創元SF文庫）1100円　①4-488-70704-1
「グリーン・マーズ　下」キム・スタンリー・ロビンスン著, 大島豊訳　東京創元社　2001.12　549p　15cm（創元SF文庫）1100円　①4-488-70705-X

5739　「ゴールド・コースト」　"The Gold Coast"
◇ジョン・W・キャンベル記念賞（1989年／第2位）
「ゴールド・コースト　上」キム・スタンリー・ロビンスン著, 大西憲訳　早川書房　1991.6　341p　16cm（ハヤカワ文庫―SF）560円　①4-15-010933-8
「ゴールド・コースト　下」キム・スタンリー・ロビンスン著, 大西憲訳　早川書房　1991.6　351p　16cm（ハヤカワ文庫―SF）560円　①4-15-010934-6

5740　「レッド・マーズ」　"Red Mars"
◇英国SF協会賞（1992年／長編）
◇ネビュラ賞（1993年／長編）
「レッド・マーズ　上」キム・スタンリー・ロビンスン著, 大島豊訳　東京創元社　1999.3　505p　15cm（創元SF文庫）840円　①4-488-70702-5
「レッド・マーズ　下」キム・スタンリー・ロビンスン著, 大島豊訳　東京創元社　1999.3　494p　15cm（創元SF文庫）840円　①4-488-70703-3

5741　「2312―太陽系動乱」　"2312"
◇ネビュラ賞（2012年／長編）
「2312―太陽系動乱　上」キム・スタンリー・ロビンスン著, 金子浩訳　東京創元社　2014.9　407p　15cm（創元SF文庫）1260円　①978-4-488-70708-8
「2312―太陽系動乱　下」キム・スタンリー・ロビンスン著, 金子浩訳　東京創元社　2014.9　407p　15cm（創元SF文庫）1260円　①978-4-488-70709-5

5742　"A Short, Sharp Shock"
◇ローカス賞（1991年／中長編）

5743　"Black Air"
◇世界幻想文学大賞（1984年／中編）

5744　"Blue Mars"
◇ジョン・W・キャンベル記念賞（1997年／第2位）
◇ヒューゴー賞（1997年／長編）
◇ローカス賞（1997年／SF長編）

5745　"Pacific Edge"
◇ジョン・W・キャンベル記念賞（1991年／第1位）

5746　"The Blind Geometer"
◇ネビュラ賞（1987年／中長編）

5747　"The Martians"
◇ローカス賞（2000年／短編集）

5748　"The Years of Rice and Salt"
◇ローカス賞（2003年／SF長編）

ロビンスン, ジーン　Robinson, Jeanne

5749　「スターダンス」　"Stardance"
◇ネビュラ賞（1977年／中長編）
◇ヒューゴー賞（1978年／中長編）
◇ローカス賞（1978年／中編）
「スターダンス」スパイダー・ロビンスン, ジーン・ロビンスン著, 冬川亘訳　早川書房　1981.11　287p　20cm（海外SFノヴェルズ）1300円
「スターダンス」S.ロビンスン, ジーン・ロビンスン著, 冬川亘訳　早川書房　1987.12　438p　16cm（ハヤカワ文庫―SF）560円　①4-15-010750-5

5750　「憂鬱な象」　"Melancholy Elephants"
◇ヒューゴー賞（1983年／短編）
「SFマガジン　25(12)」〔風見潤訳〕早川書房　1984.11　p30～43

ロビンスン, スパイダー
Robinson, Spider

5751 「スターダンス」 "Stardance"
◇ネビュラ賞（1977年／中長編）
◇ヒューゴー賞（1978年／中長編）
◇ローカス賞（1978年／中編）
 「スターダンス」 スパイダー・ロビンスン, ジーン・ロビンスン著, 冬川亘訳 早川書房 1981.11 287p 20cm（海外SFノヴェルズ）1300円
 「スターダンス」 S.ロビンスン, ジーン・ロビンスン著, 冬川亘訳 早川書房 1987.12 438p 16cm（ハヤカワ文庫―SF）560円 ①4-15-010750-5

5752 「憂鬱な象」 "Melancholy Elephants"
◇ヒューゴー賞（1983年／短編）
 「SFマガジン 25(12)」〔風見潤訳〕早川書房 1984.11 p30～43

5753 "By Any Other Name"
◇ヒューゴー賞（1977年／中長編）

ロビンスン, ピーター Robinson, Peter

5754 「渇いた季節」 "In A Dry Season"
◇アンソニー賞（2000年／長編）
◇バリー賞（2000年／長編）
 「渇いた季節」 ピーター・ロビンスン〔著〕, 野の水生訳 講談社 2004.7 730p 15cm（講談社文庫）1086円 ①4-06-274805-3

5755 「ミッシング・イン・アクション」 "Missing in Action"
◇アメリカ探偵作家クラブ賞（2001年／短編賞）
 「アメリカミステリ傑作選 2003」ローレンス・ブロック編, 神崎康子〔ほか〕訳〔巴妙子訳〕 DHC 2003.6 526p 19cm（アメリカ文芸「年間」傑作選）2800円 ①4-88724-345-6
 「エドガー賞全集―1990～2007」ローレンス・ブロック他〔著〕, 田口俊樹, 木村二郎他訳〔巴妙子訳〕 早川書房 2008.9 655p 16cm（ハヤカワ・ミステリ文庫）1000円 ①978-4-15-177951-0

5756 「ローズ・コテージの二人の婦人」 "Two Ladies of Rose Cottage"
◇マカヴィティ賞（1998年／短編）
 「ミステリマガジン 44(2)」〔垣内雪江訳〕早川書房 1999.2 p154～168
◎英国推理作家協会賞（2002年／図書館賞）

ロビンソン, エドウィン・アーリントン
Robinson, Edwin Arlington

5757 "Collected Poems"
◇ピュリッツァー賞（1922年／詩）

5758 "The Man Who Died Twice"
◇ピュリッツァー賞（1925年／詩）

5759 "Tristram"
◇ピュリッツァー賞（1928年／詩）

ロビンソン, クリスチャン
Robinson, Christian

5760 "Last Stop on Market Street"
◇ニューベリー賞（2016年）

ロビンソン, フランク・M.
Robinson, Frank M.

5761 "Science Fiction of the 20th Century"
◇ヒューゴー賞（2000年／関連書籍）
◇ローカス賞（2000年／アートブック）

ロビンソン, マリリン
Robinson, Marilynne

5762 "Gilead"
◇全米書評家協会賞（2004年／小説）
◇ピュリッツァー賞（2005年／フィクション）

5763 "Home"
◇ベイリーズ賞（2009年）

5764 "Lila"
◇全米書評家協会賞（2014年／小説）

ロブソン, ケリー Robson, Kelly

5765 "A Human Stain"
◇ネビュラ賞（2017年／中編）

ロブソン, ジャスティナ Robson, Justina

5766 "Natural History"
◇ジョン・W・キャンベル記念賞（2004年／第2位）

ロフティング, ヒュー Lofting, Hugh

5767 「ドリトル先生航海記」 "The Voyages of Doctor Dolittle"
◇ニューベリー賞（1923年）
 「ドリトル先生航海記」 ロフティング作, 古友雅男訳, 和田誠絵 講談社 1967 286p 図版 19cm（世界名作全集 38）
 「ドリトル先生航海記」 ロフティング作, 大石真訳, 藤沢友一絵 文研出版 1970 270p 23cm（文研児童読書館）
 「ドリトル先生航海記」 ヒュー・ロフ

ティング作, 前田三恵子訳, 村上勉画　学習研究社　1975.11　319p　19cm（学研小学生文庫 高学年向 1）
「ドリトル先生航海記」ロフティング〔著〕, 井伏鱒二訳　講談社　1979.1　325p　15cm（講談社文庫）340円
「ドリトル先生航海記」ロフティング原作, 虎岩正純訳　偕成社　1982.1　320p　19cm（少年少女世界の名作 15）680円　①4-03-734150-6
「ドリトル先生航海記」ヒュー・ロフティング作, 井伏鱒二訳　岩波書店　1994.1　441p　20cm（岩波世界児童文学集 3）1700円　①4-00-115703-9
「ドリトル先生航海記」ヒュー・ロフティング作, 井伏鱒二訳　新版　岩波書店　2000.6　391p　18cm（岩波少年文庫）760円　①4-00-114022-5
「ドリトル先生航海記」ヒュー・ロフティング作, 井伏鱒二訳　新装版　岩波書店　2003.5　441p　20cm（岩波世界児童文学集）1700円　①4-00-115703-9
「新訳ドリトル先生航海記」ヒュー・ロフティング作, 河合祥一郎訳, patty絵　アスキー・メディアワークス　2011.7　411p　18cm（角川つばさ文庫）740円　①978-4-04-631148-1
「ドリトル先生航海記」ヒュー・ロフティング著, 福岡伸一訳　新潮社　2014.3　380p　20cm（新潮モダン・クラシックス）1600円　①978-4-10-591001-3
「ドリトル先生航海記」ヒュー・ロフティング作, 河合祥一郎編訳, patty絵, 坪田信貴監修　KADOKAWA　2017.9　141p　21cm（100年後も読まれる名作 5）880円　①978-4-04-892867-0
※アスキーメディアワークス 2011年刊の抄訳版

ロブレス, エマニュエル　Roblès, Emmanuel

5768　"Les Hauteurs de la ville"
◇フェミナ賞（1948年）

ロペス, バリー　Lopez, Barry

5769　"Arctic Dreams"
◇全米図書賞（1986年／ノンフィクション）

ローベル, アーノルド　Lobel, Arnold

5770　「ローベルおじさんのどうぶつものがたり」"Fables"
◇コルデコット賞（1981年）
「ローベルおじさんのどうぶつものがたり」アーノルド・ローベル作, 三木卓訳　文化出版局　1981.5　46p　30cm　1500円

ロベール, ジャン＝マルク　Roberts, Jean-Marc

5771　「奇妙な季節」"Affaires étrangères"
◇ルノドー賞（1979年）
「奇妙な季節」ジャン＝マルク・ロベール著, 平岡敦訳　東京創元社　1996.3　190p　20cm（海外文学セレクション）1700円　①4-488-01613-8

ロボサム, マイケル　Robotham, Michael

5772　"Life or Death"
◇英国推理作家協会賞（2015年／ゴールド・ダガー）

ロマクス, アラン　Lomax, Alan

5773　"The Land Where the Blues Began Genet, Edmund White"
◇全米書評家協会賞（1993年／ノンフィクション）

ロマーノ, ラッラ　Romano, Lalla

5774　「親と子の語らい」"Le parole tra noi leggere"
◇ストレーガ賞（1969年）
「親と子の語らい」ラッラ・ロマーノ著, 千種堅訳　二見書房　1970　307p　20cm　680円

ローマン, エリック　Rohmann, Eric

5775　「はなうたウサギさん」"My Friend Rabbit"
◇コルデコット賞（2003年）
「はなうたウサギさん」エリック・ローマン作, いまえよしとも訳　BL出版　2004.4　1冊（ページ付なし）　21×28cm　1200円　①4-7764-0068-5

ロラン, オリビエ　Rolin, Olivier

5776　"Port-Soudan"
◇フェミナ賞（1994年）

ローラン, ジャック　Laurent, Jacques

5777　"Les Bétises"
◇ゴンクール賞（1971年）

ロラン, ロマン　Rolland, Romain

5778　「ジャン・クリストフ」"Jean-Christophe"
◇フェミナ賞（1905年）
「ジャン・クリストフ　1〜8」ロマン・ロラン著, 村上菊一郎訳　角川書店　1956〜1967　15cm（角川文庫）
「ジャン・クリストフ　1〜8」ロマン・

「ジャン・クリストフ」ローラン著, 新庄嘉章訳　新潮社　1956〜1959　16cm（新潮文庫）

「ジャン・クリストフ　上」ロマン・ロラン著, 白井健三郎訳　旺文社　1965　475p　16cm（旺文社文庫）250円
※縮訳版

「ジャン・クリストフ　下」ロマン・ロラン著, 白井健三訳　旺文社　1966　524p　16cm（旺文社文庫）250円
※縮訳版

「世界の文学　13, 14　ジャン・クリストフ　1, 2」ロマン・ロラン著, 井上勇訳　三笠書房　1968, 1969　493p　図版　18cm
※三笠プレイヤッド版

「世界文学全集　44　ジャン・クリストフ　第1」綜合社編　ロマン・ロラン著, 斎藤正直訳　集英社　1968　428p　図版　19cm
※デュエット版

「世界文学全集　45　ジャン・クリストフ　第2」綜合社編　ロマン・ロラン著, 斎藤正直訳　集英社　1968　427p　図版　19cm
※デュエット版

「世界文学全集　68　ロマン・ロラン〔1〕」講談社　1975　521p　図　19cm　780円

「世界文学全集　69　ロマン・ロラン〔2〕」講談社　1975　531p　図　肖像　19cm　780円

「世界文学全集　70　ロマン・ロラン〔3〕」講談社　1975　527p　図　19cm　780円

「近代世界文学　23（ロマン・ロラン〔1〕）」ロマン・ロラン〔著〕, 高田博厚訳　筑摩書房　1975.9　454p　23cm

「近代世界文学　24（ロマン・ロラン〔2〕）」ロマン・ロラン〔著〕, 高田博厚, 平岡昇訳　筑摩書房　1975.9　393p　23cm

「ロマン・ロラン全集　1　小説　1」片山敏彦訳　みすず書房　1981.7　393p　20cm　2800円　ⓘ4-622-00721-5

「ロマン・ロラン全集　2　小説　2」片山敏彦訳　みすず書房　1981.8　475p　20cm　2800円　ⓘ4-622-00722-3

「ロマン・ロラン全集　3　小説　3」片山敏彦訳　みすず書房　1981.9　459p　20cm　2800円　ⓘ4-622-00723-1

「ロマン・ロラン全集　4　小説　4」片山敏彦訳　みすず書房　1981.10　380p　20cm　2800円　ⓘ4-622-00724-X

「ジャン・クリストフ　1」ロマン・ロラン作, 豊島与志雄訳　改版　岩波書店　1986.6　540p　15cm（岩波文庫）500円　ⓘ4-00-325551-8, 4-00-201070-8

「ジャン・クリストフ　2」ロマン・ロラン作, 豊島与志雄訳　改版　岩波書店　1986.7　634p　15cm（岩波文庫）600円　ⓘ4-00-325552-6, 4-00-201070-8

「ジャン・クリストフ　3」ロマン・ロラン作, 豊島与志雄訳　改版　岩波書店　1986.8　613p　15cm（岩波文庫）550円　ⓘ4-00-325553-4, 4-00-201070-8

「ジャン・クリストフ　4」ロマン・ロラン作, 豊島与志雄訳　改版　岩波書店　1986.9　517p　15cm（岩波文庫）500円　ⓘ4-00-325554-2, 4-00-201070-8

◎ノーベル文学賞（1915年）

ロランス, カミーユ　Laurens, Camille

5779　「その腕のなかで」　"Dans ces bras-là"

◇フェミナ賞（2000年）

「その腕のなかで」カミーユ・ロランス著, 吉田花子訳　新潮社　2002.5　315p　20cm（Crest books）1900円　ⓘ4-10-590031-5

ローランド, ロザランド
Roland, Rosaland

5780　"If Thine Eye Offend Thee"

◇アメリカ探偵作家クラブ賞（1998年／ロバート・L・フィッシュ賞）

ローリー, ロイス　Lowry, Lois

5781　「ザ・ギバー――記憶を伝える者」　"The Giver"

◇ニューベリー賞（1994年）

「ザ・ギバー――記憶を伝える者」ロイス・ローリー作, 掛川恭子訳　講談社　1995.9　269p　20cm（ユースセレクション）1400円　ⓘ4-06-261652-1

5782　「ふたりの星」　"Number the Stars"

◇ニューベリー賞（1990年）

「ふたりの星」ロイス＝ローリー作, 掛川恭子, 卜部千恵子共訳, 津尾美智子絵　講談社　1992.1　205p　22cm（世界の子どもライブラリー）1350円　ⓘ4-06-194720-6

「ふたりの星」ロイス＝ローリー作, 掛川恭子, 卜部千恵子共訳, 太田大輔絵　童話館出版　2013.11　237p　22cm（子どもの文学・青い海シリーズ 26）1400円　ⓘ978-4-88750-140-9
※講談社 1992年刊の再刊

5783　"Rabble Starkey"

◇ボストングローブ・ホーンブック賞（1987年／フィクション）

ローリング, **J.K.**　Rowling, J.K.

5784　「ハリー・ポッターとアズカバンの囚人」　"Harry Potter and the Prisoner of Azkaban"
◇コスタ賞（1999年／児童書）
◇ネスレ子どもの本賞（1999年／9～11歳部門／金賞）
◇ブラム・ストーカー賞（1999年／若い読者向け）
◇ローカス賞（2000年／ファンタジー長編）
「ハリー・ポッターとアズカバンの囚人」　J.K.ローリング作, 松岡佑子訳　静山社　2001.7　574p　22cm　1900円　⑪4-915512-40-1
「ハリー・ポッターとアズカバンの囚人」　J.K.ローリング作, 松岡佑子訳, ダン・シュレシンジャー画　携帯版　静山社　2004.11　649p　18cm　1000円　⑪4-915512-55-X
「ハリー・ポッターとアズカバンの囚人 3-1」　J.K.ローリング作, 松岡佑子訳　静山社　2012.9　349p　15cm　（ハリー・ポッター文庫 5）680円　⑪978-4-86389-164-7
「ハリー・ポッターとアズカバンの囚人 3-2」　J.K.ローリング作, 松岡佑子訳　静山社　2012.9　317p　15cm　（ハリー・ポッター文庫 6）640円　⑪978-4-86389-165-4
「ハリー・ポッターとアズカバンの囚人 3-1」　J.K.ローリング作, 松岡佑子訳　静山社　2014.6　373p　18cm　（静山社ペガサス文庫—ハリー・ポッター 5）800円　⑪978-4-86389-234-7
※2001年刊の再刊
「ハリー・ポッターとアズカバンの囚人 3-2」　J.K.ローリング作, 松岡佑子訳　静山社　2014.6　333p　18cm　（静山社ペガサス文庫—ハリー・ポッター 6）760円　⑪978-4-86389-235-4
※2001年刊の再刊
「ハリー・ポッターとアズカバンの囚人—イラスト版」　J.K.ローリング作, ジム・ケイ絵, 松岡佑子訳　静山社　2017.10　325p　28cm　3700円　⑪978-4-86389-392-4

5785　「ハリー・ポッターと賢者の石」　"Harry Potter and the Philosopher's Stone"
◇ネスレ子どもの本賞（1997年／9～11歳部門／金賞）
「ハリー・ポッターと賢者の石」　J.K.ローリング作, 松岡佑子訳　静山社　1999.12　462p　22cm　1900円　⑪4-915512-37-1
「ハリー・ポッターと賢者の石」　J.K.ローリング作, 松岡佑子訳　静山社　2003.11　467p　18cm　950円　⑪4-915512-49-5
「ハリー・ポッターと賢者の石　1-1」　J.K.ローリング作, 松岡佑子訳　静山社　2012.7　269p　15cm　（ハリー・ポッター文庫 1）580円　⑪978-4-86389-160-9
「ハリー・ポッターと賢者の石　1-2」　J.K.ローリング作, 松岡佑子訳　静山社　2012.7　253p　15cm　（ハリー・ポッター文庫 2）580円　⑪978-4-86389-161-6
「ハリー・ポッターと賢者の石　1-1」　J.K.ローリング作, 松岡佑子訳　静山社　2014.3　261p　18cm　（静山社ペガサス文庫—ハリー・ポッター 1）680円　⑪978-4-86389-230-9
※1999年刊の再刊
「ハリー・ポッターと賢者の石　1-2」　J.K.ローリング作, 松岡佑子訳　静山社　2014.3　244p　18cm　（静山社ペガサス文庫—ハリー・ポッター 2）680円　⑪978-4-86389-231-6
※1999年刊の再刊
「ハリー・ポッターと賢者の石—イラスト版」　J.K.ローリング作, ジム・ケイ絵, 松岡佑子訳　静山社　2015.11　246p　28cm　3500円　⑪978-4-86389-331-3
「ハリー・ポッターと賢者の石—グリフィンドール」　J.K.ローリング著, 松岡佑子訳　20周年記念版　静山社　2018.11　509p　20cm　2500円　⑪978-4-86389-460-0
「ハリー・ポッターと賢者の石—レイブンクロー」　J.K.ローリング著, 松岡佑子訳　20周年記念版　静山社　2018.11　509p　20cm　2500円　⑪978-4-86389-461-7
「ハリー・ポッターと賢者の石—ハッフルパフ」　J.K.ローリング著, 松岡佑子訳　20周年記念版　静山社　2018.11　509p　20cm　2500円　⑪978-4-86389-462-4
「ハリー・ポッターと賢者の石—スリザリン」　J.K.ローリング著, 松岡佑子訳　20周年記念版　静山社　2018.11　509p　20cm　2500円　⑪978-4-86389-463-1

5786　「ハリー・ポッターと死の秘宝」　"Harry Potter and the Deathly Hallows"
◇アンドレ・ノートン賞（2007年）
「ハリー・ポッターと死の秘宝　上」　J.K.ローリング作, 松岡佑子訳　静山社　2008.7　565p　22cm　⑪978-4-915512-64-3, 978-4-915512-63-6
「ハリー・ポッターと死の秘宝　下」　J.K.ローリング作, 松岡佑子訳　静山社

2008.7　565p　22cm　①978-4-915512-65-0, 978-4-915512-63-6

「ハリー・ポッターと死の秘宝　上」J.K.ローリング作, 松岡佑子訳　携帯版　静山社　2010.12　565p　18cm　①978-4-86389-089-3, 978-4-86389-088-6

※画：ダン・シュレシンジャー

「ハリー・ポッターと死の秘宝　下」J.K.ローリング作, 松岡佑子訳　携帯版　静山社　2010.12　565p　18cm　①978-4-86389-090-9, 978-4-86389-088-6

※画：ダン・シュレシンジャー

「ハリー・ポッターと死の秘宝　7-1」J.K.ローリング作, 松岡佑子訳　静山社　2013.2　413p　15cm（ハリー・ポッター文庫 17）760円　①978-4-86389-176-0

「ハリー・ポッターと死の秘宝　7-2」J.K.ローリング作, 松岡佑子訳　静山社　2013.2　397p　15cm（ハリー・ポッター文庫 18）740円　①978-4-86389-177-7

「ハリー・ポッターと死の秘宝　7-3」J.K.ローリング作, 松岡佑子訳　静山社　2013.2　381p　15cm（ハリー・ポッター文庫 19）720円　①978-4-86389-178-4

「ハリー・ポッターと死の秘宝　7-1」J.K.ローリング作, 松岡佑子訳　静山社　2015.1　318p　18cm（静山社ペガサス文庫—ハリー・ポッター 17）740円　①978-4-86389-246-0

※2008年刊の再刊

「ハリー・ポッターと死の秘宝　7-2」J.K.ローリング作, 松岡佑子訳　静山社　2015.1　317p　18cm（静山社ペガサス文庫—ハリー・ポッター 18）740円　①978-4-86389-247-7

※2008年刊の再刊

「ハリー・ポッターと死の秘宝　7-3」J.K.ローリング作, 松岡佑子訳　静山社　2015.2　301p　18cm（静山社ペガサス文庫—ハリー・ポッター 19）720円　①978-4-86389-248-4

※2008年刊の再刊

「ハリー・ポッターと死の秘宝　7-4」J.K.ローリング作, 松岡佑子訳　静山社　2015.2　325p　18cm（静山社ペガサス文庫—ハリー・ポッター 20）760円　①978-4-86389-249-1

※2008年刊の再刊

5787　「ハリー・ポッターと秘密の部屋」"Harry Potter and the Chamber of Secrets"

◇ネスレ子どもの本賞（1998年/9～11歳部門/金賞）

「ハリー・ポッターと秘密の部屋」J.K.ローリング作, 松岡佑子訳　静山社　2000.9(104刷：2001.9)　509p　22cm　1900円　①4-915512-39-8

「ハリー・ポッターと秘密の部屋」J.K.ローリング作, 松岡佑子訳　静山社　2000.9　509p　22cm　1900円　①4-915512-39-8

「ハリー・ポッターと秘密の部屋」J.K.ローリング作, 松岡佑子訳, ダン・シュレシンジャー画　携帯版　静山社　2004.10　513p　18cm　950円　①4-915512-54-1

「ハリー・ポッターと秘密の部屋　2-1」J.K.ローリング作, 松岡佑子訳　静山社　2012.9　301p　15cm（ハリー・ポッター文庫 3）620円　①978-4-86389-162-3

「ハリー・ポッターと秘密の部屋　2-2」J.K.ローリング作, 松岡佑子訳　静山社　2012.9　269p　15cm（ハリー・ポッター文庫 4）580円　①978-4-86389-163-0

「ハリー・ポッターと秘密の部屋　2-1」J.K.ローリング作, 松岡佑子訳　静山社　2014.5　301p　18cm（静山社ペガサス文庫—ハリー・ポッター 3）720円　①978-4-86389-232-3

※2000年刊の再刊

「ハリー・ポッターと秘密の部屋　2-2」J.K.ローリング作, 松岡佑子訳　静山社　2014.5　261p　18cm（静山社ペガサス文庫—ハリー・ポッター 4）680円　①978-4-86389-233-0

※2000年刊の再刊

「ハリー・ポッターと秘密の部屋—イラスト版」J.K.ローリング作, ジム・ケイ絵, 松岡佑子訳　静山社　2016.10　259p　28cm　3600円　①978-4-86389-347-4

5788　「ハリー・ポッターと不死鳥の騎士団」"Harry Potter and the Order of the Phoenix"

◇ブラム・ストーカー賞（2003年/若い読者向け）

◇アンソニー賞（2004年/ヤングアダルト・ミステリ）

「ハリー・ポッターと不死鳥の騎士団　上」J.K.ローリング作, 松岡佑子訳　静山社　2004.9　661p　22cm　①4-915512-52-5, 4-915512-51-7

「ハリー・ポッターと不死鳥の騎士団　下」J.K.ローリング作, 松岡佑子訳　静山社　2004.9　701p　22cm　①4-915512-53-3, 4-915512-51-7

「ハリー・ポッターと不死鳥の騎士団　上」J.K.ローリング作, 松岡佑子訳, ダン・シュレシンジャー画　携帯版　静山社　2008.3　661p　18cm　①978-4-

915512-67-4, 978-4-915512-66-7
「ハリー・ポッターと不死鳥の騎士団 下」 J.K.ローリング作, 松岡佑子訳, ダン・シュレシンジャー画　携帯版　静山社　2008.3　701p　18cm　ⓉⓉ978-4-915512-68-1, 978-4-915512-66-7
「ハリー・ポッターと不死鳥の騎士団　5-1」 J.K.ローリング作, 松岡佑子訳　静山社　2012.11　341p　15cm（ハリー・ポッター文庫 10）680円　ⓉⒾ978-4-86389-169-2
「ハリー・ポッターと不死鳥の騎士団　5-2」 J.K.ローリング作, 松岡佑子訳　静山社　2012.11　373p　15cm（ハリー・ポッター文庫 11）720円　ⓉⒾ978-4-86389-170-8
「ハリー・ポッターと不死鳥の騎士団　5-3」 J.K.ローリング作, 松岡佑子訳　静山社　2012.12　381p　15cm（ハリー・ポッター文庫 12）720円　ⓉⒾ978-4-86389-171-5
「ハリー・ポッターと不死鳥の騎士団　5-4」 J.K.ローリング作, 松岡佑子訳　静山社　2012.12　381p　15cm（ハリー・ポッター文庫 13）720円　ⓉⒾ978-4-86389-172-2
「ハリー・ポッターと不死鳥の騎士団　5-1」 J.K.ローリング作, 松岡佑子訳　静山社　2014.9　349p　18cm（静山社ペガサス文庫—ハリー・ポッター 10）780円　ⓉⒾ978-4-86389-239-2
※2004年刊の再刊
「ハリー・ポッターと不死鳥の騎士団　5-2」 J.K.ローリング作, 松岡佑子訳　静山社　2014.9　388p　18cm（静山社ペガサス文庫—ハリー・ポッター 11）820円　ⓉⒾ978-4-86389-240-8
※2004年刊の再刊
「ハリー・ポッターと不死鳥の騎士団　5-3」 J.K.ローリング作, 松岡佑子訳　静山社　2014.10　405p　18cm（静山社ペガサス文庫—ハリー・ポッター 12）860円　ⓉⒾ978-4-86389-241-5
※2004年刊の再刊
「ハリー・ポッターと不死鳥の騎士団　5-4」 J.K.ローリング作, 松岡佑子訳　静山社　2014.10　381p　18cm（静山社ペガサス文庫—ハリー・ポッター 13）820円　ⓉⒾ978-4-86389-242-2
※2004年刊の再刊

5789　「ハリー・ポッターと炎のゴブレット」 "Harry Potter and the Goblet of Fire"
◇ヒューゴー賞（2001年/長編）
「ハリー・ポッターと炎のゴブレット 上」 J.K.ローリング作, 松岡佑子訳　静山社　2002.11　557p　22cm　ⓉⒾ4-915512-46-0, 4-915512-45-2
「ハリー・ポッターと炎のゴブレット 下」 J.K.ローリング作, 松岡佑子訳　静山社　2002.11　582p　22cm　ⓉⒾ4-915512-47-9, 4-915512-45-2
「ハリー・ポッターと炎のゴブレット」 J.K.ローリング作, 松岡佑子訳, ダン・シュレシンジャー画　携帯版　静山社　2006.9　1011p　18cm 1600円　ⓉⒾ4-915512-60-6
「ハリー・ポッターと炎のゴブレット　4-1」 J.K.ローリング作, 松岡佑子訳　静山社　2012.10　341p　15cm（ハリー・ポッター文庫 7）680円　ⓉⒾ978-4-86389-166-1
「ハリー・ポッターと炎のゴブレット　4-2」 J.K.ローリング作, 松岡佑子訳　静山社　2012.10　373p　15cm（ハリー・ポッター文庫 8）720円　ⓉⒾ978-4-86389-167-8
「ハリー・ポッターと炎のゴブレット　4-3」 J.K.ローリング作, 松岡佑子訳　静山社　2012.10　373p　15cm（ハリー・ポッター文庫 9）720円　ⓉⒾ978-4-86389-168-5
「ハリー・ポッターと炎のゴブレット　4-1」 J.K.ローリング作, 松岡佑子訳　静山社　2014.7　389p　18cm（静山社ペガサス文庫—ハリー・ポッター 7）820円　ⓉⒾ978-4-86389-236-1
※2002年刊の再刊
「ハリー・ポッターと炎のゴブレット　4-2」 J.K.ローリング作, 松岡佑子訳　静山社　2014.7　429p　18cm（静山社ペガサス文庫—ハリー・ポッター 8）880円　ⓉⒾ978-4-86389-237-8
※2002年刊の再刊
「ハリー・ポッターと炎のゴブレット　4-3」 J.K.ローリング作, 松岡佑子訳　静山社　2014.7　429p　18cm（静山社ペガサス文庫—ハリー・ポッター 9）880円　ⓉⒾ978-4-86389-238-5
※2002年刊の再刊

ローリングズ, マージョリー・キナン
Rawlings, Marjorie Kinnan

5790　「子鹿物語」〔別題「イヤリング」「鹿と少年」〕 "The Yearling"
◇ピュリッツアー賞（1939年/小説）
「イヤリング 1」 ローリングス著, 大久保康雄訳　日比谷出版社　1949　281p　19cm
「イヤリング 2」 ローリングズ著, 大久保康雄訳　日比谷出版社　1949　328p　19cm
「子鹿物語—イヤリング」 M.ロウリング原作, 吉田甲子太郎文, 小磯良平絵　新潮社　1951　80p　22cm（世界の絵本

「中型版 16）
「子鹿ものがたり―イヤ・リング」 ローリングズ原作，大木惇夫文，川本哲夫絵 日本書房 1952 64p 19cm（世界童話文庫 38）
「子鹿物語」 マージョリ・ローリングス著，杉木喬訳，石田武雄絵 ポプラ社 1969 334p 23cm（世界の名著 36）
「子鹿物語」 ローリングス作，岡上鈴江訳，山中冬児絵 岩崎書店 1973 225p 18cm（世界少女名作全集 30）
※昭和39年刊の新シリーズ
「子じか物語」 ローリングス著，相沢次子訳 春陽堂書店 1977.9 278p 16cm（春陽堂少年少女文庫 世界の名作・日本の名作）320円
「子鹿物語」 ローリングズ〔著〕，繁尾久訳 講談社 1983.3 2冊 15cm（講談社文庫）各340円 ⓘ4-06-183032-5
「子鹿物語」 ローリングス原作，打木村治訳 改訂新版 偕成社 1983.6 318p 19cm（少年少女世界の名作 23）680円 ⓘ4-03-734230-8
「子鹿物語」 ローリングス作，大久保康雄訳 偕成社 1983.11 3冊 19cm（偕成社文庫）各450円 ⓘ4-03-651120-3
「子鹿物語」 ローリングス原作，小林純一文，柏村由利子絵 世界文化社 2001.7 83p 27cm（世界の名作 11）1200円 ⓘ4-418-01813-1
「鹿と少年 上」 ローリングズ著，土屋京子訳 光文社 2008.4 420p 16cm（光文社古典新訳文庫）743円 ⓘ978-4-334-75153-1
「鹿と少年 下」 ローリングズ著，土屋京子訳 光文社 2008.4 434p 16cm（光文社古典新訳文庫）762円 ⓘ978-4-334-75154-8
「仔鹿物語 上」 ローリングズ著，土屋京子訳 光文社 2012.11 420p 16cm（光文社古典新訳文庫）895円 ⓘ978-4-334-75260-6
※「鹿と少年」(2008年刊)の改題・改訂
「仔鹿物語 下」 ローリングズ著，土屋京子訳 光文社 2012.11 433p 16cm（光文社古典新訳文庫）914円 ⓘ978-4-334-75261-3
※「鹿と少年」(2008年刊)の改題・改訂

ロル，ルード・ファン・デル
Rol, Ruud vaan der

5791 「アンネ・フランク―写真物語」 "Anne Frank"
◇ドイツ児童文学賞（1994年/ノンフィクション）
「アンネ・フランク―写真物語」 アンネ・フランク財団編，難波收，岩倉務訳 編 平和のアトリエ 1992.12 64p 29cm 2000円 ⓘ4-938365-16-2
※編訳：平和博物館を創る会

ロレンス，D.H. Lawrence, D.H.

5792 「ロストガール」〔別題「アルヴァイナの堕落」〕 "The Lost Girl"
◇ジェイムズ・テイト・ブラック記念賞（1920年/フィクション）
「ロストガール」 D.H.ロレンス著，上村哲彦訳 彩流社 1997.4 560p 20cm 4600円+税 ⓘ4-88202-440-3
「アルヴァイナの堕落」 D.H.ロレンス著，山田晶子訳 近代文芸社 1997.7 586p 20cm 3200円 ⓘ4-7733-6049-6

ロワ，ガブリエル Roy, Gabrielle

5793 "Bonheur d'occasion"
◇フェミナ賞（1947年）

ロワ，ジュール Roy, Jules

5794 「幸福の谷間」 "La Vallée heureuse"
◇ルノドー賞（1940年〈1946年授賞〉）
「幸福の谷間」 ジュール・ロワ著，金子博訳 新潮社 1955 152p 20cm（新鋭海外文学叢書）

ロング，フランク・ベルナップ
Long, Frank Belknap

◎世界幻想文学大賞（1978年/生涯功労賞）

◎ブラム・ストーカー賞（1987年/生涯業績）

ロングイヤー，バリー・B.
Longyear, Barry B.

5795 「わが友なる敵」 "Enemy Mine"
◇ネビュラ賞（1979年/中長編）
◇ヒューゴー賞（1980年/中長編）
◇ローカス賞（1980年/中長編）
「わが友なる敵」 ロングイヤー〔著〕，安田均訳 講談社 1986.5 388p 15cm（講談社文庫）500円 ⓘ4-06-183771-0

ロングフォード，エリザベス
Longford, Elizabeth

5796 "Victoria R.I."
◇ジェイムズ・テイト・ブラック記念賞（1964年/伝記）

ローンホース, レベッカ
Roanhorse, Rebecca
5797 「本物のインディアン体験™へようこそ」 "Welcome to your Authentic Indian Experience™"
◇ネビュラ賞（2017年/短編）
◇ヒューゴー賞（2018年/短編）
「SFマガジン 60(1)」〔佐田千織訳〕 早川書房 2019.2 p198～214

【ワ】

ワイアット, ジェイク Wyatt, Jake
5798 「Ms.マーベル—もうフツーじゃないの」 "Ms.Marvel Volume1: No Normal"
◇ヒューゴー賞（2015年/グラフィックストーリー）
「Ms.マーベル—もうフツーじゃないの」 G・ウィロー・ウィルソンライター, エイドリアン・アルフォナアーティスト, 秋友克也訳 ヴィレッジブックス 2017.9 115p 26cm 2200円 ①978-4-86491-348-5

ワイズ, サラ Wise, Sarah
5799 "The Italian Boy"
◇英国推理作家協会賞（2004年/ゴールド・ダガー〈ノンフィクション〉）

ワイス, マイク Weiss, Mike
5800 "Double Play: The San Francisco City Hall Killings"
◇アメリカ探偵作家クラブ賞（1985年/犯罪実話賞）

ワイスガード, レナード
Weisgard, Leonard
5801 「ちいさな島」 "The Little Island"
◇コルデコット賞（1947年）
「ちいさな島」 ゴールデン・マクドナルドさく, レナード・ワイスガードえ, 谷川俊太郎やく 童話館出版 1996.9 1冊 21×26cm 1262円 ①4-924938-62-9

ワイドマン, ジェローム
Weidman, Jerome
5802 「フィオレロ！」 "Fiorello！"
◇ピュリッツァー賞（1960年/戯曲）

ワイドマン, ジョン・エドガー
Wideman, John Edgar
5803 "Philadelphia Fire"
◇ペン・フォークナー賞（1991年）
5804 "Sent for You Yesterday"
◇ペン・フォークナー賞（1984年）

ワイナー, ジョナサン Weiner, Jonathan
5805 「フィンチの嘴—ガラパゴスで起きている種の変貌」 "The Beak Of The Finch: A Story Of Evolution In Our Time"
◇ピュリッツァー賞（1995年/ノンフィクション）
「フィンチの嘴—ガラパゴスで起きている種の変貌」 ジョナサン・ワイナー著, 樋口広芳, 黒沢令子訳 早川書房 1995.8 396p 20cm 2200円 ①4-15-207948-7
「フィンチの嘴—ガラパゴスで起きている種の変貌」 ジョナサン・ワイナー著, 樋口広芳, 黒沢令子訳 早川書房 2001.11 483p 16cm（ハヤカワ文庫NF） 900円 ①4-15-050260-9
5806 "Time, Love, Memory: A Great Biologist and His Quest for the Origins of Behavior"
◇全米書評家協会賞（1999年/ノンフィクション）

ワイナー, ティム Weiner, Tim
5807 「CIA秘録—その誕生から今日まで」 "Legacy of Ashes: The History of the CIA"
◇全米図書賞（2007年/ノンフィクション）
「CIA秘録—その誕生から今日まで 上」 ティム・ワイナー著, 藤田博司, 山田侑平, 佐藤信行訳 文藝春秋 2008.11 464p 20cm 1857円 ①978-4-16-370800-3
「CIA秘録—その誕生から今日まで 下」 ティム・ワイナー著, 藤田博司, 山田侑平, 佐藤信行訳 文藝春秋 2008.11 476p 20cm 1857円 ①978-4-16-370810-2
「CIA秘録—その誕生から今日まで 上」 ティム・ワイナー著, 藤田博司, 山田侑平, 佐藤信行訳 文藝春秋 2011.8 608p 16cm（文春文庫） 1048円 ①978-4-16-765176-3
「CIA秘録—その誕生から今日まで 下」 ティム・ワイナー著, 藤田博司, 山田侑平, 佐藤信行訳 文藝春秋 2011.8

604p 16cm（文春文庫）1048円 ①978-4-16-765177-0

ワイリー, マイクル　Wiley, Michael

5808 "A Bad Night's Sleep"
◇シェイマス賞（2012年/長編）

5809 "Unrobed"
◇シェイマス賞（2006年/私立探偵小説コンテスト）

ワイリー, リチャード　Wiley, Richard

5810 "Soldiers in Hiding"
◇ペン・フォークナー賞（1987年）

ワイルダー, ソーントン　Wilder, Thornton

5811 「危機一髪」 "The Skin of Our Teeth"
◇ピュリッツァー賞（1943年/戯曲）
「ソーントン・ワイルダー戯曲集　2　危機一髪」 ソーントン・ワイルダー著　水谷八也訳　新樹社　1995.5　233p　20cm　1800円　①4-7875-8435-9

5812 「サン・ルイス・レイ橋」 "The Bridge of San Luis Rey"
◇ピュリッツァー賞（1928年/小説）
「サン・ルイス・レイ橋」 ワイルダー著, 松村達雄訳　岩波書店　1951　174p　15cm（岩波文庫）

5813 「第八の日に」 "The Eighth Day"
◇全米図書賞（1968年/小説）
「第八の日に」 ソーントン・ワイルダー著, 宇野利泰訳　早川書房　1977.8　466p　20cm（ハヤカワ・リテラチャー 4）2500円

5814 「わが町」 "Our Town"
◇ピュリッツァー賞（1938年/戯曲）
「わが町―他四篇」 ワイルダー著, 松村達雄, 鳴海四郎訳　研究社出版　1957　210p 図版　18cm（アメリカ文学選集）
「現代世界演劇　13　リアリズム劇　2」〔鳴海四郎訳〕白水社　1971　363p 図　20cm　1200円
「キリスト教文学の世界　22　フォークナー, スタインベック, ワイルダー, サローヤン」〔鳴海四郎訳〕主婦の友社　1977.7　327p 肖像　22cm　1800円
「世界文学全集　88　オニール, ワイルダー, ウィリアムズ」〔松村達雄訳〕講談社　1980.7　554p　19cm　920円
「わが町」 ソーントン・ワイルダー作, 額田やえ子訳　劇書房　1990.3　121p　20cm　1400円
「わが町」 ソーントン・ワイルダー作, 額田やえ子訳　劇書房　1995.6　121p　20cm　1600円　①4-87574-549-4
※新装
「ソーントン・ワイルダー戯曲集　1　わが町」 ソーントン・ワイルダー著　鳴海四郎訳　新樹社　1995.11　208p　20cm　1800円　①4-7875-8453-7
「わが町」 ソーントン・ワイルダー作, 額田やえ子訳　劇書房　2001.6　121p　20cm（劇書房best play series）1714円　①4-87574-595-8
「ソーントン・ワイルダー　1（わが町）」 ソーントン・ワイルダー著, 鳴海四郎訳　早川書房　2007.5　208p　16cm（ハヤカワ演劇文庫）900円　①978-4-15-140009-4

ワイルド, ケリー　Wilde, Kelley

5815 "The Suiting"
◇ブラム・ストーカー賞（1988年/処女長編）

ワイルド, マーガレット　Wild, Margaret

5816 「キツネ」 "Fox"〔独語題：Fuchs〕
◇ドイツ児童文学賞（2004年/絵本）
「キツネ」 マーガレット・ワイルド文, ロン・ブルックス絵, 寺岡襄訳　BL出版　2001.10　1冊　27×29cm　1600円　①4-89238-587-5

ワイルドスミス, ブライアン　Wildsmith, Brian

5817 「ブライアン・ワイルドスミスのABC」 "Brian Wildsmith's ABC"
◇ケイト・グリーナウェイ賞（1962年）
「ブライアン・ワイルドスミスのABC」 ブライアン・ワイルドスミス〔作〕らくだ出版デザイン　1973.3　1冊（ページ付なし）19×26cm（オックスフォードえほんシリーズ 16―ブライアン・ワイルドスミス作品集）
「ブライアン・ワイルドスミスのABC」 ブライアン・ワイルドスミス〔著〕らくだ出版　1998.7（10刷）1冊　19×26cm（ブライアン・ワイルドスミス作品選）1360円　①4-89777-008-4, 4-89777-324-5

ワインバーグ, サマンサ　Weinberg, Samantha

5818 "Pointing from the Grave"
◇英国推理作家協会賞（2003年/ゴールド・ダガー〈ノンフィクション〉）

ワインバーグ, ロバート　Weinberg, Robert
- 5819 "A Biographical Dictionary of Science Fiction & Fantasy Artists"
  ◇世界幻想文学大賞（1989年／特別賞〈プロ〉）
- 5820 "Nightside"〔コミック〕（1～4巻）
  ◇ブラム・ストーカー賞（2002年／イラスト物語）
  ◎ブラム・ストーカー賞（1997年／シルバーハンマー賞）
  ◎ブラム・ストーカー賞（2004年／シルバーハンマー賞）
  ◎ブラム・ストーカー賞（2007年／生涯業績）

ワーガ, ウェイン　Warga, Wayne
- 5821 「盗まれたスタインベック」 "Hardcover"
  ◇シェイマス賞（1986年／処女長編）
  「盗まれたスタインベック」 ウェイン・ワーガ著, 村山汎訳　扶桑社　1988.9　313p　16cm（扶桑社ミステリー）480円　①4-594-00339-7

ワグナー, カール・エドワード　Wagner, Karl Edward
- 5822 "Beyond Any Measure"
  ◇世界幻想文学大賞（1983年／中編）
- 5823 "Exorcisms and Ecstasies"
  ◇ブラム・ストーカー賞（1997年／短編集）
- 5824 "Neither Brute Nor Human"
  ◇英国幻想文学賞（1984年／短編）
- 5825 "Sticks"
  ◇英国幻想文学賞（1975年／短編）
- 5826 "Two Suns Setting"
  ◇英国幻想文学賞（1977年／短編）

ワグナー, E.J.　Wagner, E.J.
- 5827 「シャーロック・ホームズの科学捜査を読む―ヴィクトリア時代の法科学百科」 "The Science of Sherlock Holmes: From Baskerville Hall to the Valley of Fear"
  ◇アメリカ探偵作家クラブ賞（2007年／批評・評伝賞）
  「シャーロック・ホームズの科学捜査を読む―ヴィクトリア時代の法科学百科」 E.J.ワグナー著, 日暮雅通訳　河出書房新社　2009.1　286p　20cm　2000円　①978-4-309-20517-5

ワークマン, H.B.　Workman, H.B.
- 5828 "John Wyclif: A Study Of The English Medieval Church"
  ◇ジェイムズ・テイト・ブラック記念賞（1926年／伝記）

ワーシュ, シルヴィア・モルタッシュ　Warsh, Sylvia Maultash
- 5829 "Find Me Again"
  ◇アメリカ探偵作家クラブ賞（2004年／ペーパーバック賞）

ワシントン, ハリエット　Washington, Harriet
- 5830 "Medical Apartheid: The Dark History of Medical Experimentation on Black Americans from Colonial Times to the Present"
  ◇全米書評家協会賞（2007年／ノンフィクション）

ワースバ, バーバラ　Wersba, Barbara
- 5831 「急いで歩け, ゆっくり走れ」 "Ein nützliches Mitglied der Gesellschaft"
  ◇ドイツ児童文学賞（1973年／ヤングアダルト）
  「急いで歩け, ゆっくり走れ」 バーバラ・ワースバ著, 吉野美恵子訳　晶文社　1980.11　271p　19cm（ダウンタウン・ブックス）1200円

ワッサースタイン, ウェンディ　Wasserstein, Wendy
- 5832 「ハイジ・クロニクル」 "The Heidi Chronicles"
  ◇ピュリッツアー賞（1989年／戯曲）

ワッサースタイン, バーナード　Wasserstein, Bernard
- 5833 "The Secret Lives of Trebitsch Lincoln"
  ◇英国推理作家協会賞（1988年／ゴールド・ダガー〈ノンフィクション〉）

ワッツ, ピーター　Watts, Peter
- 5834 「島」 "The Island"
  ◇ヒューゴー賞（2010年／中編）
  「SFマガジン　52(3)」〔矢口悟訳〕

早川書房　2011.3　p9〜45
5835　「ブラインドサイト」　"Blindsight"
◇ジョン・W・キャンベル記念賞
（2007年／第3位）
「ブラインドサイト　上」　ピーター・ワッツ著, 嶋田洋一訳　東京創元社　2013.10　275p　15cm　（創元SF文庫）840円　Ⓘ978-4-488-74601-8
「ブラインドサイト　下」　ピーター・ワッツ著, 嶋田洋一訳　東京創元社　2013.10　301p　15cm　（創元SF文庫）840円　Ⓘ978-4-488-74602-5

ワッデル, マーティン　Waddell, Martin

5836　「ねむれないの？　ちいくまくん」　"Can't You Sleep, Little Bear？"
◇ネスレ子どもの本賞（1988年／グランプリ・5歳以下部門）
「ねむれないの？　ちいくまくん」　マーティン・ワッデルぶん, バーバラ・ファースえ, 角野栄子やく　評論社　1991.5　1冊　27cm　（評論社の児童図書館・絵本の部屋）1300円　Ⓘ4-566-00289-6

5837　「はたらきもののあひるどん」　"Farmer Duck"
◇ネスレ子どもの本賞（1991年／グランプリ・5歳以下部門）
「はたらきもののあひるどん」　マーティン・ワッデルさく, ヘレン・オクセンバリーえ, せなあいこやく　評論社　1993.11　1冊　26cm　（児童図書館・絵本の部屋）1300円　Ⓘ4-566-00310-8

◎国際アンデルセン賞（2004年／作家賞）

ワット, レスリー　What, Leslie

5838　"The Cost of Doing Business"
◇ネビュラ賞（1999年／短編）

ワット＝エヴァンズ, ローレンス　Watt-Evans, Lawrence

5839　「ぼくがハリーズ・バーガーショップをやめたいきさつ」　"Why I Left Harry's All-Night Hamburgers"
◇ヒューゴー賞（1988年／短編）
「80年代SF傑作選　下」　小川隆, 山岸真編〔中原尚哉訳〕　早川書房　1992.10　557p　16cm　（ハヤカワ文庫―SF）700円　Ⓘ4-15-010989-3

◎ブラム・ストーカー賞（1997年／シルバーハンマー賞）

ワーティス, エドワード　Wortis, Edward
⇒アヴィ

ワード, ジェオフリー・C.　Ward, Geoffrey C.

5840　"A First-Class Temperament：The Emergence of Franklin Roosevelt"
◇全米書評家協会賞（1989年／伝記・自伝）

ワード, ジェスミン　Ward, Jesmyn

5841　"Salvage the Bones"
◇全米図書賞（2011年／小説）

ワード, リンド　Ward, Lynd

5842　「おおきくなりすぎたくま」　"The Biggest Bear"
◇コルデコット賞（1953年）
「おおきくなりすぎたくま」　リンド・ワード文・画, 渡辺茂男訳　福音館書店　1969　86p　27cm　（福音館の傑作絵本シリーズ）
「おおきくなりすぎたくま」　リンド・ワード文・画, 渡辺茂男訳　ほるぷ出版　1985.1　86p　27cm　1500円　Ⓘ4-593-56123-X

ワトキンス＝ピッチフォード, デニス　Watkins-Pitchford, Denys

5843　「灰色の小人たちと川の冒険」　"The Little Grey Men"
◇カーネギー賞（1942年）
「灰色の小人たちと川の冒険」　'BB'作, 神鳥統夫訳, D.J.ワトキンス＝ピッチフォード絵　大日本図書　1995.10　308p　22cm　（ジュニア・ライブラリー）1800円　Ⓘ4-477-00604-7

ワトスン, イアン　Watson, Ian

5844　「エンベディング」　"The Embedding"〔仏語題：L'Enchâssement〕
◇ジョン・W・キャンベル記念賞（1974年／第2位）
◇アポロ賞（1975年）
「エンベディング」　イアン・ワトスン著, 山形浩生訳　国書刊行会　2004.10　353p　20cm　（未来の文学）2400円　Ⓘ4-336-04567-4

5845　「彼らの生涯の最愛の時」　"The Beloved Time of Their Lives"
◇英国SF協会賞（2009年／短編）
「ここがウィネトカなら, きみはジュディ

—時間SF傑作選 SFマガジン創刊50周年記念アンソロジー」 大森望編 早川書房 2010.9 479p 16cm（ハヤカワ文庫 SF） 940円 ①978-4-15-011776-4

5846 「ヨナ・キット」 "The Jonah Kit"
◇英国SF協会賞（1977年/長編）
「ヨナ・キット」 イアン・ワトスン著、飯田隆昭訳 サンリオ 1986.6 291p 15cm（サンリオSF文庫） 520円 ①4-387-86062-6

ワトスン, ピーター　Watson, Peter

5847 "Double Dealer"
◇英国推理作家協会賞（1983年/ゴールド・ダガー〈ノンフィクション〉）

ワトソン, クリスティー　Watson, Christie

5848 "Tiny Sunbirds Far Away"
◇コスタ賞（2011年/処女長編）

ワトソン, S.J.　Watson, S.J.

5849 「わたしが眠りにつく前に」 "Before I Go To Sleep"
◇英国推理作家協会賞（2011年/ジョン・クリーシー・ダガー〈ニュー・ブラッド・ダガー〉）
「わたしが眠りにつく前に」 SJ・ワトソン著、棚橋志行訳 ヴィレッジブックス 2012.7 515p 15cm（ヴィレッジブックス） 880円 ①978-4-86332-393-3

ワーナー, ウィリアム・W.　Warner, William W.

5850 "Beautiful Swimmers"
◇ピュリッツァー賞（1977年/ノンフィクション）

ワーナー, ハリー, Jr.　Warner, Harry, Jr.

5851 "A Wealth of Fable: An informal history of science fiction in the 1950s"
◇ヒューゴー賞（1993年/ノンフィクション）

ワーナー, ペニー　Warner, Penny

5852 「死体は訴える」 "Dead Body Language"
◇マカヴィティ賞（1998年/処女長編）
「死体は訴える」 ペニー・ワーナー著、吉澤康子訳 早川書房 1999.11 418p 16cm（ハヤカワ・ミステリ文庫） 780円 ①4-15-171751-X

5853 「ゆうれい灯台ツアー」（暗号クラブ 2） "The Code Busters Club, Case #2: The Haunted Lighthouse"
◇アガサ賞（2012年/児童書・ヤングアダルト小説）
「暗号クラブ 2 ゆうれい灯台ツアー」 ペニー・ワーナー著、番由美子訳、ヒョーゴノスケ挿絵 メディアファクトリー 2013.8 222p 19cm 850円 ①978-4-8401-5272-3

5854 「よみがえったミイラ」（暗号クラブ 4） "The Code Busters Club, Case #4: The Mummy's Curse"
◇アガサ賞（2014年/児童書・ヤングアダルト小説）
「暗号クラブ 4 よみがえったミイラ」 ペニー・ワーナー著、番由美子訳、ヒョーゴノスケ絵 KADOKAWA 2014.7 253p 19cm 850円 ①978-4-04-066928-1

5855 "Mystery Of The Haunted Caves: A Troop 13 Mystery"
◇アガサ賞（2001年/児童書・ヤングアダルト小説）

5856 "The Mystery Of The Haunted Caves"
◇アンソニー賞（2002年/ヤングアダルト・ミステリ）

ワームザー, リチャード　Wormser, Richard

5857 "The Invader"
◇アメリカ探偵作家クラブ賞（1973年/ペーパーバック賞）

ワーリン, ナンシー　Werlin, Nancy

5858 「危険ないとこ」 "The Killer's Cousin"
◇アメリカ探偵作家クラブ賞（1999年/ヤングアダルト賞）
「危険ないとこ」 ナンシー・ワーリン作、越智道雄訳 評論社 2010.7 341p 19cm（海外ミステリーbox） 1600円 ①978-4-566-02425-0

ワルザー, マルティン　Walser, Martin

◎ビューヒナー賞（1981年）

ワンジェリン, ウォルター, Jr.　Wangerin, Walter, Jr.

5859 "The Book of the Dun Cow"
◇全米図書賞（1980年/SF/ペーパーバック）

ワンドレイ, ドナルド　Wandrei, Donald
　◎世界幻想文学大賞（1984年/生涯功労賞）

【ン】

ンディアイ, マリー　NDiaye, Marie
　5860 「三人の逞しい女」 "Trois Femmes puissantes"
　◇ゴンクール賞（2009年）
　5861 「ロジー・カルプ」 "Rosie Carpe"
　◇フェミナ賞（2001年）
　　「ロジー・カルプ」マリー・ンディアイ著，小野正嗣訳　早川書房　2010.3　406p　19cm（ハヤカワepiブック・プラネット）2300円　①978-4-15-208968-7

【英数字】

Abercrombie, Joe
　5862 "Half a King"
　◇ローカス賞（2015年/ヤングアダルト図書）
　5863 "Tough Times All Over"
　◇ローカス賞（2015年/中編）

Abramo, J.L.
　5864 "Catching Water in a Net"
　◇シェイマス賞（2000年/私立探偵小説コンテスト）

Absire, Alain
　5865 "L'Égal de Dieu"
　◇フェミナ賞（1987年）

Addison, Katherine
　5866 "The Goblin Emperor"
　◇ローカス賞（2015年/ファンタジー長編）

Agrell, Wilhelm
　5867 "Dödsbudet"
　◇ニルス・ホルゲション賞（2002年）

Ahmed, Saladin
　5868 "Throne of the Crescent Moon"
　◇ローカス賞（2013年/処女長編）

Alexakis, Vassilis
　5869 "La Langue maternelle"
　◇メディシス賞（1995年）

Alizet, Jean-Claude
　5870 "L'Année 1989 du polar, de la SF et du fantastique"
　◇イマジネール大賞（1992年/エッセイ〈評論〉）

Allan, Nina
　5871 "Spin"
　◇英国SF協会賞（2013年/短編）
　5872 "The Silver Wind"〔短編集〕〔仏語題：Complications〕
　◇イマジネール大賞（2014年/中編〈外国〉）

Almira, Jacques
　5873 "Le Voyage à Naucratis"
　◇メディシス賞（1975年）

Altairac, Joseph
　5874 "H.G.Wells, parcours d'une oeuvre"
　◇イマジネール大賞（1999年/エッセイ〈評論〉）

Amiel, Barbara
　5875 "By Persons Unknown"
　◇アメリカ探偵作家クラブ賞（1978年/犯罪実話賞）

Anckarsvärd, Karin
　5876 "Doktorns pojk"
　◇ニルス・ホルゲション賞（1964年）

Anderson, G.V.
　5877 "Das Steingeschöpf"
　◇世界幻想文学大賞（2017年/短編）

Anthony, Patricia
　5878 "Cold Allies"
　◇ローカス賞（1994年/処女長編）

Ari, Gon Ben
　5879 "Clear Recent History"
　◇シェイマス賞（2015年/短編）

Arlen, Michael J.
　5880 "Passage to Ararat"
　◇全米図書賞（1976年/時事）

Arnzen, Michael A.
- *5881* "Freakcidents"
  ◇ブラム・ストーカー賞（2005年／詩集）
- *5882* "Grave Markings"
  ◇ブラム・ストーカー賞（1994年／処女長編）
- *5883* "Proverbs for Monsters"
  ◇ブラム・ストーカー賞（2007年／短編集）

Aronowitz, Nona Willis
- *5884* "The Essential Ellen Willis"
  ◇全米書評家協会賞（2014年／批評）

Aronson, Marc
- *5885* "Sir Walter Ralegh and the Quest for El Dorado"
  ◇ボストングローブ・ホーンブック賞（2000年／ノンフィクション）

Aškenazy, Ludvík
- *5886* "Wo die Füchse Blockflote spielen"
  ◇ドイツ児童文学賞（1977年／児童書）

Atallah, Marc
- *5887* "Souvenirs du futur: Les Miroirs de la Maison d'Ailleurs"
  ◇イマジネール大賞（2014年／エッセイ〈評論〉）

Atkinson, Michael
- *5888* "The Secret Marriage of Sherlock Holmes"
  ◇アメリカ探偵作家クラブ賞（1997年／批評・評伝賞）

Aubry, Gwenaëlle
- *5889* "Personne"
  ◇フェミナ賞（2009年）

Auclair, Georges
- *5890* "Un amour allemand"
  ◇アンテラリエ賞（1950年）

Audry, Colette
- *5891* "Derrière la baignoire"
  ◇メディシス賞（1962年）

Aw, Tash
- *5892* "The Harmony Silk Factory"
  ◇コスタ賞（2005年／処女長編）

Ayerdhal
- *5893* "Demain, une oasis"
  ◇イマジネール大賞（1993年／長編〈フランス語〉）
- *5894* "Transparences"
  ◇イマジネール大賞（2005年／長編〈フランス語〉）

Ayoob, Michael
- *5895* "In Search of Mercy"
  ◇シェイマス賞（2011年／処女長編）
- *5896* "Shots on Goal"
  ◇シェイマス賞（2009年／私立探偵小説コンテスト）

Ayres, A.C.
- *5897* "Storm Warning"
  ◇シェイマス賞（1992年／私立探偵小説コンテスト）

Azoulai, Nathalie
- *5898* "Titus n'aimait pas Bérénice"
  ◇メディシス賞（2015年）

Baby, Yvonne
- *5899* "Oui l'espoir"
  ◇アンテラリエ賞（1967年）

Bachelin, Henri
- *5900* "Le Serviteur"
  ◇フェミナ賞（1918年）

Bagley, Tony
- *5901* "The Forgiveness Thing"
  ◇コスタ賞（2013年／コスタ短編賞／第3位）

Bailey, Blake
- *5902* "Cheever: A Life"
  ◇全米書評家協会賞（2009年／伝記）

Baisch, Milena
- *5903* "Anton taucht ab"
  ◇ドイツ児童文学賞（2011年／児童書）

Bakewell, Sarah
- *5904* "How To Live: Or, A Life of Montaigne in One Question and Twenty Attempts at an Answer"
  ◇全米書評家協会賞（2010年／伝記）

Bakis, Kirsten
- *5905* "Lives of the Monster Dogs"

◇ブラム・ストーカー賞（1997年/処女長編）

Balakian, Peter
5906 "Ozone Journal"
◇ピュリッツァー賞（2016年/詩）

Barrett, Colin
5907 "Young Skins"
◇フランク・オコナー国際短編賞（2014年）

Barrow, Wayne
5908 "Bloodsilver"
◇イマジネール大賞（2008年/長編〈フランス語〉）

Bartók, Mira
5909 "The Memory Palace"
◇全米書評家協会賞（2011年/自伝）

Baruth, Philip
5910 "The X President"
◇ジョン・W・キャンベル記念賞（2004年/第3位）

Bat-Ami, Miriam
5911 "Two Suns in the Sky"
◇スコット・オデール賞（2000年）

Battiscome, Georgina
5912 "John Keble: A Study In Limitations"
◇ジェイムズ・テイト・ブラック記念賞（1963年/伝記）

Bayon, Bruno
5913 "Les Animals"
◇アンテラリエ賞（1990年）

'BB' ⇒ワトキンス＝ピッチフォード, デニス

Beaumont, Germaine
5914 "Piège"
◇ルノドー賞（1930年）

Beauverger, Stéphane
5915 "Le Déchronologue"
◇イマジネール大賞（2010年〈対象: 2008年7月〜09年6月〉/長編〈フランス語〉）

Beckman, Gunnel
◎ニルス・ホルゲション賞（1975年）

Belben, Rosalind
5916 "Our Horses in Egypt"
◇ジェイムズ・テイト・ブラック記念賞（2007年/フィクション）

Bellagamba, Ugo
5917 "Solutions non satisfaisantes: une anatomie de Robert A. Heinlein"
◇イマジネール大賞（2009年/エッセイ〈評論〉）

Bellocq, Louise
5918 "La Porte retombée"
◇フェミナ賞（1960年）

Belmas, Claire
5919 "A n'importe quel prix"
◇イマジネール大賞（2003年/中編〈フランス語〉）

Belmas, Robert
5920 "A n'importe quel prix"
◇イマジネール大賞（2003年/中編〈フランス語〉）

Benoziglio, Jean-Luc
5921 "Cabinet portrait"
◇メディシス賞（1980年）

Bergen, David
5922 "The Time In Between"
◇スコシアバンク・ギラー賞（2005年）

Berliner, Janet
5923 "Children of the Dusk"
◇ブラム・ストーカー賞（1997年/長編）

Berthelot, Francis
5924 "La maison brisée"
◇イマジネール大賞（2001年/青少年向け長編）
5925 "La métamorphose généralisée"
◇イマジネール大賞（1995年/エッセイ〈評論〉）
5926 "Rivage des intouchables"
◇イマジネール大賞（1991年/長編〈フランス語〉）

Billingsley, Franny
5927 "The Folk Keeper"
◇ボストングローブ・ホーンブック賞（2000年/フィクション）

Billon, Pierre
　5928 "L'Enfant du cinquième nord"
　◇イマジネール大賞（1983年/長編〈フランス語〉）

Biss, Eula
　5929 "Notes From No Man's Land: American Essays"
　◇全米書評家協会賞（2009年/批評）

Bjärbo, Lisa
　5930 "Allt jag säger är sant"
　◇ニルス・ホルゲション賞（2013年）

Blanzat, Jean
　5931 "Le Faussaire"
　◇フェミナ賞（1964年）

Blau, Aljoscha
　5932 "Schwester"
　◇ドイツ児童文学賞（2007年/児童書）

Bober, Natalie S.
　5933 "Abigail Adams: Witness to a Revolution"
　◇ボストングローブ・ホーンブック賞（1995年/ノンフィクション）

Boissais, Maurice
　5934 "Le Goût du péché"
　◇アンテラリエ賞（1954年）

Boltanski, Christophe
　5935 "La Cache"
　◇フェミナ賞（2015年）

Booy, Simon Van
　5936 "Love Begins in Winter"
　◇フランク・オコナー国際短編賞（2009年）

Bordage, Pierre
　5937 "Les Guerriers du silence"
　◇イマジネール大賞（1994年/長編〈フランス語〉）

Bordier, Roger
　5938 "Les Blés"
　◇ルノドー賞（1961年）

Borgeaud, Georges
　5939 "Le Soleil sur Aubiac"
　◇メディシス賞（1987年/エッセイ）
　5940 "Le Voyage à l'étranger"
　◇ルノドー賞（1974年）

Bouchet, Thomas
　5941 "Dictionnaire des Utopies"
　◇イマジネール大賞（2003年/エッセイ〈評論〉）

Bouraoui, Nina
　5942 "Mes mauvaises pensées"
　◇ルノドー賞（2005年）

Bourget-Pailleron, Robert
　5943 "L'Homme du Brésil"
　◇アンテラリエ賞（1933年）

Brandi, Mark
　5944 "Wimmera"
　◇英国推理作家協会賞（2016年/デビュー・ダガー）

Braudeau, Michel
　5945 "Naissance d'une passion"
　◇メディシス賞（1985年）

Bréhal, Nicolas
　5946 "Les Corps célestes"
　◇ルノドー賞（1993年）

Budrys, Algis
　5947 "Benchmarks: Galaxy Bookshelf"
　◇ローカス賞（1986年/ノンフィクション・参考図書）

Burke, Kealan-Patrick
　5948 "The Turtle Boy"
　◇ブラム・ストーカー賞（2004年/中編）

Burn, Gordon
　5949 "Alma Cogan"
　◇コスタ賞（1991年/処女長編）

Butel, Michel
　5950 "L'Autre Amour"
　◇メディシス賞（1977年）

Cairns, David
　5951 "Berlioz, Volume2"
　◇コスタ賞（1999年/伝記）

Cambias, James L.
　5952 "A Darkling Sea"
　◇ジョン・W・キャンベル記念賞（2015年/第2位）

Canal, Richard
5953 "Étoile"
◇イマジネール大賞（1989年/中編〈フランス語〉）

Canales, Juan Diaz
5954 "Fraternity"（1, 2巻）
◇イマジネール大賞（2012年/BD・コミックス）

Cancogni, Manlio
5955 "Allegri, gioventù"
◇ストレーガ賞（1973年）

Carletti, Sébastien
5956 "Nos Années Strange - 1970/1996"
◇イマジネール大賞（2012年/エッセイ〈評論〉）

Caro, Marc
5957 "Le Bunker de la dernière rafale"
◇イマジネール大賞（1983年/特別賞）

Carpelan, Bo
5958 "Bågen"
◇ニルス・ホルゲション賞（1969年）

Carraze, Alain
5959 "Le Prisonnier, chef-d'œuvre télévisionnaire"
◇イマジネール大賞（1991年/エッセイ〈評論〉）

Carroll, Emily
5960 "Through the Woods"
◇英国幻想文学賞（2015年/コミック・グラフィックノベル）

Cartwright, Justin
5961 "Leading the Cheers"
◇コスタ賞（1998年/長編）

Casta, Stefan
5962 "Spelar död"
◇ニルス・ホルゲション賞（2000年）

Cavanagh, Clare
5963 "Lyric Poetry and Modern Politics: Russia, Poland, and the West"
◇全米書評家協会賞（2010年/批評）

Chalandon, Sorj
5964 "Une promesse"
◇メディシス賞（2006年）

Châteaureynaud, Georges-Olivier
5965 "La Faculté des songes"
◇ルノドー賞（1982年）
5966 "L'Autre rive"
◇イマジネール大賞（2009年/長編〈フランス語〉）
5967 "Le combat d'Odiri"
◇イマジネール大賞（1988年/特別賞）
5968 "Quiconque"
◇イマジネール大賞（1996年/中編〈フランス語〉）

Chauvet, Louis
5969 "Air sur la quatrième corde"
◇アンテラリエ賞（1953年）

Chazournes, Félix de
5970 "Caroline ou le Départ pour les îles"
◇フェミナ賞（1938年）

Children of SappertonSchool
5971 "Village Heritage"
◇ネスレ子どもの本賞（1986年/イノベーション部門）

Chu, John
5972 "The Water That Falls on You from Nowhere"
◇ヒューゴー賞（2014年/短編）

Clarke, Lindsay
5973 "The Chymical Wedding"
◇コスタ賞（1989年/長編）

Clavel, Maurice
5974 "Le Tiers des étoiles"
◇メディシス賞（1972年）

Clerisse, Alexandre
5975 "Souvenirs de l'empire de l'atome"
◇イマジネール大賞（2014年/BD・コミックス）

Cluley, Ray
5976 "Shark！Shark！"
◇英国幻想文学賞（2013年/短編）

Coates, Ta-Nehisi
5977 "Between the World and Me"

◇全米図書賞（2015年／ノンフィクション）

Coe, Jonathan
5978 "The House of Sleep"〔仏語題：La Maison du sommeil〕
◇メディシス賞（1998年／外国小説）

Cole, Adrian
5979 "Nick Nightmare Investigates"
◇英国幻想文学賞（2015年／短編集）

Colin, Fabrice
5980 "Cyberpan"
◇イマジネール大賞（2004年／青少年向け長編）
5981 "Dreamericana"
◇イマジネール大賞（2004年／長編〈フランス語〉）
5982 "La Brigade chimérique"（1〜6巻）
◇イマジネール大賞（2011年／BD・コミックス）
5983 "Naufrage mode d'emploi"
◇イマジネール大賞（2000年／中編〈フランス語〉）

Collon, Hélène
5984 "Regards sur Philip K.Dick : Le Kalédickoscopede"
◇イマジネール大賞（1994年／特別賞）

Colombier, Jean
5985 "Les Frères Romance"
◇ルノドー賞（1990年）

Combescot, Pierre
5986 "Les filles du calvaire"
◇ゴンクール賞（1991年）
5987 "Les Funérailles de la Sardine"
◇メディシス賞（1986年）

Conger, Trace
5988 "The Shadow Broker"
◇シェイマス賞（2015年／インディーズ長編）

Cordesse, Gérard
5989 "La Nouvelle science-fiction américaine"
◇イマジネール大賞（1985年／特別賞）

Cortanze, Gérard de
5990 "Assam"

◇ルノドー賞（2002年）

Coupry, François
5991 "Le Fils du concierge de l'opéra"
◇イマジネール大賞（1993年／青少年向け長編）

Coz, Martine Le
5992 "Céleste"
◇ルノドー賞（2001年）

Crawford, Annalisa
5993 "Watching the Storms Roll In"
◇コスタ賞（2015年／コスタ短編賞／第3位）

Crotty, Bill
5994 "The Eternal Life of Ezra"
◇英国推理作家協会賞（2018年／デビュー・ダガー）

Croza, Laurel
5995 "I Know Here"
◇ボストングローブ・ホーンブック賞（2010年／絵本）

Cunningham, Paula
5996 "The Matchboy"
◇コスタ賞（2014年／コスタ短編賞／第2位）

D'Aguiar, Fred
5997 "The Longest Memory"
◇コスタ賞（1994年／処女長編）

Dale, Penny
5998 "The Jamie and Angus Stories"
◇ボストングローブ・ホーンブック賞（2003年／フィクション・詩）

Damasio, Alain
5999 "La horde du contrevent"
◇イマジネール大賞（2006年／長編〈フランス語〉）

d'Arcier, Jeanne Faivre
6000 "Monsieur boum boum"
◇イマジネール大賞（2001年／中編〈フランス語〉）

Dard, Michel
6001 "Juan Maldonne"
◇フェミナ賞（1973年）

Dash, Joan
- *6002* "The Longitude Prize"
  ◇ボストングローブ・ホーンブック賞（2001年/ノンフィクション）

Davies, Carys
- *6003* "The Redemption of Galen Pike"
  ◇フランク・オコナー国際短編賞（2015年）

Davis, Jack E.
- *6004* "The Gulf: The Making of an American Sea"
  ◇ピュリッツアー賞（2018年/歴史）

Day, Thomas
- *6005* "7 secondes pour devenir un aigle"〔短編集〕
  ◇イマジネール大賞（2014年/中編〈フランス語〉）
- *6006* "Du sel sous les paupières"
  ◇イマジネール大賞（2013年/長編〈フランス語〉）

Debats, Jeanne-A
- *6007* "La Vieille Anglaise et le continent"
  ◇イマジネール大賞（2009年/中編〈フランス語〉）

Debon, Nicolas
- *6008* "The Strongest Man in the World: Louis Cyr"
  ◇ボストングローブ・ホーンブック賞（2007年/ノンフィクション）

Debu-Bridel, Jacques
- *6009* "Jeunes Ménages"
  ◇アンテラリエ賞（1935年）

DeFelice, Cynthia
- *6010* "Cold Feet"
  ◇ボストングローブ・ホーンブック賞（2001年/絵本）

Degens, T.
- *6011* "Transport 7-41-R"
  ◇ボストングローブ・ホーンブック賞（1975年/フィクション）

Delius, Friedrich Christian
  ◎ビューヒナー賞（2011年）

Delmas, Henri
- *6012* "Le Rayon SF"
  ◇イマジネール大賞（1984年/特別賞）

Del Rey, Lester
  ◎ネビュラ賞（1990年/グランド・マスター）

Demuth, Michel
- *6013* "Les Galaxiales"
  ◇イマジネール大賞（1977年/長編〈フランス語〉）

Derennes, Charles
- *6014* "Le Bestiaire sentimental"
  ◇フェミナ賞（1924年）

Desai, Kishwar
- *6015* "Witness the Night"
  ◇コスタ賞（2010年/処女長編）

Desbiolles, Maryline
- *6016* "Anchise"
  ◇フェミナ賞（1999年）

Desmarquet, Daniel
- *6017* "Kafka et les jeunes filles"
  ◇メディシス賞（2002年/エッセイ）

Detrez, Conrad
- *6018* "L'Herbe à brûler"
  ◇ルノドー賞（1978年）

Deyres, Natacha Vas
- *6019* "Ces français qui ont écrit demain"
  ◇イマジネール大賞（2013年/エッセイ〈評論〉）

Dixen, Victor
- *6020* "Animale. La Malédiction de Boucle d'or"
  ◇イマジネール大賞（2014年/青少年向け長編〈フランス語〉）
- *6021* "Eté mutant"
  ◇イマジネール大賞（2010年〈対象：2009年7月～12月〉/青少年向け長編〈フランス語〉）

D'Lacey, Joseph
- *6022* "Meat"
  ◇英国幻想文学賞（2009年/最優秀新人〈シドニー・J・バウンズ賞〉）

Donaghy, Michael
 6023 "Shibboleth"
  ◇コスタ賞（1989年/詩）

Doolittle, Sean
 6024 "The Cleanup"
  ◇バリー賞（2007年/ペーパーバック）

Dorato, Stephen
  ◎ブラム・ストーカー賞（2005年/シルバーハンマー賞）

Doumenc, Philippe
 6025 "Les Comptoirs du Sud"
  ◇ルノドー賞（1989年）

Dufour, Catherine
 6026 "Le Goût de l'immortalité"
  ◇イマジネール大賞（2007年/長編〈フランス語〉）
 6027 "L'Immaculée conception"
  ◇イマジネール大賞（2008年/中編〈フランス語〉）

Dunyach, Jean-Claude
 6028 "Déchiffrer la trame"
  ◇イマジネール大賞（1998年/中編〈フランス語〉）
 6029 "Les Nageurs de Sable"
  ◇イマジネール大賞（1984年/中編〈フランス語〉）

Durand, Claude
 6030 "La Nuit zoologique"
  ◇メディシス賞（1979年）

Durcan, Paul
 6031 "Daddy, Daddy"
  ◇コスタ賞（1990年/詩）

Dussere, Erik
 6032 "America is Elsewhere: The Noir Tradition in the Age of Consumer Culture"
  ◇アメリカ探偵作家クラブ賞（2014年/批評・評伝賞）

Ecken, Claude
 6033 "Le monde tous droits réservés"〔短編集〕
  ◇イマジネール大賞（2006年/中編〈フランス語〉）

Ehring, Anna
 6034 "Den stora kärleksfebern"
  ◇ニルス・ホルゲション賞（2012年）
 6035 "Klickflippar och farligheten"
  ◇ニルス・ホルゲション賞（2012年）

Ellis, Warren
 6036 "Black Summer"
  ◇イマジネール大賞（2010年〈対象：2009年7月〜12月〉/BD・コミックス）

Engh, M.J.
  ◎ネビュラ賞（2008年/名誉賞）

Engqvist, Hans Erik
  ◎ニルス・ホルゲション賞（1983年）

Engström, Mikael
 6037 "Isdraken"
  ◇ニルス・ホルゲション賞（2008年）

Ericson, Stig
  ◎ニルス・ホルゲション賞（1970年）

Eskens, Allen
 6038 "The Life We Bury"
  ◇バリー賞（2015年/ペーパーバック）

Etchart, Salvat
 6039 "Le Monde tel qu'il est"
  ◇ルノドー賞（1967年）

Etchegoyen, Alain
 6040 "La Valse des éthiques"
  ◇メディシス賞（1991年/エッセイ）

Evangelisti, Valerio
 6041 "Eymerich"〔シリーズ〕
  ◇イマジネール大賞（1999年/長編〈外国〉）

Fakhouri, Anne
 6042 "Le clairvoyage et La brume des jours"
  ◇イマジネール大賞（2010年〈対象：2008年7月〜09年6月〉/青少年向け長編）

Faraggi, Claude
 6043 "Le Maître d'heure"
  ◇フェミナ賞（1975年）

Fate, Vincent Di
6044 "Infinite Worlds: The Fantastic Visions of Science Fiction Art"
◇ローカス賞（1998年/アートブック）

Fauconnier, Geneviève
6045 "Claude"
◇フェミナ賞（1933年）

Fayard, Colette
6046 "Les Chasseurs au bord de la nuit"
◇イマジネール大賞（1990年/中編〈フランス語〉）

Fazi, Mélanie
6047 "Serpentine"〔短編集〕
◇イマジネール大賞（2005年/中編〈フランス語〉）

Feelings, Muriel
6048 "Jambo Means Hello"
◇ボストングローブ・ホーンブック賞（1974年/絵本）

Feelings, Tom
6049 "Jambo Means Hello"
◇ボストングローブ・ホーンブック賞（1974年/絵本）

Feiling, Keith
6050 "Warren Hastings"
◇ジェイムズ・テイト・ブラック記念賞（1954年/伝記）

Feldstein, Al
◎ブラム・ストーカー賞（2010年/生涯業績）

Fenton, James
6051 "Out of Danger"
◇コスタ賞（1994年/詩）

Fernandez, Enrique
6052 "Les Contes de l'ère du Cobra"（1, 2巻）
◇イマジネール大賞（2013年/BD・コミックス）

Ferniot, Jean
6053 "L'Ombre portée"
◇アンテラリエ賞（1961年）

Ferry, Alain
6054 "Mémoire d'un fou d'Emma"
◇メディシス賞（2009年/エッセイ）

Fies, Brian
6055 "Mutter hat Krebs"
◇ドイツ児童文学賞（2007年/ノンフィクション）

Filer, Nathan
6056 "The Shock of the Fall"
◇コスタ賞（2013年/年間大賞・処女長編）

Fitch, Donna K.
◎ブラム・ストーカー賞（2006年/シルバーハンマー賞）

Fleutiaux, Pierrette
6057 "Nous sommes éternels"
◇フェミナ賞（1990年）

Flores, E.Gabriel
6058 "The Truth of the Moment"
◇アメリカ探偵作家クラブ賞（2017年/ロバート・L.フィッシュ賞）

Foley, Douglas
6059 "shoo bre"
◇ニルス・ホルゲション賞（2004年）

Foreman, Amanda
6060 "Georgiana, Duchess of Devonshire"
◇コスタ賞（1998年/伝記）

Foster, Eugie
6061 "Sinner, Baker, Fabulist, Priest; Red Mask, Black Mask, Gentleman, Beast"
◇ネビュラ賞（2009年/中編）

Foulds, Adam
6062 "The Broken Word"
◇コスタ賞（2008年/詩）

Fountain, Ben
6063 "Billy Lynn's Long Halftime Walk"
◇全米書評家協会賞（2012年/小説）

Fournier, Xavier
6064 "Super-héros, une histoire française"
◇イマジネール大賞（2015年/エッセイ〈評論〉）

Franc, Marie Le
　6065 "Grand-Louis l'innocent"
　　◇フェミナ賞（1927年）
Francis, Louis
　6066 "Blanc"
　　◇ルノドー賞（1934年）
Francis, Robert
　6067 "Le Bateau-refuge"
　　◇フェミナ賞（1934年）
François, Jocelyne
　6068 "Joue-nous España"
　　◇フェミナ賞（1980年）
Frémion, Yves
　6069 "Petite mort, petite amie"
　　◇イマジネール大賞（1978年/中編〈フランス語〉）
French, Patrick
　6070 "The World Is What It Is: The Authorized Biography of V.S. Naipaul"
　　◇全米書評家協会賞（2008年/伝記）
Freustié, Jean
　6071 "Isabelle ou l'arrière-saison"
　　◇ルノドー賞（1970年）
Friedrichson, Sabine
　　◎ドイツ児童文学賞（2015年/特別賞）
Fuller, John
　6072 "Flying to Nowhere"
　　◇コスタ賞（1983年/処女長編）
Gaillard, Robert
　6073 "Les Liens de chaîne"
　　◇ルノドー賞（1942年）
Galzy, Jeanne
　6074 "Les Allongés"
　　◇フェミナ賞（1923年）
Gardner, Graham
　6075 "Im Schatten der Wächter"
　　◇ドイツ児童文学賞（2005年/青少年審査委員賞）
Garland, Inés
　6076 "Wie ein unsichtbares Band"
　　◇ドイツ児童文学賞（2014年/ヤングアダルト）

Gendre, Nathalie Le
　6077 "Mosa Wosa"
　　◇イマジネール大賞（2005年/青少年向け長編）
Gerber, Alain
　6078 "Le Verger du diable"
　　◇アンテラリエ賞（1989年）
Gess, Stéphane
　6079 "La Brigade chimérique"（1～6巻）
　　◇イマジネール大賞（2011年/BD・コミックス）
Gibson, John Michael
　6080 "A Bibliography of A.Conan Doyle"
　　◇アメリカ探偵作家クラブ賞（1984年/スペシャルエドガー）
Gilbert, Jack
　6081 "Refusing Heaven"
　　◇全米書評家協会賞（2005年/詩）
Gilbert, Zoe
　6082 "Fishskin, Hareskin"
　　◇コスタ賞（2014年/コスタ短編賞/第1位）
Gilman, Keith
　6083 "Father's Day"
　　◇シェイマス賞（2007年/私立探偵小説コンテスト）
Girardot, Jean-Jacques
　6084 "Dédales virtuels"〔短編集〕
　　◇イマジネール大賞（2004年/中編〈フランス語〉）
Giron, Sephera
　　◎ブラム・ストーカー賞（2008年/シルバーハンマー賞）
Giudicelli, Christian
　6085 "Station balnéaire"
　　◇ルノドー賞（1986年）
Glubok, Shirley
　6086 "Voyaging to Cathay: Americans in the China Trade"
　　◇ボストングローブ・ホーンブック賞（1976年/ノンフィクション）

Gojon, Edmond
　6087 "Le Jardin des dieux"
　◇フェミナ賞（1920年）

Goodall, John S.
　6088 "The Adventures of Paddy Pork"
　◇ボストングローブ・ホーンブック賞（1969年/絵本）

Govy, Georges
　6089 "Le Moissonneur d'épines"
　◇ルノドー賞（1955年）

Goy, Philip
　6090 "Retour à la terre, définitif"
　◇イマジネール大賞（1977年/中編〈フランス語〉）

Goy, Philippe
　6091 "Le Livre/machine"
　◇イマジネール大賞（1976年/長編〈フランス語〉）

Grant, Linda
　6092 "When I Lived in Modern Times"
　◇ベイリーズ賞（2000年）

Graves, Rain
　6093 "Four Elements"
　◇ブラム・ストーカー賞（2013年/詩集）
　6094 "The Gossamer Eye"
　◇ブラム・ストーカー賞（2002年/詩集）

Gray, Lisa D.
　6095 "The Queen of Secrets"
　◇アメリカ探偵作家クラブ賞（2018年/ロバート・L.フィッシュ賞）

Grigg, John
　6096 "Lloyd George: The People's Champion"
　◇コスタ賞（1978年/伝記）

Grimaud, Michel
　6097 "Le Tyran d'Axilane"
　◇イマジネール大賞（1983年/青少年向け長編〈フランス語〉）

Grousset, Alain
　6098 "Les Chasse-marée"
　◇イマジネール大賞（1994年/青少年向け長編）

Gudule
　6099 "La fille au chien noir"
　◇イマジネール大賞（2000年/青少年向け長編）

Guglielmelli, Joe
　6100 "Buckners Error"
　◇アメリカ探偵作家クラブ賞（2009年/ロバート・L.フィッシュ賞）

Guillou, Philippe Le
　6101 "Les Sept Noms du peintre"
　◇メディシス賞（1997年）

Günday, Hakan
　6102 "Daha"〔仏語題：Encore〕
　◇メディシス賞（2015年/外国小説）

Guran, Paula
　6103 "Darkecho"
　◇ブラム・ストーカー賞（1999年/ノンフィクション）
　6104 "Darkecho Newsletter, Vol.5, #1-50"
　◇ブラム・ストーカー賞（1998年/ノンフィクション）

Guthridge, George
　6105 "Children of the Dusk"
　◇ブラム・ストーカー賞（1997年/長編）

Guy, John
　6106 "My Heart is My Own: The Life of Mary Queen of Scots"
　◇コスタ賞（2004年/伝記）

Gwynn, Stephen
　6107 "The Life Of Mary Kingsley"
　◇ジェイムズ・テイト・ブラック記念賞（1932年/伝記）

Haedens, Kléber
　6108 "L'été finit sous les tilleuls"
　◇アンテラリエ賞（1966年）

Haight, Gordon S.
　6109 "George Eliot"
　◇ジェイムズ・テイト・ブラック記念賞（1968年/伝記）

Hallqvist, Britt G.
　6110 "Festen i Hulabo"
　◇ニルス・ホルゲション賞（1962年）

Hamilton, Nigel
　6111 "Monty: The Making of a General"
　◇コスタ賞（1981年/伝記）

Hankinson, Andrew
　6112 "You Could Do Something Amazing With Your Life〔You Are Raoul Moat〕"
　◇英国推理作家協会賞（2016年/ゴールド・ダガー〈ノンフィクション〉）

Hannah, Mari
　◎英国推理作家協会賞（2017年/図書館賞）

Harding, Thomas
　6113 "Blood on the Page"
　◇英国推理作家協会賞（2018年/ゴールド・ダガー〈ノンフィクション〉）

Hardinge, Frances
　6114 "Cuckoo Song"
　◇英国幻想文学賞（2015年/ファンタジー長編〈ロバート・ホールドストック賞〉）
　6115 "The Lie Tree"
　◇コスタ賞（2015年/年間大賞・児童書）

Harpman, Jacqueline
　6116 "Orlanda"
　◇メディシス賞（1996年）

Harrison, Tony
　6117 "The Gaze of the Gorgon"
　◇コスタ賞（1992年/詩）

Harrod, Tanya
　6118 "The Last Sane Man: Michael Cardew, Modern Pots, Colonialism and the Counterculture"
　◇ジェイムズ・テイト・ブラック記念賞（2012年/伝記）

Healey, Emma
　6119 "Elizabeth is Missing"
　◇コスタ賞（2014年/処女長編）

Heijmans, Toine
　6120 "Op zee"〔仏語題：En mer〕
　◇メディシス賞（2013年/外国小説）

Hellberg, Hans-Eric
　◎ニルス・ホルゲション賞（1971年）

Hemlow, Joyce
　6121 "The History of Fanny Burney"
　◇ジェイムズ・テイト・ブラック記念賞（1958年/伝記）

Henriet, Eric
　6122 "L'histoire revisitée"
　◇イマジネール大賞（2005年/エッセイ〈評論〉）

Henriquez, Robert
　6123 "Along The Valley"
　◇ジェイムズ・テイト・ブラック記念賞（1950年/フィクション）

Henry, Léo
　6124 "Les Trois livres qu'Absalon Nathan n'écrira jamais"
　◇イマジネール大賞（2010年〈対象：2009年7月～12月〉/中編〈フランス語〉）

Hermary-Vieille, Catherine
　6125 "Le Grand Vizir de la nuit"
　◇フェミナ賞（1981年）

Herrera, Juan Felipe
　6126 "Half the World in Light"
　◇全米書評家協会賞（2008年/詩）

Hervieu, Louise
　6127 "Sangs"
　◇フェミナ賞（1936年）

Hiçyilmaz, Gaye
　6128 "The Frozen Waterfall"
　◇フェニックス賞（2013年）

Higgins, Aidan
　6129 "Langrishe, Go Down"
　◇ジェイムズ・テイト・ブラック記念賞（1966年/フィクション）

Högelin-Brattström, Inger
　◎ニルス・ホルゲション賞（1967年）

Hole, Stian
　6130 "Garmans Sommer"

◇ドイツ児童文学賞（2010年/絵本）

Hollis, Matthew
6131 "Now All Roads Lead to France: The Last Years of Edward Thomas"
◇コスタ賞（2011年/伝記）

Homéric
6132 "Le Loup mongol"
◇メディシス賞（1998年）

Huftier, Arnaud
6133 "Jean Ray, l'alchimie du mystère"
◇イマジネール大賞（2011年/エッセイ〈評論〉）

Hughes, Kathryn
6134 "George Eliot: The Last Victorian"
◇ジェイムズ・テイト・ブラック記念賞（1999年/伝記）

Hughes-Hallett, Lucy
6135 "The Pike: Gabriele d'Annunzio, Poet, Seducer and Preacher of War"
◇コスタ賞（2013年/伝記）

Hulth, Sonja
6136 "Barnens svenska historia"
◇ニルス・ホルゲション賞（1993年）

Hunt, Alaric
6137 "Cuts Through Bone"
◇シェイマス賞（2012年/私立探偵小説コンテスト）

Hurley, Andrew Michael
6138 "The Loney"
◇コスタ賞（2015年/処女長編）

Hurley, Kameron
6139 "God's War"
◇英国幻想文学賞（2012年/最優秀新人〈シドニー・J・バウンズ賞〉）
6140 "We Have Always Fought: Challenging the Women, Cattle and Slaves Narrative"
◇ヒューゴー賞（2014年/関連作品）

Isakson, Kajsa
6141 "Min Ella"
◇ニルス・ホルゲション賞（2006年）

Jaccaud, Frédéric
6142 "Souvenirs du futur: Les Miroirs de la Maison d'Ailleurs"
◇イマジネール大賞（2014年/エッセイ〈評論〉）

Jacob, Charlee
6143 "Dread in the Beast"
◇ブラム・ストーカー賞（2005年/長編）
6144 "Four Elements"
◇ブラム・ストーカー賞（2013年/詩集）
6145 "Sineater"
◇ブラム・ストーカー賞（2005年/詩集）
6146 "Vectors: A Week in the Death of a Planet"
◇ブラム・ストーカー賞（2007年/詩集）

Jacques, Paula
6147 "Déborah et les anges dissipés"
◇フェミナ賞（1991年）

Jaffery, Sheldon
◎ブラム・ストーカー賞（1998年/シルバーハンマー賞）

Jamek, Václav
6148 "Traité des courtes merveilles"
◇メディシス賞（1989年/エッセイ）

James, Matt
6149 "I Know Here"
◇ボストングローブ・ホーンブック賞（2010年/絵本）

Jamie, Kathleen
6150 "The Overhaul"
◇コスタ賞（2012年/詩）

Janssen, Susanne
6151 「ヘンゼルとグレーテル」"Hänsel und Gretel"
◇ドイツ児童文学賞（2008年/絵本）

Jasanoff, Maya
6152 "Liberty's Exiles: American Loyalists in the Revolutionary War"
◇全米書評家協会賞（2011年/ノンフィクション）

Jauffret, Régis
  6153 "Asiles de fous"
  ◇フェミナ賞（2005年）
Jeal, Tim
  6154 "Stanley: The Impossible Life of Africa's Greatest Explorer"
  ◇全米書評家協会賞（2007年/伝記）
Jenkins, Roy
  6155 "Gladstone"
  ◇コスタ賞（1995年/伝記）
Jeune, Guy Le
  6156 "Small Town Removal"
  ◇コスタ賞（2012年/コスタ短編賞/第3位）
Jirgl, Reinhard
  ◎ビューヒナー賞（2010年）
Johansson i Backe, Kerstin
  6157 "Moa och Pelle"
  ◇ニルス・ホルゲション賞（1982年）
Johnson, Russell W.
  6158 "Chung Ling Soo's Greatest Trick"
  ◇アメリカ探偵作家クラブ賞（2016年/ロバート・L.フィッシュ賞）
Jollimore, Troy
  6159 "Tom Thomson in Purgatory"
  ◇全米書評家協会賞（2006年/詩）
Jones, Sadie
  6160 "The Outcast"
  ◇コスタ賞（2008年/処女長編）
Jordan, Ceri
  6161 "Rough Justice"
  ◇シェイマス賞（2002年/短編）
Jordis, Christine
  6162 "Gens de la Tamise"
  ◇メディシス賞（1999年/エッセイ）
Josselin, Jean-François
  6163 "L'Enfer et Cie"
  ◇メディシス賞（1982年）
Joy, Avril
  6164 "Millie and Bird"
  ◇コスタ賞（2012年/コスタ短編賞/第1位）
Jubert, Hervé
  6165 "Magies secrètes"
  ◇イマジネール大賞（2013年/青少年向け長編〈フランス語〉）
Julian, Alain
  6166 "Le Rayon SF"
  ◇イマジネール大賞（1984年/特別賞）
Kaftan, Vylar
  6167 "The Weight of the Sunrise"
  ◇ネビュラ賞（2013年/中長編）
Kamen, Michael
  6168 "People of Paradox: An Inquiry Concerning the Origins of American Civilization"
  ◇ピュリッツアー賞（1973年/歴史）
Kappacher, Walter
  ◎ビューヒナー賞（2009年）
Kaufman, Thomas
  6169 "Drink the Tea"
  ◇シェイマス賞（2008年/私立探偵小説コンテスト）
Keates, Jonathan
  6170 "Allegro Postillions"
  ◇ジェイムズ・テイト・ブラック記念賞（1983年/フィクション）
Kelley, Ann
  6171 "The Bower Bird"
  ◇コスタ賞（2007年/児童書）
Kern, Alfred
  6172 "Le Bonheur fragile"
  ◇ルノドー賞（1960年）
Ketton-Cremer, R.W.
  6173 "Thomas Gray"
  ◇ジェイムズ・テイト・ブラック記念賞（1955年/伝記）
Keynes, Geoffrey
  6174 "The Life Of William Harvey"
  ◇ジェイムズ・テイト・ブラック記念賞（1966年/伝記）
Kingsbury, Donald
  6175 "Courtship Rite"
  ◇ローカス賞（1983年/処女長編）

Kleinzahler, August
  6176 "Sleeping It Off in Rapid City"
  ◇全米書評家協会賞（2008年/詩）
Klise, James
  6177 "The Art of Secrets"
  ◇アメリカ探偵作家クラブ賞（2015年/ヤングアダルト賞）
Kloetze, L.L.
  6178 "Anamnèse de Lady Star"
  ◇イマジネール大賞（2014年/長編〈フランス語〉）
Knost, Michael
  6179 "WriTers Workshop of Horror"
  ◇ブラム・ストーカー賞（2009年/ノンフィクション）
Korn, Wolfgang
  6180 "Das Rätsel der Varusschlacht"
  ◇ドイツ児童文学賞（2009年/ノンフィクション）
Kreller, Susan
  6181 "Schneeriese"
  ◇ドイツ児童文学賞（2015年/ヤングアダルト）
Kronauer, Brigitte
  ◎ビューヒナー賞（2005年）
Kuhl, Anke
  6182 "Alles Familie！"
  ◇ドイツ児童文学賞（2011年/ノンフィクション）
Kuhlken, Ken
  6183 "The Loud Adios"
  ◇シェイマス賞（1990年/私立探偵小説コンテスト）
Kusche, Elke
  6184 "Anton taucht ab"
  ◇ドイツ児童文学賞（2011年/児童書）
Lacamp, Max-Olivier
  6185 "Les Feux de la colère"
  ◇ルノドー賞（1969年）
Lacassin, Francis
  6186 "Mythologie du fantastique"
  ◇イマジネール大賞（1993年/エッセイ〈評論〉）

LaFaye, A.
  6187 "Worth"
  ◇スコット・オデール賞（2005年）
Lafforest, Roger De
  6188 "Les Figurants de la mort"
  ◇アンテラリエ賞（1939年）
Lagerqvist, Camilla
  6189 "Uppdraget"
  ◇ニルス・ホルゲション賞（2015年）
Lainé, Jean-Marc
  6190 "Nos Années Strange - 1970/1996"
  ◇イマジネール大賞（2012年/エッセイ〈評論〉）
  6191 "Super-héros！La puissance des masques"
  ◇イマジネール大賞（2012年/エッセイ〈評論〉）
Lainé, Sylvie
  6192 "Les Yeux d'Elsa"
  ◇イマジネール大賞（2007年/中編〈フランス語〉）
  6193 "L'Opéra de Shaya"〔短編集〕
  ◇イマジネール大賞（2015年/中編〈フランス語〉）
Lambert, Christophe
  6194 "Aucun homme n'est une île"
  ◇イマジネール大賞（2015年/長編〈フランス語〉）
Lambron, Marc
  6195 "L'Œil du silence"
  ◇フェミナ賞（1993年）
Langan, Sarah
  6196 "Audrey's Door"
  ◇ブラム・ストーカー賞（2009年/長編）
  6197 "The Lost"
  ◇ブラム・ストーカー賞（2008年/短編）
  6198 "The Missing"
  ◇ブラム・ストーカー賞（2007年/長編）
Langlois, Christophe
  6199 "Boire la tasse"〔短編集〕
  ◇イマジネール大賞（2012年/中編〈フ

ランス語〉）

Lapierre, Nicole
6200 "Sauve qui peut la vie"
◇メディシス賞（2015年/エッセイ）

Laporte, René
6201 "Chasses de novembre"
◇アンテラリエ賞（1936年）

Lascia, M.Teresa Di
6202 "Passaggio in ombra"
◇ストレーガ賞（1995年）

Launay, Pierre-Jean
6203 "Léonie la bienheureuse"
◇ルノドー賞（1938年）

Lebras-Chopard, Armelle
6204 "Le Zoo des philosophes"
◇メディシス賞（2000年/エッセイ）

Lecigne, Bruno
6205 "La Femme-escargot allant au bout du monde"
◇イマジネール大賞（1981年/中編〈フランス語〉）

Ledbetter, William
6206 "The Long Fall Up"
◇ネビュラ賞（2016年/中編）

Lee, Fonda
6207 "Jade City"
◇世界幻想文学大賞（2018年/長編）

Leloup, Roger
6208 "Le Pic des ténèbres"
◇イマジネール大賞（1990年/青少年向け長編〈フランス語〉）

Lerer, Seth
6209 "Children's Literature: A Reader's History: Reader's History from Aesop to Harry Potter"
◇全米書評家協会賞（2008年/批評）

Levy, Michael
6210 "Children's Fantasy Literature: An Introduction"
◇世界幻想文学大賞（2017年/特別賞〈プロ〉）

Lewis, Robin Coste
6211 "Voyage of the Sable Venus"
◇全米図書賞（2015年/詩）

Lewitscharoff, Sibylle
◎ビューヒナー賞（2013年）

Liberati, Simon
6212 "Jayne Mansfield 1967"
◇フェミナ賞（2011年）

Ligny, Jean-Marc
6213 "Inner city"
◇イマジネール大賞（1997年/長編〈フランス語〉）

Limite
6214 "Le Parc zoonirique"
◇イマジネール大賞（1988年/中編〈フランス語〉）

Lind, Åsa
6215 "Sandvargen"
◇ニルス・ホルゲション賞（2003年）

Linderholm, Helmer
6216 "Amisko"シリーズ
◇ニルス・ホルゲション賞（1981年）

Lindon, Mathieu
6217 "Ce qu'aimer veut dire"
◇メディシス賞（2011年）

Lish, Atticus
6218 "Preparation for the Next Life"
◇ペン・フォークナー賞（2015年）

Logan, William
6219 "The Undiscovered Country: Poetry in the Age of Tin"
◇全米書評家協会賞（2005年/批評）

Logue, Christopher
6220 "Cold Calls"
◇コスタ賞（2005年/詩）

Longley, Michael
6221 "Gorse Fires"
◇コスタ賞（1991年/詩）

Lundström, Janne
6222 "Morbror Kwesis vålnad"
◇ニルス・ホルゲション賞（2001年）

Maggiani, Maurizio
6223 "Il viaggiatore notturno"
◇ストレーガ賞（2005年）

Majok, Martyna
　6224 "Cost of Living"
　　◇ピュリッツアー賞（2018年／戯曲）

Malaquais, Jean
　6225 "Les Javanais"
　　◇ルノドー賞（1939年）

Malrieu, Joël
　6226 "Le Fantastique"
　　◇イマジネール大賞（1994年／エッセイ〈評論〉）

Maly, Michel
　6227 "Les Voyages ordinaires d'un amateur de tableaux"
　　◇イマジネール大賞（1989年／特別賞）

Manet, Eduardo
　6228 "Rhapsodie cubaine"
　　◇アンテラリエ賞（1996年）

Mangold, Maud
　6229 "Pärlor till pappa"
　　◇ニルス・ホルゲション賞（2009年）

Marano, Michael
　6230 "Dawn Song"
　　◇ブラム・ストーカー賞（1998年／処女長編）

Marbo, Camille
　6231 "La Statue voilée"
　　◇フェミナ賞（1913年）

Marcastel, Jean-Luc
　6232 "La Seconde vie de d'Artagnan"
　　◇イマジネール大賞（2015年／青少年向け長編〈フランス語〉）

Marks, Paul
　6233 "White Heat"
　　◇シェイマス賞（2013年／インディーズ長編）

Marra, Anthony
　6234 "A Constellation Of Vital Phenomena"
　　◇全米書評家協会賞（2013年／ジョン・レオナルド賞）

Martin, Bengt
　6235 "Bengt och kärleken"
　　◇ニルス・ホルゲション賞（1979年）

Martin-Chauffier, Gilles
　6236 "Les Corrompus"
　　◇アンテラリエ賞（1998年）

Martinigol, Danielle
　6237 "Les Abîmes d'Autremer"
　　◇イマジネール大賞（2002年／青少年向け長編）

Masłowska, Dorota
　6238 "Schneeweiß und Russenrot"
　　◇ドイツ児童文学賞（2005年／ヤングアダルト）

Mason, Rena
　6239 "Ruminations"
　　◇ブラム・ストーカー賞（2014年／短編）
　6240 "The Evolutionist"
　　◇ブラム・ストーカー賞（2013年／処女長編）
　　◎ブラム・ストーカー賞（2014年／シルバーハンマー賞）

Massip, Renée
　6241 "La Bête quaternaire"
　　◇アンテラリエ賞（1963年）

Mattson, Olle
　6242 "Briggen Tre Liljor"
　　◇ニルス・ホルゲション賞（1956年）

Maxeiner, Alexandra
　6243 "Alles Familie！"
　　◇ドイツ児童文学賞（2011年／ノンフィクション）

Mazzola, Anna
　6244 "The Unseeing"
　　◇アメリカ探偵作家クラブ賞（2018年／ペーパーバック賞）

McBride, Eimear
　6245 "A Girl Is a Half-formed Thing"
　　◇ベイリーズ賞（2014年）

McLaughlin, Mark
　6246 "The Gossamer Eye"
　　◇ブラム・ストーカー賞（2002年／詩集）

Meek, Joanne
　6247 "Jellyfish"

◇コスタ賞(2014年/コスタ短編賞/第3位)

Melaschwili, Tamta
6248 "Abzählen"
◇ドイツ児童文学賞(2013年/ヤングアダルト)

Melin, Mårten
6249 "Som Trolleri"
◇ニルス・ホルゲション賞(2011年)

Mellier, Denis
6250 "La littérature fantastique"
◇イマジネール大賞(2001年/エッセイ〈評論〉)
6251 "L'écriture de l'excès - Fiction fantastique et poétique de la terreur"
◇イマジネール大賞(2001年/エッセイ〈評論〉)
6252 "Otrante n° 9"
◇イマジネール大賞(1998年/エッセイ〈評論〉)

Meloy, Paul
6253 "Black Static"
◇英国幻想文学賞(2005年/短編)

Melville, Pauline
6254 "The Ventriloquist's Tale"
◇コスタ賞(1997年/処女長編)

Mendlesohn, Farah
6255 "Children's Fantasy Literature: An Introduction"
◇世界幻想文学大賞(2017年/特別賞〈プロ〉)
6256 "Reading Science Fiction"
◇英国SF協会賞(2003年/ノンフィクション)
6257 "Rhetorics of Fantasy"
◇英国SF協会賞(2008年/ノンフィクション)
6258 "The Cambridge Companion to Science Fiction"
◇ヒューゴー賞(2005年/関連書籍)

Michaels, Sean
6259 "Us Conductors"
◇スコシアバンク・ギラー賞(2014年)

Milan, René
6260 "L'Odyssée d'un transport torpillé"
◇フェミナ賞(1917年)

Milchman, Jenny
6261 "Cover of Snow"
◇アメリカ探偵作家クラブ賞(2014年/メアリ・ヒギンズ・クラーク賞)

Milési, Raymond
6262 "Extra-muros"
◇イマジネール大賞(1991年/中編〈フランス語〉)
6263 "Papa, j'ai remonté le temps"
◇イマジネール大賞(1997年/青少年向け長編)

Mille, Raoul
6264 "Les Amants du paradis"
◇アンテラリエ賞(1987年)

Miller, Sam J.
6265 "The Art of Starving"
◇アンドレ・ノートン賞(2017年)

Mohl, Nils
6266 "Es war einmal Indianerland"
◇ドイツ児童文学賞(2012年/ヤングアダルト)

Möller, Anne
6267 "Nester bauen, Höhlen knabbern Wie Insekten für ihre Kinder sorgen"
◇ドイツ児童文学賞(2005年/ノンフィクション)

Monesi, Irène
6268 "Nature morte devant la fenêtre"
◇フェミナ賞(1966年)

Monnet, Anne-Marie
6269 "Le Chemin du soleil"
◇フェミナ賞(1945年)

Montefoschi, Giorgio
6270 "La casa del padre"
◇ストレーガ賞(1994年)

Morel, Jacques
6271 "Feuilles mortes"
◇フェミナ賞(1912年)

Mullarkey, Rory
6272 "Cannibals"

Muller, Henry
6273 "Clem"
◇アンテラリエ賞（1960年）

Munuera, José-Luis
6274 "Fraternity"（1, 2巻）
◇イマジネール大賞（2012年/BD・コミックス）

Murphy, Danny
6275 "Rogey"
◇コスタ賞（2015年/コスタ短編賞/第1位）

Myers, E.C.
6276 "Fair Coin"
◇アンドレ・ノートン賞（2012年）

Nabonne, Bernard
6277 "Maïtena"
◇ルノドー賞（1927年）

Namier, Julia
6278 "Lewis Namier"
◇ジェイムズ・テイト・ブラック記念賞（1971年/伝記）

Nasir, Jamil
6279 "Tower of Dreams"〔仏語題：La Tour des rêves〕
◇イマジネール大賞（2003年/長編〈外国〉）

Naumann, Cilla
6280 "Kulor i hjärtat"
◇ニルス・ホルゲション賞（2010年）

Nels, Jacques
6281 "Poussière du temps"
◇アンテラリエ賞（1946年）

Newsome, David
6282 "On the Edge of Paradise: A C Benson the Diarist"
◇コスタ賞（1980年/伝記）

Nguyen, Jean-Jacques
6283 "L'Amour au temps du silicium"
◇イマジネール大賞（1999年/中編〈フランス語〉）

Nilsson, Per
6284 "Anarkai"
◇ニルス・ホルゲション賞（1997年）
6285 "Hjärtans fröjd"〔独語題：So Lonely〕
◇ドイツ児童文学賞（1997年/ヤングアダルト）

Nilsson-Brännström, Moni
6286 "Bara Tsatsiki"
◇ニルス・ホルゲション賞（1998年）

Niogret, Justine
6287 "Chien du heaume"
◇イマジネール大賞（2010年〈対象：2009年7月～12月〉/長編〈フランス語〉）

Noirez, Jérôme
6288 "Le diapason des mots et des misères"〔短編集〕
◇イマジネール大賞（2010年〈対象：2008年7月～09年6月〉/中編〈フランス語〉）

Nosfell, Labyala
6289 "Le lac aux Vélies"
◇イマジネール大賞（2010年〈対象：2008年7月～09年6月〉/特別賞）

Novick, Nancy
6290 "How Does He Die This Time？"
◇アメリカ探偵作家クラブ賞（2019年/ロバート・L.フィッシュ賞）

Nürnberger, Christian
6291 "Gabriel Verlag"
◇ドイツ児童文学賞（2010年/ノンフィクション）

Ochse, Weston
6292 "Scarecrow Gods"
◇ブラム・ストーカー賞（2005年/処女長編）

Okereke, Chioma
6293 "Trompette de la Mort"
◇コスタ賞（2012年/コスタ短編賞/第2位）

Oliveri, Michael
6294 "Deadliest of the Species"
◇ブラム・ストーカー賞（2001年/処女

Olivier, Jean-Michel
　6295 "L'amour nègre"
　　◇アンテラリエ賞（2010年）

Ollivier, Éric
　6296 "L'Orphelin de mer... ou les Mémoires de monsieur Non"
　　◇アンテラリエ賞（1982年）

O'Shea, Tara
　6297 "Chicks Dig Time Lords: A Celebration of Doctor Who by the Women Who Love It"
　　◇ヒューゴー賞（2011年/関連作品）

Oswald, Hélène
　6298 "Le Prisonnier, chef-d'œuvre télévisionnaire"
　　◇イマジネール大賞（1991年/エッセイ〈評論〉）

Pagel, Michel
　6299 "Le roi d'août"
　　◇イマジネール大賞（2003年/長編〈フランス語〉）

Pajak, Frédéric
　6300 "Manifeste incertain 3"
　　◇メディシス賞（2014年/エッセイ）

Palle, Albert
　6301 "L'Expérience"
　　◇ルノドー賞（1959年）

Paquet, Olivier
　6302 "Synesthésie"
　　◇イマジネール大賞（2002年/中編〈フランス語〉）

Paterson, Don
　6303 "40 Sonnets"
　　◇コスタ賞（2015年/詩）
　6304 "Landing Light"
　　◇コスタ賞（2003年/詩）

Perry, Jacques
　6305 "L'Amour de rien"
　　◇ルノドー賞（1952年）

Petoud, Wildy
　6306 "Accident d'amour"
　　◇イマジネール大賞（1993年/中編〈フランス語〉）

Petričić, Dušan
　6307 "The Longitude Prize"
　　◇ボストングローブ・ホーンブック賞（2001年/ノンフィクション）

Pevel, Pierre
　6308 "Les Ombres de Wielstadt"
　　◇イマジネール大賞（2002年/長編〈フランス語〉）

Picholle, Éric
　6309 "Solutions non satisfaisantes: une anatomie de Robert A. Heinlein"
　　◇イマジネール大賞（2009年/エッセイ〈評論〉）

Pireyre, Emmanuelle
　6310 "Féerie générale"
　　◇メディシス賞（2012年）

Pomilio, Mario
　6311 "Il Natale del 1833"
　　◇ストレーガ賞（1983年）

Portelle, Jean
　6312 "Janitzia ou la Dernière qui aima d'amour"
　　◇アンテラリエ賞（1960年）

Powell, D.A.
　6313 "Useless Landscape, or A Guide for Boys"
　　◇全米書評家協会賞（2012年/詩）

Powell, Lily
　6314 "The Bird Of Paradise"
　　◇ジェイムズ・テイト・ブラック記念賞（1970年/フィクション）

Poznanski, Ursula
　6315 "Erebos"
　　◇ドイツ児童文学賞（2011年/青少年審査委員賞）

Prucher, Jeff
　6316 "Brave New Words: The Oxford Dictionary of Science Fiction"
　　◇ヒューゴー賞（2008年/関連書籍）

Purvis, Stephen
　6317 "Close But No Cigar: A True Story of Prison Life in Castro's Cuba"
　　◇英国推理作家協会賞（2017年/ゴール

ド・ダガー〈ノンフィクション〉〉

Quenot, Katherine
6318 "Rien que des sorcières"
◇イマジネール大賞（1994年/中編〈フランス語〉）

Quiriny, Bernard
6319 "Une collection très particulière"〔短編集〕
◇イマジネール大賞（2013年/中編〈フランス語〉）

Rankin, Sherry
6320 "Strange Fire"
◇英国推理作家協会賞（2017年/デビュー・ダガー）

Ranst, Do van
6321 "Wir retten Leben, sagt mein Vater"
◇ドイツ児童文学賞（2007年/ヤングアダルト）

Readman, Angela
6322 "The Keeper of the Jackalopes"
◇コスタ賞（2013年/コスタ短編賞/第1位）

Regnaud, Jean
6323 "My Mommy Is In America And She Met Buffalo Bill"〔独語題：Meine Mutter ist in Amerika und hat Buffalo Bill getroffen〕
◇ドイツ児童文学賞（2010年/児童書）

Rehak, Melanie
6324 "Girl Sleuth: Nancy Drew and the Women Who Created Her"
◇アガサ賞（2005年/ノンフィクション）
◇アメリカ探偵作家クラブ賞（2006年/批評・評伝賞）
◇マカヴィティ賞（2006年/ノンフィクション）

Reid, Forrest
6325 "Young Tom"
◇ジェイムズ・テイト・ブラック記念賞（1944年/フィクション）

Remy, Ada
6326 "La Maison du Cygne"
◇イマジネール大賞（1979年/長編〈フランス語〉）

Remy, Yves
6327 "La Maison du Cygne"
◇イマジネール大賞（1979年/長編〈フランス語〉）

Renard, Jean-Bruno
6328 "Rumeurs et légendes urbaines"
◇イマジネール大賞（2000年/エッセイ〈評論〉）

Reuterswärd, Maud
◎ニルス・ホルゲション賞（1976年）

Ridley, Jasper
6329 "Lord Palmerston"
◇ジェイムズ・テイト・ブラック記念賞（1970年/伝記）

Robert, Louis de
6330 "Le Roman du malade"
◇フェミナ賞（1911年）

Roche, Thérèse
6331 "Le Naviluk"
◇イマジネール大賞（1984年/青少年向け長編〈フランス語〉）

Röckl, Christina
6332 "Und dann platzt der Kopf"
◇ドイツ児童文学賞（2015年/ノンフィクション）

Roerden, Chris
6333 "Don't Murder Your Mystery"
◇アガサ賞（2006年/ノンフィクション）

Rohrig, Judi
6334 "Hellnotes"
◇ブラム・ストーカー賞（2004年/ノンフィクション）

Rolin, Dominique
6335 "Le Souffle"
◇フェミナ賞（1952年）

Rolin, Jean
6336 "L'Organisation"
◇メディシス賞（1996年）

Rose, Kenneth
6337 "King George V"
◇コスタ賞（1983年/伝記）

Rouiller, François
6338 "100 mots pour voyager en science-fiction"
◇イマジネール大賞（2007年/エッセイ〈評論〉）

Roux, François de
6339 "Jours sans gloire"
◇ルノドー賞（1935年）

Rowe, Diane
6340 "Tomorrow is our Permanent Address"
◇コスタ賞（1984年/短編）

Ruellan, André
6341 "Mémo"
◇イマジネール大賞（1985年/長編〈フランス語〉）

Ryp, Juan José
6342 "Black Summer"
◇イマジネール大賞（2010年〈対象：2009年7月〜12月〉/BD・コミックス）

Sabar, Ariel
6343 "My Father's Paradise: A Son's Search for His Jewish Past in Kurdish Iraq"
◇全米書評家協会賞（2008年/自伝）

Sáenz, Benjamin Alire
6344 "Everything Begins & Ends at the Kentucky Club"
◇ペン・フォークナー賞（2013年）

Saint-Bris, Gonzague
6345 "Les vieillards de Saint-Bris"
◇アンテラリエ賞（2002年）

Schreiber, Boris
6346 "Un silence d'environ une demi-heure"
◇ルノドー賞（1996年）

Scott, Hugh
6347 "Why Weeps the Brogan?"
◇コスタ賞（1989年/児童書）

Segal, Francesca
6348 "The Innocents"
◇コスタ賞（2012年/処女長編）

Selbourne, Raphael
6349 "Beauty"
◇コスタ賞（2009年/処女長編）

Seshadri, Vijay
6350 "3 Sections"
◇ピュリッツアー賞（2014年/詩）

Sgorlon, Carlo
6351 "L'armata dei fiumi perduti"
◇ストレーガ賞（1985年）

Shepphird, John
6352 "Ghost Negligence"
◇シェイマス賞（2013年/短編）

Silve, Claude
6353 "Bénédiction"
◇フェミナ賞（1935年）

Simon, Marge
6354 "Four Elements"
◇ブラム・ストーカー賞（2013年/詩集）
6355 "Vampires, Zombies & Wanton Souls"
◇ブラム・ストーカー賞（2012年/詩集）
6356 "Vectors: A Week in the Death of a Planet"
◇ブラム・ストーカー賞（2007年/詩集）

Siti, Walter
6357 "Resistere non serve a niente"
◇ストレーガ賞（2013年）

Siverling, Michael
6358 "The Sterling Inheritance"
◇シェイマス賞（2002年/私立探偵小説コンテスト）

Skibsrud, Johanna
6359 "The Sentimentalists"
◇スコシアバンク・ギラー賞（2010年）

Soli, Tatjani
6360 "The Lotus Eaters"
◇ジェイムズ・テイト・ブラック記念賞（2010年/フィクション）

Sonkin, François
6361 "Un amour de père"
◇フェミナ賞（1978年）

Soros, Erin
  6362 "Fallen"
  ◇コスタ賞（2015年/コスタ短編賞/第2位）

Spalding, Ruth
  6363 "The Improbable Puritan: A Life of Bulstrode Whitelock"
  ◇コスタ賞（1975年/処女長編）

Spehner, Norbert
  6364 "Écrits sur la science-fiction"
  ◇イマジネール大賞（1989年/エッセイ〈評論〉）

Sperring, Kari
  6365 "Living With Ghosts"
  ◇英国幻想文学賞（2010年/最優秀新人〈シドニー・J・バウンズ賞〉）

Sprackland, Jean
  6366 "Tilt"
  ◇コスタ賞（2007年/詩）

Stone, Eric James
  6367 "That Leviathan Whom Thou Hast Made"
  ◇ネビュラ賞（2010年/中編）

Sulzer, Alain Claude
  6368 "Ein perfekter Kellner"〔仏語題：Un garçon parfait〕
  ◇メディシス賞（2008年/外国小説）

Sussan, Dona
  6369 "Les nourritures extraterrestres"
  ◇イマジネール大賞（1995年/特別賞）

Sussan, René
  6370 "Les nourritures extraterrestres"
  ◇イマジネール大賞（1995年/特別賞）
  6371 "Un fils de Prométhée, ou Frankenstein dévoilé"
  ◇イマジネール大賞（1985年/中編〈フランス語〉）

Szybist, Mary
  6372 "Incarnadine"
  ◇全米図書賞（2013年/詩）

Taylor, DJ
  6373 "Orwell: The Life"
  ◇コスタ賞（2003年/伝記）

Ténèze, Marie-Louise
  6374 "Les contes merveilleux français"
  ◇イマジネール大賞（2006年/エッセイ〈評論〉）

Thaon, Marcel
  6375 "Essai psychanalytique sur la création littéraire - Processus et fonction de l'écriture chez un auteur de Science-Fiction: Philip K. Dick"
  ◇イマジネール大賞（1982年/特別賞）

Theodoridou, Natalia
  6376 "The Birding: A Fairy Tale"
  ◇世界幻想文学大賞（2018年/短編）

Thomas, Lynne M.
  6377 "Chicks Dig Time Lords: A Celebration of Doctor Who by the Women Who Love It"
  ◇ヒューゴー賞（2011年/関連作品）

Tillage, Leon Walter
  6378 "Leon's Story"
  ◇ボストングローブ・ホーンブック賞（1998年/ノンフィクション）

Tomizza, Fulvio
  6379 "La miglior vita"
  ◇ストレーガ賞（1977年）

Tortey, Fabrice
  6380 "Echos de Cimmérie: Hommage à Robert Ervin Howard（1906-1936）"
  ◇イマジネール大賞（2010年〈対象：2008年7月〜09年6月〉/エッセイ〈評論〉）

Touze, Guillaume Le
  6381 "Comme ton père"
  ◇ルノドー賞（1994年）

Trillard, Marc
  6382 "Eldorado 51"
  ◇アンテラリエ賞（1994年）

Trpak, Heidi
  6383 "Gerda Gelse"
  ◇ドイツ児童文学賞（2014年/ノンフィクション）

Truluck, Robert
  6384 "Street Legal"
    ◇シェイマス賞（1999年/私立探偵小説コンテスト）

Ure, Louise
  6385 "Forcing Amaryllis"
    ◇シェイマス賞（2006年/処女長編）

Valéry, Francis
  6386 "Souvenirs du futur: Les Miroirs de la Maison d'Ailleurs"
    ◇イマジネール大賞（2014年/エッセイ〈評論〉）

Violet, Lydie
  6387 "La Vie sauve"
    ◇メディシス賞（2005年/エッセイ）

Vrigny, Roger
  6388 "La Nuit de Mougins"
    ◇フェミナ賞（1963年）

Wagner, Roland C.
  6389 "Les Futurs mystères de Paris"〔シリーズ〕
    ◇イマジネール大賞（1999年/長編〈フランス語〉）
  6390 "Rêves de Gloire de"
    ◇イマジネール大賞（2012年/長編〈フランス語〉）

Wallace, Jason
  6391 "Out of Shadows"
    ◇コスタ賞（2010年/児童書）

Walter, Georges
  6392 "Des vols de Vanessa"
    ◇アンテラリエ賞（1972年）

Walther, Daniel
  6393 "L'Épouvante"
    ◇イマジネール大賞（1980年/長編〈フランス語〉）
  6394 "Les Soleils noirs d'Arcadie"〔アンソロジー〕
    ◇イマジネール大賞（1976年/中編〈フランス語〉）

Wärnlöf, Anna Lisa
  6395 "Pellas bok"
    ◇ニルス・ホルゲション賞（1959年）

Warthman, Dan
  6396 "A Dreadful Day"
    ◇アメリカ探偵作家クラブ賞（2010年/ロバート・L・フィッシュ賞）

Weldon, Michael J.
  6397 "The Psychotronic Video Guide"
    ◇世界幻想文学大賞（1997年/特別賞〈プロ〉）

Wernström, Sven
  6398 "Trälarna"
    ◇ニルス・ホルゲション賞（1974年）

Widerberg, Siv
    ◎ニルス・ホルゲション賞（1978年）

Wiecek, Michael
  6399 "A Death in Ueno"
    ◇シェイマス賞（2006年/短編）

Wijngaard, Juan
  6400 "Sir Gawain and the Loathly Lady"
    ◇ケイト・グリーナウェイ賞（1985年）

Wilde, Fran
  6401 "Updraft"
    ◇アンドレ・ノートン賞（2015年）

Winter, Corrine De
  6402 "The Women at the Funeral"
    ◇ブラム・ストーカー賞（2004年/詩集）

Wintrebert, Joëlle
  6403 "Le Créateur chimérique"
    ◇イマジネール大賞（1989年/長編〈フランス語〉）

Wolfromm, Jean-Didier
  6404 "Diane Lanster"
    ◇アンテラリエ賞（1978年）

Wright, Cheyenne
  6405 "Girl Genius, Volume10: Agatha Heterodyne and the Guardian Muse"
    ◇ヒューゴー賞（2011年/グラフィックストーリー）
  6406 "Girl Genius, Volume8: Agatha Heterodyne and the Chapel of Bones"
    ◇ヒューゴー賞（2009年/グラフィック

ストーリー)
6407 "Girl Genius, Volume9: Agatha Heterodyne and the Heirs of the Storm"
◇ヒューゴー賞(2010年/グラフィックストーリー)

作家名原綴索引

【 A 】

Aames, Avery →エイムズ, エイヴリー……… 52
Abani, Chris →アバニ, クリス…………… 10
Abbott, George →アボット, ジョージ……… 11
Abbott, Jeff →アボット, ジェフ…………… 11
Abbott, Megan →アボット, メーガン……… 11
Abbott, Tony →アボット, トニー…………… 11
Abish, Walter →アビッシュ, ウォルター…… 10
Abnett, Kathryn →アブネット, キャサリン…10
Abraham, Pearl →アブラハム, パール……… 11
Abrahams, Peter →エイブラハムズ, ピーター
………………………………………………… 52
Achebe, Chinua →アチェベ, チヌア…………7
Acheson, Dean →アチソン, ディーン…………7
Ackroyd, Peter →アクロイド, ピーター………4
Adams, Deborah →アダムズ, デボラ…………6
Adams, Harold →アダムズ, ハロルド…………6
Adams, Henry →アダムズ, ヘンリー……………6
Adams, James Truslow →アダムズ, ジェイムズ・トラスロウ……………………………………6
Adams, Richard →アダムズ, リチャード………6
Adcock, Thomas →アドコック, トマス…………9
Addams, Charles →アダムズ, チャールズ……6
Addison, Linda →アディスン, リンダ…………8
Adichie, Chimamanda Ngozi →アディーチェ, チママンダ・ンゴズィ………………………9
Adiga, Aravind →アディガ, アラヴィンド……8
Adler-Olsen, Jussi →エーズラ=オールスン, ユッシ………………………………………… 53
Agar, Herbert →エイガー, ハーバート………51
Agard, John →アガード, ジョン…………………4
Agee, James →エイジー, ジェイムズ………… 51
Agnon, Shmuel Yoset →アグノン, シュムエル・ヨセフ……………………………………4
Ahamed, Liaquat →アハメド, ライアカット…10
Ahlberg, Janet →アルバーグ, ジャネット…… 14
Ahlstrom, S.E. →アールストローム, S.E. …… 14
Ai →アイ………………………………………… 3
Aickman, Robert →エイクマン, ロバート……51
Aiken, Conrad →エイキン, コンラッド………51
Aiken, Joan →エイケン, ジョーン……………51
Aird, Catherine →エアード, キャサリン………51
Ajar, Emile
Akhtar, Ayad →アクター, アヤド………………4
Akins, Zoë →エイキンズ, ゾーイ…………… 51
Alard, Nelly →アラード, ネリー………………… 12
Albee, Edward →オールビー, エドワード…… 71
Albert, Walter →アルバート, ワルター……… 14
Alberti, Rafael →アルベルティ, ラファエル… 15
Alderman, Mitch →オルダーマン, ミッチ…… 70
Aldington, Richard →オールディントン, リチャード…………………………………………… 71
Aldiss, Brian →オールディス, ブライアン…… 70
Aldridge, Alan →オルドリッジ, アラン……… 71

Aldridge, James →オールドリッジ, ジェイムズ……………………………………………… 71
Aleas, Richard
Alegría, Claribel →アレグリア, クラリベル… 16
Aleixandre, Vicente →アレイクサンドレ, ビセンテ………………………………………… 15
Alexander, Kwame →アレクサンダー, クワメ
………………………………………………… 15
Alexander, Lloyd →アリグザンダー, ロイド ‥ 13
Alexander, Maria →アレクサンダー, マリア ‥ 15
Alexander, Patrick →アレクサンダー, パトリック………………………………………… 15
Alexander, Shana →アレクサンダー, シャナ
………………………………………………… 15
Alexander, William →アレグザンダー, ウィリアム……………………………………………… 15
Alexie, Sherman →アレクシー, シャーマン… 15
Alexievich, Svetlana →アレクシエーヴィッチ, スヴェトラーナ……………………………… 15
Alexis, André →アレクシス, アンドレ……… 16
Algren, Nelson →オルグレン, ネルソン……… 70
Allegretto, Michael →アレグレット, マイクル
………………………………………………… 16
Allen, Agnes →アレン, アグネス……………… 16
Allen, Judy →アレン, ジュディ………………… 16
Allfrey, Katherine →アルフライ, カテリーネ
………………………………………………… 14
Allsburg, Chris Van →オールズバーグ, クリス・ヴァン…………………………………… 70
Allyn, Doug →アリン, ダグ…………………… 13
Almond, David →アーモンド, デイヴィッド ‥ 12
Alonso, Dámaso →アロンソ, ダマソ………… 16
Alphin, Elaine Marie →アルフィン, エレイン・マリ…………………………………………… 14
Alphona, Adrian →アルフォナ, エイドリアン
………………………………………………… 14
Alvaro, Corrado →アルバロ, コラード……… 14
Ambler, Eric →アンブラー, エリック………… 18
Ambrière, Francis →アンビエレ, フランシス
………………………………………………… 18
Ambrus, Victor G. →アンブラス, ヴィクター
………………………………………………… 18
Ames, Maurice U. →エームズ, モリス・U. … 57
Amette, Jacques-Pierre →アメット, ジャック=ピエール……………………………………… 12
Amis, Kingsley →エイミス, キングズリー…… 52
Amis, Martin →エイミス, マーティン………… 52
Ammaniti, Niccolò →アンマニーティ, ニコロ
………………………………………………… 19
Ammons, A.R. →アモンズ, A.R. ……………… 12
Ammons, Mark →アモンズ, マーク…………… 12
Anders, Charlie Jane →アンダース, チャーリー・ジェーン……………………………… 16
Anderson, Laurie Halse →アンダーソン, ローリー・ハルツ……………………………… 17
Anderson, Maxwell →アンダーソン, マクスウェル…………………………………………… 17
Anderson, M.T. →アンダーソン, M.T. ……… 17
Anderson, Poul →アンダースン, ポール…… 16

Anderson, Rachel →アンダーソン、レイチェル ………………………………………………… 17
Andrevon, Jean-Pierre →アンドルヴォン、ジャン=ピエール …………………………………… 17
Andrews, Charles McLean →アンドリュース、チャールズ・マクリーン ……………………… 17
Andrews, Donna →アンドリューズ、ドナ …… 17
Andrić, Ivo →アンドリッチ、イヴォ ………… 17
Andruetto, Maria Teresa →アンドルエット、マリア・テレサ ……………………………… 17
Angeli, Marguerite de →アンジェリ、マルグリット・デ …………………………………… 16
Angioletti, G.B. →アンジョレッティ、G.B. … 16
Anholt, Catherine →アンホールト、キャサリン ………………………………………………… 19
Anholt, Laurence →アンホールト、ローレンス ………………………………………………… 19
Annan, Noel G. →アナン、ノエル・G. ……… 10
Antony, Piers →アンソニイ、ピアズ ………… 16
Anwar, Amer →アンワル、アメール ………… 19
Appelfeld, Aharon →アッペルフェルド、アハロン ……………………………………………… 8
Apperry, Yann →アペリ、ヤン ………………… 11
Applebaum, Anne →アプルボーム、アン …… 11
Applegate, Debby →アップルゲート、デビー … 8
Applegate, Katherine →アップルゲイト、キャサリン ……………………………………………… 8
Aragon, Louis →アラゴン、ルイ ……………… 12
Ardagh, Philip →アーダー、フィリップ ……… 6
Ardai, Charles →アーディ、チャールズ ……… 8
Ardizzone, Edward →アーディゾーニ、エドワード ……………………………………………… 9
Arensberg, Ann →アレンスバーグ、アン …… 16
Arieti, Silvano →アリエティ、シルヴァーノ … 13
Arland, Marcel →アルラン、マルセル ………… 15
Armantrout, Rae →アーマントラウト、レイ … 11
Armer, Laura Adams →アーマー、ローラ・アダムズ ……………………………………………… 11
Armstrong, Charlotte →アームストロング、シャーロット ……………………………………… 11
Armstrong, Ken →アームストロング、ケン … 11
Armstrong, Lori →アームストロング、ロリ … 12
Armstrong, Richard →アームストロング、リチャード ……………………………………………… 11
Armstrong, William H. →アームストロング、ウィリアム・H. ………………………………… 11
Arnason, Eleanor →アーナソン、エリナー …… 10
Arnaud, G.-J. →アルノー、ジョルジュ=ジャン ……………………………………………… 14
Arnold, Tedd →アーノルド、テッド …………… 10
Arnothy, Christine →アルノッティ、クリスティーヌ ……………………………………………… 14
Arnott, Jake →アーノット、ジェイク ………… 10
Arnott, Marion →アーノット、マリアン ……… 10
Aronson, Stephen M.L. →アロンソン、スティーヴン・M.L. ………………………………… 16
Arpino, Giovanni →アルピーノ、ジョヴァンニ ……………………………………………… 14

Artley, Alexandra →アートリー、アレグザンドラ ……………………………………………… 10
Artmann, H.C. →アルトマン、H.C. …………… 14
Arvin, Newton →アービン、ニュートン ……… 10
Asaro, Catherine →アサロ、キャサリン ………… 4
Ashbery, John →アッシュベリー、ジョン ……… 7
Ashby, M.K. →アシュビー、M.K. ……………… 6
Ashley, Mike（Michael）→アシュリー、マイク ……………………………………………… 6
Ashworth, Mary Wells →アシュワース、マリー・ウェールズ ……………………………… 6
Asimov, Isaac →アシモフ、アイザック ………… 4
Aspden, Kester →アスプデン、ケスター ……… 6
Asscher-Pinkhof, Clara →アッスル、クララ … 7
Asturias, Miguel Ángel →アストゥリアス、ミゲル・アンヘル ………………………………… 6
Athill, Diana →アットヒル、ダイアナ ………… 7
Atkinson, Kate →アトキンソン、ケイト ……… 9
Atkinson, Rick →アトキンソン、リック ……… 9
Atwood, Margaret →アトウッド、マーガレット ……………………………………………… 9
Auburn, David →オーバーン、デヴィッド …… 68
Auden, W.H. →オーデン、W.H. ……………… 66
Audoux, Marguerite →オードゥー、マルグリット ……………………………………………… 66
Augarde, Steve →オーガード、スティーブ …… 63
Ault, Sandi →オールト、サンディ ……………… 71
Auster, Paul →オースター、ポール …………… 65
Avery, Gillian →エイブリ、ジリアン …………… 52
Avi →アヴィ ……………………………………… 3
Axtell, David →アクステル、デヴィッド ……… 4
Ayala, Francisco →アヤラ、フランシスコ …… 12
Aymé, Marcel →エーメ、マルセル …………… 57
Ayto, Russell →エイト、ラッセル ……………… 52
Azarian, Mary →アゼアリアン、メアリー ……… 6

【B】

Babson, Marian →バブソン、マリアン ……… 261
Bacall, Lauren →バコール、ローレン ………… 251
Bach, Tamara →バック、タマラ ……………… 255
Bachmann, Ingeborg →バッハマン、インゲボルク ……………………………………………… 256
Bacigalupi, Paolo →バチガルピ、パオロ …… 254
Bacon, Leonard →ベイコン、レナード ……… 321
Bailey, Carolyn Sherwin →ベイリー、キャロリン・シャーウィン ……………………………… 323
Bailey, Frankie Y. →ベイリー、フランキー・Y. ……………………………………………… 323
Bailey, Peter →ベイリー、ピーター …………… 323
Bailyn, Bernard →ベイリン、バーナード …… 323
Bainbridge, Beryl →ベインブリッジ、ベリル ……………………………………………… 324
Bair, Deirdre →ベア、デアドル ………………… 320
Baker, Annie →ベイカー、アニー ……………… 320

Baker, Kage →ベイカー, ケイジ ……… 320	Barth, John →バース, ジョン ……… 252
Baker, Leonard →ベイカー, レナード … 321	Barthelme, Donald →バーセルミ, ドナルド
Baker, Lise S. →ベイカー, リズ・S. …… 321	……… 252
Baker, Nicholson →ベーカー, ニコルソン … 324	Barton, Jill →バートン, ジル ………… 259
Baker, Ray Stannard →ベーカー, レイ・スタナード ……… 324	Barzun, Jacques →バーザン, ジャック …… 251
Baker, Russell →ベイカー, ラッセル …… 321	Bassani, Giorgio →バッサーニ, ジョルジョ ‥ 255
Baker, Scott →ベイカー, スコット ……… 321	Bastide, François-Régis →バスチード, フランソワ=レジス ……… 252
Baker-Smith, Grahame →ベイカー=スミス, グラハム ……… 321	Bastos, Augusto Roa →バストス, オーガスト・ロア ……… 252
Ball, Edward →ボール, エドワード ……… 342	Batchelor, John →バチェラー, ジョン …… 254
Ball, John →ボール, ジョン ……… 342	Bate, Jonathan →ベイト, ジョナサン ……… 322
Ballantine, Ian →バランタイン, イアン …… 264	Bate, Walter Jackson →ベート, ウォルター・ジャクソン ……… 326
Ballard, J.G. →バラード, J.G. ……… 263	Battles, Brett →バトルズ, ブレット ……… 259
Ballester, Gonzalo Torrente →バリェステル, ゴンサロ・トレンテ ……… 264	Baudou, Jacques →ボドゥ, ジャック ……… 339
Ballhaus, Verena →バルハウス, フェレーナ ……… 265	Bauer, Belinda →バウアー, ベリンダ ……… 245
	Bauer, Ernst W. →バウアー, エルンスト … 245
Balliett, Blue →バリエット, ブルー ……… 264	Bauer, Jutta →バウアー, ユッタ ……… 245
Baltscheit, Martin →バルトシャイト, マーティン ……… 265	Bawden, Nina →ボーデン, ニーナ ……… 339
Balzo, Sandy →バルゾー, サンディ ……… 265	Baxter, James Phinney, 3rd →バクスター, ジェイムズ・フィニー 3世 ……… 250
Bandy, Franklin →バンディ, フランクリン‥ 270	Baxter, Stephen →バクスター, スティーヴン ……… 250
Bang, Mary Jo →バング, メアリー・ジョー ……… 269	Bayer, Ingeborg →バイヤー, インゲボルク‥ 243
Bang, Molly →バング, モリー ……… 269	Bayer, William →ベイヤー, ウイリアム …… 322
Banks, Iain M. →バンクス, イアン ……… 269	Bayley, Barrington J. →ベイリー, バリントン・J. ……… 323
Banks, Kate →バンクス, ケイト ……… 269	Baynes, Pauline →ベインズ, ポーリン …… 323
Banks, Lynne Reid →バンクス, リン・リード ……… 269	Beagle, Peter S. →ビーグル, ピーター・S.‥ 273
Banville, John →バンヴィル, ジョン ……… 268	Beales, Martin →ビールズ, マーティン …… 280
Barbero, Alessandro →バルベーロ, アレッサンドロ ……… 266	Bean, Jonathan →ビーン, ジョナサン ……… 281
Barbusse, Henri →バルビュス, アンリ …… 265	Bear, Elizabeth →ベア, エリザベス ……… 319
Barer, Burl →ベアラー, バール ……… 320	Bear, Greg →ベア, グレッグ ……… 319
Baricco, Alessandro →バリッコ, アレッサンドロ ……… 265	Beatty, Patricia →ビーティ, パトリシア …… 276
	Beatty, Paul →ビーティー, ポール ……… 276
Barker, Clive →バーカー, クライヴ ……… 247	Beaumont, Charles →ボーモント, チャールズ ……… 341
Barker, Pat →バーカー, パット ……… 248	Beauvoir, Simone de →ボーヴォワール, シモーヌ・ド ……… 336
Barlowe, Wayne Douglas →バロウ, ウェイン・ダグラス ……… 267	Beck, Béatrix →ベック, ベアトリ ……… 325
Barloy, Jean-Jacques →バルロワ, ジャン=ジャック ……… 266	Becker, Ernest →ベッカー, アーネスト …… 325
Barnard, Robert →バーナード, ロバート … 260	Becker, Jürgen →ベッカー, ユルゲン …… 325
Barne, Kitty →バーン, キティ ……… 268	Beckett, Chris →ベケット, クリス ……… 324
Barnes, Julian →バーンズ, ジュリアン …… 269	Beckett, Samuel Barclay →ベケット, サミュエル ……… 324
Barnes, Linda →バーンズ, リンダ ……… 270	Bedel, Maurice →ブデル, モーリス ……… 295
Barnes, Margaret Ayer →バーンズ, マーガレット・エアー ……… 270	Begley, Louis →ベグリイ, ルイス ……… 324
	Beigbeder, Frédéric →ベグベデ, フレデリック ……… 324
Barnett, Mac →バーネット, マック ……… 261	Beinhart, Larry →バインハート, ラリー …… 243
Barnhill, Kelly →バーンヒル, ケリー ……… 271	Belkom, Edo van →ベルコム, エド・ヴァン ……… 329
Barr, Nevada →バー, ネヴァダ ……… 241	Bell, Quentin →ベル, クウェンティン ……… 329
Barre, Richard →バリー, リチャード ……… 264	Belletto, René →ベレット, ルネ ……… 331
Barrett, Andrea →バレット, アンドリア …… 266	Bellonci, Maria →ベロンチ, マリア ……… 332
Barrett, Lynne →バレット, リン ……… 266	Bellow, Saul →ベロー, ソール ……… 331
Barrett, Neal, Jr. →バレット, ニール, Jr. … 266	Bemelmans, Ludwig →ベーメルマンス, ルドウィッヒ ……… 328
Barron, Laird →バロン, レアード ……… 267	
Barry, Sebastian →バリー, セバスチャン … 264	

Bemis, Samuel Flagg →ベミス, サミュエル・フラッグ ………………………………………… 327
Benavente y Martínez, Jacinto →ベナベンテ, ハシント ……………………………… 326
Benet, Stephen Vincent →ベネ, スティーヴン・ヴィンセント ……………………… 327
Benet, William Rose →ベネット, ウィリアム・ローズ ………………………………… 327
Benford, Gregory →ベンフォード, グレゴリイ …………………………………………… 333
Benjamin, Carol Lea →ベンジャミン, キャロル・リーア ……………………………… 332
Benjamin, René →バンジャマン, ルネ ……… 269
Ben Jelloun, Tahar →ベン=ジェルーン, ターハル ……………………………………… 332
Benn, Gottfried →ベン, ゴットフリート …… 332
Bennett, Arnold →ベネット, アーノルド …… 327
Bennett, Jay →ベネット, ジェイ ……………… 327
Bennett, Margot →ベネット, マーゴット …… 327
Bennett, Michael →ベネット, マイケル …… 327
Bennett, Robert Jackson →ベネット, ロバート・ジャクソン ……………………………… 327
Benson, Donald →ベンソン, ドナルド ……… 333
Benson, Richard →ベンソン, リチャード …… 333
Béraud, Henri →ベロー, アンリ ……………… 331
Berenson, Alex →ベレンスン, アレックス …… 331
Berg, A.Scott →バーグ, A.スコット ………… 249
Berger, John →バージャー, ジョン ………… 251
Berger, Peter →バーガー, ピーター ………… 248
Berger, Yves →ベルジェ, イヴ ………………… 329
Bergman, Sten →ベルグマン, ステン ……… 329
Bergson, Henri-Louis →ベルクソン, アンリ=ルイ ……………………………………………… 329
Berkowitz, Ira →バーコヴィッツ, アイラ …… 251
Bernanos, Georges →ベルナノス, ジョルジュ ……………………………………………… 330
Bernard, Marc →ベルナール, マルク ……… 330
Bernbaum, Israel →バーンバウム, イスラエル ……………………………………………… 271
Berne, Suzanne →バーン, スザンヌ ………… 268
Berner, Rotraut Susanne →ベルナー, ロートラウト・ズザンネ ………………………… 330
Berney, Louis →バーニー, ルー ……………… 260
Bernhard, Thomas →ベルンハルト, トーマス ……………………………………………… 331
Bernheim, Emmanuèle →ベルナイム, エマニュエル ……………………………………… 330
Berriault, Gina →ベリオールト, ジーナ …… 329
Berry, Flynn →ベリー, フリン ………………… 328
Berry, James →ベリー, ジェームズ ………… 328
Berryman, John →ベリマン, ジョン ………… 329
Bertin, Célia →ベルタン, セリア ……………… 330
Bertrand, Adrien →ベルトラン, アドリアン ……………………………………………… 330
Besson, Patrick →ベッソン, パトリック …… 325
Bester, Alfred →ベスター, アルフレッド …… 325
Bettelheim, Bruno →ベッテルハイム, ブルーノ ……………………………………………… 325

Beukes, Lauren →ビュークス, ローレン …… 277
Beveridge, Albert J. →ベヴァリッジ, アルバート・J. ……………………………………… 324
Beverly, Bill →ビバリー, ビル ………………… 276
Bevilacqua, Alberto →ベヴィラックァ, アルベルト ……………………………………… 324
Bianciotti, Hector →ビアンショッティ, エクトール ……………………………………… 271
Bidart, Frank →ビダート, フランク ………… 275
Biermann, Wolf →ビーアマン, ヴォルフ …… 271
Billetdoux, Raphaële →ビエドゥー, ラファエル ………………………………………… 271
Binch, Caroline →ビンチ, キャロライン …… 281
Binet, Laurent →ビネ, ローラン ……………… 276
Bioy-Casares, Adolfo →ビオイ=カサーレス, アドルフォ ……………………………… 272
Bird, Allyson →バード, アリソン ……………… 256
Bird, Kai →バード, カイ ………………………… 257
Birdsall, Jeanne →バーズオール, ジーン …… 252
Birmingham, Christian →バーニンガム, クリスチャン ……………………………………… 260
Birmingham, Ruth →バーミンガム, ルース ……………………………………………… 263
Bishop, Elizabeth →ビショップ, エリザベス ……………………………………………… 273
Bishop, Michael →ビショップ, マイクル …… 273
Bishop, Nic →ビショップ, ニック …………… 273
Bissette, Stephen →ビセット, スティーブン ……………………………………………… 274
Bisson, Terry →ビッスン, テリー …………… 275
Bix, Herbert P. →ビックス, ハーバート・P. ……………………………………………… 275
Björk, Christina →ビョルク, クリスティーナ ……………………………………………… 278
Björnson, Björnstjerne →ビョルンソン, ビョルンスティエルネ ……………………… 278
Black, Holly →ブラック, ホリー ……………… 299
Black, Ingrid →ブラック, イングリッド …… 299
Blackall, Sophie →ブラッコール, ソフィー … 299
Blackman, Malorie →ブラックマン, マロリー ……………………………………………… 299
Blackmon, Douglas A. →ブラックモン, ダグラス・A. ……………………………………… 299
Blackwood, Freya →ブラックウッド, フレヤ ……………………………………………… 299
Blais, Marie-Claire →ブレ, マリ=クレール ……………………………………………… 311
Blake, Quentin →ブレイク, クェンティン … 312
Blanc, Suzanne →ブランク, スーザン ……… 301
Blas de Roblès, Jean-Marie →ブラス・ド・ロブレス, ジャン=マリ ……………… 298
Blathwayt, Benedict →ブラスウェイト, ベネティクト ……………………………………… 298
Blatty, William Peter →ブラッティ, ウィリアム・ピーター …………………………… 299
Blauner, Peter →ブローナー, ピーター …… 318
Blaylock, James P. →ブレイロック, ジェイムズ・P. ……………………………………… 313

Blecher, Wilfried　→ブレヒャー, ヴィルフリード　314	Bossert, Gregory Norman　→ボサート, グレゴリー・ノーマン　337
Bleiler, Everett F.　→ブレイラー, イヴェレット・F.　313	Bossy, John　→ボッシー, ジョン　339
Blincoe, Nicholas　→ブリンコウ, ニコラス　308	Bost, Pierre　→ボスト, ピエール　337
Blish, James　→ブリッシュ, ジェイムズ　305	Boston, Bruce　→ボストン, ブルース　337
Blishen, Edward　→ブリッシェン, エドワード　305	Boston, Lucy M.　→ボストン, ルーシー　337
Bloch, Robert　→ブロック, ロバート　316	Boswell, Charles　→ボーズウェル, チャールズ　337
Blochman, Lawrence G.　→ブロックマン, ローレンス・G.　317	Boswell, John　→ボズウェル, ジョン　337
Block, Francesca Lia　→ブロック, フランチェスカ・リア　316	Boudard, Alphonse　→ブーダール, アルフォンス　294
Block, Lawrence　→ブロック, ローレンス　316	Bouman, Tom　→ボウマン, トム　336
Blondin, Antoine　→ブロンダン, アントワーヌ　319	Bourniquel, Camille　→ブールニケル, カミーユ　310
Bloom, Valerie　→ブルーム, ヴァレリー　311	Bova, Ben　→ボーバ, ベン　340
Blos, Joan W.　→ブロス, J.W.　315	Bowen, Catherine Drinker　→ボーエン, カサリン・ドリンカー　336
Blum, Howard　→ブラム, ハワード　301	Bowen, Elizabeth　→ボウエン, エリザベス　335
Blumberg, Rhoda　→ブランバーグ, ローダ　303	Bowen, Rhys　→ボウエン, リース　336
Blundell, Judy　→ブランデル, ジュディ　303	Bowes, Richard　→ボウズ, リチャード　336
Blunt, Gilles　→ブラント, ジャイルズ　303	Bowler, Tim　→バウラー, ティム　247
Bly, Robert　→ブライ, ロバート　295	Box, C.J.　→ボックス, C.J.　339
Blythe, Gary　→ブライズ, ゲイリー　296	Boyce, Frank Cottrell　→ボイス, フランク・コットレル　334
Bock, Alfred　→ボック, アルフレッド　338	Boyd, William　→ボイド, ウィリアム　335
Bodard, Lucien　→ボダール, リュシアン　338	Boyden, Joseph　→ボイデン, ジョセフ　335
Bødker, Cecil　→ボトカー, セシル　339	Boyer, Rick　→ボイヤー, リック　335
Bohdal, Susi　→ボーダル, スージー　338	Boyer, Susan M.　→ボイヤー, スーザン・M.　335
Boie, Kirsten　→ボイエ, キルステン　334	Boyle, Andrew　→ボイル, アンドルー　335
Bok, Edward　→ボック, エドワード　338	Boyle, Kevin　→ボイル, ケビン　335
Bolaño, Roberto　→ボラーニョ, ロベルト　341	Boyle, T.Coraghessan　→ボイル, T.コラゲッサン　335
Böll, Heinrich　→ベル, ハインリヒ　329	Bradbury, Ray　→ブラッドベリ, レイ　300
Bolliger, Max　→ボリガー, マックス　342	Bradley, Alan　→ブラッドリー, アラン　300
Bolton, S.J.　→ボルトン, S.J.　345	Bradley, David　→ブラッドレイ, デイヴィッド　301
Bona, Dominique　→ボナ, ドミニク　339	Bradley, John　→ブラッドレイ, ジョン　301
Bonfiglioli, Kyril　→ボンフィリオリ, キリル　347	Bradley, Marion Zimmer　→ブラッドリー, マリオン・ジマー　300
Bonnefoy, Yves　→ボヌフォワ, イヴ　340	Brady, Joan　→ブレイディ, ジョーン　313
Bonner, Bryn　→ボナー, ブリン　340	Braibant, Charles　→ブレバン, シャルル　314
Bonners, Susan　→ボナーズ, スーザン　340	Bramly, Serge　→ブラムリー, セルジュ　301
Bonsal, Stephen　→ボンサル, スティーヴン　347	Branch, Taylor　→ブランチ, テイラー　303
Bontempelli, M.　→ボンテンペルリ, マッシモ　347	Brand, Stewart　→ブランド, スチュワート　303
Boo, Katherine　→ブー, キャサリン　282	Brandt, Katrin　→ブラント, カトリーン　303
Boorstin, Daniel J.　→ブーアスティン, ダニエル・J.　284	Branford, Henrietta　→ブランフォード, ヘンリエッタ　303
Booth, Ruth E.J.　→ブース, ルース・E.J.　294	Branscum, Robbie　→ブランスカム, ロビー　302
Booth, Stephen　→ブース, スティーヴン　294	Brathwaite, Kamau　→ブラスウェイト, カマウ　298
Borchers, Elisabeth　→ボルヒャース, エリザベス　345	Braun, Volker　→ブラウン, フォルカー　297
Borel, Jacques　→ボレル, ジャック　345	Braun, Wernher von　→ブラウン, ウェルナー・フォン　297
Borges, Jorge Luis　→ボルヘス, ホルヘ・ルイス　345	Braunbeck, Gary A.　→ブラウンベック, ゲイリー・A.　298
Born, James O.　→ボルン, ジェームス・O.　345	Bravo, Émile　→ブラヴォ, エミール　297
Bory, Jean-Louis　→ボリ, ジャン＝ルイ　342	Breen, Jon L.　→ブリーン, ジョン・L.　307
Bosco, Henri　→ボスコ, アンリ　337	
Bosquet, Alain　→ボスケ, アラン　337	
Bosse, Malcolm J.　→ボス, マルコム　337	

Brenchley, Chaz →ブレンチリー, チャズ	315
Brenifier, Oscar →ブルニフィエ, オスカー	310
Brennert, Alan →ブレナート, アラン	314
Breslin, Theresa →ブレスリン, テレサ	314
Brett, Lily →ブレット, リリー	314
Brett, Simon →ブレット, サイモン	314
Briggs, Raymond →ブリッグズ, レイモンド	304
Brightman, Carol →ブライトマン, キャロル	297
Brignetti, Raffaello →ブリニェッティ, ラファエロ	306
Brin, David →ブリン, デイヴィッド	307
Brink, André →ブリンク, アンドレ	308
Brink, Carol Ryrie →ブリンク, キャロル・ライリー	308
Brinkley, Alan →ブリンクリー, アラン	308
Brisac, Geneviève →ブリザック, ジュヌヴィエーヴ	303
Brite, Poppy Z. →ブライト, ポピー・Z.	296
Britton, Paul →ブリトン, ポール	306
Broderick, Damien →ブロデリック, ダミアン	318
Brodrick, William →ブロドリック, ウィリアム	318
Brodsky, Joseph →ブロツキー, ヨシフ	316
Bröger, Achim →ブレーガー, アヒム	313
Bromfield, Louis →ブロムフィールド, ルイス	318
Bronk, William →ブロンク, ウィリアム	318
Brooke-Rose, Christine →ブルック＝ローズ, クリスティン	310
Brookins, Dana →ブルッキンズ, デーナ	309
Brookner, Anita →ブルックナー, アニータ	310
Brooks, Bruce →ブルックス, ブルース	310
Brooks, Geraldine →ブルックス, ジェラルディン	310
Brooks, Gwendolyn →ブルックス, グェンドリン	309
Brooks, Kevin →ブルックス, ケヴィン	310
Brooks, Ron →ブルックス, ロン	310
Brooks, Terry →ブルックス, テリー	310
Brooks, Tim →ブルックス, ティム	310
Brooks, Van Wyck →ブルックス, ヴァン・ワイク	309
Brown, Eric →ブラウン, エリック	297
Brown, Francis Yeats →ブラウン, フランシス・イエーツ	297
Brown, Fredric →ブラウン, フレドリック	297
Brown, George Mackay →ブラウン, ジョージ・マッカイ	297
Brown, Maragret Finn →ブラウン, マージェリイ・フィン	298
Brown, Marcia →ブラウン, マーシャ	298
Brown, Molly →ブラウン, モリイ	298
Brown, Peter →ブラウン, ピーター	297
Brown, Wenzell →ブラウン, ウェンゼル	297
Browne, Anthony →ブラウン, アンソニー	297
Browne, Howard →ブラウン, ハワード	297
Browne, Janet →ブラウン, ジャネット	297
Brownrigg, Leslie Ann →ブラウンリッグ, レスリー・アン	298
Bruce, Robert V. →ブルース, ロバート・V.	309
Bruce, William Cabell →ブルース, ウィリアム・キャベル	309
Bruckner, Pascal →ブリュックネール, パスカル	306
Bruen, Ken →ブルーウン, ケン	308
Brunner, F. →ブラナー, フランク	301
Brunner, John →ブラナー, ジョン	301
Brussolo, Serge →ブリュソロ, セルジュ	306
Bryant, Edward →ブライアント, エドワード	295
Bryson, John →ブライソン, ジョン	296
Buchan, James →バカン, ジェイムズ	248
Buchan, John →バカン, ジョン	248
Buck, Craig Faustus →バック, クレイグ・ファウストゥス	255
Buck, Paul Herman →バック, ポール・ハーマン	255
Buck, Pearl S. →バック, パール・S.	255
Buckey, Sarah Masters →バッキー, サラ・マスターズ	255
Buckley, William F., Jr. →バックリー, ウィリアム・F.	255
Budde, Nadia →ブッデ, ナディア	294
Budewitz, Leslie →ブードウィッツ, レスリー	295
Bufalino, Gesualdo →ブファリーノ, ジェズアルド	295
Bugliosi, Vincent →バグリオーシ, ヴィンセント	250
Bujold, Lois McMaster →ビジョルド, ロイス・マクマスター	274
Buley, R.Carlyle →ブーレイ, R.カーライル	312
Bull, Emma →ブル, エマ	308
Bulow, Ernie →ビューロー, アーニー	278
Bunin, Ivan Alekseevich →ブーニン, イワン・アレクセーエヴィチ	295
Bunker, Edward →バンカー, エドワード	268
Bunting, Eve →バンティング, イヴ	270
Burcell, Robin →バーセル, ロビン	252
Burch, Robert →バーチ, ロバート	254
Burgess, Melvin →バージェス, メルヴィン	251
Burke, Declan →バーク, デクラン	249
Burke, James Lee →バーク, ジェイムズ・リー	249
Burke, Jan →バーク, ジャン	249
Burkert, Nancy Ekholm →バーカート, ナンシー・エクホーム	248
Burnard, Bonnie →バーナード, ボニー	259
Burnett, W.R. →バーネット, W.R.	261
Burningham, John →バーニンガム, ジョン	260
Burns, Anna →バーンズ, アンナ	269

Burns, James MacGregor →バーンズ, ジェイムス・マクレガー 269
Burns, Rex →バーンズ, レックス 270
Burnside, John →バーンサイド, ジョン 269
Burrows, Abe →バローズ, エイブ 267
Burrows, Edwin G. →バロウズ, エドウィン・G. 267
Burt, Alice Wooley →バート, アリス・ウーリー 256
Burt, Steve →バート, スティーヴ 258
Burton, Hester →バートン, ヘスター 259
Burton, Virginia Lee →バートン, バージニア・リー 259
Butler, Dori Hillestad →バトラー, ドリー・ヒルスタッド 258
Butler, Gwendoline →バトラー, グウェンドリン 258
Butler, Octavia E. →バトラー, オクティヴィア・E. 258
Butler, Robert N. →バトラー, ロバート・N. 258
Butler, Robert Olen →バトラー, ロバート・O. 259
Butler, William Vivian →バトラー, ウィリアム・ヴィヴィアン 258
Butor, Michel →ビュトール, ミシェル 278
Butterfield, Fox →バターフィールド, フォックス 253
Butterworth, Nick →バトワース, ニック 259
Buzzati, Dino →ブッツァーティ, ディーノ .. 294
Byars, Betsy →バイアーズ, ベッツィ 241
Byatt, A.S. →バイアット, A.S. 242
Byrd, Max →バード, マックス 258
Byrd, Robert →バート, ロバート 258
Bywaters, Grant →バイウォーターズ, グラント 242

【C】

Caballero Bonald, José Manuel →カバジェロ・ボナルド, ホセ・マヌエル 79
Cabanis, José →カバニス, ジョゼ 79
Cabral de Melo Neto, João →カブラル・デ・メロ・ネト, ジョアン 80
Cacek, P.D. →カセック, P.D. 75
Cadigan, Pat →キャディガン, パット 89
Cady, Jack →ケイディ, ジャック 121
Cain, Errol Le →カイン, エロール・ル 73
Cain, James M. →ケイン, ジェイムズ・M... 123
Calvino, Italo →カルヴィーノ, イタロ 82
Cameron, Dana →キャメロン, デイナ 89
Cameron, Eleanor →カメロン, エレノア 81
Camilleri, Andrea →カミッレーリ, アンドレア 80
Camon, Ferdinando →カモン, フェルディナンド 81

Camp, Richard Van →キャンプ, リチャード・ヴァン 90
Campbell, John W., Jr. →キャンベル, ジョン・W., Jr. 91
Campbell, Ramsey →キャンベル, ラムジー .. 91
Campbell, Robert →キャンベル, ロバート 91
Camus, Albert →カミュ, アルベール 80
Canetti, Elias →カネッティ, エリアス 79
Cannell, Dorothy →キャネル, ドロシー 89
Cannell, Stephen J. →キャネル, スティーブン・J. 89
Canning, Victor →カニング, ヴィクター 79
Canter, David →カンター, デヴィッド 84
Cantrell, Lisa →キャントレル, リサ 90
Cantrell, Rebecca →キャントレル, レベッカ 90
Capobianco, Michael →カポビアンコ, マイケル 80
Capote, Truman →カポーティ, トルーマン ... 80
Capria, Raffaele La →カプリア, ラファエレ・ラ 80
Card, Orson Scott →カード, オースン・スコット 76
Cardarelli, Vincenzo →カルダレッリ, ヴィンチェンツォ 82
Carducci, Giosué →カルドゥッチ, ジョズエ .. 82
Carey, Jacqueline →ケアリー, ジャクリーン 120
Carey, John →ケアリー, ジョン 120
Carey, Peter →ケアリー, ピーター 120
Carigiet, Alois →カリジェ, アロワ 82
Carlson, Lilly →カールソン, リリー 82
Caro, Robert →カロ, ロバート 83
Carpentier, Alejo →カルペンティエル, アレホ 82
Carr, A.H.Z. →カー, A.H.Z. 72
Carr, Caleb →カー, ケイレブ 72
Carr, John Dickson →カー, ジョン・ディクスン 72
Carré, John le →カレ, ジョン・ル 83
Carrère, Emmanuel →カレール, エマニュエル 83
Carrière, Jean →カリエール, ジャン 82
Carroll, James →キャロル, ジェームズ 90
Carroll, John Alexander →キャロル, ジョン・アレキサンダー 90
Carroll, Jonathan →キャロル, ジョナサン 90
Carruth, Hayden →カルース, ヘイデン 82
Carson, Rachel →カーソン, レイチェル 75
Carter, Angela →カーター, アンジェラ 75
Carter, Peter →カーター, ピーター 75
Carver, Caroline →カーヴァー, キャロライン 73
Cary, Joyce →ケアリー, ジョイス 120
Casey, Jane →ケーシー, ジェーン 123
Casey, John →ケイシー, ジョン 121
Cash, Wiley →キャッシュ, ワイリー 88
Cassola, Carlo →カッソーラ, カルロ 76

Castillo, Michel Del →カスティーヨ, ミシェル・デル ································ 74	Chatwin, Bruce →チャトウィン, ブルース ·· 203
Castillou, Henry →カスティユー, アンリ ······· 74	Chavarria, Daniel →チャバリア, ダニエル ·· 204
Castle, Mort →キャッスル, モート ············· 89	Chayefski, Paddy →チャエフスキー, パディ ································ 203
Cathcart, Brian →カスカート, ブライアン ···· 74	Cheever, John →チーヴァー, ジョン ········· 200
Cather, Willa →キャザー, ウィラ ··············· 88	Cheng, François →チェン, フランソワ ········ 201
Catton, Bruce →キャットン, ブルース ········· 89	Chercover, Sean →チャーコーヴァー, ショーン ································ 203
Catton, Eleanor →カットン, エレノア ·········· 76	Chernow, Ron →チャーナウ, ロン ············· 203
Cau, Jean →コー, ジャン ··················· 127	Cherryh, C.J. →チェリイ, C.J. ················ 201
Caudwell, Sarah →コードウェル, サラ ······ 130	Chessex, Jacques →シェセックス, ジャック ································ 145
Cauwelaert, Didier Van →コーヴラール, ディディエ・ヴァン ································ 128	Chester, Lewis →チェスター, L. ············· 201
Cavanagh, Steve →キャヴァナー, スティーヴ ································ 88	Chetwynd-Hayes, Ronald →チェットウィンド=ヘイズ, ロナルド ································ 201
Cavanna, François →カヴァナ, フランソワ ·· 73	Chiang, Ted →チャン, テッド ··················· 204
Cave, Hugh B. →ケイヴ, ヒュー・B. ········ 121	Chidolue, Dagmar →チドルー, ダグマール ·· 202
Cawley, Winifred →カウリー, ウィニフレッド ································ 73	Child, Julia →チャイルド, ジュリア ··········· 202
Cayrol, Jean →ケロール, ジャン ············· 126	Child, Lauren →チャイルド, ローレン ······· 202
Cecil, David, Lord →セシル, ロード・デイヴィッド ································ 188	Child, Lee →チャイルド, リー ··················· 202
Cela, Camilo José →セラ, カミロ・ホセ ···· 188	Chittenden, Meg →チッテンデン, メグ ······ 202
Celan, Paul →ツェラン, パウル ··············· 205	Cholodenko, Marc →ショロデンコ, マルク ·· 163
Celestin, Ray →セレスティン, レイ ··········· 190	Chrisman, Arthur Bowie →クリスマン, A.B. ································ 108
Céline, Louis-Ferdinand →セリーヌ, ルイ=フェルディナン ································ 189	Christensen, Kate →クリステンセン, ケイト ································ 108
Chabon, Michael →シェイボン, マイケル ··· 144	Christie, Agatha →クリスティ, アガサ ······· 108
Chadbourn, Mark →チャドボーン, マーク ··· 203	Christie, R.Gregory →クリスティ, R.グレゴリー ································ 108
Chadourne, Marc →シャドゥルヌ, マルク ··· 154	Christopher, John →クリストファー, ジョン ································ 108
Chambers, Aidan →チェンバーズ, エイダン ································ 201	Churchill, Jill →チャーチル, ジル ············· 203
Chambers, R.W. →チェンバーズ, レイモンド・ウィルソン ································ 201	Churchill, Winston →チャーチル, ウィンストン ································ 203
Chambers, Sir Edmund →チェンバーズ, エドモンド ································ 201	Chwedyk, Richard →チューイック, リチャード ································ 204
Chamoiseau, Patrick →シャモワゾー, パトリック ································ 155	Cialente, Fausta →チャレンテ, ファウスタ ·· 204
Chandler, Alfred D., Jr. →チャンドラー, アルフレッド・D., Jr. ································ 204	Citati, Pietro →チタティ, ピエトロ ············· 201
Channing, Edward →チャニング, エドワード ································ 203	Cixous, Hélène →シクス, エレーヌ ··········· 148
Chant, J. →チャント, J. ························ 204	Clapp, Margaret →クラップ, マーガレット ································ 105
Chapman-Mortimer, W.C. →チャップマン=モーティマー, W.C. ································ 203	Clark, Ann Nolan →クラーク, アン・ノーラン ································ 103
Chappell, Fred →チャペル, フレッド ········ 204	Clark, Eleanor →クラーク, エレナー ··········· 103
Charbonneau, Joelle →シャルボノ, ジョエル ································ 156	Clark, Mark Higgins →クラーク, マーク・ヒギンズ ································ 104
Charles, Gerda →チャールズ, ゲルダ ········ 204	Clark, Robert →クラーク, ロバート ············· 104
Charles-Roux, Edmonde →シャルル=ルー, エドモンド ································ 156	Clark, Simon →クラーク, サイモン ············· 103
Charlip, Remy →シャーリップ, レミー ······· 156	Clarke, Arthur C. →クラーク, アーサー・C. ································ 102
Charnas, Suzy McKee →チャーナス, スージー・マッキー ································ 203	Clarke, Austin →クラーク, オースティン ···· 103
Charnock, Anne →チャーノック, アン ······ 203	Clarke, Finn →クラーク, フィン ··················· 104
Charteris, Leslie →チャータリス, レスリー ·· 203	Clarke, Pauline →クラーク, ポーリン ········· 104
Chase, Mary →チェイス, メアリー ·············· 201	Clarke, Susanna →クラーク, スザンナ ······· 104
Chast, Roz →チャースト, ロズ ··················· 203	Claudel, Philippe →クローデル, フィリップ ································ 119
Chateaubriant, Alphonse de →シャトーブリアン, アルフォンス・ド ································ 154	Clavel, Bernard →クラベル, ベルナール ····· 106
	Cleary, Beverly →クリアリー, ビバリー ······· 108
	Cleary, Jon →クリアリー, ジョン ··················· 108

Cleeves, Ann →クリーヴス, アン	108
Clegg, Douglas →クレッグ, ダグラス	117
Clemeau, Carol →クレモー, キャロル	117
Clement, Hal →クレメント, ハル	117
Clements, Andrew →クレメンツ, アンドリュー	117
Clements, Rory →クレメンツ, ロリー	117
Cleverly, Barbara →クレヴァリー, バーバラ	116
Clifford, Francis →クリフォード, フランシス	109
Clifton, Lucille →クリフトン, ルシール	110
Clifton, Mark →クリフトン, マーク	109
Clifton, Violet →クリフトン, ヴァイオレット	109
Clive, John →クライヴ, ジョン	101
Cloonan, Becky →クルーナン, ベッキー	113
Close, Chuck →クロース, チャック	119
Clot, René-Jean →クロ, ルネ=ジャン	118
Clute, John →クルート, ジョン	113
Coady, Lynn →コーディ, リン	130
Coatsworth, Elizabeth →コーツワース, エリザベス	129
Coben, Harlan →コーベン, ハーラン	133
Coburn, Donald L. →コバーン, ドナルド・L.	132
Cochran, Molly →コクラン, モリー	128
Cody, Liza →コディ, リザ	130
Coetzee, J.M. →クッツェー, J.M.	99
Coffin, Robert P.Tristram →コフィン, ロバート・P.トリストラム	129
Cohen, Jeffrey →コーエン, ジェフリー	128
Coit, Margaret Louise →コイト, マーガレット・ルイーズ	127
Coleman, Reed Farrel →コールマン, リード・ファレル	136
Coles, Robert →コールズ, ロバート	135
Colin, Paul →コラン, ポール	133
Coll, Steve →コール, スティーブ	134
Collier, John →コリア, ジョン	133
Collington, Peter →コリントン, ピーター	134
Collins, Max Allan →コリンズ, マックス・アラン	134
Collins, Michael →コリンズ, マイクル	134
Collins, Nancy →コリンズ, ナンシー	134
Collins, Suzanne →コリンズ, スーザン	134
Colt, Connie →コルト, コニー	136
Comisso, Giovanni →コミッソ, ジョヴァンニ	133
Compton-Burnett, Ivy →コンプトン=バーネット, アイビー	138
Conchon, Georges →コンション, ジョルジュ	137
Coney, Michael G. →コニイ, マイクル	132
Conlon, Christopher →コンロン, クリストファー	138
Connell, John →コンネル, ジョン	138
Connell, Jon →コーネル, ジョン	132
Connelly, Marc →コネリー, マーク	132
Connelly, Michael →コナリー, マイクル	131
Conner, Mike →コナー, マイク	130
Conners, Rose →コナーズ, ローズ	131
Connolly, John →コナリー, ジョン	131
Conover, Ted →コノヴァー, テッド	132
Conquest, John →コンクェスト, ジョン	137
Conrad, Pam →コンラッド, パム	138
Consolo, Vincenzo →コンソロ, ヴィンチェンツォ	138
Constant, Paule →コンスタン, ポール	137
Constantine, David →コンスタンティン, デヴィッド	138
Constantin-Weyer, Maurice →コンスタンタン=ウェイエル, モーリス	137
Contento, William →コンテント, ウィリアム	138
Conway, Simon →コンウェイ, サイモン	137
Cook, Thomas H. →クック, トマス・H.	99
Cooke, Trish →クック, トリシュ	99
Cooney, Barbara →クーニー, バーバラ	100
Cooney, C.S.E. →クーニー, C.S.E.	101
Cooper, Helen →クーパー, ヘレン	101
Cooper, James Fenimore →クーパー, ジェームズ・フェニモア	101
Cooper, Jean B. →クーパー, ジーン・B.	101
Cooper, John →クーパー, ジョン	101
Cooper, Susan →クーパー, スーザン	101
Coppens, Yves →コパン, イヴ	132
Copper, Basil →コッパー, ベイジル	129
Corbett, Scott →コーベット, スコット	133
Corbett, W.J. →コーベット, W.	133
Corey, James S.A. →コーリイ, ジェイムズ・S.A.	133
Corke, Helen →コーク, ヘレン	128
Cormier, Robert →コーミア, ロバート	133
Cornell, Paul →コーネル, ポール	132
Cornfield, Robert →コーンフィールド, ロバート	138
Cornwall, Ian Wolfram →コーンウォール, イアン・ヴォルフラム	137
Cornwell, John →コーンウェル, ジョン	137
Cornwell, Patricia →コーンウェル, パトリシア	137
Corrigan, D.Felicitas →コリガン, D.フェリキタス	133
Corrigan, Maureen →コーリガン, モーリーン	133
Cortázar, Julio →コルタサル, フリオ	135
Corthis, André →コルティス, アンドレ	135
Cotterill, Colin →コッタリル, コリン	129
Coulton, G.G. →クールトン, G.G.	113
Couprie, Katy →クープリ, ケイティ	101
Cousins, Lucy →カズンズ, ルーシー	75
Couto, Mia →コウト, ミア	128
Cowdrey, Albert E. →カウドリー, アルバート・E.	73
Cowell, Cressida →コーウェル, クレシッダ	127

Cowley, Joy　→カウリー, ジョイ ……………… 73
Cowley, Malcolm　→カウリー, マルカム ……… 73
Cox, Andy　→コックス, アンディ …………… 129
Coxe, George Harmon　→コックス, ジョージ・ハーマン ……………………………………… 129
Coyle, Matt　→コイル, マット ……………… 127
Cozzens, James Gould　→コッツェンズ, ジェームズ・ゴールド ………………………… 129
Crace, Jim　→クレイス, ジム ………………… 115
Crais, Robert　→クレイス, ロバート ………… 115
Crankshaw, Edward　→クランクショー, エドワード ……………………………………… 107
Cranston, Maurice　→クランストン, モーリス ……………………………………………… 107
Creasey, John　→クリーシー, ジョン ……… 108
Creech, Sharon　→クリーチ, シャロン ……… 108
Creed, John　→クリード, ジョン …………… 109
Cremin, Lawrence A.　→クレミン, ローレンス・A ………………………………………… 117
Crenshaw, Bill　→クレンショウ, ビル ……… 118
Cresswell, Helen　→クレスウェル, ヘレン … 117
Crider, Bill　→クライダー, ビル …………… 102
Crider, Judy　→クライダー, ジュディ ……… 101
Crispin, Ann　→クリスピン, アン …………… 108
Cristofer, Michael　→クリストファー, マイケル ……………………………………………… 108
Crombie, Deborah　→クロンビー, デボラ … 119
Cross, Gillian　→クロス, ジリアン ………… 119
Crossley-Holland, Kevin　→クロスリー＝ホランド, ケヴィン ……………………………… 119
Crouse, Russel　→クローズ, ラッセル ……… 119
Crowley, John　→クロウリー, ジョン ……… 118
Crowther, Kitty　→クローザー, キティ …… 118
Crumley, James　→クラムリー, ジェイムズ… 106
Cruz, Nilo　→クルーズ, ニロ ………………… 112
Culbard, Ian　→カルバード, イアン ………… 82
Cullen, Dave　→カリン, デイヴ ……………… 82
Cumming, Charles　→カミング, チャールズ… 80
Cummings, Pat　→カミングス, パット ……… 81
Cunningham, Michael　→カニンガム, マイケル ……………………………………………… 78
Curran, John　→カラン, ジョン ……………… 81
Curti, Merle　→カーチ, マール ……………… 75
Curtis, Christopher Paul　→カーティス, クリストファー・ポール ……………………………… 76
Curtis, Jean-Louis　→キュルチス, ジャン＝ルイ ……………………………………………… 92
Curval, Philippe　→キュルヴァル, フィリップ ……………………………………………… 92
Cushing, Harvey Williams　→クッシング, ハーヴェイ・ウィリアムス …………………… 99
Cushman, Karen　→クシュマン, カレン …… 99
Cusk, Rachel　→カスク, レイチェル ……… 74

【 D 】

Dahl, Julia　→ダール, ジュリア ……………… 197
Dahl, Roald　→ダール, ロアルド …………… 197
Dahlbäck, Helena　→ダールベック, ヘレナ … 198
Dahlquist, Gordon　→ダルキスト, ゴードン ……………………………………………… 198
Dale, Alzina Stone　→デール, アルジナ・ストーン ……………………………………… 220
D'Amato, Barbara　→ダマート, バーバラ … 197
Damrosch, Leo　→ダムロッシュ, レオ ……… 197
Dams, Jeanne M.　→ダムズ, ジーン・M. …… 197
Danforth, Harold R.　→ダンフォース, ハロルド・R. ……………………………………… 200
Dangerfield, George　→デンジャーフィールド, ジョージ ……………………………………… 220
Daniel, David　→ダニエル, デヴィッド …… 196
Daninos, Pierre　→ダニノス, ピエール ……… 196
Dann, Jack　→ダン, ジャック ………………… 199
Dannay, Frederic
Dante, Nicholas　→ダンテ, ニコラス ……… 200
Dantec, Maurice G.　→ダンテック, モーリス・G. ……………………………………………… 200
Danticat, Edwidge　→ダンティカ, エドウィージ ……………………………………………… 200
Danto, Arthur C.　→ダント, アーサー・C. … 200
Darnton, Robert　→ダーントン, ロバート … 200
Darrieussecq, Marie　→ダリュセック, マリー ……………………………………………… 197
d'Arvor, Patrick Poivre　→ダルヴォール, パトリック・ポワーヴル …………………………… 198
Daugherty, James　→ドーハーティ, ジェームズ ……………………………………………… 224
d'Aulaire, Edgar Parin　→ドーレア, エドガー・パーリン ……………………………… 230
d'Aulaire, Ingri　→ドーレア, イングリ …… 230
Davidson, Avram　→デイヴィッドスン, アヴラム ……………………………………………… 207
Davidson, Diane Mott　→デヴィッドソン, ダイアン ……………………………………… 215
Davidson, Hilary　→デイヴィッドソン, ヒラリー ……………………………………………… 207
Davidson, Lionel　→デヴィッドスン, ライオネル ……………………………………………… 214
Davies, Andrew　→デイヴィス, アンドリュー ……………………………………………… 206
Davies, Dan　→デイヴィス, ダン …………… 206
Davies, Rhys　→デイヴィス, リース ………… 206
Davies, Robertson　→デイヴィス, ロバートソン ……………………………………………… 207
Davis, Daniel S.　→デーヴィス, ダニエル・S. ……………………………………………… 214
Davis, David Brion　→デイヴィス, デヴィッド・ブライオン ……………………………… 206
Davis, Dorothy Salisbury　→デイヴィス, ドロシー・S. …………………………………… 206

Davis, Grania →デイヴィス, グラニア …… 206	Denton, Bradley →デントン, ブラッドリー‥ 220
Davis, Harold L. →ディヴィス, ハロルド・L. …… 206	Déon, Michel →デオン, ミシェル …… 215
Davis, Lindsey →デイヴィス, リンゼイ …… 206	Depestre, René →ドゥペストル, ルネ …… 222
Davis, Lydia →ディヴィス, リディア …… 206	Desai, Anita →デザイ, アニタ …… 216
Davis, Mildred →デイヴィス, ミルドレッド …… 206	Desai, Kiran →デサイ, キラン …… 216
Davis, Owen →デイヴィス, オーウェン …… 206	DeSilva, Bruce →ダシルヴァ, ブルース …… 195
Davis, Philip J. →デービス, フィリップ・J. …… 217	Desmond, Adrian →デズモンド, エイドリアン …… 216
Davis, Richard Beale →ディヴィス, リチャード・ビール …… 206	Desmond, Matthew →デスモンド, マシュー …… 216
Davis, Thomas →デイヴィス, トーマス …… 206	Despentes, Virginie →デパント, ヴィルジニ …… 217
Davison, Peter →デイヴィソン, ピーター … 207	Desplechin, Marie →デプルシャン, マリー‥ 217
Dawson, Janet →ドーソン, ジャネット …… 223	Després, Jacques →デプレ, ジャック …… 217
Dawson, Jennifer →ドースン, ジェニファー …… 223	Dessì, Giuseppe →デッシ, ジュゼッペ …… 216
Day, Charles →デイ, チャールズ …… 205	Deville, Patrick →ドゥヴィル, パトリック‥ 221
Day, Dianne →デイ, ダイアン …… 205	Devoto, Bernard →デヴォート, バーナード …… 215
Day, Douglas →デイ, ダグラス …… 205	De Voto, Bernard A. →デ・ボート, バーナード・A. …… 217
Day, Marele →デイ, マレール …… 205	Dew, Robb Forman →デュー, ロッブ・フォアマン …… 217
Dayre, Valérie →デール, ヴァレリー …… 220	Dexter, Colin →デクスター, コリン …… 215
Dean, Zoe Z. →ディーン, ゾーイ・Z. …… 220	Dexter, Pete →デクスター, ピート …… 216
DeAndrea, William L. →デアンドリア, ウイリアム・L. …… 205	Dhôtel, André →ドーテル, アンドレ …… 224
Deaver, Jeffery →ディーヴァー, ジェフリー …… 206	Diamond, Jared →ダイアモンド, ジャレド‥ 193
Deberly, Henry →デバーリ, アンリ …… 216	Diaz, David →ディアス, ディヴィッド …… 205
Debeurme, Ludovic →ドバーム, リュドヴィック …… 225	Diaz, Junot →ディアス, ジュノ …… 205
de Bodard, Aliette →ドボダール, アリエット …… 225	Dibdin, Michael →ディブディン, マイクル‥ 210
Debray, Régis →ドブレ, レジス …… 225	DiCamillo, Kate →ディカミロ, ケイト …… 207
de Camp, L.Sprague →ディ・キャンプ, L.スプレイグ …… 208	Dick, Philip K. →ディック, フィリップ・K. …… 209
Decoin, Didier →ドゥコワン, ディディエ …… 222	Dickey, James →ディッキー, ジェイムズ …… 209
deFord, Miriam Allen →デフォード, ミリアム・アレン …… 217	Dickie, John →ディッキー, ジョン …… 209
Degler, Carl N. →デグラー, カール・N. …… 216	Dickinson, Peter →ディキンスン, ピーター‥ 208
de la Mare, Walter →デ・ラ・メア, ウォルター …… 219	Dickson, Gordon R. →ディクスン, ゴードン・R. …… 208
Delany, Samuel R. →ディレイニー, サミュエル・R. …… 213	Didion, Joan →ディディオン, ジョーン …… 210
de la Peña, Matt →デ・ラ・ペーニャ, マット …… 219	Diego, Gerardo →ディエゴ, ヘラルド …… 207
Delay, Florence →ドゥレ, フロランス …… 222	Diekmann, Miep →ディークマン, ミープ‥ 209
Deledda, Grazia →デレッダ, グラツィア …… 220	di Filippo, Paul →ディ・フィリポ, ポール‥ 210
Delibes, Miguel →デリーベス, ミゲル …… 220	Dillard, Annie →ディラード, アニー …… 213
DeLillo, Don →デリーロ, ドン …… 220	Dillon, Diane →ディロン, ダイアン …… 214
Delteil, Joseph →デルテイユ, ジョゼフ …… 220	Dillon, George →ディロン, ジョージ …… 214
DeMarco, Guy Anthony →デマルコ, ガイ・アンソニー …… 217	Dillon, Leo →ディロン, レオ …… 214
Denby, Edwin →デンビー, エドウィン …… 221	Dirda, Michael →ディルダ, マイケル …… 213
Denby, Joolz →デンビー, ジュールズ …… 221	Disch, Thomas M. →ディッシュ, トマス・M. …… 210
Denis, Stéphane →ドニス, ステファン …… 216	Dische, Irene →ディーシェ, イレーネ …… 209
Denneborg, Heinrich Maria →デンネボルク, ハインリッヒ …… 220	Dixon, John →ディクソン, ジョン …… 209
Dennett, Tyler →デネット, タイラー …… 216	Dizikes, John →ディズィックス, ジョン …… 209
Dennis, Carl →デニス, カール …… 216	Djebar, Assia →ジェバール, アシア …… 146
	Djian, Philippe →ディジャン, フィリップ‥ 209
	Dobzynski, Charles →ドブジンスキー, チャールズ …… 225
	Doctorow, Cory →ドクトロウ, コリイ …… 223
	Doctorow, E.L. →ドクトロウ, E.L. …… 223
	Doerr, Anthony →ドーア, アンソニー …… 221

Doerr, Harriet	→ドウア, ハリエット ……… 221	du Maurier, Daphne	→デュ・モーリア, ダフネ ………………………………… 219
Doherty, Berlie	→ドハティ, バーリー ……… 224	DuBois, Brendan	→デュボイズ, ブレンダン ………………………………… 218
Doiron, Paul	→ドイロン, ポール ………… 221	Dubois, Claude K.	→デュボワ, クロード・K. ………………………………… 218
Dolezol, Theodor	→ドレゾル, テオドール… 230	Dubois, Jean-Paul	→デュボワ, ジャン=ポール ………………………………… 219
Dolnick, Edward	→ドルニック, エドワード ………………………………… 229	du Bois, William Pène	→デュボア, ウィリアム・ペーン …………………………… 218
Domanick, Joe	→ドマニック, ジョー …… 226	Dubos, Rene Jules	→デュボス, ルネ・ジュールス …………………………… 218
Donald, David Herbert	→ドナルド, デヴィッド・ハーバート ………………… 224	Duffy, Carol Ann	→ダフィ, キャロル・アン ………………………………… 196
Donaldson, Julia	→ドナルドソン, ジュリア ………………………………… 224	Duffy, Stella	→ダフィ, ステラ ………… 196
Donaldson, Stephen R.	→ドナルドソン, ステファン・R. ……………………… 224	Dufreigne, Jean-Pierre	→デュフレーニュ, ジャン=ピエール ………………… 218
Donnelly, Elfie	→ドネリー, エルフィー …… 224	Dugan, Alan	→デュガン, アラン ……… 217
Donnelly, Jennifer	→ドネリー, ジェニファー ………………………………… 224	Dugdall, Ruth	→ダグダル, ルース ……… 194
Doogan, Mike	→ドゥーガン, マイク ……… 222	Duhamel, Georges	→デュアメル, ジョルジュ ………………………………… 217
Doorly, Eleanor	→ドーリィ, エリナー …… 228	Dunant, Sarah	→デュナント, サラ ……… 218
Dorémieux, Alain	→ドレミュー, アラン …… 231	Dunbar, Polly	→ダンバー, ポリー ……… 200
Doren, Carl Van	→ドーレン, カール・ヴァン ………………………………… 231	Duncan, Andy	→ダンカン, アンディ …… 199
Doren, Mark Van	→ドーレン, マーク・ヴァン ………………………………… 231	Duncan, Lois	→ダンカン, ロイス ……… 199
Dorgelès, Roland	→ドルジュレス, ロラン … 229	Duncan, W.Glenn	→ダンカン, W.グレン … 200
Dorris, Michael	→ドリス, マイケル ……… 228	Dunlap, Susan	→ダンラップ, スーザン …… 200
Dorst, Tankred	→ドルスト, タンクレート … 229	Dunmore, Helen	→ダンモア, ヘレン ……… 200
Doty, Mark	→ドーティ, マーク ………… 224	Dunn, Douglas	→ダン, ダグラス ………… 199
Douay, Dominique	→ドゥーエ, ドミニク…… 221	Dunn, Stephen	→ダン, スティーヴン …… 199
Doubrovsky, Serge	→ドゥブロフスキー, セルジュ …………………………… 222	Dunois, Dominique	→ジュノア, ドミニク … 158
Douglas, David C.	→ダグラス, デイヴィッド・C. …………………………… 194	du Plessix Gray, Francine	→デュ・プレシックス・グレイ, フランシーヌ ……………… 218
Douglass, Donald McNutt	→ダグラス, ドナルド・マクナット ……………… 194	Duquesne, Jacques	→デュケノワ, ジャック ………………………………… 218
Dove, Rita	→ダヴ, リタ ……………… 194	Durant, Ariel	→デュラント, アリエル…… 219
Dowd, Siobhan	→ダウド, シヴォーン …… 194	Durant, Frederick C., 3rd	→デュラント, フレデリック・C. 3世 ……………… 219
Dowell, Frances O'Roark	→ドウウェル, フランシス・オローク ……………… 221	Durant, Will	→デュラント, ウィル …… 219
Dower, John W.	→ダワー, ジョン・W. … 199	Duras, Marguerite	→デュラス, マルグリット ………………………………… 219
Doyle, Malachy	→ドイル, マラキー ……… 221	Durham, John	→ダラム, ジョン ………… 197
Doyle, Roddy	→ドイル, ロディ ………… 221	Durham, Laura	→ダラム, ローラ ………… 197
Dozois, Gardner	→ドゾワ, ガードナー…… 223	Durham, Philip	→ダラム, フィリップ …… 197
Draanen, Wendelin Van	→ドラーネン, ウェンデリン・ヴァン ………………… 227	Durrell, Lawrence	→ダレル, ロレンス ……… 198
Drabble, Margaret	→ドラブル, マーガレット ………………………………… 227	Dürrenmatt, Friedrich	→デュレンマット, フリードリッヒ ……………………… 219
Drach, Albert	→ドラッハ, アルベルト … 227	Duteurtre, Benoît	→デュトゥールトゥル, ブノワ …………………………… 218
Drechsler, Hanno	→ドレクスラー, アンノー ………………………………… 230	Dutourd, Jean	→デュトゥール, ジャン …… 218
Druillet, Philippe	→ドリュイエ, フィリップ ………………………………… 228	Duvert, Tony	→デュヴェール, トニー …… 217
Drummond, Laurie Lynn	→ドラモンド, ローリー・リン ……………………… 227	Duvoisin, Roger	→デュボアザン, ロジャー… 218
Drummond, Violet Hilda	→ドラモンド, V.H. ……………………… 227	Duyn, Mona Van	→デューアン, モナ・ヴァン ………………………………… 217
Druon, Maurice	→ドリュオン, モーリス … 228	Dyer, Geoff	→ダイヤー, ジェフ ……… 193
Drury, Allen	→ドルーリ, アレン ……… 230	Dyer, Sarah	→ダイアー, サラ ………… 193
Drvenkar, Zoran	→ドヴェンカー, ゾラン … 221	Dylan, Bob	→ディラン, ボブ ………… 213
		Dyson, Freeman	→ダイソン, フリーマン … 193

【E】

Earley, Pete →アーリイ、ピート ……………… 13
Early, Gerald →アーリー、ジェラルド ………… 12
Early, Jack →アーリー、ジャック ……………… 12
Easter, George →イースター、ジョージ ……… 21
Eastwood, John →イーストウッド、ジョン …… 21
Eberhart, Mignon G. →エバハート、ミニオン・G. ………………………………………… 56
Eberhart, Richard →エバハート、リチャード ………………………………………………… 56
Echenoz, Jean →エシュノーズ、ジャン ……… 53
Eckerman, Pelle →エッカーマン、ペレ ……… 54
Eco, Umberto →エーコ、ウンベルト …………… 53
Edel, Leon →エデル、リオン …………………… 55
Edelfeldt, Inger →エーデルフェルド、インゲル ………………………………………………… 55
Eden, Patrick →エデン、パトリック …………… 55
Edey, Maitland A. →エディー、メートランド・A. ……………………………………………… 54
Edmonds, Walter D. →エドモンズ、ウォルター ……………………………………………… 55
Edric, Robert →エドリック、ロバート ………… 55
Edschmid, Kasimir →エートシュミット、カージミル ……………………………………………… 55
Edson, Margaret →エドソン、マーガレット …… 55
Edugyan, Esi →エドゥジアン、エシ …………… 55
Edwards, Jonathan →エドワーズ、ジョナサン ………………………………………………… 55
Edwards, Jorge →エドワーズ、ホルヘ ………… 55
Edwards, Malcolm →エドワーズ、マルコム … 56
Edwards, Martin →エドワーズ、マーティン … 55
Edwards, Reverend O.C. →エドワーズ、O.C. ………………………………………………… 56
Edwards, Ruth Dudley →エドワーズ、ルース・ダドリー ……………………………………… 56
Effinger, George Alec →エフィンジャー、ジョージ・アレック ………………………………… 56
Egan, Greg →イーガン、グレッグ ……………… 20
Egan, Jennifer →イーガン、ジェニファー …… 20
Egan, Timothy →イーガン、ティモシー ……… 20
Eggers, Dave →エガーズ、デイヴ ……………… 53
Eggleton, Bob →エグルトン、ボブ …………… 53
Egielski, Richard →エギエルスキー、リチャード ……………………………………………… 53
Ehlert, Lois →エイラト、ロイス ………………… 52
Ehrmann, Herbert B. →エールマン、ハーバート・B. ……………………………………………… 61
Eich, Günter →アイヒ、ギュンター ……………… 3
Eige, Lillian →エイジ、リリアン ………………… 52
Eire, Carlos →アイル、カリロス ………………… 3
Eisenberg, Deborah →アイゼンバーグ、デボラ ………………………………………………… 3
Eisler, Barry →アイスラー、バリー ……………… 3
Eizaguirré, José Echegaray y →エチェガライ、ホセ …………………………………………… 54

Eklund, Gordon →エクランド、ゴードン …… 53
Elder, Marc →エルダー、マルク ……………… 61
Eliot, Thomas Stearns →エリオット、T.S. … 57
Elkin, Stanley →エルキン、スタンリー ……… 61
Elkins, Aaron →エルキンズ、アーロン ……… 61
Elkins, Caroline →エルキンス、キャロライン ………………………………………………… 61
Elkins, Charlotte →エルキンズ、シャーロット ………………………………………………… 61
Ellin, Stanley →エリン、スタンリイ …………… 60
Elling, Lars →エリング、ラース ………………… 61
Elliott, Lawrence →エリオット、ローレンス … 57
Elliott, Maude Howe →エリオット、モード・ハウ ……………………………………………… 57
Ellis, David →エリス、デイヴィッド …………… 57
Ellis, Joseph J. →エリス、ジョゼフ・J. ……… 57
Ellison, Harlan →エリスン、ハーラン ………… 57
Ellison, Ralph →エリスン、ラルフ …………… 60
Ellmann, Richard →エルマン、リチャード …… 61
Ellroy, James →エルロイ、ジェイムズ ……… 62
El-Mohtar, Amal →エル=モータル、アマル … 62
Elton, Ben →エルトン、ベン …………………… 61
Ely, David →イーリイ、デイヴィッド …………… 21
Elytis, Odysseas →エリティス、オディッセアス ……………………………………………… 60
Emberley, Ed →エンバリー、エド ……………… 62
Emerson, Claudia →エマーソン、クラウディア ……………………………………………… 56
Emerson, Earl →エマースン、アール・W. …… 56
Emerson, Gloria →エマソン、グロリア ……… 56
Emerson, Kathy Lynn →エマーソン、キャシー・リン ……………………………………… 56
Emshwiller, Carol →エムシュウィラー、キャロル ………………………………………………… 56
Énard, Mathias →エナール、マティアス ……… 56
Ende, Michael →エンデ、ミヒャエル ………… 62
Engdahl, Sylvia Louise →エングダール、シルヴィア・ルイーズ ……………………………… 62
Engelman, Paul →エングルマン、ポール …… 62
Englander, Nathan →イングランダー、ネイサン ……………………………………………… 22
Enright, Anne →エンライト、アン ……………… 63
Enright, Elizabeth →エンライト、エリザベス ………………………………………………… 63
Ensikat, Klaus →エンジカット、クラウス …… 62
Enzensberger, Hans Magnus →エンツェンスベルガー、ハンス・マグヌス ………………… 62
Erdman, Paul E. →アードマン、ポール・E. …… 9
Erdrich, Louise →アードリック、ルイーズ …… 10
Ericson, Helen →エリクソン、ヘレン ………… 57
Erikson, Erik H. →エリクスン、エリク・H. … 57
Ering, Timothy Basil →エリング、ティモシー・バジル ……………………………………… 60
Erlbruch, Wolf →エァルブルフ、ヴォルフ …… 51
Ernaux, Annie →エルノー、アニー …………… 61
Erskine, Kathryn →アースキン、キャスリン …… 6
Ervine, John Greer, St. →アーヴィン、ジョン ………………………………………………… 3

Escarpit, Robert →エスカルピ, ロベール ‥‥ 53
Eschbach, Andreas →エシュバッハ, アンドレアス ‥‥‥‥‥‥‥‥‥‥‥‥‥‥‥‥‥‥ 53
Escholier, Raymond →エスコリエ, レイモン ‥‥‥‥‥‥‥‥‥‥‥‥‥‥‥‥‥‥‥‥‥ 53
Estaunié, Édouard →エストニエ, エドワール ‥‥‥‥‥‥‥‥‥‥‥‥‥‥‥‥‥‥‥‥‥ 53
Estes, Eleanor →エステス, エルナー ‥‥‥‥ 53
Estleman, Loren D. →エスルマン, ローレン・D. ‥‥‥‥‥‥‥‥‥‥‥‥‥‥‥‥‥‥ 54
Etchemendy, Nancy →エチメンディ, ナンシー ‥‥‥‥‥‥‥‥‥‥‥‥‥‥‥‥‥‥‥‥ 54
Etcherelli, Claire →エチェレリ, クレール ‥‥ 54
Etchison, Dennis →エチスン, デニス ‥‥‥ 54
Ethridge, Benjamin Kane →エスリッジ, ベンジャミン・ケーン ‥‥‥‥‥‥‥‥‥‥‥ 54
Etienne, Philip →エティエンヌ, フィリップ ‥ 55
Ets, Marie Hall →エッツ, マリー・ホール ‥ 54
Eucken, Rudlf →オイケン, ルドルフ ‥‥‥ 63
Eugenides, Jeffrey →ユージェニデス, ジェフリー ‥‥‥‥‥‥‥‥‥‥‥‥‥‥‥‥‥‥ 389
Eustis, Helen →ユースティス, ヘレン ‥‥‥ 389
Evanovich, Janet →イヴァノヴィッチ, ジャネット ‥‥‥‥‥‥‥‥‥‥‥‥‥‥‥‥‥‥‥ 19
Evans, Christopher →エヴァンス, クリストファー ‥‥‥‥‥‥‥‥‥‥‥‥‥‥‥‥‥‥ 52
Evans, Kirsty →エヴァンス, カースティ ‥‥ 52
Evans, Ruth Dudley →エヴァンス, ルース・ダッドリー ‥‥‥‥‥‥‥‥‥‥‥‥‥‥‥ 52
Everson, John →エヴァソン, ジョン ‥‥‥ 52
Everwyn, Klas Ewert →エヴァーウィン, クラス・エワート ‥‥‥‥‥‥‥‥‥‥‥‥‥ 52

【 F 】

Fabre, Lucien →ファーブル, ルシアン ‥‥ 284
Fadiman, Anne →ファディマン, アン ‥‥ 284
Fagerström, Grethe →ファーゲルストローム, グレーテ ‥‥‥‥‥‥‥‥‥‥‥‥‥‥ 283
Fagin, Dan →ファジン, ダン ‥‥‥‥‥‥ 283
Faherty, Terence →ファハティ, テレンス ‥ 284
Fährmann, Willi →フェーアマン, ヴィリ ‥ 288
Fairchild, B.H. →フェアチャイルド, B.H. ‥ 288
Fallet, René →ファレ, ルネ ‥‥‥‥‥‥ 285
Fallows, James →ファローズ, ジェームズ ‥ 285
Faludi, Susan →ファルーディ, スーザン ‥ 285
Fancher, Lou →ファンチャー, ルー ‥‥‥ 285
Farah, Nuruddin →ファラー, ヌルディン ‥ 285
Farjeon, Eleanor →ファージョン, エリナー ‥‥‥‥‥‥‥‥‥‥‥‥‥‥‥‥‥‥‥‥ 283
Farley, Paul →ファーレイ, ポール ‥‥‥ 285
Farmelo, Graham →ファーメロ, グレアム ‥ 285
Farmer, Jerrilyn →ファーマー, ジェリリン ‥ 284
Farmer, Nancy →ファーマー, ナンシー ‥‥ 284
Farmer, Philip José →ファーマー, フィリップ・ホセ ‥‥‥‥‥‥‥‥‥‥‥‥‥‥‥ 284

Farrell, Harry →ファーレル, ハリー ‥‥‥‥ 285
Farrell, James G. →ファレル, ジェイムズ・G. ‥‥‥‥‥‥‥‥‥‥‥‥‥‥‥‥‥‥‥‥‥ 285
Farrell, J.G. →ファレル, J.G. ‥‥‥‥‥‥ 285
Farrère, Claude →ファレール, クロード ‥‥ 285
Farris, John →ファリス, ジョン ‥‥‥‥‥ 285
Fast, Julius →ファスト, ジュリアス ‥‥ 284
Fatio, Louise →ファティオ, ルイーズ ‥‥ 284
Fauconnier, Henri →フォコニエ, アンリ ‥‥ 290
Faulkner, William Cuthbert →フォークナー, ウィリアム ‥‥‥‥‥‥‥‥‥‥‥‥‥‥ 290
Fay, Stephen →フェイ, スティーブン ‥‥ 288
Fayard, Jean →ファイヤール, ジャン ‥‥ 282
Faye, Jean-Pierre →ファイユ, ジャン＝ピエール ‥‥‥‥‥‥‥‥‥‥‥‥‥‥‥‥‥ 282
Feegel, John R. →フィーゲル, ジョン・R. ‥ 285
Fehrenbacher, Don E. →フェーレンバッハー, ダン・E. ‥‥‥‥‥‥‥‥‥‥‥‥‥‥ 289
Feinstein, John →ファインスタイン, ジョン ‥‥‥‥‥‥‥‥‥‥‥‥‥‥‥‥‥‥‥‥ 282
Feis, Herbert →ファイス, ハーバート ‥‥ 282
Fenn, Elizabeth A. →フェン, エリザベス・A. ‥‥‥‥‥‥‥‥‥‥‥‥‥‥‥‥‥‥‥‥ 289
Fenton, Edward →フェントン, エドワード ‥ 289
Ferber, Edna →ファーバー, エドナ ‥‥‥ 284
Ferguson, Alane →ファーガスン, アレイン ‥ 283
Ferguson, Will →ファーガソン, ウィル ‥‥ 283
Ferlosio, Rafael Sánchez →フェルロシオ, ラファエル・サンチェス ‥‥‥‥‥‥‥‥ 289
Fernandez, Dominique →フェルナンデス, ドミニック ‥‥‥‥‥‥‥‥‥‥‥‥‥‥‥ 288
Fernandez, Ramon →フェルナンデス, ラモン ‥‥‥‥‥‥‥‥‥‥‥‥‥‥‥‥‥‥‥‥ 289
Ferraiolo, Jack D. →フェレイオロ, ジャック・D. ‥‥‥‥‥‥‥‥‥‥‥‥‥‥‥‥‥‥ 289
Ferrari, Jérôme →フェラーリ, ジェローム ‥ 288
Ferrero, Ernesto →フェレーロ, エルネスト ‥ 289
Ferrigno, Robert →フェリーニョ, ロバート ‥‥‥‥‥‥‥‥‥‥‥‥‥‥‥‥‥‥‥‥ 288
Ferry, David →フェリー, デヴィッド ‥‥‥ 288
Ferry, Luc →フェリー, リュック ‥‥‥‥‥ 288
Fesperman, Dan →フェスパーマン, ダン ‥ 287
Field, Rachel →フィールド, レイチェル ‥‥ 287
Filkins, Dexter →フィルキンス, デクスター ‥‥‥‥‥‥‥‥‥‥‥‥‥‥‥‥‥‥‥‥ 287
Finch, Paul →フィンチ, ポール ‥‥‥‥ 288
Finch, Sheila →フィンチ, シェイラ ‥‥‥‥ 288
Finder, Joseph →フィンダー, ジョセフ ‥‥ 287
Findley, Timothy →フィンドリー, ティモシー ‥‥‥‥‥‥‥‥‥‥‥‥‥‥‥‥‥‥‥‥ 288
Fine, Anne →ファイン, アン ‥‥‥‥‥‥ 282
Finger, Charles J. →フィンガー, チャールズ・J. ‥‥‥‥‥‥‥‥‥‥‥‥‥‥‥‥‥‥ 287
Fink, Sheri →フィンク, シェリ ‥‥‥‥‥‥ 287
Finlay, Winfred →フィンレイ, ウィンフレッド ‥‥‥‥‥‥‥‥‥‥‥‥‥‥‥‥‥‥‥‥ 288
Finnegan, William →フィネガン, ウィリアム ‥‥‥‥‥‥‥‥‥‥‥‥‥‥‥‥‥‥‥‥ 286
Finney, Brian →フィニー, ブライアン ‥‥ 286

Finney, Jack →フィニイ, ジャック …… 286	Ford, Jesse Hill →フォード, ジェシ・ヒル‥ 292
Finney, Nikky →フィニー, ニッキー …… 286	Ford, John M. →フォード, ジョン・M. …… 292
Firstman, Richard →ファーストマン, リチャード …… 284	Ford, Richard →フォード, リチャード …… 292
	Foreman, Michael →フォアマン, マイケル‥ 289
Firth, Barbara →ファース, バーバラ …… 283	Forester, C.S. →フォレスター, セシル・スコット …… 293
Fischer, David Hackett →フィッシャー, デイビッド・ハケット …… 285	
	Forman, James, Jr. →フォーマン, ジェームズ・ジュニア …… 293
Fischer, Louis →フィッシャー, ルイス …… 285	
Fish, Robert L. →フィッシュ, ロバート・L. …… 286	Forney, Ellen →フォーニー, エレン …… 292
	Forrester, Viviane →フォレステル, ヴィヴィアヌ …… 293
Fisher, H.A.L. →フィッシャー, H.A.L …… 285	
Fisk, Pauline →フィスク, ポーリン …… 285	Forster, E.M. →フォースター, E.M. …… 291
Fisson, Pierre →フィソン, ピエール …… 285	Forsyth, Frederick →フォーサイス, フレデリック …… 291
Fitzgerald, Frances →フィッツジェラルド, フランシス …… 286	
	Forward, Robert L. →フォワード, ロバート・L. …… 293
Fitzgerald, Penelope →フィッツジェラルド, ペネロピ …… 286	Fosse, Jon →フォッセ, ヨン …… 292
	Foster, R.F. →フォスター, R.F. …… 291
Flaiano, Ennio →フライアーノ, エンニオ… 295	Fottorino, Éric →フォトリノ, エリック …… 292
Flanagan, Geraldine Lux →フラナガン, ジェラルディン・ラックス …… 301	Fournier, Jean-Louis →フルニエ, ジャン=ルイ …… 310
Flanagan, Richard →フラナガン, リチャード …… 301	Fowler, Christopher →ファウラー, クリストファー …… 283
Flanagan, Thomas →フラナガン, トマス… 301	
Flanner, Janet →フラナー, ジャネット …… 301	Fowler, Earlene →ファウラー, アーリーン‥ 282
Flavin, Martin →フレイヴィン, マーティン …… 312	Fowler, Karen Joy →ファウラー, カレン・ジョイ …… 283
	Fox, Canon Adam →フォックス, キャノン・アダム …… 291
Fleischman, Paul →フライシュマン, ポール …… 296	
Fleischman, Sid →フライシュマン, シド … 295	Fox, Paula →フォックス, ポーラ …… 291
Fleming, Candace →フレミング, キャンデス …… 314	Fox, Robin Lane →フォックス, ロビン・レイン …… 291
	Foxwell, Elizabeth →フォックスウェル, エリザベス …… 292
Fleming, Joan →フレミング, ジョーン …… 314	
Fletcher, John Gould →フレッチャー, ジョン・ゴウルド …… 314	France, Anatole →フランス, アナトール …… 302
	Francis, Dick →フランシス, ディック …… 302
Fletcher, Susan →フレッチャー, スーザン‥ 314	Franck, Dan →フランク, ダン …… 302
Flexner, James Thomas →フレクスナー, ジェイムズ・トーマス …… 313	Frank, Christopher →フランク, クリストファー …… 301
Flinn, Elaine →フリン, エレイン …… 307	Frank, Elizabeth →フランク, エリザベス … 301
Floca, Brian →フロッカ, ブライアン …… 316	Frank, Gerold →フランク, ジェロルド …… 301
Floyd, Bill →フロイド, ビル …… 315	Frank, Joseph →フランク, ジョセフ …… 301
Flygenring, Rán →フリーゲンリング, ラーン …… 303	Frankel, Sandor →フランクル, サンダー … 302
	Franklin, Ariana →フランクリン, アリアナ …… 302
Flynn, Gillian →フリン, ギリアン …… 307	
Flynn, Michael F. →フリン, マイクル・F.‥ 307	Franklin, Ruth →フランクリン, ルース …… 302
Fo, Dario →フォ, ダリオ …… 289	Franklin, Tom →フランクリン, トム …… 302
Foden, Giles →フォーデン, ジャイルズ …… 292	Franzen, Jonathan →フランゼン, ジョナサン …… 303
Foenkinos, David →フェンキノス, ダヴィド …… 289	
	Frapié, Léon →フラピエ, レオン …… 301
Foglio, Kaja →フォグリオ, カヤ …… 290	Fraser, Antonia →フレイザー, アントニア‥ 312
Foglio, Phil →フォグリオ, フィル …… 290	Fraser, Betty →フレイザー, ベティ …… 312
Foley, Charles →フォーリー, チャールズ … 293	Fraser, Caroline →フレイザー, キャロライン …… 312
Follett, Ken →フォレット, ケン …… 293	
Fombelle, Timothée de →フォンベル, ティモテ・ド …… 293	Frayn, Michael →フレイン, マイケル …… 313
	Frazee, Marla →フレイジー, マーラ …… 313
Foner, Eric →フォーナー, エリック …… 292	Frazier, Charles →フレイジャー, チャールズ …… 313
Foote, Horton →フート, ホートン …… 295	
Forbes, Dennis →フォーブス, デニス …… 293	Freedman, Russell →フリードマン, ラッセル …… 306
Forbes, Esther →フォーブス, エスター …… 293	
Ford, Jeffrey →フォード, ジェフリー …… 292	

Freeling, Nicolas →フリーリング, ニコラス‥ 306
Freeman, Brian →フリーマン, ブライアン‥ 306
Freeman, Douglas Southall →フリーマン, ダグラス・サウソオール 306
Fremlin, Celia →フレムリン, シリア 314
French, Fiona →フレンチ, フィオナ 315
French, Jack →フレンチ, ジャック 314
French, Paul →フレンチ, ポール 315
French, Tana →フレンチ, タナ 314
Freveletti, Jamie →フレヴェレッティ, ジェイミー 313
Fried, Amelie →フリート, アメリー 305
Fried, Erich →フリート, エーリヒ 305
Friedländer, Saul →フリードレンダー, サウル 306
Friedman, Daniel →フリードマン, ダニエル 305
Friedman, Thomas L. →フリードマン, トーマス・L. 306
Friesner, Esther M. →フリーズナー, エスター・M. 304
Frings, Ketti →フリングス, ケッティ 308
Frisch, Max →フリッシュ, マックス 305
Fritz, Jean →フリッツ, ジーン 305
Fromm, Lilo →フロム, リロ 318
Frost, Robert →フロスト, ロバート 315
Froud, Brian →フラウド, ブライアン 297
Fuchs, Ursula →フックス, ウルズラ 294
Fuchshuber, Annegert →フックスフーバー, アンネゲルト 294
Fuentes, Carlos →フエンテス, カルロス 289
Fuller, Charles →フラー, チャールズ 295
Fulmer, David →フルマー, デイヴィッド ... 311
Funke, Cornelia →フンケ, コルネーリア 319
Furutani, Dale →フルタニ, デイル 309
Fussell, Paul →ファッセル, ポール 284
Fyfield, Frances →ファイフィールド, フランセス 282

【 G 】

Gaarder, Jostein →ゴルデル, ヨースタイン 135
Gaddis, John Lewis →ギャディス, ジョン・ルイス 89
Gaddis, William →ギャディス, ウィリアム ... 89
Gaiman, Neil →ゲイマン, ニール 121
Gaines, Ernest J. →ゲインズ, アーネスト・J. 123
Gale, Zona →ゲイル, ゾーナ 123
Gallager, Thomas →ギャラガー, トーマス .. 90
Gallagher, Stephen →ギャラガー, スティーヴン 90
Galsworthy, John →ゴールズワージー, ジョン 135

Gammell, Stephen →ギャメル, ステファン ... 89
Gamoneda, Antonio →ガモネダ, アントニオ 81
Gantos, Jack →ガントス, ジャック 84
Garat, Anne-Marie →ギャラ, アンヌ=マリ .. 90
Garcia-Aguilera, Carolina →ガルシア=アギレーラ, C. 82
García Márquez, Gabriel →ガルシア=マルケス, ガブリエル 82
Garcin, Jérôme →ガルサン, ジェローム 82
Gardam, Jane →ガーダム, ジェーン 75
Gardiner, Meg →ガーディナー, メグ 76
Gardner, Erle Stanley →ガードナー, アール・スタンリー 77
Gardner, John →ガードナー, ジョン 78
Gardner, Sally →ガードナー, サリー 77
Garfield, Brian →ガーフィールド, ブライアン 80
Garfield, Leon →ガーフィールド, レオン 80
Garland, Hamlin →ガーランド, ハムリン 81
Garner, Alan →ガーナー, アラン 78
Garnett, David →ガーネット, デイヴィッド .. 79
Garnett, Eve →ガーネット, イーヴ 79
Garréta, Anne F. →ガレタ, アンヌ 83
Garrow, David J. →ガロウ, デヴィッド・J. .. 83
Gary, Romain →ガリー, ロマン 81
Gascar, Pierre →ガスカール, ピエール 74
Gash, Jonathan →ギャッシュ, ジョナサン ... 88
Gass, William H. →ギャス, ウィリアム・H. .. 88
Gaudé, Laurent →ゴデ, ローラン 129
Gault, William Campbell →ゴールト, ウィリアム・キャンベル 135
Gaute, J.H.H. →ゴート, J.H.H 130
Gautier, Jean-Jacques →ゴーティエ, ジャン=ジャック 130
Gavin, Jamila →ガヴィン, ジャミラ 73
Gay, Peter →ゲイ, ピーター 120
Gaylin, Alison →ゲイリン, アリソン 123
Gee, Maurice →ジー, モーリス 143
Geertz, Clifford →ギアーツ, クリフォード .. 84
Geisel, Theodor Seuss →ジーセル, セオドア・スース 149
Gelbert, Hans-Joachim →ゲルベルト, ハンス=ヨアキム 126
Gelman, Juan →ヘルマン, フアン 330
Genazino, Wilhelm →ゲナツィーノ, ヴィルヘルム 124
Genefort, Laurent →ジュヌフォール, ロラン 158
Genevoix, Maurice →ジュヌヴォア, モーリス 158
Gentle, Mary →ジェントル, メアリ 148
Gentry, Curt →ジェントリー, カート 148
George, Anne →ジョージ, アン 161
George, Elizabeth →ジョージ, エリザベス . 161
George, Jean Craighead →ジョージ, ジーン・クレイグヘッド 162
George, Sara →ジョージ, セーラ 162

Gérin, Winifred →ゲラン, ウィニフレッド‥ 125	Goetzmann, William H. →ゲッツマン, ウィリアム・H. 124
Germain, Sylvie →ジェルマン, シルヴィー‥ 147	Goffman, Barb →ガフマン, バーブ 80
Gernhardt, Robert →ゲルンハート, ロベルト 126	Goingback, Owl →ゴーインバック, オウル‥ 127
Gerrold, David →ジェロルド, デイヴィッド 147	Goldbarth, Albert →ゴールドバース, アルバート 136
Gershwin, Ira →ガーシュウィン, アイラ 74	Goldberg, Ed →ゴールドバーグ, エド 136
Gerstein, Mordicai →ガースティン, モーディカイ 74	Golden, Christopher →ゴールデン, クリストファー 135
Gerstler, Amy →ガースラー, エイミー 75	Golding, Julia →ゴールディング, ジュリア‥ 135
Ghosh, Amitav →ゴーシュ, アミタヴ 128	Golding, William →ゴールディング, ウィリアム 135
Gibbons, Dave →ギボンズ, デイブ 88	Goldstein, Lisa →ゴールドスタイン, リサ ... 136
Giblin, James Cross →ギブリン, ジェイムズ・クロス 88	Goodman, Carol →グッドマン, キャロル ... 100
Gibson, Ian →ギブソン, イアン 88	Goodman, Jonathan →グッドマン, ジョナサン 100
Gibson, William →ギブスン, ウイリアム 87	Goodrich, Frances →グッドリッチ, フランシス 100
Giddins, Gary →ギディンス, ゲイリー 87	Goodwin, Doris Kearns →グッドウィン, ドリス・カーンズ 100
Gide, Andre →ジッド, アンドレ 149	Goodwin, Jason →グッドウィン, ジェイソン 100
Giesbert, Franz-Olivier →ジーズベール, フランツ=オリヴィエ 149	Goonan, Kathleen Ann →グーナン, キャスリン・アン 100
Gieth, Kinna →ギース, キナ 85	Gordimer, Nadine →ゴーディマ, ナディン‥ 130
Gilbert, Michael →ギルバート, マイケル 92	Gordon, Jaimy →ゴードン, ジャイミー 130
Gilchrist, Ellen →ギルクライスト, エレン 92	Gordon, Lyndall →ゴードン, リンダル 130
Gill, B.M. →ギル, B.M. 92	Gordone, Charles →ゴードン, チャールズ‥ 130
Gill, Gillian →ギル, ジリアン 92	Gordon-Reed, Annette →ゴードン=リード, アネット 130
Gilman, Dorothy →ギルマン, ドロシー 92	Gore, John →ゴア, ジョン 127
Gilman, Greer →ギルマン, グリア 92	Gores, Joe →ゴアズ, ジョー 127
Gilmore, Mikal →ギルモア, マイケル 92	Gorey, Edward →ゴーリー, エドワード 133
Gilroy, Frank D. →ギルロイ, フランク・D. ... 93	Gorman, Ed →ゴーマン, エド 133
Gingras, Sandy →ジングラス, サンディ 168	Gorodischer, Angélica →ゴロディッシャー, アンヘリカ 136
Ginsberg, Allen →ギンズバーグ, アレン 97	Gorresio, Vittorio →ゴレッジオ, ヴィットリオ 136
Ginsburg, Max →ギンズバーグ, マックス 98	Gosling, Paula →ゴズリング, ポーラ 128
Ginzburg, Natalia →ギンズブルグ, ナタリア 98	Goss, Theodora →ゴス, シオドラ 128
Giordano, Paolo →ジョルダーノ, パオロ ... 162	Goudge, Elizabeth →ゲージ, エリザベス 99
Gipson, Lawrence H. →ギブソン, ローレンス・H. 88	Gould, Chester →ゴールド, チェスター 113
Girard, Danielle →ジラード, ダニエル 166	Gould, Stephen Jay →グールド, スティーヴン・ジェイ 113
Girard, René →ジラール, ルネ 166	Gourevitch, Philip →ゴーレイヴィッチ, フィリップ 136
Gittings, Robert →ギッティングズ, ロバート 86	Goytisolo, Juan →ゴイティソーロ, フアン‥ 127
Giuliani, Pierre →ジュリアーニ, ピエール‥ 159	Grabenstein, Chris →グラベンスタイン, クリス 106
Gjellerup, Karl →ギェレルプ, カール 85	Grace, Patricia →グレース, パトリシア 117
Glasgow, Ellen →グラスゴー, エレン 104	Gracq, Julien →グラック, ジュリアン 104
Glaspell, Susan →グラスペル, スーザン 104	Grafton, Sue →グラフトン, スー 105
Glass, Julia →グラス, ジュリア 104	Graham, Bob →グラハム, ボブ 105
Gleich, Jacky →グライヒ, ジャッキー 102	Graham, Caroline →グレアム, キャロライン 114
Glendinning, Victoria →グレンディニング, ヴィクトリア 118	Graham, Jorie →グラハム, ジョリー 105
Glissant, Édouard →グリッサン, エドゥアール 109	Graham, Katharine →グラハム, キャサリン 105
Glück, Louise →グリュック, ルイーズ 110	
Goble, Paul →ゴーブル, ポール 132	
Goddard, Robert →ゴダード, ロバート 129	
Godden, Rumer →ゴッデン, ルーマー 129	
Godwin, Parke →ゴドウィン, パーク 130	
Goetz, Rainald →ゲッツ, ライナルト 124	

Graham, Mark →グレアム, マーク 114
Graham, Winston →グレアム, ウィンストン 114
Grainville, Patrick →グランヴィル, パトリック 107
Gran, Sara →グラン, サラ 107
Granger, Bill →グレンジャー, ビル・S. 117
Grann, David →グラン, デイヴィッド 107
Granstrom, Brita →グランストローム, ブリタ 107
Grant, Charles L. →グラント, チャールズ・L. 107
Grant, John →グラント, ジョン 107
Grape, Jan →グレイプ, ジャン 116
Grass, Günter →グラス, ギュンター 104
Grau, Shirley Ann →グロウ, シャーリー・アン 118
Graves, Robert →グレーヴス, ロバート 116
Gravett, Emily →グラヴェット, エミリー 102
Gray, Alasdair →グレイ, アラスター 114
Gray, Elizabeth Janet →グレイ, エリザベス・ジャネット 114
Gray, Keith →グレイ, キース 114
Grazia, Sebastian de →グラツィア, セバスティアン・デ 104
Green, Alan →グリーン, アラン 110
Green, Constance McLaughlin →グリーン, コンスタンス・M. 111
Green, George Dawes →グリーン, ジョージ・ドーズ 111
Green, John →グリーン, ジョン 111
Green, Paul →グリーン, ポール 111
Green, Richard Lancelyn →グリーン, リチャード・ランセリン 111
Green, Shirley →グリーン, シャーリー 111
Greenberg, Martin H. →グリーンバーグ, マーティン・H. 112
Greenblatt, Stephen →グリーンブラット, スティーヴン 112
Greene, Graham →グリーン, グレアム 110
Greene, Robert W. →グリーン, ロバート 111
Greenland, Colin →グリーンランド, コリン 112
Greer, Andrew Sean →グリーア, アンドリュー・ショーン 107
Gregory, Daryl →グレゴリイ, ダリル 116
Greig, J.Y.R. →グレイグ, J.Y.R 115
Grenier, Christian →グルニエ, クリスチャン 113
Grenier, Roger →グルニエ, ロジェ 114
Grenville, Kate →グレンヴィル, ケイト 117
Gretz, Susanna →グレッツ, スザンナ 117
Grey, Mini →グレイ, ミニ 115
Grierson, Edward →グリアスン, エドワード 107
Griffith, Nicola →グリフィス, ニコラ 109
Griffiths, Elly →グリフィス, エリー 109
Grill, William →グリル, ウィリアム 110
Grilley, Kate →グライリー, ケイト 102

Grimes, Martha →グライムズ, マーサ 102
Grimes, Terris McMahan →グライムズ, テリス・マクマハン 102
Grimwood, Jon Courtenay →グリムウッド, ジョン・コートニー 110
Grimwood, Ken →グリムウッド, ケン 110
Grindley, Sally →グリンドレー, サリー 112
Gripe, Maria →グリーペ, マリア 110
Grossman, David →グロスマン, デイヴィッド 119
Groussard, Serge →グルッサール, セルジュ 113
Grout, Marius →グラウト, マリウス 102
Grubb, Ellen →グラブ, エレン 105
Gruley, Bryan →グルーリー, ブライアン 114
Grünbein, Durs →グリュンバイン, デュルス 110
Guggenmos, Josef →グッゲンモース, ヨゼフ 99
Guilbert, Cécile →ギルベール, セシル 92
Guillén, Jorge →ギリエン, ホルヘ 92
Guillot, René →ギヨ, ルネ 92
Guilloux, Louis →ギュー, ルイス 91
Guimard, Paul →ギマール, ポール 88
Guirgis, Stephen Adly →ギジス, ステファン・アドリー 85
Gunn, Eileen →ガン, アイリーン 83
Gunn, James E. →ガン, ジェイムズ・E. 84
Gunn, Neil M. →ガン, ニール・M. 84
Gurney, James →ガーニー, ジェームズ 78
Guterson, David →グターソン, デイヴィッド 99
Guthrie, A.B., Jr. →ガスリー, A.B., Jr. 75
Gwinn, Beth →グウィン, ベス 98

【H】

Haavikko, Paavo →ハービッコ, パーヴォ 261
Hacker, Marilyn →ハッカー, マリリン 255
Hackett, Albert →ハケット, アルバート 250
Hacks, Peter →ハックス, ペーター 255
Haddon, Mark →ハッドン, マーク 256
Hader, Berta →ヘイダー, ベルタ 322
Hader, Elmer →ヘイダー, エルマー 322
Haenel, Yannick →エネル, ヤニック 56
Hahn, Mary Downing →ハーン, メアリー・ダウニング 268
Hahn, Steven →ハン, スティーヴン 268
Haig, Matt →ヘイグ, マット 321
Halam, Ann
Haldeman, Joe →ホールドマン, ジョー 344
Hale, Daniel J. →ヘイル, ダニエル・J. 323
Haley, Alex →ヘイリー, アレックス 322
Haley, Gail E. →ヘイリー, ゲイル・E. 323
Hall, Adam →ホール, アダム 342

Hall, Donald →ホール, ドナルド ………… 342
Hall, Florence Howe →ホール, フローレンス・ハウ ………………………………… 343
Hall, James W. →ホール, ジェイムズ・W. ‥ 342
Hall, Lynn →ホール, リン ………………… 343
Hall, Parnell →ホール, パーネル ………… 342
Hall, Radclyffe →ホール, ラドクリフ …… 343
Hallahan, William H. →ハラハン, ウイリアム・H. ………………………………… 263
Hallensleben, Georg →ハレンスレーベン, ゲオルク ……………………………… 266
Haller, Dorcas Woodbury →ハラー, ドーカス・W. ………………………………… 263
Hambly, Barbara →ハンブリー, バーバラ … 271
Hamilton, Peter F. →ハミルトン, ピーター・F. ………………………………………… 262
Hamilton, Steve →ハミルトン, スティーヴ ‥ 262
Hamilton, Virginia →ハミルトン, ヴァージニア ………………………………… 262
Hamilton-Paterson, James →ハミルトン＝パターソン, ジェームズ ……………… 262
Hamlin, Talbot Faulkner →ハムリン, タルボット・フォークナー ……………… 263
Hammer, Richard →ハマー, リチャード …… 262
Hammerstein, Oscar II →ハマースタイン, オスカー 2世 ……………………………… 262
Hammond, Bray →ハモンド, ブレイ ……… 263
Hamsun, Knut →ハムスン, クヌート ……… 263
Hand, Elizabeth →ハンド, エリザベス …… 270
Handforth, Thomas →ハンドフォース, トマス ……………………………………… 270
Handke, Peter →ハントケ, ペーター ……… 270
Handler, David →ハンドラー, デイビッド ‥ 270
Handlin, Oscar →ハンドリン, オスカー …… 271
Hansen, Joseph →ハンセン, ジョゼフ …… 270
Hansen, Marcus Lee →ハンセン, マーカス・リー ……………………………………… 270
Hansson, Gunilla →ハンスン, グニッラ …… 270
Harding, Paul →ハーディング, ポール …… 256
Hardouin, Maria Le →アルドゥーアン, マリア・ル ……………………………………… 14
Hardy, Ronald →ハーディ, ロナルド ……… 256
Harker, Lesley →ハーカー, レスリー ……… 248
Harlan, Louis R. →ハーラン, ルイス・R. … 264
Harness, Charles →ハーネス, チャールズ … 261
Harnett, Cynthia →ハーネット, シンシア … 261
Harnick, Sheldon →ハーニック, シェルダン ……………………………………… 260
Harper, Jane →ハーパー, ジェイン ………… 261
Harper, Jordan →ハーパー, ジョーダン …… 261
Harper, Karen →ハーパー, カレン ………… 261
Harr, Jonathon →ハー, ジョナソン ………… 241
Harrington, Joyce →ハリントン, ジョイス ‥ 265
Harris, Charlaine →ハリス, シャーレイン … 264
Harris, Robert →ハリス, ロバート ………… 265
Harris, Rosemary →ハリス, ローズマリー ‥ 264
Harris, Thomas →ハリス, トマス ………… 264
Harrison, Harry →ハリスン, ハリイ ……… 265

Harrison, M.John →ハリスン, M.ジョン …… 265
Harriss, Will →ハリス, ウイル …………… 264
Harry, Myriam →アリ, ミリアム ………… 13
Hart, Carolyn G. →ハート, キャロリン・G. ………………………………………… 257
Hart, Ellen →ハート, エレン ……………… 256
Hart, John →ハート, ジョン ……………… 257
Hart, Moss →ハート, モス ………………… 258
Hartley, L.P. →ハートリー, L.P. ………… 259
Härtling, Peter →ヘルトリング, ペーター … 330
Hartnett, Sonya →ハートネット, ソーニャ ‥ 258
Harvey, John →ハーヴェイ, ジョン ……… 245
Harwell, Fred →ハーウェル, フレッド …… 246
Hass, Robert →ハス, ロバート …………… 252
Hassall, Christopher →ハサル, クリストファー ……………………………………… 251
Hathaway, Robin →ハサウェイ, ロビン …… 251
Hatzfeld, Jean →ハッツフェルド, ジャン … 256
Haugaard, Erik Christian →ホガード, エリック・C. ……………………………………… 336
Haugen, Tormod →ハウゲン, トールモー … 246
Haumont, Marie-Louise →オーモン, マリー＝ルイーズ ……………………………… 69
Hauptmann, Gerhart →ハウプトマン, ゲルハルト ……………………………………… 247
Hautala, Rick →ホータラ, リック ………… 338
Hautman, Pete →ハウトマン, ピート ……… 247
Havel, Václav →ハヴェル, ヴァーツラフ …… 246
Hawes, Charles Boardman →ホウズ, チャールズ・B. ……………………………… 336
Hawkes, Harry →ホークス, ハリー ………… 337
Hawkes, John →ホークス, ジョン ………… 337
Hawley, Noah →ホーリー, ノア …………… 342
Hay, Elizabeth →ヘイ, エリザベス ………… 320
Hayden, G.Miki →ヘイデン, G.ミキ ……… 322
Hayder, Mo →ヘイダー, モー ……………… 322
Hayes, Terrance →ヘイズ, テランス ……… 321
Haymon, S.T. →ヘイモン, S.T. …………… 322
Haynes, John →ヘインズ, ジョン ………… 323
Haywood, Gar Anthony →ヘイウッド, ガー・アンソニー ……………………………… 320
Hazzard, Shirley →ハザード, シャーリー … 251
Healy, Jeremiah →ヒーリイ, ジェレマイア ‥ 279
Heaney, Seamus →ヒーニー, シェイマス … 276
Heap, Sue →ヒープ, スー ………………… 276
Hearn, Lian →ハーン, リアン …………… 268
Hébert, Anne →エベール, アンヌ ………… 56
Hecht, Anthony →ヘクト, アンソニー …… 324
Hedrick, Joan D. →ヘドリック, ジョアン・D. ……………………………………… 326
Heffernan, William →ヘファナン, ウイリアム ……………………………………… 327
Heide, Florence P. →ハイデ, フロレンス … 242
Heidelbach, Nikolaus →ハイデルバッハ, ニコラス ……………………………………… 243
Heideman, Eric M. →ハイドマン, エリック・M. ……………………………………… 243
Heidenstam, Cale Gustaf Verner von →ヘイデンスタム, ヴェルネル・フォン ………… 322

Heißenbuttel, Helmut →ヘイデンビュッテル、ヘルムート 322
Heimann, Erich Herbert →ハイマン、エリック 243
Heinemann, Larry →ハイネマン、ラリー 243
Heinlein, Robert A. →ハインライン、ロバート・A. 243
Heinrich, Finn-Ole →ハインリッヒ、フィン＝オーレ 245
Heising, Willetta L. →ヘイシング、ウィレッタ・L. 321
Heller, Joseph →ヘラー、ジョセフ 328
Hellman, Lillian →ヘルマン、リリアン 330
Hellsing, Lennart →ヘルシング、レンナート 329
Hellström, Börge →ヘルストレム、ベリエ ... 329
Helprin, Mark →ヘルプリン、マーク 330
Hemingway, Ernest →ヘミングウェイ、アーネスト 327
Henderson, Smith →ヘンダーソン、スミス .. 333
Hendrick, Burton J. →ヘンドリック、バートン・J. 333
Hendrickson, Paul →ヘンドリックソン、ポール 333
Hendry, Diana →ヘンドリー、ダイアナ 333
Henkes, Kevin →ヘンクス、ケヴィン 332
Henley, Beth →ヘンリー、ベス 334
Hennig von Lange, Alexa →ヘニッヒ・フォン・ランゲ、アレクサ 327
Henry, Maeve →ヘンリー、ミーブ 334
Henry, Marguerite →ヘンリー、マーゲライト 334
Henry, Michel →アンリ、ミシェル 19
Henry, Sara J. →ヘンリー、サラ・J. 333
Henry, Sue →ヘンリー、スー 334
Herbert, Frank →ハーバート、フランク 261
Herbert, Wally →ハーバート、ウォリー 261
Hériat, Philippe →エリア、フィリップ 57
Herold, J.Christopher →ヘロルド、J.クリストファー 332
Herrndorf, Wolfgang →ヘルンドルフ、ヴォルフガング 331
Herron, Mick →ヘロン、ミック 332
Hersey, John →ハーシー、ジョン 251
Hersh, Reuben →ヘルシュ、ルーベン 329
Hersh, Seymour M. →ハーシュ、セーモア・M. 251
Hertel, Ted, Jr. →ハーテル、テッド、Jr. ... 256
Herzig, Alison Cragin →ヘルツィヒ、アリソン・クラギン 330
Hess, Joan →ヘス、ジョーン 325
Hesse, Hermann →ヘッセ、ヘルマン 325
Hesse, Karen →ヘス、カレン 325
Hesse, Monica →ヘス、モニカ 325
Hest, Amy →ヘスト、エイミー 325
Hetmann, Frederik →ヘットマン、フレデリク 326
Heyne, Isolde →ハイネ、イゾルデ 243

Heyse, Paul von →ハイゼ、パウル・フォン .. 242
Hiaasen, Carl →ハイアセン、カール 242
Hierro, José →イエッロ、ホセ 19
Hightower, Lynn →ハイタワー、リン 242
Hijuelos, Oscar →イフェロス、オスカー 21
Hilbig, Wolfgang →ヒルビッヒ、ボルフガング 281
Hildesheimer, Wolfgang →ヒルデスハイマー、ヴォルフガング 280
Hill, Geoffrey →ヒル、ジェフリー 279
Hill, Gina →ヒル、ジーナ 279
Hill, Gregg →ヒル、グレッグ 279
Hill, Joe →ヒル、ジョー 279
Hill, Kirkpatrick →ヒル、カークパトリック 279
Hill, Reginald →ヒル、レジナルド 280
Hill, Rosemary →ヒル、ローズマリー 280
Hill, Selima →ヒル、セリマ 280
Hill, Susan →ヒル、スーザン 280
Hillerman, Tony →ヒラーマン、トニイ 278
Hilligen, Wolfgang →ヒルゲン、ヴォルフガング 280
Hillyer, Robert →ヒリヤー、ロバト 279
Hingley, Ronald →ヒングリー、ロナルド 281
Hirahara, Naomi →ヒラハラ、ナオミ 278
Hirsch, Edward →ハーシュ、エドワード 251
Hirschberg, Cornelius →ハーシュバーグ、コーネリアス 252
Hoban, Russell →ホーバン、ラッセル 340
Hoban, Tana →ホーバン、タナ 340
Hobbs, Roger →ホッブズ、ロジャー 339
Hobbs, Will →ホッブズ、ウィル 339
Hoberman, Mary Ann →ホバーマン、メリーアン 340
Hoch, Edward D. →ホック、エドワード・D. 338
Hodges, C.Walter →ホッジズ、ウォルター .. 339
Hodgson, Antonia →ホジソン、アントニア .. 337
Hodrová, Daniela →ホドロヴァー、ダニエラ 339
Hoeg, Peter →ホゥ、ペーター 335
Hoffman, David E. →ホフマン、デヴィッド・E. 341
Hoffman, Nina Kiriki →ホフマン、ニーナ・キリキ 341
Hofstadter, Douglas R. →ホフスタッター、ダグラス・R. 340
Hofstadter, Richard →ホフスタッター、リチャード 341
Hogan, Paul →ホーガン、ポール 337
Höglund, Anna →ヘグルンド、アンナ 324
Hogrogian, Nonny →ホグローギアン、ノニー 337
Holder, Nancy →ホルダー、ナンシー 343
Holdstock, Robert →ホールドストック、ロバート 344
Hölldobler, Bert →ヘルドブラー、バート 330
Hollinghurst, Alan →ホリングハースト、アラン 342

Holloway, Emory →ハロウェイ, イモーリイ ……… 267	Hudes, Quiara Alegría →ヒュディス, キアラ・アレグリア ……… 278
Holm, Annika →ホルム, アンニカ ……… 345	Hudson, Jeffery →ハドソン, ジェフリー …… 258
Holmberg, Åke →ホルムベリイ, オーケ …… 345	Huggins, Roy →ハギンス, ロイ ……… 249
Holmes, Richard →ホームズ, リチャード … 341	Hughart, Barry →ヒューガード, バリー …… 277
Holroyd, Michael →ホルロイド, マイケル… 345	Hughes, David →ヒューズ, デイヴィッド … 277
Holt, Kimberly Willis →ホルト, キンバリー・ウィリス ……… 344	Hughes, Declan →ヒューズ, デクラン ……… 277
Holtby, Winifred →ホルトビー, ウィニフレッド ……… 344	Hughes, Dorothy B. →ヒューズ, ドロシー・B. ……… 277
Homes, A.M. →ホームズ, A.M. ……… 341	Hughes, Hatcher →ヒューズ, ハッチャー … 277
Hone, Ralph E. →ホーン, ラルフ・E. ……… 346	Hughes, Monica →ヒューズ, モニカ ……… 277
Hoobler, Dorothy →フーブラー, ドロシー .. 295	Hughes, Shirley →ヒューズ, シャーリー …… 277
Hoobler, Thomas →フーブラー, トーマス .. 295	Hughes, Ted →ヒューズ, テッド ……… 277
Hoogstad, Alice →ホーフスタッド, アリス.. 341	Hulme, Keri →ヒューム, ケリ ……… 278
Hooker, Saralinda →フッカー, サラリンダー ……… 294	Humphrey, Elizabeth L. →ハンフリー, エリザベス・L. ……… 271
Hoopes, Roy →フープス, ロイ ……… 295	Hunt, Irene →ハント, アイリーン ……… 270
Hoose, Phillip →フース, フィリップ ……… 294	Hunter, Mollie →ハンター, モリー ……… 270
Hope, Christopher →ホープ, クリストファー ……… 340	Hurd, Thacher →ハード, サッチャー ……… 257
Hopkins, Brian A. →ホプキンス, ブライアン・A. ……… 340	Hurwitz, Ken →ハーウィッツ, ケン ……… 245
Hopkinson, Nalo →ホプキンスン, ナロ …… 340	Huston, Nancy →ヒューストン, ナンシー … 278
Hoppe, Felicitas →ホップ, フェリシタス … 339	Hutchins, Pat →ハッチンス, パット ……… 255
Horan, James D. →ホーラン, ジェイムズ・D. ……… 341	Hutton, John →ハットン, ジョン ……… 256
Hornsby, Wendy →ホーンズビー, ウェンディ ……… 347	Hutton, Warwick →ハットン, W. ……… 256
Hornung, Helmut →ホルヌング, ヘルムート ……… 345	Huxley, Aldous →ハクスリー, オルダス …… 250
Horse, Harry →ホース, ハリー ……… 337	Hyman, Trina Schart →ハイマン, トリーナ・シャート ……… 243
Horvath, Polly →ホーヴァート, ポリー …… 335	Hyzy, Julie →ハイジー, ジュリー ……… 242
Host, Michel →オスト, ミシェル ……… 65	
Houellebecq, Michel →ウエルベック, ミシェル ……… 41	**【 I 】**
Housewright, David →ハウスライト, デイヴィッド ……… 246	Ibatoulline, Bagram →イバトーリーン, バグラム ……… 21
Houssin, Joël →ウサン, ジョエル ……… 48	Ibbotson, Eva →イボットソン, エヴァ ……… 21
Howard, Clark →ハワード, クラーク ……… 267	Ikor, Roger →イコール, ロジェ ……… 20
Howard, Maureen →ハワード, モーリーン .. 245	Iles, Greg →アイルズ, グレッグ ………3
Howard, R.Donald →ハワード, R.ドナルド ……… 268	Indriđason, Arnaldur →インドリダソン, アーナルデュル ……… 22
Howard, Richard →ハワード, リチャード … 268	Infante, Guillermo Cabrera →インファンテ, ギジェルモ・カブレラ ……… 22
Howard, Robert E. →ハワード, ロバート・E. ……… 268	Inge, William →インジ, ウィリアム ……… 22
Howard, Sidney →ハワード, シドニー …… 268	Ingpen, Robert →イングペン, ロバート …… 22
Howarth, Lesley →ハワース, レスリー …… 267	Ingram, David →イングラム, デヴィッド …… 22
Howe, Daniel Walker →ハウ, ダニエル・ウォーカー ……… 245	Inkpen, Mick →インクペン, ミック ……… 22
Howe, Irving →ハウ, アーヴィング ……… 245	Innocenti, Roberto →イノチェンティ, ロベルト ……… 22
Howe, M.A.De Wolfe →ハウ, M.A.デウォルフ ……… 245	Irish, William →アイリッシュ, ウィリアム ……3
Howker, Janni →ハウカー, ジャニ ……… 246	Ironside, Elizabeth →アイアンサイド, エリザベス ………3
Huang, Jim →ホァン, ジム ……… 334	Irvine, Alex →アーヴァイン, アレックス………3
Huang, Yunte →ホアン, ユンテ ……… 334	Irving, John →アーヴィング, ジョン ………3
Hubert, Jean-Pierre →ユベール, ジャン=ピエール ……… 389	Isaac, Rhys L. →アイザック, ライス・L. ……3
Hubin, Allen J. →ヒュービン, アレン・J. … 278	Ishiguro, Kazuo →イシグロ, カズオ ……… 20
	Isol →イソール ……… 21

【 J 】

Jackson, Joseph Henry →ジャクソン, ジョセフ・ヘンリー ... 154
Jackson, Lawrence P. →ジャクソン, ローレンス・P. ... 154
Jackson, Shirley →ジャクスン, シャーリイ ... 154
Jacobson, Howard →ジェイコブソン, ハワード ... 144
Jacquemard, Simonne →ジャクマール, シモヌ ... 154
Jahn, Mike →ジャン, マイク ... 156
Jahn, Ryan David →ヤーン, ライアン・デイヴィッド ... 388
Jakubowski, Maxim →ジャクボウスキー, マクシム ... 154
Jaloux, Edmond →ジャルー, エドモン ... 156
James, Dean →ジェイムズ, ディーン ... 144
James, Edward →ジェームス, エドワード ... 146
James, Henry →ジェイムズ, ヘンリー ... 144
James, Marlon →ジェームス, マーロン ... 147
James, Marquis →ジェームス, マーキス ... 147
James, P.D. →ジェームズ, P.D. ... 147
James, Peter →ジェイムス, ピーター ... 144
James, Simon →ジェームズ, サイモン ... 146
James, Will →ジェームズ, ウィル ... 146
Jandl, Ernst →ヤンドゥル, エルンスト ... 389
Janikovszky Éva →ヤニコヴスキー・エーヴァ ... 388
Janosch →ヤノッシュ ... 388
Jansson, Tove →ヤンソン, トーベ ... 389
Japrisot, Sébastien →ジャプリゾ, セバスチャン ... 155
Jardin, Alexandre →ジャルダン, アレクサンドル ... 156
Jarlot, Gérard →ジャルロ, ジェラール ... 156
Jarrell, Randall →ジャレル, ランダル ... 156
Jarunková, Klára →ヤルンコバー, クラーラ ... 388
Jaspersohn, William →ジャスパソン, ウィリアム ... 154
Jay, Charlotte →ジェイ, シャーロット ... 144
Jeffers, Oliver →ジェファーズ, オリヴァー ... 146
Jelinek, Elfriede →イェリネク, エルフリーデ ... 20
Jemisin, N.K. →ジェミシン, N.K. ... 146
Jenkins, Lyll Becca de →ジェンキンス, リル・ベセラ・デ ... 148
Jenkins, Steve →ジェンキンズ, スティーブ ... 148
Jenni, Alexis →ジェニ, アレクシス ... 145
Jensen, Johannes Vilhelm →イェンセン, ヨハネス・ヴィルヘルム ... 20
Jensen, Virginia Allen →イェンセン, ヴァージニア・A ... 20
Jess, Tyehimba →ジェス, タイヒンバ ... 144
Jeter, K.W. →ジーター, K.W. ... 149
Jeury, Michel →ジュリ, ミシェル ... 159
Jhabvala, Ruth Prawer →ジャブヴァーラ, ルース・プラワー ... 155
Jianghong, Chen →ジャンホン, チェン ... 156
Jiménez, Francisco →ヒメネス, フランシスコ ... 277
Jiménez, Juan Ramón →ヒメネス, フアン・ラモン ... 277
Jin, Ha →ジン, ハ ... 167
Johanson, Donald C. →ジョハンソン, ドナルド・C. ... 162
Johnson, Adam →ジョンソン, アダム ... 165
Johnson, Alaya Dawn →ジョンソン, アラヤ・ドーン ... 165
Johnson, Bill →ジョンソン, ビル ... 165
Johnson, Charles →ジョンソン, チャールズ ... 165
Johnson, D.B. →ジョンソン, D.B. ... 165
Johnson, Denis →ジョンソン, デニス ... 165
Johnson, E.Richard →ジョンソン, E.リチャード ... 165
Johnson, Eyvind →ユーンソン, エイヴィンド ... 390
Johnson, Josephine Winslow →ジョンソン, ジョゼフィーヌ・ウィンスロー ... 165
Johnson, Joyce →ジョンソン, ジョイス ... 165
Johnson, Kij →ジョンスン, キジ ... 164
Johnson, Steve →ジョンソン, スティーブ ... 165
Johnson, Uwe →ヨーンゾン, ウーヴェ ... 390
Johnston, Jennifer →ジョンストン, ジェニファー ... 164
Johnston, Linda O. →ジョンストン, リンダ・O. ... 164
Johnston, Paul →ジョンストン, ポール ... 164
Johnstone, Carole →ジョンストン, キャロル ... 164
Jonas, George →ジョナス, ジョージ ... 162
Jones, Diana Wynne →ジョーンズ, ダイアナ・ウィン ... 164
Jones, Edward P. →ジョーンズ, エドワード・P. ... 163
Jones, Elizabeth McDavid →ジョーンズ, エリザベス・マクデヴィット ... 163
Jones, Elizabeth Orton →ジョーンズ, エリザベス・オートン ... 163
Jones, Gwyneth →ジョーンズ, ギネス ... 163
Jones, H.Festing →ジョーンズ, H.フェスティング ... 164
Jones, Howard Mumford →ジョーンズ, ハワード・マンフォード ... 164
Jones, James →ジョーンズ, ジェームズ ... 163
Jones, M.J. →ジョーンズ, M.J. ... 164
Jones, Rodney →ジョーンズ, ロドニー ... 164
Jones, Stephen →ジョーンズ, スティーヴン ... 163
Jones, Susanna →ジョーンズ, スザンナ ... 163
Jones, Ursula →ジョーンズ, アーシュラ ... 149
Jong, Meindert De →ディヤング, マインダート ... 211

Jonsson, Runer →ヨンソン, ルーネル ……… 390
Jordan, Judy →ジョーダン, ジュディ ……… 162
Jordan, Winthrop D. →ジョーダン, ウィンスロップ・D. ……… 162
Joseph, Jenny →ジョセフ, ジェニー ……… 162
Joshi, S.T. →ヨシ, S.T. ……… 390
Joss, Morag →ジョス, モーラ ……… 162
Joubert, Jean →ジュベール, ジャン ……… 159
Joyce, Graham →ジョイス, グレアム ……… 161
Joyner, Jerry →ジョイナー, ジェリー ……… 161
Judson, D.Daniel →ジャドソン, D.ダニエル ……… 154
Julius, Cornelia →ユリウス, コーネリア ……… 390
July, Miranda →ジュライ, ミランダ ……… 159
Junge, Norman →ユンゲ, ノルマン ……… 390
Jusserand, J.J. →ジェスラン, J.J. ……… 145
Justice, Donald →ジャスティス, ドナルド ……… 154

【K】

Kadare, Ismail →カダレ, イスマイル ……… 75
Kadohata, Cynthia →カドハタ, シンシア ……… 78
Kael, Pauline →ケイル, ポーリン ……… 123
Kagan, Janet →ケイガン, ジャネット ……… 121
Kaiser, Reinhard →カイザー, ラインハルト ……… 73
Kalashnikoff, Nicholas →カラーシニコフ, ニコラス ……… 81
Kaldhol, Marit →カルホール, マーリット ……… 82
Kállay, Dušan →カーライ, ドゥシャン ……… 81
Kalman, Maira →カルマン, マイラ ……… 82
Kaminsky, Stuart M. →カミンスキー, スチュワート・M. ……… 81
Kamm, Katja →カン, カーチャ ……… 84
Kanon, Joseph →キャノン, ジョゼフ ……… 89
Kantner, Rob →カントナー, ロブ ……… 84
Kantor, MacKinlay →カンター, マッキンレイ ……… 84
Kaplan, Justin →カプラン, ジャスティン ……… 80
Karillon, Adam →キャリロン, アダム ……… 90
Karlfeldt, Erik Axel →カールフェルト, エリク・アクセル ……… 82
Karnow, Stanley →カーノウ, スタンレー ……… 79
Karr, Kathleen →カー, キャサリン ……… 72
Kaschnitz, Marie Luise →カシュニッツ, マリー・ルイーゼ ……… 74
Kasischke, Laura →カシシュケ, ローラ ……… 74
Kästner, Erich →ケストナー, エーリヒ ……… 123
Kauffman, Lane →カウフマン, レイン ……… 73
Kaufman, George S. →コーフマン, ジョージ・S. ……… 132
Kaufman, Natalie Hevener →コーフマン, N. H. ……… 132
Kaufmann, Herbert →カウフマン, ヘルベルト ……… 73
Kay, Carol McGinnis →ケイ, C.M. ……… 120

Kay, Guy Gavriel →ケイ, ガイ・ゲイブリエル ……… 120
Kay, Jim →ケイ, ジム ……… 120
Keating, H.R.F. →キーティング, H.R.F ……… 86
Keats, Ezra Jack →キーツ, エズラ・ジャック ……… 86
Keen, Greg →キーン, グレッグ ……… 93
Keene, Brian →キーン, ブライアン ……… 93
Keeping, Charles →キーピング, チャールズ ……… 87
Keith, Harold →キース, ハロルド ……… 86
Keller, Julia →ケラ, ジュリア ……… 125
Kellerman, Faye →ケラーマン, フェイ ……… 125
Kellerman, Jonathan →ケラーマン, ジョナサン ……… 125
Kellogg, Steven →ケロッグ, スティーブン ……… 126
Kelly, Eric P. →ケリー, エリック・P. ……… 125
Kelly, Erin Entrada →ケリー, エリン・エントラーダ ……… 125
Kelly, George →ケリー, ジョージ ……… 126
Kelly, James Patrick →ケリー, ジェイムズ・パトリック ……… 125
Kelly, Jim →ケリー, ジム ……… 125
Kelly, Mary →ケリー, メアリイ ……… 126
Kelman, James →ケルマン, ジェームズ ……… 126
Kelman, Judith →ケルマン, ジュディス ……… 126
Kelner, Toni L.P. →ケルナー, トニー・L.P. ……… 126
Kemelman, Harry →ケメルマン, ハリイ ……… 125
Kemp, Gene →ケンプ, ジーン ……… 127
Kemprecos, Paul →ケンプレコス, ポール ……… 127
Kempton, Murray →ケンプトン, マレー ……… 127
Kendrick, Baynard →ケンドリック, ベイナード ……… 126
Keneally, Thomas →キニーリー, トマス ……… 87
Kennan, George F. →ケナン, ジョージ・F. ……… 124
Kennaway, Adrienne →ケナウェイ, エイドリエンヌ ……… 124
Kennedy, A.L. →ケネディ, A.L. ……… 125
Kennedy, David M. →ケネディ, デヴィッド ……… 125
Kennedy, John F. →ケネディ, ジョン・F. ……… 124
Kennedy, Margaret →ケネディ, マーガレット ……… 125
Kennedy, William →ケネディ, ウィリアム ……… 124
Kerangal, Maylis de →ケランガル, メイリス・ド ……… 125
Kerner, Charlotte →ケルナー, シャルロッテ ……… 126
Kerr, Judith →カー, ジュディス ……… 72
Kerr, Philip →カー, フィリップ ……… 72
Kerrigan, Gene →ケリガン, ジーン ……… 126
Kersh, Gerald →カーシュ, ジェラルド ……… 74
Kertész Imre →ケルテース・イムレ ……… 126
Kertzer, David I. →カーツァー, デヴィッド・I. ……… 75
Kessel, John →ケッセル, ジョン ……… 123
Kessel, Martin →ケッセル, マルチン ……… 123
Kesten, Hermann →ケステン, ヘルマン ……… 123

Ketchum, Jack →ケッチャム、ジャック……123	Kneale, Matthew →ニール、マシュー……237
Keyes, Daniel →キイス、ダニエル……85	Knief, Charles →ニーフ、チャールズ……236
Keyes, J.Gregory →キイズ、J.グレゴリイ……85	Knight, Christopher G. →ナイト、クリストファー・G.……232
Kherdian, David →ケルディアン、デーヴィッド……126	Knight, Damon →ナイト、デーモン……232
Kidder, Tracy →キダー、トレイシー……86	Knight, Stephen →ナイト、スティーブン……232
Kiefer, Warren →キーファー、ウォーレン……87	Koch, Helmut →コッホ、ヘルムート……129
Kiernan, Caitlín R. →キアナン、ケイトリン・R.……85	Koch, Rudolf →コッホ、ルードルフ……129
Kijewski, Karen →キエフスキー、カレン……85	Koehn, Ilse →コーン、イルゼ……137
Kilcommons, Denis →キルコモンズ、デニス……92	Koeppen, Wolfgang →ケッペン、ヴォルフガング……124
Kilworth, Garry →キルワース、ギャリー……93	Kohl, Herbert →コール、ハーバート……135
Kincaid, Paul →キンケイド、ポール……97	Kohl, Judith →コール、ジュディス……134
King, Daren →キング、ダレン……97	Koja, Kathe →コージャ、キャシー……128
King, Gilbert →キング、ギルバート……93	Kolbert, Elizabeth →コルバート、エリザベス……136
King, Jonathon →キング、ジョナサン……93	Komunyakaa, Yusef →コマンヤーカ、ユーセフ……133
King, Laurie R. →キング、ローリー・R.……97	Konigsburg, E.L. →カニグズバーグ、E.L.……78
King, Stephen →キング、スティーヴン……93	Könnecke, Ole →ケネッケ、オレ……124
King, Wesley →キング、ウェスリー……93	Kooser, Ted →クーザー、テッド……99
Kingsley, Sidney →キングスレー、シドニー……97	Korb, Liliane →コルブ、リリアンヌ……136
King-Smith, Dick →キング=スミス、ディック……97	Kordon, Klaus →コルドン、クラウス……136
Kingsolver, Barbara →キングソルヴァー、バーバラ……97	Kornbluth, C.M. →コーンブルース、C.M.……138
Kingston, Maxine Hong →キングストン、マキシーン・ホン……97	Koryta, Michael →コリータ、マイクル……134
Kinnell, Galway →キネル、ゴールウェイ……87	Kosinski, Jerzy →コジンスキー、イエールジ……128
Kipling, Joseph Rudyard →キップリング、ラドヤード……86	Kotzwinkle, William →コツウィンクル、ウィリアム……129
Kirby, Matthew J. →カービー、マシュー……79	Kourouma, Ahmadou →クルマ、アマドゥ……114
Kirk, Russell →カーク、ラッセル……74	Kowal, Mary Robinette →コワル、メアリ・ロビネット……137
Kirkwood, James →カークウッド、ジェイムズ……74	Kozak, Harley Jane →コザック、ハーレイ・ジェーン……128
Kirsch, Sarah →キルシュ、ザーラ……92	Kozol, Jonathan →コゾル、ジョナサン……129
Kissinger, Henry A. →キッシンジャー、ヘンリー・A.……86	Kramer, David F. →クレーマー、デイヴィド・F.……117
Kittredge, Mary →キトリッジ、メアリー……87	Kramer, Jane →クレイマー、ジェーン……116
Kivirähk, Andrus →キビラーク、アンドラス……87	Kramm, Joseph →クラム、ジョセフ……106
Kizer, Carolyn →カイザー、キャロリン……72	Krasznahorkai László →クラスナホルカイ・ラースロー……104
Klages, Ellen →クレイジス、エレン……115	Krausnick, Michail →クラウスニック、ミハイル……102
Klassen, Jon →クラッセン、ジョン……105	Kress, Nancy →クレス、ナンシー……116
Klay, Phil →クレイ、フィル……114	Kreuder, Ernst →クロイダー、エルンスト……118
Kleban, Edward →クリーバン、エドワード……109	Krich, Rochelle →クリッヒ、ロシェル・メジャー……109
Klein, Gérard →クラン、ジェラール……107	Kritzer, Naomi →クリッツァー、ナオミ……109
Klein, T.E.D. →クライン、T.E.D.……102	Krolow, Karl →クローロ、カール……119
Kleist, Reinhard →クライスト、ラインハルト……101	Krommes, Beth →クロムス、ベス……119
Klemt-Kozinowski, Gisela →クレムト=コズィノウスキー、ギーゼラ……117	Kronenwetter, Michael →クロネンウエッター、マイケル……119
Kleukens, Christian H. →クロイケンス、クリスティアン・H.……118	Krueger, William Kent →クルーガー、ウィリアム・ケント……112
Klibanoff, Hank →クリバノフ、ハンク……109	Krüger, Michael →クリューガー、ミハエル……110
Klíma, Ivan →クリーマ、イヴァン……110	Krumgold, Joseph →クラムゴールド、ジョセフ……106
Klinger, Leslie S. →クリンガー、レスリー・S.……111	Krüss, James →クリュス、ジェームス……110
Kluge, Alexander →クルーゲ、アレクサンダー……112	
Kluger, Richard →クリューガー、リチャード……110	

Krutch, Joseph Wood →クルーチ, ジョセフ・W. ……………………………………… 112
Kubert, Andy →キューバート, アンディ …… 91
Kubly, Herbert →クブリ, ハーバート ……… 101
Kuijer, Guus →コイヤー, フース …………… 127
Kullman, Harry →クルマン, ハリー ………… 114
Kumin, Maxine →クーミン, マキシン ……… 101
Kundera, Milan →クンデラ, ミラン ………… 120
Kunitz, Stanley →クニッツ, スタンリー …… 101
Kunze, Reiner →クンツェ, ライナー ……… 119
Kureishi, Hanif →クレイシ, ハニフ ……… 115
Kurzweil, Allen →カーズワイル, アレン …… 75
Kushner, Ellen →カシュナー, エレン ……… 74
Kushner, Tony →クシュナー, トニー ………… 99
Kuttner, Henry →カットナー, ヘンリー ……… 76
Kyle, David →カイル, デイヴィッド ………… 73

【 L 】

La Farge, Oliver →ラ・ファージ, オリヴァー ……………………………………… 400
Labro, Philippe →ラブロ, フィリップ ……… 401
LaBrot, Matthew →ラブロ, マシュー ……… 401
Lachman, Marvin →ラックマン, マーヴィン ……………………………………… 398
Lacretelle, Jacques de →ラクルテル, ジャック・ド ……………………………………… 396
Lacy, Ed →レイシイ, エド ………………… 424
Lada, Josef →ラダ, ヨゼフ ………………… 398
Laferrière, Dany →ラフェリエール, ダニー … 400
Lafferty, R.A. →ラファティ, R.A. ………… 400
Lagercrantz, Rose →ラーゲルクランツ, ローセ ……………………………………… 396
Lagerkvist, Pär Fabian →ラーゲルクヴィスト, ペール・ファビアン ……………… 396
Lagerlörf, Selma Ottiliana Lovisa →ラーゲルレーヴ, セルマ ………………………… 396
Lagioia, Nicola →ラジョイア, ニコラ ……… 397
Lahens, Yanick →ラエンズ, ヤニック ……… 396
Lahiri, Jhumpa →ラヒリ, ジュンパ ………… 400
Lahr, John →ラー, ジョン ………………… 390
Lai, Thanhha →ライ, タィン=ハ …………… 391
Laiken, Deidre S. →ライケン, デイドラ・S. ……………………………………… 391
Lainé, Pascal →レネ, パスカル ……………… 428
Lake, Jay →レイク, ジェイ ………………… 423
Lake, M.D. →レイク, M.D. ………………… 423
Lam, Vincent →ラム, ヴィンセント ………… 401
Lambert, Stephen →ランバート, スティーブン ……………………………………… 404
L'Amour, Louis →ラムーア, ルイス ………… 401
Lamsley, Terry →ラムスリー, テリー ……… 401
Lanagan, Margo →ラナガン, マーゴ ……… 399
Lancet, Barry →ランセット, バリー ………… 404

Lanchester, John →ランチェスター, ジョン ……………………………………… 404
Landay, William →ランデイ, ウィリアム … 404
Landis, Geoffrey A. →ランディス, ジェフリー・A. ………………………………… 404
Landman, Tanya →ランドマン, タニヤ …… 404
Landolfi, Tommaso →ランドルフィ, トンマーゾ ……………………………………… 404
Landon, Justin →ランドン, ジャスティン … 404
Lane, Joel →レイン, ジョエル ……………… 424
Lange, Richard →ラング, リチャード ……… 402
Langer, Lawrence L. →ランガー, ローレンス ……………………………………… 402
Langford, David →ラングフォード, デヴィッド ……………………………………… 402
Langfus, Anna →ラングフュス, アンナ …… 402
Langgässer, Elisabeth →ランゲッサー, エリーザベート ……………………………… 403
Langton, Jane →ラングトン, ジェーン …… 402
Lanier, Virginia →ラニア, ヴァージニア … 399
Lanoux, Armand →ラヌー, アルマン ……… 400
Lansdale, Joe R. →ランズデール, ジョー・R. ……………………………………… 403
Lapeyre, Patrick →ラペイル, パトリック … 401
Lapine, James →ラパイン, ジェイムズ …… 400
Larbalestier, Justine →ラーバレスティア, ジャスティーン ………………………… 400
Lardreau, Guy →ラルドロー, ギー ………… 401
Largo, Michael →ラルゴ, マイケル ………… 401
Larkin, David →ラーキン, デヴィッド …… 396
Larkin, Oliver W. →ラーキン, オリヴァー・W. ……………………………………… 396
Larmoth, Jeanine →ラルモ, ジーニン …… 401
Lärn, Viveca →レルン, ヴィヴェッカ …… 429
Larson, Edward J. →ラーソン, エドワード・J. ………………………………………… 397
Larson, Erik →ラーソン, エリック ………… 397
Larson, Jonathan →ラーソン, ジョナサン … 397
Larsson, Björn →ラーション, ビョァン …… 397
Larsson, Mats →ラーション, マッツ ……… 397
Larsson, Stieg →ラーソン, スティーグ …… 397
Lasch, Christopher →ラッシュ, クリストファー ……………………………………… 398
Lash, Joseph P. →ラッシュ, ジョゼフ・P. … 398
Lasky, Kathryn →ラスキー, キャスリン …… 397
Latham, Jean Lee →レイサム, ジーン・L. … 423
Lathen, Emma →レイサン, エマ …………… 424
Lathrop, Dorothy P. →ラスロップ, ドロシー・P. ………………………………………… 397
Laurens, Camille →ロランス, カミーユ …… 440
Laurent, Jacques →ローラン, ジャック …… 439
LaValle, Victor →ラバル, ビクター ………… 400
Lavin, Mary →ラヴィン, メアリ …………… 395
Law, Warner →ロウ, ウィーナー …………… 430
Lawrence, D.H. →ロレンス, D.H. ………… 444
Laws, Stephen →ロウズ, スティーヴン …… 431
Lawson, John →ローソン, ジョン ………… 435
Lawson, Kirby →ラーソン, カービー ……… 397

Lawson, Robert →ローソン, ロバート ……… 435
Laxness, Halldór Kiljan →ラクスネス, ハルドル ……………………………………………… 396
Laymon, Richard →レイモン, リチャード ‥ 424
Layton, Neal →レイトン, ニール …………… 424
Lebbon, Tim →レボン, ティム …………… 428
Leblond, Marius-Ary →ルブロン, マリウス＝アリ ……………………………………………… 421
Lebrecht, Norman →レブレヒト, ノーマン ‥ 428
Lecercle, Jean-Jacques →ルセルクル, ジャン＝ジャック ……………………………………… 421
Leckie, Ann →レッキー, アン ……………… 427
Le Clézio, Jean-Marie Gustave →ル・クレジオ, J.-M.G. ……………………………………… 421
Lee, Alan →リー, アラン ………………… 404
Lee, Christopher →リー, クリストファー ‥ 405
Lee, Don →リー, ドン ……………………… 405
Lee, Harper →リー, ハーパー ……………… 405
Lee, Hermione →リー, ハーマイオニー …… 405
Lee, Manfred B.
Lee, Tanith →リー, タニス ………………… 405
Lee, Walt →リー, ウォルト ………………… 405
Leech, Margaret →リーチ, マーガレット …… 407
Leeuwen, Joke van →リューベン, ヨーク・ファン ……………………………………………… 412
Le Guin, Ursula K. →ル＝グウィン, アーシュラ・K. ……………………………………………… 417
Lehane, Dennis →ルヘイン, デニス ……… 421
Lehman, Serge →レーマン, セルジュ …… 428
Lehr, Dick →レイア, ディック …………… 423
Leiber, Fritz →ライバー, フリッツ ……… 393
Leigh, James →リー, ジェイムズ ………… 405
Leinster, Murray →ラインスター, マレイ … 394
Leitch, Maurice →リーチ, モーリス ……… 407
Lellenberg, Jon →レレンバーグ, ジョン … 429
Lelyveld, Joseph →リリーヴェルド, ジョーゼフ ……………………………………………… 412
Lemaitre, Pierre →ルメートル, ピエール …… 422
L'Engle, Madeleine →ラングル, マドレイン ……………………………………………… 402
Lenski, Lois →レンスキー, ロイス ……… 429
Lent, Blair →レント, ブレア ……………… 430
Lentz, Serge →レンツ, セルジュ ………… 429
Lenz, Hermann →レンツ, ヘルマン ……… 429
Leon, Donna →レオン, ダナ ……………… 426
Leonard, Elmore →レナード, エルモア …… 427
Lepman, Jella →レップマン, イエラ …… 427
Leroy, Gilles →ルロワ, ジル ……………… 423
Lessing, Doris →レッシング, ドリス …… 427
Lester, Julius →レスター, ジュリアス …… 426
Lestienne, Voldemar →レスティエンヌ, ヴォルドマール ……………………………………… 426
Lethem, Jonathan →レセム, ジョナサン ‥ 426
Letts, Tracy →レッツ, トレイシー ……… 427
Levack, Simon →レヴァック, サイモン …… 425
Levi, Primo →レーヴィ, プリーモ ……… 425
Levin, Ira →レヴィン, アイラ …………… 425
Levin, Meyer →レヴィン, メイヤ ………… 426

Levine, David D. →レヴァイン, デイヴィッド・D. ……………………………………………… 424
Levine, Philip →レヴィン, フィリップ …… 425
Levinson, Paul →レヴィンソン, ポール …… 426
Levithan, David →レヴィサン, デイヴィッド ……………………………………………… 425
Levitin, Sonia →レヴィタン, ソニア ……… 425
Levitt, Leonard →レヴィット, レナード …… 425
Levoy, Myron →リーボイ, マイロン ……… 411
Levy, Adrian →レヴィ, エイドリアン …… 425
Levy, Andrea →レヴィ, アンドレア ……… 425
Levy, Barbara →レヴィ, バーバラ ……… 425
Lévy, Bernard-Henri →レヴィ, ベルナール＝アンリ ……………………………………………… 425
Levy, Leonard W. →レヴィー, レオナルド ‥ 425
Lewin, Michael Z. →リューイン, マイクル・Z. ……………………………………………… 411
Lewis, Anthony →ルイス, アンソニー〔ジャーナリスト〕 ……………………………………… 415
Lewis, Anthony →ルイス, アンソニー〔画家〕 ……………………………………………… 415
Lewis, C.S. →ルイス, C.S. ……………… 416
Lewis, David Levering →ルイス, デヴィッド・レヴェリング ……………………………… 416
Lewis, Elizabeth Foreman →ルイス, エリザベス ……………………………………………… 415
Lewis, Ethan →ルイス, イーサン ………… 415
Lewis, Evan →ルイス, エヴァン ………… 415
Lewis, Harry Sinclair →ルイス, シンクレア ……………………………………………… 416
Lewis, Oscar →ルイス, オスカー ………… 416
Lewis, Peter →ルイス, ピーター ………… 416
Lewis, R.W.B. →ルイス, R.W.B. ………… 416
Ley, Willy →レイ, ウィリー ……………… 423
Li, Yiyun →リー, イーユン ……………… 405
Lidbeck, Petter →リードベック, ペッテル ‥ 410
Lieshout, Ted van →リースハウト, テッド・ファン ……………………………………………… 407
Lifton, Robert J. →リフトン, ロバート・J. ‥ 411
Ligotti, Thomas →リゴッテイ, トマス …… 407
Lin, Francie →リン, フランシー ………… 413
Lincoln, Victoria →リンカーン, ヴィクトリア ……………………………………………… 413
Lindbergh, Charles A. →リンドバーグ, チャールズ・A. ……………………………………… 415
Linde, Gunnel →リンデ, グンネル ……… 414
Lindenbaum, Pija →リンデンバウム, ピア ‥ 414
Lindgren, Astrid →リンドグレーン, アストリッド ……………………………………………… 414
Lindgren, Barbro →リンドグレーン, バルブロ ……………………………………………… 415
Lindsay, Howard →リンゼイ, ハワード …… 414
Lindsay, Robert →リンゼイ, ロバート …… 414
Lindsay-Abaire, David →リンゼイ＝アベアー, デヴィッド ……………………………………… 414
Link, Kelly →リンク, ケリー …………… 413
Link, William →リンク, ウィリアム ……… 413
Linklater, Eric →リンクレイター, エリック ……………………………………………… 414

Linkletter, Magnus →リンクレター, マグナス 414
Linscott, Gillian →リンスコット, ギリアン .. 414
Lint, Charles de →リント, チャールズ・デ .. 414
Lionni, Leo →レオニ, レオ 426
Lipinski, Thomas →リピンスキー, トーマス 410
Lippman, Laura →リップマン, ローラ 408
Lisle, Janet Taylor →ライル, ジャネット・テーラー 394
Liss, David →リス, デイヴィッド 407
Littell, Jonathan →リテル, ジョナサン 409
Littell, Robert →リテル, ロバート 409
Little, Bentley →リトル, ベントリー 410
Little, John R. →リトル, ジョン・R. 410
Littlefield, Sophie →リトルフィールド, ソフィー 410
Litwack, Leon F. →リトワック, レオン・F. 410
Liu, Ken →リュウ, ケン 411
Liu, Marjorie →リュウ, マージョリー 412
Lively, Penelope →ライヴリー, ペネロピ 391
Livingston, Nancy →リヴィングストン, ナンシー 406
Lobel, Arnold →ローベル, アーノルド 439
Locke, Attica →ロック, アッティカ 435
Lodge, David →ロッジ, デイヴィッド 435
Loeff-Basenau, An Rutgers Van der →ルフ, アン・R.ファンデル 421
Loesser, Frank →レッサー, フランク 427
Lofting, Hugh →ロフティング, ヒュー 438
Logan, Joshua →ローガン, ジョシュア 431
Logevall, Fredrik →ログボール, フレデリック 431
Lomax, Alan →ロマクス, アラン 439
Long, Frank Belknap →ロング, フランク・ベルナップ 444
Longford, Elizabeth →ロングフォード, エリザベス 444
Longyear, Barry B. →ロングイヤー, バリー・B. 444
Lopez, Barry →ロペス, バリー 439
Lott, Tim →ロット, ティム 435
Lotz, Sarah →ロッツ, サラ 435
Louchard, Antonin →ルーチャード, アントナン 421
Loughery, John →ラフリー, ジョン 401
Love, Melissa Scrivner →ラブ, メリッサ・スクリヴナー 400
Lovesey, Peter →ラヴゼイ, ピーター 395
Lovesey, Phil →ラヴゼイ, フィル 395
Lowden, Desmond →ラウデン, デズモンド .. 395
Lowe, Nick →ロウ, ニック 430
Lowell, Amy →ローエル, エイミー 431
Lowell, Robert →ロウエル, ロバート 430
Lowry, Lois →ローリー, ロイス 440
Loynaz, Dulce María →ロイナス, ドゥルセ・マリア 430

Lozano, José Jiménez →ロサーノ, ホセ・ヒメーネス 431
Lubbock, Percy →ラボック, パーシー 401
Lucht, Irmgard →ルフト, イルムガルト 421
Lugar, Austin →ルーガー, オースティン 417
Lukas, J.Anthony →ルーカス, J.アンソニー 417
Lumley, Brian →ラムレイ, ブライアン 401
Lundgren, Max →ルンドグレン, マックス .. 423
Lunel, Armand →リュネル, アルマン 412
Luria, Salvador Edward →ルリア, サルヴァドール・E. 422
Lurie, Alison →ルーリー, アリソン 422
Lustig, Arnošt →ルスティク, アルノシュト .. 421
Lütgen, Kurt →リュートゲン, クルト 412
Lutz, John →ラッツ, ジョン 399
Lyle, D.P. →ライル, D.P. 394
Lynch, P.J. →リンチ, P.J. 414
Lynch, Scott →リンチ, スコット 414
Lynds, Dennis
Lynn, Elizabeth A. →リン, エリザベス・A. 413

【 M 】

Maalouf, Amin →マアルーフ, アミン 347
Maar, Nele →マール, ネーレ 369
Maar, Paul →マール, パウル 369
Maas, Peter →マース, ピーター 359
Mabanckou, Alain →マバンク, アラン 366
Mabee, Carleton →マビー, カールトン 366
Maberry, Jonathan →メイベリー, ジョナサン 381
Mabey, Richard →メイビー, リチャード 381
Macaulay, David →マコーレイ, デビッド ... 358
Macauley, Rose →マコーレー, ローズ 358
MacAvoy, R.A. →マカヴォイ, R.A. 348
MacBride, Stuart →マクブライト, スチュアート 354
MacCarthy, Fiona →マッカーシー, フィオナ 360
MacColl, D.S. →マッコール, D.S. 362
MacCready, Robin Merrow →マックレディー, ロビン・メロウ 362
MacCulloch, Diarmaid →マカロック, ディアミッド 348
MacDonald, Anson
Macdonald, Helen →マクドナルド, ヘレン .. 353
MacDonald, John D. →マクドナルド, ジョン・D. 353
MacDonald, Philip →マクドナルド, フィリップ 353
Macdonald, Ross →マクドナルド, ロス 353
Macdonald, Shelagh →マクドナルド, シェラグ 353

MAC

Macdonell, A.G. →マクドーネル, A.G. 353
MacGregor, Rob →マグレガー, ロブ 356
MacGregor, T.J. →マクレガー, T.J. 356
Machado, Ana Maria →マシャード, アナ・マリア 358
MacIntyre, Linden →マッキンタイア, リンデン 361
Mack, John E. →マック, ジョン・E. 361
Mackall, Dandi Daley →マコール, ダンディ・デイリー 358
MacKay, William →マッケイ, ウィリアム .. 362
Mackey, Nathaniel →マッキー, ナサニエル 360
MacLachlan, Patricia →マクラクラン, パトリシア 355
MacLean, Harry N. →マクリーン, ハリー・N. 356
MacLean, Katherine →マクリーン, キャサリン 356
Maclean, Norman →マクリーン, ノーマン .. 356
MacLean, S.G. →マクリーン, S.G. 356
MacLeish, Archibald →マクリーシュ, アーチボルド 355
MacLeod, Ian R. →マクラウド, イアン・R. 354
MacLeod, Ken →マクラウド, ケン 355
Maddox, Brenda →マドクス, ブレンダ 366
Maeterlinck, Maurice →メーテルリンク, モーリス 382
Maffini, Mary Jane →マフィーニ, メアリー・ジェーン 367
Magorian, Michelle →マゴリアン, ミシェル 357
Magris, Claudio →マグリス, クラウディオ .. 356
Maharidge, Dale →マハリッジ, デール 366
Mahfūz, Najīb →マフフーズ, ナギーブ 367
Mahy, Margaret →マーヒー, マーガレット .. 366
Mailer, Norman →メイラー, ノーマン 381
Maillet, Antonine →マイエ, アントニーヌ . 347
Maitland, Anthony →メイトランド, アンソニー 380
Maitz, Don →メイツ, ドン 380
Makine, Andreï →マキーヌ, アンドレイ ... 349
Malamud, Bernard →マラマッド, バーナード 368
Maleeny, Tim →マリーニー, ティム 368
Malerba, Luigi →マレルバ, ルイージ 370
Malherbe, Henri →マレルブ, アンリ 370
Mali, Jane Lawrence →マリ, ジェーン・ローレンス 368
Malik, Usman T. →マリク, ウスマン・T. 368
Maling, Arthur →メイリング, アーサー 381
Mallet-Joris, Françoise →マレ＝ジョリス, フランソワーズ 370
Malley, Gemma →マリー, ジェマ 368
Malliet, G.M. →マリエット, G.M. 368
Malone, Dumas →マローン, デュマ 370
Malone, Michael →マローン, マイケル 370

Malouf, David →マルーフ, デイヴィッド 369
Malraux, André →マルロー, アンドレ 369
Malzberg, Barry N. →マルツバーグ, バリー・N. 369
Mamet, David →マメット, デヴィッド 368
Mandel, Emily St. John →マンデル, エミリー・セントジョン 371
Manea, Norman →マネア, ノーマン 366
Manguel, Alberto →マンゲル, アルベルト 371
Mankell, Henning →マンケル, ヘニング 371
Mann, Antony →マン, アントニー 371
Mann, Golo →マン, ゴーロ 371
Mann, Thomas →マン, トーマス 371
Mann, William →マン, ウィリアム 371
Mannetti, Lisa →マネッティ, リサ 366
Manning, Mick →マニング, ミック 366
Manotti, Dominique →マノッティ, ドミニク 366
Mantel, Hilary →マンテル, ヒラリー 371
Manuel, Frank E. →マニエル, フランク・E. 366
Manuel, Fritzie P. →マニエル, フリッジー・P. 366
Marable, Manning →マラブル, マニング 368
Maraini, Dacia →マライーニ, ダーチャ 368
Maran, Réne →マラン, ルネ 368
Marceau, Félicien →マルソー, フェリシャン 369
Margerie, Diane de →マルジュリ, ディアーヌ・ド 369
Margerit, Robert →マルジュリ, ロベール .. 369
Margulies, Donald →マーグリーズ, ドナルド 356
Mari, Enzo →マリ, エンツォ 368
Mari, Iela →マリ, イエラ 368
Marigny, Jean →マリニー, ジャン 368
Mark, Jan →マーク, ジャン 351
Marks, Jeffrey →マークス, ジェフリー 351
Marlowe, Dan J. →マーロウ, ダン・J. 370
Marlowe, Stephen →マーロウ, スティーヴン 370
Maron, Margaret →マロン, マーガレット ... 370
Marquand, John Phillips →マーカンド, ジョン・フィリップ 348
Marric, J.J. →マリック, J.J. 368
Marsé, Juan →マルセー, フアン 369
Marsh, Earle →マーシュ, アール 359
Marsh, Katherine →マーシュ, キャサリン .. 359
Marsh, Ngaio →マーシュ, ナイオ 359
Marshall, Helen →マーシャル, ヘレン 358
Marshall, Megan →マーシャル, メーガン .. 358
Marshall, Ray →マーシャル, レイ 359
Martel, Yann →マーテル, ヤン 365
Martin, Andrew →マーティン, アンドリュー 363
Martin, George R.R. →マーティン, ジョージ・R.R. 363

Martin, John Bartlow →マーティン, ジョン・バートロー ……… 365
Martin, Robert B. →マーティン, ロバート・B. ……… 365
Martin, Valerie →マーティン, ヴァレリー … 363
Martin du Gard, Roger →マルタン・デュ・ガール, ロジェ ……… 369
Martinez, Victor →マルティネス, ヴィクター ……… 369
Martinson, Harry →マーティンソン, ハリー ……… 365
Marty, Martin E. →マーティー, マーティン・E. ……… 363
Marwood, Alex →マーウッド, アレックス ‥ 348
Massey, Sujata →マッシー, スジャータ …… 362
Massie, Elizabeth →マッシー, エリザベス ‥ 362
Massie, Robert K. →マッシー, ロバート・K. ……… 362
Masters, Brian →マスターズ, ブライアン … 359
Matar, Hisham →マタール, ヒシャーム …… 359
Matera, Lia →マテラ, ライア ……… 365
Matheson, Richard →マシスン, リチャード ……… 358
Mathews, Adrian →マシューズ, エイドリアン ……… 359
Mathieu, Nicolas →マチュー, ニコラ ……… 360
Matter, Maritgen →マター, M. ……… 359
Matteson, John →マテソン, ジョン ……… 365
Matthews, Jason →マシューズ, ジェイソン ……… 359
Matthews, William →マシューズ, ウィリアム ……… 359
Matthiessen, Peter →マシーセン, ピーター ……… 358
Mattingly, Garrett →マッティングリー, ギャレット ……… 362
Matute, Ana María →マトゥテ, アナ・マリア ……… 366
Matysiak, Gunnar →マチジアク, グンナー ‥ 360
Mauriac, Claude →モーリアック, クロード ……… 385
Mauriac, François Charles →モーリヤック, フランソワ ……… 386
Mauriès, René →モーリエ, ルネ ……… 385
Mavor, Salley →メーバー, サリー ……… 382
Mawrina, Tatjana →マーヴリナ, タチヤーナ ……… 348
Maxwell, William →マクスウェル, ウィリアム ……… 351
May, Julian →メイ, ジュリアン ……… 380
May, Peter →メイ, ピーター ……… 380
Mayhar, Ardath →メイハー, アーダス …… 380
Maynard, Martin →メイナード, マーティン ……… 380
Mayne, William →メイン, ウィリアム …… 381
Mayröcker, Friederike →メイレッカー, フリーデリケ ……… 381
Mays, David J. →メイズ, デヴィッド・J. … 380
Mazeline, Guy →マズレーヌ, ギー ……… 359

Mazer, Norma Fox →メイザー, ノーマ・フォックス ……… 380
Mazzantini, Margaret →マッツァンティーニ, マルガレート ……… 362
Mazzucco, Melania G. →マッツッコ, メラニア・G. ……… 362
McAfee, Annalena →マカフィー, アンナリーナ ……… 348
McAleer, John →マカリア, ジョン ……… 348
McAuley, Paul J. →マコーリイ, ポール・J. ……… 357
McAuliffe, Frank →マコーリフ, フランク … 358
McBain, Ed →マクベイン, エド ……… 354
McBride, James →マクブライド, ジェイムズ ……… 354
McCaffrey, Anne →マキャフリイ, アン …… 349
McCahery, James →マキャハリー, ジェイムズ ……… 349
McCammon, Robert R. →マキャモン, ロバート・R. ……… 349
McCann, Colum →マッキャン, コラム …… 360
McCarthy, Cormac →マッカーシー, コーマック ……… 360
McCaughrean, Geraldine →マコックラン, ジェラルディン ……… 357
McCloskey, Robert →マックロスキー, ロバート ……… 362
McCloy, Helen →マクロイ, ヘレン ……… 356
McClure, James →マクルーア, ジェイムズ ‥ 356
McCourt, Frank →マコート, フランク …… 357
McCoy, Angel Leigh →マッコイ, エンジェル・リー ……… 362
McCraw, Thomas K. →マクロー, トーマス・K. ……… 356
McCrumb, Sharyn →マクラム, シャーリン ……… 355
McCullough, David →マクロウ, デヴィッド ……… 356
McCully, Emily Arnold →マッキュリー, エミリー・アーノルド ……… 361
McDade, Thomas M. →マクデイド, トーマス・M. ……… 352
McDermid, Val →マクダーミド, ヴァル …… 351
McDermott, Alice →マクダーモット, アリス ……… 352
McDermott, Gerald →マクダーモット, ジェラルド ……… 352
McDevitt, Jack →マクデヴィット, ジャック ……… 352
McDonald, Gregory →マクドナルド, グレゴリー ……… 353
McDonald, Ian →マクドナルド, イアン …… 352
McDougall, Walter A. →マクドゥーガル, ウォルター ……… 352
McEwan, Ian →マキューアン, イアン …… 350
McFeely, William →マクフィーリー, ウィリアム ……… 354
McGinley, Phyllis →マッギンレー, フィリス ……… 361

McGinnis, Mindy →マクギニス, ミンディ‥ 351
McGraw, Eloise Jarvis →マグロー, エロイーズ・ジャーヴィス 356
McGregor, Robert Kuhn →マクレガー, ロバート・キューン 356
McGuinness, Brian →マクギネス, ブライアン 351
McGuire, D.A. →マグァイア, D.A. 351
McGuire, Seanan →マグワイア, ショーニン 357
McHugh, Maureen F. →マクヒュー, モーリーン・F. 354
McIlvanney, William →マッキルヴァニー, ウイリアム 361
McIlwain, Charles Howard →マキルウェイン, チャールズ・ハワード 351
McIntosh, Will →マッキントッシュ, ウィル 361
McIntyre, Vonda N. →マッキンタイア, ヴォンダ・N. 361
McKay, Hilary →マッカイ, ヒラリー 360
McKean, Dave →マッキーン, デイブ 361
McKee, David →マッキー, デビッド 360
McKelway, St.Clair →マッケルウェイ, セント・クレア 362
McKenna, Richard →マッケナ, リチャード 362
McKillip, Patricia A. →マキリップ, パトリシア・A. 350
McKinley, Robin →マッキンリィ, ロビン ... 361
McKinney, Joe →マッキニー, ジョー 360
McKinty, Adrian →マッキンティ, エイドリアン 361
McKissack, Fredrick →マキサック, フレデリック 348
McKissack, Patricia C. →マキサック, パトリシア・C. 348
McLaughlin, Andrew C. →マクラフリン, アンドリュー・C. 355
McMullen, Mary →マクマラン, メアリ 354
McMurtry, Larry →マクマートリー, ラリー 354
McNamee, Graham →マクナミー, グラハム 353
McNaughton, Brian →マクノートン, ブライアン 354
McNaughton, Colin →マクノートン, コリン 354
McNeal, Susan Elia →マクニール, スーザン・イーリア 353
McNeill, William H. →マクニール, ウィリアム・H. 353
McNulty, Faith →マックナルティ, フェイス 361
McPhee, John →マクフィー, ジョン 354
McPherson, Catriona →マクファーソン, カトリオーナ 354
McPherson, James Alan →マクファースン, ジェームズ 354

McPherson, James M. →マクファーソン, ジェームズ・M. 354
McWhorter, Diane →マクウォーター, ダイアン 351
Meacham, Jon →ミーチャム, ジョン 373
Mebs, Gudrun →メブス, グードルン 382
Medina, Meg →メディーナ, メグ 382
Megret, Christian →メグレ, クリスチャン . 382
Meigs, Cornelia →メグズ, コーネリア 381
Meister, Ernst →マイスター, エルンスト 348
Melko, Paul →メルコ, ポール 382
Mello, Roger →メロ, ホジェル 383
Mellow, James R. →メロウ, ジェイムズ・R. 383
Melville, Jennie
Menand, Louis →メナンド, ルイ 382
Mendelsohn, Daniel →メンデルソーン, ダニエル 383
Mendoza, Eduardo →メンドサ, エドゥアルド 383
Menegoz, Mathias →メネゴス, マティアス‥ 382
Meredith, William →メレディス, ウィリアム 383
Merle, Robert →メルル, ロベール 382
Merril, Judith →メリル, ジュディス 382
Merrill, James →メリル, ジェイムズ 382
Mertens, Pierre →メルテンス, ピエール 382
Mertz, Barbara
Merwin, W.S. →マーウィン, W.S. 348
Mesghali, Farshid →メスガーリ, ファルシード 382
Meyer, Deon →マイヤー, デオン 348
Meyer, Michael →マイヤー, マイケル 348
Meyer, Nicholas →メイヤー, ニコラス 381
Miano, Léonora →ミアノ, レオノーラ 372
Michael, Livi →マイケル, リビ 347
Michaels, Anne →マイクルズ, アン 347
Michaels, Barbara
Michel, Wilhelm →ミヒェル, ヴィルヘルム‥ 374
Michener, James A. →ミッチェナー, ジェイムス・A. 373
Middleton, Stanley →ミドルトン, スタンレー 374
Miéville, China →ミエヴィル, チャイナ 372
Mil, Ilona van →ミル, イロナ・ヴァン 376
Miles, Jack →マイルズ, ジャック 348
Milford, Kate →ミルフォード, ケイト 377
Milhous, Katherine →ミルハウス, キャサリン 377
Millar, Margaret →ミラー, マーガレット ... 376
Millard, Candice →ミラード, キャンディス 376
Millay, Edna St.Vincent →ミレー, エドナ・セント・ヴィンセント 377
Miller, Andrew →ミラー, アンドリュー 375
Miller, Arthur →ミラー, アーサー 375
Miller, Caroline →ミラー, キャロライン 376
Miller, Derek B. →ミラー, デレク・B. 376

Miller, Dorothy Reynolds →ミラー, ドロシー・レイノルズ ……………………… 376
Miller, Jason →ミラー, ジェイソン ………… 376
Miller, Karl →ミラー, カール ……………… 376
Miller, Madeline →ミラー, マデリン ……… 376
Miller, Perry →ミラー, ペリー ……………… 376
Miller, Ron →ミラー, ロン ………………… 376
Miller, Walter M., Jr. →ミラー, ウォルター・M., Jr. ……………………………………… 376
Millhauser, Steven →ミルハウザー, スティーヴン ………………………………………… 377
Mills, Mark →ミルズ, マーク ……………… 377
Miłosz, Czesław →ミウォシュ, チェスワフ‥ 372
Mina, Denise →ミーナ, デニーズ ………… 374
Mingarelli, Hubert →マンガレリ, ユベール ……………………………………………… 371
Miomandre, Francis de →ミオマンドル, フランシス・ド ………………………………… 373
Miranda, Lin-Manuel →ミランダ, リン=マニュエル …………………………………… 376
Mistral, Frédéric →ミストラル, フレデリック ………………………………………… 373
Mistral, Gabriela →ミストラル, ガブリエラ ……………………………………………… 373
Mistry, Rohinton →ミストリー, ロヒントン ……………………………………………… 373
Mitchell, David →ミッチェル, デイヴィッド ……………………………………………… 373
Mitchell, Dreda Say →ミッチェル, ドレダ・セイ …………………………………………… 373
Mitchell, Margaret →ミッチェル, マーガレット ……………………………………………… 373
Mitchell, Rita Phillips →ミッチェル, リタ・フィリップス ……………………………………… 374
Mitgutsch, Ali →ミットグッチュ, アリ …… 374
Mitton, Tony →ミットン, トニー ………… 374
Mizumura, Kazue →ミズムラ, カズエ …… 373
Mo, Timothy →モー, ティモシー ………… 383
Modiano, Patrick →モディアノ, パトリック ……………………………………………… 384
Moebius →メビウス ………………………… 382
Moeyaert, Bart →ムイヤールト, バルト …… 379
Moinot, Pierre →モワノー, ピエール ……… 387
Moix, Yann →モワクス, ヤン ……………… 387
Molaine, Pierre →モレーヌ, ピエール …… 386
Möller, Cannie →メッレル, カンニ ………… 382
Momaday, N.Scott →モマディ, N.スコット ……………………………………………… 385
Mommsen, Theodor →モムゼン, テオドール ……………………………………………… 385
Moncomble, Gérard →モンコンブル, ジェラール …………………………………………… 387
Mondolini, Jacques →モンドローニ, ジャック ……………………………………………… 387
Monénembo, Tierno →モネネムボ, チエルノ ……………………………………………… 385
Monette, Paul →モネット, ポール ………… 385
Monks, Lydia →モンクス, リディア ……… 387
Monroe, Aly →モンロー, アリー …………… 387

Montale, Eugenio →モンターレ, エウジェーニオ ……………………………………………… 387
Monteleone, Thomas F. →モンテルオーニ, トマス・F. ……………………………………… 387
Montresor, Beni →モントレソール, ベニ …… 387
Moon, Elizabeth →ムーン, エリザベス …… 380
Moorcock, Michael →ムアコック, マイケル ……………………………………………… 378
Moore, Alan →ムーア, アラン ……………… 377
Moore, Brian →ムーア, ブライアン ……… 378
Moore, Christopher G. →ムーア, クリストファー・G. ……………………………………… 378
Moore, C.L. →ムーア, C.L. ………………… 378
Moore, Inga →ムーア, インガ ……………… 378
Moore, James →ムーア, ジェイムズ ……… 378
Moore, Marianne →ムーア, マリアン ……… 378
Moorman, Mary →ムアマン, メアリ ……… 379
Moran, Terrie Farley →モーラン, テリー・ファーリー ………………………………………… 385
Morante, Elsa →モランテ, エルサ ………… 385
Moravia, Alberto →モラヴィア, アルベルト ……………………………………………… 385
Mordvinoff, Nicholas →モードヴィノフ, ニコラス ……………………………………………… 384
Morehouse, Lyda →モアハウス, ライダ …… 383
Moretti, Franco →モレッティ, フランコ …… 386
Morgan, Charles →モーガン, チャールズ …… 383
Morgan, Edmund S. →モーガン, エドマンド・S. ……………………………………………… 383
Morgan, Richard →モーガン, リチャード …… 383
Morgenstern, Erin →モーゲンスターン, エリン ……………………………………………… 383
Mori, Kyoko →モリ, キョウコ ……………… 385
Morison, Samuel Eliot →モリソン, サミュエル・エリオット ……………………………………… 386
Morpurgo, Michael →モーパーゴ, マイケル ……………………………………………… 385
Morrell, David →マレル, デイヴィッド …… 370
Morris, Edmund →モーリス, エドムント …… 385
Morris, Wright →モリス, ライト …………… 386
Morrison, Grant →モリソン, グラント …… 386
Morrison, Toni →モリソン, トニ …………… 386
Morrissey, Thomas →モリッシー, トーマス ……………………………………………… 386
Morrow, James →モロウ, ジェイムズ …… 386
Morse, L.A. →モース, L.A. ………………… 383
Mortimer, Penelope →モーティマー, ペネロープ …………………………………………… 384
Morton, Lisa →モートン, リサ ……………… 384
Mosby, Steve →モスビー, スティーブ …… 384
Mosebach, Martin →モーゼバッハ, マルティン ……………………………………………… 384
Mosel, Arlene →モーゼル, アーリーン …… 384
Mosel, Tad →モーゼル, タッド ……………… 384
Moselly, Emile →モセリー, エミール ……… 384
Moser, Barry →モーザー, バリー …………… 383
Mosley, Nicholas →モズレー, ニコラス …… 384
Mosley, Walter →モズリイ, ウォルター …… 384

Moss, Howard →モス, ハワード	383
Motion, Andrew →モーション, アンドルー	383
Mott, Frank Luther →モット, フランク・ルーサー	384
Mountain, Fiona →マウンテン, フィオナ	348
Mousset, Paul →ムッセ, ポール	379
Mueller, Lisel →ミュラー, リーゼル	375
Mukasonga, Scholastique →ムカソンガ, ショラスティック	379
Mukerji, Dhan Gopal →ムカージ, D.G.	379
Mukherjee, Abir →ムーカジ, アビール	379
Mukherjee, Bharati →ムカージ, バーラティ	379
Mukherjee, Siddhartha →ムカジー, シッダールタ	379
Muldoon, Paul →マルドゥーン, ポール	369
Muller, Eddie →ミューラー, エディ	374
Müller, Heiner →ミュラー, ハイナー	374
Müller, Herta →ミュラー, ヘルタ	374
Müller, Jörg →ミュラー, イェルク	374
Muller, Marcia →ミュラー, マーシャ	374
Mulligan, Andy →ムリガン, アンディ	380
Mumford, Lewis →マンフォード, ルイス	372
Munro, Alice →マンロー, アリス	372
Munroe, Randall →マンロー, ランドール	372
Murail, Elvire →ミュライユ, エルヴィール	375
Murail, Lorris →ミュライユ, ロリス	375
Murail, Marie-Aude →ミュライユ, マリー＝オード	375
Murdoch, Iris →マードック, アイリス	366
Murphy, Jill →マーフィー, ジル	367
Murphy, Jim →マーフィー, ジム	367
Murphy, Margaret →マーフィ, マーガレット	367
Murphy, Pat →マーフィー, パット	367
Murphy, Warren →マーフィー, ウォーレン	367
Murray, Sabina →マレー, サビーナ	370
Muschg, Adolf →ムシュク, アードルフ	379
Mutis, Álvaro →ムティス, アルバロ	379
Mwangi, Meja →ムワンギ, メジャ	380
Myers, L.H. →マイヤーズ, L.H.	348
Myers, M.Ruth →マイヤース, M.ルース	348
Myers, Robert Manson →マイアース, ロバート・マンソン	347

【N】

Nabb, Magdalen →ナブ, マグダレン	234
Nádas Péter →ナーダシュ・ペーテル	233
Nadel, Barbara →ナデル, バーバラ	233
Nagata, Linda →ナガタ, リンダ	233
Naidoo, Beverley →ナイドゥー, ビヴァリー	232
Naifeh, Steven →ネイフ, スティーヴン	237
Naipaul, Shiva →ナイポール, シヴァ	232
Naipaul, V.S. →ナイポール, V.S.	232
Nasar, Sylvia →ナサー, シルヴィア	233
Nash, Jay Robert →ナッシュ, ジェイ・ロバート	233
Nash, Margaret →ナッシュ, マーガレット	233
Natanson, Maurice →ナタンソン, M.	233
Nau, John-Antoine →ノー, ジョン＝アントワーヌ	240
Navarre, Yves →ナヴァール, イヴ	232
Navarro, Yvonne →ナヴァーロ, イヴォンヌ	233
Navasky, Victor S. →ナヴァスキー, ヴィクター・S.	232
Naylor, Gloria →ネイラー, グローリア	238
Naylor, Phyllis Reynolds →ネイラー, フィリス・レノルズ	238
NDiaye, Marie →ンディアイ, マリー	450
Neale, J.E. →ニール, J.E.	237
Neate, Patrick →ニート, パトリック	236
Neel, Janet →ニール, ジャネット	237
Neely, Barbara →ニーリイ, バーバラ	237
Neely, Mark E., Jr. →ニーリー, マーク・E., Jr.	237
Nehr, Ellen →ネール, エレン	239
Nelson, Marilyn →ネルソン, マリリン	239
Nelson, Vaunda Micheaux →ネルソン, ヴォーンダ・ミショー	239
Nemerov, Howard →ネムロフ, ハワード	239
Némirovsky, Irène →ネミロフスキー, イレーヌ	239
Neruda, Pabl →ネルーダ, パブロ	239
Nesi, Edoardo →ネシ, エドアルド	238
Ness, Evaline →ネス, エバリン	238
Ness, Patrick →ネス, パトリック	238
Neuhoff, Éric →ヌホフ, エリック	237
Neumann, Franz →ナウマン, フランツ	233
Nevill, Adam →ネヴィル, アダム	238
Neville, Emily Cheney →ネヴィル, エミリー・C.	238
Nevins, Allan →ネヴィンズ, アラン	238
Nevins, Francis M., Jr. →ネヴィンズ, フランシス・M., Jr.	238
Newbery, Linda →ニューベリー, リンダ	236
Newby, P.H. →ニュービー, P.H.	236
Newman, Emma →ニューマン, エマ	236
Newman, Kim →ニューマン, キム	236
Newman, Sharan →ニューマン, シャラン	237
Newton, Eddie →ニュートン, エディー	236
Nguyen, Viet Thanh →ウェン, ヴィエト・タン	41
Nicholas, Lynn H. →ニコラス, リン・H.	235
Nicholl, Charles →ニコル, チャールズ	235
Nicholls, Peter →ニコル, ピーター	235
Nichols, Roy Franklin →ニコルズ, ロイ・フランクリン	235
Nichols, Victoria →ニコルズ, ヴィクトリア	235

Nicholson, William →ニコルソン, ウィリアム ………………………………………… 235
Nickle, David →ニクルズ, デイヴィッド ……… 235
Nicolay, Scott →ニコレイ, スコット ………… 235
Nicolson, Nigel →ニコルソン, ナイジェル … 235
Niebuhr, Gary Warren →ニーバー, ゲイリー・ウォーレン ……………………………………… 236
Niedlich, Johannes K.G. →ニードリッヒ, ヨハネス ……………………………………………… 236
Nieto, José García →ニエト, ホセ・ガルシア ……………………………………………………… 235
Nievo, Stanislao →ニエヴォ, スタニズラオ … 234
Niffenegger, Audrey →ニッフェネガー, オードリー ………………………………………………… 236
Nilsson, Ulf →ニルソン, ウルフ …………… 237
Nimier, Marie →ニミエ, マリー ……………… 236
Nimmo, Jenny →ニモ, ジェニー ……………… 236
Nitz, Jai →ニッツ, ジェイ …………………… 235
Niven, Larry →ニーヴン, ラリイ …………… 234
Nixon, Joan Lowery →ニクソン, ジョーン・ローリー ………………………………………………… 235
Nizan, Paul →ニザン, ポール ……………… 235
Noguez, Dominique →ノゲーズ, ドミニク ‥ 240
Nokes, David →ノークス, デイヴィッド …… 240
Nolan, Christopher →ノーラン, クリストファー ……………………………………………… 241
Nolan, Han →ノーラン, ハン ………………… 241
Nolan, Tom →ノーラン, トム ………………… 241
Nolan, William F. →ノーラン, ウィリアム・F. ……………………………………………………… 241
Noon, Jeff →ヌーン, ジェフ ………………… 237
Nordqvist, Sven →ノルドクヴィスト, スヴェン ……………………………………………………… 241
Norman, Geoffrey →ノーマン, ジェフリイ ‥ 241
Norman, Marsha →ノーマン, マーシャ …… 241
Norris, Bruce →ノリス, ブルース …………… 241
Norriss, Andrew →ノリス, アンドリュー …… 241
North, Claire →ノース, クレア ……………… 240
Norton, Andre →ノートン, アンドレ ……… 240
Norton, Mary →ノートン, メアリー ………… 240
Nossack, Hans Erich →ノサック, ハンス・エーリッヒ ……………………………………………… 240
Nöstlinger, Christine →ネストリンガー, クリスティーネ ……………………………………………… 239
Nottage, Lynn →ノッテージ, リン …………… 240
Nourissier, François →ヌーリシエ, フランソワ ……………………………………………………… 237
Noux, O'Neil De →ノー, オニール・デ …… 239
Novik, Naomi →ノヴィク, ナオミ …………… 240
Nozick, Robert →ノージック, ロバート …… 240
Nucera, Louis →ヌセラ, ルイ ……………… 237
Nuland, Sherwin B. →ヌーランド, シャーウィン・B. ……………………………………………… 237
Nunes, Lygia Bojunga →ヌーネス, リジア・ボジュンガ ……………………………………………… 237
Nye, Russell Blaine →ナイ, ラッセル・ブレイン ……………………………………………………… 232
Nykaned, Mark →ニュカネン, マーク …… 236

【O】

Oakley, Graham →オークリー, グレアム …… 64
Oates, Joyce Carol →オーツ, ジョイス・キャロル ……………………………………………………… 65
Obey, André →オベイ, アンドレ ……………… 69
Obreht, Téa →オブレヒト, テア ……………… 69
O'Brien, Darcy →オブライエン, ダーシイ … 68
O'Brien, Edna →オブライエン, エドナ …… 68
O'Brien, James →オブライエン, ジェイムズ ‥ 68
O'Brien, Kate →オブライエン, ケイト …… 68
O'Brien, Robert C. →オブライエン, ロバート・C. ……………………………………………………… 69
O'Brien, Tim →オブライエン, ティム ……… 68
O'Callaghan, Maxine →オキャラハン, マクシン ……………………………………………………… 64
Och, Sheila →オチ, シーラ …………………… 65
Ocker, J.W. →オッカー, J.W. ………………… 66
O'Connell, Jack →オコネル, ジャック ……… 65
O'Connor, Edwin →オーコナー, エドウィン ‥ 64
O'Connor, Flannery →オコナー, フラナリー ……………………………………………………… 64
Odell, Robin →オーデル, ロビン ……………… 66
O'Dell, Scott →オデール, スコット ………… 66
O'Donoghue, Bernard →オドノヒュー, バーナード ……………………………………………………… 67
O'Farrell, Maggie →オファーレル, マギー … 68
O'Farrell, William →オファレル, ウイリアム ……………………………………………………… 68
Offen, Hilda →オフェン, ヒルダ ……………… 68
O'Flaherty, Liam →オフレアティ, リアム …… 69
O'Flynn, Catherine →オフリン, キャサリン ‥ 69
O'Hagan, Andrew →オヘイガン, アンドリュー ……………………………………………………… 69
O'Hara, Frank →オハラ, フランク …………… 68
O'Hara, John →オハラ, ジョン ……………… 68
O'Keefe, Catherine →オキーフ, キャサリン ‥ 63
Okorafor, Nnedi →オコロフォア, ナディ …… 65
Okri, Ben →オクリ, ベン ……………………… 64
Olde Heuvelt, Thomas →オルディ・フーヴェルト, トマス ……………………………………………… 71
Oldenbourg, Zoé →オルデンブール, ゾエ …… 71
Olds, Sharon →オールズ, シャロン ………… 70
Oleynikov, Igor →オレイニコフ, イーゴリ …… 71
Oliver, Lauren →オリヴァー, ローレン ……… 69
Oliver, Mary →オリヴァー, メアリー ……… 69
Ollier, Claude →オリエ, クロード …………… 69
Olsen, Ib Spang →オルセン, イブ・スパング ‥ 70
Olsen, Jack →オルセン, ジャック …………… 70
Olson, Toby →オルソン, トビー ……………… 70
Oltion, Jerry →オルション, ジェリイ ……… 70
Oman, Carola →オーマン, カローラ ……… 69
Ondaatje, Michael →オンダーチェ, マイケル ……………………………………………………… 71
O'Neal, Zibby →オニール, ジビー …………… 67

O'Neill, Eugene　→オニール, ユージン ………… 67
O'Neill, Gene　→オニール, ジーン ……………… 67
O'Neill, Gerard　→オニール, ジェラード …… 67
O'Neill, Joseph　→オニール, ジョセフ ……… 67
Onetti, Juan Carlos　→オネッティ, フアン・カルロス ……………………………………………… 68
Onfray, Michel　→オンフレ, ミシェル …… 72
Onions, G.Oliver　→オニオンズ, オリヴァー … 67
Ono-dit-Biot, Christophe　→オノ＝ディビオ, クリストフ ………………………………………… 68
Oppen, George　→オッペン, ジョージ ……… 66
Orlev, Uri　→オルレブ, ウーリー …………… 71
Orsenna, Erik　→オルセナ, エリック ……… 70
Ortese, Anna Maria　→オルテーゼ, アンナ・マリア …………………………………………… 71
Orwell, George　→オーウェル, ジョージ … 63
Oshinsky, David M.　→オシンスキー, デイヴィッド・M. ………………………………… 65
Osmond, Edward　→オズマンド, エドワード … 65
Osnos, Evan　→オスノス, エヴァン …………… 65
Oster, Christian　→オステール, クリスチャン ………………………………………………………… 65
Oterdahl, Jeanna　→オーテルダール, シャンナ …………………………………………………… 66
Otsuka, Julie　→オオツカ, ジュリー ………… 63
Otto S., Svend　→オットー, スベン …………… 66
Oulitskaïa, Ludmila　→ウリツカヤ, リュドミラ ……………………………………………………… 49
Ouologuem, Yambo　→ウオロゲム, ヤンボ … 47
Owens, Barbara　→オウエンズ, バーバラ … 63
Oxenbury, Helen　→オクセンバリー, ヘレン … 64
Øyen, Wenche　→オイエン, ヴェンケ ……… 63
Oz, Amos　→オズ, アモス ……………………… 65
Ozick, Cynthia　→オジック, シンシア ……… 65

【 P 】

Pacheco, José Emilio　→パチェコ, ホセ・エミリオ ………………………………………………… 254
Packer, George　→パッカー, ジョージ …… 254
Pacovská, Květa　→パツォウスカー, クヴィエタ ………………………………………………… 254
Paffenroth, Kim　→パフェンロス, キム …… 261
Page, Katherine Hall　→ペイジ, キャサリン・ホール ……………………………………………… 321
Pagels, Elaine　→ペイゲルス, エレーヌ …… 321
Painter, George　→ペインター, ジョージ … 324
Pais, Abraham　→パイス, アブラハム …… 242
Palacio, Raquel J.　→パラシオ, R.J. ………… 263
Palin, Michael　→パリン, マイケル ………… 265
Palmer, Suzanne　→パーマー, スザンヌ … 262
Pamuk, Orhan　→パムク, オルハン ………… 263
Pancrazi, Jean-Noël　→パンクラズィー, ジャン＝ノエル ……………………………………… 269

Panek, Leroy Lad　→パネク, ルロイ・ラッド ………………………………………………………… 260
Panshin, Alexei　→パンシン, アレクセイ … 269
Panshin, Cory　→パンシン, コーリー ……… 269
Pardlo, Gregory　→パードロ, グレゴリー … 259
Paretsky, Sara　→パレツキー, サラ ………… 266
Parise, Goffredo　→パリーゼ, ゴッフレード … 265
Park, Linda Sue　→パーク, リンダ・スー … 249
Park, Ruth　→パーク, ルース ………………… 249
Park, Severna　→パーク, セヴェルナ ……… 249
Parker, Daniel　→パーカー, ダニエル ……… 248
Parker, I.J.　→パーカー, I.J. …………………… 248
Parker, K.J.　→パーカー, K.J. ………………… 248
Parker, Robert Andrew　→パーカー, ロバート・アンドリュー ……………………………… 248
Parker, Robert B.　→パーカー, ロバート・B. ………………………………………………………… 248
Parker, T.Jefferson　→パーカー, T.ジェファーソン ………………………………………………… 248
Parks, Brad　→パークス, ブラッド ………… 250
Parks, Suzan-Lori　→パークス, スーザン＝ロリ ………………………………………………… 250
Parra, Nicanor　→パラ, ニカノール ………… 263
Parrington, Vernon Louis　→パリントン, ヴァーノン・ルイス ………………………………… 265
Parrish, P.J.　→パリッシュ, P.J. ……………… 265
Parshall, Sandra　→パーシャル, サンドラ … 251
Partridge, Elizabeth　→パートリッジ, エリザベス ……………………………………………… 259
Partridge, Norman　→パートリッジ, ノーマン ………………………………………………………… 259
Partsch, Susanna　→パルチュ, スザンナ … 265
Paso, Fernando del　→パソ, フェルナンド・デル ………………………………………………… 252
Passarella, J.G.　→パサレラ, ジョン ……… 251
Pasternak, Boris Leonidovich　→パステルナーク, ボリス・レオニードヴィチ ………… 252
Pastior, Oskar　→パスティオール, オスカー … 252
Pastoureau, Michel　→パストゥロー, ミシェル ……………………………………………………… 252
Patchett, Ann　→パチェット, アン ………… 254
Paterson, Katherine　→パターソン, キャサリン ……………………………………………………… 253
Patrick, John　→パトリック, ジョン ……… 259
Patron, Susan　→パトロン, スーザン ……… 259
Patterson, Geoffrey　→パターソン, ジェフリー ………………………………………………………… 253
Patterson, James　→パターソン, ジェイムズ ………………………………………………………… 253
Patterson, Orlando　→パターソン, オルランド ………………………………………………………… 253
Patterson, Richard North　→パタースン, リチャード・ノース ……………………………… 252
Patterson, William H.Jr.　→パターソン, ウィリアム・H., Jr. …………………………………… 253
Pattison, Eliot　→パティスン, エリオット … 256
Paulsen, Susanne　→パウルゼン, スザンネ … 247
Pausewang, Gudrun　→パウゼヴァング, グードルン ……………………………………………… 247

Paver, Michelle →ペイヴァー, ミシェル …… 320	Petersham, Miska →ピーターシャム, ミスカ …… 274
Pavese, Cesare →パヴェーゼ, チェーザレ … 246	Peterson, Hans →ピーターソン, ハンス…… 325
Pavone, Chris →パヴォーネ, クリス………… 246	Peterson, Keith →ピータースン, キース…… 275
Pawel, Rebecca →パウエル, レベッカ……… 246	Petitjean, Frédéric →プティジャン, フレデリック ……………………………………… 295
Paxson, Frederic L. →パクソン, フレデリック・L. ……………………………………… 250	Petroni, Guglielmo →ペトローニ, グリエルモ …………………………………… 326
Paz, Octavio →パス, オクタビオ…………… 252	Petrushevskaya, Ludmilla →ペトルシェフスカヤ, リュドミラ …………………………… 326
Peace, David →ピース, デイヴィッド……… 274	Peyré, Joseph →ペイレ, ジョゼフ …………… 323
Pearce, Michael →ピアス, マイクル………… 271	Peyrefitte, Roger →ペールフィット, ロジェ ……………………………………………… 330
Pearce, Philippa →ピアス, フィリパ……… 271	Peyton, K.M. →ペイトン, K.M. …………… 322
Pearlman, Edith →パールマン, イーディス ………………………………………………… 266	Phelan, Matt →フェラン, マット ………… 288
Pearsall, Shelley →ピアサル, シェリー …… 271	Philbrick, Nathaniel →フィルブリック, ナサニエル …………………………………… 287
Peck, Richard →ペック, リチャード………… 325	Philbrick, Rodman →フィルブリック, ロッドマン ……………………………………… 287
Pedrazas, Allan →ペドラザス, アラン …… 326	Philips, Judson →フィリップス, ジャドスン …………………………………………… 286
Peet, Mal →ピート, マル…………………… 276	Phillips, Caryl →フィリップス, キャリル…… 286
Pelecanos, George →ペレケーノス, ジョージ ……………………………………… 331	Phillips, Julie →フィリップス, ジュリー…… 286
Pelgrom, Els →ペルフロム, エルス………… 330	Phillips, Max →フィリップス, マックス…… 287
Pelot, Pierre →プロ, ピエール……………… 315	Phillips, Mike →フィリップス, マイク …… 286
Pennac, Daniel →ペナック, ダニエル……… 326	Piccirilli, Tom →ピクシリリー, トム ……… 273
Pennacchi, Antonio →ペンナッキ, アントニオ ……………………………………… 333	Piccolo, Francesco →ピッコロ, フランチェスコ ……………………………………… 275
Penney, Stef →ペニー, ステフ …………… 326	Pichon, Liz →ピーション, リズ …………… 274
Penny, Louise →ペニー, ルイーズ………… 326	Pickard, Nancy →ピカード, ナンシー……… 272
Penzler, Otto →ペンズラー, オットー…… 332	Picouly, Daniel →ピクリ, ダニエル………… 273
Percy, Eustace, Lord →パーシー, ユースタス ………………………………………… 251	Pienkowski, Jan →ピエンコフスキー, ジャン ……………………………………… 272
Percy, Walker →パーシー, ウォーカー …… 251	Piercy, Marge →ピアシー, マージ………… 271
Perec, Georges →ペレック, ジョルジュ …… 331	Pierre, DBC →ピエール, DBC …………… 271
Perez-Reverte, Arturo →ペレス=レベルテ, アルトゥーロ ……………………………… 331	Pieyre de Mandiargues, André →ピエール・ド・マンディアルグ, アンドレ ……………… 272
Pergaud, Louis →ペルゴー, ルイ …………… 329	Pike, B.A. →パイク, B.A. ………………… 242
Perkins, Lynne Rae →パーキンス, リン・レイ ……………………………………… 249	Pike, Christopher →パイク, クリストファー ……………………………………………… 242
Pérochon, Ernest →ペロション, エルネスト ………………………………………… 332	Pike, Robert L.
Perrein, Michèle →ペラン, ミシェール…… 328	Pilhes, René-Victor →ピーユ, ルネ=ヴィクトル ……………………………………… 277
Perret, Jacques →ペレ, ジャック ………… 331	Pilling, Ann →ピリング, アン …………… 279
Perrin, André →ペラン, アンドレ………… 328	Pimlott, Ben →ピムロット, ベン ………… 276
Perry, Anne C. →ペリー, アン・C.………… 328	Pinborough, Sarah →ピンバラ, サラ……… 281
Perry, Janet →ペリー, ジャネット………… 328	Pinfold, Levi →ピンフォールド, レーヴィ … 281
Perry, Nick →ペリー, ニック ……………… 328	Pinget, Robert →パンジェ, ロベール ……… 269
Perry, Ralph Barton →ペリー, ラルフ・バートン ……………………………………… 329	Pinkney, Brian →ピンクニー, ブライアン … 281
Perry, Thomas →ペリー, トマス…………… 328	Pinkney, Jerry →ピンクニー, ジェリー …… 281
Perry, Will →ペリー, ウィル ……………… 328	Pinnell, Miss →ピンネル, ミス …………… 281
Perse, Sant-John →ペルス, サン=ジョン … 329	Pinsker, Sarah →ピンスカー, サラ………… 281
Pershing, John J. →パーシング, ジョン・J. ………………………………………… 252	Pinter, Harold →ピンター, ハロルド……… 281
Persson, Leif G.W. →ペーション, レイフ・G. W. ……………………………………… 324	Pintoff, Stefanie →ピントフ, ステファニー… 281
Pešek, Luděk →ペェシェック, ルディエク… 324	Piontek, Heinz →ピオンテーク, ハインツ… 272
Peterkin, Julia →ピーターキン, ジュリア … 274	Piovene, Guido →ピオヴェーネ, グイード… 272
Peters, Elizabeth →ピーターズ, エリザベス ………………………………………… 274	Piper, Nikolaus →パイパー, ニコラウス …… 243
Peters, Ellis →ピーターズ, エリス ………… 275	Piperno, Alessandro →ピペルノ, アレッサンドロ ……………………………………… 276
Petersham, Maude →ピーターシャム, モード ……………………………………… 274	

Pirandello, Luigi →ピランデッロ, ルイジ … 279
Pitcher, Annabel →ピッチャー, アナベル … 276
Pitol, Sergio →ピトル, セルヒオ …………… 276
Pizzichini, Lillian →ピッジチーニ, リリアン
…………………………………………………… 275
Place, François →プラス, フランソワ ……… 298
Plath, Sylvia →プラース, シルヴィア ……… 298
Platt, Charles →プラット, チャールズ …… 300
Platt, Kin →プラット, キン ………………… 300
Platt, Richard →プラット, リチャード …… 300
Plenel, Edwy →プレネル, エドウィ ………… 314
Plisnier, Charles →プリニェ, シャルル …… 306
Plomer, William →プルーマー, ウィリアム … 311
Pludra, Benno →プルードラ, ベンノー …… 310
Poe, Harry Lee →ポー, ハリー・リー …… 334
Pohl, Frederik →ポール, フレデリック …… 342
Pohl, Peter →ポール, ペーテル …………… 343
Pohl-Weary, Emily →ポール=ウェアリー, エ
ミリー ………………………………………… 343
Poirot-Delpech, Bertrand →ポワロ=デルペ
シュ, ベルトラン …………………………… 346
Politi, Leo →ポリティ, レオ ………………… 342
Polito, Robert →ポリート, ロバート ……… 342
Pollack, Rachel →ポラック, レイチェル …… 341
Pollès, Renan →ポレ, ルナン ……………… 345
Pollitt, Katha →ポリット, カーサ ………… 342
Pommaux, Yvan →ポモー, イワン ………… 341
Ponge, Francis →ポンジュ, フランシス …… 347
Poniatowska, Elena →ポニアトウスカ, エレナ
…………………………………………………… 340
Ponsonby, Arthur →ポンソンビー, アーサー
…………………………………………………… 347
Ponsot, Marie →ポンソー, マリー ………… 347
Pontalis, Jean-Bertrand →ポンタリス, J.-B.
…………………………………………………… 347
Ponti, James →ポンティ, ジェームズ …… 347
Pontiggia, Giuseppe →ポンティッジャ, ジュ
ゼッペ ………………………………………… 347
Pontoppidan, Henrik →ポントピダン, ヘンリ
ク ……………………………………………… 347
Poole, Ernest →プール, アーネスト ……… 308
Pope-Hennessey, James →ポープ・ヘネシー,
ジェイムズ …………………………………… 341
Porter, Henry →ポーター, ヘンリー ……… 338
Porter, Katherine Anne →ポーター, キャサ
リン・アン …………………………………… 338
Porter, Peter →ポーター, ピーター ……… 338
Porter, Sheena →ポーター, シーナ ……… 338
Potter, David M. →ポッター, デヴィッド・M.
…………………………………………………… 339
Potts, Jean →ポッツ, ジーン ……………… 339
Pourrat, Henri →プーラ, アンリ …………… 295
Powell, Anthony →パウエル, アントニー … 335
Powell, Father Peter John →パウェル,
ファーザー・ピーター・ジョン …………… 245
Powell, Gareth L. →パウエル, ガレス・L. … 246
Powell, Padgett →パウエル, パジェット …… 246
Powell, Sumner Chilton →パウエル, サム
ナー・チルトン ……………………………… 246

Powell, William Dylan →パウエル, ウィリア
ム・ディラン ………………………………… 246
Power, Samantha →パワー, サマンサ …… 267
Powers, J.F. →パワーズ, J.F. ……………… 267
Powers, Richard →パワーズ, リチャード …… 267
Powers, Tim →パワーズ, ティム …………… 267
Prager, Hans G. →プレガー, ハンス ……… 313
Pratchett, Terry →プラチェット, テリー … 299
Prather, Richard S. →プラザー, リチャード・
S. ……………………………………………… 298
Pratt, Tim →プラット, ティム ……………… 300
Prentiss, Norman →プレンティス, ノーマン
…………………………………………………… 315
Prescott, Hilda F.M. →プレスコット, ヒル
ダ・F.M. ……………………………………… 313
Preston, M.K. →プレストン, M.K. ………… 313
Prettyman, Barrett, Jr. →プリティマン, バー
レット, Jr. …………………………………… 305
Preusler, Otfried →プロイスラー, オロフリー
ト ……………………………………………… 315
Preuss, Paul →プロイス, ポール …………… 315
Price, Anthony →プライス, アントニイ …… 296
Price, Charlie →プライス, チャーリー …… 296
Price, E.Hoffmann →プライス, E.ホフマン
…………………………………………………… 296
Price, Reynolds →プライス, レイノルズ …… 296
Price, Susan →プライス, スーザン ………… 296
Price, Tim →プライス, ティム ……………… 296
Prideaux, Sue →プリドー, スー …………… 305
Priest, Cherie →プリースト, シェリー …… 304
Priest, Christopher →プリースト, クリスト
ファー ………………………………………… 303
Priestley, J.B. →プリーストリー, J.B. …… 304
Pringle, Henry F. →プリングル, ヘンリー・F.
…………………………………………………… 308
Prinz, Alois →プリンツ, アロイス ………… 308
Prisco, Michele →プリスコ, ミケーレ …… 303
Pristavkin, Anatoli →プリスタフキン, アナト
リ ……………………………………………… 303
Privat, Bernard →プリヴァ, ベルナール …… 303
Probert, John Llewellyn →プロバート, ジョ
ン・ルウェリン ……………………………… 318
Prochazká, Jan →プロハズカ, ヤン ……… 318
Procházková, Iva →プロハースコヴァー, イ
ヴァ …………………………………………… 318
Pronzini, Bill →プロンジーニ, ビル ……… 318
Prou, Suzanne →プルー, シュザンヌ …… 308
Proulx, E.Annie →プルー, E.アニー ……… 308
Proust, Marcel →プルースト, マルセル …… 309
Provensen, Alice →プロベンセン, アリス … 318
Provensen, Martin →プロベンセン, マーティ
ン ……………………………………………… 318
Prue, Sally →プルー, サリー ……………… 308
Ptacek, Kathryn →プタセク, キャスリン … 294
Puller, Lewis B., Jr. →プラー, ルイス・B.,
Jr. ……………………………………………… 295
Pullman, Philip →プルマン, フィリップ …… 311
Pupin, Michael Idvorsky →ピューピン, ミカ
エル・イドヴォルスキー …………………… 278

Pusey, Merlo J. →ピューシー, メルロ・J. ... 277
Pushkarev, Boris →プシュカレフ, ボリス ... 294
Pyle, Howard →パイル, ハワード ... 243
Pynchon, Thomas →ピンチョン, トマス ... 281

【Q】

Qiu Xiaolong →ジョー・シャーロン ... 160
Quaglia, Roberto →クアリア, ロベルト ... 98
Quang, Huynh Nhuong →クアン, フィン・ニュオン ... 98
Quasimodo, Salvatore →クァジモド, サルヴァトーレ ... 98
Queen, Ellery →クイーン, エラリー ... 98
Quéffelec, Yann →ケフェレック, ヤン ... 125
Quentin, Patrick →クェンティン, パトリック ... 98
Quignard, Pascal →キニャール, パスカル ... 87

【R】

Raban, Jonathan →ラバン, ジョナサン ... 400
Rader-Day, Lori →レーダー＝デイ, ローリー ... 427
Radin, Edward D. →ラディン, エドワード・D. ... 399
Ragus, Christopher →ラガス, クリストファー ... 396
Rahimi, Atiq →ラヒーミー, アティーク ... 400
Rahlens, Holly-Jane →ラフレンス, ホリー＝ジェーン ... 401
Rahman, Zia Haider →ラーマン, ジア・ハイダー ... 401
Rajaniemi, Hannu →ライアニエミ, ハンヌ ... 391
Rakove, Jack N. →ラコヴ, ジャック・N. ... 396
Rambaud, Patrick →ランボー, パトリック ... 404
Randisi, Robert J. →ランディージ, ロバート・J. ... 404
Rankin, Ian →ランキン, イアン ... 402
Rankine, Claudia →ランキン, クラウディア ... 402
Ransom, John Crowe →ランサム, ジョン・クロウ ... 403
Ransome, Arthur →ランサム, アーサー ... 403
Rao, Raja →ラオ, ラージャ ... 396
Raschka, Chris →ラシュカ, クリス ... 396
Rash, Ron →ラッシュ, ロン ... 398
Raskin, Ellen →ラスキン, エレン ... 397
Ratel, Simone →ラテル, シモーヌ ... 399
Rathmann, Peggy →ラスマン, ペギー ... 397
Rausch, Albert H. →ラウシュ, アルベルト・H. ... 395

Raven, Charles Earle →レイヴン, チャールズ・E. ... 423
Raven, Pieter Van →レイブン, ピーター・ヴァン ... 424
Rawlings, Marjorie Kinnan →ローリングズ, マージョリー・キナン ... 443
Ray, Jane →レイ, ジェーン ... 423
Rayner, Catherine →レイナー, キャサリン ... 424
Rea, Domenico →レア, ドメニコ ... 423
Read, Cornelia →リード, コーネリア ... 410
Read, Piers Paul →リード, ピアズ・ポール ... 410
Reading, Peter →リーディング, ピーター ... 409
Reah, Danuta →レイ, ダヌータ ... 423
Reamy, Tom →リーミイ, トム ... 411
Reaver, Chap →リーヴァー, チャプ ... 406
Réber László →レーベル・ラースロー ... 428
Reed, Robert →リード, ロバート ... 410
Reeder, Carolyn →リーダー, キャロライン ... 407
Rees, David →リーズ, デヴィッド ... 407
Rees, Matt →リース, マット・ベイノン ... 407
Reeve, Philip →リーヴ, フィリップ ... 405
Reeves-Stevens, Garfield →リーブス＝スティーブンス, ガーフィールド ... 411
Reiche, Dietlof →ライヒェ, ディートロフ ... 394
Reid, Benjamin Lawrence →リード, ベンジャミン・ローレンス ... 410
Reid, Christopher →リード, クリストファー ... 410
Reidel, Marlene →ライデル, マレーネ ... 392
Reilly, John →ライリー, ジョン ... 394
Reisman, Philip →ライスマン, フィリップ ... 392
Reiss, Mike →レイス, マイク ... 424
Reiss, Tom →リース, トム ... 407
Remini, Robert V. →レミニ, ロバート・V. ... 428
Remnick, David →レムニック, デヴィッド ... 428
Rémy, Pierre-Jean →レミ, ピエール＝ジャン ... 428
Rendell, Ruth →レンデル, ルース ... 429
Rennison, Louise →レニソン, ルイーズ ... 428
Réouven, René →レウヴァン, ルネ ... 426
Resnick, Mike →レズニック, マイク ... 426
Rettich, Margaret →レティヒ, マルグレート ... 427
Reuter, Bjarne →ロイター, ビャーネ ... 430
Reverzy, Jean →ルヴェルジ, ジャン ... 416
Revesz, Etta →リーヴェス, エタ ... 406
Rey, Henri-François →レイ, アンリ＝フランソワ ... 423
Reybrouck, David Van →レイブルック, ヴィッド・ヴァン ... 424
Reymont, Władysław Stanisław →レイモント, ヴワディスワフ ... 424
Reynolds, Alastair →レナルズ, アレステア ... 428
Reynolds, Jason →レイノルズ, ジェイソン ... 424
Rhodes, James Ford →ローズ, ジェームス・フォード ... 432

Rhodes, Linda →ローデス, リンダ............ 435
Rhodes, Richard →ローズ, リチャード..... 433
Riccarelli, Ugo →リッチャレルリ, ウーゴ... 408
Rice, Anne →ライス, アン................... 391
Rice, Elmer L. →ライス, エルマー・L..... 392
Rich, Adrienne →リッチ, アドリエンヌ..... 408
Richards, Laura E. →リチャーズ, ローラ・E.
.... 407
Richardson, John →リチャードソン, ジョン
.... 408
Richardson, Robert →リチャードソン, ロバー
ト.. 408
Richler, Mordecai →リッチラー, モルデカイ
.... 408
Richter, Conrad →リクター, コンラッド... 407
Richter, Jutta →リヒター, ユッタ............ 410
Rickert, M. →リッカート, M. 408
Riddell, Chris →リデル, クリス 409
Rider, J.W. →ライダー, J.W.................. 392
Ridley, Philip →リドリー, フィリップ...... 410
Riggs, Ransom →リッグス, ランサム 406
Řiha, Bohumil →ジーハ, ボフミル 149
Riley, Frank →ライリイ, フランク......... 394
Rinaldi, Angelo →リナルディ, アンジェロ.. 410
Rinehart, Mary Roberts →ラインハート, メ
アリ・ロバーツ... 394
Rio, Michel →リオ, ミシェル.................. 406
Riordan, Rick →リオーダン, リック........ 406
Ripley, Mike →リプリー, マイク............. 411
Ritchie, Jack →リッチー, ジャック......... 408
Rivoyre, Christine De →リヴォワール, クリ
スチーヌ・ド... 406
Roanhorse, Rebecca →ローンホース, レベッ
カ.. 445
Robb, Graham →ロッブ, グラハム......... 435
Roberts, Adam →ロバーツ, アダム........ 436
Roberts, David →ロバーツ, デイヴィッド... 436
Roberts, Gene →ロバーツ, ジーン........ 436
Roberts, Gillian →ロバーツ, ギリアン...... 436
Roberts, Jean-Marc →ロベール, ジャン=マ
ルク... 439
Roberts, Keith →ロバーツ, キース......... 436
Roberts, Kenneth →ロバーツ, ケネス..... 436
Roberts, Les →ロバーツ, レス............... 436
Roberts, Willo Davis →ロバーツ, ウィロ・デ
イビス.. 436
Robida, Michel →ロビダ, ミシェル......... 436
Robinette, Harriette →ロビネッティ, ハリ
エット.. 436
Robins, Arthur →ロビンス, アーサー..... 436
Robins, Gwen →ロビンス, グウェン...... 437
Robins, Natalie →ロビンス, ナタリー..... 437
Robinson, Christian →ロビンソン, クリス
チャン.. 438
Robinson, Edwin Arlington →ロビンソン, エ
ドウィン・アーリントン............................. 438
Robinson, Frank M. →ロビンソン, フランク・
M. 438

Robinson, Jeanne →ロビンスン, ジーン..... 437
Robinson, Kim Stanley →ロビンスン, キム・
スタンリー... 437
Robinson, Marilynne →ロビンソン, マリリン
.... 438
Robinson, Peter →ロビンソン, ピーター..... 438
Robinson, Spider →ロビンスン, スパイダー
.... 438
Roblès, Emmanuel →ロブレス, エマニュエル
.... 439
Robotham, Michael →ロボサム, マイケル.. 439
Robson, Justina →ロブソン, ジャスティナ.. 438
Robson, Kelly →ロブソン, ケリー............ 438
Rochefort, Christiane →ロシュフォール, クリ
スチアヌ.. 432
Rodari, Gianni →ロダーリ, ジャンニ....... 435
Rodgers, Alan →ロジャース, アラン......... 431
Rodgers, Richard →ロジャース, リチャード
.... 432
Rodman, Maia →ロッドマン, マリア....... 435
Rodriguez, Gabriel →ロドリゲス, ガブリエル
.... 435
Roe, Caroline →ロー, キャロライン......... 430
Roethke, Theodore →レトキー, セアドー.. 427
Rogers, Bruce Holland →ロジャーズ, ブルー
ス・ホランド... 432
Rogers, Byron →ロジャーズ, バイロン..... 432
Rogers, Gregory →ロジャーズ, グレゴリー.. 431
Rogers, Jane →ロジャーズ, ジェイン..... 431
Rogissart, Jean →ロジサール, ジャン..... 431
Rohmann, Eric →ローマン, エリック........ 439
Röhrig, Tilman →レーリヒ, ティルマン.. 429
Rojankovsky, Feodor →ロジャンコフスキー,
フョードル.. 432
Rojas, Gonzalo →ロハス, ゴンザロ......... 436
Rol, Ruud van der →ロル, ルード・ファン・
デル... 444
Roland, Rosaland →ローランド, ロザランド
.... 440
Rolin, Olivier →ロラン, オリビエ........... 439
Rolland, Romain →ロラン, ロマン......... 439
Romano, Lalla →ロマーノ, ラッラ......... 439
Roome, Annette →ルーム, アネット....... 422
Root, Phyllis →ルート, フィリス............ 421
Rosales, Luis →ロサーレス, ルイス........ 431
Rose, Gerald →ローズ, ジェラルド......... 432
Rosen, Charles →ローゼン, チャールズ... 434
Rosen, Leonard →ローゼン, レナード..... 434
Rosen, Michael →ローゼン, マイケル..... 434
Rosen, R.D. →ローゼン, リチャード........ 434
Rosenberg, Tina →ローゼンバーグ, ティナ.. 434
Rosenfelt, David →ローゼンフェルト, デイ
ヴィッド.. 434
Rosengarten, Theodore →ローゼンガーテン,
セオドア.. 434
Roslund, Anders →ルースルン, アンデシュ
.... 421
Rosoff, Meg →ローゾフ, メグ................ 434
Ross, Alex →ロス, アレックス............... 432

Ross, Kate →ロス, ケイト ……………… 432
Ross, Maggie →ロス, マギー ……………… 433
Ross, Robert →ロス, ロバート ……………… 434
Ross, Sir Ronald →ロス, ロナルド ………… 434
Ross, Tony →ロス, トニー ……………… 432
Roszak, Theodore →ローザック, セオドア‥ 431
Roth, Philip →ロス, フィリップ ……………… 433
Roth, Susan L. →ロス, スーザン・L. ……… 432
Rouanet, Pierre →ルアネ, ピエール ………… 415
Rouart, Jean-Marie →ルアール, ジャン＝マリー ……………………………………… 415
Rouaud, Jean →ルオー, ジャン ……………… 417
Rousseau, François-Olivier →ルソー, フランソワ＝オリヴィエ ……………………………… 421
Roussel, Romain →ルウセル, ロマン ……… 416
Rousset, David →ルーセ, ダヴィッド ……… 421
Rowe, Michele →ロウ, ミッチェル ………… 430
Rowell, Rainbow →ローウェル, レインボー …………………………………………………… 430
Rowling, J.K. →ローリング, J.K. ………… 441
Roy, Arundhati →ロイ, アルンダティ ……… 430
Roy, Gabrielle →ロワ, ガブリエル ………… 444
Roy, Jules →ロワ, ジュール ……………… 444
Roy, Lori →ロイ, ローリー ………………… 430
Royle, Nicholas →ロイル, ニコラス ……… 430
Rozan, S.J. →ローザン, S.J. ……………… 431
Roze, Pascale →ローズ, パスカル ………… 433
Rubens, Bernice →ルーベンス, バーニス …. 422
Rubenstein, Norman →ルーベンスタイン, ノーマン ……………………………………… 422
Rudman, Mark →ラドマン, マーク ………… 399
Rufin, Jean-Christophe →リュファン, ジャン＝クリストフ …………………………………… 412
Rühmkorf, Peter →リュムコーフ, ペーター …………………………………………………… 412
Rule, Ann →ルール, アン ………………… 423
Rundell, Katherine →ランデル, キャサリン …………………………………………………… 404
Rusch, Kristine Kathryn →ラッシュ, クリスティン・キャスリン ………………………… 398
Rush, Norman →ラッシュ, ノーマン ……… 398
Rushdie, Salman →ラシュディ, サルマン … 396
Rusk, Ralph L. →ラスク, ラルフ・L. …… 397
Russ, Joanna →ラス, ジョアンナ ………… 397
Russell, Bertrand ArthurWilliam →ラッセル, バートランド・アーサー・ウィリアム …. 399
Russell, Charles Edward →ラッセル, チャールズ・エドワード ……………………………… 398
Russell, Craig →ラッセル, クレイグ ……… 398
Russell, Eric Frank →ラッセル, エリック・フランク ……………………………………… 398
Russell, Francis →ラッセル, フランシス …. 399
Russell, Mary Doria →ラッセル, メアリ・ドリア ……………………………………… 399
Russell, P.Craig →ラッセル, P.クレイグ … 399
Russell, Ray →ラッセル, レイ …………… 399
Russo, Richard →ルッソ, リチャード ……… 421
Ryan, Alan →ライアン, アラン …………… 391

Ryan, Hank Phillippi →ライアン, ハンク・フィリッピ ……………………………………… 391
Ryan, Kay →ライアン, ケイ ……………… 391
Ryan, Pam Munoz →ライアン, パム・ムニョス ………………………………………… 391
Rychlicki, Zbigniew →リフリツキ, ズビグニェフ …………………………………………… 411
Rylant, Cynthia →ライラント, シンシア …. 394
Ryman, Geoff →ライマン, ジェフ ………… 394
Ryskind, Morrie →リスキンド, モリー …… 407

【S】

Sábato, Ernesto →サバト, エルネスト …… 140
Sabral, Jody →サブラル, ジョディ ………… 140
Sachar, Louis →サッカー, ルイス ………… 139
Sachs, Nelly →ザックス, ネリー ………… 139
Sackler, Howard →サックラー, ハワード … 139
Sagan, Carl →セーガン, カール …………… 187
Sage, Lorna →セイジ, ローナ …………… 187
Said, SF →サイード, S.F. ………………… 138
Saint-Exupéry, Antoine de →サン＝テグジュペリ, アントワーヌ・ド ……………………… 142
Sales, Ian →サール, イアン ……………… 141
Salisbury, Graham →ソールズベリー, グレアム ……………………………………… 192
Salkey, Andrew →サルキー, アンドリュー‥ 141
Sallenave, Danièle →サルナーヴ, ダニエル‥ 142
Salter, James →ソールター, ジェームズ … 192
Salvadori, Mario →サルバドリー, マリオ … 142
Salvayre, Lydie →サルヴェール, リディ …… 141
Samatar, Sofia →サマタール, ソフィア …… 141
Samoza, Jose Carlos →ソモサ, ホセ・カルロス ……………………………………… 192
Sampson, Robert →サンプスン, ロバート‥ 143
Samuels, Charles →サミュエルズ, チャールズ ……………………………………… 141
Samuels, Ernest →サミュエル, アーネスト… 141
Samuels, Louise →サミュエルス, ルイーズ‥ 141
Sánchez-Silva, José Maria →サンチェス＝シルバ, ホセ・マリア ……………………… 142
Sandberg, Inger →サンドベルイ, インゲイ… 143
Sandburg, Carl →サンドバーグ, カール …… 143
Sanders, Lawrence →サンダーズ, ローレンス …………………………………………… 142
Sanderson, Brandon →サンダースン, ブランドン ……………………………………… 142
Sandman Lilius, Irmelin →サンドマン＝リリウス, イルメリン ……………………… 143
Sandre, Thierry →サンドル, ティエリー …. 143
Sansom, C.J. →サンソム, C.J. …………… 142
Santangelo, Elena →サンタンジェロ, エレナ …………………………………………… 142
Santat, Dan →サンタット, ダン ………… 142

Sapkowski, Andrzej →サプコフスキ、アンドレイ ………………………………… 140
Sarafin, James →サラフィン、ジェイムズ …… 141
Saramago, José →サラマーゴ、ジョゼ ……… 141
Sarduy, Severo →サルドゥイ、セベロ ……… 141
Sargent, Pamela →サージェント、パメラ … 139
Saroyan, William →サローヤン、ウィリアム ………………………………… 142
Sarrantonio, Al →サラントニオ、アル ……… 141
Sartre, Jean-Paul →サルトル、ジャン＝ポール ………………………………… 141
Sassoon, Siegfried →サスーン、ジークフリート ………………………………… 139
Saunders, George →ソーンダーズ、ジョージ ………………………………… 193
Saunders, Kate →ソーンダズ、ケイト …… 193
Savage, Mildred →サヴェージ、ミルドレッド ………………………………… 139
Savignon, André →サヴィニョン、アンドレ ………………………………… 139
Sawyer, Robert J. →ソウヤー、ロバート・J. ………………………………… 191
Sawyer, Ruth →ソーヤー、ルース ………… 192
Say, Allen →セイ、アレン ………………… 187
Sayer, Paul →セイヤー、ポール ………… 187
Saylor, Stephen →セイラー、スティーヴン .. 187
Scalzi, John →スコルジー、ジョン ……… 170
Scarborough, Elizabeth Ann →スカボロー、エリザベス・アン ………… 169
Scarpa, Tiziano →スカルパ、ティツィアーノ ………………………………… 169
Schaller, George B. →シャラー、ジョージ・B. ………………………………… 155
Schama, Simon →シャーマ、サイモン …… 155
Schapiro, Meyer →シャピロ、メイヤー …… 155
Scheffler, Axel →シェフラー、アクセル …… 146
Schenkkan, Robert →シェンカン、ロバト ………………………………… 147
Schiebelhuth, Hans →シーベルフート、ハンス ………………………………… 150
Schiff, Stacy →シフ、ステイシー ………… 149
Schlee, Ann →シェリー、アン …………… 147
Schlesinger, Arthur M., Jr. →シュレジンガー、アーサー・M.、Jr. ………… 160
Schlitz, Laura Amy →シュリッツ、ローラ・エイミー ………………………………… 159
Schlote, Wilhelm →シュローテ、ヴィルヘルム ………………………………… 160
Schmid, Heribert →シュミット、ヘリベルト ………………………………… 159
Schmidt, Annie M.G. →シュミット、アニー・M.G. ………………………………… 159
Schmitt, Bernadotte E. →シュミット、ベルナドット・E. ………………………… 159
Schneider, Leo →シュナイダー、レオ …… 158
Schneider, Michel →シュネデール、ミシェル ………………………………… 158
Schneider, Miss Jean →シュナイダー、ミス・ジャン ………………………………… 158
Schneider, Robert →シュナイダー、ロベルト ………………………………… 158
Schnurre, Wolfdietrich →シュヌレ、ヴォルフディートリヒ ………………………… 158
Schoendoerffer, Pierre →ショアンデルフェル、ピエール ……………………… 161
Schoenherr, John →ショーエンヘール、ジョン ………………………………… 161
Scholes, Percy A. →ショールズ、パーシー・A. ………………………………… 162
Schone, Mark →ショーン、マーク ……… 163
Schorske, Carl E. →ショースキー、カール・E. ………………………………… 162
Schössow, Peter →シェッソウ、ペーター …. 145
Schow, David J. →ショウ、デイヴィッド・J. ………………………………… 161
Schroeder, Binette →シュレーダー、ビネッテ ………………………………… 160
Schubiger, Jürg →シュービガー、ユルク … 158
Schuetz, Melvin H. →シュッツ、メルヴィン・H. ………………………………… 158
Schuh, Bernd →シュール、ベルント ……… 160
Schuhl, Jean-Jacques →シュル、ジャン＝ジャック ………………………………… 159
Schultz, Philip →シュルツ、フィリップ …… 160
Schutz, Benjamin M. →シュッツ、ベンジャミン・M. ………………………… 157
Schuyler, James →スカイラー、ジェイムズ .. 169
Schwaeble, Hank →シュワイーブル、ハンク ………………………………… 160
Schwart-Bart, André →シュヴァルツ＝バルト、アンドレ ………………………… 157
Schwarzkopf, Nikolaus →シュヴァルツコプフ、ニコラウス ……………………… 157
Schwegel, Theresa →シュヴィーゲル、テリーザ ………………………………… 157
Scott, Geoffrey →スコット、ジェフリー …… 169
Scott, Martin →スコット、マーティン …… 169
Scott, Paul →スコット、ポール …………… 169
Scott-Clark, Cathy →スコット＝クラーク、キャシー ………………………………… 169
Scottoline, Lisa →スコットライン、リザ …… 169
Scoville, Pamela D. →スコヴィル、パメラ・D. ………………………………… 169
Sears, Michael →シアーズ、マイクル …… 143
Sebag-Montefiore, Simon →セバーグ＝モンテフィオーリ、サイモン ……………… 188
Sebald, W.G. →ゼーバルト、W.G. ………… 188
Sebestyen, Ouida →セベスティアン、ウィーダ ………………………………… 188
Sebold, Alice →シーボルト、アリス ……… 150
Seeger, Laura Vaccaro →シーガー、ローラ・ヴァッカロ ……………………………… 148
Seféris, Gíorgos →セフェリス、イオルゴス .. 188
Seghers, Anna →ゼーガース、アンナ …… 187
Segriff, Larry →セグリフ、ラリー ………… 188
Seidel, Frederick →サイデル、フレデリック .. 138
Seifelt, Jaroslav →サイフェルト、ヤロスラフ ………………………………… 139

Selznick, Brian →セルズニック, ブライアン …………………………………………………… 190
Semprún, Jorge →センプルン, ホルヘ … 191
Sendak, Maurice →センダック, モーリス … 190
Serafin, David →セラフィン, デイヴィッド‥ 189
Seranella, Barbara →セラネラ, バーバラ … 189
Seredy, Kate →セレディ, ケート ………… 190
Sereny, Gitta →セレニー, ジッタ ………… 190
Serres, Michel →セール, ミッシェル ……… 190
Settle, Mary Lee →セトル, メアリー・リー‥ 188
Sewall, Marcia →スウォール, マルシア …… 169
Sewall, Richard B. →シューワル, リチャード・B. …………………………………………… 160
Sexton, Anne →セクストン, アン ………… 188
Seymour, Richard →シーモア, リチャード‥ 150
Shaara, Michael →シャーラ, マイクル …… 156
Shacochis, Bob →シャコーチス, ボブ …… 154
Shahar, David →シャハル, ダヴィッド …… 155
Shames, Laurence →シェイムズ, ローレンス …………………………………………………… 144
Shames, Terry →シェイムズ, テリー …… 144
Shanley, John Patrick →シャンリィ, ジョン・パトリック …………………………………… 157
Shannon, Fred Albert →シャノン, フレッド・アルバート ……………………………………… 155
Shannon, Monica →シャノン, モニカ …… 155
Shapcott, Jo →シャプコット, ジョー ……… 155
Shapiro, Karl →シャピロ, カール ………… 155
Shapton, Leanne →シャプトン, リアン …… 155
Sharp, George →シャープ, ジョージ …… 155
Sharratt, Nick →シャラット, ニック ……… 156
Shattuck, Roger →シャタック, ロジャー … 154
Shaw, Bob →ショウ, ボブ ………………… 161
Shaw, George Bernard →ショー, ジョージ・バーナード …………………………………… 161
Shaw, Johnny →ショウ, ジョニー ………… 161
Shaw, Simon →ショー, サイモン ………… 160
Shea, Michael →シェイ, マイクル ………… 144
Sheaffer, Louis →シェファー, ルイス …… 146
Shearman, Robert →シェアマン, ロバート‥ 143
Sheckley, Robert →シェクリイ, ロバート … 144
Sheehan, Neil →シーハン, ニール ……… 149
Sheehan, Susan →シーハン, スーザン …… 149
Sheffield, Charles →シェフィールド, チャールズ ………………………………………………… 146
Sheinkin, Steve →シャンキン, スティーヴ‥ 156
Shelden, Lee →シェルダン, リー ………… 147
Sheldon, Raccoona
Shepard, Lucius →シェパード, ルーシャス‥ 145
Shepard, Odell →シェパード, オーデル …… 145
Shepard, Sam →シェパード, サム ………… 145
Sherman, Delia →シャーマン, デリア …… 155
Sherry, Norman →シェリィ, ノーマン …… 147
Sherwin, Martin J. →シャーウイン, マーティン ………………………………………………… 153
Sherwood, Robert E. →シャーウッド, ロバート・E. ……………………………………… 154
Shew, E.Spencer →シュー, E.スペンサー … 157

Shibuk, Charles →シャイバック, チャールズ …………………………………………………… 153
Shields, Carol →シールズ, キャロル ……… 167
Shimer, R.H. →シャイマー, R.H. ………… 153
Shiner, Lewis →シャイナー, ルイス ……… 153
Shipler, David K. →シプラー, デヴィッド・K. …………………………………………………… 149
Shippey, Tom →シッピー, トム …………… 149
Shipton, Paul →シップトン, ポール ……… 149
Shirer, William L. →シャイラー, ウィリアム・L. ……………………………………………… 153
Shirley, John →シャーリー, ジョン ……… 156
Sholokhov, Mikhail Aleksandrovich →ショーロホフ, ミハイル …………………… 163
Shreve, Susan →シュリーブ, スーザン …… 159
Shriver, Lionel →シュライヴァー, ライオネル …………………………………………………… 159
Shulevitz, Uri →シュルビッツ, ユリー …… 160
Shurin, Jared →シュリン, ジャレッド …… 159
Shusterman, Neal →シャスターマン, ニール …………………………………………………… 154
Siciliano, Enzo →シチリアーノ, エンツォ … 149
Sidjakov, Nicolas →シドジャコフ, ニコラス …………………………………………………… 149
Siegal, Aranka →シーガル, アランカ ……… 148
Sienkiewicz, Henryk →シェンキェヴィチ, ヘンリク ………………………………………… 148
Sigaux, Gilbert →シゴー, ジルベール …… 148
Sijie, Dai →シージエ, ダイ ………………… 148
Sillanpää, Frans Eemil →シランペー, フランス・エーミル ……………………………………… 166
Silva, Daniel →シルヴァ, ダニエル ……… 166
Silva, David B. →シルヴァ, デイヴィッド・B. …………………………………………………… 166
Silverberg, Robert →シルヴァーバーグ, ロバート ………………………………………… 166
Silverman, Kenneth →シルバーマン, ケネス …………………………………………………… 167
Silvestre, Charles →シルヴェストル, シャルル …………………………………………………… 167
Simak, Clifford D. →シマック, クリフォード・D. ……………………………………………… 150
Simenon, Georges →シムノン, ジョルジュ‥ 150
Simic, Charles →シミック, チャールズ …… 150
Simmons, Dan →シモンズ, ダン ………… 151
Simmons, Jane →シモンズ, ジェーン …… 151
Simon, Claude →シモン, クロード ……… 150
Simon, David →サイモン, デヴィッド …… 139
Simon, Neil →サイモン, ニール …………… 139
Simon, Roger L. →サイモン, ロジャー・L.‥ 139
Simon, Yves →シモン, イヴ ……………… 150
Simont, Marc →シーモント, マーク ……… 153
Simpson, Dorothy →シンプソン, ドロシー‥ 168
Simpson, Helen →シンプソン, ヘレン …… 168
Simpson, Louis →シンプソン, ルイス …… 168
Simpson, Martin →シンプソン, マーティン …………………………………………………… 168
Sims, William Sowden →シムズ, ウィリアム・サウデン ……………………………………… 150

Sinclair, Iain →シンクレア, イアン ……… 168
Sinclair, Upton →シンクレア, アプトン …… 168
Singer, Isaac Bashevis →シンガー, アイザック・バシェヴィス ……………………… 167
Sís, Peter →シス, ピーター ……………… 148
Sisman, Adam →シスマン, アダム ………… 149
Sjowall, Maj →シューヴァル, マイ ……… 157
Skarky, Jerry F. →スカーキー, ジェリイ・F. ……………………………………………… 169
Skarmeta, Antonio →スカルメタ, アントニオ ……………………………………… 169
Skidelsky, Robert →スキデルスキー, ロバート ………………………………………… 169
Škvorecký, Josef →シュクボレツキー, ヨゼフ ………………………………………… 157
Slade, Arthur →スレイド, アーサー ……… 185
Sladek, John →スラデック, ジョン ……… 185
Slatter, Angela →スラッター, アンジェラ … 185
Slaughter, Karin →スローター, カリン …… 185
Slesar, Henry →スレッサー, ヘンリー …… 185
Slimani, Leïla →スリマニ, レイラ ………… 185
Slobodkin, Louis →スロボトキン, ルイス … 185
Slonczewski, Joan →スロンチェフスキ, ジョーン ……………………………………… 185
Smaill, Anna →スメイル, アンナ ………… 184
Small, David →スモール, デイビッド ……… 185
Small, George L. →スモール, ジョージ・L.… 185
Smiley, Jane →スマイリー, ジェーン …… 182
Smith, Alexander McCall →スミス, アレキサンダー・マコール ……………………… 182
Smith, Ali →スミス, アリ …………………… 182
Smith, Andrew →スミス, アンドリュー … 182
Smith, Catriona →スミス, カトリオナ …… 183
Smith, Dean Wesley →スミス, ディーン・ウェズリー ……………………………………… 183
Smith, D.James →スミス, D.ジェームズ … 184
Smith, Emily →スミス, エミリー ………… 183
Smith, Emma →スミス, エマ ……………… 182
Smith, Gregory White →スミス, グレゴリー・ホワイト ………………………………… 183
Smith, Julie →スミス, ジュリー …………… 183
Smith, Justin H. →スミス, ジャスティン・H. ……………………………………………… 183
Smith, Kay Nolte →スミス, ケイ・ノルティ ……………………………………………… 183
Smith, Lachlan →スミス, ラクラン ……… 184
Smith, Martin Cruz →スミス, マーティン・クルーズ ……………………………………… 184
Smith, Michael Marshall →スミス, マイケル・マーシャル ……………………………… 184
Smith, Patricia →スミス, パトリシア …… 184
Smith, Patti →スミス, パティ ……………… 184
Smith, Ray →スミス, レイ ………………… 184
Smith, Sarah →スミス, サラ ……………… 183
Smith, Sid →スミス, シド …………………… 183
Smith, Tom Rob →スミス, トム・ロブ … 183
Smith, Tracy K. →スミス, トレイシー・K.… 184
Smith, Zadie →スミス, ゼイディー ……… 183

Smolderen, Thierry →スモルドレン, ティエリ ……………………………………………… 185
Snodgrass, W.D. →スノッドグラス, W.D.… 180
Snow, Charles Percy →スノー, チャールズ・パーシー ……………………………………… 180
Snyder, Dianne →スナイダー, ダイアン …… 180
Snyder, Gary →シュナイダー, ゲイリー … 158
Snyder, Lucy A. →スナイダー, ルーシー・A. ……………………………………………… 180
Soares, L.L. →ソアレス, L.L. ……………… 191
Sobin, Roger →ソービン, ロジャー ……… 191
Sobol, Donald J. →ソボル, ドナルド・J.… 191
Söderhjelm, Kai →ショーデルヘルム, カイ… 162
Soldati, Mario →ソルダーティ, マリオ …… 192
Sollers, Philippe →ソレルス, フィリップ … 192
Solnit, Rebecca →ソルニット, レベッカ … 192
Solomon, Andrew →ソロモン, アンドリュー ……………………………………………… 192
Solotareff, Grégoire →ソロタレフ, グレゴワール ……………………………………… 192
Soloway, Jeff →ソロウェイ, ジェフ ……… 192
Solzhenitsin, Aleksandr Isaevich →ソルジェニーツィン, アレクサンドル ………… 192
Somtow, S.P. →ソムトウ, S.P.…………… 192
Sondheim, Stephen →ソンドハイム, スティーヴン ……………………………………… 193
Sontag, Susan →ソンタグ, スーザン ……… 193
Sorenson, Virginia →ソレンスン, ヴァージニア ……………………………………… 192
Sortland, Björn →ソートランド, ビョルン … 191
Soto, Gary →ソト, ギャリー ……………… 191
Soubiran, André →スービラン, アンドレ … 181
Souhami, Diana →スーハミ, ダイアナ …… 180
Soukup, Martha →ソーカップ, マーサ …… 191
Southall, Ivan →サウスオール, アイヴァン… 139
Sova, Dawn B. →ソーヴァ, ドーン・B.… 191
Soyinka, Wole →ショインカ, ウォーレ … 161
Spark, Muriel →スパーク, ミュリエル …… 180
Speare, Elizabeth George →スピア, エリザベス・ジョージ ……………………………… 181
Spencer-Fleming, Julia →スペンサー=フレミング, ジュリア ……………………………… 182
Sperber, Manès →シュペルバー, マネス …… 159
Sperry, Armstrong →スペリー, アームストロング ……………………………………… 182
Speyer, Leonora →スパイヤー, レオノーラ… 180
Spiegelman, Art →スピーゲルマン, アート… 181
Spiegelman, Peter →スピーゲルマン, ピーター ……………………………………… 181
Spier, Peter →スピアー, ピーター ……… 181
Spillane, Mickey →スピレイン, ミッキー … 181
Spillner, Wolf →シュピルナー, ヴォルフ … 158
Spinelli, Jerry →スピネッリ, ジェリー …… 181
Spinrad, Norman →スピンラッド, ノーマン ……………………………………………… 181
Spitteler, Carl →シュピッテラー, カール … 158
Spohn, Jürgen →スポーン, エルゲン …… 182
Sportès, Morgan →スポルテス, モルガン … 182

Spoto, Donald →スポト, ドナルド ……… 182	Stern, Richard Martin →スターン, リチャード・マーティン ……… 173
Sprague, Gretchen →スプラーグ, グレッチェン ……… 182	Sterns, Raymond Phineas →スターンス, レイモンド・フィニアス ……… 173
Springer, Nancy →スプリンガー, ナンシー‥ 182	Stevens, Mark →スティーヴンス, マーク …. 175
Spurling, Hilary →スパーリング, ヒラリー‥ 180	Stevens, Rosemary →スティーヴンス, ローズマリー ……… 175
Squire, Elizabeth Daniels →スクエア, エリザベス・ダニエルズ ……… 169	Stevens, Taylor →スティーヴンス, テイラー ……… 174
Stabenow, Dana →スタベノウ, デイナ …… 172	Stevens, Wallace →スティーヴンズ, ウォーレス ……… 174
Stableford, Brian →ステイブルフォード, ブライアン ……… 176	Stewart, James B. →スチュアート, ジェイムズ・B. ……… 174
Stadler, Arnold →シュタドラー, アーノルド ……… 157	Stewart, Joel →スチュワート, ジョエル …… 174
Stafford, Jean →スタッフォード, ジーン …. 172	Stewart, Paul →スチュワート, ポール ……… 174
Stafford, William →スタッフォード, ウィリアム ……… 172	Stewart, Sean →スチュワート, ショーン …… 174
Stanley, Kelli →スタンリー, ケリー ……… 174	Stewart, Susan →スチュワート, スーザン … 174
Stanley, Michael →スタンリー, マイケル …. 174	Stiefvater, Maggie →スティーフベーター, マギー ……… 176
Stansberry, Domenic →スタンズベリー, ドメニック ……… 173	Stiles, T.J. →スタイルズ, T.J. ……… 170
Staples, Fiona →ステイプルズ, フィオナ …. 176	Stine, Kate →スタイン, ケイト ……… 171
Stark, Ulf →スタルク, ウルフ ……… 173	Stine, R.L. →スタイン, R.L. ……… 171
Starnone, Domenico →スタルノーネ, ドメニコ ……… 173	Stobbs, William →シュトップス, ウィリアム ……… 158
Starr, Douglas →スター, ダグラス ……… 170	Stone, Nick →ストーン, ニック ……… 179
Starr, Jason →スター, ジェイソン ……… 170	Stone, Robert →ストーン, ロバート ……… 180
Starr, Paul →スター, ポール ……… 170	Stone, Ruth →ストーン, ラス ……… 180
Starrett, Vincent →スターレット, ヴィンセント ……… 173	Stone, Sam →ストーン, サム ……… 179
Stashower, Daniel →スタシャワー, ダニエル ……… 172	Stone, Scott C.S. →ストーン, スオット・C.S. ……… 179
Stead, Erin E. →ステッド, エリン・E. …… 176	Storey, David →ストーリー, デイヴィッド‥ 178
Stead, Rebecca →ステッド, レベッカ ……… 177	Stout, David →スタウト, デヴィッド ……… 171
Steed, Neville →スティード, ネヴィル ……… 175	Stout, Rex →スタウト, レックス ……… 172
Steegmuller, Francis →スティーグミュラー, フランシス ……… 175	Stowers, Carlton →ストアーズ, カールトン ……… 177
Steel, Ronald →スティール, ロナルド ……… 176	Strachey, Lytton →ストレイチー, リットン ……… 179
Steele, Allen →スティール, アレン ……… 176	Straight, Susan →ストレート, スーザン …… 179
Steele, Shelby →スティール, シェルビー …. 176	Straka, Andy →ストレイカ, アンディ ……… 179
Stegner, Wallace →ステグナー, ウォーレス ……… 176	Straley, John →ストラレー, ジョン ……… 178
Steiber, Raymond →スタイバー, レイモンド ……… 170	Strand, Mark →ストランド, マーク ……… 178
Steig, William →スタイグ, ウィリアム ……… 170	Strange, Marc →ストレンジ, マーク ……… 179
Stein, Aaron Marc →スタイン, アーロン・マーク ……… 171	Strauß, Botho →シュトラウス, ボート ……… 158
Steinbeck, John →スタインベック, ジョン‥ 171	Straub, Peter →ストラウブ, ピーター ……… 178
Steinbrunner, Chris →スタインブラナー, クリス ……… 171	Strauss, Darin →ストラウス, ダリン ……… 177
Steiner, Jörg →シュタイナー, イエルク ……… 157	Streatfeild, Noel →ストレトフィールド, ノエル ……… 179
Steinhöfel, Andreas →シュタインヘーフェル, アンドレアス ……… 157	Stribling, T.S. →ストリブリング, T.S. …… 178
Stemm, Antje von →ステム, アンティジェ・フォン ……… 177	Strohmeyer, Sarah →ストロマイヤー, サラ ……… 179
Stemple, Adam →ステンプル, アダム ……… 177	Strong, L.A.G. →ストロング, L.A.G ……… 179
Stephenson, Neal →スティーヴンスン, ニール ……… 175	Stross, Charles →ストロス, チャールズ …… 179
Steptoe, John →ステップトー, ジョン ……… 177	Stroud, Jonathan →ストラウド, ジョナサン ……… 177
Sterling, Bruce →スターリング, ブルース … 172	Strout, Elizabeth →ストラウト, エリザベス ……… 177
Stern, Gerald →スターン, ジェラルド ……… 173	Strugatsky, Arkady →ストルガツキー, アルカジイ ……… 178

Strugatsky, Boris →ストルガツキー, ボリス ……………………………………… 178
Stuart, Don A.
Stumbo, Bella →スタンボ, ベーラ …… 174
Sturgeon, Theodore →スタージョン, シオドア ……………………………………… 172
Sturges, P.G. →スタージェス, P.G. ……… 172
Styron, William →スタイロン, ウィリアム‥ 170
Sucharitkul, Somtow →スチャリトクル, ソムトウ ……………………………………… 174
Suckling, Nigel →サックリング, ナイジェル ……………………………………… 139
Sullivan, Tricia →サリバン, トリシア …… 141
Sullivan, Winona →サリバン, ウィノナ …… 141
Sully-Prudhomme →シュリ・プリュドム … 159
Summers, Anthony →サマーズ, アンソニー ……………………………………… 140
Summers, Ian →サマーズ, イアン ………… 140
Summerscale, Kate →サマースケイル, ケイト ……………………………………… 140
Suskind, Patrick →ジュースキント, パトリック ……………………………………… 157
Sutcliff, Rosemary →サトクリフ, ローズマリー ……………………………………… 140
Sutherland, Douglas →サザーランド, ダグラス ……………………………………… 139
Sutin, Lawrence →スーチン, ローレンス … 174
Swan, Annalyn →スワン, アナリン ……… 186
Swan, Robbyn →スワン, ロビン ………… 186
Swanberg, W.A. →スウォンバーグ, W.A. ‥ 169
Swanson, Doug J. →スワンソン, ダグ・J.‥ 186
Swanson, James L. →スワンソン, ジェイムズ・L. ……………………………………… 186
Swanson, Jean →スワンソン, ジーン …… 186
Swanwick, Michael →スワンウィック, マイケル ……………………………………… 186
Swierczynski, Duane →スウィアジンスキー, ドゥエイン ……………………………………… 168
Swift, Graham →スウィフト, グレアム …… 168
Swindells, Robert →スウィンデルズ, ロバート ……………………………………… 168
Swirsky, Rachel →スワースキー, レイチェル ……………………………………… 185
Sykes, Jerry →サイクス, ジェリー ……… 138
Symmons Roberts, Michael →シモンズ・ロバーツ, マイケル ……………………………………… 153
Symons, Julian →シモンズ, ジュリアン … 151
Szymborska, Wislawa →シンボルスカ, ヴィスワバ ……………………………………… 168

【T】

Taback, Simms →タバック, シムズ ……… 196
Tabori, George →タボリ, ゲオルグ ……… 197
Tabucchi, Antonio →タブッキ, アントニオ‥ 196
Tagore, Rabīndranāth →タゴール, ラビンドラナート ……………………………………… 194
Talan, Jamie →タラン, ジェイミー ……… 197
Talbot, Bryan →タルボット, ブライアン … 198
Talbot, Mary →タルボット, メアリー …… 198
Talbot, Stephen →タルボット, スティーヴン ……………………………………… 198
Talley, Marcia →タリー, マーシャ ……… 197
Tamarin, Alfred →タマリン, アルフレッド… 197
Tan, Shaun →タン, ショーン …………… 199
Tarkington, Booth →ターキントン, ブース ……………………………………… 194
Tartt, Donna →タート, ドナ …………… 195
Tate, James →テイト, ジェイムス ……… 210
Taubman, William →トーブマン, ウィリアム ……………………………………… 225
Taylor, Alan →テイラー, アラン ………… 212
Taylor, Andrew →テイラー, アンドリュー‥ 212
Taylor, Art →テイラー, アート ………… 212
Taylor, Bernard →テイラー, バーナード … 212
Taylor, Henry →タイラー, ヘンリー …… 194
Taylor, Lucy →テイラー, ルーシー ……… 213
Taylor, Mildred D. →テーラー, ミルドレッド・D. ……………………………………… 219
Taylor, Peter →テイラー, ピーター ……… 212
Taylor, Robert Lewis →テイラー, ロバート・ルイス ……………………………………… 213
Taylor, Sean →テイラー, ショーン ……… 212
Taylor, Telford →テイラー, テルフォード… 212
Taylor, Theodore →テイラー, セオドア … 212
Taylor, Wendell →テイラー, ウェンデル … 212
Tchaikovsky, Adrian →チャイコフスキー, エイドリアン ……………………………………… 202
Teale, Edwin Way →ティール, エドウィン・ウェイ ……………………………………… 213
Teasdale, Sara →ティースデール, セーラ … 209
Tem, Melanie →テム, メラニー…………… 217
Tem, Steve Rasnic →テム, スティーヴ・ラスニック ……………………………………… 217
Temple, Peter →テンプル, ピーター……… 221
Tenn, William →テン, ウィリアム ……… 220
Tepper, Sheri S. →テッパー, シェリ・S.… 216
Teran, Boston →テラン, ボストン ……… 220
Terkel, Studs →ターケル, スタッズ …… 194
Tesson, Sylvain →テッソン, シルヴァン … 216
Tharaud, Jean →タロウ, ジャン ………… 199
Tharaud, Jérôme →タロウ, ジェローム … 199
Theorin, Johan →テオリン, ヨハン ……… 215
Theroux, Marcel →セロー, マーセル …… 190
Theroux, Paul →セロー, ポール ………… 190
Thomas, Chantal →トマ, シャンタル …… 225
Thomas, Henri →トマ, アンリ ………… 225
Thomas, Joyce Carol →トーマス, ジョイス・キャロル ……………………………………… 226
Thomas, Lee →トーマス, リー …………… 226
Thomas, Lewis →トマス, ルイス ………… 226
Thomas, Louis-Vincent →トマ, ルイス゠ヴィンセント ……………………………………… 225

Thomas, Ross →トーマス, ロス ……………… 226
Thomas, Roy →トーマス, ロイ ……………… 226
Thomas, Ruth →トーマス, ルース …………… 226
Thompson, Alice →トンプソン, アリス …… 231
Thompson, Brian →トンプソン, ブライアン
…………………………………………………… 231
Thompson, Heather Ann →トンプソン, ヘ
ザー・アン ……………………………………… 231
Thompson, Kate →トンプソン, ケイト …… 231
Thompson, Lawrence →トムプソン, ローレン
ス ………………………………………………… 227
Thompson, Lewis →トンプソン, ルイス …… 232
Thompson, Susan →トンプソン, スーザン … 231
Thompson, Thomas →トンプスン, トーマス
…………………………………………………… 231
Thompson, Tony →トンプソン, トニー …… 231
Thomson, Peggy →トムソン, ペギー ……… 227
Thomson, Virgil →トムソン, ヴァージル …… 227
Thor, Annika →トール, アニカ ……………… 229
Thum, Marcella →サム, マルセラ …………… 141
Thurman, Judith →サーマン, ジュディス … 141
Thwaite, Ann →スウェイト, アン …………… 168
Tidhar, Lavie →ティドハー, ラヴィ ………… 210
Tidholm, Anna-Clara →ティードホルム, アン
ナ=クララ ……………………………………… 210
Tidholm, Thomas →ティードホルム, トーマ
ス ………………………………………………… 210
Timberlake, Amy →ティンバーレイク, エイ
ミー ……………………………………………… 214
Timerman, Jacobo →ティママン, ハコボ … 211
Timm, Uwe →ティム, ウーヴェ ……………… 211
Tiptree, James, Jr. →ティプトリー, ジェイム
ズ, Jr. …………………………………………… 211
Tobin, James →トービン, ジェームズ …… 225
Tobino, Mario →トビーノ, マリオ ………… 225
Todd, Charles →トッド, チャールズ ……… 223
Tóibín, Colm →トビーン, コルム ………… 225
Tokarczuk, Olga →トカルチュク, オルガ … 223
Toland, John →トーランド, ジョン ……… 227
Tolkien, Christopher →トールキン, クリスト
ファー …………………………………………… 229
Tolkien, J.R.R. →トールキン, J.R.R. ……… 229
Tomalin, Claire →トマリン, クレア ……… 226
Tomasi di Lampedusa, Giuseppe →トマー
ジ・ディ・ランペドゥーサ, ジュゼッペ …… 226
Toole, John Kennedy →トゥール, ジョン・ケ
ネディ …………………………………………… 222
Torday, Piers →トーディ, ピアーズ ………… 224
Torrington, Jeff →トリントン, ジェフ …… 229
Tournier, Michel →トゥールニエ, ミシェル
…………………………………………………… 222
Tourville, Anne de →トゥルビル, アンヌ・ド
…………………………………………………… 222
Toussaint, Jean-Philippe →トゥーサン, ジャ
ン=フィリップ ………………………………… 222
Townsend, John Rowe →タウンゼンド, ジョ
ン・ロウ ………………………………………… 194
Tracy, Margaret →トレイシー, マーガレット
…………………………………………………… 230

Tracy, P.J. →トレイシー, P.J. ……………… 230
Tranströmer, Tomas →トランストロンメル,
トーマス ………………………………………… 227
Treadgold, Mary →トレッドゴールド, M. … 230
Treat, Lawrence →トリート, ローレンス … 228
Tremain, Rose →トレメイン, ローズ ……… 231
Trethewey, Natasha →トレシューイー, ナ
ターシャ ………………………………………… 230
Trevelyan, G.M. →トレヴェリアン, G.M. … 230
Trevino, Elizabeth Borton de →トレビノ, エ
リザベス・ボートン・デ ……………………… 231
Trevor, Meriol →トレバー, メリオル ……… 231
Trevor, William →トレヴァー, ウイリアム … 230
Triolet, Elsa →トリオレ, エルザ …………… 228
Tripp, Wallace →トリップ, ウォーレス …… 228
Tristan, Fréderic →トリスタン, フレデリック
…………………………………………………… 228
Trnka, Jiři →トゥルンカ, イジー …………… 222
Troy, William →トロイ, ウィリアム ……… 231
Troyat, Henri →トロワイヤ, アンリ ……… 231
Truluck, Bob →トルラック, ボブ …………… 230
Trunk, Isaiah →トランク, アイザィア ……… 227
Truong, Jean-Michel →トリュオン, ジャン=
ミッシェル ……………………………………… 228
Tuchman, Barbara W. →タックマン, バーバ
ラ・W. …………………………………………… 195
Tuck, Donald H. →タック, ドナルド・H. … 195
Tuck, Lily →タック, リリー ………………… 195
Tucker, Bob
Tucker, Wilson →タッカー, ウィルスン …… 195
Tuckermann, Anja →トゥッカーマン, アー
ニャ ……………………………………………… 222
Tunnard, Christopher →タナード, クリスト
ファー …………………………………………… 196
Tuohy, Frank →トゥーイ, フランク ……… 221
Turgeon, Charlotte →タージョン, シャーロッ
ト ………………………………………………… 195
Turnbull, Peter →ターンブル, ピーター …… 200
Turner, Frederick J. →ターナー, フレデリッ
ク・J. …………………………………………… 196
Turner, George →ターナー, ジョージ …… 196
Turner, Philip →ターナー, フィリップ …… 196
Turow, Scott →トゥロー, スコット ………… 222
Turska, Krystyna →トゥルスカ, クリスティナ
…………………………………………………… 222
Turtledove, Harry →タートルダヴ, ハリイ … 196
Turzillo, Mary A. →タツイロ, マリー・A. … 195
Tuttle, Lisa →タトル, リサ ………………… 196
Tyler, Anne →タイラー, アン ……………… 193
Tyler, L C →タイラー, L C ………………… 194

【U】

Uglow, Jenny →アグロウ, ジェニー …………… 4
Ugrešić, Dubravka →ウグレシィチ, ドゥブラ
ヴカ ………………………………………………… 48

Uhnak, Dorothy →ユーナック, ドロシー …… 389
Uhry, Alfred →ウーリー, アルフレッド … 49
Ulrich, Laurel Thatcher →ウールリッチ, ローレル・サッチャー …………………… 50
Umbral, Francisco →ウンブラル, フランシスコ ………………………………………………… 51
Undset, Sigrid →ウンセット, シグリ ………… 51
Ungaretti, Giuseppe →ウンガレッティ, ジュゼッペ ……………………………………………… 51
Unger, Irwin →アンガー, アーウィン ………… 16
Ungerer, Tomi →ウンゲラー, トミー ………… 51
Unnerstad, Edith →ウンネルスタッド, エディス ……………………………………………………… 51
Unsworth, Barry →アンズワース, バリー …… 16
Updale, Eleanor →アップデール, エリナー …… 8
Updike, John →アップダイク, ジョン ………… 7
Urrea, Luis Alberto →ウレア, ルイス・アルベルト ……………………………………………… 51
Usinger, Fritz →ウージンガー, フリッツ …… 48

【V】

Vailland, Roger →バイヤン, ロジェ ………… 243
Valente, Catherynne M. →ヴァレンテ, キャサリン・M. …………………………………… 25
Valentine, Jean →バレンタイン, ジーン … 267
Valentine, Jenny →ヴァレンタイン, ジェニー ……………………………………………………… 24
Valin, Jonathan →ヴェイリン, ジョナサン … 38
Vallejo, Antonio Buero →バリェホ, アントニオ・ブエロ ………………………………………… 264
Van der Meersch, Maxence →ヴァン・デル・メルシュ, マグザンス ………………………… 26
Vanauken, Sheldon →ヴァノーケン, シェルダン ……………………………………………………… 23
Vance, Jack →ヴァンス, ジャック …………… 25
Vance, John Holbrooke →ヴァンス, ジョン・ホルブリック …………………………………… 25
VanderMeer, Jeff →ヴァンダミア, ジェフ … 26
Vanderpool, Clare →ヴァンダープール, クレア ……………………………………………………… 25
Vande Velde, Vivian →ヴァンデヴェルデ, ヴィヴィアン ………………………………………… 26
van Loon, Hendrik Willem →ヴァン・ローン, H.W. ………………………………………… 26
Vann, David →ヴァン, デイヴィッド ………… 25
Van Tyne, Claude H. →ヴァン・タイン, クロード・H. …………………………………………… 25
Van Vogt, A.E. →ヴァン・ヴォークト, A.E. … 25
Vargas, Fred →ヴァルガス, フレッド ……… 24
Vargas-Llosa, Mario →バルガス=リョサ, マリオ ……………………………………………… 265
Varley, John →ヴァーリイ, ジョン …………… 23
Vasquez, Ian →ヴァスケス, イアン …………… 23
Vassalli, Sebastiano →ヴァッサリ, セバスティアーノ ………………………………………………… 23

Vassanji, M.G. →ヴァッサンジ, M.G. ……… 23
Vaughan, Brian K. →ヴォーン, ブライアン・K. …………………………………………………… 47
Vaughn, David →ヴォーン, デヴィッド …… 47
Vaught, Susan →ヴォート, スーザン ……… 43
Vautrin, Jean →ヴォートラン, ジャン ……… 43
Veiel, Andres →ファイエル, アンドレス …… 282
Velthuijs, Max →ベルジュイス, マックス … 329
Vendler, Helen →ヴェンドラー, ヘレン …… 42
Veraldi, Gabriel →ヴェラルディ, ガブリエル ……………………………………………………… 40
Vercel, Roger →ヴェルセル, ロジェ ………… 41
Verhoeven, Rian →フェルフーフェン, ライアン ……………………………………………………… 289
Vernon, Ursula →ヴァーノン, アーシュラ … 23
Veronesi, Sandro →ヴェロネージ, サンドロ … 41
Verroen, Dolf →フェルルーン, ドルフ …… 289
Versins, Pierre →ヴェールサン, ピエール … 40
Vess, Charles →ヴェス, チャールズ ………… 39
Vialar, Paul →ヴィアラール, ポール ………… 26
Vidal, Gore →ヴィダル, ゴア ………………… 27
Viereck, Peter →ビーレック, ピーター …… 281
Viets, Elaine →ヴィエッツ, エレイン ……… 26
Vigan, Delphine de →ヴィガン, デルフィーヌ・ドゥ ………………………………………… 26
Vila-Matas, Enrique →ビラ=マタス, エンリーケ ………………………………………… 278
Vincent, Raymonde →ヴァンサン, レイモンド ……………………………………………………… 25
Vine, Barbara →ヴァイン, バーバラ ……… 22
Vinge, Joan D. →ヴィンジ, ジョーン・D. … 37
Vinge, Vernor →ヴィンジ, ヴァーナー ……… 36
Vinke, Hermann →フィンケ, ヘルマン …… 287
Vipont, Elfrida →ヴァイポント, エルフリーダ ……………………………………………………… 22
Visage, Bertrand →ヴィザージュ, ベルトラン ……………………………………………………… 26
Voake, Charlotte →ヴォーク, シャーロット … 43
Vogel, Paula →ヴォーゲル, ポーラ ………… 43
Voigt, Cynthia →ヴォイト, シンシア ……… 42
Volk, Stephen →ヴォーク, スティーヴン … 43
Vollmann, William T. →ヴォルマン, ウィリアム・T. ………………………………………… 46
Volodine, Antoine →ヴォロディーヌ, アントワーヌ ……………………………………………… 47
Volponi, Paolo →ヴォルポーニ, パオロ …… 46
Vonarburg, Elisabeth →ヴォナーバーグ, エリザベス ………………………………………………… 44
Von Frisch, Otto →フォン・フリッシュ, オットー ……………………………………………… 293
Vonnegut, Kurt →ヴォネガット, カート …… 44
Vuillard, Éric →ヴュイヤール, エリク ……… 48

【 W 】

Waal, Edmund de →ヴァール、エドマンド・ドゥ ……24
Waal, Kit de →ヴァール、キット・デ ……24
Waddell, Martin →ワッデル、マーティン ……448
Wade Miller →ウェイド・ミラー ……38
Wade, Susan →ウェイド、スーザン ……38
Waechter, Friedrich Karl →ヴェヒター、フリードリヒ・カール ……40
Wagner, E.J. →ワグナー、E.J. ……447
Wagner, Karl Edward →ワグナー、カール・エドワード ……447
Wahl, Mats →ヴォール、マッツ ……44
Wahloo, Per →ヴァールー、ペール ……24
Wain, John →ウェイン、ジョン ……38
Walcott, Derek →ウォルコット、デレック ……44
Walder, Francis →ウォルダー、フランシス ……45
Waldrop, Howard →ウォルドロップ、ハワード ……46
Waldrop, Keith →ウォルドロップ、キース ……45
Walker, Alan →ウォーカー、アラン ……42
Walker, Alice →ウォーカー、アリス ……42
Walker, Kent →ウォーカー、ケント ……42
Walker, Mary Willis →ウォーカー、メアリー・W. ……42
Walker, Sage →ウォーカー、セイジ ……42
Wallace, Barbara Brooks →ウォレス、バーバラ・ブルックス ……46
Wallace, Marilyn →ウォレス、マリリン ……47
Wallace, Mike →ウォーレス、マイク ……46
Walpole, Hugh →ウォルポール、ヒュー ……46
Walser, Martin →ワルザー、マルティン ……449
Walsh, Jill Paton →ウォルシュ、ジル・ペイトン ……44
Walsh, John Evangelist →ウォルシュ、ジョン・エバンジェリスト ……44
Walsh, Thomas →ウォルシュ、トマス ……45
Walter, Jess →ウォルター、ジェス ……45
Walters, Minette →ウォルターズ、ミネット ……45
Walton, Jo →ウォルトン、ジョー ……46
Walworth, Arthur →ウォルワース、アーサー ……46
Wambaugh, Joseph →ウォンボー、ジョゼフ ……47
Wandrei, Donald →ワンドレイ、ドナルド ……450
Wangerin, Walter, Jr. →ワンジェリン、ウォルター、Jr. ……449
Ward, Aileen →ウォード、アイリーン ……43
Ward, Geoffrey C. →ウォード、ジェオフリー・C. ……448
Ward, Jesmyn →ウォード、ジェスミン ……448
Ward, Lynd →ウォード、リンド ……448
Ware, Leon →ウェア、レオン ……38
Warga, Wayne →ワーガ、ウェイン ……447
Warner, Alan →ウォーナー、アラン ……44
Warner, Harry, Jr. →ワーナー、ハリー、Jr. ……449
Warner, Marina →ウォーナー、マリーナ ……44
Warner, Penny →ワーナー、ペニー ……449
Warner, Rex →ウォーナー、レックス ……44
Warner, William W. →ワーナー、ウィリアム・W. ……449
Warren, Andrea →ウォーレン、アンドレア ……47
Warren, Charles →ウォーレン、チャールズ ……47
Warren, Robert Penn →ウォレン、ロバート・ペン ……47
Warrick, Joby →ウォリック、ジョビー ……44
Warsh, Sylvia Maultash →ワーシュ、シルヴィア・モルタシュ ……447
Washburn, L.J. →ウォッシュバーン、リヴィア・J. ……43
Washington, Harriet →ワシントン、ハリエット ……447
Wasserstein, Bernard →ワッサースタイン、バーナード ……447
Wasserstein, Wendy →ワッサースタイン、ウェンディ ……447
Waters, Sarah →ウォーターズ、サラ ……43
Watkins-Pitchford, Denys →ワトキンス＝ピッチフォード、デニス ……448
Watson, Christie →ワトソン、クリスティー ……449
Watson, Ian →ワトスン、イアン ……448
Watson, Peter →ワトスン、ピーター ……449
Watson, S.J. →ワトソン、S.J. ……449
Watt-Evans, Lawrence →ワット＝エヴァンズ、ローレンス ……448
Watts, Peter →ワッツ、ピーター ……447
Waugh, Evelyn →ウォー、イーヴリン ……42
Waugh, Hillary →ウォー、ヒラリー ……42
Waugh, Sylvia →ウォー、シルヴィア ……42
Wedgwood, C.Veronica →ウェッジウッド、C.ヴェロニカ ……40
Weeks, William Rawle →ウィークス、ウィリアム・ロール ……26
Weidman, Jerome →ワイドマン、ジェローム ……445
Wein, Elizabeth →ウェイン、エリザベス ……38
Weinberg, Robert →ワインバーグ、ロバート ……447
Weinberg, Samantha →ワインバーグ、サマンサ ……446
Weiner, Jonathan →ワイナー、ジョナサン ……445
Weiner, Tim →ワイナー、ティム ……445
Weisgard, Leonard →ワイスガード、レナード ……445
Weiss, Mike →ワイス、マイク ……445
Weiss, Peter →ヴァイス、ペーター ……22
Welch, Ronald →ウェルチ、ロナルド ……41
Welck, Karin Von →ヴェルク、カリン・フォン ……40
Weller, Tom →ウェラー、トム ……40
Wellman, Manly Wade →ウェルマン、マンリー・ウェイド ……41

Wells, Martha	→ウェルズ, マーサ ……………… 40
Wells, Rosemary	→ウェルズ, ローズマリー …… 41
Welsh, Louise	→ウェルシュ, ルイーズ ……… 40
Welsh, Renate	→ヴェルシュ, レナーテ ……… 40
Welty, Eudora	→ウェルティ, ユードラ ……… 41
Werlin, Nancy	→ワーリン, ナンシー ………… 449
Wernisch, Ivan	→ヴェルニッシュ, イヴァン … 41
Wersba, Barbara	→ワースバ, バーバラ ………… 447
Weschler, Lawrence	→ウェシュラー, ローレンス ………………………………… 39
Wesselmann, DV	→ウェッセルマン, DV …… 40
West, Edward Sackville	→ウエスト, エドワード・サックビル ………………………… 39
West, Morris	→ウエスト, モリス …………… 39
Westall, Robert	→ウェストール, ロバート …… 39
Westerfeld, Scott	→ウエスターフェルド, スコット ……………………………… 39
Westlake, Donald E.	→ウェストレイク, ドナルド・E. …………………………… 39
Weyergans, François	→ヴェイエルガンス, フランソワ ……………………………… 38
Whaley, Arthur	→ウェイリー, アーサー …… 38
Wharton, Edith	→ウォートン, イーディス …… 43
Wharton, William	→ウォートン, ウィリアム ………………………………………… 43
What, Leslie	→ワット, レスリー …………… 448
Wheat, Carolyn	→ウィート, キャロリン ……… 28
Wheatle, Alex	→ウィートル, アレックス …… 28
Whelan, Gloria	→ウィーラン, グロリア ……… 28
Whelan, Michael	→ウィーラン, マイケル …… 28
Whistler, Theresa	→ホィッスラー, テレサ … 335
Whitaker, Chris	→ウィタカー, クリス ………… 27
Whitbread, Kristen	→ウィットブレッド, クリステン ……………………………… 27
White, E.B.	→ホワイト, E.B. …………… 346
White, Edmund	→ホワイト, エドマンド …… 346
White, Kenneth	→ホワイト, ケネス ………… 346
White, Leonard D.	→ホワイト, レオナード・D. ………………………………… 346
White, Patrick	→ホワイト, パトリック …… 346
White, Robb	→ホワイト, ロブ …………… 346
White, Teri	→ホワイト, テリー ………… 346
White, T.H.	→ホワイト, T.H. …………… 346
White, Theodore H.	→ホワイト, セオドア・H. …………………………………… 346
White, William Allen	→ホワイト, ウィリアム・アレン ……………………………… 346
White, William S.	→ホワイト, ウィリアム・S. ………………………………… 346
Whitehead, Colson	→ホワイトヘッド, コルソン ……………………………… 346
Whitney, Phyllis A.	→ホイットニー, フィリス・A. …………………………… 335
Wiater, Stanley	→ウィアター, スタンリー … 26
Wick, Walter	→ウィック, ウォルター …… 27
Wicker, Tom	→ウィッカー, トム …………… 27
Widdemer, Margaret	→ウィドマー, マーガレット ……………………………… 28
Wideman, John Edgar	→ワイドマン, ジョン・エドガー ……………………………… 445
Wiencek, Henry	→ヴィンセック, ヘンリー … 37
Wiener, Norbert	→ウィーナー, ノーバート … 28
Wiesel, Elie	→ヴィーゼル, エリ …………… 27
Wiesner, David	→ウィーズナー, ディヴィット ………………………………… 26
Wilbur, Richard	→ウィルバー, リチャード … 35
Wilce, Ysabeau S.	→ウィルス, イザボー・S. ………………………………… 33
Wild, Margaret	→ワイルド, マーガレット … 446
Wilde, Kelley	→ワイルド, ケリー ………… 446
Wilder, Thornton	→ワイルダー, ソーントン ………………………………… 446
Wildner, Martina	→ヴィルトナー, マルティナ ………………………………… 35
Wildsmith, Brian	→ワイルドスミス, ブライアン ……………………………… 446
Wilentz, Amy	→ウィレンツ, エイミー …… 36
Wiley, Michael	→ワイリー, マイケル …… 446
Wiley, Richard	→ワイリー, リチャード …… 446
Wilhelm, Kate	→ウィルヘルム, ケイト …… 35
Wilkerson, Isabel	→ウィルカーソン, イザベル ………………………………… 33
Willard, Barbara	→ウィラード, バーバラ …… 28
Willard, Nancy	→ウィラード, ナンシー …… 28
Williams, C.K.	→ウィリアムズ, C.K. ……… 29
Williams, Conrad	→ウィリアムズ, コンラッド ………………………………… 29
Williams, Jesse Lynch	→ウィリアムズ, ジェシ・リンチ ……………………………… 29
Williams, J.H., 3	→ウィリアムズ, J.H., 3世 … 30
Williams, John	→ウィリアムズ, ジョン …… 29
Williams, Tennessee	→ウィリアムズ, テネシー ……………………………… 29
Williams, T.Harry	→ウィリアムズ, T.ハリー ………………………………… 30
Williams, Thomas	→ウィリアムズ, トマス … 29
Williams, Vera	→ウィリアムズ, ベラ ……… 29
Williams, Walter Jon	→ウィリアムズ, ウォルター・ジョン ……………………… 29
Williams, William Carlos	→ウィリアムズ, ウィリアム・カーロス ……………………… 28
Williams Garcia, Rita	→ウィリアムズ=ガルシア, リタ ……………………………… 30
Williamson, Audrey	→ウィリアムスン, オードリー ……………………………… 30
Williamson, Jack	→ウィリアムスン, ジャック ………………………………… 30
Williamson, J.N.	→ウィリアムスン, J.N. … 30
Williamson, Michael	→ウィリアムソン, マイケル ……………………………… 30
Willis, Connie	→ウィリス, コニー ………… 30
Willis, Ellen	→ウィリス, エレン ………… 30
Willis, Jeanne	→ウィリス, ジーン ………… 33
Wills, Garry	→ウィルズ, ゲリー ………… 33
Wilson, A.N.	→ウィルソン, A.N. ………… 35
Wilson, Andrew	→ウィルソン, アンドリュー ………………………………… 34

Wilson, Angus →ウィルソン, アンガス ……… 34	Wolfe, Gary K. →ウルフ, ゲイリー・K. ……… 49
Wilson, Arthur M. →ウィルソン, アーサー・M. …………………………………………………… 34	Wolfe, Gene →ウルフ, ジーン ………………… 49
Wilson, August →ウィルソン, オーガスト …… 34	Wolfe, Linnie Marsh →ウォルフ, リニー・マーシュ ……………………………………………… 46
Wilson, David Niall →ウィルソン, デイヴィッド・ニール ………………………………… 35	Wolfe, Susan →ウルフ, スーザン ……………… 50
Wilson, Edward O. →ウィルソン, エドワード・O. …………………………………………………… 34	Wolfe, Tom →ウルフ, トム ……………………… 50
Wilson, Forrest →ウィルソン, フォレスト …… 35	Wölfel, Ursula →ウェルフェル, ウルズラ …… 41
Wilson, F.Paul →ウィルスン, F.ポール ……… 34	Wolff, Tobias →ウルフ, トバイアス …………… 50
Wilson, G.Willow →ウィルソン, G.ウィロー … 35	Wolff, Virginia Euwer →ウルフ, ヴァージニア・ユウワー …………………………………… 49
Wilson, Jacqueline →ウィルソン, ジャクリーン ………………………………………………… 34	Womack, Steven →ウォマック, スティーヴン …………………………………………………… 44
Wilson, John →ウィルソン, ジョン …………… 35	Wong, Alyssa →ウォン, アリッサ ……………… 47
Wilson, John Morgan →ウィルソン, ジョン・モーガン ……………………………………… 33	Wood, Gordon S. →ウッド, ゴードン・S. …… 48
Wilson, Lanford →ウィルソン, ランフォード ………………………………………………… 35	Wood, Rocky →ウッド, ロッキー ……………… 48
Wilson, Laura →ウィルソン, ローラ …………… 35	Wood, Simon →ウッド, サイモン ……………… 48
Wilson, Margaret →ウイルソン, マーガレット …………………………………………………… 35	Woodham-Smith, Cecil →ウッダム＝スミス, セシル …………………………………………… 48
Wilson, Richard →ウィルスン, リチャード … 33	Wooding, Chris →ウッディング, クリス …… 48
Wilson, Robert →ウィルソン, ロバート ……… 35	Woods, Paula L. →ウッズ, ポーラ・L. ……… 48
Wilson, Robert Charles →ウィルスン, ロバート・チャールズ …………………………… 33	Woods, Stuart →ウッズ, スチュアート ……… 48
Wilson, William →ウィルソン, ウィリアム … 34	Woodson, Jacqueline →ウッドソン, ジャクリーン …………………………………………… 48
Windsor, Patricia →ウィンザー, パトリシア …………………………………………………… 36	Woodward, C.Vann →ウッドワード, C.ヴァン …………………………………………………… 48
Wingrove, David →ウィングローブ, デイヴィッド ……………………………………………… 36	Woodworth, Deborah →ウッドワース, デボラ …………………………………………………… 48
Winkler, Josef →ウィンクラー, ヨゼフ ……… 36	Workman, H.B. →ワークマン, H.B. ………… 447
Winks, Robin W. →ウィンクス, ロビン・W. …………………………………………………… 36	Wormell, Chris →ウォーメル, クリス ……… 44
Winn, Dilys →ウィン, デリス …………………… 36	Wormser, Richard →ワームザー, リチャード …………………………………………………… 449
Winock, Michel →ヴィノック, ミシェル …… 28	Wortis, Edward
Winslow, Don →ウィンズロウ, ドン ………… 37	Wouk, Herman →ウォーク, ハーマン ……… 43
Winslow, Ola Elizabeth →ウィンスロー, オラ・エリザベス ……………………………… 37	Wright, C.D. →ライト, C.D. ………………… 393
Winsor, Roy →ウィンザー, ロイ ……………… 36	Wright, Charles →ライト, チャールズ …… 392
Winspear, Jacqueline →ウィンスピア, ジャクリーン ……………………………………………… 37	Wright, Doug →ライト, ダグ ………………… 392
Winter, Douglas E. →ウィンター, ダグラス・E. ……………………………………………… 38	Wright, Edward →ライト, エドワード …… 392
Winter, Laurel →ウィンター, ローレル …… 38	Wright, Eric →ライト, エリック …………… 392
Winters, Ben H. →ウィンターズ, ベン・H. … 38	Wright, Franz →ライト, フランス ………… 392
Winterson, Jeanette →ウィンタースン, ジャネット ……………………………………………… 38	Wright, James →ライト, ジェイムズ ……… 392
Wipple, Fred L. →ウィプル, フレッド・L. … 28	Wright, Lawrence →ライト, ローレンス … 392
Wise, Sarah →ワイズ, サラ ………………… 445	Wright, L.R. →ライト, ローラリー・R. …… 392
Wisniewski, David →ウィスニーウスキー, デイヴィッド ……………………………………… 27	Wright, Nancy Means →ライト, ナンシー・ミーンズ ……………………………………… 392
Witt, Elder →ウィット, エルダー …………… 27	Wright, Richard B. →ライト, リチャード・B. …………………………………………………… 392
Wittig, Monique →ウィティッグ, モニック … 27	Wrightson, Patricia →ライトソン, パトリシア …………………………………………………… 393
Wohl, Robert →ウォール, ロバート ………… 44	Wulf, Andrea →ウルフ, アンドレア ………… 49
Wojciechowska, Maia →ボイチェホフスカ, マヤ ……………………………………………… 334	Wunderlich, Heinke →ヴンダーリヒ, ハインケ …………………………………………………… 51
Wolf, Christa →ヴォルフ, クリスタ ………… 46	Wurdemann, Audrey →ヴルデマン, オードリー …………………………………………………… 49
Wolf, Fred Alan →ウルフ, フレッド・アラン … 50	Wyatt, Jake →ワイアット, ジェイク ……… 445
	Wyndham, Francis →ウィンダム, フランシス …………………………………………………… 38
	Wynne-Jones, Tim →ウィン＝ジョーンズ, ティム ……………………………………………… 37

【Y】

Yallop, David →ヤロップ, デイヴィッド …… 388
Yarbro, Chelsea Quinn →ヤーブロ, チェルシー・クイン ……………………………… 388
Yasgur, Batya Swift →ヤスガー, バティヤ・スウィフト ………………………………… 388
Yates, Elizabeth →イェーツ, エリザベス …… 19
Yeats, William Butler →イェイツ, ウィリアム・バトラー ……………………………… 19
Yehoshua, Avraham →イェホシュア, アブラハム ……………………………………… 19
Yep, Laurence →イェップ, ローレンス ……… 19
Yergin, Daniel →ヤーギン, ダニエル ……… 387
Yolen, Jane →ヨーレン, ジェイン …………… 390
Yorke, Margaret →ヨーク, マーガレット … 390
Yorkey, Brian →ヨーキー, ブライアン …… 390
Young, David →ヤング, デイヴィッド …… 388
Young, Ed →ヤング, エド ………………… 388
Young, E.H. →ヤング, E.H. ………………… 389
Young, Francis Brett →ヤング, フランシス・ブレット ………………………………… 388
Young, G.M. →ヤング, G.M. ……………… 389
Young, Moira →ヤング, モイラ …………… 389
Young, Stuart →ヤング, スチュアート …… 388
Yourcenar, Marguerite →ユルスナール, マルグリット ……………………………… 390
Yu, Charles →ユウ, チャールズ …………… 389
Yver, Colette →イヴェール, コレット ……… 19

【Z】

Zabor, Rafi →ザボール, ラフィ …………… 140
Zafon, Carlos Ruiz →サフォン, カルロス・ルイス ……………………………………… 140
Zagajewski, Adam →ザガエフスキ, アダム ………………………………………… 139
Zahn, Timothy →ザーン, ティモシイ ……… 142
Zak, Monica →サーク, モニカ ……………… 139
Zambrano, María →サンブラノ, マリーア … 143
Zandri, Vincent →ザンドリ, ヴィンセント … 143
Zaturenska, Marya →ゼツレンスカ, マリア ………………………………………… 188
Zebrowski, George →ゼブロウスキー, ジョージ ………………………………………… 188
Zelazny, Roger →ゼラズニイ, ロジャー …… 188
Zelinsky, Paul O. →ゼリンスキー, ポール・O. ………………………………………… 190
Zeller, Florian →ゼレール, フローリアン … 190
Zeltserman, Dave →ゼルツァーマン, デイヴ ………………………………………… 190
Zemach, Margot →ツェマック, マーゴット … 205
Zettel, Sarah →ゼッテル, サラ …………… 188

Zindel, Paul →ジンデル, ポール …………… 168
Zinoviev, Alexandre →ジノビエフ, アレクサンドル ……………………………………… 149
Zivkovic, Zoran →ジフコヴィッチ, ゾラン … 149
Zuckmayer, Carl →ツクマイアー, カール … 205
Zukav, Gary →ズーカフ, ゲーリー ………… 169
Zusak, Markus →ズーサック, マークース … 170
Zwerger, Lisbeth →ツヴェルガー, リスベート ………………………………………… 205

作品名索引

【あ】

アイ・アム・マイ・オウン・ワイフ（ライト）
　... 5155
愛をみつけたうさぎ（イバトーリーン）....... 0230
愛をみつけたうさぎ（ディカミロ）............. 2625
合言葉はフリンドル！（クレメンツ）......... 1425
アイスクリームの帝国（フォード）............. 3763
愛するものたちへ、別れのとき（ダンティカ）
　... 2525
愛の旅だち（フランバーズ屋敷の人びと 1）
　（ペイトン）... 4180
相棒は女刑事（ウルフ）............................ 0607
アイランド博士の死（ウルフ）................... 0597
アイルランドに蛇はいない（フォーサイス）
　... 3749
Ｉ（アイ）：ロボット（ドクトロウ）............. 2830
愛はさだめ、さだめは死（ティプトリー）... 2671
愛は時を超えて（ブラウン）..................... 3853
愛は盲目（ホールドマン）......................... 4509
愛は盲目（ホールドマン）......................... 4510
アインシュタイン交点（ディレイニー）....... 2704
アヴァロンの霧（ブラッドリー）................. 3889
アウステルリッツ（ゼーバルト）................. 2371
青いイルカの島（オデール）..................... 0806
青いかいじゅうと赤いかいじゅう（マッキー）
　... 4735
青い鷹（ディキンソン）............................. 2630
青ざめた逍遥（プリースト）..................... 3933
青チョークの男（ヴァルガス）................... 0267
青と赤の死（パウエル）............................ 3142
赤いおおかみ（ヴェヒター）..................... 0469
赤い十字章（トレビノ）............................ 2933
赤い月と暑い時（カウフマン）................. 0896
赤い予言者（カード）............................... 0935
アガサ・クリスティーの秘密ノート（カラン）
　... 0988
赤粘土の町（マローン）............................ 4867
アカメアマガエル（カウリー）................... 0899
アカメアマガエル（ビショップ）............... 3500
あかんぼうがいっぱい！（グランストローム）
　... 1292
あかんぼうがいっぱい！（マニング）......... 4804
秋のホテル（ブルックナー）..................... 4023
アキレウスの歌（ミラー）......................... 4942
アキレスの盾（オーデン）......................... 0809
悪意の森（フレンチ）............................... 4080
アークエンジェル・プロトコル（モアハウス）
　... 5025
アクシデンタル・ツーリスト（タイラー）..... 2438
悪党どもが多すぎる（ウェストレイク）..... 0465
悪の可能性（ジャクスン）......................... 1897
悪魔の詩（ラシュディ）............................ 5211
悪魔の国からこっちに丁稚（ディ・キャンプ）
　... 2628

悪魔の星（ブリッシュ）............................ 3950
悪魔の待ち伏せ（マロン）......................... 4868
アグリーズ（ウエスターフェルド）............. 0457
悪霊の島（キング）.................................. 1145
あごひげ船長九つ物語（クリュス）............ 1335
アーサー王ここに眠る（リーヴ）............... 5332
朝の少女（ドリス）.................................. 2901
足音がやってくる（マーヒー）................. 4811
アースクエイク・バード（ジョーンズ）..... 2035
アースシーの風（ゲド戦記）（ル＝グウィン）
　... 5473
あたし クラリス・ビーン
　（ラーバレスティア）............................. 2556
あたしと魔女の扉（ラーバレスティア）..... 5260
あたしにしかできない職業（イヴァノヴィッチ）
　... 0209
あたしのハリーおじさん（ヤスガー）......... 5091
あたしの惑星！クラリス・ビーン（チャイル
　ド）... 2557
アダノの鐘（ハーシー）............................ 3210
新しい人間たち（スノー）......................... 2263
アチソン回顧録（アチソン）..................... 0051
アックスマンのジャズ（セレスティン）..... 2392
アッチェレランド（ストロス）................. 2244
アップダイクの世界文学案内（アップダイク）
　... 0055
アードマン連結体（クレス）..................... 1410
穴（サッカー）.. 1717
アナ・クリスティ（オニール）................. 0820
あなたとモーニングティー（バーナード）... 3311
あなたに似た人（ダール）......................... 2496
あなたの人生の物語（チャン）................. 2583
あなたの人生の物語（チャン）................. 2584
あなたのばんよロジャー！（グレッツ）..... 1421
アナベルとふしぎなけいと（クラッセン）... 1260
アナベルとふしぎなけいと（バーネット）... 3325
アナンシの血脈（ゲイマン）..................... 1473
アーニー・パイルが見た『戦争』（トービン）
　... 2866
アニルの亡霊（オンダーチェ）................. 0879
アヌビスの門（パワーズ）......................... 3400
アネイリンの歌（サトクリフ）................. 1720
あの飛行船をつかまえろ（ライバー）......... 5165
あの日、少女たちは赤ん坊を殺した（リップマ
　ン）... 5372
アーノルドのはげしい夏（タウンゼンド）.... 2444
アバラット 2（バーカー）......................... 3151
アフガン諜報戦争（コール）..................... 1653
あぶない暗号（テイラー）......................... 2686
アボラ山の歌（ゴス）............................... 1572
アポロの彼方（マルツバーグ）................. 4849
甘い女（クリッチ）.................................. 1317
アマガンセット（ミルズ）......................... 4947
アムステルダム（マキューアン）............... 4584
雨の国の王者（フリーリング）................. 3975
雨の罠（アイスラー）............................... 0004
アメリカ司法の英知（ルイス）................. 5455
アメリカ社会文化史（カーチ）................. 0927

アメリカ神学思想史入門（アールストローム）
 0137
アメリカ政治の内幕（ドルーリ） 2918
アメリカーナ（アディーチェ） 0072
アメリカ南部に生きる（ローゼンガーテン） 5702
アメリカの反知性主義（ホーフスタッター） .. 4451
アメリカの没落（ギンズバーグ） 1182
アメリカの夜（フランク） 3904
アメリカン・ゴッズ（ゲイマン） 1474
アメリカン・ハッスル（グリーン） 1349
謝ったって許さない（リトルフィールド） 5401
アライバル（タン） 2515
あらし（クロスリー＝ホランド） 1450
あらし（翼人の掟 第1部）（タトル） 2465
あらし（翼人の掟 第1部）（マーティン） 4776
あらしの島のきょうだい（トレッドゴールド）
 2930
アラスカの小さな家族（ヒル） 3585
アラーの神にもいわれはない（クルマ） 1376
アラバマ物語（リー） 5330
アラブ人とユダヤ人（シプラー） 1854
アリアドネの糸（クレモー） 1430
アリシア故郷に帰る（シンプソン） 2103
アリスの見習い物語（クシュマン） 1193
ありふれた祈り（クルーガー） 1357
アルヴィン・メイカーシリーズ（カード）... 0936
ある家族の会話（ギンズブルグ） 1184
ある決断（コーンブルース） 1698
ある決断（ボール） 4483
或る行動人の手記（コンスタンタン＝ウェイエル） 1691
ある島の可能性（ウエルベック） 0484
アルジャーノンに花束を（キイス） 1035
アルジャーノンに花束を（キイス） 1036
ある受難の終り（ブレ） 4037
アルトゥーロの島（モランテ） 5057
ある日どこかで（マシスン） 4707
あるひねずみが……（ブラウン） 3850
アルメニアの少女（ケルディアン） 1539
アレクサンドロス大王（フォックス） 3758
荒れた岸辺（ロビンスン） 5737
アロウスミスの生涯（ルイス） 5462
あわれなエディの大災難（アーダー） 0044
あわれなエディの大災難（ロバーツ） 5729
哀れな物言わぬ傷（クレンショウ） 1433
哀れなるものたち（グレイ） 1382
アンクル・サムの遺産（ラスキン） 5220
暗黒街の女（アボット） 0104
暗黒太陽の浮気娘（マクラム） 4660
アンジェラの灰（マコート） 4695
アンタレスの四十三王朝（レズニック） 5584
アンテオの世界（ヴォルポーニ） 0550
アンデスの秘密（クラーク） 1245
アンナへの手紙（ウィルヘルム） 0413
アンネの日記（グッドリッチ） 1206
アンネの日記（ハケット） 3200
アンネ・フランク（フェルフーフェン） 3724

アンネ・フランク（ロル） 5791
アンネ・フランクについて語るときに僕たちの語ること（イングランダー） 0238
アンランダン（ミエヴィル） 4889

【い】

ER 研修医たちの現場から（ラム） 5276
いいないいなイヌっていいな（モンクス） ... 5082
イヴ・グリーン（フレッチャー） 4067
家出の日（グレイ） 1384
癒えない傷（シュッツ） 1950
家なき鳥（ウィーラン） 0326
怒りの葡萄（スタインベック） 2147
イキガミ（間瀬） 4724
異境（コジンスキー） 1571
イギリス人の患者（オンダーチェ） 0880
異型の闇（ラングフォード） 5289
生ける屍（オーツ） 0799
いさましいちびのトースター（ディッシュ）
 2657
石（ブライアント） 3818
石が流す血（ファイフィールド） 3625
イシスの燈台守（ヒューズ） 3564
いじっぱりのクイーニ（バーチ） 3243
石に刺さった剣（永遠の王 第1部）（ホワイト）
 4535
衣装箪笥の中の女（バーナード） 3312
イスタンブールの記憶（ナデル） 2970
イスタンブールの群狼（グッドウィン） 1202
異星から来た妖精（エングダール） 0761
異星の客（ハインライン） 3112
急いで歩け，ゆっくり走れ（ワースバ） 5831
偉大なるM.C.（ハミルトン） 3338
いたずらふたごチンプとジィー（アンホールト） 0203
いたずらふたごチンプとジィー（アンホールト） 0204
イーダとペールとミニムン（ハンスン） 3444
イーダとペールとミニムン（ファーゲルストローム） 3650
1922（キング） 1146
いちごつみの少女（レンスキー） 5627
一時帰還（クレイ） 1385
いちばんここに似合う人（ジュライ） 1970
いちばんちいさいトナカイ（フォアマン） 3733
いつか還るときは（マクラム） 4661
慈しみの女神たち（リテル） 5389
いっしょがいちばん（ヴェヒター） 0470
一兆年の宴（ウィングローブ） 0422
一兆年の宴（オールディス） 0862
IT（キング） 1147
いっぱいいっぱい（オクセンバリー） 0776
いっぱいいっぱい（クック） 1197

いつまでも美しく（ブー）……………… 3622
いつもいつまでもいっしょに！（コイヤー）
　……………………………………… 1558
いつもこわくて（ピカード）……………… 3478
偽られた抱擁（ソルダーティ）…………… 2420
イデアの洞窟（ソモサ）…………………… 2415
夷狄を待ちながら（クッツェー）………… 1199
凍てついた墓碑銘（ピカード）…………… 3479
移動都市（リーヴ）………………………… 5333
愛しき人類（キュルヴァル）……………… 1127
愛しき者はすべて去りゆく（ルヘイン）… 5517
稲妻に乗れ（ラッツ）……………………… 5245
いぬがかいた〜い！（グラハム）………… 1266
犬橇レースの殺人（ヘンリー）…………… 4342
いぬとくま いつもふたりは（シーガー）… 1833
犬博物館の外で（キャロル）……………… 1100
犬は勘定に入れません（ウィリス）……… 0354
犬はワンワンと言った（スワンウィック）… 2341
イノセント（マクドナルド）……………… 4611
祈り（ラス）………………………………… 5217
祈りの海（イーガン）……………………… 0218
祈りの海（イーガン）……………………… 0219
荊の城（ウォーターズ）…………………… 0509
息吹（チャン）……………………………… 2585
イマジカ（バーカー）……………………… 3152
いまファンタジーにできること（ル＝グウィ
ン）……………………………………… 5474
いやだ あさまであそぶんだい（クーパー）… 1218
イリアム（シモンズ）……………………… 1869
入り江（キング）…………………………… 1148
イルカの夏（アルフライ）………………… 0148
岩場の死（アレグレット）………………… 0160
イン・アメリカ（ソンタグ）……………… 2428
インヴィジブル・シティ（ダール）……… 2495
インゲへの手紙（カイザー）……………… 0889
インサイダー疑惑（ウィリス）…………… 0355
インテグラル・ツリー（ニーヴン）……… 2973
インドへの道（フォースター）…………… 3751
インド夜想曲（タブッキ）………………… 2481
インフォメーショニスト（スティーヴンス）
　……………………………………… 2187
陰謀（ニザン）……………………………… 2996
インモラル（フリーマン）………………… 3968

【う】

ヴァイオレットがぼくに残してくれたもの
　（ヴァレンタイン）…………………… 0271
ヴァージニア・ウルフ（ゴードン）……… 1598
ヴァージニア・ウルフ伝（ベル）………… 4281
ヴァージル・オッダムとともに東極に立つ
　（エリスン）…………………………… 0711
ヴァチカンからの吉報（シルヴァーバーグ）… 2073
ヴァート（ヌーン）………………………… 3029

ヴァーノン・ゴッド・リトル（ピエール）… 3473
ヴァレンタイン卿の城（シルヴァーバーグ）… 2074
ウィークエンダー（ディーヴァー）……… 2602
ヴィクトリア女王（ストレイチー）……… 2240
ヴィクラム・ラルの狭間の世界（ヴァッサン
ジ）……………………………………… 0248
ウィーツィ・バット（ブロック）………… 4100
ウィット（エドソン）……………………… 0677
ウィトゲンシュタイン評伝（マクギネス）… 4597
ウィリーの物語（スカーキー）…………… 2116
ウィンクルさんとかもめ（ローズ）……… 5679
ウィーンの血（マシューズ）……………… 4719
ウェディング・ナイフ（ヴィエッツ）…… 0297
ウェディング・プランナーは眠れない（ダラ
ム）……………………………………… 2490
ヴェネツィア殺人事件（レオン）………… 5581
ウェンデリンはどこかな？（ブレヒャー）… 4072
ウォーターシップ・ダウンのうさぎたち（アダ
ムズ）…………………………………… 0050
Watchmen（ギボンズ）…………………… 1067
Watchmen（ムーア）……………………… 4954
ウォー・ボーイ（フォアマン）…………… 3734
ヴォル・ゲーム（ビジョルド）…………… 3507
ヴォルコシガン・サガ（ビジョルド）…… 3508
ウォルドウ（ハインライン）……………… 3113
浮世の画家（イシグロ）…………………… 0226
受け継ぐ者（ベア）………………………… 4136
動いているハーバート（ランキン）……… 5284
動かないで（マッツァンティーニ）……… 4770
ウサギの丘（ローソン）…………………… 5709
失われた時間の守護者（エリスン）……… 0712
失われたものたちの本（コナリー）……… 1602
嘘をつく人びと（フィンドリー）………… 3709
ウソつきとスパイ（ステッド）…………… 2212
歌の翼に（ディッシュ）…………………… 2658
征（う）たれざる国（ライマン）………… 5179
うちあけ話（コンスタン）………………… 1690
うちのペットはドラゴン（オクセンバリー）
　……………………………………… 0777
宇宙からやってきたオ・ペア（スミス）… 2298
宇宙生命接近計画（ガン）………………… 1018
宇宙船乗りフジツボのビル（シェパード）… 1790
宇宙との連帯（セーガン）………………… 2360
宇宙の戦士（ハインライン）……………… 3114
宇宙のランデヴー（クラーク）…………… 1239
美しい夏（パヴェーゼ）…………………… 3136
虚ろな穴（コージャ）……………………… 1568
虚ろな街（ミス・ペレグリンと奇妙なこども
たち 2）（リグズ）…………………… 5343
ウーマンズ・アイ（パレツキー）………… 3387
海鳴りの丘（ウォルシュ）………………… 0529
海に帰る日（バンヴィル）………………… 3421
海に育つ（アームストロング）…………… 0110
海の英雄（レイサム）……………………… 5543
海の王国（ピエンコフスキー）…………… 3475
海の島（トール）…………………………… 2911
海の薔薇（ヴィアラール）………………… 0296

海の風景（オールビー） ………………… 0876
海の深み（トール） ……………………… 2912
海辺の王国（ウェストール） …………… 0461
海辺のカフカ（村上） …………………… 4979
海よ、海（マードック） ………………… 4799
海は知っていた（パターソン） ………… 3233
埋められた子供（シェパード） ………… 1789
裏切りの代償（バトルズ） ……………… 3303
ウルフ谷の兄弟（ブルッキンズ） ……… 4013
ウルフ・ホール（マンテル） …………… 4882
鱗狩人の美しき娘（シェパード） ……… 1791
運が悪いことは起こるもの（ウィート） … 0315
運のいい拾い物（コディ） ……………… 1586
運命の倒置法（ヴァイン） ……………… 0243

【 え 】

エア（ライマン） ………………………… 5180
映画館（クレンショウ） ………………… 1434
永久凍土（ゼラズニイ） ………………… 2374
栄光の土曜日（セラフィン） …………… 2386
英国紳士、エデンへ行く（ニール） …… 3021
英国紳士の名画大作戦（チャーリー・モルデカイ 1）（ボンフィリオリ） …………… 4547
エイジ・オブ・イノセンス（ウォートン） … 0514
永眠の地（ミュラー） …………………… 4919
エイモスさんが かぜを ひくと（ステッド）
 ……………………………………………… 2211
英雄たちの朝（ファージング 1）（ウォルトン）
 ……………………………………………… 0545
英雄と王冠（マッキンリィ） …………… 4753
英雄の誇り（ディキンスン） …………… 2631
エイリアニスト（カー） ………………… 0883
エヴァが目ざめるとき（ディキンスン） … 2632
エヴァ・トラウト（ボウエン） ………… 4371
エヴァンズ、初級ドイツ語を試みる（デクスター） ………………………………… 2726
エヴリデイ（レヴィサン） ……………… 5569
エコー（ハンド） ………………………… 3451
エコー・メイカー（パワーズ） ………… 3406
エコロジーの新秩序（フェリー） ……… 3719
SF宇宙生物図鑑（サマーズ） …………… 1729
SF宇宙生物図鑑（バロウ） ……………… 3394
SF大百科事典（クルート） ……………… 1364
SF的な宇宙で安全に暮らすっていうこと（ユウ） ……………………………………… 5107
SFの殿堂 遥かなる地平（シルヴァーバーグ）
 ……………………………………………… 2075
エステルハージ博士の事件簿（デイヴィッドスン） ……………………………… 2619
エデンの恐竜（セーガン） ……………… 2361
エデンの炎（シモンズ） ………………… 1870
エドウィン・マルハウス（ミルハウザー） … 4948
ABCの本（安野） ………………………… 0192

エブラハム・リンカーン（サンドバーグ） … 1756
エブラハム・リンカーン（ドーレア） … 2919
エブラハム・リンカーン（ドーレア） … 2920
エベレスト（ジェンキンズ） …………… 1829
絵本アフリカの人びと（ディロン） …… 2710
絵本アフリカの人びと（ディロン） …… 2713
エミリーがいない（リッチー） ………… 5369
選ばれし者（ルーベンス） ……………… 5521
エリーズまたは真の人生（エチェリリ） … 0660
エルヴィスは生きている（バレット） … 3391
エルキュール・ポアロシリーズ（クリスティ）
 ……………………………………………… 1307
エルサレムから来た悪魔（フランクリン） … 3910
エルサレムの乞食（ヴィーゼル） ……… 0306
エレナーとパーク（ローウェル） ……… 5647
園芸道具置場の謎（ホック） …………… 4417
エンジェル（キャディガン） …………… 1080
エンジェル・シティ・ブルース（ウッズ） … 0577
エンジェルス・イン・アメリカ（クシュナー）
 ……………………………………………… 1192
エンジン・サマー（クロウリー） ……… 1440
エンダーのゲーム（カード） …………… 0937
エンディミオンの覚醒（シモンズ） …… 1871
煙突（キャンベル） ……………………… 1110
エンベディング（ワトスン） …………… 5844

【 お 】

王国への旅（リッカート） ……………… 5364
王国の独裁者（アリグザンダー） ……… 0129
黄金のイェルサレム（ドラブル） ……… 2894
黄金の腕（オルグレン） ………………… 0850
黄金の声の少女（シュル） ……………… 1981
黄金のノート（レッシング） …………… 5598
黄金の浜辺（ブリニェッティ） ………… 3965
黄金の羅針盤（ライラの冒険 1）（プルマン）
 ……………………………………………… 4031
鏖戦（ベア） ……………………………… 4141
王道（マルロー） ………………………… 4854
王に対して休戦なし（アンダーソン） … 0172
王のしるし（サトクリフ） ……………… 1721
王妃に別れをつげて（トマ） …………… 2875
雄馬と剣（ムアコック） ………………… 4963
王狼たちの戦旗（マーティン） ………… 4777
大いなる賭け（サイモン） ……………… 1708
大いなる恋人（シモンズ） ……………… 1872
大いなる復活のとき（ゼッテル） ……… 2367
オオカミ（グラヴェット） ……………… 1235
狼ととらした少女ジュリー（ジョージ） … 2013
オオカミに冬なし（リュートゲン） …… 5418
狼の時（マキャモン） …………………… 4578
オオカミのようにやさしく（クロス） … 1445
大鴉の啼く冬（クリーヴス） …………… 1306
おおきくなりすぎたくま（ワード） …… 5842

大きな枝が折れるとき（ケラーマン）……… 1525
大きな火なわじゅう（エドモンズ）………… 0678
大きな前庭（シマック）……………………… 1856
大潮の道（スワンウィック）………………… 2342
丘をさまよう女（マクラム）………………… 4662
丘に、町が（バーカー）……………………… 3153
小川は川へ、川は海へ（オデール）………… 0807
掟（バイヤン）………………………………… 3107
オーギー・マーチの冒険（ベロー）………… 4316
オクトーバー・ライト（ガードナー）……… 0952
オクラホマ！（ハマースタイン）…………… 3336
オクラホマ！（ロジャース）………………… 5672
贈りものは宇宙のカタログ（マーヒー）…… 4812
オコナー短編集（オコナー）………………… 0786
おこりんぼママ（バウアー）………………… 3130
おじいさんの旅（セイ）……………………… 2355
おじいちゃんをさがしに（ティードホルム）
　……………………………………………… 2665
おじいちゃんをさがしに（ティードホルム）
　……………………………………………… 2666
おじいちゃんの口笛（スタルク）…………… 2165
おじいちゃんの口笛（ヘグルンド）………… 4211
オスカーとルシンダ（ケアリー）…………… 1462
オスカー・ワオの短く凄まじい人生（ディア
　ス）………………………………………… 2600
恐ろしい叫びのような（リーヴェス）……… 5338
落ちゆく女（マーフィー）…………………… 4822
おつきさまはきっと（ハレンスレーベン）… 3392
おつきさまはきっと（バンクス）…………… 3428
オックスフォード運河の殺人（デクスター）
　……………………………………………… 2727
オッパイ（チャーナス）……………………… 2573
オッペンハイマー（シャーウィン）………… 1892
オッペンハイマー（バード）………………… 3272
おとなの聖書物語 第17話 ノアの箱舟（モロ
　ウ）………………………………………… 5073
おとり（ユーナック）………………………… 5110
踊る鹿の洞窟（シマック）…………………… 1857
鬼（シェセックス）…………………………… 1784
オニオン・フィールドの殺人（ウォンボー）
　……………………………………………… 0571
おばあちゃん（ヘルトリング）……………… 4294
おばあちゃんとあたし（ブレーガー）……… 4058
おばあちゃんとバスにのって（デ・ラ・ペー
　ニャ）……………………………………… 2788
おばけやしき（ピエンコフスキー）………… 3476
おかしな話（バインハート）………………… 3110
おはなし おはなし（ヘイリー）…………… 4186
怯える屋敷（ニーリイ）……………………… 3019
オフィサー・ダウン（シュヴィーゲル）…… 1946
オブ・ジー・アイ・シング（ガーシュウィン）
　……………………………………………… 0906
オブ・ジー・アイ・シング（コーフマン）… 1622
オブ・ジー・アイ・シング（リスキンド）… 5355
オーブンの中のオウム（マルティネス）…… 4852
おまえをたべちゃうぞーっ！（ロス）……… 5681
おまえが殺ったと誰もが言う（アーリイ）… 0427

おまえの影を消せ（リリーヴェルド）……… 5424
オメラスから歩み去る人々（ル＝グウィン）
　……………………………………………… 5475
重すぎる判決（ウィート）…………………… 0316
おやおや町（キャロル）……………………… 1101
オ・ヤサシ巨人BFG（ダール）……………… 2497
お屋敷町（アラゴン）………………………… 0122
おやすみ、母さん（ノーマン）……………… 3071
おやすみかみさま（ジョーンズ）…………… 2028
おやすみなさいトムさん（マゴリアン）…… 4696
親と子の語らい（ロマーノ）………………… 5774
親指こぞうニルス・カールソン（リンドグレー
　ン）………………………………………… 5448
オラニエ公ウィレム（ウェッジウッド）…… 0467
オリーヴ・キタリッジの生活（ストラウト）
　……………………………………………… 2220
折りたたみ北京（郝）………………………… 0901
檻の中の人間（ヴァンス）…………………… 0284
オール・クリア（ウィリス）………………… 0356
オルコット物語（メグズ）…………………… 5003
オルドヴァイ峡谷七景（レズニック）……… 5585
オールド・ディック（モース）……………… 5033
おれには口がない、それでもおれは叫ぶ（エリ
　スン）……………………………………… 0713
オレンジだけが果物じゃない（ウィンターソ
　ン）………………………………………… 0444
オはオオタカのオ（マクドナルド）………… 4626
終りなき戦い（ホールドマン）……………… 4511
終わりなき平和（ホールドマン）…………… 4512
終わりの感覚（バーンズ）…………………… 3439
音楽と沈黙（トレメイン）…………………… 2935
女刑事の死（トーマス）……………………… 2884
女主人（ダール）……………………………… 2498
女たちの真実（リップマン）………………… 5373
女彫刻家（ウォルターズ）…………………… 0538
女ともだち（レンデル）……………………… 5629
オンリー・フォワード（スミス）…………… 2314

【か】

かあさんのいす（ウィリアムズ）…………… 0340
かあさんはどこ？（デュボワ）……………… 2778
解雇通告（フィンダー）……………………… 3705
骸骨乗組員（キング）………………………… 1149
かいじゅうたちのいるところ（センダック）
　……………………………………………… 2400
解錠師（ハミルトン）………………………… 3342
海賊日誌（リデル）…………………………… 5381
海賊日誌（プラット）………………………… 3885
海賊の息子（マコックラン）………………… 4687
階段（カニング）……………………………… 0963
怪盗紳士モンモランシー（アップデール）… 0060
怪物はささやく（ケイ）……………………… 1465
カイト・マスター（ロバーツ）……………… 5723

かいふ　　　　　　　　　　　作品名索引

怪物はささやく(ネス) …………… 3046
快楽通りの悪魔(フルマー) ……… 4030
カヴァリエ&クレイの驚くべき冒険(シェイボン) ………………………… 1773
帰ってきたキャリー(ボーデン) ……… 4430
かえるだんなのけっこんしき(ロジャンコフスキー) ……………………… 5674
火炎樹(グランヴィル) ……………… 1290
顔なき奴隷の禁断の花嫁が、恐ろしい欲望の夜の秘密の館で(ゲイマン) …… 1475
科学と神(ウィーナー) ……………… 0320
かかし(ウェストール) ……………… 0462
かかしと召し使い(プルマン) ……… 4032
輝ける嘘(シーハン) ………………… 1851
輝ける日々へ(ファハティ) ………… 3661
輝ける緑の星(シェパード) ………… 1792
書くことについて(キング) ………… 1150
隠された栄光(プライス) …………… 3824
隠し絵の囚人(ゴダード) …………… 1576
核分裂を発見した人(ケルナー) …… 1540
革命前夜(ル=グウィン) …………… 5476
確率人間(シルヴァーバーグ) ……… 2076
影(カニグズバーグ) ………………… 0959
影が行く(キャンベル) ……………… 1109
影との戦い(ゲド戦記1)(ル=グウィン) … 5477
影の子(ヤング) ……………………… 5101
影の棲む城(ビジョルド) …………… 3509
影の船(ライパー) …………………… 5166
影の群れ(グラント) ………………… 1296
影ぼっこ(ブラウン) ………………… 3851
過去からの殺意(マクダーミド) …… 4600
過去と闘う国々(ローゼンバーグ) … 5704
過去のない女(グルッサール) ……… 1363
可視の闇(ゴールディング) ………… 1658
華氏451度(ブラッドベリ) ………… 3886
カズムシティ(レナルズ) …………… 5606
火星を見たことありますか(ウィン=ジョーンズ) …………………… 0432
火星縦断(ランディス) ……………… 5311
火星転移(ベア) ……………………… 4142
火星の皇帝(スティール) …………… 2203
火星の生命(スミス) ………………… 2311
火星夜想曲(マクドナルド) ………… 4612
風がふいたら(ハッチンス) ………… 3260
化石の兄弟(オーツ) ………………… 0800
風と共に去りぬ(ミッチェル) ……… 4906
風に寄せる言葉(レトキー) ………… 5602
風の影(サフォン) …………………… 1724
風の子キャディー(ブリンク) ……… 3992
風の十二方位(ル=グウィン) ……… 5478
風の竪琴弾き(イルスの竪琴3)(マキリップ) ……………………… 4588
家族のなかの死(エイジー) ………… 0624
片道切符(コーヴラール) …………… 1563
カチアートを追跡して(オブライエン) … 0835
学校の悲しみ(ペナック) …………… 4239
カッサンドラ(チェリイ) …………… 2541

カッチョマンがやってきた!(グレイ) … 1386
カッティング・ルーム(ウェルシュ) … 0475
カテドラル(マコーレイ) …………… 4704
カーテンが降りて(レンデル) ……… 5630
悲しい本(ブレイク) ………………… 4040
悲しい本(ローゼン) ………………… 5698
悲しみを聴く石(ラヒーミー) ……… 5262
悲しみにある者(ディディオン) …… 2660
悲しみにさよなら(ピカード) ……… 3480
悲しみの四十語(ブラント) ………… 3923
彼方には輝く星々(クレス) ………… 1411
ガニメデの少年(ハインライン) …… 3115
蟹は試してみなきゃいけない(ベイリー) … 4188
金持になったウサギ(アップダイク) … 0056
鐘は歌う(スメイル) ………………… 2323
彼女は三(死の女神)(リー) ………… 5326
ガーブの世界(アーヴィング) ……… 0014
かべ(シス) …………………………… 1838
カヘルの王(モネネムボ) …………… 5050
かぼちゃスープ(クーパー) ………… 1219
神々がほほえむ夜(ライト) ………… 5152
神々自身(アシモフ) ………………… 0024
神のあわれみ(コー) ………………… 1553
神の伝記(マイルズ) ………………… 4557
紙の動物園(リュウ) ………………… 5413
神の名のもとに(ウォーカー) ……… 0500
紙の迷宮(リス) ……………………… 5351
神は銃弾(テラン) …………………… 2791
神は老獪にして…(パイス) ………… 3094
カムバック・ヒーロー(コーベン) … 1628
亀の島(シュナイダー) ……………… 1955
カメレオンの呪文(アンソニイ) …… 0169
仮面の街(アレグザンダー) ………… 0150
かもさんおとおり(マックロスキー) … 4759
かようびのよる(ウィーズナー) …… 0301
からすが池の魔女(スピア) ………… 2272
ガラスの家族(パターソン) ………… 3234
ガラスのなかの少女(フォード) …… 3764
ガラス箱の蟻(ディキンスン) ……… 2633
ガラパゴスの箱舟(ヴォネガット) … 0520
カラーパープル(ウォーカー) ……… 0497
ガリヴァー旅行記(ヴィジュアル版)(リデル) ………………………… 5382
カーリーの歌(シモンズ) …………… 1873
カリフォルニア・ガール(パーカー) … 3166
カリフォルニアの炎(ウィンズロウ) … 0439
カルカッタ(ブライト) ……………… 3833
カルカッタ染色体(ゴーシュ) ……… 1569
彼の奥さん(ベルナイム) …………… 4297
かれら(オーツ) ……………………… 0801
彼らの生涯の最愛の時(クアリア) … 1185
彼らの生涯の最愛の時(ワトスン) … 5845
カロライナの殺人者(スタウト) …… 2148
かわいいゴリラ(エルキンズ) ……… 0749
かわいいゴリラ(エルキンズ) ……… 0752
渇いた季節(ロビンスン) …………… 5754

作品名	ページ
カワウソ（ル＝グウィン）	5479
渇きと偽り（ハーパー）	3327
川の少年（バウラー）	3149
皮剝人（マーティン）	4778
川は静かに流れ（ハート）	3280
カングル・ワングルのぼうし（オクセンバリー）	0778
感情漂流（シモン）	1863
完全主義者（カウフマン）	0897
ガンディーの真理（エリクスン）	0706
カンパニー・マン（ベネット）	4257
がんばれウィリー（エイブリ）	0629
ガンピーさんのふなあそび（バーニンガム）	3319
ガンメタル・ゴースト（パウエル）	3138

【き】

作品名	ページ
黄色い髪ゆえにあたしを愛して（ウィート）	0317
消えた（クロウリー）	1441
消えた子供（ウィタカー）	0307
消えた少年たち（カード）	0938
消えた少年のひみつ（バトラー）	3293
木を切らないで（アレン）	0162
記憶なき殺人（クラーク）	1254
帰還（ゲド戦記）（ル＝グウィン）	5480
"機関銃要塞"の少年たち（ウェストール）	0463
帰還の謎（ラフェリエール）	5268
帰還（マタール）	4726
危機一髪（ワイルダー）	5811
利腕（フランシス）	3915
危険ないとこ（ワーリン）	5858
危険なヴィジョン（エリスン）	0714
きこりとあひる（トゥルスカ）	2824
記者魂（ダシルヴァ）	2454
奇術師（プリースト）	3934
Kizu（フリン）	3977
傷だらけのカミーユ（ルメートル）	5523
絆（シェイムズ）	1781
キスはいかが？（ジョージアの青春日記1）（レニソン）	5607
奇跡の子（キング＝スミス）	1176
奇跡の少年（カード）	0939
擬態（ホールドマン）	4513
キッシンジャー秘録（キッシンジャー）	1047
キツネ（ブルックス）	4022
キツネ（ワイルド）	5816
狐になった奥様（ガーネット）	0966
ギデオンと放火魔（マリック）	4839
軌道学園都市フロンテラ（スロンチェフスキ）	2335
木の十字架（ドルジュレス）	2915
キーパー（ピート）	3537
牙の旅商人〜The Arms Peddler〜（梟）	2955
牙の旅商人〜The Arms Peddler〜（七月）	2971
キマイラ（バース）	3219
君を守って（ヒル）	3594
君が人生の時（サローヤン）	1748
きみがぼくを見つけた日（ニッフェネガー）	2998
きみに出会うとき（ステッド）	2213
奇妙な遊び（バイヤン）	3108
奇妙な季節（ロベール）	5771
奇妙な幕間狂言（オニール）	0821
きみはおおきくてぼくはちいさい（ソロタレフ）	2425
気むずかしやの伯爵夫人（ガードナー）	0949
逆転世界（プリースト）	3935
キャサリン・グラハム わが人生（グラハム）	1264
キャット・ウォーク（キエフスキー）	1038
キャットと王立劇場のダイヤモンド（ゴールディング）	1660
キャデラック砂漠の奥地にて、死者たちと戯るの書（ランズデール）	5298
キャプテン・フューチャーの死（スティール）	2204
急行『北極号』（オールズバーグ）	0854
90億の神の御名（クラーク）	1240
九人の息子たち（ホーンズビー）	4540
きゅうりの王さまやっつけろ（ネストリンガー）	3050
キュリー夫人（ドーリィ）	2899
凶運の都ランクマール（ライバー）	5167
狂気の詐欺師一家（ウォーカー）	0498
狂気の詐欺師一家（ショーン）	2026
狂気の山脈にて（カルバード）	1000
狂気のやすらぎ（セイヤー）	2358
狂犬（シゴー）	1836
狂犬の夏（ランズデール）	5299
器用な痛み（ミラー）	4931
脅迫（ブロンジーニ）	4128
恐怖への明るい道（スターン）	2169
恐怖の掟（コリンズ）	1646
恐怖の第22次航海（ウェア）	0446
恐竜たちの方程式（ケリー）	1532
きょうはカバがほしいな（シュローテ）	1988
きょうはカバがほしいな（ボルヒャース）	4519
きょうはみんなでクマがりだ（オクセンバリー）	0779
きょうはみんなでクマがりだ（ローゼン）	5699
きょうはよいてんき（ホグローギアン）	4392
極微機械ボーア・メイカー（ナガタ）	2963
極北の犬トヨン（カラーシニコフ）	0987
巨匠の選択（ブロック）	4105
去勢（エイミス）	0630
ぎょろ目のジェラルド（ファイン）	3629
きらきら（カドハタ）	0953
キラーバード、急襲（ベイヤー）	4183

切り裂き魔の森（トレイシー）................ 2921
ギリシア神話物語（ガーフィールド）........ 0971
ギリシア神話物語（プリッシェン）............ 3949
霧と草と砂と（マッキンタイア）................ 4746
霧に濡れた死者たち（バーセル）................ 3226
霧に橋を架ける（ジョンスン）.................... 2051
霧のとばり（コナーズ）.............................. 1601
霧の中の悪魔（ガーフィールド）................ 0972
偽旅券（ブリニェ）...................................... 3964
キリング・フロアー（チャイルド）............ 2554
キリンヤガ（レズニック）.......................... 5586
キルン・ピープル（ブリン）...................... 3983
木はいいなあ（シーモント）...................... 1887
緊急の場合は（ハドスン）.......................... 3286
金庫と老婆（クェンティン）...................... 1189
禁じられた場所（バーカー）...................... 3154
禁じられた惑星（シルヴァーバーグ）........ 2077
金の冠通り（太陽の夫人3部作 1）（サンドマン＝リリウス）.................................. 1759
銀の国からの物語（フィンガー）................ 3702
金のたまごをうんだがちょう（パターソン）
.... 3241
吟遊詩人トーマス（カシュナー）................ 0907
金曜日ラビは寝坊した（ケメルマン）........ 1523

【く】

『悔い改めよ、ハーレクィン！』とチクタクマンはいった（エリスン）....................... 0715
クイーンの定員（クイーン）...................... 1187
空気と闇の女王（アンダースン）................ 0173
偶然の犯罪（ハットン）.............................. 3262
寓話（フォークナー）.................................. 3739
釘がないので（コワル）.............................. 1680
クシエルの矢（ケアリー）.......................... 1459
素顔のユリーマ（ラファティ）.................. 5267
クージョ（キング）...................................... 1151
くじらの歌ごえ（プライズ）...................... 3826
口は災い（ボウエン）.................................. 4372
クッキー・モンスター（ヴィンジ）............ 0425
グッドマン・イン・アフリカ（ボイド）.... 4359
苦悩のオレンジ、狂気のブルー（マレル）.... 4858
熊が火を発見する（ビッスン）.................. 3531
クマがふしぎにおもってたこと（エァルブルッフ）.. 0615
熊と結婚した女（ストラレー）.................. 2233
蜘蛛（トロワイヤ）...................................... 2941
雲じゃらしの時間（ブラックマン）............ 3878
雲のはて（フランバーズ屋敷の人びと 2）（ペイトン）.. 4181
暗いブティック通り（モディアノ）............ 5040
暗き炎（サンソム）...................................... 1750
昏き目の暗殺者（アトウッド）.................. 0074
グラーグ（アプルボーム）.......................... 0499

クラーケン（ミエヴィル）.......................... 4890
クラバート（プロイスラー）...................... 4090
グラフトンのG（ケイ）.............................. 1467
グラフトンのG（コーフマン）.................. 1624
グラミスの妖怪（マクラム）...................... 4663
暗闇にうかぶ顔（エイケン）...................... 0622
グランドマスター（コクラン）.................. 1566
グランドマスター（マーフィー）................ 4816
クリアリー家からの手紙（ウィリス）........ 0357
クリージー（マルソー）.............................. 4847
クリスティーナの誘拐（ニクソン）............ 2982
クリスピン（アヴィ）.................................. 0009
クリスマスのキャンドル（ヒル）................ 3597
クリスマスまであと九日（エッツ）............ 0668
クリプトノミコン（スティーヴンスン）.... 2191
グリーン・サークル事件（アンブラー）.... 0195
クリンドルクラックスがやってくる（リドリー）.. 5398
グリーン・ノウのお客さま（グリーン・ノウ物語 4）（ボストン）............................ 4408
グリンプス（シャイナー）.......................... 1888
グリーンマイル（キング）.......................... 1152
グリーン・マーズ（ロビンスン）................ 5738
狂った果実（カントナー）.......................... 1025
クレイジー・サマー（ウィリアムズ＝ガルシア）.. 0347
グレイ・フラノの屍衣（スレッサー）........ 2332
クレージー・マギーの伝説（スピネッリ）... 2279
黒い犬（ブース）.. 3792
黒い霧の街（フィリップス）...................... 3696
黒い囚人馬車（グレアム）.......................... 1381
黒いスーツの男（キング）.......................... 1153
黒い地図（スピーゲルマン）...................... 2278
黒い塔（ジェームズ）.................................. 1818
グローイング・アップ（ベイカー）............ 4159
クロウトウン（エリスン）.......................... 0716
黒ヶ丘の上で（チャトウィン）.................. 2568
クローディアの秘密（カニグズバーグ）.... 0960
黒と青（ランキン）...................................... 5285
黒ねこミケシュのぼうけん（ラダ）............ 5229
黒の過程（ユルスナール）.......................... 5115
クロノリス（ウィルスン）.......................... 0384
グローバリズム出づる処の殺人者より（アディガ）.. 0066
グローリアーナ（ムアコック）.................. 4964
軍用機（バクスター）.................................. 3190

【け】

ケイヴマン（グリーン）.............................. 1344
計画する人（ウィルヘルム）...................... 0414
警官の街（スローター）.............................. 2333
経済の恐怖（フォレステル）...................... 3786
警察署長（ウッズ）...................................... 0576

作品名索引　　　　　　こはく

警察長官と砂漠の掠奪者(ピアス) ………… 3468
警視の偽装(クロンビー) ………………… 1455
警士の剣(ウルフ) ………………………… 0598
警視の死角(クロンビー) ………………… 1456
芸術的な死体(アーリー) ………………… 0125
ゲイトウエイ(ポール) …………………… 4484
ケイン号の叛乱(ウォーク) ……………… 0507
汚れた守護天使(コディ) ………………… 1587
ケストナー(コルドン) …………………… 1670
月下の庭師(フィッシュ) ………………… 3685
月光浴(ラエンズ) ………………………… 5203
結婚は命がけ(ピカード) ………………… 3481
決戦のとき(クロニクル千古の闇 6)(ベイ
　ヴァー) ………………………………… 4151
ゲーデル、エッシャー、バッハ(ホフスタッ
　ター) …………………………………… 4450
ゲド戦記外伝(ル=グウィン) …………… 5481
ケネディ(シュレジンガー) ……………… 1985
ケープ・コッド危険水域(ボイヤー) …… 4363
煙の樹(ジョンソン) ……………………… 2064
けものたち・死者の時(ガスカール) …… 0910
獣たちの庭園(ディーヴァー) …………… 2603
ケラーの責任(ブロック) ………………… 4106
ケラーの治療法(ブロック) ……………… 4107
ケリー・ギャングの真実の歴史(ケアリー)
　………………………………………… 1463
幻影師、アイゼンハイム(ミルハウザー) … 4949
肩胛骨は翼のなごり(アーモンド) ……… 0118
言語都市(ミエヴィル) …………………… 4891
検屍解剖(フィーゲル) …………………… 3679
検屍官(コーンウェル) …………………… 1685
原始の風が吹く大地へ(プロ) …………… 4086
原子爆弾の誕生(ローズ) ………………… 5694
拳銃所持につき危険(ノーマン) ………… 3070
拳銃使いの娘(ハーパー) ………………… 3328
幻想の風景(デュヴェール) ……………… 2761
現代思想で読むフランケンシュタイン(ルセ
　ル) ……………………………………… 5508
現代史の目撃者(スティール) …………… 2208
ケンタウロス(アップダイク) …………… 0057
剣の王(ムアコック) ……………………… 4965
剣の騎士(ムアコック) …………………… 4966
剣の名誉(カシュナー) …………………… 0908
剣嵐の大地(氷と炎の歌 3)(マーティン) … 4779

【こ】

恋するA・I探偵(アンドリューズ) …… 0187
恋するレイチェル(マーフィー) ………… 4823
恋人たちの小道(ピカード) ……………… 3482
恋はポケットサイズ(レスティエンヌ) … 5583
公園(ソレルス) …………………………… 2422
郊外のブッダ(クレイシ) ………………… 1490
業火の試練(フォーナー) ………………… 3777

香水(ジュースキント) …………………… 1947
コウノトリと六人の子どもたち(ディヤング)
　………………………………………… 2680
幸福の谷間(ロワ) ………………………… 5794
拷問者の影(ウルフ) ……………………… 0599
航路(ウィリス) …………………………… 0358
凍りつく心臓(クルーガー) ……………… 1358
凍りつく骨(ウォーカー) ………………… 0501
氷の家(ウォルターズ) …………………… 0539
氷の闇を越えて(ハミルトン) …………… 3343
五感(セール) ……………………………… 2389
ごきげんならいおん(デュボアザン) …… 2771
ごきげんならいおん(ファティオ) ……… 3658
告白(スタンズベリー) …………………… 2171
極楽鳥の島(ベルグマン) ………………… 4282
極楽にいった猫(コーツワース) ………… 1584
黒龍とお茶を(マカヴォイ) ……………… 4564
ココ(ストラウブ) ………………………… 2222
心変わり(ビュトール) …………………… 3567
心で犯す罪(ヘンリー) …………………… 4343
心にはそれなりの理由がある(ノー) …… 3058
心のナイフ(ネス) ………………………… 3047
ゴーサム・カフェで昼食を(キング) …… 1154
子鹿物語(ローリングズ) ………………… 5790
コージー作家の秘密の原稿(マリエット) … 4837
孤児マリー(オードゥー) ………………… 0811
五十年間の嘘(ベグリイ) ………………… 4210
誤植聖書殺人事件(リチャードスン) …… 5362
五神教シリーズ(ビジョルド) …………… 3510
ゴースト・ドラム(プライス) …………… 3827
コスモス(セーガン) ……………………… 2362
こっちにおいでデイジー！(シモンズ) … 1865
古典絵画の巨匠たち(ベルンハルト) …… 4306
孤独(ル=グウィン) ……………………… 5482
孤独のアリス(ターキントン) …………… 2445
ことっとスタート(ダール) ……………… 2499
ことっとスタート(ブレイク) …………… 4041
コードネーム・ヴェリティ(ウェイン) … 0452
言の葉の樹(ル=グウィン) ……………… 5483
ことばのひびき(バトラー) ……………… 3289
子供たちの肖像(マーティン) …………… 4780
子供の領分(ウィティッグ) ……………… 0314
コナン・ドイル(カー) …………………… 0885
コナン・ドイル書簡集(スタシャワー) … 2151
コナン・ドイル書簡集(フォーリー) …… 3783
コナン・ドイル書簡集(レレンバーグ) … 5626
コナン・ドイル伝(スタシャワー) ……… 2152
この狂乱するサーカス(プロ) …………… 4087
この人を見よ(ムアコック) ……………… 4967
この道のむこうに(ヒメネス) …………… 3549
この世でいちばんすばらしい馬(ジャンホン)
　………………………………………… 1941
この私、クラウディス(グレーヴス) …… 1407
琥珀のひとみ(ヴィンジ) ………………… 0430
琥珀の望遠鏡(ライラの冒険 3)(プルマン)
　………………………………………… 4033
琥珀の眼の兎(ヴァール) ………………… 0264

文学賞受賞作品総覧 海外篇　　　　　　537

こひい　　　　　　　　　作品名索引

コービィ・フラッドのおかしな船旅（スチュワート）.................. 2180
コービィ・フラッドのおかしな船旅（リデル）.................. 5383
5ひきの小オニがきめたこと（ダイアー）..... 2434
500年のトンネル（プライス）.................. 3828
拳よ、闇を払え（ミューラー）.................. 4918
子ブタ シープピッグ（キング＝スミス）..... 1177
コブラ（サルドゥイ）.................. 1745
コペルニクス博士（バンヴィル）.................. 3422
ごみ溜めの犬（キャンベル）.................. 1124
ゴミと罰（チャーチル）.................. 2566
小麦で殺人（レイサン）.................. 5544
コーラスライン（カークウッド）.................. 0903
コーラスライン（クリーバン）.................. 1321
コーラスライン（ダンテ）.................. 2524
コーラスライン（ベネット）.................. 4255
コララインとボタンの魔女（ゲイマン）..... 1476
コララインとボタンの魔女（ゲイマン）..... 1477
コララインとボタンの魔女（ラッセル）..... 5244
コリアンダーと妖精の国（ガードナー）..... 0950
ゴーリキー・パーク（スミス）.................. 2319
ゴルゴン（リー）.................. 5327
ゴールデン・ゴーファー（ストレート）..... 2241
ゴールド（アシモフ）.................. 0025
ゴールド・コースト（ロビンスン）.................. 5739
ゴールドフィンチ（タート）.................. 2464
コールドマウンテン（フレイジャー）..... 4051
これからの一生（ガリー）.................. 0990
コレクションズ（フランゼン）.................. 3919
これ、なあに？（イェンセン）.................. 0217
これ、なあに？（ハラー）.................. 3351
ゴーレムシリーズ（ミュライユ）.................. 4926
ゴーレムシリーズ（ミュライユ）.................. 4927
ゴーレムシリーズ（ミュライユ）.................. 4929
殺しの儀式（マクダーミド）.................. 4601
殺し屋から愛をこめて（マコーリフ）..... 4701
殺しはフィレンツェ仕上げで（ハーシュバーグ）.................. 3217
殺す男（スピレイン）.................. 2281
コロンバイン銃乱射事件の真実（カリン）..... 0993
こわがりハーブ えほんのオオカミにきをつけて（チャイルド）.................. 2558
壊れた海辺（テンプル）.................. 2805
壊れやすいもの（ゲイマン）.................. 1478
コンクリート・ジャングル（ストロス）..... 2245
コンタクト（セーガン）.................. 2363
こんにちは・さようならのまど（ラシュカ）.................. 5209
コンパス・ローズ（ル＝グウィン）.................. 5484

【さ】

最後の暗殺（キルコモンズ）.................. 1133
最後のウィネベーゴ（ウィリス）.................. 0359
最後の訴え（スコットライン）.................. 2128
最後のオオカミ（フォアマン）.................. 3735
最後のオオカミ（モーパーゴ）.................. 5051
最後の儀式（アリン）.................. 0133
最後のクラス写真（シモンズ）.................. 1874
最後の刑事（ラヴゼイ）.................. 5194
最後の城（ヴァンス）.................. 0280
さいごの戦い（ナルニア国物語）（ルイス）.. 5466
最後のチャンス（ウォルシュ）.................. 0534
最後の注文（スウィフト）.................. 2109
さいごのとりでマサダ（ホガード）.................. 4386
最後の晩餐の作り方（ランチェスター）..... 5309
最後の法廷（ガードナー）.................. 0948
最上の地（デュナント）.................. 2767
菜食主義者（韓）.................. 3414
最初の接触（ラインスター）.................. 5190
最初のほころびは二百フランかかる（トリオレ）.................. 2900
最前列の座席から（グレイブ）.................. 1403
サイティーン（チェリイ）.................. 2542
罪人を召し出せ（マンテル）.................. 4883
最果ての銀河船団（ヴィンジ）.................. 0426
さいはての島へ（ゲド戦記 3）（ル＝グウィン）.................. 5485
細胞から大宇宙へ（トマス）.................. 2880
西遊記（ウェイリー）.................. 0450
サイレンズ・イン・ザ・ストリート（マッキンティ）.................. 4750
サイレント・ジョー（パーカー）.................. 3167
サヴィルの青春（ストーリー）.................. 2235
サウス・ライディング（ホルトビー）..... 4508
サーガ（ヴォーン）.................. 0569
サーガ（ステイプルズ）.................. 2200
サーカスきたる（ストレトフィールド）....... 2242
さかなにのまれたヨナのはなし（ハットン）.................. 3264
ザ・カルテル（ウィンズロウ）.................. 0440
サーガ 1（ヴォーン）.................. 0570
サーガ 1（ステイプルズ）.................. 2201
ザ・ギバー（ローリー）.................. 5781
囁きの代償（カントリー）.................. 1026
ささやき山の秘密（エイケン）.................. 0623
ザ・ジグソーマン（ブリトン）.................. 3963
さすがのナジョーク船長もトムには手も足もでなかったこと（ブレイク）.................. 4042
さすがのナジョーク船長もトムには手も足もでなかったこと（ホーバン）.................. 4440
さすらいの孤児ラスムス（リンドグレーン）.................. 5449
殺害者のK（グラフトン）.................. 1271
作家の情熱（タロウ）.................. 2509
作家の情熱（タロウ）.................. 2510
ザッカリー・ビーヴァーが町に来た日（ホルト）.................. 4502
殺人詩篇（ハリス）.................. 3361
殺人紳士録（オーデル）.................. 0808

作品名索引		ししや

殺人紳士録(ゴート) ……………… 1593
殺人のH(トリート) ……………… 2905
殺人の色彩(シモンズ) …………… 1866
殺人遊園地へいらっしゃい(グラベンスタイン)
　……………………………… 1277
殺人容疑(グターソン) …………… 1194
殺戮のチェスゲーム(シモンズ) … 1875
サバイバル・ゲーム(リー) ……… 5325
砂漠の王国とクローンの少年(ファーマー)
　……………………………… 3666
サフィーの天使(マッカイ) ……… 4729
ザ・ベスト・オブ・コニー・ウィリス(ウィリス)
　………………………………… 0360
ザ・ポエット(コナリー) ………… 1608
サマー・オブ・ナイト(シモンズ) … 1876
サマーと幸運の小麦畑(カドハタ) … 0954
さまよえる影(キニョール) ……… 1054
ザ・ミュール(ファウンデーション対帝国 第2部)(アシモフ) ……………… 0026
寒い国から帰ってきたスパイ(カレ) … 1004
さむがりやのサンタ(ブリッグズ) … 3945
侍と柳(ビショップ) ……………… 3501
サムラー氏の惑星(ベロー) ……… 4317
さもなくば海は牡蠣でいっぱいに(デイヴィッドソン)
　……………………………… 2620
さようならウサギ(アップダイク) … 0058
さようならコロンバス(ロス) …… 5685
さようならをいえるまで(ブラックウッド) … 3877
さよならおじいちゃん……ぼくはそっといった(ドネリー)
　……………………………… 2857
さよならを告げた夜(コリータ) … 1642
さよならを待つふたりのために(グリーン)
　……………………………… 1345
さよなら、ブラックハウス(メイ) … 4985
さよなら、ルーネ(オイエン) …… 0769
さよなら、ルーネ(カルホール) … 1002
ザ・ライト・スタッフ(ウルフ) … 0609
さらばいとしのローズ(ポッツ) … 4427
さらば王様(ショアンデルフェル) … 1995
さらばグロヴナー広場(クリフォード) … 1324
さらば故郷(ゴアズ) ……………… 1555
サルから人間へ(コーンウォール) … 1687
サルバドール(シェパード) ……… 1793
ザ・ロード(マッカーシー) ……… 4732
サンザシ提灯(ヒーニー) ………… 3540
ザンジバルの贈り物(モーバーゴ) … 5052
サンセット大通りの疑惑(クレイス) … 1399
残像(ヴァーリイ) ………………… 0254
残像(ヴァーリイ) ………………… 0255
三体(劉) …………………………… 5415
サンディエゴ・ライトフット・スー(リーミイ)
　……………………………… 5411
サンデー・イン・ザ・パーク・ウィズ・ジョージ(ソンドハイム) ………… 2433
サンデー・イン・ザ・パーク・ウィズ・ジョージ(ラパイン) …………… 5258
サンキングズ(マーティン) ……… 4781

サンキングズ(マーティン) ……… 4782
サンドマン(ゲイマン) …………… 1479
三人の背の高い女(オールビー) … 0877
三人の逞しい女(ンディアイ) …… 5860
さんねんねたろう(スナイダー) … 2258
さんねんねたろう(セイ) ………… 2356
サンバード(ゲイマン) …………… 1480
3びきのぶたたち(ウィーズナー) … 0302
三百年祭(ホールドマン) ………… 4514
三百年したら、きっと…(レーリヒ) … 5624
三秒間の死角(ヘルストレム) …… 4289
三秒間の死角(ルースルン) ……… 5506
サン・ルイス・レイ橋(ワイルダー) … 5812

【し】

G.(バージャー) …………………… 3213
CIA秘録(ワイナー) ……………… 5807
幸せを待ちながら(プレストン) … 4063
シェイクスピアの劇場(ホッジズ) … 4425
ジェイムズ・ジョイス伝(エルマン) … 0757
ジェノサイドの丘(ゴーレイヴィッチ) … 1678
ジェファーソンの死(ゲインズ) … 1501
シェフィールドを発つ日(ドハティ) … 2860
ジェフティは五つ(エリスン) …… 0717
ジェリコ街の女(デクスター) …… 2728
死を急ぐ幼き魂(コゾル) ………… 1575
死を告げる絵(アドコック) ……… 0081
視界(モリス) ……………………… 5063
シカゴ探偵物語(コリンズ) ……… 1647
シカゴ・ブルース(ブラウン) …… 3848
シカゴより好きな町(ベック) …… 4226
死が二人を別つまで(マリーニー) … 4841
死からよみがえった少年(ロジャース) … 5663
然り、そしてゴモラ……(ディレイニー) … 2705
時間をさかのぼって(ラングル) … 5294
時間をまきもどせ！(エチメンディ) … 0664
時間のない国で(トンプソン) …… 2944
時間のなかの子供(マキューアン) … 4585
時間封鎖(ウィルスン) …………… 0385
死刑執行人の歌(メイラー) ……… 4998
時限紙幣(ホッブズ) ……………… 4429
事件の核心(グリーン) …………… 1341
地獄行き列車(ブロック) ………… 4101
地獄とは神の不在なり(チャン) … 2586
地獄の天井(マーフィー) ………… 4817
地獄のマキアヴェッリ(グラツィア) … 1258
獅子の目覚め(密偵ファルコ)(デイヴィス)
　……………………………… 2616
死者を起こせ(ヴァルガス) ……… 0268
死者たちの礼拝(デクスター) …… 2729
死者登録(ホールドマン) ………… 4515
死者との誓い(ブロック) ………… 4108
死者の声(スワンウィック) ……… 2343

死者の島（ハート）	3273
死者の書（キャロル）	1102
死者の代弁者（カード）	0940
死者の舞踏場（ヒラーマン）	3576
死者は語らずとも（カー）	0886
侍女の物語（アトウッド）	0075
シスアドが世界を支配するとき（ドクトロウ）	2831
静かなカオス（ヴェロネージ）	0488
静かな太陽の年（タッカー）	2456
沈んでいく姉さんを送る歌（ラナガン）	5252
死せるものすべてに（コナリー）	1603
始祖の石（シェパード）	1794
時代おくれの名優（ミラー）	4933
死体が歩いた（ウィンザー）	0424
死体と暮らすひとりの部屋（マスターズ）	4722
死体のC（グラフトン）	1272
死体は訴える（ワーナー）	5852
七王国の玉座（マーティン）	4783
七人の使者（ブッツァーティ）	3801
七ひきのねずみ（ヤング）	5097
視聴率の殺人（デアンドリア）	2594
漆黒の怒り（ヘイウッド）	4152
失踪した男（マクリーン）	4671
失敗したアメリカの中国政策（タックマン）	2461
シッピング・ニュース（ブルー）	4002
シップブレイカー（バチガルピ）	3246
シティ・オブ・ボーンズ（コナリー）	1609
自転車修理人（スターリング）	2158
自動車泥棒（フォークナー）	3740
死と踊る乙女（ブース）	3793
死との抱擁（ヴァイン）	0244
死と陽気な女（ピーターズ）	3522
死神の報復（ホフマン）	4455
死人主催晩餐会（ファーマー）	3665
死ぬには遅すぎる（クライダー）	1227
シネロマン（グルニエ）	1375
死の味（ジェームズ）	1819
死の内の生命（リフトン）	5407
死の王（リー）	5328
死の影の谷間（オブライエン）	0836
死の拒絶（ベッカー）	4224
死の接吻（レヴィン）	5572
死の月（ジェイ）	1769
死の泥酔（マテラ）	4796
死の鳥（エリスン）	0718
死の舞踏（キング）	1155
自発的入院（ヒル）	3589
慈悲深い死の天使（ブロック）	4109
島（ワッツ）	5834
シマロン・ローズ（バーク）	3173
市民ヴィンス（ウォルター）	0536
ジム・ボタンの機関車大旅行（エンデ）	0764
シャイニング・ガール（ビュークス）	3553
シャイローがきた夏（ネイラー）	3032
ジャイーアント（ブライアント）	3819
ジャガー・ハンター（シェパード）	1795
シャクルトンの大漂流（グリル）	1339
社交ダンスが終わった夜に（ブラッドベリ）	3887
写真の館（セロー）	2397
写真論（ソンタグ）	2429
ジャストインケース（ローゾフ）	5706
ジャスト・キッズ（スミス）	2312
斜線都市（ベア）	4143
ジャッカルの日（フォーサイス）	3750
ジャック・グラス伝（ロバーツ）	5719
しゃぼんだまぼうや（ダンバー）	2529
しゃぼんだまぼうや（マーヒー）	4813
シャーロック・ホームズ氏の素敵な冒険（メイヤー）	4997
シャーロック・ホームズの科学捜査を読む（ワグナー）	5827
シャーロット・ドイルの告白（アヴィ）	0010
ジャン・クリストフ（ロラン）	5778
上海の紅い死（ジョー・シャーロン）	1994
十億ドルの賭け（アードマン）	0082
十億年の宴 SF（オールディス）	0863
十億のイブたち（リード）	5395
十月の集まり（ゲイマン）	1481
自由軌道（ビジョルド）	3511
銃後の守り（アーディ）	0064
十三の幻影（ブレイロック）	4054
集団人間破壊の時代（パワー）	3399
修道院の幽霊（バーク）	3176
修道士の頭巾（ピーターズ）	3523
銃、ときどき音楽（レセム）	5590
十二人目の陪審員（ギル）	1131
自由の国で（ナイポール）	2957
銃・病原菌・鉄（ダイアモンド）	2435
修理屋（マラマッド）	4830
重力の虹（ピンチョン）	3615
シュガータウン（エスルマン）	0655
宿願（ラゼイ）	5201
守護者（マーティン）	4784
出生地（リー）	5329
ジュマンジ（オールズバーグ）	0855
14歳、ぼくらの疾走（ヘルンドルフ）	4305
ジュリーの行く道（ハント）	3450
シュレーディンガーの子猫（エフィンジャー）	0691
シュワはここにいた（シャスターマン）	1903
順列都市（イーガン）	0220
常識はずれ（クレメント）	1429
少女イルゼの秘密（コーン）	1682
衝動買いは災いのもと（ジョージ）	2011
商人と錬金術師の門（チャン）	2587
少年時代（マキャモン）	4579
少年と犬（エリスン）	0719
少年の秋（ケリー）	1533
少年のはるかな海（マンケル）	4878
少年ルーカスの遠い旅（フェーアマン）	3712
少年は殺意を抱く（キトリッジ）	1053
少年は残酷な弓を射る（シュライヴァー）	1971

しょうぼうていハーヴィ ニューヨークをまもる(カルマン)･････････1003
昭和天皇(ビックス)･････････3528
女王様でも(ウィリス)･････････0361
女王天使(ベア)･････････4144
女王の窓辺にて赤き花を摘みし乙女(スワースキー)･････････2337
贖罪(マキューアン)･････････4586
蝕の時(オールディス)･････････0864
処刑前夜(ウォーカー)･････････0502
処刑の方程式(マクダーミド)･････････4602
ショゴス開花(ベア)･････････1137
ジョージ･F.ケナン回顧録(ケナン)･････････1514
ジョシュ(サウスオール)･････････1711
書店のイチ押し！海外ミステリ特選100(ホァン)･････････4347
ジョナサン・ストレンジとミスター・ノレル(クラーク)･････････1251
所有せざる人々(ル＝グウィン)･････････5486
ジョン・ダイアモンド(ガーフィールド)･････････0973
ジョン・パーキンズ(トマ)･････････2873
知らない女(リップマン)･････････5374
知られざるボットの世界(パーマー)･････････3333
シリウス・ファイル(クリード)･････････1319
シルヴァー・ストリート(ジョンソン)･････････2067
シルトの岸辺(グラック)･････････1259
シルマリルの物語(トールキン)･････････2913
シルマリルの物語(トールキン)･････････2914
白い果実(フォード)･････････3765
白い殺意(スタベノウ)･････････2157
白いシカ(セレディ)･････････2393
しろいゆき あかるいゆき(デュボアザン)･････････2772
白い竜(マキャフリイ)･････････4574
シロへの長い道(デヴィッドソン)･････････2718
白く渇いた季節(ブリンク)･････････3991
白の捜査線(バーンズ)･････････3443
真実の裏側(ナイドゥー)･････････2954
新車の中の女(ジャブリゾ)･････････1920
真珠のドレスとちいさなココ(フェルルーン)･････････3725
人生使用法(ペレック)･････････4310
人生の真実(ジョイス)･････････1996
人生は短く、欲望は果てなし(ラベイル)･････････5273
心臓を貫かれて(ギルモア)･････････1136
死んだ少年はあなたの窓辺に(ロジャーズ)･････････5667
真鍮の評決(コナリー)･････････1610
死んでいる(クレイス)･････････1395
シンデレラ(ブラウン)･････････3852
シンドラーズ・リスト(キニーリー)･････････1055
ジンの花嫁(マクドナルド)･････････4613
シンパサイザー(ウェン)･････････0489
真犯人(コーンウェル)･････････1686
審判の日(ランズデール)･････････5300
心理捜査官ロンドン殺人ファイル(カンター)･････････1022
人類供応法(ナイト)･････････2953

【す】

すひかづら(サンドル)･････････1761
水準器(ヒーニー)･････････3541
水晶球(ブリン)･････････3984
垂直世界の戦士(ジーター)･････････1843
推定無罪(トゥロー)･････････2828
ズイドコートの週末(メルル)･････････5018
水平線の男(ユースティス)･････････5109
スイミー(レオニ)･････････5580
睡眠時の夢の効用(エリスン)･････････0720
スウェット(ノッテージ)･････････3067
頭蓋骨のマントラ(パティスン)･････････3266
Scardown 軌道上の戦い(サイボーグ士官ジェニー・ケイシー 2)(ベア)･････････4138
姿なき殺人(リンスコット)･････････5438
すきですゴリラ(ブラウン)･････････3837
スキャナー・ダークリー(ディック)･････････2654
スキンヘッド・セントラル(パーカー)･････････3168
スクーターでジャンプ！(ウィリアムズ)･････････0341
スクールボーイ閣下(カレ)･････････1005
スコッチに涙を託して(ルヘイン)･････････5518
スコットランド女王メアリ(フレイザー)･････････4046
スコットランドの黒い王様(フォーデン)･････････3761
スコルタの太陽(ゴデ)･････････1585
ZOO CITY(ビュークス)･････････3554
スシになろうとした女(キャディガン)･････････1081
図説 死因百科(ラルゴ)･････････5280
スターシップと俳句(スチャリトクル)･････････2175
スタータイド・ライジング(ブリン)･････････3985
スターダンス(ロビンスン)･････････5749
スターダンス(ロビンスン)･････････5751
スターバト・マーテル(スカルパ)･････････2119
スターリン(セバーグ＝モンテフィオーリ)･････････2370
スタンド・アローン(リップマン)･････････5375
スティーム・ピッグ(マクルーア)･････････4675
すてきな子犬ジンジャー(エステス)･････････0651
ステーション・イレブン(マンデル)･････････4881
ストーカー(ストルガツキー)･････････2237
ストーカー(ストルガツキー)･････････2238
ストライク・スリーで殺される(ローゼン)･････････5700
ストーン・ダイアリー(シールズ)･････････2090
ストーン・ベイビー(デンビー)･････････2804
砂の男(ジュベール)･････････1967
砂の荷物(ラングフュス)･････････5293
スネークスキン三味線(ヒラハラ)･････････3574
スノウ・クラッシュ(スティーヴンスン)･････････2192
スノーホワイト・イン・ニューヨーク(フレンチ)･････････4081
スノーマン(ブリッグズ)･････････3946
スパー(ジョンスン)･････････2052
スパイたちの夏(フレイン)･････････4056
スパイの忠義(コンウェイ)･････････1683

すばらしいとき（マックロスキー）………… 4760
スペシャリストの帽子（リンク）………… 5429
スペシャリストの帽子（リンク）………… 5430
すべて王の臣（ウォレン）………… 0561
すべての美しい馬（マッカーシー）………… 4733
すべての終わりの始まり（エムシュウィラー）
　………… 0697
すべてのまほろしはキンタナ・ローの海に消
　えた（ティプトリー）………… 2672
すべての見えない光（ドーア）………… 2806
すべての夢を終える夢（アビッシュ）………… 0095
すべるぞ すべるぞ どこまでも（スミス）… 2300
すべるぞ すべるぞ どこまでも（スミス）… 2321
スミラの雪の感覚（ホゥ）………… 4368
スモーキーナイト（ディアス）………… 2601
スラン（ヴァン・ヴォークト）………… 0278
スリー・パインズ村と運命の女神（ペニー）
　………… 4241
スリー・パインズ村の不思議な事件（ペニー）
　………… 4242
スリー・パインズ村の無慈悲な春（ペニー）
　………… 4243
スール（ル＝グウィン）………… 5487
スレインの未亡人（ファハティ）………… 3662
スロート（ストラウブ）………… 2223
スロー・ライフ（スワンウィック）………… 2344
スロー・リバー（グリフィス）………… 1323
スワン・ソング（マキャモン）………… 4580

【 せ 】

世紀末ウィーン（ショースキー）………… 2016
星虹の果ての黄金（ポール）………… 4485
青春を賭ける（フェルナンデス）………… 3723
聖書伝説物語（ディキンスン）………… 2634
精神科医の長椅子に横たわって（ヒル）…… 3598
精神分裂病の解釈（アリエティ）………… 0128
成長の儀式（パンシン）………… 3434
聖堂の殺人（ヘイモン）………… 4182
青銅の弓（スピア）………… 2273
聖なる血（モンテルオーニ）………… 5084
聖なる夜（ベン＝ジェルーン）………… 4326
西洋騎士道事典（ベインズ）………… 4197
セイレーンは死の歌をうたう（コードウェル）
　………… 1595
生は彼方に（クンデラ）………… 1458
世界一幸せなゴリラ、イバン（アップルゲイ
　ト）………… 0061
世界を変える日に（ロジャーズ）………… 5665
世界を騙った男（ロウ）………… 5644
世界を回せ（マッキャン）………… 4739
世界がまだ若かったころ（シュービガー）… 1965
世界がまだ若かったころ（ベルナー）………… 4295
世界恐慌（アハメド）………… 0094

世界の合言葉は森（ル＝グウィン）………… 5488
世界の誕生日（ル＝グウィン）………… 5489
世界の中心で愛を叫んだけもの（エリスン）
　………… 0721
世界の母（ウィルスン）………… 0383
世界はおわらない（マコックラン）………… 4688
セカンドハンドの時代（アレクシエーヴィッチ）
　………… 0157
席を立たなかったクローデット（フース）… 3794
石油の世紀（ヤーギン）………… 5090
接近遭遇（ウィリス）………… 0362
接続された女（ティプトリー）………… 2673
接続戦闘分隊（ナガタ）………… 2964
ぜったいたべないからね（チャイルド）……… 2559
絶品チキンを封印せよ（大統領の料理人 4）
　（ハイジー）………… 3092
セバスチャンの大失敗（アリグザンダー）… 0130
セポイの反乱（ファレル）………… 3674
セールスマンの死（ミラー）………… 4930
ゼルダ最後のロマンティシスト（ルロワ）… 5530
ゼロ戦（ローズ）………… 5684
戦争ゲーム（フォアマン）………… 3736
千年の祈り（リー）………… 5323
旋舞の千年都市（マクドナルド）………… 4614
羨望の炎（ジラール）………… 2069
全滅領域（ヴァンダミア）………… 0287
前夜（チャイルド）………… 2555
一四一七年、その一冊がすべてを変えた（グ
　リーンブラット）………… 1355

【 そ 】

SOIL（カネコ）………… 0964
ソヴィエト革命とアメリカ（ケナン）………… 1515
双眼鏡からの眺め（パールマン）………… 3385
捜査官ケイト（キング）………… 1171
捜査官ポアンカレ（ローゼン）………… 5701
喪失（ヘイダー）………… 4176
喪失の響き（デサイ）………… 2734
双生児（プリースト）………… 3936
創造（フォード）………… 3766
象と二人の大脱走（クロス）………… 1446
そして戦争は終わらない（フィルキンス）… 3698
大いなる救い（ジョージ）………… 2012
素数たちの孤独（ジョルダーノ）………… 2024
ソーネチカ（ウリツカヤ）………… 0590
そのウサギはエミリー・ブラウンのっ！（コー
　ウェル）………… 1562
そのウサギはエミリー・ブラウンのっ！（レイ
　トン）………… 5547
その歌声は天にあふれる（ガヴィン）………… 0894
その腕のなかで（ロランス）………… 5779
その女アレックス（ルメートル）………… 5524

作品名索引　　　　　　　　たんて

その顔はあまたの扉、その口はあまたの灯(ゼラズニイ) ………………………… 2375
その時ぼくはパールハーバーにいた(ソールズベリー) ……………………… 2417
その向こうは(オファレル) …………… 0828
その夜の嘘(ブファリーノ) …………… 3809
ソー・ビッグ(ファーバー) …………… 3660
ゾフィー21歳(フィンケ) ……………… 3704
ソフィーの世界(ゴルデル) …………… 1661
ソフィーの選択(スタイロン) ………… 2143
ソフトウェア・オブジェクトのライフサイクル(チャン) ……………………… 2588
ソフト・モンキー(エリスン) ………… 0722
空からおちてきた男(マコックラン) … 4689
空とぶ船と世界一のばか(シュルビッツ) … 1984
空飛ぶリスとひねくれ屋のフローラ(ディカミロ) ……………………………… 2626
空に浮かんだ世界(トビー・ロルネス 1)(フォンベル) ………………………… 3790
空の都の神々は(ジェミシン) ………… 1807
ソルジャー・ストーリー(フラー) …… 3814
それを勇気とよぼう(スペリー) ……… 2288
それからどうなるの？(ヤンソン) …… 5106
ソロモン王の絨毯(ヴァイン) ………… 0245
ソロモンの歌(モリソン) ……………… 5068

【 た 】

タイガーズ・ワイフ(オブレヒト) …… 0840
大家族(ドリュオン) …………………… 2909
大巌洞人来たる(竜の戦士 第1部)(マキャフリイ) …………………………… 4575
第三帝国の興亡(シャイラー) ………… 1891
第三の眼(スミス) ……………………… 2302
ダイシーズソング(ヴォイト) ………… 0493
大成の彼方(ボック) …………………… 4416
大地(バック) …………………………… 3256
胎動(ビショップ) ……………………… 3502
大統領暗殺指令(アレクサンダー) …… 0153
大統領になる方法(ホワイト) ………… 4531
第二の男(グリアスン) ………………… 1302
大日本帝国の興亡(トーランド) ……… 2898
大農場(スマイリー) …………………… 2293
ダイノトピア 恐竜国漂流記(ガーニー) … 0957
ダイノトピア 地下世界への冒険(ガーニー) ………………………………… 0958
第八の地獄(エリン) …………………… 0742
第八の日に(ワイルダー) ……………… 5813
大平原にかける夢(エドモンズ) ……… 0679
台北(タイペイ)の夜(リン) …………… 5427
タイム・シップ(バクスター) ………… 3191
タイムスケープ(ベンフォード) ……… 4339
ダイヤモンド・エイジ(スティーヴンスン) … 2193
太陽へとぶ矢(マクダーモット) ……… 4605
太陽系辺境空域(ニーヴン) …………… 2974
太陽の帝国(バラード) ………………… 3353
第六ポンプ(バチガルピ) ……………… 3247
第六ポンプ(バチガルピ) ……………… 3248
ダーウィンの使者(ベア) ……………… 4145
ダーウィン(デズモンド) ……………… 2735
ダーウィン(ムーア) …………………… 4959
ダウト(シャンリィ) …………………… 1942
ダウンタウン・シスター(パレツキー) … 3388
ダウンビロウ・ステーション(チェリイ) … 2543
高い城の男(ディック) ………………… 2655
たくさんのお月さま(スロボトキン) … 2334
ダークタワー7(キング) ……………… 1156
タクラマカン(スターリング) ………… 2159
多彩の地(エグザイル・サーガ 1)(メイ) … 4984
ダスト・デヴィル(ピカード) ………… 3483
黄昏に眠る秋(テオリン) ……………… 2723
黄昏に燃えて(ケネディ) ……………… 1517
ただでは乗れない(バインハート) …… 3111
漂う殺人鬼(ラヴゼイ) ………………… 5195
たったひとつの冴えたやりかた(ティプトリー) …………………………………… 2674
ダーティ・ストーリー(アンブラー) … 0196
建物はどうして建っているか 構造(サルバドリー) …………………………………… 1747
建物はどうして建っているか 構造(フッカー) ……………………………………… 3798
建物はどうして建っているか 構造(ラガス) ……………………………………… 5204
タトゥーママ(ウィルソン) …………… 0396
ダニーの火星旅行(サージェント) …… 1715
他人の愛を生きん(ケロール) ………… 1549
旅の絵本(安野) ………………………… 0193
旅の子アダム(グレイ) ………………… 1383
ダフィと小鬼(ツェマック) …………… 2593
ダブル・スター(ハインライン) ……… 3116
魂の叫び(セレニー) …………………… 2394
魂はみずからの社会を選ぶ(ウィリス) … 0363
ターミナル・エクスプリメント(ソウヤー) … 2405
タラン・新しき王者(アリグザンダー) … 0131
タリー家のボート小屋(ウィルソン) … 0404
誰も見ていませんように(ヘイウッド) … 4153
探索者(マクデヴィット) ……………… 4607
タンジェント(ベア) …………………… 4146
誕生日の手紙(ヒューズ) ……………… 3560
ダンシング・ベア(アリン) …………… 0134
探偵小説の黄金時代(エドワーズ) …… 0682
探偵のG(グラフトン) ………………… 1273
探偵ベン・パーキンズ(カントナー) … 1027
探偵は壊れた街で(グラン) …………… 1286
ダンデライオン(バージェス) ………… 3212

文学賞受賞作品総覧 海外篇　　　　　　　　543

【ち】

ちいさいおうち（バートン）・・・・・・・・・・・・・・・ 3308
小さき人々（オーガード）・・・・・・・・・・・・・・・・・ 0773
小さき女神（マクドナルド）・・・・・・・・・・・・・・・ 4615
小さきものたちの神（ロイ）・・・・・・・・・・・・・・・ 5437
小さな黒いカバン（コーンブルース）・・・・・・ 1699
小さな魚（ホガード）・・・・・・・・・・・・・・・・・・・・・ 4387
小さな敷居際の一杯（マクラム）・・・・・・・・・・ 4664
ちいさな島（ワイスガード）・・・・・・・・・・・・・・・ 5801
小さなソフィーとのっぽのパタパタ（ベルフロム）・・・・・・・・・・・・・・・・・・・・・・・・・・・・・・・・・・・・ 4303
ちいさなチョーじん スーパーぼうや（グラハム）・・・・・・・・・・・・・・・・・・・・・・・・・・・・・・・・・・・・ 1267
ちいさな天使と兵隊さん（コリントン）・・・・・ 1651
チェルシー連続殺人事件（デヴィッドスン）・・・ 2719
チェルノブイリの祈り（アレクシエーヴィッチ）・・・・・・・・・・・・・・・・・・・・・・・・・・・・・・・・・・・・・・ 0158
チェロキー（エシュノーズ）・・・・・・・・・・・・・・・ 0646
血をわけた子供（バトラー）・・・・・・・・・・・・・・・ 3290
ちがうねん（クラッセン）・・・・・・・・・・・・・・・・・ 1261
地下室の魔法（クレイジス）・・・・・・・・・・・・・・・ 1391
地下鉄道（ホワイトヘッド）・・・・・・・・・・・・・・・ 4536
地球間ハイウェイ（リード）・・・・・・・・・・・・・・・ 5396
地球人よ、故郷に還れ（ブリッシュ）・・・・・・ 3951
地球の長い午後（オールディス）・・・・・・・・・・ 0865
知識人の時代（ヴィノック）・・・・・・・・・・・・・・・ 0321
地上最後の刑事（ウィンタース）・・・・・・・・・・ 0443
地上より永遠に（ジョーンズ）・・・・・・・・・・・・ 2034
恥辱（クッツェー）・・・・・・・・・・・・・・・・・・・・・・・ 1200
地図と領土（ウエルベック）・・・・・・・・・・・・・・ 0485
地図になかった世界（ジョーンズ）・・・・・・・・ 2027
知性化戦争（ブリン）・・・・・・・・・・・・・・・・・・・・ 3986
父（ペラン）・・・・・・・・・・・・・・・・・・・・・・・・・・・・・ 4265
父に捧げる歌（バーミンガム）・・・・・・・・・・・・ 3347
父の遺産（ロス）・・・・・・・・・・・・・・・・・・・・・・・・ 5686
地中の記憶（ロイ）・・・・・・・・・・・・・・・・・・・・・・ 5638
秩序（アルラン）・・・・・・・・・・・・・・・・・・・・・・・・ 0149
血と肉を分けた者（ハーヴェイ）・・・・・・・・・・ 3134
地に戻る者（コーンウェル）・・・・・・・・・・・・・・ 1684
地の骨（ル＝グウィン）・・・・・・・・・・・・・・・・・・ 5490
血の本(1, 2, 3)（バーカー）・・・・・・・・・・・・・・・ 3155
地平の彼方（オニール）・・・・・・・・・・・・・・・・・・ 0822
チムひとりぼっち（アーディゾーニ）・・・・・・ 0071
チャイナタウンの女武者（キングストン）・・・ 1174
チャイナ・メン（キングストン）・・・・・・・・・・ 1175
チャイナ・レイク（ガーディナー）・・・・・・・・ 0934
チャイルド44（スミス）・・・・・・・・・・・・・・・・・ 2310
チャーチル閣下の秘書（マクニール）・・・・・・ 4631
チャーミング・ビリー（マクダーモット）・・・ 4604
チャーム・シティ（リップマン）・・・・・・・・・・ 5376
チャーリーとシャーロットときんいろのカナリア（キービング）・・・・・・・・・・・・・・・・・・・・・ 1058
チャンティクリアときつね（クーニー）・・・・・ 1208
中間航路（ジョンソン）・・・・・・・・・・・・・・・・・・ 2063
中継ステーション（シマック）・・・・・・・・・・・・ 1858
中国人（バターフィールド）・・・・・・・・・・・・・・ 3242
中性子星（ニーヴン）・・・・・・・・・・・・・・・・・・・・ 2975
厨房のちいさな名探偵（大統領の料理人1）（ハイジー）・・・・・・・・・・・・・・・・・・・・・・・・・・・ 3093
チューリップ・タッチ（ファイン）・・・・・・・・ 3630
鳥姫伝（ヒューガード）・・・・・・・・・・・・・・・・・・ 3552
調書（ル・クレジオ）・・・・・・・・・・・・・・・・・・・・ 5505
調停者の鉤爪（ウルフ）・・・・・・・・・・・・・・・・・・ 0600
超マシン誕生（キダー）・・・・・・・・・・・・・・・・・・ 1042
ちょっといいね、小さな人間（エリスン）・・ 0723
チョップ・ガール（マクラウド）・・・・・・・・・・ 4649
治療者の戦争（スカボロー）・・・・・・・・・・・・・・ 2118
鎮魂歌（ジョイス）・・・・・・・・・・・・・・・・・・・・・・ 1997
珍獣遊園地（ハイアセン）・・・・・・・・・・・・・・・・ 3085
ちんぷんかんぷん（ラッセル）・・・・・・・・・・・・ 5240
沈黙の殺人者（マコール）・・・・・・・・・・・・・・・・ 4702
沈黙のメッセージ（コーベン）・・・・・・・・・・・・ 1629
沈黙の森（ボックス）・・・・・・・・・・・・・・・・・・・・ 4422

【つ】

追憶のゴルゴタ（ベルナール）・・・・・・・・・・・・ 4299
追憶のファイル（ドーソン）・・・・・・・・・・・・・・ 2842
追跡犬ブラッドハウンド（ラニア）・・・・・・・・ 5255
ツイン・シティに死す（ハウスライト）・・・・・ 3146
通過儀礼（ゴールディング）・・・・・・・・・・・・・・ 1659
通勤路（オーモン）・・・・・・・・・・・・・・・・・・・・・・ 0844
月を愛した女（リン）・・・・・・・・・・・・・・・・・・・・ 5425
月を売った男（ハインライン）・・・・・・・・・・・・ 3117
憑きもの（シルヴァーバーグ）・・・・・・・・・・・・ 2078
月夜のみみずく（ショーエンヘール）・・・・・・ 2010
月は無慈悲な夜の女王（ハインライン）・・・・ 3118
土でできた大男ゴーレム（ウィスニーウスキー）・・・・・・・・・・・・・・・・・・・・・・・・・・・・・・・・・・・・ 0305
つながれた山羊（私立探偵ジョン・カディ）（ヒーリイ）・・・・・・・・・・・・・・・・・・・・・・・・・・・ 3582
綱渡りの男（ガースティン）・・・・・・・・・・・・・・ 0914
翼よ、あれがパリの灯だ（リンドバーグ）・・・ 5451
唖の樹（オールディス）・・・・・・・・・・・・・・・・・・ 0866
ツバメ号の伝書バト（ランサム）・・・・・・・・・・ 5296
ツバメの歌（ポリティ）・・・・・・・・・・・・・・・・・・ 4473
妻への恋文（ジャルダン）・・・・・・・・・・・・・・・・ 1933
冷たい月（パーシャル）・・・・・・・・・・・・・・・・・・ 3214
冷たい星（ビオヴェーネ）・・・・・・・・・・・・・・・・ 3477
冷たい眼が見ている（ライケン）・・・・・・・・・・ 5142
ツンドラの殺意（カミンスキー）・・・・・・・・・・ 0983

【て】

ディア・ノーバディ (ドハティ) ………… 2861
T.S.エリオット (アクロイド) ………… 0018
ティエンイの物語 (チェン) ………… 2544
ディスチャージ (プリースト) ………… 3937
ディダコイ (ゴッデン) ………… 1580
ティーターン (ヴァーリイ) ………… 0256
ディック・トレイシー (グールド) ………… 1370
停電の夜に (ラヒリ) ………… 5263
ディナー・ウィズ・フレンズ (マーグリーズ)
　　………… 4670
ティーパーティーの謎 (カニグズバーグ) … 0961
ディファレンス・エンジン (ギブスン) …… 1061
ディファレンス・エンジン (スターリング) ..2160
ディライラ・ウェストシリーズ (オキャラハ
　ン) ………… 0775
ディラック海のさざなみ (ランディス) …… 5312
ティラノサウルスのスケルツォ (スワンウィッ
　ク) ………… 2345
ティンカー・クリークのほとりで (ディラー
　ド) ………… 2701
ティンカーズ (ハーディング) ………… 3267
手紙と秘密 (ハート) ………… 3274
テキサコ (シャモワゾー) ………… 1924
敵手 (フランシス) ………… 3916
出口なき荒野 (トッド) ………… 2844
デージェだっていちにんまえ (リューベン)
　　………… 5423
デスペレーション (キング) ………… 1157
哲学してみる (デプレ) ………… 2749
哲学してみる (ブルニフィエ) ………… 4028
鉄道運転士に向かって帽子を掲げた男 (ターン
　ブル) ………… 2532
死球 (デッドボール) (エングルマン) ……… 0762
デッド・リーフの彼方 (ティプトリー) …… 2675
鉄の柩 (ウォルターズ) ………… 0540
鉄の夢 (スピンラッド) ………… 2283
デビッドの秘密の旅 (クルマン) ………… 1377
デボラの裁き (マロン) ………… 4869
テムズ河の人々 (フィッツジェラルド) …… 3688
テメレア戦記 (気高き王家の翼, 翡翠の玉座,
　黒雲の彼方へ) (ノヴィク) ………… 3060
デューン 砂の惑星 (ハーバート) ………… 3330
テラビシアにかける橋 (パターソン) ……… 3235
デ・ラ・メア物語集 (デ・ラ・メア) ……… 2789
デリケート・バランス (オールビー) ……… 0878
デリリウム17 (オリヴァー) ………… 0847
天を映す早瀬 (ローザン) ………… 5657
天空のリング (メルコ) ………… 5016
天国でまた会おう (ルメートル) ………… 5525
天国の根 (ガリー) ………… 0991
天才ネコモーリスとその仲間たち (プラチェッ
　ト) ………… 3866

天使が震える夜明け (トレイシー) ………… 2922
天使に銃は似合わない (リプリー) ………… 5408
天使の一撃 (ニール) ………… 3020
天使の鬱屈 (テイラー) ………… 2687
天使の護衛 (クレイス) ………… 1400
天使の手のなかで (フェルナンデス) ……… 3721
天使の火遊び (リプリー) ………… 5409
天上のビュッフェ・パーティ (ダンラップ)
　　………… 2535
天使よ故郷を見よ (フリングス) ………… 3993
伝説は永遠に (シルヴァーバーグ) ………… 2079
天地がひっくり返った日 (オルディ・フーヴェ
　ルト) ………… 0869
天のろくろ (ル=グウィン) ………… 5491

【と】

26モンキーズ、そして時の裂け目 (ジョンス
　ン) ………… 2053
倒壊する巨塔 (ライト) ………… 5162
闘牛の影 (ボイチェホフスカ) ………… 4354
トゥク・トゥク・トゥク (レヴァイン) …… 5559
道具と機械の本 (マコーレイ) ………… 4705
倒錯の舞踏 (ブロック) ………… 4110
父さんの犬サウンダー (アームストロング) .. 0107
父さんの秘密 (ウッド) ………… 0581
どうして力はみみのそばでぶんぶんいうの
　(ディロン) ………… 2714
どうして力は耳のそばでぶんぶんいうの
　(ディロン) ………… 2711
盗聴 (サンダーズ) ………… 1751
どうぶつえん (ブラウン) ………… 3838
動物農場 (オーウェル) ………… 0770
逃亡派 (トカルチュク) ………… 2829
ドゥームズデイ・ブック (ウィリス) ……… 0364
問う者、答える者 (混沌の叫び 2) (ネス) … 3048
とうもろこしの乙女、あるいは七つの悪夢
　(オーツ) ………… 0802
トゥルー・ビリーヴァー (ウルフ) ………… 0593
道路をとめるな (ハインライン) ………… 3119
遠い野原 (レトキー) ………… 5603
遠い町から来た話 (タン) ………… 2516
遠き神々の炎 (ヴィンジ) ………… 0427
トオンキイ (カットナー) ………… 0930
トオンキイ (ムーア) ………… 4962
時を盗む者 (ヒラーマン) ………… 3577
時の偉業 (クロウリー) ………… 1442
時のかさなり (ヒューストン) ………… 3565
時の軍勢 (スワンウィック) ………… 2346
時は準宝石の螺旋のように (ディレイニー)
　　………… 2706
独裁者の城塞 (ウルフ) ………… 0601
読書の歴史 (マンゲル) ………… 4877
特捜部Q (エーズラ=オールスン) ………… 0653

ドクター・スリープ（キング）	1158
ドクター・ラット（コツウィンクル）	1577
毒の目覚め（ボルトン）	4517
毒薬の小壜（アームストロング）	0109
時計はとまらない（ブルマン）	4034
どこいったん（クラッセン）	1262
どこにいるの おじいちゃん（グライヒ）	1229
どこにいるの、おじいちゃん？（フリート）	3956
どこまで行けるか（ロッジ）	5712
どこ行くの、パパ？（フルニエ）	4026
どこよりも冷たいところ（ローザン）	5658
都市と都市（ミエヴィル）	4892
齢の泉（クレス）	1412
杜松の時（ウィルヘルム）	0415
図書館警察（キング）	1159
図書館島（サマタール）	1732
図書館脱出ゲーム（グラベンスタイン）	1278
図書館の死体（アボット）	0101
図書室の魔法（ウォルトン）	0546
ドッグウォーカー（カード）	0941
トップドッグ／アンダードッグ（パークス）	3186
とても我慢できない（ヘス）	4218
とても私的な犯罪（アイアンサイド）	0002
とどろく雷よ、私の叫びをきけ（テーラー）	2785
飛び込み台の女王（ヴィルトナー）	0410
扉の中（ミーナ）	4911
扉開きぬ（モーガン）	5026
ドブリイ（シャノン）	1912
トーマス・ケンプの幽霊（ライヴリー）	5139
トマス・モアの生涯（チェンバーズ）	2547
トムは真夜中の庭で（ピアス）	3466
ともしびをかかげて（サトクリフ）	1722
ともだちつくってよろしいですか（モントレソール）	5087
友の最良の人間（キャロル）	1103
土曜日（マキューアン）	4587
ドライ・ボーンズ（ボウマン）	4384
ドラキュラの子供たち（シモンズ）	1877
ドラゴンがいっぱい！（ウォルトン）	0547
ドラゴン・タトゥーの女（ミレニアム 1）（ラーソン）	5228
ドラゴンになった青年（ディクスン）	2640
ドラゴンの塔（ノヴィク）	3061
ドラゴン複葉機よ、飛べ（イェップ）	0214
トラさん、あばれる（ブラウン）	3846
トラジェディ（アンダースン）	0174
虎よ（ダラム）	2488
トランク・ミュージック（コナリー）	1611
トリスタンとイズー（サトクリフ）	1723
砦（ハンター）	3446
ドリトル先生航海記（ロフティング）	5767
鳥の歌いまは絶え（ウィルヘルム）	0416
ドリームマスター（ゼラズニイ）	2376
努力しないで出世する方法（バローズ）	3397
努力しないで出世する方法（レッサー）	5597

ドルセイの決断（ディクスン）	2641
トール対キャプテン・アメリカ（プリン）	3987
ドルの向こう側（マクドナルド）	4627
ドールマン（スティーヴンス）	2188
どれい船にのって（フォックス）	3754
トロイアの黒い船団（リー）	5321
泥棒のB（グラフトン）	1274

【 な 】

内死（シルヴァーバーグ）	2080
ナイチンゲールの屍衣（ジェームズ）	1820
ナイトフライヤー（マーティン）	4785
ナイトホークス（コナリー）	1612
内部（シクス）	1835
ナイルに死す（ウィリス）	0365
999（サラントニオ）	1739
ナオミの秘密（リーボイ）	5410
長い旅路（アンダースン）	0175
長い日曜日（ジャブリゾ）	1921
長い夜（ニーヴン）	2976
流れよ我が涙、と警官は言った（ディック）	2656
なくてはならない兄弟（デュボイズ）	2773
ナグ・ハマディ写本（ペイゲルス）	4164
殴られてもブルース（ウォマック）	0521
謎の北西航路（リュートゲン）	5419
なつかしく謎めいて（ル＝グウィン）	5492
ナッシュビルの殺し屋（パターソン）	3240
ナット・ターナーの告白（スタイロン）	2144
夏の稲妻（ピータースン）	3525
夏の庭（湯本）	5113
夏の涯ての島（マクラウド）	4650
夏の涯ての島（マクラウド）	4651
夏の魔法（バーズオール）	3223
夏の雪だるまの謎（ホック）	4418
夏・みじかくて長い旅（マーク）	4592
夏休みは大さわぎ（わんぱく四人姉妹物語 1）（マッカイ）	4730
名無しの探偵シリーズ（プロンジーニ）	4129
ナポリ（デイヴィッドスン）	2621
ナポレオンに背いた『黒い将軍』（リース）	5353
ならずものがやってくる（イーガン）	0223
ならず者の鷲（マクルーア）	4676
ナルシシズムの時代（ラッシュ）	5236

【 に 】

2140（マリー）	4835
肉の分かち合い（アンダースン）	0176
荷車のベラジー（マイエ）	4550

にぐるまひいて(クーニー) ………………… 1209
逃げる(トゥーサン) ……………………… 2819
逃げるアヒル(ゴズリング) ………………… 1573
逃げる殺し屋(ペリー) …………………… 4273
虹の彼方に(ピカード) …………………… 3484
二十一の気球(デュボア) …………………… 2770
20世紀を語る音楽(ロス) ………………… 5676
20世紀の幽霊たち(ヒル) ………………… 3590
偽のデュー警部(ラヴゼイ) ………………… 5196
日曜日だけのママ(メブス) ………………… 5010
二度死んだ男(アリン) …………………… 0135
二度死んだ少女(クルーガー) ……………… 1359
ニーナの記憶(フロイド) ………………… 4091
二百周年を迎えた人間(アシモフ) ………… 0027
日本に勝つ(ギルクライスト) ……………… 1132
ニュー・アトランティス(ル＝グウィン) … 5493
ニューオーリンズの葬送(スミス) ………… 2306
ニュースレター(ウィリス) ………………… 0366
紐育万国博覧会(ドクトロウ) ……………… 2835
ニューロマンサー(ギブスン) ……………… 1062
ニョロロンとガラゴロン(フォアマン) …… 3737
庭に孔雀、裏には死体(アンドリューズ) … 0188
人形ヒティの冒険(フィールド) …………… 3699
人魚の歌が聞こえる(ホルダー) …………… 4497
人間であるために(デュボス) ……………… 2777
人間の条件(マルロー) …………………… 4855
人間の測りまちがい(グールド) …………… 1368
人間の本性について(ウィルソン) ………… 0392
人間の歴史の物語(ヴァン・ローン) ……… 0292

【ぬ】

縫い針の道(キアナン) …………………… 1030
盗まれた意匠(ケリー) …………………… 1537
盗まれたスタインベック(ワーガ) ………… 5821
ヌヌ(スリマニ) …………………………… 2330

【ね】

ねえ、どれがいい？(バーニンガム) ……… 3320
ネオ・チャイナ(オスノス) ………………… 0796
ネクスト・トゥ・ノーマル(ヨーキー) …… 5116
猫を描いた男(スミス) …………………… 2315
ねことわたしのねずみさん(ボーダル) …… 4413
猫の帰還(ウェストール) ………………… 0464
ねこのジンジャー(ヴォーク) ……………… 0503
ネザーランド(オニール) ………………… 0817
ねじまき少女(バチガルピ) ………………… 3249
ねじれた文字、ねじれた路(フランクリン) … 3911
ねずみの騎士デスペローの物語(エリング)
　………………………………………… 0745
ねずみの騎士デスペローの物語(ディカミロ)
　………………………………………… 2627
鼠の話(アンドリューズ) ………………… 0189
熱帯のアンナ(クルーズ) ………………… 1361
ネットの中の島々(スターリング) ………… 2161
眠りの兄弟(シュナイダー) ………………… 1958
眠れない聖夜(ダムズ) …………………… 2486
ねむれないの？ ちいくまくん(ファース) … 3653
ねむれないの？ ちいくまくん(ワッデル) … 5836
眠れる沼(ペロション) …………………… 4320
狙った獣(ミラー) ………………………… 4941
ねらわれたスミス(ガーフィールド) ……… 0974
年間ホラー傑作選(ヒル) ………………… 3591
ねんころりん(バーニンガム) ……………… 3321

【の】

ノアのはこ船(スピアー) ………………… 2275
ノアの箱船に乗ったのは？(ハリス) ……… 3365
野うまになったむすめ(ゴーブル) ………… 1625
農民(レイモント) ………………………… 5555
軒の下の雲(オウエンズ) ………………… 0771
遺す言葉(ガン) …………………………… 1016
覗く。(エリス) …………………………… 0710
のっぽのサラ(マクラクラン) ……………… 4658
呪い師(ピーユ) …………………………… 3550

【は】

灰色の王(闇の戦い3)(クーパー) ………… 1216
灰色の小人たちと川の冒険(ワトキンス＝ピッチフォード) … 5843
灰色の魂(クローデル) …………………… 1452
バイオリンひきのミーシカ(アンブラス) … 0200
廃墟都市の復活(リーヴ) ………………… 5334
廃墟ホテル(マレル) ……………………… 4859
ハイジ・クロニクル(ワッサースタイン) … 5832
歯いしゃのチュー先生(スタイグ) ………… 2138
背信の日々(ロス) ………………………… 5687
パイの物語(マーテル) …………………… 4797
ハイヒールをはいた殺人者(ショー) ……… 1992
ハイ・フォースの地主屋敷(ターナー) …… 2471
ハイペリオン(シモンズ) ………………… 1878
ハイペリオンの没落(シモンズ) …………… 1879
敗北を抱きしめて(ダワー) ………………… 2511
ハイワサのちいさかったころ(カイン) …… 0891
パイは小さな秘密を運ぶ(ブラッドリー) … 3888
ハーヴェイ(チェイス) …………………… 2539
ハウランド家の人びと(グロウ) …………… 1439
墓から伸びる美しい髪(マレル) …………… 4860
パーカー・ショットガン(グラフトン) …… 1275

儚い光（マイクルズ）	4551
墓場の少年（ゲイマン）	1482
白鳥の夏（バイアーズ）	3082
白熱の一戦（ニードル・マッチ）（ラヴゼイ）	5197
博物館の裏庭で（アトキンソン）	0077
白夜の少年兵（ショーデルヘルム）	2020
橋の上の天使（チーヴァー）	2537
はじまりのとき（ライ）	5128
バージャック（サイード）	1705
場所（エルノー）	0755
バシリスク（エリスン）	0724
走れ!!機関車（フロッカ）	4097
走れ！半ズボン隊（ケネッケ）	1516
走れ！半ズボン隊（ドヴェンカー）	2816
バースへの帰還（ラヴゼイ）	5198
バセンジーは哀しみの犬（ベンジャミン）	4327
裸でご免あそばせ（ピーターズ）	3521
パターソン（ウィリアムズ）	0329
はたらきもののあひるどん（オクセンバリー）	0780
はたらきもののあひるどん（ワッデル）	5837
八月十五夜の茶屋（パトリック）	3297
8月の家族たち（レッツ）	5600
八月の砲声（タックマン）	2462
8マイル・ロードの銃声（エスルマン）	0656
バツアラ（マラン）	4832
ハーツォグ（ベロー）	4318
罰金（フランシス）	3917
バックルさんとめいけんグロリア（ラスマン）	5222
バッド・ブラッド（セイジ）	2357
バットマン（キューバート）	1126
バットマン（ゲイマン）	1483
バッドラックを一杯分（チャーコーヴァー）	2562
ハットラック川の奇跡（カード）	0942
八百万の死にざま（ブロック）	4111
バッファロー（ケッセル）	1504
バッファローの娘っこ、晩になったら出ておいで（ル＝グウィン）	5494
パディ・クラーク ハハハ（ドイル）	2808
パーティで女の子に話しかけるには（ゲイマン）	1484
パーティーの夜（エリン）	0743
バーティミアスシリーズ（ストラウド）	2221
果しなき河よ、我を誘え（ファーマー）	3667
ハートシェイプト・ボックス（ヒル）	3592
バートナー（バーク）	3177
ハートの女王（アルドゥーアン）	0138
バドの扉がひらくとき（カーティス）	0932
はなうたウサギさん（ローマン）	5775
花殺し月の殺人（グラン）	1289
花咲く乙女たちのかげに（失われた時を求めて 第2篇）（プルースト）	4011
花火師リーラと火の魔王（プルマン）	4035
パニックの手（キャロル）	1104
ハネムーンの殺人（ハート）	3275
パノラマ島綺譚（丸尾）	4844
母の家で過ごした三日間（ヴェイエルガンス）	0447
パパの大飛行（プロペンセン）	4121
パパの大飛行（プロペンセン）	4123
母の手（フラビエ）	3900
パパの楽園（ウィリアムズ）	0331
バーバリアンデイズ（フィネガン）	3693
バビロンの塔（チャン）	2589
バービーはなぜ殺される（ヴァーリイ）	0257
バービーはなぜ殺される（ヴァーリイ）	0258
パーフェクト殺人（キーティング）	1049
ハーブと影（カルペンティエル）	1001
バブルズはご機嫌ななめ（ストロマイヤー）	2250
バベル-17（ディレイニー）	2707
Hammered 女戦士の帰還（サイボーグ士官ジェニー・ケイシー 1）（ベア）	4139
はみだしインディアンのホントにホントの物語（アレクシー）	0155
はみだしインディアンのホントにホントの物語（フォーニー）	3778
ハミルトン（ミランダ）	4945
破滅への舞踏（デイ）	2599
バラが問題だ（ギルロイ）	1137
薔薇の名前（エーコ）	0645
バラヤー内乱（ビジョルド）	3512
ハリー・オーガスト、15回目の人生（ノース）	3065
パリス・トラウト（デクスター）	2731
ハリス・バーディックの謎（オールズバーグ）	0856
ハリーの探偵日記（ベドラザス）	4235
パリの断頭台（レヴィ）	5564
針の眼（フォレット）	3787
ハリー・ポッターとアズカバンの囚人（ローリング）	5784
ハリー・ポッターと賢者の石（ローリング）	5785
ハリー・ポッターと死の秘宝（ローリング）	5786
ハリー・ポッターと秘密の部屋（ローリング）	5787
ハリー・ポッターと不死鳥の騎士団（ローリング）	5788
ハリー・ポッターと炎のゴブレット（ローリング）	5789
パリンプセスト（ストロス）	2246
遙かなる旅路（ドーテル）	2851
春のない谷間（ルッセル）	5469
ハーレクイン・ロマンスに挟まっていたヌード・ピンナップ（ランズデール）	5301
ハーレムの闘う本屋（クリスティ）	1308
ハーレムの闘う本屋（ネルソン）	3056
パワー（ル＝グウィン）	5495
ハンガー・ゲーム（コリンズ）	1644
晩夏の墜落（ホーリー）	4470

叛逆航路 (レッキー) 5595
反逆児 (ラクルテル) 5207
ハングマンの帰還 (ゼラズニイ) ... 2377
バンコクに死す (シモンズ) 1880
犯罪の進行 (シモンズ) 1867
晩餐会 (モーリアック) 5060
判事の相続人 (クーパー) 1215
パンダの親指 (グールド) 1369
半島の密使 (ジョンソン) 2056
反どれい船 (カーター) 0923
半分のぼった黄色い太陽 (アディーチェ) ... 0073

【ひ】

ピアノ・ソナタ (ローザン) 5659
ピアノ・レッスン (ウィルソン) ... 0394
ヒー・イズ・レジェンド (コンロン) ... 1701
緋色の記憶 (クック) 1195
緋色の迷宮 (クック) 1196
ピエロくん (ブレイク) 4043
火を喰う者たち (アーモンド) 0119
東の果て、夜へ (ビバリー) 3544
ピカソ (リチャードソン) 5363
火がともるとき (ゴドウィン) 1594
光の王 (ゼラズニイ) 2378
光の子供 (フォトリノ) 3776
光の六つのしるし (闇の戦い 1) (クーパー) ... 1217
引き攣る肉 (レンデル) 5631
ピクニック (インジ) 0239
ビークル (サンタット) 1753
翡翠男の眼 (ムアコック) 4968
翡翠の罠 (ダニエル) 2474
ビーストの影 (ハウカー) 3144
ビッグ・タイム (ライバー) 5168
ビッグ・タウン (スワンソン) 2354
ビッグ・ドライバー (キング) 1160
ビッグ・トラブル (リップマン) ... 5477
ビッグ・レッド・テキーラ (リオーダン) ... 5341
羊たちの沈黙 (ハリス) 3364
ひとしずくの水 (ウィック) 0311
人という怪物 (ネス) 3049
ヒトラーにぬすまれたももいろうさぎ (カー) ... 0884
ひとりぼっちの目撃者 (ラウデン) ... 5202
美について (スミス) 2307
火のくつと風のサンダル (ウェルフェル) ... 0483
日の下を歩いて (ランディス) 5313
日の名残り (イシグロ) 0227
ビーバー族のしるし (スピア) 2274
ヒバリは空に (ヴァイポント) 0242
ヒマラヤの伝書ばと (ムカージ) ... 4975
肥満漢の嘆き (ベロー) 4314
秘密の遊び場 (マッケナ) 4762

ひみつの白い石 (リンデ) 5445
秘密のマシン、アクイラ (ノリス) ... 3076
白夜の爺スナイパー (ミラー) 4938
ヒューゴとジョセフィーン (グリーペ) ... 1329
ヒューゴ・ペッパーとハートのコンパス (スチュワート) ... 2181
ヒューゴ・ペッパーとハートのコンパス (リデル) ... 5384
ヒューストン、ヒューストン、聞こえるか？ (ティプトリー) ... 2676
ビューティフル・マインド (ナサー) ... 2966
ヒューマン・ステイン (ロス) 5688
氷原のナイト・ドーン (バクスター) ... 3192
漂流物 (ウィーズナー) 0303
ビラヴド (愛されし者) (モリソン) ... 5069
ピラミッド (プラチェット) 3867
ビリー・ジョーの大地 (ヘス) 4216
ビリー・バスゲイト (ドクトロウ) ... 2836
BILLY BAT (浦沢) 0588
BILLY BAT (長崎) 2962
ヒーローの作り方 (ペンズラー) ... 4328
ヒンデンブルク号、炎上せず (スティール) ... 2205
ビントン郡の雨 (サンプスン) 1762
壜の中の手記 (カーシュ) 0905
貧乏お嬢さま、古書店へ行く (ボウエン) ... 4373
貧乏お嬢さまと王妃の首飾り (ボウエン) ... 4374

【ふ】

ファイナル・カントリー (クラムリー) ... 1285
ファウンデーション (アシモフ) ... 0028
ファウンデーションシリーズ (アシモフ) ... 0029
ファウンデーションの彼方へ (アシモフ) ... 0030
ファーガス・クレインと空飛ぶ鉄の馬 (スチュワート) ... 2182
ファーガス・クレインと空飛ぶ鉄の馬 (リデル) ... 5385
ファーザー・ハント (スタウト) ... 2149
ファンタジイ作家のアシスタント (フォード) ... 3767
ファンタジーと言葉 (ル＝グウィン) ... 5496
不安定な時間 (ジュリ) 1972
不安の時代 (オーデン) 0810
フィアサム・エンジン (バンクス) ... 3426
フィオレロ！ (アボット) 0102
フィオレロ！ (ハーニック) 3317
フィオレロ！ (ワイドマン) 5802
フィラデルフィアで殺されて (ロバーツ) ... 5727
フィンチの嘴 (ワイナー) 5805
フェアリイ・ランド (マコーリイ) ... 4698
フェアリー・フェラーの神技 (チャドボーン) ... 2569
フェイスフル・スパイ (ベレンスン) ... 4313

フェニモア先生、墓を掘る(ハサウェイ)	3203
フェリシアの旅(トレヴァー)	2923
フェルミと冬(ポール)	4486
フェルメールの暗号(バリエット)	3360
フェルラーラ物語(バッサーニ)	3259
フェンス(ウィルソン)	0395
武器の道(アンブラー)	0197
復讐の家(アートリー)	0083
ふくろう模様の皿(ガーナー)	0955
ふくろ小路一番地(ガーネット)	0965
不幸な相続人(エマースン)	0693
プーさんとであった日(ブラッコール)	3880
不思議を売る男(マコックラン)	4690
ふしぎなかず(パツォウスカー)	3250
不思議な黒い石(ウォルシュ)	0530
ふしぎなともだち(ジェームズ)	1814
ふしぎな山からの香り(バトラー)	3295
不思議の穴に落ちて(エイブラハムズ)	0627
ふしぎの国のアリス(オクセンバリー)	0781
不思議の国の少女たち(マグワイア)	4686
不死鳥を甦せ(ホール)	4477
舞台裏の殺人(ハート)	3276
ふたごのルビーとガーネット(ウィルソン)	0397
ふたごのルビーとガーネット(シャラット)	1927
ふたごのルビーとガーネット(ヒープ)	3545
ふたつの心臓(ビーグル)	3493
二つの旅の終わりに(チェンバーズ)	2545
ふたりの星(ローリー)	5782
二人のモーリーン(カントナー)	1028
豚は太るか死ぬしかない(マーフィー)	4818
復活の儀式(ヴァーリイ)	1233
ブッシャー(ヴァーリイ)	0259
ブーベの恋人(カッソーラ)	0929
冬そして夜(ローザン)	5660
冬の入江(ヴォール)	0525
冬の狼(リン)	5426
冬の猿(ブロンダン)	4134
冬の少年(カレル)	1007
冬の灯台が語るとき(テオリン)	2724
ブライアン・ワイルドスミスのABC(ワイルドスミス)	5817
ブラインドサイト(ワッツ)	5835
ブラジルの赤(リュファン)	5421
ブラックアウト(ウィリス)	0367
ブラックジュース(ラナガン)	5253
ブラック・スキャンダル(オニール)	0814
ブラック・スキャンダル(レイア)	5538
ブラック・チェリー・ブルース(バーク)	3174
ブラック・ドッグ(ピンフォールド)	3621
ブラック・フライデー(シアーズ)	1764
ブラック・フラッグス(ウォリック)	0524
ブラック・プリンス(マードック)	4800
ブラックボックス(バンディ)	3448
ブラックランズ(バウアー)	3129
ブラック・リスト(パレツキー)	3389
フラッシュ!(ハイアセン)	3086
ブラッド・ミュージック(ベア)	4147
ブラッドレッドロード(ヤング)	5103
プラム(ジー)	1763
フラワー・ベイビー(ファイン)	3631
フランクを始末するには(マン)	4874
ブランク・ダイヴ(イーガン)	0221
フランクに抜かりなし(レイ)	5537
フランクリン・ローズヴェルト(グッドウィン)	1203
フランス紀行(デュトゥールトゥル)	2766
フランス組曲(ネミロフスキー)	3051
フランス的人生(デュボワ)	2779
フランスの遺言書(マキーヌ)	4572
ブリキの自動車(スティード)	2198
ブリージング・レッスン(タイラー)	2439
フリスビーおばさんとニムの家ねずみ(オブライエン)	0837
ふりだしに戻る(フィニイ)	3692
プリティ・モンスターズ(リンク)	5431
フリモント嬢と奇妙な依頼人(デイ)	2597
古い骨(エルキンズ)	0750
震えるスパイ(ボイド)	4360
古き神々の死すとき 2137年5月(レズニック)	5587
ブルー・シャンペン(ヴァーリイ)	0260
ブルー・シャンペン(ヴァーリイ)	0261
フールズ・オブ・フォーチュン(トレヴァー)	2924
ブルックリン(トビーン)	2865
ブルー・ドレスの女(モズリイ)	5034
ブルーバード、ブルーバード(ロック)	5711
ブルーフ・オブ・マイライフ(オーバーン)	0827
ブループリント(ケルナー)	1541
ブルー・ヘヴン(ボックス)	4423
ブレッシントン計画(エリン)	0744
フレッチ 殺人方程式(マクドナルド)	4620
フレッチ 死体のいる迷路(マクドナルド)	4621
ブレヒトの愛人(アメット)	0113
プロイセンのスノー・ドロップ(アーナット)	0090
フロイトの弟子と旅する長椅子(シージェ)	1837
ブロックルハースト・グローブの謎の屋敷(ウォー)	0492
プロバビリティ・サン(クレス)	1413
プロバビリティ・スペース(クレス)	1414
フロベールの鸚鵡(バーンズ)	3440
フロレンス・ナイチンゲールの生涯(ウッダム=スミス)	0578
ブロントメク!(コニイ)	1615
分解された男(ベスター)	4220
文化の読み方/書き方(ギアーツ)	1029
分子から人間へ:この限りなき前進(ルリア)	5527
フンボルトの贈り物(ベロー)	4319
フンボルトの冒険(ウルフ)	0592

文明(デュアメル) 2758

【へ】

兵舎泥棒(ウルフ) 0608
兵士よ問うなかれ(ディクスン) 2642
閉店時間(ゲイマン) 1485
閉店時間(ケッチャム) 1508
ベイビー・ジャジーのかくれんぼジャングル
　(カズンズ) 0918
ベウラの頂(ヒル) 3599
ベガーズ・イン・スペイン(クレス) .. 1415
ペスト&コレラ(ドゥヴィル) 2812
ペットになりたいねずみ(チャイルド) . 2560
ペットねずみ大さわぎ(ピアス) 3467
別名S・S・ヴァン・ダイン(ラフリー) . 5269
ペッレ君のゆかいな冒険(ウンネルスタッド)
　............................... 0614
ベツレヘムの密告者(リース) 5354
ペテン師ディランシー(ローザン) ... 5661
ペーパータウン(グリーン) 1346
ペパーミント通りからの旅(ディヤング) . 2681
ペパーミント・ピッグのジョニー(ボーデン)
　............................... 4431
ヘミングウェイごっこ(ホールドマン) . 4516
ペリカン・バー(ファウラー) 3637
ヘリックスの孤児(シモンズ) 1881
ペリー提督と日本開国(ブランバーグ) . 3925
ベル・カント(パチェット) 3244
ベルゼン急行(ライバー) 5169
ペルディード・ストリート・ステーション(ミ
　エヴィル) 4893
ヘレナとベビーたち(ミーナ) 4912
変革のとき(ラス) 5218
ベンガルの槍騎兵(ブラウン) 3847
ペンギンさん(ダンバー) 2530
ペンギンたちの夏(ボナーズ) 4436
ヘンショーさんへの手紙(クリアリー) . 1304
変身動物園(リンクレイター) 5436
ヘンゼルとグレーテル(Janssen) 6151
ペンテコストの冒険(コーベット) ... 1627
へんてこりんなサムとねこ(ネス) ... 3045
ベント・ロード(ロイ) 5639
ヘンリー・アダムズの教育(アダムズ) . 0049
ヘンリー・Oの休日(ハート) 3277
ヘンリー フィッチバーグへいく(ジョンソン)
　............................... 2066

【ほ】

法王暗殺(ヤロップ) 5095
法王の身代金(クリアリー) 1303
砲火(バルビュス) 3383
忘却のパレルモ(シャルル=ルー) 1935
暴行(ヤーン) 5096
宝石の筏で妖精国を旅した少女(ヴァレンテ)
　............................... 0272
亡命詩人、雨に消ゆ(ハラハン) 3355
亡命者(フィッシュ) 3686
抱擁(バイアット) 3087
暴力の義務(ウオロゲム) 0564
亡霊星域(レッキー) 5596
放浪惑星(ライバー) 5170
他の孤児(ケッセル) 1505
北緯38度54分、西経77度0分13秒 ランゲルハ
　ンス島沖を漂流中(エリスン) 0725
北緯六十度の恋(ブデル) 3805
ぼくがハリーズ・バーガーショップをやめた
　いきさつ(ワット=エヴァンズ) 5839
北斎の富嶽二十四景(ゼラズニイ) ... 2379
ボグ・チャイルド(ダウド) 2443
ぼくネコになる(きたむら) 1043
ぼくの冬の旅(シュピルナー) 1966
ぼくの村が消える！(デザイ) 2733
ぼくのワンちゃん(ヒューズ) 3556
ぼくらがロード・ドッグを葬った夜(ケイ
　ディ) 1471
ぼくはO・C・ダニエル(キング) 1142
ぼくはジャガーだ(スタルク) 2166
ぼくは行くよ(エシュノーズ) 0647
ぼくは夜に旅をする(マーシュ) 4717
綻びゆくアメリカ(パッカー) 3251
星(クラーク) 1241
ボシイの時代(クリフトン) 1327
ボシイの時代(ライリイ) 5187
星の王国の旅(ホルヌング) 4518
星の子(アッスル) 0053
ポストマン(プリン) 3988
ボストン、沈黙の街(ランデイ) 5310
ボーダー・ガード(イーガン) 0222
ポタワトミーの巨人(ダンカン) 2519
北極星を目ざして(パターソン) 3236
ホッグ連続殺人(デアンドリア) 2595
没入(ドボダール) 2870
ポップコーン(エルトン) 0754
ホップスコッチ(ガーフィールド) ... 0970
ボディを見てから驚け(グリーン) ... 1340
ボディブロー(ストレンジ) 2243
ボディ・ポリティック(ジョンストン) . 2049
ボトムズ(ランズデール) 5302
ポニー(ジョンスン) 2054
骨(バーク) 3178
骨(マーフィー) 4824
骨と沈黙(ヒル) 3600
骨のダイスを転がそう(ライバー) ... 5171
骨の袋(キング) 1161
炎に近づいて(サイクス) 1702
ポピー(アヴィ) 0011

ポピー（フロッカ）……………………… 4098
ホミニッド（ソウヤー）………………… 2406
ホームズ、最後の事件ふたたび（ソウヤー）
　…………………………………………… 2407
ボルカ（バーニンガム）………………… 3322
ポルポリーノ（フェルナンデス）……… 3722
ホール・マン（ニーヴン）……………… 2977
ホワイトシティ・ブルー（ロット）…… 5714
ホワイト・ティース（スミス）………… 2308
ホワイト・ノイズ（デリーロ）………… 2792
ホワイト・ピーク・ファーム（ドハティ）… 2862
ホンキートンク・ガール（リオーダン）… 5342
ボーンシェイカー（プリースト）……… 3941
ほんとうのフローラ（ウィルス）……… 0379
本泥棒（ズーサック）…………………… 2131
本の小べや（ファージョン）…………… 3651
ホーン・マン（ハワード）……………… 3409
本物のインディアン体験TMへようこそ（ローンホース）………………………… 5797

【ま】

マイがいた夏（ヴォール）……………… 0526
マイカのこうのとり（ニードリッヒ）… 3001
マイカのこうのとり（ブールドラ）…… 4025
マイケル・K（クッツェー）…………… 1201
マイゴーストアンクル（ハミルトン）… 3339
まいごのペンギン（ジェファーズ）…… 1803
マイン（マキャモン）…………………… 4581
マウス（スピーゲルマン）……………… 2277
マオ2（デリーロ）……………………… 2793
魔王（トゥールニエ）…………………… 2825
魔界の盗賊（シェイ）…………………… 1770
マグヌスと馬のマリー（ペーターソン）… 4222
マグノリアおじさん（ブレイク）……… 4044
マザーグースのたからもの（ブリッグズ）… 3947
マーサ・グレイス（ダフィ）…………… 2479
マザーランドの月（ガードナー）……… 0951
マザーレス・ブルックリン（レセム）… 5591
マジック・キングダムで落ちぶれて（ドクトロウ）……………………………… 2832
マジック・フォー・ビギナーズ（リンク）… 5432
マジック・フォー・ビギナーズ（リンク）… 5433
魔術師アブドゥル・ガサツィの庭園（オールズバーグ）…………………………… 0857
魔術探偵スラクサス（スコット）……… 2126
魔少女ビーティー・ボウ（パーク）…… 3183
魔女がいっぱい（ダール）……………… 2500
魔女と暮らせば（ジョーンズ）………… 2041
魔女になりたいティファニーと奇妙な仲間たち（プラチェット）………………… 3868
魔女の刻（ライス）……………………… 5143
魔神と木の兵隊（クラーク）…………… 1253
マダガスカルの殺意（ホック）………… 4419

またの名をグレイス（アトウッド）…… 0076
マダム・タッソーがお待ちかね（ラヴゼイ）
　…………………………………………… 5199
間違われた男（クリフォード）………… 1325
待ち暮らし（ジン）……………………… 2094
マーチ家の父（ブルックス）…………… 4019
待ち望まれた死体（ペイジ）…………… 4166
マッキントッシュ・ウィリー（キャンベル）
　…………………………………………… 1111
マックたち（ビッソン）………………… 3532
マッケルヴァ家の娘（ウェルティ）…… 0481
マーティン・ドレスラーの夢（ミルハウザー）
　…………………………………………… 4950
マデックの罠（ホワイト）……………… 4534
グレンギャリー・グレン・ロス（マメット）
　…………………………………………… 4827
まどのそとのそのまたむこう（センダック）
　…………………………………………… 2401
マドレーヌといぬ（ベーメルマンス）… 4263
真夏の夜の夢（ヴェス）………………… 0456
真夏の夜の夢（ゲイマン）……………… 1486
マナモウキ（レズニック）……………… 5588
まぬけなワルシャワ旅行（シンガー）… 2096
招き猫（スターリング）………………… 2162
魔の聖堂（アクロイド）………………… 0019
マハーラージャ殺し（キーティング）… 1050
真昼の悪魔（ソロモン）………………… 2426
真昼の翳（アンブラー）………………… 0198
マーブル・アーチの風（ウィリス）…… 0368
マーブル・アーチの風（ウィリス）…… 0369
魔法使いハウルと火の悪魔（ジョーンズ）… 2042
魔法の声（フンケ）……………………… 4135
魔法の樽（マラマッド）………………… 4831
まぼろしの白馬（ゲージ）……………… 1191
ママはだめっていうけど（ハード）…… 3279
魔物を狩る少年（ウッディング）……… 0579
魔物の闇（ハーン）……………………… 3420
真夜中への挨拶（ヒル）………………… 3601
真夜中の相棒（ホワイト）……………… 4532
真夜中の青い彼方（キング）…………… 1144
真夜中の子供たち（ラシュディ）……… 5212
真夜中の北京（フレンチ）……………… 4082
馬来に生きる（フォコニエ）…………… 3748
魔力（ヒラーマン）……………………… 3578
マリリン・モンローの最期を知る男（シュネデール）………………………………… 1962
マルヴェッツィ館の殺人（ロス）……… 5677
マレヴィル（メルル）…………………… 5019
まれびとこぞりて（ウィリス）………… 0370
満月と血とキスと（ハリス）…………… 3362
マグダラ扁桃体（スナイダー）………… 2259
マンチェスター・フラッシュバック（プリンコウ）……………………………………… 3996
マンデルバウム・ゲイト（スパーク）… 2267
マンハッタンの悪夢（ウォルシュ）…… 0535
マンハッタンの奇譚クラブ（キング）… 1162
マンハント（スワンソン）……………… 2351

マン・プラス（ポール） 4487
マンボ・キングス、愛のうたを歌う（イフェロス） 0231
まんまるおつきさまをおいかけて（ヘンクス） 4325

【み】

見えない雲（パウゼヴァング） 3147
見えない人間（エリスン） 0741
ミカエル・ビュービン自伝（ビュービン） ... 3569
身がわり王子と大どろぼう（フライシュマン） 3820
身代りの樹（レンデル） 5632
岬（トマ） 2874
ミサゴの森（ホールドストック） 4503
ミサゴの森（ホールドストック） 4504
ミザリー（キング） 1163
ミシシッピがくれたもの（ペック） 4227
見知らぬ場所（ラヒリ） 5264
湖は餓えて煙る（グルーリー） 1378
ミスターX（ストラウブ） 2224
ミスター・クラリネット（ストーン） 2254
ミスター・Pの不思議な冒険（ゲルンハート） 1547
ミスター・メルセデス（キング） 1164
ミスターワッフル！（ウィーズナー） 0304
ミスティック・リバー（ルヘイン） 5519
ミスディレクション（セラネラ） 2385
ミステリー・クラブ事件簿（フルタニ） 4012
ミステリー講座の殺人（ハート） 3278
ミステリー雑学読本（ウィン） 0420
ミステリーの書き方（トリート） 2906
水に描く（ミオマンドル） 4899
水の戒律（ケラーマン） 1526
水の底（マキャモン） 4582
ミス・ヒッコリーと森のなかまたち（ベイリー） 4185
ミス・ペレグリンと奇妙なこどもたち（リグズ） 5344
Ms.マーベル（アルフォナ） 0147
Ms.マーベル（ウィルソン） 0409
Ms.マーベル（ワイアット） 5798
ミセス・タッカーと小人ニムビン（ライトソン） 5164
満たされぬ道（オクリ） 0784
未知の地平線（ハインライン） 3120
みつけたものとさわったもの（モードヴィノフ） 5042
密告者（オフレアティ） 0839
密告者（クレス） 1416
密殺の氷海（シャイマー） 1890
ミッシング・イン・アクション（ロビンスン） 5755

密造人の娘（マロン） 4870
ミッドナイト・ブルー（コリンズ） 1645
ミッドナイトブルー（フィスク） 3680
ミッドナイト・ホラー・ショウ（ランズデール） 5303
みっともないニワトリ（ウォルドロップ） 0543
緑色遺伝子（ディキンスン） 2635
翠色の習作（ゲイマン） 1487
緑の死（ブランク） 3908
緑の瞳（シェパード） 1796
みどりの船（ブレイク） 4045
ミドルセックス（ユージェニデス） 5108
ミドルマン（ムカージ） 4974
南（ベルジェ） 4285
南太平洋（ハマースタイン） 3337
南太平洋（ローガン） 5654
南太平洋（ロジャース） 5673
南太平洋物語（ミッチェナー） 4903
見習い女探偵（コディ） 1588
見習い魔女ティファニーと懲りない仲間たち（プラチェット） 3869
見果てぬ夢（プラット） 3884
見張り（ウィリス） 0371
ミラーストーン・ふしぎな鏡（シーモア） 1862
ミラーストーン・ふしぎな鏡（パリン） 3375
ミラーストーン・ふしぎな鏡（リー） 5322
ミラー・ダンス（ビジョルド） 3513
ミラベルの数の書（メリル） 5011
ミリオンズ（ボイス） 4351
ミレニアム・ヘッドライン（ケッセル） 1506
民事訴訟の男（バーク） 3179

【む】

ムーア人の最後のため息（ラシュディ） 5213
昔話の魔力（ベッテルハイム） 4230
むかし、森のなかで（ティードホルム） 2667
無垢なる骨（バリー） 3359
無垢の誘惑（ブリュックネール） 3973
夢幻会社（バラード） 3354
夢幻諸島から（プリースト） 3938
無限の猿（ロバーツ） 5731
無限の書（ウィルソン） 0408
無常の月（ニーヴン） 2978
鞭打たれた犬たちのうめき（エリスン） 0726
紫色の屍衣（ハリントン） 3377
紫年金の遊蕩者たち（ファーマー） 3668
ムンクを追え！（ドルニック） 2916
ムンク伝（プリドー） 3957
ムーンタイガー（ライヴリー） 5140

【め】

メアリ・ウルストンクラフトの生と死(トマリン) 2887
メアリー、ドアを閉めて(シュッツ) 1951
メイおばちゃんの庭(ライラント) 5184
迷宮のチェス・ゲーム(プライス) 3825
迷探偵スペントン登場(ホルムベリイ) 4522
名探偵のキッシュをひとつ(エイムズ) 0634
名探偵ポオ氏(ウォルシュ) 0528
名馬風の王(ヘンリー) 4344
名馬スモーキー(ジェームズ) 1811
名編集者パーキンズ(バーグ) 3184
名誉の戦場(ルオー) 5470
名誉の牢獄(ジェンキンス) 1830
メイリイとおまつり(ハンドフォース) 3456
めぐみ(モリ) 5059
目くらましの道(マンケル) 4879
めくらやなぎと、眠る女(村上) 4980
めぐりあう時間たち(カニンガム) 0962
めぐりめぐる月(クリーチ) 1313
目覚め(レトキー) 5604
目覚めない女(ファイフィールド) 3626
めざめれば魔女(マーヒー) 4814
目立ちすぎる死体(グレンジャー) 1432
メタフィジカル・クラブ(メナンド) 5006
メタリカ(カセック) 0919
メッセージ(ズーサック) 2132
メデューサとの出会い(クラーク) 1242
目には目を(カード) 0943
メープルヒルの奇跡(ソレンスン) 2423
メモリアル病院の5日間 生か死か(フィンク) 3703
メンフィスへ帰る(テイラー) 2697

【も】

盲導犬(コナー) 1600
燃える戦列艦(フォレスター) 3784
モーおじさんの失踪(イヴァノヴィッチ) ... 0210
モギ(パーク) 3182
黙示(ロッツ) 5713
黙示録3174年(ミラー) 4934
木曜日に生まれた子ども(ハートネット) ... 3287
もしこのまま続けば(ハインライン) 3121
もし星が神ならば(エクランド) 0643
もし星が神ならば(ベンフォード) 4340
もしもぼくがおとなだったら…(ヤニコウスキー・エーヴァ) 5092
もしもぼくがおとなだったら…(レーベル・ラースロー) 5611

モスキート・コースト(セロー) 2398
モダン・アート(シャピロ) 1915
モッキンバード(アースキン) 0041
モーニング・チャイルド(ドゾワ) 2840
もののあはれ(リュウ) 5414
物の時代(ペレック) 4311
喪の山(ビジョルド) 3514
モモ(エンデ) 0765
もものき なしのき プラムのき(アルバーグ) 0141
森へ消えた男(ドイロン) 2809
森を抜ける道(デクスター) 2730
もりでいちばんつよいのは?(シェフラー) 1806
もりでいちばんつよいのは?(ドナルドソン) 2854
森の中のアシガン(カリエール) 0992
モルダウの黒い流れ(デヴィッドスン) 2720
モンキーズ・レインコート(クレイス) 1401
モンキー・パズル(ゴズリング) 1574
モンキー療法(マーティン) 4786
モンストレス Volume 1(タケダ) 2451
モンストレス Volume 1(リュウ) 5417
モンストレス Volume 2(タケダ) 2450
モンストレス Volume 2(リュウ) 5416

【や】

やあ、ねこくん!(キーツ) 1045
夜間飛行(サン=テグジュペリ) 1755
やぎと少年(シンガー) 2097
やぎのあたまに(シーガル) 1834
約束の地(パーカー) 3162
約束の道(キャッシュ) 1075
やけたトタン屋根の猫(ウィリアムズ) 0337
優しいオオカミの雪原(ペニー) 4240
野獣の血(ゴアズ) 1556
やったねカメレオンくん(ケナウェイ) 1513
やっとミゲルの番です(クラムゴールド) ... 1283
屋根裏の仏さま(オオツカ) 0772
屋根裏部屋のエンジェルさん(ヘンドリー) 4333
野蛮な遊び(コラン) 1636
病の皇帝『がん』に挑む(ムカジー) 4973
山猫(トマージ・ディ・ランペドゥーサ) ... 2877
山猫(バー) 3080
山のしきたり(ル=グウィン) 5497
闇に泣く(ブライソン) 3832
闇に横たわれ(フェスパーマン) 3714
闇の記憶(クルーガー) 1360
闇の聖母(ライバー) 5172
闇の底のシルキー(アーモンド) 0120
闇の左手(ル=グウィン) 5498
病める狐(ウォルターズ) 0541

ヤンと野生の馬(デンネボルク) ……… 2802
ヤンネ、ぼくの友だち(ポール) ……… 4492

【ゆ】

憂鬱な象(ロビンスン) …………… 5750
憂鬱な象(ロビンスン) …………… 5752
勇気ある人々(ケネディ) …………… 1518
夕暮れをすぎて(キング) …………… 1165
勇者の帰還(フォレスター) ………… 3785
郵便局員ねこ(ヘイリー) …………… 4187
ゆうれい灯台ツアー(暗号クラブ 2)(ワーナー) ……………………… 5853
誘惑の巣(ヘファナン) ……………… 4259
誘惑は殺意の香り(コザック) ……… 1567
ゆかいなゆうびんやさんのクリスマス(アルバーグ) ……………………… 0142
床下の小人たち(ノートン) ………… 3069
ゆがめられた記憶(マーヒー) ……… 4815
ゆがめられた昨日(レイシイ) ……… 5545
雪(パムク) ……………………… 3348
雪が燃えるように(ドブレ) ………… 2869
雪殺人事件(マッシー) ……………… 4767
雪の写真家ベントレー(アゼアリアン) ……… 0043
雪の女王(ヴィンジ) ………………… 0431
ゆきのひ(キーツ) …………………… 1046
ユゴーの不思議な発明(セルズニック) ……… 2390
ユダヤ警官同盟(シェイボン) ……… 1774
ユダヤ人大虐殺の証人ヤン・カルスキ(エネル) ……………………… 0688
ユニコーン・ヴァリエーション(ゼラズニイ) ……………………… 2380
ユニコーン・ヴァリエーション(ゼラズニイ) ……………………… 2381
指先にふれた罪(バーン) …………… 3416
指ぬきの夏(エンライト) …………… 0768
夢の彼方への旅(イボットソン) …… 0232
夢のギャラリー(ラッシュ) ………… 5233
夢の破片(ジョス) …………………… 2015
夢の蛇(マッキンタイア) …………… 4747
夢みるパナマ(ヤノッシュ) ………… 5093
夢みるロボット(アシモフ) ………… 0031
許されざる者(ペーション) ………… 4215
赦しの日(ル=グウィン) …………… 5499
ゆるやかな彫刻(スタージョン) …… 2154

【よ】

夜明けの少年(アーマー) …………… 0105
夜明けの光の中に(ブロック) ……… 4112
夜明けのメイジー(ウィンスピア) … 0435

夜明け前の時(フレムリン) ………… 4078
よい戦争(ターケル) ………………… 2452
酔いどれ故郷にかえる(ブルーウン) ……… 4004
酔いどれに悪人なし(ブルーウン) … 4005
容疑者(ライト) ……………………… 5161
妖術師の島(カー) …………………… 0887
妖女サイベルの呼び声(マキリップ) ……… 4589
揚子江の少年(ルイス) ……………… 5459
妖精のハンドバッグ(リンク) ……… 5434
洋梨形の男(マーティン) …………… 4787
善き女の愛(マンロー) ……………… 4885
欲望という名の電車(ウィリアムズ) ……… 0338
欲望の街(ブローナー) ……………… 4117
予言の石(クロスリー=ホランド) … 1451
夜ごとのサーカス(カーター) ……… 0922
ヨセフのだいじなコート(タバック) ……… 2476
よぞらをみあげて(ビーン) ………… 3607
ヨットクラブ(イーリイ) …………… 0234
夜中に犬に起こった奇妙な事件(ハッドン) ……………………… 3263
ヨナ・キット(ワトスン) …………… 5846
四人の兵士(マンガレリ) …………… 4876
余白の街(ピエール・ド・マンディアルグ) … 3474
ヨブ(ハインライン) ………………… 3122
夜更けのエントロピー(シモンズ) … 1882
甦ったスパイ(カミング) …………… 0981
よみがえったミイラ(暗号クラブ 4)(ワーナー) ……………………… 5854
甦る男(ランキン) …………………… 5286
よみがえれ白いライオン(バーニンガム) … 3318
よみがえれ白いライオン(モーパーゴ) … 5053
夜への長い旅路(オニール) ………… 0823
夜を深く葬れ(マックルヴァニー) … 4741
夜に生きる(ルヘイン) ……………… 5520
夜に変わるもの(キャメロン) ……… 1091
よるのいえ(クロムス) ……………… 1454
夜の片隅で(ウィルスン) …………… 0382
夜の監視(ファスト) ………………… 3655
夜の軍隊(メイラー) ………………… 4999
夜の子供たち(シモンズ) …………… 1883
夜のサーカス(モーゲンスターン) … 5029
夜の翼(シルヴァーバーグ) ………… 2081
夜の鳥(ハウゲン) …………………… 3145
夜の熱気の中で(ボール) …………… 4481
夜の果ての旅(セリーヌ) …………… 2387
夜の森(キュルチス) ………………… 1129
夜は終わらない(ペレケーノス) …… 4308
よろこび(ベルナノス) ……………… 4298
喜びは今も胸に(アシモフ) ………… 0032
ヨンカーズ物語(サイモン) ………… 1707
四十日(クレイス) …………………… 1396
四十二丁目の埋葬(ベリー) ………… 4269

【ら】

ライアへの讃歌（マーティン）……… 4788
ライアへの讃歌（マーティン）……… 4789
ライオンとネズミ（ピンクニー）…… 3609
ライオンの肢（ブロンジーニ）……… 4130
ライオンのレオポルト（クンツェ）… 1457
ライトニングが消える日（マーク）… 4593
ライラックの香り（アリン）………… 0136
ラインゴルト特急の男（メイリング）… 5000
ラウィーニア（ル＝グウィン）……… 5500
楽園の泉（クラーク）………………… 1243
ラグタイム（ドクトロウ）…………… 2837
ラスコの死角（パターソン）………… 3230
ラスト・カウボーイ（クレイマー）… 1405
ラスト★ショット（ファインスタイン）…… 3635
ラスト・チャイルド（ハート）……… 3281
ラセンウジバエ解決法（ティプトリー）… 2677
ラッキー・トリンブルのサバイバルな毎日（パトロン）……………………… 3305
ラット・キング（ディブディン）…… 2670
ラニー・バッド 第3部（シンクレア）… 2100
ラ・ビーダ（ルイス）………………… 5461
ラビット・ホール（リンゼイ＝アベアー）… 5442
ラブ・メディシン（アードリック）… 0084
ラブラバ（レナード）………………… 5605
ラブリー・ボーン（シーボルト）…… 1855
ラホール駐屯地での出来事（デイヴィッドソン）……………………… 2622
愛人（ラマン）（デュラス）………… 2781
ラモーナとおかあさん（クリアリー）… 1305
ラモン・メルカデルの第二の死（センプルン）……………………… 2402
ランゴリアーズ（キング）…………… 1166
蘭の告発（グレアム）………………… 1380

【り】

リアルト・ホテルで（ウィリス）…… 0372
リヴァイアサン（オースター）……… 0793
リヴァイアサン（ウエスターフェルド）… 0458
リガの森では、けものはひときわ荒々しい（ブラウン）……………………… 3849
リーグ・オブ・エクストラオーディナリー・ジェントルメン（ムーア）…… 4955
リーコとオスカーともっと深い影（シェッソウ）……………………… 1785
リーコとオスカーともっと深い影（シュタインヘーフェル）……………… 1949
離婚に勝る（バーナード）…………… 3313
リジーとひみつのティーパーティ（ウィルソン）……………………… 0398
リジーとひみつのティーパーティ（シャラット）……………………… 1928
リーシーの物語（キング）…………… 1167
リスボンの小さな死（ウィルソン）… 0405
リッチ＆ライト（ドゥレ）…………… 2827
リトル、ビッグ（クロウリー）……… 1443
リトル・ブラザー（ドクトロウ）…… 2833
リネアの12か月（ビョルク）………… 3572
リネア モネの庭で（ビョルク）…… 3573
リフカの旅（ヘス）…………………… 4217
リプレイ（グリムウッド）…………… 1330
リメイク（ウィリス）………………… 0373
リモノフ（カレール）………………… 1008
竜を駆る種族（ヴァンス）…………… 0281
留学生（ラブロ）……………………… 5271
留置所（フォード）…………………… 3762
龍と十字架の道（マーティン）……… 4790
竜との舞踏（マーティン）…………… 4791
竜の戦士（マキャフリイ）…………… 4576
竜の卵（フォワード）………………… 3788
竜の夜明け（マキャフリイ）………… 4577
理由もなく突然に（ラッツ）………… 5246
リュバルブの葉蔭に（ビーユ）……… 3551
猟犬クラブ（クゼイ）………………… 5200
量子怪盗（ライアニエミ）…………… 5129
領事殿（ボダール）…………………… 4414
量子の海、ディラックの深淵（ファーメロ）……………………… 3669
量子の謎をとく（ウルフ）…………… 0610
両方になる（スミス）………………… 2294
料理人が多すぎる（タリー）………… 2492
緑衣の女（インドリダソン）………… 0240
リリとことばをしゃべる犬（デール）… 2796
リンガラ・コード（キーファー）…… 1060
リンカン（フリードマン）…………… 3960
リンカーンとさまよえる霊魂たち（ソーンダーズ）……………………… 2431
リンカン・トレイン（マクヒュー）… 4634
リンカーンの三分間（ウィルズ）…… 0380
リンカーンの夢（ウィリス）………… 0374
リンカーン弁護士（コナリー）……… 1613
リングワールド（ニーヴン）………… 2979
りんごとちょう（マリ）……………… 4833
りんごとちょう（マリ）……………… 4834
隣人が殺人者に変わる時 和解への道（ハッツフェルド）……………………… 3261
リンドバーグ（バーグ）……………… 3185
リンドバーグ・デッドライン（コリンズ）… 1648

【る】

ルイーズのゴースト（リンク）……… 5435
ルウィンターの亡命（リテル）……… 5390
ルーカス（ブルックス）……………… 4016

作品名索引　　　　　　　　わんた

ルクセンブルクの迷路 (パヴォーネ) ……… 3143
ルーシー (エディー) ……………………… 0669
ルーシー (ジョハンソン) ………………… 2022
ルーツ (サイクス) ………………………… 1703
ルーツ (ヘイリー) ………………………… 4184
ルネサンスの華 (ベロンチ) ……………… 4324
ルピナスさん (クーニー) ………………… 1210
ルビーの谷 (クリーチ) …………………… 1314

ローベルおじさんのどうぶつものがたり
　(ローベル) ……………………………… 5770
ロボット植民地 (ラインスター) ………… 5191
ローラー＝スケート (ソーヤー) ………… 2416
ロルカ (ギブソン) ………………………… 1064
ロンドン橋がおちまする！(スピアー) …… 2276
ロンボポ (ヤング) ………………………… 5098
ロンリー・ファイター (コーベン) ……… 1630

【れ】

冷血 (カポーティ) ………………………… 0979
冷戦交換ゲーム (トーマス) ……………… 2885
レイチェルが死んでから (ベリー) ……… 4276
レイドロウの怒り (マッキルヴァニー) … 4742
黎明の王 白昼の女王 (マクドナルド) …… 4616
レインボーズ・エンド (ヴィンジ) ……… 0428
歴史 (シモン) ……………………………… 1864
歴史から学ぶ医学 (トマス) ……………… 2881
レクイエムの夜 (キャントレル) ………… 1107
レザルド川 (グリッサン) ………………… 1315
レジにてお並びください (ダンラップ) … 2536
レースを編む女 (レネ) …………………… 5608
レッドスーツ (スコルジー) ……………… 2129
レッド・スパロー (マシューズ) ………… 4720
レッド・マーズ (ロビンスン) …………… 5740
レーニンの墓 (レムニック) ……………… 5623
レベッカ (デュ・モーリア) ……………… 2780
レベッカの誇り (ダグラス) ……………… 2449
レ・マンダラン (ボーヴォワール) ……… 4380
錬金術師の魔砲 (キイズ) ………………… 1037
レント (ラーソン) ………………………… 5227

【ろ】

老後はなぜ悲劇なのか？(バトラー) …… 3294
老人と海 (ヘミングウェイ) ……………… 4262
六月の組曲 (グラス) ……………………… 1255
6度目の大絶滅 (コルバート) …………… 1672
ロージー (エムシュウィラー) …………… 0698
ロジー・カルプ (ンディアイ) …………… 5861
ロージー・ドーンの誘拐 (ライト) ……… 5153
ロス・アラモス 運命の閃光 (キャノン) … 1089
ローズ・コテージの二人の婦人 (ロビンスン)
　……………………………………………… 5756
ロストガール (ロレンス) ………………… 5792
ロック＆キー (ヒル) ……………………… 3593
ロック＆キー (ロドリゲス) ……………… 5718
ロバのシルベスターとまほうの小石 (スタイグ)
　……………………………………………… 2139
ロビイ (アシモフ) ………………………… 0033

【わ】

ワイルド・ガールズ (ル＝グウィン) …… 5501
わが心の川 (ディッキー) ………………… 2651
わが心のジョージア (シェフィールド) … 1804
わが心臓の痛み (コナリー) ……………… 1614
わが友なる敵 (ロングイヤー) …………… 5795
わが名はコンラッド (ゼラズニイ) ……… 2382
我輩はカモである (ウェストレイク) …… 0466
わが町 (ワイルダー) ……………………… 5814
わが目の悪魔 (レンデル) ………………… 5633
若者よ、きみは死ぬ (フレミング) ……… 4076
別れの朝 (リヴォワール) ………………… 5339
別れのキス (ラッツ) ……………………… 5247
別れるということ (フランク) …………… 3909
惑星カマゾツ (ラングル) ………………… 5295
私たちが姉妹だったころ (ファウラー) … 3638
私はあなたと暮らしているけれど、あなたは
　それを知らない (エムシュウィラー) … 0699
私を食べて (マキャモン) ………………… 4583
私が愛したリボルバー (イヴァノヴィッチ) ‥ 0211
わたしが子どもだったころ (ケストナー) … 1503
わたしが眠りにつく前に (ワトソン) …… 5849
わたしのエマ (フックス) ………………… 3799
私のはじめての事件 (ルーム) …………… 5522
わたしのペットは鼻づらルーディ (ティム)
　……………………………………………… 2679
わたしのペットは鼻づらルーディ (マチジアク)
　……………………………………………… 4727
私の夜はあなたの昼より美しい (ビエドゥー)
　……………………………………………… 3471
わたしは生きていける (ローゾフ) ……… 5707
私は覚えていない (セベスティアン) …… 2373
ワタシハ私 (リューイン) ………………… 5412
ワップショット家の人びと (チーヴァー) … 2538
笑う警官 (ヴァールー) …………………… 0266
笑う警官 (シューヴァル) ………………… 1944
Worldwired 黎明への使徒 (サイボーグ士官
　ジェニー・ケイシー 3) (ベア) ………… 4140
われらをめぐる海 (カーソン) …………… 0921
我ら死者とともに生まれる (シルヴァーバーグ)
　……………………………………………… 2082
われらの独立を記念し (ヘンダーソン) … 4332
われらの一人 (キャザー) ………………… 1070
ワンダー (パラシオ) ……………………… 3352

文学賞受賞作品総覧 海外篇　　　　　　　　557

わんぱくタイクの大あれ三学期（ケンプ）… 1550

【A】

A.A. Milne（スウェイト）……………… 2111
Abaddon's Gate（コーリイ）…………… 1639
A Bad Night's Sleep（ワイリー）……… 5808
A Ball for Daisy（ラシュカ）…………… 5210
Abandon in Place（オルソン）………… 0851
Abe Lincoln in Illinois（シャーウッド）…… 1893
A Bibliography of A.Conan Doyle（グリーン）………………………………………… 1348
A Bibliography of A.Conan Doyle（Gibson）………………………………………… 6080
Abigail Adams（Bober）………………… 5933
A Biographical Dictionary of Science Fiction & Fantasy Artists（ワインバーグ）……… 5819
A Birthday（フリーズナー）…………… 3943
About Time（モーティマー）…………… 5041
A Brief History of Seven Killings（ジェームス）………………………………………… 1817
Abzählen（Melaschwili）………………… 6248
A Case of Loyalties（ウォレス）……… 0558
A caso（ランドルフィ）………………… 5317
A Catalogue of Crime（テイラー）…… 2691
A Catalogue of Crime（バーザン）…… 3208
Acceleration（マクナミー）…………… 4629
Accident d'amour（Petoud）…………… 6306
A Chance Child（ウォルシュ）………… 0531
Achtung - Sturmwarnung Hurricane（サルキー）……………………………………… 1744
Acid Drop（ジョージ）………………… 2014
A City in Winter（ヘルプリン）……… 4302
A Civil Action（ハー）………………… 3079
A Coast of Trees（アモンズ）………… 0115
A Coffin for Pandora（バトラー）…… 3292
A Confederacy of Dunces（トゥール）… 2823
A Constellation Of Vital Phenomena（Marra）………………………………………… 6234
A Constitutional History of the United States（マクラフリン）………………… 4659
Across the Wide Missouri（デヴォート）… 2722
A Crowd of Bone（ギルマン）………… 1135
A Crown of Feathers and Other Stories（シンガー）……………………………………… 2098
Act Of Destruction（ハーディ）……… 3265
Adam's Breed（ホール）………………… 4494
A Darkling Sea（Cambias）…………… 5952
A Dark Matter（ストラウブ）………… 2225
A Daughter of the Middle Border（ガーランド）……………………………………… 0989
adding science to Science Fiction（アシモフ）……………………………………… 0434
A Deadly Measure of Brimstone（マクファーソン）……………………………………… 4637
A Death in Ueno（Wiecek）…………… 6499

A Defense of the Social Contracts（ソーカップ）……………………………………… 2409
Aden（ギャラ）…………………………… 1096
Adios Muchachos（チャバリア）……… 2577
A Disaffection（ケルマン）…………… 1544
A Distant Mirror（タックマン）……… 2463
Admiral of the Ocean Sea（モリソン）… 5066
A Door into Ocean（スロンチェフスキ）… 2336
A Dreadful Day（Warthman）………… 6396
Adrift on the Sea of Rains（サール）… 1742
Adventures in the Alaskan Skin Trade（ホークス）……………………………………… 4390
A Fine Balance（ミストリー）………… 4900
A First-Class Temperament（ワード）… 5840
A Flame In Sunlight（ウエスト）……… 0459
A Flowery Death（レヴァック）……… 5561
A Formal Feeling（オニール）………… 0815
A French Finish（ロス）………………… 5696
African American Mystery Writers（ベイリー）……………………………………… 4190
A Frolic of His Own（ギャディス）…… 1085
After I'm Gone（リップマン）………… 5378
After Many A Summer Dies The Swan（ハクスリー）………………………………………… 3195
Aftermath（エヴァンス）……………… 0640
Aftershock（ウィルスン）……………… 0387
Aftershocks（フィンチ）………………… 3707
After the Fall, Before the Fall, During the Fall（クレス）…………………………… 1417
After the Siege（ドクトロウ）………… 2834
Afterward, There Will Be a Hallway（ブラウンベック）……………………………………… 3854
After-Images（エドワーズ）…………… 0684
A Further Range（フロスト）………… 4093
Again, Dangerous Visions（エリスン）… 0727
Agatha Christie（ギル）………………… 1130
A Gathering Light（ドネリー）……… 2858
A Gathering of Days（ブロス）……… 4092
A Gathering of Saints（リンゼイ）…… 5440
A Girl Is a Half-formed Thing（McBride）………………………………………… 6245
A Glow of Candles, a Unicorn's Eye（グラント）………………………………………… 1297
A God in Ruins（アトキンソン）……… 0078
A Good House（バーナード）………… 3310
A Good Man of Business（イングラム）… 0237
A Grass Rope（メイン）………………… 5001
A Great Fall（サヴェージ）…………… 1710
A Guest of Honour（ゴーディマ）…… 1591
A Guide to the Fruits of Hawai'i（ジョンソン）………………………………………… 2058
A Hallowe'en Anthology（モートン）… 5043
A History of American Magazines（モット）………………………………………… 5039
A History of the Civil War, 1861-1865（ローズ）………………………………………… 5678
A History of the United States（チャニング）………………………………………… 2575
A Horse Walks Into a Bar（グロスマン）… 1448
A House is a House for Me（フレイザー）… 4049

A House is a House for Me (ホバーマン)	4438
A House Of Children (ケアリー)	1460
A Human Stain (ロブソン)	5765
Ainsi naissent les fantômes (タトル)	2466
Air sur la quatrième corde (Chauvet)	5969
Ajeemah and His Son (ベリー)	4270
AK (ディキンスン)	2636
Akata Warrior (オコルフォア)	0788
A Killing at Cotton Hill (シェイムズ)	1778
A Killing in the Hills (ケラー)	1524
Akitada's First Case (パーカー)	3163
Alabaster (キアナン)	1031
Albert Speer (セレニー)	2395
Aliens (ビセット)	3517
A Light In The Cellar (バッキー)	3253
Alison's House (グラスペル)	1257
A Little Bit Dead (リーヴァー)	5335
A Little Lower than the Angels (マコックラン)	4691
Alive Together (ミュラー)	4924
All Because of Jackson (イーストウッド)	0229
All Because of Jackson (キング=スミス)	1178
Allegri, gioventù (Cancogni)	5955
Allegro Postillions (Keates)	6170
Alle Jahre wieder saust der Preßlufthammer nieder oder Die Veränderung der Landschaft (ミュラー)	4915
Alles Familie！(Kuhl)	6182
Alles Familie！(Maxeiner)	6243
All Systems Red (ウェルズ)	0477
All the Birds in the Sky (アンダース)	0170
All The Way Home (モーゼル)	5038
Allt jag säger är sant (Bjärbo)	5930
Alma Cogan (Burn)	5949
Alone with the Horrors (キャンベル)	1112
Along The Valley (Henriquez)	6123
A Long Way from Verona (ガーダム)	0924
Altered States (チャエフスキー)	2561
Alternate Worlds (ガン)	1019
Alvin Journeyman (カード)	0944
Always (ファウラー)	3639
Always Room for One More (ホグローギアン)	4393
A Madness So Discreet (マクギニス)	4596
Amanda！Amanda！(ホルム)	4521
Amapola (ウレア)	0612
Amelia Peabody's Egypt (ウィットブレッド)	0313
Amelia Peabody's Egypt (ピーターズ)	3524
Amelia Peabody's Egypt (フォーブス)	3781
America is Elsewhere (Dussere)	6032
American Education (クレミン)	1423
American Lightning (ブラム)	3901
American Lion (ミーチャム)	4902
American Murder Ballads (バート)	3269
American Pastoral (ロス)	5689
American Primitive (オリヴァー)	0845
American Sphinx (エリス)	0708
American Waitress (ファウラー)	3643
Amerika (ルフ)	5513
Amerika-Saga (ヘットマン)	4231
A Midwife's Tale (ウールリッチ)	0611
Amisko シリーズ (Linderholm)	6216
Amos Fortune, Free Man (イェーツ)	0213
Amour noir (ノゲーズ)	3063
An American in Italy (クブリ)	1221
An American Plague (マーフィー)	4820
An American Requiem (キャロル)	1099
Anamnèse de Lady Star (Kloetze)	6178
An Antidote for Avarice (ロー)	5636
Anarchy, State and Utopia (ノージック)	3064
Anarkai (Nilsson)	6284
An Army at Dawn (アトキンスン)	0080
Anathem (スティーヴンスン)	2194
A Nation Under Our Feet (ハン)	3417
A Natural History of Hell (フォード)	3768
Anchise (Desbiolles)	6016
Andersonville (カンター)	1023
And Having Writ... (ベンソン)	4330
And I Worked at the Writer's Trade (カウリー)	0900
Andrew Jackson & the Course of American Democracy, 1833-1845 (レミニ)	5622
Andrew Jackson, 2 vols. (ジェームス)	1815
And She Was (ゲイリン)	1498
And Their Children After Them (ウィリアムソン)	0352
And Their Children After Them (マハリッジ)	4808
A New Life Of Chekhov (ヒングリー)	3612
Angle of Repose (ステグナー)	2209
Angry Candy (エリスン)	0728
Animale. La Malédiction de Boucle d'or (Dixen)	6020
Animals of the Bible, A Picture Book (ラスロップ)	5223
A n'importe quel prix (Belmas)	5919
A n'importe quel prix (Belmas)	5920
An Invocation of Incuriosity (ゲイマン)	1488
Annals of the Former World (マクフィー)	4643
Anne-Marie (ボダール)	4415
Annie Allen (ブルックス)	4015
Anny (ベルナール)	4300
An Officer and A Spy (ハリス)	3366
Another Day, Another Dollar (マーフィー)	4819
Ansible (ラングフォード)	5290
Antarctic Traveler (ポリット)	4472
Anthony Boucher (マークス)	4598
Anthony Burns (ハミルトン)	3340
Anton taucht ab (Baisch)	5903
Anton taucht ab (Kusche)	6184
An Unfinished Woman (ヘルマン)	4304
An Unmarked Grave (トッド)	2845
An Unquiet Grave (パリッシュ)	3372
Any Day Now (ビッスン)	3533
A Parish of Rich Women (バカン)	3170

A Pictorial History of Science Fiction（カイル） ………………………………… 0890
A Place Aparte（フォックス） ……………… 3755
A Place of Dying（エデン） ………………… 0675
Apocalypse bébé（デパント） ……………… 2745
Apocrypha（ラング） ………………………… 5288
Appalachia（モーザー） ……………………… 5030
Appalachia（ライアント） …………………… 5185
A Prince of Our Disorder（マック） ……… 4756
A Private Disgrace（リンカーン） ………… 5428
A Question of Honor（トッド） …………… 2846
Arabella of Mars（レヴァイン） …………… 5560
Aracoeli（モランテ） ………………………… 5058
Arago（ジュヌフォール） …………………… 1959
Arc of Justice（ボイル） ……………………… 4365
Arctic Dreams（ロペス） …………………… 5769
A Really Weird Summer（マグロー） …… 4680
Are You in the House Alone？（ペック）… 4228
Argentine（ウサン） ………………………… 0573
A Rising Man（ムーカジ） ………………… 4972
A Room Made of Windows（カメロン）… 0984
A Rose For Her Grave（ルール） ………… 5528
Art and Life in America（ラーキン） …… 5205
A Scattering（リード） ……………………… 5391
A Scattering of Jades（アーヴァイン） … 0008
A Season In The West（リード） ………… 5393
A Severe Mercy（ヴァノーケン） ………… 0250
Ashes（レヴィン） …………………………… 5573
Ash（ジェントル） …………………………… 1832
Ashes And Bones（キャメロン） ………… 1092
Ashes To Ashes（クリューガー） ………… 1334
Åshöjdens bollklubb（ルンドグレン） … 5531
A Short, Sharp Shock（ロビンソン） …… 5742
Asia Hand（ムーア） ………………………… 4958
Asiles de fous（Jauffret）…………………… 6153
A Slanting Light（チャールズ） …………… 2580
A Sleep Not Unlike Death（チャーコーヴァー） ………………………………………… 2563
A Small Price to Pay for Birdsong（バーカー） ………………………………………… 3164
A Small Room in Koboldtown（スワンウィック） ……………………………………… 2347
A Song for Ella Grey（アーモンド） …… 0121
A Sound of Chariots（ハンター） ………… 3447
A Spell of Winter（ダンモア） …………… 2533
Assam（Cortanze）…………………………… 5990
As She Left It（マクファーソン） ………… 4638
A Stillness at Appomattox（キャットン）… 1079
A Stitch in Time（ライヴリー） …………… 5141
Astounding（ハリソン） …………………… 3367
A Strange Eventful History（ホルロイド）… 4523
A Student of Hell（ピクシリリー） ……… 3487
A Sudden Death at the Norfolk Cafe（サリバン） …………………………………………… 1740
A Taste of Tenderloin（オニール） ……… 0818
A Thief in the Village（ベリー） ………… 4271
A Thousand Bones（パリッシュ） ……… 3373
A Time of Troubles（レイブン） ………… 5553
A Time To Die（ウィッカー） ……………… 0310

At Lady Molly's（ポウエル） ……………… 4370
A Trick of the Light（ペニー） …………… 4244
A True Deliverance（ハーウェル） ……… 3141
At The End Of The Open Road（シンプソン） ………………………………………… 2106
Au bon beurre（デュトゥール） …………… 2765
Aucun homme n'est une île（Lambert）… 6194
Audrey's Door（Langan）…………………… 6196
Aufstand der Tiere oder die Neuen Stadtmusikanten（シュタイナー） ……… 1948
Aufstand der Tiere oder die Neuen Stadtmusikanten（ミュラー） …………… 4916
Augustus（ウィリアムズ） ………………… 0336
Auks, Rocks, and the Odd Dinosaur（トムソン） ……………………………………… 2891
Au pied du mur（プリヴァ） ……………… 3928
Aurore et George（マルジュリ） ………… 4845
Authorized Personnel Only（ダマート）… 2482
Autumn at the Automat（ブロック） …… 4113
A Valley Grows Up（オズマンド） ……… 0797
Avant-Guerre（ルアール） ………………… 5453
A Virgil Thomson Reader（トムソン） … 2890
A Visit to William Blake's Inn（ウィラード） ………………………………………… 0323
A Visit to William Blake's Inn（プロベンセン） ………………………………………… 4122
A Visit to William Blake's Inn（プロベンセン） ………………………………………… 4124
A Wealth of Fable（ワーナー） …………… 5851
A Whispered Name（ブロドリック） …… 4116
A Will Is A Way（セイラー） ……………… 2359
A Witness Tree（フロスト） ……………… 4094
A Woman of the Iron People（アーナソン） ……………………………………………… 0089
A Woman's Place（ニューマン） ………… 3012
A Worshipful Company of Fletchers（テイト） …………………………………………… 2661
Aztec Century（エヴァンス） ……………… 0639
Aztechs（シェパード） ……………………… 1797

【B】

Baboushka and the Three Kings（シドジャコフ） ………………………………………… 1847
Backlash（ファルーディ） ………………… 3670
Bad Blood（メイベリー） …………………… 4992
Bad Company（ジャクソン） ……………… 1898
Bad Land（ラバン） ………………………… 5261
Bågen（Carpelan）…………………………… 5958
Bande à part（ベレ） ………………………… 4307
Banks and Politics in America（ハモンド） …………………………………………… 3350
Bara Tsatsiki（Nilsson-Brännström）…… 6286
Barnens svenska historia（Hulth）……… 6136
Barney's Version（リッチラー） …………… 5371
Barrett Wendell and His Letters（ハウ）… 3127
Bartholomew and the Bug（レイトン） … 5548

Basil Copper（コッパー）	1581
Basil Copper（ジョーンズ）	2036
Battle Cry of Freedom（マクファーソン）	4642
Beached（ジングラス）	2099
Bearing the Cross（ガロウ）	1015
Bear is Broken（スミス）	2320
Beautiful Shadow（ウィルソン）	0390
Beautiful Swimmers（ワーナー）	5850
Beauty（テッパー）	2739
Beauty（ピンバラ）	3618
Beauty（Selbourne）	6349
Becoming a Man（モネット）	5049
Been in the Storm so Long（リトワック）	5402
Before I Fall（オリヴァー）	0848
Before the Golden Age（アシモフ）	0035
Behind Barbed Wire（デーヴィス）	2717
Being Full of Light, Insubstantial（アディスン）	0067
Being Gardner Dozois（スワンウィック）	2348
Bella vita e guerre altrui di Mr Pyle, gentiluomo（バルベーロ）	3384
Bellwether（ウィリス）	0375
Beluthahatchie and Other Stories（ダンカン）	2520
Benchmarks（Budrys）	5947
Bendigo Shafter（ラムーア）	5277
Bénédiction（Silve）	6353
Bengt och kärleken（Martin）	6235
Benjamin Franklin（ドーレン）	2938
Benjamin Franklin, Self-Revealed（ブルース）	4009
Benjamin Henry Latrobe（ハムリン）	3349
Beowulf（ヒーニー）	3542
Berlioz, Volume2（Cairns）	5951
Bernard Heuvelmans, un rebelle de la science（バルロワ）	3386
Bernie Magruder & the Bats in the Belfry（ネイラー）	3033
Better to Have Loved（ポール＝ウェアリー）	4496
Better to Have Loved（メリル）	5015
Between Riverside and Crazy（ギジス）	1039
Between the World and Me（Coates）	5977
Between War and Peace（ファイス）	3624
Bewilderment（フェリー）	3718
Beyond Any Measure（ワグナー）	5822
Beyond A Reasonable Doubt（フランクル）	3914
Bibliomancy（ハンド）	3452
Big City, Bad Blood（チャーコーヴァー）	2564
Bigger than Death（エチメンディ）	0665
Big Maria（ショウ）	2005
Big Momma Makes the World（オクセンバリー）	0782
Big Momma Makes the World（ルート）	5512
Bill's New Frock（ファイン）	3632
Billy Lynn's Long Halftime Walk（Fountain）	6063
Binti（オコルフォア）	0789
Birds of a Feather（ウィンスピア）	0436
Birdy（ウォートン）	0515
Birmane（オノ＝ディビオ）	0824
Biscuit Bear（グレイ）	1387
Bismarck（クランクショー）	1291
Bisonjaeger und Mäusefreunde（ヴェルク）	0473
Bitter Angel（ガースラー）	0915
Black Air（ロビンスン）	5743
Black and Orange（エスリッジ）	0654
Black and White（マコーレイ）	4706
Black Butterflies（シャーリー）	1930
Black Dahlia and White Rose（オーツ）	0803
Black Glass（ファウラー）	3640
Black Man（モーガン）	5027
Black Static（Meloy）	6253
Black Summer（Ellis）	6036
Black Summer（Ryp）	6342
Blackwater Sound（ホール）	4479
Black Zodiac（ライト）	5156
Blanc（Francis）	6066
Blessing the Boats（クリフトン）	1328
Blind Eye（スチュアート）	2176
Blink & Caution（ウィン＝ジョーンズ）	0433
Blizzard of One（ストランド）	2234
Blogging the Hugos（キンケイド）	1181
Blood and Money（トンプスン）	2942
Blood in the Water（トンプソン）	2948
Blood Junction（カーヴァー）	0892
Blood Kin（マウンテン）	2751
Bloodline（マウンテン）	4563
Blood of The Dragon（マーティン）	4792
Blood on the Page（Harding）	6113
Bloodsilver（Barrow）	5908
Blood Ties（セトル）	2369
Bloße Hände（ベルナー）	4296
Bloße Hände（ムイヤールト）	4971
Blue Mars（ロビンスン）	5744
Body of Glass（ピアシー）	3465
Boire la tasse（Langlois）	6199
Bold As Love（ジョーンズ）	2030
Bone Swans（クーニー）	1211
Bonheur d'occasion（ロワ）	5793
Boobytrap（プロンジーニ）	4132
Booker T.Washington（ハーラン）	3356
Books, Crooks and Counselors（ブードウィッツ）	3807
Books to Die For（コナリー）	1604
Books to Die For（バーク）	3181
Boomerang（シンプソン）	2104
Boswellis Presumptuous Task（シスマン）	1842
Botch Town（フォード）	3769
Both Your Houses（アンダーソン）	0182
Boussole（エナール）	0687
Bouvard, Pécuchet et les savants fous（レウヴァン）	5579
Brandeburg（ポーター）	4412
Brasyl（マクドナルド）	4617
Brave New Words（Prucher）	6316
Brazzaville Beach（ボイド）	4361

Breakfast in the Ruins (マルツバーグ)	4850
Breathe (ファウラー)	3644
Breven till nattens drottning (エーデルフェルド)	0673
Bridesicle (マッキントッシュ)	4752
Briggen Tre Liljor (Mattson)	6242
Bright Ambush (ヴルデマン)	0591
Brittle Innings (ビショップ)	3503
Bronte's Egg (チューイック)	2592
Brothers And Sinners (フィルブリック)	3701
Brother to Dragons (シェフィールド)	1805
Brown Girl Dreaming (ウッドソン)	0584
Brown Girl in the Ring (ホプキンスン)	4447
Brute Orbits (ゼブロウスキー)	2372
Buckdancer's Choice (ディッキー)	2652
Buckners Error (Guglielmelli)	6100
Buddy Holly Is Alive and Well on Ganymede (デントン)	2800
Buffalo Soldier (ランドマン)	5316
Buffy - An Adventure Story (グラハム)	1268
Building Our House (ビーン)	3608
Buio (マライーニ)	4828
Bull Run (フライシュマン)	3822
Bull Running for Girls (バード)	3270
Bundle of Ballads (シュトップス)	1953
Bunny (ヒル)	3596
Buried (マックレディー)	4758
Burn (ケリー)	1534
Burning Bright (ラッシュ)	5239
Burying the Bones (スパーリング)	2270
Bury Your Dead (ペニー)	4245
By Any Other Name (ロビンスン)	5753
By a Woman's Hand (ジェイムズ)	1775
By a Woman's Hand (スワンソン)	2352
By Moonlight (ビーグル)	3494
By Persons Unknown (ジョナス)	2021
By Persons Unknown (Amiel)	5875

【C】

Cabinet portrait (Benoziglio)	5921
Cafe Endless (ホルダー)	4498
Cain (フープス)	3810
California Thriller (バード)	3283
Call Him Lord (ディクスン)	2643
Call Time (クラーク)	1252
Campagne (ヴァンサン)	0279
Canale Mussolini (ペンナッキ)	4338
Can it be True? (ヒル)	3595
Cannibals (Mullarkey)	6272
Can't Catch Me (モリッシー)	5070
Cantegril (エスコリエ)	0650
Can't We Talk About Something More Pleasant? (チャースト)	2565
Can You Help Me Out Short Story (フェリーニョ)	3720

Capitaine Conan (ヴェルセル)	0479
Careless Whispers (ストアーズ)	2217
Carolina Ghost Woods (ジョーダン)	2019
Caroline ou le Départ pour les îles (Chazournes)	5970
Carry Me Home (マクウォーター)	4595
Cartwheeling in Thunderstorms (ランデル)	5315
Carver (ネルソン)	3057
Cascade Point (ザーン)	1749
Castell (ルアネ)	5452
Castelli di rabbia (バリッコ)	3371
Castle of Los Angeles (モートン)	5044
Cast Your Fate to the Wind (アダムス)	0047
Catcall (ニューベリー)	3010
Catching Water in a Net (Abramo)	5864
Cat Pictures Please (クリッツァー)	1316
CBS Murders (ハマー)	3334
CB (ウィルソン)	0399
Cécile de la Folie (シャドゥルヌ)	1908
Céleste (Coz)	5992
Celtika (ホールドストック)	4505
Ce qu'aimer veut dire (Lindon)	6217
Ces français qui ont écrit demain (Deyres)	6019
Chaga (マクドナルド)	4618
Chains (アンダーソン)	0184
Challenger Deep (シャスターマン)	1904
Chance, Luck and Destiny (ディキンスン)	2637
Charles Beaumont (ボーモント)	4464
Charles Darwin (ブラウン)	3844
Charles Evans Hughes (ピューシー)	3555
Charles Sumner and the Coming of the Civil War (ドナルド)	2852
Charles W.Eliot (ジェイムズ)	1780
Charley Skedaddle (ビーティ)	3535
Charlie Chan (ホアン)	4350
Charlotte (フェンキノス)	3731
Charlotte Brontë (ゲラン)	1527
Chasses de novembre (Laporte)	6201
Chateaubriand, Vol.1 (ペインター)	4198
Chatting with Anubis (エリスン)	0729
Chaucer (ハワード)	3413
Cheever (Bailey)	5902
Chester B.Himes (ジャクソン)	1899
Chester Drumseries (マーロウ)	4864
Chickadee (アードリック)	0085
Chicks Dig Time Lords (O'Shea)	6297
Chicks Dig Time Lords (Thomas)	6377
Chien du heaume (Niogret)	6287
Child of the Owl (イェップ)	0215
Children of Crisis, Vols. II and III (コールズ)	1655
Children of the Dusk (Berliner)	5923
Children of the Dusk (Guthridge)	6105
Children of Time (チャイコフスキー)	2552
Children of Winter (ブラウン)	3842
Children's Fantasy Literature (Levy)	6210

| 作品名索引 | CUT |

Children's Fantasy Literature (Mendlesohn) 6255
Children's Literature (Lerer) 6209
Chimeric Machines (スナイダー) 2260
Chimney Sweeps (ギブリン) 1066
China Mountain Zhang (マクヒュー) 4635
Chocolate Moose (クライダー) 1226
Chocolate Moose (クライダー) 1228
Christianity, Social Tolerance and Homosexuality (ボズウェル) 4399
Christopher Isherwood (フィニー) 3691
Chuck Close (クロース) 1447
Chung Ling Soo's Greatest Trick (Johnson) 6158
Citizen (ランキン) 5287
City of Dragons (スタンリー) 2173
City of Truth (モロウ) 5074
Civilisation et divagations (トマ) 2876
Clara Callan (ライト) 5160
Clarity (ボナー) 4435
Claude (Fauconnier) 6045
Claudius The God (グレーヴス) 1408
Clear Recent History (Ari) 5879
Clea's Moon (ライト) 5148
Clem (Muller) 6273
Clive Barker's Shadows of Eden (ジョーンズ) 2037
Close But No Cigar (Purvis) 6317
Closed for the Season (ハーン) 3418
Close Encounters (ダンカン) 2521
Clybourne Park (ノリス) 3077
Cockburn's Millennium (ミラー) 4935
Cocteau (スティーグミュラー) 2197
Coffin on a Case! (バンティング) 3449
Cold Allies (Anthony) 5878
Cold Calls (Logue) 6220
Cold Feet (バーカー) 3161
Cold Feet (DeFelice) 6010
Cold Granite (マクブライト) 4646
Cold Morning Sky (ゼツレンスカ) 2368
Cold Quarry (ストレイカ) 2239
Cold Silence (ジラード) 2068
Cold Tom (ブルー) 4000
Cold Turkey (デヴィッドソン) 2721
Coleridge (ホームズ) 4458
Collected Poems (エイキン) 0617
Collected Poems (スティーヴンズ) 2184
Collected Poems (ドーレン) 2939
Collected Poems (ネムロフ) 3052
Collected Poems (フロスト) 4095
Collected Poems (ムーア) 4961
Collected Poems (ライト) 5154
Collected Poems (ロビンソン) 5757
Collected Poems, 1917-1952 (マクリーシュ) 4666
Collected Poems, 1930-1976 (エバハート) 0689
Collected Poems, 1951-1971 (アモンズ) 0116
Collected Shorter Poems 1946-1991 (カルース) 0996

Collected Stories (スタッフォード) 2156
Collected Stories (マシスン) 4708
Collected Stories of Eudora Welty (ウェルティ) 0482
Collected Verse (ヒリヤー) 3583
Columbarium (スチュワート) 2179
Come Away With Me (ダフィ) 2480
Come Dio comanda (アンマニーティ) 0206
CommComm (ソーンダーズ) 2432
Comme ton père (Touze) 6381
Common Ground (ルーカス) 5472
Companion to Murder (シュー) 1943
Complete Poems (サンドバーグ) 1757
Compulsion (レヴィン) 5577
Confess the Seasons (グラント) 1298
Congo. Une histoire (レイブルック) 5552
Conquest of the Moon (ウィブル) 0322
Conquest of the Moon (ブラウン) 3840
Conquest of the Moon (レイ) 5535
Conquistador (マクリーシュ) 4667
Conrad's War (デイヴィス) 2604
Conspiracy (サマーズ) 1727
Consumed, Reduced to Beautiful Grey Ashes (アディスン) 0068
Continent (クレイス) 1397
Contra viento y marea (バルガス=リョサ) 3378
Conundrums for the Long Week-End (マクレガー) 4677
Conundrums for the Long Week-End (ルイス) 5457
Conviction (レヴィット) 5571
Cool Blue Tomb (ケンプレコス) 1552
Cops and Robbers (ライスマン) 5145
Cornell Woolrich (ネヴィンズ) 3042
Corn Huskers (サンドバーグ) 1758
Corpus (シモンズ・ロバーツ) 1885
Cortiz s'est révolté (カスティユー) 0912
Cosa Nostra (ディッキー) 2653
Cost of Living (Majok) 6224
Counterfeit Son (アルフィン) 0146
Country Music (ライト) 5157
Count the Clock that Tells the Time (エリス) 0730
Courtship Rite (Kingsbury) 6175
Covenant (エヴァソン) 0637
Cover of Snow (Milchman) 6261
Cowboy Baby (ヒーブ) 3546
Craig's Wife (ケリー) 1536
Criss Cross (パーキンス) 3172
Crongton Knights (ウィートル) 0319
Crossing The River (フィリップス) 3694
Crota (ゴーインバック) 1561
Cro-Magnon, P.I. (レイス) 5546
Crusader in Crinoline (ウィルソン) 0402
Cube Root (ラングフォード) 5291
Cuckoo Song (Hardinge) 6114
Custer's Trials (スタイルズ) 2141
Cut! Horror Writers on Horror Film (ゴールデン) 1662

文学賞受賞作品総覧 海外篇　　　563

Cutlass Island (コーベット) ················ 1626
Cuts Through Bone (Hunt) ················ 6137
Cyberpan (Colin) ························· 5980

【 D 】

Daddy, Daddy (Durcan) ···················· 6031
Daha (Günday) ··························· 6102
Dale Loves Sophie to Death (デュー) ······ 2757
Damage Done (デイヴィッドソン) ·········· 2624
Dame Agatha's Shorts (サンタンジェロ) ··· 1754
Damnable (シュワイーブル) ················ 1989
Damnation Falls (ライト) ·················· 5149
Dance Writings (コーンフィールド) ········ 1696
Dance Writings (デンビー) ················· 2803
Dance Writings (マッケイ) ················· 4761
Dancing About Architecture (シンプソン)
 ·· 2105
Dancing on the Edge (ノーラン) ··········· 3075
Dandy Gilver and an Unsuitable Day for
 Murder (マクファーソン) ··············· 4639
Dandy Gilver and the Proper Treatment of
 Bloodstains (マクファーソン) ··········· 4640
Danger at Black Dyke (フィンレイ) ········ 3710
Dangling (エイジ) ························ 0625
Daniel Boone (ドーハーティ) ·············· 2859
Dans l'abîme (レーマン) ··················· 5617
Dans les forêts de Sibérie (テッソン) ······ 2738
D'après une histoire vraie (ヴィガン) ······ 0298
Dark Angel (ハーバー) ···················· 3326
Dark Dreamers (ウィアター) ·············· 0293
Dark Dreamers (ウィアター) ·············· 0294
Dark Dreamers (グウィン) ················ 1188
Darkecho (Guran) ························ 6103
Darkecho Newsletter, Vol.5, #1-50 (Guran)
 ·· 6104
Dark Eden (ベケット) ···················· 4214
Dark Harvest (パートリッジ) ············· 3300
Darklands (ロイル) ······················ 5641
Darklands 2 (ロイル) ····················· 5642
Dark Matter (リーブス=スティーブンス) ··· 5406
Dark Matters (ボストン) ·················· 4404
Dark Night in Toyland (ショウ) ············ 2007
Dark Sister (ジョイス) ···················· 1998
Dark Thoughts (ウィアター) ·············· 0295
Dash (ラーソン) ·························· 5226
Das Rätsel der Varusschlacht (エンジカット)
 ·· 0763
Das Rätsel der Varusschlacht (Korn) ······· 6180
Das Steingeschöpf (Anderson) ·············· 5877
Das visuelle Lexikon der Umwelt (シュール)
 ·· 1982
David (ポリガー) ························· 4471
David Hume (グレイグ) ··················· 1389
Da Vinci Rising (ダン) ····················· 2513
Dawn Song (Marano) ····················· 6230
Day (ケネディ) ··························· 1521

Day by Day (ロウエル) ···················· 5648
Days of Sorrow and Pain (ベイカー) ······ 4161
Dead and Gone (ウェルマン) ·············· 0486
Dead By Sunset (ルール) ··················· 5529
Dead End in Norvelt (ガントス) ··········· 1024
Dead in the Water (ホルダー) ············· 4499
Deadliest of the Species (Oliveri) ·········· 6294
Dead Lions (ヘロン) ······················ 4322
Deadly Legacy (バーセル) ················· 3227
Deadly Pleasures Magazine (イースター) ·· 0228
Deadly Women (グレイブ) ················ 1404
Deadly Women (ジェイムズ) ·············· 1776
Deadly Women (ネール) ·················· 3054
Dead Man's Grip (ジェイムズ) ············ 1779
Dead Man's Wages (ビッジチーニ) ········ 3530
Dead Not Buried (ビールズ) ·············· 3605
Death Al Dente (ブードウィッツ) ········· 3808
Death and the Librarian (フリーズナー) ··· 3944
Death and the Supreme Court (ブリティヤ
 ン) ····································· 3955
Deathbird Stories (エリスン) ·············· 0731
Death Comes as Epiphany (ニューマン) ··· 3017
Death Dances To A Reggae Beat (グライ
 リー) ·································· 1231
Death in a Distant Land (リヴィングストン)
 ·· 5337
Death In The Steel City (リビンスキー) ···· 5405
Death of the Mantis (スタンリー) ········· 2174
Death on a Silver Tray (スティーヴンス) ·· 2190
Déborah et les anges dissipés (Jacques) ····· 6147
Déchiffrer la trame (Dunyach) ············· 6028
Declare (パワーズ) ······················· 3401
Dédales virtuels (Girardot) ················· 6084
Deeper into the Movies (ケイル) ·········· 1500
Deep South (バー) ························ 3081
De Goupil à Margot (ペルゴー) ············ 4283
De Kooning (スティーヴンス) ············· 2189
De Kooning (スワン) ····················· 2339
Delights & Shadows (クーザー) ············ 1190
Demain, une oasis (Ayerdhal) ··············· 5893
Demeter (クルーナン) ···················· 1372
'Denk nicht, wir bleiben hier!' Die
 Lebensgeschichte des Sinto Hugo
 Höllenreiner (トゥッカーマン) ········ 2820
Den stora kärleksfebern (Ehring) ··········· 6034
Der Bleisiegelfälscher (ライヒェ) ·········· 5178
Der Boxer (クライスト) ·················· 1225
Der Bruder des schweigenden Wolfes (ヤルン
 コバー) ································ 5094
Der goldene Vogel (フロム) ··············· 4125
Der Kick (ファイエル) ··················· 3623
Der Mann, der überlebte (エリオット) ···· 0705
Derrière la baignoire (Audry) ··············· 5891
Der Sohn des Toreros (ロッドマン) ······· 5715
Der Tag, als ich lernte die Spinnen zu
 zähmen (リヒター) ····················· 5404
Der Träumer (シス) ······················ 1839
Der Träumer (ライアン) ·················· 5132
Der unvergessene Mantel (ボイス) ········ 4352

Destinations Unknown（ブラウンベック）··· 3855
Destiny of the Republic（ミラード）········· 4944
Des vols de Vanessa (Walter) ················ 6392
Detecting Men（ヘイシング）···················· 4169
Detecting Women 2（ヘイシング）·············· 4170
Detecting Women, 3rd Edition（ヘイシング）
 ·· 4171
Detecting Women（ヘイシング）················ 4172
Detective and Mystery Fiction（アルバート）
 ·· 0143
Detective Fiction（クーパー）··················· 1214
Detective Fiction（パイク）······················· 3091
Detektiv John Chatterton（ボモー）········ 4463
Devil in the Grove（キング）···················· 1143
Devil in the Marshalsea Historical（ホジソン）
 ·· 4395
Dexter Bexley and the Big Blue Beastie（ス
 チュワート）··· 2177
D H Lawrence（マドクス）························· 4798
Diabolus in musica（アベリ）···················· 0100
Diagnosis（ブロックマン）·························· 4114
Diamond Head（ニーフ）··························· 3003
Diane Lanster (Wolfromm) ······················ 6404
Dictionnaire des Utopies (Bouchet) ······· 5941
Diderot（ウィルソン）································· 0388
Die eiserne Lerche（クラウスニック）······· 1237
Die Erde ist nah（ペェシェック）················ 4204
Die Frauen von der Plaza de Mayo（ヴンダー
 リヒ）·· 0613
Die Frauen von der Plaza de Mayo（クレメ
 ント＝コズィノウスキー）································ 1424
Die Frauen von der Plaza de Mayo（コッホ）
 ·· 1583
Die ganze Welt（クープリ）······················ 1220
Die ganze Welt（ルーチャード）················ 5510
Die Geschichte vom Fuchs, der den
 Verstand verlor（バルトシャイト）············ 3381
Die Haarteppichknüpfer（エシュバッハ）··· 0648
Die ohne Segen sind（キャンプ）·············· 1108
Die Reise mit der Jolle（レティヒ）··········· 5601
Die Wichtelmänner（ブラント）················· 3922
Die Zeit der geheimen Wünsche（プロハース
 コヴァー）·· 4119
Different Drummers（ジョンストン）········· 2050
Different Hours（ダン）····························· 2517
Digest（バードロ）······································· 3304
Digger（ヴァーノン）··································· 0251
Dimanche Diller（ハーカー）····················· 3160
Dimanche Diller（ブランフォード）············ 3926
Disarming（キャメロン）····························· 1093
Disgraced（アクター）································ 0017
Distant Reading（モレッティ）··················· 5471
Distraction（スターリング）······················· 2163
Distrust That Particular Flavor（ギブスン）
 ·· 1063
Divine Comedies（メリル）························· 5012
Divine invasions（スーチン）······················ 2183
Diving into the Wreck（リッチ）················ 5367
Djinn, No Chaser（エリスン）···················· 0732
Docherty（マッキルヴァニー）····················· 4743
Doc（オルセン）·· 0859
Dödsbudet (Agrell) ··································· 5867
Dog Days（マッキニー）····························· 4737
Dog Soldiers（ストーン）··························· 2257
Doktorns pojk (Anckarsvärd) ················· 5876
Don't Cry for Me（ゴールト）···················· 1663
Don't Dare a Dame（マイヤース）············· 4556
Don't Ever Get Old（フリードマン）··········· 3958
Don't Murder Your Mystery (Roerden) ···· 6333
Don Ysidro（ロジャーズ）·························· 5668
Door in the Mountain（バレンタイン）······· 3393
Doppelganger（ボウエン）························· 4375
Dorothy L.Sayers, A Literary Biography
 （ホーン）·· 4538
Dostoevsky（フランク）····························· 3907
Dotter of Her Father's Eyes（タルボット）·· 2506
Dotter of Her Father's Eyes（タルボット）·· 2507
Doubleday Crime Club Compendium 1928-
 1991（ネール）·· 3055
Double Dealer（ワトスン）························ 5847
Double Fold（ベーカー）···························· 4205
Double Play（ワイス）······························· 5800
Dovey Coe（ドウウェル）·························· 2813
Down in the Bottomlands（タートルダヴ）·· 2469
Downriver（シンクレア）··························· 2101
Down These Mean Streets（ダラム）······ 2489
Do You Like to Look at Monsters？（ニコレ
 イ）·· 2995
Do You See（ピンバラ）···························· 3619
Dread in the Beast (Jacob) ···················· 6143
Dreamericana (Colin) ······························ 5981
Dreaming in Smoke（サリバン）··············· 1741
Dreaming in the Dark（ダン）·················· 2514
Dream Makers, Volume Ⅱ（プラット）······ 3882
Dream No More（マクドナルド）··············· 4624
Dreams Before the Start of Time（チャーノッ
 ク）·· 2576
Drink the Tea (Kaufman) ······················· 6169
Driven to Distraction（タリー）················ 2493
Driving Miss Daisy（ウーリー）················· 0589
Dr. Johnson And Mr.Savage（ホームズ）··· 4459
Drömmar vid havet（ラーション）············· 5215
Drummer Hoff（エンベリー）····················· 0766
Drunter und drüber（スポーン）··············· 2292
Drysalter（シモンズ・ロバーツ）················ 1886
Du sel sous les paupières (Day) ············ 6006
Dusk（ソールター）····································· 2419
Dusk（レボン）·· 5612
Dust and Decay（メイベリー）··················· 4993
Dust Motes（カセック）····························· 0920
Duty（ブラウンベック）································ 3856

【E】

Earlham（ラボック）···································· 5274
Early Autumn（ブロムフィールド）·············· 4126

Early Occult Memory Systems of the Lower Midwest(フェアチャイルド) 3711
Earthquake Weather(パワーズ) 3402
Easy in the Islands(シャコーチス) 1902
Echos de Cimmérie(Tortey) 6380
Écrits sur la science-fiction(Spehner) 6364
Eddie och Maxon Jaxon(レルン) 5625
Eden's Outcasts(マテソン) 4795
Edgar Allan Poe(ポー) 4346
Edgar Allan Poe(ソーヴァ) 2404
Edgar A.Poe(シルバーマン) 2092
Edith Sitwell(グレンディニング) 1435
Edith Wharton(ルイス) 5467
Edmund Husserl(ナタンソン) 2967
Edmund Pendleton 1721-1803(メイズ) 4987
Edward Marsh(ハサル) 3206
Effort at Speech(メレディス) 5020
Eidolons(エリスン) 0733
Ein Bild von Ivan(フォックス) 3756
Ein perfekter Kellner(Sulzer) 6368
Ein Schaf fürs Leben(マター) 4725
Eins zwei drei Tier(ブッデ) 3802
El Asedio(ペレス=レベルテ) 4309
Elbow Room(マクファースン) 4636
El Dia De Los Muertos(ホプキンス) 4443
Eldorado 51(Trillard) 6382
Eleanor and Franklin(ラッシュ) 5237
Eleanor Roosevelt(フリードマン) 3961
Electric Ben(バート) 3285
Elegies(ダン) 2518
Elegy(バング) 3424
Elijah of Buxton(カーティス) 0933
Elizabeth Gaskell(ゲラン) 1528
Elizabeth is Missing(Healey) 6119
Ella's Big Chance(ヒューズ) 3557
El Mal de Montano(ビラ=マタス) 3575
Embers of War(ログボール) 5655
Empire Falls(ルッソ) 5511
Empty Ever After(コールマン) 1674
Empty Space(ハリスン) 3368
Encounters and Reflections(ダント) 2527
Encounters at the Heart of the World(フェン) 3730
Encyclopedia Brown books(ソボル) 2413
Encyclopedia Mysteriosa(デアンドリア) 2596
Encyclopedia of Mystery and Detection (シャイバック) 1889
Encyclopedia of Mystery and Detection(スタインブラナー) 2146
Encyclopedia of Mystery and Detection(ペンズラー) 4329
Encyclopedia of Mystery and Detection(ラックマン) 5230
En dag i prinsessan Victorias liv(リードベック) 5397
...En de groeten van Elio(ディークマン) 2646
End of the World Blues(グリムウッド) 1331
En France(ルブロン) 5516
England, Their England(マクドネル) 4628

English Naturalists From Neckham To Ray(レイヴン) 5539
English Scholars(ダグラス) 2448
En kamp för frihet(ニルソン) 3023
En som Hodder(ロイター) 5640
Enter a Soldier.Later(シルヴァーバーグ) 2083
Equoid(ストロス) 2247
Erebos(Poznanski) 6315
Erzähl mir von Oma(コイヤー) 1559
Eskimos(ハーバート) 3329
Es lebe die Republik(プロハズカ) 4118
Essai psychanalytique sur la création littéraire - Processus et fonction de l'écriture chez un auteur de Science-Fiction(Thaon) 6375
Es war einmal Indianerland(Mohl) 6266
Eté mutant(Dixen) 6021
Étoile(Canal) 5953
Europe Central(ヴォルマン) 0553
Eustace And Hilda(ハートリー) 3296
Evaporating Genres(ウルフ) 0595
Evening Gold(パウエル) 3137
Evening's Empires(マコーリイ) 4699
Everyman(ロス) 5690
Every Man for Himself(ベインブリッジ) 4199
Everyone's Just So So Special(シェアマン) 1765
Everything Begins & Ends at the Kentucky Club(Sáenz) 6344
Everything That Rises(ウェシュラー) 0455
Evicted(デスモンド) 2736
Excession(バンクス) 3427
Exorcisms and Ecstasies(ワグナー) 5823
Exo-Skeleton Town(フォード) 3770
Experience(エイミス) 0632
Expiration Date(スウィアジンスキー) 2107
Expiration Date(パワーズ) 3403
Exploration and Empire(ゲッツマン) 1512
Exposure(ピート) 3538
Extenuating Circumstances(ヴェイリン) 0451
Extra-muros(Milési) 6262
Extremes2(ホプキンス) 4444
Eymerich(Evangelisti) 6041

【 F 】

Faces of the Gone(パークス) 3187
Facts of Life(ハウアド) 3131
Fade To Blonde(フィリップス) 3697
Failure(シュルツ) 1983
Fair Coin(Myers) 6276
Faithful and Virtuous Night(グリュック) 1336
Fallen(Soros) 6362
Falling Onto Mars(ランディス) 5314
Fall into Darkness(パイク) 3090

Family Values（オルダーマン） ………… 0861
Fancies and Goodnights（コリア） ………… 1638
Farewell, Fred Voodoo（ウィレンツ） ……… 0419
Far From the Tree（ソロモン） …………… 2427
FArTHER（ベイカー＝スミス） …………… 4162
Fast Times at Fairmont High（ヴィンジ） .. 0429
Fatal Truth（バーセル） ……………………… 3228
Father Goose（チャップマン＝モーティマー）
 ………………………………………………… 2567
Father's Day（Gilman） ……………………… 6083
F.A.U.S.T.（レーマン） ……………………… 5618
Favorite Folktales From Around the World
 （ヨーレン） ………………………………… 5121
Fearful Symmetries（モンテローニ） …… 5085
Fedora（ハーヴェイ） ………………………… 3135
Féerie générale（Pireyre） ………………… 6310
Felaheen（グリムウッド） …………………… 1332
Ferito a morte（カプリア） ………………… 0978
Festen i Hulabo（Hallqvist） ……………… 6110
Feuerland ist viel zu heiß !（ヘグルンド）.. 4212
Feuilles mortes（Morel） …………………… 6271
Fever at the Bone（マクダーミド） ……… 4603
Fictions philosophiques et science-fiction（ラ
 ルドロー） …………………………………… 5281
Fiddler's Farewell（スパイヤー） ………… 2266
Fifteen Dogs（アレクシス） ………………… 0159
Filles de Pluie（サヴィニョン） …………… 1709
Finding a Form（ギャス） …………………… 1071
Find Me Again（ワーシュ） ………………… 5829
Fire at Sea（ギャラガー） …………………… 1098
Fire, Bed and Bone（ブランフォード） …… 3927
Fire in the Lake（フィッツジェラルド） …… 3687
Fire Lover（ウォンボー） …………………… 0572
Fire to Fire（ドーティ） ……………………… 2849
First Kill（クロネンウエッター） …………… 1453
First Maitz（メイツ） ………………………… 4988
Fishing for Dinosaurs（ランズデール） … 5304
Fishskin, Hareskin（Gilbert） ……………… 6082
Five Children on the Western Front（ソーン
 ダズ） ………………………………………… 2430
Five Days in April（ホプキンス） ………… 4445
Five Strokes to Midnight（シュワイーブル）
 ………………………………………………… 1990
Five Strokes to Midnight（ブラウンベック）
 ………………………………………………… 3857
Flashpoint（マーロウ） ……………………… 4865
Flesh and Blood（ウィリアムズ） ………… 0342
Flesh & Bone（メイベリー） ………………… 4994
Flesh Eaters（マッキニー） ………………… 4738
Floating Dragon（ストラウブ） …………… 2226
Florian 14（ブレガー） ……………………… 4059
Flying to Nowhere（Fuller） ……………… 6072
Folly（キング） ………………………………… 1172
Fools（キャディガン） ………………………… 1082
Fool's Gold（ストーン） ……………………… 2252
Footer Davis Probably is Crazy（ヴォート）
 ………………………………………………… 0512
Force ennemie（ノー） ……………………… 3059
Forcing Amaryllis（Ure） …………………… 6385
Foreign Affairs（ルーリー） ………………… 5526

Forensics for Dummies（ライル） ………… 5189
Forgiving Judas（ピクシリリー） …………… 3488
Forgotten First Citizen（クラップ） ……… 1263
For The Love Of Mike（ボウエン） ………… 4376
Fortunate Son（ブラー） …………………… 3815
Fortune Smiles（ジョンソン） ……………… 2057
Forty Acres and Maybe a Mule（ロビネッ
 ティ） ………………………………………… 5733
Founding Brothers（エリス） ……………… 0709
Four Elements（アディソン） ……………… 0069
Four Elements（Graves） …………………… 6093
Four Elements（Jacob） …………………… 6144
Four Elements（Simon） …………………… 6354
Fourscore Years（クールトン） …………… 1371
Four Ways to Forgiveness（ル＝グウィン）.. 5502
Franz Liszt（ウォーカー） …………………… 0496
Fraternity（Canales） ……………………… 5954
Fraternity（Munuera） ……………………… 6274
Fraud（コーネル） …………………………… 1617
Fraud（サザーランド） ……………………… 1714
Fräulein Pop und Mrs.Up und ihre große
 Reise durchs Papierland（ステム） …… 2215
Freakcidents（Arnzen） …………………… 5881
Freedom（パターソン） ……………………… 3232
Freedom From Fear（ケネディ） …………… 1519
Frère du précédent（ポンタリス） ……… 4543
Frerk, du Zwerg !（ハインリッヒ） ………… 3124
Frerk, du Zwerg !（フリーゲンリング） …… 3929
From Beirut to Jerusalem（フリードマン）.. 3959
Fruiting Bodies（ラムレイ） ………………… 5279
Fruits（アクステル） ………………………… 0016
Fruits（ブルーム） …………………………… 4036
Fugue for a Darkening Island（プリースト）
 ………………………………………………… 3939
Full Dark House（ファウラー） …………… 3645
Fun & Games（スウィアジンスキー） …… 2108
Funnyway（ブリュソロ） ……………………… 3969
Für fremde Kaiser und kein Vaterland（エ
 ヴァーウィン） ……………………………… 0636

【 G 】

Gabriel Verlag（Nürnberger） …………… 6291
Galveston（スチュワート） ………………… 2178
Ganesh oder eine neue Welt（ボス） …… 4398
Garbage（アモンズ） ………………………… 0117
Garmans Sommer（Hole） ………………… 6130
Gaspard（バンジャマン） …………………… 3433
GB84（ピース） ………………………………… 3516
Gebr.（リースハウト） ………………………… 5356
Gehört das so??!Die Geschichte von Elvis
 （シェッソウ） ……………………………… 1786
Geh und spiel mit dem Riesen（ゲルベルト）
 ………………………………………………… 1543
Gélatine（ユベール） ………………………… 5111
Gemmes et moires（コルティス） ………… 1657
Genesis（アンダーソン） …………………… 0177

Genet（ホワイト）	4529
Gens de la Tamise（Jordis）	6162
Geography Ⅲ（ビショップ）	3497
George Bancroft（ナイ）	2950
George Bernard Shaw（アーヴィン）	0013
George Eliot（Haight）	6109
George Eliot（Hughes）	6134
George F.Kennan（ギャディス）	1087
George Mills（エルキン）	0747
Georgette Garou（ジュノア）	1964
George Washington, Vols.1-4（フレクスナー）	4061
George Washington, Volumes Ⅰ-Ⅵ（フリーマン）	3966
George Washington, Volume Ⅶ（アシュワース）	0040
George Washington, Volume Ⅶ（キャロル）	1105
George Washington, Vol.4（フレクスナー）	4060
Georgiana, Duchess of Devonshire（Foreman）	6060
Gerda Gelse（Trpak）	6383
Gerontius（ハミルトン＝バターソン）	3346
Geschichte der Wirtschaft（バイパー）	3101
Gesellschaft und Staat（ドレクスラー）	2927
Gesellschaft und Staat（ナウマン）	2961
Gesellschaft und Staat（ヒルゲン）	3604
Getaway Girl（デーン）	2798
Ghost Canoe（ホップス）	4428
Ghost Negligence（Shepphird）	6352
Ghost Road Blues（メイベリー）	4995
Ghosts and Grisly Things（キャンベル）	1113
Gifts for the One Who Comes After（マーシャル）	4712
Gilbert White（メイビー）	4991
Gilead（ロビンソン）	5762
Gilgamesh in the Outback（シルヴァーバーグ）	2084
Giordano Bruno and the Embassy Affair（ボッシー）	4424
Girl Genius, Volume8（フォグリオ）	3742
Girl Genius, Volume8（フォグリオ）	3745
Girl Genius, Volume8（Wright）	6406
Girl Genius, Volume9（フォグリオ）	3743
Girl Genius, Volume9（フォグリオ）	3746
Girl Genius, Volume9（Wright）	6407
Girl Genius, Volume10（フォグリオ）	3744
Girl Genius, Volume10（フォグリオ）	3747
Girl Genius, Volume10（Wright）	6405
Girl in the Blue Coat（ヘス）	4219
Girl Sleuth（Rehak）	6324
Gladstone（Jenkins）	6155
Goblin City Lights（クラーク）	1248
Goddesses（ナガタ）	2965
God Knows（ヘラー）	4264
Godless（ハウトマン）	3148
Godmother Night（ポラック）	4465
God's Architect（ヒル）	3603
God's War（Hurley）	6139
Gold Dust（マコックラン）	4692
Golden City Far（ウルフ）	0602
Gone（ケッチャム）	1509
Good Masters！Sweet Ladies！Voices from a Medieval Village（シュリッツ）	1976
Gorel and the Pot Bellied God（ティドハー）	2663
Gorse Fires（Longley）	6221
Gospel of the Living Dead（パフェンロス）	3332
Gotham（ウォーレス）	0557
Gotham（バロウズ）	3396
Goth Girl and the Ghost of a Mouse（リデル）	5386
Graham Oakley's Magical Changes（オークリー）	0783
Grainne（ロバーツ）	5724
Gran at Coalgate（カウリー）	0898
Grand-Louis l'innocent（Franc）	6065
Granfa' Grig Had a Pig and Other Rhymes Without Reason from Mother Goose（トリップ）	2904
Grant（マクフィーリー）	4644
Grasshopper Jungle（スミス）	2296
Grave Endings（クリッチ）	1318
Grave Markings（Arnzen）	5882
Grave Undertaking（マキャハリー）	4573
Gravitation（エーデルフェルド）	0674
Great North Road（ハミルトン）	3344
Great River（ホーガン）	4388
Greenglass House（ミルフォード）	4952
Greenhouse Summer（スピンラッド）	2284
Greetings from Earth（エグルトン）	0644
Greetings from Earth（サックリング）	1719
Grover Cleveland（ネヴィンズ）	3039
Grumbles from the Grave（ハインライン）	3123
Guard of Honor（コッツェンズ）	1579
Gunpowder（オドノヒュー）	0812

【H】

Habitations of the Word（ギャス）	1072
Hadriana dans tous mes rêves（ドゥペストル）	2822
Hair Side, Flesh Side（マーシャル）	4713
Half a King（Abercrombie）	5862
Half a Life（ストラウス）	2219
Half the World in Light（Herrera）	6126
Half-Blood Blues（エドゥジアン）	0676
Half-light（ビダート）	3526
Hamilton Fish（ネヴィンズ）	3040
Harlan Ellison's Watching（エリスン）	0734
Harriet Beecher Stowe（ヘドリック）	4236
Harriet Spies Again（エリクソン）	0707
Harris Find His Feet（レイナー）	5450

Harry the Poisonous Centipede（バンクス） ………… 3429	Holocaust Testimonies（ランガー）……… 5283
Harry the Poisonous Centipede（ロス） …… 5682	Home（ニュートン）……… 3008
Harvest（クレイス）……… 1398	Home（ロビンソン）……… 5763
Hasidic Noir（アブラハム）……… 0098	Homesick（フリッツ）……… 3952
Haus der Kunst（バルチュ）……… 3380	Homicide（サイモン）……… 1706
Havana Heat（ガルシア＝アギレーラ）……… 0995	Honey in the Horn（ディヴィス）……… 2612
Hawks（コルト）……… 1665	Honeymoon Sweet（バック）……… 3254
Head Off & Split（フィニー）……… 3690	Hopeful Monsters（モズレー）……… 5035
Heart of Ice（パリッシュ）……… 3374	Horror（ジョーンズ）……… 2038
Heart's Needle（スノッドグラス）……… 2265	Horror（ジョーンズ）……… 2039
Heat and Dust（ジャブヴァーラ）……… 1917	Horror（ニューマン）……… 3013
Heaven and Earth（ゴールドバース）……… 1668	Horror（ニューマン）……… 3014
Heaven's Devils（ニッツ）……… 2997	Horses in Battle（アンブラス）……… 0201
Heirs Of Anthony Boucher（ラックマン）… 5231	Hounded（ローゼンフェルト）……… 5705
Helen Waddell（コリガン）……… 1641	House Made of Dawn（モマディ）……… 5054
Hellgoing（コーディ）……… 1589	How Does He Die This Time?（Novick）… 6290
Helliconia Spring（オールディス）……… 0867	How I Learned to Drive（ヴォーゲル）……… 0508
Helliconia Winter（オールディス）……… 0868	How Late It Was, How Late（ケルマン）… 1545
Hellnotes（Rohrig）……… 6334	How To Live（Bakewell）……… 5904
Hello, Darkness（デイヴィソン）……… 2618	How to Recognize a Demon Has Become Your Friend（アディスン）……… 0070
Hello, Universe（ケリー）……… 1531	How to Write Killer Historical Mysteries（エマーソン）……… 0694
Hellstrom's Hive（ハーバート）……… 3331	
Hell-Bent Fer Heaven（ヒューズ）……… 3563	How to Write Science Fiction and Fantasy（カード）……… 0945
Helter Skelter（ジェントリー）……… 1831	
Helter Skelter（バグリオーシ）……… 3197	How We Die（ヌーランド）……… 3027
Henrik Ibsen（マイヤー）……… 4554	How We Went to Mars（クラーク）……… 1244
Henry Adams, three volumes（サミュエル）……… 1734	H.P. Lovecraft（ヨシ）……… 5117
	Hrolf Kraki's Saga（アンダースン）……… 0178
Henry James（Vol.2 The Conquest of London, Vol.3 The Middle Years）（エデル）……… 0672	Hue Boy（ピンチ）……… 3614
	Hue Boy（ミッチェル）……… 4907
Henry James（エデル）……… 0671	Huey Long（ウィリアムズ）……… 0346
Henry Ponsonby（ポンソンビー）……… 4542	Hugh Dalton（ピムロット）……… 3548
Henry's Leg（ピリング）……… 3584	Humbug Mountain（フライシュマン）……… 3821
Here Lies（アンブラー）……… 0199	Humpty's Bones（クラーク）……… 1249
Her Habiline Husband（ビショップ）……… 3504	Hungry Daughters of Starving Mothers（ウォン）……… 0567
Herman Melville（アービン）……… 0096	
Herman Wouk Is Still Alive（キング）……… 1168	Hungry Enough（リード）……… 5392
Heroes（ペリー）……… 4267	Hunter's Moon（アンダースン）……… 0179
Hey, Al（エギェルスキー）……… 0642	Hunting the Slarque（ブラウン）……… 3843
H.G.Wells, parcours d'une oeuvre（Altairac）……… 5874	
Hier fuällt ein Haus, dort steht ein Kran und ewig droht der Baggerzahn oder Die Veränderung der Stadt（ミュラー）……… 4917	【 I 】
	I Am the Cheese（コーミア）……… 1634
Highland River（ガン）……… 1021	I.Asimov（アシモフ）……… 0036
High Spirits（デイヴィス）……… 2617	I bei momenti（シチリアーノ）……… 1844
Himmelfarb（クリューガー）……… 1333	Icebound（デイヴィス）……… 2605
His Family（プール）……… 3998	Icefall（カービー）……… 0969
Histoire d'un fait divers（ゴーティエ）……… 1590	Icelight（モンロー）……… 5089
History of the American Frontier（パクソン）……… 3196	Ich habe einfach Glück（ヘニッヒ・フォン・ランゲ）……… 4248
His Toy, His Dream, His Rest（ベリマン）… 4280	
Hjärtans fröjd（Nilsson）……… 6285	Ich habe sieben Leben（ヘットマン）……… 4232
Hoax（チェスター）……… 2540	Idiots Delight（シャーウッド）……… 1894
Hoax（フェイ）……… 3713	If Angels Fight（ボウズ）……… 4382
Hoax（リンクレター）……… 5437	If I Built a Village...（ミズムラ）……… 4901
Höhlen-Welt ohne Sonne（バウアー）……… 3128	If I'd Killed Him When I Met Him（マクラム）……… 4665
Holiday（ミドルトン）……… 4910	

If Thine Eye Offend Thee（ローランド）．．．．5780	In the Days of McKinley（リーチ）．．．．．．．．．．5358
If You Decide to Go to the Moon（ケロッグ） ．．1548	In the Heart of the Sea（フィルブリック）．．3700
	In the Heat（ヴァスケス）．．．．．．．．．．．．．．．．．．．．．．．0246
If You Decide to Go to the Moon（マックナルティ）．．4757	In the Light of What We Know（ラーマン） ．．．5275
If You Were a Dinosaur, My Love（スワースキー）．．2338	In the Next Galaxy（ストーン）．．．．．．．．．．．．．．．．．2255
	In the Night Room（ストラウブ）．．．．．．．．．．．．．．2227
Ik ben Fedde（ルフ）．．．．．．．．．．．．．．．．．．．．．．．．．．．．．．．5514	In the Porches of My Ears（プレンティス）
I Know Here（Croza）．．．．．．．．．．．．．．．．．．．．．．．．．．．．．5995	．．4084
I Know Here（James）．．．．．．．．．．．．．．．．．．．．．．．．．．．．．6149	In the Rain with Baby Duck（バートン）．．3307
Il campo del vasaio（カミッレーリ）．．．．．．．．．．．0980	In the Rain with Baby Duck（ヘスト）．．．．．4221
Il clandestino（トビーノ）．．．．．．．．．．．．．．．．．．．．．．．．2864	In These Final Days of Sales（テム）．．．．．．．2752
Il desiderio di essere come tutti（ピッコロ） ．．3529	In the Shadow of Gotham（ピントフ）．．．．．．．3616
	In This Our Life（グラスゴー）．．．．．．．．．．．．．．．．1256
Il dolore perfetto（リッチャレルリ）．．．．．．．．．．．5370	întoarcerea huliganului（マネア）．．．．．．．．．．．．4805
Il faut beaucoup aimer les hommes（ダリュセック）．．2494	In Translation（タトル）．．．．．．．．．．．．．．．．．．．．．．．．．．2467
	Introduction to Maps（ラングフォード）．．．．．5292
Illyria（ハンド）．．3453	Introduction to the Detective Story（パネク）
Il Natale del 1833（Pomilio）．．．．．．．．．．．．．．．．．．．．．6311	．．3323
Il viaggiatore notturno（Maggiani）．．．．．．．．．．．6223	Inventing America（ウィルズ）．．．．．．．．．．．．．．．．．0381
Imaginary Lands（マッキンリィ）．．．．．．．．．．．．．．．4754	Invisible Fences（プレンティス）．．．．．．．．．．．．．．．4085
Immobile dans le courant du fleuve（ベルジェ）．．．4286	In War Times（グーナン）．．．．．．．．．．．．．．．．．．．．．．．．1207
	I racconti（モラヴィア）．．．．．．．．．．．．．．．．．．．．．．．．．．．5055
Imperial Caesar（ウォーナー）．．．．．．．．．．．．．．．．．．．0518	Iron Council（ミエヴィル）．．．．．．．．．．．．．．．．．．．．．．4894
Imperial Reckoning（エルキンス）．．．．．．．．．．．．．．0751	Isaac Asimov（ガン）．．．．．．．．．．．．．．．．．．．．．．．．．．．．．．1020
Impossible Things（ウィリス）．．．．．．．．．．．．．．．．．．．0376	Isabelle ou l'arrière-saison（Freustié）．．．．．．．6071
Imprint of the Raj（ウェッセルマン）．．．．．．．．．．0468	Isak Dinesen（サーマン）．．．．．．．．．．．．．．．．．．．．．．．．1733
Im roten Hinterhaus（バーガー）．．．．．．．．．．．．．．．3159	Isdraken（Engström）．．．．．．．．．．．．．．．．．．．．．．．．．．．．．6037
Im Schatten der Wächter（Gardner）．．．．．．．．．．6075	I Shall Wear Midnight（プラチェット）．．．．．．3870
In Abraham's Bosom（グリーン）．．．．．．．．．．．．．．1347	Isis Unbound（バード）．．．．．．．．．．．．．．．．．．．．．．．．．．．3271
In a Child's Name（マース）．．．．．．．．．．．．．．．．．．．．4721	Isle of the Dead（ゼラズニイ）．．．．．．．．．．．．．．．．．2383
In Broad Daylight（マクリーン）．．．．．．．．．．．．．．．．4673	Is There No Place On Earth For Me（シーハン）．．．1850
Incarnadine（Szybist）．．．．．．．．．．．．．．．．．．．．．．．．．．．．．．6472	
Incarnate（キャンベル）．．．．．．．．．．．．．．．．．．．．．．．．．．．．．1114	It's Like This, Cat（ネヴィル）．．．．．．．．．．．．．．．．．3038
Incident at Loring Groves（レヴィタン）．．．．．．5570	Itsy Bitsy Spider（ケリー）．．．．．．．．．．．．．．．．．．．．．．1535
In Darkness, Death（フーブラー）．．．．．．．．．．．．．．3811	Ivan the Terrible（ファイン）．．．．．．．．．．．．．．．．．．．3633
In Darkness, Death（フーブラー）．．．．．．．．．．．．．．3812	
Independence Day（フォード）．．．．．．．．．．．．．．．．．．．3775	**【 J 】**
Indigo（ジョイス）．．．．．．．．．．．．．．．．．．．．．．．．．．．．．．．．．．．．1999	
Infinite Worlds（Fate）．．．．．．．．．．．．．．．．．．．．．．．．．．．．．6044	Jabadao（トゥルビル）．．．．．．．．．．．．．．．．．．．．．．．．．．．．2826
Injury Time（ベインブリッジ）．．．．．．．．．．．．．．．．．．4200	Jack（ホームズ）．．．．．．．．．．．．．．．．．．．．．．．．．．．．．．．．．．．．．4461
Inner city（Ligny）．．．．．．．．．．．．．．．．．．．．．．．．．．．．．．．．．．．6213	Jackalope Wives（ヴァーノン）．．．．．．．．．．．．．．．．．0252
In Our Image（カーノウ）．．．．．．．．．．．．．．．．．．．．．．．．0967	Jackson Pollock（スミス）．．．．．．．．．．．．．．．．．．．．．．．．2301
In Our Infancy（コーク）．．．．．．．．．．．．．．．．．．．．．．．．．1565	Jackson Pollock（ネイフ）．．．．．．．．．．．．．．．．．．．．．．．．3030
In Plain Sight（デイヴィス）．．．．．．．．．．．．．．．．．．．．．2607	Jade City（Lee）．．．．．．．．．．．．．．．．．．．．．．．．．．．．．．．．．．．．．．6207
In Search of Mercy（Ayoob）．．．．．．．．．．．．．．．．．．．5895	Jag Julia（ダールベック）．．．．．．．．．．．．．．．．．．．．．．．．2503
Inseparabili.Il fuoco amico dei ricordi（ピペルノ）．．．3547	Jag saknar dig, jag saknar dig！（ギース） ．．1040
In Summer Light（オニール）．．．．．．．．．．．．．．．．．．0816	Jag saknar dig, jag saknar dig！（ポール）
Intellectual Life in the Colonial South, 1585-1763（ディヴィス）．．．．．．．．．．．．．．．．．．．．．．．．．．．．．．．．．．．．．．2615	．．4493
	Jambo Means Hello（Feelings）．．．．．．．．．．．．．．．．．6048
In the Bag（キャンベル）．．．．．．．．．．．．．．．．．．．．．．．．．．．1115	Jambo Means Hello（Feelings）．．．．．．．．．．．．．．．．．6049
In the Bleak Midwinter（スペンサー＝フレミング）．．．2489	James Bryce, Viscount Bryce Of Dechmont, O.M.（フィッシャー）．．．．．．．．．．．．．．．．．．．．．．．．．．．．．．．．．3684
In the Company of Sherlock Holmes（キング）．．1173	James Tiptree, Jr.（フィリップス）．．．．．．．．．．．．．3695
	Janitzia ou la Dernière qui aima d'amour（Portelle）．．6312
In the Company of Sherlock Holmes（クリンガー）．．1450	
In the Country of the Blind（フリン）．．．．．．．3990	

Japantown (ランセット)	5308
Jayne Mansfield 1967 (Liberati)	6212
J.B. (マクリーシュ)	4668
Jeanne d'Arc (デルテイユ)	2797
Jean Ray, l'alchimie du mystère (Huftier)	6133
Jefferson and His Time, Vols. I−V (マロー ン)	4866
Jellyfish (Meek)	6247
Jem (ポール)	4488
Jersey Tomatoes (ライダー)	5146
Jesse (ソト)	2410
J'étais médecin avec les chars (スービラン)	2280
Jethro Byrde-Fairy Child (グラハム)	1269
Jeunes Ménages (Debu-Bridel)	6009
Jobs in Hell (キーン)	1140
Johanna (ヴェルシュ)	0476
John Adams (マクロウ)	4682
John Browns Body (ベネ)	4249
John C.Calhoun (コイト)	1557
John Clare (ベイト)	4179
John Hay (デネット)	2743
John Henry (ピンクニー)	3610
John Henry (レスター)	5582
John Keats (ベート)	4233
John Keats (ウォード)	0511
John Keble (Battiscome)	5912
John Knox (パーシー)	3211
John le Carré (ルイス)	5465
John l'Enfer (ドゥコワン)	2818
John Maynard Keynes (スキデルスキー)	2121
Johnny and the Bomb (プラチェット)	3871
Johnny Tremain (フォーブス)	3779
John Paul Jones (モリソン)	5067
John Quincy Adams and the Foundations of American Foreign Policy (ベミス)	4260
John Wyclif (ワークマン)	5828
Jonah Hex (ランズデール)	5305
Jonathan Edward (ウィンスロー)	0438
Jonathan Swift (ノークス)	3062
Jonathan Swift (ダムロッシュ)	2487
Joseph Ashby Of Tysoe (アシュビー)	0037
Josie Smith and Eileen (ナブ)	2972
Joue-nous España (François)	6068
Journey in the Dark (フレイヴィン)	4039
Jours de colère (ジェルマン)	1825
Jours sans gloire (Roux)	6339
Joyful Noise (フライシュマン)	3823
Jr (ギャディス)	1086
J.R.R.トールキン (シッピー)	1845
Juan Maldonne (Dard)	6001
Judenrat (トランク)	2897
Julia Child and More Company (チャイルド)	2553
Julian Comstock (ウィルスン)	0386
Julia Ward Howe (エリオット)	0704
Julia Ward Howe (ホール)	4491
Julia Ward Howe (リチャーズ)	5361
Julius Katz (ゼルツァーマン)	2391
Just Henry (マゴリアン)	4697
Justine (トンプソン)	2943

【 K 】

Kaeti and the Hangman (ロバーツ)	5725
Kafka et les jeunes filles (Desmarquet)	6017
Karel, Jarda und das wahre Leben (オチ)	0798
Kariuki und sein weißer Freund (ムワンギ)	4982
Karpathia (メネゴス)	5007
Kashtanka (シュトップス)	1954
Kasimirs Weltreise (ライデル)	5147
Kate Vaiden (プライス)	3831
Keeping Mum (トンプソン)	2947
Ketchup Clouds (ピッチャー)	3534
Khrushchev (トーブマン)	2868
Kid (フィンチ)	3708
Killer Books (ジェイムズ)	1777
Killer Books (スワンソン)	2353
Killing Gifts (ウッドワース)	0585
Kim's Game (レイク)	5541
King George V (ゴア)	1554
King George V (Rose)	6337
King Stork (ハイマン)	3103
King Stork (パイル)	3109
Kipper's A to Z (インクペン)	0235
Kiteworld (ロバーツ)	5726
Klickflippar och farligheten (Ehring)	6035
Knight Crusader (ウェルチ)	0480
Knock and Wait a While (ウィークス)	0299
Königin Gisela (ハイデルバッハ)	3097
Krokodil im Nacken (コルドン)	1671
Kruger's Alp (ホープ)	4442
Kulor i hjärtat (Naumann)	6280
Kunterbunter Schabernack (プレヒャー)	4073

【 L 】

La Bataille (ランボー)	5320
La Bataille de Toulouse (カバニス)	0968
La Bête quaternaire (Massip)	6241
La boda del poeta (スカルメタ)	2120
La Brigade chimérique (レーマン)	5619
La Brigade chimérique (Colin)	5982
La Brigade chimérique (Gess)	6079
La Cache (Boltanski)	5935
La casa del padre (Montefoschi)	6270
La Cenerentola (ジョーンズ)	2031
La chiave a stella (レーヴィ)	5565
La Chimera (ヴァッサリ)	0247
La compagnie des glaces (アルノー)	0139

La Confession mexicaine（ボスケ）	4401
La Conquête de Jérusalem（アリ）	0126
La Couleur de nos souvenirs（パストゥロー）	3225
La Crève（ヌーリシエ）	3028
La Démence du boxeur（ヴェイエルガンス）	0448
La Dernière Innocence（ベルタン）	4290
L'adoration（ボレル）	4526
La Douane volante（プラス）	3863
Lady Cottington's Pressed Fairy Book（フラウド）	3836
Lady Madonna（ホルダー）	4500
Lady on Ice（エスルマン）	0657
Lady Punk（チドルー）	2551
La Faculté des songes（Châteaureynaud）	5965
La fascination du Pire（ゼレール）	2396
La Fée et le géomètre（アンドルヴォン）	0190
La Femme-escargot allant au bout du monde（Lecigne）	6205
La ferocia（ラジョイア）	5214
La fille au chien noir（Gudule）	6099
La flamme au poing（マレルブ）	4863
La grande sera（ポンティッジャ）	4545
La horde du contrevent（Damasio）	5999
La Langue maternelle（Alexakis）	5869
La littérature fantastique（Mellier）	6250
La Machine humaine（ヴェラルディ）	0472
La maison brisée（Berthelot）	5924
La Maison des Atlantes（リナルディ）	5403
La Maison des Bories（ラテル）	5250
La Maison du Cygne（Remy）	6326
La Maison du Cygne（Remy）	6327
L'amante fedele（ボンテンペルリ）	4546
Lamb in His Bosom（ミラー）	4936
La memoria（アンジョレッティ）	0167
La métamorphose généralisée（Berthelot）	5925
La miglior vita（Tomizza）	6379
La Mise en scène（オリエ）	0849
La Momie - De Khéops à Hollywood（ポレ）	4525
La morte del fiume（ペトローニ）	4238
L'Amour au temps du silicium（Nguyen）	6283
L'Amour de rien（Perry）	6305
L'Amour les yeux fermés（アンリ）	0207
L'amour nègre（Olivier）	6295
Lamy of Santa Fe（ホーガン）	4389
Landing Light（Paterson）	6304
Land More Kind Than Homes（キャッシュ）	1076
Langrishe, Go Down（Higgins）	6129
La nieve del almirante（ムティス）	4978
L'Année 1989 du polar, de la SF et du fantastique（Alizet）	5870
La Nouvelle science-fiction américaine（Cordesse）	5989
La Nuit de Mougins（Vrigny）	6388
La Nuit du décret（カスティーヨ）	0913
La Nuit zoologique（Durand）	6030
Là où les tigres sont chez eux（プラス・ド・ロブレス）	3865
La Petite Française（ヌホフ）	3026
La Pierre angulaire（オルデンブール）	0872
La Porte du fond（ロシュフォール）	5675
La Porte retombée（Bellocq）	5918
L'appel du sol（ベルトラン）	4293
La Reine du silence（ニミエ）	3004
L'armata dei fiumi perduti（Sgorlon）	6351
L'armée furieuse（ヴァルガス）	0269
La Route bleue（ホワイト）	4530
La Route des magiciens（プティジャン）	3804
Larry's Party（シールズ）	2091
L'Art français de la guerre（ジェニ）	1787
La Saison de l'ombre（ミアノ）	4888
La Sculpture de soi（オンフレ）	0881
La Seconde vie de d'Artagnan（Marcastel）	6232
La Septième Fonction du langage（ビネ）	3543
La Souille（ジーズベール）	1841
La Statue voilée（Marbo）	6231
Last Call（パワーズ）	3404
Last Days（ネヴィル）	3035
Last of the Soho Legends（キーン）	1139
Last Plane to Heaven（レイク）	5540
La strada per Roma（ヴォルポーニ）	0551
Last Rites and Resurrections（コックス）	1578
Last Stop on Market Street（ロビンソン）	5760
Last Summer at Mars Hill（ハンド）	3454
La Table aux crevés（エーメ）	0701
Late Nights on Air（ヘイ）	4150
La Terrasse des Bernardini（ブルー）	4001
Late Wife（エマーソン）	0695
Laughing Boy（ラ・ファージ）	5266
Lauren Bacall by Myself（バコール）	3202
L'Autre Amour（Butel）	5950
L'Autre rive（Châteaureynaud）	5966
La Valse des éthiques（Etchegoyen）	6040
La Vieille Anglaise et le continent（Debats）	6007
La Vie sauve（デブルシャン）	2748
La Vie sauve（Violet）	6387
La Vie secrète（エストニエ）	0652
La vita ingenua（ゴレッジオ）	1679
Lavondyss（ホールドストック）	4506
Leading the Cheers（Cartwright）	5961
Leaf Man（エイラト）	0635
Leaks（テム）	2753
Learning to Swim（ヘンリー）	4341
Le Bateau-refuge（Francis）	6067
Le Bestiaire sentimental（Derennes）	6014
Le Bonheur fragile（Kern）	6172
Le Bunker de la dernière rafale（Caro）	5957
Le Cap de la Gitane（モーリエ）	5061
Le Carrefour des solitudes（メグレ）	5004
Le Champ du rêveur（ユベール）	5112
Le Chemin de la Lanterne（ヌスラ）	3025
Le Chemin du soleil（Monnet）	6269

Le clairvoyage et La brume des jours (Fakhouri)	6042
L'Écluse (ファイユ)	3628
Le Coeur en abîme (グルニエ)	1373
Le Collier de Thasus (レーマン)	5620
Le combat d'Odiri (Châteaureynaud)	5967
Le Commandant Watrin (ラヌー)	5256
Le commerce des mondes (ドブジンスキー)	2867
Le Créateur chimérique (Wintrebert)	6403
L'écriture de l'excès - Fiction fantastique et poétique de la terreur (Mellier)	6251
Le cycle du Multimonde (グルニエ)	1374
Le Déchronologue (Beauverger)	5915
Le Dernier Amour d'Aramis ou les Vrais Mémoires du chevalier René d'Herblay (デュフレーニュ)	2769
Le dernier des justes (シュヴァルツ＝バルト)	1945
Le détroit de Behring (カレール)	1009
Le Diable en tête (レヴィ)	5566
Le diapason des mots et des misères (Noirez)	6288
Le Dieu nu (マルジュリ)	4846
Le Fantastique (Malrieu)	6226
Le Faussaire (Blanzat)	5931
Le Fils du concierge de l'opéra (Coupry)	5991
L'Égal de Dieu (Absire)	5865
Le Goût de l'immortalité (Dufour)	6026
Le Goût du péché (Boissais)	5934
Le Grand Dadais (ボワロ＝デルペシュ)	4537
Le Grand Vizir de la nuit (Hermary-Vieille)	6125
Le Guetteur d'ombre (モワノー)	5081
Le isole del paradiso (ニエヴォ)	2981
Le jardin d'acclimatation (ナヴァール)	2959
Le Jardin des dieux (Gojon)	6087
Le Jeu de patience (ギュー)	1125
Le Joueur de triangle (オベイ)	0841
Le Jour de la comtesse (シャハル)	1913
Le lac aux Vélies (ドバーム)	2863
Le lac aux Vélies (Nosfell)	6289
Le Livre brisé (ドゥブロフスキー)	2821
Le Livre/machine (Goy)	6091
Le Loup mongol (Homéric)	6132
Le Maître d'heure (Faraggi)	6043
Le Manuscrit de Port‐Ébène (ボナ)	4433
Le Mas Théotime (ボスコ)	4402
Le Moissonneur d'épines (Govy)	6089
Le Monde tel qu'il est (Etchart)	6039
Le monde tous droits réservés (Ecken)	6033
L'Empire céleste (マレ＝ジョリス)	4857
L'empreinte de Dieu (ヴァン・デル・メルシュ)	0291
Le Naviluk (Roche)	6331
L'Encyclopédie de la Fantasy (ボドゥ)	4432
L'Encyclopedie de l'Utopie et de la science fiction (ヴェールサン)	0474
L'Enfant d'Édouard (ルソー)	5509
L'Enfant du cinquième nord (Billon)	5928
L'Enfant halluciné (クロ)	1438
L'Enfant léopard (ピクリ)	3492
L'Enfant qui venait de l'espace (エスカルピ)	0649
L'Enfer (ベレット)	4312
L'Enfer et Cie (Josselin)	6163
Leningrad nights (ジョイス)	2000
Léonie la bienheureuse (Launay)	6203
Léon Morin, prêtre (ベック)	4225
Leon's Story (ロス)	5680
Leon's Story (Tillage)	6378
Le Parc zoonirique (Limite)	6214
Le Passage (ルヴェルジ)	5468
Le peuple de la mer (エルダー)	0753
Le Pic des ténèbres (Leloup)	6208
L'Épouvante (Walther)	6393
Le Premier Principe - Le Second Principe (ブラムリー)	3902
Le Prisonnier, chef-d'œuvre télévisionnaire (Carraze)	5959
Le Prisonnier, chef-d'œuvre télévisionnaire (Oswald)	6298
Le quattro ragazze Wieselberger (チャレンテ)	2582
Le Rayon SF (Delmas)	6012
Le Rayon SF (Julian)	6166
Le reste est silence (ジャルー)	1932
Le rêve de Lucy (コバン)	1620
Le rêve de Lucy (プロ)	4088
Le rocher de Tanios (マアルーフ)	4548
Le roi d'août (Pagel)	6299
Le roi dort (ブレバン)	4071
Le Roman du malade (Robert)	6330
Les Abîmes d'Autremer (Martinigol)	6237
Le Sac du palais d'été (レミ)	5621
Les Adieux (バスチード)	3224
Les Allongés (Galzy)	6074
Les Amants du paradis (Mille)	6264
Les Amitiés particulières (ペールフィット)	4301
Les Animals (Bayon)	5913
Les Bétises (ローラン)	5777
Les Blés (Bordier)	5938
Les Braban (ベッソン)	4229
Le Scandale (ボスト)	4403
Les Carnets du Bon Dieu (ダニオス)	2475
Les causes perdues (リュファン)	5422
Les Chasseurs au bord de la nuit (Fayard)	6046
Les Chasse-marée (Grousset)	6098
Les civilisés (ファレール)	3673
Les Combattants du petit bonheur (ブーダール)	3797
Les Comptoirs du Sud (Doumenc)	6025
Les Contes de l'ère du Cobra (Fernandez)	6052
Les contes merveilleux français (Ténèze)	6374
Les Corps célestes (Bréhal)	5946

Les Corrompus (Martin-Chauffier)	*6236*
Les Cotonniers de Bassalane (ペラン)	*4266*
Les Derniers Jours de Charles Baudelaire (レヴィ)	*5567*
Les eaux mêlées (イコール)	*0225*
Les Éblouissements (メルテンス)	*5017*
Les Égarés (トリスタン)	*2903*
Les Élans du cœur (マルソー)	*4848*
Les enfants gâtés (エリア)	*0702*
Le sermon sur la chute de Rome (フェラーリ)	*3716*
Le Serviteur (Bachelin)	*5900*
Les États du désert (ショロデンコ)	*2025*
Les Feux de la colère (Lacamp)	*6185*
Les Feux du pouvoir (ルアール)	*5454*
Les Figurants de la mort (Lafforest)	*6188*
Les filles du calvaire (Combescot)	*5986*
Les Fous de Bassan (エベール)	*0692*
Les Frères Romance (Colombier)	*5985*
Les fruits de l'hiver (クラベル)	*1276*
Les Funérailles de la Sardine (Combescot)	*5987*
Les Futurs mystères de Paris (Wagner)	*6389*
Les Galaxiales (Demuth)	*6013*
Les grandes vacances (アンビエレ)	*0194*
Les Guerriers du silence (Bordage)	*5937*
Les hautes plaines (ジュリアーニ)	*1975*
Les Hauteurs de la ville (ロブレス)	*5768*
Le Silence de la cité (ヴォナーバーグ)	*0519*
Les Javanais (Malaquais)	*6225*
Les Liens de chaîne (Gaillard)	*6073*
Leslie Stephen (アナン)	*0091*
Les loups (マズレーヌ)	*4723*
Les Nageurs de Sable (Dunyach)	*6029*
Les noces barbares (ケフェレック)	*1522*
Les nourritures extraterrestres (Sussan)	*6369*
Les nourritures extraterrestres (Sussan)	*6370*
Le Soleil sur Aubiac (Borgeaud)	*5939*
Les Ombres de Wielstadt (Pevel)	*6308*
Les Orgues de l'enfer (モレーヌ)	*5072*
Le Souffle (Rolin)	*6335*
Les Pianos mécaniques (レイ)	*5534*
Les Poneys sauvages (デオン)	*2725*
Les Portes de Gubbio (サルナーヴ)	*1746*
Les Quartiers d'hiver (パンクラジー)	*3430*
Les racines du mal (ダンテック)	*2526*
Les Russkoffs (カヴァナ)	*0893*
Less (グリーア)	*1301*
Les Semeurs d'abîmes (ブリュソロ)	*3970*
Les Sept Noms du peintre (Guillou)	*6101*
Les Soleils noirs d'Arcadie (Walther)	*6394*
Less Than One (ブロツキー)	*4099*
Les Trois livres qu'Absalon Nathan n'écrira jamais (Henry)	*6124*
Le successeur de pierre (トリュオン)	*2908*
Le supplice de Phèdre (デパーリ)	*2744*
Les vampires au XXème siècle (マリニー)	*4840*
Les vautours (ウサン)	*0574*
Les vieillards de Saint-Bris (Saint-Bris)	*6345*
Les Voleurs de beauté (ブリュックネール)	*3974*
Les Voyages ordinaires d'un amateur de tableaux (ドゥーエ)	*2814*
Les Voyages ordinaires d'un amateur de tableaux (Maly)	*6227*
Les Yeux d'Elsa (Lainé)	*6192*
L'état sauvage (コンション)	*1689*
L'été finit sous les tilleuls (Haedens)	*6108*
Le Temps de la longue patience (ロビダ)	*5732*
Le Temps du twist (ウサン)	*0575*
Le Tiers des étoiles (Clavel)	*5974*
Let Maps to Others (バーカー)	*3165*
Le Traité des saisons (ビアンショッティ)	*3469*
Letters to Arkham (ヨシ)	*5118*
Letter to Patience (ヘインズ)	*4196*
Le Tyran d'Axilane (Grimaud)	*6097*
Leurs enfants après eux (マチュー)	*4728*
Le Veilleur de nuit (ジャクマール)	*1901*
Le Verger du diable (Gerber)	*6078*
Le vitriol de lune (ベロー)	*4315*
Le Voyage à l'étranger (Borgeaud)	*5940*
Le Voyage à Naucratis (Almira)	*5873*
Lewis Namier (Namier)	*6278*
L'Expérience (Palle)	*6301*
L'exposition coloniale (オルセナ)	*0858*
Le Zoo des philosophes (Lebras-Chopard)	*6204*
L'Herbe à brûler (Detrez)	*6018*
L'histoire revisitée (Henriet)	*6122*
L'homme à rebours (キュルヴァル)	*1128*
L'Homme du Brésil (Bourget-Pailleron)	*5943*
Liberty's Exiles (Jasanoff)	*6152*
Libro de Manuel (コルタサル)	*1656*
L'Idiot-roi (エリア)	*4157*
Lieber wütend als traurig (プリンツ)	*3997*
Life After Life (アトキンソン)	*0079*
Lifeboat on a Burning Sea (ロジャーズ)	*5669*
Life Of John Locke (クランストン)	*1293*
Life or Death (ロバサム)	*5772*
Life Rage (ソアレス)	*2403*
Life Studies (ロウエル)	*5649*
Life Supports (ブロンク)	*4127*
Lighthead (ヘイズ)	*4173*
Lighting Out (マクラウド)	*4654*
Light Years and Dark (ビショップ)	*3505*
Lila (ロビンソン)	*5764*
Lilla Sparvel (リンドグレーン)	*5450*
Lilla syster kanin (ニルソン)	*3024*
L'Immaculée conception (Dufour)	*6027*
L'Innocent (エリア)	*0703*
Linsen, Lupen und magische Skope (エッカーマン)	*0667*
Linsen, Lupen und magische Skope (ノルドクヴィスト)	*3078*
L'irrésolu (ダルヴォール)	*2501*
L'Irrévolution (レネ)	*5609*
Listen to the Dark (ヘンリー)	*4345*
Little Mouse's Big Book of Fears (グラヴェット)	*1236*

作品名索引　　　　　　　　　　　　　　　　　MED

Little Pretty Things（レーダー＝デイ）……5593
Live or Die（セクストン）……2364
Lives of the Monster Dogs（Bakis）………5905
Living With Ghosts（Sperring）……………6365
Lloyd George（Grigg）………………………6096
L'occhio del gatto（ベヴィラックァ）………4203
Locked Doors（カールソン）………………0998
Locked In（ミュラー）………………………4921
Locking Up Our Own（フォーマン）………3782
L'Odyssée d'un transport torpillé（Milan）
　………………………………………………6260
L'Œil du silence（Lambron）………………6195
Lola（ラブ）……………………………………5265
Lola Bensky（ブレット）……………………4068
L'ombra delle colline（アルビーノ）………0145
L'Ombre portée（Ferniot）…………………6053
Lonesome Dove（マクマートリー）…………4647
Long Way Down（レイノルズ）……………5551
Look at the Evidence（クルート）…………1365
Look Homeward（ドナルド）………………2853
Looking for Jamie Bridger（スプリンガー）
　………………………………………………2286
L'Opéra de Shaya（Lainé）…………………6193
L'Orbe et la Roue（ジュリ）………………1973
Lord Grey Of The Reform Bill（トレヴェリアン）………………………………………2926
Lord of Misrule（ゴードン）………………1596
Lord of the Deep（ソールズベリー）………2418
Lord Palmerston（Ridley）…………………6329
L'Ordre du jour（ヴュイヤール）…………0487
Lord Weary's Castle（ロウエル）…………5650
L'Organisation（Rolin）……………………6336
L'Orphelin de mer… ou les Mémoires de monsieur Non（Ollivier）…………………6296
Lorraine Connection（マノッティ）…………4807
lost boy lost girl（ストラウブ）……………2228
Lost Girls（ヨーレン）………………………5122
Louise Bogan（フランク）……………………3903
Love Begins in Winter（Booy）……………5936
Love Is the Drug（ジョンソン）……………2059
Love Sickness（ライマン）…………………5181
Love Songs（ティースデール）………………2650
Love Songs For The Shy And Cynical（シェアマン）…………………………………1766
Lowcountry Boil（ボイヤー）………………4362
Low Tide（メイン）……………………………5002
Luce and His Empire（スウォンバーグ）…2113
Lucky Penny（バーンズ）……………………3442
Lucy Forever and Miss Rosetree, Shrinks（シュリーブ）………………………………1978
L'Univers concentrationnaire（ルーセ）…5507
Lyonesse（ヴァンス）…………………………0282
Lyric Poetry and Modern Politics（Cavanagh）………………………………5963

【 M 】

Macaulay（クライヴ）………………………1223
Macker（ヒューズ）…………………………3558
Magic Terror（ストラウブ）………………2229
Magies secrètes（Jubert）…………………6165
Main Currents in American Thought, 2vols.（パリントン）……………………………3376
Maïtena（Nabonne）…………………………6277
Major fatal（メビウス）……………………5009
Make Mine a Mystery（ニーバー）…………3002
Making Money（プラチェット）……………3872
Malcolm Lowry（デイ）……………………2598
Malcolm X（マラブル）……………………4829
Mal d'amour（ファイヤール）………………3627
Malika（ボナ）………………………………4434
Mammoth Encyclopedia of Modern Crime Fiction（アシュリー）……………………0038
Man Gehorcht（ブラウンリッグ）…………3861
Manifeste incertain 3（Pajak）……………6300
Man-made America（タナード）……………2473
Man-made America（プシュカレフ）………3791
MapHead（ハワース）………………………3407
Map of Dreams（リッカート）……………5365
Maps in a Mirror（カード）………………0946
Ma Qui（ブレナート）………………………4069
Marcel Proust（シャタック）………………1907
Marchers of Valhalla（ハワード）…………3412
Marching for Freedom（パートリッジ）…3298
Margaret Fuller（マーシャル）……………4714
Maria Vandamme（デュケノワ）……………2764
Mariner's Compass（ファウラー）…………3636
Marked by Fire（トーマス）………………2878
Market Forces（モーガン）…………………5028
Mars is No Place for Children（タツィロ）
　………………………………………………2455
Marsmädchen（バック）……………………3255
Mary Chesnut's Civil War（ウッドワード）
　………………………………………………0586
Mary Curzon（ニコルソン）………………2994
Mary Shelley（スパーク）…………………2268
Master Georgie（ベインブリッジ）…………4201
Master of the Senate（カロ）………………1010
Mating（ラッシュ）…………………………5238
Matisse（スパーリング）……………………2271
Matthias und das Eichhörnchen（ペーターソン）…………………………………………4223
Maubi and the Jumbies（グライリー）……1232
Mäusemärchen - Riesengeschichte（フックスフーバー）………………………………3800
Mayflower Ⅱ（バクスター）………………3193
May le monde（ジュリ）……………………1974
May We Be Forgiven（ホームズ）…………4462
Means of Ascent（カロ）……………………1011
Mean Time（ダフィ）………………………2477
Meat（D'Lacey）……………………………6022
Medea（エリスン）……………………………0735

文学賞受賞作品総覧 海外篇　　　　　　　　　　　　　　　　575

Medical Apartheid（ワシントン）………… 5830
Mees, kes teadis ussisõnu（キビラーク）…… 1057
Mefisto in Onyx（エリスン）……………… 0736
Megan's Island（ロバーツ）………………… 5720
Meines Bruders Hüter（バーンバウム）…… 3459
Mémo (Ruellan)……………………………… 6341
Mémoire d'un fou d'Emma (Ferry)………… 6054
Mémoires de porc-épic（マバンク）……… 4809
Mémoire vive, mémoire morte（クラン）… 1287
Memoirs, Etc（ロス）………………………… 5695
Memoirs Of A Fox-Hunting Man（サスーン）
 ……………………………………………… 1716
Memoirs of a Master Forger（ジョイス）… 2001
Memoirs Of A Midget（デ・ラ・メア）…… 2790
Men At Arms（ウォー）……………………… 0491
Men in White（キングスレー）……………… 1179
Men's Adventure Magazines（コリンズ）… 1649
Mercian Hymns（ヒル）……………………… 3587
Merci Suárez Changes Gears（メディーナ）
 ……………………………………………… 5005
Mervale（ロジサール）………………………… 5662
Mes mauvaises pensées (Bouraoui)………… 5942
Metaphysical Dog（ビダート）……………… 3527
M'éveiller à nouveau près de toi, mon
 amour（ドレミュー）……………………… 2934
Mexican Gatsby（スタイバー）……………… 2140
Michael Whelan's Works of Wonder（ウィー
 ラン）……………………………………… 0427
Microcosmi（マグリス）……………………… 4669
Midnight Sun（キャンベル）………………… 1116
Migration（マーウィン）……………………… 4558
Milkman（バーンズ）………………………… 3437
Millennium Babies（ラッシュ）……………… 5234
Millie and Bird (Joy)………………………… 6164
Mindscan（ソウヤー）………………………… 2408
Min Ella (Isakson)…………………………… 6141
Min läsebok（ダールベック）………………… 2504
Minor Characters（ジョンソン）…………… 2060
Miranda（リトル）…………………………… 5399
Mirette on the High Wire（マッキュリー）… 4740
Mischief in Mesopotamia（キャメロン）…… 1094
Missile Gap（ストロス）……………………… 2248
Miss Lulu Bett（ゲイル）…………………… 1499
Miss Mole（ヤング）………………………… 5104
Mistress to an Age（ヘロルド）……………… 4321
Moa och Pelle (Johansson i Backe)………… 6157
Moment d'un couple（アラード）…………… 0423
Mon grand appartement（オステール）…… 0794
Monsieur boum boum (d'Arcier)…………… 6000
Monsieur de Lourdines（シャトーブリアン）
 ……………………………………………… 1910
Monsieur, Or The Prince Of Darkness（ダレ
 ル）………………………………………… 2508
Monsters in the Heart（ヴォーク）………… 0505
Montrose（バカン）…………………………… 3171
Monty (Hamilton)…………………………… 6111
Mon village à l'heure allemande（ポリ）… 4469
Moonlight and Vines（リント）……………… 5447
Moonlight Weeps（ザンドリ）……………… 1760

Moon over Manifest（ヴァンダープール）… 0286
Morbror Kwesis välnad (Lundström)……… 6222
More Tomorrow（スミス）…………………… 2316
Mornings on Horseback（マクロウ）……… 4683
Mortal Consequences（シモンズ）………… 1868
Morte D'Urban（パワーズ）………………… 3408
Morts imaginaires（シュネデール）………… 1963
Mosa Wosa (Gendre)………………………… 6077
Mote（リーヴァー）…………………………… 5336
Mother And Son（コンプトン=バーネット）
 ……………………………………………… 1697
Mouse Noses on Toast（キング）…………… 1170
Mouse Noses on Toast（ロバーツ）………… 5730
Moy Sand and Gravel（マルドゥーン）…… 4853
Mr.Blue（バンカー）………………………… 3423
Mr.Clemens and Mark Twain（カプラン）… 0976
Mr.Clubb and Mr.Cuff（ストラウブ）……… 2230
Mr.Fox and Other Feral Tales（パートリッジ）
 ……………………………………………… 3301
Mrs.Cockle's Cat（メイトランド）………… 4989
Mrs.Easter and the Storks（ドラモンド）… 2896
Mrs.Shivers（ベネト）……………………… 4258
Mrs.Ted Bliss（エルキン）…………………… 0748
Mr.Wicker（アレクサンダー）……………… 0154
Mufaro's Beautiful Daughters（ステップトー）
 ……………………………………………… 2214
Munich（テイラー）…………………………… 2695
Murder as a Fine Art（マレル）…………… 4861
Murder Manual（ウォマック）……………… 0522
Murder on the Menu（タージョン）………… 2453
Murder on the Menu（ラルモ）……………… 5282
Murgunstrumm and Others（ケイヴ）…… 1468
Mutant Popcorn（ロウ）……………………… 5645
Mutter hat Krebs (Fies)……………………… 6055
My Alexandria（ドーティ）………………… 2850
My Big Brother Boris（ビーション）……… 3515
My Bonnie Lies（ハーテル）………………… 3268
My Experiences in the World War（パーシン
 グ）………………………………………… 3218
My Family and Other Superheroes（エドワー
 ズ）………………………………………… 0681
My Father's Paradise (Sabar)……………… 6343
My Heart is My Own (Guy)………………… 6106
My Mommy Is In America And She Met
 Buffalo Bill（ブラヴォ）………………… 3835
My Mommy Is In America And She Met
 Buffalo Bill (Regnaud)…………………… 6323
Mystery and Suspense Writers（ウィンクス）
 ……………………………………………… 0421
Mystery and Suspense Writers（コーリガン）
 ……………………………………………… 1640
Mystery at Crane's Landing（サム）……… 1737
Mystery Muses（ホァン）…………………… 4348
Mystery Muses（ルーガー）………………… 5471
Mystery Of The Haunted Caves（ワーナー）
 ……………………………………………… 5855
Mystery of the Hidden Hand（ホイットニー）
 ……………………………………………… 4356
Mystery Reader's Walking Guide To
 Washington D.C.（デール）……………… 2795

Mystery Reader's Walking Guide-Chicago
   (デール) 2794
My Stone Desire (レイン) 5556
Mythologie du fantastique (Lacassin) 6186
My Work Is Not Yet Done (リゴッテイ) ... 5347

【N】

N. (フェレーロ) 3727
Nadelman's God (クライン) 1234
Naissance (モワクス) 5080
Naissance d'une passion (Braudeau) 5945
Naissance d'un pont (ケランガル) 1529
Naming Names (ナヴァスキー) 2958
Naming of Parts (レボン) 5613
Natchez Burning (アイルズ) 0007
Nathaniel Hawthorne in His Time (メロウ)
   5022
Nation (プラチェット) 3873
National Defense (ファローズ) 3677
Nationality (アスプデン) 0042
Native Angels (ジャスパソン) 1906
Native Guard (トレシューイー) 2928
Natural History (ロブソン) 5766
Nature morte devant la fenêtre (Monesi) .. 6268
Naufrage mode d'emploi (Colin) 5983
Near Changes (デュアーン) 2759
Neither Black Nor White (デグラー) 2732
Neither Brute Nor Human (ワグナー) 5824
Nemo Me Impune Lacessit (ミーナ) 4913
Neonomicon (ムーア) 4956
Neon Vernacular (コマンヤーカ) 1633
Nest am Fenster (フラナガン) 3897
Nester bauen, Höhlen knabbern Wie
   Insekten für ihre Kinder sorgen (Möller)
   6267
Never Trust a Dead Man (ヴァンデヴェルデ)
   0290
New and Collected Poems (ウィルバー) 0411
New Hampshire (フロスト) 4096
Newjack (コノヴァー) 1619
Newman (トレバー) 2931
Newman (トレバー) 2932
New Moon on the Water (キャッスル) 1077
New & Selected Poems (オリヴァー) 0846
Newspaper Heart (ヴォーク) 0506
Nice Work, Little Wolf (オフェン) 0830
Nick Nightmare Investigates (Cole) 5979
Nicolo-Peccavi ou l'affaire Dreyfus à
   Carpentras (リュネル) 5420
Night Cry (ネイラー) 3034
Night Fell on Georgia (サミュエルズ) 1735
Night Fell on Georgia (サミュエルス) 1736
Nightmare Seasons (グラント) 1299
Night of the Cooters (ウォルドロップ) 0544
Nights and Days (メリル) 5013

Night Shift Sister (ロイル) 5643
Nightside (ワインバーグ) 5820
Night Train to Paris (ジェロルド) 1826
Nimitseahpah (エチメンディ) 0666
Ninfa plebea (レア) 5533
No End to Yesterday (マクドナルド) 4622
No Enemy But Time (ビショップ) 3506
No Good Deeds (リップマン) 5379
Noir Lite (チッテンデン) 2550
Nolan on Bradbury (ノーラン) 3072
No Man's Land (フォックスウェル) 3759
No Mercy (アームストロング) 0111
No One Gets Out Alive (ネヴィル) 3036
No Place To Be Somebody (ゴードン) 1597
Nordy Bank (ポーター) 4410
Norman Thomas (スウォンバーグ) 2114
Nos Années Strange - 1970/1996 (Carletti)
   5956
Nos Années Strange - 1970/1996 (Lainé)
   6190
Not by Fact Alone (クライヴ) 1224
Notes From No Man's Land (Biss) 5929
No Time to Spare (ル＝グウィン) 5503
Notre-Dame du Nil (ムカソンガ) 4976
Nottetempo, casa per casa (コンソロ) 1693
Nous sommes éternels (Fleutiaux) 6057
Nova Swing (ハリスン) 3369
Novel Verdicts (ブリーン) 3979
Now All Roads Lead to France (Hollis) .. 6131
Now and Then (ウォレン) 0562
Now in November (ジョンソン) 2061
Nucleus (クレメンス) 1427

【O】

Obits (キング) 1169
Oddest Yet (バート) 3282
Of Being Numerous (オッペン) 0805
Of Course You Know That Chocolate Is a
   Vegetable (ダマート) 2483
Of Mutability (シャブコット) 1918
Of Nightingales that Weep (パターソン) ... 3237
Oh... (ディジャン) 2648
Oh, Boy! Babies (ヘルツィヒ) 4291
Oh, Boy! Babies (マリ) 4836
Oh Danny Boy (ボウエン) 4377
Old Devil Moon (ファウラー) 3646
Old Road to Paradise (ウィドマー) 0318
Olio (ジェス) 1782
Ombria in Shadow (マキリップ) 4590
Om detta talar man endast med kaniner (ヘ
   グルンド) 4213
Omega (マクデヴィット) 4608
Omegatropic (バクスター) 3194
Once Around the Bloch (ブロック) 4102
On Conan Doyle (ディルダ) 2703

| ONE | 作品名索引 |

One（ウィリアムズ） ………………… 0333
One Came Home（ティンバーレイク） ……… 2716
O'Neill, Son and Artist（シェファー） ……… 1802
One with Others（ライト） ………………… 5163
Onion John（クラムゴールド） ……………… 1284
Only Begotten Daughter（モロウ） ………… 5075
On the Anatomization of an Unknown Man (1637)（コナリー） ………………… 1605
On the Edge of Paradise（Newsome） …… 6282
On the House（ライアン） ………………… 5133
On The Run（ヒル） ………………………… 3586
On The Run（ヒル） ………………………… 3588
Oops！（マクノートン） …………………… 4632
Opera in America（ディズィックス） ……… 2649
Opération'serrures carnivores'（ブリュソロ）
 …………………………………………… 3971
Operation Shylock（ロス） ………………… 5691
Op zee（Heijmans） ………………………… 6120
Orbital Decay（スティール） ………………… 2206
Orbitsville（ショウ） ………………………… 2008
Ordeal of the Union, Vols. VII & VIII（ネヴィンズ）
 …………………………………………… 3041
Ordinary Words（ストーン） ……………… 2256
Original Meanings（ラコヴ） ……………… 5208
Origins of the Fifth Amendment（レヴィー）
 …………………………………………… 5568
Orlanda（Harpman） ………………………… 6116
Orphan Train Rider（ウォーレン） ………… 0559
Orwell（Taylor） …………………………… 6373
Osama（ティドハー） ……………………… 2664
Oscar and Arabella（レイトン） …………… 5549
Oscar Wilde（エルマン） …………………… 0758
O Strange New World（ジョーンズ） ……… 2043
Otherness（プリン） ………………………… 3989
Otherwise Known as the Human Condition（ダイヤー） ………………………… 2437
Otrante n° 9（Mellier） …………………… 6252
Ottoline and the Yellow Cat（リデル） …… 5387
Oui l'espoir（Baby） ………………………… 5899
Our Horses in Egypt（Belben） …………… 5916
Our Lady of the Open Road（ピンスカー）
 …………………………………………… 3613
Out of Africa（ピカード） ………………… 3485
Out of Danger（Fenton） …………………… 6051
Out of His Mind（ギャラガー） …………… 1097
Out of Shadows（Wallace） ………………… 6391
Out of Sight（マクレガー） ………………… 4679
Oysters of Lockmariaquer（クラーク） …… 1246
Ozone Journal（Balakian） ………………… 5906

Pages From a Young Girl's Journal（エイクマン）
 …………………………………………… 0620
Papa, j'ai remonté le temps（Milési） ……… 6263
Papa wohnt jetzt in der Heinrichstraße（バルハウス） ………………………… 3382
Papa wohnt jetzt in der Heinrichstraße（マール） …………………………………… 4842
Papa 1er（モンドローニ） ………………… 5088
Paper Dragons（ブレイロック） ………… 4055
Paper Faces（アンダーソン） …………… 0183
Parable of the Talents（バトラー） ……… 3291
Pardonable Lies（ウィンスピア） ………… 0437
Paris au mois d'août（ファレ） …………… 3671
Paris Journal, 1944-1965（フラナー） …… 3892
Pärlor till pappa（Mangold） ……………… 6229
Partial Accounts（メレディス） ………… 5021
Parting the Waters（ブランチ） ………… 3920
Part of Nature（ヴェンドラー） ………… 0490
Pas pleurer（サルヴェール） …………… 1743
Passage de l'homme（グラウト） ………… 1238
Passage to Ararat（Arlen） ……………… 5880
Passaggio in ombra（Lascia） …………… 6202
Passing Strange（クレイジス） ………… 1392
Passing Through（クニッツ） …………… 1212
Pas un jour（ガレタ） ……………………… 1006
Patterns（キャディガン） ………………… 1083
Paul Revere and the World He Lived In（フォーブス） ……………………… 3780
Pay the Piper（ステンプル） ……………… 2216
Pay the Piper（ヨーレン） ……………… 5123
Peaceable Kingdom（ケッチャム） ……… 1510
Pea Soup Poisonings（ライト） ………… 5158
Pedlar's Progress（シェパード） ……… 1788
Pellas bok（Wärnlöf） …………………… 6395
Penelope Fitzgerald（リー） ……………… 5331
People of Paradox（Kamen） …………… 6168
People of the Sacred Mountain（パウエル）
 …………………………………………… 3133
Perfect Murder（テイラー） ……………… 2696
Perfect Murder（ナイト） ……………… 2952
Persephone（ジョセフ） ………………… 2017
Personality（オヘイガン） ……………… 0842
Personne（Aubry） ……………………… 5889
Peter the Great（マッシー） …………… 4769
Petite mort, petite amie（Frémion） …… 6069
Philadelphia Fire（ワイドマン） ………… 5803
Philip Larkin（モーション） ……………… 5031
Philip Wilson Steer（マッコール） ……… 4764
Phoenix Island（ディクソン） …………… 2645
Pictures from Brueghel（ウィリアムズ） … 0330
Piège（Beaumont） ………………………… 5914
Pinckney's Treaty（ベミス） …………… 4261
Pitchblende（ボストン） ………………… 4405
Pizza Kittens（ヴォーク） ………………… 0504
Plains Song（モリス） …………………… 5064
Planet des Menschen（ドゾル） ………… 2929
Please Watch Your Step（ボウエン） …… 4378
Poachers（フランクリン） ……………… 3912
Pocketful of Posies（メーバー） ………… 5008

【P】

Pacific Edge（ロビンスン） ……………… 5745
Paco's Story（ハイネマン） ……………… 3100
Paese d'ombre（デッシ） ………………… 2737

Poems（デュガン） 2762
Poems Seven（デュガン） 2763
Poems - North & South（ビショップ） 3498
Poe-Land（オッカー） 0804
Pointing from the Grave（ワインバーグ） ... 5818
Pojken med guldbyxorna（ルンドグレン） ... 5532
Polio（オシンスキー） 0792
Poor Dear Brendan（ボイル） 4364
Poor Man's Tapestry（オニオンズ） 0813
Pornokitsch（シュリン） 1979
Pornokitsch（ベリー） 4268
Portrait Of Clare（ヤング） 5102
Port-Soudan（ロラン） 5776
Postcards（ブルー） 4003
Pour Jean Prévost（ガルサン） 0994
Poussière du temps（Nels） 6281
Poveri e semplici（オルテーゼ） 0871
Power To Hurt（オブライエン） 0834
Practical Gods（デニス） 2741
Prairie Fires（フレイザー） 4048
Prayers to Broken Stones（シモンズ） 1884
Prends garde à la douceur des choses（ビエ
　ドゥー） 3472
Prentice Alvin（カード） 0947
Preparation for the Next Life（Lish） 6218
Presentation Piece（ハッカー） 3252
PRESS ENTER ■（ヴァーリイ） 0262
Pride and Prometheus（ケッセル） 1507
Priest（ブルーウン） 4006
Prime Time（ライアン） 5134
Princesses de science（イヴェール） 0212
Prince William, Maximilian Minsky and me
　（ラフレンス） 5270
Prisoner Without a Name, Cell Without a
　Number（ティママン） 2678
Prisonnière du tableau！（モンコンブル） ... 5083
Private Eye-Lashes（フレンチ） 4079
Prodigal（テム） 2755
Prodige du cœur（シルヴェストル） 2089
Promises（ウォレン） 0563
Property（マーティン） 4775
Prophecy Rock（マグレガー） 4678
Prophets of Regulation（マクロー） 4681
Prosecutor of DuPrey（ヴォーン） 0568
Proverbs for Monsters（Arnzen） 5883
Pumans fötter（サーク） 1713
Pure（ミラー） 4932
Puritan Village（パウエル） 3139

【Q】

Quand la mer se retire（ラヌー） 5257
Quand le temps travaillait pour nous（ムッ
　セ） 4977
Quarrel & Quandary（オジック） 0791
Quasi una vita（アルバロ） 0144

Queen Elizabeth（ニール） 3022
Queen for a Day（カウドリー） 0895
Queen of Hearts（ボウエン） 4379
Quelqu'un（パンジェ） 3432
Quicksilver（スティーヴンスン） 2195
Quiconque（Châteaureynaud） 5968

【R】

Rabble Starkey（ローリー） 5783
Rabevel ou le mal des ardents（ファーブル）
　................ 3664
Raboliot（ジュネヴォア） 1961
Rachman（グリーン） 1343
Radio Waves（スワンウィック） 2349
Rafferty（ダンカン） 2523
Railsea（ミエヴィル） 4895
Rain Dogs（マッキンティ） 4751
Ralph Waldo Emerson（ラスク） 5221
Ramsey Campbell, Probably（キャンベル）
　................ 1117
Rapunzel（ゼリンスキー） 2388
Rat Food（ニクルズ） 2986
Rat Food（ベルコム） 4284
Rat Life（アーノルド） 0092
Reading Science Fiction（Mendlesohn） 6256
Reading the Bones（フィンチ） 3706
Reality Check（エイブラハムズ） 0628
Reave the Just and Other Tales（ドナルドソ
　ン） 2855
Reclaiming History（バグリオーシ） 3198
Reconstructing Amy（レボン） 5614
Red Card（ヘイル） 4194
Red Card（ラブロ） 5272
Red Light（ショウ） 2006
Red Sky Lament（ライト） 5150
Reference Guide to Fantastic Films（リー）
　................ 5324
Refusing Heaven（Gilbert） 6081
Regards sur Philip K.Dick.（Collon） 5984
Réhabilitation（クラン） 1288
R.E.Lee（フリーマン） 3967
Remember Why You Fear Me（シェアマン）
　................ 1767
Rempart（ジュヌフォール） 1960
Renegade or Halo 2（モー） 5024
Repair（ウィリアムズ） 0343
Reports of Certain Events in London（ミエ
　ヴィル） 4896
Resistere non serve a niente（Siti） 6357
Retour à la terre, définitif（Goy） 6090
Retro Pulp Tales（ランズデール） 5306
Rétrospective（イェホシュア） 0216
Return to Ribblestrop（ムリガン） 4981
Reveille in Washington, 1860-186（リーチ）
　................ 5359

Revenger（クレメンツ） ………………… 1428
Rêves de Gloire de（Wagner） ……………… 6390
Rex Stout（マカリア） …………………… 4566
Rhapsodie cubaine（Manet） ………………… 6228
Rhetorics of Fantasy（Mendlesohn） ……… 6257
Riceyman Steps（ベネット） ………………… 4251
Richard Matheson（マシスン） ……………… 4709
Riddley Walker（ホーバン） ………………… 4441
Rider（ラドマン） …………………………… 5251
Rien que des sorcières（Quenot） ………… 6318
Rifles for Watie（キース） ………………… 1041
Righteous Empire（マーティー） …………… 4773
Rituel du mépris, variante Moldscher（ヴォルディーヌ）………………………………… 0565
Rivage des intouchables（Berthelot） …… 5926
River of Gods（マクドナルド） ……………… 4619
River of Shadows（ソルニット） …………… 2421
Robert A. Heinlein（パターソン） ………… 3231
Robert Frost（トムプソン） ………………… 2892
Robert Kennedy and His Times（シュレジンガー） …………………………………… 1986
Roger, Mr.Whilkie !（ハイドマン） ………… 3098
Rogey（Murphy） …………………………… 6275
Rogues' Gallery（バーナード） ……………… 3314
Room One（クレメンツ） …………………… 1426
Roosevelt and Hopkins（シャーウッド） … 1895
Roosevelt（バーンズ） ……………………… 3438
Ross Macdonald（ノーラン） ……………… 3074
Rot, Blau und ein bißchen Gelb（エリング）
 ………………………………………………… 0746
Rot, Blau und ein bißchen Gelb（ソートランド） …………………………………… 2411
Rough Crossings（シャーマ） ……………… 1922
Rough Justice（Jordan） …………………… 6161
Rousseau And Revolution（The Story Of Civilization Vol.10）（デュラント） ……… 2782
Rousseau And Revolution（The Story Of Civilization Vol.10）（デュラント） ……… 2783
Royal Bloodline（ネヴィンズ） ……………… 3043
R&R（戦時生活 第1部）（シェパード） ……… 1798
Rue du Havre（ギマール） …………………… 1068
Ruined（ノッテージ） ……………………… 3068
Rule 18（シマック） ………………………… 1859
Rumeurs et légendes urbaines（Renard）… 6328
Ruminations（Mason） ……………………… 6239
Runaway（マンロー） ……………………… 4886
Rundherum in meiner Stadt（ミットグッチュ）
 ………………………………………………… 4908
Running From the Devil（フレヴェレッティ）
 ………………………………………………… 4057
Running Hot（ミッチェル） ………………… 4905
Rushavenn Time（ホィッスラー） …………… 4355

【S】

Sabbath's Theater（ロス） ………………… 5692
Sacred Country（トレメイン） ……………… 2936
Sacred Hunger（アンズワース） …………… 0168
Sailing to Byzantium（シルヴァーバーグ）… 2085
Saint George and the Dragon（ハイマン）… 3104
Saints and Sinners（オブライエン） ……… 0831
Saint-Germain ou la négociation（ウォルダー） …………………………………… 0537
Salto mortale（マレルバ） ………………… 4862
Salvage the Bones（ワード） ……………… 5841
Sammy Keyes and the Hotel Thief（ドラーネン） ……………………………………… 2893
Samuel Beckett（ベア） …………………… 4148
Samuel Butler, Author Of Erewhon（1835-1902）（ジョーンズ） ……………………… 2045
Samuel Johnson（ウェイン） ……………… 0453
Samuel Johnson（ベート） ………………… 4234
Samuel Pepys（トマリン） ………………… 2888
Samuel Taylor Coleridge（チェンバーズ）… 2546
Sandvargen（Lind） ………………………… 6215
Sang et Lumière（ベイリ） ………………… 4195
Sangs（Hervieu） …………………………… 6127
Sans la miséricorde du Christ（ビアンショッティ）………………………………… 3470
Satan's Lambs（ハイタワー） ……………… 3095
Sauve qui peut la vie（Lapierre） ………… 6200
Savage Art（ポリート） ……………………… 4474
Savage Grace（アロンソン） ……………… 0164
Savage Grace（ロビンス） ………………… 5736
Saving Agnes（カスク） …………………… 0911
Saving Lives（ゴールドパース） …………… 1669
Scarecrow Gods（Ochse） ………………… 6292
Scarlet Sister Mary（ピーターキン） ……… 3518
Schanghai 41（ルイス） …………………… 5460
Schneeriese（Kreller） ……………………… 6181
Schneeweiß und Russenrot（Masłowska）… 6238
Schwester（フォッセ） ……………………… 3760
Schwester（Blau） ………………………… 5932
Science Fiction and Fantasy Writers and the First World War（ジェームス） ………… 1812
Science Fiction of the 20th Century（ロビンソン） ……………………………………… 5761
Science Fiction Writers of America Handbook（スミス） ……………………… 2309
Science Fiction Writers of America Handbook（ラッシュ） …………………… 5235
Science in the British Colonies of America（スターンス） ……………………………… 2170
Science Made Stupid（ウェラー） ………… 0471
Science-Fiction（ブレイラー） …………… 4053
Scientists Against Time（バクスター） …… 3189
Scoreboard, Baby（アームストロング） …… 0108
Scoreboard, Baby（ペリー） ……………… 4275
Scrambled Eggs & Whiskey（カルース） … 0997
Seasons of Glass and Iron（エル＝モータル）
 ………………………………………………… 0759
Seaview（オルソン） ………………………… 0860
Secret in the Mist（ナッシュ） …………… 2969
Secret in the Mist（ランバート） ………… 5319
Secret Passages（プロイス） ……………… 4089

Secrets de jeunesse（プレネル）.............	4070
Seldom Disappointed（ヒラーマン）........	3579
Selected Essays（トロイ）.....................	2940
Selected Non-Fictions（ボルヘス）.........	4520
Selected Poems（エイキン）..................	0618
Selected Poems（エバハート）...............	0690
Selected Poems（キネル）.....................	1056
Selected Poems（ジャスティス）............	1905
Selected Poems（テイト）.....................	2662
Selected Poems（フレッチャー）...........	4066
Selected Poems（モス）........................	5032
Selected Poems（ランサム）..................	5297
Selected Poems 1928-1958（クニッツ）...	1213
Selected Stories（ライバー）.................	5173
Self-Portrait in a Convex Mirror（アッシュベリー）...	0052
Sélinonte ou la Chambre impériale（ブールニケル）...	4027
Selkirk's Island（スーハミ）..................	2269
Sent for You Yesterday（ワイドマン）.....	5804
Serpentine (Fazi).................................	6047
Served Cold（ゴールドバーグ）.............	1667
Set in Stone（ニューベリー）................	3011
Seven Tales and a Fable（ジョーンズ）...	2032
7 Years from Somewhere（レヴィン）.....	5574
Shades Fantastic（ボストン）................	4406
Shades of Gray（リーダー）..................	5357
Shadow Country（マシーセン）............	4710
Shadow Forest（ヘイグ）.....................	4163
Shadows（グラント）...........................	1300
Shadow Show（キャッスル）.................	1078
Shark！Shark！(Cluley).......................	5976
Shen of the Sea（クリスマン）..............	1312
Shibboleth (Donaghy)..........................	6023
Ship Fever and Other Stories（バレット）	3390
Shirley Jackson（フランクリン）...........	3913
shoo bre (Foley)...................................	6059
Shooting Yourself in the Head for Fun and Profit（スナイダー）............................	2261
Shots on Goal (Ayoob)..........................	5896
Show Me the Evidence（ファーガスン）..	3648
Shy Charles（ウェルズ）......................	0478
Sideshow（テッパー）..........................	2740
Signpost to Terror（スプラーグ）..........	2285
Signs of the Times（ジョンストン）.......	2047
Silently and Very Fast（ヴァレンテ）.....	0273
Silk Stalkings（トンプソン）.................	2945
Silk Stalkings（ニコルズ）....................	2989
Sillabario n.2（パリーゼ）.....................	3370
Silver's City（リーチ）.........................	5360
Simpel（ミュライユ）..........................	4928
Sinbad and Me（プラット）..................	3881
Sineater（マッシー）...........................	4765
Sineater (Jacob)..................................	6145
Sinner, Baker, Fabulist, Priest; Red Mask, Black Mask, Gentleman, Beast (Foster)	6061
Sinner's Ball（バーコヴィッツ）............	3201
Sins of Scarlett（バーナード）..............	3315
Sippur hayim（アッペルフェルド）........	0063
Sir Gawain and the Loathly Lady (Wijngaard)	6400
Sir John Moore（オーマン）..................	0843
Sir Walter Ralegh and the Quest for El Dorado (Aronson)	5885
Sister Emily's Lightship（ヨーレン）.....	5124
Sister Mine（ホプキンスン）.................	4448
Sisters（デニス）.................................	2742
Sister Wolf（アレンスバーグ）..............	0163
Sisyphus and the Stranger（ディ・フィリポ）...	2668
Siv sover vilse（リンデンバウム）.........	5446
Six Dinner Sid（ペリー）.....................	4272
Six Dinner Sid（ムーア）.....................	4957
Six Months, Three Days（アンダース）..	0171
Sixty Years of Arkham House（ヨシ）...	5119
Six-Gun Snow White（ヴァレンテ）.......	0274
Skin Folk（ホプキンスン）...................	4449
Sky Eyes（ウィンター）.......................	0442
Skyler Hobbs and the Rabbit Man（ルイス）..	5458
Slavery by Another Name（ブラックモン）	3879
Slaves in the Family（ボール）.............	4478
Sleeping Beauty and Other Favorite Fairy Tales（フォアマン）............................	3738
Sleeping It Off in Rapid City (Kleinzahler)	6176
Sleeping with the Plush（ケルナー）.....	1542
Sleepless Nights in the Procrustean Bed（エリスン）...	0737
Slippage（エリスン）...........................	0738
Small Island（レヴィ）........................	5562
Small Town Removal (Jeune)	6156
Snow Blind（アームストロング）..........	0112
Snow White and the Seven Aliens（アンホールト）..	0205
Snow White and the Seven Aliens（ロビンス）..	5734
So fliegst du heute und morgen（エームズ）...	0700
So fliegst du heute und morgen（シュナイダー）...	1957
Soft Apocalypses（スナイダー）............	2262
Sojourner Truth（マキサック）.............	4570
Sojourner Truth（マキサック）.............	4571
Soldier of Sidon（ウルフ）...................	0603
Soldier of the Mist（ウルフ）................	0604
Soldiers in Hiding（ワイリー）.............	5810
So Long, Chief（コリンズ）..................	1650
So Long, Chief（スピレイン）..............	2282
So Long, See You Tomorrow（マクスウェル）..	4599
Solutions non satisfaisantes (Bellagamba)	5917
Solutions non satisfaisantes (Picchole) ..	6309
Somebody Else's Child（グライムス）....	1230
Some Kind of Fairy Tale（ジョイス）.....	2002
Someone from the Past（ベネット）.......	4256
Something About a Scar（ドラモンド）..	2895
Something Like a House（スミス）........	2304

Something to Answer For（ニュービー）	3009
Something to Hide（マクドナルド）	4625
Somewhere Towards the End（アットヒル）	0054
Som Trolleri（Melin）	6249
So Much in Common（マフィーニ）	4826
Song and Dance Man（ギャメル）	1090
Song of the Bones（プレストン）	4064
Song of Time（マクラウド）	4652
Songs of Innocence（アーディ）	0065
Sonnenfresser（パウルゼン）	3150
Son of Gun in Cheek（ブロンジーニ）	4133
Son of the Wilderness（ウォルフ）	0549
Sons of Mississippi（ヘンドリックソン）	4337
Soul Patch（コールマン）	1675
Soundings（ウルフ）	0596
Sous des cieux étrangers（シェパード）	1799
Sous les vents de Neptune（ヴァルガス）	0270
Souvenirs de l'empire de l'atome（スモルドレン）	2326
Souvenirs de l'empire de l'atome（Clerisse）	5975
Souvenirs du futur（Atallah）	5887
Souvenirs du futur（Jaccaud）	6142
Souvenirs du futur（Valéry）	6386
So You Want to Be President?（スモール）	2325
Space, in Chains（カシシュケ）	0904
Spanish Tudor（プレスコット）	4062
Sparrows in the Scullery（ウォレス）	0555
Spartina（ケイシー）	1470
Speculative Fiction 2012（シュリン）	1980
Speculative Fiction 2012（ランドン）	5318
Spelar död（Casta）	5962
Spilled Water（グリンドレー）	1352
Spin（Allan）	5871
Splay Anthem（マッキー）	4736
Spook Street（ヘロン）	4323
Spring Break（クロウリー）	1444
Stag's Leap（オールズ）	0852
Stained（トーマス）	2879
Stained Glass（バックリー）	3258
Stand on Zanzibar（ブラナー）	3893
Stanley Baldwin（ヤング）	5105
Stanley（Jeal）	6154
Starfarers（アンダースン）	0180
State of the Union（リンゼイ）	5439
Station balnéaire（Giudicelli）	6085
Staying On（スコット）	2125
Stephen（マッシー）	4766
Stephen King（ウッド）	0582
Stepping on Cracks（ハーン）	3419
Stet（リーディング）	5380
Sticks（ワグナー）	5825
Still Life with Scorpion（ベイカー）	4158
Stone Cold（スウィンデルズ）	2110
Stones for Ibarra（ドウア）	2810
Stonewords（コンラッド）	1700
Stop the Train（マコックラン）	4693
Storeys from the Old Hotel（ウルフ）	0605
Storia della mia gente（ネシ）	3044
Storia prima felice, poi dolentissima e funesta（チタティ）	2548
Storm Track（マロン）	4871
Storm Warning（Ayres）	5897
Storyteller（ウィルヘルム）	0417
Strange Bodies（セロー）	2399
Strange Fire（Rankin）	6320
Strange Holiness（コッフィン）	1582
Stranger Magic（ウォーナー）	0517
Strangle Hold（マクマラン）	4648
Stratton's War（ウィルソン）	0406
Streetcar Dreams（ボウズ）	4383
Street Legal（Truluck）	6384
Street Level（トルラック）	2917
Street Scene（ライス）	5144
Such（ブルック＝ローズ）	4024
Such dir was aus, aber beeil dich!（ブッデ）	3803
Suffer Little Children（デイヴィス）	2611
Sugarmilk Falls（ミル）	4946
Sukkwan Island（ヴァン）	0277
Sukran（アンドルヴォン）	0191
Summa summarum（ヘルシング）	4288
Summer for the Gods（ラーソン）	5224
Summer of Storms（ケルマン）	1546
Sunderland Capture（ベイコン）	4165
Sunrise（サイデル）	1704
Sunset Limited（パーク）	3175
Sun Under Wood（ハス）	3220
Supergods（モリソン）	5065
Super-héros! La puissance des masques（Lainé）	6191
Super-héros, une histoire française（Fournier）	6064
Svenska gummistövlar（マンケル）	4880
Swift Justice（ファーレル）	3675
Swimming Studies（シャプトン）	1919
Swing Hammer Swing!（トリントン）	2910
Swing Shift（キャメロン）	1095
Synesthésie（Paquet）	6302
Synners（キャディガン）	1084
Synod Of Sleuths（グリーンバーグ）	1353
Synod Of Sleuths（プリーン）	3980

【T】

Tadpole's Promise（ウィリス）	0377
Tadpole's Promise（ロス）	5683
Tagged for Murder（フリン）	3976
Take Back Plenty（グリーンランド）	1356
Taken（クレイス）	1402
Taking Terri Mueller（メイザー）	4986
Tales From Bective Bridge（ラヴィン）	5193
Tales from Ovid（ヒューズ）	3561

Tales of Old Earth (スワンウィック) ········ 2350	
Talking About Detective Fiction (ジェームズ) ··· 1821	
Talking Mysteries (ビューロー) ············· 3571	
Talking Mysteries (ヒラーマン) ············· 3580	
Talking with Artists (カミングス) ·········· 0982	
Tamar (ビート) ······························· 3539	
Tangle and the Firesticks (ブラスウェイト) ······································ 3864	
Tausend Tricks der Tarnung (フォン・フリッシュ) ··· 3789	
Tea at the Midland (コンスタンティン) ····· 1692	
Tea for Two (レイク) ························ 5542	
Tempo di uccidere (フライアーノ) ·········· 3817	
Temps sans frontières (コルブ) ············ 1673	
Tender Morsels (ラナガン) ··················· 5254	
Tennessee Williams (ラー) ·················· 5127	
Ten North Frederick (オハラ) ··············· 0825	
Tennyson (マーティン) ······················· 4794	
Terminus radieux (ヴォロディーヌ) ········· 0566	
Terraforming Earth (ウィリアムソン) ······ 0349	
Terres lorraines (モゼリー) ················· 5036	
Terror and Decorum (ビーレック) ·········· 3606	
Tested (モートン) ···························· 5045	
Tests of Time (ギャス) ······················ 1073	
That Championship Season (ミラー) ······· 4937	
That Leviathan Whom Thou Hast Made (Stone) ······································· 6367	
That One Day (ホール) ······················ 4482	
The Able Mc Laughlins (ウイルソン) ······· 0403	
The Absolutely True Story..How I Visited Yellowstone Park with the Terrible Rubes (ロバーツ) ································· 5721	
the accidental (スミス) ······················ 2295	
The Adventures of Paddy Pork (Goodall) ······································· 6088	
The Adventures of Sparrowboy (ピンクニー) ······································ 3611	
The Adventures of the Dish and the Spoon (グレイ) ··································· 1388	
The Age of Jackson (シュレジンガー) ······· 1987	
The Age of Reform (ホーフスタッター) ····· 4452	
The Age of Wonder (ホームズ) ··············· 4460	
The American Boy (テイラー) ················ 2688	
The American Leonardo (マビー) ············ 4810	
The American Orchestra and Theodore Thomas (ラッセル) ························ 5241	
The American Regional Mystery (ラックマン) ··· 5232	
The American Revolution - A Constitutional Interpretation (マキルウェイン) ··· 4591	
The Americans (ブーアスティン) ············ 3654	
The Annals of Murder (マクデイド) ········· 4606	
The Antelope Wife (アードリック) ·········· 0086	
The Ants (ウィルソン) ······················· 0393	
The Ants (ヘルドブラー) ···················· 4292	
The Ape's Wife and Other Stories (キアナン) ··· 1032	
The Apocalypse Codex (ストロス) ·········· 2249	
The Armada (マッティングリー) ············· 4772
The Armchair Detective Book of Lists, 2nd Ed (スタイン) ······························ 2145
The Art of Chesley Bonestell (シュッツ) ·· 1952
The Art of Chesley Bonestell (デュラント) ··· 2784
The Art of Chesley Bonestell (ミラー) ····· 4943
The Art of Horror (ジョーンズ) ············· 2040
The Art of Keeping Cool (ライル) ·········· 5188
The Art of Michael Whelan (ウィーラン) ·· 0328
The Art of Secrets (Klise) ······················ 6177
The Art of Starving (Miller) ·················· 6265
The Astonishing Life of Octavian Nothing, Traitor to the Nation, Volume I (アンダーソン) ··· 0185
The Asylum Dance (バーンサイド) ·········· 3431
The Atlantic Migration, 1607-186 (ハンセン) ··· 3445
The Auroras of Autumn (スティーヴンズ) ·· 2185
The Autobiography of William Allen White (ホワイト) ································· 4527
The Automatic Oracle (ポーター) ··········· 4411
The Avram Davidson Treasury (シルヴァーバーグ) ·· 2086
The Avram Davidson Treasury (デイヴィス) ·· 2606
The Avram Davidson Treasury (デイヴィッドスン) ····································· 2623
The Ballad of Ballard and Sandrine (ストラウブ) ·· 2231
The Ballad of the Harp-Weaver (ミレー) ··· 4953
The Baroque Cycle (スティーヴンスン) ····· 2196
The Bear Comes Home (ザボール) ··········· 1726
The Beautiful Mystery (ペニー) ············· 4246
The Beautiful Thing That Awaits Us All and Other Stories (バロン) ············· 3398
The Bedside Companion to Crime (キーティング) ·· 1051
The Bees (ダフィ) ···························· 2478
The Best of Fritz Leiber (ライバー) ········ 5174
The Best of It (ライアン) ···················· 5131
The Bible Repairman and Other Stories (パワーズ) ·································· 3405
The Bibliography of Crimie Fiction, 1749-1975 (ヒュービン) ························ 3568
The Big Snow (ヘイダー) ···················· 4174
The Big Snow (ヘイダー) ···················· 4175
The Bird Catcher (ソムトウ) ················ 2414
The Bird Catcher (ポンソー) ················ 4541
The Birding (Theodoridou) ·················· 6376
The Bird Of Paradise (Powell) ··············· 6314
The Birth of the People's Republic of the Antarctic (バチェラー) ···················· 3245
The Bishop's Man (マッキンタイア) ········ 4749
The Bitterwood Bible and Other Recountings (スラッター) ················· 2327
The Black Heart Crypt (グラベンスタイン) ·· 1279
The Black Hour (レーダー＝デイ) ··········· 5594

The Blind Geometer（ロビンスン）………… 5746
The Blue Flower（フィッツジェラルド）…… 3689
The Blue Heron（オニール）………………… 0819
The Blue Whale（スモール）………………… 2324
The Body in the Snowdrift（ペイジ）……… 4167
The Bomb（テイラー）………………………… 2693
The Bone Clocks（ミッチェル）……………… 4904
The Bone Flute（タトル）…………………… 2468
The Bone People（ヒューム）………………… 3570
The Bones Wizard（ライアン）……………… 5130
The Bookbinder's Apprentice（エドワーズ）
………………………………………………… 0683
The Book of Secrets（ヴァッサンジ）……… 0249
The Book Of Talbot（クリフトン）………… 1326
The Book of the Dun Cow（ワンジェリン）
………………………………………………… 5859
The Boston Strangler（フランク）………… 3905
The Bower Bird（Kelley）…………………… 6171
The Box（ケッチャム）………………………… 1511
The Boy in the Burning House（ウィン＝ジョーンズ）………………………………… 0434
The Boys of San Joaquin（スミス）………… 2322
The Briar Patch（ケンプトン）……………… 1551
The Broken Cord（ドリス）………………… 2902
The Broken Word（Foulds）………………… 6062
The Brutal Telling（ペニー）………………… 4247
The Bunker Diary（ブルックス）…………… 4017
The Butterfly Ball & The Grasshopper's Feast（オルドリッジ）……………………… 0874
The Butterfly Ball & The Grasshopper's Feast（ブルーマー）………………………… 4029
The Button Molder（ライバー）……………… 5175
The Callender Papers（ヴォイト）………… 0494
The Calling（シルヴァ）……………………… 2072
The Calvin Coolidge Home for Dead Comedians and A Conflagration Artist（デントン）……………………………………… 2801
The Cambridge Companion to Science Fiction（ジェームス）……………………… 1813
The Cambridge Companion to Science Fiction（Mendlesohn）……………………… 6258
The Cana Diversion（ゴールト）…………… 1664
The Canning Season（ホーヴァート）……… 4369
The Caprices（マレー）……………………… 4856
The Capture of the Black Panther（ホークス）…………………………………………… 4391
The Care and Feeding of Houseplants（テイラー）…………………………………………… 2682
The Carrier of Ladders（マーウィン）……… 4559
The Case of Dashiell Hammett（タルボット）
………………………………………………… 2505
The Case of Death and Honey（ゲイマン）
………………………………………………… 1489
The Case of Stephen Lawrence（カスカート）
………………………………………………… 0909
The Case That Will Not Die（エールマン）
………………………………………………… 0756
The Catch（アモンズ）………………………… 0114
The Catch（ホール）………………………… 4480
The Caxton Private Lending Library & Book Depository（コナリー）…………… 1606

The Chaneysville Incident（ブラッドレイ）
………………………………………………… 3891
The Changeling（ラバル）…………………… 5259
The Changing Light at Sandover（メリル）
………………………………………………… 5014
The Chesley Awards for Science Ficiton and Fantasy Art（グラント）………………… 1294
The Chesley Awards for Science Ficiton and Fantasy Art（スコヴィル）……………… 2123
The Chesley Awards for Science Ficiton and Fantasy Art（ハンフリー）……………… 3462
The Child Garden（ライマン）……………… 5182
The Children of Dynmouth（トレヴァー）… 2925
The Children of Pride（マイアース）……… 4549
The Children's Book（バイアット）………… 3088
The Chill（スター）…………………………… 2133
The Chip Chip Gatherers（ナイポール）…… 2956
The Chosen One（デイヴィス）……………… 2614
The Christmas Miracle of Jonathan Toomey（リンチ）…………………………………… 5443
The Chronicles of Thomas Covenant the Unbeliever（ドナルドソン）……………… 2856
The Chymical Wedding（Clarke）………… 5973
The Circle of Reason（ゴーシュ）………… 1570
The City in History（マンフォード）……… 4884
The Classical Style（ローゼン）…………… 5697
The Cleanup（Doolittle）…………………… 6024
The Clearing（ミラー）……………………… 4939
The Cloak and the Staff（ディクスン）…… 2644
The Coal House（テイラー）………………… 2689
The Coffin-Maker's Daughter（スラッター）
………………………………………………… 2328
The Collected Poems（プラース）…………… 3862
The Collected Poems of Howard Nemerov（ネムロフ）………………………………… 3053
The Collected Poems of Wallace Stevens（スティーヴンズ）…………………………… 2186
The Collected Stories of Deborah Eisenberg（アイゼンバーグ）………………………… 0005
The Collected Stories of Katherine Anne Porter（ポーター）………………………… 4409
The Collected Stories of Robert Silverberg, Volume1（シルヴァーバーグ）…………… 2087
The Collected Stories of William Faulkner（フォークナー）…………………………… 3741
The Collected Works of Frank O'Hara（オハラ）…………………………………………… 0826
The Colonial Period of American History（アンドリュース）…………………………… 0186
The Coming of the War 1914（シュミット）
………………………………………………… 1969
The Complete Directory（ウィット）……… 0312
The Complete Directory of Prime Time Network TV Shows（ブルックス）……… 4020
The Complete Directory of Prime Time Network TV Shows（マーシュ）………… 4716
The Complete Poems（ビショップ）………… 3499
The Conservationist（ゴーディマ）………… 1592
The Content of Our Character（スティール）
………………………………………………… 2207

The Copenhagen Interpretation (コーネル)
.... 1618
The Cost of Doing Business (ワット) 5838
The Course of Empire (デ・ボート) 2750
The Court of the Stone Children (カメロン)
.... 0985
The Crooked Way (エスルマン) 0658
The Crossing Places (グリフィス) 1322
The Crossover (アレクサンダー) 0151
The Crossroads (グラベンスタイン) 1280
The Cryptopedia (クレーマー) 1422
The Cryptopedia (メイベリー) 4996
The Crystal Child (ローザック) 5656
The Cuckoo (エヴァンス) 0638
The Culture of Bruising (アーリー) 0124
The Cure for Everything (パーク) 3180
The Dagenham Murder (アブネット) 0097
The Dagenham Murder (シェルダン) 1824
The Dagenham Murder (ローデス) 5717
The Damascened Blade (クレヴァリー) ... 1406
The Dancing Tiger (ジョンソン) 2062
The Dancing Tiger (ドイル) 2807
The Dancing Tiger (ファンチャー) 3678
The Dancing Wu Li Masters (ズーカフ) ... 2117
The Dangling Witness (ベネット) 4253
The Dark Country (エチスン) 0461
The Dark Frigate (ホウズ) 4381
The Dark Land (スミス) 2317
The Dark Side of Genius (スポト) 2290
The Dark Wild (トーディ) 2848
The D.A.'s Man (ダンフォース) 2531
The D.A.'s Man (ホーラン) 4468
The Day She Died (マクファーソン) 4641
The Dead (ブラック) 3875
The Dead and the Living (オールズ) 0853
The Deadman's Pedal (ウォーナー) 0516
The Death of Innocents (タラン) 2491
The Death of Innocents (ファーストマン) .. 3656
The Deed (フランク) 3906
The Destiny Waltz (チャールズ) 2581
The Devil in the White City (ラーソン) ... 5225
The Devil's Advocate (ウエスト) 0460
The Devil's Wine (ピクシリリー) 3489
The Disruption of American Democracy (ニ
コルズ) 2992
The Doctor, The Murder, The Mystery (ダ
マート) 2484
The Dog Park (エチスン) 0662
The Dog That Didn't Bark (マロン) 4872
The Dog Who Remembered Too Much (スク
エア) 2122
The Doll Makers (グラブ) 1270
The Dolphin (ロウエル) 5651
The Door in the Wall (アンジェリ) 0166
The Double Felix (ディ・フィリポ) 2669
The Double Life of Pocahontas (フリッツ)
.... 3953
The Double Life of Pocahontas (ヤング) .. 5099
The Dragon's Eye (ストーン) 2253

The Dragon Waiting (フォード) 3773
The Draining Lake (インドリダソン) 0241
The Dramatist (ブルーウン) 4007
The Dreaming Dragons (ブロデリック) ... 4115
The Dream of the Unified Field (グラハム)
.... 1265
The Dreams Our Stuff Is Made Of (ディッ
シュ) 2659
The Dream-Quest of Vellitt Boe (ジョンスン)
.... 2055
The Dred Scott Case (フェーレンバッハー)
.... 3728
The Drought (ボルン) 4524
The Drowned Life (フォード) 3771
The Drowning Girl (キアナン) 1033
The Dust Which Is God (ベネット) 4252
The Early Fears (ブロック) 4103
The Early Stories 1953-1975 (アップダイク)
.... 0059
The Earthwire (レイン) 5557
The Edge of Sadness (オーコナー) 0785
The Effect of Gamma Rays on Man-In-The-
Moon Marigolds (ジンデル) 2102
The Egg Tree (ミルハウス) 4951
The Eleventh Day (サマーズ) 1728
The Eleventh Day (スワン) 2340
The Emerald Circus (ヨーレン) 5125
The Emperor of Absurdia (リデル) 5388
The Emperor's Soul (サンダースン) 1752
The Emperor's Winding Sheet (ウォルシュ)
.... 0532
The Encyclopedia of Fantasy (グラント) ... 1295
The Encyclopedia of Fantasy (クルート) ... 1366
The Encyclopedia of Science Fiction (クルー
ト) 1367
The Encyclopedia of Science Fiction (ニコル
ズ) 2990
The Encyclopedia of Science Fiction and
Fantasy, vol.1&2 (タック) 2457
The Encyclopedia of Science Fiction and
Fantasy, vol.3 (タック) 2458
The Encyclopedia of World Crime, Criminal
Justice, Criminology, and Law
Enforcement (ナッシュ) 2968
The Ends of the Earth (シェパード) 1800
The Engines of the Night (マルツバーグ) .. 4851
The Enlightenment, Vol. I (ゲイ) 1466
The Era of Good Feelings (デンジャーフィー
ルド) 2799
The Essential Ellen Willis (ウィリス) 0353
The Essential Ellen Willis (Aronowitz) 5884
The Essential Ellison (エリスン) 0739
The Essential Mystery Lists (ソービン) ... 2412
The Eternal Life of Ezra (Crotty) 5994
The Evolutionist (Mason) 6240
The Execution Channel (マクラウド) 4655
The Exeter Blitz (リーズ) 5352
The Exiles at Home (マッカイ) 4731
The Extremes (ブリースト) 3940

THE　　　　　　　　　　作品名索引

The Falcon and the Snowman（リンゼイ）……… 5441
The Fallen Angel（シルヴァ）……………… 2070
The Family Jewels（キャネル）……………… 1088
The Family Romanov（フレミング）……… 4074
The Far Cry（スミス）………………………… 2297
The Farmer and the Clown（フレイジー）‥ 4050
The Fate of Liberty（ニーリー）…………… 3018
The Field of Blood（ミーナ）……………… 4914
The Fifth Season（ジェミシン）…………… 1808
The Fighting Ground（アヴィ）…………… 0012
The Fine Art Of Murder（グリーンバーグ）
　　　……………………………………………… 1354
The Fine Art Of Murder（ゴーマン）…… 1631
The Fine Art Of Murder（セグリフ）…… 2365
The Fine Art Of Murder（ブリーン）…… 3981
The Finkler Question（ジェイコブソン）… 1772
The First Tycoon（スタイルズ）…………… 2142
The Flick（ベイカー）………………………… 4155
The Flowering of New Engl and 1815-1865
　（ブルックス）……………………………… 4014
The Flowering Stone（ディロン）………… 2709
The Flower Master（マッシー）…………… 4768
The Flying Change（タイラー）…………… 2440
The Folding Man（ランズデール）………… 5307
The Folding Star（ホリングハースト）…… 4475
The Folk Keeper（Billingsley）…………… 5927
The Forbidden Best-Sellers of Pre-
　Revolutionary France（ダーントン）…… 2528
The Forgiveness Thing（Bagley）………… 5901
The Fortune Tellers（アリグザンダー）… 0132
The Fortune Tellers（ハイマン）………… 3105
The Founding of New England（アダムス）
　　　……………………………………………… 0045
The Freedom Maze（シャーマン）………… 1923
The Friendship（ギンズバーグ）…………… 1183
The Friendship（テーラー）………………… 2786
The Frightened Wife and Other Murder
　Stories（ラインハート）…………………… 5192
The Frozen Waterfall（Hiçyılmaz）……… 6128
The Funny Little Woman（レント）……… 5634
The Game of Silence（アードリック）…… 0087
The Gasteropod（ロス）……………………… 5693
The Gathering（エンライト）……………… 0767
The Gaze of the Gorgon (Harrison)……… 6117
The Generation of 1914（ウォール）……… 0527
The Gentle Brush of Wings（ウィルソン）‥ 0400
The Gentling Box（マネッティ）…………… 4806
The Ghost Light（ライバー）……………… 5176
The Ghost Road（バーカー）……………… 3158
The Ghost Village（ストラウブ）………… 2232
The Gin Game（コバーン）………………… 1621
The Girl Who Drank the Moon（バーンヒル）
　　　……………………………………………… 3460
The Girl Who Fell into the Sky（ウィルヘルム）
　　　……………………………………………… 0418
The Girl Who Soared Over Fairyland and
　Cut the Moon in Two（ヴァレンテ）… 0275
The Girl with the Scarlet Brand（トンプソン）
　　　……………………………………………… 2949

The Girl with the Scarlet Brand（ボーズウェル）
　　　……………………………………………… 4400
The Goblin Emperor (Addison)…………… 5866
The Golden（シェパード）…………………… 1801
The Golden Bird（ブラウン）……………… 3845
The Good Companions（プリーストリー）‥ 3942
The Good Cop（バークス）………………… 3188
The Good Lord Bird（マクブライド）…… 4645
The Gospel According to 007（エドワーズ）
　　　……………………………………………… 0686
The Gossamer Eye（ウィルソン）………… 0401
The Gossamer Eye (Graves)……………… 6094
The Gossamer Eye (McLaughlin)………… 6246
The Grass Is Always Greener（バルゾー）‥ 3379
The Grass Princess（ジョーンズ）………… 2033
The Great Dr. Burney（ショールズ）…… 2023
The Great Fire（ハザード）………………… 3204
The Great Little Madison（フリッツ）… 3954
The Great Man（クリステンセン）……… 1309
The Great Pity（ブラウンベック）………… 3858
The Great Victorian Collection（ムーア）‥ 4960
The Great War and Modern Memory（ファッセル）
　　　……………………………………………… 3657
The Great Wheel（マクラウド）…………… 4653
The Great White Hope（サックラー）… 1718
The Greenback Era（アンガー）…………… 0165
The Green Glass Sea（クレイジス）……… 1393
The Green Leopard Plague（ウィリアムズ）
　　　……………………………………………… 0332
The Green Pastures（コネリー）…………… 1616
The Green Ripper（マクドナルド）……… 4623
The Grin of the Dark（キャンベル）…… 1118
The Growlimb（シェイ）……………………… 1771
The Guardians（クリストファー）………… 1310
The Gulf (Davis)……………………………… 6004
The Gun Also Rises（コーエン）………… 1564
The Gunpowder Plot（フレイザー）……… 4047
The Hair of Harold Roux（ウィリアムズ）‥ 0339
The Hairstons（ヴィンセック）…………… 0441
The Handbook of Science Fiction and
　Fantasy（タック）…………………………… 2459
The Hand that First Held Mine（オファーレル）
　　　……………………………………………… 0829
The Hanging Hill（グラベンスタイン）… 1281
The Hard Hours（ヘクト）………………… 4207
The Harmony Silk Factory (Aw)………… 5892
The Ha-Ha（ドーソン）……………………… 2839
…the Heavens and the Earth（マクドゥーガル）
　　　……………………………………………… 4610
The Hemingses of Monticello（ゴードン＝リード）
　　　……………………………………………… 1599
The Hercules Text（マクデヴィット）…… 4609
The High House Writer（デュボイズ）… 2774
The High Kings（シャープ）………………… 1916
The High Kings（チャント）………………… 2590
The High Kings（バランタイン）………… 3357
The High Kings（ラーキン）………………… 5206
The Highwayman（キーピング）………… 1059
The Hired Girl（シュリッツ）……………… 1977
The History of Fanny Burney (Hemlow)‥ 6121

The Hollow Land (ガーダム)	0925
The Hollow Lands (ムアコック)	4969
The Honey Trap (ブース)	3796
The Hour of Peril (スタシャワー)	2153
The House Of Airlie (ウィルソン)	0391
The House of Dies Drear (ハミルトン)	3341
The House of Morgan (チャーナウ)	2571
The House of Sleep (Coe)	5978
The Hunchback Assignments (スレイド)	2331
The Hunger and Ecstasy of Vampires (ステイブルフォード)	2202
The Hungry Moon (キャンベル)	1119
The Ice Age (ファーレイ)	3672
The Ice Saints (トゥーイ)	2811
The Idea of Perfection (グレンヴィル)	1431
The Ideological Origins of the American Revolution (ベイリン)	4191
The Impending Crisis, 1841-1867 (フェーレンバッハー)	3729
The Impending Crisis, 1841-1867 (ポッター)	4426
The Improbable Puritan (Spalding)	6363
The Infiltrators (エティエンヌ)	0670
The Infiltrators (トンプソン)	2946
The Infiltrators (メイナード)	4990
The Influence (キャンベル)	1120
The Informant (ベリー)	4274
The Innkeeper's Song (ビーグル)	3495
The Innocents (Segal)	6348
The Internal Enemy (テイラー)	2684
The Interrogation of Gabriel James (ブライス)	3829
The Invader (ワームザー)	5857
The Invisible Woman (トマリン)	2889
The Iron Lily (ウィラード)	0324
The Italian Boy (ワイズ)	5799
The Jagged Orbit (ブラナー)	3894
The James Deans (コールマン)	1676
The Jamie and Angus Stories (ファイン)	3634
The Jamie and Angus Stories (Dale)	5998
The John Varley Reader (ヴァーリイ)	0263
The Judas Pair (ギャッシュ)	1074
The Keeper of the Jackalopes (Readman)	6322
The Kentucky Cycle (シェンカン)	1828
The Keyhole Opera (ロジャーズ)	5670
The Killer Angels (シャーラ)	1926
The Killer Next Door (マーウッド)	4561
The Killer of Little Shepherds (スター)	2136
The Kite Rider (マコックラン)	4694
The Lacuna (キングソルヴァー)	1180
The Lady Astronaut of Mars (コワル)	1681
The Lamb Was Sure to Go (ヘイウッド)	4154
The Land (テーラー)	2787
The Land I Lost (クアン)	1186
The Land Where the Blues Began Genet, Edmund White (ロマックス)	5773
The Language of Dying (ピンバラ)	3620
The Last Castaways (ホース)	4396
The Last Gold Diggers (ホース)	4397
The Last Noo-Noo (マーフィー)	4821
The Last Pre-Raphaelite Edward Burne-Jones and the Victorian Imagination (マッカーシー)	4734
The Last Sane Man (Harrod)	6118
The Last Whole Earth Catalogue (ブランド)	3924
The Last Witchfinder (モロウ)	5076
The Late George Apley (マーカンド)	4569
The Launching of Modern American Science 1846-1876 (ブルース)	4010
The Leaving (ホール)	4495
The Liar (キャヴァナー)	1069
The Library (ジフコヴィッチ)	1853
The Licking Valley Coon Hunters Club (ホプキンス)	4446
The Lie Tree (Hardinge)	6115
The Life and Letters of Walter H.Page (ヘンドリック)	4334
The Life and Times of Cotton Mather (シルバーマン)	2093
The Life Of Dean Inge (フォックス)	3753
The Life of Emily Dickinson (シューワル)	1991
The Life of Graham Greene (シェリー)	1823
The Life of John Marshall, 4 vols. (ベヴァリッジ)	4202
The Life of Lenin (フィッシャー)	3683
The Life Of Mary Kingsley (Gwynn)	6107
The Life of Sir William Osler, 2vols. (クッシング)	1198
The Life of the Mind in America (ミラー)	4940
The Life of Thomas More (アクロイド)	0020
The Life Of William Harvey (Keynes)	6174
The Life We Bury (Eskens)	6038
The Light Around the Body (ブライ)	3816
The Lincolns (フレミング)	4075
The Line of Beauty (ホリングハースト)	4476
The Lion and the Throne (ボーエン)	4385
The List (エスルマン)	0659
The Little Walls (グレアム)	1379
The Lodger (チャペル)	2578
The Loney (Hurley)	6138
The Long and Faraway Gone (バーニー)	3316
The Long Black Coat (ベネット)	4254
The Longest Memory (D'Aguiar)	5997
The Long Fall Up (Ledbetter)	6206
The Longitude Prize (Dash)	6002
The Longitude Prize (Petričić)	6307
The Long Lost (キャンベル)	1121
The Long Night Watch (サウスオール)	1712
The Lord Is My Shamus (ガフマン)	0975
The Losers' Club (ベイカー)	4160
The Lost (Langan)	6197
The Lost (メンデルソーン)	5023
The Lotus Eaters (Soli)	6360
The Loud Adios (Kuhlken)	6183
The Lucid Dreaming (モートン)	5046

| THE | 作品名索引 |

- The Luminaries（カットン）......... 0931
- The Lunar Men（アグロウ）......... 0021
- The Magnificent Ambersons（ターキントン） 2446
- The Maiden Flight of McCauley's Bellerophon（ハンド）......... 3455
- The Maids（ヘイデン）......... 4177
- The Man From New York（リード）......... 5394
- The Man on the Ceiling（テム）......... 2754
- The Man on the Ceiling（テム）......... 2756
- The Manse（キャントレル）......... 1106
- The Man Who Died Twice（ロビンソン）... 5758
- The Man Who was Taller Than God（アダムズ）......... 0048
- The Man Who Went into the West（ロジャース）......... 5666
- The Man Who Would Be F.Scott Fitzgerald（ハンドラー）......... 3457
- The Man with the Barbed-wire Fists（バートリッジ）......... 3302
- The March（ドクトロウ）......... 2838
- The Martian Child（ジェロルド）......... 1827
- The Martians（ロビンスン）......... 5747
- The Mask Behind the Face（ヤング）......... 5100
- The Master Puppeteer（パターソン）......... 3238
- The Masters（スノー）......... 2264
- The Matchboy（Cunningham）......... 5996
- The Mathematical Experience（デービス） 2746
- The Mathematical Experience（ヘルシュ） 4287
- The McCone Files（ミュラー）......... 4922
- The Measure of Man（クルーチ）......... 1362
- The Memory Garden（リッカート）......... 5366
- The Memory Palace（Bartók）......... 5909
- The Message（マーフィ）......... 4825
- The Messenger（シルヴァ）......... 2071
- The Middle Age Of Mrs. Eliot（ウィルソン） 0389
- The Misfit Child Grows Fat on Despair（ピクシリリー）......... 3490
- The Missing（Langan）......... 6198
- The Missing Mass（ニーヴン）......... 2980
- The Moon and the Sun（マッキンタイア）... 4748
- The Morning of the Poem（スカイラー）... 2115
- The Most Famous Man in America（アップルゲート）......... 0462
- The Mothers and Fathers Italian Association（モンテオーニ）......... 5086
- The Motion of Light in Water（ディレイニー） 2708
- The Movement（サブラル）......... 1725
- The Moves Make the Man（ブルックス）... 4021
- The Moviegoer（パーシー）......... 3209
- The Mozart Season（ウルフ）......... 0594
- The Murder of Hound Dog Bates（ブランスカム）......... 3918
- The Mysterious West（ヒラーマン）......... 3581
- The Mystery of Agatha Christie（ロビンス） 5735

- The Mystery Of The Haunted Caves（ワーナー）......... 5856
- The Mystery of the Haunted Pool（ホイットニー）......... 4357
- The Mystery of the Princes（ウィリアムスン） 0348
- Them（デュ・プレシックス・グレイ）......... 2768
- The Name of the Game Was Murder（ニクソン）......... 2983
- The Narrow Road to the Deep North（フラナガン）......... 3899
- The Need to Hold Still（ミュラー）......... 4925
- The New Annotated Sherlock Holmes（クリンガー）......... 1351
- The News from Paraguay（タック）......... 2460
- The Night Class（ピクシリリー）......... 3491
- The Night Flyers（ジョーンズ）......... 2029
- The Nightmare Chronicles（クレッグ）...... 1420
- The Nightmare Collection（ボストン）...... 4407
- The Nightmare Factory（リゴッテイ）...... 5348
- The Nightmare Factory（リゴッテイ）...... 5349
- The Night of the Triffids（クラーク）...... 1250
- The Night Sessions（マクラウド）......... 4656
- The Night Swimmers（バイアーズ）......... 3083
- The Night-Watchmen（クレスウェル）...... 1419
- The Nine Deaths of Dr Valentine（プロバート）......... 4120
- The Notorious Benedict Arnold（シャンキン） 1939
- The Nutcracker Coup（ケイガン）......... 1469
- The Obelisk Gate（ジェミシン）......... 1809
- The Oblong Room（ホック）......... 4420
- The Ocean at the End of the Lane（ゲイマン）......... 1490
- The Odds Are Against Us（テイラー）...... 2683
- Theodore Roosevelt（ブリングル）......... 3995
- The Old Devils（エイミス）......... 0631
- The Older Hardy（ギッティングズ）......... 1048
- The Old Forest and Other Stories（テイラー） 2698
- The Old Jest（ジョンストン）......... 2048
- The Old Maid（エイキンズ）......... 0619
- The Old Man and the Suit（ヴァール）...... 0265
- The Old Northwest, Pioneer Period1815-1840（ブーレイ）......... 4038
- The Olympic Runner（エチスン）......... 0663
- The Ordeal of Thomas Hutchinson（ベイリン）......... 4192
- The Organization and Administration ofthe Union Army, 1861-1865（シャノン）...... 1911
- The Original Doctor Shade（ニューマン）... 3015
- Theory of War（ブレイディ）......... 4052
- The Other Garden（ウィンダム）......... 0445
- The Other Side of Dark（スミス）......... 2303
- The Other Side of Dark（ニクソン）......... 2984
- The Other Woman（ライアン）......... 5135
- The Outcast（Jones）......... 6160
- The Overbury Affair（デフォード）......... 2747
- The Overhaul（Jamie）......... 6150

作品名	ページ
The Owl Tree (ニモ)	3005
The Owl Tree (ルイス)	5456
The Paper Crane (バング)	3425
The Passage of Power (カロ)	1012
The Passing of Starr Faithfull (グッドマン)	1205
The Path Between the Seas (マクロウ)	4684
The Path of Power (カロ)	1013
The Pathologist (オキーフ)	0774
The Peacemaker (ドゾフ)	2841
The People's Choice (エイガー)	0616
The Phantom of Walkaway Hill (フェントン)	3732
The Philosopher's Apprentice (モロウ)	5077
The Pig Who Saved the World (シップトン)	1846
The Pike (Hughes-Hallett)	6135
The Pilgrims of Plimoth (スウォール)	2112
The Poisoned Rose (ジャドスン)	1909
The Polished Hoe (クラーク)	1247
The Pope and Mussolini (カーツァー)	0928
The Port Chicago 50 (シャンキン)	1940
The Portrait Of Zelide (スコット)	2124
The Postcard (アボット)	0103
The Power Broker (カロ)	1014
The Prayer of Ninety Cats (キアナン)	1034
The Price of Power (ハーシュ)	3216
The Problem of Slavery in the Age of Emancipation (デイヴィス)	2608
The Problem of Slavery in the Age of Revolution, 1770-1823 (デイヴィス)	2609
The Problem of Slavery in Western Culture (デイヴィス)	2610
The Psychotronic Video Guide (Weldon)	6397
The Quantum Rose (アサロ)	0022
The Quark Maneuver (ジャン)	1938
The Queen of Secrets (Gray)	6095
The Queen of the Pharisees' Children (ウィラード)	0325
The Queen of the Tambourine (ガーダム)	0926
The Quick Fix (フェレイオロ)	3726
The Race Beat (クリバノフ)	1320
The Race Beat (ロバーツ)	5728
The Race to Save the Lord God Bird (フース)	3795
The Radicalisation of Bradley Manning (プライス)	3830
The Radicalism of the American Revolution (ウッド)	0580
The Rage (ケリガン)	1538
The Ragged Astronauts (ショウ)	2009
The Ragthorn (キルワース)	1138
The Ragthorn (ホールドストック)	4507
The Rape of Europa (ニコラス)	2987
The Raven (ジェームス)	1816
The Reach of Children (レボン)	5615
The Reckoning (ニコル)	2988
The Red and White Spotted Handkerchief (ベイリー)	4189
The Red and White Spotted Handkerchief (ミットン)	4909
The Redemption of Galen Pike (Davies)	6003
The Red Magician (ゴールドスタイン)	1666
The Red Storm (バイウォーターズ)	3089
The Red Tower (リゴッテイ)	5350
The Reformation (マカロック)	4567
The Region Between (エリスン)	0740
There Is No Crime on Easter Island (ピカード)	3486
There Once Lived a Woman Who Tried To Kill Her Neighbor's Baby (ペトルシェフスカヤ)	4237
The Republican Era (シュナイダー)	1956
The Republican Era (ホワイト)	4533
There's a Long, Long Trail A-Winding (カー)	0902
There Shall Be No Night (シャーウッド)	1896
The Resurrectionist (オコネル)	0787
The Revelation (リトル)	5400
The Rhinoceros who Quoted Nietzsche and Other Odd Acquaintances (ビーグル)	3496
The Right Call (デュボイズ)	2775
The Rise of Theodore Roosevelt (モーリス)	5062
The Rise of the West (マクニール)	4630
The Rising (キーン)	1141
The Ritual (ネヴィル)	3037
The Road Home (トレメイン)	2937
The Road of the Dead (ブルックス)	4018
The Road's End (デュボイズ)	2776
The Road to Reunion, 1865-1900 (バック)	3257
The Room Upstairs (デイヴィス)	2613
The Rooster Crows (ピーターシャム)	3519
The Rooster Crows (ピーターシャム)	3520
The Root And The Flower (マイヤーズ)	4555
The Round House (アードリック)	0088
The Runaways (トーマス)	2882
The Runner (ヴォイト)	0495
The Sacred & Profane Love Machine (マードック)	4801
The Safety of Unknown Cities (テイラー)	2699
The Saint (ベアラー)	4149
The Sandman's Eyes (ウィンザー)	0423
The Sandman (ゲイマン)	1491
The Sandman (ウィリアムズ)	0345
The Sandman (ゲイマン)	1492
The Saturn Game (アンダースン)	0181
The Scalding Rooms (ウィリアムズ)	0334
The Scar (ミエヴィル)	4897
The Scarlet Citadel (トーマス)	2883
The Scarlet Citadel (ブラナー)	3896
The Scent of Death (テイラー)	2690
The Scent of Vinegar (ブロック)	4104
The School Among the Ruins (リッチ)	5368
The Science Fiction Encyclopedia (ニコルズ)	2991

THE　　　　　　　　　　作品名索引

The Scientific Sherlock Holmes（オブライエン）……… 0833
The Scorpio Races（スティーフベーター）… 2199
The Screaming Season（ホルダー）………… 4501
The Sea and Summer（ターナー）………… 2470
The Seance（ニクソン）…………………… 2985
The Second American Revolution and Other Essays（ヴィダル）……………………… 0308
The Second Book of Fritz Leiber（ライバー）……………………………………………… 5477
The Second Coming（ファハティ）………… 3663
The Secret City（ウォルポール）…………… 0552
The Secret History of Las Vegas（アバニ）……………………………………………… 0093
The Secret Lives of Trebitsch Lincoln（ワッサースタイン）…………………………… 5833
The Secret Marriage of Sherlock Holmes（Atkinson）…………………………… 5888
The Secret Scripture（バリー）……………… 3358
The Secret Sharer（シルヴァーバーグ）…… 2088
The Seeker（マクリーン）…………………… 4674
The Sellout（ビーティー）…………………… 3536
The Sentimentalists（Skibsrud）…………… 6359
The Serengeti Lion（シャラー）…………… 1925
The 7th Knot（カー）………………………… 0882
The Seventh Raven（ディキンスン）……… 2638
The Shadow Box（クリストファー）……… 1311
The Shadow Broker（Conger）…………… 5988
The Shadow of Sirius（マーウィン）……… 4560
The Shadow Year（フォード）……………… 3772
The Shattered Tree（トッド）……………… 2847
The Ship Maker（ドボダール）……………… 2871
The Shock of the Fall（Filer）……………… 6056
The Shortcut Man（スタージェス）………… 2150
The Shrike（クラム）………………………… 1282
The Shrimp（スミス）………………………… 2299
The Shrinking of Treehorn（ゴーリー）…… 1637
The Shrinking of Treehorn（ハイデ）……… 3096
The Siege（スコット＝クラーク）…………… 2127
The Siege（レヴィ）…………………………… 5563
The Significance of Sections in American History（ターナー）…………………… 2472
The Silent Shame（ニュカネン）…………… 3007
The Silicon Man（プラット）……………… 3883
The Silk Code（レヴィンソン）……………… 5578
The Silver Wind（Allan）…………………… 5872
The Simple Truth（レヴィン）……………… 5575
The Singing（ウィリアムズ）………………… 0344
The Sky Road（マクラウド）………………… 4657
The Sleeper and the Spindle（ゲイマン）… 1493
The Slightly Irregular Fire Engine or The Hithering Thithering Djinn（バーセルミ）……………………………………………… 3229
The Small Boat of Great Sorrows（フェスパーマン）………………………………… 3715
The Snow Leopard（マシーセン）………… 4711
The Snow Spider（ニモ）…………………… 3006
The Social Transformation Of American Medicine（スター）…………………… 2437
The Somewhere Doors（チャペル）………… 2579
The Somme Stations（マーティン）……… 4774
The Song My Sister Sang（ロウズ）……… 5652
The Song of Names（レブレヒト）………… 5610
The Sons of Noah and Other Stories（ケイディ）……………………………………… 1472
The Sookie Stackhouse Companion（ハリス）……………………………………………… 3363
The Spacetime Pool（アサロ）……………… 0023
The Sparrow（ラッセル）…………………… 5243
The Spectator Bird（ステグナー）………… 2210
The Speed of Dark（ムーン）……………… 4983
The Spirit Catches You and You Fall Down（ファディマン）……………………… 3659
The Spring Rider（ローソン）……………… 5708
The Stains（エイクマン）…………………… 0621
The Star of Kazan（イボットソン）……… 0233
The Sterling Inheritance（Siverling）…… 6358
The Stone Book（ガーナー）………………… 0956
The Stone Sky（ジェミシン）……………… 1810
The Store（ストリブリング）……………… 2236
The Storm in the Barn（フェラン）……… 3717
The Story of the Creation（レイ）………… 5536
The Story of Your Home（アレン）……… 0161
The Stranger You Know（ケーシー）…… 1502
The Stricken Deer（セシル）……………… 2366
The Strongest Man in the World（Debon）……………………………………………… 6008
The Sudden Appearance of Hope（ノース）……………………………………………… 3066
The Suiting（ワイルド）…………………… 5815
The Supernatural Index（アシュリー）… 0039
The Supernatural Index（コンテント）…… 1694
The Supreme Court in United States History（ウォーレン）………………… 0560
The Suspect Genome（ハミルトン）……… 3345
The Taft Story（ホワイト）………………… 4528
The Tain（ミエヴィル）……………………… 4898
The Tale of the Mandarin Ducks（ディロン）……………………………………… 2712
The Tale of the Mandarin Ducks（ディロン）……………………………………… 2715
The Tale of the Mandarin Ducks（パターソン）……………………………………… 3239
The Telling（ボサート）……………………… 4394
The Temptation of Dr.Stein（マコーリイ）……………………………………………… 4700
The Testing（シャルボノ）………………… 1934
The Thief of Always（バーカー）………… 3156
The Thing About Cassandra（ゲイマン）… 1494
The Thought and Character of William James（ペリー）……………………… 4277
The Thread that Binds the Bones（ホフマン）……………………………………… 4456
The Throne of Bones（マクノートン）…… 4633
The Tide Knot（ダンモア）………………… 2534
The Time In Between（Bergen）………… 5922
The Tomato Thief（ヴァーノン）………… 0253
The Tooth Fairy（ジョイス）……………… 2003
The Tortilla Curtain（ボイル）…………… 4366

The Towers Of Trebizond（マコーレー）……4703
The Town（リクター）……5345
The Training of an American（ヘンドリック）
　……4335
The Transformation of Martin Lake（ヴァンダミア）……0288
The Transformation of Virginia, 1740-1790（アイザック）……0003
The Transit of Venus（ハザード）……3205
The Traveling Vampire Show（レイモン）……5554
The Travels of Jaimie McPheeters（テイラー）
　……2700
The Trials of Margaret in Motives for Murder（タイラー）……2441
The Triumphant Empire（ギゾン）……1065
The Triumph of Achilles（グリュック）……1337
The True Story of Spit MacPhee（オールドリッジ）……0875
The Trumpeter of Krakow（ケリー）……1530
The Truth About Owls（エル＝モータル）……0760
The Truth Is a Cave in the Black Mountains（ゲイマン）……1495
The Truth of the Moment（Flores）……6058
The Turtle Boy（Burke）……5948
The Twin in the Tavern（ウォレス）……0556
The Ultimate Earth（ウィリアムスン）……0350
The Undiscovered Country（Logan）……6219
The Unforgotten Coat（ボイス）……4353
The Unicorn Tapestry（チャーナス）……2574
The Unlicensed Magician（バーンヒル）……3461
The Unseeing（Mazzola）……6244
The Uprooted（ハンドリン）……3458
The Valley（ベンソン）……4331
The Vandal（シェリー）……1822
The Vaporization Enthalpy of a Peculiar Pakistani Family（マリク）……4838
The Vatican Connection（ハマー）……3335
The Ventriloquist's Tale（Melville）……6254
The Very Best of Gene Wolfe（ウルフ）……0606
The Victory at Sea（シムズ）……1861
The Victory at Sea（ヘンドリック）……4336
The View From the Oak（コール）……1652
The View From the Oak（コール）……1654
The Village by the Sea（フォックス）……3757
The Villian of the Earth（ショー）……1993
The Visible Hand（チャンドラー）……2591
The Visitors Who Came to Stay（ブラウン）
　……3839
The Visitors Who Came to Stay（マカフィー）……4565
The Waiting Stars（ドボダール）……2872
The Wall of the Sky, the Wall of the Eye（レセム）……5592
The War Against Cliché（エイミス）……0633
The War in Wonderland（ホック）……4421
The Warmth of Other Suns（ウィルカーソン）
　……0378
The War of Independence（ヴァン・タイン）
　……0285
The War with Mexico, 2 vols.（スミス）……2305

The Waters of Kronos（リクター）……5346
The Water That Falls on You from Nowhere（Chu）……5972
The Way the Future Was（ポール）……4489
The Way West（ガスリー）……0916
The Weaver's Gift（ナイト）……2951
The Weaver's Gift（ラスキー）……5219
The Weight of the Sunrise（Kaftan）……6167
The Weirdo（テイラー）……2694
The Wentworth Letter（ソロウェイ）……2424
The Wessex Papers, Vols.1-3（パーカー）……3157
The Whisperer（パトワース）……3306
The Whispering Road（マイケル）……4552
The White Road（コナリー）……1607
The Wicked Boy（サマースケイル）……1731
The Wicked Girls（マーウッド）……4562
The Widow's House（グッドマン）……1204
The Wild Iris（グリュック）……1338
The Willow Files 2（ナヴァーロ）……2960
The Wind Singer（ニコルソン）……2993
The Witch and the Relic Thief（ジョーンズ）
　……2046
The Witch's Children and the Queen（エイト）……0626
The Witch's Children and the Queen（ジョーンズ）……1848
The Witch's Headstone（ゲイマン）……1496
The Wolves in the Walls（ゲイマン）……1497
The Wolves in the Walls（マッキーン）……4744
The Woman at the Washington Zoo（ジャレル）……1937
The Woman Before Me（ダグダル）……2447
The Women at the Funeral（Winter）……6402
The Women of Brewster Place（ネイラー）
　……3031
The Women of Nell Gwynne's（ベイカー）
　……4156
The Woodcutter（ヒル）……3602
The Wool-Pack（ハーネット）……3324
The Word for Breaking August Sky（サラフィン）……1738
The World Beyond the Hill（パンシン）……3435
The World Beyond the Hill（パンシン）……3436
The World Doesn't End（シミック）……1860
The World Is What It Is（French）……6070
The World of Charles Addams（アダムス）
　……0046
The Worst Hard Time（イーガン）……0224
The Would-Be-Widower（ペイジ）……4168
The Wrong Girl（ライアン）……5136
The Wrong Kind of Blood（ヒューズ）……3559
The X President（Baruth）……5910
They Died in the Chair（ブラウン）……3841
They Died in Vain（ホァン）……4349
The Year of the French（フラナガン）……3898
The Years of Extermination（フリードレンダー）……3962
The Years of Rice and Salt（ロビンスン）……5748
The Years of the City（ポール）……4490

They Knew What They Wanted（ハワード） ……… 3410	Tom Thomson in Purgatory (Jollimore) … 6159
The Young Detective's Handbook（バトラー） ……… 3288	To Protect and Serve（ドマニック） ……… 2886
The Young Man From Atlanta（フート） … 3806	To See, To Take（デュアーン） ……… 2760
They Were Strong and Good（ローソン） … 5710	To The Last Breath（ストアーズ） ……… 2218
Things of This World（ウィルバー） ……… 0412	Toughing It（スプリンガー） ……… 2287
Thirteen（シャーリップ） ……… 1931	Tough Luck（スター） ……… 2134
Thirteen（ジョイナー） ……… 2004	Tough Times All Over (Abercrombie) ……… 5863
Thirteen Ways to Water（ロジャーズ） …… 5671	Tous à Zanzibar（ブラナー） ……… 3895
This Is Me, Jack Vance !（ヴァンス） …… 0283	Tous les soleils（ヴィザージュ） ……… 0300
This Is the Way the World Ends（モロウ） ……… 5078	Toutes les chances plus une（アルノッティ） ……… 0140
This Land was Made for You and Me（パートリッジ） ……… 3299	Tout, tout de suite（スポルテス） ……… 2291
This Time（スターン） ……… 2168	To Wake The Dead（キャンベル） ……… 1123
Thomas（ドゥーエ） ……… 2815	Tower（コールマン） ……… 1677
Thomas and Beulah（ダヴ） ……… 2442	Tower（ブルーウン） ……… 4008
Thomas and the Tinners（ウォルシュ）… 0533	Tower of Dreams (Nasir) ……… 6279
Thomas Cranmer（マカロック） ……… 4568	Tower of the King's Daughter（ブレンチリー） ……… 4083
Thomas Gray (Ketton-Cremer) ……… 6173	Towing Jehovah（モロウ） ……… 5079
Those Who Hunt the Night（ハンブリー）… 3463	Tragedy in Dedham（ラッセル） ……… 5242
Those Who Wish Me Dead（コリータ） …… 1643	Traité des courtes merveilles (Jamek) … 6148
Three Poor Tailors（アンブラス） ……… 0202	Trälarna (Wernström) ……… 6398
Three-Day Town（マロン） ……… 4873	Transcendental Studies（ウォールドロップ） ……… 0542
Throne of the Crescent Moon (Ahmed) …… 5868	Transparences (Ayerdhal) ……… 5894
Through Black Spruce（ボイデン） ……… 4358	Transparent Gestures（ジョーンズ） ……… 2044
Through the Woods (Carroll) ……… 5960	Transport 7-41-R (Degens) ……… 6011
Tibet（シス） ……… 1840	Traveling Through the Dark（スタッフォード） ……… 2155
Tikki Tikki Tembo（モーゼル） ……… 5037	Travellers（ストロング） ……… 2251
Tikki Tikki Tembo（レント） ……… 5635	Travels with My Cats（レズニック） …… 5589
Tik-Tok（スラデック） ……… 2329	Treffpunkt Weltzeituhr（ハイネ） ……… 3099
Till Death Do Us Part（ハーウィッツ）… 3132	Trick or Treat（モートン） ……… 5047
Till Death Do Us Part（バグリオーシ）… 3199	Tristram（ロビンソン） ……… 5759
Tilt (Sprackland) ……… 6366	Trollkarlen från Galdar（ラーション） …… 5216
Time（マンロー） ……… 4887	Trollope（グレンディニング） ……… 1436
Time and Materials（ハス） ……… 3221	Trollope（ポープ・ヘネシー） ……… 4454
Time and Money（マシューズ） ……… 4718	Trompette de la Mort (Okereke) ……… 6293
Time & Chance（ディ・キャンプ） ……… 2629	Trophy Wives（ホフマン） ……… 4457
Time, Love, Memory（ワイナー） ……… 5806	Trouble Don't Last（ピアサル） ……… 3464
Time of Trial（バートン） ……… 3309	Trouble is Their Business（コンクェスト）… 1688
Times Three（マッキンレー） ……… 4755	Troubles（ファレル） ……… 3676
Tinseltown（マン） ……… 4875	Troy Chimneys（ケネディ） ……… 1520
Tiny Deaths（シェアマン） ……… 1768	True Tales from the Annals of Crime and Rascality（マッケルウェイ） ……… 4763
Tiny Sunbirds Far Away（ワトソン）… 5848	Truman（マクロウ） ……… 4685
Titan（ボーバ） ……… 4437	Trumps of Doom（ゼラズニイ） ……… 2384
Titus n'aimait pas Bérénice (Azoulai) …… 5898	Truth Be Told（ライアン） ……… 5137
Tlacuilo（リオ） ……… 5340	Tulku（ディキンスン） ……… 2639
To Each Their Darkness（ブラウンベック） ……… 3859	Türme（マール） ……… 4843
Told By the Dead（キャンベル） ……… 1122	Turn Away（ゴーマン） ……… 1632
Tolstoj（チタティ） ……… 2549	Twelve Against Crime（ラディン） ……… 5248
Tolstoy（ウィルソン） ……… 0407	Twelve Against the Law（ラディン） …… 5249
Tombee（ローゼンガーテン） ……… 5703	Twelve Bar Blues（ニート） ……… 2999
Tomorrow and Beyond（サマーズ） ……… 1730	Twentieth Century Pleasures（ハス） …… 3222
Tomorrow Come Today（ダルキスト）… 2502	Twentiety Century Crime and Mystery Writers（ライリー） ……… 5186
Tomorrow is our Permanent Address (Rowe) ……… 6340	Twisted City（スター） ……… 2135
Tomorrow Now（スターリング） ……… 2164	Twisted Summer（ロバーツ） ……… 5722
Toms River（ファジン） ……… 3652	Two Frogs（ウォーメル） ……… 0523

Two Suns in the Sky (Bat-Ami) ………… 5911
Two Suns Setting (ワグナー) ……………… 5826

【U】

Ug (ブリッグズ) ……………………………… 3948
Un altare per la madre (カモン) …………… 0986
Un amour allemand (Auclair) ……………… 5890
Un amour de père (Sonkin) ………………… 6361
Una spirale di nebbia (プリスコ) …………… 3931
Un chat qui aboie (ジャルュ) ……………… 1936
Und dann platzt der Kopf (Röckl) ………… 6332
Under My Skin (レッシング) ……………… 5599
Under the Crust (ラムスリー) ……………… 5278
Under the Eye of the Clock (ノーラン) …… 3073
…und unter uns die Erde (ハイマン) ……… 3102
Une collection très particulière (Quiriny)
……………………………………………… 6319
Une femme fuyant l'annonce (グロスマン)
……………………………………………… 1449
Une promesse (Chalandon) ………………… 5964
Un fils de Prométhée, ou Frankenstein
 dévoilé (Sussan) …………………………… 6371
Unfinished Business (ボンサル) …………… 4539
Un gatto attraversa la strada (コミッソ) … 1635
Un grand pas vers le Bon Dieu (ヴォートラ
 ン) ……………………………………………… 0513
United States (ヴィダル) …………………… 0309
Unquenchable Fire (ボラック) ……………… 4466
Unrobed (ワイリー) ………………………… 5809
Un roman français (ベグベデ) ……………… 4208
Unsichtbar (カン) …………………………… 1017
Un silence d'environ une demi-heure
 (Schreiber) ………………………………… 6346
Until the Twelfth of Never (スタンポ) …… 2172
Untitled Subjects (ハワード) ……………… 3411
Unutterable Horror (ヨシ) ………………… 5120
Up Country (クーミン) …………………… 1222
Updraft (Wilde) …………………………… 6401
Uppdraget (Lagerqvist) …………………… 6189
Urm le fou (ドリュイエ) …………………… 2907
Us Conductors (Michaels) ………………… 6259
Useless Landscape, or A Guide for Boys
 (Powell) …………………………………… 6313
Utopian Thought in the Western World (マ
 ニエル) ……………………………………… 4802
Utopian Thought in the Western World (マ
 ニエル) ……………………………………… 4803

【V】

Valentine and Orson (バーカート) ………… 3169
Valet de nuit (オスト) ……………………… 0795

Valiant (ブラック) …………………………… 3876
Vampires, Zombies & Wanton Souls (Simon)
……………………………………………… 6355
Vanished！(ボンティ) ……………………… 4544
Varjak Paw (マッキーン) …………………… 4745
Vectors (Jacob) ……………………………… 6146
Vectors (Simon) ……………………………… 6356
Vent de Mars (ブーラ) ……………………… 3813
Vera (Mrs. Vladimir Nabokov) (シフ) …… 1852
Versed (アーマントラウト) ………………… 0106
Very Much A Lady (アレクサンダー) ……… 0152
Via Gemito (スタルノーネ) ………………… 2167
Vice (アイ) …………………………………… 0001
Victor Gollancz (エドワーズ) ……………… 0685
Victor Hugo (ロップ) ……………………… 5716
Victoria R.I. (ロングフォード) ……………… 5796
Village Heritage (ビネル) …………………… 3617
Village Heritage (Children of
 SappertonSchool) ………………………… 5971
Villa Tarantola (カルダレッリ) …………… 0999
Visions of Jazz (ギディンス) ……………… 1052
Visitors from London (バーン) …………… 3415
Vita (グレンディニング) …………………… 1437
Vita (マッツッコ) …………………………… 4771
Vladimir Roubaïev (レンツ) ………………… 5628
Voice Mail (ドーソン) ……………………… 2843
Voices of Protest (プリンクリー) ………… 3994
Von feinen und von kleinen Leuten (ユリウ
 ス) …………………………………………… 5114
Voyage aux horizons (フィソン) ………… 3681
Voyage of the Sable Venus (Lewis) ……… 6211
Voyagers to the West (ベイリン) ………… 4193
Voyaging to Cathay (タマリン) …………… 2485
Voyaging to Cathay (Glubok) ……………… 6086
Vue en coupe d'une ville malade (プリュソ
 ロ) …………………………………………… 3972
V-Letter and Other Poems (シャピロ) …… 1914

【W】

Wageslaves (ファウラー) …………………… 3647
Waiting for Snow in Havana (アイル) …… 0006
Wakulla Springs (クレイジズ) ……………… 1394
Wakulla Springs (ダンカン) ………………… 2522
Walking Rain (ウェイド) …………………… 0449
Walking to Martha's Vineyard (ライト) … 5159
Walt Whitman (カプラン) ………………… 0977
Wandering Through Winter (ティール) … 2702
Wanted…Mud Blossom (バイアーズ) …… 3084
War Can Be Murder (ドゥーガン) ………… 2817
War Dances (アレクシー) …………………… 0156
War for the Oaks (ブル) …………………… 3999
Warhol Spirit (ギルベール) ………………… 1134
Warren Hastings (Feiling) ………………… 6050
War Trash (ジン) …………………………… 2095
War Without Mercy (ダワー) ……………… 2512

Washington A Life（チャーナウ）……………… 2572	Where the Bodies Are Buried（ニューマン）
Washington's Crossing（フィッシャー）…… 3682	…………………………………………………… 3016
Washington, Village and Capital, 1800-1878	Where You're At（ニート）………………………… 3000
（グリーン） ………………………………………… 1342	While I Disappear（ライト）…………………… 5151
Watching the Storms Roll In（Crawford） … 5993	Whipping Boy（カーズワイル）………………… 0917
Watch it Work ! The Plane（ブラッドレイ）	Whisper Lane（チャドボーン）………………… 2570
…………………………………………………… 3890	Whispers in the Graveyard（ブレスリン） … 4065
Watch it Work ! The Plane（マーシャル）… 4715	White（レボン）…………………………………… 5616
Water by the Spoonful（ヒュディス）……… 3566	White Heat（Marks）……………………………… 6233
Way Home（ロジャーズ）……………………… 5664	White Lines on a Green Field（ヴァレンテ）
W.B. Yeats（フォスター）……………………… 3752	…………………………………………………… 0276
We Animals Would Like a Word With You	Whiteout（ウォーカー）………………………… 0499
（アガード） ……………………………………… 0015	White over Black（ジョーダン）……………… 2018
We Animals Would Like a Word With You	Whitman（ハロウェイ）………………………… 3395
（きたむら） ……………………………………… 1044	Who Fears Death（オコルフォア）…………… 0790
Weapons and Hope（ダイソン）……………… 2436	Why Did They Kill ?（マーティン）………… 4793
We Are All Completely Fine（グレゴリイ）	Why Marry ?（ウィリアムズ）………………… 0335
…………………………………………………… 1409	Why Weeps the Brogan ?（Scott）…………… 6347
W.E.B.Du Bois（ルイス）……………………… 5463	Wibbly Pig's Silly Big Bear（インクペン） … 0236
W.E.B.Du Bois（ルイス）……………………… 5464	Wicked Twist（マグァイア）…………………… 4594
Week-end de chasse à la mère（ブリザック）	Wickie und die starken Männer（ヨンソン）
…………………………………………………… 3930	…………………………………………………… 5126
We Have Always Fought（Hurley）………… 6140	Wie ein unsichtbares Band（Garland）…… 6076
W. E. Henley（コンネル）……………………… 1695	Wie kommt der Wald ins Buch ?（ルフト）
Wellington（オールディントン）……………… 0870	…………………………………………………… 5515
Well Read, Then Dead（モーラン）………… 5056	Wie Tiere sich verständigen（シュミット）… 1968
We Now Pause for Station Identification（ブ	Wild Gratitude（ハーシュ）…………………… 3215
ラウンベック） ………………………………… 3860	Wild Indigo（オールト）………………………… 0873
Western Fringes（アンワル）………………… 0208	Wild Night（ウォッシュバーン）……………… 0510
Western Star（ベネ）…………………………… 4250	William Cooper's Town（テイラー）………… 2685
We Will Drink A.Fish Together（ジョンソン）	William Golding（ケアリー）…………………… 1461
…………………………………………………… 2065	William Wordsworth, The Later Years 1803-
What About Murder ?（ブリーン）…………… 3982	1850（ムアラン）……………………………… 4970
What Do You Do ?（フリン）………………… 3978	Wimmera（Brandi）……………………………… 5944
What Happens When You Wake Up In The	Windows on the World（ベグベデ）………… 4209
Night（スミス） ………………………………… 2318	Winners & Losers（エマソン）………………… 0696
What Hath God Wrought（ハウ）…………… 3126	Winter Garden（エドリック）………………… 0680
What Hidden Lies（ロウ）……………………… 5646	Wintersmith（プラチェット）………………… 3874
What I Didn't See（ファウラー）……………… 3641	Winter Solstice, Camelot Station（フォード）
What I Didn't See and Other Stories（ファウ	…………………………………………………… 3774
ラー） ……………………………………………… 3642	Wir alle für immer zusammen（ホーフスタッ
What I Saw and How I Lied（ブランデル）	ド） ………………………………………………… 4453
…………………………………………………… 3921	Wir Kuckuckskinder（プリスタフキン）…… 3932
What is the Truth ?（ヒューズ）……………… 3562	Wir retten Leben, sagt mein Vater（Ranst）
What Is the What（エガーズ）………………… 0641	…………………………………………………… 6321
What Makes This Book So Great（ウォルト	Witch Hunts（ウッド）………………………… 0583
ン） ………………………………………………… 0548	Witch Hunts（モートン）……………………… 5048
What's O'Clock（ローエル）…………………… 5653	With Americans of Past and Present Days
What Was Lost（オフリン）…………………… 0838	（ジェスラン） …………………………………… 1783
What We Found（ライマン）………………… 5183	Wither（バサラ）………………………………… 3207
What Work Is（レヴィン）……………………… 5576	Without My Cloak（オブライエン）………… 0832
When a Monster is Born（シャラット）…… 1929	Witness the Night（Desai）…………………… 6015
When a Monster is Born（テイラー）……… 2692	Wo die Füchse Blockflöte spielen（Aškenazy）
When I Grow Rich（フレミング）…………… 4077	…………………………………………………… 5886
When I Lived in Modern Times（Grant）… 6092	Wolf In The Shadows（ミュラー）…………… 4923
When Jessie Came Across the Sea（リンチ）	Women in Their Beds（ベリオールト）……… 4278
…………………………………………………… 5444	Wonderbook（ヴァンダミア）………………… 0289
When They Are Done With Us（スミス）… 2313	Wonder's Child（ウィリアムスン）…………… 0351
Where Furnaces Burn（レイン）……………… 5558	Woodrow Wilson, American Prophet（ウォル
	ワース） ………………………………………… 0554

Woodrow Wilson, Life and Letters.Vols.Ⅶ
　　and Ⅷ（ベーカー）…………………… 4206
Words Are My Matter（ル＝グウィン）…… 5504
World of Our Fathers（ハウ）……………… 3125
World's End（ボイル）……………………… 4367
Worse Things Waiting（ウェルマン）……… 0487
Worth（LaFaye）…………………………… 6187
WriTers Workshop of Horror（Knost）…… 6179
Writes of Passage（ライアン）……………… 5138
Writing Dangerously（ブライトマン）……… 3834
Writing the Mystery（ヘイデン）…………… 4178

100 mots pour voyager en science-fiction
　　（Rouiller）………………………………… 6338
1001 Midnights（ブロンジーニ）…………… 4131
1001 Midnights（ミュラー）………………… 4920
1, 2, 3（ホーバン）…………………………… 4439
13 Hours（マイヤー）………………………… 4553
2312（ロビンスン）…………………………… 5741
2666（ボラーニョ）…………………………… 4467
3 Sections（Seshadri）……………………… 6350
40 Sonnets（Paterson）…………………… 6303
419（ファーガソン）………………………… 3649
7 secondes pour devenir un aigle（Day）… 6005
77 Dream Songs（ベリマン）……………… 4279

【Y】

Years of Grace（バーンズ）………………… 3441
Yesterday's Echo（コイル）………………… 1560
Yesterday's Kin（クレス）…………………… 1418
Yin（カイザー）……………………………… 0888
You and I（パウエル）……………………… 3140
You Can't Take It With You（コーフマン）
　　…………………………………………… 1623
You Can't Take It With You（ハート）… 3284
You Could Do Something Amazing With
　　Your Life［You Are Raoul Moat］
　　（Hankinson）…………………………… 6112
Young Men and Fire（マクリーン）………… 4672
Young Shoulders（ウェイン）……………… 0454
Young Skins（Barrett）……………………… 5907
Young Tom（Reid）………………………… 6325
Your Hate Mail Will Be Graded（スコルジー）
　　…………………………………………… 2130
Ysabel（ケイ）……………………………… 1464

【Z】

Zeit für die Hora（バイヤー）……………… 3106
Zwischen zwei Scheiben Glück（ディーシェ）
　　…………………………………………… 2647

【キリル】

Светлое будущее（ジノビエフ）………… 1849

【数字】

100 Great Detectives（ジャクボウスキー）… 1900

文学賞受賞作品総覧
海外篇

2019年5月25日　第1刷発行

発 行 者／大高利夫
編集・発行／日外アソシエーツ株式会社
　　　　　〒140-0013 東京都品川区南大井6-16-16 鈴中ビル大森アネックス
　　　　　電話 (03)3763-5241（代表）FAX(03)3764-0845
　　　　　URL http://www.nichigai.co.jp/
発 売 元／株式会社紀伊國屋書店
　　　　　〒163-8636 東京都新宿区新宿 3-17-7
　　　　　電話 (03)3354-0131（代表）
　　　　　ホールセール部（営業）電話 (03)6910-0519

　　　電算漢字処理／日外アソシエーツ株式会社
　　　印刷・製本／光写真印刷株式会社

不許複製・禁無断転載　　《中性紙三菱クリームエレガ使用》
〈落丁・乱丁本はお取り替えいたします〉
ISBN978-4-8169-2774-4　　Printed in Japan, 2019

本書はディジタルデータでご利用いただくことができます。詳細はお問い合わせください。

文学賞受賞作品総覧 児童文学・絵本篇
A5・490頁　定価（本体16,000円＋税）　2017.12刊
戦後から2017年までに実施された主要な児童文学・絵本に関する賞98賞の受賞作品5,200点の目録。受賞作品が収録されている図書3,800点の書誌データも併載。

現代世界文学人名事典
B5・730頁　定価（本体18,000円＋税）　2019.1刊
20世紀以降に活躍する海外作家の人名事典。欧米だけではなくイスラム圏、アジア圏、ラテンアメリカ圏の作家も積極的に掲載。小説、詩、児童文学、戯曲、一部のノンフィクション作家や伝記作家、映画脚本家まで、幅広いジャンルを収録。

原題邦題事典シリーズ

日本国内で翻訳出版された図書の原題とその邦題を対照できる事典シリーズ。原著者ごとに原題、邦題、翻訳者、出版社、刊行年を一覧でき、同一書籍について時代による出版状況や邦題の変遷もわかる。

翻訳書原題邦題事典
B5・1,850頁　定価（本体18,000円＋税）　2014.12刊
小説を除く古今の名著から最近の書籍まで、原題12万件とその邦題を一覧できる。

英米小説原題邦題事典 追補版2003-2013
A5・700頁　定価（本体12,000円＋税）　2015.4刊
英語圏の文芸作品14,500点について、原題と邦題を一覧できる。

英米小説原題邦題事典 新訂増補版
A5・1,050頁　定価（本体5,700円＋税）　2003.8刊
英語圏の文芸作品26,600点について、原題と邦題を一覧できる。

海外小説（非英語圏）原題邦題事典
A5・710頁　定価（本体13,800円＋税）　2015.7刊
フランス・ドイツ・イタリア・ロシア・スペイン・ポルトガル・中国・朝鮮・アジアなどの文芸作品18,400点について、原題と邦題を一覧できる。

データベースカンパニー
日外アソシエーツ　〒140-0013　東京都品川区南大井6-16-16
TEL.(03)3763-5241　FAX.(03)3764-0845　http://www.nichigai.co.jp/